巴蜀文化研究大家系列

◎四川省巴蜀文化研究中心　編

國家古籍整理出版專項經費資助項目
國家社科基金重大項目《巴蜀全書》（10@zh005）
四川省重大文化工程《巴蜀全書》（川宣［2012］110號）
四川省巴蜀文化研究中心重點科研項目

周詩新詮

任乃强　著

巴蜀書社

巴蜀文化研究大家系列

編輯委員會

《巴蜀全書》出版説明

《巴蜀全書》是收録和整理巴蜀歷史文獻的大型叢書。該項工作二〇一〇年一月經由中共四川省委常委會議批准爲四川省重大文化工程；同年四月又獲國家哲學社會科學規劃辦公室批准，列爲國家社科基金重大委託項目。該計劃將對現今四川省、重慶市及其周邊亦屬傳統“巴蜀文化”區域内的各類古典文獻進行系統調查、整理和研究，實現對巴蜀文獻有史以來規模最大、體例最善、編纂最科學、使用最方便的著録和出版。

《巴蜀全書》編纂工程，將收集和整理自周秦以下乃至民國初年歷代巴蜀學人撰著的重要典籍以及其他作者撰著的反映巴蜀歷史文化的作品，編纂彙集成巴蜀文獻的大型叢書。主體工作將分“巴蜀文獻聯合目録”“巴蜀文獻精品集萃”“巴蜀文獻珍本善本”三大類型，計劃對兩千餘種巴蜀文獻編製聯合目録和内容提要，對五百餘部、二十餘萬篇巴蜀文獻進行精心校點或注釋、評析，對一百餘種巴蜀善本、珍本文獻進行考察和重版。

通過編纂《巴蜀全書》，希望打造出巴蜀文化的“四庫全書”，爲保存和傳播巴蜀歷代的學術文化成果，促進當代“蜀學”振興與巴蜀文化建設，奠定堅實的文獻基礎；爲提升中華民族的文化自覺和文化自信、建設文化強國貢獻力量。

《巴蜀全書》編纂領導小組

整理巴蜀文獻　傳承優秀文化

——《巴蜀全書》前言

舒大剛　萬本根

中華民族，多元一體；中國文化，羣星璀璨。在祖國大西南，自古就傳承着一脈具有深厚歷史底蘊和鮮明個性的文化，即巴蜀文化。巴蜀地區，山川秀麗，物產豐富，自古號稱“陸海”“天府”；巴蜀文化，源遠流長，内涵豐富，是古代長江文明的源頭，與“齊魯文化”“荆楚文化”“吴越文化”等同爲中華文化之瑰寶。整理和研究巴蜀文化的載體——巴蜀文獻，因而成爲研究中國歷史和中華文化不可或缺的内容。

一、綜覽巴蜀文化　增强自信熱力

巴蜀地區氣候宜人，資源豐富，是人類早期的發祥地之一。考古發現，這裹有距今二百零四萬年的“巫山人”，有距今三萬五千年的“資陽人”。這裹不僅有大禹治水、巴族廩君、蜀國五主（即蠶叢、柏灌、魚鳧、杜宇、開明五個王朝）等優美动人的歷史傳説，也有寶墩文化諸古城遺址、三峽考古遺址、三星堆遺址、金沙遺址、小田溪遺址、李家壩遺址等重大考古發現。商末周初，庸、蜀、羌、髳、微、盧、彭、濮，以及勇鋭的巴師，曾參與武王伐紂。春秋戰國，巴濮楚鄧、秦蜀苴羌，雖互有戰伐，亦相互交流。秦漢以降，巴蜀的地利和物産，更是抵禦强辱、周濟天下、維護祖國統一、實現持久繁榮的戰略屏障和天然府庫。

在祖國“多元一統”的文化格局中，巴蜀以其豐富的自然和人文資源，哺育出一批又一批傑出人物和文化精英，既有司馬相如、王褒、嚴遵、揚雄、常璩、陳壽、陳子昂、趙蕤、李白、蘇軾、張栻、魏了翁、李心傳、虞集、楊慎、唐甄、李調元、楊鋭、劉光第、廖平、宋育仁、謝无量、郭沫若、巴金等文化巨擘，也有朱之洪、張瀾、謝持、張培爵、吴玉章、楊庶堪、黄復生、尹昌衡、鄒容、熊克武、朱德、劉伯承、聶榮臻、陳毅、趙世炎、鄧小平等革命英傑，他們超拔倫輩，卓然振起，敢爲天下先，樂爲蒼生謀，創造了輝煌燦爛的思想文化，也推動了中國社會的歷史巨變，演繹了一幕幕驚心動魄的歷史大劇。

歷代巴蜀學人在祖國文化的締造中，成就巨大，表現突出，許多文化人物和文明成果往往具有先導價值。巴蜀兒女鋭意進取的創新精神，使這種創造發明常常居於全國領先地位，成爲祖國文化寶庫中耀眼的明珠。

在傳統思想、文化和宗教領域，中國素號“三教互補”，“儒”“釋”“道”交互構成中華思想文化的主要內容，而儒學是其主幹。從漢代開始，巴蜀地區的儒學就十分發達，西漢蜀守文翁在成都創建當時全國首個郡國學校——石室學宫，推行“七經”教育，實行儒家教化，遂使蜀地民風丕變，並化及巴、漢，促成中國儒學重要流派——“蜀學”的形成，史有“蜀學比於齊魯”之稱。巴蜀地區是“仙道”派發源地，東漢張陵在蜀中創立“天師道”，中國道教正式誕生。東漢佛教傳入中國後，四川也是其重要傳播區域。

巴蜀“易學”源遠流長，大師輩出。自漢胡安（居邛崍白鶴山，以《易》傳司馬相如）、趙賓（治《易》持論巧慧，以授孟喜）、嚴遵（隱居成都，治《易》《老》）、揚雄（著《太玄》）而下，巴蜀治《易》之家輩出。晉有范長生（著《周易蜀才注》），唐有李鼎祚（著《周易集解》），宋有蘇東坡（著《東坡易傳》）、房審權（撰《周易義海》）、魏了翁（撰《周易集義》《周易要義》）、張栻（著《南軒易説》）、李石（著《方舟易説》）、李心傳（著《丙子學易編》），元有趙采（著《周易程朱傳義折衷》）、黄澤（著《易學濫觴》）、王申子（著《周易輯説》），明有來知德（撰《周易集注》）、熊過（著《周易象旨決録》），清有李調元（著《易古文》）、劉沅（撰《周易恒解》），皆各撰易著，發明“四聖”（伏羲、文王、周公、孔子）之心。巴蜀易學，普及面廣，自文人雅士、方術道流，以至引車賣漿之徒、箍桶織履之輩，皆有精於易理、善於測算者。理學大師程頤兩度入蜀，得遇奇人，遂有感悟，因生“易學在蜀”之歎。

巴蜀“史學”名著迭出、斐然成章。陳壽《三國志》雅潔典要，名列“前四史”；常璩《華陽國志》體大思精，肇開方志體。譙周《古史考》，開古史考證之先聲；蘇轍《古史》，成舊史重修之名著。至於范祖禹（撰《唐鑑》，助司馬光修《通鑑》）、李燾（撰《續資治通鑑長編》）、王偁（撰《東都事略》）、李心傳（撰《建炎以來繫年要録》及《朝野雜記》《宋會要》），更是宋代史學之巨擘，故劉咸炘有“史學莫隆於蜀”之説。

蜀人“好文”，巴蜀自古就是歌賦詩詞的沃壤。禹娶塗山（今重慶南岸真武山，常璩《華陽國志·巴志》、酈道元《水經注·江水一》），而有“候人兮猗”的“南音”，周公、召公取之“以爲《周南》《召南》”（《吕氏春秋·音初》）。西周江陽（今瀘州）人尹吉甫亦善作詩，《詩經》傳其四篇（ 曹學佺《蜀中廣記》卷九一）。“文宗自古出巴蜀”，“漢賦四家”，司馬相如、揚雄、王褒居其三。陳子昂、李太白首開大唐雄健浪漫詩風，五代後蜀《花間集》與北宋東坡詞，開創宋詞婉約、豪放二派。“三蘇”（蘇洵、蘇軾、蘇轍）父子，同時輝耀於“唐宋八大家”之林；楊慎著作之富，位列明代儒林之首。“自古詩人例到蜀”，漢晉唐宋以及明清，歷代之遷客騷人，多以巴蜀爲理想的避難樂土，而巴蜀的山水風物又豐富其藝情藻思，促成創作高峰的到來。杜甫、陸游均以巴蜀爲第二故鄉，范成大、王士禛亦寫下千古流芳的《吴船録》和《入蜀記》。洎乎近世，沫若、巴金，蔚爲文壇宗匠；蜀謳川劇，技壓梨園羣芳。

“三蘇”父子既是文學大家，也是“蜀學”領袖；綿竹張栻，不僅傳衍南宋“蜀學”之道脈，而且創立“湖湘學派”之新範。明末唐甄撰《潛書》，斥責專制君主，提倡民本思想，被章太炎譽爲“上繼孟、荀、陽明，下啟戴震”的一代名著。晚清廖平撰書數百種，區分今學古學，倡言託古改制。錢基博、范文瀾俱譽其爲近代思想解放之先驅。新都吴虞，批判傳統道德，筆鋒犀利，被胡適譽爲“思想界的清道夫”。

在科技領域，秦蜀守李冰開建的都江堰，是至今還在使用的人類最古老的水利工程；漢代臨邛人民，開創了人類歷史上最早使用天然氣煮鹽的記録。漢武帝徵閬中落下閎修《太初曆》，精確計算回歸年與朔望月，是世界上首部“陰陽合曆”的範本。楊子建《十産論》異胎轉位術領先歐洲五百年。北宋唐慎微《證類本草》，將本草學與方劑學相結合，是世界上第一部大型藥典和植物志。王灼《糖霜譜》詳録蔗糖製作工藝，是世界上有關製糖技術的首部專書。南宋秦九韶《數學九章》，將中國數學推向古代科學頂峰，其“大衍求一術”領先西方世界同類算法五百年。

至於巴蜀地區的鄉村建設和家族文化，也是碩果累累，佳話多多。他們或夫婦齊名、比翼雙飛（司馬相如與卓文君，楊慎與黄娥）；或兄弟連袂，花萼齊芳（蘇軾、蘇轍，蘇舜欽、蘇舜元，李心傳、李道傳、李性傳等）。更有父子祖孫，世代書香，奕世載美，五世其昌：閬中陳省華及其子堯佐、堯叟、堯咨等，“一門二相，四世六公，昆季雙魁多士，仲伯繼率百僚”（霍松林語）；眉山蘇洵、蘇軾、蘇轍及子孫輩過、籀，並善撰文，號稱“五蘇”；梓州蘇易簡及其孫舜欽、舜元，俱善詩文，號稱“銅山三蘇”；井研李舜臣及其子心傳、道傳、性傳，俱善史法、道學，號稱“四李”；丹稜李燾與其子壁、𡌴，俱善史學、文學，時人贊“前有三蘇，後有三李”。降及近世，雙流劉沅及其孫咸滎、咸炘、咸焌，長於經學、道學與史學，號稱“槐軒學派”。如此等等，不一而足。

綜觀巴蜀學術文化，真可謂文章大雅，無奇不有！其先於天下而創者，則有導夫先路之功；其後於天下而作者，則有超邁古今之效！先天後天，不失其序；或創或繼，各得其宜。

二、整理巴蜀文獻　促進文化興邦

歷史上的四川，既是文化大省，也是文獻富省。巴蜀上古歷史文化，在甲骨文、金文和《尚書》《春秋》等華夏文獻中都有記録，同時巴蜀大地還孕育形成了别具特色的"巴蜀文字"。秦漢統一後，歷代巴蜀學人又爲我們留下了汗牛充棟、豐富多彩的古典文獻。唐代中後期（約八世紀初），成都誕生了"西川印子"，北宋初期（十世紀後期）又出現了"交子雙色印刷術"，標誌着雕版印刷的産生、成熟和創新，大大推動了包括巴蜀文獻在内的古典文獻的保存與傳播。據不完全統計，歷史上産生的巴蜀古文獻不下萬餘種，現在依然存世的也在五千種以上。

巴蜀文獻悠久綿長，影響深遠，上自先秦的陶字、金文，下迄漢晉的竹簡、石刻，以及唐刻、宋槧，明刊、清校，經史子集，三教九流，歷歷相續不絕，熠熠彪炳史冊。巴蜀文獻體裁多樣，内容豐富，舉凡政治之興替、經濟之發展、文化之繁榮、兵謀之奇正、社會之變革，以及思想學術之精微、高人韻士之風雅、地理民族之風貌、風俗習慣之奇特，都應有盡有，多彩多姿。它們是巴蜀文化的載體，也是中華文明的重要表徵。

對巴蜀文獻進行調查整理研究，一直是歷代巴蜀學人的夢想。在歷史上，許多學人曾對巴蜀文獻的整理和出版付出過熱情和心血，編纂有各類巴蜀總集、全集和叢書。《漢書·藝文志》載"'揚雄所序'三十八篇：《太玄》十九、《法言》十三、《樂》四、《箴》二"，或許是巴蜀學人著述的首次彙集。五代的《花間集》和《蜀國文英》，無疑是輯録成都乃至巴蜀作品的最早總集。宋代逐漸形成了"東坡七集"（蘇軾）、"欒城四集"（蘇轍）、"鶴山大全集"（魏了翁）等個人全集，以及《三蘇文粹》《成都文類》等文章總集。明代出現楊慎的個人全集《升庵全集》和四川文章總集《全蜀藝文志》。入蜀爲官的曹學佺還纂有類集巴蜀歷史文化掌故而成的資料大全——《蜀中廣記》。清代，李調元輯刻以珍稀巴蜀文獻爲主的《函海》，可視爲第一部具體而微的"巴蜀文獻叢書"。近代編有各類"蜀詩""蜀詞""蜀文"和"川戲"等選集。這些都爲巴蜀文獻的系統編纂、出版做出了有益嘗試。

二十世紀初，謝无量曾提出編纂《蜀藏》的設想，因社會動盪而未果。胡淦亦擬編《四川叢書》，然僅草成"擬收書目"一卷。一九八三年中共中央《關於整理我國古籍的指示》下達，國家成立"全國古籍整理出版規劃領導小組"和"全國高等院校古籍整理工作委員會"，四川也成立了"四川省古籍整理出版規劃小組"，製定出《四川省古籍整理出版規劃》（一九八四——一九九〇）。可惜這個規劃並未完全實施，巴蜀文獻仍然處於分散收藏甚至流失毀損的狀態。

二〇〇七年初，國務院下發《關於進一步加强古籍保護工作的意見》，全國各省紛紛編纂地方文獻叢書。四川大學和四川省社科院的學人再度燃起整理鄉邦文獻的熱情，向四川省委、省政府提交“編纂《巴蜀全書》，振興巴蜀文化”的建議，四川省委、省政府再度將整理巴蜀文獻提到議事日程。經過多方論證研究，二〇一〇年一月四川省委常委會議批准“將四川大學申請的《巴蜀全書》納入全省古籍文獻整理規劃項目”；四月又獲得國家哲學社會科學規劃辦公室批准，將《巴蜀全書》列爲“國家社科基金重大委托項目”。千百年來巴蜀學人希望全面整理鄉邦文獻的夢想終於付諸實施。

《巴蜀全書》作爲四川建省以來最大的文獻整理工程，將對自先秦至民國初年歷代巴蜀學人的著作或内容爲巴蜀文化的文獻進行全面的調查收集和整理研究，並予以出版。本工程將採取以下三種方式進行：

一是編製《巴蜀文獻聯合目録》。古今巴蜀學人曾經撰有大量著作，這些文獻在歷經了歷史的風風雨雨後，生滅聚散，或存或亡，若隱若現，已經面目不清了。該計劃根據“辨章學術，考鏡源流”的旨趣，擬對巴蜀文獻的歷史和現狀進行全面普查和系統考證，探明巴蜀文獻的總量、存佚、傳承和收藏情況，以目録的方式揭示巴蜀文獻的歷史和現狀。

二是編纂《巴蜀文獻精品集萃》。巴蜀文獻，汗牛充棟，它們是研究和考述巴蜀歷史文化的重要資料。對這些文獻，我們將採取三種方式處理：首先，建立“巴蜀全書網”，利用計算機和網絡技術對現存巴蜀文獻進行掃描和初步加工，建立“巴蜀文獻全文資料庫”，向讀者和研究者提供盡可能集中的巴蜀文化資料。其次，本着“去粗取精，古爲今用”的宗旨，按照歷史價值、學術價值、文化價值“三結合”的原則，遵循時間性、代表性、地域性、獨特性“四統一”的標準，從浩繁的巴蜀古籍文獻中認真遴選五百餘種精品文獻，特别是要將那些在中華傳統文化體系中具有首創性和獨特性的巴蜀古籍文獻彙集起來，進行校勘、標點或注釋、疏證，挖掘其中的思想内涵和治蜀經驗，爲當代社會、經濟、政治、文化建設服務。第三，根據巴蜀文化的歷史實際，收集各類著述和散見文獻，編成儒學、佛學、道教、民族、地理、文學、藝術、科技、碑刻等專集。

三是重版《巴蜀文獻珍本善本》。成都是印刷術發祥地，巴蜀地區自古以來的刻書、藏書事業都很發達，曾产生和收藏過數量衆多的珍本、善本，“蜀版”書歷來是文獻家收藏的珍品。這些文獻既是見證古代出版業、圖書館業發展的實物，也是進行文獻校讎的珍貴版本，亟待開發，也需要保護。本計劃將結合傳統修復技藝和現代印刷技術，對百餘種巴蜀文獻珍稀版本進行修復、考證和整理，以古色古香的方式予以重印。

通過以上三個系列的研究，庶幾使巴蜀文獻的歷史得到彰顯，内涵得到探究，精華得到凸顯，善本得到流通，從多個角度實現對巴蜀文獻的當代整理與再版。

盛世修書，傳承文明；蜀學復興，文獻先行。“《巴蜀全書》作爲川版的‘四庫全書’，蘊含着歷代巴蜀先民共同的情感體驗和智慧結晶，昭示着今天四川各族人民共有的文化源流和精神家園。”（《巴蜀全書》編纂領導小組會議文件。下同）《巴蜀全書》領導小組要求，“我們一定要從建設中華民族共有精神家園、打牢四川人民團結奮鬥共同思想基礎的高度，來深刻認識《巴蜀全書》編纂出版工作的重大意義。特别要看到，這不是一件簡單的古籍整理出版工作，而是一件幾百年來巴蜀學人一直想做而没有條件做成的文化盛事，是四川文化傳承史上的重要里程碑”。無論是中國古代的文化發展，還是世界近世的文明演進，都一再證明：任何一次大的文化復興活動，都是以歷史文獻的系統收集整理爲基礎和先導的。我們希望通过对巴蜀文獻的整理出版，給巴蜀文化的全面研究和當代復興帶來契機，爲“發掘和保護我國豐厚的歷史文化遺産，提升我國文化軟實力，推動中華優秀傳統文化走向世界”做一些基礎性工作。

有鑒於此，《巴蜀全書》領導小組明確要求，要廣泛邀請省内外專家學者參與編纂，共襄盛舉。這一決策，實乃提高《巴蜀全書》學術水準和編纂質量的根本保障。領導小組還希望從事此項工作的學人，立足編纂，志在創新，從文獻整理拾級而上，自編纂而研究，自研究而弘揚，自弘揚而創新，“利用編纂出版《巴蜀全書》這個載體，進一步健全研究巴蜀傳統文化的學術體系，以編促學、以纂代訓，大力培養一批精通蜀學的科研帶頭人和學術新人”。可謂期望殷切，任務艱巨，躬逢其盛，能不振起？非曰能之，唯願學焉。《巴蜀全書》的編纂希望爲巴蜀的文化建設和“蜀學”的現代復蘇擁篲前趨，至於搭建橋梁，開闢荆榛，上繼前賢，下啟來學，固非區區之所能，在此僅樹其高標，以俟高明云爾！

二〇一四年五月

目　録

卷三　十三《國風》新詮

卷四　大小《雅》新詮

卷五　三《頌》新詮

整理説明

《詩經》是我國一部重要文獻典籍，内容涉及到先秦的社會、歷史、民俗、禮制、民族、地理、生物、語言、文學、藝術等諸多方面。兩千多年來，《詩經》研究的著述雖然汗牛充棟，成果豐贍，但大多數均從經學、文學等專業角度進行研究，甚少有跨學科的綜合比較研究。尤其是關於上古民俗、風物、地理、社會生活等方面，歷代經學家、文學家們往往不免受專業知識的局限，較少深入研究，以致不少謬訛與臆斷因襲流傳。顯然，對於《經詩》這樣一幅包羅萬象的歷史畫卷來説，不但需要有各學科專家的專門研究，更需要有跨學科的“雜家”作綜合比較研究，方能求真去訛，有所深入。

先父任乃強教授博學多聞，不僅以歷史地理與民族研究著名，而且在農業經濟、民俗文化、文學戲劇等方面也多有成就。他早年即喜愛《詩經》，在他的《回憶録》中曾寫道：“我小時候進私塾，背讀《詩經》，先生從未曾講解過。但我七八歲時，却曾引用過它來表達我的情感：有一年新正，哥哥帶我同一對新婚夫婦到五十里外的外婆家去拜年，路過石牌樓，在路店旁一棵大杏樹下喝水，歇息了一會兒，又興奮地向前走。在外婆家玩了半個多月，一夥人告别回家，我心頭很覺難捨，兩腿沉重的跟着他們離開。再過這棵杏樹下，望見滿樹開繁了的杏花，大人們都在稱贊花好，我却不自覺地念出了‘昔我往矣，楊柳依依。今我來思，雨雪霏霏。行道遲遲，載渴載饑’這幾句詩來（《小雅·采薇》）。後面的‘我心傷悲，莫知我哀’兩句，便未出口了。當時無人理我。今雖已隔六十多年了，那時的風物和情感都仍未忘掉。雖然那時並未看見楊柳和雨雪，更不懂得依依和霏霏的含義，但衹覺得那幾句詩能够代表我的心情。後來每想到此事，便感慨詩歌的魔力之大，它能使不了解詩義的人也將思想感情與它契合起來！從而經常想到，拿點時間去研習《詩經》，應是很有趣的事。”

1929 年後，他多次深入到西南民族地區考察，發現藏彝等民族的社會發展階段頗類殷周，其民俗中保存有不少古風，許多歌謡極似《詩經》中的篇章，堪爲“禮失而求諸於野”之實證。於是在他 1932 年出版的《西康圖經》一書中，曾以專章對此作了簡要的比較研究。1946 年，他在四川大學開設“中國農業史”課程，編寫講義時，對《詩經》中描述的先民生産、生活進行了深入的研究，發現歷代經學研究中有不少缺憾與謬誤，遂萌發對《詩》三百篇作一“新詮”的想法。怎奈自 1952 年起迭遭批判，後又被戴上“右派”帽子“監督改造”，一直無機會動筆。直至 1966 年初被“處理回家”後，纔開始寫《周詩新詮》。然而不久“文革”爆發，被抓回校批鬥，文稿亦被抄去。1969 年，他被“疏散回鄉”，栖身南充縣雙桂鄉一岩洞石室，此時生活雖艱苦，但在鄉鄰親故的保護下，却有了一個較爲安寧的環境，乃重新開始《周詩新詮》的寫作。然而既無稿紙，亦無桌案，身邊僅有少量書籍可資用，不少徵引之文衹能靠記憶寫出。但他憑着堅韌的毅力和豐厚的學養，以石板爲桌，練習簿作稿箋，在煤油燈下，孜孜不倦，用了兩年半時間，寫成全稿，共 70 多萬字。其間經過多次大的修改，前後稿本積高盈尺，達兩百多萬字。儘管他於此書用功堪比《華陽國志校補圖注》，但亦知當時出版無望，許多觀點難獲主流認同，故曾作詩一首以舒其旨：

二十八月困書城，鉛槧奔馳苦自縈。
不因伏櫪忘千里，猶從覆瓿奮餘生。
百萬言書能奕出，一無是處可定評。
竭蹶非爲名山業，徒以辛勤助筆耕。

1980 年代初，先父老友徐中舒、何洛等先生看過此書《二南》部分的稿子後，曾予以“可算從民俗上研究詩經的突破之作”的評價。並將其推薦於中華書局。中華書局審閱後，認爲“頗有新意”，“有不少獨到見解”，建議壓縮篇幅，適當修改，以利出版。但其時先父年事已高，且因平反後亟待整理出版的舊作及學術活動甚多，無力再修訂此稿，遂暫時擱置。

1986 年，先父將書稿交付我整理。但因此稿涉獵學科甚廣，體例繁雜，尤其是有不少引據，當時是憑記憶寫的，需重新一一查找核對，工作量頗大。加之我調社科院後，組建康藏學科任務較重，因而整理工作時斷時續，進展緩慢。嗣後，又因出版經費未能解决而停頓。直到近兩年，得到四川省社科院、四川省巴蜀文化研究中心和巴蜀全書編撰委員會的大力支持，被立項資助，纔在助手與學生的協助下完成全書的整理工作，交付出版。

本書名爲“新詮”，其“新”主要體現在四個方面：一是在研究方法上，雖仍採取傳統的章句解讀形式（是作者爲了與過去傳統經學著作相對照而特意如此），但却突破傳統的研究方法，運用了歷史地理學、民族學、民俗學、社會學、生物學、語言學與文獻學、訓詁學等多學科相結合，綜合、比較研究的方法，來解析、詮釋《詩經》；二是對詩三百篇的編次與歸類作了歷史考訂，提出新的編類；三是對各詩的歷史背景作了新的探索，並以此考證了各詩年代、作者與主旨；四是針對歷代解經進行臧否，對歧義進行辨證，對各詩的一些章句含義作了新的解讀。

例如：從歷史地理學角度，論證了“二南非國風”；從民俗文化學角度，以少數民族現存民俗爲實證，指出《關雎》既非歌“后妃之德”之作，亦非“表現青年男女求愛”之作，而是迎親時的贊禮歌；從語言學角度，提出“來、牟”是漢藏同源詞語，論證了麥是從西羌傳播於周原的觀點；還從號稱“世界生物基因庫”的横斷山區孑遺古生物中，對“詩經”中一些動植物作出新的辨識等，可謂研究獨闢蹊徑，見解新穎獨到，具有獨特的學術價值。

全書分爲兩大部分，共5卷：第一部分爲導論，主要是論述《詩經》學形成與發展源流，對《詩經》産生的社會歷史背景解析，説明本書寫作緣起；第二部分是“新詮”正文，主要針對經學家的舊解，作新的詮釋，探求原旨，闡發新義。

我們對此書的整理工作，主要是：（1）梳理謄繕。將原稿中文字前後重複及筆誤之處，作調整、修訂。將原來夾叙於正文中的一些專論，提出來單獨成章，附於每篇的正文之後，以便閲讀。（如《二南非國風》《大武六成考》等）（2）校訂補缺。全書徵引文獻典籍甚多，所據版本不同，我們一一進行校核比勘。對引文中不準確和缺漏字的地方，予以校正、補遺，並儘可能統一規範引文。對原稿中的筆誤和水漬浸殘之字，辨識補正。（3）添加注釋。原稿中有一些論述過於專業、簡略的地方，整理中我們少量補加了一些注釋（主要是涉及藏彝等民族的文化和經學的專詞、典故等部分）。（4）規範文本。原稿寫作於“文革”中，爲規避文字之禍，原稿中篇首有“語録”，文中有一些當時流行的政治詞語。在整理中我們酌情作了規範處理。限於我們的水平，整理中難免有疏誤或不當之處，還祈閲者指正。

任新建

序

——兼論《詩》學源流

任何民族，各自都有其創造的音樂，和配合音樂歌唱的詩。這種詩，被稱爲“樂詩”。相應地，這種樂，被稱爲“詩樂”。

我國最早的“詩樂”，傳説是：“葛天氏之樂，三人操牛尾，投足以歌‘八闋’：一曰《載民》，二曰《玄鳥》，三曰《遂草木》，四曰《奮五穀》，五曰《敬天常》，六曰《建帝功》，七曰《依帝德》，八曰《總禽獸之極》。”（見《吕氏春秋・古樂篇》）這“八闋”就是八章樂詩。但根據社會發展的規律推斷，那時候還不可能有這樣全面反映人類生活的詩章。比較可靠的當是《史記・樂書》所載“昔者舜作五弦之琴，以歌《南風》”，和《尚書・虞書》中的韻言部分，俱可能是用我國原始社會末期樂詩保存下來的史料纂輯而成的。現在保存下的儒家學人所稱的《詩經》三百餘篇，是屬於殷周之際，奴隸社會向封建社會過渡時期，各階層人民的樂詩。它是孔子從魯、周、鄭、衛諸國太師（掌樂之官）那裏鈔録下來，用以教授他的弟子門人的教材。在鈔録的過程中，經過了孔子的删選（後人把孔子這番工作，叫作“删詩”）。可見當時的樂詩是絶不僅這區區三百零五篇之數的。

“《詩》學”這一概念以及“《詩》”這一名詞，是由孔子最先提出來的。在《論語》的《陽貨》《季氏》《爲政》《子路》諸篇裏，他説：“小子何莫學夫詩？詩，可以興，可以觀，可以群，可以怨，邇之事父，遠之事君，多識於鳥獸草木之名。”還對他的兒子孔鯉説：“不學詩，無以言。”又説：“女爲《周南》、《召南》矣乎？人而不爲《周南》、《召南》，其猶正墻面而立也與！”又説：“詩三百，一言以蔽之，曰：思無邪。”還説：“誦詩三百，授之以政，不達；使于四方，不能專對，雖多亦奚以爲！”孔子的這些話，道出了《詩》在當時士大夫生活中的實用價值。這和他所處時代的社會風尚，是有密切關係的。

春秋時代，列國的公、卿和士大夫們在聚會、燕享時，要奏樂、賦詩，用斷章的詩句表達自己的意思；而對方也必須從這些詩句瞭解其意圖，而給以適當的答復。具有這種交際工具，又會靈活運用的人，就會得到尊敬；否則，就要遭到蔑視，甚至還會受到嘲弄和侮慢。這方面的事例，《左傳》《國語》裏記載得很不少。那個時代，用人和選士也非常注重“《詩》學”，説什麼“登高能賦，可以爲大夫”。因之，那時候，許多人俱要向奏樂的“師”求教，拜他們作老師。各級學校也均由樂官們主教（説詳《禮記・王制》）。孔子教的是私學（類似現在的民辦學校），弟子們全是不能進入國立學校的平民子弟，要入仕，就非將這套本領學優不可。因而孔子要從列國太師那裏鈔録、删選一部分樂詩來教自己的門人弟子，並一再提示《詩》的這些實用價值和學《詩》的重要性。

這一時代裏，使用《詩》，多爲斷章取義，各取所需，對于《詩》的本事同它全篇的主題思想並不留意，更不深研《詩》的涵義及它的時代背景。這種《詩》學，被叫做“章句之學”。它衹須把樂章節奏分得清楚，而各句的辭義却是可以根據個人需要，隨意綴合的。孔子的《詩》學概念，便是這樣的。

進入戰國之世，寒士布衣憑藉才能一躍而至卿相的人，逐漸多了起來。這些人大都不曾學過詩。統治階級的生活中，“詩樂”的作用也逐漸由衰而減了。于是，儒家者流的《詩》學，也跟着喪失了市場。衹有孔子的門人弟子同孟軻、荀况等少數人，仍傳習之；而且學習的重點也變更了。孟軻講的是“不以文害辭，不以辭害志。以意逆志，是爲得之。”（《孟子・萬章上》）這種説法，是就詩論詩，已經打破斷章取義的陳套了。荀况在《儒效》中説：“聖人也者，道之管也。天下之道管是矣。百王之道一是矣。故《詩》《書》《禮》《樂》之歸是矣。《詩》言，是其志也。《書》言，是其事也。《禮》言，是其行也。《樂》言，是其和也。《春秋》言，是其微也……天下之道畢是矣。鄉是者昌，倍是者亡。”他是將《詩》與五經共同作爲儒家的教材來看待的。

儒家的經典書籍，遭秦火後，《詩》由于是韻言的歌詞，容易從口頭保存而遺留于民間。至漢文、景之世，復有齊・轅固生，魯・申培公，燕・韓嬰，趙・毛公四家寫本的出現。此四家上距焚書之厄，不足百年，所傳寫本俱授自荀况的弟子，雖有異同，大體是一致的。它們都具有荀子説《詩》的特點，認爲《詩》是傳“道管”的經典。《詩經》[1] 這一名稱，便是在西漢時期産生的。

《詩》被尊爲經典，崇爲“道管”，對于詩語的解釋，自然也就有了變化；于是産生了漢儒的《詩》學概念。

漢儒的《詩》學概念爲何?《毛詩・大序》是這樣説的：“《關雎》，后妃之德也。

【1】“詩經”二字，始見于《漢書・藝文志》。《藝文志》係以劉向《七略》爲藍本寫成的。《七略》所列“詩六家四百一十六卷”中，首行是“詩經二十八卷，魯、齊、韓三家”。可知劉向時已有“詩經”這一名稱。且由“魯、齊、韓三家”注語，可知劉向時，《毛詩》尚未得列于學官。《齊詩》亡于漢末，即馬融、鄭玄、盧植等提倡《毛詩》之際。《魯詩》亡于晋代，即鄭玄《詩箋》流行之際。《韓詩》亡于唐代，即孔穎達《詩正義》流行之後。唐以後，毛詩專行。

（此句爲《毛序》文，下爲衛宏所續之文。）風之始也，所以風天下而正夫婦也……風以動之，教以化之……故正得失、動天地、感鬼神，莫近于詩。先王以是經夫婦，成孝敬，厚人倫，美教化，移風俗……上以風化下，下以風刺上，主文而譎諫，言之者無罪，聞之者足以戒，故爲風。至于王道衰，禮義廢，政教失，國異政，家殊俗，而變風、變雅作矣。國史明乎得失之跡，傷人倫之廢，哀刑政之苛，吟詠情性以風其上，達于事變而懷其舊俗者也。故變風發乎情，止乎禮義。發乎情，民之性也；止乎禮義，先王之澤也。是以一國之事繫一人之本謂之風。言天下之事，形四方之風謂之雅。雅者，正也，言王政之所由廢興也。政有小大，故有小雅焉，有大雅焉。頌者，美盛德之形容，以其成功告于神明者也。是謂四始，詩之至也。然則《關雎》《麟趾》之化，王者之風，故繫之周公。南，言化自北而南也。《鵲巢》《騶虞》之德，諸侯之風也，先王之所以教，故繫之召公。《周南》《召南》，正始之道，王化之基……”這篇文字，是漢以下兩千多年中，儒家者流奉爲經典。誰訾議它，便會被斥爲“離經叛道”。

齊、魯、韓、毛四家，以毛詩最後出。毛詩初僅流行于河間及九江等郡國地區。新莽時，九江人陳俠爲講學大夫，始將它帶進朝廷，然尚未得列于學官。後漢初始置毛詩博士。從此，人皆習毛詩，而三家之詩漸爲儒士所棄，直至清末廢科舉。從公元一世紀始至十九世紀末，毛詩流行了整整一千九百個年頭。

毛詩能壓倒三家的原因：一是僞託它的《詩序》撰自孔子的弟子子夏，對儒家者流具有很大的號召力。二是它的《詩傳》出三家之後，能兼取三家説詩之長以自厚。三是它的大小《序》中明顯結合史事的多達三十五篇；探索作者時代背景的更屬不少，甚合儒生的脾味。第四，尤爲重要的是，它能適應統治階級的需要，把許多批判揭露封建統治者罪惡和醜態的詩，都歪曲解説爲文王及其后妃德化所成的美俗，充其極，亦祇是對個别統治者的“怨悱而不怒”的諷刺之作。這樣的宣傳教化，當然會得到封建統治階級的寵愛。由是它還得到諸如衛宏、鄭玄和孔穎達這些功臣們的啓微闡幽，發揚光大。

衛宏（事跡詳《後漢書・儒林傳》），光武時議郎，九江人謝曼卿的弟子，依據師説，在《毛詩序》文下，續上許多文字，與《序》皆僞託子夏所撰，遂使毛詩大行。

鄭玄（《後漢書》有傳），原治韓詩，兼通六經。後從馬融治毛詩，作《毛詩箋》，深闡毛氏之説，復注群經，互通其義旨，成爲累代封建王朝崇奉之書，歷來讀書仕進之士莫不遵習之。

孔穎達（舊、新《唐書》有傳），貞觀十六年，奉太宗敕，撰《毛詩正義》，溝通毛、鄭，更恢宏其義旨。後復撰《十三經注疏》，于《詩》亦全遵鄭玄之説。經文中，夾用《毛傳》《鄭箋》及陸德明《毛詩音釋》，並以所撰之《正義》爲《毛詩疏》；又將“大、小序”隨篇題移冠篇首，標以大字，比于經文，是爲唐代《詩經》

定本。而三家之詩自是全佚。今存《韓詩外傳》，係明代輯刻殘文。

“詩樂”經秦火後，無能傳者。漢儒説《詩》均僅訓釋文字。他們甚至不曉得“南”是樂類的名稱，又誤並“二南”于“十三國風”，以風、大小雅及頌爲“四詩”。（毛氏初無此説。魯詩家説如此，而衛宏採之，以説《關雎》，遂成定論。）直至北宋末，鄭樵（1104—1162）、程大昌（1123—1195）等始疑而辨之。鄭的《詩辨妄》指出：“大序不出于子夏，小序不出于毛公，蓋衛宏所爲，而康成（鄭玄）爲之説如此。”又説：“風、雅、頌之分，蓋本諸音節之異。”鄭樵是精通音樂的，由于他的倡説，纔爲程大昌的《詩論》十八篇指出了門徑[1]。

程大昌雖肯定“南”是樂類，却又將“十三國風”説成是“徒詩”，係由于他打不破《史記·孔子世家》所記的“故曰《關雎》之亂，以爲風始。《鹿鳴》爲小雅始。《文王》爲大雅始。《清廟》爲頌始”[2] 這一舊框框所致。

宋代雕版印刷興盛，書籍流通加快，新學説的影響日見擴大，對《舊序》《箋》《疏》懷疑、不滿的人多了。于是，朱熹（1130—1200）應運而生，憑藉他的政治地位和品學聲望，寫出《詩集傳》二十卷及《詩序辨》一卷，幾乎全面推翻了衛宏、鄭玄和《孔疏》的舊説，另立他自己見解的詩義。名爲“集傳”，實際引據别人之説不多。但他的詩學概念，仍和漢、唐諸儒一樣，都是爲封建統治階級服務的那一套；衹不過把毛萇以後的異經之書，加以抉擇，揚棄其繁瑣迂妄的部分，作了一番净化的工作而已，創立新義是不多的。它之所以被稱爲新説，也衹是敢于把許多篇國風裏的詩，説是“男女淫奔”之作，這一點是最爲突出的。

朱熹突出“淫奔之詩”這一點，甚爲自命“衛道”的經師們所痛恨。當時便有吕祖謙（1137—1181）等人極力詆訶他。但順着時代思潮的一方終于把逆着時代思潮的一方冲塌了。朱熹的《集傳》取代了《鄭箋》《孔疏》傳統的壟斷地位。元、明、清三代科舉取士，都規定衹用《朱傳》之説。藉助于書籍的流通，思想、學術的交流加快了、普及了。詩學在南宋時得到新的發展，如范處義（號逸齋）的《詩補傳》三十卷，王柏（號魯齋）的《詩辨説》二卷，嚴粲的《詩緝》三十六卷，王質《詩總聞》二十卷，曹粹中《詩説》三十卷，王應麟（字伯厚）《詩考》五卷。這些著作大都徵引洽博，創立新義。王柏的“勇敢”過于朱熹，他把《野有死麕》和朱熹所指的“淫

【1】 北宋的蘇轍《詩傳集解》，已經指出《詩序》非一人所作，“皆毛氏之學，而衛宏之所集録也。”（見朱彝尊《經義考》）他把舊本序文“止存爲首一言，餘皆删去”（見晁公武《郡齋讀書志》）。這是鄭、程兩氏創説的先導，推倒衛、鄭、孔説的嚆矢。程大昌《詩論》（一作《詩議》），纔開始肯定“二南”是樂類；但他和鄭樵，均尚不敢説大小雅不是四詩的兩種。他把“十三國風”説成是“徒詩”，意謂“南”“大雅”“小雅”與“頌”爲四詩，而“十三國風”則是附于“二南”的。由于存在這一缺點，其説遂不爲元、明、清三代儒家者流所重。直至現代，又纔有人提到它。

【2】 司馬遷引魯詩説。

奔之詩”三十二篇全都删除，説這些詩是“孔子所删之詩，容有存于閭巷浮薄之口，漢儒取以補之”。又將《二南》各十一篇，兩兩相配，退《何彼襛矣》《甘棠》兩篇入《王風》。王應麟是宋末元初人（1223—1296），他開始考訂《詩地理》，又從事三家詩遺文的搜集工作。

元代專治《詩經》的，有劉瑾（《新元史》卷二三五有傳）的《詩傳通釋》二十卷。

明代説《詩》者，有季本、朱謀㙔、黄佐、郝敬、姚舜牧、鄒忠允數家較爲著名，然多敷衍舊文，無甚卓見。敢于抨斥毛、鄭，推翻朱熹之説，自立新解的，祇有豐坊、瞿九思、何楷三人。

豐坊，嘉靖時人，他專造僞書欺世。他僞造的《申培公詩説》，被明刻《漢魏叢書》列爲經部之冠。它把詩篇舊次全部打亂，又另自編出一套安排和序文來。豐坊還編造了一部所謂端木賜的詩傳，與之互相引證，居然迷惑了明末的許多大儒，信以爲實。後經清代毛奇齡、朱彝尊等博洽之士看出漏洞，予以揭發，纔將他的西洋鏡戳穿（詳見朱彝尊《經義考》）。

瞿九思，萬曆時人（《明史》有傳）。他撰有《詩經以俟録》六卷，“以樂説詩，以詩配禮”（自序語）。他的荒唐甚于宋代的王柏，比豐坊却正經些。然而效果遠不及豐。“以俟”至今，未曾得到人們的賞識，祇算得詩學上一位狂人。

何楷（《明史》卷二七六有傳）的書本功夫很深，人品也端正。所著《毛詩世本古義》二十八卷，將三百一十一篇《詩》全部打散，依據他考訂的作詩世次，重新排列，完全削減了南、風、雅、頌的分類。依他的分類為：夏少康之世有《公劉》等八篇。殷盤庚之世有《長發》一篇。殷離宗之世有《那》等三篇。祖庚之世有《殷武》一篇。武乙之世有《關雎》等五篇。文丁之世有《宋薇》等五篇。帝乙之世有《草蟲》等五篇。帝章之世有《采蘩》等二十篇。周武王之世有《魚藻》等十三篇。成王之世有《鴟鴞》等五十篇。康王之世有《采菽》等五篇。昭王之世有《執競》《鼓鐘》二篇。共王之世有《綢繆》一篇。懿王之世有《還》一篇。夷王之世有《柏舟》等三篇。厲王之世有《漸漸之石》等十篇。宣王之世有《都人士》等二十篇。幽王之世三十二篇。平王之世三十四篇。桓王之世三十二篇。莊王之世九篇。釐王之世二篇。惠王之世十六篇。襄王之世十五篇。頃王之世一篇。定王之世八篇。景王之世二篇。敬王之世一篇，以《下泉》爲《詩》之下限。他把《周詩》的上限，推至夏代，謂《七月》《甫田》《大田》《豐年》《良耜》《載芟》《行葦》皆公劉時詩，考證雖細，却“察秋毫而不見輿薪”，不認識社會發展規律。

總之，有勇氣敢于站起來反對《毛詩》的傳統舊説，是這三位的共同優點。他們共同的缺點，則是不理解《詩》三百篇編排的意旨，缺乏有力的論據去擊破舊説，因而自己的論説也就立不住脚。

清代學人治《詩》的，多是把它結合君位、諸子和史乘作研究的。因之，他們説《詩》較前代明澈深入些。他們中間，還有人蔑視《朱傳》，掉轉頭從漢儒的《序》《箋》裏，來索求新義。正如汲黯所説"日暮途遠，則倒行而逆施之"。他們似乎感到詩義已窮，無法再探討下去，所以纔這樣。清代漢學雖發達，而説《詩》大作的不多，也正由于此。《皇清經解》正、續編所收録的，多屬枝節短篇。能貫串三百篇成爲一套完整《詩》學的著作，主要有下述幾部：

孫嘉淦的《詩經補注》二十卷。以朱熹《集傳》爲主，兼毛、鄭，以及包括何楷在内的宋明諸家之説，給三百篇作了簡要的注解。經乾隆六年清政府爲之開館修訂，改名《詩義折衷》，成爲當時科試童生必讀之書，但並未受到正統派經師們的重視。

馬瑞辰的《毛詩傳箋通釋》三十二卷，要算乾嘉時最傑出的一種《詩》的注解。他不取《孔疏》，但觀點却多與《孔疏》一致。濫用同聲通假的方法，以牽强附會個人的論證，是他的缺點。

陳奂的《詩毛氏傳疏》三十卷及同時同鄉的胡承珙所著《毛詩後箋》三十卷，俱成書于嘉慶末年，也都專崇《毛傳》，能于《鄭箋》外别尋新義。胡較陳更精辟。胡書的魯、商二頌部分，是去世前遺言囑請陳續作以成的。

魏源的《詩古微》十九卷，是一部完整的詩學新著，它不依《毛詩》的篇次作説，而是拆開它，成爲某些單元來加以論述。魏氏摘用舊説諸家語句，綴輯爲"集義"，而在其他篇章中申論之。體裁新穎，論辨詳明，具有史家治經的特點。

方玉潤的《詩經原始》，是晚出的一部詩説，多取自姚際恒的《詩經通論》，于毛、鄭、朱傳取捨不一。學力雖欠純厚，然新義較多。其書一九二四年始由商務印書館印行。

此外，如范家相的《詩瀋》、姜炳章的《詩序補義》、錢澄之的《田間詩學》、姚際恒的《詩經通論》，均是常爲學人引用的詩學巨著。還值得提到的是崔述（1740—1816），著有《讀風偶識》四卷，是有清一代最敢于破舊、勇于立新的怪傑。近年説詩的，都很重視他。

清末的皮錫瑞、王國維、梁啓超、章太炎、劉師培以及民國以來的蔣善國、胡樸安、羅倬漢、顧頡剛、胡適、鄭振鐸、聞一多、陸侃如、馬振理、余冠英、孫作雲等，都是主張詩學革新的。他們或已寫成著述，或僅重點地標示新義。但都爲打破學術思想枷鎖，産生新的《詩》學概念，建樹了新的大纛旗。

王先謙的《詩三家義集疏》、廖平的《詩緯新義》，推闡"三家詩"的"四始"、"五際"、"六情"之義，力貶《毛詩》。章太炎、劉師培撰《群經大義相通論》《毛詩札記》則宗乾嘉之派，推重《毛詩》，貶斥"三家詩"，推進了古文經學派與今文經學派的訟争。王國維以“二重證據法”，將訓詁與考古發現相結合，對《詩》的史學價值多有發明，但基本上限于《頌》詩方面。顧頡剛爲代表的“古史辨”派，則全盤推翻漢代以來經學家對《詩》的曲解，將《詩》認識爲真實反映當時社會歷史的“總集”。聞一多可算是運用考古學、文化人類學、民俗學和訓詁學對《詩》綜合研究的開拓者。鄭振鐸在《湯禱篇》中，通過對《小雅・黄鳥》等篇的具體分析，將表現于《詩》内的廣大勞動人民的心情，作了初步的剖析和探索，給現代的《詩》學概念揭啓了新的序幕。

我本不治經，對《詩經》原衹略有愛好。後在考察西南邊區少數民族社會時，在他們的婚禮中發現有類似《周南》諸篇的歌詠，開始引起我研究詩義真諦的興趣。我發現民主改革前的藏、彝族社會還停滯在奴隸社會向封建社會過渡的階段，尤其是藏族封建農奴社會的發育程度，大致與中原殷周之際相似，正好處于中原地帶《詩》三百篇産生的社會發展階段。而藏、羌、彝等歷史悠久的少數民族的民歌、樂舞及民俗，在内容和表現形式上都十分古樸，多有與《詩》描述相似可通者；又發現藏、羌語中保留着許多與《詩》中音義相同的古語，如“貽我來牟”之“來”本指大麥，藏語中現仍稱爲“來”；還發現在立體氣候帶的横斷山區，保存着許多古老生物，可證《詩》中一些生物的真實所指。因而想到：如果將這些民族地方保存的古老社會制度、生産方式、民風民俗與《詩》所表現的社會、民俗文化進行比較研究，從中發掘《詩》的本真歷史文化内涵，或可起到“以今證古”的作用，應是一件頗有意義的工作。由此開始留心于搜集這方面有關資料，逐漸形成了自己對“《詩》學”的一些新認識。逐步深入後，遂試圖從這一綜合比較研究的角度，去探索《詩》三百篇的實質。一九六六年五月開始寫作，不久“文革”禍作，身羈川大，稿被没收遺失。一九六九年，避居南充家鄉洞室，友聲寂來闃，感來日無多，乃勉力重寫這部稿子，既了一心願，也想把自己對《詩》的一些研究心得提供出來，留供感興趣的人參考。簡括地説，這些心得主要有下述幾點：

——《詩》三百篇是我國最古的文學著作，在我國文學史上佔有很重要的地位。但它的價值遠不止文學領域，在史學上它反映了我國由奴隸社會向封建社會過渡時代社會歷史的發展情況。它生動翔實地把這數百年間社會各個階層的生活形象“拍攝”留存下來，成爲最可靠的歷史資料。

——《詩》三百篇，是孔子從魯、周、列國樂官那裏選輯來，提供門人弟子學習的教材。因爲，當時奏樂、賦詩是社會交際的必需工具，通過斷章取義的賦詩，可以表達自己的心願、意圖。孔子輯《詩》以教學生具有功利性目的，並非漢儒所説的“教化”。

——魯、周以及列國樂官所保存的樂章，是依據誦詩、弦詩、歌詩、舞詩幾大類分檔的。歌詩，是有樂譜、能合樂歌唱的詩。舞詩，是既能合樂歌唱，又能合樂舞蹈的詩。孔子所録，衹是歌詩、舞詩兩部分。孔子未録，而散見諸古籍（多爲前人引用）之中的，即所謂的“逸詩”。

——樂官對于歌詩、舞詩，是根據各篇樂曲的種類來分類的。大類是：南、風、雅、頌；這四大類復分爲周南、召南、十三國風、大雅、小雅、周頌、魯頌、商頌等二十個小類。孔子選録的，衹是他自己能弦歌的，或自己能理解和感興趣的一些樂章。

——戰國年代，詩在交際上的作用衰没了，成爲純文學的典籍，並和樂曲分離開了。秦火後，古樂曲譜也消亡了；《詩》因其爲韻言，幸運地在口頭上得到保存，獨自流傳。原來的意思，却被漢儒作了種種歪曲的解説。齊、魯、韓、毛四家遂應運而生。

——“禮失而求諸于野。”今天想去探求《詩》三百篇原始意旨，不但必須從考古、文獻等資料去深入研究殷周時代的社會歷史發展過程和當時各階層人物生活的情况，而且應該從現代一些大致處于與殷周社會階段相似的少數民族社會中去比較研究，從他們的民風民俗、語言文字、社會制度、經濟狀况、地理環境等方面去挖掘、搜集資料，與歷史文獻資料相結合，進行科學的、綜合的分析比較，深入研究，纔可能去僞求真，有新的發現。

初稿寫成後，曾送老友徐中舒、何洛等先生閲，得到他們的鼓勵與賜教，並推薦至中華書局徵求出版意見，中華書局審讀了部分初稿（衹送了前半部分），認爲“頗有新意”，熱情地提出了許多寶貴修改意見，並建議文字精簡三分之一，以利出版。因再撰二稿，擬吸納有關意見，删繁就簡。奈年邁力衰，精力所限，遲遲未竟。落實政策後，需整理出版之歷年舊作甚多，更不及顧此。近年，組織上調我子新建爲學術助手，協助整理舊作，遂將此稿交其修改整理，以期將來或可出版，給那些希望結合古今來研究《詩》三百篇者，提供一些參考資料和一得之見。

任乃强

一九八二年　冬至

卷一　緒論

一、《詩》產生的歷史背景

（一）殷、周社會發展過程

殷商是奴隸社會。殷王這個大奴隸主，統治了各個地區的中、小奴隸主。後世史家稱這些中、小奴隸主爲“諸侯”。“諸侯”中，勢大、奴隸多、力能控制幾個地區的，殷王也會給以更大的權力，後世史家將他們稱之爲“方伯”。那時，全中國可以分作這樣幾個地區：

甲　黄河下游沿河平原一帶地區：包括太行山以東，濟水以北；上達孟津，下至碣石。爲殷王直接控制之區，以朝歌爲核心（漢儒稱之爲“河内”）。在當時，是半農半牧人口稠密的地區，文化較高，風俗侈靡，音樂與詩歌相當發達。

乙　黄河中游，砥柱（今三門峽）以上的河流地區：當時稱爲“西河”，包括汾河下游，伊、洛流域和龍門兩岸的沿河地方，以安邑附近的鹽池爲核心（漢世稱爲“河東”），是唐、虞、夏形成華夏文化的導源之處，原爲生産最發達、文化最高的地方。商滅夏後，就衰落了。

丙　關中緣附隴山一帶：原是羌戎民族與華人市易交換的地區。姬周的祖先公劉居豳時，祇是個弱小的奴隸部落主，由於他勤修農藝，發展生産，優容客户，華夏懷有才藝的奴隸，不堪虐待，便逃來依附他。他的部落部逐漸强大起來（據《公劉》篇詩義）。古公亶父（太王）遷居岐山的周原，累代推行“奴隸改良”政策，大量從南方部落吸入奴隸，並能得到他們的擁戴，生産和軍事力量强盛了，西部諸侯同南國的奴隸主們都受到他的制約，背殷而就周。到了太王的兒子王季時，便成爲西部的方伯。發展到文王姬昌，已是“三分天下有其二”了。他便自稱“受天命”，出兵征服鄰部，與殷王抗衡。到武王時，滅殷而王天下。岐周之能勃興，同它優遇奴隸是有很大關係的。這在三百篇中時有反映。

丁　秦嶺、方城、嵩高、圃田、荷澤與泰山山脉以南，江、漢、淮、沂諸水流域地區：當時稱爲“南國”。遠在原始社會時代，生産、文化並不遜於中原，但因進展濡遲，虞、夏之時，已經落後於華夏。在商代，也進入了奴隸社會。東部淮水流域的奄國、徐戎、淮夷三大氏族部落，附屬於殷；西部江、漢流域的巴、蜀、庸、楚四大氏族部落，殷末歸附於周。南國水耕火耨，生産落後。它同殷、周市易，是以奴隸爲主要商品，因而南國的詩歌也跟着奴隸的輸入，傳至殷、周。由於岐周優待奴隸，南國詩歌便流傳更爲廣泛了。

戊　東部渤海沿岸，泰山以北與遼東半島地區：即古所謂“東夷”之地。殷末有薄姑、萊夷諸國，皆臣事殷，以魚鹽市易。

此五大地區之外，皆是原始社會地區，華人稱他們爲氐、羌、越、濮、戎、狄。氐、羌部落亦有内附岐周的。

《尚書·君奭》有"惟兹四人"之句。這四人是指泰顛、閎天、散宜生、南宫适，他們是文王、武王的近臣、將帥，却俱是從奴隸中提拔任用的，是扶周滅殷的有功之臣。此四人之外，被拔用的奴隸，有功於周室的應該還有不少。但是，在武王封賞滅殷之功臣時，他們均未得封國列於諸侯。但武王對這些出身於奴隸的有功之臣，也作了一定的優遇和安置，那便是：解除他們的奴隸身份，在王畿的"六鄉六遂"之地，分土授田，成爲自由農民，衹對王室承擔兵役、徭役和賦税，子孫可以入仕。這種制度，與近世藏族地區的"莊房"制一樣，也和彝族地區的"水田"相似[1]，是奴隸社會發展到末期、封建社會萌芽期的產物。《周禮·地官》所説的"鄉遂"制度[2]，正是如此。

《周禮》一書，雖出自秦漢間人的僞撰，但正如《吕氏春秋》等"雜家"著作一樣，乃雜採前人之説以成一家之言，並非個人憑空臆造的。况且，成書之時去古未遠，若純爲杜撰，是不會被人相信的。至於《地官》所述，什九均與中原地區歷史規律，近代一些少數民族地區的社會情况，以及《周詩》許多篇章的描述符合，我們就不得不相信它一定的真實性了。

在周滅殷之前，當已有了授田自耕的農奴制度了。武王滅紂的"戎車三百乘，虎

【1】所謂"莊房"制，即藏區民主改革前的封建農奴制。其特點是：領主（土司、頭人、寺廟上層）佔有土地，交由所屬農奴耕種，不准買賣轉移。農奴的身份介於佃農與奴隸之間，他除繳納自己領種的地租外，還要無償爲領主服役（包括耕種領主的自留地、爲領主支勞役差、服兵役等），由於其人身世代依附於某一領主及其土地上，故被稱爲"莊房娃"。其中，又以經濟關係和依附程度的差别分爲"科巴""差巴""約布"等身份。彝族"水田"制亦是一種奴隸制生産關係，大體與"莊房制"相同。這種制度與《周禮》所載當時社會制度有許多方面類似。

【2】周制，大抵王畿核心爲六鄉，較遠之地有六遂，遂以外爲公卿食采之私邑。凡興師旅，每鄉一軍，軍二千五百人。六鄉是爲天子六軍。若不足用，則徵於諸侯之國（包括食采之君）。《周禮·地官》："小司徒之職，掌建邦之教法，以稽國中及四郊、都鄙之夫家九比之數，以辨其貴賤老幼廢疾。凡征役之施舍，與其祭祀飲食喪紀之禁令。乃頒比法於六鄉之大夫，使各登其鄉之衆寡，六畜、車輦，辨其物，以歲時入其數，以施政教，行徵令。及三年則大比，大比則受邦國之比要。乃會萬民之卒伍而用之。五人爲伍，五伍爲兩，四兩爲卒，五卒爲旅，五旅爲師，五師爲軍；以起軍旅，以作四役，以比追胥，以令貢賦。乃均土地，以稽其人民，而周知其數：上地家七人，可任也者，家三人；中地家六人，可任也者，家二人；下地家五人，可任也者，家二人。凡起徒役，毋過家一人，以其餘爲羡，唯田（税）與追胥竭作。""鄉大夫之職，各掌其鄉之政權禁令。……以歲時登其夫家之衆寡，辨其可任者。國中自七尺以及六十，野自六尺以及六十有五，皆征之。其舍者，國中貴者、賢者、能者、服公事者、老者、疾者，皆舍。以歲時入其書。三年則大比。""遂人掌邦之野。……以歲時登其夫家之衆寡，及其六畜、車輦，辨其老幼廢疾，與其施舍者；以頒職作事，以令貢賦，以令師田，以起政役。若起野役，則令各帥其所治之民而至，以遂之大旗致之。其不用命者誅之。"《周禮》上所説的"夫家"，是國家所建並連同土地授予人民世代相傳耕種的一種制度，不准典當、買賣和轉移，國家徵收一定的租税，兵役、徭役則無定額。類似於民主改革前藏族的"莊房"制。

賁三千人"，當即是奴隸除籍後，授田的"夫家"之兵，他們雖仍爲"農奴"，但所處的地位，所受的待遇已經比奴隸好得多，所以他們能在伐紂之役裏，爲周王拚死戰鬥。周王在取得勝利後，就在鎬京附近建立"六鄉"這一套制度，來安置這些有功的奴隸。於是，周王的軍隊，便由三千之家擴充到一萬五千人，已是一股能够威懾華夏和四夷的軍事力量了。"六遂"這一制度，也可能是周公旦誅管、蔡，滅商、奄以後，爲安置從軍立功的奴隸而增設的；所以"遂師""遂大夫"和以降的官職，要比"六鄉"低一、二級。"鄉""遂"之間，顯然存在着親疏、輕重的等級差別。這就是封建社會萌芽時期，階級關係複雜化的具體表現。

周公旦在文王之世，已以才能出衆見稱於時。武王在滅紂後不久便死了。成王年幼，周公輔政，政權操在他手裏。"鄉遂"制度，當是由他創建的，也是他堅決推行的。即使這一制度未在列國施行，起碼在他自己王畿的食邑之内，同他兒子伯禽所封的魯國中，是要推行的。他的"奴隸改良政策"，必然會遭到維護奴隸剥削制度的奴隸主的堅決反對。甚至他的同胞兄弟管叔鮮、蔡叔度也竟擁護殷紂的兒子武庚，聯合霍、奄等華夷十餘國來反對他。然而奴隸軍隊作戰的積極性自不如自由農奴的高。周公東征之軍剛到達朝歌以南的衛邑，奴隸主的聯軍便瓦解了。時在成王三年。同年"遂伐奄，滅蒲姑"。四年，"伐淮夷，遂入奄"。五年，"王在奄，遷其君於蒲姑"。（據《竹書紀年》）所謂"周公東征三年"，就是這個情況。這個情況也極爲明顯地反映在《豳風》的詩篇中。

周公在戰後，將"殷之頑民"遷徙到洛邑，遂營成周以鎮東方（見《商書·多士》，《周書·作雒》）。徙同叛的"殷民六族"於魯，"使帥其宗氏，輯其分族，將其醜類以法則周公"。留"殷民七族"於衛，以封康叔。徙"懷姓九宗"於唐，以封幼弟叔虞。自洛南之魯山，遷伯禽之國於曲阜以鎮奄地，御徐夷。蔡叔之子胡，"改行帥德，周公舉之以爲己卿士，見諸王，而命之以蔡。其命書云，'胡，無若爾考之違王命也'"（並見《左傳》定公四年）。所謂"違王命"，即堅持奴隸制度，反對"鄉遂"優待奴隸制度。所謂"改行帥德"，即願意奉行周公的政策。

周公滅奄，營曲阜而徙魯，並在留駐大量軍隊以禦尚未臣服的徐夷的同時，必然也已在魯國推行了"鄉遂"的制度[1]。

武王滅紂之初，王畿雖已有六鄉之制，六鄉以外，當仍爲奴隸社會。五等封爵的諸侯和王畿食采的邑君，俱是新生的中、小奴隸主，僅周纔是"鄉遂"制度下的農奴主。周公是采邑的農奴主，平定四國後，魯、晉、齊、蔡等少數諸侯國，當已試行了

【1】《尚書·費誓》是魯侯伯禽爲了抵禦徐戎、淮夷入侵，在費邑誓師的文告，其中一再提及"魯人三郊三遂"，可見魯國在伯禽時已有了"鄉遂"制度。

"鄉遂"制度。魯是周公兒子伯禽的封地，自然得首先帶頭推行這個政策，所以，西周初世，魯於諸國中，最爲强大。民性頑固的衛，爲狄人所滅。宋承殷之祀，蔚爲大國，而國勢不振，當由它們堅持奴隸制度所致。鄭自西周東遷之後，力量發展到能與王室對抗，當亦由於能施行這個制度。這都是生産關係改變，生産力得到解放的政治效果。

推行"鄉遂"制度之得到民心擁護，在厲王時的一次奴隸革命運動中，表現得很明顯：

> 厲王虐，國人謗王，召公告曰："民不堪命矣。"王怒。得衛巫，使監謗者。以告，則殺之。國人莫敢言。道路以目。王喜，告召公曰："吾能弭謗矣，乃不敢言。"召公曰："是障之也。防民之口，甚於防川。川壅而潰，傷人必多。"……王不聽。於是國人莫敢出言。三年，乃流王於彘。
>
> 彘之亂，宣王在召公之宫。國人圍之。召公曰："昔吾驟諫王，王不從，是以及此難。今殺王子，王其以我爲懟而怒乎？"……乃以其子代宣王，宣王長而立之。(並見《國語·周語》[1])

這一事件，從史料上看，是一場"民變"。若結合王畿的"鄉遂"制度和采邑的奴隸制度去分析，便很容易認識到所謂"彘之亂"，實際上是一次奴隸革命運動。

西周王畿的六鄉、六遂和部分食采的開明公卿的地界内，人民有自己的土地、自己的家室、自己的産業，除供軍賦、徭役以外，生活比較自由，租税亦有定額；而處於頑固的采邑奴隸主管轄下的奴隸，則毫無自由，過着牛馬一般的生活。相比之下，當然時時刻刻準備造反，待機而動。恰又遇見厲王好利，加重對奴隸主的壓榨。奴隸主又轉嫁殘酷的剥削於奴隸。兼之，西周政權漸趨衰微，奴隸遂乘機揭竿而起，掀起這場"暴動"，這是完全可以想象到的。至於他們衹將厲王流放於彘，還保全他的生命，當由於鄉遂的六軍戰士，雖不滿厲王的貪得無厭，鉗制輿論，但感到周室的制度尚有利於他們，遂不贊成徹底推翻周王朝，而擁護開明的周定公與召穆公共和行政。周、召二公當屬於贊成解放奴隸，推行"鄉遂"改良政策派系中的人物。否則，奴隸們是不會信任他二人的。奴隸們分得土地，獲得相對的自由，也就平静了。於是，共和告終，政權復歸於王室。

【1】《史記·周本紀》："三年，乃相與畔，襲厲王。厲王出奔於彘。厲王太子静匿召公之家，國人聞之，乃圍之。召公曰：'昔吾諫厲王，王不從；以及此難也。今殺王太子，王其以我爲讎而懟怒乎？夫事君者，險而不讎懟，怨而不怒，況事王乎！'乃以其子代王太子，太子竟得脱。召公、周公二相行政，號曰'共和'。共和十四年，厲王死於彘。太子静長於召公家，二相乃共立之爲王，是爲宣王。"《竹書紀年》所載不同，當係據魏人傳聞。應以《史記》所載爲可信。所謂的"國人"，範圍較廣，當包括奴隸、農奴和一些下層官吏等不同階層的人。

主持共和的召穆公與周定公，是召公奭與周公旦的裔孫。召穆公在當時有很高的聲望，而周定公却是默默無聞的。他二人被推主持共和，在這次政變中受到的遭遇却不等同。周定公没有受到什麽波折，平平安安地當上共和政體的首腦；而以才能見稱，卓有時譽的召穆公，不但不能庇護太子静，甚至犧牲自己的兒子去做替死鬼。正説明周公旦創建"鄉遂"制度影響的深遠。我們不這樣去理解，是不可能把這次"暴動"的因果搞清楚的。爲什麽厲王不徵用六鄉的軍隊來鎮壓暴動？爲什麽起義的人民衹放逐厲王而不推翻周王朝？爲什麽要殺王太子而不加害召公？爲什麽召公對這一事既不能撫，又不能"剿"，又能參加共和政權？厲王又何以自甘幽囚以至身死；宣王何以不記逐父殺身之怨？起義爲何竟平安度過？這些問題，衹有這樣理解，纔能得到解答。

史稱"宣王中興"，可見這次奴隸革命，不僅未削弱周王朝，反而大大增强了王室的統治力量。究其原因，當是推行"鄉遂"政策，使王畿的社會發展，全面進入封建農奴生産制度的必然結果。

西周末期，"鄉遂"制度已不能適應新的生産力的發展和生産關係，周王朝衰落了。在犬戎的入侵下，流離東遷，處境狼狽。這在《王風》及《小雅》的詩篇裏反映出的很不少。遷都至洛邑後，王權仍不振，最後不免就食於諸侯之國，受到譏刺、輕蔑。（見新詮《王風·葛藟》《小雅·正月》等篇）

東周時，新興的霸國崛起於鄰接"四夷"的地區，而不在中原，是因爲這時中原地區長期停滯在農奴的生産制度階段，生産力落後的緣故。戰國的"七雄"，北如燕，南如楚、吴、越，俱爲興自邊區的强富之國。秦承西周之弊，從犬戎奪回王畿之地，等於在廢墟上重建家業，最後却統一了中國，也正是由於這個緣故的。

總之，我國的封建社會，濫觴於西周的六鄉、六遂，後逐步由近而遠地普及於華夏及邊區、南國。至秦滅六國而全面建立。《周詩》三百餘篇所反映的各個年代，各個地區，各個階層人民的生活、思想、情感，恰是這一過渡時代的真實且寶貴的史料。

（二）周代社會階級的發展變化

我國自夏代進入奴隸社會，起初衹有奴隸主與奴隸的階級區别[1]。史家所記，自禹至桀十七世，號稱爲"帝"，實與所謂"諸侯"的奴隸主們，如有扈、有窮、有商、昆吾、豕韋等"君長"，是同等相處的。至商湯滅夏，稱"王"，地位凌踞各地中、小奴隸主之上，纔産生了統治整個華夏至高無上的大奴隸主這一階層。但是，湯的"王

【1】 在黄帝時代有了氏族社會。《世本》這部古書，就是從黄帝時開始記載起的。唐堯、虞舜、夏禹時，衹能是原始公社。夏自帝啓後，氏族之間的戰争多了，降伏的被奴役，纔有了奴隸階級。

臣”如伊尹、傅説諸人的社會身份，則出自奴隸[1]。

社會階級的複雜化，開始於周代。周代社會，大體可分爲六個階級和若干階層，今就西周年代的等級，列如下表：

級別／地區	一	二	三	四	五	六
王畿	周王	公卿	大夫	士	百姓	奴隸
		宗親（嫡親）	→（通親）	→（遠親）	→（疏族）	
		邑君		家臣		奴隸
畿外		諸侯	卿	大夫	士	奴隸
		宗親→				
		附庸國君				奴隸
		四夷之君				奴隸

“周王”，是至尊無上的。“溥天之下，莫非王土。率土之濱，莫非王臣。”（《小雅·北山》）王的“宗親”，依親疏、遠近，以次降級。同母之子最親，同父之子次之，從父之子又次之，皆與公、卿、諸侯同級，食“宗禄”。同曾祖之兄弟，同高祖之兄弟，以次遞疏，以次遞降至百姓級，“宗禄”亦遞減以至於無。食“宗禄”的，又有嫡子、庶子的不同，級位亦異。食“宗禄”的，有資格參加王族祭祀祖先的典禮。有“大宗”“小宗”的區别。

“邑君”，是王臣之有功勛、名德及賜食采邑者。屬有家臣，管理采邑内從事勞動和徭役的奴隸。邑君世襲如諸侯。

“公”“卿”“大夫”“士”，是王畿鄉遂輔佐周王治理國事者的職稱，也是標别社會階級的尺度。嫡親之賢能者，得優先被任爲公卿。公卿之德業可稱者，得食采爲邑君。公位尊於卿。“論道經邦、燮理陰陽”，（《周書·周官》）因人而任，官不常設。六卿是常設的高級王官，六鄉各設鄉大夫，亦卿一級的官，即所謂的“上大夫”。

“大夫”，級凡三階，上大夫初爲大夫級，後昇入卿級。中、下大夫與諸侯子男之爵，及大國之卿同階。地位、食禄均低於卿一級，故爲第三級。

【1】 伊尹原是有莘氏的奴隸，以從媵歸湯，助湯滅夏，執政二十餘年，立三君，放太甲，號爲“阿衡”。後爲太甲所殺（據《竹書紀年》），而諸侯不稱其枉，子孫亦不報怨。可見奴隸社會可以用奴隸執政，也可以枉殺奴隸而無所忌。傅説本無姓名，版築於傅岩，殷高宗任之爲宰衡，因名以傅説。説，古悦字。可見他因得到奴隸主的喜悦而被寵任。

“士”，最初衹是充當軍役的武士的職稱。士立了功，便可食禄作官。其後，則凡入學，習六藝，考得俊士的，亦可入仕食禄。這樣的士，就脱離平民身份，逐步高昇，進入卿或大夫統治階層之内。士一級，在周代開始形成爲介於諸貴族與平民之間的新生階級，有上士、中士、下士等第。上士又稱“元士”，是與下大夫非常接近的一個階層。

“百姓”，主要是王畿内鄉遂，受田、立家、承擔王室兵役、徭賦、地租的農奴。貴族疏遠的無宗禄的子孫，也成爲百姓。他們大都從事工、商或醫卜、技藝，與前者又不相同。“百姓”，也是周代一個新生的階級。“百姓”不同於奴隸的，是除了兵、徭役之外，身體是自由的，也有選擇職業的自由。

“奴隸”，是爲各級封建領主和統治階級的貴族勞動服役的，他們喪失了一切自由。在周初，這一階級的人數是異常衆多的。其後，雖有一大部分轉化爲農奴（百姓），但直至周末還保留有一大部分未被解放的奴隸以及因犯罪而被配入的奴隸和從四夷地區俘獲、販賣而得的奴隸。王室與諸侯、邑君、宗親等所擁有奴隸的身份是同等的。按《周禮》所載，服務於王室和官寺的奴隸，有“胥、徒、奄、女、奚”等級别。“胥”是具有知識、能辨文牘的奴隸。“徒”是有力氣、有技能的奴隸。“奄”是受了宫刑的奴隸。“女”是女奴隸。“奚”是供雜役的兒童奴隸。按《周詩》所載，從事田間勞動的奴隸，有“田畯”與“農夫”兩個階層。“田畯”，當是田間勞動的帶領人。諸侯和邑君的奴隸，也大致是這樣的。按《左傳》昭公七年，華尹無宇所説“人有十等”，是王、公、大夫、士、皁、輿、隸、僚、僕、臺。這説的是楚國的制度；就供役於官府而言，自士以下的，是被統治階級。這時，楚已進入封建社會。所謂“皁”，當是農奴被徵用的，與“輿”以下的奴隸是有區别的。

畿外諸侯，分公、侯、伯、子、男四位五等之爵（子男同一位，見《孟子》）。惟宋爲公爵，魯、衛、晉、齊、陳等大國皆侯爵；鄭、曹、邢、杞爲伯爵；莒、邾等國爲子爵；許爲男爵，俱見於《春秋》。楚雖久已自尊爲王，《春秋》仍書之爲子。蓋楚之初封爲子爵。五等諸侯與五等王臣同級。

諸侯的宗親，如同王室的宗親一樣，也是依親疏、遠近的關係而遞降等級的，但如上表所示，相較各自低了一級。

諸侯的卿、大夫、士，職稱同於王臣，而級位也相較各低一級[1]。

“附庸”與四夷的君長，皆無爵。“附庸”是鄰接大國的小奴隸主部落。其地域不足方五十里的，不授爵，也不朝於天子，但附屬於大國諸侯。這些部落大都保持殷代

【1】漢儒纂輯之《王制》，皆周制。謂“天子之三公之田，視諸侯；天子之卿，視伯；天子之大夫，視子男；天子之元士，視附庸。”此言周制爵禄的原則，亦即制定的標準。周代食禄爲土田，故謂“三公之田”。

的奴隸制度。入東周後，均多爲大國兼併。

“四夷之君”，乃地區較遠的民族部落。他們初未附周，與華夏僅有貿易的關係；有時亦來朝貢，有時也侵擾邊境。宣王時的玁狁、徐戎、淮夷之類皆是。他們都尚停滯在奴隸社會，或原始社會階段。那些雜居於中原列國間的（如茅戎、潞子、長狄之類），能參預朝聘會盟這樣的國家大事，當已進入封建社會的初級階段了（例如《左傳》襄公十四年的“戎子駒支”）。

東周時，社會階級有了巨大的變化。首先是周王的地位下降，大國諸侯的地位抬高，方伯霸主的實權，遠遠超過周天子。小國諸侯服事霸主，勤於服事周王。周王的公卿，得仰承霸國上卿的鼻息辦事。其次是大國的宗親和卿大夫的地位也上昇了，權也加重了；同周室的宗親、公卿一樣，也有了食邑，有了家臣，累世掌握政權，號爲“世卿”了；如齊的高氏、國氏，魯的三桓（孟孫氏、叔孫氏、季孫氏皆桓公子孫），晋的六卿，均擁有私家的陪臣、賓客、士卒和僕奴，儼然自成一國，凌傲周王、欺壓小國及附庸。

士一級的壯大擴張和得勢，是尤爲重要突出的變化。管仲、商鞅、蘇秦、張儀、陳軫、藺相如、李斯等人，幾乎全是從布衣而至卿相的。

更爲突出的，是奴隸制度的漸趨消滅。有才能的奴隸能够和士一樣，受到國君的信任，操持國政。如齊桓公時的易牙、豎刁、寧戚；晋文公時的顛頡、寺人披；秦穆公時的由餘、百里奚以及魯定公世季氏的家臣陽虎，俱是有才能的奴隸，憑個人的努力奮鬥而至卿大夫之位的。貴族豪門的奴隸，也多因具有才幹而被養同賓客，不再受到奴隸的待遇。當然，這是與春秋中葉以後，積極推行解放奴隸政策分不開的。周以後，雖仍存在有奴隸，但服役的範圍已是僅限於家庭以内的勞動了。

周代社會階級的複雜，一方面表現爲階級梯層的增多，一方面表現在各個階級梯層間的可以相互滲透，因而促成了它的更大、更快的發展變化。周王朝規定的制度——亦即周公制定的“禮”，不是以前死板地將貴族和奴隸嚴格隔分，絲毫不容混亂，而是允許在各階層中，有才能又進步的可能被擢用，没有才能又落後的就被淘汰。這是一個符合社會發展的自然規律的制度，也是我國奴隸社會階段時間比較短暫，同封建社會階段比較長遠而又特别鞏固的基本原因。

《詩》三百餘篇，恰産生於公元前十二世紀至公元前六世紀（周文王至周敬王的年代）的五百多年之中，它是真實反映這一從奴隸社會向封建社會過渡時期内，各階層人物生活及意識形態的一套相當完整的原始資料，因而它的作者應來源於不同社會階層，其中不少是奴隸、百姓和士人所創作。

（三）周代的教育制度

詩歌是在原始社會的生產鬥争、對敵鬥争中，爲了鼓舞、激勵、讚頌以及詠歌、哀悼而産生的。發展至氏族公社時，已有了專司教育的人。這些人仍衹是擅長音樂與詩歌的人。在人類的啓蒙時期，樂歌自然是唯一推行教育的工具了。《尚書·舜典》的“九官”，衹有夔是唯一司教之官。其餘的八官則是依其所職而施政令的，並非聚集生徒使之接受教育的。

進入奴隸社會之後，“巫師”是實際職司教育的階層。“巫師”們將音樂、舞蹈、詩歌結合起來，以宣傳神權及法力。直至周初，巫教仍爲盛行[1]。

周創建鄉、遂制度，設立學校以教育，執教的皆爲樂工，建立“學校取士之制”。《小戴禮·王制》：

> 命鄉論秀士，升之司徒，曰選士。司徒論選士之秀者而升之學（即“國學”，是王畿或列國所設立的學校），曰俊士。升於司徒者，不徵於鄉（謂在鄉免除其兵役）；升於學者，不徵於司徒（謂免除其一切徭役），曰造士（謂已真正進入士的階級）。樂正（國學的主教者），崇四術，立四教，順先王詩、書、禮、樂以造士（釋“造士”命名之義）；春秋教以禮樂，冬夏教以詩書。王大子，王子，羣后之大子，卿、大夫、元士之適子，國之俊選，皆造焉。凡入學，以齒（按年齡排隊，不依階級成分）。將出學，小胥、大胥，小樂正，簡（檢舉）不率教者，以告於大樂正。大樂正以告於王。王命三公、九卿、大夫、元士，皆入學（俱來教訓“不率教”的造士）。不變，王親視學；不變，王三日不舉，屏之遠方：西方曰棘，東方曰寄，終身不齒。大樂正論造士之秀者，以告於王，而升諸司馬，曰進士。司馬辨論官材，論進士之賢者，以告於王，而定其論（評定考語）。論定，然後官之。任官，然後爵之。位定然後禄之。

這段話，與《周禮》大司樂和樂師、大胥、小胥的職守相符合，衹改稱“樂師”爲“樂正”，又增多“小樂正”一級。所教的“禮”“樂”“詩”“書”四科，與《周

【1】伊尹“制官刑”，斥“三風十愆”，謂“敢有恒舞於宫，酣歌於室，時謂巫風”（見《尚書·伊訓》）。這是巫法假音樂、歌舞以惑衆的反映。但伊尹之後，仍有巫賢、巫咸等作了卿士。武王滅紂時，也用殷巫卜筮，《小雅·天保》是作了記載的。

禮》保氏所授的“六藝”“六儀”，雖名目不同，而實質則一[1]。既然都用樂官執教，所教的課程亦必以“詩”“樂”爲主。那麽，“春秋教以禮樂”的“禮”，亦必然包括“六藝”的“五禮”和“六儀”的“禮容”，而“禮容”亦即是舞樂的一種。“六藝”所謂的“六樂”，亦應是“春秋教以禮樂”的“樂”。“五射”“五馭”也應是屬於“武舞”（“萬舞”）的基本動作功夫。

這個時代的士，不但要學文，而且還要習武。他們在學校卒業服官之後，俱得駕車行獵和率軍旅作戰。《王制》：“有發，則命大司徒教士從車甲。”可見國學所授的“武舞”，正是爲派上這些用場的準備工作。詩《簡兮》歌頌一位舞師表演“萬舞”，有句云：“有力如虎，執轡如組。”正説明在“武舞”中，是要表演射御（同馭）的技術的。

所謂“冬夏教以詩書”的“詩”，指的是太師所儲備存録的各類的詩語（亦即“太司樂”所謂“以樂語教國子興道諷誦言語”的“樂語”）。這些詩語之中，當然也包括《詩》三百篇這類的“樂詩”在内。所謂的“書”，即是“保氏”所謂的“六書”，指的是記載前人語言的史籍，如《虞書》《夏書》《商書》《周書》之類。“詩”爲樂官所授，“書”爲保氏所授。“品德”方面由“師氏”管教，職責範圍是相當明確的。“詩”與“樂”不可分，屬同一課目，舞和其他技藝，當如現在的選修課，是因材施教的。從《王制》所云：“祝、史、射、御、醫、卜及百工，凡執技以事上者，不貳事，不移官，出鄉不與士齒。”可見保氏所謂的“九數”，包括了“祝、史、射、御、醫、卜、百工”這些專業（數、術二字，古通用）。這些課程在國學裏，均設有專師教授。又可見，學習這些課程，在卒業後，雖能被授官職，但職位遜於專攻“六藝”的士一等，並終身不得改易職守，不准兼理民事或軍政。這一類的官，即使因其技藝卓異，而升至大夫一級，地位也在下大夫之下，被特稱爲“嬖大夫”[2]。

東周以後，列國也都有了自己的鄉校與國學。士形成了一個階級之後，求學的人數激增，各地國學，鄉校容納不下了，就産生了私塾。孔子就是私塾的倡建者之一。

【1】《周禮·地官》：“師氏，掌以媺（古美字）詔王，以三德叔國子……凡國之貴游子弟學焉。”“保氏，掌諫王惡，而養國子以道。乃教之‘六藝’：一曰五禮，二曰六樂，三曰五射，四曰五馭，五曰六書，六曰九數。乃教之‘六儀’：一曰祭祀之容，二曰賓客之容，三曰朝廷之容，四曰喪紀之容，五曰軍旅之容，六曰車馬之容。”（“容”即頌樂的舞容，説詳《三頌》篇。）《周禮·春官》：“大司樂，掌成均之法，以治建國之學政，而合國之子弟焉。凡有道者，有德者，使教焉……乃分樂而序之，以祭，以享，以祀。”“春官”，是王宫的禮官。由此可知，“大司樂”主教的爲國學，而師氏、保氏主教的爲鄉、遂的學校。

【2】“嬖大夫”之稱，見於《左傳》昭公元年七年，哀公五年及《國語·吴語》，均爲“執技以事上者”的職稱。不同於世所謂“佞倖”、“嬖人”的含義。昭元年的“游楚”，七年的“罕朔”，畢出自巨族世裔。子産稱之爲“亞大夫”，稱云不及大夫正位的大夫，乃春秋末新增的職位之一。至如成公十七年所記：晋厲公之“‘外嬖’胥童，夷羊五，長魚矯”，亦當爲“嬖大夫”之有才藝者。胥童後進位爲卿。“大夫”而冠以“嬖”，當出自没落貴族們對這些出身於士的新貴們的蔑視。

前已提及，孔子讓門人弟子學詩，是使他們適應當時社會的要求，培養他們仕進的本領。從《論語》所載他們師徒間對《詩》有關的論述，如論“關雎之亂”“關雎樂而不淫”，都僅對《關雎》的樂曲而言，並不涉及它的詩義和產生的時代背景。由於當時學《詩》，大都出自“升高能賦”，以求顯達的目的，加上“賦詩斷章”又是當時的風尚，因而孔子師徒爲“斷章取義”而治《詩》，是可以理解的。孔子是以“知禮”見稱的。他收録的頌詩中，有許多便是涉及祭禮和禮容而選入的（頌、容二字，古通用）。孔子好史，在他所選的詩裏，也保存有不少的寶貴史料。因孔子對雅樂有興趣，在《詩》裏收録的《大雅》《小雅》篇章就特多。再者，孔子魯人也，生於南國舊地，南樂流行於鄉間，所以他頗喜愛南樂之詩。並盛夸學《二南》之詩的重要。孔子懂音樂，雖程度不及樂師的專精。可是他“問樂於萇弘”，“學琴於師襄”，非常好學。周游列國，凡所至多請益於列國掌樂的太師，因而搜集了大量風樂詩歌。在《詩》學上，孔子的功績是不可泯滅的！

（四）周代的樂類

樂歌，是人類社會文化發展的産物。它隨着社會歷史的發展變化而變化，也隨着地區文化發展的分歧而演變。任何民族均有他們各自的詩歌和音樂。同一民族，在析居離處後，他們之間又復各自具有他們地區特色的詩歌和音樂，這是研究“民族學”“民俗學”者都知道的客觀事實。

樂曲和詩歌的關係，在最初是相伴并存、不可分割的。我國相傳：“舜作五弦之琴以歌”的《南風》，其辭曰：“南風之薰兮，可以解吾民之愠兮。”可見，最初的作曲者也能作詩，作詩的也能作曲，甚至還能作樂器。

這種情況，進入奴隸社會之後，起了變化。很多奴隸主有了專門作曲的樂工，而樂工中不少是知識奴隸。發展到後來，樂曲與詩歌的創作分了家，作曲的不一定會作詩，作詩的不一定會作曲；在奴隸中，又有了文藝專業奴隸[1]。

“巫師”是把音樂、詩歌、舞蹈的技能與神鬼、醫卜、迷信、禱祀、祝禳結合起來的人。“巫”“史”在殷代是並稱的。到周代則“師”“史”並稱。因爲“巫”的地位，到周代已爲“樂師”所取代了。周人尊重“樂官”，雖不給“樂官”以政治地位，却將教育權付與他們，並促使他們研習學藝。因之，周代的“樂師”和史官一樣，多爲有品德，有學識，多藝能而不過問政治之士。低級的樂官，被稱爲“工”，高級的稱爲“師”。

【1】直至近代，藏、彝地區一些土司家，還有專門爲土司編演“鍋莊”等舞蹈、音樂的娃子（奴隸），且世代相襲，專司此事。

樂官的任務，除了奏樂、歌詩，還要兼習舞蹈和禮儀。因而，他們還需要廣泛地搜集詩歌及樂曲，把它們保存歸檔，備供演奏及教學的使用。

鄭玄《詩箋》："周用六代之樂與四夷之樂。"即是説周代的樂師必須收集、保存黄帝以來各個時代的古樂歌，以及各地區少數民族中流行的"四夷之樂"[1]。對於華夏地區各種樂曲的保存，當然更不用説了。

樂官之尊者爲"太師"。孔子所選的詩，多録自魯國的太師摯之處。孔子從師摯那裏收録的詩，當屬於《大・小雅》和《魯頌》這一部分。其後，他周游列國，認識到《南》《風》詩樂的重要，又收録了《二南》和《國風》諸篇。孔子"自衛返魯"，方將這兩部分合之成三百餘篇，稱之爲《詩》。

由於秦火之後，古代有關這方面的典籍（如《樂經》）絶滅殆盡，周代的樂類如何分類，現在衹能從《詩》三百篇的分類去探索。因爲《詩》是孔子録自掌樂的太師的樂詩，這些詩必然是與音樂相配合的。因此，遵依歷代樂歌發展嬗變的軌跡，援引各地區樂類流衍歧分的例子，參考經史有關舊文，對周代樂類的類别，大致可作出如下的推斷：

"南"者，指古時的江淮地區，虞夏以來稱之爲"南國"；其人稱之爲"南人"，其語言、樂歌稱之爲"南音"；其樂類，太師們省稱之曰"南"；其樂器多爲竹製，如笙、竽、簫、管之屬。笙爲主導樂器，今苗族跳月吹的葫蘆笙，即其舊制[2]。周初多從南國販進奴隸，南樂遂緣此流傳周地。周公旦欣賞南樂，命樂師譯其歌詞爲華夏言語，仍沿用南樂作伴奏，是爲《周南》。宣王時，召穆公討平徐淮，又輯譯了一批，加上其後由樂官搜集的一批，是爲《召南》（參看本文第二部分《二南總序》）。

---

[1]《漢書・禮樂志》："昔黄帝作《咸池》，顓頊作《六莖》，帝嚳作《五英》，堯作《大章》，舜作《招》（韶），禹作《夏》，湯作《濩》。"《吕氏春秋・古樂篇》則謂：顓頊作《承雲》；帝嚳作《聲歌：九招・六列・六英》；舜作《九招・六列・六英》；禹作《夏樂九成》（按：即《周禮》所説的《九夏》）；湯作《大濩》，修《九招》《六列》。這些就是鄭玄所謂的"六代之樂"。

[2] 葫蘆笙，用瓠瓜殻裝長短竹管吹之，聲音高亢悠揚，悦耳動聽，昔人比如鳳鳴。今苗族跳月歌舞用之。蓋南國古制之遺，周代隨南樂傳入華夏。《小雅・鹿鳴》："鼓瑟吹笙"，《鼓鐘》有"笙磬同音"，《賓之初筵》有"籥舞笙鼓"，皆指的是它。《周禮・春官・笙師》："笙師，掌教吹竽、笙、塤、籥、篪、篴、管、舂牘、應、雅，以教祴樂。"賈公彦疏曰："笙，十三簧。《廣雅》：'笙以匏爲之，十三管。'"可見形制與今基本相同。這些均爲南國樂器（見《三禮圖》），"笙師"即教習南樂之官。

“風”者，上古對樂歌的通稱[1]。商族崛起海疆，滅夏而統治了中國七百餘年，它的民族樂歌流佈華夏，周人謂之爲“風”，以别於“雅”與“南”。風樂的主導樂器是瑟。瑟是庖犧氏所造的弦樂（據《説文》），張弦於空木上，擊之，其音亢噪肅殺，悲壯激切，適合北方人的慷慨性情。初衹五弦，唐堯時增爲十五弦，舜時增爲二十三弦，後復增爲二十五弦。弦愈多，音調愈繁，樂曲愈悦耳[2]。它歷商、周、秦，皆爲中原地域民間喜愛、流行的器樂[3]。這種樂器流傳的時間久、地區廣，歧變的類别也繁多，經孔子所録存的有十三種，即今之“十三國風”。傳詩的漢儒，不知“南”與“風”的樂類原不相同，誤以周、召爲國名，並之於十三國之列，遂有“十五國風”之目。衛宏復僞託“子夏詩序”，倡“變風”、“變雅”之説，後之儒者乃謂“二南爲正風，十三國爲變風”（鄭玄《詩譜》謂“二南”爲“風之正經”，邶、鄘、衛以下爲“變風”）。又以爲：“風者，諷也，輪也。”（衛宏《續序》謂：“上以風化下，下以風（音諷）刺上，主文而譎諫，言之者無罪，聞之者足以戒，故曰風。”）這些説法，俱是脱離樂類以説詩，纔發生的誤解。

“雅”者，周文王所倡的樂歌之稱。雅樂的主導樂器是琴。《説文》琴部：“神農所作，洞越、練朱、五弦。周時加二弦。”即今之“七弦琴”。《初學記》引揚雄《琴清英》云：“舜彈五弦之琴而天下治。”大抵琴的創造後於瑟[4]，而虞夏時人喜愛它，

【1】《莊子·山木篇》：“孔子窮於陳蔡之門，七日不火食，左據槁木，右擊槁枝，而歌猋氏之風。”陸德明《音義》：“猋氏，古之無爲帝王也。”東方朔《非有先生論》：“居深山之間，積土爲室，編蓬爲户，彈琴其中，以詠先王之風。”《文選注》引《尚書大傳》：“子夏曰：弟子所受書於夫子者，不敢忘。雖退而窮居河濟之間，深山之中，作壤室，編蓬户，尚彈琴瑟其中，以歌先王之風，則可以發憤矣。”《吴越春秋》：“魯成公會於鍾離，深問周公禮樂。成公悉爲陳前王之禮樂，因爲詠歌三代之風。”《淮南子·主術訓》：“延陵季子聽魯樂，而知殷夏之風。”司馬相如《封禪文》：“率邇者踵武，逖聽者風聲……五、三、六經，載籍之傳，維風可觀也。”這些皆謂古代樂歌爲“風”。考：“風”字，古時與“凡”字同文，同音義。甲骨文作“[illegible]”。“凡”，總言一切物類之詞，謂如大氣之無所不在也。又以爲氣流之“風”者，風亦無所不至故也。假爲音樂之稱者，風本自有聲復觸物成聲故也。甲骨文的“[illegible]”字，治甲骨文字學者亦定爲“凡”字，實爲另造的“風”字。“[illegible]”字中填一書，亦如“口”字中填一畫爲“日”字的用意。一畫表示“發聲”的意思。“[illegible]”“[illegible]”二字，當即未造出表示“音樂”意思的字時，被假用的詞，遂爲樂歌的專用詞，待有了樂歌的本詞後，便以“風”表示氣流行動之詞了。《尚書·伊訓》稱：“敢有恒舞於宫，酣歌於室？時謂巫風。”這也指樂歌而言，後引申爲“風俗”之義。

【2】《吕氏春秋·古樂篇》謂朱襄氏治天下時“士達作爲五弦琴”。又謂堯時“瞽叟乃拌五弦之瑟，作以爲十五弦之瑟，命之曰《大章》，以祭上帝。舜立，命延，乃拌瞽叟之所爲瑟，益之八弦，以爲二十三弦之瑟”。《三禮圖》謂周世之瑟二十五弦。（“瞽叟”，樂官也；“拌”，改造也。）

【3】《史記·貨殖列傳》：“中山地薄人衆，猶有沙丘紂淫地餘民，民俗懁急，仰機利而食。丈夫相聚游戲，悲歌忼慨……女子則鼓鳴瑟，跕屣，游媚貴富，入後宫，徧諸侯。”《漢書·楊惲傳》：“家本秦也，能爲秦聲。婦，趙女也，雅，善鼓瑟。”這些記載，均爲燕趙至漢代瑟流行之證。

【4】《説文》琴部：古文“琴”作[illegible]，“瑟”作[illegible]。是“琴”字本從“珡”，金爲聲，其字後成於“瑟”字。段玉裁注曰：“古文琴瑟二字，似先瑟字，而琴從之。”舊傳伏羲作瑟，神農作琴，此説雖不可盡信，然其造作時代先後蓋可知矣。瑟以革爲弦，琴以練絲爲弦，因此可證二器製作於畜牧社會與農耕社會之不同，並知其音調一則忼慨悲壯，一則安詳舒緩之原因。商殷尚“風”，周人尚“雅”，亦可知游牧民族與農耕民族習尚不同之故爲何矣。

並流行於河東地區。夏亡後，商風（瑟樂）流行，夏的琴樂被擯棄。周室代商，復用以爲周室樂歌的主導樂器，又稱這類樂歌爲“雅”，以示其國的樂歌具有自己的傳統，與商殷不同。

琴以泡桐爲材，長約三尺餘、寬六寸許。其音清越、舒緩，迥異於燕趙慷慨悲壯之聲，得到生活悠閑的封建士大夫的偏愛。因此，自周以來，雖然統治階級一直極力提供雅樂，但使用的範圍之下限僅到士一階級而止。

雅樂使用的樂器，在初創時期除琴之外，當爲數不多，其後逐漸增添了如瑟、笙、簫、管、鐘、磬、塤、篪等樂器的配合，以至發展到“八音諧合”，無所不備。樂器使用數量的不同，當然和使用者的社會地位以及權勢財富的程度有關。大抵，周初所製的祭享之用的與成康以後士大夫階級所製的樂歌，是《小雅》；周初大型祭享典禮所用與成康以後王室公卿所製的樂歌，則是《大雅》。

“頌”者，與舞蹈相配合的樂歌，爲當時娛樂的最高級形式。所用樂器以鐘鼓爲主導，與舞蹈相配合。

周之舞樂大體可分爲三類：

一曰拜舞，即統治階級講習的“威儀”，也就是《孝經》所説的“禮儀三百，威儀三千”。又稱爲“禮容”（《漢書·儒林傳》）。凡朝聘、燕享、祭祀、大射、喪葬皆用這類舞，而樂工歌詩、奏樂來配合它。其樂器以編鐘爲主，故又稱爲“金奏”[1]。

一曰文舞，由舞師率所教舞員爲之。樂工奏樂唱歌以配合之。主要用於祭祀、祈禱，以編鐘爲主導樂器。周初衹用翟羽爲舞具，稱之爲“佾舞”，或“羽舞”。其後有帗舞、旄舞及南國之“籥舞”。這類舞，舞者持籥，且吹且舞，故亦稱之爲“南籥”[2]。

一曰武舞，亦舞師率所教舞員爲之。樂工奏樂唱歌以配合。主要用於軍旅及田獵時。以鼓爲主導樂器。大祭、大享、大朝會時多演奏之。又稱“萬舞”，舞具用干戚，

【1】《周禮·春官·樂師》：“樂師掌國學之政，以教國子小舞。凡舞，有帗舞，有羽舞，有皇舞，有旄舞，有干舞，有人舞。教樂儀，行以《肆夏》，趨以《采薺》，車亦如之。環拜以鐘鼓爲節。凡射，王以《騶虞》爲節，諸侯以《狸首》爲節，大夫以《采蘋》爲節，士以《采蘩》爲節。”又《地官·保氏》：“乃教之六儀。一曰祭祀之容，二曰賓客之容，三曰朝廷之容，四曰喪紀之容，五曰軍旅之容，六曰車馬之容。”“容”字即古“頌”字。“頌”本作“額”，音容，即威儀之義；後省作“頌”，以爲禮容之專稱，遂亦爲舞樂與舞詩之專稱，而以“容”爲容貌、容納之義。又《春官·鍾師》：“鍾師掌金奏。凡樂事，以鐘鼓奏《九夏》《王夏》《肆夏》《昭夏》《納夏》《章夏》《齊夏》《族夏》《祴夏》《驁夏》。”《鎛師》：“鎛師掌金奏之鼓。凡祭祀，鼓其金奏之樂。饗食賓射，亦如之。”

【2】《周禮·地官》：“舞師掌教兵舞，帥而舞山川之祭祀；教帗舞，帥而舞社稷之祭祀；教羽舞，帥而舞四方之祭祀；教皇舞，帥而舞旱暵之事。”兵舞即武舞；帗舞持巾，羽舞持翟羽，旄舞持旄牛尾，籥舞持籥，俱爲文舞。

表演戰鬥、田獵、馭車、射擊諸技[1]。

《吕氏春秋·音初篇》述殷、周樂類，有北音、東音、南音、西音、秦音五類[2]。

按所言地域推之，則十三國風之邶、鄘、衛、檜、鄭、王與商頌，皆北音也。齊、陳、曹及魯頌，皆東音也。二南，皆南音也。魏、唐、秦、豳及二雅、周頌，皆西音也。吕氏賓客特析秦音於西音之外者，蓋欲以秦爲“中音”；漢儒則以二雅爲“中聲”，斥鄭、衛之樂爲淫聲，不以爲中[3]。實則鄭衛地居全國最中，又承殷人風樂之後；鄭衛之樂流行已久，又爲全國各階層人民所同好，固當稱之爲周代之中音。

（五）周代《詩》的分類和逸詩

現今保存的《毛詩》三百一十一篇，内有六篇有序而無詞的，也爲齊、魯、韓三家詩所無。又在《十三經》中往往有稱引“詩云”之文，並不見於《毛詩》的，這些俱被經師們稱之爲“逸詩”，復説它們爲“孔子删餘”（正如説《汲冢周書》是“孔子删餘”的《尚書》）。

究竟有無“孔子删餘”的《詩》？肯定有。《史記·孔子世家》：“古者，《詩》三千餘篇。”司馬遷的話當是有一定的根據的。但如他所云，“孔子去其重，取可施於禮義”，則不符合歷史的真實。經籍之中記載的孔子引《詩》文句不見諸“三百五篇”的爲數很多；《詩》的篇名屢見於《禮經》而不見諸《詩經》的亦復不少。如果把它們認作是“不可施於禮義”，於理也講不通。何況三百篇中有許多重見的篇名，孔子亦未删去。可見“孔子删詩”這句話，是指孔子所輯的詩，衹是自己所學到的、能付之弦歌的、從列國太師處鈔録的那一部分。這一部分當僅是太師所保存的十分之一。因此，經、傳及諸子載籍内引及的“逸詩”，爲數就必然很多了。

【1】《周禮·地官》：“鼓人掌教六鼓四金之音聲，以節聲樂，以和軍旅，以正田役。教爲鼓而辨其聲用。”“萬舞”的内容，可在《邶風·簡兮》及《周頌·武》等篇中仿佛見之。

【2】《吕氏春秋·音初篇》：“夏后氏孔甲，田於東陽萯山，天大風晦盲，孔甲迷惑，入於民室。主人方乳（産子）。或曰：‘后來，是良日也。之子是必大吉。’或曰：‘不勝也。之子是必有殃。’后乃取其子以歸，曰：‘以爲余子，誰敢殃之。’子長成人，幕動坼橑，斧斫斬其足，遂爲守門者。孔甲曰：‘嗚呼，有疾，命矣夫。’乃作爲《破斧之歌》。實始爲東音。禹行功，見涂山之女。禹未之遇，而巡省南土。涂山氏之女，乃令其妾，候禹於涂山之陽。女乃作歌，歌曰：‘候人兮猗。’實始作爲南音。周公及召公取風焉，以爲《周南》《召南》。周昭王親將征荆，辛餘靡長且多力，爲王右。還反涉漢，梁敗，王及蔡公，抎（隕）於漢中。辛餘靡振王北濟，又反振蔡公。周公乃侯之於西翟，實爲長公。殷整甲徙宅西河，猶思故處，實始作爲西音。長公繼是音以處西山，秦繆公取風焉，實始作爲秦音。有娀氏有二佚女，爲之九成之臺，飲食必以鼓。（天）帝令燕往視之，鳴若謚隘。二女愛而争搏之，覆以玉筐。少選，發而視之，燕遺二卵，北飛，遂不反。二女作歌，一終曰：“燕燕往飛”，實始作爲北音。

【3】《孔子家語》：“孔子謂冉有曰：‘夫先王之製音也，奏中聲以爲節，流入於南，不歸於北。’”所謂“中聲”，當指《小雅·鹿鳴之三》與《魚麗之三》。“流入於南”指《關雎之三》與《鵲巢之三》。“不入於北”音，謂其不取商風，蓋亦取《荀子·王制》“夷俗邪音不敢亂雅”之義，故儒家斥商風爲邪淫之聲。

古詩“三千餘篇”的十分之九的内容是些什麼呢?《墨子·公孟》一篇給我們回答了這一問題:“墨子謂公孟子曰:‘喪禮:君與父母、妻、後子(謂適長子)死,三年喪服;伯父、叔父、兄、弟,期;族人,五月;姑、姨、舅、甥,皆有數月之喪。或以不喪之間,誦詩三百,弦詩三百,歌詩三百,舞詩三百。若用子之言,則君子何日以聽治,庶人何日以從事?’”

《公孟篇》,是墨子門人記述墨子與儒家者流公孟子的論難之文。“誦詩三百”以下四句所説的是儒家的主張。分析這四句話的本意,不是説要把“詩三百篇”先背誦一次,又用弦樂演奏一次,再合樂歌唱一次,更舞蹈一次;而是説:誦詩、弦詩、歌詩、舞蹈俱各有“三百”篇之多。因而,儒家在服喪所餘的日子裏要去通通演習一遍,便没有從事其他工作的時間了。再則,如果這四句話所指的“詩三百”即是現今的《詩》三百零五篇,但除《三頌》四十篇外,其他的俱不是能同舞蹈配合的舞詩。在文義和文法上都説不通。在上文既將“喪服”分爲“三年”“期”“五月”“數月”四種時間段,大可以把“誦詩三百”云云四句所説概括成:“誦、弦、歌、舞詩三百”一句,該多簡扼,却要重複地去説。這是古人行文的質實之處。可知所説正是指明:“誦”“弦”“歌”“舞”的《詩》各有三百篇之多。實際上,周代以前確是存在這四大類詩。周代樂官保存的這四大類詩的内容是:

甲　誦詩:是用口誦而不與樂曲配合的詩,即現今的“朗誦詩”。這在當時是不諳習樂曲和地位卑賤對音樂没份的下層勞動群衆,以及有意識不配合樂曲,通過文詞以利於進行諷刺或勸諭的詩人所作的詩,如《左傳》僖二十八年所載的“輿人之誦”“城者之謳”;襄四年的“國人誦之曰”,十七年的“築者謳曰”,三十年的“輿人誦之曰”;昭公十二年的“鄉人或歌之曰”等,皆屬於這一類。

據《周禮·春官》:“瞽蒙歌諷誦詩”。《國語·周語》召公諫王,有“公卿至於列士獻詩,瞽獻曲、史獻書、師箴、瞍賦、蒙誦”之語。《晋語》,范文子語趙武“使工誦,諫於朝”云云(工,謂樂工)。《楚語》申叔時論教世子:“誦詩以輔相之。”《左傳》襄公十四年,師曠云:“工誦箴諫”。又:左史倚相述衛武公語“倚幾有誦訓之諫”,“宴居有師工之誦”,“蒙不失誦”。可知誦詩是周代樂官的兼職。

《左傳》襄公十四年:衛獻公飲孫蒯酒,“使太師歌《巧言》之卒章,太師辭。師曹請爲之……逆誦之”。《巧言》是《小雅》的一篇,其卒章乃詬詆居河上者之詞。孫蒯的父親孫文子當權而居於河上的戚邑,故太師不肯歌這章詩。師曹怨恨衛獻公聽讒言鞭笞了他,便乘機求衛君唱這章詩。太師不肯用樂曲來配合,師曹就朗誦了它,以激怒孫蒯父子,果然挑起他父子造反,使獻公失國奔齊。這個故事説明:凡成文的詩,都可以朗誦,歌詩也不例外,樂工均習有誦詩的技能。“誦詩”也是樂官要搜集和保存的詩類,祇是孔子未加以收録而已。這類詩的數量應該很多。《墨子》所説的“三百”

之數，是周代人的習慣用語，和“三千”一樣，均極言其多的概略之數。在古代經籍中，“三百”“三千”都不是確數[1]。

乙　弦詩：總的説來，是一種原由樂曲配合，却“有其義而亡其辭”的詩。它可分爲下述二類：

一是原有樂曲配合，惟因流傳時間久遠，語言衍變而致辭不可歌；或傳自四夷，辭難譯識，僅能從流傳的樂曲之中，領略得曉其原詩寓存之意的。如《儀禮》的《鄉飲酒》及《燕禮》所謂“正歌”的《南陔》《白華》《華黍》三篇和《由庚》《崇丘》《由儀》三篇，俱是這一類的詩。這六篇皆與《周南》的“關雎之三”、《召南》的“鵲巢之三”同屬南樂，但因它們傳自南夷，非華夏語言，遂不能録其原詩入《二南》之次，而存其樂章之名於《儀禮》。《毛詩》附《南陔》等三篇於《小雅·鹿鳴之什》之後；附《由庚》等三篇於《小雅·南山有臺》篇之下。《毛詩序》云：“《南陔》，孝子相戒以養也。《白華》，孝之潔白也。《華黍》，時和歲豐，宜黍稷也。《由庚》，萬物得由其道也。《崇丘》，萬物得極其高大也。《由儀》，萬物之生各得其宜也。”又云：“有其義而亡其辭。”也是指的這一類的詩。

亡其辭又何以知其義？相傳鍾子期聽伯牙鼓琴而知其意在高山流水，便是一個很好的例子。《南陔》六篇無其辭，而知其義如“孝子……”云云，“萬物……”云云，俱是前人從其樂領悟得曉的。

《樂記》述孔子之言云：“《大章》，章之也。《咸池》，備矣。《韶》，繼也。《夏》，大也。殷周之樂盡矣”。可知傳説中的“先王古樂”原均有本義可尋的，至周已失其辭而僅存其樂了。

一是樂官搜集、保存的詩樂，内有涉及時諱的，多泯棄其辭，但存其樂曲。如《杞梁操》，傳爲杞梁之妻哭殉乃夫所作。原詩必多詛訴統治階級暴政之語，故其辭不可得聞，而其樂曲獨存，藉以傳其義於來者。這一類的詩，不能認爲它們亡其辭而不將它們稱之爲樂詩。

丙　歌詩：是與樂曲配合，有辭可歌的詩。《周詩》三百六篇，除《三頌》四十篇外，皆是這類的詩。其中可能原爲誦詩。經樂官配合樂曲，歌唱流行之後，被納歸歌詩。如《小雅·節南山》：“家父作誦，以究王訩。”即説：他作詩的動機，便是爲了諫諍而作“誦詩”。却被樂師合於《小雅》《大雅》的《崧高》《烝民》均云：“吉

【1】“三”這個字，在數目字中，音最響亮，故人説概數時多喜用它。“三千”在周代，是表達“其數甚多”的習用語。如《尚書·吕刑》：“五刑之屬三千。”《中庸》：“威儀三千。”《小雅·采芑》：“方叔涖止，其車三千。”《史記·孔子世家》：“弟子蓋三千焉。”皆誇言其多，非謂實數。“三百”見諸《周詩》及其他古籍中的甚多，咸概言其數衆多之詞。當時習慣，大抵是百以上至五百之内，皆云“三百”；五百以上即可云“千”；千五百以上皆可云“三千”；三千以上稱之爲“萬”。“萬”這個數字，在周時不恒見。

甫作誦。”也是尹吉甫自謙所作的詩，是不配合樂的“誦詩之詞”。“歌詩”可弦、可誦，既能配合樂曲，又能朗誦。因而，衛國的師曹在太師不肯配合的情况下，便“誦”《巧言》之卒章。

《左傳》《國語》中，對公卿賦詩的記載不下數百則，不見諸詩三百六篇的很不少。如《左傳》僖公二十三年的晋公子重耳“賦《河水》”，《晋語》作“秦伯賦《鳩飛》，公子賦《河水》”。《左傳》襄公二十六年“國子賦《轡之柔矣》”。襄公二十八年“使工爲之賦《茅鴟》”，其詩亦見於《周書·王子晋解》。又昭公二十五年“宋公享昭子，賦《新宫》”。這些歌詩均爲三百篇所無[1]。

孔子的録“雅詩”，殆全係周初文、武、成、康及中葉厲、宣、幽、平諸世的作品。在上述諸王之世何以“雅詩”的作品竟這麽多，而其他諸王之世竟會没有？又，所録“風詩”不見有采自晋、燕、魯、宋、杞、蔡、申諸國的，而見於《左傳》所引載的却很多，其故又安在？我以爲：《河水》《鳩飛》爲晋國的詩；《新宫》是宋國的；《茅鴟》是魯國的。至於這些詩應爲《南》，應爲《風》，或應爲《雅》，則已不可知了。

丁　舞詩：是無音樂和舞蹈相配合而歌唱的詩。周代又稱這類詩爲“頌”。它可分爲三類：

一類是“清歌”，屬於拜舞所用的詩，僅天子祭祀宗廟用之，歌時不舉舞樂，俾使列祖列宗之靈得静聆其歌之辭。《周頌》的《清廟》《維天之命》《維清》諸篇，都是這一類的舞詩[2]。

一類是文舞用的歌詩，天子與諸侯燕饗時咸用它。《周頌》的《臣工》《振鷺》《烈文》諸篇，都屬這一類[3]。

一類是武舞用的歌詩，多於軍旅禡祭，田獵慶獲及天子、諸侯大饗的時候。《周

【1】韋昭《國語注》謂：“《鳩飛》即《小宛》。《河水》當作《沔水》。”然《左傳》亦作“河水”，則非字僞。孔穎達《左傳正義》引鄭康成説：“《新宫》，《小雅》逸篇也。辭義皆亡。”《儀禮·燕禮》：“下管新宫。”《大射儀》：“乃管新宫三終。”王應麟《困學紀聞》：“逸詩篇名，若《貍首》《驪駒》《祈招》《轡之柔矣》皆有其辭。惟《采薺》《河水》《新宫》《茅鴟》《鳩飛》無辭。或謂：河水，《沔水》也；新宫，《斯干》也；鳩飛，《小宛》也。”按：《禮記·射義》載有貍首詩八句。《大戴禮·投壺》亦有其辭。《周禮·鍾師》：“凡射，王奏《騶虞》，諸侯奏《貍首》，大夫奏《采蘋》，士奏《采蘩》。”惟《貍首》不見於三百篇，而屢見於《儀禮》，則非孔子有意删去之，但未鈔得之耳。《驪駒》見《漢書儒林·江公傳》：“謂鼓吹諸生日歌《驪駒》。”則漢初猶未亡佚。文穎注載其辭。《祈招》見《左傳·昭公十二年》謂穆王時“祭公謀父作祈招之詩以止王心”，其傳其辭七句二十九字。凡此，皆有辭可歌之樂詩，疑皆西周康、昭、穆、孝、夷諸王時之“雅詩”。孔子録三百篇，未收此諸王世之“雅”。即如《穆天子傳》殘文中所記詩章及“廣樂”之文亦復不少，然亦均爲“詩三百篇”所無。是則孔子所未録之詩固已甚多矣。

【2】《漢書·禮樂志》述漢代宗廟樂：“奏登歌。上獨歌，不以管弦亂人聲，欲在位者徧聞之，猶古《清廟》之歌也。”可見漢儒已知《清廟》是清歌，並緣之製爲漢之“登歌”。

【3】文舞規模，周初天子用“八佾”，諸侯、公、卿、大夫以次遞減。春秋末，則魯之陪臣季氏亦用“八佾”。

頌》的《我將》《時邁》及《大武六成》諸篇，皆爲這一類的舞詩[1]。

此外，如《魯頌》的《駉》《有駜》，是文舞詩。《泮水》《閟宫》，是武舞詩。《商頌》則都是萬舞之詩。

孔子所録舞詩僅《三頌》四十篇，未録者甚多。《樂記》論述《大武六成》甚備（《家語》所述亦略同）。《周頌》祇得《武》《酌》《賚》《般》《桓》五篇，而失其一篇[2]。又《魯語》及《毛詩大序》並謂“正考甫得商頌十二篇於周之太師”。而孔子所傳祇《商頌》五篇，則孔子於《周頌》《魯頌》亦復删棄不少[3]。

《論語》：“子入太廟，每事問。或曰：‘孰謂鄹人之子知禮乎？’”是孔子不諳頌樂，於禮容似亦未嫻習，故選録《頌》詩多有謬誤。本書將在《三頌總結》中論及之。

二、《周詩新詮》寫作説明

自《周南·關雎》到《商頌·殷武》，舊傳三百五篇詩歌，全爲周文王至敬王七百餘年中，周代王室與所屬諸侯之國各階層人士所創作的樂詩。孔子把它們從列國太師處鈔輯成書，稱之曰《詩》。漢儒將這部書與孔子所輯的《易》《書》《禮》《樂》《春秋》，均尊稱曰“經”，是謂“六經”。於是《詩經》這一稱呼便通行了兩千多年，直到封建制度被推翻，纔剥奪了“經”這個尊號。却又嫌《詩》這個單音拗口，有人摘用《論語》的句子，又稱它爲“詩三百”[4]。

本書不沿用《詩經》一詞，而稱《周詩》，係因以下原因：

今人習慣稱唐代的詩爲《唐詩》，宋代的爲《宋詩》，以至元、明、清莫不皆然，都是依斷代命名的。《詩》三百篇恰是周代留存到現在的詩歌，稱它爲《周詩》，當然是名正言順的了。再則，《周詩》這個名稱，早已被與孔子同時的人使用了。見諸《左

【1】 武舞詩，初祇一章十餘字。春秋時，各國競爲侈大。魯作《閟宫》，至有八章，四百九十餘字。

【2】 本書考得所失一篇爲《支》，見《周語》敬王十年，衛彪傒説。

【3】《左傳·襄公十年》：“宋公享晋侯於楚丘，請以《桑林》。荀罃辭。荀偃、士匄曰：‘諸侯宋魯，於是觀禮。魯有禘樂，賓祭用之。宋以《桑林》享君，不亦可乎？’”《桑林》當爲孔子未録《商頌》十二篇之一。蓋亦宋國禘祭所用的舞樂。《吕氏春秋·古樂篇》：“商人服象，爲虐於東夷。周公遂以師逐之，至於江南。乃爲《三象》，以嘉其德。”此謂周公東征奄徐，徐人以象助戰，周公勝之，因作舞樂曰《象》，有詩三章。今亦不見於《周頌》《魯頌》。

《左傳·襄公二十九年》載：吴公子季札來聘，“請觀於周樂，使工爲之歌《周南》《召南》……見舞象箾、南籥者”，當即謂周公所作之《象》舞，以表彰征服南夷之功，故用箾籥爲舞具。世恒以《象》《武》並稱。其舞詩亦不見於“三頌”。《毛序》謂《維清》爲“奏象舞也”。後儒遂以《象》爲文王之樂，擬另辨之。其他如《穆天子傳》屢及“天子大奏廣樂”，當有舞樂中的不少爲孔子所删。

【4】 余冠英等編的《中國文學史》謂：“《詩經》以前通稱爲‘詩’或‘詩三百’。”中國科學院一九六三年出版的《中國文學史》，也主張以《詩三百》爲《詩經》的别稱。按：《論語》上的“詩三百”凡兩見。一是“詩三百，一言以蔽之，曰思無邪”。“三百”與“一言”成對詞。一是“誦詩三百，授之以政，不達；使於四方，不能專對，雖多一奚以爲”。“三百”與“雖多”成對詞。兩者均指詩的篇數，豈可認作書的名稱。其他如《家語》《大學》《中庸》《孟子》《荀子》諸書，引“詩”不下百餘處”，亦莫不單稱爲“詩”。

傳》的，如：襄公八年："子駟曰：《周詩》有之曰：'俟河之清，人壽幾何？兆云詢多，職競作羅。'"（此《小雅》逸詩也）又：襄公三十一年，衛北宫文子云："《周詩》曰：'朋友攸攝，攝以威儀。'"（此《小雅·既醉》篇語也）見之《國語》，如：周敬王三十年，衛彪傒云："《周詩》有之，曰：'天之所支，不可壞也；其所壞，亦不可支也。'"又，《晋語》齊姜勉勵重耳："《周詩》曰：'莘莘征夫，每懷靡及。'"《楚語》伍舉："《周詩》曰"經始靈臺，經之營之'"云云；又，白公子張云："《周詩》有之，曰：'弗躬弗親，庶民弗信'；"（其文見今《小雅·節南山》）《墨子·兼愛下》："《周詩》曰'王道蕩蕩，不偏不黨。王道平平，不黨不偏'；'其直若矢，其易若底。君子所履，小人所視'。"

其實，累代通儒名家亦多有稱《詩》爲《周詩》的。班固《漢書·藝文志》："古有采詩之官，王者所以觀風俗，知得失，自考正也。孔子純取《周詩》，上采殷，下取魯，凡三百五篇。"又《禮樂志》："自夏以往，其流不可聞已。殷頌猶有存者。《周詩》既備，而其器用張陳，《周官》具焉。"它們皆稱"詩三百五篇"爲周詩。又《後漢書·馬融傳》載《廣城賦》序，有云："吉日，車攻，序於《周詩》。"（他書引作："赫赫南仲，載在《周詩》"）。孔穎達《詩譜序正義》引鄭玄《六藝論》文而釋之云："《藝論》云：'文王創基，至於魯僖。'則《商頌》不在數矣。而以《周詩》是孔子所録，《商頌》則篇數先定。論録則獨舉周代，數篇則兼取商詩，而云合爲國風、雅、頌者，以商詩亦周歌所用，故得稱之。"這也可見馬融、鄭玄均曾稱"詩三百五篇"爲"周詩"[1]。

此外，《宋史·藝文志》著録有丘鑄《周詩集解》二十卷及茅知至《周詩》二十卷。葉適稱《詩經》爲《周詩》（見朱彝尊《經義考》）。元儒金履祥仁山謂："《周詩》固有追述先公之事者。"（見《詩經原始》引文）自漢以降稱詩經爲《周詩》的大有人在。因此，用《周詩》以稱孔子命名的《詩》，或儒家尊稱的《詩經》的這部書，既符合三千多年來通儒名家所意願，又符合現代研究我國文學與史學的需要。

本書何以稱《新詮》？

高誘注《淮南子·詮言訓》云："詮，就也。就萬物之指以言其徵，事之所謂，道之所依也。"用現代語言解釋，即全面分析問題的意思。許慎《説文》："詮，具也。"即具體説明問題的意思。

所謂新，是創爲新説，不因襲前人的舊文。本書之得稱爲"新"者，可歸納爲如下五端：

【1】 參看《十三經注疏》的《詩譜》"孔子録懿王、夷王時詩，訖於陳靈公淫亂之事。謂之變風、變雅"句下注文。

（一）創三百餘篇詩係依據樂類編次之説，從而解决了許多篇詩原應排列位置的問題。

這一創説，是在以南、風、雅、頌爲周代四大樂類的基礎上，去對各類樂詩進行深入、全面的分析而建立起來的。如衛詩何以分屬於邶、鄘這一問題，舊説：邶、鄘爲衛所併，"混而名之"，"作者各有所傷，從其國本而異之"（鄭玄《詩譜》）。"其詩皆爲衛事，而猶係其故國之名，則不可曉"（朱熹《集傳》）。這些解釋並未説明問題。本書用一國有樂類三種釋之，其説自通。其他如鄭詩分檜、鄭，晋詩分魏、唐，周詩分豳與王風，南國詩分周、召，這些問題也就同樣可得到解决了。

（二）分析各篇作者的階級地位，從而探索作詩的動機，與當時的歷史社會真實情况。

本書各篇，采取先估定作者的階級地位與作詩的動機，再結合當時歷史社會背景來解詮詩義。估定作者階級地位，是通過下述的幾種方法：

甲　依據詩句分析，如：知南國在周初爲奴隸社會，即可判定《二南》詩的作者中多爲知識奴隸。《行露》有"我屋""我墉""室家"等語，即知作者係自由民，而非奴隸；又知其時已進入封建社會階段，結合歷史，便可判其詩是知識奴隸的詩了。

乙　依據詩中突出的事物如：《小雅・大東》"舟人之子，熊羆是裘"。熊皮衣帽，乃漕者之服，因知作者是司漕的官吏。其怨西人，可知詩作於東遷初年。又可知所云"大東"，供糧之諸國是已。所云"小東"，即洛東食采之邑。

丙　依據全篇詩義，推求事實，如：《小雅・魚麗》前三章各祇十三字，同文義的十一字，異文僅七字，六字皆魚名，又多非岐周所産。可知作者爲南國之人。三章均有"君子有酒多且旨"頌語，又可知作者是南國的使者，其詩是使周答謝賜宴的詩。

丁　從詩中的景象、風物去探求，如：《邶・新臺》三章，"河水瀰瀰""河水浼浼"，皆形容河水之句。"魚網之設，鴻則離之"句，涉及漁事，"籧篨""戚施"亦皆漁具（詳見本書《新臺》注），可知作者爲生活於河上的漁民。

（三）通過對周代各地區、各階層人物語言特徵的考證，以尋求各篇詩義的正確解釋以及作者的思想感情。

古人語言含義，今雖難確知，然亦非全不可曉。《周詩》裏，留存了許多當時各個階層人物的真實語言。如《邶・匏有苦葉》"人涉卬否，卬須我友"，《毛傳》"卬，我也"句中"卬"與"我"同見，人所致疑。然余據羌藏語中自稱即爲"卬"，以證之。蓋羌族在夏商之世已自陝北、晋北入居太行山區及黄河下游平原地區，與華夏人雜處，語言亦互相雜糅。這篇詩蓋是燕國或邢國的女子所作，故自呼爲"卬"，而仍稱她的朋友爲"我友"。

（四）《周詩》記録了很多史籍上未載的史實。本書致力探討的一個重要方面，就是它把所蕴蓄的真實史料，從封建學者"説經"的破舊字堆中檢點出來，以糾正和補充舊史的記載。在這方面下了較大的功夫，略舉數例如下：

甲　糾正《史記》之失略。

司馬遷《史記·周本紀》先公之部，係采取《尚書》《世本》與《詩·大雅·生民》《公劉》《綿》等篇參合寫成。這些詩均爲周初廟祭歌頌祖德的樂詩，乃當時史官與樂官依據傳説的歌謡而製成的，有可信的部分，也有荒唐附會不可信的部分。史遷在有的地方却恰將不可信的部分采取了，而忽略了可信的一部分。如《生民》，説姜嫄無夫而生棄，這在原始社會，固無足怪。頌詩成於封建王朝，諱言無夫生子，故粉飾其事，謂爲履天帝足跡而生。又因棄之名，謂爲殺之三次皆未遂。殺一嬰兒，何勞三次？置之"隘巷""平林""寒冰"，又是什麽緣故？這是絶不可信的傳説，而史遷竟取之，並附會描繪至百餘字之多。又説："棄爲兒時，屹如巨人之志。其游戲，好種樹麻菽，麻菽美。及爲成人，遂好耕農。相同之宜，宜穀者稼穡焉。民皆法則之。帝堯聞之……封棄於邰，號曰后稷。"（此據《生民》四、五兩章）生産技術是從實踐中積累得到的，豈有由所謂"天生聖人"一手創成的道理？又如《燕世家》誤采公羊家"周召分陜而伯"之説，《孔子世家》誤采魯詩"《關雎》爲風始"之説，皆與《詩》義乖離。本書俱糾正了這些失誤。

乙　補充《史記》未能詳盡的史實。

《豳風》七篇，自《鴟鴞》以下六篇，皆周公東征史料。"自我不見，於今三年"兩句，是周公率六鄉之士東征，閲時三年方歸的確據，亦與《竹書紀年》所記的時間符合。"周公東征，四國是皇。"《毛詩》云："四國：管、蔡、商、奄也。"亦與《竹書紀年》合。東山，曲阜的東山，奄國都邑所在。東征用兵於此最久。既滅奄，乃徙伯禽封邑於曲阜，留其車馬（軍隊）以鎮撫淮徐之夷，而率六軍以歸。《詩》中所詠，能據以爲此史實之證的篇章甚多。可是，史遷於《周本紀》衹謂武王誅紂，封功臣謀士，"封弟周公旦於曲阜，曰魯"。《魯世家》亦僅云："封周公旦於少昊之墟，曰曲阜。"又云："乃奉成王命興師東伐……寧淮夷。二年而畢定。"並不言及滅奄之事，復以管、蔡、武庚及淮夷爲"四國"。當由太史公未及見《竹書紀年》與《毛傳》而有此不足。豈知不征奄，則不可能有《東山》之作；不滅奄，則不可能有徙魯於曲阜之舉；不徙封伯禽於奄以鎮淮徐，則不會因留駐大量兵力於魯，而後有《魯頌》《駉》《駜》詩篇之作。

《車攻》《瞻彼洛矣》《裳裳者華》《桑扈》《鴛鴦》皆宣王將征徐淮，至洛邑會諸侯計議出師時的詩。《烝民》《江漢》《常武》三篇，是叙述這次戰役經過情況的史詩。《黍苗》《崧高》《鼓鐘》和《召南》的《甘棠》諸篇，也是與這次戰役有關的詩。但《史記》在記載這件史實時，俱未涉及它們，僅取《國語》"既亡南國之師，乃料民於太原"聊聊數語盡之，亦未説明"既亡南國之師"究屬何事。本書考明詩義，叙宣王武功，以補其闕。

卷二 二《南》新詮

一、解題

舊傳《毛詩》，把《周南》《召南》二十五篇列于《國風》。首篇《關雎》標題下繫有較長的序文説：

> 《關雎》，后妃之德也，風之始也。所以風天下而正夫婦也……然則《關雎》《麟趾》之化，王者之風，故繫之周公。南，言化自北而南也。《鵲巢》《騶虞》之德，諸侯之風也，先正之所以教，故繫之召公。《周南》《召南》，正始之道，王化之基。

這篇序，原是一篇極其荒謬的臆説，它不僅與歷史實際剌繆，亦且與《詩》篇文義鑿枘不合。由于他託于毛序，並説是子夏所傳，便把一批迷信古人的儒生們迷惑着了。鄭玄作《毛詩箋》和《詩譜》，把它作爲"正經"來注釋。其《周南·召南譜》説：

> 周、召南者，《禹貢》雍州岐山之陽地名。今屬右扶風美陽縣，地形險阻而原田肥美。周之先公曰大王者，避狄難，自豳始遷焉，而修德建王業。商王帝乙之初，命其子王季爲西伯。至紂，又命文王典治南國江、漢、汝旁之諸侯。于是三分天下有其二，以服事殷，故雍、梁、荆、豫、徐、揚之人咸被其德而從之。文王受命，作邑于豐，乃分岐邦。周、召之地，爲周公旦、召公奭之采地，施先公之教于己所職之國。武王伐紂，定天下，巡守述職，陳誦諸國之詩，以觀民風俗。六州者得二公之德教尤純，故獨録之，屬之大師，分而國之。其得聖人之化者謂之《周南》，得賢人之化者謂之《召南》，言二公之德教自岐而行于南國也……

自此以後，下貫六朝、隋、唐、五代入宋都是毛鄭專行，没有敢懷疑的。南宋初年，鄭樵、程大昌等纔開始把這個南字定爲樂類。但是直到現代，也還没有人把"周南""召南"兩辭的含義説清楚過。至于二十五篇詩的解説，則更還没有能跳出毛鄭的窠臼來。

程大昌、鄭樵等雖早已把"南"是樂類，不是國度這一關打破了，却還把"周""召"連言這一關攻不破，是由于他們還不瞭解周代各地區社會發展歷史的實際情況，衹從舊書本上找得了南是樂類的證據；也未能深究到南樂究竟是一種什麽樂，是怎樣發生發展和流行到中原社會來了的，又怎樣要分爲"周南"與"召南"。

朱熹作《詩經集傳》，决心要推翻毛鄭，但其結果，仍是與毛鄭穿着一條褲子在打架。其後許多想在"詩經"方面創立新説的人，亦皆如此。

《新詮》之旨即在力圖推翻關于二南的舊説，創立新義，以求獲得各詩作者與同太師入樂和分類的真實情况，得出合于歷史實際的嶄新解釋。

兹先提出二南新詮的結論來，再用問答以次詳細解决各項問題：

南，在我國古代漢語裏，最早衹作爲一個民族分佈地區的稱呼。其地在殷周之際爲秦嶺、嵩嶽、泰山三大山脉以南，包括江、漢、淮、汝及沂、沭流域之地區。對黄河流域的"華夏"來説，是在南方。故華夏人稱其地區居住之人民爲"南人"，（見《論語》）衣冠爲"南冠"，語言爲"南音"，（並見《左傳》）稱其樂歌爲"南聲"。（見《吕覽》）《詩·小雅·鼓鐘篇》之"以雅以南"，《禮記·文王世子》之"胥鼓南"皆説的是南國之樂。故《毛傳》云"南夷之樂曰南"【1】。

在奴隸社會時代，華夏生産力高于南方和西北民族地區，曾經大量擄掠或購買"四夷"人民來作奴隸。南人柔順易使，故殷周的奴隸主，都大量使用"南人"作奴隸。南人服役于華夏的多了，他們都喜歡歌唱自己的樂歌，于是南樂在華夏與岐周民歌、商風一並流行。因爲南人的語言不同，惟有經過翻譯成爲華夏之言，仍用南樂原曲歌唱的，且經過太師排練，可以歌唱而且又很流行的詩，纔會保存在太師的詩歌檔裏，被孔子收入《詩》三百篇中。

《周南》十一篇，主要是西周初年，周公旦在岐周時譯製成的奴隸歌唱的南樂詩歌，太師把它編爲一組，題爲"南"；後來陸續收到康、昭、穆王時的已是華言詩詞的南樂歌曲，亦附其後。《召南》十四篇，則主要是召穆公虎平定淮夷時所收集得到的南樂詩歌，有經召公譯爲華言的，有原是用華言寫出的，亦附于其後。從周公旦到召公虎兩個譯製南樂詩歌的時間，相距約有八十年，南樂亦已有了發展變化，曲調已有顯著的差别，所以雖同爲南樂，又有周、召之分。《周南》的周字，是相對"召南"而

【1】《小雅·鼓鐘》"以雅以南"《毛傳》："東夷之樂曰昧。南夷之樂曰南。西夷之樂曰朱離。北夷之樂曰禁。"《白虎通·禮樂篇》："南夷之樂曰兜。西夷之樂曰禁。北夷之樂曰昧。東夷之樂曰（侏）離。"又曰："南之爲言，任也。任養萬物。昧之爲言昧也，昧者萬物衰老。禁者，萬物禁藏。侏離者，萬物微離地而生。"許慎《説文》："南，任也，草木至南方，有枝任也。"（至南方，謂夏季日南至之時）與《白虎通》説同。鄭玄《周禮注》，鞮鞻氏"掌四夷之樂"。注云："四夷之樂：東方曰昧，南方曰任，西方曰侏離，北方曰禁。"《白虎通》爲班固記録白虎觀諸儒講論經學之説，所言四夷之樂，名稱與毛、鄭同，方位乃異，而有解説，似較毛、鄭有據，故許慎遵之。曰南、曰兜、曰任，爲字不同，爲我一也。凡譯異民族之語言，或用其意，或以其義。記音之字雖異，不能甚達，如朱離與侏離是也。東、西、北三方夷樂皆係譯音，故其方位易誤亂。南夷之樂，三書皆係譯義，故方位不亂而字互異，然其義可通也。《家語》記：孔子云："南爲生育之鄉。"蓋任與妊娠字古同，亦孕育之義。故曰南、兜、任，字本爲一義（其中兜與任，或即南語之本意）。周代人省稱南聲爲南，毛萇去周未遠，故仍用之。後漢乃有兜、任之稱。蓋亦猶近世上海初行英語時，國人稱之曰"英文"、曰"洋文"、曰"西文"；而稱日本語爲"東文"、"和文"、"日文"；皆不用其本語之音，以就華語之便耳。

添上的。

孔子曾對伯魚説："汝爲《周南》《召南》矣乎。人而不爲《周南》《召南》，其猶正墻面而立也與。"（《論語·陽貨篇》）謂人不治二南之詩樂，則不能識社會基層之實質，猶如面墻而立。可見當時南樂之盛行。

南樂以笙爲主導樂器，故《儀禮》述燕射之儀，"笙入"而後奏《關雎之三》與《鵲巢之三》。凡周詩中言及笙樂者，皆具有南樂意義（參看《小雅·鼓鐘》與《鹿鳴》）。

舊説二南爲國風，是根本錯誤的。依舊説解釋二南及其詩義的話，亦皆緣之而誤。兹就此作若干辯答，以詳闡其義：

（一）問：南字，從來就是方位字，何得謂"最早衹是一個民族地區的稱呼"？

答：人類辨别方位能力雖然産生得很早，却亦有個發展過程。最先，衹有上、下、左、右、前、後的觀念，故這些字亦産生得最早。隨着産生了東、西方的觀念，因爲日、月出入的方位相當固定，容易啓發人類這一觀念。在採集經濟和畜牧經濟時代，人類生活最關切的亦衹是這日出和日落的兩個方位。進入農業經濟時代，纔會注意到暖風和寒風吹來的季節和方向，而要求製出這兩個方位的名稱來。還得要經過許多時間"約定俗成"的過程，纔有了這東、西、南、北四個方位的定稱。製成文字，又當在語稱習定以後。試看方位字義：東，取日在木中爲義。西，取鳥棲于巢爲義。都是象形兼會意，已是比其他象形或指事字産生得晚些的證驗。北字則是假借的相背之義，是因爲北方游牧民族一切生活習俗都與中華農業民族相背的意思，則是更爲後起之字義甚明瞭[1]。南字呢？形與義皆不曾具有指示方位的意識。即如《説文》解釋的"草木至南方有枝任"，（段玉裁《注》説："當云'南，任也，與東動也一例。下乃云草木至南方有枝任也'。"）也是先有"南方爲夏"這一概念後的解釋。"南方爲夏"乃是已經把南字作爲一個方位，并且是已把曆法配合四方的時代（起碼是虞夏年代）纔有的説法，顯然不是用南爲方位字之本原取義。南用爲方位字義，衹可能設想爲先有"南"這一個部族——"南國"（古代史家，習稱一個民族部落所在的地區爲國）。因而借他所在的部位來作方位語。正如秦漢時人把"胡、越"兩字作爲北、南方位的代稱一樣。西藏人也是這樣，先爲東方、西方製出"魯""厦"兩個語音和文字。而南方與北方，則是借用早已住居在南方的"洛巴"和居住在北方的"羌巴"兩個民族的

【1】東字，許慎《説文》引《官簿》説："從日在木中。"原始狩獵民族，棲森林中，恒見日出於樹木間，因定日所出之方爲東。日落亦在木中，不能復以西方爲東字，則取鳥歸于巢之意。《説文》："，鳥在巢上也，象形。日在西方而鳥棲，因以爲東西之西。"這是西字比東字使用得晚之驗。《説文》："北，乖也，從二人相背。"這原也是與方位無關的造字。由于我國北方爲沙漠草原，古唯游牧民族居之，其人與農業民族異趣，歷世相仇擄，故借背義爲方位字，與用胡爲北方之義正同。此一方位字用得更晚，當在中原農業經濟已經穩固之後。

名稱字音來作爲方位字的[1]。研習古代民族語言的人，必還可以比我舉出更多的例來，説明這乃是人類語言發展的規律。

（二）問：謂“南”是一個比方位字用得更早的民族部落稱呼，有何爲證？

答：有。《周書・史記解》，是左使戎夫爲周穆王講的上古亡國故事。中有一條説：“昔有南氏有二臣貴寵，勢鈞力敵，競進争權，下争朋黨，君弗禁，南氏以分。”（鈞通均，弗下當有能字。）他共説了二十八個故事，大都是虞夏以前的。這條説的“二臣”，當然不能體會爲階級社會的君臣，衹可以説當氏族老酋長喪失統治能力以後，有兩個有能力的人不相上下，因而分崩成爲兩個氏族集團。其實像這樣的分裂，在原始社會的氏族集團裏隨時都有的。不過因“有南氏”是一方最古一個大的民族部落，自此開始分裂罷了。譬如説“羌”，原是一個民族，到後漢時，已分裂成了數十個族落。《後漢書・王會解》列舉了西申、丘羌、巴人、方揚、蜀人、方人、鸞揚、倉吾等八個國貢品都是鳥類者外，更總括了兩句説：“其餘皆可知（如）自古之正（征）。南人至衆，皆北向。”考“西申”在漢中，“丘羌、巴、蜀”在四川、“方揚、鸞揚”皆在長江下游，揚州因以爲名。“方人”在兩湖，蓋即水居之族。“倉吾”若是蒼梧，則遠在今之廣西了。既然這八國都統稱爲“南人”，則周代所謂“南國”地面，是包括整個長江流域的了。南國出産美羽的鳥，這八國所貢的鳥，曰鳳鳥，曰鸞鳥，曰比翼鳥（鴛鴦），曰皇鳥，曰文翰（錦鷄），曰孔鳥（孔雀），曰翟（雉長尾者），曰翡翠，正可知其皆長江流域特産。《王會》裏未列名的，應還有許多諸侯之國，如楚、吴、隨、鄧、庸、褒、江、黄、舒、曹之類，他們的地域都是從最古的一個南氏之族所分裂出來的。由於古代民族流徙容易，更由於南氏一族文化較高，歷世遷流擴散，所至同化土著民族，形成了語言習俗不甚相遠的一個遼闊地區。正如“華夏”的稱呼，最初原衹河東鹽池地區一個夏禹的氏族公社的專名，後來擴展到河、汾、洛流域，又後來把整個黄河流域的黄土分佈地區都擴作華夏了。

（三）問：殷周之世，“南”與華夏關係是怎樣的？

答：最先華夏小於南國，惟以經濟、文化發展較南國迅速，政治領域發展亦緣之而速。殷之末世，華夏分爲兩部，東方爲殷，西方爲周，皆是奴隸社會。周之農業，工礦皆較殷爲發達。優遇其奴隸，能得其死力。又以其過剩之農産品與手工藝品運售於南國地區，（三百篇中有證，後詳）更購買大量奴隸回來擴大再生産。南國各部落的奴隸主們，便是販賣奴隸的大商人，他們貪對周市易之利，大都背叛了殷商，親附西周。故武王伐紂，會師於孟津者八百國，庸、蜀、羌、髳、微、盧、彭、濮之人與焉。

【1】 漢藏同一語族，藏語中至今保留若干漢文古語及用法。（西藏文字，造製于語言成熟以後若干世紀）。其東曰“厦”續纊〨，西曰：“魯”肒繿〨，皆録音，無他義。謂北方曰：“羌”芉虋〨，則恰是古代羌族所居地位。謂南方曰：“洛”，又恰是古代“洛巴”民族所居地位。這與我國“胡越”爲南北方取義是一樣。

（見《尚書·牧誓》)。考其地，自羌、髳外，皆南國也。據《華陽國志》記“巴師勇鋭，歌舞以陵殷人，前徒倒戈”，遂以滅紂。南國諸奴隸主，原附殷商的還多。武王既已誅紂，隨即移師征撫南國。故其自述武功的《大武》之樂六成，“始而北出。再成而滅商。三成而南。四成而南國是疆”（《辨樂篇》及《禮記·樂記篇》)。即是説：武王滅紂之後，隨即撫定了南國。並于南國的近華之地，封建了諸侯之國，例如陳、蔡、宋、楚諸國，南之爲地，乃漸退縮。其後徐、奄、管、蔡諸國再擁立紂子武庚叛周。周公東征，誅管、蔡，滅奄以建魯邦。穆王滅徐，建江漢諸姬姓諸侯。宣王再平徐淮，“疆理至于南海”（《大雅·江漢》)。南國諸部，衰微。其諸侯之國楚、吴、巴、蜀勃興，皆慕華夏文化，同風一軌，南國之稱，隨之消失。就其歷史發展言之：南之爲地，初大於華。至殷末世而華與南地面積相當。入周以後“南國”乃漸退縮，以致泯滅。蓋由南方文化發育較早於“華夏”，而進展速度劣於華夏，其結果固當如此，無足怪也。

（四）問：你説南方文化發育早于華夏，有何依據？

答：按恩格斯所説：人類都是從赤道附近發展出來的。則中國人種，當是從爪哇經印度支那半島、嶺南地區、長江流域向黄河流域推進的。很遠的祖先們，如此長時蠕進，不免沿途都要停滯一段時間，留下一批人，創造一定的文化。亦必有另外一批人分别前進，尋找新的、更好的樂園。當他們進入兩湖盆地這一大湖澤區時，留下了一批樂于捕魚和採食水生植物的人，形成了“巴蛋民族”，後來建成了巴、魚、揚、越這些部國或部落。有的進入了荆山、武擔、伏牛、大别和潛山、霍嶽這些山嶽森林區内，留下了一批樂于獵食鳥獸和採集瓜蓏的人，形成了“荆楚民族”，後來建成了“有林”、“有果”的有巢、荆、庸、英、六等國家或部落。又復有一批不滿足當時現狀的人，再向前進，入于草原地帶，例如：湖北的棗隨地區，河南的南陽地區，和淮水流域的汝、潁、淝、渦地區，自然環境促使他們創造出農牧生産的文化來。人類文化，總是從進入了農業經濟纔開始盛大發展起來的。我國先民傳説，一致地説中華農業創始于炎帝神農氏。“神農”乃是後人紀念他的稱號。“炎帝”也可能是華人尊稱之語，可是，他代表其人興于南方炎熱之地的含義，是異常明白的。研究我國古史的人，一致説他“起于烈山”（“曲禮疏”引“帝王世紀”)，故號列山氏。又作“厲山氏”。（《禮記·祭法》鄭玄注)，梁劉昭《後漢郡國志注》南郡隨縣云：“古隨國。”又引《帝王世紀》曰：“神農氏起列山，謂烈山氏。今隨，厲鄉是也。”又傳神農國邑于陳，（今河南淮陽縣）或云曲阜。（《左傳》昭公十八年謂“大庭氏之庫”，即炎帝所營。）由是言之，炎帝、神農，實南人，而爲中華創興農藝者。相傳神農氏統治中華七世，四百餘年。（《帝王世紀》）或云十七世（《吕氏春秋》）然後黄帝、軒轅世興。華夏文化，至黄帝時乃開展。則南國文化發育較早于華夏，信而有徵。《魯語》展禽曰：“昔烈山氏之有天下也，其子曰柱（《禮記·祭法》亦云，而字作農），能殖百穀百蔬（《祭法》作百穀），夏之興也，周棄繼之，故祀以爲稷。”韋昭注云：“柱爲后稷，自夏以上祀之。”然則南國農業發育早于華夏。華夏且祀其人爲農業之神若干世，乃復易爲后稷棄，則南之古域大于華夏不足怪矣。

（五）問：然則中華文化肇始于南乎？《淮南·主術訓》云：“昔者神農之治天下也……其地南至交阯，北至幽都，東至暘谷，西至三危，莫不聽從。”則中華于古皆其屬地耶？

答：是又不然。中華農藝雖傳承于南人烈山氏，南人之語言、習俗，則未能逾越北緯三十五度以北。北緯三十五度以北之廣大黄土分佈地區，當未有烈山氏名號之前，早有人類，倚畜牧爲生活，但尚未能耕種，迨向神農學得耕植農藝之術，技藝飛躍，經濟發展，壓倒南國。自黄帝興而烈山氏漸以不競，至于覆亡。故神農之藝，可以傳于華夏，其政治勢力不可能北至幽都，西至三危。南音，南冠之人與華夏之人，當爲大山大澤所劃割，西不能逾秦嶺山脉，東不能逾泰蒙山脉，中間不能逾嵩高山脉與孟諸、荷澤之沼地。即不能逾北緯三十五度左右一綫。此乃南人向北發展之極限。夏殷以前之華人，亦不可能越此綫而南。上古人類克服自然之能力有限，故當農牧經濟發生之後，各個自然地區，即各自發展成爲獨立之文化，形成多種多樣之民族集團。華夏與南國之區分，亦即由是開始。這也如同華夏與西戎，由隴山山脉分界者歷時甚久，自黄帝下至秦漢，歷數十世紀而後能次第突破之。亦人類歷史發展之規律如此。

（六）問：你説秦嶺、伏牛、嵩高與泰蒙山脉成爲華夏與南人之界限，倘若可信，至于嵩高與泰山之間，當于北緯三十五度者，平原廣大七百里，豈亦能成爲華與南之界限乎？

答：此非可以言乎遠古之世也。玄古之世，渤海内嚙，斜達于滎陽成皋之間，成爲巨浸，隔斷太行山與泰山兩部。其後海水退縮，漸成陸地，黄河循之入海。是爲兖州。兖州在唐虞之際尚爲沮洳沼澤之區，不可耕種。河水泛濫，號爲絳水（洪水）。夏禹率華人多方疏導，閱時八年，“播爲九河”，分導入海，乃有可耕之土。而孟諸、荷澤等大澤，猶蟬聯于北緯三十五度左右，成爲濟水之源，即古沮洳内海之殘跡，未能疏導入河者也。此一沮洳地帶，至秦漢際，雖已化爲耕土，由其地勢卑下，屢世皆爲黄河潰决泛濫之灾區，即可以想見三代以前所具阻礙華、南雙方人類活動之力，並不亞于嵯峨之大山矣。神農氏都邑于陳于魯，皆在此區之南。黄帝邑于涿鹿之阿。堯、舜、夏禹皆營于河東鹽池附近。殷人屢遷，卒營邑于太行山下之朝歌。周人更原居在渭水流域：皆在此沮洳地帶以北，爲華夏大君。于此，可以知華、南之限矣。

（七）問：你説古南國之地包括秦嶺、嵩高、泰山蒙山以南，江漢、淮、沂之域，亦有書史文據耶？

答：有。“二南”之詩，屢言江、漢、汝水。汝即淮水上游。《尚書・費誓》，是魯公伯禽禦徐戎淮夷於魯東界費邑誓師之詞。費邑即今山東費縣，屬沂水西支上游之邑。然則費邑之東，沂水廣大地面，於時爲徐戎地。徐淮爲南國，見《大雅・常武》。陳爲南地，見《邶風・燕燕》。宋與陳蔡同爲南地，見《邶風・擊鼓》（詩語未及蔡字，以《左傳》考其本事，則當有蔡。詳具該篇新詮）。鄭亦古南國地，見《周語》[1]。申爲南國，見《大雅・崧高》。楚爲南國，見《左傳》成公九年及成公十六年。巴、蜀、西申（漢中）與揚、越、倉吾爲南國，見《周書・王會》。魯部曲阜，在泰山西南，在奄國之地。奄與徐聯，而魯有南樂之詩（説在《召南・何彼襛矣》），則魯亦南地。秦嶺山脉，《大雅》《小雅》諸詩屢稱之爲“南山”。其主峰，稱爲“終南”（《秦風》有《終南篇》），非謂周秦之南界終于此也，蓋謂南國舊域止於此山耳。泰蒙山脉，爲齊魯所共有，其南即沂水流域，《齊風》所謂“南山崔崔”者，即謂此山。嵩高山脉，亦有“南山”之稱，見於《召南・草蟲》及《殷其雷》之詩，皆南人向望周師之詞，山實在其所居之北。則所謂“南山”者，原來取義皆以與南人分界爲名，非謂其在周秦之南或齊之南與洛邑之南爲名也。秦取韓楚之地，置“南陽郡”於伏牛山脉之陽，白水河岸。地名通例，“山南曰陽，水北曰陽”。南陽在秦之東，非在其南，而曰“南陽郡”者，蓋伏牛山古曰“南山”或白水河，古曰“南水”故也。於此亦可知南爲古代單字地名，而非固爲南方之義。南方乃後起之義也。又秦取楚郢都之地，以爲“南郡”，同時其南尚置有長沙郡，則南郡之“南”，又可知亦是因古地名，而非取南方之義[2]。

（八）問：“南”是統一之大國乎？

答：華人之言“南”，猶南人之言“華夏”耳，是指大體同風俗，共語言之一地區，非有此統一之國家。例如炎帝、黄帝、堯、舜時，中華與南，皆屬原始社會，氏族集團爲一般的社會組織形式，組成公社者亦殊不多，安能説統一國家？不過若干氏族之間，每有一個氏族在對自然鬥争方面及氏族集團間戰争方面取得卓越經驗，有所創造發明者，其他氏族自必從而敬畏之，學習之，依附之，從而形成相當一致之文化，使用一致通行之語言，遂即成爲各個不同之民族區域。例如華夏，夏、商之世，雖已建成國家，實際並未統一。西周經過戡黎，伐崇，伐密，至武王誅紂，周公再誅武庚，

【1】《周語》襄王十三年，富宸諫王以狄伐鄭曰：“夫狄無列于王室。鄭伯，南也，而王卑之，是不尊貴也。”《左傳》昭公十三年，盟于平丘，鄭子産争承，曰：“鄭伯，男也，而使從公侯之貢，懼弗給也。”鄭非子男之爵而曰“男”者，蓋古男、南通用，實即《國語》“南也”之義（參看下條苗、南、男字解説）。

【2】《水經注》卷三十四：江水“又南過江陵縣南”句注云：“南，國也。按韓嬰序《詩》云：‘南地在南郡南陽之間。’《吕氏春秋》所謂禹自塗山巡省南土者也，是郡取名焉。”（所引《吕氏春秋》語在《音初篇》。）此亦可證南陽、南郡之“南”是古地區名稱，非用方位義。

平四國，然後封建之制推行，又八百年入秦，乃克統一。雖不統一，其爲“華夏”則一也。南國，則始終未曾統一，然其爲“南”則一也。

南國之核心氏族，即左史戎夫所言之“有南氏”是也。其國蓋在大别山附近（今信陽鷄公山附近）之草原地區。在其南爲棗隨草原，長江流域中部唯一較爲廣闊之草原也。其西爲南陽草原，即白河流域，漢水中游較爲廣闊之草原也。其東北爲汝潁草原，淮水上游之大草原也。其地皆温暖而高亢，土壌腴厚，無水灾。其地無森林，但生矮樹、野草，爲石器耕種容易、施工著效之域，故進行農業較早。此三區中，棗隨區尤當先進，地位較南，較暖故也。南陽區稍北，當能繼之而興。汝潁區地域遼闊，北面無大山屏障，北風寒勁，農業開展較難。至炎帝烈山氏，乃自棗隨展衍農藝于是區，遂爲中華“神農”，已如前述。然設無棗隨爲之先河，亦不能致此。其後徐戎、淮夷，並成强大部族，烈山氏之遺裔也。

《世本》志器物之初創者，多有“隨”名。是古有智慧傑出之人名隨者也。古人重氏不重名，如堯曰放勛，人但稱其爲陶唐氏而已。世傳“隨作笙”，隨作某器者，疑皆稱其氏，即春秋隨國之先君也。蓋由其進入農業社會之日早，文化高於諸南，故所創造發明爲多。然而進步濡遲，故終爲後進之楚所滅。左史戎夫説言之“有南氏”，古國，疑即在此。或在南陽地區。兩地本相近而連屬如一。二臣之分，疑即南陽與棗隨之分。

南與苗字，初造字時形相似，義相通。以此知“有南”即“有苗”。有“苗”亦曰“三苗”，蓋當虞夏之際又已分爲三部也。《尚書·舜典》“分爲三苗”。《大禹謨》：“帝曰：‘咨禹。惟時有苗弗率，汝徂征。’禹乃會群后，誓于師曰：‘濟濟有衆，咸聽朕命。蠢兹有苗，昏迷不恭，侮慢自賢，反道敗德。君子在野，小人在位，民棄不保，天降之咎。肆予以爾衆士，奉辭伐罪，爾尚一乃心力，其克有勛。’三旬，苗民逆命。益贊於禹曰：‘惟德動天，無遠弗届。……至誠感神，矧兹有苗。’禹拜昌言曰：‘俞。’班師振旅。帝乃誕敷文德，舞干羽於兩階。七旬，有苗格。”《益稷》篇亦載禹言：“‘苗頑弗即工，帝其念哉。’帝曰：‘迪朕德，時乃功惟叙。’”《舜典》又曰：“竄三苗于三危。”大抵在堯舜年代裏，中華的大敵，便是“三苗”，亦即“有苗”。舜和禹曾糾合華地各部酋長的兵力去征討他，無功。還是退而“修德”，苗民纔服了。所謂“修德”，其實就是依靠商業市場的甜頭去誘致苗民。那時舜禹恃以招徠遠人的武器，便是“解池”的鹽巴。那附近幾百里内都不出鹽，而人都非吃鹽不可。所以衹要舜禹能善于操縱食鹽市易，遠人便必會降服。此外没有什麽遠德可以感格遠人的。再就禹誓師之詞看，三苗的文化，與中華亦無多大的差别。那樣大的軍事，從誓師到班師，纔衹三旬的時間，則其地去“蒲阪”（舜都，在鹽池附近）必不甚遠。按照吴起對魏文侯説的“三苗之居”，是左彭蠡，右洞庭，南北皆是大山[1]。這恰好説的是兩湖盆地，北抵伏牛、嵩高，南抵衡山、幕阜之地，包括南陽、棗隨、荆郢三個草原地區（在當時應該已是農業地區），南陽與鹽池最爲接近，應該是三苗的首邑地區。也可能就是代棗隨而興起來“有南氏”的民族部落，被虞夏的人寫作“有苗”了。

（九）問：爲什麽説南與苗，初造字時形義相通？

答：初造字時，子與男爲一義而二字，亦皆苗之義。男、南本同一字，此可以甲骨文證明之。甲骨文中，在一個“凡”字上面，繪出一個初萌發的小芽來，都作“子”。表示生命活動最早一個時刻的形象，表示一切出生的小東西，不分動物和植物，也包括人在内。若在上面繪出植物分枝成長之形，則都作南，它表示植物生長最盛時期，也表示成年的生産勞動者，故南與男字在古代通用。不但《國語》説“鄭伯，南也。”《左傳》説：“鄭伯，男也。”均可證。《世本》的“有男氏”，《潛夫論》作“有南氏”；《周書·史記解》之“有南氏”，孔晁注云“通作男”，也可證。孩幼爲“子”，成長爲“男”（南），是造字時規定的含義。用個凡字作底的取義，是“一切如此”的意思，謂一切事物初生時皆叫作“子”，成長時皆叫作“南”（男）。到了造作大篆時，才把動物的人與其他事物分開，而製爲子與男字。“凡”字古寫作，通用作風字。甲骨文亦有畫作的。井字，田字，都由之演變而來。因爲風是無所不入的，田是無所不生的，井是無所不滿足的，故皆緣凡字以成義。文字孳生發展演變的情况，大體都是如此。晚期甲骨文的子字，已經寫作，其凡字部分已經變來近於田字了。南字雖還未見有寫作的。推其發展趨勢可能是這樣寫的。其實，原始造作的子、南兩字專用于人身時，又纔會有苗字製造出來，用以表達禾類之幼弱時期（包括未含苞以前），與南字含義並無區别。小篆南字從，苗字從艸，作。《説文》以爲苗字“由聲”，别無解，應衹是許慎臆説。疑古有寫南作者，秦漢間作苗字耳。

三苗既爲虞、夏時大國，奄有荆州全境，應有人口甚多，非可能全部竄徙，何以歷夏、殷、周、秦、漢，更無苗國之稱，而衹有甚多之“南國”文字。秦漢南陽、南郡，又即皆在三苗地域之内。則“有南”即“有苗”，“三苗”即“南國”爲可定。此亦證説南、苗二字形義之一助。

【1】《國策·魏一》吴起曰：“昔者，三苗之居。左彭蠡之波，右洞庭之水，汶山在其南，而衡山在其北。恃此險也，爲政不善，而禹放逐之。”《史記·吴起列傳》作“昔三苗氏左洞庭，右彭蠡，德義不修，禹滅之”。《説苑·貴德篇》同《史記》文；《君道篇》則取《國策》文，而改作“大山在其南，殿山在其北，左洞庭之波，右彭蠡之川”。諸説雖有分歧，其言左右奄有洞庭、鄱陽兩大湖，南北接於兩大山地則一。大湖，古有定名，大山則人自取其所便者稱之，要其山脉之位置有一定，洞庭、彭蠡之間，南北大山，固惟伏牛、嵩高，與衡岳幕阜而已。（其地即《禹貢》之荆州）

（十）問：既然説苗、南古字形義通，“有南”即“有苗”。又説三苗故地限于荆州，其文化中心在南陽，非自爲鑿枘而不合乎？

答：南國中心在荆州之北部，棗隨與南陽地區，其文化發育特早，最先播延於淮水流域（徐州），影響入于華夏。能影響於華夏，則其能東向影響于揚州，西向以影響梁州爲可知矣。華夏接受其影響，更能迅速發展成爲獨立之文化，至虞、夏間，尚有未能勝於三苗之處。則徐淮、揚越、梁岷三州之人之接受三苗文化而始終無以勝之，徒能混同於諸南之内，又何足怪？此亦猶中夏之初，原衹三河之地（河東、河南、西河，皆在河曲，嵩、華二山之間），歷夏、殷、周，則已包有整個黄河流域，豈得謂虞、夏地面不當華夏之半而遂疑及“諸夏”之稱謂乎？

大抵殷周所謂“南國”者，可分爲三部：中部荆州之地，即三苗舊域，北以南陽，接於伊洛，最近華夏，與中夏接觸頻繁，經濟發達，文化較高，進入奴隸社會較早。在殷周之際，商業已甚發達，販賣奴隸之風最盛。華夏東方之殷國，西方之周國，奴隸來源，半出此部。東部徐揚二州，地近東夷，通連殷國，與殷之經濟聯繫特密，並爲苛暴之奴隸主統治地區，與岐周成對立局勢，經西周屢興大役，乃克平定。西部梁州之域，以秦嶺界連岐周，雖道路險阻，仍能接受西周文化，發展成爲巴蜀農業地區。其與西周商業，亦以供應奴隸爲主。其地文化、經濟既更落後，周人復能執行奴隸改良主義以撫綏之，其奴隸生活在周優於在南，故能爲周人出其死力，發展生産，使周益臻富强。周在太王時，猶爲困於狄人之小國，雖遷居岐，去狄亦未爲遠，乃僅歷三世，遂能富强。滅殷，統一華宇者，西部奴隸之力爲多。此其事，于三百篇中，多有證驗。容後分篇詳之。

南國中部與東部之文化關係，甚易明瞭[1]。西部主要是四川盆地以内，與中部似頗隔絶，而能同爲“南國”者，蓋由漢水與江水爲之媒介。《左傳》前後所舉楚、鄖、庸、濮、巴、魚諸國交涉事，皆可證明漢水上游及四川盆地與兩湖盆地政治、經濟、文化之接近，與其交通之頻繁。近世考古發掘證明，巴國文化蓋與楚國文化同出一源。以此知南樂之詩，多有巴蜀奴隸之舊曲也。

【1】 淮水流域（徐州）文化與棗隨地區的關系，已于前述炎帝神農氏事詳之。揚州位長江下游，與荆州聯繫最便。從古即有一主要商道通聯。並自南陽北通宛洛，西聯關中。太伯入吴，即循此路。設使當時無通行之商道，則自岐至吴，遠逾二千里，經歷語言隔閡之部落數十百所，裘葛更易者當十餘次，太伯何所憑藉，竟能平安到達，爲一方王乎？由太伯入吴事以推斷其間商道交通情況，應不謬矣。召虎初平淮夷，疆理遂能達于“南海”（揚越之海）則自洛陽經淮水入吴界亦早已先有暢通之商道可知。

古代商人行役之遠，有非今人所能想象者。如西域雖自漢代始開，實則虞夏之際已有商道相通，麥種（來牟）由之輸入。《竹書紀年》亦傳西王母已于當時入貢。《史記》《漢書》紀通西南夷事，謂秦以前已有商人遠入身毒（印度）與滇越（今緬甸）。至于販賣奴隸之盛，《西南夷傳》言之更詳。《貨殖傳》所反映者亦多。秦漢如此，則殷周奴隸社會時期，大量奴隸來源之必仰給于南方生産落後之民族更可知矣。

（十一）問：你説周人使用南人爲奴隸多，因而南人的詩歌流入周地。又説南人的語言與華夏不同。但是《二南》的詩二十五篇全是華言，難道也都是那些奴隸做的嗎？

答：經過分析二十五篇的詩義，知道《周南》十一篇，全是南國原有的詩歌，經奴隸們帶到周地來歌唱，周人都已習見習聞了，還不知道它歌詞的含義，爲了便于瞭解它的含義，和使國人也都便于歌唱，纔有人把它譯成華言。但仍是用南國原曲唱的。這種譯唱歌詞的工作，在兩個民族文化交流到了一定程度時，是符合需要的。例如“巴渝舞”，原是巴渝的南人，從武王伐紂時即已傳入中華的歌舞樂曲。漢高祖時，巴渝人從征三秦和項羽，還隨時歌舞着它。曹操定漢中，撫三巴，這種樂舞傳入中原，都很受到華人的歡迎。尤其是軍士們需要學習它，曹操便命祭酒王粲，把它的辭翻成華言，以便華人學習。樂曲和舞蹈，仍皆依照巴渝的原式。並給它取個華言的名稱叫“昭武舞”。這一樂曲，一直到唐代還在流行的[1]。這就是用華言譯製南國樂歌的史證。請看《關雎》這一篇詩，“雎鳩”和“荇菜”，就都不是岐周（關中）原有的動植物，而衹可能是譯用南國風物的文字。尤其是“在河之洲”的河字，就周代華言説來，衹是黄河的專名。但文王之世，周境還偏在渭水中游，未曾達到黄河水岸。則此詩的“河”字，就不會是指的黄河，而衹是譯用南人的語言，謂湖沼爲“河”之義了。其他“二南”詩語之具譯南言者尚多（另詳各篇新詮）。故知其爲譯南國詩歌爲華言者也。此種譯製工作，比較做詩、譜曲困難得多，因爲它要符合原歌辭義，更還要遷就原曲的音韻節拍，差一點都不行，所以譯製成功的數量不多。周公旦是周初的貴族文學家，當文王之世，已遷都豐，派他留守岐邑，奉周原舊廟祭祀，這一段時間他很閒逸，又有了一批樂官爲他工作，因而把一些奴隸們常常歌唱的南曲，譯製成爲華言來歌唱，這是可以理解的。太師把這類譯製的南詩與歌曲，保存爲一檔，題曰“周南”，以明其爲周公所譯製的爲主（其有周公以後譯製的，但在宣王以前的，如《麟趾》亦附于《周南》）。

至於《召南》十四篇，則是召穆公虎平淮夷時所搜集譯製的爲主，與召康公奭不相干。召虎時，宋、陳、蔡、申等封建於南地之國，已歷七百餘年，南人通華夏語文者已多，華夏習南樂者亦多，華言之詩，譜以南樂者已頗有之，故《召南》，詩已不盡

【1】 晋常璩《華陽國志·巴志》云：“武王伐紂，實得巴蜀之師，著於《尚書》。巴師勇鋭，歌舞以凌殷人，前徒倒戈，故世稱之曰：武王伐紂，前歌後舞也。”又曰：“閬中有渝水，賨人多居水左右，天性勁勇，初爲漢前鋒，陷陣，鋭氣，喜舞。帝善之曰：‘此武王伐紂之歌舞也。’乃令樂人習之，今所謂巴渝舞也。”

《晋書·樂志》云：“漢高祖自蜀漢將定三秦，閬中范因（當作目）率賨人以從帝，爲前鋒。……其俗喜舞。高祖樂其猛鋭，數觀其舞。後使樂人習之。閬中有渝水，因其所居，故名曰巴渝舞。舞曲有《矛渝本歌曲》《安弩渝本歌曲》《安臺本歌曲》《行辭本歌曲》，總四篇。其辭既古，莫能曉其句度。魏初，乃使軍謀祭酒王粲改創其辭。粲問巴渝帥李管、種玉歌曲意，試使歌，聽之，以考校歌曲，而爲之改爲《矛渝新福歌曲》《弩渝新福歌曲》《安臺新福歌曲》《行辭新福歌曲》，《行辭》以述魏德。黄初三年，又改《巴渝舞》爲《昭武舞》。”

爲于南國樂歌轉譯爲華言者（亦詳各篇新詮）。要之，《二南》之詩皆用南樂歌唱之者，固不盡爲奴隸所歌，亦不全爲南國原有之詩也。

（十二）問：南國固有樂歌，便自稱爲“南”麽？

答：南字，原爲氏族名稱，即所謂“有南氏”或“南氏”，或“有苗”或“三苗”是也。其人自謂其樂歌爲“任”。華人呼之爲“南”耳。鄭玄《周禮注》，鞮鞻氏“掌四夷之樂”注云：“四夷之樂，東方曰昧，南方曰任，西方曰侏離，北方曰禁。”《毛詩·小雅·鼓鐘·傳》則云：“東夷之樂曰昧，南夷之樂曰南，西夷之樂曰朱離，北夷之樂曰禁。”鄭説實出于《毛傳》，而易南爲任，蓋當時已知南樂本自名爲任也。許慎《説文》：“南，任也，草木至南方有枝任也。”（此依段注補前任也二字）就華文論，南與任别無聯義，而許氏用任説南者，當是已知南人自呼其樂爲任。《毛傳》早出而曰南者，用華言也。《鼓鐘》詩“以雅以南”。《文王世子》“胥鼓南”，皆華人舊已稱南樂爲“南”之證。《周南》《召南》之南，固亦如此。

《白虎通·禮樂篇》則云：“南夷之樂曰兜。”兜字早見于《尚書·舜典》，秦漢以前書更未再見。疑其字即古妊字，象婦女孕兒之形。自壬、任、妊字行用而兜字即廢。白虎觀諸儒所據書，有仍作古兜字者[1]。

（十三）問：周、召分陕爲伯之説，著于《史記》，蓋出于《公羊春秋》，與《家語·辨樂篇》及《禮記·樂記篇》。《後漢·郡國志》弘農郡陕縣有周、召二公分陕陌。舊説《二南》詩者皆用周召二公分治之義。你今一律否定之，更立周公旦、召公虎前後譯製南樂詩歌之説，豈能有以勝數千年傳統之説乎？

答：一部《周詩》，本來是我國古代最好一部第一手的歷史資料，可惜被歷世説詩的迂儒，把它解説得面目全非了。“數千年傳統之説”，正是“數千年傳統的謬説”。這些謬説的根源，也正是從《家語》和《公羊春秋》開始的。我上面所作關於“二南”的解説，也不完全是我的創説。自北宋以來，已經有很多説詩的人證實“南”是樂類，並推翻了周、召二公分陕之説了。我不過發展了那一部分人的學説，作了些整理和補充，把字面的周、召二南，落實到歷史實際上來。

【1】《白虎通》爲班固輯録白虎觀諸儒討論古禮之書。原非一人通貫之説，駁雜多無足取。兹所據爲明刻《漢魏叢書》本，多有錯脱。其《禮樂篇》云：“樂元語曰：‘受命而六樂樂先王之樂，明有法也。輿其所自作，明有制典。四夷之樂，明德廣及之也。故南夷之樂曰兜，西夷之樂曰禁，北夷之樂曰昧，東夷之樂曰離。”其説與毛、鄭及許氏之説不合。禁、昧、離三字猶同，而方位易。首舉南夷，則是南方學者之説矣，於他三方未能確悉，但影響言之耳。惟兜字當有所據。查兜字早見於舜典之“驩兜”。漢以前書未見有單用兜者。《説文》亦連兜鳌釋之。按字義：白即古文貌字，亦示兒頭之形；兒古文作，象人雙足。是兜字爲孕婦，象形兼會意字，與壬、妊同義。壬字使用多而且便，故壬妊而兜字被棄耶？

《白虎通》同篇又曰：“南爲之言，任也，任養萬物。昧之爲言昧也，昧者萬物衰老。禁者，萬物禁藏。侏離者，萬物微離地而生。”則又以西爲昧，北爲禁，東爲侏離，而南爲任。其説之不能自統一如此。然南、任兩字聯義，與許氏之説相同（班許亦同時人）。

即以分陝之説論之。《家語》稱：“且夫武，始成而北出。再成而滅商。三成而南反。四成而南國是疆。五成而分陝，周公左，邵公右。六成而復綴，以崇天子焉。衆夾振焉而四伐，所以盛威於中國。分陝而進，所以事蚤濟。久立於綴，所以待諸侯之至也。”（《樂記》文同，“三成而南”下無反字。“五成而分”下無陝字。“以崇天子”下作“夾振之而駟伐，盛威于中國也。分夾而進，事蚤濟也”。異同，在於有陝和無陝字。）《禮記》是經過歷代石經勘正過的，應該比一般寫本的家語可靠些。“五成而分”句，與“夾振而駟伐”和“分夾而進”兩句相應，是表達《大武》演奏的武王之師滅商以後，由周、召二公分别率領兩隊人馬回軍向南，撫定南國諸侯，又分兩路班師回到鎬京的。舞時，是兩對相併夾道比對着歌舞的。插不入“分陝”的話。《家語》這兩個分陝的陝字，有可能是後人因有周召二公分陝而伯的話以後，才竄寫進去的（在寫本時代，這種後人竄寫增删的例子太多，不勝枚舉）。

且陝字原衹作夾，從雙入，道路險隘處之義。夾字從雙人，挾持之義。二字易混。就“分夾而進”言，亦可體會爲周、召二軍平定南疆之後，分爲東、西兩道班師振旅。周公自東方徐、豫二州，經函谷道回鎬京。召公自西方荆、梁二州，經褒斜谷道回鎬京。函谷、褒斜，即所謂夾也。已平南疆，故曰“事早濟”也。東爲左，西爲右，故曰“周公左，召公右”也。五成所演之歌舞，爲二公率軍過夾，艱苦而振奮之狀，雖演時兩隊夾道並舞，仍可謂之分夾（陝係俗人增畫之字）。縱如此説，亦衹能謂陝爲周公振旅之路，不能謂爲二公分陝而治。夫《大武》，樂舞也，可以表演軍旅分道行進，焉可以表演劃地分治之事？設其所舞爲二公分陝而治之事，則何容有“周公左，召公右”之贅辭。又何得有“分陝而進”之進字。由《家語》與《樂記》皆有此進字，便已可知其非表演分陝爲伯了。

（十四）問：《公羊傳》隱公五年“天子三公者何？天子之相也。天子之相則何以三？自陝而東者，周公主之。自陝而西者，召公主之；一相處於内”。《史記·燕召公世家》實用此文。班固《白虎通·公侯篇》更爲之發明闡述。此豈亦不可信耶？

答：公羊之説不能立脚者有三：按《尚書》説，武王時的三公，是周公旦、召公奭、太公吕尚。太公很早就封到齊國去了。若還周公、召公都出去了，還有哪一個相處于内呢？《尚書·君奭序》“召公爲保，周公爲師，相成王爲左右”。則他二人並未有出爲方伯的事。自陝而西，正是周的王畿。自陝而東，全是殷人舊地，諸侯之國。周公旦之於周王，最親、最貴、最賢、最有才望，也是最有權的人，是周王（無論武王、成王）離不開的人。縱使需要他與召公奭分陝而治，也必然是把周公留在王畿，斷無把他推出到陝以東去之理。若説爲三監叛，周公東征時事，也是説不通的。那時正是周公獨攬大權在内，所以纔有管蔡流言，説他“將不利於孺子”。他若不是掌握大權，憑藉周王的威信，也斷不可能滅武庚，誅管蔡，平四國。那時齊太公已受命爲東伯，得征討五侯九伯了（見管仲責楚子語）。何得又是周公爲東伯？看來：《公羊傳》的話，完全是與史實剌謬的胡説。大概是他也聽説過孔子述《大武》有“周公左，召公右”的話，便異想天開地踢了一夢脚，是毫無可取的。

《史記》于秦以前的歷史，由于濫采史料而造成的謬誤也很不少。即《燕召公世家》所説“其在成王時，召公爲三公，自陝以西召公主之，自陝以東周公主之”這段話，明明是誤采《公羊春秋》之説。《公羊》未定時間。司馬遷把它發展了，定在成王之時。好似未曾看到《家語》和《樂記》一樣。（《史記》采用《家語》之處很多，不是未看見。）全不想《家語》的“周公左，召公右”明明説的是《大武》樂舞的事。《大武》是武王滅紂後製成的。公羊不敢把他説爲成王時，司馬遷却定爲成王時，是畫成了蛇脚。若説周公東征在成王時，東征衹有三年，便仍回來作冡宰了，何曾是分陝作伯。這與史遷自己所撰的《周本紀》和《魯世家》也是不合的。他大概是苦於燕世家事跡太少，便把《尚書·君奭》與《詩·甘棠》和《公羊傳》一段話拼凑起來，竟不及審慎思考。《甘棠》亦非頌召公奭的詩，别詳見該篇新詮。

經師説史，什九都是荒謬的，上舉公羊家言即是。史家説經，也有往往失於荒謬的。《史記》裏説詩之處，不當於理的很多。班固記《白虎通義》也正如此。它的《公侯篇》承用了《公羊傳》的話，並爲之解釋説：“不分南北何？東方被聖人化日少，西方被聖人化日久，故分東西，使聖人主其難者，賢者主其易者，乃俱致太平也。又欲令同游陰陽寒暑之節，共法度也。所分陝者，是國中也。若言面，八百四十國矣。”公羊家説，在前漢很流行。這段《白虎通》文不知采的何人之説，荒謬較《公羊傳》爲更甚。説周公是聖人，乃孔、孟以後的話。若在當時，恐懼流言，破斧缺錡，跋胡疐尾，“風雨飄摇，維音嘵嘵”的情况下（詳《豳風》詩），誰人肯定他是聖人呢？當其作《君奭》時，對于“君奭”，自謂“鳴鳥不聞，矧曰其有能格”。他與召公孰聖孰賢，成王所不能定，即他自己也意想不到就能比召公高出一等。尤其荒謬的是把“聖人之化”説得那樣捷速。那時没有報紙和廣播，也没有郵電和汽車，周人與各國的人語言都還是隔閡的。這位聖人周公，連自己的兄弟管、蔡、霍叔都還教育不好，有何本領把“八百四十國”的人在三年内就教化好了，“俱致太平”？更可笑的是説不分南北，衹分東西，是爲了“同有陰陽寒暑之節”，就好似當時已有技術劃分標準時區一樣。唯心的胡説，竟到了這樣的程度。偏偏這段話，是後世説詩諸儒所最欣賞的，衛宏的《詩序》，鄭玄的《詩譜》正是在這段謬説上創立起來的，豈不怪哉！

（十五）問：《史記·自序》説：“遷仕爲郎中，奉使西征巴、蜀以南，南略邛、筰、昆明，還報命。是歲，天子始建漢家之封，而太史公留滯周南，不得與從事，故使發憤，且卒。而子遷適使反，見父于河、洛之間。”《集解》引“摯虞曰：古之周南，今之洛陽。”《索隱》引“張晏云：自陝以東皆周南之地也”。《續漢書·郡國志》

弘農郡·陜縣“有陜陌”。劉昭注云：“《博物記》，二伯所分。”此後地理志書，皆言陜縣有周、召二公分陜界石。這樣傳承一致的古跡史證，也可一概抹殺麽？

答：司馬遷在《燕世家》裏，妄采公羊家言。但他撰《周本紀》和《魯世家》並未提到此事。又雖屢述武王、周公等營雒邑事，亦未絲毫聯繫到周南。又撰《貨殖列傳》述天下地理情俗，凡兩言“三河”皆把伊洛地區稱爲“河南”。又説“洛陽東賈齊魯，南賈梁、楚”，亦未用“周南”文義。惟獨他這篇《自序》裏稱洛陽爲“周南”，這樣使用影響無實的詞語，叫作“詖辭”，一曰“險詖”，即今俗所謂“俏皮話”，是戰國以來文士的風尚，史學家和考古學家以及其他實事求是的文章所不許用的，也就是史家和文學兩派的分水綫。史家自司馬遷與班固，下逮隋唐著述之士，對於述史之部雖皆矜莊慎重，不用詖辭，而於自序之文則仍保留有這些文學家的風氣，以顯示他文學方面的才能，那是不足據爲考證的[1]。便如司馬遷這幾句話裏，把滇國説爲“昆明”。但他在自己寫的《西南夷列傳》裏，就明明説滇國是“靡莫之屬”，是“魋結、耕田、有邑聚”的民族；而叙昆明，則云：“自同師以東北至楪榆，名爲巂、昆明，皆編髮，隨畜遷徙，毋常處，毋君長，地方可數千里。”遷之奉使，衹可能到達滇國，纔有君長接頭。若還是“毋常處，毋君長”的地方，就不可能去活動了。衹不過因昆明牧族也到滇國來市易糧食，詢知其他地方如此。在《西南夷傳》，就衹能那樣如實地説。而《自序》，就不妨文學一點，把滇國説成“昆明”。明清地理書，因而就把滇地叫作昆明湖，滇故邑叫作昆明，都是使用詖辭來作考據之誤，正與把洛陽叫作周南一樣，豈得爲據？

班固輯録白虎觀諸儒説經之言，有周召分陜之説。然其所撰《漢書·地理志》於弘農·陜縣所自注者，僅“故虢國，有焦城，故焦國。北虢在大陽。東虢在滎陽。西虢在雍。莽曰黄眉”二十八字。他的意思是説陜縣原是武王封神農後裔之國。（“褒封神農之後于焦”見《周本紀》。）周桓王又以封其卿士虢仲（虢仲見《左傳》桓公八年）。夫武王既以陜地建爲焦國了，則豈可以在此立石分伯二公。若其在此分陌，則焦

【1】《孟子》：“詖辭知其所蔽。”趙岐注“人有險詖之言”。今世云“俏皮話”即是此詖字本義。《禮記·曲禮》所載：“國君去其國，止之，曰奈何去社稷也。大夫，曰奈何去宗廟也。士，曰奈何去墳墓也。”“問國君之年，長，曰能從宗廟社稷之事矣；幼，曰未能從宗教社稷之事也。……問庶人之子，長，曰能負薪矣；幼，曰未能負薪也。”“牛曰一元大武。豕曰剛鬣，豚曰腯肥，羊曰柔毛，鷄曰翰音。……韭曰豐本。鹽曰鹹鹾。”都是詖辭的典型。班固的《漢書·叙傳》衹用他的《通幽賦》《賓賦》兩篇文來代替自傳，和用“爲春秋考紀、表、志、傳凡百篇”來代表他的書名，都是自序使用詖辭之例（即説：“春秋考”是漢書的别名。顔師古説“春秋考紀”是“本紀”的别稱。劉奉世説：“考，成也。”則是班固自稱其書偉“春秋”了，總之是用詖辭）。范曄《後漢書》自詡“耻作文士之文”。又甚自誇其論贊。然其《中興二十八將論》曰：“亦有鬻繒屠狗輕猾之徒，或崇以連城之賞，或任以阿衡之地。”鬻繒屠狗，前漢灌嬰、樊噲之典，非二十八將所有。後漢功臣食邑不過一鄉、亭，無兼縣地，亦非有連城之賞。阿衡乃伊尹之稱，漢世不用。又其《西域傳》論曰：“莫不獻方奇，納愛質，露頂肘行東向而朝天子。”豈非西域有肘行來朝者耶？此皆史文以外，更爲文士之文，不免用使詖辭俳語之例。餘不盡舉。

與虢國究當屬於東伯乎，抑西伯乎？（四虢之地，皆武王給虢叔的封國，後世乃分封成四國的。）此可明班氏初固未嘗有分陝之意了。即如司馬彪撰的《後漢書·郡國志》，於弘農、陝縣下亦祇有“本虢仲國，有焦城，有陝陌”十字。陝陌謂崤坂與函谷（即東西兩函谷）之間有良田一區，爲夾陌，非即謂“分陝而伯”。至梁劉昭作注，乃引《博物記》曰：“二伯所分。”《博物記》傳爲張華所作。然則陝陌即周召公分陝處之説，亦祇是晋時始有耳。後世好事者妄援之而植石碣曰“二公分陝處”，豈足爲典乎？（分陝石，見歐陽修《集古録》。）

（十六）問：鄭康成《詩譜》，歷世稱其精密。孔穎達爲之作《正義》。歐陽修爲輯闕文。朱文公雖力反毛、鄭，而亦不易其二南之説。你亦將圖一並推翻麽？

答：鄭玄《周南·召南譜》，實集其過去説詩諸謬説之大成，而成後來説詩諸家的枷鎖。他祇未敢明言分陝爲伯耳，其意仍是二公行化於南國，故曰“六州者得二公之德教尤純，故獨録之，屬於太師而分國之”。此所謂吞吞吐吐，自疑而仍必以之欺人之説也。至於“其得聖人之化者謂之周南，得賢人之化者謂之召南”，則逕與衛宏僞序同取《白虎通》之謬説，妄分南樂之詩爲聖人、賢人二化。夫《麟趾》《騶虞》，同一“于嗟”。《汝墳》《草蟲》，同念“君子”。《桃夭》《漢廣》《鵲巢》《江汜》同曰“之子于歸”，文既相同，情感若一，何以分爲聖、賢之化？此其謬之顯而易見者。

周制，王臣食邑於畿内，不同於諸侯之有國。至於“周公”之周，與召公采邑之召，性質又不相同。緣文王徙豐之後，留其子姬旦守祀周原舊廟，緣之而稱周公。封建之制，新舊都邑不賜臣工，姬旦以王室嫡親居此，食禄頒自王室，非即以周原爲其采邑也。否則周國之内又有周國，周王之下又有周君，是理之所必無也。召公采邑，相傳在扶風雍縣西南，今屬陝西鳳翔縣，然亦魏晋以後之説。要之不能是周原、岐邑之地。而《鄭譜》乃云“分岐邦周、召之地爲二公采地”，顯與周制不合。孔穎達雖曲爲《鄭譜》作解，亦云：“言分采地，當是中半。不知孰爲東、西。或以爲東謂之周，西謂之召。事無所出，未可明也。”即是其説難信之意。

周公之詩，入於《雅》《頌》者已多。其爲國風者，則有《豳風》七篇，古今無異詞。稱豳，不稱周，明太王所居之地也。《周南》既爲周公之化，大師“分而國之”，則何以不併入《豳風》，而乃以周公所化南夷之詩，爲“風之正經”（衛宏僞序作“正風”）冠于十五國首，以周公自作之詩殿於“變風”之末乎？

他如：“是故二國之詩，以后妃夫人之德爲首。”則全襲用大小兩序之謬説，前人已多駁之。其最明顯處，在二十五篇全無一字可證爲后妃夫人之德。即《大雅》之《大明》《思齊》，稱頌大任無所不用其極，亦無一字與《關雎》《鵲巢》可以闔合。而謂“二南”爲后妃之德，“正始之道”（僞序語。鄭譜云“風之始，所以風化天下而正夫婦焉”。）非瞎説乎？又如“《射禮》，天子以《騶虞》，諸侯以《狸首》，卿大夫以

《采蘋》，士以《采蘩》爲節。今無《狸首》，周衰，諸侯並僭而去之，孔子録詩不得也”。他曾未想到，諸侯固能不用此篇，周王豈亦遂從而去之乎？魯國亦從而去之乎？周至靈王時，“諸侯莫朝周。周力少。萇弘乃明鬼神事，設射狸首”。（《史記·封禪書》）則周至孔子時“狸首”之詩樂猶存。孔子録周詩甚多，豈亦因“諸侯並僭”而遂不敢録此篇乎？且“狸首”詩文，《大戴禮·投壺》尚存其概，何乃“孔子録詩不得”？又云：“徐及吴、楚，僭號稱王，不承天子之風，今棄其詩，夷狄之也。其餘江、黄、六、蓼之屬，既驅陷彼俗，又亦小國，猶邾、滕、紀、莒之等，夷其詩，蔑而不得列于此。”夫《二南》詩屢言江漢，非楚地乎？《汝墳》，非徐地乎？《甘棠》非“召伯所憩”乎？若以爲南國之風，則亦徐、楚稱王甚久，其君尚不承天子之風，而其民乃能畔其國王之教，而遥承周天子之風耶？豈江、黄、六、蓼之國已“陷于彼俗”而江漢汝潁之人民能不陷于彼俗乎？近南之國，魯、宋雖大，亦有頌無風，豈惟邾、滕、紀、莒諸小國哉？自我觀之：諸國之所以無風詩者，南樂盛行，無人譯製成詩耳，非有政化褒貶之義。不其然乎？

至于朱熹之《詩集傳》，已出于程大昌與鄭樵之後，尚且不敢用南爲樂類之説，則安能擺脱毛、鄭窠臼。他之不用舊序，不過約省其文以節篇幅，非能於前人舊説外有所創造發明也。故曰“集傳”，明其全部出于因襲，但不專取毛、鄭而已。試看他《周南傳》云：“周，國名。南，南方諸侯之國也。……文王昌，辟國寖廣，于是徙都于豐，而分岐周故地以爲周公旦、召公奭之采邑。”這就是《鄭譜》陳爛之辭。所不同者，下文“且使周公爲政於國中，而召公宣佈于諸侯。於是德化大成於内，而南方諸侯之國，江、沱、汝、漢之間莫不從化”。這就是他修正《鄭譜》的地方。但這又没有任何一點經史的依據：他所説的是文王之世，下距召康公奭之卒（康王時）已六十多年，則奭在此時縱非孩幼，亦不可能已至强仕之齡，豈遂已能宣化於南方諸國。且南國語言不通，又將何以宣德佈化？此不惟史籍無據，情理亦不可通。其此以下，皆用毛序舊文。加入《大學》修、齊、治、平之語，更是迂論，不值批判。其結語，謂“蓋其得之國中者，雜以南國之詩而謂之周南。……其得之南國者則直謂之召南”。前面以周與南國之詩合爲一國之“風”。後面則又以南國之詩專爲“召南”一國之“風”。意識淆亂如此，實一極其不通之文也。

又其説《召南·何彼襛矣》之詩云：“王姬下嫁於諸侯。”又云：“舊説平，正也。武王女、文王孫，適齊侯之子。或曰平王，即平王宜臼，齊侯即襄公諸兒。事見《春秋》。未知孰是。”他前已説召公行化在文王時，又説：“乃采文王之世，風化所及民俗之詩，被之筦弦。”竟不曾想到武王滅紂，乃封太公於齊。文王時並無齊國，亦不得有“武王”。武王之子，成王最長，到即位時尚嫌幼小不能執政，他的姊妹何能於文王之世、召公采詩之前，就已遠嫁到極東的齊國去？假使殷代也有個齊國，亦當是殷王控制之地，不在他三分天下有其二之内。有誰人能與他拉攏這麼遠的婚姻關係？至於平王宜臼，去召康公之死已三百餘年了，竟然亦疑爲他在文王時候嫁女，而“未知孰是”，豈非荒謬絶倫乎？（其他謬説在二南者猶多，此其一例。）

大凡學術之道，貴在自己具有真知灼見。還貴在自己有個中心思想，纔能卓然自立，貫通無礙。否則如蓬依蔴立，雖纏絞多方，終無自立之道。集傳、集句，縱有巧者，亦無足取。朱熹正由於不能推翻毛、鄭而説詩，故其爲説衹能更劣于鄭。後世又多有依傍朱傳而圖有以修正之者，則必然又更劣於朱氏。俗有笑話云：畫美人不似，改天官。天官不似，改鍾馗。鍾馗不似，改墨龍。徒有愈改愈糟而已。例如：方玉潤説二南，多遵朱子，而更修正爲周國南方之説是也【1】。

（十七）問：宋王栢之《詩疑》，取二南各十一篇兩兩相配，爲圖。退《何彼襛矣》《甘棠》於王風，删去《野有死麕》。明之豐坊僞造《申培公詩説》，取三百十一篇，悉亂其次而序之。亦以《何彼襛矣》爲王風。其後何楷《詩經世本古義》全廢南、風、雅、頌界劃，强分三百五篇之製作時代，自夏少康之世至周敬王時。如此者，可謂學術革命乎？

答：此諸人者，南、風、雅、頌之樂且不能辨，安足與言説詩。然其敢於疑古，敢於立新，自有賢於泥古、盲從之輩處。何楷引據詳明，書本功夫寬深，所創新説尤多可喜。然而不先破舊，而專務立新，故其所立殆無不謬。較之换湯不换藥者，固無所謂軒輊也。相傳唐宣宗時有沈朗者，上疏謂《關雎》不當爲三百篇首。請以所選堯、舜、禹等四篇冠于《關雎》之前，頒行天下【2】。此其狂謬又在三人之上。人謂此輩爲“書呆子”，豈足以言詩。

（十八）問：昔之儒士，窮年治經，或畢生衹鑽《詩經》一藝。如《周南》《召南》二十五篇，鴻文奥義，昔人所解，皆與其解釋二南之義相應。你能使你以上之説，貫穿二十五篇，全面相應，而無或有所抵牾乎？

答：我原不是專門研究《詩經》的人，衹是因爲在社會歷史落後的民族地區考察

【1】 元明以來言詩者皆尊朱傳。而爲之局部修正者亦不少。方玉潤《詩經原始》，爲清代尤晚出者，其釋《二南》，亦尊朱子。乃更爲之發明云：“竊謂南者，周以南之地也。大略所采詩皆周以南爲多，故命之曰周南……不獨與他國異，即古豳樸茂淳質之風亦不能與之並賡而迭和。又況豳與各國，各成風氣，各存音節，尤不可以相混。此周以南詩獨爲正風也。”於《召南》則云：“其所采民間歌謡，有與公涉者，有與公無涉者，均謂之召南。蓋皆召以南之詩，故亦南之而已。召與周近，地同俗同，故詩之音亦略同。且先天下而被文王之化者又莫不同。此所以與周南同爲國風之正而居三百之首者也。”這真是白晝夢囈，“愈改愈不成畫”了。

【2】 邱光庭《兼明書》載：“大中年，毛詩博士沈朗，進新添毛詩四篇表云：‘《關雎》后妃之德，不可爲三百篇之首，蓋先儒編次不當耳。今別選二篇爲堯舜詩。取虞人之箴，爲禹詩。取《大雅·文王篇》，爲文王詩。請以此四詩置《關雎》之前，所以先帝王而後妃，尊卑之義也。’朝廷嘉之。”這樣的人，竟作“毛詩博士”。可嘆。唐貞觀中，命孔穎達等采衆家之説，傳麗毛序、鄭箋，爲《毛詩正義》四十卷，頒行天下，使“論歸一定，無復歧途”。一代儒生思想深受束縛，故至産生如此人物。

久了，對歷史地理變遷研究感悟多了，從而産生了從《詩》三百篇來研究古代社會情況的興趣。限于衰齡和所處環境條件，没有尋繹舊文的工夫，更没有學習近年新作的機會，衹把幾部著名的舊説翻了一下，提出些自己的不同見解。這些見解自覺承用前人已説過的話較少，自己的創説較多，雖然某些觀點和説法前人也曾説到過，但有一點可以自信，就是跳出前人窠臼來研究，似也算得“寸有所長”了。

由於舊説各篇的錯謬，大都是相似，本書衹選幾篇有代表性的謬説批判。重點在“新詮”一欄。爲了便於與舊説比較，體例上大體仍按傳統上《詩經》詮解的格式，先解題，後釋章句。但内容上則有所不同，先總述全篇的旨趣，推究作者，與其作詩的動機。乃分章解釋文義。舊説或有可采者，大都作爲“插注”，附其原文。

二、《周南》十一篇新詮

文王承太王、王季之業，興於岐山之周原。既伐密、滅崇，徙邑于豐，命其季子旦留守岐邑祖廟，是爲周公。旦多才藝，嗜詩樂，習近自南國購入之奴隸，喜所歌南音樂曲，而苦於不解南音辭義，乃與留岐樂官，采南曲之流行於岐地者，譯爲華言，仍使協于原歌之聲韻，依原曲音節以歌之。其目的在于：（一）使南來奴隸緣之漸習華言；（二）使岐周舊民便于欣賞南樂；（三）借樂歌溝通華人與南人之種族界限；是爲其施行奴隸改良主義之一部分措施。

周之樂官，保持當時收集之樂曲譜牒，分類編册，題曰“南”，曰“風”，曰“雅”，曰“頌”。其南樂，有已譯爲華言者，有本爲華言者，有尚爲南言未經迻譯，但具曲譜者（例如《南陔》《白華》《華黍》等六篇，《毛詩》纂入小雅），孔子録存《周南》之已爲華言者十一篇以教子弟。“周南”者，别於“召南”之稱。緣宣王以後，樂官收集之南樂詩歌已多，于時南樂已有發展變化，不同於周公時之南樂，故别題爲“召南”。因而周太師亦改舊題册端之“南”字爲“周南”，以利區别。南樂之分周、召，猶風詩之分十三國，雅詩之分大小雅，頌詩之分周、魯、宋；同一衛國之詩而分邶、鄘、衛；由于樂類細分不同，樂檔題字亦當有所區别故也。周詩舊簡，經秦火後喪失，惟口誦仍存。漢儒相承而重録之。齊、魯、韓三家之説，皆出於荀卿。荀卿重雅而惡四夷之樂[1]，然以二南爲孔子所重，不可以廢，故以併入風詩言之。因而漢儒傳詩者皆混二南於國風[2]。

（一）關　雎

三章。一章四句，二章章八句。八十字[3]。

關關雎鳩，在河之洲。窈窕淑女，君子好逑。

参差荇菜，左右流之。窈窕淑女，寤寐求之。求之不得，寤寐思服。悠哉悠哉，輾轉反側。

参差荇菜，左右采之。窈窕淑女，琴瑟友之。参差荇菜，左右芼之。窈窕淑女，鍾鼓樂之。

題解：此詩爲南國婚禮中，男子赴女家迎親時，儐相在女家門外所唱之樂歌。經周公旦譯爲華言，依南國原曲。岐周人民習之，仍以用於迎親時歌唱。譯詞，蓋周公旦所自爲，優美而不失南樂情趣。太師以爲南樂首。所以知其然者：

（一）西南少數民族婚禮中，歷代相傳，今仍流行婚禮時新郎率其賓以迎親，及門鬥歌之俗。迎親者與送親者相對而歌，領唱者歌中也有類似“寤寐求之”、“輾轉反側”等調侃新人之語和“琴瑟友之”、“鍾鼓樂之”等相似的祝賀之歌詞。綜觀此詩之情趣意境，顯然爲當時南人迎親賀禮時之歌。

（二）此詩雖華言，而多有南國語言之痕跡，故知其係譯南國舊歌。

（三）“南”爲南方民族之樂名，而冠以周字，則可知其爲周人譯製之南樂，而非南樂原貌。

首章：“雎鳩”，《毛傳》與《爾雅》皆釋爲“王雎”。《説文》説王雎爲“白鷹”。（《爾雅正義》謂即魚鷹。甚謬。）細審詩語，蓋即蜀中獵人所謂“黄鴨”也。動物學

【1】《荀子·王制篇》：“使夷俗邪音不敢亂雅，太師之事也。”《樂論》篇再言之。其《儒效篇》論《詩》云：“故風之所以爲不逐者，取是（指“聖人之道管”）以節之也。小雅之所以爲小雅者，取是而文之也。大雅之所以爲大雅者，取是而先之也。頌之所以爲至者，取是而通之也。”不言二南，而分言二雅，與風、頌爲四。漢儒説詩以風、小雅、大雅與頌爲四詩，而以“《關雎》爲風始”（《史記·孔子世家》，説本源于《魯詩》。）等謬説悉出於此。《毛詩》分篇，曰“周南關雎詁訓傳第一”，“召南鵲巢詁訓傳第二”，“邶、柏舟詁訓傳第三，“豳、七月詁訓傳第十五”，“鹿鳴之什詁訓傳第十六”。（小雅。以下同式。）初非混二南于十三國風。鄭衛宏《續序》亦混稱《關雎》爲“風之始也”並以二南爲正風，十三國爲“變風”。鄭玄因之，遂改鑄成爲千年鐵案。至宋代以來，始漸有人駁正之。

【2】另詳附録《二南非國風辨》。

【3】宋刻本云：“關雎五章，章四句。故言三章，其一章四句，二章章八句。”按：宋刻謂“故言三章”者，謂《毛詩故訓傳》舊本分三章，鄭玄《箋》本分爲五章，而魏晋隋唐人遵之也。南樂之詩，率以三章爲止。故朱熹《集傳》仍還爲三章。玆從朱傳分章。

上屬游禽類，鴨科，與鴛鴦同目。通體黃褐色，衹喙與趾掌黑色，目上羽白似畫眉，常雌雄相依處於河湖渚淺水間，以植物、蟲類、小魚爲食。鳴聲單音，濁而宏遠，正是“關”聲。性警敏，不易獵獲，弋中其一，伴偶恒遲迴不去，故易兼得。《毛傳》云，“鳥摯而有別”，謂其具此摯性也。羽毛如帝王袍色，故曰王雎也。此鳥長江流域甚多，黃河流域土地亢燥，非所宜有。又周世中華動植物名，例衹一字，惟録“四夷”用語乃有兩字。此鳥明確不屬鳩類，而“雎鳩”，其爲譯語甚明。蓋南語呼此鳥爲 jūjiū，原詩亦落 jiū 韻，姬旦譯用雎鳩字也。

河洲二字，亦是直譯南語。中華“河”字，衹爲黃河之專稱。周文王所滅國，至程與密而止。國境未曾至河，則文王時國人之詩安得言及河洲？按僰人語，謂湖沼爲“河”。常璩《華陽國志》、酈道元《水經注》等，所記南中地名，謂湖爲河者甚多[1]。皆僰人住區之語言也。僰人，《牧誓》“微、盧、彭、濮”之濮人，《左傳》“百濮離居”之百濮，古南國民族之主體部分也。後爲楚巴所迫，退居西南山谷。入漢，始稱“僰人”。入唐，始稱“白蠻”。皆仍“濮”音而異其字。故僰語，即周代南國中部江漢間土著民族之古語。其地多湖沼洲渚，南語原歌固稱之曰“河洲”（hé zhōu），譯詩時借用“河洲”字耳。

又，洲字，《説文》引此詩作“州”。應是魯詩、韓詩字作州，東漢以後之人録毛詩，乃加水爲洲字。中原古有州字，謂兩川間之陸地。本無洲渚的洲字。雅、頌與秦、豳風詩中，“宛在水中坻”，“中沚”；言“鴻飛遵渚”、“遵陸”；言“鳧鷖在涇”、“在沙”、“在渚”、“在潨”、“在亹”用許多近水地字，未曾言洲。惟此《周南》見洲字。故疑南語原歌云“河洲”，周公借用中華州字，其後乃有洲字義。

【1】 晉・常璩《華陽國志・南中志》：“葉榆縣，有河州。”謂今雲南大理縣洱海之喜州也。梁・劉昭《後漢郡國志注》：“楪榆，有河。河，亦謂洱海。班固《前漢地理志》作葉榆澤者是也。”又《華陽國志》：“河陽縣，（河陽）郡治，在河中源洲上也。”謂今雲南澄江縣撫仙湖爲河，其北有大洲，上爲晉之河陽縣所治。王遜分雲南郡置河陽郡，亦治此洲。河陽，即取湖水北方之義。又云：“勝休縣，有河水也。”《郡國志注》則曰“勝休”，《南中志》曰：“有大河從廣百四十里，深數十丈。”是所云河者，爲縱横百四十里之大湖也。（此所舉《南中志》爲魏完之書，在常璩前。）常璩《南中志序》又云：“章帝時，蜀郡王阜爲益州太守，治化尤異，神馬四匹出滇池河中。”《前漢書・地理志》作“滇池澤”，《後漢書・西南夷傳》作“肅宗元和中，蜀郡王阜爲太守，政化尤異，有神馬四匹出滇池河中。”蓋與常璩同采自譙周之《南中志》，也稱滇池爲河。《前漢書・地理志》益州郡稱“滇池澤”，“葉榆澤”，不稱河者，蓋班固疑河字含義與華言不類，故按地圖改用澤字。且滇池洱海旁已多華人，不盡習僰言故也。同書，勝休縣班氏自注，仍作：“河水、東至毋棳入橋。莽曰勝僰。”所謂“河水”，仍係指撫仙湖水。橋水，今南盤江。謂撫仙湖水東至今徐家渡附近入南盤江也。王莽改勝休爲“勝僰”。足知其地盡僰人，故稱湖水爲河水，班固不自覺而沿之也。又《郡國志注》越巂郡・邛都縣，引《南中志》曰：“縣東南數里有水名邛都河，從廣二十里，深百餘丈。”所言即今四川西昌縣之邛海，漢武帝元鼎六年，平地陷落爲此澤（見李膺《益州記》）唐・雍陶詩稱爲“陷河”。諸河字，皆緣僰語爲湖澤之義。越巂邛國，本漢代僰人所建，《史記・司馬相如列傳》所稱“西僰之長”是也。（今本《史記》謂爲“西蒲”。）前漢時人，謂巴蜀界内之僰人爲僰。爲賨民，謂巴蜀西南（即所謂南中）之僰人爲“西僰”，分言之則曰邛、曰夜郎、曰滇，云云。謂湖爲河者，全出于此一地區。

中華形容女子之美者，恒用女旁、人旁，不用穴字頭，用穴頭者，惟此詩“窈窕淑女”一句。《毛傳》云：“窈窕，幽閒也。”此二字，似爲形容奴隸主之女，養尊于閨中，外人不得窺見之義。在奴隸社會，用此歌稱頌迎娶之女子，自爲適當，初無“美好”或“貞專”之義。自有此詩，乃更有其他多種贊美女性之解釋，並非詩語本義。揚雄《方言》云：“窕，美也。陳、楚、周南之間曰窕。”足證窈窕二字亦是南語譯音字，前漢人士尚能知其爲南國語言。陳國爲南地，見于《燕燕》之詩。楚爲南國，書證更多。《方言》所云“周南”，蓋已沿漢儒説詩之誤，泛指江漢間地區爲周南也。

“君子好逑”，《魯韓詩》與《鄭箋》皆作好仇。陸德明《釋文》云“本亦作仇”。是亦周詩譯用南語之明顯痕跡也。《左傳》桓公二年，師服曰：“嘉偶曰妃，怨偶曰仇。”如爲周人自作詩，决不可能用“好仇”字頌淑或貴女。惟其是譯自南國原歌，當其音韻協於原樂，乃可借用“仇”字耳。仇，《説文》：“讎也。從人，九聲。”段注：“巨鳩切。”爲協原歌鳩、州韻，故借用仇字。《毛詩》乃改作逑字，以避“怨偶”之義。《説文》云：“逑，斂聚也。”引《虞書》“旁逑孱功”，即今本《堯典》之“方鳩孱功”。明逑爲鳩音，且同有求聚之義，以易仇字，於義較適。此亦足證“仇”是借字譯音，所謂“譯無定字”也。

如此者，首章十六字中，已有七字顯然爲譯用南語原音之借字，則其爲譯詩明矣。

次章：“荇菜”，《毛傳》“接餘也”。《爾雅·釋草》：“莕，接餘。”蓋三家詩有作莕者。《説文》：“莕，菨餘也，杏聲。”荇，莕或從洐。又：“菨，菨餘也，妾聲。”段玉裁《注》：“荇菜，今江浙池沼間多有。葉不正圓，花黄六出，北方以人莧當之，南方以蓴絲當之，皆非也。”動植物隨地異名，隨時異名，名或同意，亦隨人異字。這種不科學的記述，究不能使人確知其爲何物。究詩語，但可知其爲水生可食之菜。漢儒釋爲“接餘”，字又或作餘，作荇，即可知其非中原所有，而是南國所産之譯字。今南方江湖中之荇菜，亦有呼作“接餘”，係多年生水草，莖蔓長浮水面，不易動蕩，僅嫩葉柔滑可食。《本草綱目》有“鳧葵”、“水葵”等别稱。其生態與“左右流之”語意不合，亦非珍羞值人甄采之菜，以此知其非詩中荇菜。

竊謂詩中荇菜，即宋人所謂“緑菜”，（黄山谷有《緑菜贊》。）生於江湖水中石上，植物分類學上屬緑綫藻類，纖細如絲，隨水流蕩漾，左右繞動。其質柔滑、細膩，不可以手捉拔取，土人用刀刮石取得，淘去沙土，芼之，味甚鮮美。今川邊蘆山縣溪澗中猶産之。每摶爆成乾餅狀，饋贈親友，爲嘉味。雖曝乾，仍作緑色，故曰“緑菜”。觀其生態，與“左右流之”句合。按其産地，正是古之南國。由其滋味之美與采得之難，比喻“淑女”求得不易，則與詩義無所不合。此物固非岐周所能有，而古代南國必多。南人用之於通親詩歌，自甚適當。周公譯詩時，應無可借字，但依南來奴隸述其狀，録其音，而創爲荇字以譯之。荇字，古文作，草下行字，像長絲漾動之狀。後也乃加水作荇。秦漢以後，南國華化，統爲一家，北人始識接餘，而緑菜已漸秏絶，遂莫能知荇爲何物，妄以接餘説之。

詩之首章，就議親時言之。其時“君子”猶未知此“淑女”，但述媒妁之意。次章，則已求之矣。以荇菜喻求得之難，與求不得時思慕之苦。“服”字，《毛傳》云“思之也”。《鄭箋》云：“服，事也”。後世解者，又有“理也”、“治也”、“整也”、“念也”諸説。迂迴曲折，總難説通。其實古人語言，原自簡單明白：服，就是服御之義。舉如衣被衾裯，生活不可離開之物，思得而使用之。無須更有它解。

卒章：言“采之”，則已許親得迎娶矣。既言“芼之”，則已得烹飪，喻娶得矣。仍用“左右”字以明其柔滑，並喻其得之難，與求之專，左右手齊力。“琴瑟”非南樂所固有，華夏恒以爲比喻夫婦之樂器。應是南歌原亦以二樂器（如竽、管之屬）喻夫婦，譯詩借用琴瑟二字以代之，俾華人易明其義。鐘鼓亦然，謂大合樂以相慶賀也。樂讀 yuè，協筆韻。樂字二音，心悦爲 lè，悦物爲 yuè。

（二）葛　覃

三章。章六句。七十二字。

葛之覃兮，施于中谷，維葉萋萋。黄鳥于飛，集于灌木，其鳴喈喈。

葛之覃兮，施于中谷，維葉莫莫。是刈是濩，爲絺爲綌，服之無斁。

言告師氏，言告言歸。薄汙我私，薄浣我衣。害浣害否，歸寧父母。

題解：此爲南國婚禮中嫁女家的奴隸，將從媵者，對來迎親客，答唱之歌。凡奴隸社會，嫁女者，例以部分奴隸賠嫁，中華舊籍所謂“媵”者是也[1]。此歌即爲將往從媵者之辭。其辭卑遜，自明勤儉，意趣活潑，情感超脱，有對新舊主人無所抉擇，去留俱無不樂之義。蓋南國知識奴隸爲媵者所作之歌，普遍流行于南國奴隸之間，周公旦好而譯之。仍南國原曲，存于太師，以教岐周奴隸者也。

【1】《春秋》莊公十九年，“公子結媵陳人之婦于鄄”。《左氏》無傳。《公羊》有“諸侯娶一國，則二國往媵之，以姪娣從”之説。後世説媵字者皆從之。此實極爲不通之論。夫諸侯之姪娣，亦貴族女子也，士大夫之女嫁，尚當備六禮而後行。諸侯之姪娣，豈遂能因他國嫁女備禮，而從嫁爲妾媵乎？《説文》媵字作[illegible]，云“從人，[illegible]聲”。段玉裁注云：“許書無字，而送、侯、朕皆用爲聲。”因書其字，謂與朕、送二字古音當同。則媵字古文作[illegible]（佚），賤者我也。亦有贈送之義。具本固我奴隸轉移于他人也。《吕氏春秋·本味篇》：“湯聞伊尹，使人請之有侁氏，有侁氏不可。伊尹亦欲歸湯。湯于是請取歸爲婚。有侁氏喜，以伊尹爲媵，送女。”（一本作“以伊尹媵女”。）此有關媵字史事之最早見者。又《史記·秦本記》：“晉獻公滅虞虢，虜虞君與其大夫百里傒。……既虜百里傒，以爲秦穆夫人媵于秦，百里傒亡秦，走宛，楚鄙人執之。穆公聞百里傒賢，欲重贖之，恐楚人不與，乃使人謂楚曰：‘吾媵臣百里傒在焉。請以五羖羊皮贖之。’楚人遂與之。”上古臣字，本是奴隸之義。“媵臣”，即媵奴也。媵爲奴隸之史事，如此著見。媵爲諸侯姪娣之史事，未曾有見。故知《公羊》之説爲謬。漢以來儒士説經者，無不從謬，亦可怪矣。

首章，以葛之蔓延山谷，隨緣攀附，任人采割，喻奴隸之無定主。“覃”，陸德明《釋文》云：“本亦作蕈，徒南反，延也。”胡承珙《後箋》云：“詩以覃與施相承而言。施爲延易，則覃之訓延，宜取延長之義。”而《小雅·大田》“以我覃耜”，毛傳云：“覃，利也。”於此詩，毛傳云“覃，延也”，“施，移也”。故覃者，狀葛生長之貌，謂頂芽尖鋭延伸，生長甚速；施，謂蔓延所至之處。“黄鳥”，即昔人所稱之“黄鳳”，今人呼爲“金雉”、“錦鷄”，動物學上與鷄、雉、鶉同類。其頸背羽色金黄，冠、翅、尾羽雜有美麗黑、藍、白色斑紋，生活于草叢、灌木間，啄食草籽與小蟲，不昇高樹。鳴聲單調，與鷄之驚詫聲相似。《毛傳》以黄鳥爲“搏黍”，陸璣《毛詩草本鳥獸蟲魚疏》與朱熹《集傳》並以爲黄鸝，皆謬。《鄭風》“鷄鳴喈喈”與此“其鳴喈喈”，足明其爲鷄類也。凡奴隸鬥歌，例有調侃趣味以資笑樂。此女家奴隸調男家迎親諸奴，衣服華好而歌非流利之巧喻，具謔而不虐之趣。

葛，爲南方濕熱山區産生之蔓草，植物學上屬于豆科，莖長至三丈餘，節間長尺餘，纖維細韌，濕潤地産者尤佳。我國長江流域人民自古采製爲衣料。黄河流域則惟太行山區有之。若黄土高原地區，則因過於亢燥，節間短縮而纖維粗硬，不適於製爲絺綌，但可取藤束薪縛物，或取其塊根供藥用而已。故三百篇中，邶、王、魏、唐風皆曾言及葛，莫曾言爲衣服用者。若豳、秦風與雅頌，凡岐周地方之詩，非惟無葛字，亦無絺、綌字。絺與綌，皆譯南國商品名稱，華地所不産也。

“萋萋”，嫩葉茂美貌。“莫莫”，葉衰黄貌，是葛纖維業已成熟之驗也。葛在南國，二月抽葉，八月葉有枯黄時采。明鄞縣張時徹《采葛篇》云：“種葛南山下，春風吹葛長。二月吹葛緑，八月吹葛黄。腰鐮逝采掇，織作君衣裳。經以長相憶，緯以思不忘。出入君笥篋，長得近輝光。”即用此詩“服之無斁”爲義。“無斁”，舊皆釋爲“無厭倦”，華語厭倦，南語爲“斁”故也。詩喻媵奴自稱其勤，能適主人之意，如服絺綌之無厭。亦喻其生長女家，今將隨新主人采割以去，亦當服之無厭也。

卒章，更爲樂于從媵之辭，表示其興致勃勃之情感。“言”字，《毛傳》云“我也”。《爾雅》云“間也”。《朱傳》云“辭也”。詮案：三百篇中言字皆語詞，與其他語詞不同處在有主動之義，故《鄭箋》概釋爲“我”。疑南語語法如此，華人緣此詩，亦用言爲主動語之語詞也。下文自有“我”字，則言與我字固當有別。

“師氏”，約相當于藏族農奴社會中之“管家娃子”。凡奴隸社會，家有奴隸多人者，例選其年長而忠愨之一人管理其餘奴隸，分配工作，考查勤惰，小事皆逕行部署，大事乃禀承於主人。管家庭奴隸者爲“師氏”，管田間奴隸者爲“田畯”。故師字從巾，明爲服事之義。作戰時，則師氏率奴隸上陣，故轉用爲師旅之義。平時又當教訓諸奴，故又用爲教師之義。進入封建社會，乃以師、保、傅爲大官之稱，皆緣奴隸舊稱轉化成也。

"言告言歸"，即高興地對管家婆説："我要從媵了。"決不是告訴她自己要嫁人。此詩兩"歸"字，應皆奴隸以媵易主之義，與嫁、娶、歸母家之義全不相干[1]。

"薄汙我私"兩句，"汙"，是説的穿在身上。衣着身，乃開始沾染汙垢汙漬，故譯南詩時，借汙字以協南語，原音 wū。"私"，言女主人賜與從媵奴隸隨嫁所着之新衣。奴隸無私衣，每當主人宴會，臨時發與鮮衣，以飾場面。歌舞既訖，亦須繳還保存。惟從嫁媵奴，主人所發新衣，著歸男家，男家主人亦不没收，許其留以自用，是爲私衣。祇媵奴得有如此之私衣，他奴不能有。"薄汙我私"，謂着新得之鮮衣從媵也。既着新衣，則原着之舊衣當洗浣也。詩云"薄浣我衣"之謂也。下文"害浣害否"者，猶自爲問答云："爲什麽要穿换浣洗？因爲要從媵到新主人家去了。"《説文》日部引此詩作"以晏父母"，蓋《魯詩》文。晏即安字。奴隸謂主人爲"父母"。《汝墳》詩"父母孔邇"是也。漢代百姓稱郡縣官爲父母（如"召父、杜母"），即自奴隸奴社會蜕變來之稱呼。"歸安父母"，兼言歡樂從媵，則新舊主人皆得所安慰。承上浣字，以見自己之勤恪不苟。承上否字，以見自己有鮮衣從嫁。則此"言歸"之媵，必能使新主人亦安慰也。

（三）卷　耳

四章。章四句。七十字。

采采卷耳，不盈頃筐。嗟我懷人，寘彼周行。

陟彼崔嵬，我馬虺隤。我姑酌彼金罍，維以不永懷。

陟彼高岡，我馬玄黄。我姑酌彼兕觥，維以不永傷。

陟彼砠矣，我馬瘏矣，我僕痡矣，云何吁矣！

【1】《毛傳》説前字曰："婦人謂嫁曰歸。"説後一歸字曰"父母在則有時歸寧"，是把一章詩分爲出嫁之前與既嫁以後兩段時間的語義。顯然不通。于是後儒有以全章説爲未嫁時詩者，有以全章説爲已嫁後詩者，總未説通。新詮以爲：歸字早見于《易卦》，蓋奴隸社會所造字。其字從止，蓋凡物所止皆曰歸。以物還人曰歸，（《春秋》定公十年，"齊人來歸鄆、歡、龜、陰田"。）以物與人亦曰歸，（《春秋》隱公元年，"歸惠公仲子之賵"。）商品買賣亦曰歸，（《易卦》歸妹之義如此。）奴隸轉移亦曰歸。（《論語》："齊人歸女樂"，《吕覽》"伊尹歸湯"。）封建社會輕視歸女，每謂婦女所止亦曰歸。"二南"詩中，《桃夭》《漢廣》《鵲巢》有"之子于歸"，則爲送戴嬀大歸於陳之詩，是婦人回居母家爲歸。《匏有苦葉》詩"士如歸妻，迨冰未泮"，是娶婦亦可當歸。（《論語》"管氏有三歸"，義同）。《左傳》僖公二十二年，子圉將逃回晋，"謂嬴氏曰：與子歸乎"，是與夫同逃亦曰歸。《邶·北風》詩"惠而好我，携手同歸"，則女子私奔亦曰歸。《左傳》莊公二十七年："杞伯姬來，歸寧也。凡諸侯之女，歸寧曰來，出曰來歸。夫人歸寧曰如某，出曰歸於某。"是貴女被出亦曰歸。然女子以嫁人爲大事，故歸字用出嫁者爲多。不僅華言如此，南言如此，東齊之言亦如此。《齊風·南山》"齊子由歸"，《敝笱》"齊子歸止"皆出嫁之義。"雅"詩中，如《黄鳥》之"言旋言歸"，《我行其野》之"言歸思復"，亦謂返母家爲歸也。歸字在周代用于婦女，含義廣泛如此，則循前人訓詁以説詩義者，反不如摒棄訓詁，單循詩意求解之爲愈。

題解：此南國嫁女之家送女與迎親者於歸途中所唱之歌。周人譯爲華言。近世凉山奴隸社會與藏區農奴社會，奴隸主或土司家嫁娶，必選擇門户相當，每多結姻於數十百里以外。迎親、送親，跋涉長途。兩家各以其珍美衣物裝飾奴隸，以相誇炫。沿途憩息，飲酒鬥歌，恰似此歌所述。此詩託爲戀慕女主之情，述跋涉遠送之勞，誇其豪邁之致，以襯主人待遇之厚，辭殊傷痛而情實愉快，樂曲情趣並美。

首章，“采采”，亦見于《芣苢》《蒹葭》《蜉蝣》諸詩，含義各自不同，要皆有衆多、美好之意。此詩與《芣苢》則兼具群采之義。“卷耳”，《毛傳》：“苓耳也。”即今人所謂“側耳根”[1]，生長于田塍土坎濕潤地，根莖蔓延，葉帶紫色，嫩芽正紫，根肥白，並可食，味鮮美，微腥，治痰疾。“頃筐”，圓底小筐。詩以采卷耳喻選婚。“不盈頃筐”，喻得聘禮不多。“懷人”，謂女公子淑德，遠嫁，爲群奴所懷念。嘆其聘禮未稱而已遣嫁上道。“周行”，大道也。

次章，“崔嵬”，一作“崒危”，作“陮隗”（並見《説文》），南語，高山之義。譯無定字，故三家詩異文也。“虺隤”，亦有作“瘣頹”（“酨穨”，《説文》與《爾雅・釋文》），南語，馬困乏也。“金罍”，銅質具雷文之飲器。“維以不永懷”，爲飲酒可以去憂，可以忘懷之語。

三章，言再次休息飲酒，以喻道途之遠。“玄黄”，南語，馬病之義。“兕觥”，水牛角製之酒具，今少數民族地區猶多用之，有加金銀嵌飾者。騎馬行山者，用此携酒爲例。

卒章，極言困頓之狀，爲止送、折回之詞。“云何吁矣”，《朱傳》云：“《爾雅注》引此作盱。張目遠望也。”較《毛傳》《鄭箋》釋吁爲憂，差勝。此詩云已送至終點，馬瘏，僕痡，不可再進，惟有張目佇望懷人之去，付之一嘆而已。瘏與痡皆南語極困之詞，譯時但緣音造字，不必譯義而義可知者，詩之層次遞進，其義自明故也。

或疑：金罍、兕觥，奴隸主可暫假奴隸爲裝飾，又何得假以僕從乎？不知奴隸社會之奴隸階級中，亦分爲若干階層。送親時，有裘馬裝飾之奴隸，亦有負釜薪，治烹煮，工芻秣之奴隸。此等步從之奴隸，即所謂僕，非唯無裘馬，亦不得參加跳歌。《左傳》昭公七年，楚芋尹無宇所云“人有十等”之皂、輿、隸、僚、僕、臺，即南國奴隸階層之一例。僕與臺，其最低級也。

以上三篇樂歌，周人用於大射，燕享，鄉飲酒禮，爲“正歌”之主要部分，必三篇連奏之。樂人稱爲“關雎之三”。其詳，著于《儀禮》，即儒家所謂“禮經”也。又用之爲后妃“房中之樂”，故漢儒説《周南》爲“文王后妃之化”云。

【1】 又稱折耳根、側耳根，學名魚腥草。多長于我國南方，叢生。可入藥，味甘微腥，祛熱敗火，化瘀辟濕。——整理者注。

（四）樛　木

三章。章四句。四十八字。

南有樛木，葛藟纍之。樂只君子，福履綏之。

南有樛木，葛藟荒之。樂只君子，福履將之。

南有樛木，葛藟縈之。樂只君子，福履成之。

題解： 此詩南國甚早已有，嫁女家人送親至男家時歌唱之詩。歌詞、曲詞皆甚簡樸，知其製成較前三篇爲早。“南”之名猶存，則當在楚、隨已經建成國家，而尚未受周室封爵時。三章僅異六字，而結姻之程序明確。辭遜而誼深，渾厚而誠摯，蓋亦文學奴隸之作。周之樂師因其易譯而譯之。以次於“關雎之三”下。

首章，頌歌締姻。謂南國大族而肯與我這小族締姻，如喬木之下曲以就葛藤的攀附，故得成此“福履”。“葛藟”，舊多説爲兩種蔓生植物。清儒戴震以爲衹是葛蔓之義。新詮以爲詩三章皆葛藟合稱，《易》亦有“困於葛藟”語，則葛藟非二物也。畾字古文作“”，象卷蔓之形，則説葛藟爲葛藤適合。用詩中屢見葛字單用，未曾見藟字單用。即他書亦未曾見以藟爲一物名者（别有櫐字，則是木本之蔓生植物，應與葛類有别）。藟字從艸，明非是櫐。又葛藟下有纍、荒、縈字作纏繞之動詞，則藟爲葛藤之義更明。“樂只”之只，語詞，《左傳》引詩作“旨”，語詞亦無定字，猶“樂哉”可作“樂者”。“樂兮”可作“樂些”也。“君子”，謂娶妻之公子。“福履”，舊説爲福禄之義。新詮以爲奴隸社會無禄秩之制，《洪範》“五福”，亦不言禄。詩語質實，無理由假借履爲禄義。履就是鞋。鞋必成雙乃用，故南國詩人藉以比喻夫婦。“綏”，聯繫、綴合之義。凡新鞋作成，例用綫綴使相比不失，此詩人“福履綏之”之義也。福履，祝新夫婦多福之辭，猶近人柬請夫婦燕飲，題稱“雙福”之意也。

次章，頌歌迎娶。“荒”，草木掩蔽也。故燒山墾地稱爲“墾荒”。《毛傳》訓荒爲“奄”，即奄覆之義。今川邊人民謂灌木叢草奄蔽之地爲“荒荒”，得古音義。“將之”，即提取之義。舊訓爲“大也”者，謬。

卒章，頌歌成婚。“縈之”，謂相纏結，成一體也。

（五）螽　斯

三章。舊言“章四句”，實衹三句。凡三十九字。

螽斯羽，詵詵兮。宜爾子孫，振振兮。

螽斯羽，薨薨兮。宜爾子孫，繩繩兮。

螽斯羽，揖揖兮。宜爾子孫，蟄蟄兮。

題解：此南國賀婚、頌祝之舊詩。奴隸社會貴族婚禮，聯姻諸戚與同族各支諸家，皆當率其部分奴隸盛裝往賀。此蓋婚宴中賓客與其奴隸合唱頌祝之歌，周案官譯爲華言者。

“螽斯”，善鳴之蟲，昆蟲類，直翅目，螽斯科。觸角細長，活潑，右前翅有透明之發聲鏡，腹端有長劍狀之產卵管，棲草叢間，食植物幼芽與果類，不害田禾。與蝗蟲同目，不同科，形狀小異，產卵于土中，多子，幼蟲與成蟲相似。舊説詩者，但如蝗蟲多子，遂用以釋螽斯，昧于察物，亦昧于審詩所致也。蝗蟲爲害，自古已然，安有頌祝之詩可以蝗蟲比主人者乎？螽科動物種類甚多，其形體最大者似蚱蜢，體長二寸，觸角更長于身，色美而雄健，產于江南地區，今人呼爲“草螽”，即此詩所云之螽斯。古時南人蓋以之爲草螽之長，故以比喻貴族，借爲子孫衆盛之祝頌也。

首章，“詵詵”，字從言，蓋譯南語形容此蟲鳴聲之音。舊訓爲“衆多”者，謬。“振振”，應是文秀、有聲譽之義。螽之前翅緑色，甚美，直而能鳴，爲人所愛悦，振振之義當與適應。舊訓爲“仁厚”者，亦謬。

次章，“薨薨”，即《鷄鳴》詩“蟲飛薨薨”字，三家詩有作“䡕䡕”，作“薨薨”者，亦可爲譯南語原音。其義，舊皆訓爲“衆多”。宜説爲螽斯產卵時振羽之狀與哄哄之聲。且可定“薨”爲本字，《毛詩》作“薨”，爲字爲僞。“諸侯死曰薨”（《爾雅》）。奴隸主即周以前所稱之諸侯。安有頌諸侯或奴隸主多子之詩而用“薨”字者乎？《鷄鳴》詩“薨薨”爲夫婦酣卧中語，則但能微聞蟲飛之聲耳，安得爲見蟲飛之衆多哉？此詩理之可推知者也。“繩繩”，喻螽斯連續產卵數十枚而不絶之意，以頌祝夫婦多子。舊説爲“戒慎”，亦謬。螽斯產卵土中時，頻頻提上其產卵管，一拔產一卵，連續至數十，至百次。田間耕種之民每習見之。薨薨，繩繩，當循此求義。

卒章，“揖揖”，當爲斂揖之義，舊訓“會聚”者謬。“蟄蟄”當爲螽斯卵孵化，幼蟲蟄居越冬，安静相處之貌。詩中六重字，雖皆譯録南歌原音，究亦必曾甄詢原意以用字，義當相切。《毛傳》訓“蟄蟄”爲“和集”，近之矣。

或問：南國既爲奴隸社會，詩歌皆奴隸所造，豈得用爾我稱於奴隸主前耶？答曰：奴隸社會，主奴人格差別嚴重，至於日常生活，稱謂，則無階級貴賤差別。凉山彝族，主子稱呼娃子，年長者亦曰“伯伯”，壯年者亦曰“哥哥”，至于爾汝，你我之稱，則各階層相互通用。古之南國，應亦然耳。

（六）桃　夭

三章。章四句。四十八字。

桃之夭夭，灼灼其華。之子于歸，宜其室家。

桃之夭夭，有蕡其實。之子于歸，宜其家室。

桃之夭夭，其葉蓁蓁。之子于歸，宜其家人。

題解：此南國奴隸，祝賀主人家嫁女所唱之歌。用于送女出門之時。來賀賓客亦得用之。創造與譯製時間並與前兩篇同。亦樂師所譯，以副“關雎之三”也。

首章，謂女子在家之時，如灼灼桃花；今兹遣嫁，必能合兩家之好。“夭夭”，桃樹壯盛貌，以喻嫁女家之興盛。《説文》木部引此詩作“枖枖”。蓋亦用南歌原音，故三家詩作字各異也。《論語》：“子之燕居，申申如也，夭夭如也。”《毛詩》改夭夭字，合于《論語》文義。三章皆用“桃之夭夭”起句，而詠其花、實、葉不同，則夭夭爲形容全樹之辭，比喻嫁女之家可知。“灼灼”，桃花紅艷貌。華，古花字。“之子”，謂遣嫁之女。“宜”者，必能和好相適之義，頌祝之詞也。舊説，自《毛傳》至《孔疏》皆以“室”與“家”爲一義。《朱傳》微作區别曰：“室，謂夫婦所居。家，謂一門之内。”皆緣不識奴隸社會制度，妄用封建社會習俗解説此詩所致。新詮辯之如下：

《孟子》：“丈夫生而願爲之有室，女子生而願爲之有家。”是室者，就女之家言之，故處女謂之“室女”。家者，就男子之家言之。《左傳》桓公十八年：“女有家，男有室，無相瀆也。”蓋承奴隸社會舊有之字義區别如此。奴隸社會，凡聯婚之家，患難相顧，休慼與共。平時各自生活，戰時無條件結爲一體。非惟締婚者之本家，即兩家之同族（夫族與妻族。子女成立，則爲父族與母族）亦必俱以全力相助。故奴隸社會之婚制，爲聯合兩族之鐵紐。近世之大小凉山彝族社會，爲奴隸社會之典型。其聯婚之一家與他支他族發生戰争，另一家必無條件全力幫助戰鬥。同時，該配偶之母家（夫之母家或妻之母家）亦必無條件全力相助戰鬥。有大戰事，則夫家之族、夫之母舅之族，妻家之族，妻之母舅之族，亦即必參加戰鬥。戰勝，則均分擄獲之財物與奴隸。戰敗，而一家貧窮，亦必各出財物奴隸以振恤之。故聯婚最多之家，其勢最强。如此社會，特重兩家聯婚之禮制，亦即有專稱兩家之話言。中華室、家二字，即緣此種語言爲區别。進入封建社會以後，乃以室與家並爲一義，謂夫爲“家”，謂女爲“室”；由於封建社會重男輕女，女子以婚爲嫁，從夫爲家，遂失室字本義也。此詩創作于奴隸社會，故賀人嫁女，反覆叠言宜室宜家之意。

次章，喻女子出嫁爲花落結實。奴隸社會，室女未成婚，不起聯合兩家族爲一之作用。一經結婚禮成，兩家聯合乃獲成功。故詩人以花落結實喻之。已嫁則本人屬夫家成員，故末句倒爲“家室”。

卒章，言女已出嫁，室無其人，有如桃熟離枝，僅餘桃葉。然而，葉更蓁蓁然茂盛；頌女家不因女去而衰，轉因女嫁而轉興盛。末句變言“家人”者，女既長住夫家，願其與夫家之人和諧相適故也。三章六句，僅各二句易字，或僅顛倒其字，而于奴隸社會婚嫁之要義烘染盡致，此其所爲當時之佳詩，周人故搶先譯爲華言也。

（七）兔　罝

三章。章四句。四十八字。

肅肅兔罝，椓之丁丁。赳赳武夫，公侯干城。

肅肅兔罝，施于中逵。赳赳武夫，公侯好仇。

肅肅兔罝，施于中林。赳赳武夫，公侯腹心。

題解：周文王舉閎夭、泰顛于罝罟之中（出《墨子·尚賢篇》），以爲軍師。其先時同業之奴隸，歌此詩以賀之。閎夭、泰顛與其先時友好皆南國賣來之奴隸，入岐周久，已習華言，故此詩本爲華言之南樂歌曲。《小雅·伐木》爲文王的奴隸既立功貴顯後招宴其故舊之詩（參看《小雅新詮》）。疑與此詩即當時賓主唱答之歌。既貴者用小雅之樂，其故舊諸奴隸仍用南樂歌此詩，故太師分類入於樂檔，而孔子亦分別鈔録之也。

《尚書·君奭》記周公旦告召公之辭，有曰：“惟文王尚克修和我有夏。亦惟有若虢叔，有若閎夭，有若散宜生，有若泰顛，有若南宫括……武王惟兹四人，尚迪有禄。後暨武王，誕將天威，咸劉厥敵。惟兹四人，昭武王，惟冒丕單稱德。”孔安國傳云：“虢叔先死，故曰四人。”《周書·克殷解》與《史記·周本紀》皆記有殷紂自焚後，周公、召公、泰顛、閎夭分執斧、鉞、輕吕，翼衛武王入紂宫即位，及散宜生、南宫括與叔振鐸、管叔、衛叔、毛伯、史佚、師尚父分工撫循之事。説者以爲即《論語》之“亂臣十人”。諸人中，閎、散、泰、南特見稱于周公而皆未得封國爲諸侯者，蓋皆自奴隸拔用，階級未變，故不能封國，儕于諸侯也。

凡奴隸社會，奴隸雖或有知識、才能，爲奴隸主所信任，至于掌握政權，代主人管理一國，其階級地位仍爲奴隸。故伊尹相成湯，號阿衡，立三君，廢太甲，終不得自爲天子。箕子陳《洪範》爲武王師，亦不得封國於中華參預朝聘。閎夭、泰顛自罝罟之獵奴，以材武拔爲軍師，立大功，與周、召、尚父比肩，而不得有封國。祇可能解除奴籍，食采邑於王畿之内而已；然其爲周王所倚重，號爲干城，引爲心腹，則必然矣。

《毛詩序》：“《兔罝》，后妃之化也。”自後魏、晉、唐、宋諸儒，皆文飾其説，謂

“化行俗美，賢才衆多，雖罝兔之野人，而其才之可用猶如此（朱熹《集傳》語）。元·金履祥乃援《墨子》，有頌閎夭、泰顛之説。而明豐坊作僞《申公詩説》用之。清儒仍復加以排斥。今審詩語，其爲岐周奴隸閎夭、泰顛，確切無可移易。

“兔罝”，即捕兔之網，爲岐周所重之獵具，而南國所必無者。何以言之？兔之爲獸，小而狡捷，捕之甚難而所值復微。南國“水耕火耨”，“飯稻羹魚”，行獵目的在得兕虎麋豕等大獸，當不至有結網獵兔者。且兔喜高亢，而南方卑濕，農事依于稻田。兔不害稻，則縱有兔，非農人所惡，即不至因獲農而獵兔。惟周原接近山林，兔害産重，故農人特重獵兔。獵兔必須結網，張網于近山農田邊緣；網透明，兔不能覺，來嚙田禾，觸之自困，守者易獲之；其目的固在衛農，不必在得兔也。

首章，“肅肅”，張網嚴静貌。謂網雖柔静，效在肅殺。田緣張網，必須樹樁，故曰“椓之”。其聲丁丁然遠達，明獵人之有力，故曰“赳赳武夫”。文王初拔用之爲“禦侮”之臣，時文王猶以諸侯事殷，故曰“公侯”。干，今言盾，與城同，具禦敵自捍之物也。

次章，“施”，與《葛覃》之施同讀如易，移也。“中逵”，《韓詩》作發馗。《説文》馗字在九部，云：“九達道也，似龜背，故謂之馗。”《爾雅·釋草》“中馗，菌”。蓋馗字，原爲連丘之義，故小學家以龜背、菌傘擬之。與逵字，古音皆讀如鳩（jiū），與仇協韻。三家詩作字不同而音則同，故是南語録音字故也。《毛詩》作逵。陸德明云“求龜反”。龜字，左讀如秋字音，則六朝時逵尚讀如仇可知矣。《毛傳》云“逵，九達之道”。《爾雅·釋宫》，“九達謂之逵”。後世説此詩者，皆盲目用之。夫兔之性避人。九達通途，必是都邑人多之地，豈獵夫安設兔罝之所哉？兹繹“龜背”、“菌傘”之義，釋“中逵”爲連丘凹脊之部。岐周之農民在平原，農地之外爲丘陵，丘陵之外爲山林。害禾之兔，恒窟宅於土丘之後方，竊行嚙禾。遇警，即迅奔回窟。兔前脚短，其奔，利上馳。其營窟恒在丘之地面，以便于奔匿。故獵兔者張網于近田丘陵之龜背部分，獲兔較易。“施于中逵”，謂獵兔漸深，近于兔窟之地以張網也。“好仇”，即《關雎》“好逑”之義，南語謂地位相當。此言獵夫拔爲軍帥後，功勛積累，地位日增，已漸進于公侯之列矣。凡詩，三章而重複其辭者，所易字皆具漸進、深入之義。此章，兔罝移進一步，以喻武夫地位增高一步。而詩之體裁如此，寫詩之規律如此。

卒章，施罝漸進，入於山林之中，則兔已不能營窟于近農之丘以害田禾，惟有退入山林嚙食野草。獵人亦好深入中林，以圖根絶之。如此忠於所事之武夫，則又不止進于公侯之列位，又且當爲公侯心腹倚任之人矣。此殆以喻泰顛、閎夭，同周公、召公，翼衛武王入紂宫即天子位耶。

《周南》十一篇。前六篇，皆周公旦與岐周樂官在文王世所譯製之南樂詩歌，專用爲婚禮歌唱者。自此篇以下，皆南人所作之南樂雜歌，或本爲華言，爲太師所收録。

(八) 芣 苢

三章。章四句。四十八字。

采采芣苢，薄言采之。采采芣苢，薄言有之。

采采芣苢，薄言掇之。采采芣苢，薄言捋之。

采采芣苢，薄言袺之。采采芣苢，薄言襭之。

題解：此南國女奴，采薏苢果珠以供裝飾之歌。舊説此詩者，以芣苢爲車前草，或謂“宜子”，或謂能治男子性病惡疾[1]。《新詮》對舊説全予摒棄，改釋芣苢爲薏苡。

“㠯”，爲苡之本字。篆文作，隸變以來寫作苡也。“芣”讀如丕。周初丕字皆作不。《周頌・清廟》“不顯不承”與《尚書》之“丕顯丕承”同義。《書・大誥》“爾丕克遠省”，馬融亦寫作不。《大雅・文王》詩“有周不顯，帝命不時”，及“不顯亦世”，“世之不顯”，與《大明》“不顯其光”等不字，皆是丕字音義。丕，大也。苡之大粒者稱爲芣苢，猶《生民》詩“維秬維秠”之秬，是大粒品種之義。苡之爲物，植物學上爲禾本科，薏苡屬。長江流域多野生，莖高及人，葉寬長似玉蜀黍葉，宿根，一年生，成叢聚。五六月開穗狀花，結穎果。果皮堅滑如玉，果仁多粉，白色。人工栽培之進化種，則果仁肥大，稱爲“苡仁”，供食用和藥用。野生者仁薄皮硬，婦女采爲腕珠及念珠。少數民族有貫串爲瓔珞及髮飾者。俗有“菩提子”、“念珠子”、“打宛珠”與“川穀”等別稱。文學上稱爲“薏苡”。殷周人舊稱曰“芣苢”也。此詩，蓋南國薏苡果熟時，奴隸主讓其奴隸大量收采以爲商品，及本家婦女裝飾。女奴輩以歡悦情致，群唱之歌。猶今世閩浙之采茶歌、西南農民之耨秧歌、西藏農婦集體打麥所唱答之歌也。蓋亦南國文藝奴隸所造，流入於岐周，樂官以華言録存之。三章衹易六字，故易譯爲華言。每章兩句，應是兩隊分唱相答之詞。

首章，發唱者歡言赴采，答唱者歡言“已得之矣”，皆出發采苡之語。“采采”相

【1】 劉向《列女傳》：“蔡人之妻者，宋人之女也。既嫁于蔡而夫有惡疾。其母將改嫁之。女曰：‘夫之不幸，乃妾之不幸也，奈何去之。適人之道：壹與之醮，終身不改。不幸遇惡疾，不改其意。且夫采采芣苢之草，雖甚臭惡，猶始于將取之，終于懷擷之，浸以益親，況于夫婦之道乎？彼無大故，又不遣妾，何以得去。’終不聽其母，乃作‘芣苢’之詩。君子曰：宋女之意甚貞而一也。”蓋《魯詩》家之説如此。魏源《詩古微・周南答問》引此。並從《文選注》引《韓詩》薛君章句曰：“芣苢，澤瀉也，臭惡之草。詩人傷其君子有惡疾，人道不通，求已不得，發憤而作。”則《韓詩》所説更爲可笑，直謂婦人遭夫天閹，思得芣苢以治癒之矣。梁・劉孝標《辨命論》：“顏回敗具叢蘭，冉耕（伯牛）歌其芣苢。”則又竟以《論語》之“伯牛有疾”爲冉耕所害爲性病。從來之荒謬，殆無更甚于此者。

呼赴采之辭，與《卷耳》"采采"同義。"薄言"，歡快之語詞。"采之"，赴采之決斷語。"有之"，已見芣苢所在。

次章，發唱者言摘之，答唱者言已收拾之矣。捋字本作寽，從爪從寸。寸，手持也。更加以爪，則用綫貫串之之義。采腕珠者，每即特用針綫貫串之。市售薏苡珠者亦然，不用筐筥，不計斤兩。

卒章，發唱者言"袺之"，答唱言"襭之"，皆服用之義。結于腕曰袺，掛于項曰襭。蓋南語之義如此，故譯字皆從衣，不更從手。《毛傳》謂"袺，執衽也"，"扱衽曰襭"。後儒從而皆説爲牽繫衣之前襟于腰以盛物。夫古代男女俱無袴，以長衽或裙遮掩下體。"扱衽"則下體露矣。此二字不見其他經籍，明非中華古文所有，蓋譯詩者依南方語言所造。《毛傳》亦循詩意以推義，未能合于詩語唱答之理。襭字從袺加頁。袺者結也。結纏于腕也。頁者頭也，結串而加之于頭，則掛珠串于胸之意也。

（九）漢　廣

三章。章八名。九十六字。

南有喬木，不可休思。漢有游女，不可求思。漢之廣矣，不可泳思。江之永矣，不可方思。

翹翹錯薪，言刈其楚。之子于歸，言秣其馬。漢之廣矣，不可泳思。江之永矣，不可方思。

翹翹錯薪，言刈其蔞。之子于歸，言秣其駒。漢之廣矣，不可泳思。江之永矣，不可方思。

題解：南國北部（鄭、隨地區）有奴隸詩人，戀一女奴，行將得其主子許爲婚配時，突被其女公子携作媵奴以適楚國。其人失戀後悲思傷痛之歌。由其情感之純摯與文辭之優美，當時流行甚廣。周太師亦收録之。原作可能即是華言之南曲，時間在殷之最末。當時南國知識奴隸，大都得於華夏亂亡之諸侯部落也。

首章，以"南有喬木"起興，明所在爲南國故地也。南國中心地區，即"有南氏"故地，實惟今南陽與湖北棗隨之地，在長江與漢水以北。故詩三章皆深嘆漢水之廣不可越，江水之遠不可至也。

"喬木"之下"不可休思"，喻奴隸主不能蔭恤下情。"漢有游女"，謂所戀女奴係自漢水地區購來，女奴無家，故曰"游女"。求之未得，轉以增憂，故曰"不可求思"。思字，結束語詞，亦具念嘆難釋之義。詩言戀愛之情，本可泳漢水以從之，然而不可者，非從媵者往則爲逃奴，禍不測也。又念竟逃入楚，與所戀方舟入江[1]更逃入吴可乎？亦不可者，如江之長途，無資生之具，終不能自活；且戀人新媵，未必肯逃；同逃而獲，亦徒俱死耳。兩言不可，皆表其憂思自計之情。

次章，以薪叢翹然併出喻群女奴。荆之高大者爲“楚”。刈，謂取之。自言立功于主人之家以求給配此女，已獲許矣。深憾被奪爲媵奴以去，故曰“之子于歸”。方媵從將乘馬以去時，我乃奉命爲“其馬”照料芻秣。人隨物去，所以尤爲傷慟也。

卒章，言所戀既去，主人配以他奴，以蔞比之。蔞，謂蔞蒿，雖亦高與衆薪相齊，但非楚薪之比。所戀去矣，所乘之馬同去，不得再爲之芻秣矣，徒有所遺之駒在。“言秣其駒”，則傷痛之情久不能釋矣。

或問：説爲奴隸戀其女公子之事不亦可乎？曰：不能。奴隸社會，階級森嚴，于男女關係間尤爲嚴格，女子有戀奴隸階級中人者，親族發覺必逼令自殺，其奴隸更不能免。縱使竊有其事，幸未發覺，亦斷不敢有自爲歌詠以播其情者，況得流傳遠近乎。

（十）汝　墳

三章。章四句。四十八字。

遵彼汝墳，伐其條枚。未見君子，惄如調飢。

遵彼汝墳，伐其條肄。既見君子，不我遐棄。

魴魚赬尾，王室如燬。雖則如燬，父母孔邇。

題解：周武王既破殷師于牧野，紂自焚死。武王入殷都即天子位，命周、召二公分道撫巡南國。汝濱多紂采薪之奴隸，歡迎周王使節，歌唱此詩。原是華言、南曲。

紂都朝歌，號爲河内。《史記·貨殖列傳》説沿河而南，達於孟津，爲其時中華人口最密地帶。當時國君與臣民需用薪柴甚多，舉凡炊爨、照明、暖坑、燔祭、製炭，與夫制止河泛、造圍籬、修建住宅，無不用之。沿河林箐既盡，則於汝水上游山林采之。汝源與河濟邇近，僅隔連丘土堤，薪材可以自此浮河，大量供給朝歌。故紂亦派遣大批奴隸采薪于此汝旁丘陵地區，即詩所謂“汝墳”也。汝水流域，屬于南國。故在此伐薪之奴隸，習于南樂之歌。其人服役於殷，故必亦習華言。從役人多，必有頭領。此蓋其首領所造，教众奴歌以迎降者也。

首章，言循汝墳伐薪者有年矣。苦于紂之虐政，思得歸周，如渴如飢。傳以未得

【1】 人類初創獨木舟時，尚在石器時代，于大木上斫一空室，甚非容易。原衹能容一人以蕩槳。舟重易覆。復乃創爲並繫兩獨木舟乘人之法，用二横木牢縛于兩舟前後部，以載二人，則泛涉風浪，可以不覆。是爲“方舟”。此詩方之爲義如此。

受撫，莫由自達耳。“惄”，《韓詩》作愵，不敢喘息之義。“調飢”，陸德明曰：“調，張留反。又作輖，音同。”是調與輖並讀如周音。三家詩蓋有作輖者。《説文》：“輖，重也。”謂飢如載重之車，動作艱難，惄焉静止，難推動也。《毛詩》字僞作調，依古音，仍當讀如周（zhōu）。車重爲輖，言語周張不實爲調，本是 zhōu 音，後世乃讀爲 diào 音也。《毛傳》云“調，朝也”。故鄭玄以下盡釋爲“朝飢”。夫飢渴之苦，朝夕無别。爲義殊不如輖之切。《毛傳》云“朝也”者，朝，古文作輈，亦舟音（zhōu），古人于譯語難解之義，每假用同音字故也。“君子”，謂周王使者。奴隸社會，稱貴族曰君子。後世乃蜕變爲對尊賢者之稱。

次章，言從事汝墳伐薪之久，舊條雖盡，今又回而伐其新生之條矣。《毛傳》：“暫而復生曰肄”。既已得見“君子”，乃知“不以我輩所在之遐遠而見棄”。明受撫歡悦之情。

卒章，言我等泛運薪條供于朝歌之“王室”，常見黄河之魴魚爲青白色。今其有赬尾者，其兆應於王室已燬。王室雖燬，我等之新父母方遣使來撫，不日當可識之。故曰“父母孔邇”。孔，大也。“孔邇”，謂相距已甚近矣。

魴魚，即鯿魚，體扁闊，脊腹隆凸，有硬鰭；本海魚，移居淡水，黄河下游多有之。土人以爲美味。故《陳風》亦曰“豈其食魚，必河之魴”。魴魚皆青白色。别有一種之尾鰭赤色，俗稱“火燒鯿”，偶亦見於河水，故詩之作者藉以喻紂之自焚。《毛傳》與《韓詩》皆謂“魚勞則尾赤”者，妄揣詩意之謬語耳。魚之生活，無所謂勞。殷人已知紂之自焚，與周武王立武庚以奉殷祀，未滅其社稷，故詩曰“如燬”。如燬，則猶未燬也。雖猶未燬，而已服事於周王。則殷之奴隸，應與殷社之君同以周爲主人，故曰“父母孔邇”。謂雖已甚近，尚非直屬。奴隸社會之道德，崇尚忠於所事之主人。殷奴隸之受周撫者，雖以周人爲父母（與《葛覃》父母同義），在未調徙之前，乃當稱爲“殷民”（殷之奴隸）。故詩語雖響樂就撫，而不背于其“王室”。用“父母孔邇”字，辭令之美善者也[1]。

凡奴隸社會之末世，奴隸主階級中人，習于飽食暖衣，逸居無教，大都蜕變爲頑鈍無知之紈絝子弟，而仰知識與文藝於所屬之知識奴隸。奴隸之有知識才藝者，恒能受到優待。故既經淪于奴隸階級之人（包括戰敗者之文士），每能努力于知識才藝之提高，以尋解脱壓迫之途徑，傑出如夏末之伊尹、殷末之箕子與南宫括、散宜生者，不乏其人。“二南”詩之原作者，當以此篇文藝爲最得體。若《關雎之三》，則但適於婚禮用，更由譯者文學之美以流傳耳。

【1】 周營洛邑，遷殷氏六族以實之。滅奄、徙魯于曲阜，徙殷氏六族以實之。見《左傳》定公四年與《尚書·多士》篇。

（十一）麟之趾

三章。章三句。三十三字。

麟之趾，振振公子。于嗟麟兮！

麟之定，振振公姓。于嗟麟兮！

麟之角，振振公族。于嗟麟兮！

題解：此悼嘆“漢陽諸姬”亡國之詩歌。造於夷厲之世，在召穆公輯集南樂詩歌之前。周太師原收録之於《召南》。漢儒移《草蟲》以易之。

《左傳》僖公二十八年，城濮之役，欒貞子（欒枝）曰：“漢陽諸姬，楚實盡之。思小惠而忘大耻。不如戰也。”謂楚滅漢陽諸姬姓國，爲王室之大耻，不能因昔年楚工優待重耳（晋文公）之小惠而遂恕之。所謂“漢陽”，指漢水以北今襄樊、南陽、棗隨，以及鄖陽商雒諸地。皆南國内境而親附于岐周較早的地區。周既滅殷，封建諸侯以鎮撫蠻夷，捍衛王畿。大抵以文、武諸胤之近親封于中原平衍之地，太王、王季子孫及宗親之較疏遠者封于王畿南北諸界的蠻夷地區，異姓功臣與同姓之尤疏遠者封於較遠之夷狄地區（如太公封齊，召公封燕）。漢陽地區，爲南國逼近王畿之地，其最初封爲諸姬姓國，于理固宜。顧此地區，在春秋初年，已祇有庸、鄧、申、吕、隨、麇等異姓國名入史，更無一姬姓國存在。其後庸、鄧諸國亦爲楚所滅。則漢陽諸姬皆早覆滅可知矣。

周自“昭王南征不復”，在南國之威信減弱。穆王時，徐偃王國勢强大，拓地至於嵩洛。周借楚國之力，免敗滅之。未言漢陽諸姬之功，則其國勢俱已微弱可知，宜其後之漸併於楚也。《史記·楚世家》記楚王熊渠，“當周夷王之時，王室微，諸侯或不朝，相伐。熊渠甚得江漢間民和，乃興兵伐庸楊粵，至於鄂。……乃立其長子康爲句亶王，中子紅爲鄂王，少子執疵爲越章王，皆在江上楚蠻之地”。其地域既已發展至庸，則凡庸以東，南陽、棗隨地方之國已多爲所併可知。鄭、隨諸國，皆緣助楚吞併諸姬，克保全身。由此推斷，諸姬之滅於楚，在夷王世。上距武王封建諸侯已逾二百年矣。

諸姬亡國原因，尚不由於楚國强大，更當由於諸姬不諳南俗，徒恃周家强盛，妄自尊大，喪失人心所致。例如：强以王室之農奴制度推行於其國中，即必遭受小奴隸主輩之反抗。由於語言隔閡，則其政施雖欲惠恤奴隸，終不能掌握社會基層之奴隸，徒自日益孤立於諸小奴隸主之間。於時楚國仍是奴隸社會，不悦諸姬之小奴隸主輩，被迫投附於楚，導之入侵，則諸姬不能不亡矣。

此詩，蓋即南國知識奴隸，嚮往諸姬推行周政，而苦於不能相助；又失望於其相繼亡國，不得已而深長慨嘆之歌。何以知其然耶？詩言“公子”、“公姓”、“公族”，皆周室封建制中詞彙，而南國奴隸社會所無，則詩爲慨嘆諸姬覆亡之語，又可知矣。奴隸於其主子之存滅，無所用其慨嘆，而此深長以嘆之者，其爲嘆其可以推行王畿農奴之制而竟未能又可知矣。

首章，“公子”，斥受封之人。喻以“麟之趾”者，謂其以周之制度至也。“振振”，用《螽斯》詩文義，可知此詩造製于《螽斯》譯章流行之後。“于嗟麟兮”一嘆，意不能已，然而不可斥言也。

次章，“公姓”，斥受封者諸子。喻以麟定者，定爲頂之借字，《毛傳》云“題也”，題即額也。謂國君子孫，儀態徒振振然，究不能輔佐有爲，如麟之徒有峥嶸頭角而實不能自衛。吁嗟再嘆，意更深遠。

末章，“公族”斥有國者子孫之族。既屬公族，宜能推行其政令，捍衛其社稷，而乃僅如麒角之徒飾觀瞻，不堪戰鬥。吁嗟三嘆，其意乃竟，是完全失望之歌矣。

《周南》小結

宋刻毛詩舊本，《周南》、《召南》、十三國風與雅、頌各什篇末，例有如此總記篇、章、句數文字一行。蓋鄭玄《詩箋本》始有。漢儒重章句，特增此行以杜撰爲改竄。即所謂既依宋本編第繕寫正文，遂仍存録此行。加引用號者，明其是舊刻所有定本文字。以下各篇同。

以上《周南》十一篇，六百三十字，譯南國奴隸社會舊有之樂詩者六篇。《關雎》《葛覃》《卷耳》，皆周公旦所自譯。《樛木》《螽斯》《桃夭》，爲樂官所譯。《兔罝》以下各篇，皆原是華言。並輯成于周公之世。惟《麟之趾》一篇後出。疑原輯是《麟之趾》在《召南》。《草蟲》篇在《周南》。漢儒傳詩謬謂《麟趾》爲《關雎》之應，《騶虞》爲《鵲巢》之應[1]，因而謬移之也。

---

[1]《毛詩序》云：“麟之趾，關雎之應也。”衛宏續之云：“關雎之化行，則天下無犯非禮，雖衰世之公子，皆信原如麟趾之時也。”又有舊注云：“關雎之時，以麟爲應。後世雖衰，猶存《關雎》之化者，君之宗族猶尚振振然，有似麟應之時，無以過之也。”《召南》毛序，又有“騶虞，鵲巢之應也”，及續序與注語，以實其説。閱《新詮》者，當知《關雎》《麟趾》二者無相應之理。兩者既不相應，則《毛詩序》之不當成立亦即可知。《麟趾》詩議公子、公姓、公族，明是封建王朝成立已久，族姓蕃衍以後之詩，非奴隸社會所有稱語。説《麟趾》詩出於宣王平徐淮、召公輯南詩以前之某王時事，附于周公所輯十篇之後，尚有理致；决不能設想爲周公時已有之詩。另就《召南》十四篇分析，《草蟲》篇明是周初南國之詩，與《汝墳》同時，又不當厠于《鵲巢之三》以内（説詳《草蟲》篇）。故可以設想爲《毛詩》謬相移易。《草蟲》是南國奴隸主繼《汝墳》之後，迎降周公旦之詩。宣王初年征伐玁狁之軍士詩歌已經引用（參看《小雅・出車篇》）。則不得爲召穆公平徐淮時南人迎降之詩，不當收入《召南》。更不得竄雜于《采蘩》《采蘋》之間。以此疑是《毛詩》妄稱互掉。以此推斷：《草蟲》實當原在《周南》；《麟趾》實當原在《召南》。由於《毛詩》篇次之多不合理，至于激成瞿九思、豐坊、何楷、魏源等全面或部分拆散宋刻篇次。新詮，則仍一依宋刻舊次，但爲指出其未合，推究其當然而已。

三、《召南》十四篇新詮

南國東部，淮水流域與沂、沭以南，舊爲奄國與徐戎、淮夷據有地，堅决維護殷王之奴隸制，不以周人優待奴隸爲然；紂被誅後，雖亦暫時臣服于周，實不心服；故不久即與殷、奄、管蔡等國聯合叛周。經周公三年東征，剪殷滅奄，乃剋鎮平。至穆王時，有徐偃王者，亦能執行寬待奴隸政策，國勢强盛，兵力達於黄河，危及洛邑。穆王楚國聯軍征討，偃王敗死。而其人終不能服。宣王中興，與其重臣召虎、方叔、仲山甫、尹吉甫、程伯休父等公三道大舉蕩平之。其事爲司馬遷《史記》所忽略，《竹書紀年》乃詳著之，史證見於《周詩・二雅》者至十餘篇之多[1]。

召虎在宣王之世，位望權力與成王時之周公相當，亦喜文學，好詩樂[2]，是爲召穆公。宣王既平徐淮，留召虎撫循南國，定其疆理。《大雅・江漢》之詩，所云"四方既平，王國庶定。……王命召虎，式辟四方，徹我疆土。……于疆于理，至于南海"是也。召虎既定南疆，大會各地降酋于淮上，《小雅・鼓鐘》所詠："鼓鐘喈喈，淮水湝湝……鼓瑟鼓琴，笙磬同音，以雅以南，以籥不僭"是也。於是收集南國新舊樂歌，以付太師。太師别爲南樂之一部，題曰"召南"。以别於周公所輯之南詩。於時上距周公已三百年，南樂已有發展變化，在樂師視之，固當有所區别也。

召穆公虎當時所輯録之南樂，不過數篇，有譯南語爲華言者，亦有本爲華言者。召公既歸，樂師續復有所收集，凡晚出南樂之詩，亦皆附入《召南》。

（一）鵲　巢

三章。章四句。四十八字。

維鵲有巢，維鳩居之。之子于歸，百兩御之。
維鵲有巢，維鳩方之。之子于歸，百兩將之。
維鵲有巢，維鳩盈之。之子于歸，百兩成之。

題解：此淮水中上游地區，南國奴隸所造，賀人嫁女之樂歌。召穆公平淮夷時采

【1】 關於周宣王親征徐淮用兵一事，詳著于《大雅・常武》篇。留召虎撫循疆理事，著於《大雅・江漢》篇。相關史事之詩，《小雅》有《車攻》《鼓鐘》《瞻彼洛矣》《裳裳者華》《桑扈》《鴛鴦》與《黍苗》，《大雅》有《嵩高》《烝民》，《召南》有《甘棠》。凡十二篇，參看各篇新詮。

【2】 召虎，於厲王時諫監謗。詞載《國語》。厲王敗，太子静匿於召公之家。國人索至。召公以其子僞爲太子静，爲國人所殺。國人不害召公，擁之與周公共和行政十四年。厲王死，太子静立，是爲宣王。故宣王時，召虎權位比於周公。《常武》之詩，召公所作也。同時王室諸臣皆好詩，故平徐淮事，遺存之詩甚多。虎爲召公奭之遠孫，世襲召公爵位，爲周王輔。周、召並稱者六百餘年。後世妄謂《召南》爲君奭所輯之詩。

得，譯爲華言。比于《周南》之《桃夭》。舊説爲文王后妃之化，諸侯夫人之德者，妄矣。

淮水中上游，即中州大平原之南界，接連桐柏山脉與英霍山區，殷周爲淮夷盤結之地。召虎與宣王分道進軍時，虎由洛陽南出申、謝。循淮水而東，達於淮浦（今正陽關地），徐夷瓦解，宣王受降而還。召虎留辦善後，首先收得此歌，以其可比《桃夭》而譯存之。詩言"百兩"，明爲出於平原行車之地，而觀察鳴鵲奪巢，則必爲習見山林之人。以此如其詩原作於淮水中上游地區，即召虎進軍所由之地也。

詩中之"鳩"，《毛傳》云："鳲鳩，秸鞠也。鳲鳩不自營巢，居鵲之成巢。"其説近是，而觀察粗謬，未能達詩之義。兹詳説之：鳥類惟亞洲之杜鵑科鳥不自營巢，亦不伏雛。其屬有杜鵑、有布穀、有郭公，羽毛茶褐而具黑斑，善于隱伏於高樹枝葉間，覓食小蟲。恒隨氣候變化而南北遷徙。即停留於一地區内，亦流動不居，從無盤桓一樹達半小時者。春夏間交尾産卵時，則雌雄相呼而鳴。常人習聞其聲，鮮見其形，惟久於樵采之勞動人民乃剋識之。其卵産於地上，以喙銜之，潛置他鳥之巢内，便自他去，聽任他鳥孵哺養育。其所選以寄孵之巢，必爲食蟲者之巢。母鳥不辨其爲異鳥之卵，一體孵之、哺之。其雛待哺時，體裸無毛，俾母鳥不能辨别。其性横暴，成長中，常將巢主之雛排擠墮地而死，次第排殺净盡而獨居之。至能成立自活時，乃長羽毛飛去。《毛傳》所言之鳲鳩，即此鳥。所謍"居鵲之巢"者，謂其雛也，雛既成鳥，即不復居巢。南語原詩，當曰"鳲鳩居之"。召虎譯之時，未能詳知其物與鳩不同，謬省曰鳩耳。鳩爲平原農地常見之鳥，與鴿同類，衹食植物種子，不食蟲類，營巢簡陋，或就巖洞、石穴而居，無奪占他鳥巢居之事。舊説"鵲巢鳩居"者，亦誤語耳。

鵲有兩種，皆食蟲類。中華西部常見之鵲爲"喜鵲"，每集人居屋上呀喳鳴噪者是也。東部幽燕以南，達於江淮之間、平曠地區所見者爲"卑居"，一作"鵯鶋"，通體僅黑白羽與喜鵲同，體形較小，胸腹肥圓，不喜鳴噪。喜鵲拾枯枝營巢高樹，結構甚巧。鵯鶋則營巢於叢灌之間，距地不遠，雜用枯葉羽毛，更爲精緻。詩中之鵲，蓋即鵯鶋，亦淮水流域常見之鳥。其巢低，故樵氏能細察之。鵯鶋巢小，僅容二卵。鳲鳩之寄孵者，先竊毁其一卵，而後以己卵竊置之。

首章言"居之"者，人見鳲鳩侵入鵲巢之語也。畢竟古人觀察猶粗疏，未知其爲寄孵，反以喻女之遣嫁爲鳲鳩入鵲也。"百兩御之"，謂以車百輛載送女與其從媵之奴，送嫁之賓及賠奩諸物，明其爲貴族嫁女。《鄭箋》釋"御"字爲迎迓，音"王嫁反"(yà)。王肅非之，云當"魚據反"即御之本音，與《毛傳》"送御皆百乘"之送字義合。亦協居字之韻。當從王讀。

次章，言"方之"者，再見其巢中有二雛，一鵲一鳲鳩如方舟之相比。(方字義在《漢廣》抻注）喻新夫婦之相將于歸。

卒章，言“盈之”者，更見其惟一鳲鳩所充盈，不知其鵲雛之被排墜死。以喻女嫁後子孫衆多，成爲貴族之一支派。

此雖賀婚之詩，偏祝女家之利，未嫌其害於夫家。明是奴隸社會賀人嫁女之歌，亦惟徐淮野蠻民族之觀念如此。應是周禮所不取。召虎未習南語詩義而采之。亦正由其未能深曉其義，故誤譯鳲鳩爲鳩耳。

（二）采　蘩

三章。章四句。四十八字。

于以采蘩？于沼于沚。于以用之？公侯之事。

于以采蘩？于澗之中。于以用之？公侯之宮。

被之僮僮，夙夜在公。被之祁祁，薄言還歸。

題解：南國奴隸主家祭享，飭奴隸大量采擷青蒿製餺飥以享賓客。其奴隸自歌其操作過程之詩。勤勞操作，不得分享，而仍歡愉無怨，召公嘉其敦厚而譯爲華言。

“蘩”者，今人所謂“清明菜”，菊科植物，莖葉柔脆，味芳香，“清明”前後采之作粑，味特鮮美。其種類頗多，性用則同，古人統稱之曰蘩。南北各地皆有之。隨地異稱。大抵，産于亢燥之地者爲白蒿，卑濕之地者爲青蒿。人工栽培者爲茼蒿，其原種舊曰蔞蒿，又有莪蒿、艾蒿、皤蒿諸稱。清明節後，莖漸堅韌，不可食矣。

首章，“于以采蘩”，猶云“何處去采青蒿”。亦如《芣苢》歌者自爲問答之詞也。答云“于沼于沚”，謂沼沚水旁之濕地，蒿之所繁也。再問，何所用？答言“公侯之事”。古謂“國之大事，惟祀與戎”。故《毛傳》云：“之事，祭事也。”公侯，謂南國之奴隸主，臣事於殷與周者。譯用周人之話，曰“公侯”，猶曰“諸侯”也。

次章，言沼沚之蘩既盡，猶不供用，則沿溪澗以求之。用於“公侯之宮”者，祭畢，大享賓客，則不於廟而于宮内也。

卒章，言製餺飥事，仍是相與唱和語意。“被之”者，謂以調製米麪包裹蓄稻。蘩蒿不宜毛食，必須以米麪裹而蒸食之，即所謂餺飥也。“僮僮”，謂作成餺飥，撲以粉，排列案上以待入蒸，僮僮然如奴隸成行静立以待命之狀，“夙夜在公”者，謂須用多，厨中連夜趕製。“背私爲公”，言非爲私食而勤勞。“祁祁”，蒸汽之貌。《小雅・大田》“興兩祁祁”，《大雅・韓奕》“祁祁如雲”，皆訓雲氣徐徐蒸騰之貌。“被之祁祁”，謂餺飥蒸熟，取置盎中，熱氣徐升，祁祁然也。然而作者不得食之，任務完成，天將曙矣。乃各欣然歸休。“薄言”，勞而欣悦之語詞，與《芣苢》同。勞不得享而仍欣悦自歸，故知其爲奴隸之歌也。舊説爲“夫人不失職”，“能誠敬以奉祭祀”（朱傳）。或謂“蘩能生蠶”詩爲夫人能蠶於宮中之事（方玉潤《詩經原始》）皆謬。

(三) 草　蟲

三章。章七句。四十八字。

喓喓草蟲，趯趯阜螽。未見君子，憂心忡忡。亦既見止，亦既覯止，我心則降。

陟彼南山，言采其蕨。未見君子，憂心惙惙。亦既見止，亦既覯止，我心則説。

陟彼南山，言采其薇。未見君子，我心傷悲。亦既見止，亦既覯止，我心則夷。

題解：周武王既剋殷，分遣周、召二公撫循南國。汝墳之殷民迎降，其詩歌及時流行。遠地奴隸主聞風迎降者，命其文藝奴隸造爲此歌以迎使者。當原在《周南·汝墳》篇下，漢儒錯移之。

何以判爲原非《召南》？《儀禮·鄉飲酒禮》："乃合樂：《周南》：《關雎》《葛覃》、《卷耳》；《召南》：《鵲巢》《采蘩》《采蘋》。"《鄉射禮》文同。《燕禮》："遂歌鄉樂：《周南》：《關雎》《葛覃》《卷耳》；《召南》：《鵲巢》《采蘩》《采蘋》"。皆捨《草蟲》一篇，越取《采蘋》以爲"鵲巢之三"。《儀禮》爲孔子所訂之"禮經"，則孔子所訂之"詩經"，《召南》本無《草蟲》篇可知。

何以知爲周初已經輯録之南詩？《小雅·出車》，爲宣王初年征役戰士所作，在召虎平淮徐前。其人好用舊詩辭義。其第五章，整用此詩首章全文二十四字，以頌"南仲薄伐西戎"之功，則其人先曾熟習此詩甚明矣。若《草蟲》爲召虎平徐淮後所輯之南樂詩歌，則《出車》不可能如此雷同其文。惟因《周南》已有此詩，乃能説通。

宋王應麟《困學紀聞》卷三云："《詩正義》曰：'《儀禮》歌《召南》三篇，越《草蟲》而取《采蘋》，蓋《采蘋》舊在《草蟲》之前。'曹氏《詩説》謂：'《齊詩》先《采蘋》而後《草蟲》。'"則似《草蟲》原在《召南》矣。果使如此，則《漢石經》《鄭玄箋本》《王肅注本》應能訂正，何待唐人孔穎達發之。孔氏全文，尚有"孔子以後簡機始倒。或者，《草蟲》有憂心之言，故不用爲常樂耳"二十四字（據翁元圻注文）。則孔穎達亦徒揣測之辭耳。至曹粹中《放齋詩説》又晚於孔穎達數百年，安得見《齊詩》？齊詩亡於東漢（見《隋書·經籍志》），雖鄭玄不及見之，無論孔穎達，更何能爲曹氏所知乎？

《召南》"鵲巢之三"皆召虎所采南國古詩歌，原製在宣王以前。今本《周南》之《麟趾》爲夷厲世詩，去宣王最近，固當爲召虎所采輯。故知《草蟲》原當在《周南·汝墳》之下；《麟趾》原當在《召南·羔羊》之下，秦漢傳詩諸家誤錯亂之也。

何以判爲南國奴隸主繼《汝墳》之人迎降者作？分析此詩詞義足以知之：

首章，"草蟲"無定名，則泛言草間之鳴蟲耳。"喓喓"，《毛傳》云"聲也"。蓋喻《汝墳》之人迎降在前也。"阜螽"，今云"紡織娘"，北人呼作"聒聒"（蟈蟈），蜀人呼作“叫咕咕”，鳴聲悠長多變，善跳躍，形體大而美，小兒恒喜籠養之。趯趯，《毛傳》“躍也”。詩之作者，蓋用以比喻奴隸主繼《汝墳》殷民迎降，如阜螽躍行以從草蟲也。即如《小雅・出車》之全引此章。亦是表達西戎相從以降南仲（仲山甫）之義。“未見”、“既見”兩句，正是套用《汝墳》詩語而變其辭。足知兩詩製作時間不甚相遠，或且能是一人所作。然必此詩爲晚於《汝墳》，由其重言“亦既覯止”以加重語氣，可以知之。“見”與“覯”，原是一義，在《汝墳》詩原已爲被使者接納之辭。在此詩，則以見爲望見，覯爲接納，展拓原語，更顯得見之欣慰。而“憂心忡忡”與“我心則降”二話自述，又不似《汝墳》“調饑”與“遐棄”之卑屈，是奴隸主身份與奴隸不同之别。

次章，“南山”，指嵩山山脉（外方山脉）之山，本華夏與南國之界山，故華人與南人皆稱之爲南山。“采蕨”者，采蕨萁之芽與根以供食用。此乃奴隸之事。凡奴隸主出迎使者，必率大量奴隸從行。此詩後兩章，皆作奴隸語。故知其爲文藝奴隸代主人作歌，並由奴隸歌之于使者之前者也。“惙惙”，群憂貌。“説”，古悦字。周秦以前，謂人民愛戴其征服者爲説（悦）。

卒章，言：非衹一次上南山以望周師之至。“薇”，蕨類，幼牙初茁似小兒拳，春時采之。若采蕨根，則在秋季。“夷”，心無有杌隉之義，與怡字義通。三家詩當有作怡字者。

《詩》之篇次，經後傳寫移亂者甚多。其在《召南》者，如此篇與《行露》《摽有梅》，皆甚顯著。其他十三國風，則非惟篇次仍有錯亂，即國序亦歷代聚訟，迄無定説。《新詮》雖已多所考訂，亦不改變舊刻次第。俾後之高明考訂者，不因偏信此説而有所迷亂，亦不因駁斥此説而並斥爲妄改，雖不自疑其所測爲未準，亦當僅避武斷之譏，庶不爲瞿九思、豐坊、何楷、魏源等人之續可也。

（四）采　蘋

三章。章四句。四十八字。

于以采蘋？南澗之濱。于以采藻？于彼行潦。

于以盛之？維筐及筥。于以湘之？維錡及釜。

于以奠之？宗室牖下。誰其尸之？有齊季女。

題解：南國與周異俗。汝潁之間，曾爲徐戎所據。穆王滅徐偃王，補建諸侯之國，推行周禮。王族嫁女，必先采蘋藻祭於宗室牖下。其奴隸皆南人，怪其俗而不敢非笑，爲此詩歌以紀之。召虎平淮徐，以其歌頌周禮。采付太師。詩與《采蘩》風格相似，華言色彩濃重，疑爲同一宫庭奴隸所作，本是華言。

首章，不曰於澗之濱，而曰“南澗”，明其爲南國。與“南有喬木”、“南有樛木”不同者，前詩以南爲主語，是南人自言其地有之之詞。此詩以南爲澗之形容字，則當是華人之辭矣。“蘋”與“藻”，皆非可食之物。南國雖以野菜供祭，甘美者多，何至采用蘋藻？蓋此乃“不享之祭”，徒具形式，但取出于水中，爲潔而已；蓋亦若後世人之供花、上香而已。奴隸社會重“血祭”，供祀之物無不可食。周禮乃有虛僞之祭，故南人怪之。“行潦”，水流所過之汙澤，雨則泛漲，晴則斂失，淮濟間地多有之。江漢淮水流經地區，則但有湖河，無行潦。以此，可以定此詩産地，在淮濟二水間。

次章，水濕之物，故當以筐、筥竹器盛之。“湘”者，淘洗滌蕩之義。《韓詩》作鬺。毛鄭訓爲烹調，必非。古時無多器物，淘洗亦用錡、釜耳。

卒章，“奠之”，謂祭神之地。祭地當在宗室堂上，今乃行於牖下，是以足怪。自首章至此，用五“于以”，皆設爲疑問之辭，與《采蘩》同。

《左傳》襄公二十八年：“鄭伯有廷勞于黄崖，不敬。穆叔曰：‘伯有無戾于鄭，鄭必有大咎。敬，民之主也，而棄之，何以承守。鄭人不討，必受其辜。濟澤之阿，行潦之蘋藻，寘諸宗室，季蘭尸之，敬也。敬可棄乎？”《左傳》引《詩》率皆斷章取義。惟此一條，有值注意者兩點：（一）以“南澗之濱”改説爲“濟澤之阿”，蓋援《陳風》“彼澤之陂，有蒲有荷”爲義。濟水流經陳、衛、魯、齊四國。《邶風·泉水》“出宿于泲，飲餞于禰”，泲即古濟，禰即祖廟。蓋衛、陳兩國，女子出嫁前，皆有如此虛祭於祖廟牖下之俗。其鄰近之國當亦有耳。荷澤正是陳國之地。陳國本是“南”地，著於《燕燕》之詩。穆叔爲魯人之精於《詩》者，而如此以説此詩，則此詩爲陳國附近之一附庸小國所出可知。（二）確指“有齊季女”爲“季蘭”。按春秋世女子名稱規律，皆以本姓繫於國名，或排行之下。如齊姜、燕姞、王姬、江芈、鄭曼、巴姬與季芈、叔隗、杞伯姬、長衛姬、次衛姬之類是。或繫姓於其夫謚號之下。如莊姜、文姜、敬姜、哀姜、懷嬴之類是也。“季蘭”爲蘭姓國君之少女，可定。西周時大國無蘭姓，則其爲陳、魯間附庸之國又可知矣。穆叔爲周靈王時人，上距宣王二百餘年，又以精于詩學著稱。其説此詩最早，必爲確能考知此詩本事者。

（五）甘　棠

三章。章三句。三十六字。

蔽芾甘棠，勿翦勿伐，召伯所茇。

蔽芾甘棠，勿翦勿敗，召伯所憩。

蔽芾甘棠，勿翦勿拜，召伯所説。

題解：宣王時，召穆公虎平定徐淮，疆理南土後，大會降人於淮上，設樂舞以慰勞之。南人歌此以明感德之詩。蓋歸降之奴隸主命其文藝奴隸臨時編排演唱，樂官當特譯爲華言，上於召公，以便欣賞者。歌詞簡樸，含義深厚，言遠而旨切，真摯而不諂，是奴隸社會勞動人民情感，而出以奴隸主之命令語氣，則可知其是奴隸爲奴隸主代擬之詞也。言伐、言敗、言拜及茇、憩、說字，皆依南語原音譯爲華文，故爲義不免於牽强，不甚自然；徒以意趣層次易曉，故迻譯亦易。於時一方新定，大享群后，華夷會聚，人才蔚集，作詩、譜曲、翻譯、教歌、領舞之人倉卒方具；其文易譯，不似《關雎》《葛覃》之難，故其事立就也。

淮上大饗，一方奴隸主各率部分奴隸來會，人數當在千數以上，近于萬數，當時不可能有此通用之會堂，勢必就野外燔燎爲之。甘棠，蓋即當時召公設座所在土阜之樹。詩曰“甘棠”，蓋即今世之海棠，美花、茂葉、喬木而多枝。其果曰“林檎”，味甘酢，故曰“甘棠”。

首章，“蔽芾”，當從《集傳》作“盛貌”。言蔽蔭濃密之甘棠，吾人勿得翦其枝、伐其條。必當愛護之者，召伯所曾設座其下，思其人，愛其樹，祝願其長久茂盛也。“茇”，《說文》云：“草根也。春草根枯，引之而發土，爲撥。此謂之茇。”是茇爲除草之義。《說文》“草根也”上脱拔字耳。野外樹下設座，當先除草，故曰茇也。舊說詩者遂謂召公奭與周公旦分陝作伯，根本謬誤。

次章，“勿敗”，謂勿令損折萎敗。則護之深，不衹勿伐而已。“憩”，《毛傳》“息也”。陸德明《音釋》云“起例反”。

卒章，“勿拜”，借拜當磬折其身，爲屈撓枝條之義，不得屈撓其枝條，愛護之至矣。“說”，陸德明云：“本作稅，又作脱，同始銳反。”是三家詩有作稅、作脱者。“脱”，即古文“蜕”、“蜕”字。與談說之說字皆以兑爲聲，古並讀如稅。《定之方中》之詩“稅于桑田”，即宿于桑田之義。當以稅字爲正譯。南語原歌亦是 shuì 音，故三家作字各異。少數民族地區，每大會野營，徹晝夜不散，故詩言“所稅”。

（六）行　露

三章。一章三句。二章章六句。凡六十八字。

厭浥行露，豈不夙夜？謂行多露。

誰謂雀無角？何以穿我屋？誰謂女無家？何以速我獄？雖速我獄，室家不足！

誰謂鼠無牙？何以穿我墉？誰謂女無家？何以速我訟？雖速我訟，亦不女從。

題解：鄭國徐吾犯之妹，抗拒公孫黑奪婚，所作詩也。華言南曲。當時流傳甚遠。周之樂官采以附於《召南》之末。漢儒移次於《甘棠》以適“召公堂下聽斷”之説也。其本事，在《左傳》昭公元年[1]。

《新詮》作此推斷之理據如下：

審詩詞義，不是奴隸社會作品。奴隸主之家，不可能有如此訟獄。奴隸階級，不可能有如此堅貞之女子。縱有，説不能有“室家不足”之語言。惟自由人民、小私有者，乃得有室家字義。故雖南詩，次於《甘棠》，亦不可能爲奴隸社會之作。詩文多至六十八字，含義複雜，當爲周伐晚出之作，與《甘棠》以上各篇風格迥異。就字量推，亦不當越在《羔羊》以下諸篇之前。

劉向《列女傳》：“召南申女，許嫁于酆。夫家六禮不備而迎之。女曰：‘……輕禮違制，不可以行’。夫家訟之于理。女終以一物不具，一禮不備，守節持義，必死不往，而作詩曰：‘雖速我獄，室家不足。’《韓詩外傳》亦曰：‘夫行露之人，許嫁矣，然而未往也。見一物不具，一禮不備，守節貞理，誓死不往。君子以爲得婦之道，故舉而傳之，揚而歌之。’”是《魯詩》（劉向治魯詩）《韓詩》，皆有六禮未備之説，而未即以爲召伯所聽之訟。且非奴隸婚配之訟，而爲執行周禮與否之訟。則其非召公循撫南國所采奴隸社會之詩，而爲王畿地區自由人民婚訟之詩，又可知矣。申女不可能遠嫁於酆。申與鄭近，疑魯詩原説系鄭字。傳聞惝恍，自不足爲據，惟其説與鄭地有關，亦可資爲尋求本事之綫索。《左傳》所載徐吾犯之妹，恰是鄭國之事，與此詩辭義

【1】《左傳》昭公元年：“鄭徐吾犯之妹美。公孫楚聘之矣。公孫黑又使强委禽焉。犯懼，告子産。子産曰：‘是國無政，非子之患也。唯所欲與。’犯請於二子，‘請使女擇焉’。皆許之。子皙（公孫黑）盛飾入，布幣而出。子南（公孫楚）戎服入，左右射，超乘而出。女自房觀之，曰：‘子皙信美矣。抑子南，夫也（謂已聘之）。夫夫婦婦，所謂順也。’適子南氏。子皙怒。既而櫜甲以見子南，欲殺之而取其妻。子南知之，執戈逐之。及衝，擊之以戈。子皙傷而歸。告大夫曰：‘我好見之，不知其有異志也，故傷。’大夫皆謀之。子産曰：‘直鈞，幼賤有罪。（是刑書文）罪在楚也。’（游楚，即子南。）乃執子南而數之曰：‘國之大節有五，女（汝）皆奸之。畏君之威，聽其政，尊其貴，事其長，養其親；五者所以爲國也。今君在國，女（汝）用兵焉（謂執戈逐子皙），不畏威也。奸國之紀。不聽政也。子皙，上大夫，女（汝），嬖大夫（以技藝事上位大夫者之稱）而弗下之，不尊貴也。幼而不忌，不事長也。兵其從兄，不養親也。君曰：余不女（汝）忍殺，宥女（汝）以遠。勉速行乎！無重而罪。’五月庚辰，鄭放游楚于吴。將行，子南子産咨于大叔。大叔曰：‘吉不能亢身，焉能亢宗。彼國政也，非私難也。子圖鄭國，利則行之，又何疑焉。周公殺管叔而蔡蔡叔，夫豈不愛，王室故也？吉若獲戾，子將行之。何有于諸游。’”（游太叔不爲子南求免。）又：“鄭爲游楚亂故，六月丁巳，鄭伯及其大夫盟于公孫段氏。罕虎（即子皮，時爲上卿），公孫僑（即子産，執政上卿）、公孫段（子石）、印段（印氏）、游吉（即大叔）、駟帶（子上），私盟于閨門之外，實薰隧。公孫黑（子皙）强與于盟，使大史書其名，且曰七子。子産弗討。”又：“晋侯有疾。鄭伯使公孫僑如晋聘，且問疾。叔向問焉。……問鄭故焉。且問子皙。對曰：‘其與幾何！無禮而好凌人，怙富而卑其上，弗能久矣。’”二年：“秋，鄭公孫黑將作亂。欲去游氏而代其位。傷疾作而不果。駟氏與諸大夫欲殺之。子産在鄙，聞之，懼弗及，乘遽而至。使吏數之曰：‘伯有之亂，以大國之事，而未爾討也。爾有亂心無厭，國不女（汝）堪。專伐伯有，而罪一也。昆弟争室，而罪二也。薰隧之盟，女（汝）矯君位，而罪三也。有死罪三，何以堪之。不速死，大刑將至。’再拜稽首辭曰：‘死在朝夕，無助天爲虐。’子産曰：‘人誰不死。兇人不終，命也。作凶事，爲兇人。不助天，其助兇人乎？’請以印（其子之名）爲褚師。子産曰：‘印也若才，君將任之。不才，將朝夕從女（汝）。女（汝）罪之不恤，而又何請焉。不速死，司寇將至。’七月壬寅縊。尸諸周氏之衢，加木焉。”《左傳》所記，主旨在述子産之政治才能。不爲志游楚之枉。故未及游楚夫婦結局。然述奪婚情致，達三百餘字之多，則甚出于此詩本事之傳説可斷矣。

句句吻合，殆無一字虛設，用以爲此詩本事，遠較韓詩及劉向惝恍之説爲勝。

夫《左傳》，亦輯若干舊籍與傳説以綴成者也。其引用《詩》之本事者頗多，若在夾雜之《碩人》、《燕燕》、許穆夫人之《載馳》、高克之《清人》、陳靈公之《株林》，其尤明著者耳。其他屬于《詩》之本事而未引詩自證者尚多。因不止徐吾犯妹之一事，即以徐吾犯妹一事論之：其事與《春秋》經義無涉，僅屬民間細事，而《左傳》前後三段，用五百七十餘字叙之。其屬于游楚之亂者不到百字，僅首段專紀徐吾氏事即已達三百餘字，竟若句句俱爲此詩作注者然。則其爲當時所傳之詩本事明矣。

或疑："詩亡而後春秋作。"明孔子取詩至平王之世而止。何得取至春秋昭公元年匹婦拒婚之歌。此亦"膠柱鼓瑟"之論也。《株林》爲陳靈公淫於夏姬之詩，在定王之世，《左傳》載於宣公九年。《小雅・四月》之詩，爲王子朝之徒在楚者所作，在敬王十五年前後，已是春秋末歲。皆確切不可推蕩之詩史。魯昭公元年，爲周景王四年，尚早於《四月》三十年，當時孔子生纔十歲耳。魯定公十四年，孔子年五十六，罷相去魯，周游于衛、陳、蔡、宋、楚、東周王畿，所在采詩於其太師，能得《株林》《四月》，詎不可以得《行露》乎？"詩亡而後春秋作"，謂孔子當定公初年，自齊返魯"不仕，退而修詩、書、禮、樂"（孔子世家文）時所録于魯太師之《詩》，非謂定公世出游列國十四年後返魯删定之《詩》也。孔子出游所得新詩于周、鄭、衛、陳之太師者尚多，豈僅此徐吾氏之一篇而已哉。

以下更就詩語，申其説爲徐吾氏作之義證。

首章，謂已與人訂婚，即不另訂。南國以"行露"爲訂婚之代詞。鄭國本南地，民間流行此語。南國之俗，男女跳月訂婚，以夜露時行之。故《野有蔓草》（鄭人跳月訂婚之歌）男答，皆曰"零露"。露結於初昏，晞於朝日。古之婚字但作昏，即由此義。"厭浥"，即湆浥，濕也。行露，則雙履沾濕，喻昏諧也。"夙夜"，徹夜之謂。詩言豈不可以徹夜跳月，一再行露？然而我不以爲可。"謂行多露"，猶言人將斥其一再訂婚之非禮也。"謂"者，不當爲之之義，與"人言可畏"之畏字義通。

次章，斥"子晳盛飾入，布幣"，争婚爲雀之穿屋。"角"者，謂鳥之嘴。凡動物之爪、角、鱗甲，與鳥之嘴，皆皮膚變形，以禦敵者，古皆謂之角。今云"角質"是也。嘴字從角之義亦如此。舊説"雀之穿屋似有角者"（毛、鄭）及"雀本無角"（孔疏），皆昧于"誰謂雀無角"之本義。此句本義，如云："誰説雀子無角呢？我已受公孫楚聘了，他來强委禽焉。雖貌爲文雅，盛飾布幣實恃其族大强武，如雀之有嘴而强入于我之屋也。設其無此可恃，豈能强穿我之屋哉。……且子晳已有妻有子矣（有子名印，見昭公二年傳），我故拒之。誰謂其無家而求我乎？强委禽于我，我故告之子産。是此獄之興，由子晳促成之也。子産已許'唯所欲與'矣，則我之拒子晳婚爲合法矣。雖速我獄，豈遂能得與成室家耶。"獄字本義爲兩犬吠争，與讎字爲二鳥對鳴義同。後乃引伸爲訟獄，亦仍衹是争論不絶之義，故判案爲“斷獄”（《易·賁卦》云“析獄”）。“室家不足”，謂不能滿足其强娶之欲。

卒章，斥子晳之櫜甲尋釁，爲鼠之穿墉。櫜甲而來，如鼠之有牙。負傷而去，如鼠之駭縮。歸而告大夫爲“不知其有異志”如鼠之陰賤。從而“速我訟”矣。“訟”者，單方面執理控人之義，與獄字本義有别，漢以來始混爲“訟獄”一詞。詩謂“諸大夫皆謀之子産”，而冤獄成也。冤獄雖成，“放游楚于吴”，言我寡居矣，然亦不肯從汝。“亦不汝從”，詩意之堅决如此。然徐吾氏爲鄭居夷族之已華化者[1]，其勢弱小。子晳族强而横暴，既放游楚，必强娶之。而女意决絶如此，其死之矣。此詩蓋其臨死所作。未見子晳敗死。鄭人憤晳之暴，哀女之志，故傳誦其詩樂，太師采録樂章而孔子録之。此理之可能者也。《左傳》傳其事而未及其終局，又不言及此詩者，疑曾被人删削，或由引用傳説未全。其爲此詩之本事可以無疑也。

（七）羔　羊

三章。章四句。四十八字。

羔羊之皮，素絲五紽。退食自公，委蛇委蛇。
羔羊之革，素絲五緎。委蛇委蛇，自公退食。
羔羊之縫，素絲五總。委蛇委蛇，退食自公。

題解：南國奴隸歌唱其主人生活閒逸，無所事事之詩歌。三章僅易六字，反復詠其輕裘禹步，優游逸豫之情態，無頌美之義，亦無訕詈之跡，以諷刺寓于實際形態之描寫，深刻即在於反復歌詠之中。能使主人聆之不覺其忤，而轉以洋洋自得；奴隸聆之，則能激起暗自的憎惡；所謂“仁者見之以爲仁，智者見之以爲智”，確是受壓迫人民發抒反抗心情之好詩。

南國温暖，初無衣裘之習。惟淮水流域冬寒較重，奴隸主有衣裘者，明此詩是該地區奴隸所製。“公”者，謂王政之事。周室平徐淮前，徐戎之君，管制諸中小奴隸主，每有召集會議之事。平徐淮後，封建諸侯，則有周王推行之政務，亦常召集中小奴隸主頒佈之。是皆詩中所謂公事也。自此以外，奴隸主即無所事事，一切委於管事奴隸理之，主人但有飲食之務而已。故反復疊言“退食”二字。

【1】《左傳》成公元年“春，晋侯使瑕嘉平戎於王。單襄公如晋拜成。劉康公徼戎，將遂伐之……遂伐茅戎。三月癸未，敗績于徐吾氏”。舊説謂茅戎在河南陜縣北之茅津。則東周王畿雜居之戎人也。徐吾氏，當爲茅戎之一支。襄公十四年之“戎子駒支”，亦當是洛邑附近之戎（茅戎或伊洛之戎）能“賦《青蠅》而去”，則亦華化已深之戎人，故能詩也。鄭亦王畿之國。徐吾犯當即茅戎氏族之居留於鄭國者。本徐戎侵入王畿時所遺。故其妹之詩爲南樂之歌。雖已習華而句法不盡完善，但其意流轉可知而已。

首章，“羔羊之皮”，謂毛皮在表之羔裘。古音讀如婆。“素絲五紽”，謂束裘之帶，素絲編織，兩端經綫餘數，捻之爲五綹，擺動如蛇。凡從它之字，皆具蛇之音義。“它”即古“蛇”字也。“委蛇”，即蛇之蜿蜒行動貌。古人所謂“禹步”，今俗所謂“走龍擺尾”。俱誤佗音。陸德明云：“委，于危反。虵，本又作蛇，同音移。”後世引詩者，多作逶迤。《朱傳》云“葉唐何反”。當從朱讀。與《鄘·君子偕老》之“委委佗佗”同義。

次章，言“革”者，反其毛向裏，以革爲表。如今世藏族之羊裘。此必其裘之毛皮已經揉製、價值較高之裘也。“緎”，謂束帶之經綹，挽爲王結以固其端。則結有微重，尤易擺作委蛇狀。是微有加工之帶也。

卒章，言“縫”者，謂裘革之面，更加絹葛或文革鑲嵌之飾，如領緣、袖緣、襟緣縫合豹皮之類。奴隸社會最精之裘也。“總”者，謂帶端經綫五分又相聯結編爲花紋之飾，乃複分垂餘緒，更精緻也。

（八）殷其靁

三章。章六句。七十二字。

殷其靁，在南山之陽。何斯違斯？莫敢或遑。振振君子，歸哉歸哉！

殷其靁，在南山之側。何斯違斯？莫敢遑息。振振君子，歸哉歸哉！

殷其靁，在南山之下。何斯違斯？莫敢遑處。振振君子，歸哉歸哉！

題解： 此南陽地區諸侯之國有武士行役，久未得歸者，其妻懷念哀思，所作南樂之歌。

首章，“殷其靁”，喻王命出師[1]。“南山”，與《草蟲》詩之南山同，即今所謂嵩山山脉，一曰“外方山脉”者是也。“山南曰陽”，此山之南，即南陽地區，在周爲申、鄭諸國之地。當洛邑與楚、徐往來之衝。昭王南征，穆王伐徐，宣王平淮夷，皆自此道出軍。此間諸侯應徵供兵役者不少，必有死亡於征役者。“殷”者，遠來之雷聲。“在南山之陽”，喻軍書到此國也。“何斯”之斯，指應役之人。“違斯”之斯，指離開此地。“何”者，疑問辭，不敢明斥王命之語也。“遑”，稽遲。言胡爲迫促，致君子倉卒離去，無敢延緩也。“振振”，與《螽斯》《麟之趾》之振振同義。後出者援用前人語義。可知作者之曾習華言。此詩亦必原是華言之南曲也。“歸哉歸哉”，祝願之

【1】 魏源《詩古微·召南答問》云：“《易》以雷出地奮，爲建侯行師之象。《甘泉賦》‘振殷轔而軍裝’，注引《韓詩·薛君章句》，‘振，盛也。殷轔，言衆多也。軍裝，言軍之裝者也’。而魏文帝《黎陽詩》曰‘殷殷其雷，蒙矇其雨。我徒我車，涉此艱阻’。此兼用《召南》《東山》二詩，明爲從軍之事。”

辭，亦具招魂之義。役終而斯不歸，疑其已死而又不能判其已死。故其痛呼之聲如此。

次章，“南山之側”，明其家距南山不遠。“莫敢遑息”，言其分别之倉促，更明確于“或遑”也。

卒章，“南山之下”，更確指其家之位置，故其相應之文爲“遑處”。三章反復詠嘆，由泛而漸切，由遠而漸逼，傷痛之情益深。層次益進。是南國詩歌體制。由其傷痛情深而不敢顯有怨訴之言，可以推知其人社會地位不高，僅屬于武士階層之妻。詩中無譯南語之跡，是女子能詩者之辭，亦可知其人非一般之武士，疑是以才藝事上者。其妻則爲士人之女。在春秋之世才藝之士，每得有才美之妻。亦是士人階級發展壯盛之一證。

此詩可以即擬爲徐吾犯妹痛游楚被放而作者乎？是又不然，此詩文辭優于《行露》，而氣韻特顯柔弱，蓋華族士人之女子所作，不得以《行露》作者擬之。作詩之時間，可能即是召虎征淮夷時，遠在《行露》之前。然非召公所采，應是東周樂官所采録。原次在《羔羊》之下。

（九）摽有梅

三章。章四句。四十五字。

摽有梅，其實七兮。求我庶士，迨其吉兮。

摽有梅，其實三兮。求我庶士，迨其今兮。

摽有梅，頃筐塈兮。求我庶士，迨其謂之。

題解：南俗華化後，庶民男女仍行踏月跳歌求偶之制。有自視過高之女子，擇人過苛，超齡而不得者，群衆唱此歌以警之。跳歌覓偶，原是南國原始社會階段已有之舊俗。進入奴隸社會後，奴隸無夫婦之制，但可定期跳月覓偶野合。主人不禁。進入封建社會後，奴隸解放，得有私産，成室家。其婚俗亦沿舊習，於跳月時定之。《毛傳》所謂“三十之男，二十之女，禮未備，則不待禮，會而行之”，是也。自跳歌訂婚進入六禮迎娶，尚有一定之過渡階段。東周之南國，即在此過渡階段之中；統治階級則備六禮。奴隸階級則仍跳月，自由民則兼行之。故《周官·媒氏》之職曰：“仲春之月，令會男女。於是時也，奔者不禁。若無故而不用令者，罰之。司男女之無夫家者而會之。”[1] 漢儒説此詩者，大都不失此意，由去古俗未遠，猶仿佛知其情事如此。

---

[1]《周禮》雖秦漢間人纂輯之僞書，細審其文，亦大都有先秦舊籍作依據，猶《吕覽》之集録多書爲文也。其所記述，有與人類歷史發展階段一般規律符合者，如媒氏所記，固不可廢。又如六鄉六遂之制，爲自奴隸社會過渡入封建社會必然之過程。本書取之。

女子之妄自尊貴，碌碌難合者，世恒有之。其人必爲對之失戀者所痛惡，世人亦往往誹議之。故每當跳月時，有人造此詩歌以相警。詩語若無所指，而訾笑之義甚明。原是華言南歌，太師采之，以附于《召南》也。

首章，“摽有梅”摽字，趙岐《孟子注》、顔師古《漢書・食貨志注》引詩並作“莩”。蓋魯、韓詩異文。皆果實衰落之義。“其實七兮”，謂十之三已脱落，成熟已過之徵。此時之女子擇偶，猶必要之以六禮，難矣。“六禮”者，按儒家之説：納采問名之後，卜之于廟，而吉，用一雁，使人往告女家。是爲“納吉”。再經納徵、請期、親迎，乃得完娶。“迨其吉兮”，必要擇吉之義也。

次章，謂若再自耽誤，至成熟期將過，如梅已落七存三之時，則求偶於人，將迫不及待，今日迎親亦可矣。

卒章，謂若成熟期已過，如梅實全落，頃筐掃取之時，則已珠黄人老，有人願爲夫婦即可，無庸更言嫁娶形式矣。“塈”字，《玉篇》引此詩作概。蓋《三家詩》有此異字，皆音既，盡取之義。

（十）小　星

二章。章五句。四十字。

嘒彼小星，三五在東。肅肅宵征，夙夜在公，寔命不同。

嘒彼小星，維參與昴。肅肅宵征，抱衾與裯，寔命不猶。

題解：此南國諸侯宫庭奴隸值夜班勤務者，自嘆命運的詩。華言南曲，時間在東周。

周制，諸侯多妃嬪，其有寵者，各居一院（宫），分配女奴侍之。宫室偏小，女奴聚居於一處，有女師爲之分配工作。當執勤於某一妃嬪者，分晝夜班番替。值夜班者必自携寢具，寢於地上，聽呼使。達旦，替者至，復携寢具還其所處。女奴有色者，往往被狎，昇爲嬪御。亦得佔有一室，派他女奴侍之。其無色不得幸御者，則終身侍人。凡女駐所聚居處，亦有人教以詩書、歌舞諸藝。無色女奴，每能精習藝事，冀邀寵遇，每有成爲知識女奴者。此詩蓋即無色之知識女奴所作，頗有文采，能辨參、昴之星，衾裯之字，安命自守，無所怨尤。爲是獻於其主人之作，主人賞之，以付樂官教諸奴歌唱，得流傳也。

首章，“嘒”，詩人見星而嘆之語辭。字從口，當爲發聲字義。舊訓“微貌”者，非也。詩言彼小星三五見于東方，即宵征之時已至，喟然嘆曰“嘒”也。“肅肅”，夜氣寒肅，行人瑟縮貌。與《兔罝》之肅肅，有別作縮縮者。“夙夜在公”，謂徹夜服勤。意實怨嘆，而辭如安命，能使深于文者爲之同情，而淺者不覺其怨，是所謂文人之狡猾也。

下章，述歸息時情景。小星在西，惟參與昴皆二十八宿中光度較大之星，故衆星已没，二星猶可見。“昴”，今昴星，今讀 mǎo 音。古音則卯讀 liú 音，故柳、留、劉、留字皆以卯爲聲。此詩昴與裯、猶韻，蓋古音如此。

詩樂常例爲三章。樂人奏詩，每章一息，是謂“三終”。若大演奏，合樂，則是連歌三篇。篇終亂以徒樂，謂之“間奏”。惟文人之詩，不必求協于樂師之用，每有衹一章、二章，或多至四五章者。如《周南·關雎》《豳風·伐柯》《豳風·狼跋》，樂師愛其詞者，仍譜入樂。此詩，亦其類也。

（十一）江有汜

三章。章五句。四十八字。

江有汜。之子歸，不我以。不我以，其後也悔。

江有渚。之子歸，不我與。不我與，其後也處。

江有沱。之子歸，不我過。不我過，其嘯也歌。

題解：濱江之國，如弦、黄、江、蓼者，嫁女於楚，其傅母欲從媵，而未得，怨望譏詬之歌，其女因失傅母相導，竟以失致禍[1]。故其詩歌流傳，入於太師。在東周世，故以附於《召南》。

詩語驕蹇，不類一般奴隸之作，故測爲傅母。能華言，寫怨望，爲詩歌，則當是華人之淪爲南國奴隸有才藝者。徒爲怨辭而不能譴責，辭復凌厲無所含蓄，又當是文學修養不足之老婦人語，是以測爲傅母。弦、黄、江、蓼諸國，皆濱江小國而近於楚。媵奴羨慕大國。傅母例當從媵以相導女。或有困其方嚴老大而被擯者，故其爲詩如此。

首章，“江有汜”，汜字從已，不從巳，協以韻。舊説“音祀”者，非。《毛傳》“決復入爲汜”。亦非。當釋爲水歧而不通之義。喻當媵而不獲竟徙，猶江有枝津而未通也。與“不我以”句相應。“以”者，用也。“其後也悔”，預料之辭。意爲：大國之君非易事者，無我相導，如行舟失其舵師，將誤入于岔港而悔也。

次章，“江有渚”，謂有淺洲，舟膠着。之子之嫁，不與我偕，將失相導陷於膠淺。“處”，止也。于舟爲膠錮不能進退之義，于人爲幽閉不顯之義。故男曰“處士”，女

【1】《春秋》僖公五年，“楚人滅弦，弦子奔黄”。《左傳》：“于是江、黄、道、柏方睦于齊，皆弦姻也。弦子恃之而不事楚。又不設備，故亡。”《春秋》書楚滅國始于弦。繼，則僖公十三年“滅黄”。再次爲僖公二十七年“滅夔”。又次，文公四年“滅江”。五年“滅六”、“天蓼”。夔，故邑爲今湖北秭歸縣，與楚邇近，然同姓。弦國在今湖北浠水縣，黄國在今河南潢川縣，江、六、蓼國皆在今安徽西北界與湖北、河南臨近之部。亦皆與楚異姓，宜相爲婚媾。春秋滅國之禍，每肇因於婚姻之故。疑此詩之嫁女者，後禍著明，如其傅母所詛，故詩無流傳也。

曰“處子”，俱有“幽人”之義。

卒章，“江有沱”，水出復入曰沱，故別流復合曰沱江。《禹貢》荆、梁二州皆有沱。“過”者，謂將别矣，猶不肯過我一訣，是棄我之深，負我之甚矣。“嘯”者，舒憤之聲。“嘯也歌”，則有大不愉快之情，徒以嘯傲自適可知。是位尊情親而地位低者失意之辭，故知其爲傅母所作。楚最近江，江者大水，楚者大國。三章皆以“江有”起興，故知其人嫁于楚也。

（十二）野有死麕

三章。二章四句。一章三句。凡四十七字。

野有死麕，白茅包之。有女懷春，吉士誘之。

林有樸樕，野有死鹿，白茅純束，有女如玉。

舒而脱脱兮！無感我帨兮！無使尨也吠！

題解：此南國舊有青年男女跳月開場時導唱之歌。入東周後，楚隨之人易爲華言，流行於陳、蔡諸地者。凡跳月之聲，青年男女畢會於林間，初猶散漫。必先有帶頭男女，選得適當場所，放歌導唱。散在林間男女，應聲而集，自然分爲男女兩組。導唱者居中，先與左右兩組反復歌之。集者既衆，乃更分男女爲兩隊，鬥歌相挑。

首章，率先導唱青年男女合唱之詞。言：林間有已死無主之麕，當以白茅藉而包之，以待同人分啖。非實有之，但以喻其取之易，而時不可失。有如女方懷春，吉士當及時挑誘之也。“吉士”，猶言良士。古婚必先卜其吉否。人賢則無不吉，故云之吉士。《摽有梅》“迨其吉兮”之吉，與“六禮”納吉之義同。

次章，男組答唱之詞。亦由導唱組領唱，而男組依聲群應之。“樸樕”，樸樹之果實。樸爲南方暖地所産之落葉喬木，高二三丈，春月花葉同發，淡緑色。結核果，蒼黑色，如豆大，味甘，可食。木材堅緻。古代山林甚多。農地罕見。故説詩者每誤釋爲槲類。當辨。詩言：林中有樸樕，野中有死鹿，則“白茅純束”以取之。此間復有女如玉，則豈能失之哉。

卒章，女組再答唱之詞。亦由導唱組領唱而女組依聲群應之。“脱脱”與“蜕蜕”同音義。謂男女結情，如蟲類蜕變，當出于自然，舒緩以成之，不能勉强。跳月之俗，男女既已相悦，則交换珮飾，大都爲手巾或腰帶。“無感我帨”者，謂换中當秘密藏之，勿因相念而常玩弄，致爲他人調笑。“無使尨吠”者，謂：“勿輕到我處。我處有毛犬善吠。”喻主人不喜來誘其婦女也。

三章非人之辭。亦非實有其物，但總寫男女之情趣，艷而不謔，以聚歌者而已。舊説，没能得此情者。

（十三）何彼襛矣

三章。章四句。四十二字。

何彼襛矣？唐棣之華。曷不肅雝？王姬之車。

何彼襛矣？華如桃李。平王之孫，齊侯之子。

其釣維何？維絲伊緡？齊侯之子，平王之孫。

題解：此魯國人民諷刺莊公迎娶哀姜，婚禮侈盛之詩。曲阜本奄國，周公平管蔡之亂，滅殷奄，徙伯禽封邑于此，以鎮徐戎，是爲春秋之魯國。奄、徐皆南國，故魯之土民習於南樂詩歌。

《春秋》莊公元年“王姬歸於齊”。時周莊王即位之四年，齊襄公即位之五年也。又莊公十一年，“王姬歸於齊”，則周莊王十四年，齊桓公之三年也。齊襄公所娶王姬，未滿一年即死。魯莊公爲齊襄公之妹文姜所生。齊桓公復以襄公之女哀姜嫁之。時在魯莊公即位之二十四年，年三十六矣。哀姜若爲王姬之女，則已二十三歲，然一般但云襄公之女，應非王姬所生。齊桓公霸業，甚得魯莊之助，故其遣嫁哀姜，禮儀甚盛。著于詩者，有《猗嗟》《載馳》兩篇。魯莊慕哀姜之美艷、羡齊之富强，特爲迎娶廟見之禮，“丹桓宫楹”、“刻桓宫桷”，“使宗婦覿皆用幣”。其爲國人所非，《春秋》所貶，詳著於《左傳》。《公羊》且有“與公約然後入”之説，則哀姜之驕貴亦可知矣。

詩三章，並深寓諷刺之意，而陽爲頌美之辭，明是孱弱的人民嘆於不可諫止之事所發之詩歌。漢、唐、宋儒皆援《毛序》説爲“美王姬”者，失之[1]。

首章，“何彼襛矣”，感嘆婚禮送迎之盛。襛者艷也。即以問辭寓腹誹之意。“唐棣之華”，即以答語寓譏刺之義。蓋用周公所作《常棣》之詩詠兄弟，以喻魯莊公與哀姜

【1】《毛序》此詩，“美王姬也”。衛宏《續序》云：“雖則王姬亦下嫁于諸侯，車服不繫其夫，下王后一等，猶執婦道。以成肅雝之德也。”此後，歷世儒家皆依其説。朱熹《集傳》云：“王姬下嫁于諸侯，車服之盛如此，而不敢挾貴以驕其夫家。故見其車者，知其能敬且和，以執婦道，于是作詩以美之。”尤可怪者，爲説二南爲文王后妃之化，竟將此篇亦説爲武王嫁女邑姜爲齊侯丁公伋之詩。竟引《國語》太子晋曰：“自后稷之始基靖民，十五王而文王始平之……是文王爲平王，猶武王之稱寧王也。”（孫嘉淦《詩義折衷》之文。孔廣森、胡承珙、陳奂等清儒皆如此説。）朱熹則判爲“武王以後之詩”而云：“不可的知其何王之世。”明豐坊《僞魯詩説》，謂是“桓王之妹，嫁齊襄公”。皆淺陋之甚。惟馬瑞辰與魏源能擺脱舊説，訂爲齊侯嫁女用王姬下嫁之車。然亦不能定爲所嫁何國。馬氏徒疑齊侯嫁女之詩，不應附於《召南》，而妄以爲：“平王，傳既訓爲平正之王，則齊侯亦當訓爲齊一之侯。”意謂南國諸侯之通稱。魏源則謂“齊侯所嫁，當是西畿諸侯虞虢之類。其風采于西都畿類，不可入東都《王風》，復不可入《齊風》，故從召南陜以西地面録其風爾”。皆不知南爲樂類與魯、米、許、蔡、申、楚皆南國故地。膠執鄭玄《詩譜》謬説之成見以説此詩，安可以得“二地”之詩義哉！孔子謂“人而不爲《周南》《召南》，是猶正墻面而立”，蓋知魯之基層人民偏嗜南樂也。西周王族，隨伯禽來魯之士大夫與其後裔，偏嗜雅樂。而周公自殷徙於魯之“殷民六族”，則喜風樂。故魯國之詩，有南，如此詩；有風，如《豳風·九罭》；有雅，如《小雅·采緑》《瓠葉》之類是，非僅有頌詩而已。（其説分詳各本篇。）

爲姑表兄妹，血統近，如兄弟，結婚爲非禮也。或謂：喻魯莊公本齊襄公與文姜兄妹相通所生子，是親兄妹。亦可能。文姜醜行，齊人有《蔽笱》之詩，魯人詎能不疑莊公爲齊襄之子乎？“曷不肅雍”二句，猶言：“我等國人何敢不肅雍以迎此王姬之車乎！馬瑞辰《傳箋通釋》引《儀禮疏》言：“鄭君《箴膏肓》曰：‘齊候嫁女，從其母王姬始嫁之車遠送之。’”魏源《詩古微》云：“諸侯娶夫人，有留車反馬之禮。”然則齊桓以王姬嫁齊時所留之車遣送哀姜嫁魯。魯人故有此“王姬之車”刺語也。

次章，“華如桃李”，專以喻哀姜之美艷。“平王之孫”，謂周平王之女孫。平王宜臼在位五十一年。其子桓王林，在位二十三年。嗣莊王佗在位十五年。齊襄公所娶之王姬，當是莊王之妹，桓王之女，於平王爲孫。然不能遂據以爲此是齊襄公娶王姬或齊桓娶王姬之詩者，襄公桓公皆娶王姬于即位之後，則不得稱爲“齊侯之子”也。馬瑞辰云：“詩中，凡叠句言某之某者，皆指一人言，未有分指兩人者。如《碩人》詩：‘齊侯之子，衛侯之妻，東宮之妹，邢侯之姨。’言莊姜也。《韓奕》詩：‘汾王之孫，蹶父之子。’言韓姞也。《閟宫》詩：‘周公之孫，莊公之子。”言僖公也。正與此詩句法相類。不應獨以此詩‘平王之孫’指姬，‘齊侯之子’爲齊侯子娶王姬。”此説可取。猶有更當説明者，古代人民記世次，父、祖、子、孫而止。祖以上若干代皆稱祖，孫以下若干代皆稱孫。故《詩》中“公孫”，皆泛稱公子以下諸代。《閟宫》詩以僖公爲“周公之孫”即是其例。此詩“平王之孫”，亦當是平王之外曾孫女。

卒章，以釣起興者，謂取妻如釣。先投以餌，備六禮也。竟得其魚，如迎娶也。《衛風·竹竿》以“釣于淇”，《毛傳》云：“釣以得魚，如婦人待禮以成爲家室。”是春秋時魯衛之人固習以釣喻婚姻之證。“緡”，《毛詩》云“綸也”。此詩言釣者以絲爲綸以釣，有異於一般用麻綫者，以所釣之尊貴。其人爲齊侯之女，平王之女孫也。諷刺魯莊公迎娶禮聘之隆重。

（十四）騶　虞

二章。章三句。四十六字。

彼茁者葭，壹發五豝。于嗟乎騶虞！

彼茁者蓬，壹發五豵。于嗟乎騶虞！

題解： 此國君出獵，其所徵發之農民獵夫，嘲笑國君騶從之士貪賞冒功之詩歌。其國，當在豫州平原，人口繁密、墾地略盡、山林殘燬之地區，若鄭、宋、陳、蔡、申、許之域；時間，在春秋之世。其推斷依據如下：

很明顯，此爲記獵事之詩歌。但非獵於山林，而乃獵于農田隙地、葭葦叢生之處。即明是土狹民稠，平原曠遠之國也。南國在農業初興時，原爲草木暢茂、禽獸繁殖之區。國君糾率其民，隨時出獵，剷除野獸以衛農。故其農民，一般善于狩獵之藝。奴隸社會時代即已如此。入周以後，近華之區推行周王封建制度，解放部分奴隸爲自由農民，得自有其土地與家室，耕墾漸廣。當春秋中世，原野地區已無林莽，惟高阜與河谷沙秏，尚有葭蓬叢灌，爲客農野豕所匿。國君以田獵爲樂事，既無山林可逐，則惟就此諸叢灌葭蓬間以獵野豕（野猪）耳。

野豕恃農田穀物爲活，兇猛而善匿。晝恒堅卧不動，雖有人馬過其側，亦不警擾。迨被迫鬥，則雖虎豹亦畏避之。繁殖力亦强，故在巨型害農動物中，保存最久。其皮堅厚，肉味腴美，得其一隻，可享數十百人，故春秋世，國君大行獵恒以此獸爲目的物。山林已燬之地，尤其如此。

古田獵用車，即率其民習車戰。每車甲士三人，二人分持戈、矢，一人馭馬。每車配合徒卒若干人（正規行軍，爲七十二人），則皆徵於民間，或戈或矛，或弓或矢，尾隨於車。其甲士三人，皆國君常養之武士，是爲“騶”。又有專管山林之武士，稱爲“虞人”。後世所云“騶從”，“虞侯”，皆緣此以爲稱也[1]。此等騶虞之士，衣甲鮮明，徒有赳赳之儀，武技殊不相稱，射多不中。獸奔又不近車，執戈者亦罕能得。舉凡豕窟之發現，野豕之截獲，實多得力於徵用之農村獵夫。迨罷獵獻禽時，按各車所得多少計功，則騶從虞侯之士掩爲己有以冒賞。農人獵夫莫敢言，唯得以詩歌譏刺之而已。

首章，言獵於葭叢豕窟之處，見其人僅發一矢，而所獻者乃有五豝。則其攘人獵獲，冒爲己功可知。故喟然長嘆曰“于嗟乎騶虞”也。

卒章，重複其意。言蓬叢所獲，亦正如此。

“豝”者，大豕。“豵”者小豕。南語謂大爲巴。故凡自南方傳入之大型動植物，多冒巴字。如蕉（今云美人蕉），中原固有之觀賞植物也；漢代傳入華地之甘蕉，則稱爲巴蕉。大蘆，稱爲巴茅。毒豆，稱爲巴豆。《山海經》謂“巴蛇食象”，即今人所謂蚺蛇，或大蟒是也。洞庭地區之“巴丘”、“巴陵”，皆南人謂大爲巴之成語，而華人亦沿用之稱。此詩之豝，當亦緣南語大豕爲豝所造之字。豵者從也，尚未能獨立生活，

【1】《説文》：“騶，厩御也。”《尚書・舜典》：“帝曰俞。咨益，女作朕虞。”傳曰：“掌山澤之官。”戴埴《鼠璞》：“騶者，如七騶、六騶。虞者，如山虞、澤虞。”（並引《周官》。）經師注《周禮》者，所言騶、虞官執之文甚多，不備引。又，《儀禮》《禮記》等書，屢言樂舞所奏有“騶虞”、“貍首”，爲詩樂篇名。遂有指爲此詩者。按《墨子・三辯》篇：“武王勝殷殺紂，環天下自立以爲王，事成功立，無大後患，因先王之樂，又自作樂，命曰《象》。周成王因先王之樂，命曰《騶虞》。”（王應麟《困學紀聞》引作騶言。）所言與儒家不同。儒家之《樂記》記孔子言：武王不復用兵，“散軍而郊射。左射貍首，右射騶虞”。皆謂射侯上所畫獸名，同時亦爲助射所奏之樂名。“貍首”不見於三百篇，蓋徒樂。則周時所云之“騶虞”，亦徒樂耳。非此《騶虞》之爲詩樂也。魏源《詩古微》引《琴操》攻《大周正樂》，皆謂有《騶虞操》，爲召國女痛其夫之於行役所作。如此妄説尚多，亦俱不合詩意。

必須從母家以求食之義。《豳·七月》"言私其豵、獻豜于公"，傳云："大獸公之。小獸私之"是也。

《召南》小結

召南十四篇，多有南國已經進入封建社會時平民之詩。其《鵲巢》《采蘩》《采蘋》三篇，樂家稱爲"鵲巢之三"，周代與"關雎之三"同用爲"鄉樂"。蓋召穆公虎平徐淮時，采譯南國奴隸之舊歌。漢儒誤入《草蟲》一篇，當屬《周南》。《周南》亦誤入《麟之趾》一篇，當在《召南·羔羊》篇下。南國同姓諸侯國之貴族，有《羔羊》之譏，即亦當有《麟之趾》之嘆也。此兩篇與《甘棠》爲頌爲刺不同，要皆是奴隸之作。代表的時代，應在西周末葉。此下八篇，則皆作於東周之世，南國亦已進入封建社會時也。《行露》《殷其靁》與《小星》《江有汜》，皆女了能以華言作詩者所造之南樂詩歌。《小星》《江有汜》作者，爲南國之宫庭奴隸，《行露》《殷其靁》，則士人階級之女子所作也。《行露》尤晚出，漢儒亂其原次，移就《甘棠》篇下，以適其"召伯聽訟"之謬説。《摽有梅》與《野有死麕》，皆南國已進入封建社會後，平民仍沿跳月舊俗所流行之跳月樂歌。《摽有梅》亦當在《野有死麕》之後。《何彼襛矣》爲魯南人民作之南樂詩歌，時間在春秋初葉。而《行露》與《騶虞》併當出于春秋中葉以後。舊刻皆亂其世次。凡"二南"篇次混亂，雖已考訂，亦不改變，仍用舊刻原次，並録原附之篇、章、句數。顧稱"章"、"句"云者，乃樂章與樂節之意，與詩文之句、讀固非一致。故雖録舊刻句數，仍另加標點以別之。

卷三　十三《國風》新詮

古謂樂歌爲風。周自文王昌興，自製新樂曰雅，别以南國之樂爲南，殷商之樂爲風。殷商統治華夏歲久，其樂曲隨地區變化，發展爲多種變調，周之樂官分類存其樂詩。孔子所鈔録者凡十三種，一百三十五篇。本各以其創製地區之名名之。曰邶、曰鄘、曰衛、曰鄭、曰王……云云，初無國字。漢儒傳經，始分加國字，而併二南總題曰“國風”，非周代樂官舊題字也[1]。

舊説詩者沿漢儒之誤，恒云“十五國風”。兹析出二南，其他沿“國風”舊制，加“十三”字，以明風、南之别。自漢儒傳詩，十三國風之編排次第即互不同。後世説詩者，亦多自爲排次[2]。本書删其繁説，仍依“毛詩定本”舊次詮釋之。

一、《邶風》十九篇

解　題

邶者，商族初入華夏所營之邑。其後屢遷，止於朝歌。邶則朝歌北鄙最近之邑也。《竹書紀年》成王二年：“奄人、徐人、淮夷入于邶以叛。”謂此三國奴隸主率其人以叛周，與武庚所屬之熊盈等十七族集中軍實于邶邑，而以管、蔡所率之殷人拒周公之師於朝歌也。《周書·作雒解》云：“二年，又作師旅臨衛，政（征）殷。殷人大震，潰，降，辟三叔。王子禄父北奔。”亦謂武庚奔此邑也。殷亡，邶邑亦毁。其故址莫能詳，大抵在今河南安陽與河北邯鄲之間。後爲燕、趙二國之地。其人慷慨悲歌相尚。其樂調亢爽激昂，流行華夏各地。自朝歌以北，至於燕代，爲其核心純固之區。後世所謂“燕、趙悲歌”，其餘音也。

【1】《淮南子·主術訓》：“延陵季子聽魯樂而知殷夏之風。”蓋謂周秦爲“夏聲”，他諸國風爲殷之風樂也。“殷、夏”所表，爲時代，非國域。《左傳》《國語》引詩，有“衛詩”、“鄭詩”、“曹詩”、“豳詩”、“邶詩”，皆無國字。至漢儒傳詩，始有“國風”與“邶國”、“鄘國”、“衛國”、“王國”等標題。邶、鄘、豳皆非國名。王風皆東周王畿之詩，更不當加以國字（故鄭玄《詩譜》别稱爲“王城”）。以此知太師舊檔與孔子所鈔，皆衹邶、鄘、衛、王各一字，所有“國”字皆漢儒所加矣。

【2】《左傳》襄公二十九年，吴季札聘魯，“請觀于周樂”。叔孫穆子“使工爲之歌周南、召南……歌邶、鄘、衛……歌王……歌鄭……歌齊……歌豳……歌秦……歌魏……歌唐……歌陳……自鄶以下，無譏焉”。更還歌小雅、歌大雅、歌頌。又“見舞象箾南籥”，和舞大武、舞韶濩、舞大夏、舞韶箾。都各有所譏評，如預見其國之興衰。《新詮》提出疑竇五端，判爲劉歆父子所竄入。（説在初稿本。）蓋《魯詩》之篇次如此也。鄭玄《詩譜》之排次爲：周南召南譜，邶鄘衛譜，檜鄭譜，齊、魏、唐、秦、陳、曹、豳、王城各爲一譜，二雅譜與頌譜。《新詮》考其是依《韓詩》編排次第。唐·孔穎達《詩譜正義》拆譜就毛。宋·歐陽修得《詩譜》殘本，摘取“正義”補綴之，是爲《歐譜》。清·王晏、胡元儀及馬瑞辰皆考訂《詩譜》，於十三國風排次，又各與《鄭譜》《歐譜》有異。至若明豐坊僞詩説，何楷世本等書，完全拆破三百篇重新編排者更無論矣（參看附録《論十三國風次第》）。

（一）柏　舟

五章。章六句。百二十字。

泛彼柏舟，亦泛其流。耿耿不寐，如有隱憂。微我無酒，以敖以遊。

我心匪鑒，不可以茹。亦有兄弟，不可以據。薄言往愬，逢彼之怒。

我心匪石，不可轉也。我心匪席，不可卷也。威儀棣棣，不可選也。

憂心悄悄，愠于群小。覯閔既多，受侮不少。静言思之，寤辟有摽。

日居月諸，胡迭而微？心之憂矣，如匪澣衣。静言思之，不能奮飛。

題解：此與《鄘·柏舟》同爲衛共姜自誓之詩。此篇詬衛君臣，情詞激切，樂官以合於邶風。《鄘·柏舟》以報母，情詞哀怨，樂官以合于鄘風。並以柏舟起興。後人囿于邶、鄘爲二國之説，不能通爲一事，竟以此篇爲“仁人不遇”之詩（毛·鄭）。朱熹疑之，又擬爲莊姜之作。魏源始得其解，亦不敢定爲共姜[1]。兹考訂具本事如次：

衛康叔九傳至釐侯（一作僖侯），爲世子餘娶於齊，齊女嫁，至城門而釐侯卒。世子居喪，未婚。其弟和，使人殺世子於墓，謚曰共伯。和代立，是爲武公。於時諸侯問嫁女，視其位，不拘其人。武公和使人諷齊女同庖，齊女不許。又請於齊。時齊厲公皆暴，爲國人所殺，立其幼子赤，是爲文公，國亂未定，乃以母妃命，許嫁武公。女堅不從，請歸齊，不得，遂守節死，是爲共姜。共姜初以柏舟詩報母自誓，是爲《鄘·柏舟》。又憤衛君臣奪位脅婚而作此詩。衛武公矯飾好名，於齊女既死，以二詩付樂官，合樂以矜之。樂官分以合於邶、鄘之風。以二詩同用“柏舟”起興，故皆曰柏舟。亦示其爲一人一事也。柏舟者，柏質堅重而不耐水，衹宜用於濟渡，常出水以燥之，久泛水中則易腐壞。共姜怨齊衛處理其婚事不當，如長泛柏舟於流水，迫於自毁敗也。舊説“柏木宜爲舟”（毛傳），“堅致牢實”（朱傳），皆謬也。凡爲舟者，例選用松、楊、杉、柳、山麻柳等輕韌耐水之木材，避用柏、櫟等堅重之樹。説詩者不能知此，固其不可得詩之指矣。

首章，自慨身世艱危，如柏舟泛流，身不能自主，亦惟聽其自壞而已。“隱憂”，

【1】 魏源《詩古微·詩序集義》云：“柏舟，美貞女也。衛寡夫人者，齊侯之女，嫁於衛，至城門而衛君死，遂入持三年之喪。其弟立，請同庖。女不聽。衛愬于齊。齊兄弟使人告女，女復不聽，賦是詩。言其君左右小人成群，致足愠也。”（原注：《列女傳》《韓詩外傳》《劉向封事》）“貞女不貳志以數變，故有‘匪石’之詩。一許不改，所以長貞潔而寧父母也。”（原注：《潛夫論》《三家詩説》）。另又有《邶鄘衛答問》，詳駁《毛傳》《朱傳》之説，引據甚繁，頗得詩旨。但終不敢通“衛寡夫人”與《鄘·柏舟》之共姜爲一人。《新詮》參用《史記》，更詳考訂在初稿本。

猶言隱痛。“如有”，謂實有而未便顯露。雖“耿耿”“不寐”，有深痛矣，而佯爲不憂，自云“如有”，是深於爲詩者語也。“微”語辭，當讀如惟。“微我”，自憐之辭，言惟我以寡女在衛，不能如他人之載酒出游，以瀉其憂也。

次章，自嘆處境孤獨，無所援據之苦。言心有所懷念，不能如鏡之鑒形，可以掩鏡而滅。“茹”是吞没之義，舊釋爲度者，非。“兄弟”，指齊文公君臣。“據”，猶言依恃。“愬”，謂以求歸之意告齊。“怒”，謂齊人反以母氏之命相責，與《鄘·柏舟》“不諒人只”語相爲表裏。

三章，示堅决不從衛武之志。不可以轉，不可以卷。“威儀棣棣”，言衛武善飾威儀，棣棣然若可親近，然我已知其爲殺兄奪位之僞君子，非我所選之匹偶也。衛武公在周代諸侯中最有賢稱，實無才德，但能僞飾威儀耳。共姜薄之之語如此。

四章，訴衛諸臣以婚事相脅。言我雖憂心忡忡，可閔之情已多，而猶爲羣小所愠怒，受侮不少。入夜則拊心傷痛。陸德明《釋文》云：“辟，本作擘。”《玉篇》引詩，作“寤擗有摽”。蓋三家詩“辟”字從手，義爲椎胸痛哭也。

卒章，嘆身同囚繫，感天日之闇晦。“居、諸”並語詞。“微”，當訓無。日月“迭微”，則晝夜皆如晦也。喻衛與齊皆無人相恤。切盼離衛之情，如衣已垢穢之思浣濯。但恨不能奮飛以去。“言”字在《周詩》中恒爲主動之語辭。《鄭箋》皆釋爲“我也”，有我之意，非實言我，故亦恒與“我”字同用。（參見《葛覃》篇。）

（二）緑　衣

四章。章四句。六十四字：

緑兮衣兮，緑衣黄裏。心之憂矣，曷維其已！

緑兮衣兮，緑衣黄裳。心之憂矣，曷維其亡！

緑衣絲兮，女所治兮。我思古人，俾無訧兮。

絺兮綌兮，淒其以風。我思古人，實獲我心。

題解：此莊姜誹斥當時婦女好著緑衣服之詩也。舊説皆以爲訴妾上僭，傷己失位之辭。驗于《左傳》與《衛世家》，知其不然。“莊姜美而無子”（左傳），“完母死，莊公令夫人齊女（莊姜）子之，立爲太子”（《史記》）。則莊姜未嘗失位，亦未失寵。周世國君爲多妻制，名公如齊桓，有三夫人皆王姬，又有内嬖如夫人者九人，及姑姊妹不嫁者，尚能相安不訴。豈如莊姜，遂有嬖人上僭之恨，而刺以詩耶？嬖人之子州吁“有寵而好兵，莊姜惡之”（《左傳》）。則州吁母子雖有寵，莊姜尚敢逆莊公之意而惡之，豈是失位、失寵之夫人哉？如莊姜果已失位、失寵，則子完即不得久爲太子，且得繼位嗣立，豈尚待州吁之弑乎？州吁行弑立后，尚不敢虐待莊姜與戴嬀，則謂莊姜怨刺妾僭之説爲無據，可知矣。

細審詩語，蓋其恃染緑之法初興，衛宫庭婦女尚之。莊姜不欲諸女違古制，作此詩爲教試，辭温而厲，婉而有力，語氣貴踞而嚴肅。非怨刺之詩也。

首章，謂緑者間色，黄者中央之正色[1]。憂在如此違制之緑色衣服，“何時能止”（《毛傳》語）。《鄭箋》改緑爲褖，謂：“諸侯夫人祭服之下。鞠衣（黄色）爲上，展衣（白色）次之。褖衣（黑色）再次之。”妄用不可知之古禮，以改明白可知四章同文之緑字。音、形、文義全失。

次章，斥上衣緑而下裳黄者。“曷維其亡”，亡當訓無。古亡與無同音義。《論語》“夷戎之有君，不如諸夏之亡”，同此詩亡字義。

三章，謂婦女當養蠶、治絲與染織。今染絲爲緑色而織爲衣，非古人所有也。亦謂古無白絲。絲原黄色，不應更染爲緑。“訧”，愆尤之議也。我遵古制，則可以使古人不以爲訧矣。

卒章，葛製之絺綌，本黄色而凉爽，古人爲夏衣之制。言我感其舒適，又符于黄之正色，何必更染爲緑色以衣乎？

（三）燕　燕

四章。章六句。九十六字。

燕燕于飛，差池其羽。之子于歸，遠送于野。瞻望弗及，泣涕如雨！
燕燕于飛，頡之頏之。之子于歸，遠于將之。瞻望弗及，佇立以泣。
燕燕于飛，下上其音。之子于歸，遠送于南。瞻望弗及，實勞我心。
仲氏任只，其心塞淵。終温且惠，淑慎其身。先君之思，以勖寡人。

題解：此衛州吁弑桓公完而自立（完立之十六年，《春秋》魯隱公四年事），莊姜送完母戴嬀歸陳之詩也。完于二月被弑。戴嬀以四月歸陳。其九月，陳人與衛人同謀，弑州吁於濮，迎公子晋於邢而立之，亦戴嬀之子也。故何楷、魏源等皆謂戴嬀歸陳實預誅州吁之謀。莊姜爲莊公正妃，桓公養母，倚齊大國，又美賢多才，爲衛人所敬重，

【1】我國染色之法，早見于新石器時代之彩陶。然所用皆礦質，不以染衣。故上古之衮衣，皆施繪繪。其後（大約在奴隸社會）有三色之染法。黄用蘖，青用藍蓼，紅用茜，黑用熏法，白用漂法，五者皆爲正色。華夏尚黄，以爲中央之正色。又後以藍染套黄成緑色，以藍套茜爲紫色，皆被士大夫斥爲“間色”，世莫尚之，最後染槐角爲緑色，甚美艷。衛爲産槐之地，其人創製槐緑之法當甚早。新衣尚緑，理爲衛人最先。莊姜齊人，而拘守古制，宜其反對緑衣如此。緑字，初見於《周詩》者，有“緑竹”、“采緑”，與此“緑衣”。虞、夏、商殷舊文無此字。故此詩之最大歷史價值，在於可證槐緑染法爲周代所創。且其初創者在衛地。使用“緑”字亦以“衛詩”爲早。

故州吁不能害。並能庇護戴嬀歸陳。親送出境，非僅表娣姒之愛，亦藉以護之出境也。

首章，以所見雙燕覓食乳子，喻同爲桓公母之情誼。“差池其羽”，謂參差同飛，不同起落，如其時二人之行止不同也。“野”，郊以外之地，言送行之遠。“瞻望弗及”，預爲遥視其去之辭，實以喻同是完之寡母，戴嬀得歸于陳，而己未得歸、老于齊也。時莊姜年五十餘矣。

次章，頡頏，亦差池同飛之義。“將”，提挈相携之義。俱表依依相戀之情。“佇立”，明獨留在衛之義。

三章，“下上其音”，亦頡頏飛鳴之義。“遠送于南”者，衛爲華夏之國，陳地本南國。送出衛境則入于南國舊域，故曰“于南”。《毛傳》“陳在衛南”之訓，非也。“南”爲實地，非泛言南方。

卒章，盛稱戴嬀之品德，與其對己之情感。必如此者，所以袪州吁君臣之疑忌，冀不因遠送涕泣而賈禍也。“先君之思”二句，謂戴嬀一切能體莊公之意以勖勉我。言先君之德以制後君之暴，是封建士流慣用以自捍衛之伎倆。莊姜此語，更爲戴嬀能體先君之德，作自己掩護之計，是善于爲詩者也。

“仲氏任只”，《毛傳》：“仲，戴嬀字也。任，大也。”《箋》云：“任者，以恩相親信也。《周禮》六行，孝、友、睦、姻、任、恤。”他諸説者無異辭。《左傳》：“（莊公）又娶于陳，曰厲嬀。生孝伯，早死。其弟戴嬀生桓公。莊姜以爲己子。”則仲爲戴嬀字可定。魏源《詩集義》，謂“完母死，莊公令夫人齊女子之”，以爲“州吁弑桓公，故送完婦大歸於薛”。薛，任姓，故詩稱：仲氏任只，猶“大明”篇“摯仲氏任”，自是薛國任姓之女。又：《坊記》引詩，作“先君之思，以畜寡人”。鄭注訓畜爲孝。是“韓詩”説，確爲送子歸，非送妾也。魏氏此説，頗具新意。然，薛在衛東，非南國，又與“燕燕”之義不合。至於鄭玄注《禮記·坊記》謂“定姜無子，立庶子衎，是爲獻公。獻公無禮於定姜。定姜作詩，獻公當思先君定公，以孝於寡人”，乃真用“韓詩”説也。定姜事，在《左傳》成公十四年與襄公十四年。上距莊姜百六十餘年矣。則其詩不當列于州吁詩（《擊鼓》爲州吁時詩）前。斟酌諸説，仍當定爲莊姜之詩。

（四）日　月

四章。章六句。一百字。

日居月諸，照臨下土。乃如之人兮，逝不古處。胡能有定？寧不我顧！

日居月諸，下土是冒。乃如之人兮，逝不相好。胡能有定？寧不我報！

日居月諸，出自東方。乃如之人兮，德音無良。胡能有定？俾也可忘！

日居月諸，東方自出。父兮母兮，畜我不卒。胡能有定？報我不述！

題解：此齊女嫁爲邢君妻者失寵，怨望發憤之詩。辭婉而意悍，若有所挾恃。舊説爲莊姜詩者，與莊姜性格和詩格以及史事皆不合。

判爲邢侯之妻者：一、邢國在衛之北，當行邶風。此詩有激昂之致，又在邶風，宜爲久居燕邢地區人作。二、莊姜爲“邢侯之姨”，則邢侯亦娶齊女。詩云“出自東方”，故疑娶齊女之邢侯，本自齊助而得國也。三、詩語多有挾大國背景之意。四、燕、衛《世家》無恃齊援得國之君。邢國無世家，史事莫傳。齊桓存邢，獨可能有此事。五、《邶・谷風》本事在周畿，則邶風不能全是衛詩。此詩次《燕燕》下，而非莊姜之作，故可疑爲邢姨之詩，或作於齊桓遷邢於夷儀（《春秋・僖公元年》）前後。

首章，“日居月諸”，用共姜《柏舟》詩成語，足知作者爲習於邶詩之貴族女子。惟此詩日月，以喻國君與夫人，則非共姜語義，明是讀共姜詩者斷章立義之詩法。故擬其人爲莊姜姊娣，而詩藝遜之者。“照臨下土”，謂國君與夫人相處之道當爲國人示範，以古禮相處。“逝不古處”，言遂不與我以古道相處。“逝”者，一去不返之謂，有遂之義。“胡能有定”，挾詩語也。蓋謂其君雖仗大國得立，亦未即爲定局。國既未定，豈能遂不顧我乎？周代國君多妻，夜宿無定所，妻妾謂其臨幸爲顧。“寧不我顧”，猶云豈能不我顧乎。

次章，“下土是冒”，猶言是日月無偏覆也。“寧不我報”，謂我有相君之德，能盡婦道，寧能遂無以報我乎？舊説“報，答也”（朱傳），“報，淫也”。（《廣雅》）皆緣《續序》莊姜“傷已不見答于先君”與“美而無子”相結合，遂以答、報爲淫媾。魏源更引《左傳》宣公三年“鄭文公報鄭子之妃”爲説，俱不可信。夫婦女縱無耻，豈能竟以不媾入詩，又從而入樂以播之乎？

三章，“出自東方”，喻君妃皆由齊援得立也。“德音”，周代卑者對尊者言議之稱。“德音無良”猶言相對無好語。“俾也可忘”，謂當更回心相慰，俾我得忘前事之怨。

卒章，“畜我不卒”，嘆父母之國嫁我于此人。“畜”即“俯足以畜妻子”之畜。責父母，正所以脅其夫。“報我不述”之報，即次章“寧不我報”之報。謂苟能以德報德，則我亦不更言前事。此悍厲之要挾語也。“述”，陸德明云：“本亦作術。”蓋三家詩本作術。《毛傳》：“述，循也。”《鄭箋》：“不循禮也。”後人以爲是術字爲訓。《新詮》案：術，述，古字通，依往事而述説之也。説爲“循禮”者，殊失詩義。

（五）終　風

四章。章四句。六十四字。

終風且暴，顧我則笑。謔浪笑敖，中心是悼。

終風且霾，惠然肯來？莫往莫來，悠悠我思。

終風且曀，不日有曀。寤言不寐，願言則嚏。

曀曀其陰，虺虺其靁。寤言不寐，願言則懷。

題解：此淑女嫁得狂暴之貴族男子，自嘆其境遇之詩。其本事不可得詳。通篇用氣象術語起興，當是士人女爲大夫妻者所作。

首章，《毛傳》："終日風爲終風。暴，疾也。"終日風暴，興言初嫁時所見男子態度，顧新人作獰笑，是玩侮女性者性格。而又"謔浪笑敖"，則非白痴者比，但放誕無禮度者耳。《鄭箋》云："悼者，傷其如是。然而已不能得而止之。"

次章，以風暴揚沙成霾起興，則暴亂又甚矣。故雖或惠然來顧，究以暴侮難堪，莫如不往不來之爲愈也。然而既爲夫婦，不得而拒之，此所以長爲憂思也。

三章，日色忽朗忽晦爲曀。喻男子之狂易時發時愈，如日之再三成曀。"寤言不寐"，謂其人于寢時絮聒不休，使人不寐。"願言則嚏"，謂當我所願與之言時，彼又無所聽受，如噴嚏之排逐鼻氣然。

卒章，"曀曀其陰。虺虺其靁。"喻其人喜怒無常，無理智控制，静則曀然陰森，動則虺然雷震。使人不敢陳所願言。"懷"者，藏而不用之義。又或當讀如回，是迴避不聽之義，舊釋爲"傷也"（毛傳），"安也"（鄭箋），"思也"（朱傳），皆迂迴不切詩旨。

詩語麤直，無纏綿悱惻之情，决不能説爲莊姜之詩。衛宏云"遭州吁之暴"，朱熹云"莊公之爲人狂蕩暴疾"，皆與史實刺謬。莊公在位二十三年，未聞有狂暴之疾。即如《左傳》所記，亦但以寵愛州吁爲失，仍不因之而奪嫡，則未得爲狂暴者可知。州吁在位僅數月，于莊姜未失對嫡母之禮，則莊姜安得如是形容之哉。詩語明明是夫婦間事，豈得以嫡母庶子相擬？

（六）擊　鼓

五章。章四句。八十字。

擊鼓其鏜，踊躍用兵。土國城漕，我獨南行。

從孫子仲，平陳與宋。不我以歸，憂心有忡。

爰居爰處，爰喪其馬。于以求之？于林之下。

死生契闊，與子成説。執子之手，與子偕老。

于嗟闊兮，不我活兮！于嗟洵兮，不我信兮！

題解：衛州吁立，使人説宋、陳、蔡聯合伐鄭。三國許之。于是使公孫文仲率師會宋公、陳侯與蔡人聯軍伐鄭。師出，因遣前使者往蔡，催出師。其使者歸途中病，寄此詩與妻告困也。

首章，述發時情景。當役之人聞鏜然鼓聲，各持軍械，帶裝備赴役，踴躍不餒。此封建徵兵制下之一般景象。于時衛國方興土功，築漕城，用人甚多。作者文吏，不得派充其役，乃獨奉使於南方之國。宋、陳、蔡皆在衛之南，又故南國之地，故曰“南行”。

次章，言南行使命。從公孫文仲平宋與陳。聯軍之局已成。文仲歸報，並率軍師於宋陳之境。蔡人猶未至。故遣作者往蔡促之。“於是陳、蔡方睦於衛”，（《左傳》）宋陳既從，固不虞蔡之不至，但促之耳。前使者雖文吏，當再往，故不得隨文仲歸報于衛，而被遣赴蔡。宋都商丘，今爲河南之商丘市（即宋集）。陳都宛丘，爲今河南淮陽縣，在商丘西南五百里。蔡都上蔡，今仍爲上蔡縣，又在宛丘西南四百里。陳、蔡屢經淮夷與楚人侵擾，地多荒曠，故曰：“憂心有忡。”有讀如又。南語忡忡，華人曰有忡也。

三章，述陳蔡途中艱苦情致。《鄭箋》：“爰于也。”《朱傳》：“於是居，於是處，於是喪其馬。”謂野宿也。次晨求馬，于叢林間得之。此情此景，惟久歷邊區野宿者深能體會，居都市者難以理解也。

四章，與其室人話思念之夢境。“契闊”，謂闊別而情感相結合。“死生”謂魂游夢接，如死者與生人相接也。“成説”，謂交談。亦如向時執手相親，期于偕老。

卒章，“于嗟洵兮”，《吕覽・畫數篇》高誘注引此詩作“夐兮”。陸德明云：“《韓詩》作夐，亦遠也。”又云：“信，毛音伸。案：信，即古伸字也。”今案：引伸字，《易》云“引而信之”。他書以信爲伸者尚多。此詩正當讀信爲伸，謂：嘆在隔闊相思，病困垂死，不能伸“偕老”之願。其人蓋將病死在途，從人傳致其詩。州吁敗後遂得流傳。衛之樂官因以合于邶風之樂。以其爲士大夫階級之詩，故與《終風》次於統治階級之後。《毛序》云“怨州吁也”，得其仿佛。《續序》云“怨其勇而無禮”，乃失之矣。

（七）凱　風

四章。章四句。六十四字。

凱風自南，吹彼棘心。棘心夭夭，母氏劬勞！
凱風自南，吹彼棘薪。母氏聖善，我無令人。
爰有寒泉，在浚之下。有子七人，母氏勞苦。
睍睆黄鳥，載好其音。有子七人，莫慰母心。

題解：衛有士人，父死，繼母欲改嫁，士人率其諸弟歌此詩以自責。樂師采而傳之。《毛序》："美孝子也。"衛宏續云："衛之淫風流行，雖有七子之母，猶不能安其室。故美七子能盡其孝道以慰其母心，而成其志爾。"自馬融、鄭玄以下，皆結合"衛之淫風"爲説。至清魏源始引漢詔、漢碑，駁"淫風"之謬[1]。而説爲"七子不同母，母愛不均。七子自責，母遂感悟，化爲慈母。故詩人美之"，（《詩古微·集義》）體會詩語獨深。然猶未能盡合也。兹取其"繼母"之説，體察詩意如此。

首章，以繼母所生幼子喻爲棘心以感之。"南風謂之凱風"，（《毛傳》《爾雅·釋天》同）南風至則草木長養。"棘"，棗類之灌木，衛地常見植物，今云酸棗者是也。"心"者，謂幼芽初茁，形似篆文之心字。舊解爲纖爲尖者，皆失其義。"夭夭"，幼弱貌。以喻繼母所生之子幼弱，正賴母氏之鞠育也。此最能感動其母之語，故首言之。

次章，"棘薪"謂既已成長之棘。棘，不成材木，果無肉，不堪食，故但供薪用。以喻前母所生諸子，已成立，故不復云母之劬勞，而頌"母氏聖善"。自責我兄弟不令，未能安寧其母。非親生子難以感動婦人。如此自責，則莫有不感動者。

三章，浚邑，在朝歌南，即衛之國邑，有"肥泉"之水，清潔豐潤，爲一邑所仰。喻子之依母，正如邑人之依此泉。"有子七人"，設皆一母所生，則其母當已四十餘矣，豈猶能得善嫁？由先爲"棘心"之喻，後有"睍睆"之語，即可爲繼母，非此善于爲詩士人之生母也。

卒章，"睍睆"，毛云"好貌"。鄭云"以訓顔色悦也"。皆以從目爲義。朱云"清和圓轉之意"，則依下文"好音"爲義。今案：此以"黄鳥"喻許嫁之男子，以"載好其音"喻遣來媒妁之言也。頌其繼母許嫁之人，明非敢有勸阻之意。但以"莫慰母心"自責，與"母氏劬勞"相頌，故更能使人感動。三百篇中，辭婉旨深而尤富於感動力者，當以此詩爲最。故知作者爲士人階級之深於爲詩者也。

周代無夫死守節之制。夫死改嫁，爲其俗之當然。貞淫之説不適用於此詩。其母爲繼母，爲少婦，則詩語已能肯定。究其緣此詩而果嫁與否，則似仍自嫁去。非如魏説"化爲慈母"。嫁與未嫁，無關風俗之美惡。此詩之傳，衹在於能感人，亦無關于風俗之貞淫。

【1】《詩古微·邶鄘衛答問》云："《凱風序》以爲'淫風流行，雖有七子之母，猶不能安其室'。如其説，則宜爲千古母儀所羞道。乃漢明帝賜東平王書曰：'今送光烈皇后衣巾一篋，可時奉瞻。以慰凱風寒泉之思。'又《衡方碑》：'感邶人之凱風，悼蓼儀之勤劬。'《梁相孔耽神祠碑》'竭凱風以惆悵，惟蓼儀之愴'。《古樂府·長歌行》云：'遠游使心思，游子戀所生。凱風吹長棘，夭夭枝葉傾。黄鳥鳴相追，咬咬弄女音。佇立望西河，泣下沾羅纓。'咸以頌女德，比劬勞，毫無忌諱者何耶？孟子曰：'凱風，親過之小者也。'……考《後漢書》：姜肱性篤孝，事繼母恪勤，感《凱風》之義，兄弟同被而寢，不入房室，以慰母心。則明明爲事繼母之詩。或未能慈於前母之子，故與《小弁》被後母讒將見殺者，分遇之大小。而孟子複以舜事後母例伯奇之事。"案"蓼儀"即《蓼莪》，魯韓詩字作儀也。漢人不以《凱風》爲淫風之詩。説淫風者始于衛宏《續序》，馬融、鄭玄，乃有"欲去嫁也"之推論。孔穎達《正義》猶云："母有欲嫁之志。孝子自責已無令人，不得母之心。母遂不嫁。"朱熹乃完全肯定衛宏之説。魏源所引《後漢書》乃謝承後漢書，非范曄本。

（八）雄雉

四章。章四句。六十四字。

雄雉于飛，泄泄其羽。我之懷矣，自詒伊阻。

雄雉于飛，下上其音。展矣君子，實勞我心。

瞻彼日月，悠悠我思。道之云遠，曷云能來？

百爾君子，不知德行。不忮不求，何用不臧？

題解：有女子與士人相悦，初拒其婚，而悔，遂不得復好，作此詩以自慰也。從來説者，不得其人前後反復之情，各以意逆其事，分歧百出。卒無一人説通[1]。夫人與人之問思想感情時有變化，則自爲詩史時，各章反映心境不同。合而審之，由其前後反復之異而作詩之情可得矣。此詩四章，表達其一事前後之四種心情。

首章，自悔輕率拒婚。言：士人衣冠楚楚來就，如雄雉之飛來。羽色泄泄然光潔。固以契我之懷思矣。而我初未許之，遂以仳離。是我自貽伊之離阻也。

次章，回憶相悦時情致。“下上其音”，用《燕燕》詩語，則亦讀書女子也。此謂同游並語，不即不離，各自矜持，心相許而調不諧，搆成後悔。“展矣君子”，直是心羡其人發揚開展，思之不釋，心爲之勞。

三章，思之既久，瀕于絶望。日月思之，悠之不忘。距離既遠，何能再來。

卒章，絶望後自慰遣也。言：不來則已耳。凡諸士子，皆不能體會女子德行者也。輕於就者必亦輕於去，貞女固不輕於去就也。“不忮不求”，謂不忮害其捨我而悦他人，亦不因愛慕而轉求之，自適其意，則何往而不足乎。

述情真摯而結意高尚，亦是一代佳詩。

（九）匏有苦葉

四章。章四句。六十四字。

匏有苦葉，濟有深涉。深則厲，淺則揭。

有瀰濟盈，有鷕雉鳴。濟盈不濡軌，雉鳴求其牡。

雝雝鳴雁，旭日始旦。士如歸妻，迨冰未泮。

【1】《續序》謂刺衛宣公淫亂。詩語乃有勵德之文，無淫亂之跡。《朱傳》謂婦人思夫遠役，承漢儒“男女怨曠”之義，或於前三章可以説通，末章則不能通。或能説通末章，前各章又不能通。鄭玄以前兩章爲男曠之辭，後兩章爲女怨之辭，尤爲難解。夫三百篇中，誠有男女對唱之詩，必爲同時一地之人，或他人記録之語，絶無兩地睽隔之歌而合於一篇者。故無可取也。

招招舟子，人涉卬否。人涉卬否，卬須我友。

題解：此濟濱女子有所戀，遣其女友前往媒合之詩。起興取喻，皆地方風物。發言坦率，意致娓婉，是勞動者風格。初無咬文嚼字之跡。後人不解古代勞動者語言，以爲用字具有深意，附會爲封建朝廷之詩。或謂刺宣公淫亂，或謂君子感遇待時（前者漢儒，後者清儒），皆迂迴而不能自通。《朱傳》以爲“刺淫亂之詩”，謂“當量度禮義而行”亦理學家之妄語耳。

首章，“匏”，即瓠瓜。“苦”，即苦瓜，《東山詩》“有敦瓜苦”是也。在植物學上同屬葫蘆科，莖葉相似。惟瓠葉淺裂，苦葉深裂，爲異。詩言自己心有隱痛，如苦葉之著於瓠之莖，喻失所也。濟水有二，出河東王屋山東北者爲沇水，東流爲濟，入海。所謂“四瀆”之一也。出常山之贊皇山者爲“石濟”，入於泜（永定河）。《水經注》所謂“二濟同名，所出不同，鄉原亦别”是也。石濟在邶邑，即此詩所稱之濟。其水淺小可涉，有暴雨則驟深。詩所謂“深涉”，謂無舟楫，深亦當徒涉。故又曰“深則厲”，束衣裳於腰以上而涉之謂也。“淺則揭”，謂搴裳而涉之也。深涉，喻所願有所阻礙，然不能阻我之志，深亦涉，淺亦涉，必求其達。

次章，更進而申言之。謂夏秋雨水盈溢，濟流瀰瀰然，未易涉也，然不能阻我之車。《毛傳》“軜以上爲軌”，謂車箱以内不濡，則可乘之以渡也。其對詞爲“有鷕雉鳴”。《毛傳》：“鷕，雌雉聲也。”凡鳥類之鳴，多爲尋偶。勞動者知之故曰“雉鳴求其牡”。喻遣媒妁也。舊説謂“飛曰雌雄，走曰牝牡”。謂：衛夫人夷姜“有淫佚之志，授人以色，假人以辭，不顧禮義之難，使宣公有淫之行”。《毛傳》“所求非所當求”。《鄭箋》意謂詩言雌雉急不能擇，竟至求與牡獸相交，可謂荒謬絶倫。夫動物，人言男女，獸言牝牡，鳥言雌雄，亦造字先後不同之異耳，其爲陰性與陽性之别則一也。《南山》“雄狐綏綏”，豈具狐能是飛鳥？《左傳》“牝鷄司晨”，豈其鷄即是走獸？作詩本非咬文嚼字之人，説者乃用咬文嚼字之法以妄結合衛宣蒸於夷姜之事，此其所以爲荒謬也。

三章，“雝雝鳴雁”，送友日，尚未起床時所聞聲。衛地孟秋之月也。“旭日始旦”，聞雁聲而起時也。謂早起往托其女友，促之。“士如歸妻，迨冰未泮”，欲早成婚，囑訂于冰泮前迎娶。衛地冰泮，季春之時也。情急而托女友，故其直率如此。“婦人謂嫁曰歸”，男子謂娶亦曰“歸妻”。故孔子謂“管氏有三歸”，謂管仲娶三女也。

卒章，送女友至渡頭，所悦在河水之彼岸故也。“招招舟子”，舟人催渡也。“人涉卬否”，我雖至渡頭，衹爲送友，自不渡也。至渡不渡，而又不去者，待其友人歸報也。卬字訓我者，蓋用古羌語。今藏語中自稱仍爲“卬”（藏文ངས，音 ánɡ）。羌族商代已入居華地，與殷王市易，屢見于甲骨文。周代，如晉北之“胡”，晉東之

“潞”，燕南之“長狄”，西畿之“犬戎”，東畿之“戎子”皆羌類也。故燕、邢、衛、晋人解羌語，每每雜用之。此勞動人民與其友相狎之詩，故亦自稱爲卬。又復卬、我同用。《毛傳》猶解其語，故曰“卬，我也”。《毛詩》，趙人所傳，趙與羌、戎相習，故獨能傳此義。須，待也。作者蓋留坐渡口，以待女友之好音。當時男女求婚之坦率如此。自儒生所倡之“六禮”行，乃有“蒙頭蓋面”之婚制。

（十）谷　風

六章。章八句。一百九十四字。

習習谷風，以陰以雨。黽勉同心，不宜有怒。采葑采菲，無以下體。德音莫違：“及爾同死”。

行道遲遲，中心有違。不遠伊邇，薄送我畿。誰謂荼苦？其甘如薺。宴爾新昏，如兄如弟。

涇以渭濁，湜湜其沚。宴爾新昏，不我屑以。毋逝我梁。毋發我笱。我躬不閲，遑恤我後。

就其深矣，方之舟之。就其淺矣，泳之游之。何有何亡，黽勉求之。凡民有喪，匍匐救之。

不我能慉，反以我爲讎。既阻我德，賈用不售。昔育恐育鞫，及爾顛覆。既生既育，比予于毒。

我有旨蓄，亦以御冬。宴爾新昏，以我御窮。有洸有潰，既詒我肄。不念昔者，伊余來塈。

題解：涇濱農民兼小貿家庭之主婦，以勤勞致富後，夫納妾歸，家庭勃谿，遂爲其夫所逐。慘痛莫援，賦此歌而死。周人哀之，輾轉傳誦其詞。流入衛地，樂官譜以爲邶風也。周之士大夫亦有歌其事者，則爲《小雅》之《谷風》。

婦人寃痛既深，絮絮憶舊，雜述昔時對話詞語，精神瞀亂，鋪叙每不調協。樂官蓋曾略加整理以適于樂節。勞動婦女，本語質樸，所道皆鄉邑生活瑣細之事，率多俚淺不典，而真摯動人。舊之説者，知其爲棄婦之辭，而不能詳明其義。甚至因列邶風，遂定爲衛人之詩。從而謬解詩語之處極多。兹訂正之：

首章，舊説多以爲受譴怒時，乞哀之辭。《新詮》則以爲自述其婚後柔順黽勉之情實也。“東風謂之谷風”（《毛傳》《爾雅》同。）喻初婚時和好也。“習習”，鳥初習飛，頻飛頻止之貌。喻其男子爲愛之不恒，夫婦間仍每有小忤，故曰“以陰以雨”也。“黽勉同心”二句，自己剋制之辭，謂但當同心戮力，勤業興家，不宜因小忤而有怨怒（非謂責其夫之怒）。“采葑采菲”兩句，乃其勸夫之辭。葑、菲皆葉用蔬菜，根不可食。此謂采者不因其根之惡，遂棄其葉不用。喻人各有所長短，願相待如葑菲，不以所短並棄所長也。舊説葑菲爲蔓菁與葍之類，“皆上下可食。然而其根有美時、有惡時，采之者不可以根惡時並棄其葉”（《鄭箋》《朱傳》並同）。皆謬解也。“德音莫違”，自言未嘗違其夫之使命。“及爾同死”，自言有偕老信念，亦謂其夫相許以偕老也。

次章，述納妾前一次惜别情致。謂夫將遠出，遲遲其行，其有所難。使我送行時心如有所失。夫乃慰之云：“行亦不遠，歸亦不久，送我至限籬可也。”薄，歡快行動之語辭。《葛覃》《芣苢》已論之。畿者，限也。字從田，當釋爲園宅藩籬之限。舊説皆從《毛傳》“畿，門内也”之説，無敢易者。夫既云“行道遲遲”，則已在途矣，安得尚云送至門内？《鄭箋》又説爲“送我裁於門内，無恩之甚”，則謂是其夫送之。與全篇梗塞，不可貫通。“誰謂荼苦”二句，言此時感到温暖，使人忘其向之茹苦。“荼”者，古茶字。古之茶，但采荼蓼之葉，煮而飲其汁一次，味甚苦矣。然得男子如此慰語，則“其甘如薺”也。（製茶，唐代始有烘焙之法。以前惟引荼汁，説具陸羽《茶經》。）此時，其夫新娶此婦，友好無間，故曰：“宴爾新婚，如兄如弟。”初未虞其變心之辭也。

三章，言納妾後，家庭遂以多事。涇水，從隴山林箐中出，故清。渭水從隴西黄土丘陵中來，故濁。二水合流處，初尚清濁分流，久而渾合如一。此惟居其地者辨之。故知此詩作者爲涇濱農婦，决非衛人。“湜湜”，《鄭箋》云“持正貌”。《朱傳》云“清也”。此言夫既富，納妾，而愛移，家庭猶涇之清流，入渭而濁亂。然我湜湜然保持清潔，不與相混，若合流初之涇側渚沚，不染濁水。此云“宴爾新昏”則謂納妾之樂，與上文“新昏”爲兩事。此之“宴爾新昏”，則不復屬與我好矣。“以”，用也（《毛傳》），與也（《朱傳》）。謂親善也。忽接以“毋逝我梁，毋發我笱”者，蓋此婦禁其妾侵取其勞動成果之辭。妾初來時猶能以妻妾之道相處，故婦得以此要約之。梁爲婦築，笱爲婦設（説在下章）。雖得魚，不以自私，而不願其妾取之。此亦農婦之常情。大抵釀禍之由，即在於此。故此特舉言之。或緣其妾欲食魚，逕自逝梁發笱，婦持前言阻止，發生衝突。夫助其妾，毆辱此婦而逐之。故又續以“我躬不閲，遑恤我後”，結束此章。毛云：“逝，之也。”“閲，容也。”鄭云：“躬，身；遑，暇；恤，憂也。”

四章，追述造此魚梁之勤苦，與衝突時哀呼鄰里援救之辭。魚梁，用石砌，斜截河流爲堤壩，蓄水阻魚。開一淺水，因於水口爲竹笱欄之。魚隨流入水笱，即不得出，造梁者此時自笱中取之。此言初造石梁，取礫石於上游遠地，當深水處，則或爲方筏以載石，或用舟運。梁必造於淺水石灘之處。石既運至，則自入水中取運，石受浮力而轉輕。故雖婦人，可立水中運石砌染。謂石移如泳。游，非謂人之游泳，明造梁辛苦。“何有何亡”兩句，謂笱或有魚，或無魚，亦必勤於守求之。皆爲拒妾取魚作説也。“凡民有喪”二句，蓋呼救之辭。亦猶“鄉鄰有鬥者被髮纓冠而往救之”之義。蓋當時有此古語，呼救時用之，以責坐視者。《鄭箋》：“匍匐，言盡力也。”以爲婦人責夫之辭。《朱傳》又以爲能“同睦其鄰里鄉黨”。皆失其情致之説。

五章，斥其出妻不合于理。“慉”，即“俯足以畜妻子”之畜。言汝無心畜養我，我尚可勤力自活於汝家。今乃逐我，“反以我爲讎”耶？“阻”，負也。言我有德於汝家，而負逐我。如我售德於汝（賈）而不肯購（售，購也）。“昔育恐育鞫”以下，謂往時我孕將娩，適值你家窮困，惟恐育養難成，與爾同苦無後。“育鞫”謂不再生育。鞫，窮也。“及爾顛覆”，謂方當困難顛沛之時。今則既生既育，有子女矣，而乃娶妾，反比我于毒而棄逐乎？《小雅·谷風》云：“將恐將懼，維予與汝。將安將樂，汝轉棄予。”是也。

卒章，被出不可挽回後，激忿之語。言：我有美食，必畜以備爾“御冬”之用。關中冬季不生産，故曰御冬。御，猶禦也。今則“宴爾新昏”而以我御窮矣。御窮，謂一無所有，置于死地，猶殺我以濟爾家之窮乏也。“洸”，水涌之光也（《説文》）。“潰”，水橫決也。因造梁，而有此喻。謂水之暴怒，洸洸然如不可抗。然亦有潰決之時，既潰決則亦平流無力。任人排挹而已。我已獲此教訓矣。爾今日之橫暴，將不亦有潰時乎？乃遂不念往昔與我黽勉同塈，共造此家時乎。“肄”，習也。“既詒我肄”，謂我已經歷之矣。“塈”，砌也。石相接合曰塈。《論語》，“殷人以塈周”，謂棺同砌石也。《摽有梅》“頃筐塈之”，亦謂疊置筐中如砌。《尚書·梓材》“若作室家。既勤垣墉，惟其塗、塈、茨”，亦謂塗泥、砌石與種茨。此婦人用此作結者，蓋猶不忘其魚梁。凡爲魚梁，先砌石，更築土以阻水與魚。故曰“伊余來塈”。毛訓塈爲息，反不可解。後儒咸遵其義，故無能説通此詩。

我國封建社會男尊女卑，男子可以盡量蹂躪女子，可以多妻，而不容許女有二夫，可以任意出妻，不受法律限制。齊桓公爲首霸之君，因蔡姬蕩舟即出之。又因其被出改嫁而伐之。孟子夏日入室而見女子裸，亦出之。《左傳》所載男子任意踐踏婦女之事多不勝舉。此婦之以小故被出，冤憤如此，乃社會史之珍貴資料也。舊儒不解，故詳辨之。

《韓非子·内儲》云：“衛人有夫妻禱者，而祝曰：‘使我無故得百來束布。’其夫曰：‘何少也。’對曰：‘益是，子將以買妾。’”此雖寓言，亦足見周代社會情俗如此。此風，歷漢、魏、隋、唐尤未衰息，古詩《孔雀東南飛》與《後漢書·列女龐行傳》，皆載夫婦和好，但不悦于母姑，即不能不出妻的故事。“貴易交，富易妻”，出於光武帝之口。“田舍翁多收十斛麥，便欲易妻”，亦所謂“聖王”之語。正史所載王導妻、梁武郄后、房玄齡妻等正直婦女，皆被斥爲“奇妬”，有恨不誅之之筆意。《大戴禮·

本命篇》謂婦人有“三從”“七去”。七去者：不順父母，淫，妒，無後，有惡疾，多言，竊盜。出妻之易如此。然亦有“三不去”：有所取無所歸，更三年喪，前貧賤後富貴。所言大抵周代華夏之俗。此詩必言“既生既育”謂非無子也。必言湜湜自持者，明非妒也。敢于禁妾逝梁發笱者，明惡盜竊也。必鋪叙初昏愛情者，明非有惡疾也。必重言昔之困頓勤劬者，明不當去也。由此詩，可證此俗。知此俗，亦可證此詩。

（十一）式　微

二章。章四句。三十二字：

式微式微，胡不歸？微君之故，胡爲乎中露？

式微式微，胡不歸？微君之躬，胡爲乎泥中？

題解： 此詩之義，《毛序》云：“黎侯寓於衛，其臣勸以歸也。”（舊注：“黎侯爲狄人所逐，棄其國而寄於衛。衛處之以二邑。因安之。可以歸而不歸，故其臣勸之。”）舊刻序下注，孔穎達云是“鄭箋”。新詮疑是馬融《詩傳》之文。魏源《詩古微》主魯詩家説，爲黎莊公夫人之詩[1]。兹細審考，當從毛序，而定爲作于晉既滅赤狄潞氏之時。

《春秋》宣公十五年，“六月癸卯，晉師滅赤狄潞氏，以潞子嬰兒歸”。《左傳》：“潞子嬰兒之夫人，晉景公之姊也。酆舒爲政而殺之。又傷潞子之目。晉侯將伐之。諸大夫皆曰：‘不可。酆舒有三儁才。不如待後之人。’伯宗曰：‘必伐之。狄有五罪，儁才雖多，何補焉。不祀，一也。耆酒，二也。棄仲章而奪黎氏地，三也。虐我伯姬，四也。傷其君目，五也。’……晉侯從之。六月癸卯，晉荀林父敗赤狄于曲梁。辛亥，滅潞。酆舒奔衛。衛人歸諸晉。晉人殺之。”是黎侯失國，在酆舒當政之時。酆舒當潞國政事，初見于《左傳》文公七年。是年，狄師侵魯西鄙。魯“公使告于晉。趙宣子使因賈季問酆舒，且讓之”。（文公六年“晉殺續簡伯，賈季奔狄。”）下距晉滅潞氏二

【1】 魏源《詩古微・邶鄘衛問答》：“問，《式微》《旄丘》之詩，毛序皆以爲黎侯寓衛而作。而《列女傳》云：黎莊夫人者，衛侯之女也。既往而不同欲，未嘗得見。其傅母閔其賢而失意，以爲夫婦之道，有義則合，無義則去。乃作詩曰：式微式微，胡不歸。夫人曰：婦人之道一而已。彼雖不吾以，吾可以離婦道乎。乃作詩曰：微君之故，胡爲中路。終執貞一以俟君命。故君子序之以編詩。則是二人倡和聯句。中露不訓邑名。又非衛之寓公。而與《旄丘》同入衛風者何？答曰：諸侯失地，稱名。而此黎莊公有謚，則非寓衛之黎侯矣。……若如《毛序》，在晉景公六年滅赤狄，立黎侯時，則距衛遷楚丘已百餘年。其黎臣之詩，非衛女所作，安得入衛風乎？”魏氏不明邶風不盡衛事之理，設此問答以證《列女傳》之説。頗能惑人。細審所答非黎臣詩諸條，實無一條可以立脚。首條，用春秋之法以説史事，末條邶風必當爲衛人之詩，即已根本謬誤。他諸條更不足舉論。所取魯詩家言之《列女傳》，竟謂兩章皆爲二人倡答之語。詩中安得有此例乎。查劉向《列女傳》所傳説詩婦女事，多不可靠。故不取之。

十六年。則黎侯失國，當在此二十六年中。時晋方霸，主華夏會盟，有興滅繼絶之誼。既滅潞氏，則當可以復黎侯之位。黎之臣子宜有此詩以促其君之求歸於晋也。

首章，“式微式微”，言黎之無君久矣。“微君之故”，謂晋已滅潞氏，戮酆舒，而不存黎國者，由黎國無君故也。“微”字皆訓無。“胡爲乎中露”，魯詩作“中路”，謂失地，寄寓于他國。猶露處于室外也。

卒章，重言之。僅易二字，義亦俱同。急促不容稍緩之意也。“微君之躬”，謂黎雖有君在此，而國内無君之身在，則晋無由存黎之社稷也。“泥中”猶云泥塗之中，非所宜處之地。

《毛傳》以中露泥中，並爲“衛邑”，後世遂以爲即衛人所興之二邑，則大不然。周代地名多衹一字，中露、泥中亦不似地名，舊籍中亦從無更見此地名者。考，魯文公七年至公遷居河以南之楚丘，已五十年左右。衛地已頗蹙縮，安能慨劃二邑以寓黎侯。是序注“處以二邑”之説已不足信矣。更何能實指其名爲露與泥乎。漢儒去周爲近，或曾有書傳志其事，究仍不免於隨文附會。故非不可取，而不可以一味盡信書。如此注者，爲例猶多，非細審不能辨也。

（十二）旄　丘

四章。章四句。六十六字。

旄丘之葛兮，何誕之節兮？叔兮伯兮！何多日也？

何其處也？必有與也。何其久也？必有以也。

狐裘蒙戎，匪車不東。叔兮伯兮！靡所與同。

瑣兮尾兮，流離之子。叔兮伯兮！褎如充耳。

題解：此温君蘇子怨諸侯不能助其復國之詩。温在孟津河北，本東周王畿，周初司寇蘇忿生之采邑（據《左傳》成十一年）。其地偪赤狄潞氏。周襄王二年，滅於狄（據《左傳》僖公十年）。蘇子奔衛。於時，齊桓霸業方隆，與魯、宋、衛、鄭、許、曹之君及王臣宰孔會於葵丘（《左傳》僖公九年），天子致胙，晋人亦趨赴之。故蘇子奔衛，冀諸侯能助其復國。既知其不爲，故作此詩以寄怨也。史稱温地復爲王畿。襄王爲狄所逐，出居於鄭。太叔帶了狄后隗氏居於温（《左傳》僖公二十四年）。其明年，晋文公勤王，圍温，取大叔殺之。襄王賜以陽、樊、温、原、欑、茅之田（僖公二十五年）。于是温屬于晋。蘇子國遂不復也。

首章，“旄丘”，衛地。“前高後下曰旄丘”。（《毛傳》《爾雅》同）《一統志》云：“在漢陽縣西，接河南滑縣界。”衛文公避狄，自浚邑遷居黎丘（今河南滑縣地）。其後成公徙居帝丘（今河南濮陽縣）。旄丘介在二邑之間，古帝王陵墓所在也。故蘇子每登游，見葛節已長，而嘆歌焉。“誕”，《毛傳》云“闊也”。葛初生節短，愈延展，節間愈長而茁。衛人謂闊茁之長節爲誕。比喻求諸侯助其復國之日已久，猶未有動。故曰：“叔兮伯兮，何多日也。”周世，天子稱同姓諸侯爲叔父伯父，異姓諸侯爲舅父。諸侯相呼率爲伯父叔父。於姻國之君，乃呼舅父。

次章，代諸侯自解之辭。“何以處也”，疑問何久不出兵。“必有興也”，代解之曰，必將在部署出兵之國。聯軍之國曰興。“何其久也”，再問：如此之久仍不出兵。“必有以也”，代解之曰：必有我所不知之原因。“以”字，具多義。《左傳》昭公十三年：“邾人、莒人愬于晋曰：魯朝夕代我。幾亡矣。我之不共，魯故之以。”謂因有魯難之故。《列子・周穆王篇》：“宋人執而問其以。”亦原因之義。舊解爲“必以有功德”，《毛傳》失此義。

三章，明責齊桓。“狐裘”，衣裳之珍美者也。“蒙”，蔽。“戎”，戎車也。言：諸侯皆衣狐裘，乘其戎車，以東向於齊。謂赴召爲衣裳之會也。凡諸侯出國，必有軍衛，故乘戎車，而有圍幔。故曰“蒙戎”。齊在諸侯爲極東，故謂諸侯從齊爲“匪車不東”。舊説爲“汝非有戎乎，何不來東迎我君而復之”（《鄭箋》），或“豈我之車不東告於汝乎”（《朱傳》），皆失詩義，且亦悖於字義。此“匪”字當訓無，謂無車不東向齊。指葵丘之會也。“靡所與同”之同，即“朝聘會同”之同，謂同盟相恤之事。《毛傳》云：“救患恤同”是也。他諸説爲“同心”、“同力”、“同德”者，並非。

卒章，失望而嘆刺之語也。“瑣、尾”，謂溫國之渺小無力。“流離”，謂蘇子之流亡無依。《毛傳》以爲“鳥也，少好、長醜”，大謬。“流離”，即黄鶯，幼醜，長乃美好。與亡人之事不相應。少、長，又昧其實。《鄭箋》以下雷同附和者盲從之失。“褎”，即古袖字。古人衣重在袖，盛飾之衣必大甚袖。故毛云“盛飾也”。鄭玄以爲“笑貌”，非也。古人又以袖藏物，故一訓爲懷藏深隱之義。盛飾者有瑱爲耳飾。義取蔽耳。“褎如充耳”，猶言諸侯俱盛飾會同，袖能深隱，瑱能塞耳，僞如不聞溫子呼籲之求。

毛鄭以來説此詩者，皆以爲黎之臣責衛君多日猶不見救。魏源獨以爲“亦黎莊夫人之詩”。引《易林》“陰陽否隔，許嫁不答。旄丘新臺，悔往嘆息”爲據。竟無有人見及溫子史事者。至於釋“伯兮”爲方伯、“不東”爲不迎我君（並衛宏、鄭玄語），以遷就其説。夫春秋之世，齊、晋主霸，天子與魯宋並依怙之。衛與狄破，苟存於黄河以東，猶頻受狄擾。豈有思復國者，不責齊桓、晋文，而乃求復國於衛君臣者哉？黎國故邑今爲山西黎城縣，係太行山區一黄土小盆地，去晋近便。晋爲當時强國。去衛險遠，衛爲當時弱國。黎侯爲赤狄潞氏所逐，倉卒奔衛，不及奔晋，猶可説也。豈能不以復國求於齊晋方伯，而反以責衛君臣哉。詩無女子語氣，魏源之説尤不足取。

或問：誠如《新詮》，則晋景公時事，何能列在齊桓、晋文事前？曰：是不難知。

十三國風詩次，大都未有移亂，而叙次有規律可循。首統治階層之詩，共姜與莊姜與邢夫人之詩是也。次士大夫階級之詩，《終風》以下四篇是也。又次，平民階級之詩，《匏有苦葉》與《谷風》是也。《日月》與《谷風》俱非衛人之詩，衛樂官外之，故又叙在各階層之末，不限於世次。《谷風》以上，皆孔子初授徒時所鈔，全是春秋以前樂官所録。《式微》以下，則皆春秋世之詩，孔子晚年自衛返魯時鈔得。具在樂官編次，仍前規律。《式微》與《旄丘》，雖皆國君出亡者之詩；黎侯得晋助而復國，則國君也；温子遂不復國，則士大夫之比也；故雖世次在前，仍當叙列《式微》之下。又具下，則皆士大夫與平民之詩也。

（十三）簡　兮

原云“三章。章六句”。朱熹改作“四章。三章章四句。一章六句。”兹從朱分章。七十一字。

簡兮簡兮，方將萬舞。日之方中，在前上處。

碩人俣俣，公庭萬舞。有力如虎，執轡如組。

左手執籥，右手秉翟。赫如渥赭，公言錫爵。

山有榛，隰有苓。云誰之思？西方美人。彼美人兮，西方之人兮！

題解：此衛樂官讚頌周王遣來教舞伶官之詩也。

首章，“簡”，鄭云“擇也”。簡擇舞員，方將教之萬舞。“萬舞”，武舞也。“方中”，教舞之時。“在前上處”，教舞師居于舞列之前方，以便舞員習肄也。

次章，“碩人”，毛云：“大德也。”“俣俣”，毛云：“容貌大也。”字從吴，從人。吴，言大也，謂饒於説辭；加人，則是饒於才藝，綽裕無窘之義。“公庭萬舞”者，衛君親觀其藝，使爲武舞于公庭也。武舞以干戚。即人演車戰，一手執轡，一手舞戚，而能執轡如組（轡不紊亂，有法度），舞戚若輕，是“有力如虎”，又復神志清明之驗。《毛詩定本》以“碩人”二句割屬首章，則一章有兩“萬舞”，詩法所無，又與“有力”二句不相屬，又混學校教舞與公庭演舞爲一章。文法剌謬。不如朱熹《集傳》分章層次得體。邶風詩樂多爲四章。樂官作詩雖慣爲三章。對於邶風，宜亦當作四章。

三章，言武舞演後，復爲文舞表演。文舞，華人用翟（雉尾），南人用籥。翟，則舞而已；籥，則舞且吹奏之（籥，四孔笛）。此人能以左右手兼爲之。舞罷，已汗涔涔面赤，故云“赫如渥赭”。衛君賞其能，賜之爵飲。周代樂官與舞師，皆自學校培育，身份屬于士人階級，職位高者至太師而止。賢如師曠、師摯，不與政務。在貴族燕饗時，服役於階下。賜飲不過一爵（毛云“見惠不過一散”）。《王制》所謂“執技以事上者”是也。

卒章，“山有榛，隰有苓”，猶言何地無賢才，何道無碩士。榛，山果，似栗而小，烘製後甘香尤美於栗。苓，即卷耳，隰菜之美者也。“西方美人”，謂此舞師自周王畿來也。當是東周初年，自鎬京來之高技舞師，歸洛邑後，平王無力畜養舊都來人，遣使教舞於諸侯之國。國君不能留用，暫過即去。樂師惜其才藝，爲此詩也。東遷之初，洛陽人口驟增，漕役疲怨，猶不能給，見於《大東》之詩。軍士則遣戍於申許諸國，見於《揚之水》之詩。王臣，則寄食於諸侯之國，見《荀藟》之詩。此西方之伶官，演舞於衛地，故可推知其爲東周初世依平王于洛而遣出教舞者也。

（十四）泉　水

四章。章六句。九十六字。

毖彼泉水，亦流于淇。有懷于衛，靡日不思。孌彼諸姬，聊與之謀。

出宿于沛，飲餞于禰。女子有行，遠父母兄弟。問我諸姑，遂及伯姊。

出宿于干，飲餞于言。載脂載舝，還車言邁。遄臻于衛，不瑕有害？

我思肥泉，兹之永歎。思須與漕，我心悠悠。駕言出遊，以寫我憂。

題解： 此齊桓夫人衛姬和許穆夫人《載馳》詩也。

齊桓夫人三：王姬、徐嬴、蔡姬。“内嬖如夫人者六人：長衛姬，生武孟；少衛姬，生惠公；鄭姬，生孝公；葛嬴，生昭公；密姬，生懿公；宋華子，生公子雍。”（《左傳》僖公十七年。）是齊桓夫人姬姓知名者已六人。詩云：“孌彼諸姬，聊與之謀。”謂見《載馳》詩而思救衛，聊與諸姬姓姊妹共謀勸齊君出兵救衛也。

衛宣公卒，子惠公少，宣姜通于昭伯，生齊子、戴公、文公、宋桓夫人、許穆夫人。《春秋》閔公二年，“狄入衛”。衛人南渡河。宋桓公以舟逆之，獲濟。立戴于漕。許國不能求救，許穆夫人賦《載馳》。“控于大邦”，齊桓方圖霸，初未能救衛。迨戴公已居漕，乃“使公子無虧（即武孟）帥車三百乘，甲士三千人，以戍曹（漕同）。歸公乘馬，祭服五稱，牛羊豕鷄狗皆三百，與門材。歸夫人魚軒，重錦三十兩”（《左傳》）。同時，狄滅邢。桓公遷邢于夷儀。營楚丘以遷衛。齊桓初亦不救邢。由管仲請之，乃出師（《左傳》閔公元年）。則其使無虧救衛，蓋亦曾有衛姬姊妹敦促之力，爲必然，故用武孟率師往之晚也。

詩語與《載馳》相呼應。故知爲齊衛姬和詩也[1]。

首章，用衛之肥泉起興。泉在衛邑之西北，《水經注》所謂美溝水也。《水經注》卷九：“出朝歌西北大嶺下，東流經駱駝谷。于中逶迤九十曲，故俗有美溝之目矣。歷十二崿。崿流相承，泉響不斷。返水捍注，卷複深隍。隍間積石千通，水穴萬變。觀者若思不周賞，情乏圖憂焉。其水東逕朝歌城北，又東南注馬溝水。又東南注淇水，爲肥泉也。”衛之貴族富人之所常游。衛姬與許穆夫人等姊娣，未嫁時蓋常游之，故用以起興。“毖”，閉也。言肥泉水自峽中委曲流出閟閉深隱，以入于淇，猶女子自幽閨遠嫁異國而不得復歸。憶本思源，不能免于戀戀之情。故繼之云“有懷于衛，靡日不思”。玆聞衛破國徙，固亦有“歸唁衛侯”之志。並曾謀於在齊諸同姓姊娣矣。

次章，言齊桓已許出軍，並以無虧將，衛姬亦得許隨軍歸唁衛侯矣。第一日宿於濟水之涯。諸姬夫人與大夫之妻祖餞之於禰也（其地無考，當在臨淄與濟水之間）。“問”者，存問。餞者將歸，則逐一謝其贊助也。“諸姑”，泛指同姓諸姬之有寵位者。非嫡親之同姓。女曰“諸姑”，猶稱同姓諸侯爲“伯父”。“遂及”者，謙謂因問諸姑而及之。言少衛姬已克成行之快。

三章，謂次日已將出齊，乃被召回。“干”者，邑名，即《漢書·地理志》東郡之發干縣。故城在今山東堂邑故縣西二十餘里。爲當時齊國最西之邑。軍行宿此之次日，又再有邑大夫祖餞於境上之言邑。已涂脂於轂，將行出境。“舝”，車軸頭金也，車行則貫之，息則去之。塗脂載舝，明將出發。即將入衛，乃突被召回。“還車”，《鄭箋》云：“嫁時乘來。今思乘之以歸。”（《朱傳》同）《新詮》以爲即迴旋其車歸齊。蓋有人陳“父母没不得歸寧”之義，以泥其行，齊桓亦以衛人方野處於楚丘，無宮室車服之具，故召姬反耶？“遄”，急也。臻，至也。“不瑕有害”，言我心方急於至衛。初不虞有人阻我歸唁。

卒章，“我思肥泉”，回顧首章之言。言“思”，則不可得至矣。“須”，衛東界邑名。《水經注》濟水云“濮渠又東逕須城北”，是也。爲自衛東界邑名。爲自齊入衛首宿之衛邑。漕，戴公當時所居。將至而不得至，故思之長也。“駕言出遊”，謂此行僅如出遊。雖未遂歸唁之志，而齊救已至衛，亦足以寫我之憂。“寫”，毛云“除也”。蓋古瀉字之義，與泄字義通。

【1】 方玉潤《詩經原始》：“《泉水》衛媵女和《載馳》也。……直傷衛事，且爲衛謀，與《載馳》互相偶和。《載馳》云‘載馳載驅，歸唁衛侯’。此則云‘欲餞于禰’‘飲餞于言’。《載馳》云：‘驅馬悠悠，言至于漕。’此則云‘思須與漕，我心悠悠。’《載馳》云：‘控于大邦，誰因誰極。’此則云：‘孌彼諸姬，聊與之謀。’《載馳》云：‘大夫君子，無我有尤。’此則云‘問我諸姑，遂及伯姊’。……嫡本欲咎大夫君子。媵則但問諸姑伯姊。……故又知其妾和，非夫人作也。……唯此詩既與《載馳》爲倡和，則當序《載馳》後。而乃編諸邶風，則不可解。”玆取其“倡和”之見，棄其妾媵之説。周代諸侯娶妻，有姊娣同嫁之例。非媵也。媵乃公羊家之謬説。方氏不解邶爲樂類之名，尤不足責。

（十五）北　門

三章。章七句。八十九字。

出自北門，憂心殷殷。終窶且貧，莫知我艱。已焉哉！天實爲之，謂之何哉！

王事適我，政事一埤益我。我入自外，室人交徧讁我。已焉哉！天實爲之，謂之何哉！

王事敦我，政事一埤遺我。我入自外，室人交徧摧我。已焉哉！天實爲之，謂之何哉！

題解： 此衛文公時，貪鄙之貴族，有齎王命諭狄者，怨其任重而俸薄之詩也。朝歌舊俗奢淫，貪禄嗜利。衛國承之，故覆於狄。文公居楚丘，民户稀少，車馬不備，賴齊宋振恤，以剋立國，不得不躬行節約，以艱苦勤勞，儉德奉公，與臣下相勉。衛貴族相從而來者，事繁俸薄，内不能快，而無可如何。故有此詩。舊説“忠臣不得志”，（《毛序》）“事暗君不得志”，（《朱傳》）與“安於貧仕”（方氏《原始》）者，皆非。夫既王事、政事交集，則非不得志者也。呼天嘆貧不已，又豈安於貧仕者哉？封建士大夫，習于剥削者，推己之志以讀此詩，自然出於共鳴，而以其人爲賢。自不免爲之曲説。全無足取。

首章，言其奉使出北門，便道歸家時心情。楚丘之北門，渡河適故衛國之道也。其人蓋奉王命使狄，行求復故地，安撫遺黎之事。自料其事甚艱，無財利可圖，故憂心殷殷然，嘆爲終必空袖以歸（窶），徒苦此行。然而不敢不往。既憂行路之難，又畏室人交責，所以爲艱也。然而國破家徙，人君方率以勤儉，“與百姓同苦”。（《史記》述衛文公語）迫于仕此，亦無可如何。故曰“天實爲之，謂之何哉”也。

次章，自述其歸家時窘况。“王事適我，政事一埤益我”，謂外交、内政承擔綦重，似尊榮矣。然而妻妾衆多，負擔繁重，禄養不足以贍室人之望。甫入自外，而“室人交徧讁我”矣。

卒章，重複上章之意，而更急劇言之。上章言“適我”，謂以重任畀我也。此章言“敦我”，則催促我赴事，不得徘徊滯留矣。“一埤益我”，言雖奉使北狄，出王命，而撫循之政，亦加於我。此言“一埤遺我”，則一切委於我，更無他諉矣。上章“室人交徧讁我”，以言語相責而已。此則“摧我”，以手足毆毁我矣。

爲此詩者，蓋在事訖歸朝時陳於樂官，以明其廉困，然而貪鄙積習昭然自揭也。

（十六）北　風

三章。章六句。七十二字。

北風其涼，雨雪其雱。惠而好我，攜手同行。其虛其邪？既亟只且！
北風其喈，雨雪其霏。惠而好我，攜手同歸。其虛其邪？既亟只且！
莫赤匪狐，莫黑匪烏。惠而好我，攜手同車。其虛其邪？既亟只且！

題解：衛北鄙女子，當邢狄侵擾時，避亂失群。有士人援與同行，從而嫁之詩。邢人狄人聯軍伐衛，在衛文公時，見《左傳》僖公十八年。

首章，以北風喻邢禍，雨雪喻狄難。雱，盛也。風雪相伴而至，喻邢人狄人入侵。“其”者，將至猶未至之辭。舊説爲“風冷”，“雪盛”，（毛、鄭、朱同）則既著之象，與詩義不合。“其虛其邪”者，疑有疑無之辭。“既亟只且”者，言無論其爲虛爲實，俱當亟去。“其邪”，猶言其突然耶？鄭訓邪爲徐，失之。“只且”，並語辭。當讀爲“既亟只”，續且（jū）音。亟，急也。

次章，“其喈”，謂狂風吼聲尖鋭。“其霏”，謂雨雪紛飛且至。“同歸”，許嫁之語。蓋許自河北，逃赴河南之家者，同歸，則許嫁之，圖得安處也。

卒章，“莫赤匪狐”，斥侵衛之赤狄。其國在潞城。滅邢與衛後，遂據河北朝歌一帶，暴虐華民。邢衛之人，見赤幘者皆惡之，斥以爲狐也。“莫黑匪烏”斥侵衛之邢人。其國舊在衛北，滅於狄後，徙居黄河南之夷儀，亦在楚丘之北。文公時，邢更與狄相結以侵衛，蓋欲依赤狄以得衛之河北地也。衛人斥之爲黑烏。黑，北方之色也。烏，可憎之鳥也。“同車”，則是夫婦矣。雖同車，相携南走，仍以渡河爲安。故仍曰“既亟只且”。邢與衛同亡於狄，同渡河，同賴齊率諸侯存恤而産新國。乃渡河未二十年，而復聯狄侵衛者，其爲欲得衛之河北故地可知。是時齊桓公死，國亂，宋襄公以諸侯代齊，納孝公。齊人殺無虧，與衛之交好有隙。狄人救齊，未及，還軍，遂與邢人侵衛。故知所侵爲衛之河北地也。衛人惡邢與狄，助文公拒之。狄師還（《春秋》僖公十八年）。明年秋，衛人伐邢。又六年（僖公二十三年），衛文公滅邢乃卒（並見《左傳》）。以此知衛人憎惡邢人，故樂官録存此詩，孔子亦取之也。

（十七）静　女

三章。章四句。五十字。

静女其姝，俟我于城隅。愛而不見，搔首踟蹰。
静女其孌，貽我彤管。彤管有煒，説懌女美。

自牧歸荑，洵美且異。匪女之爲美，美人之貽。

題解：此邶地農民子與城邑舊家女子相戀，喜得女子贈物之詩。與《北風》皆詞旨温婉而在邶風，蓋邢國人民之詩，原爲邶風樂曲故也。

首章，述初約會於城隅情事。“城隅”，謂城外轉角處。古代築城於平地，皆方形，人率集于四門相通之街巷，故城隅爲僻静地，適于男女約會。既約會，則已相識，故知其爲“静女”。“静女”者，猶言窈窕淑女。“其姝”，猶言如彼其姝。“姝，美也”（《毛傳》）。古無計時之具，故男女不能同時到達。男子先至，惟恐女子不來，故躑躅搔首以俟之。詩云“俟我”者，夾用南人語法，主詞倒後，猶言我俟也。當讀爲“俟，我于城隅”。

次章，女子既至，有所贈貽。古無銅字，稱銅爲彤。銅之純者，黄赤有光澤，故彤又爲赤色有光之義。秦、漢間，乃改用“同”字，又後始加金旁作銅。“管”者，本南國樂器，以竹爲之。羌夷無竹，琢玉爲管以吹，中華書其字以作“琯”，西王母獻白玉琯是也（見《玉篇》）。中華冶銅成功後，以銅爲琯以吹。此詩“彤管”，蓋即銅琯之古字。銅爲管，内部易銹緑斑。歲久即不可用，而外表因常與手接觸，光色不敗。詩云“彤管有煒”是也。“煒，赤貌”，（《毛傳》後儒僉同）謂銅之色光也。“説”，古悦字。“女”讀如汝，指“静女”。“悦懌汝美”受贈時對女言：因愛彤管之煒色，以及女子之美德也。

卒章，述别後懷想之情。“牧”，謂牧畜至城隅。古者築城，城外必有隍，爲不耕之地。故農民之牧牛、羊、豕者恒赴之。作此詩者，蓋借牧畜至城隅赴其約會。“荑”，草類之已刈割者也。《毛傳》云“茅之始生也”。《碩人》詩“手如柔荑”同。自鄭玄以下，遂皆釋歸爲餽，“歸荑”爲再贈以柔茅于牧田。夫女子以彤管贈人，則非農家女也。是舊家女，乃能有廢不可用之彤管贈人。彤管雖無用，“洵美且異”矣。舊家女已贈彤管，何能再同至牧田而更贈以茅荑乎？茅之爲牧，隨地皆是，方其嫩時，隨手可拾，豈有賴於情人之贈，又豈能贊曰“信美且異”乎？《新詮》以爲荑者，伐茅蓋屋，挾壁之用，當時農民居宅如此。“自牧歸荑”，謂牧歸返宅，于時玩情人所贈，煒然光澤，信美矣，而不知何用，故異之。此章之“女”，指彤管，爲“美人之貽”。

全篇關鍵在“彤管”二字。昔儒未得其解，惟遵毛訓，故所説謬誤。《毛序》：“静女，刺時也。”《傳》云：“既有静德，又有美色，又能遺（貽）我以古人之法，可以配人君也。古者，后、夫人，必有女史彤管之法。史不記過，其罪殺之。后妃、群妾以禮御於君所。女史書其日月，授之以環，以進退之。生子月辰，則以金環退之。當御者，以銀環進之，著於左手。既御，著於右手。事無大小，記以成法。”《箋》云：“彤管，筆赤管也。”世傳“蒙恬造筆”，則秦始皇以前無筆，又安得有彤管記事？如古已有毛筆，並是彤管，有女史記録妃妾進御之法，試問，又與此詩何干？豈有女史與農人子相戀，竟捨其秉法持則之筆杆以詒所私，而又從至牧田，贈以柔荑者乎？《續序》釋："刺時也，衛君無道，夫人無德。"則又似此静好之女子爲國君夫人，而非書進御月日之女史。直將民間跳月、調情之事，横拉入于國君夫人，以寓其封建教條之義。更爲不妥也。

（十八）新　臺

三章。章四句。四十八字。

新臺有泚，河水瀰瀰。燕婉之求，籧篨不鮮！
新臺有洒，河水浼浼。燕婉之求，籧篨不殄！
魚網之設，鴻則離之。燕婉之求，得此戚施。

題解：此河上漁民刺衛宣公納世子伋妻子之詩。宣、惠、懿三世中，樂官不敢録。文公世乃出，故次邶風之末[1]。

首章，"新臺"，衛宣公納子婦爲夫人處也。當衛、齊孔道，臨河，有重樓複室，本衛君所築新城之行宫。世傳宣公所築[2]。《左傳》桓公十六年："初，衛宣公烝於夷姜，生急子（《史記》作"宣公愛夫人夷姜，夷姜生子伋"）。屬諸右公子。爲之娶於齊而美。公取之。"衛宏云："納伋之妻。作新臺于河上而要之。國人惡之而作是詩也。"（《毛詩序》）"泚"，即《孟子》"其顙有泚"之泚，人慚愧出汗之義。"瀰瀰"，水盛貌。夸言：新臺有人慚汗，其水量之大，使黄河之流瀰然盛漲。後二句，謂婚嫁

【1】衛宣公在位十九年卒。子朔立，是爲惠公。惠公三十一年卒。子赤立，是爲懿公。懿公九年爲狄所滅。惠公之後皆絶。《史記·衛世家》云："卒滅惠之後而立黔牟之弟、昭伯頑之子申爲君，是爲戴公。戴公申元年卒。齊桓公以衛數亂，乃率諸侯伐狄，爲衛營楚丘。立戴公弟燬爲衛君，是爲文公。"文公血系雖亦出於宣公，而其族姓屬於夷姜子與黔牟兄弟一黨，與惠公一系爲仇。故凡刺宣姜夫婦之詩，必待文公之世乃出。

【2】《水經注》卷五：河水又東經鄄城縣北……河水南岸有新城……北岸有新臺。鴻基層廣，高數丈，衛宣公所築臺也。《詩》齊姜所賦也。

所以求燕婉之好也。而乃陷于籧篨之中。“籧篨”者，漁人浸于水中以蓄其所得魚之坐籃[1]。“不鮮”，猶云如此之人不少，婚嫁者所當防也。舊説籧篨戚施爲不能俯仰之人者，謬也。顧炎武《詩本音》云：“泚，四紙。瀰，四紙。鮮，古章犀。”又云：“洒，古音銑。”兹用其音，故音與今音不同。

次章，“有洒”，即“小子當洒埽應對”之洒。《説文》“滌也”。亐言，新臺之耻洗滌用水，雖使河水浸溢上岸，不能滅其跡。“浼浼”，《毛傳》平地也。《孟子》“爾焉能浼我哉”，謂浸污也。陸德明云：“韓詩作浘浘，音尾，云盛貌。”皆水浸濡之意。“殄”，絶也（毛、朱同。鄭云“當作腆”。無取）。

卒章，“離”，與罹字通。《周詩》無罹字，字皆作離。“魚網之設”，乃以取水中之魚，而有飛鴻入焉，喻爲人間怪事。“戚施”，亦漁具，繩繫鐵鈎，抛入水中，横流而引之，遇魚即著，隨鈎引致，所得皆大魚。古代黄河捕魚之法也。今川邊猶有之。非親見者不能知此法。昔儒不能知，故不解此詩文義而妄爲之説曰：不可仰之疾也。

（十九）二子乘舟

二章。章四句。三十二字。

二子乘舟，汎汎其景。願言思子，中心養養。

二子乘舟，汎汎其逝。願言思子，不瑕有害？

【1】《國語》晉四：“文公問於胥臣曰：‘吾欲使處父傅讙也而教誨之，其能善之乎？’對曰：‘是在讙也。籧篨不可使俯。戚施不可使仰。僬僥不可使舉。侏儒不可使援。矇瞍不可使視。嚚瘖不可使言。聾聵不可使聽。童昏不可使謀。’……公曰：‘奈夫八疾何？’對曰：‘官師之所材也。戚施直鎛。籧篨蒙璆。’”韋昭注：“籧篨，直者，謂疾。戚施，瘁者。……直，直擊鎛，鎛，鍾也。蒙，戴也。璆，玉磬。不能俯，故使戴磬。”今按：胥臣言“籧篨不可使俯”者，謂漁者坐籃其口仰出水外，乃可畜魚。使俯，則籃口入水，魚皆逸去也。“戚施不可使仰”者，河魚皆依河床沙石礫間游行覓食，魚鈎俯向下乃能得魚，仰則鈎背向魚，不可鈎得也。初以物起喻，嗣乃及人。故籧篨字皆具竹頭（《國語》作草頭。古文從竹者，隸書每省作草頭）。明是器物之稱。縱使胥臣所喻爲不能俯仰之疾，其本義亦不當人疾之謂。自《國語》與此詩外，更不見有籧篨詞語。漢儒以來，遂惟以不能俯仰之疾説此詩，乃儒者之脱離實踐，但能依書説書之失耳。《月令》，季春之月，“具曲植籧筐”。曲，謂蠶箔。植，謂蠶箔架。籧筐，謂桑筐也。揚雄《方言》：“簟，宋、魏之間謂之笙，或謂之籧曲。自關而西謂之簟，或謂之㭨。其粗者謂之籧篨。自關而東，或謂之篕棪。”郭璞注：“棪，音剡。江東呼籧篨爲廢。音廢。”曰“籧筐”，曰“籧曲”，曰“籧篨”，曰“篕棪（簟音）”，皆以籧爲形容字，明爲竹器。《月令》之籧筐，《吕氏春秋》作籧筐，《淮南子·時則》訓作筥筐。《説文》謂籧篨爲“粗竹席”，援《方言》簟字以爲説也。編簟者當密，是籧爲密編篋器之義。籧與筥，亦密編而大之義。魚籃當密，坐籃當大。漁人之言必爲漁具。則籧篨爲坐籃之古稱可知。篨字，字書無專説，皆連籧爲詞。足知其爲勞動者之方言字，書作篨者，取竹器有除之義。除之本義爲人居無草之處，引申爲除草及除舊布新之義。漁人坐籃，固植於水中以畜魚，有如魚居，猶人之在階除，造字取義或如此耳。晉時人呼籧篨爲廢者，蓋亦取商賈廢居爲義。商人謂屯積曰居，斥賣曰廢。漁籃之儲魚如居之。尋復取賣爲廢之。亦其造字之義耶？朱熹《集傳》以爲“疾之醜者也”，亦用《方言》與《國語》結合爲説，謂：“籧篨本竹席之名，人或編以爲囷，其猶如人之擁腫而不能俯者。”由於不知漁具，故反復仍説爲醜疾。夫衛宣上烝於夷姜，下納其子媳，皆甘爲之配而不悔，豈其有醜疾不能俯仰者哉？《鄭箋》謂：“籧篨口柔。常觀人顔色而爲之辭，故不能俯也。”“戚施面柔，下人以色，故不能仰也。”不知其據。縱使其有所據，則正是和易之賢君，豈足以當此詩之義？

題解：此河上漁民，見公子伋與壽同舟赴齊，閔其俱死也。衛宣奪子伋妻爲夫人，是爲宣姜。“生壽及朔。屬壽于左公子。夷姜縊。宣姜與公子朔構急子。公使詣齊，使盜待諸莘。將殺之。壽子告之，使行。不可，曰：‘棄父之命，惡用子矣。有無父子之國則可也。’及行，飲以酒。壽子載其旌以先，盜殺之。急子至，曰：‘我之求也。此何罪。請殺我乎。’又殺之。”（《左傳》桓公十六年）《毛序》云：“思伋、壽也。”衛宏云：“衛宣之二子争相爲死。國人傷而思之，作是詩也。”國人究屬何人？自魏源引《新序》以爲其傅母所作外，别無有更指出者。《新詮》以爲詩語述其所見舟行，景趣逼真，當是目擊其舟行者所作。蓋亦漁民也。

首章，言舟行泛泛，聽其自流，非如有急。漁人望見舟影人影映于水中，目擊其登舟者之辭。“願言思子”，與《伯兮》“願言思伯”同義，素知其人，爲之傷嘆之辭。“養養”，毛云“憂不知所定”。作者蓋士人而隱于漁，素知宣姜與朔有殺伋之志，而壽庇之。《新序》謂宣公“使人與伋乘舟河中，將沉而殺之。壽知不能止，因與同舟，舟人不能殺”。蓋《魯詩》之説如此。

卒章，“汎汎其逝”，謂望見其舟遠去，至於影滅。與首章爲一事，非兩度望見。《新序》之説不可信。近世有人爲此事編劇，謂壽餞伋于舟中，因盜其旌先赴以死。揆于此詩，情理較合。“不瑕有害”，謂不虞其有害。是他人代爲憂嘆之辭。衛宏説爲二子死後“國人思之”之詩，與文義不合。

《邶風》小結

《邶風》十九篇，四千一百三十四字。《谷風》篇字量最大。次爲《柏舟》。再次爲《日月》。周詩通例，愈晚出者文愈繁，愈早出者文愈簡短。又文士之詩字較多，下層勞動者之詩恒簡短。惟《谷風》爲變例。以此疑其詩亦士人階級纂述棄婦之辭，非其婦能自作也。然冤將死者之農婦，吐其積忿而死，固不能免於絮絮。謂農婦自作之詩亦也可。

由《邶風》之詩不盡出于衛國，以説明邶爲樂類名稱最爲有力。更由此可知邶在風詩中爲流行最廣之樂類。

二、《鄘風》十篇

解　題

鄘邑，在朝歌東南，商丘之北，定陶之南，商先王屢遷所曾居之舊邑也。殷末爲奄國地。周公東征，滅奄。分其地屬魯、宋、曹國，鄘入于宋。《左傳》：昭公二十一年，“華氏居盧門，以南里叛。六月庚午，宋城舊鄘及桑林之門而守之”。時華氏南聯楚、吴與陳，已入宋都之盧門。宋人守桑林之門一隅，故城舊鄘邑於北鄙以待晋齊諸國之援。稱“舊鄘”者，明爲商之舊邑。商人自北來，成湯居亳，即商丘，鄘是其北邑。故商之風樂，流行此區亦久。盤庚遷殷後，亳邑廢而鄘邑猶盛，故凡承成湯以前之風樂者爲邶風，承成湯以後風樂者爲鄘風。承盤庚以後之商風者爲衛風。鄭玄《詩譜》謂“自紂城而北謂之邶，南謂之鄘，東謂之衛”，得其似矣，而方位剌繆。易鄘爲東，衛爲南，則近之也[1]。《吕氏春秋》所謂“東音”，即當包括鄘風與齊風。鄘承亳之後爲商樂中心，故漢儒以“商齊”連稱。

鄘風之樂器與邶同，而音調緩和，不如邶之激亢。故風亦當有衛以外諸國之詩。孔子所録，多是衛詩耳。

（一）柏　舟

二章。章七句。五十六字。

汎彼柏舟，在彼中河。髧彼兩髦，實維我儀，之死矢靡它。母也天只！不諒人只！

汎彼柏舟，在彼河側。髧彼兩髦，實維我特，之死矢靡慝。母也天只！不諒人只！

題解：衛共姜拒武公同庖之請，乞援於齊。值齊方亂，以其母命使從武公。共姜誓以此詩而死。事詳《邶·柏舟》。

首章，“髧”，舊音“徒坎反”，義通於耽。《説文》：“耽，耳大垂也。”馬端臨云：“凡字從冘聲者，多有垂義。”在此詩，當直訓爲垂。“兩髦”，謂兩綹髮分垂耳前。《朱傳》云：“剪髮夾胸。子事父母之飾。親死然後去之。此蓋指共伯也。”近世戲劇飾太子者，尤存此式（《毛傳》云：“髦，剪髮至眉。子事父母之飾。”于兩字不協）。“儀”，匹也。古音讀如莪。故“蓼莪”漢碑作蓼儀。朱云“葉牛何反”是也。“之死”，猶云“至死”。矢，誓也。誓不他適也。“母也天只”比父母養我如天之哺育。“只”，語詞。“諒”，原也。舊云“信也”。

卒章，易上章僅三字，意更深决，河側與河中不同者。嫁世子，則當爲夫人，如舟在河中。世子死，則爲世子寡妻，如舟在河側。特與儀不同者，“儀”爲心之所慕，但願嫁之耳。特則唯一之傑出者，願爲之死矣。慝與它不同者，“靡它”爲不二志。“靡慝”，則不遺慚慝于人。舊皆釋爲“匹也”，未盡其旨。

【1】 晋人皇甫謐，撰《帝王世紀》，又謂“自殷都以東爲衛，管叔監之。殷都以西爲鄘，蔡叔監之。殷都以北爲邶，霍叔監之。是爲三監”。以三監配邶、鄘、衛，已謬。又全誤其方位。衛在朝歌南曰東，鄘在東南而曰西，霍在西而曰北。謐病足不能出户，昧於地理形勢，但據舊籍恍惚之文，而以主觀推求之，此其失也。

（二）墻有茨

三章。章六句。六十六字。

墻有茨，不可埽也。中冓之言，不可道也。所可道也？言之醜也。

墻有茨，不可襄也。中冓之言，不可詳也。所可詳也？言之長也。

墻有茨，不可束也。中冓之言，不可讀也。所可讀也？言之辱也。

題解：此下層勞動者歌刺貴族家淫亂之詩。《毛序》“衛人刺上也”。舊注云：“宣公卒。惠公幼，其庶兄頑《昭伯》烝于惠公之母（宣姜），生子五人：齊子、戴公、文公、宋桓夫人、許穆夫人。”朱熹云：“舊説……頑烝于宣姜，故詩人作此詩以刺之。言其閨中之事皆醜惡而不可言。理或然也。”魏源則以爲：衛文公、宋桓夫人、許穆夫人皆非宣姜所生。公子伋亦非烝夷姜所生。宣姜無通頑之事。並謂：皆劉歆竄亂《左傳》之文。以此詩爲“刺衛公，與《新臺》同義”。（《詩古微》）

詮案：周代貴族之荒淫無耻，固不祇衛國爲然。即衛者，亦不祇宣公爲然。齊桓爲諸侯之尤賢者，而其内寵有姑、姊妹不嫁者九人。况齊襄、晋獻之倫乎。此詩三章，未有指人指事之語，謂爲普刺貴族之詩亦無不可。從來説詩者，于統治階級荒淫腐朽生活，多加隱蔽。于其不可能隱者，則嫁移于其階級中某一人，以爲當懲者僅此耳。作者之意未必如此。衛俗誠淫亂，中原諸國當時未必不然。衛宣誠淫亂，當時貴族之家未必不然。唯勞苦人民，衣食不足，飽暖是求，不暇爲淫亂耳。此詩以墻茨起興，語言鄙樸，可知其爲勞動人民刺貴族之詩而已。

首章，“墻有茨”，指貴族所居也。當時統治階級以氏族聚居，大者與其屬民共爲城邑。小者不築城墉，但以亂石爲短墻，種茨其上，以與平民之居隔絶。其中上烝上報，亂倫無耻之事，外人不能盡悉，然亦時有所聞。故詩但概乎言之，不能實指其事也。“中冓”，毛云“内冓也”。《魯詩》作“中夜”。《玉篇》引作“中𡪢”，蓋《韓詩》字。《玉篇》云，“中夜之言也”。《説文》“冓，交積材也。象對交之形”，蓋即古之媾字，故曰“不可道也”。“所”，自指之語詞。如《左傳》“所不與舅氏同心者，有如白水”（重耳誓舅犯語）之所。用於此詩，則如云“其事，我可得而言。然而竟不宣露者，醜惡不可聞故也。醜字本亦作魗，古音檮。與埽、道協。參看《鄭·遵大路》篇。

次章，“襄”古攘字。毛云“除也”。《説文》引《漢令》解衣耕謂之“襄”，謂極其力以耘耨也。馬瑞辰引日本《山井鼎考》云“古本並作攘”。“詳”，《韓詩》作揚。毛云：“詳，審也。”蓋謂其事多，詳言之則冗長難盡也。

卒章，“束”，謂剪除其茨，束曝以供薪用。亦喻事之結束。“讀”毛云“抽也”。

朱云“誦言也”。俱是播揚之義。“辱”，毛云“辱君”。詩意蓋謂：此其事已成過去，然史官應已書入，故其文不可讀。讀之則國人之羞也。

《南山》雄狐與《墻有茨》之醜，蓋刺同一之事。但爲齊爲鄘之樂類不同，亦猶兩《柏舟》之分屬邶、鄘耶？

（三）君子偕老

三章。一章七句，一章九句，一章八句。共一百字。

君子偕老，副笄六珈。委委佗佗，如山如河，象服是宜。子之不淑，云如之何！

玼兮玼兮，其之翟也。鬒髮如雲，不屑髢也。玉之瑱也，象之揥也，揚且之晳也。胡然而天也？胡然而帝也？

瑳兮瑳兮，其之展也。蒙彼縐絺，是紲袢也。子之清揚，揚且之顔也。展如之人兮，邦之媛也？

題解： 此衛大夫頌美莊姜之詩也。與《衛風·碩人》同義。《碩人》，國人之作，在莊公初年。此詩，大夫所作，在宣公之世。所見、所喻、所頌、所慨，各有不同，樂官分别譜爲鄘、衛，亦猶兩《柏舟》之分入邶、鄘也。舊説爲刺宣姜者，全與文義不合，但因舊説前後篇皆刺宣姜，不能不亦强附于宣姜耳。

首章，“君子偕老”頌語也。凡婦人用其夫謚爲稱者，其夫死而無慚德者，皆後即得謂之偕老。莊姜送衛莊公死，而貞一無慚，衛人敬愛故州吁不能害之。頌詩首用此句，明戴嬀娣娣等之未能終其位，而夷姜、宣姜等皆有慚德，惟莊姜克當此語也。“副笄六珈”，毛云：“副者，后夫人之首飾，編髮爲之。笄，衡笄。珈，笄飾之最盛者。”遠古衣飾，今莫能詳，但當依尤近於遠古者之説。總之是國君夫人之服飾耳。“委委佗佗”，猶《羔羊》之“委蛇委蛇”，盛服從客行進之貌。“如山如河”者，巋然端重，婉然舒徐之意，頌語之崇高者也。“象服是宜”，謂衣服與品德稱。象服，謂衣飾有山龍華蟲之象。朱云“法度之服”是也。“子之不淑”，嘆其無子，而撫子亦未獲善終。猶諸子皆無淑德，爲莊姜晚年憾事。舊説“子”指宣姜者大非。夫刺詩借用頌語者固有之。若此詩頌美語連三章，而突然夾用此面詬顯斥之語，則决無此例，亦斷無此理。淑者善也。無子，非善也。撫子完（桓公）不克終位，非善也。猶子州吁阻兵安忍，非善也。宣公上烝下報，穢亂成性，亦“不淑”之人矣。何必謂宣姜爲不淑哉。毛云“有子若是”，亦明謂此婦人之子。鄭玄以下，乃以子字爲斥宣姜。

次章，“玼兮”二句，毛云：“玼，鮮盛貌。褕翟，闕翟，羽飾衣也。”鄭云：“侯伯夫人之眼。”朱云：“翟衣，祭服，刻繪爲翟雉之形而彩畫之以爲飾也。”蓋與上章“象服是宜”一義。“鬒髮”二句，再頌其美髮。“鬒髮”，毛云“黑髮也”。即真髮之義，以别于假髮。古者人好美髮。髮不美者，恒以假髮飾之。此言莊姜之真髮盛黑如雲，不屑更爲假髮。髢，假髮也。朱云："人少髮則以髢益之。"是也。"瑱"，耳飾，舊稱"塞耳"。自髮際懸玉當耳門。《旄丘》詩云"褎耳"是也。"揥"，今髮梳，毛云："所以摘髮也。"謂髮之脱者如熟果可摘。古讀摘如剔，與揥同音，故以爲訓（商，音敵）。象揥，即象牙作梳狀以綰于髮髻爲飾。"揚且之晳"，毛云："揚，眉上廣。晳，白晳。"朱云"且，語助辭"。謂眉上廣額而白晳也。貴婦人頭上盛飾，僅露其額。"胡然"，作者驚咤之辭。"天"，謂天神。"帝"，謂"帝子"。夏、殷、周皆奉天帝爲最貴之神。天帝之子女爲帝王，天帝之爲帝子。詩語極頌其衣飾之美而不能及於面貌，蓋已是老婦人矣。最後二句，正説明其人身份之高，與其衣飾之美足使人震眩。此其與《碩人》相異之處。

卒章，頌稱其夏季衣飾，以展衣蒙于縐絺而以帶束之。"展衣"，毛云"以丹縠爲衣"。朱云"以禮見于君及賓客之服"。蓋夏季舒緩之外衣也。"縐絺"，鄭云"絺之蹙蹙者"。詮案：絲織而張弛其經緯，使輕而縐縮不平者，宜于夏衣。我國周代已能造，又且施于織葛。絲縐曰"縐"，葛縐曰"縐絺"。縐則不因汗而粘體，然薄，則易於影露其體，故不能爲禮服。禮服則蒙展衣其上而紲袢之，勿使飛揚也。如此衣飾，襯以清揚、白晳之貌，愈見其莊嚴之美。下"展"，亦即"展衣"之展。展衣寬大，人亦展然翩翩，推爲一邦之選。媛，淑而美之稱。全篇無一刺語。

（四）桑　中

三章。章七句。九十九字。

爰采唐矣？沬之鄉矣。云誰之思？美孟姜矣。期我乎桑中，要我乎上宫，送我乎淇之上矣。

爰采麥矣？沬之北矣。云誰之思？美孟弋矣。期我乎桑中，要我乎上宫，送我乎淇之上矣。

爰采葑矣？沬之東矣。云誰之思？美孟庸矣。期我乎桑中，要我乎上宫，送我乎淇之上矣。

題解：此衛人譏刺貴族淫亂之詩。時間在狄入衛前。所刺非一人一事，更不能確指爲某人某事。當時貴族荒淫，一般風氣如此。《左傳》成公二年，申叔詭遇申公巫臣，曰："子有三軍之懼，而又有桑中之喜，宜將竊妻以逃者也。"足見此詩流行之廣且速。正由其泛無確指，故人皆喜之而無所忌，能速流傳。亦可見衛貴族之腐化墮落，以召亡國之禍也。采唐、采麥、采葑，皆勞動人民之事，而詩語用之者，蓋貴族借之以期幽會。云孟姜、孟弋，皆大國嫁衛之女，可知其人爲貴族也。沬者，紂之故都，朝歌之舊名，《尚書·酒誥》作“妹邦”者是。“淇”亦衛之名水。“上宫”，《孟子》：孟子之滕，館于上宫。趙歧注“上宫，樓也”。按上詩語，不當是勝地，蓋謂貴族女子所居。

首章，“采唐”，毛云：“唐蒙，菜名。”《爾雅·釋草》：“唐蒙，女蘿。女蘿，兔絲。”後儒無别釋。詮案：女蘿、菟絲，皆非可食之物。此唐字，當是棠之借字。故唐即棠棣，今云海棠，古云甘棠者是也。“姜”，齊之國姓。衛君世娶齊女。言孟姜，足知其爲統治階級中人。姜女不必居長，而三章皆冠孟字，亦足知其泛言貴族之淫亂，非確指有人。“期我”三句，托爲男子自言。“期”，約會于桑林之中也。“要”，信誓于其私室也。“送”，縱情無忌，更自私居再遠送至淇水之上也。淇水近于衛邑。足知其所刺男子爲衛之執政者，微服而遠淫于朝歌附近貴族之家故曰“沬之鄉”也。

次章，易云“采麥”，更遠至于沬北，所期之婦女社會地位亦已較卑。“弋”，朱熹《集傳》：“《春秋》或作姒。蓋杞女。”謂《春秋》之定姒，《穀録》作定弋也（定十三年）。胡承珙《毛詩後箋》云：“姒，本作以。《白虎通》曰：夏祖昌意以薏以生，賜姓姒。《説文》無姒字，蓋即作以。弋與以，一聲之轉。”杞小國，其女所嫁，爲衛之士大夫階級。

卒章，易云“采葑”。沬之東，即鄘地，蓋作者目見之事，故詩在鄘風。“孟庸”，舊無人得其國姓，但曰“疑亦貴姓”而已。詮按：鄘非國名，其爲邑，蓋古氏族聚居之族落，入商乃爲鄘邑，其人本庸姓，故字邑曰鄘。“孟庸”，則僅大姓之女，非有國之姓，社會地位爲更低于小國之女矣。以三章遞降推之，當如此。

（五）鶉之奔奔

二章。章四句。三十二字。

鶉之奔奔，鵲之彊彊。人之無良，我以爲兄。

鵲之彊彊，鶉之奔奔。人之無良，我以爲君。

題解：此衛左泄與右公子職將逐惠公（朔），同謀時倡和詩也。事在《左傳》桓公十六年，及《史記》衛世家。

首章，“鶉”，即鵪鶉，今俗云竹鷚，似鷚而小，喜群而好鬥。“奔奔”，雌雄相逐貌。《左傳》引作“賁賁”，用賁勇之義。亦謂其逐雌相争之狀。凡鳥類，雄者相鬥，俱爲妬争。此以刺宣公（晋）之勇于淫奔也。“鵲”，即喜鵲，常噪鳴于簷際之鳥，古人以其鳴爲妖祥之占。“彊”，古强字，《説文》云：“弓有力也。從弓，畺聲。”在此詩，陸德明云“音姜”。畺字本音也。此蓋斥惠公（朔）之善讒。“彊彊”，則射有力，忍于中人也。“我以爲兄”，則是斥宣公。“兄”，段玉裁云：“古音荒。”蓋據朱熹“葉虛王反”爲説。詩當叶韻，故音 huāng。

卒章，移鶉句在前，而曰“我以爲君”，則明斥惠公矣。二公子之怨惠公，始于宣公之世。此詩，則作于惠公即位以後。《史記》：“左右公子不平朔之立也。”惠公四年，左右公子怨惠公讒殺前太子伋而代立，乃作亂，攻惠公。立太子伋之弟黔牟爲君。惠公奔齊。黔牟立八年，齊襄公率諸侯納惠公，誅左右公子。惠公，懿公之父也。故此詩，雖作于逐惠公前，亦如《新臺》《二子》，至文公世乃得入于樂官。

詩言爲君爲兄，皆非斥婦人語。舊説“刺宣姜”者，並非。

（六）定之方中

三章。章七句。八十四字。

定之方中，作于楚宫。揆之以日，作于楚室。樹之榛栗，椅桐梓漆，爰伐琴瑟。

升彼虛矣，以望楚矣。望楚與堂，景山與京。降觀于桑，卜云其吉，終然允臧。

靈雨既零，命彼倌人。星言夙駕，説于桑田。匪直也人，秉心塞淵，騋牝三千。

題解：此衛大夫之南遷者，擬《大雅·公劉》，以頌文公遷國之詩。國新覆敗，不能具雅樂，仍以風樂歌之，以振發其民心者也。

戴公居漕，數月而卒。齊桓公率諸侯爲衛伐狄，爲衛築楚丘，立戴公弟燬爲衛君，是爲文公。《史記》：“文公徙居楚丘，始建城市，而營宫室。得其時制，國人悦之。”（衛宏《續序》）“衛文公大布之衣，大帛之冠，務材訓農，通商惠工，敬教勤學，授方任能。元年，革車三十乘。季年，乃三百乘。”（《左傳》）文公少遭宣姜之亂，奔齊。故齊桓助之復國。其營丘，雖亦資齊之力，究其規劃經度，仍出於文公。此詩專頌文公而不及齊桓，故知其爲衛大夫之私頌也。作于文公之季年，已有革車三百乘時。

首章，“定”，北方之宿，所謂營室星是也。古之營造者，謂十月小雪時，定星昏中而正，于時宜于營造宫室（《鄭箋》説）。“楚宫”，楚丘之宗廟。“作”，興工也。“揆之以日”，毛云：“度日出入以知東西。南視定，北準極以南北。”朱云：“參日中之影以正南北。”俱謂使用日晷測方位之法。鄭云：“君子將營宫室，宗廟爲先，廄庫爲次，居室爲後。”宗廟當南面，故興工時先測定星。居室列東西，故興工時測日景也。“樹之榛栗”，爲其爲木主之材，子實又供俎豆之獻也。椅、桐、梓皆製琴瑟之材。漆亦製琴瑟所必用。“爰”，語詞，具“當得”之義。《鄭箋》云，“爰，曰也”，用《爾雅》説“爰伐琴瑟”，猶云：將可以伐爲琴瑟用也。六木，皆備宗廟祭祀而植，頌其謀猷之善。

次章，述興工前迴翔相地，鄭重占卜情形。“虛”，墟之古字，人聚居處也。指漕之臨時居邑。升其高處，以望楚丘與堂邑，相何者最宜營建新邑。“景山”，毛云：“景山，大山。京，高丘也。”朱云：“景，測景以正方面也。與‘既景迴岡’之景同。”當從朱說，猶揆之以日影之義。河濟間本兖州地，爲大平原，無所謂山谷。緣歷世車轍之軋轢，水流所侵刻，造成凹凸之土阜與溝壑。土阜之特高者爲丘，詩語爲山。土岡之厚闊者爲陵，詩語曰京。非省地名爲景山也（他處有之，河濟間無之）。“降觀于桑”者，測高之後，更下平原察其土宜。“桑”，亦地名，以種桑多，故曰桑也。殷周農業重桑與麥，故上土皆爲桑田。地名曰桑者多：亳有“桑林”，湯所禱處；沬有“桑中”，奔者所集；周有“桑野”，豳詩所歌；齊有“桑下”，蠶妾所在。亦他稱桑者正多。下章之“桑田”，殆即此桑也。桑之所在必近邑居。故曰“說于桑田”。此章問卜，當亦在此。“其吉，終然允臧”，謂卜語也。

卒章，“靈雨既零”，謂諸侯之助已至，非實言降雨，及時之雨爲靈雨。零，落也。《左傳》謂齊桓饋（歸）文公乘馬、祭服外，“牛、羊、豕、鷄、狗皆三百。與門材”及饋夫人魚軒、重錦。時齊方霸，齊桓如此饋遺，則諸侯之從而饋遺者應亦頗多。故衛大夫比爲靈雨也。“倌人”，《說文》：“小臣也。”《周禮·夏官》：“小臣，掌王之小命詔，相王之小法儀。掌三公及孤卿之復逆。正王之燕服。位王之燕。出入則前驅。……掌士大夫之吊勞。凡大事，佐太僕。”蓋人君左右服事之小官。毛云：“倌人，主駕者。”係就詩語推斷之，其職守應不衹爲主駕，蓋亦相人君近送吊勞之事。“星言夙駕”，謂晨星猶未没時即當駕出，赴桑田稅止，以款來饋之諸侯使者也。“夙”，早也。“說”，舍止也。音稅（《甘棠》篇同）。“匪直也人”，《毛傳》云：“非徒庸君。”鄭玄以下更無訓釋。《朱傳》云：“非獨此人所以操其心者誠實而淵深也，蓋其所畜之馬七尺而牝者，亦已至於三千之衆矣。”他之說此詩者，皆以爲頌文公“政行德實，故能興國以致殷富”（《孔疏》語），所以能致駿馬之多。夫詩方頌規劃經營興工之始，明是“元年有車三十乘”時耳。何能於“星言夙駕，稅于桑田”之日遂能突轉入季年車馬之多乎？此章明是迎勞諸侯來饋之事，頌文公之德能致諸侯之助耳。馬瑞辰說此句云：“《大戴禮記·將軍文子篇》曰：‘直己而不直人。’直，當讀如正曲直之直，謂正人之曲也。‘匪直也人’，也爲語詞，人，對下‘騋牝三千’言。言能及物，非僅能直人也。”此言近之。承上葑政務之勤，能率人以正而言，謂非徒能使人端正其態度而已。由其“秉心塞淵”，又能得諸侯助，致牝畜三千之多矣。

《燕燕》詩：“其心塞淵。”《毛傳》：“塞，瘞。淵，深也。”《鄭箋》無文。此詩，鄭云：“塞，充實也。”馬瑞辰曰：“塞者，寋之假借。《說文》：‘寋，實也。從心，塞省聲。’引《虞書》‘剛而寋。’（在皋陶謨）《史記》作‘剛而實’。實爲塞之本訓。或作瘞者，誤也。《玉篇》引詩，‘其心寋淵’，蓋從三家詩，用本字。”其說實邁越前人，妙得詩義。

（七）蝃　蝀

三章。章四句。五十一字。

蝃蝀在東，莫之敢指。女子有行，遠父母兄弟。

朝隮于西，崇朝其雨。女子有行，遠兄弟父母。

乃如之人也，懷昏姻也。大無信也，不知命也。

題解：此衛女遠嫁異國，亦遘新臺之變。猶懷其許嫁之人而作。舊説爲淫奔之詩，與刺宣公、宣姜者，並非[1]。

首章，以虹喻婚約之難信。蝃蝀，雙聲，其合音爲虹。爲日光折射于水汽所成之幻象。詩以之起興，喻其幻惑無實質。“莫之敢指”，則其人之强暴有勢，莫敢抗言，係指一國之君可知。下文，因嘆孤弱女子，遠嫁異國，遭逢婚變，不可得父母兄弟之助，無力自主也。

次章，“隮”，升也。“崇”，終也。言虹朝起于西方，則不終朝而必雨。上章言虹在東，謂所嫁國在東也。此言“于西”，則母國之方也。蓋遥盼母國之援而不可得之意。

卒章，“乃如之人”，指原所訂嫁之人。“懷昏姻”，謂其人當尚懷想婚媾。“大無信”，指奪婚者。“不知命”，自傷之詞，疑所嫁者爲齊桓諸子，孝公、昭公、懿公、惠公之倫。兄弟弑奪相尋，衛女許嫁前君，至而爲後君所奪。婚姻隨政局變化而變，故喻爲蝃蝀耶。大，古太音，義並同。

（八）相　鼠

三章。章四句。四十八字。

相鼠有皮，人而無儀。人而無儀，不死何爲？

相鼠有齒，人而無止。人而無止，不死何俟？

相鼠有體，人而無禮。人而無禮，胡不遄死？

【1】 漢儒與朱熹，皆謂此爲淫奔之詩。以虹爲天地之淫氣。“虹氣盛，君子見戒”（《毛傳》）。“淫奔之惡，人不可道”（《朱傳》）。然詩語所重複不已者，乃在“遠兄弟父母”，無淫奔之意。何楷以爲“刺宣公奪婦事”。方玉潤以爲：“邶風已有新臺，此不當更有詩。”判爲“代衛宣姜答新臺也”。謂：“《新臺》以刺宣姜，故詩人又設爲宣姜之意代答《新臺》。互相解嘲，亦諷刺之一體。其意若曰：予之失節，豈得已哉。”夫此詩叙《定之方中》後，則文公以後詩也。時若宣姜尚在，已老嫗矣。何容重念新臺舊憾而有“遠父母兄弟”之嘆耶？故其説亦非也。

題解：此當從《白虎通》説，爲妻諫夫之詩，作於衛文公時。衛之公室，肆爲淫亂。雖亡國渡河，惡習未改。文公雖以儉禮率下，迄不能制。然其正名爲嫡妻者，已微有所怙恃，故敢如此斥責其夫。一人作之，群夫人争傳歌之，樂師采以入樂焉。

首章，連毛曰皮（與《召南·羔羊》之皮同音婆）。謂外表也，故以喻人之有儀。“儀”字古音娥。疑此章原作“不死爲何”。《左傳》宣公二年，城者謳刺華元。華元“使其驂乘，謂之曰：‘牛則有皮，犀兕尚多。棄甲則那。’役人曰：‘從（縱）其有皮，丹漆若何。’”以皮與多、何爲韻（那當讀羅音，《萇楚》詩同）。鄘地近宋，故知詩語原當如此。後儒既讀皮爲疲音，儀爲宜音，遂並倒作“何爲”字也。朱云，“皮，叶蒲何反”，“儀，叶牛何反”，皆是。謂“爲叶吾何反”則非。顧氏《詩本音》：皮音婆。儀音俄。爲音僞，則讀如訛。亦協，但嫌在何訛連用，非詩法。

次章，“止”，毛云“所止息也”。鄭、朱並云，“容止也”。詮按：止，當作耻。古耻字原衹作止。人有所不爲則止，故知耻爲止也。若其人僅無所止息，或容止不足觀，何至即責以“不死何俟”乎？齒、耻同音。故以齒興耻，猶下章以體興禮。

卒章，“遄死”，謂速死。責詬尤厲之辭也。

魏源《詩古微》以此爲夷姜之詩。夷姜於宣公納媳後，自縊死。此其臨死詬宣公之詩耶？若然者，亦當是文公世乃出。然夷姜亦自無耻，何能以此責人。又文公亦當不容傳播夷姜如此詬誶之情。故不當取。

（九）干 旄

三章。章六句。七十二字。

孑孑干旄，在浚之郊。素絲紕之，良馬四之。彼姝者子，何以畀之？

孑孑干旟，在浚之都。素絲組之，良馬五之。彼姝者子，何以予之？

孑孑干旌，在浚之城。素絲祝之，良馬六之。彼姝者子，何以告之？

題解：許穆夫人出嫁日，迎親之使車且至，其女友聞報，調侃之詩也。初未入於樂官。迨許穆夫人賦《載馳》，乃並録之。故雖事在狄入衛前，叙列于鄘風之末。

首章，言：許國大夫代其君迎親之車，至郊。問新人，將何以畀之乎？“干旄”，來使之車載干、建旄，兩服兩驂爲四馬，大夫之車也。《鄭箋》云：“周禮：孤卿建旃，大夫建物，首皆注旄焉。時有建此旄來至浚之郊。”爲迎女也。“浚”，故衛之都邑（説在《泉水》篇）。“紕”，《毛傳》：“所以織組也。”《簡兮》云：“執轡如組。”謂馭馬得法。此言：來使乘四馬之車，載盾建旄，素絲之轡，馭其良馬。已在浚之郊矣。美好女子，將何以應付之耶？使人給物曰畀。

次章，衛君聞使將至，遣其大夫迎導于郊，乘馬載盾與旟以往。故使至都邑，共已五馬。"旟"者，旟畫鳥隼，行軍所用。明是遣以勞衛來使意。既接，則旟載與車，故曰"干旟"，而有五良馬。"予之"，謂當有以授之，進于畀之也。親自授物曰予。

卒章，許使偕衛之大夫入城，衛君夫人遣内小臣迎勞于門内，亦乘良馬，載旌以往。"析羽爲旌"，(《毛傳》) 夫人之使也。既接，亦載旌于車，明國君、夫人皆已許嫁。"祝之"，毛云"祝，織也。四馬六轡"。鄭云"祝當作屬"，蓋《韓詩》作屬字。紕、組、屬，俱爲叶四、五、六韻用字。爲義並同。"告之"，則更當以言語接之，漸進而益親矣。告音鵠。

此詩，漢、唐、宋儒皆説爲美衛文公禮請隱士，至于再三加重其禮。謂"彼姝者子"爲斥隱士。考春秋及其以前並無禮聘隱士之制。《左傳》："旃以招大夫，弓以招士，皮冠以招虞人。"(昭公二十年) 及《孟子》所云"齊景公田，招虞人以旌"者，皆召之之義。戰國以後，乃有熱衷投機者，借隱遁以干高位，夸古隱士之賢，造爲人君禮聘之説。漢世乃有徵辟[1]之制行。于是儒士之乖僻者，因妄説湯得伊尹，高宗得傅説，齊桓得甯戚，諸任用奴隸事爲禮待賢者。遂並以此《考槃》等若干篇周詩爲隱士之頌。徒欲以此爲其友人干進之階而已。牽强謬妄，至于以女子之稱加於隱士，亦可笑已。

(十) 載　馳

舊云："五章。二章六句，二章四句，一章八句。"兹從朱傳作四章。二章六句，二章八句。凡一百一三字。

載馳載驅，歸唁衛侯。驅馬悠悠，言至于漕。大夫跋涉，我心則憂。

既不我嘉，不能旋反。視爾不臧，我思不遠。既不我嘉，不能旋濟。視爾不臧，我思不閟。

陟彼阿丘，言采其蝱。女子善懷，亦各有行。許人尤之，衆穉且狂。

我行其野，芃芃其麥。控于大邦，誰因誰極！大夫君子，無我有尤。百爾所思，不如我所之。

題解：《毛詩》舊序云："許穆夫人作也。閔其宗國顛覆，自傷不能救。"《左傳》閔公二年："衛之遺民男女七百有三十人。益之以共滕之民爲五千人。立戴公，以廬於曹。許穆夫人賦《載馳》。"由有此語定局，又復協于詩之文義，故歷世説詩者無異辭。

詩語懇摯，熱情洋溢，當時傳誦在列國間。克以促成齊桓存三亡國（邢、衛、杞，

【1】 徵辟：徵召、薦舉之謂。漢、晋之世，朝廷或三公以下，召舉布衣之士授以官職。《晋書・王裒傳》："隱居教授，三徵七辟，皆不就。"——整理者注。

皆狄所滅）霸業。故孔子並《干旄》録之，以傳其人。

唐人“定本”載此篇章句，不云兩章六句，而分作兩句言之，已可疑。朱熹《集傳》云：“舊説此詩五章，一章六句，二章、三章四句，四章六句，五章八句。蘇氏合二三章爲一章。”按《春秋傳》：“叔孫豹賦《載馳》之四章，而取其‘控于大邦，誰因誰極’之意。與蘇氏合。今從之。”所稱蘇氏，謂蘇轍之《詩集傳》。立證在《左傳》襄公十八年。故可從。三家詩蓋作四章。毛詩家説爲五章者，誤也。

首章，毛云：“載，辭也。”鄭云：“載之言，則也。”並爲已經行動之語辭。“唁”，毛云：“吊失國曰唁。”鄭云：“衛侯，戴公也。”漕，即曹邑，戴公與衛渡河遺民所居。“大夫跋涉”，毛云：“草行曰跋，水行曰涉”。鄭云：“衛大夫來告難于許時。”朱云：“許之大夫有奔走跋涉而來者。夫人知其必將以不可歸之義來告，故心以爲憂也。”當用朱説。蓋衛之亡，宋桓公能具舟助濟，而許無所動。許雖男爵小國，春秋初世猶能與鄭抗。召陵之役，亦從齊師伐楚，則亦非積弱。地近於宋，乃不能從宋桓公出兵以助姻國，君懦臣偷，衛姬痛之。實曾驅車逕出，聲言歸唁，有赴死之志。既而許君遺大夫追之。衛姬望見軍仍不出，知身亦不可得往。言“憂”者，諱言許君之懦，不忍顯斥。但憂其志不申，怒忿之氣自見。

次章，當用《朱傳》：“嘉，臧，皆善也。遠，猶忘也。濟，渡也。自許歸衛，必有所渡之水也。閟，閉也，止也。言思之不止也。言大夫既至，而果不以我歸爲善，則我亦不能旋反而濟以至于衛矣。雖視爾不以我爲善，然我之所思，終不能自已也。”今按：“旋濟”，許至漕，當越濟水（曹在河濟之間），非泛言濟渡。蓋已將至衛界之濟，而被追回之辭。

三章，毛云“偏高曰阿丘。蝱，貝母也”，“行，道也”，“尤，過也”。鄭云：“善，猶多也。”朱云：“又言以其既不適衛而思終不止也，故其在塗，或升高以舒憂想之情，或采蝱以療鬱結之疾。蓋女子所以善懷者，亦各有道。而許國之衆人以爲過，則亦少不更事而狂妄人爾。”今按：蝱字從蟲，不當爲植物之貝母。自毛訓貝母，《爾雅》因之。後世遂莫能易。查牛蝱，亦自藥物，著于《本草》。作蜚宝。《淮南子·説山》訓云：“蝱散積血。”蓋亦解鬱之藥也。蝱似蠅而巨，嘴管如劍，能刺穿牛皮，以吸食人畜血爲生。凡牧牛之場所多有之。阿丘，蓋牧牛所在，故衛姬于此采蝱耳。不當説爲貝母。

卒章，“芃芃”，盛長貌。言麥之方盛，感衛之憔悴。《春秋》狄入衛在十二月。則此時所見之麥爲春初之“宿麥”，未結實時也。“控”，訴也。毛云：“引也。”馬瑞辰引《一切經音義》云：“韓詩云：‘控，赴也。’……即謂走告於大邦耳。《左傳》襄公八年云：‘無所控告。’……即赴告也。”又引《春秋》隱公十年：“宋人、蔡人、衛人伐戴。鄭伯伐取之。”（經文）《公羊傳》云：“‘其言伐取之何？易也。其易奈何？

因其力也。因誰之力？因宋蔡人衛人之力也。’是因謂因人之力。”今按：毛傳云：“極，至也。”鄭云：“今衛侯之求援引之力助于大國之諸侯，亦誰因乎，由誰至乎？閔之，故欲歸問之。”朱云：“自傷許國之小而力不能救，故思欲爲之控告於大邦，而又未知其將何所因，而何所至乎。”舊説“誰因誰極”句者，其不能一致如此。兹别爲之新詮：則此許穆夫人自言其出，雖無力救衛，亦將控之於大邦，視誰因之以存亡國，而致霸業；誰坐視而自限于六極。蓋激忿之辭也。《書·洪範》：“九曰嚮用五福。威用六極。……六極，一曰兇短折。二曰疾。三曰憂。四曰貧。五曰惡。六曰弱。”凡説詩，他本有異文者，可從異文求義。若此之因與極，無異文，本義亦自可通。即不當以同音通假説之。清儒多釋極爲殛，妄矣。《毛傳》説爲至也，亦于文不應。當從婦人忿激之言體會，是爲得之。“百爾所思，不如我所之”者，言爾諸君臣雖亦籌爲存衛之計，泛語多端，如其不能“控于大邦”，終無益耳。“我所之”，謂“控于大邦”，指齊、宋、魯、鄭、晋也。而“大夫君子”，反以我之出見尤乎？

後注：《新詮》于三百六篇詩，全用舊説者衹此一篇。而亦不盡用昔人訓説之字義如此。

兹從宋儒説，合併爲二十九章。

《鄘風》小結

《鄘風》十篇，二千五百二十一字。《載馳》文最多，《君子偕老》次之，《桑中》又次之。皆春秋世較晚出，統治階層文人之作也。最少者《鶉之奔奔》，勞動人民之作也。作者之國籍，可知者爲衛、齊、許。許近於宋。宋、齊、衛、許並流行鄘風之證也。孔子所録衹此十篇而已。有關許穆夫人詩列於最後者，衛太師所存，計爲外故也。

三、《衛風》十篇

解　題

《逸周書·世俘解》云：“甲申，百弇以虎賁誓命伐衛。”則殷代原有衛國，與殷同亡。迨周公既平管蔡之亂，滅殷社，改封弟康叔於浚邑，命國號衛，用舊國名，亦取藩衛之義。其邑在朝歌之南。其人皆殷之餘民，淫佚群飲相尚。《酒誥》誡之，終不能禁。其樂亦商之餘風，而異於邶、鄘，嬛輕放誕，號爲“淫聲”，康叔時，爲東方大國。其後漸替，至亡於狄。餘民渡河者不過數百，賴齊桓率諸侯攘狄，以存之。文公導民於節儉，克復存立。其地歷史悠久，文化高出列國之上，影響所及，至爲廣闊。言風樂者必先邶、鄘、衛。孔子游於魯境之外十四年，居衛最久，所録衛之樂詩亦最多。鄘風、衛風各不過十篇，僅當邶風之半。足知鄘、衛風皆後出之樂類，屬於邶之支派。其特稱以衛風者，明是康叔封後新成之樂派也。

（一）淇　奥

三章。章九句。百一十字。

瞻彼淇奥，綠竹猗猗。有匪君子，如切如磋，如琢如磨。瑟兮僩兮，赫兮咺兮。有匪君子，終不可諼兮！

瞻彼淇奥，綠竹青青。有匪君子，充耳琇瑩，會弁如星。瑟兮僩兮，赫兮咺兮。有匪君子，終不可諼兮。

瞻彼淇奥，綠竹如簀。有匪君子，如金如錫，如圭如璧。寬兮綽兮，猗重較兮。善戲謔兮，不爲虐兮。

題解：此衛樂官頌美武公之詩。武公在位時，當周宣王十六年至平王十三年（公元前812—858）。各國文學藝術之選集中於樂官。此詩多頌樂舞威儀之美，故測爲樂官所作。武公多才藝，矯飾好名，善爲威儀。封建社會以此爲賢，故《柏舟》詩曰“威儀棣棣”也。大抵武公自矯飾威儀，好爲戲謔外，亦無他長。由于好名而多壽，名亦歸之。尤以嗜樂能舞，爲樂官所愛。詩篇固未稱其德業。自《大學》有“道盛德至善”之語，歷世説詩者從之，而諱其弑兄逼嫂之事焉。

首章，頌其刻意修飾威儀煊赫，謂如淇園之竹，琢磨成簫管，藝事之人，當奉爲修業之道。“匪”，斐之假借，“有斐君子”，乃是贊其衣飾威儀之美。舊説者用“斐然成章”（《論語》）句義説爲“學問”，則《大學傳》所誤也[1]。“諼”，《大學》作諠。“諠”，非美語。《史記·晁錯傳》“諸侯諠譁”，《晋書·羊后傳》“百姓諠駭”，此言“不可諠”，蓋當時人民已有議論其美飾非儉，戲謔不莊者，詩故云“終不可憂”也。《毛詩》改作諼。訓“忘也”，以曲就其“美武公之德”之説。馬瑞辰又曲爲之説曰：“萱草可以忘憂。《毛詩》作諼草”。以此爲訓忘之義。則“終不可忘憂”，豈即可説爲頌詞哉？《説文》：“諼，詐也。”段注引何休《公羊傳注》同。又引《息夫躬傳》“虚造詐諼之策”，師古注云：“諼，詐辭也。”亦衹當説爲“終究不能説成他是矯飾、詐

【1】《大學》載曾子曰：“如切如磋者，道學也。如琢如磨者，自修也。瑟兮僩兮者，恂栗也。赫兮喧兮者，威儀也。有斐君子終不可諠兮者，道盛德至善，民之不能忘也。”此爲儒家經典中，説詩之最長而明確者。故漢儒以下，莫不依此立説，定爲頌衛武公之詩。然曾子時，説詩皆衹斷章取義，以就己意，非曾考訂全篇義旨者比。曾子初未云頌衛武，衹後儒以衛詩首篇，有“善戲謔”語，結合《抑》戒，定爲頌衛武詩。遂强以曾子之説衛武公。當亦非曾子初意。故其説愈迂曲，而悖于史實耳。衛武能詩，因可以言“文章”。然詩之本旨，只稱其善飾威儀。

僞”。“終不可”者，曾議其矯僞可知。

次章，專頌其衣飾之珍貴。“充耳琇瑩”，謂其塞耳之琇爲美玉。“會弁”，鄭云：“會，謂弁之縫中，飾之以玉。皪皪而處，狀似星也。”所謂“威儀”，蓋亦衹如此耳。

卒章，“簀”，毛云：“積也。”朱云：“棧也。竹之密比似之，則盛之至也。”今按：“簀”，席也。詩謂竹之老熟而密如簀篋之比，以喻其人之暮年。“如金如錫”，喻其體之强堅如銅與錫。“如圭如璧”，喻其爵位之崇高，如圭璧之價重。“寬兮綽兮”，頌其性格之雍容平易。“猗重較兮”，謂其能任人，倚重卿士。毛云：“重較，卿士之車。”其人佻僖不莊，則頌云：“善于戲謔，謔不虐。”終無德業可稱。故曰，樂官諛頌之詩也。

（二）考　槃

三章。章四句。四十八字。

考槃在澗，碩人之寬。獨寐寤言，永矢弗諼。

考槃在阿，碩人之薖。獨寐寤歌，永矢弗過。

考槃在陸，碩人之軸。獨寐寤宿，永矢弗告。

題解：衛莊公荒淫，莊姜雖美淑，不能專寵。此幽怨中强自矜持之詩。以其爲莊姜自作，故敘在《碩人》前。從來説者皆以爲詠隱士之詩。大謬[1]。

首章，自言生活無聊，出游于溪澗之間以自適。《毛傳》：“考，成。槃，樂也。”《朱傳》：“槃，盤桓之意。”今按：“考槃在澗”，謂克成槃游于肥泉美溝水澗（參看《泉水篇》）。“碩人”者，莊姜初嫁時，衛人頌美之稱。莊姜此時藉以自指。舊皆訓碩爲大。蓋碩之本義爲大石。莊姜借用其稱，則喻己爲“石人”，謂雖見莊公淫亂無度，無動於中也。“寬”，寬緩從容，不急不躁之義。“獨寐”，謂游歸則獨宿。“寤言”，謂睡醒則獨語。“永矢弗諼”，强抑其情之辭。“矢”，誓也。“諼”，通諠。弗諼，謂不作嫉妬諠譁之怒。

【1】 此詩，《毛序》但云：“刺莊公也。”衛宏續之云：“不能繼先公之業，使賢者退而窮處。”後儒遂雷同爲頌美賢者隱處之詩。《鄭箋》釋“永矢弗諼”爲“長自誓以不忘君之惡”，“弗過”爲“不復入君之朝”，“弗告”爲“不復告君以善道”。硁硁然與其君若讎敵之怨。又以諼爲忘，薖爲饑，軸爲病，若詩人萬分垂憐此隱士者。朱熹覺其可笑，改説爲“美賢者隱處澗谷之間，而碩大寬廣，無戚戚之意”，“自誓其不忘此樂”，“若將終身”及“不以此樂告人”。自較《鄭箋》爲勝。而不知周代無所謂隱士。夫“隱士”者，必生活能自滿足，乃能遁世自安。故隱士必屬于地主階級。秦以前無土地兼併，即不能有大地主，則安能有隱士。誠使有遁世如伯夷叔齊者，亦徒餓死耳，安得盤桓澗阿，寤歌無戚乎？況春秋以前，國君兵賦、力役、税租一切寄諸户口，其管理户籍至爲嚴密，固不可能有逃避現實之隱士，社會歌謡又豈能詠及隱士哉。夫此詩三章，言其人“在澗”、“在阿”、“在陸”，不一其處，而以爲居處之地，豈隱士亦營有三窟耶？其爲不通亦甚明矣。

次章，言再出游於山河。至饑乃歸。“薖”，《鄭箋》云：“饑意。”蓋謂腹中空虛，無所忮求也。毛云“寬大貌”，與上章重複。陸德明云：“韓詩作過。過，美貌。”亦于詩語未協。“弗過”，謂不過其面前，亦是不忮不求之義。

卒章，又言游于平陸。《朱傳》：“高平曰陸。”《禹貢》冀州：“恒衛既從。大陸既作。”又導河“北過降水，至于大陸”。皆指衛地之平陸也。“軸”，即車軸。車輪旋轉，輪輻劇動而軸若静。詩以游車行進，而石人之心若軸之不摇也。“弗告”，謂不以此情告人。婦人妬夫多内，出自天性。所謂“賢婦不妬”者，封建士大夫爲人君壓抑婦女之讕言。莊姜有此詩，即莊姜之所以爲賢耶？

（三）碩　人

四章。章七句。百一十二字。

碩人其頎，衣錦褧衣。齊侯之子，衛侯之妻，東宫之妹，邢侯之姨，譚公維私。

手如柔荑，膚如凝脂，領如蝤蠐，齒如瓠犀，螓首蛾眉。巧笑倩兮，美目盼兮。

碩人敖敖，説于農郊。四牡有驕，朱幩鑣鑣，翟茀以朝。大夫夙退，無使君勞。

河水洋洋，北流活活。施罛濊濊，鱣鮪發發，葭菼揭揭。庶姜孽孽，庶士有朅。

題解：此莊姜初婚時，衛人從大夫入齊迎婚者，艷羡歌頌之詩。

首章，盛稱其身世戚族。“碩人”，傑出者之義。“其”，語辭。“頎”，長也。鄭云：“碩，大也。”言莊姜儀表，長麗俊好，頎頎然也。“錦”衣，絲織有紋彩之衣。“褧”，毛云：“襌也。”《説文》：“褧，檾也。”引此詩。又“褧，木屬也”，引《詩》作“衣錦檾衣”。蓋《韓詩》作檾。《禮記・中庸》引《詩》作絅。蓋即今云苘麻所織之衣，猶葛所織者即曰葛也。毛云：“夫人德盛而尊，嫁則錦衣加褧襜。”鄭云：“國君夫人翟衣而嫁。今衣錦者，在涂之所服也。尚之以襌衣，爲其文之太著。”是依《中庸》“衣錦尚絅”，“惡其文之著”爲説。今按：齊女嫁衛，行道悠遠，故雖衣美麗之錦衣，復罩以麻織成之素襜，勿使塵污。明此時中華已有麻織品。《齊風・豐》詩同。與枲爲兩種纖維植物。枲即大蔴，質較粗。我國最古之“布”，爲枲所織。春秋世，始有布，苧布，質較細韌。于是貴女宫尚褧衣。故知是蔴初製成布時也。“齊侯”，指齊莊公。“衛侯”，衛公。“東宫”，《左傳》云“衛莊公娶于齊東宫得臣之妹”是也。《史記・衛世家》：“莊公五年，取齊女爲夫人。美而無子。”指莊姜也。衛莊五年，當齊莊公之二十七年，是莊姜爲齊莊公之女。所謂“東宫得臣”，蓋齊莊公太子未得嗣位者也。《齊世家》，莊公名購（世本作贖），立二十四年而西周亡於犬戎。則莊姜之嫁，在平王之三年也。莊姜之嫁在“春秋”前四十六年。詩稱“東宫之妹”者，《朱傳》云：“明與同母，言所生之貴也。”東宫得臣，蓋齊莊公卒，禄甫嗣爲太子也。“邢侯”、“譚公”名，世無考。《毛詩》：“妻之姊妹曰姨。姊妹之夫曰私。”

次章，盛夸莊姜之美。夫人出，乘蔽車，國人不得望見。惟迎婚徒從，于長途跋涉中，上下車輿時，人得見之。“柔荑”，謂如嫩茅之軟白。“凝脂”，喻其膩澤。“蝤蠐”，朱云：“木蠹之白而長者。”今俗云“老木蟲”，肥白柔嫩，可采而啖之蠕蟲也。“瓠犀”，朱云“瓠中之子方正潔白”也。“螓首”，毛云“顙廣而方”。《箋》云“謂蜻蜓也”。“蛾眉”，謂眉闊而濃，如蠶蛾之眉。“倩”，毛云“好口輔”，謂笑時口角之美。“盼”，毛云“白黑分”，謂眼珠之美也。

三章，稱其既至成禮時之飾，“敖敖”，毛云“長貌”，與頎頎同義。“説”，舍也，與“説于桑田”義同。“農郊”，毛云：“近郊。”鄭云：“此言莊姜始來，更正衣服于衛近郊。”朱云：“四牡，車之四馬。驕，壯貌。”“幩”，鑣飾也。鑣者，馬銜外鐵，人君以朱纏之也（俱用毛説）。“翟，翟車也。夫人以翟羽飾車。茀，蔽也”，鄭云：“此又言：莊姜自近郊既正衣服，乘是車馬以入君之朝。皆用嫡夫人之正禮。”古者婚禮行於夜間，故迎婚至近郊，又須稍停以待時。既車至朝，則從者不得更進，唯迎親之大夫得從之入朝，參加婚禮。“大夫夙退，無使君勞”，蓋從者勗大夫之詞。夙，早也。早退，無使君王勞于聽政之意。從者不得入朝參加婚禮，故其詩不及行禮、廟見之事。

卒章，言莊姜媵從之盛。以途中所見景物喻其盛狀。自齊入衛，當渡黄河，躭延頗久。故自“河水洋洋”説起。衛境之河北流，向碣石入海。“活活”，水流動貌。佇待渡時，見漁氏施罛得魚之狀。毛云：“罛，漁罟，濊施之水中。鱣，鯉也。鮪，鮥也。發發，盛皃。葭，蘆。菼，薍也。揭揭，長也。孽孽，盛飾。庶士，齊大夫送女者。朅，武狀貌。”鄭云：“庶姜，謂姪娣。”朱云：“菼，薍也，亦謂之荻。……庶士，謂媵臣。”

今按：“發發”，音撥刺之撥。陸云：“音補末反。”馬云：“魚著網，尾發發然。”是也。庶姜，謂送婚之女性。庶士，謂送婚之男性。當包括媵奴在内，而不必盡爲媵奴。“庶”者，卑賤階級之稱，非謂送婚之大夫，但言齊之送婚人衆耳。在長途中，差池不盡相值。此時皆聚於朝外，乃稱其孽孽、朅朅焉。“朅”，陸云“欺列反”，與揭、孽爲韻。

（四）氓

六章。章十句。二百四十字。

氓之蚩蚩，抱布貿絲。匪來貿絲，來即我謀。送子涉淇，至于頓丘。匪我愆期，子無良媒。將子無怒，秋以爲期。

乘彼垝垣，以望復關。不見復關，泣涕漣漣。既見復關，載笑載言。爾卜爾筮，體无咎言。以爾車來，以我賄遷。

桑之未落，其葉沃若。于嗟鳩兮，無食桑葚。于嗟女兮，無與士耽。士之耽兮，猶可説也。女之耽兮，不可説也。

桑之落矣，其黄而隕。自我徂爾，三歲食貧。淇水湯湯，漸車帷裳。女也不爽，士貳其行。士也罔極，二三其德。

三歲爲婦，靡室勞矣。夙興夜寐，靡有朝矣。言既遂矣。至于暴矣。兄弟不知，咥其笑矣。静言思之，躬自悼矣。

及爾偕老，老使我怨。淇則有岸，隰則有泮。總角之宴，言笑晏晏。信誓旦旦，不思其反。反是不思，亦已焉哉！

題解：衛有士人女寡，挾其貲財以嫁農村之小貿。三年後，小有違迕，此婦數責其夫相負之詩。全篇無凄婉慘楚之語，與《谷風》情詞迥異，舊説爲棄婦哀怨之作，非也。詩語平淺通暢，詬誶有力，當原是士人女作商人婦，寡而挾有貲財者，悦小貿少年而嫁之。既嫁而不見愛，則挾持舊情與貲産以相責。大抵財勢能力一切高於小貿之男女，但年齒已長而色不足以博愛，則爲此潑辣要挾之辭以凌之。非弱者之言也。

首章，“氓”，《唐石經》作甿，爲周代對農民之稱謂字。“蚩蚩”，朱云：“無知之貌。”抱其土産之蔴布，以求兑换絲織品，農民之兼營小貿者也。因來此寡婦家“貿絲”，而相謀爲嫁娶。則婦爲邑居商賈之寡妻可知。謀雖未定，而情已上屬，故送之逾淇水，遠至“頓丘”之地。明此寡婦頗驕貴，又善於推拿擒縱。雖悦其年少而未輕許。“匪我愆期”二句，飾言：“非我拒你所訂婚期，你未遣媒妁來，故也。請你勿怒，更訂期於秋季，以待你之媒來，再訂嫁期可也。”

次章：“復關”，舊皆説爲男子所居之地名。按詩語當是媒復關白之義。關字本義，闔門而以横木關合之也。故凡合二人相商之事曰“關白”，合二人之私曰“關説”。上言“子無良媒”，此言“以望復關”，明是上章囑其再遣良媒訂秋期之義。若是地名復關，則去婦之居邑當遠，豈可乘垝垣遂能望見哉？若還可以望見，則登高即望見耳，又何至因不見而“泣涕漣漣”？若僅初未望見，繼而已望見矣，則是其素識之地，何爲初乃未見？且既相望之兩地，非可以對語也，又何爲一經望見遂能“載笑載言”而訂迎婚之期乎？以是知“復關”非地名，唯當作“媒復關白”解也。“抱布貿絲”與送至頓丘，在春末夏初，訂秋期矣，而媒復不至，當在夏季。媒復不至而至於“泣涕漣漣”，自明其雖愆期於前，盼婚之情仍真摯也。故既見媒復，則“載笑載言”矣。“爾卜爾筮”兩句，明男子之久未遣媒，尚在考慮。“體”，朱云“卦兆之體”。古者，灼龜甲以觀其坼兆，投蓍草以觀其駕離，從而占卜吉凶，其兆與架離之式稱之爲體。《書·金縢》：“體，王其罔害。”是也。《韓詩》及《禮記》均作“履无咎言”，鄭玄説爲“禮也”。於此詩仍箋云：“兆卦之繇，無兇咎之辭。其言皆吉，又誘訂之。”意謂男子告之如此。詮案，此兩句，婦人述媒人復關之言，明其娶不當有悔意也。“以爾車來，以我賄遷”二句，謂爾來迎娶之車，非僅得人而已，我以所有財賄入車，遷移你家。爾人財兩得，家乃小康矣。

三章，“桑之未落”，鄭云：“謂其時仲秋也。”今按：亦喻女子容色未敗時也。“沃若”，茂盛而有光澤之貌。“桑葚”，桑之果實，成于孟夏。即“抱布貿絲”之時。此因三年共同生活而失愛後，追憶嫁時，而悔於輕嫁之詞。《毛傳》云：“鳩，鶻鳩也。食桑葚過，則醉而傷其性。”古或有此不科學之傳説耳。“于嗟”即吁嗟，嘆詞。士，謂男子。此時已泛稱男子爲士，不專指讀書入仕之人也。“耽”，相暱之樂也。本音dān，朱云：“葉特林反。”以下四句，皆勸婦女無近男子之語；撒潑者故爲激忿之言耳。意謂男子可以負心，有人同情，女子見負，人無同情者。實亦當時輕女社會之薄俗如此。

四章，以冬季桑葉黄落，喻色衰愛弛。回顧上章“桑之未落”，以發抒其憤懣之情。“三歲食貧”，謂嫁來三年，生活享受不如未嫁時之富盛。“淇水湯湯”，回憶人與賄遷時，車涉淇水，浸及車之帷裳，而女未畏退。故曰“女也不爽”。湯湯，夏秋水盛貌。漸，水浸漬也。帷裳，車帷之垂至轅以下者。“士貳其行”，責失愛爲男子負心。“罔極”，謂負心且無止境。初婚時一心爲一德。久而有貳心，爲二其德，貳心日增，至于嚴重，爲“二三其德”。德謂品德。同一爲純，分歧爲貳，駁雜爲三。

五章，“三歲爲婦”，與上章“三歲食貧”相應。“靡室勞矣”，言不以室家之務爲勞。早作夜息，未嘗有朝旦之暇。自述勤勞如此，足見雖嫁農家，未嘗從事田間勞動。大抵男子初貪其賄而娶之，亦憎其齒長而不能田作而厭之。藉口無子，欲更娶少女。婦人堅決不許，故爲此詩。“言既遂”，謂婚媾之約已遂。“至于暴”，謂負心之變，逐步發展，至於暴虐。蓋曾有相毆之事。“兄弟”二句，謂家庭勃谿後，歸訴於母家之兄弟而不助，但咥然笑之。似緣再嫁于少年農家子，非其母家同意，故不助之。“静言思之”二句，自傷其孤苦。

卒章，“及爾偕老”，追述曩時相訂之語。“老使我怨”，言今則老矣乃使我念怨。“淇則有岸”二句，謂當有止境也。“隰”，平原。“泮”，鄭云：“讀爲畔。畔，厓也。”“總角”，《禮記·内則》：“男女未冠笄者，拂髦總角。”“宴”，即《左傳》“宴安酖毒”之宴，謂安于婦人之室也。“言笑晏晏，信誓旦旦”，皆新婚親暱之狀。明是男子已與一少女相暱，已訂嫁入宅，而尚未行嫁娶之禮時。《鄭箋》與《朱傳》皆謂追述自己爲童女時。舊儒盡遵之。大謬。夫此婦與“抱布貿絲”人幽會訂娶，又有“賄遷”隨車。嫁三年耳，已有桑葉黄隕之感。遇暴而訴諸兄弟，兄弟咥笑而不助。則爲寡婦戀少年而誘嫁之，明矣。豈總角訂婚之女哉？唯其有財、有勢，纔力足以控制其夫，故雖已戀少女而不得娶。詩語責其相戀之熱如此，以明上五章所挾爲怨忿之意。故下文曰“不思其反”也。“反”謂上五章所述之往事也。“反是不思，亦已焉哉”，非如即罷之意，而爲有力之要挾語。暗示舊賬必算，兄弟將助之耳。

（五）竹　竿

四章。章四句。六十五字。

籊籊竹竿，以釣于淇。豈不爾思？遠莫致之。

泉源在左，淇水在右。女子有行，遠兄弟父母。

淇水在右，泉源在左。巧笑之瑳，佩玉之儺。

淇水滺滺，檜楫松舟。駕言出遊，以寫我憂。

題解：他國女子嫁衛者，懷想其女友，寄贈此詩。舊説皆依毛序“衛女思歸也”之解。夫詩言“檜楫松舟”，出游淇水，則其人固在衛地，非在他地思衛明矣。其詩詞、韻並美，文學趣味駕凌各篇衛詩之上。當亦大國女子所作，但莫由指其名耳。衡詩語，當是國君夫人，屬貴族階級。序次當在“氓”篇之前。蓋孔子鈔得在後。

首章，言淇園之竹，作釣竿最宜，我已持之試于淇水矣。思欲寄贈，憾在道遠。唐人擬古“道遠莫致之”，用此詩意。

次章，言遠行嫁衛，失家人團聚之樂。所與爲樂者，肥泉與淇水而已。“女子有行”二句，亦見《鄘·蝃蝀》，皆傷遠嫁之語。

三章，言在此雖與肥泉淇水爲友，每因山水之美，懷想美于容儀之人。“巧笑之瑳”，貌美如瑳也。瑳，白玉之細琢光潤者也。“佩玉之儺”，行步雍容，與佩玉相稱也。《毛傳》，“儺，行有節度”。

卒章，言懷想不已，則出游以自遣。《泉水》詩四章，亦用“出游”、“寫憂”二語作結，蓋學此詩在後。此詩作於衛國平治之時。《泉水》作于衛爲狄滅之後。松材質輕，檜材質重。松材耐水，故爲輕舟游行爲宜。檜屬柏類，不耐水，故宜爲楫。

（六）芄　蘭

二章。章六句。四十八字。

芄蘭之支，童子佩觿。雖則佩觿，能不我知。容兮遂兮，垂帶悸兮。

芄蘭之葉，童子佩韘。雖則佩韘，能不我甲。容兮遂兮，垂帶悸兮。

題解：此刺貴族子弟妄自尊大之詩也。容、遂、垂、帶，兩章連用，知所刺者爲衣冠人物。然不能依舊説爲“刺惠公”（《毛序》）。惠公名朔，宣姜所生。譖殺兩兄乃克即位，則其年已非童子。“垂帶”，“佩韘”，大夫之服，則所刺爲貴族子弟之濫竽於官位者，蓋士人階級所作也。

首章，“芄蘭”，《鄭箋》云：“柔弱，恒蔓延于地，有所依緣則起。”陸璣《毛詩草本鳥獸蟲魚疏》云：“一名蘿摩，幽州人謂之雀瓢。”疑即今之忍冬（俗呼金銀花）。其花香馥，故曰蘭也。“支”謂支柱。貴族家園庭恒種此物，俱必有柱架支之。詩以此爲興，喻童子有其父祖作支柱，己實不能自立也。《朱傳》訓支爲枝，謬。《毛傳》云：“觿，所以解結，成人之佩也。”“知”，朱云：“猶智也。言其才不足以知于我也。”

卒章，“韘”，《毛傳》：“玦也。能射御則佩韘。”朱云：“决也。以象骨爲之，著右手大指，所以鈎弦闓體。”即射者所佩之“斑指”。古原以革爲之，故字從韋。“甲”，朱云：“長也。言其才能不足以長於我也”。兩章“容兮遂兮”，重言其從容得意之貌。“垂帶悸兮”，毛云：“垂其紳帶，悸悸然有節度。”《説文》引《韓詩》作華兮。亦云“垂貌”。此以頌語爲刺之例也。

（七）河　廣

二章。章四句。三十二字。

誰謂河廣？一葦杭之。誰謂宋遠？跂予望之。

誰謂河廣？曾不容刀。誰謂宋遠？曾不崇朝。

題解：衛國爲狄所破，遺民隨寧莊子渡河者，感宋桓公具舟迎濟，歡忭歌唱之詩。事具《左傳》閔公二年。

首章，寧莊子留守，聞懿公敗歿，率國人欲奔宋，“狄入衛，遂從之，又敗諸河”。遺民男女僅七百三十人，臨河急迫。“宋桓公逆諸河，宵濟”（《左傳》）。當初望見宋舟時，歡忭之情發，視渡河之易如此。視宋之近如此。《毛傳》云：“杭，渡也。”今按：即古航字也。原始造字時用獨木舟濟。故字從木。後既有舟，乃有航字。“葦”者，古人用蘆葦結筏。後世遂謂渡之易如載於一葦也。“跂”，足掌離地趾支而望之義。

卒章，既渡，再言渡河之易。“刀”，小船。“崇朝”，終朝也。“宵濟”，故未終朝而至宋君之前。

舊説皆依《毛序》，以爲宋襄公母在衛，思宋之詩，謬也[1]。

(八)伯兮

四章。章四句。六十二字。

伯兮朅兮，邦之桀兮。伯也執殳，爲王前驅。

自伯之東，首如飛蓬。豈無膏沐？誰適爲容！

其雨其雨，杲杲出日。願言思伯，甘心首疾！

焉得諼草，言樹之背？願言思伯，使我心痗！

題解：此衛女嫁爲王臣妻者，其夫行役東國，既歸，緬述其相思之詞。

首章，頌言愛敬其夫之情。“伯”，其夫字也。《毛傳》：“朅，武貌。桀，特立也……殳，長丈二而無刃。”其人，爲周王前驅，蓋司馬之屬官，如虎賁氏之類。當其選者皆魁梧有禮度，故曰“邦之桀”也。

次章，“自伯之東”，謂行役于東方諸侯之國也。王之前驅，例不任軍役。惟王親征則從。《春秋》桓公五年秋：“蔡人、衛人、陳人從王伐鄭。”鄭伯禦之，“射王中肩”。《毛序注》以爲即是此事。惟此詩序列《河廣》之後，宜非衛宣公時事。疑是《春秋》僖公二十四年冬“天王出居於鄭事”。（襄王之十六年）明年夏四月，晉文公納王，始還王城。王城陷於王子帶及狄后者達半年之久。伯之家屬留陷城中，故憂思心痗，至於“首如飛蓬”也。若伐鄭之役，雖兵敗，未逾月即還王城，鄭師亦未追擊，且使祭足勞王。留洛之王臣家屬何至遂有憂懼至於如此者哉？

三章，“其雨”兩句，謂傳聞王將復歸者屢矣，竟不果歸：如天將雨，竟復“杲杲出日”。蓋王雖出居於氾，大叔帶亦奉隗氏居温，不居王城。故王城屢傳王歸也。諸侯亦多有謀納王者。先於晉文者，有秦穆公，已率師至河上（並見《左傳》）。此“其雨其雨”之意也。“願”，念也。“言”，我也。“首疾”，猶今言“頭痛”。朱云：“不堪憂思之苦，而寧甘心於首疾也。”

【1】《毛序》：“宋襄公母歸于衛，思而不止，故作是詩也。”舊注云：“宋桓公夫人，衛文公之妹，生襄公而出。襄公即位，夫人思宋，義不可往，故作詩以自止。”《新詮》舉六點駁之曰：《左傳》《史記》皆稱宋襄讓位目夷。宋桓與目夷並因其賢而決立之。無其母被出居衛之説。（孔穎達疏欲證其説，紆回徵引，終説不通。）二、宋桓既賢襄公，立爲太子，何得又出其母？即使以他故先時已出，亦當于立太子後召歸之。三、宋桓在位三十一年，其救衛遺民，立桓夫人母兄戴公于漕邑，在其即位之二十二年，中間衹隔十年。其能先齊桓出兵以存亡衛，實以姻故。胡爲既存衛而出桓夫人？亦何能已出桓夫人而存亡衛？又已立其子而猶不召乎？四、縱是宋桓出妻不召，襄公既立亦必迎母於衛，必不使其母企望而不能歸。五、詩語豪爽愉快，不似女人憂思之作，亦無思子纏綿情致。六、《新序》載宋襄公讓太子詞云：“臣之舅在位，愛臣，若終立，則不可以往。”不云其母在衛。是三家詩並無宋桓夫人被出歸衛之説。

卒章，“諼草”，即萱草。俗呼黄花，味甘腴，自古以爲美味。毛云“諼草令人忘憂”者是也。“背，北堂也。”（《毛傳》）詩言：欲得可以忘憂之草種之於北堂乎。憂思不能止，使我心爲之痗瘁也。

方玉潤《詩經原始》，謂此詩爲“思婦寄征夫之詞”。近之矣，而未是也。古無郵政，征夫寄内易，室人不可能有詩寄征夫。且無悲傷意，語具喜味，當是其夫歸後慨嘆之詞。

（九）有　狐

三章。章四句。四十八字。

有狐綏綏，在彼淇梁。心之憂矣，之子無裳。

有狐綏綏，在彼淇厲。心之憂矣，之子無帶。

有狐綏綏，在彼淇側。心之憂矣，之子無服。

題解：衛當亂離之際，男女奔竄，猶相調謔之詩歌也。“綏綏”，狐獨行獵食貌。詩以喻獨行求匹之人。《毛傳》云：“匹行貌。”《朱傳》云：“獨行求匹之貌。”“淇”，衛地之水，入於河者，蓋狄亂後，未克逃渡河者流竄中所作。

首章，在梁，謂魚梁之上。爲女子嘲男子之詞。猶云：“狐在魚梁，想吃魚。”喻挑己之男子，欲得妻。所憂在亂離之際，爾無裳掩體耳。

次章，男答女所歌。在厲，謂在深水渡頭。《匏有苦葉》詩“深則厲”，謂渡涉者提衣裳至腰帶以上。猶云：“狐狸，能厲涉耶？需人負汝耶？所憂在汝無帶耳。”周時男女皆不著褲。女子長衣至足，約以腰帶。無帶，則衣解散。男女結婚，亦以帶結爲禮，故曰“結縭”。縭即帶也。無帶，謔女之語也。

卒章，爲同行者共嘲之歌。猶云：在此淇水之旁，爾心蕩情急之狐狸，流離瑣尾，空無所有，尚尋樂耶。“無服”，不祇言衣服，凡一切生活用品之使用皆曰服。古音服如偪。顧氏《詩音義》云：“服，浦北反。”

古者，男女跳歌擇偶，有三組迭唱之詩（説在《野有死麕》篇）。衛俗輕佻，習爲之，雖流離奔走之際，自然發抒如此。故三章同文，僅各異兩字，而含義不同。既無逐層漸進之義，則是三人組成之歌詞也。

（十）木　瓜

三章。章四句。五十四字。

投我以木瓜，報之以瓊琚。匪報也，永以爲好也。

投我以木桃，報之以瓊瑶。匪報也，永以爲好也。

投我以木李，報之以瓊玖。匪報也，永以爲好也。

題解：此衛遺民向列國告乏乞助，聽唱之歌也。三章各異祇二字，瓜、桃、李同爲可食之果實。琚、瑶、玖皆玩飾之玉器，則字雖異而義仍同。蓋三組迭唱，戲劇性之歌曲也。衛遺民渡河者空無所有，賴列國諸侯存恤而立國邑，一切求助於人故爲此歌以慰勞來恤之人。自濟河至營成楚丘，得助者十餘國，非獨齊、宋。故衛之樂官造此歌，屢屢對來助者歌之，以爲文娱。

首章，“木瓜”，謂木製之瓜，玩物之微者也。言受施雖微，亦必厚報之瓊、琚。“瓊”，玉之美者。“琚”，琢玉之珮器。“匪報也”二句，猶云：非真能報也，但永不忘此好也。

次章，木製之桃，又微於木瓜。“報之以瓊瑶”，則又厚於瓊琚。琚，粗琢品。瑶，精製之玉器也。

卒章，“木李”又小於木桃。“瓊玖”之值，更高於瓊瑶。“瑶”單佩。“玖”，複佩九片，故義通于九（古之繁體玖字）。逐組提高，惟戲劇之歌如此。

《木瓜》與《有狐》皆戲劇性之民歌，故連綴之。

《衛風》小結

《衛風》十篇，八百一九十字，《氓》文最多。《碩人》《淇奥》次之。《河廣》文最少。《考槃》以上皆貴族詩。《碩人》勞動階層之詩，因《考槃》編列。與《氓》，皆國人之作也。《竹竿》以下，蓋孔子游衛時所鈔。《伯兮》屬衛以外人作，故列《河廣》下。亦猶《谷風》列《匏有苦葉》下也。戲劇性之民歌系于最末。故世次若混亂，太師爲便于取用，編次之法因當如此。

四、《王風》十篇

解　題

周營洛邑王城，建宗廟，以爲東都，號爲“成周”。劃伊洛一區爲王畿。其地居天下中。而土地瘠薄，住民稀少，無居中控馭之力。成王既平四國，誅武庚，分徙殷之頑民以實之。故東都之畿，殷民多於土著，行用殷之舊俗。其音樂，多仍殷之舊調。歷時三紀，世變風移。康王“以成周之衆，命畢公保釐東郊”，加强宗周之化。説在《尚書·畢命》。于是宗周流行之豳風、豳雅之樂，肄於東洛。久而與靡靡商俗相雜糅，殄邶、鄘、衛之餘風，蜕變爲東都自成之樂類。亦復與宗周舊行之豳風有别。樂官輯其名篇，題曰“王城之風”。樂檔簡標王字。孔子録詩遵之。漢初傳詩諸家，因豳末有“國風”字，遂題曰“王風十篇”。鄭玄《詩譜》未能明曉風樂流變之故，但以《春秋》褒貶之義，説《詩》文字，遂謂平王東遷後“王室之尊與諸侯無異，其詩不能復雅，故貶之，謂之王國之變風”。朱熹《詩集傳》亦謂：“于是王室遂卑，與諸侯無異，故其詩不爲雅而爲風。然其王號未替也。故不曰周而曰王。”夫平王時雅詩多矣，“赫赫宗周，褒姒滅之”，非明明爲平王時之《雅詩》乎？但豳風不行於東都耳。鄭朱之説，非謬耶？

王風，糅合商風與豳雅而成新的樂種，究以商風之成分爲多。而樂曲較爲端重，有别於鄭衛“淫聲”。十篇皆平王東遷後作。太師原録應多，孔子所録衹此十篇耳。

（一）黍　離

三章。章十句。百一十七字。

彼黍離離，彼稷之苗。行邁靡靡，中心摇摇。知我者，謂我心憂；不知我者，謂我何求。悠悠蒼天，此何人哉！

彼黍離離，彼稷之穗。行邁靡靡，中心如醉。知我者，謂我心憂；不知我者，謂我何求。悠悠蒼天，此何人哉！

彼黍離離，彼稷之實。行邁靡靡，中心如噎。知我者，謂我心憂，不知我者，謂我何求。悠悠蒼天，此何人哉！

題解：此宗周王臣之東遷者，亂後，西使于秦，見沿途景物全殊，給養不足，民不尊王，使者艱食，痛在今昔異勢，躊躇難進，呼吁慘嘆之詩。三家舊説，紛龐無是。《毛詩》謂“閔宗周也”，稍有似處，而説者亦盡不切[1]。《新詮》以爲三章題竅，衹在稷黍兩字。諸儒不辨黍稷，故不能體會詩意。黍者，黄河流域農家種之，以爲細糧。其苗似粟而穗散出如稻，味美於粟。亦稱曰粱。古稱“膏粱子弟”。即謂食黍與肉之貴族子弟也。周秦之世，中原貴族之家，以黍爲主食。稷者，與黍同類而特高大，莖、葉、穗、實均十倍于黍。然子實營養價值較低，味不滋腴，一般作爲農民之粗糧，或

[1] 齊詩家謂；“衛宣公子壽，閔其兄伋之將見害，作憂思之詩《黍離》是也。”見洪邁《容齋四筆》。魯詩同，見劉向《新序・節士篇》。韓詩謂：“昔尹吉甫信後妻之讒，而殺孝子伯奇。其弟伯封求而不得，作《黍離》之詩。”見《太平御覽・羽族十》載陳思王《令禽惡鳥論》。《韓詩外傳》與劉向《説苑》亦載倉庚爲魏文侯言之如此。皆故事與詩語毫不相應。《毛詩序》云：“閔宗周也。”續序云：“周大夫行役，至於宗周，過故宗廟宫室，盡爲禾黍，閔周室之顛覆，彷徨不忍去而作是詩。”初得近似矣，體會猶未切也。詩語毫無悼念宗廟、宫室字。若謂舊址盡爲禾黍，則行役者豈能同時見其爲苗、爲穗、爲實之異哉。後之説者皆依《續序》，徒盲縱耳。

充飼料，貴族之所不食，平民則主糧也。此詩，言宗周舊畿（渭水平原），往時農民所種以上供者，皆爲黍。當東遷前，遍地黍實離離，不可勝食。犬戎亂後，民散地荒，孑遺之民，皆種稷爲糧，不復有種黍上供者。詩人此次行役所遇，人民供張，即稷類粗糧亦不易得。未免遲回瞻顧，不願進行，而又不能不赴使命。三章同文，皆曰“彼黍”者，回憶彼時王畿之黍。“離離”，垂實纍纍之貌。“彼稷”，則今時所見之稷也。曰苗、曰穗、曰實，不同者，自春日往，秋日還所見舊畿稷之長育變化，嘆在未得飽食而已。

首章，暮春奉使，行經舊畿，供應農民指苗以示，謂稷方成苗，未能充分供給。回憶舊日享受之豐，中心爲之摇蕩不寧。求豐裕之享而不可得，僞爲憂國憂時之吹，謂責我貪求，爲不知我也。呼天問“此何人哉”者，猶言“我爲何人竟至於此乎?”封建剥削階級，養尊處優，習於享受，一旦艱於滿足，輒欲呼天自訴如此。舊説“何人”爲斥幽王者，非義。通篇鑿鑿，衹在黍稷二字，不及政事，非憂國憂民者言。

次章，言使命既畢，再過舊畿，稷方出穗，猶未成實。預料長途艱食，憂心如醉，遲遲不欲前進。再嘆求不得苦，而呼天自問也。

卒章，言出舊畿，將過函關時，稷結實矣猶未成熟。自嘆竟不可得一飽。故曰“中心如噎”。噎，《説文》云“飯窒也”。今云“梗食病”，饑而不能進食之謂。

（二）君子于役

二章。章八句。六十五字。

君子于役，不知其期，曷至哉？鷄棲于塒。日之夕矣，牛羊下來。君子于役，如之何勿思！

君子于役，不日不月，曷其有佸？鷄棲于桀。日之夕矣，牛羊下括。君子于役，苟無饑渴。

題解：東遷之初，宗周貴族，士大夫之家，從來者甚多。其人多有農奴、家庭奴隸與家口同來。洛邑狹促，驟難安插。則命其男子之爲士、大夫者，率其奴從，遠戍于列國，借其資糧。婦女仍留洛中。此詩，蓋留洛貴族婦女之黠奴，諂事其主者獻慰之詩也。

首章，“君子”，當時奴隸對其男主人之稱。《麟之趾》《殷其靁》兩詩皆然。他處亦多見。“鷄棲”與牛羊生活，皆奴隸經常接觸之事，奴隸主所不理。故知作詩者爲貴族之“當家娃子”，非貴族之主婦。詩言：君子行役，無定期，謂戍役也。何時得歸來哉？鷄已歸棲，牛羊亦自山丘歸來矣。此諸畜皆所以備君子之餐。而君子未歸，如之何不思念之耶。諂於主婦之語也。“塒”者，新至貴族之家，官舍不能給，皆因黄土厓岸鑿窑而居。即限窑内土壁間鑿小龕。至暮使鷄飛陞棲之，以避鼬貍，且不妨人。《毛傳》"鑿墻而棲曰塒"也。凡牛羊皆牧于山丘之上，至夕乃歸，故曰"下來"。

卒章，"不日不月"，亦"不知其期"之義。"佸"，毛云："會也。"孟子云："何時而有來會期。""桀"者，鷄多，塒不能容，則插横木窑壁間，鷄即次第飛棲其上。《毛傳》謂：鷄棲于杙爲桀是也。"括"者，畜欄之稱。黄土區住民，鑿厓爲小窑，以牢牛羊，以二横木關閉之，使不得逸，故曰括。揚雄《方言》："括，關閉也。"引申爲會合之義，爲包舉之義。

（三）君子陽陽

二章。章四句。三十二字。

君子陽陽，左執簧，右招我由房。其樂只且！

君子陶陶，左執翿，右招我由敖。其樂只且！

題解：此太學士譏笑其師以教樂舞爲樂之詩。周室東遷，已臨"禮壞樂崩"之際，太學士子，重詩書而輕禮樂。樂師主教者，猶孜孜于教習樂舞。故士子有此詩也。

首章，"君子"，士子對樂師之稱。"陽陽"與揚颺、洋洋，同爲得意貌也。"簧"，樂器。《鹿鳴》"吹笙、鼓簧"是也。樂師執簧以招其生徒。"由房"，毛云："國君有房中之樂。"意以爲使樂官歌其樂于后妃之房中者，明樂官之賤，而其人樂之。故《續序》云："君子遭亂，相招爲禄仕，全身遠害而已。"後世多導其説，以爲隱者譏之。於文爲似，而實不切。朱熹以爲"房，東房也"。蓋用《尚書・顧命》"東房"、"西房"之義，以爲"此詩亦前篇婦人所作"。就詩之篇次與格局言，亦頗入理。兹不取者，爲其不如論述樂官爲更切。此詩之房，蓋即樂官教樂之所耳。下文不言從之與否，但稱其樂。則譏其未知士之不願學也。

卒章，"陶陶"，自樂貌。"翿"，舞具。"敖"，舞位也。上章言誘人習樂。此章言誘人習舞。自非一時一事之實態，僅能括笑其勤于教人，以之爲樂，而不知學者之厭其業也。

（四）揚之水

三章。章六句。七十八字。

揚之水，不流束薪。彼其之子，不與我戍申。懷哉懷哉，曷月予還歸哉？

揚之水，不流束楚。彼其之子，不與我戍甫。懷哉懷哉，曷月予還歸哉？

揚之水，不流束蒲。彼其之子，不與我戍許。懷哉懷哉，曷月予還歸哉？

題解：平王遷洛，宗周貴族率其農奴來依於洛者多，地不能容，禄不是給，于是命之率其奴從出戍于申、許諸國以就食。而留其室家于洛。此輩貴族，輾轉就食於諸國之間，無所事事，猶嘆其室家未得相隨，有此歌也。

首章，"揚之水"，《毛傳》："揚，激揚也。"謂山區水流陡落，觸石怒騰洄漩起伏之水。所戍地在伏牛山脉之間，作者見之如此，因以起興。喻新朝政令繁激，而無實效也。"彼其之子"，作者指其愛妻，不得隨同我出戍於申。私心懷念之。念何時還洛家，與之相聚乎。

次章，言申地遠，近楚，不能相安，又移戍於吕。"甫"，與吕，古同音義。故《尚書・吕刑》《禮記》與《孝經》引皆作"甫刑"。馬瑞辰曰："作吕者，古文尚書也。作甫者，今文尚書也。"吕與齊、申、許皆姜姓之國。周穆王以吕侯爲相，作吕刑。孔安國云："復爲甫侯故或稱甫刑。"相傳：周宣王改吕爲甫（唐世系表），故《崧高》詩言申甫。兩國同姓，復相近也。

卒章，戍許，又移在内地，去楚益遠，故知其戍爲就食，非真備楚也。"薪"，析木材爲燃料者也。今藏族猶謂木爲薪。"楚"，刈叢條爲燃料者，質輕于薪也。"蒲"，草之輕韌者，質又輕于楚。雖遞輕，揚水亦不能流，是三逐層漸進之義。

詩與《君子于役》"曷至哉"，"歇其有佸"相應。甚易聯想爲夫妻遥相唱答之時。然三章與兩章不同，又隔以《君子陽陽》，則樂官已定爲同時唱和詩，明矣。

（五）中谷有蓷

三章。章六句。七十六字。

中谷有蓷，暵其乾矣。有女仳離，嘅其嘆矣。嘅其嘆矣，遇人之艱難矣。

中谷有蓷，暵其脩矣。有女仳離，條其歗矣。條其歗矣，遇人之不淑矣。

中谷有蓷，暵其濕矣。有女仳離，啜其泣矣。啜其泣矣，何嗟及矣。

題解：此東周士有托妻于友而遠出者，久游不歸。其妻困甚，友亦不能相恤，徒爲慨嘆之詩。

首章，"中谷"，猶谷中也。"蓷"，今之夏枯草。周代曰蓷，漢代人曰萑（《爾雅》），或鵻（《毛傳》），並以佳爲音。魏晋人曰茺蔚（郭璞《爾雅注》）。醫家曰益母（本草諸家）。其物田野多多，屬唇形科。二年生，方莖緑葉，冬不凋落，夏季開花，結實如角，並黑色如枯，故俗呼夏枯草。友人之妻居于谷中，谷有此草，因以起興，非如《毛傳》"陸草生谷中，傷於水"，爲貧病之喻。"暵其乾矣"，誤以夏枯草之穗爲因旱而枯，以喻此婦之貧病也。"仳"，毛云"别也"。南楚之間，"器破而未離謂之璺"（《方言》説）。此作仳離，非離葉而遠别之義。"嘅"，嘆聲。"遇人之艱難"，述女子嘆語。嘆所嫁者家計窘乏，艱難遠出，以求仕禄也。

次章，“嘆其脩”者，謂再見時，夏枯草結實如卣狀。卣，酒器。《周禮・鬯人》“廟用脩”注：“脩，器名，漆尊也。”又《考工記》：“旊之卣。以薦酒，則謂之脩。”“條其嘯”，長嘯也。條與修長之修，古亦通用。周亞夫封條候。沮王信之封。《漢書・外戚恩澤侯表序》曰：“孝景將侯王氏，修侯犯顔。”顔師古注：“修音條。”今按：凡從攸之字，木爲條，心爲悠，文書爲修，皆以攸爲聲，同具細長之義。條字原始音義俱與修同，故班固易書之。此詩上章暵與乾爲韻，下章泣與濕爲韻。此章條與修爲韻（實即修與卣爲韻。）蓋“歗其修矣”之倒用。謂長嘯也，口嘘氣，鬱苦時人多爲之。嘆遇人不善，責其夫相負之辭。

卒章，“濕”者，夏枯草，平時幹健，越年而花。花實成則莖葉亦漸靡爛。濡敗，體濕。喻此婦雖艱苦支撑，終于力竭垂死。“啜其泣”，猶云抽噎而哭。人痛苦心傷，泣不成聲，抽噎間作，如啜飲，故曰啜泣。“何嗟及”，猶云嗟何及悔晚之意。謂初許其夫之出游，既出而遂絶之也。

東遷時，士人階級已衆，漸不易得禄位。此僻居於山谷中者，夫婦同苦生活不足，遣其男子遠出求仕，遂未復歸者所遭景象。其友三遇而不能恤，嘆其每況愈下，悔無及也。

（六）兔　爰

三章。章七句。八十一字。

有兔爰爰，雉離于羅。我生之初，尚無爲。我生之後，逢此百罹。尚寐無吪！
有兔爰爰，雉離于罦。我生之初，尚無造。我生之後，逢此百憂。尚寐無覺！
有兔爰爰，雉離于罿。我生之初，尚無庸。我生之後，逢此百凶。尚寐無聰！

題解：此平王時戍卒群唱之歌也。平王都洛，遣其西來丁壯，戍諸關塞以備楚。楚殊無意内犯。戍卒無聊怨嘆。黠者造爲此歌，以資群唱。凡群唱用歌，樂曲皆一致，章雖各有異字，含義則同，如此詩也。

首章，領唱一隊之辭。“爰爰”，毛云：“緩意。”詩言，山民結罝獵兔。兔則爰爰自在，雉乃投于羅中。喻戍役同農民供賦者之争。今東周民賦未用，乃以我輩客民任之。“我生之初”，謂幽王初年時也。“無爲”，謂無軍役也。爲，古音同訛。《尚書・堯典》：“平秩南訛敬致。”《史記・五帝本紀》作：“便程南爲敬致。”《索隱》：“春言東作。夏言南爲。”今按：爲字從爪，造字時本義乃狩獵戰鬥之義。今所用皆引申之義。此詩猶是古音義也。詩言：我初生時，尚無軍賦之役。我成長後，天下大亂，衆主家流離奔走至此，一切勞動之事，莫不任之。“百罹”，謂照護主人家口、車馬，營造新居，營辦衣食，放牧牲畜，采集薪、蔬，今復遠戍異地，勞苦百端也。且幸未有戰鬥，但當相與安寢，勿得訛亂，以遭譴責可也。“吪，動也”（《毛傳》），與《無羊》“或寢或訛”義同。

次章，罦、造、憂、覺一韻，並周代古音，讀如脬（pǎo）。陸德明云：“音俘。今之翻車大網也。”（據注疏本。相臺本作“音孚”，孚字古亦讀 pǎo）凡從孚之字，罦、脬、俘，古音俱讀如泡。隋唐以來乃爲 fú 音。今勞動人民猶呼豬脬爲“尿脬”（niào-pǎo）。又謂爪内掘爲 pǎo（捊）。“覆車大網”，謂大可覆車之網。“造”，興作也。“憂”，在此讀如擾。擾本以憂爲聲，古音如此。“覺”，讀居笑反，如教音。今日過去人民謂睡眠猶是如此。

卒章，“罿”，陸德明引《韓詩章句》云：“施羅于車上曰罿。”《毛傳》：“罿，罬也。”《爾雅》：“罬謂之罿。”則亦是大網之義。“庸”，力役也。毛云“用也”，鄭云“勞也”，亦俱力役之義。“聰”，敏于聽也。首章言勿鬧，次章言勿醒，卒章言熟睡，故無所能聞。亦逐層轉深之群唱詩體。

（七）葛　藟

三章。章六句。七十二字

緜緜葛藟，在河之滸。終遠兄弟，謂他人父。謂他人父，亦莫我顧。

緜緜葛藟，在河之涘。終遠兄弟，謂他人母。謂他人母，亦莫我有。

緜緜葛藟，在河之漘。終遠兄弟，謂他人昆。謂他人昆，亦莫我聞。

題解：平王初年，宗周東洛之宗親既多，給養不足，則使之寄食諸侯之國。當時制度，凡貴人物，雖流亡，所至，諸侯之國皆當供養之。此輩驕恣習成，享欲肆縱，每不以爲滿足，轉怨平王不能供給，而有此詩也。于時皇父與申國從龍之臣執政（參看《小雅·十月之交》諸篇），西來之貴族結黨排之。此詩蓋即寄食諸國者回洛後所造，以傾皇父諸人者也。

首章，“緜緜葛藟”，自喻其屬於王之宗親，生活當仰於王禄，猶葛藟之附藟木然（用《葛生》詩意）。“在河之滸”，謂當留居成周，如葛之在水涯也。成周近河，故云。下言：今乃遠於兄弟之居而寄食他國，如謂他人爲父母者。雖謂他人如父母，他人亦將我不顧恤。

次章，同義。“涘”，亦水涯也。易父爲母，以變韻耳。朱云：“母，葉滿彼反。”謂當讀如妳也。“有”，鄭云：“識有也。”朱云：《春秋傳》曰：“不有寡君。”文在《左傳》昭公二十五年，杜注曰“相親有也”。今按：詩言：雖謂他人母，亦不能使我有其資財。仍不能滿足於僅供食宿之語也。

卒章，“湑”亦河涯之陡突者之義。“昆”，謂兄長。“聞”，有恤言之義，當讀如問。《文王》詩，“令聞不已”。《墨子·明鬼篇》引作“令問”。《説文》：“存恤，問也。”

（八）采　葛

三章。章三句。二十七字。

彼采葛兮，一日不見，如三月兮。

彼采蕭兮，一日不見，如三秋兮。

彼采艾兮，一日不見，如三歲兮。

題解：此東周近畿樵牧青年，群歌唱和，争夸所遇，以爲笑樂之詩也。東遷後，貴族之家生活驟困，青年少女，亦每入山採集，以助生活，而冶容盛飾之習不改。樵牧見者，驚爲艷麗，而實莫敢相親也，但于群聚時競争競夸其眼福，以爲笑焉。三百篇中，于文最簡，侈爲夸大，嬉戲趣味深長，勞動青年之歌也。

首章，首唱者言所見採葛女子，美麗攝人，使人思慕，一日如三月之久。夸戲之言也。朱熹竟真以爲“淫奔者，言思念之深”，可謂迂淺之解也。“葛”，可以製衣者也。“彼”，即“彼其之子”之彼。

次章，首和者，更夸其辭，謂所見採蕭女子，三倍其美。“蕭”，今云苦蒿，山野隨處有之，似艾而含芳香之脂，古人祭祀，以爲馨香。《毛傳》云：“蕭所以供祭祀。”《禮·郊特牲》：“既奠然後爇蕭，合馨香。”是也。此言見採蕭者，當是尤貴之婦女，流亡中不忘薰沐者也。

卒章，繼和者，又更夸大其辭，謂所見採艾人，艷麗又十餘倍之。艾之用爲醫灸，亦由其香氣尤烈而醇蕭，久經人採，野生雖遍，究稀于蕭，採者當爲尤貴之婦女，故夸言者用之。

（九）大　車

三章。章四句。四十八字。

大車檻檻，毳衣如菼。豈不爾思，畏子不敢。

大車啍啍，毳衣如璊。豈不爾思，畏子不奔。

穀則異室，死則同穴。謂予不信，有如皦日。

題解：此貴族家相竊，苦于難遂，女約男子同逃之詩也。

首章，“大車”，大夫之車[1]。“檻檻”，車行聲也。《毛傳》：“詩言：所思者來，乘檻檻之車，已聞其聲矣。衣如菼之毳衣[2]，已見其麗矣，豈能不爾思哉。然而不敢私會，畏我之男子，故不敢耳。”《鄭箋》云：“畏子大夫來聽訟將罪我，故不敢也。”又云：“是子男之入爲大夫者。”以大車毳衣説爲聽訟大夫之來。朱熹亦謂：“周衰，大夫猶有有以刑政治其私邑者。”皆與詩語剌謬。夫周代婚制猶未牢固，民間跳歌，“奔者不禁”，安得有天子大夫治人淫奔者哉？惟淫婦畏其本夫則然也。詩語曰爾，曰子，顯爲兩人，則“爾”指奔夫，“子”指本夫明矣。

次章，再見其人來誘，欲其私奔，亦畏而不敢。“啍啍”，音如敦。毛云：“重遲之貌。”當云重遲之聲。再來相竊，慎畏，故車聲遲重也。“璊”，赬玉，喻毳衣之美。“奔”，謂奔就他所幽會也。

卒章，相與要訂私逃異國之辭也。“穀”，謂穀食之生時。穀亦淑善之美稱。要言俱生而避惡名，則異室，各自有其夫婦。斷矣。“死”，言苟不畏惡名刑死，則同居共隱耳。舊説爲淫弄者不敢越禮，生則不相犯，死當同葬之約。夫人死則不能自主。生尚不得相聚，死後誰其能使之同穴哉。惟合夫婦之好者，乃能得合葬耳。此明爲要其男子與偕逃異國合婚之辭。中原黄土區人皆穴處，非必葬乃爲同穴。同穴，又隱遁他國之義也。非如此解，則兩語矛盾，不能相入。斷戀與同逃，皆難能之事，故再以信誓要之。

或疑淫奔私約之詞，不能著於樂詩。此固有理。然而夫婦之禮猶未鞏固，女子易被黜出之世。果有放誕敢爲，不滿其夫之婦人，竟偕所歡以赴異國者，亦將敢於暴其事如此。恩格斯文亦載述有古代貴族竊淫貴婦之詩歌。此輩飽食暖衣，逸居無教，何事不爲。相習成俗，不以爲耻，則何不敢暴於詩歌。唐元微之猶有《會真記》，東周豈遂不能傳此詩耶？

魏源《詩古微》亦知毛、鄭、孔、朱舊説之非，别取劉向《列女傳》以爲此是“哀息夫人”之詩。其説與《左傳》息嬀事不合。不足取。

【1】《春秋·公羊傳》昭公二十五年，“建大路”。何休注：“禮：天子大路，諸侯路車，大夫大車，士飾車。”與《毛傳》“大夫之車”説合。

【2】“毳衣”，《毛傳》，大夫之服。《周禮·春官·司服》云，“男子之服，自毳冕而下，如侯伯之服”。鄭司農云“毳，罽衣也”。今按：古者編羽毛爲氅衣，有領無袖，貴人外出者衣之，即所謂毳衣。晉人所謂“鶴氅”，今人所謂“披風”，彝族所謂“擦耳哇”，其遺制也。初用編羽，後亦用翻革，漢魏以後用氈罽。凡衣製之法，古今變革無常，不可細考。於此詩，知其人車服爲大夫階級可也。

（十）丘中有麻

三章。章四句。四十九字。

丘中有麻，彼留子嗟。彼留子嗟，將其來施施。

丘中有麥，彼留子國。彼留子國，將其來食。

丘中有李，彼留之子。彼留之子，貽我佩玖。

題解：此留邑人民頌其邑君奕世皆能率民治産，裕民生計之詩。留邑，在今河南境内，《漢書·地理志》及《水經注》所謂“劉聚”是也[1]。馬瑞辰曰：“留、劉古通用。薛尚功《鍾鼎款識》有劉公簠。《積古齋鍾鼎款識》作“留公簠”。按姓氏書謂周成王封王季之後於劉邑，蓋即此地。《毛傳》以爲“大夫氏”。漢緱氏縣地位崤山之南，熊耳山北，洛水上游谷中。正當周王畿内，而土瘠薄地僻，王季之後於成王爲疏，應是賜食邑於此耳。劉子世能自奮，率民墾土，引種麻麥疏果，民賴其利。東遷之後，洛陽人口驟增，民食不足，獨此僻邑山陬，衣食之資豐足，故其人思而歌之。劉氏在西周無顯人。至東周世，乃世爲重臣，久秉國政，著于《春秋》。蓋由有此憑藉，王室不能不倚重之也。孔子游周，正當劉子當國之際，雖不曾至緱氏，亦聞劉氏之歌頌如此。故采録其詩，系于王風之末焉。

舊説此詩者，除《毛傳》微近外，自衛宏《續序》以下，無不有誤。朱熹竟説爲淫奔幽會之詩，則尤謬矣。

首章，“麻”，今云蓖蔴，雌者結子，古人以爲食糧，《月令》秋季三月，天子“食麻與犬”是也（今世蓖蔴子僅供榨油用）。牡者，剥纖維，績爲布，衣食兩資之焉。詩言，丘中之有麻，彼留子所將來之種也。謂其地本無麻種，留子引種，施于栽培。“嗟”者，語詞，猶云“嗟彼劉子”，爲協麻韻倒在語末。《毛傳》以爲留大夫名字，失之。留子，往時疏族大夫，賜采頒爵，不過子耳。“施施”，馬瑞辰云：“按《顏氏家訓》云：‘江南舊本悉單爲施。惟《韓詩》作將其來施施。’”是如《毛詩》古本止作“將其來施”。施者，施於種植之義。《毛傳》從《韓詩》作施施，釋爲“難進之意”。應仍依齊、魯詩祇存一施字。與餘兩章同作四字句。

次章，言留邑之麥，亦留子建國時所引種。今人不得食麥，有如彼劉子所將來者。

【1】《地理志》河南郡雒陽，其緱氏縣，班氏自注云：“劉聚，周大夫劉子邑。有延壽城、仙人祠。”從來神仙家僞造神異，多托云在緱氏山中。以其僻險，人不常至，則易欺也。然其地又能置縣，則亦曾有人墾辟之爲一區樂土。《王風》諸詩，尤可貴者是此詩也。班氏所定爲“周大夫劉子邑”者，蓋亦緣於魯詩，加以地方之元傳説。其字作劉，明魯齊詩字本作劉。《毛詩》多改易古字，獨作留耳。《水經注》洛水篇，謂：“合水，北與劉水合。水出半石東山，西北流於劉聚。三面臨澗，在緱氏西南，周畿内劉子國。故謂之劉澗。”

食采之子，稱其邑爲國。《毛傳》謂："子國爲子嗟父。"亦非。要引進麥種于留邑，在引進麻種之後，皆邑君之先人，非可得稱名者也。

卒章，"彼留之子"，猶云"留子"也。李之種，亦留所原無。賴留子引進之。初有麻，則衣食粗給。嗣有麥，則民食豐裕矣。其後更引入桃李等果樹之種於山間，運售於城邑，民生經濟益裕，漸得購入佩玖之飾，有如留子所貽也。

《王風》小結

《王風》十篇，六百四十五字。文最多者《黍離》，最少者《采葛》。自《黍離》《葛藟》《大車》三篇屬于貴族統治階層人物之作外，全屬平民階級及士人之詩。東周統治階級之雅詩，載入《小雅》《大雅》者均有。民間亦流行有商齊之樂，如《衛風·伯兮》，爲其一例。既非《王風》樂類，則不收入此部。十篇全屬平王以後詩者，孔子所録僅此而已。

五、《鄭風》二十一篇

解　題

鄭本爲宣王母弟司徒友食采之國，在宗周畿内。友死於犬戎之難。謚爲桓公，食邑陷没。其子掘突娶申侯女，從申與秦、晋諸國擁立平王於洛邑，是爲武公。先，桓公時憂宗周衰敗，預寄孥與賄於虢、檜之君。至是，虢、檜分地以處之。是爲"新鄭"，今河南鄭州市是也。平王三年，復徵武公爲司徒。遂因新鄭以滅檜與東虢，重建鄭國。東周初葉，鄭于諸侯中最爲强盛。其地本屬殷畿之南鄙，流行商風與南國樂歌。入周以後，糅雜而成虢、檜之風。鄭國既興，禮樂文教更復自爲風氣。樂官以新興樂曲，别爲鄭風。其樂靡蕩悦人。與邶、鄘異趣而近於衛。故世以"鄭衛"並稱。與周人之雅樂更相排抵。孔子崇雅樂。所謂"鄭聲淫"者，謂其樂使人愉悦沉緬，非不尚之也。故于列國之詩，獨傳鄭風二十一篇之多。秦漢以後，十三種風與雅俱滅，惟獨鄭風餘韻流行最久。就樂藝發展變化之趨勢以驗其效果，鄭聲實較雅樂與其他風樂先進。孔子亦不能不多取其詩而弦歌之。（司馬遷云："詩三百篇，孔子皆弦歌之。"）其樂久已不傳，兹但考求二十篇本事。

（一）緇　衣

三章。章四句。六十九字。

緇衣之宜兮，敝，予又改爲兮。適子之館兮，還，予授子之粲兮。

緇衣之好兮，敝，予又改造兮。適子之館兮，還，予授子之粲兮。

緇衣之蓆兮，敝，予又改作兮。適子之館兮，還，予授子之粲兮。

題解：鄭桓公爲幽王司徒，死犬戎之難。其妻孥在鄶，不及。平王立之三年，復召武公爲司徒。此其母與庶母餞賀之詩也。

首章，其母所唱。"緇衣"，《毛傳》云："緇，黑色，卿士聽朝之正服也。"宜，猶言稱其身位。謂"居司徒之官，正得其宜"。（毛序注）"敝，予又改爲"，謂桓公爲司徒死于職，如緇衣之敝，今則予家復爲司徒，如敝而復易爲新衣也。"適子之館"者，《鄭箋》云："卿士所居之館，在天子之宫。""還，予授子之粲"，毛説爲"諸侯入爲天子卿士，受采禄"。未允。新鄭與檜、虢，即皆東周王畿之内。東遷王臣皆無土地食采，鄭已有地矣，豈得更授采邑？鄭云："自館還在采地之都，我則設餐以授之。"朱熹亦云："粲，餐也。或曰，粟之精鑿者……既還而又授子以粲，言好之無已也。"皆依衛宏《續序》"善于其職，國人宜之，故美其德，以明有國善善之功"爲説。尤屬不切。夫公卿還館，豈無供膳之禄養，而有待人民之許給一餐耶？清儒又多依《禮記》"好賢如緇衣，惡惡如巷伯"立説，説爲美武公"折節下士，屢適賓館"（方玉潤語），謂許所禮賢士以授餐。此則更爲不妥。夫賢士將羞嗟來之食，而可以受此給餐之誘乎？《新詮》以爲：粲，即"今夕何夕，見此粲者"之粲，謂美女也。"還"者，讀如迴旋之旋。《禮運》："五行、四時、十二月，還相爲本。"有將來、行將之義。其母慰言行且選一粲者待汝于館舍，以慰離家之情思耳。

次章，其庶母應和之辭也。"好"，美好，慕羡語氣，與宜字當有分寸之别。

卒章，亦餘母應和之詞。"蓆"，毛云："大也。"後儒無異説。程頤曰："蓆有安舒之義，服稱其德，則安舒也。"今按：蓆，即多。故許説以廣多。此詩言武公父子爲司徒，如重蓆也。是多之義。武公子莊公寤生，又復爲平王卿士，誠多矣哉。庶母，地位愈卑，則頌語愈佞，封建家庭唱和規律如此。

（二）將仲子

三章。章八句。一百字。

將仲子兮！無踰我里，無折我樹杞。豈敢愛之？畏我父母。仲可懷也，父母之言，亦可畏也！

將仲子兮！無踰我墻，無折我樹桑。豈敢愛之？畏我諸兄。仲可懷也，諸兄之言，亦可畏也！

將仲子兮！無踰我園，無折我樹檀。豈敢愛之？畏人之多言。仲可懷也，人之多言，亦可畏也！

題解：鄭武公既爲王室卿士，用史伯成謀，將請王命以伐檜。先造爲檜仲侵鄭之説，縱歌以制輿論。于是作此詩也。“將”，毛云“請也”。“仲子”，謂檜君“檜仲”。

首章，“我里”，謂新鄭之邑里。“折杞”，謂虐奪其民。黄河平原住民以杞柳編製器物。折杞，則民用乏。《左傳》昭公十六年，鄭子産曰：“昔我先君桓公，與商人皆出自周；庸次比耦，以艾殺此地，斬之蓬蒿藜藋，而共處之。世有盟誓，以相信也。”所謂“商人”，指檜民爲周初自殷徙實洛邑地區之“頑民”之裔。桓公寄孥賄于檜，得檜分與留邑以居（據《公羊傳》），是爲新鄭。故子産謂其先君率民墾辟之言如此。此詩首請勿害其民，與子産之辭如相呼應。蓋武公所造輿論，固謂此地區在殷商之世原屬南國，周營東都，徙商人於此以填實之。墾辟尤勤。更賴先君桓公寄孥于此，與檜人合力開墾，以成新邑。東遷後，更承王命以爲鄭之屬民。而檜仲貪冒，屢侵鄭民。主客勢殊，鄭不能自捍，惟有籲請檜仲“無踰我里”，無侵害我民之生計而已。“豈敢愛之”以下，謂：本屬檜之地與檜之民，我豈敢私有而愛之。是乃天子已命爲鄭國之民矣。“父母”謂天王也。

次章，“踰我墻”，謂侵入新鄭國邑。“桑”，紡織所資，亦車材與弓材，爲其時建國者所珍之物資，在此詩則喻工商之業也。“諸兄”，謂同姓兄弟之族，與晋、曹、魯、衛、虢、蔡諸國君。言我雖欲自棄其民，天子縱不言，諸公族與同姓諸侯亦必不許也。

卒章，“踰我園”，謂侵害及于宫室宗廟矣。“檀”，堅韌之木，當時製神主及造車宫室所必須有，以喻國之重器。詩言：若其入園而猶忍之，則人人皆當責我。我畏人言，必不能忍矣。

三章皆明明虚構之詞。三章文義一式，則又明爲群唱之歌。爲詩佯爲端重，而實陰狠。詞似巽懦，而實毒烈。外爲呼籲之語，以寓怒譴。故知其爲滅檜陰謀之詭：故意使其臣民歌之，因采以獻周王，訴其侵奪，請王命以伐之也。史伯教桓公之辭，著于《國語・鄭一》，其中有“濟、洛、河、潁之間，子男之國，虢、鄶爲大。虢叔恃勢，鄶仲恃險，皆有驕恣怠慢之心。加之以貪冒。君若以周難之故，寄孥與賄（孥謂家庭人口。賄謂私有貲財），不敢不許。是驕而貪，必將背君。君以成周之衆，奉辭伐罪，無不克矣”。此詩，即武公按“必將背君”之意所製造，爲“奉辭伐罪”設階梯。而鄶由是亡矣。鄶，《毛詩》作檜。

舊説此詩者，漢唐人皆謂刺鄭莊公縱陷公叔段，諭祭仲勿干預家事之詩。全遵《毛序》。宋以來人，皆謂淫婦誡其姦夫之詞。全依《朱傳》。夫祭仲諫莊公，在叔段居京之初，詩次不當在《叔于田》前。且諫語當密，莊公何得公開以詩謝之。至于淫婦姦夫，警戒之語，至于三次、三地三物，三畏不同，又復歌唱以播揚之。豈有此理？説詩之方向既錯，則解説辭又亦無不謬。故並不可取。偶用《毛傳》詁訓一二而已。

（三）叔于田

三章。章五句。五十七字。

叔于田，巷無居人。豈無居人？不如叔也，洵美且仁。

叔于狩，巷無飲酒。豈無飲酒？不如叔也，洵美且好。

叔適野，巷無服馬。豈無服馬？不如叔也，洵美且武。

題解：此共叔段未居京邑時，諂事武姜者頌諛段才武之詩。其事著於《左傳》隱公元年。

首章，言段每出獵，萬人空巷觀之。續云，“巷無居人”，謂雖亦有牽於職守，不得出觀者。其人皆不如叔段之信美且仁已。頌出獵而曰“美且仁”，亦可知其徒具車馬旌旗之盛，而無所弋獲。曲譽爲如湯網開三面之仁耳。

次章，言叔出獵後，其原有職守之人，公退即飲酒者，聞其獵，亦俱赴觀之，無復飲酒于家者。惟身份尤高者不往，仍常飲酒。然其人亦不能如叔段之美且好也。

卒章，言叔遠獵于郊外之地時，邑中有馬者皆弛往觀之。都邑内更無乘馬者。《鄭箋》：“服馬，猶乘馬也。”（服者，裝備之義。）雖亦或有之（指公族、卿大夫），其人亦不如叔之美且武也。

（四）大叔于田

三章。章十句。百一十二字。

叔于田，乘乘馬。執轡如組，兩驂如舞。叔在藪，火烈具舉。襢裼暴虎，獻于公所。將叔無狃，戒其傷女。

叔于田，乘乘黄。兩服上襄，兩驂雁行。叔在藪，火烈具揚。叔善射忌，又良御忌，抑磬控忌，抑縱送忌。

叔于田，乘乘鴇。兩服齊首，兩驂如手。叔在藪，火烈具阜。叔馬慢忌，叔發罕忌。抑釋掤忌，抑鬯弓忌。

題解：此叔段居京邑後，其左右佞幸所作，以獻諂于莊公母子之詩。《左傳》：“請京。使居之，謂之京城大叔。”朱熹《集傳》引蘇轍言曰：“二詩皆曰叔于田。故加大以别之。不知者乃以段有大叔之號，而讀曰泰。又加大於首章，失之矣。”謂詩題之大字，乃樂師所加，首章之大字，乃後人所誤衍。故朱氏《集傳》逕删首章之大字。查孔穎達注疏本，引陸德明《音義》，亦云：“叔于田，本或作大叔于田者，誤。”前篇，格句、音節、旨趣，俱不同。顯爲段居京前後，兩人諛頌之作。此篇固當稱段“太叔”。應衹是後兩章省太字，非首章衍也。上篇三章皆言叔段在國邑時田獵，但夸車騎之美。似莊公媚于武姜之語。此篇則描繪獵事詳致，是迭次從獵者，信莊公與母氏俱寵愛段，而作以獻莊公母子之語。固宜稱太叔也。

首章，“乘乘馬”，謂乘四馬之戎車。太叔自衣甲駕馭，有甲士矛、矢在車上，步卒七十二人在車下以捍衛之，則是自有食邑兵賦時之出獵矣。迨圍合火舉，百獸奔逃，則又袒裼下車，以逐虎。徒手搏虎而獻於莊公母子。獻詩乃夸爲“襢裼暴虎”耳。“將叔無狃”二句，佞幸並獻其殷勤勸阻之語，以飾其忠愛于段之詞。

次章，“乘黄”，四馬皆黄，則國已富，馬已多矣。“兩服”，謂在内兩馬。“上襄”舊説爲“上駕”（良馬），《新詮》以爲襄猶驤也，上襄謂其昂首奮鬣，前足高舉之雄姿。“兩驂”，外兩馬稍次於兩服之後，如雁行之整齊。亦譽其御術之精。言叔本善射，當馭車入火烈之圍場時，又復駐車而射。“忌”，語辭，與他詩之兮、且、矣、也諸語辭同，蓋鄭人之語音如此。《毛傳》：“騁馬曰磬。止馬曰控。發矢曰縱。從禽曰送。”《孔疏》云：“言發則能中，逐則能及，是叔之善御善射也。”

卒章，“鴇”，善走之鳥名。毛云：“驪白雜毛曰鴇。”蓋借鳥名以狀其馬之毛色。兩服相並在前，兩驂分别在側，如首與手。“阜”，盛也。獵將畢，叔馬行慢，發矢已稀，禽殆盡矣。于是釋其矢，弢其弓。罷獵也。毛云：“掤，所以覆矢。鬯弓，弢弓也。”朱云：“掤，矢筩蓋。《春秋傳》作冰。”又云：“鬯，弓囊也。與韔同。”弢，與韜同。《周頌》云：“載韜弓矢。”《秦風》云：“交韔二弓”。

（五）清　人

三章。章四句。五十字。

清人在彭，駟介旁旁。二矛重英，河上乎翱翔！

清人在消，駟介麃麃。二矛重喬，河上乎逍遥。

清人在軸，駟介陶陶。左旋右抽，中軍作好。

題解：狄侵衛（《春秋》閔公二年），鄭文公遣高克帥清邑之兵次於河上以備狄。清人思歸，高克作此詩，陳河上無患，冀得召還也。已而清人怨潰，高克奔陳。《春秋》書“狄入衛”，在閔公元年十二月。同時書“鄭棄其師”。《左傳》云：“久而弗召，師潰而歸。”考詩三章，皆耀武之詞，無潰敗義。《左傳》“鄭人爲之賦清人”句，在“高克奔陳”後，亦與詩不合，從來説此詩者，皆依《左傳》。亦未詳考也。衛宏《續序》謂：“公子素惡高克進之不以禮，文公退不以道，危國亡師之本，故作是詩。”不知所據。

首章，《毛傳》："清，邑也。彭，衛之河上，鄭之郊也。介，甲也。"衛境在河之南。故高克率師備狄，入駐于衛境之河上。"駟介"，戎車之四馬俱披甲也。"旁旁"，馳騁車馬之聲也。"二矛"，長矛、短矛皆備也。"重英"，矛上裝飾之旄纓，由長短排列而見其重出也。鄭説"二矛，酋矛、夷矛也，各有畫飾"。朱云："酋矛長二丈，夷矛長二丈四尺，並建于車上，則其英重累而見。"是也。翱翔，謂河上無警，戎車但翱翔而已。

次章，"消"，亦河上地名。"麃麃"，武貌（《毛傳》）。"矛之上勾曰喬。所以懸英也。"（《朱傳》）"逍遥"，無所事事之游步。

卒章，"軸"，亦河上地名。"陶陶"，樂而自適之貌。舊説：戎車載甲士三人，居左爲御者，居右爲勇士。將則居中爲中軍。左者旋其車，右者抽其矢，如臨戰陣，中軍之將則容好暇豫，無庸緊張。其實無警故也。

（六）羔　裘

三章。章四句。四十八字。

羔裘如濡，洵直且侯。彼其之子，舍命不渝。

羔裘豹飾，孔武有力。彼其之子，邦之司直。

羔裘晏兮，三英粲兮。彼其之子，邦之彦兮。

題解：魏源《詩古微》："美三良也。文公之時，三良爲政，所謂'三英粲兮'也。文公背齊從楚，則孔叔諫之。文公不禮重耳，則詹叔諫之。所謂'邦之司直'也。又幾被讒殺于齊，見烹於晋，又所謂'舍命不渝'也。詩次《清人》之後，其美三良而欲文公信任之乎？《毛序》以爲'刺朝'，而詩無刺意，則以爲存古。且訓'洵直且侯'爲君侯，亦不詞。《韓詩》不渝作'不偷'，又訓侯爲美。知必不以爲刺朝。"（在《詩序集義》篇）兹從其意。

首章，頌美叔詹伯（詹叔）能不顧其身以贖其國，事見《國語・晋四》。

次章，頌美孔叔（即堵叔）諫鄭文公逃首止之盟。事在《左傳》僖公五年。

卒章，合三良而頌美之，謂叔詹、堵叔、師叔，亦即鄭國洩氏、孔氏、子氏三族之彦。事詳《左傳》僖公七年寧母之會。

《左傳》僖公二十四年，富辰諫王以狄伐鄭，有曰："鄭有平惠之勛，又有厲宣之新，棄嬖寵而用三良，于諸姬爲近。四德具矣。"三良，謂叔詹、孔叔、師叔。叔詹事最可稱。其諫文公不禮重耳，在《左傳》僖公二十三年。《國語》載其辭甚詳。晋文反國，報不禮者，伐衛、曹及鄭。鄭伯致其師於楚，與晋戰于城濮（僖公二十八年）："既敗而懼，使子人九行成於晋。晋欒枝入盟鄭伯。"《左傳》于此役未及叔詹。《國語》則云："晋人誅觀狀以伐鄭。反其陴。鄭人以名寶行成。公弗許，曰'予我詹而師還'。詹請往。鄭伯弗許。詹固請，曰：'一臣可以赦百姓而定社稷，君何愛于臣也?'鄭人以詹予晋。晋人將烹之。詹曰：'……殺身贖國忠也。'乃就烹。據鼎耳而疾號曰……乃命弗殺，厚爲之禮而歸之。"此詩，蓋即作于此時（《史記》則謂詹自殺，鄭人以詹尸與晋）。特美叔詹，兼及堵叔（孔叔）。師叔事無史文。蓋即如晋請成之子人九。師叔爲子氏領袖，亦此役有功于鄭者也。合觀《左傳》《國語》，詩之本事乃明，魏氏小有未到，故補明之。

（七）遵大路

二章。章四句。三十六字。

遵大路兮，摻執子之袪兮。無我惡兮，不寁故也。

遵大路兮，摻執子之手兮。無我䰻兮，不寁好也。

題解：有棄婦邀其夫於大路，攬袪告哀，撻辱不去。士人見而閔之，記其辭之慘痛如此。舊説爲"思君子"者，妄矣。

首章，言遵此大路以俟君子于此。攬袪而訴曰"求無惡我。我無失德，袛不能敏捷承事故也"。"袪"，衣袂。"摻"，毛云"擥也"，即攬之古字，在此爲執之助動詞。"攬執"，謂伸手遠攬而固持之，急迫之舉也。攬袪，則下其身如跪矣。"寁"，毛云"速也"。陸云"市坎反"。當讀如 zǎn。故扇字作翣同音，與開展之展義近。查字書，作"子感切"。又作"疾叶切"，則當讀如捷。毛用捷速之義，則謂行動不敏捷，爲夫所惡而被出。婦亦自承不捷也。封建社會輕于出妻，説在《谷風》篇。

卒章，其夫不聽，以手毆擊而排之。婦因而持其手。䰻，有云讀如醜（陸云"市由反"）。查上章，惡與故爲韻，故惡音"烏路反"。此章䰻與好爲韻，則當以壽爲聲，讀如擣。陸德明曰："䰻，本亦作𣪘。"𣪘，即古擣字，連衡不輟之義。是三家詩本作𣪘，毛改作䰻，讀音仍當如擣字。《説文》"𣪘，棄也"，引此詩。並云"周書以爲討"。則詩當作𣪘，讀如擣明矣。

（八）女曰鷄鳴

三章。章六句。七十八字。

女曰鷄鳴，士曰昧旦。子興視夜，明星有爛。將翱將翔，弋鳧與雁。

弋言加之，與子宜之。宜言飲酒，與子偕老。琴瑟在御，莫不静好。

知子之來之，雜佩以贈之，知子之順之，雜佩以問之。知子之好之，雜佩以報之。

題解：此士客於友人家者，賢其夫婦和美好客，著其唱答語言以致贊美之詩也。

首章，農家將弋禽款客，夫婦相助之辭。“女曰鷄鳴”，催其夫起也。“士曰昧旦”，其夫戀眠，推曰天未明。女復云“子興視夜”，再促之。士起視曰“明星有爛”，言星光未滅。女再曰：“可徐往沼際，弋鳧雁款客。”“翱翔”，徐行也。天將明未明，正弋鳧雁之時。

次章，“弋言加之，與子宜之”，士出發前語也。“加”，中也（用《朱傳》）。言我準能弋得，交你烹調。“宜言飲酒，與子偕老”，女子答語，猶“烹調飲酒之樂，願至于老”，温慰婉孌之至也。“琴瑟”二句，友人之贊語，謂夫婦和樂如調琴瑟，貞静美好，無瑕可指。“宜”，毛云“肴也”，朱云“和其所宜也”，皆治肉調味之義。

卒章，友人飲食間，揭所聞語而致報答也。知此飲食之來，由賢夫出獵，故取雜佩以報之。“順之”，言賢婦順夫意烹調款賓，亦取雜佩以報之。《毛傳》：“問，遺也。”俱贈以雜珮，知賢夫婦好之也。“雜佩”，毛云：“珩、璜、琚、瑀、衡牙之類。”朱熹云：“吕氏曰：非獨玉也。觿、燧、箴管（針筒）凡可佩者，皆是也。”古人衣無紐扣，又復寬大，但結衽而以帶束之。帶寬大，懸佩纍纍，日用雜具皆備，而以玉爲多。謂有五德比於君子，故士大夫多佩焉。近世藏族衣服猶多如此。此詩所贈，皆謂玉佩。解贈而曰“知子之好之”者，亦取玉比君子之義。

舊説不明周詩有集言之體，又曲從毛序“刺不悦德”求解，故多不中。

（九）有女同車

二章。章六句。四十八字。

有女同車，顔如舜華。將翱將翔，佩玉瓊琚。彼美孟姜，洵美且都。

有女同行，顔如舜英。將翱將翔，佩玉將將。彼美孟姜，德音不忘。

題解：鄭文公踕，娶齊桓女，此其催妝詩也。《左傳》僖公二十二年：“鄭文夫人芊氏、姜氏勞楚子於柯澤。”故知鄭文娶齊女。古者婚夕，男女能詩者唱和相挑，稱催妝詩。周代謚文者率皆由能詩，故知此詩本事如此。

首章，“有女同車”，謂新迎，同車歸也。“舜”，毛云“木槿也”，贊女色美如木槿之花。“將”，謂相將同歸。“翱翔”，舒徐貌。“佩玉”句，贊其衣佩之美。“孟姜”，姜姓諸侯之長女。鄭文公之元年，當齊桓公之十四年，宜所娶爲桓公長女也。總贊其“信美也，且都也”。容色之美爲美，儀態之美爲都。

卒章，“英”，亦花之義。“佩玉將將”，迎婚既至，相將升堂。此章聞佩玉聲，則爲下車步行可知。“德音不忘”，頌齊桓許婚，爲不能忘。

《毛序》爲“刺忽也”。《朱傳》云：“疑亦淫奔之詩。”他儒不出二説。魏源獨言

“刺文公”。得其人矣，而失其義（謂刺其“結援于楚，復婚文芊”）。兹衍其説爲頌齊桓。

（十）山有扶蘇

二章。章四句。三十二字。

山有扶蘇，隰有荷華。不見子都，乃見狂且。

山有橋松，隰有游龍。不見子充，乃見狡童。

題解：此鄭國山野，男女調笑，女子嘲謔男子之歌。漢唐儒皆説爲刺鄭昭公忽君臣之詩。夫此詩三十二字中，四舉植物，皆雙名，乃勞動人民語言，非士大夫階級之詩也。當時下層勞動人民不知國家内政外交得失，安得爲此以刺上哉。凡周代動植物名稱，出于中原文士之口皆只一字，惟譯四夷稱語爲兩字。出于勞動人民之口者亦皆兩字。勞動人民能習士大夫語言，又所見物類龐多，故必用雙音乃易區别。士大夫接觸之物類少，故猶堅持古人所用之單字名稱。即如此詩，雖明明確指在山在隰之四種植物，封建士大夫之號博物者，求解二千餘年，迄無能指實其形狀。則謂此爲執政階層刺上之詩，豈得成立？朱熹《集傳》謂爲“淫女戲其所私者”，近之矣。然因其脱離勞動群衆既遠，不知山野率真之人，男女調笑固自如此，非“淫女”也。

首章，“扶蘇”，荏也。體細弱，纖維軟美，苗似紫蘇，茂則相扶而生，故曰扶蘇。《毛傳》曰：“扶胥，木也。”《爾雅》：“輔，小木。”錢大昕曰：“長言爲扶蘇，急言爲輔。”究莫能指爲何物。徒以在山，擬以爲小木耳。詩言：山則有扶蘇可績，原隰有荷花可觀。喻人情所好，美物也。我亦欲得美男如子都者也。今不見子都，乃見此“狂且”何哉。“子都”，鄭莊公時美男子。故《毛傳》云：“世之美好者也。”《孟子》：“不知子都之姣者，無目者也。”“狂且”，與下章狡童對文。不當用“其樂衹且”之且字作解。毛云：“且，辭也。”非義。《新詮》以爲當説爲“狙公賦芧”之狙。與“狡童”對。謂其狂躁而醜如猴也。

卒章，女友相和之詞。謂山則有橋松之蒼翠，隰則有紅草之繁茂，人情恒欲得富有之男子。今我所遇者非富有之子充，乃遇此乾瘦之狡童何哉！“橋”，陸德明云：“本亦作喬。毛作橋。其驕反。王云，高也。”謂所見王肅本，作喬，高也。惟毛本作橋。《毛傳》：“龍，紅草。”《朱傳》：“一名馬蓼。葉大而色白，生水澤中，高丈餘。”今按：馬蓼花，赤紅色，故曰紅草。其葉鞘包莖，白色。非葉色白也。“游龍”，鄭云：“紅草放縱支葉于隰中。”“子充”與“子都”對文。古人實有號子都者。亦當有實號子充者。《孟子》云：“充實之謂美。”謂富有也。今藏族猶謂商業爲“充”，經商者爲“充本”。子充與狡童對。朱云“狡猾之小兒”。蓋言：童子則無所有，徒爲狡詐虛僞之飾而已。

（十一）蘀　兮

二章。章四句。三十二字。

蘀兮蘀兮，風其吹女。叔兮伯兮，倡予和女。

蘀兮蘀兮，風其漂女。叔兮伯兮，倡予要女。

題解：此鄭厲公獲傅瑕。諷以納己，因並屬瑕寄鄭卿大夫，行賂勸貳之詩也。初，鄭莊公娶鄧女，生太子忽，是爲昭公。又娶宋雍氏女，生子突。莊公卒，卿士祭仲立昭公。雍氏有寵于宋。宋莊公使人誘執祭仲，要之以立突。祭與宋盟，以突歸，立之。是爲厲公。昭公忽奔衛。厲公立四年，惡祭仲專國，謀殺之。不遂。出居邊邑櫟。祭仲復迎立昭公。櫟恃宋援，鄭人不敢伐。昭公二年，爲其卿高渠彌所弒死。祭仲不敢立厲公，乃更立昭公弟公子亹爲君。子亹元年，齊襄公會諸侯于首止。子亹往會，齊人殺子亹。祭仲召子亹弟公子嬰于陳而立之。（《左傳》作子儀。此從《史記》。）立十四年。"故從亡厲公突有櫟者，使人誘劫鄭大夫甫瑕。（《左傳》作傅瑕。在莊公十四年。）要以求入。瑕曰：'捨我。我爲君殺鄭子而入君。'厲公與盟，乃捨之。"（《史記·鄭世家》。）《左傳》："鄭厲公自櫟侵鄭，及大陵，獲傅瑕。傅瑕曰：'苟捨我。吾請納君。'與之盟而赦之。六月甲子，傅瑕殺鄭子及其二子，而納厲公。……厲公入，遂殺傅瑕。使謂原繁曰：'傅瑕貳，周有常刑，既伏其罪矣。納我而無二心者，吾皆許之上大夫之事，吾願與伯父圖之。且寡人出，伯父無裏言。入，又不念寡人。寡人憾焉。'對曰：'先君桓公，命我先人，典司宗祏。社稷有主，而外其心，其何貳如之。苟主社稷，國内之民，其誰不爲臣。臣無貳心，天之制也。子儀在位十四年矣，而謀召君者，庸非二乎。莊公之子，猶有八人，若皆以官爵行賂勸貳，而可以濟事。君其若之何？臣聞命矣！'乃縊而死。"（《史記》作："入而讓其伯父原曰：'我亡國外居，伯父無意入我，亦甚矣。'原曰：'事君無二心，人臣之職也。原知罪矣。'遂自殺。厲公于是謂甫瑕曰：'子之事君，有二心矣。'遂誅之。"）

校對左、司馬所記，似各有來源。然其先爲賄爵勸貳則同。蓋其先獲傅瑕時，諷以此詩。並囑之持歸以要其同列諸臣，原繁不從，故實既入先殺之（此當從《史記》，或魯詩有是說也）。由原之辭正，而併殺瑕也。

首章，"蘀"，即竹筍之籜。從⺮之字，魏隸恒省作從⺾，蓋王肅本字如此。筍成竹，則籜自因風而落。詩以喻子儀之衰，突勢養成，鄭諸臣將如籜之從風隕落。謂當改圖也。"叔兮伯兮"，周之天子常如此稱諸侯。諸侯亦常以此稱公卿，貴族統治之封建社會，例稱同姓爲伯父、叔父，異姓爲伯舅、叔舅。"倡予和女"，謂汝等發難於内，我將相應于外也。

卒章，“漂”，謂飄落於風，猶漂落於水也。“要”，謂要之以盟信，“許之上大夫之事”。盟于傅瑕者，轉寄於諸大夫。不從者則當如籜之落。故殺原繁之辭曰“願與伯父圖之”，曰“又不念寡人”。

舊説此詩者紛龐多端，毛云“刺忽”。朱云“淫女之詞”。魏源云“刺文公”。更有説爲“刺莊公”者及與女子求愛者。無一有當于文理。舊次在民間詩後者，蓋厲公初不欲以詩入樂。傳世既久，而後樂官收録之也。

（十二）狡　童

二章。章四句。三十八字。

彼狡童兮，不與我言兮。維子之故，使我不能餐兮。

彼狡童兮，不與我食兮。維子之故，使我不能息兮。

題解：此輕薄婦女調笑女友熱戀其夫之歌耳。

首章，嘲其偶因其夫不與之言，則鬱思而不能進食。

卒章，嘲其夫偶或不與共餐，即鬱怨而不能安眠。皆笑其相愛之癡。摹擬其本人情意以爲戲謔。故辭意似苦痛，而語調則輕鬆愉快。舊説爲“刺忽”者，固非。説爲“淫女見絶”（《朱傳》），與“刺文公申侯”（魏源），亦謬。

（十三）褰　裳

二章。章五句。四十四字。

子惠思我，褰裳涉溱。子不我思，豈無他人？狂童之狂也且！

子惠思我，褰裳涉洧。子不我思，豈無他士？狂童之狂也且！

題解：鄭有赴女子之約訂婚未成者，女子詬之之詞。後遂以爲男女踏月群唱之歌。

首章，“褰裳涉溱”，謂男子赴約褰裳涉水而來。可感矣。而所要近苛，則怒而去之。女謂：“子不我思，豈遂無他人愛我乎。”既去而誶之曰“狂童也，其輕率也如且”。且，在《君子陽陽》陸氏音“子徐反”。《山有扶蘇》及此詩，則皆音“子餘反”爲讀狙。同義。

卒章，“涉洧”，則又是鄭之另一地方，不能仍是“涉溱”之人。而歌詞相同，即可知非實有之事，而爲借用相傳故事，造爲群唱之歌，供跳月者用也。

舊説種種不一，要皆以爲士大夫刺其君之詩。夫褰裳而涉，非士大夫階級所有之事，即亦不可能涉想如此之詩。朱熹謂是“淫女語其所私”，殆近之矣。而不可通章爲一事。凡兩三章同文之詩，皆群唱虛擬之詞。似此如實之詩語而兩章同式，則當定爲踏歌之群唱。朱氏未能知。

（十四）丰

四章。二章章三句。二章四句。六十字。

子之丰兮，俟我乎巷兮，悔予不送兮！

子之昌兮，俟我乎堂兮，悔予不將兮！

衣錦褧衣，裳錦褧裳。叔兮伯兮，駕予與行。

裳錦褧裳，衣錦褧衣。叔兮伯兮，駕予與歸。

題解：衛士人爲齊執政者所招，初未肯往。嗣復欲就之，乃託爲婚媾之言爲詩以獻執政。舊説爲婚姻之實事，淺矣。方玉潤《詩經原始》云："此寓言。非詠婚也。世衰道微，賢人君子隱處不仕。朝廷初或以禮往聘。不肯速行。後被敦迫，駕車就道，不能自主。發憤成吟，以寫其胸中憤懣之氣，而又不敢顯言賈禍。故借婚女爲辭。……仕進至亦可矜己。不然，昏禮縱缺，亦何男俟乎堂而女不行耶。"（駁朱熹之説）近是矣，而誤用後世避世之事以説古詩。詩語明白爽快，與唐人之"洞房紅燭"正同，安有憤懣之氣，賈禍之畏？

首章，《毛傳》："丰，豐滿也。巷，門外也。""不送"，《鄭箋》："悔予不送是子而去。"《新詮》以爲：丰、昌，皆地名。"昌"見《齊風》。明言其相見處。

次章，毛云："昌，壯盛貌"。非。"將"，相將俱行也。兩章"子"字，俱明言來迎新者。"予"字，"我"字，皆嫁者自指。若果爲實事，則此兩人在兩章爲一事，又何得分言俟巷、俟堂？一丰、一昌，而復一送、一將，恍如對兩個親近男子言之乎？是惟寓言之詩得如此耳。

三章，"衣錦"罩褧，嫁者之衣。"叔兮伯兮"非對本夫之稱，在詩之意，如呼送親者，命之駕車出嫁。

卒章，重複其詞，如呼迎親者，駕車同歸。世絕無此新娘。亦絕不能同時一再呼送迎者上道。以此訂爲託婚寄意之獻詩。士有九能，"升高能賦可以爲大夫"。故知周代士之求進者有獻詩之禮。蓋春秋中世，士類多而禄位不足時，有此事象。

（十五）東門之墠

二章。章四句。三十二字。

東門之墠，茹藘在阪。其室則邇，其人甚遠！

東門之栗，有踐家室。豈不爾思？子不我即。

題解：此亦鄭人踏歌跳月所用之樂詩，歌往時男女愛悦相誘之語。其本事不可知，要是鄭國東門外之男女婚會舊歌。

首章，男誘女也。言東門外有土壇，除地祭日之壇也。“茹藘”，毛云“茅蒐也”。朱云：“一名茜，可以染絳。”室邇人遠者，男子言，識所戀之居，近在東門墠（壇同）近阪下，有茹藘爲標識，雖常往徘徊，而其人不可得而親接。

卒章，女答男也。言：亦知爾家在東門外栗樹下。“踐”，毛云“淺也”。朱云“行列貌”。馬瑞辰云：“《太平御覽》引《韓詩》作靖。云‘靖善也’……《藝文類聚》引《韓詩》作竫。竫亦善也。”蓋謂善美之家庭，明相知有素也，豈不思子，子不來即我耳。即，就也。

（十六）風　雨

三章。章四句。四十八字。

風雨淒淒，雞鳴喈喈。既見君子，云胡不夷？

風雨瀟瀟，雞鳴膠膠。既見君子，云胡不瘳？

風雨如晦，雞鳴不已。既見君子，云胡不喜？

題解：此鄭人當滅灾禍急迫時，得執政勞恤慰問者至，狂喜歡呼，群唱之歌。《竹書紀年》周襄王十三年（魯文公五年，鄭穆公之六年）。“洛絶于泂”，泂，鄭地，《左傳》作向。本王畿瀕河之邑，桓王以易鄭、鄔、劉、蒍、邘田（《左傳》隱公十一年）者也。絶，猶决也。河改道，則舊河之下游絶。洛水下游平坦，當夏秋大水，往往决而成灾。疑詩即記洛决成灾之事。北方河决，所泛地人民皆泅聚高阜待糧。大牲畜不及携，携雞鶩等小牲畜易。故凡灾民聚處，雞聲、風聲徹夜。河决於暴雨，故詩三言三者之聲勢。

首章，“喈喈”，雞聲。雞字以奚爲聲。奚古音如喈。今廣東人猶呼雞爲喈。三江人亦呼鞋如偕，字作鞵。“君子”，當時人民對官吏之稱呼。“夷”，悦也。

次章，毛云：“瀟瀟，暴疾也。膠膠，猶喈喈也。”《廣韻》引詩作“雞鳴嘐嘐”。

蓋魯齊詩有如此者。謂母小雞之聲也。與瘳叶韻。疾除曰瘳。

卒章，言風雨來于晦夜，雞皆驚鳴不已。灾民急迫時也，而君子勞問至，則喜可知矣。全是北方水灾時景象。及今皆然。舊説此詩者多不中。

（十七）子　衿

三章，章四句。四十九字。

青青子衿，悠悠我心。縱我不往，子寧不嗣音？

青青子佩，悠悠我思。縱我不往，子寧不來？

挑兮達兮，在城闕兮。一日不見，如三月兮！

題解： 此國學教師易人，去職之師傷學子廢學之詩。《毛序》云：“刺學校廢也。”子産不毀鄉校，則鄭之學校未廢。但繼任教者曠職耳。

首章，《毛傳》：“青衿，青領也，學子之所服。”“悠悠”，朱云“思之長也”。亦即憂思之意。係念其弟子。“不往”，謂已去職，不到學校。“子”責其弟子。“嗣音”，毛云：“嗣，習也。古者，教以詩樂，誦之歌之，弦之舞之。”謂自練習爲“嗣音”。

次章，毛云：“佩，珮玉也。士佩瓀珉，而青組綬。”責弟子雖繼任曠職，諸子詎不可以來質疑問難于我乎？

卒章，毛云：“挑達，往來相見貌。”朱云：“挑，輕儇跳躍之貌。達，放恣也。”當用朱説。“城闕”，謂城上，闕上。周時國邑必有闕，一曰象魏，在朝門外，令教則懸于此，令民觀之。築土而城，兩相對如門，故曰兩觀。此言學子無所事事，佻達游眺于城與闕上。因嘆從惡如崩，一日不見，墮落如三月之久。“一日”兩句，用東周初《采葛》詩原語，當是春秋世習於詩樂之士所作。故可以定爲退職樂正之詩。

（十八）揚之水

二章。章六句。四十八字。

揚之水，不流束楚。終鮮兄弟，維予與女。無信人之言，人實迋女。

揚之水，不流束薪。終鮮兄弟，維予二人。無信人之言，人實不信。

題解： 此鄭穆公招公子瑕之詩也。疑即上篇樂官代作。兩章首句與《王風·揚之水》同文，亦如上篇“一日不見”句之用《王風》成語。當同爲春秋中世鄭人之習於詩樂者所作。舊説以爲刺昭公忽，與“淫者相謂”，皆有未合。魏源以爲“諷子瑕、子蘭争國之詩”。當是。

鄭文公有三夫人。寵子五人，皆以罪早死。公怒，盡逐群公子。庶妾燕姞生子蘭，奔晋。晋文公愛幸之，强入子蘭爲太子。文公卒，子蘭立，是爲穆公（《史記》）。文公又娶蘇侯女，生子瑕，爲文芊所愛，而文公惡之。子瑕奔楚。文公卒之明年（《左傳》僖公三十三年），楚侵陳蔡。遂伐鄭，將納子瑕。"門于桔柣之門。瑕覆（車）於周氏之汪。外僕髡屯禽之以獻。文夫人（文芊）斂而葬之鄶城之下。"（《左傳》）此詩，蓋楚侵鄭時，穆公作以招子瑕，並陳于文芊之詩也。文公三夫人者，先娶齊女孟姜，有詩。復以親楚，娶文芊。子皆有寵而以罪死。又娶于江，生子士，被楚人酖殺。又報于鄭子之妃，生子華、子臧，並早死。文公即位之三年，殺母弟須，及昭公忽之子。又以戴公、桓公之族盡逐武、穆之族（《左傳》）宣公三年）。故當穆公即位時，鄭之公族自子蘭、子瑕外，唯戴桓之族存。戴桓爲西周世之祖先，于鄭爲最疏。則詩云"終鮮兄弟，維予二人"之義，爲子蘭給子瑕語，爲不可移易者也。穆公時，晋楚争霸，文公先得罪于晋與周王，故迫而事楚。楚又因子瑕故偪鄭。晋遠不能救。穆公爲此詩以招子瑕，並陳文芊，欲以緩楚之師，爲必然矣。瑕自車覆被禽誅，文芊猶斂而葬之。則文芊因袒子瑕而召楚師，又可知。然詩爲對子瑕語，非諷文芊。

首章，借《王風·揚之水》成文，喻冲激之水不可以流楚薪。勸其勿恃楚援也。"無信人之言"，謂兄弟至親勿爲他人所間。"迋"，《毛傳》："誑也。"陸氏《音義》云："求往反。"亦讀如誑。《説文》："迋，往也。從辵，王聲，《春秋傳》曰：'子無我迋。'"（《左傳》昭公二十一年文）蓋春秋世迋、誑通用。

卒章，重言之，易流薪在後者，謂借外力不足恃，如揚之水，不惟不能流楚，即更重之薪亦不能流也。後句"信"讀如伸。

（十九）出其東門

二章。章六句。四十八字。

出其東門，有女如雲。雖則如雲，匪我思存。縞衣綦巾，聊樂我員。

出其闉闍，有女如荼。雖則如荼，匪我思且。縞衣茹藘，聊可與娱。

題解：此歌鄭俗。踏青、跳月，男女野會擇配。本南國舊俗，鄭人因之。此詩爲夫婦同往東門問俗之士人，相與倡答之歌。

首章，士歌謂如雲之女，非我所慕，我妝之縞衣綦巾，聊足自樂也。《毛傳》："縞衣，白色，男服也。綦巾，蒼艾色，女服也。"《朱傳》："縞衣綦巾，女服之貧陋者。""聊樂我員"，員讀如雲，語詞也。《韓詩》作魂。亦是雲字音。凡語詞，重在寫音，不拘字形。

卒章，女歌和。《毛傳》："闉，曲城也。闍，城臺也。"亦謂城門之外。"荼"字在周詩屢見，含義各自不同。此詩荼字，蓋亦衆盛活躍之貌。故言熱烈曰“如火如荼”。“茹藘”，毛云：“茅蒐之染，女服也。”朱云：“可以染絳，故以名衣服之色。”合觀兩章，男子爲縞衣，女子絳衣蒼艾色之中，樸素之士人夫婦也。夫婦和樂，足以相娱，則不羡踏青之男女也。

（二十）野有蔓草

二章。章六句。四十八字。

野有蔓草，零露漙兮。有美一人，清揚婉兮。邂逅相遇，適我願兮。

野有蔓草，零露瀼瀼。有美一人，婉如清揚。邂逅相遇，與子偕臧。

題解：此男女踏月習用群唱之歌。男女通用。蓋古時已有之舊歌。跳月恒在初昏露零之時，會者皆不期面集。贊美他人，但曰眉目清揚，姿態婉美。結語，但曰適願偕臧，皆通綰泛適，人人可用。不著任何山野人物特點。當是樂官所造，欲導樂事於莊嚴之歌。

首章，漙，露多貌。朱云：“清揚，眉目之間婉然美也。邂逅，不期而會也。”“適我願兮”，言初相悦。

卒章，“瀼瀼”，盛貌。“臧”，善也。“與子偕臧”，言可以結婚，同歸於善，是莊嚴語，故知爲古樂官作，欲以導俗於善道者。

（二十一）溱　洧

二章。章十二句。九十二字。

溱與洧，方涣涣兮。士與女，方秉蕑兮。女曰觀乎？士曰既且。且往觀乎！洧之外，洵訏且樂。維士與女，伊其相謔，贈之以勺藥。

溱與洧，瀏其清矣。士與女，殷其盈矣。女曰觀乎？士曰既且。且往觀乎？洧之外，洵訏且樂。維士與女，伊其將謔，贈之以勺藥。

題解：鄭當春秋中葉，簡定之世，境安民樂。樂官采風者觀於溱洧之上，志其實際情形如此，以紀一方風俗，非有所勸刺。舊説爲“刺亂”（《毛序》）；爲“淫奔者自叙之詞”（《朱傳》）；甚至謂“男女相棄，各無匹偶，感春氣並出，託採芬香之草，而爲淫泆之行”，“女情急，故勸男使往觀於洧之外”，“因相與戲謔，行夫婦之事”。（《鄭箋》）可謂荒謬絶倫矣。詩語全是旁觀記叙之辭。長近百字，迴翔以紀民俗。蓋東周較晚出之詩。樂官所作，孔子所録，何至于細描野合如鄭箋哉？

首章，“溱與洧”，鄭郊二水名。“涣涣”，毛云：“春水盛世。”鄭云：“仲春之時，冰以釋，水則涣涣然。”“蕑”，毛云“蘭也”。《孔疏》引陸璣疏云：“其莖葉似澤蘭，廣而長節。節中赤，高四五尺。漢諸池苑及許昌宫中皆種之。可著粉中藏衣，著書中辟白魚。”今按：此士與女方共秉蕑同賞，蓋夫妻同游者也。游溱復洧，於洧上得香草，共持賞之。非如鄭説爲“男女相棄，各無匹偶，感春氣並出，託採芬香之草而爲淫泆之行”。“女曰觀乎”，謂見洧水之外。士女如雲，邀同往觀也。“士曰既且”，鄭云：“既，已也。士曰：已觀矣。未從之也。”馬瑞辰曰：“勸其息也。蓋士初未去，但言曰止息。”《大雅・假樂》“民之攸塈”，毛傳：“塈，息也。”《左傳》昭公二十一年引，作“民之攸暨”，杜注：“暨，息也。”塈、暨、既是一語之異字。凡記録語言字，重在以字適音，不必緣字以求義。士不欲往，故女復促之曰：“姑同往觀乎？彼洧之外，信訏且樂矣。”訏，毛云“大也”。謂大言之聲，今云嘈吺是也。謂彼男子吺鬧快樂也。三且字不同音義：先且字，語詞。次，姑且之義。此且字，復之義。下文“維士與女，伊其相謔”，觀者之語，指洧外衆多之男女。“贈之以勺藥”者，謂觀者不欲久觀而去，非謂實有所贈也。馬瑞辰云：“古之芍藥，非今之所云芍藥。……《釋文》引《韓詩》曰：‘芍藥，離草也。言將離别，贈此草也。’”今按：崔豹《古今注》曰：“芍藥，一名可離，故將别贈以芍藥，猶相招則贈以文無。文無一名當歸也。正與《韓詩》以芍藥爲離草義合。《稽古篇》引董氏謂勺藥爲江蘺。則將離即江蘺之轉音耳。”當以此説糾正《鄭箋》“將别則送女以芍藥，結恩情”之謬。蓋士人夫婦不以洧外男女笑謔爲然，忿然云之之辭，“贈之以芍藥”猶云“付之一笑”，“報之以嗤”之類，鄙斥之義也。踏青、踏月，本原始戀愛之習俗。封建社會形成後，士流不屑爲之。此詩與《出其東門》皆此輩士流所作。

卒章，與前章同文義音節，易涣涣爲“瀏其清”，則是冰全解以後之水流矣。時則踏青者更多。“殷”，衆也。“盈”，盈野無隙地也。明與上章非一時。而餘文同者，又似與上章爲一事。此又可知詩爲旁觀者憶游慨嘆，綜述其所見之辭，非志一人與多人之實事。舊説此詩者皆欲鑿鑿然指實其文，爲未達矣。

《鄭風》小結

《鄭風》二十一篇，千一百六十一字。《大叔于田》字最多。《將仲子》次之。皆統治階級之作。《山有扶蘇》《蘀兮》《東門之墠》三篇字最少。《溱洧》二章九十二字，記一方風俗，固宜詳也。

自《緇衣》至《山有扶蘇》十篇。自鄭東徙時起，從統治階級而士而平民排次可循。惟《有女同車》一篇爲後時，且統治階級之詩。排次未當。疑是《毛詩》説爲“刺忽”而妄移亂之。原編當是在《山有扶蘇》之下。其上九篇，孔子壯年教學于魯時，自魯太師所鈔録也。《有女同車》《蘀兮》以下，則其晚年游鄭所續鈔得之於鄭太師者。亦自文公詩以下，遞及于勞動人民之作。而樂官之詩附在末也。《揚之水》夾在樂官詩中者，蓋亦樂官所撰故也。

六、《齊風》十一篇

解　題

武王封師尚父吕望於營丘，以御東夷。是爲齊太公。太公善于經國，“因其俗，簡其禮，通工商之業，便魚鹽之利，而人多歸齊”。（《史記・齊世家》）成王時，管、蔡、殷、奄與淮夷叛，周公東征，使召康公命太公爲東伯，得專征五侯之地。四國既平，分奄薄姑之地予齊，遂成霸國。其地西逾濟水，南有岱、蒙，東北盡海。民富國强者數十世。然世尊周室。哀公被讒，爲周夷王所烹，于是有鷄鳴之詩。周既東遷，王室陵替，桓公率諸侯以朝周，號爲五霸之首。

齊之風樂，相傳始于夏孔甲時，號爲“東音”。（《吕氏春秋・音初篇》說）時當成湯初興之際。其後國雖隸屬於商，風樂仍與商有别，凡濟水以東，海岱之間，民間音樂，自成風氣。直至秦漢，言樂者猶以“商齊”並稱（見《荀子》與《大戴禮》）。

孔子壯年試仕於齊，習於齊樂。齊風十一篇，即其肄習於齊太師者也。所録皆齊桓以前之詩。其後出游十四年，未更至齊，故詩亦未能更增。其十一篇次第，亦依齊太師舊次未亂。大抵以入樂先後爲序。原歌應多，孔子衹選習其一部分如此耳。

齊魯同爲東方大國。魯本奄地，習南樂。徙國初，用豳聲，不能普及。國人從習齊風者多。故《齊風》中亦多有魯國人詩。

（一）雞　鳴

三章。章四句。五十一字。

雞既鳴矣，朝既盈矣。匪雞則鳴，蒼蠅之聲。

東方明矣，朝既昌矣。匪東方則明，月出之光。

蟲飛薨薨，甘與子同夢。會且歸矣，無庶予子憎。

題解：齊哀公爲紀侯所譖，懼，不敢朝周。其夫人勉之行，入朝而烹[1]。其夫人傷之，託爲大夫夫妻相警之言，以寄其痛忿之情也。

首章，託爲聞鷄鳴聲，促夫起床語。又以其夫蒼蠅之對，喻其畏讒人之口。夫雞三鳴而後天曙。天曙乃有蒼蠅飛動。詩言“雞既鳴”，則是初鳴時也，安得已有“蒼蠅之聲”？即此，已可知其託詞寓意，非謂實事如此。“匪雞”二句，託爲其夫答語。夫雞聲、蠅聲，大小懸絶。即遠地雞鳴，聲波所至，亦無疑爲蠅聲之理。況其夫既未起視，則又安得以蠅聲對答哉？蓋人情莫不惡蠅之縈擾污穢，從來用以比喻讒口。《小雅・青蠅》即承此詩爲斥詬讒人之歌。作者蓋以鷄鳴喻周王之召。以蠅聲喻紀侯之讒。如云：王之召我，由紀侯之讒也。

次章，再喻東方日出，爲“天王聖明”。謂朝周王者皆獲昌盛。是勸哀侯朝周，勿畏讒口之意。“匪東方則明”二句，同上再設爲其夫答語，以喻哀侯先見之明。盲：非日出光也。“月出之光”，喻天子未明，陰猶用事，不欲往也。

卒章，設爲男子先語，“蟲飛”，乃指青蠅。“薨薨”，衆多混亂貌，亦喻讒説之衆。故不欲往。“同夢”，謂同寢處不離。“會且歸”二句，婦人勉其行，云：入朝，不久當還。不朝，反將得罪。馬瑞辰曰：“庶，幸也。《大雅・抑》詩，‘庶無大悔’傳‘庶，幸也’。無庶，即庶無之倒文。……予、與，古今字。‘予子憎’，《正義》引定本作‘與子憎’。與，猶遺也。‘無庶與子憎’即庶無贈子憎。”謂入朝則庶幾不憎惡子也。

舊説此詩者，紛無定論。或言賢妃警其君早朝（毛、鄭、朱）。或謂刺讒（魏源），或謂賢婦警其夫入朝（方玉潤）。其共同之失，在于不知周詩有假問答之言爲一章之辭者，竟全部説爲“賢妃”、“貞女”一人之語，故其説義半非也。《續序》提示哀公夫人之作，得其世矣，而未得其辭義，真説爲“夙夜警戒相成之道”。是史事未明所致。

【1】《竹書紀年》周夷王三年，“王致諸侯。烹齊哀公於鼎”。《史記・齊世家》：“哀公時，紀侯譖之周。周烹哀公。而立其弟静，是爲胡公。”哀公名不辰。《索隱》曰：“世本作不臣。譙周（《古史考》）亦作不辰。宋忠曰：‘哀公荒淫田游，史作《還》詩以刺之也。’”外此别無史事。《集解》引徐廣曰“周夷王”，與《竹書紀年》合。司馬遷但云“周王”，時《紀年》尚未出土故也。鄭玄《詩譜》謂太公“後五世，哀公政衰，荒淫怠慢。紀侯譖之於周。懿王使烹焉”。按：《周本紀》：“穆王立五十五年崩。子共王繄扈立。……共王崩，子懿王𦡀立。（《竹書紀年》，共王十二年陟。）懿王之時，王室遂衰，詩人作刺。懿王崩。共王弟辟方立，是爲孝王。（《竹書》謂懿王名堅，在位二十五年。）孝王崩，諸侯復立懿王太子燮，是爲夷王。夷王崩子厲王胡立。”（《竹書》謂孝王在位九年。夷王在位八年。）皆不言烹齊侯事。《索隱》注“詩人作刺”，引宋忠曰：“時王室衰，始作詩也。”蓋漢儒見三百篇中無康、昭、穆、懿、孝、夷諸王之雅。而齊有《雞鳴》與《還》詩，謂是齊哀公世作，以爲當懿王之世，故史遷有語。宋忠（漢末，三國初人）既以《還》詩爲哀公時作。在夷王時，遂謂《雞鳴》一篇是懿王世詩。鄭玄又並謂哀公爲懿王時死。大抵齊、魯、韓詩皆有此説。故司馬遷據以記烹哀公事而未詳何王。漢儒皆未得見魏之《竹書紀年》，故但能依詩説推測耳。孔穎達作《詩譜正義》，不用《竹書》，但憑《史記》推之曰：“云懿王立，‘王室遂衰’，自懿王始。明懿王受譖烹矣。且本紀稱：懿王之時詩人作刺，得不以懿王之時，雞鳴詩作而言懿王時乎？”以鄭玄推測之意，掩《竹書》具體之文。亦謬。

（二）還

三章。章四句。六十九字。

子之還兮，遭我乎峱之間兮。並驅從兩肩兮，揖我謂我儇兮。

子之茂兮，遭我乎峱之道兮。並驅從兩牡兮，揖我謂我好兮。

子之昌兮，遭我乎峱之陽兮。並驅從兩狼兮，揖我謂我臧兮。

題解：齊有貴族女子嗜獵者，悦另一貴族之雄武男子。成婚後，賦其結愛之經過如此。齊、魯詩作“營”（《漢書·地理志》）。《韓詩》作“嫙”（陸德明釋文）。《毛詩》作“還”。齊人讀營如員音，故三家詩異字。當以營爲正。詩蓋作於胡公徙治薄姑之時。《史記·齊世家》云：“胡公徙都薄姑，而當周夷王之時。哀公之同母少弟山，怨胡公，乃與其黨率營丘人襲攻殺胡公而自立，是爲獻公。獻公元年，盡逐胡公子，因徙薄姑都治臨淄。”（周夷王烹哀公而立胡公，故子山怨之。）臨淄營丘爲一地之二城。胡公雖自營丘徙都薄姑，故都之人民與商業猶盛。故貴族富商恒往來於兩地之間。詩中之營，即營丘也。

首章，詩中男子亦嗜獵，因往獵於營丘，携兩獵犬，過峱山，遇此女子亦出獵於山下。相悦，揖而贊之。峱，山名。《齊詩》作嶩。班固《地理志》曰：“周成王時，薄姑氏與四國共作亂，成王滅之，以封師尚父，是爲太公，詩風‘齊國’是也。臨淄名營丘，故《齊詩》曰：‘子之營兮，招我虖嶩之閒兮。’又曰：‘竢我於著乎而’，此亦舒緩之體也。”據此，則《毛詩》作“還”，並訓爲贊其人“便捷之貌”，爲臆改，非詩本義也。“並驅從兩肩兮”，猶云：“兩肩並驅以從。”肩，《説文》引此詩作豜，云“三歲豕、肩相及者”，蓋用《毛傳》“獸三歲曰肩”之義。《吕覽·知化篇》云：“今釋越而伐齊，譬之猶懼虎而刺狷。”高誘注，亦用“獸三歲”之説。于是説此詩者，皆説從爲“從禽”（逐野獸）之義，謂男女二人“併驅而逐二獸”（《毛傳》）。夫從禽逐獸，奔突電迅，獸類尚難辨别，况能識其年齡哉？且三章皆用“兩”字，豈三次所逐之獸皆爲兩頭，又復並奔而不相離異趨者乎？《新詮》以爲肩（狷或豜）爲獵犬之名色，非“三歲獸”之謂。狷、豜，皆大獸之義，《豳風》“獻豜于公”，《傳》云“大獸公之”。蓋此人之獵犬高大，呼之爲“狷”。女子聞其呼犬之名，入於此詩耳。“揖我”，初相見，猶未便相親，亦未便偕驅，但一揖相接而贊美之曰：“女公子輕捷哉。”譽以挑之。女子不嗔其唐突，竊喜于内，情思萌矣。“儇”者，嬛輕、利捷之貌。《毛傳》謂女子先贊男子便捷（儇），此男子“譽之者，以報前言還也”。未協。

次章，男子既知女子恒獵於峱山，則俟其出，即亦託言出獵以邀於峱之下。然亦未便即請共獵也，故託言將往茂林而再遭遇。此次又易二獵犬，名色爲“牡”。牡雖爲牝牡字，亦可用爲獸名。良馬之馭稱“四牡”，即以牡爲馬名色之例。若從毛鄭説爲從禽。則奔馳之野獸，誰能辨其爲牝牡哉？“謂我好”，則贊語益親矣。

卒章，“昌”亦地名，三次追逐時之託言也。“兩狼”，以獵犬似狼爲名色。今所謂狼犬是也。野獸之狼，群行獵食。奔逃則四散，無兩狼兩驅不離之事，故知言“并驅”爲贊獵犬也。“臧”者，淑善也，“謂我臧”，則非一字之譽，蓋有多辭贊之，人已親密談心之謂也。

凡《周詩》，三章同文、同調，僅易數字，如一意之重復者，必屬群唱之歌。雖同文調，僅易數字而非一時、一地、一事者，如此詩，各有事物可指，則敘事之詩，所謂賦體是也。

（三）著

三章。章三句。五十七字。

俟我于著乎而，充耳以素乎而，尚之以瓊華乎而。

俟我于庭乎而，充耳以青乎而，尚之以瓊瑩乎而。

俟我于堂乎而，充耳以黄乎而，尚之以瓊英乎而。

題解：此女子自賦嫁時所見婚禮中，其婿執禮儀容。三易其充耳之紞與瑱。是貴族公子也。

首章，《毛傳》云：“俟，待也。門屏之間曰著。素，象瑱。”《箋》云：“我，嫁者自謂也。待我於著，謂從君子而出，至於著，君子揖之時也。我視君子，則以素爲充耳。謂所以懸瑱者，或名爲紞，織之，人君五色，臣則三色而已。此言素者，目所先見而云。”紞，音如擔。見《淇奥》“充耳琇瑩”詮釋。

次章，《鄭箋》：“待我于庭，謂揖我于庭時。青，紞之青。”謂青色之紞。《毛傳》：“瓊瑩，石，似玉，卿大夫之服也。”

卒章，“瓊英”，毛云：“美石，似玉者。”《箋》云：“猶瓊華也。”

朱熹于此詩，全用東萊吕氏（祖謙）之説。云：“婚禮，婿往婦家親迎，既奠雁，御輪，而先歸，俟於門外。婦至，則揖以入。時齊俗不親迎，故女至婿門，始見其俟己也。”於次章曰：“謂婿道婦及寢門，揖入之時也。”於卒章曰：“升階而後至堂。此婚禮所謂升自西階之時也。”要依《毛序》“刺時也”。與《續序》：“時不親迎也。”參合《士婚禮》説詩。今去古悠遠，亦不暇考周代婚禮，自當參照舊説釋文。惟謂“刺時”與“刺不親迎”則不當從。竊謂此詩僅爲放誕女子，笑其婿之儀態耳。齊俗本不親迎，則齊人之詩詎乃刺之？大抵作者即上篇之作者，蓋齊公族之女，因獵嗜，悦卿大夫如高氏、國氏之男子而嫁之。上章爲其催妝詩，以付婿者。此篇爲婿知其能詩而再索之。因歌婚禮所見以爲笑耳。齊衛貴族女子大都能詩，屢見于國風。衛詩靡麗而齊詩舒緩，誠如班固所云，孔子直以此二詩爲齊風代表，亦知其是一人之作，並取之也。

（四）東方之日

二章。章五句。四十二字。

東方之日兮，彼姝者子，在我室兮。在我室兮，履我即兮。

東方之月兮，彼姝者子，在我闥兮。在我闥兮，履我發兮。

題解： 此輕佻貴族男子戀愛成婚之夕，所賦催妝詩。或即《營》詩之男子答新婦《著》詩之辭。

首章，以“東方之日”起興，喻“彼姝者子”可愛如朝起之日也。馬瑞辰曰：“古者喻人顔色之美，多取譬於日月。詩‘月出皎兮’傳：‘喻婦人有美白皙也。’宋玉《神女賦》：‘其始出也，耀乎若白日初出照屋梁。其少進也，皎若明月舒其光。’義本此詩。”“彼姝者子”，指新婦。“在我室”，謂已却扇、合巹也。“履我即”，謂已受履來歸，使當夫唱婦隨，所謂“出嫁從夫”，周之禮制也。《毛傳》：“履，禮也。”《鄭箋》：“即，就也。”皆緣親迎時有授屨、履屨之禮爲義[1]。“我”，男子自稱。（毛鄭以爲女子之辭。非。）

卒章，“在我闥”，謂已入我閨闥，名分定矣。“履我發”者，舊説“發”，行也（毛）。“言躡我而行去也”（朱）。今按：新人既已在闥，即不能如鄭説“以禮來，則我行與之俱去”。亦不能如朱説爲跟我行去。蓋發者，獵人捕獸之機括，踐之則機發。此言既已成禮，則如履我之發，爲我所得也。周制重男輕女，男子娶妻，視同俘虜。此男子既以戀愛得貴族好女，狂喜放恣，相戲而爲此語耳。

【1】 新迎有授履之俗，出公羊家言。劉向《説苑》曰：“夏，公如齊逆女。何以書？親迎，禮也。（以上《春秋》莊公二十四年《公羊傳》文。）其禮奈何？曰：諸侯以屨二兩，加琮。大夫、庶人以屨二兩加束脩二，曰：‘某國寡小君使寡人奉不珍之琮、不珍之履，禮夫人貞女。’夫人曰：‘有幽室數辱之産，未諭於傅母之教，得承執衣裳之事，敢不敬拜祝。’祝答拜。夫人受琮，取一兩屨以履女；正笄衣裳而命之曰：‘往矣。善事爾舅姑，以順爲宫室，無二爾心，無敢回也。’女拜。乃親引其手授夫乎户。夫引手出户。夫行，女從。拜辭父于堂。拜諸母於大門。夫先升輿執轡，女乃升輿，轂三轉，然後夫下，先行。”云云。查《儀禮》並無此文。蓋何休注《公羊傳》所補，而劉向采之。亦可能即爲劉向自説如此。其“授屨”之説，應確有依據，故儒家恒訓禮爲履。詩言婚姻者，亦多以履爲喻。《鄭箋》因而釋“履我即兮”，爲“以禮來，我則就之”。無論公羊家説是否可靠，核此詩語，亦衹當以履爲踐履之履。詩語雖輕薄而殊質素，應不至有以履爲禮之紆曲含義。况上文既云“彼姝”，則此“我”即不應亦是女子“嫁者自謂”（上篇《箋》語），而當是嫁者之婿。

（五）東方未明

三章。章四句。四十八字。

東方未明，顛倒衣裳。顛之倒之，自公召之。

東方未晞，顛倒裳衣。倒之顛之，自公令之。

折柳樊圃，狂夫瞿瞿。不能辰夜，不夙則莫。

題解：此齊大夫怨其君召令不明之詩也。

首章，言天猶未明，君召甚急，倉卒畏亂，至于顛倒衣裳。“顛之倒之”之原因，由于“自公召之”。詩語甚明。舊説“群臣顛倒衣裳而朝，人又從君所來而召之”。（《鄭箋》）拆一語爲二事者，謬（《朱傳》同）。

次章，易字而重復其文以足三章之數，蓋樂官作耶？樂以三章爲率，故樂官之詩恒三章。疑刺齊君嗜樂而不恤樂師之詩。“未晞”，亦未明也。“令之”，即召之也。

卒章，“折柳樊圃”者，謂赴召甚急，倉卒就乘，未及持鞭。御過樊圃，折柳以代鞭。齊地多柳，乘者恒折柳爲鞭。直西至魯、豫、關中皆然。“樊圃”者，農民蔬圃在行道側者，皆因道旁柳爲樊籬以限行人。“狂夫”者，當時士大夫對農民之通稱。如“狂夫之盲，聖人擇焉”之狂夫。謂芻蕘、農牧之野人也。農民早起治圃，驟因行人折柳，驚見車馬匆遽，而瞿瞿然顧望之。瞿，鳥視貌。謂圓睁其目，怒視而不言也。“辰”，謂時辰之正。“莫”，與暮字通。“不能辰夜”，猶云不合於夜之正時。“不夙則莫”，謂經常於過早過晚之時召之。

《續序》《鄭箋》皆謂斥“挈壺氏不能掌其職”，“狂夫不任挈壺氏之事”。大謬。《周禮》挈壺氏屬夏官，司壺漏者。若朝事之時，則春官雞人司之。方相氏之“狂夫四人”，則司禳祓毆疫之事，又與雞人及挈壺氏無關。衛宏、鄭玄所據皆《周禮》不知其何以亂説至此。朱熹以後，不更遵用挈壺氏之説，而猶多依違於《傳》《箋》舊義，則亦惑矣。

（六）南　山

四章。章六句。一百字。

南山崔崔，雄狐綏綏。魯道有蕩，齊子由歸。既曰歸止，曷又懷止？

葛屨五兩，冠緌雙止。魯道有蕩，齊子庸止。既曰庸止，曷又從止？

蓺麻如之何？衡從其畝。取妻如之何？必告父母。既曰告止，曷又鞠止？

析薪如之何？匪斧不克。取妻如之何？匪媒不得。既曰得止，曷又極止？

題解：此齊國人民怒斥齊襄公之歌也。

齊襄淫于妹，殺魯莊事，書於《春秋》，詳載《左傳》。此詩爲刺此事，固無可疑。歷世説詩者，亦無異議。惟於作詩之人皆依《續序》謂是齊之大夫。今審詩語，當是齊國人民所作。

首章，以“南山”起興者，泰蒙連山，齊魯界也。齊人謂之南山，魯人則謂之東山。此詩“南山崔崔”，喻齊爲大國也。“綏綏，求匹之貌”，（《朱傳》用毛鄭説）刺齊襄鶩于淫泆也。“魯道有蕩”，舊謂“齊魯間道路平易，以爲刺文姜兄妹往來聚會之頻數”。《新詮》以爲，言魯行周公之道，有王者蕩蕩之風。故齊人慕之而許嫁文姜。此“齊子”之所來歸也。末二句，言既已嫁女於魯矣，何爲又懷思之，至于送嫁至讙乎？（《左傳》桓公三年。）此譏齊僖公之溺愛其女，致遂具淫泆也。

次章，“葛屨五兩”，從無能爲允當之説者。《毛傳》：“葛屨，服之賤者。冠緌，服之尊者。”究不明“五”之爲義。《鄭箋》云：“喻文姜與姪娣及傅母同處。冠緌，喻襄公也。五人爲奇，襄公往從而雙之。冠屨不宜同處，猶襄公文姜不宜爲夫婦之道。”此説令人噴飯。陳奐《毛詩傳疏》，釋五兩爲午綾，“謂屨綦帶也”。其説亦紆曲回遠，而卒不可通。今按：“五兩”、“雙緌”，當時勞動人民譏一女兩夫之隱語也。《説苑》言，周制親迎，納屨二兩。母氏取一兩屨，履其女，示遣行也（説在《東方之日》，詮注）。女母取其一兩以履女，亦必賠男屨一兩以貽男。故凡一嫁娶，用屨三兩，再嫁亦如之。“五兩”譏女子有明暗二夫。謂當受雙方納屨，而只行婚禮一次，故已兩夫而只用五屨，冠緌則有一雙也。“冠緌”，親迎者之飾。言雙，則明爲二夫矣。本篇“止”字，皆語詞，猶前諸詩之兮、也、矣、且等字。“庸”，舊云用也，“用此道嫁于魯侯。襄公何復送而從之”。（《箋》語）馬瑞辰曰：“《君子陽陽》傳：‘由，用也。’庸訓爲用，即爲由矣。謂由之以嫁於魯也。《説文》，‘從，隨行也’，‘繇，隨從也’。由，或繇字。《左傳》桓十八年：‘公與夫人姜氏如齊。’是夫人姜氏從公如齊之事。詩‘曷又從止’，正指夫人從公如齊而言。”此説最得詩意。故此章爲魯人刺文姜也。如爲齊人之作，則與“從公如齊”之義不協。

三章，言蓺麻之道，欲土之鬆細。故必縱横交叉以耕之。“衡從”，當讀如横縱。以喻耕之定法，以興娶妻之必告父母。“取”，古娶字。“告”，讀工毒反。“鞠”，《毛傳》：“窮也。”《鄭箋》：“盈也。”歷世遵用之。義實晦蔽難通。今按勞動人民語言求之，即《蓼莪》“母兮鞠我”之鞠也。齊襄假母命以召文姜於魯。文姜從公如齊。故詩以“告父母”與“曷又鞠止”爲對語，以相詰問。又明是齊人責齊僖夫人母子之詞。

卒章，言取妻如析薪，薪材自是一體，斧析而分之。猶媒氏之合婚於彼姓，使女離其母家。魯桓既因媒氏而得娶文姜矣，何爲又如齊而遘兇短折哉。“極”，即《洪範》“威用六極”之極。“兇短折”爲一。魯桓與文姜如齊，齊襄復通焉。桓怒責文姜。齊襄使力士彭生乘桓公，拉殺之於車上。在位僅十八年，可謂兇短折矣。舊說“極止”者，皆從《毛傳》作“至也”。《鄭箋》爲之説曰：“女既以媒得之矣，何不禁制而恣極其邪意令至齊乎。”失《洪範》六極之義。

（七）甫　田

三章。章四句。四十八字。

無田甫田，維莠驕驕。無思遠人，勞心忉忉。

無田甫田，維莠桀桀。無思遠人，勞心怛怛。

婉兮孌兮，總角丱兮。未幾見兮，突而弁兮。

題解：此農民困於軍賦，刺上之詩也。齊之農民，每家受田一分，地面或寬而瘠薄，或腴而狹促，要以供五口之家耕種，得衣食所需及租賦所費。勞力强者宜受寬瘠之分，是爲甫田。投勞力多，可以多獲。勞力弱者，宜受狹腴之田，雖惰亦獲産不減。受分既定，當世守之，不容棄徙。此詩言：先人力强，受此甫田。今則兵役頻煩，壯丁從役，婦弱耕之，力不足以薅草，何能多獲。“甫”，即古鋪字。“甫田”，猶云土薄如鋪土之田，謂山原之田也。薄田一份，面積必大，故《毛傳》訓甫爲大也。又云：“大田過度而無人功，終不能獲。”得其義矣。而《序》云“大夫刺襄公”則非也。其詩但嘆農壯不得耕，而無貧困、傷亡之嘆。蓋齊桓公世軍賦之民所作也。齊桓霸業，衣裳之會爲多。少於作戰。

首章，“莠”，野生妨禾之草。“驕驕”，高大貌。婦弱困于耕耨，則思丁壯從役之遠人。然無益也，遠人不可得歸，徒使人忉忉然勞于心耳。

次章，“桀桀”，强壯貌。“怛怛”，舊云“猶忉忉也”。今按，當讀如惕音，叶桀韻，並忧懼之意。重復上章之意足三章之數，當是樂官司教者作詩。

卒章，似突變其指，而實與上二章鱗爪相屬，更具點睛之妙。蓋言見鄰人之子，素見其爲婉孌之童子，今突見其著武士皮弁之冠。謂尚未成齡之童子，其家苦於無人應役，則亦使其著武士之冠以應軍賦。則農村壯力之乏可知矣。

齊桓公圖霸，無年不會盟諸侯，興兵役，事征伐，北至山戎，南至召陵、淮徐，雖多爲衣裳之會，傷亡不多，而民賦亦已不堪矣。

（八）盧　令

三章。章二句。二十四字。

盧令令，其人美且仁。

盧重環，其人美且鬈。
盧重鋂，其人美且偲。

題解：此齊國獵户譏笑執政田獵措施之詩。三章同調，亦群唱之流行民間者也。

首章，“盧”，獵犬名色之一種，體小而色黑，細長矯捷，嗅覺鋭敏，齒牙犀利，爲我國古代育成之良種，今川邊田灣地區尚有人培育之。“令令”，《説文》引此詩作“獜獜”，健捷之貌。當是據齊、魯詩。《毛詩》改作“令令”，訓“纓環”聲。與下兩章相適。於義爲勝。獵犬當放縱自如，乃有利於獵獸，令徒爲之裝飾，頸項繫鈴、纓，以利獸之耳目，使其逃匿。美則已甚美矣，而又復仁於野獸如此。獵而仁於野獸，刺之尤深刻者也。

次章，“重環，子母環也”（《毛傳》）。飾獵犬以項圈，更加以重環，傷犬之性，使不得快意於捕捉野獸。徒爲美飾以炫異於人民，非使用獵犬之義。“鬈”，《毛傳》“好貌”。朱云“鬚鬢好貌”。皆依美字求義。《鄭箋》云：“鬈，讀當爲權。權，勇壯也。”依“無拳無勇”（《巧言》）爲義。當依鄭説。謂此輩獵人雖昧於獵道而位在執政，有權也。鬈、拳、權同音，刺詩不便言權，借拳、鬈字。

卒章，“鋂”，毛云：“一環貫二也。”重環而更加以鎖環，故云貫二，美愈多而犬愈困矣。“偲”，毛訓“才也”。鄭云“多才也”。皆隱佞字之義。故《廣雅・釋言》云：“偲，佞也。”《論語》：“不有祝佗之佞，而有宋朝之美，難乎免於今之世矣。”佞亦多才之義。毛鄭用之。《朱傳》則云：“偲，多鬚之貌。《春秋傳》所謂于思，即此字，古通用耳。”則直與次章重復。未爲允協。刺詩用頌語，爲卑賤階層對統治階層刺詩之通例。周秦後文字每有反義者（如治爲亂，舍爲乞，佞爲多才亦是其例），由刺詩也。此詩之獵者，富貴有勢，貌若多才而實愚昧可笑，故曰“美且多才”。鄙之甚也。

（九）敝 笱

三章。章四句。四十八字。

敝笱在梁，其魚魴鰥。齊子歸止，其從如雲。
敝笱在梁，其魚魴鱮。齊子歸止，其從如雨。
敝笱在梁，其魚唯唯。齊子歸止，其從如水。

題解：此魯國人民刺莊公迎娶齊女（哀姜）婚禮盛况之詩也。野人不識國君婚禮鋪排，但見其從者之衆。爲此群唱，亦如刺文姜之《南山》詩也。漢、唐、宋、明諸儒皆説爲齊人刺文姜者，大謬。何楷、孫家淦、魏源説爲刺哀姜，得之。

首章，“敝笱”，譏莊公之父桓公娶文姜，不能制其淫行，反爲之殺身。如笱之在魚梁，不能得魚，反爲魚所破壞。今莊公又復娶於齊，而得齊侯之愛女，如敝笱之又得大魚，其能不失敗如故乎？“魴”，多脂之鯿魚，河濟下游多。有已見《汝墳》諸詩。“鰥”，巨口之虎魚，與鯰同類而特兇猛，恒棲於激流，吞食他魚（今俗呼爲猫魚）。泰山諸水中有之。虎魚恒獨泳水中，故古以喻無妻者。魴、鰥同笱，亦喻魯君之危在室内也。“齊子”之稱，與《南山》同，謂齊君之女公子。“歸”，謂來歸於魯。故知其亦魯人之詩也。“鰥”讀如矜。

次章，“鱮”，亦鯰之屬，體小於鯰，而色淡黄，巨口扁腹則相似，亦吞食小魚者。其項下雙鰭有具鋭刺之鋸骨。俗呼“黄刺股”者是也。“其從如雲”，遠望之盛狀也。此云“如雨”，則謂馳騁如狂雨驟至也。

卒章，“唯唯”，毛云“出入不制”。鄭云“行相隨順之貌”。朱云“行出入之貌”，謂已至時也。凡迭用之形容字，不必皆有確義，只以表發聲之音，此則爲叶“如水”之韻用字，不可鑿爲之説。但可説爲齊人驚呼之聲可也。

（十）載　驅

四章。章四句。六十四字。

載驅薄薄，簟茀朱鞹。魯道有蕩，齊子發夕。

四驪濟濟，垂轡濔濔。魯道有蕩，齊子豈弟。

汶水湯湯，行人彭彭。魯道有蕩，齊子翱翔。

汶水滔滔，行人儦儦。魯道有蕩，齊子游敖。

題解：魯莊公即位之二十四年，齊桓許嫁其兄襄公之季女（哀姜）于魯。魯莊盛其婚禮，親往齊國迎之。齊亦盛飾以遣其女。此魯迎婚之衆與齊送婚之衆道中群唱之歌。舊説爲刺齊襄或文姜者，並非。

首章，言齊女出發之盛況，魯人之歌也。《毛傳》：“薄薄，疾驅聲也。簟，方文席也。車之蔽曰茀。”《朱傳》：“茀，車後户也。朱，朱漆也。鞹，獸皮之去毛者。蓋車革質而朱漆也。”“魯道有蕩”，用《南山》詩成語。此詩在《南山》後二十餘年，明亦魯人之作。“齊子”，指哀姜，與《敝笱》同。在途稱子，廟見後乃稱夫人，故又與《南山》之稱文姜同。“發夕”，毛云：“自夕發至旦。”謂哀姜嫁從之多。兼以莊公在齊，待其出發，齊之宫庭擾攘徹夜。即夕已發，達旦乃盡也。今按：發，古音如撥，與上薄、鞹爲韻。“發夕”猶“夕發”，達旦乃成行也。發字韻。夕字音不變。《朱傳》云“叶祥龠反”，非是。周詩多有倒第二字爲韻之例。詩樂重韻字，不必以末字爲韻。此章重在發字，則夕不爲韻。

次章，亦衆人賡和之詞。群唱必有賡。“四驪”，言齊子之車四馬純黑。“濟濟”，美盛貌。“垂轡”，安行舒緩之狀。“瀰瀰”，毛云“衆也”。朱云“柔貌”。要之，皆言送行者衆。齊之戚族送哀姜于郊者多，由愷悌于其諸姑姊妹故也。“豈弟”，即愷悌古字。

三章，“汶水”，齊魯界上水。主流屬魯，入于齊境之濟。齊國亦有“牟汶”，爲汶水支流之一。此章“汶水湯湯”，謂牟汶之水盛大。《毛傳》云：“湯湯，大貌。彭彭，多貌。”兩國人衆多，同至齊界，故曰“行人彭彭”。魯莊迎親至此，當先歸俟者。齊人亦當返國者多。哀姜驕慢，流漣景物，舒緩其行。故曰“齊子翺翔”。《春秋》莊公二十四年：“夏，公如齊逆女。秋，公至齊。八月丁丑，夫人姜氏入。”自親迎至廟見，閲時一季，沿途徜徉之日蓋多也。

卒章，“汶水滔滔”，魯境之汶水，更盛大也。“行人儦儦”，齊之送行者歸去已多，所留皆雄武之士，儦儦然衆也。

四章，凡兩起兩和，樂師合爲一篇。不及入魯後成婚之禮。明顯是送迎武士所歌。至魯而遣散，故其歌止於途間。

（十一）猗　嗟

三章。章六句。七十二字。

猗嗟昌兮！頎而長兮，抑若揚兮。美目揚兮，巧趨蹌兮。射則臧兮！

猗嗟名兮！美目清兮，儀既成兮。終日射侯，不出正兮。展我甥兮！

猗嗟孌兮！清揚婉兮，舞則選兮。射則貫兮，四矢反兮。以禦亂兮！

題解：此齊桓公稱魯莊公威儀技藝之詩。迎娶哀姜後，齊太師作爲樂歌以致于魯。故魯太師亦有之。

首章，“猗嗟”，毛朱並云“嘆辭”。馬瑞辰曰：“猗者，美之之詞。嗟者，語詞也。”此讚頌之詩，當從馬説。“昌”，毛、朱並云“盛也”。《丰》詩傳：“昌，盛狀貌。”“頎”，長貌，與“碩人頎頎”同義。身材頎長，雖遜抑其身，人猶當仰而望之，故曰“抑若揚”也，“揚”，馬瑞辰云“好目貌”，引《方言》“好目謂之順。燕、代、朝鮮洌水之間謂之盱，或謂之揚”。《碩人》美女子之目曰“盼兮”。此美男子之目，曰“揚兮”，與下文“巧趨蹌兮”爲對。既稱其外表之美不一，又驚其善射，則内慧亦備矣。

次章，“名兮”，《毛傳》：“目上爲名。目下爲清。”《朱傳》：“名，猶稱也。言其威儀技藝之可名也。清，目清明也。”馬云：“《韓詩》作顯。《玉篇》：‘顯，眉目間也。’《集韻》引詩‘猗嗟顯兮’，俱本韓詩。”又云：“名、明，古通用。《檀弓》：子夏喪明，《冀州從事郭君碑》作‘喪子失名’。名當讀明，明亦昌盛之義。”亦以《毛傳》之説爲非。今按：《朱傳》之説是。緣莊公有善射之稱，此章詠其射，故以“猗嗟名兮”領起也。射重在目準，故續贊其目也。“儀”，謂射禮之儀，儀既備，則當射矣。故續云“終日射侯”，未嘗出正也。“侯”，張布爲射之的。繪圈數于中央。中心數環爲“正”，占全侯面積三分之一（依《鄭箋》説）。“不出正”，則射皆中的也。“展”，毛云“誠也”（在《君子偕老》篇）。鄭云“言誠者，拒時人言齊侯之子”。今按：鄭説穿鑿太甚，殊可發笑。《春秋》桓公三年七月“公子翬如齊逆女”，九月“夫人姜氏至自齊”，六年“九月丁卯，子同生”即莊公也。時爲齊僖公二十五年，文姜未與其母兄“諸兒”會接，安得有人疑謗爲齊襄（諸兒）之子。縱使當時有人疑之，亦何能使齊桓亦疑之。縱使齊桓亦疑之，又何至爲此詩以拒人之疑謗，明説“他實在是我妹夫魯莊之子”哉。展者，蓋頌美之發語詞，有得意夸詡之義。《毛傳》省其文曰“誠”耳，猶云“誠不愧爲我甥”耳。

卒章，“孌兮”，毛云“孌，壯好貌”。謂魯莊雖頎長，品貌亦美好也。“清揚婉兮”，與《野有蔓草》同文同義。當以此詩爲早出，是鄭人學齊風之證也。莊公多才藝，不惟善射，亦復善舞。“舞則選兮”，朱云：“選，異于衆也。”今曰“選手”之義也。“射則貫兮”，謂善射而有力，矢貫于的也。“四矢反”者，《鄭箋》云：“反，復也。禮，射三而止。每射四矢，皆得其故處，此之謂復。”《朱傳》云：“禮射，每發四矢。”（毛云“乘矢”。）三發，則十二矢，每矢一乘，皆貫革一穴而過爲四矢反。“以禦亂兮”，猶言“可以禦亂矣”。

《齊風》小結

《齊風》十一篇，六百二十五字。文最多者《南山》，其次《猗嗟》。文最短者《盧令》，其次《東方之日》。作詩最早者，《雞鳴》，在夷王世，可定。《敝笱》之作，當爲最晚。《盧令》以上八篇，皆齊人所作。《敝苟》《載驅》兩篇，魯人所作。魯國自無風樂，士大夫習雅、頌，平民習南樂，皆以近齊之故，兼習齊之風樂。故齊風兼有魯詩。然魯人于齊爲國外，故齊太師叙兩篇于齊風之末。凡此十篇，皆孔子壯年在齊所習，録其詩以教弟子者也。《猗嗟》一篇，則魯太師所固有，孔子晚年，自衛反魯後，録之，故殿齊風之末。

七、《魏風》七篇

解　題

魏國故地，在今山西同蒲地區。殷周曰“西河”，秦漢曰“河東”。魏城南臨河，與王畿相望。北爲郇、耿及晋。東爲虞國。故殷芮屬邑也。《左傳》桓公三年："芮伯萬之母芮姜，惡芮伯之多寵人也。故逐之。出居于魏。"四年："王師、秦師圍魏，執芮伯以歸。"又閔公元年："晋侯作二軍，公將上軍，太子申生將下軍，趙夙禦戎，畢萬爲右，以滅耿、滅霍、滅魏。還爲大子城曲沃，賜趙夙耿。賜畢萬魏。"由是魏爲晋之屬邑。後世發展爲晋六卿之一。又後與韓趙二氏三分晋地，成戰國七雄之一。

西河本夏聲地區。商滅夏，殷王整甲徙都於此，始作西音（《吕氏春秋》之説，《竹書紀年》則謂"帝廑四年作西音"），用商之樂，兼夏之聲以爲新風，是爲魏風。孔子所録《魏風》之詩篇，皆東遷初年之作。蓋選鈔之於周太師所，非魏風之全也。

（一）葛　屨

一章。一章六句。一章五句。四十四字。

糾糾葛屨，可以履霜？摻摻女手，可以縫裳？要之襋之，好人服之。

好人提提，宛然左辟，佩其象揥。維是褊心，是以爲刺。

題解：此魏之貴婦爲夫縫裳，怨其愛不償勞之詩也。舊説爲"刺褊"、"刺儉"者並非。

首章，"糾糾"，《毛傳》"猶繚繚也"。古人著屨皆多其帶繫，故以糾糾狀屨。屨者今謂之鞋。古以絲製爲上，葛次之，蔴爲下，平民則衹草製。尤貴者冬有皮屨。《毛傳》云："夏葛屨。冬皮屨。葛屨非所以履霜。"就貴族衣製言之也。若平民，冬夏皆著草屨，又豈辨葛屨之不可履霜哉。故曰：爲此刺詩者，貴婦之詞，非刺儉也；但以葛屨履霜，喻我貴婦而爲婿縫下體之服，作奴隸之事。"摻摻"，柔美貌。《説文》引詩，作"攕攕女手"。李善《文選注》引韓詩作"纖纖女手"。女子之手，固當從事縫紉，而此詩加"可以"字，蓋貴婦之意，本自以爲不可，而居然以此纖手爲之也。既逢成裳，又爲之要。要，裳上領緣也。再爲之襋。襋，裳要相繫之小帶也。"好人"，猶云良人，亦如今云"愛人"。《鄭風》"琴瑟在御，莫不静好"，《衛風》"永以爲好也"，並是相愛悦之義。詩言：愛其良人，不惜親爲製裳。貴族婦女偶製成一裳，即自以爲功。

卒章，接詠此著裳之夫婿，氣象安舒，威儀有增。乃猶不見愛，曾無言色相慰。方當爲之繫裳時，竟轉身向左，自佩其象牙之綰髮。爲有褊心故，當即撒嬌而詠此詩以怨之。

此詩作者，爲勞甚微，而責望甚苛。居位似卑，而意態殊恣。寥寥兩章，語調不齊，而音節甚練，意趣婉深，嬌而不怒。可知其爲有才有色，嬌養恃寵之貴族婦女，本自心甚褊隘，而反以褊心責人。魏之早亡，正可由此類貴族生活推求其理。

（二）汾沮洳

三章。章六句。六十九字。

彼汾沮洳，言采其莫。彼其之子，美無度。美無度，殊異乎公路！

彼汾一方，言采其桑。彼其之子，美如英。美如英，殊異乎公行。

彼汾一曲，言采其藚。彼其之子，美如玉。美如玉，殊異乎公族。

題解：魏地狹民稠，農産不足自給，工商業發育最早。農村過剩之勞動力，遠出採集可食之物與工業原料。其入晋境者，羡晋地之寬富，與其貴族衣服儀貌之奢侈。回顧本國貴族之儉嗇而鄙之，故有此群歌之詩。

汾者，晋國之水，云繞魏芮四五百里。在其出峽南流至曲沃、新絳附近，漸折流向西之部，古原屬沮洳之地，經晋之祖先疏導開墾，始成沃壤。入春秋世，乃成大國。故魏人稱晋國人以“汾沮洳”。此詩之作，當在晋文侯時。文侯當幽王之末，國勢强盛，故魏人羡之。其時貴族爲絶對的統治階級，故稱羡其貴族，即如稱羡其國家。

首章，魏人稱晋地，故曰“彼汾沮洳”。“言”，自述之發語詞也。“莫”，《毛傳》“菜也”。《詩正義》引《陸璣疏》云：“莫，莖大如箸，赤節。節一葉。似柳。葉厚而長，有毛刺，今人繅以取繭緒。其味酢而滑。始生，可以爲羹，又可以生食。五方通謂之酸迷，冀州人謂之乾絳，河汾之間謂之莫。”《本草》，陶隱居注羊蹄云：“又一種極相似而味酸，呼爲酸摸。”今按：莫，即羊蹄，與酸摸同屬蓼科植物。酸摸高二尺餘，嫩莖與葉皆可芼食。羊蹄莖較高大，葉長尺餘，不可食，而纖維柔細，可取綿紡績。生于下濕地，有稱爲“水大黄”者（同時稱酸摸爲“山大黄”）。蓋即此詩所云之莫也。魏人採之，蓋用以紡織，故遠採于汾沮洳。《本草》稱以羊蹄，遂失莫之舊名。酸摸即因莫名而别加酸字，明其可食。魏之採羊蹄者，見晋之貴族衣服車馬之麗，財帛揮霍之侈，一切不似魏國貴族之儉嗇，從而羡之。曰“美無度”，言其美不可度量也。“公路，主君之軞車。庶子爲之”（《鄭箋》），《朱傳》云：“掌公之路車。晋以卿大夫之庶子爲之。”

次章，“彼汾一方”，夏殷稱異民族之地爲方。此詩以晋爲方。晋地寬曠，多有野桑。《唐風·鴇羽》亦云“集于苞桑”。魏人採野桑爲車材，遠至晋境者，亦夸稱晋貴族之美。“如英”，與“如玉”皆借美物以爲讚頌。《毛傳》：“萬人爲英。”《朱傳》：“英，華也。”當從朱義。“公行”，毛云：“從公之行也。”《箋》云：“從公之行者，主君兵車之行列。”亦貴族所任職也。

卒章，“汾曲”，正是汾折西流之處，指曲沃與絳，晋都邑所在，公族聚居處也。“藚”，《毛傳》：“水舄也。”今云澤瀉是也。音續。或遂誤爲續斷者，謬。續斷爲菊科植物。山野多有，非沮洳地所産。“公族”，毛云“公屬”，泛稱國君之同族者。鄭云：“主君同姓昭穆也。”朱云：“掌公之宗族。晋以卿大夫之嫡子爲之。”要之，都是貴族之代稱。

《左傳》宣公二年：“初，麗姬之亂，詛無畜群公子。自是，晋無公族。及成公即位，乃宦卿之適（嫡）子，而爲之田，以爲公族。又宦其餘子，亦爲餘子。其庶子爲公行。”何楷《詩世本》遂謂晋成公時之刺詩。亦謬。夫《左傳》既言“自是晋無公族”，則爲驪姬之亂以前，晋固有“公族”地。魏亡於獻公之世，正是存國於驪姬亂前，固當是與晋皆有公族之時。且封建制度，有國君即有公族。晋之暫時無公族者，一時群公子被逐殺皆盡，故暫無公族耳。至於公路、公行，則雖無公族亦當有此職官，豈得謂此詩爲晋詩，或成公時之刺詩哉？魏風固亦晋地之風樂。此七篇詩，則固魏未亡時之詩。

（三）園有桃

二章。章十二句。九十三字。

園有桃，其實之殽。心之憂矣，我歌且謡。不知我者，謂我士也驕。彼人是哉，子曰何其！心之憂矣，其誰知之？其誰知之，蓋亦勿思！

園有棘，其實之食。心之憂矣，聊以行國。不知我者，謂我士也罔極。彼人是哉，子曰何其！心之憂矣，其誰知之？其誰知之，蓋亦勿思！

題解：此失業之士自負有才不用，怨望于執政，行市狂歌之詩。在國風中，特開一章長達四十餘字之例。音節甚佳，而文無華彩，蓋士之嫺於樂藝者所作。作詩時間，當去晋之滅魏不遠。由其詩語之忮刻而空浮，可知其人非爲求用，僅如賣歌者之詖詞。未可即以“賢士憂國”謚之。更非刺儉與褊急之詩。

首章，“園有桃”，高誘注《吕氏春秋・重己篇》，引詩作“園有樹桃”。《初學記》引詩亦同。是古本原有樹字。《毛詩》删之。删之爲勝。舊説，以園之有桃，喻國君任用大臣而得桃食。以園桃之實爲殽饌，是譏儉嗇。《鄭箋》云：“魏君薄公税，省國用，不取於民，食園桃而已。不施德教，民無以戰。其（被）侵削之由，由是也。”審詩語固無此義。世亦斷不能有如此之國君。《新詮》以爲起興兩句，但謂，國君樹桃則食桃，樹棗則食棗，如云“種瓜得瓜，種豆得豆”，以刺用人非賢，則亦必自食其果耳。蓋士不見用者，狂歌于市之辭，欲有所刺而不敢明言，但泛言他物以起興。《毛序》固云：“刺時也。”又云“興也”。知《鄭箋》與後世雷同之説皆非矣。此歌士，自言憂之，而不實指何事，有如賣歌者虚弄之辭耳。“不知我者”以下，託爲他人責語，責曰：汝士也，而驕慢妄言。“彼人”，隱指執政。“是哉”，謂執政不誤。“子”，斥歌者。“曰何其”，謂欲何所指斥。朱釋云：“彼之所爲已是矣，而子之言獨何爲哉?”“其，語詞。”“心之憂矣”以下，託爲歌者答語。曰：我之所憂，誰能知耶。人之不知，蓋亦不思而已。“誠思之，則將不暇非我而自憂矣。”（《朱傳》）

卒章，“棘”，今華北呼爲“酸棗”者是。進化成喬木則爲棗，退化成灌木則爲棘。其莖、葉、花、實、一切與棗相似，但肉薄而酸，小兒亦摘食之。以棘實爲食，則刺之尤深矣。“聊以行國”，謂由于我心憂之，而不得申其志，則姑且行歌於國中，以求知者。“罔極”，猶言“伊于胡底”，謂流蕩無歸宿，不知所届也。

周人嗜樂歌，春秋世已有以樂歌博食於市者（如云伍員吹簫乞食於吴市），魏地狹促而人衆，士人不能盡用，溢流於負販、行歌乞食與求作舍人食客者較早。此即士人行歌賣藝者所造之詩。後世平話家，說故事前，例有虛嘆世事一章詩辭，蓋即濫觴于此。士人階級，志在求仕禄。禄不可得，退而不能耕種，則行歌謀食者爲必有。然其初爲之者，必故爲才而不用之牢騷詩詞以自標其身份，而又不能指實譏議何事，但爲此空虛之言以招摇欺世耳。晋既滅魏，録存此歌，以明魏之當亡。遂得列于樂官。

（四）陟　岵

三章。章六句。八十一字。

陟彼岵兮，瞻望父兮。父曰嗟！予子行役，夙夜無已。上慎旃哉，猶來無止！

陟彼屺兮，瞻望母兮。母曰嗟！予季行役，夙夜無寐。上慎旃哉，猶來無棄！

陟彼岡兮，瞻望兄兮。兄曰嗟！予弟行役，夙夜必偕。上慎旃哉，猶來無死！

題解：此魏之農民，從役遠戍，思念父母兄弟，託爲夢中情景以陳其傷痛之詩。作者蓋在童齡，猶未娶而詩藝則已成矣。設詞渺幻而情致深刻，天真懇摯之極。

首章，言：陟岵望父，竟得見之，父如平時勉以勤于其事，慎于言行，並祝其歸來。《毛傳》：“山無草木曰岵。”《鄭箋》：“夙，早。夜，暮。無已，無懈倦。”《朱傳》：“上，猶尚也。”此兩字古通。故上古之書曰《尚書》。“旃”，毛云“之”。“猶，可也”。謂：慎爾言行，可能歸來，終不止於戍所也。

次章，《毛傳》：“山有草木曰屺。”“季少子也”，設爲母言，則呼曰季，明其母愛之深，憐其幼也。“無寐”，則警戒尤切之辭。“無棄”，亦祝得相聚之詞。正是慈母口吻。

卒章，託言夢兄。兄云“必偕”者，童子尚且從役，則其兄先已從役可知。但非在一處，故兄言必能相偕。朱云：“必偕，言與其儕同作同止，不得自如也。”尤合於前兩章語氣。然詩語安排未必如此機械。就下文“無死”言，則當以偕歸爲義乃合。毛云：“父尚義，母尚恩，兄尚親也。”謂作者所擬語氣得體。

（五）十畝之間

二章。章三句。三十字。

十畝之間兮，桑者閑閑兮，行與子還兮。

十畝之外兮，桑者泄泄兮，行與子逝兮。

題解：此魏國行役遠戍軍士，相約逃歸之謡。與上章皆當作於晋滅耿、霍與魏之年。魏與耿之間，本有郇國。而《左傳》于該年不言滅郇。蓋魏先以併郇。併郇，則魏境北至涑水，奄有鹽池，故聞晋軍伐耿，即徵賦出戍于北界以備晋。由軍心涣散，多有潰亡，故晋從而並滅魏也。兩章，蓋軍士造爲群唱之歌，作一倡一和格局。

首章，“十畝”者，國君之桑園，猶籍田之稱千畝也。國君例有公桑供后妃養蠶之用。后妃既不養蠶，則許人民采用而課其査繭絲。魏地人民養蠶者多。故公桑之采摘者閑閑然往來自得。此常年情景也。戍者利用之以激動同戍者思鄉之情。因爲之暗語曰：“行與吾子同逃還家耳。”

卒章，“十畝之外”，則個體農民自樹之桑也。“泄泄”，謂如流泉，量雖不大而相屬不絶。亦蠶事正忙之義。“逝”，一去不返之謂。兩篇疑皆一人所作。

舊説此詩者，紛紛異趣。或云作者居於桑下，或云受田十畝。或云賢者歸隱，或云夫婦偕隱，或云淫奔之約，或云勞人踏歌。皆就詩中一二字造意。核于全篇文義，即不可通。實未達於間與外，閑與泄，還與逝之義者，即不足説此詩。

（六）伐　檀

三章。章九句。一百四十四字。

坎坎伐檀兮，寘之河之干兮，河水清且漣猗。不稼不穡，胡取禾三百廛兮？不狩不獵，胡瞻爾庭有縣貆兮？彼君子兮，不素餐兮！

坎坎伐輻兮，寘之河之側兮，河水清且直猗。不稼不穡，胡取禾三百億兮？不狩不獵，胡瞻爾庭有縣特兮？彼君子兮，不素食兮！

坎坎伐輪兮，寘之河之漘兮，河水清且淪猗。不稼不穡，胡取禾三百囷兮？不狩不獵，胡瞻爾庭有縣鶉兮？彼君子兮。不素飧兮！

題解：魏國之君，徵用民力，伐檀造車於河干，利用河水運售於曹、衛、陳、宋等平原地區，兑换商品。派有貴族官吏監理之。經商官吏貪賵，侵漁，所得較國君更多。人民終歲勞苦，僅得糊口，故相與造爲此群唱之歌，以瀉忿怒。至魏亡時，已成流行之民歌。晉太師采録之，以志魏國政務之惡。

首章，“檀”，今云椐木，或櫸木，木質淡黄色，甚堅韌，爲上好車材。魏之東境中條雷首諸山中盛産之。“坎坎”，攻堅之聲。“寘”，與置同。山中伐檀，運其材於河干，造車之處。造車之處必於河干者，便于裝船運售於東方平原諸國也。“河水清且漣”句，乃爲一章興語。他諸篇恒以首句起興，此篇以第三句爲興，言河水清漣，以興司事官吏之不廉。“漣”，《毛傳》云“風行水成文曰漣”。《爾雅·釋水》引詩作“河水清且瀾漪”。蓋齊、魯詩之字如此。又釋云：“大波爲瀾小波爲淪。”亦齊魯詩家説也，與《毛傳》小異，要皆言水紋可愛。馬瑞辰云：“以河水之清漣，喻君子之廉潔，有異于在位者之貪鄙。”漣與廉同音。後世謂官吏不貪者曰“清廉”，即緣此詩“清且漣”爲義。“猗”，語詞。三家詩或作漪（《爾雅》引），或作兮（漢石經殘片）。《尚書·泰誓》“斷斷猗”，《大學》引作“斷斷兮”。此下，問語兩條，極見勞動人民從古已有之智慧，爲積纍感受經驗而自然得之。《毛傳》云：“種之曰稼，斂之曰穡，一夫之居曰廛。”謂一夫受田百畝之地也。後儒皆緣之爲説，並機械地説爲“諸侯大夫之邑有三百户之制”（鄭玄注《禮記》語）。今按：三百，周人習用爲最多數之代詞，不可以確數説之。下兩章不曰廛而曰億，曰囷，正可明詩人但言其量之大，使用協韻之字，不得遂以爲實數。“縣”，古懸字。秦漢以來始用爲郡縣字而別製懸字以別之。“貆”，毛云“獸名”。鄭云：“貉子曰貆。”朱云：“貉類。”今按：即今人所呼之“貛子”，盗食田禾之獸，與野豕同類而小，皮可爲裘，肉亦可食。此詩言“庭有懸貆”，亦但謂其人不獵而有獵獲之獸耳。隨手拾字以叶韻，亦如下兩章之懸特，懸鶉也。“彼君子”，指司造車經商之職官。“不素餐”，譏其飲食習于豐腴，皆自剥削勞動人民得來。如答上之兩問曰：“貴族官吏享用侈泰，徒自此道中來。”刺詩之混涵而尖刻者也。

次章，“伐輻”，謂製造車輻。作製車木工之語。古徵民力造車，自伐木至造車完成，皆民力爲之，初無工農之别。群唱之歌，三章，恒託爲三人之辭。其實爲一人所作。“河側”，亦河干也，“清且直”，毛云：“直，直波也。”“三百億”，毛云“萬萬曰億”，鄭云“十萬曰億”。皆用後世算家數家之數位以説古代勞動人民之語言，故無不謬。周代勞動人民，但以億、萬爲不能想象之多數。安知所謂萬萬、十萬哉？即周代之算家，已造用億萬等計數之字，亦僅用於天算之假想，豈作此詩者所曾如實計算之哉？億與輻（古音讀如偪，今音讀如福。福之古音亦讀偪）、側、直、特、食，皆 i 母之音，古爲一韻。《毛傳》云：“獸三歲曰特。”後之説者無異辭。今按：特，但謂大獸耳，不當鑿言三歲之獸。

卒章，“輪”，車輪。自伐檀至作輻、作輪，古無分工。詩但舉三事爲異文以便群唱耳。凡鑿言之者，皆謬。“漘”，毛云“厓也”。“囷”，貯米之圖囷。北方土燥無久雨，貯穀者但於廣場上圍篾圈覆圓頂貯之，稱爲圖囷。“鶉”，竹雞，與雉同類。

“飧”，毛云“熟食曰飧”。

此詩寫勞動人民受貴族剥削痛苦，極其深刻而著名。封建諸儒説之者多端，要皆爲士大夫階級曲解之言，不能得作者旨趣。最先用階級觀點分析此詩者爲鄭振鐸氏。其《伐檀》云：“這首詩裏的‘君子’，正是詩人諷刺的對象。”一語鑿破漢宋諸儒之謬説曲解（全文在《湯禱》小册子内）。余冠英、游國恩諸人繼起，所有傳益，成爲近世説詩諸人樹立新觀點的前導。但諸人畢竟仍是文學家，衹從文學方面去體會詩旨，對于周代社會情形則研究未到。鄭氏把“君子”説成“地主或官紳之流”，是未適當。西周末世，魏地衹有個體農户，自魏君外，無所謂地主。即此詩所刺之官吏，亦衹能是食禄的貴族。于時奴隸社會已崩潰，土地兼併猶未發生，不得云有地主。余氏改用“貴族”字，得之矣。游氏説是奴隸之詩，也是不合實際。其時衹有農奴（自由農民），無奴隸生産制。凡從事生産者皆爲受田供賦役之農民。還有將三章物名鑿然確定，亦失群唱歌謡叠章、泛指、重沓其辭以爲義之詩格，兹故不惜煩言以訂正之。

魏雖早滅於晋，未久即復自爲國。但復國後詩樂無傳耳。其國俗民風固當相承也。《史記·貨殖列傳》曰：“白圭，周人也。當魏文侯時，李克務盡地力，而白圭樂觀時變。故人棄我取，人取我與。……能薄飲食，忍嗜慾，節衣服，與用事僮僕同苦樂。趨時若猛獸鷙鳥之發。”足見魏地儉嗇而尚工商之風，由土地狹促不足以容耕農使之然也。自魏爲諸侯之國時，已有國營經濟之工商業。發展至魏文侯時，周人白圭而重用於魏。周亦狹促之國也。白圭用奕世積累之經驗，以發展魏之工商業，與李克之盡地力相輔，于是戰國之初，魏爲最富强。是當春秋初世之魏國，已行國營工商業制，合於社會發展之道，本無足刺。特由封建貴族爲之，則其弊不勝言，應如此詩。不知此者，未足以説此詩矣。

（七）碩　鼠

三章。章八句。七十二字。

碩鼠碩鼠，無食我黍！三歲貫女，莫我肯顧。逝將去女，適彼樂土。樂土樂土，爰得我所！

碩鼠碩鼠，無食我麥！三歲貫女，莫我肯德。逝將去女，適彼樂國。樂國樂國，爰得我直！

碩鼠碩鼠，無食我苗！三歲貫女，莫我肯勞。逝將去女，適彼樂郊。樂郊樂郊，誰之永號！

題解：此魏屬邑之民憎其官吏貪殘，相約叛投鄰國時群唱之歌。疑是郇邑之民，在晋滅耿時叛投於晋所作。郇民叛而魏國亦亡，故魏詩終於《碩鼠》。疑是郇邑者，魏之北爲郇，郇之北爲耿，史言晋滅耿、霍、魏而不言郇，是郇先滅於魏故也。郇爲魏邑，必以貴族重臣治之，厚責其賦税以實魏之府庫。重徵其糧食以濟魏邑之所乏。民困而無告者三年，適當晋師滅耿，魏國方危，故其民敢於群歌相招，以赴晋師。晋太師因得録存其歌以示魏之當亡。

首章，“碩鼠”，指魏之方面重臣治其邑者。大抵魏之公族，習於産業，貪婪成性，故亦不能寬緩於農民。農民安土重遷，忍苦之下者已三年，故曰“三歲貫女”。《毛傳》，“貫，事也”。朱云“習也”。《隸釋》引漢石經殘碑，作“三歲宦女”。蓋魯詩文。則毛説合古義。言“三歲”則是斥此貪虐之重臣剥削之久。魏滅郇時間雖不可知，此人之主此邑之政已三年，則可定。“逝”，决心離去之辭。“樂土”，指晋地。魏人之不滿魏而稱羨晋之富樂，已見於《汾沮洳》。今既决往投之，亦當有晋人招之以甘言，故曰“爰得我所”也。

次章，“食我麥”，與上章之“食我黍”，下章之“食我苗”，皆爲剥削農民之代辭。“爰得我直”，毛云：“得其直道。”鄭云：“直猶正也。”朱云：“直猶宜也。”皆非詩義。《新詮》以爲直與值，古今字。漢人於價值字皆作直。此詩言農人終歲勞苦，所得不償勞值。適晋則賦斂輕，能得我值耳。

卒章，“勞”，當讀如慰勞之勞。謂雖安慰勞問之語亦無也。“樂郊”，謂晋之郊，汾曲之地是也。“誰之永號”一語點睛，最爲明快。言：昔年任汝剥削，我輩哀號而莫恤。今則我輩皆去，彼碩鼠者，更無剥削對象，則不能生存。强鄰在境，民皆欲叛，長久號泣者將爲誰人乎？《鄭箋》釋永爲詠。《朱傳》言“既往樂郊，則無復有害己者，當復爲誰而復永號乎”，皆失之淺矣。

郇後爲晋邑，明著于《左傳》僖公二十四年與成公六年。成公六年：“晋人謀去故絳。諸大夫皆曰：‘必居郇瑕氏之地。沃饒而近鹽。國利君樂。’”即謂故郇國也。近鹽，謂近于鹽池（解池）。韓獻子曰：“夫山澤林鹽，國之寶也。國饒則民驕佚。近寶，公室乃貧。不可謂樂。”所言正是郇魏亡國原因。郇邑在涑水下游，原野腴沃，又近解池，故其國早亡。魏得其地，更有山林、水運、工商之利，公室愈富而民終貧困，故復亡其國。韓獻子之説，蓋深有鑒於郇魏之事，故能總結爲此説也。合此七篇詩義，魏雖無史，其社會情實亦可知矣。

《魏風》小結

《魏風》七篇，五百三十三字。《伐檀》文最多，亦猶《谷風》，雖勞動人民之詩，冤鬱既厚，則其辭亦多也。《十畝之間》最短，逃意已定，心境愉快，則要言不繁矣。七篇中六篇皆勞動人民群唱之歌。體現當時魏地社會情事最詳。故魏雖小國早亡，其詩亦少，然在三百篇中價值最高。

八、《唐風》十二篇

解　題

周成王封小弱弟虞于唐，曰唐侯。故地在汾水上游之晋原，今云太原是也。至子燮改號晋侯。其地偪於戎狄。至曾孫成侯，從居曲沃。周宣王時，晋釐侯居冀（並據《詩譜》）。幽王初，晋文侯立。國始强盛。文侯卒，子昭侯立，封文侯弟成師於曲沃。至曲沃武公遂滅冀，代爲晋君。其子嗣位，即晋獻公。獻公滅魏及耿、霍諸國，益强大。至文公重耳遂霸諸侯。

當西周末，汾水流域屬晋，涑水流域屬魏。魏之經濟、文化高於晋，而强武遜之。民風則大體相似。亦各自有其詩樂。皆西音，各爲商風之一支派。《唐風》十二篇，多屬曲沃滅冀前後之詩。不稱晋風而曰唐者，樂官好用國之舊稱，以志其朔，猶周畿之詩稱“豳”，宋國之詩稱“商”也。

孔子未嘗入晋，魏、唐、秦風之詩皆自周太師得之。其所録習祗此諸篇也。

（一）蟋　蟀

三章。章八句。九十六字。

蟋蟀在堂，歲聿其莫。今我不樂，日月其除。無已大康，職思其居。好樂無荒，良士瞿瞿。

蟋蟀在堂，歲聿其逝。今我不樂，日月其邁。無已大康，職思其外。好樂無荒，良士蹶蹶。

蟋蟀在堂，役車其休。今我不樂，日月其慆。無已大康，職思其憂。好樂無荒，良士休休。

題解：晋文侯自奔亡中，率黨奪國。既得國，適值歲暮，饗其勛臣，得意狂歡，爲此勸飲之樂詩也。《史記・晋世家》：“穆侯卒，弟殤叔自立。太子仇出奔。殤叔三年，周宣王崩。四年，穆侯太子仇率其徒襲殤叔而立，是爲文侯。文侯十年，周幽王無道，犬戎殺幽王。周東徙。……”（文侯勤王。平王作《文侯之命》，在《尚書》。又作《彤弓》之詩，在《大雅》。）舊説咸從《毛序》，云“刺僖公”。《續序》謂“刺儉不中禮，故作是詩以閔之，欲其及時以禮自娱樂也。”今按：《春秋》僖公，《史記》皆作“釐公”。《毛傳》“僖公”，即《史記》之晋釐侯也。釐侯在位十八年，當厲宣之際，别無史事記載。《續序》亦徒就《史記・貨殖傳》“纖儉，習事”，《漢書・地理志》，“深思”，“儉陋”，敷衍其説耳，與此詩文義並不相應。夫文侯之所以謚文，爲其能詩也。此詩狂恣歡快，勸人及時行樂；復云“好樂無荒”，明是人群勸飲之詩。故冠唐風之首。結合文侯史事，固不當爲刺詩。《朱傳》説爲勞動人民之詩，尤無可取。

首章，“蟋蟀在堂”，夏曆十月，周曆十二月時也。用《豳風·七月》之義，知作者爲習于詩藝之人。“日月其除”，謂今歲之日月將盡。歷家謂歲末之一日爲“除日”，“夕爲除夕”，是也。“莫”與暮，古今字。“聿”，遂也。“無已大康”者，國寧、歲豐、民樂之世爲康。小寧曰小康，大寧曰大康。“無”，或然之詞。言其或已獲大康矣，職當各思其所居之事而已。“好樂無荒”，言行樂亦當有節制。“好”，舊讀“呼報反”，動詞。當作狀詞，讀如本字，猶云善於行樂。“荒”，大也，泛濫擴大無底止之謂也。“瞿瞿”，周顧貌。言良士能兼顧闊視，不沉溺於一偏之行也（舊説多不可用。兹新爲詮釋）。

次章，“逝”，去不還也。謂歲終之除夕也。今讀爲 shì，與邁、外韻不協。字當以折爲聲。折有 shé 與 zhē、xhē 三音，讀去聲則爲 zài。此逝字，古音當如此。“蹶蹶”，《毛傳》云“勤而敏于事”。陸云“俱衛反”，則當讀如鱖（jùi）。竊謂：當讀如拜（bài）。蹶，足不伸也，今俗字作蹁。兒戲蹶足跳行爲跳蹁蹁。蹶子曰蹁子。皆蹶字古音讀 bài 之遺音。周、秦、漢人用反義，以蹶爲敏耳。

卒章，“役車其休”者，謂奪國已得，將不復用兵，軍賦無徵，與民休息也。“慆”，陸云“吐刀反”。朱云“葉佗侯反”，則當讀如偷也。馬瑞辰曰：“右慆聲讀近悠。故與休、憂爲韻。”《毛傳》“慆，過也”。（朱同）按，《説文》慆爲心悦之義，於此不協。當是毛用假借字。晋人謂悔滅爲韜，讀入聲如偷也。“休”，美善也。“休休”，當爲美善貌。毛云“樂道之心”，朱云“安詳之貌”。凡《詩》中迭字，表聲、表貌，皆無定義，唯當因文以求其意。

（二）山有樞

三章。章八句。九十一字。

山有樞，隰有榆。子有衣裳，弗曳弗婁。子有車馬，弗馳弗驅。宛其死矣，他人是愉。

山有栲，隰有杻。子有廷内，弗洒弗埽。子有鍾鼓，弗鼓弗考，宛其死矣，他人是保。

山有漆，隰有栗。子有酒食，何不日鼓瑟？且以喜樂，且以永日。宛其死矣，他人入室。

題解：此晋文侯時，新貴奢靡者，嘲舊時士大夫儉嗇者之詩。晋魏舊俗纖儉。士大夫習成自然。文侯倡爲奢樂。其舊時相從亡命之士，一旦驟富貴，相尚以奢侈，而爲此詩。與上篇同趣。上篇狂喜之餘，猶具矜莊之誡。此篇則徒事譏笑，明非文侯之詩，但其從龍新貴之嘲謔也。魏人《汾沮洳》詩，有“美無度”贊聲，蓋可知此詩爲晋俗實變之所由。然亦僅貴族統治階級已變，平民則仍舊俗。故《汾沮洳》所美者祇貴族官吏。其民間，則至漢世猶以“纖儉習事”稱也。

詩三章皆以材木不可勝用爲興。亦可知晋之富强在於地之廣饒，又由於初封原是華夷雜居之邊區，人口稀，地未盡辟。迨其既辟，則富强必致。周世諸侯，霸者必起於邊區，其理亦在于此。

首章，“樞”，刺榆。與榆同類。而材質色澤文理不同。其小枝，初出如針刺。性耐寒，故生於山。木材較榆堅韌，比於檀木，爲造車之上材（榆亦車材）。“曳”，謂拖裳及地如曳。“婁”，《玉篇》引此詩作摟。陸德明《釋文》云：“婁，力俱反，馬云牽也。”（蓋引馬融《詩傳》）今按：當用馬説，讀如提。古人衣長而寬。行則拽提之。裳更長于衣，則曳於地以行也。“宛其死矣”，毛云“宛，死貌”。朱云“宛，坐見貌”。陸云“本亦作苑”。苑，枯也。今按：宛，語詞耳。周詩“宛然”，“宛在”，“宛彼”，皆語詞，在此詩，“宛其”，猶云“當其死矣”。“愉”，享樂之義。“是”，是物，指上云“衣裳”，他人以是爲愉快之享受。

次章，《毛傳》：“栲，山樗。杻，檍也。”孔穎達《正義》引犍爲舍人、郭璞、陸璣諸疏注，謂山樗似樗，葉差狹。蓋即今之臭椿，易長而疏韌之木也。其所言杻或檍，即今人所謂“牛筋子”，一曰“傲檀子”，爲最强韌之木材樹，古作弓弩用之。唐人呼曰“萬歲”，即緣古稱曰檍之稱（億萬年不朽敗之義）。“廷”，庭除。“内”，内室。“洒埽”，則居之舒適也。“鍾鼓”，樂器。李善《文選注》引作“子有鐘鼓，弗擊弗考”。馬瑞辰謂：今刻本下鼓字當作鼔，從攴，與從支之鼓字有別。今按：字書“鼔，擊鼓也。字當作鼔，作鼓者亦僞。音愷。擊鼓曰鼔，擊鍾曰敂。《説文》“敂，横擿也”，又或作攷，今通用爲叩字。此詩作考。毛云“擊也”。《集韻》謂：“考，古作攷。”攷，敂，攷，並從攴，古今音變，作字遂不同耳。“他人是保”，謂保有，猶今云佔有也。

卒章，“漆”，漆樹，製琴所資。“栗”，製木主之材，果亦佳美。古之貴族酒食燕饗，恒有樂人奏樂。故曰：“何不日鼓瑟。”加一日字，謂日日從事於燕樂也。《朱傳》：“永，長也。人多憂則覺日短。飲食作樂，可以永長比日也。”

（三）揚之水

三章。二章六句。一章四句。六十二字。

揚之水，白石鑿鑿。素衣朱襮，從子于沃。既見君子，云何不樂。

揚之水，白石皓皓。素衣朱繡，從子于鵠。既見君子，云何其憂。

揚之水，白石粼粼。我聞有命，不敢以告人。

題解：此晋人相招以投附曲沃桓叔之歌。舊説大抵皆同。或有以爲叛民不可能自暴其謀而形之歌詠，别爲忠於晋昭公者警告之歌（宋嚴粲、清魏源等如此推斷）。不知《唐風》諸篇多爲曲沃併翼後樂官蒐輯之詩樂。正如《魏風》之多録叛民之謡，正所以明其得國由預得民心故也。

《左傳》桓公二年云："惠之二十四年，晋始亂，故封桓叔於曲沃。靖侯之孫欒賓傅之。……惠之三十年，晋潘父弑昭侯而立桓叔。不克。晋人立孝侯。惠之四十五年，曲沃莊伯伐翼，弑孝侯。翼人立其弟鄂侯。鄂侯生哀侯，哀侯侵陘庭之田。陘庭南鄙，啓曲沃伐翼。"又桓公三年："春，曲沃武公伐翼，次於陘庭。……逐翼侯於汾隰。驂絓而止，夜獲之，及欒共叔。"又桓公七年："冬，曲沃伯誘晋小子侯，殺之。"又"八年春，滅翼"，"冬，王命虢仲立晋哀侯之弟緡於晋"。又，九年："秋，虢仲、芮伯、梁伯、荀侯、賈伯伐曲沃。"《史記·晋世家》："昭侯元年，封文侯弟成師於曲沃。曲沃邑大於翼。翼晋君都邑也。成師封曲沃，號爲桓叔。……桓叔是時年五十八矣，好德，晋國之衆皆附焉。……七年，晋大臣潘父弑其君昭侯而迎曲沃桓叔。桓叔欲入晋，晋人發兵攻桓叔。桓叔敗，還歸曲沃。晋人共立昭侯子平爲君，是爲孝侯。誅潘父。孝侯八年，曲沃桓叔卒，子鱓代桓叔，是爲曲沃莊伯。孝侯十五年，曲沃莊伯弑其君晋孝侯於翼。晋人攻曲沃莊伯。莊伯復入曲沃。晋人復立孝侯子郄爲君，是爲鄂侯。……鄂侯六年卒。曲沃莊伯聞鄂侯卒，乃興兵伐晋。周平王使虢公將兵伐曲沃莊伯。莊伯走保曲沃。晋人共立鄂侯子光，是爲哀侯，哀侯二年，曲沃莊伯卒。子稱代莊伯立，是爲曲沃武公。……哀侯八年，晋侵陘庭。陘庭與曲沃武公謀，九年，伐晋於汾旁，虜哀侯。晋人乃立哀侯子小子爲君，是爲小子侯。小子元年，曲沃武公使韓萬殺所虜晋哀侯。曲沃益彊，晋無如之何。晋小子之四年，曲沃武公誘召晋小子殺之。周桓王使虢仲伐曲沃武公，武公入於曲沃，乃立晋哀侯弟緡爲晋侯。……晋侯（緡）二十八年，齊桓公始霸。曲沃武公代晋侯緡，滅之。盡以其寶器賂獻於周釐王。釐王命曲沃武公爲晋君，列為諸侯。于是盡併晋地而有之。由沃武公已即位三十七年矣，更號曰晋武公。"

合觀兩史，晋翼與曲沃争國。歷時六十九年，各三四世。曲沃以附庸小邑而併强晉，周天子數使虢仲以軍助翼討曲沃，終不能克，翼仍覆滅於曲沃。此其間豈無社會原因哉？蓋晉文自侯始强而好兵，屢用其民。民不堪命。時農民充當軍賦、力役與田租，受害最深。故農民集中之狹鄉曲沃先叛。在春秋前，魯惠公二十四年，《左傳》云“晉始亂”者是也。昭侯以桓叔撫之而定。桓叔“好德”故也，所謂“好德”，能厚施而薄斂，恤農惠工之謂也。而翼之君臣，仍文侯時之故態，奢靡無制，侈取其民，則民安得不叛翼以就曲沃乎？曲沃非兵强也，人心固而已。故兵屢出而敗，退保曲沃，則强敵亦不能克，終以此奪得晉國。周天子卒不能制。如此七十年中，晉民私投附於曲沃者之多，可以想象。此詩作于何年，雖不可定，要當哀侯之世，晉人已由秘約之隱語變爲民間之群唱，故翼之亡如魚爛矣。武公既得併晉，賂周王，豈能不陳獻此諸民謡以自明其得民之實，與翼之必亡哉。

首章，“揚之水”，與《王風》《鄭風》同文。以《王風》爲最早出（東周初）。晉民用其語以喻激忿之情。“白石”云云，喻水激湯石，石爲磨損，鑿鑿然，兀無所有，如晉民也。“素衣朱襮”，《毛傳》：“襮，領也。諸侯繡黼丹朱中衣。”謂曲沃桓叔。“子”，承桓衣制而稱。“沃”，曲沃，猶云：“素衣朱襮者，我願從你於曲沃。”既見曲沃君而歌此詩。足見曲沃固先使人招之。

次章，“朱繡”，亦謂衣之色與領之繡。《詩本音》云：“《儀禮·士昏禮》注，引魯詩作綃。郊特牲注同。”“于鵠”，猶言“予欲到之處，如射之中鵠”。仍指曲沃。舊説鵠爲“曲沃邑也”，非義。“云何其憂”，猶云更何所憂。《詩本音》云：“此章以平上去入通爲一韻。”

卒章，“粼粼”，毛云“清澈也”。朱云“水清見石貌”。喻人情皆知所當向。“我聞有命”，謂曲沃有所使命。則秘之，不以告於人。忠於曲沃也。

（四）椒　聊

二章。章六句。四十四字。

椒聊之實，蕃衍盈升。彼其之子，碩大無朋。椒聊且！遠條且！

椒聊之實，蕃衍盈匊。彼其之子，碩大且篤。椒聊且！遠條且！

題解：此亦晉人歌頌曲沃君之詩。以椒聊之甘香，喻曲沃，願其發展遠及也。舊説椒聊爲一物，謂今之花椒。何楷《世本》定爲二物，謂聊即杭，今云山查。據《爾雅》：“杭，檕梅。朻者聊。”清儒郝懿行等皆從之。今審詩語，椒聊非二物，所謂杭、朻、梂、茦字，亦非山查，蓋皆果房之稱。《爾雅》又云“櫟實梂”，謂櫟、栗、槲類之殼斗曰梂也。梂又作茦。《爾雅》：“椒榝醜茦。桃李醜核。”謂椒與茱萸同有茦，桃與李同有核。椒之芳香，不在其果實而在果房（茦）。今云椒房，或椒殼，古云“椒聊”也。

首章，“椒聊之實”，謂椒樹成熟之果實。人之所重在其聊（梂），故稱椒聊。“蕃衍”，謂孳生衆多。“盈升”，謂一枝之量可以盈升，興曲沃之德悦人，而勢强盛。“彼其之子”，猶《汾沮洳》句，指不同國度之人曰“彼”。此其字指曲沃君。“碩大無朋”，謂其德與勢皆無能與比。“且”，語詞。猶云：“椒聊呵，把枝條遠伸吧。”意爲祝願曲沃撫循之人能達於己之居地。蓋翼之屬民盼附曲沃之詩。

卒章，“匊”，掬之古字。兩手合承而取之也。“篤”，厚也。謂曲沃君之名德不唯大於聲勢，而又篤於柔遠也。

（五）綢　繆

三章，章六句。七十五字。

綢繆束薪，三星在天。今夕何夕，見此良人？子兮子兮，如此良人何？

綢繆束芻，三星在隅。今夕何夕，見此邂逅？子兮子兮，如此邂逅何？

綢繆束楚，三星在户。今夕何夕，見此粲者？子兮子兮，如此粲者何？

題解：此晋公卿賀婚者調笑新婦之作。一娶三女，爲周代諸侯婚制。詩言“三星”，謂三女也。疑是晋孝侯婚時，曲沃莊伯遣使入賀。使者恃曲沃之强，欺孝侯之弱，故敢于放肆調謔于婚房如此。

首章，“綢繆束薪”，謂使節奔馳以結好於男女之國成此婚也。馬瑞辰云：“詩人多以薪喻婚姻。《漢廣》‘翹翹錯薪’以興‘之子于歸’。《南山》詩‘析薪如之何’以喻娶妻。詩‘束芻’、‘束楚’，《傳》謂‘以喻男女待禮而成’是也。”“三星”，謂一娶三女。“在天”，謂本遠在異國，如在天上。舊説者，皆實指在天之參星或心星。非。“良人”，朱云“夫稱也”，係據《孟子》“良人者，所仰望而終身也”文義。“子兮”，謂向三新婦問：“何以處此良人？”調謔之語也。與《干旄》“何以與之”文義相似。

次章，“束芻”，亦束薪之義。“在隅”，謂此三星已自天上降在室隅。謂新婦初嫁合巹，局促在一隅也。“邂逅”，《鄭風傳》“不期而會”也。在此詩，指賀婚之客，亦即作者對新婦自指，謂三星將憎此調謔之賀客，然亦復如之何哉？

卒章，“束楚”，亦束薪也。“在户”，謂三星已入室。“粲者”，《周語》密康公之母曰：“三女爲粲。粲，美物也。”《毛傳》云：“三女爲粲。大夫一妻二妾。”此章“子兮”，謂新郎也。

（六）杕　杜

二章。章九句。七十二字。

有杕之杜，其葉湑湑。獨行踽踽。豈無他人？不如我同父！嗟行之人，胡不比焉？人無兄弟，胡不佽焉？

有杕之杜，其葉菁菁。獨行睘睘。豈無他人？不如我同姓！嗟行之人，胡不比焉？人無兄弟，胡不佽焉？

題解：此曲沃武公滅翼前，招誘晉室及其臣民助己之詩。以杕杜自喻，不諱强盛。自謂踽踽，招同姓偕行者，人民已附，以此更招其貴族也。

首章，《毛傳》："杕，特貌。杜，赤棠也。""湑湑"，《朱傳》"盛貌"。"踽踽"，無所親也。曲沃君自稱失親人之助。復自辨云："豈無他人"之助，祇不如我之血統近親之同道爲樂也。翼君與曲沃君本皆文侯同母兄弟之裔，故曰"同父"。而晉之九宗五正，堅决助翼，反抗曲沃，故詩如此。"嗟"，呼問詞。"行之人"，謂行路之人，指在職官吏。"胡不比焉"，招誘語也。謂彼方嘆在獨行，引手求助。則識時勢者胡爲不比之同行乎。"人無兄弟"，謂兄弟相攻，是曲沃無兄弟也。正須人相佽助時也，胡不起而助之乎？

卒章，"菁菁"，葉盛也。"睘睘"，無所依也。"同姓"，同祖也（並見《毛傳》）。

詩似謙遜求助，而實自夸其强盛，與志必併翼。似與翼之職官議親求助，而實如招降之檄。非真自傷孤獨也。晉自文侯以下，獻公以前，所有詩樂，非曲沃方面所欣賞者即不得入于樂官，更不至獻之於周天子。舊説詩者，未能解此，妄測多端。如云刺晉君不能親其宗族（毛鄭），云刺獻公盡滅桓莊之族（魏源），云自傷兄弟失好無助（朱熹、姚際恒、方玉潤）。甚至謂刺晉武公兼併宗國。力贊九宗五正之忠於翼侯，"五舉而始終不服，亦五攻而去之"（亦魏源文）。以爲刺曲沃是"春秋之義"。皆未能分辨支持翼君者僅屬九宗五正之貴族階級，而支持曲沃者乃廣泛之平民階級。此曲沃之所以能併翼，而翼雖借周王之威靈，虢君之力助，五攻、五反而終不能免于覆滅也。

（七）羔　裘

二章。章四句。三十四字。

羔裘豹袪，自我人居居。豈無他人？維子之故。

羔裘豹褎，自我人究究。豈無他人？維子之好。

題解：此晉之執政受曲沃武公招撫者，答《杕杜》表願歸附之詩。上篇《杕杜》，雖國君作，例當在篇首。徒以此篇爲唱答一事，故比排于此。亦武公陳詩周王時原次也。

首章，“羔裘豹祛”者，古裘制：羔皮爲體，豹皮爲祛。祛者，衣之邊緣部分，在上曰領，連領而下爲袂（今云大襟邊緣），最下曰裾（今云脚褊），與袖口部分皆祛也。用掌寬豹皮緣載，是爲“豹祛”。今藏族衣服仍如此。詩言：羔裘雖美，仍待豹祛之緣飾。喻曲沃雖强，仍有賴于我輩之歸附，乃能蔚爲諸侯之國。“自我人居”者，承上句，言仍待我人而乃成爲盛服也。“居居”，讀如裾裾。《荀子·子道篇》：“子路盛服見孔子。孔子曰：‘由，是裾裾何也?’”《家語·三恕篇》亦載，作“倨倨”。《韓詩外傳》亦載，作“疏疏”，皆同此詩居居音義，而異其字。蓋三家詩分作倨倨，疏疏也。《毛傳》從刺在位者求解。謂“居居，懷惡不相親比之貌”，不足取。“豈無他人”，用上篇原語，亦示非必附子乃可，正是答詩，相應爲對抗語調。“維子之故”，謂：度他人未必可信賴，維子可信賴，故願附子。語調示抗而情實降時，貴族自高其身價之恒態如此。翼人抵抗曲沃三十餘年，而後有受招欲降者，故其措辭不能甚柔馴，如此乃爲得體。

卒章，“豹褎”，謂袖口之豹祛。“究究”，亦謂須得我人而更美。猶今云衣服考究。兩章“我人”皆我衆之義。“好”，當讀如厚。古好字有厚之音，故相好即謂相厚。在此詩，與袖、究韻。陸云“呼報反”，非是。

此詩，舊衹毛、衛、鄭説：“刺在位不恤其民。”朱云“此詩不知所謂，不可强解”。他人皆依毛傳之説。

（八）鴇　羽

三章。章七句。八十七字。

肅肅鴇羽，集于苞栩。王事靡盬，不能蓺稷黍。父母何怙？悠悠蒼天，曷其有所！

肅肅鴇翼，集于苞棘。王事靡盬，不能蓺黍稷。父母何食？悠悠蒼天，曷其有極！

肅肅鴇行，集于苞桑。王事靡盬，不能蓺稻粱。父母何嘗？悠悠蒼天，曷其有常！

題解：周桓王元年至十八年，屢命虢公等及王臣助晉軍討曲沃。晉之農民心向曲沃，而迫于王命及翼君臣威逼，數從軍，荒廢農務，故有此歌。軍中士人所作也。知爲士人作者，“王事靡盬”句，屢見于小雅之《四牡》《采薇》《杕杜》《北山》諸篇，皆西周幽王以前詩，習其詩者，乃得用此成語。持此語以説此詩，則可知其非泛言“君子下從軍役、不得養父母”（《續序》語）之詩也。

首章，“鴇”，水禽，今呼野雁，大於雁，背羽黄褐色，有黑斑。脚趾有蹼。不能棲于林木，但能游息沙水間，故《毛傳》曰："鴇之性不樹止。"（謂不止息于樹）"栩"，櫟類（殼斗科植物）。詩言東周之王，但能轄伊洛一區，實力不能服諸侯，猶鴇之但可游息水間，不可以入山林。今王乃屢出師以助翼侯討曲沃，徒勞吾人於軍役，猶水禽之飛集於叢生之栩林，寧有益於威重乎？"鹽"，鹽之古稱。《左傳》成公六年"郇瑕氏之地沃饒而近鹽"，謂涑水流域之地與安邑鹽池接近也。食鹽本結晶體，接觸濕氣則漸溶而靡。"靡鹽"，謂王事不振，如鹽之化解爲液體，靡則無力也。王事已如靡鹽，而仍用兵於外，徒使我等不能從耕種以養父母，父母將何以爲生乎。因呼天而問曰："何時使農民得仍耕於其所有之土地乎！"

次章，同義旨，群唱之歌故也。"曷其有極"，猶云"何時爲行役之盡期耶？"

卒章，"鴇行"，謂鴇群飛行所成之行列。"曷其有常"，問何時有常。農民以耕種爲常業，藝稻粱，養父母爲常事。由此詩可知西周末期晋地已普遍種稻矣。

此詩，或亦是曲沃君所作，教晋民之暗附者歌之以瓦解周王與翼侯所徵用之民兵。其效果似甚大，爲曲沃卒能滅翼之一原因。

（九）無　衣

二章。章三句。三十字。

豈曰無衣七兮？不如子之衣，安且吉兮！

豈曰無衣六兮？不如子之衣，安且燠兮！

題解：曲沃武公既滅翼，盡以其寶器因虢公行賄于周釐王，求王命爲晋君。此其致虢公之詩。

首章，言既已滅翼，奄有晋之封域，非無七命之服也。祇憾尚無王命耳。"子"，指虢公。時西虢之君爲周王卿士。詩頌其衣"安且吉"者，自明其仍尊王室，知受王命者乃能安享，否則將受諸侯討伐，爲不吉也。《周禮·春官》："典命，掌諸侯之五儀，諸臣之五等之命。上公九命爲伯，其國家宫室車騎衣服禮儀皆以九爲節。侯伯七命……子男五命……王之三公八命。其卿六命。其大夫四命。及其出封，皆加一等。"《毛傳》説"七兮"云："侯伯之禮七命，冕服七章。"與《周禮》説同。

卒章，《毛傳》："天子之卿六命，車旗衣服以六爲節。"舊云此詩"章三句"者，斷爲"七兮"，"之衣"，"燠兮"，爲句。是樂節之章句。按新標點句讀，則祇兩句，兩讀。即兩衣字爲讀，兩兮爲句。"七兮"，謂晋侯當得七命之服。六兮，謂曲沃原晋之附庸，僅相當於天子之卿。是謂與虢公爵相當，而不如虢公接近天子者之安且温暖。

（十）有杕之杜

二章。章六句。四十八字。

有杕之杜，生于道左。彼君子兮，噬肯適我？中心好之，曷飲食之！

有杕之杜，生于道周。彼君子兮，噬肯來游？中心好之，曷飲食之！

題解： 此曲沃武公滅翼前，招徠游士之詩也。

首章，《朱傳》云："噬，發語辭……此人好賢而恐不足以致之，故言此杕然之杜，生於道左，其蔭不足以休息。如己之寡弱不足恃賴。則彼君子者，亦安肯顧而適我哉。然其中心好之則不已也。但無自而得飲食之耳。"惜其未能結合於晉武公史事。論體會詩語，則已深得其意矣。

卒章，唐定本與宋集傳皆仍作"噬肯來游"。相臺本作"逝肯來游"。當依定本字。《毛傳》："周，曲也。"

與《杕杜》同用"有杕之杜"起興。與《邶》《鄘》之兩《柏舟》同。彼二詩寫於一人，分用《邶風》《鄘風》，則同標題爲《柏舟》。此二詩同用《唐風》之樂，亦同出於一人，則分題爲《杕杜》與《有杕之杜》以别之。猶《鄭風》之兩《叔于田》分題以《叔于田》與《大叔于田》然。由此，可知詩章標題，乃樂官所定，非作詩者自有命題也。

（十一）葛　生

五章。章四句。七十六字。

葛生蒙楚，蔹蔓于野。予美亡此，誰與獨處！

葛生蒙棘，蔹蔓于域。予美亡此，誰與獨息！

角枕粲兮，錦衾爛兮。予美亡此，誰與獨旦！

夏之日，冬之夜。百歲之後，歸于其居！

冬之夜，夏之日。百歲之後，歸于其室！

題解： 此蓋士人美婦爲勢家所奪，悲思痛傷之詞。"予美"，指其婦。"亡此"，自此失去也。"此"，指其居室。期以百歲同歸，則其婦猶生存也。舊説皆以爲怨婦思夫之詩。魏源且謂"婦寡而能以死自誓"。皆非。

首章，葛生而蒙於楚叢之上，喻豪勢之家壓倒卑弱之民。"蔹"，《本草》曰"白蔹"，《説文》之薟字是也。今人呼爲"野葡萄"，蔓生，掌狀複葉，夏開小花，結實似葡萄。初緑，漸變紫色，熟時轉白，故曰白蘞。別有烏蘞，黑蘞，大體相似，皆不可食。“蘞蔓于野”，謂蘞亦蔓生植物，乃不得有所蒙附，但蔓延於平野。喻己失偶之凄涼也。“誰與獨處”，與讀如歟。謂予美自此失去，獨處于此者誰歟？自吊之詞也。

次章，“棘”，即酸棗，亦低矮之叢生植物。“域”，毛云：“塋地也。”“息”，止也。既言生居之所，又即其預期同穴之處。

三章，“角枕”、“錦衾”，言與美婦共寢處。“獨旦”，朱云：“獨處至旦也。”

四章，夏之長晝，冬之長夜，倍思予美。不可復聚矣！然知其心不相忘，雖迫於勢，百歲之後猶當魂歸於此居。《鄭箋》：“居，墳墓也。”（朱同）與次章“于域”相應。

卒章，毛云：“室，猶居也。”鄭云：“室，猶冢壙。”（朱同）《新詮》以爲居室。魂歸居室，與三章相應。

（十二）采　苓

三章。章八句。九十三字。

采苓采苓，首陽之巔。人之爲言，苟亦無信。舍旃舍旃，苟亦無然。人之爲言，胡得焉。

采苦采苦，首陽之下。人之爲言，苟亦無與。舍旃舍旃，苟亦無然。人之爲言，胡得焉。

采葑采葑，首陽之東。人之爲言，苟亦無從。舍旃舍旃，苟亦無然。人之爲言，胡得焉。

題解：晉獻公太子申生遭驪姬譏害。大臣士蔿、狐突、梁餘子養、先丹木等，勸生出亡。此蓋其人獻於申生之詩也。毛鄭舊説爲刺晉獻公聽讒。近而不切。惟魏源之説得之[1]。玆申其文義。

首章，“首陽之巔”，魏云：“勸之爲夷齊，猶勸之‘爲吴太伯’也。”《左傳》閔

【1】 魏源《詩古微·魏唐答問》云：“獻公信讒之事，無大于殺申生。而三舉首陽，蓋勸申世子以夷齊之行耳。首陽，晋地。即河北蒲坂之雷首山。其南王屋山，濟水所出。故曾子言：伯夷叔齊居河濟之間。《莊子·讓王篇》：‘夷齊北至於首陽之山，遂餓而死。蓋夷齊自孟津扣馬之後，遂渡河而北，西行至雷首之陽。故歌曰：‘登彼西山。’蒲阪，舜都，故有‘黄、農、虞、夏’之嘆。春秋時本魏地。晋獻公滅魏而有其地。故詩舉本境古事爲諷。其士蔿輩之詞乎？當時梁餘子養、先丹木、狐突、重耳，皆有此勸。而士蔿爲最先。曰：‘不如逃之。無使罪至。爲吴太伯，不亦可乎。’諷之爲太伯，猶之爲夷齊也。采苓、采苦、采葑，即託采藥以行之意。世子終守待死之恭，而不知陷親不義，故再三言‘舍旃、舍旃’，以速之。‘人之爲言，胡得焉’，言：姬之譖不可辟也，公之惑不可回也，俟命之説亦不可執也。三章不易一詞，明無二策，無轉計也。孔明告劉琦曰：‘君不見申生在内而危，重耳、夷吾在外而安乎。’正同詩旨。”

公元年："士蔿曰：'太子不得立矣。……不如逃之，無使罪至。爲吴太伯，不亦可乎……。'"太伯與夷齊皆古代讓國出亡之事例。伯夷叔齊，餓死於首陽事，著於《史記·卷六十一》。"人之爲言"，馬瑞辰曰："《正義》原從定本作僞言。'人之僞言'，猶《沔水》'人之訛言'，《正月》'人之訛言'，訛亦作僞也。王肅諸本作'爲'者，亦當讀僞。《廣雅》：'僞，爲也。'《月令》'毋或作爲'，《鄭注月令》作'詐僞'。《左傳》定公九年，'子爲不知'，《釋文》'爲，本作僞'。是古僞與爲通之證。""苟亦無信"，謂人訛言將殺太子，苟以爲不足信。"舍旃"，謂舍此而去。"苟亦無然"者，言去國，則訛言終不成爲事實。能全身而不傷其親，亦使人之訛言不得驗也。

次章，《毛傳》："苦，苦菜也。"《朱傳》："苦菜，生山田及澤中，得霜，甜脆而美。與，許也。"

卒章，"葑"，毛云"菜名也"。已見《谷風》詩。"從"朱云"聽也"。

《唐風》小結

《唐風》十二篇，八百一十字。最多者《蟋蟀》。文最少者《無衣》。全以作詩時世先後爲序。屬文侯世者二篇，曲沃與翼争奪時事者八篇。屬獻公世者一篇。其一篇《葛生》，時世不明。士人詩而列叙於貴族公卿之《采苓》詩前，則當亦是獻公以前詩。無晋文公時詩者，疑皆晋文所輯以獻於周天子，傳其先人美事。其後不復獻詩，故周太師樂檔中晋詩衹此。

九、《秦風》十篇

解　題

《吕氏春秋》言：殷整甲始爲西音。"長公（辛餘靡）繼是音以處西山，秦穆公取風焉，實始作爲秦音。"是秦風實創始於穆公時，西音之别支也。吕氏以秦相國志秦之聲樂，爲説應可靠。穆公時，秦國已奄有西都王畿故地，去殷末已四百餘年，而猶能承商風之西音以爲秦風者，蓋周人初實沿用商樂之西音。故高誘注曰："西音，周之音也。"周承西音以爲豳風。秦得周畿，故又因豳聲以製爲秦風。然則穆公以前諸詩，皆非樂詩，至穆公乃入樂也。

鄭玄《詩譜》，謂周孝王時封非子爲附庸、邑之於秦谷（今甘肅天水地區）。"至曾孫秦仲，宣王又命作大夫，始有車馬禮樂侍御之好。國人美之翳之，變風始作"。"秦仲之孫襄公，平王之初，興兵討西戎以救周。平王東遷王城，乃以岐、豐之地賜之，始列爲諸侯。"鄭依衛宏《續序》，以二南爲"正風"，十三國爲"變風"。此譜以

《車鄰》爲美秦仲之詩。但就詩序推論，與《吕覽》抵牾。

《新詮》以爲秦之有詩，始于東周初年秦襄公之世。其有詩樂，則始于其子文公之世。《吕覽》之“穆公”，蓋“文公”之字誤也。秦襄公世已得西畿之地，勤王燕饗著於雅詩。則至其子文公之世不能尚無詩樂。文公之所以謚文，正由能詩。則秦風之樂又豈以待至其玄孫之穆公世始製成哉？

（一）車　鄰

三章。一章四句。二章章六句。共六十字。

有車鄰鄰，有馬白顛。未見君子，寺人之令。

阪有漆，隰有栗。既見君子，並坐鼓瑟。今者不樂，逝者其耋。

阪有桑，隰有楊。既見君子，並坐鼓簧。今者不樂，逝者其亡。

題解：秦襄公與晋文侯勤王，至東都，同受平王燕饗。此晋文侯即席贈秦襄公之詩也。舊説爲“美秦仲”者，非。劉瑾謂“秦仲初爲大夫、寺人等官，非所宜有”。（見《詩經原始》引）明豐坊僞撰《申培公詩説》，謂“襄公初爲諸侯，周大夫與燕，美之而作”，是善審詩語者。何楷《詩世本》列爲平王時詩，亦謂是美襄公也。

首章，《毛傳》：“鄰鄰，衆車聲也。”陸德明曰：“鄰，本亦作隣。又作轔。”蓋《魯詩》作隣，《韓詩》作轔。詩稱秦勤王軍之衆盛。“白顛”，毛云“的顙”。朱云“額有白毛”。指秦襄公所乘之馬。今世西馬之良者，額有菱形白毛，是秦世已經育成之良種。“寺人”，周王内臣，司傳達王命。平王初遷洛，鄭、晋、秦、申、許、齊、衛、魯、曹、宋諸侯皆會。秦襄公爵最卑，晋文侯初未注意。迨知秦師之强武有功，乃與燕見，故謙言先之未見者由王命多務，不暇及也。“君子”，指秦襄公。“寺人之令”，謂王命。

次章，“阪有漆，隰有栗”，與《唐風・山有樞》之卒章同文，但易山爲阪。阪亦山坡之義。疑兩詩出於一手。非晋文侯，即其代筆人也。“既見君子”，謂於王饗燕會中相見。“並坐鼓瑟”，謂並坐而聽鼓瑟。瑟者，風樂之主導樂器。秦襄未必能之。文侯或擅長，然已作人君，則不自鼓瑟於燕會之際。應是並坐而食，聽樂人鼓瑟也。“今者不樂”二句，正與唐風之《蟋蟀》《山有樞》同趣，故知其必爲晋文侯詩。“耋”，陸云“田結反”，與經、垤同音。毛云“老也。八十曰耋”。“逝者其耋”，謂過此，則將衰老，不復能享此樂矣。

卒章，“簧”，亦樂器名，毛云“笙也”。原謂笙中金薄片爲簧，後世凡裝於管樂之小管曰簧。此“鼓”字，謂吹氣鼓動之以發聲。凡燕享之樂，必三章。故重“既見”之意，以重及時行樂之勸。“逝者其亡”又重於其耋也。

（二）駟 驖

三章。章四句。四十八字。

駟驖孔阜，六轡在手。公之媚子，從公于狩。

奉時辰牡，辰牡孔碩。公曰左之，舍拔則獲。

游于北園，四馬既閑。輶車鸞鑣，載獫歇驕。

題解：周之使臣從秦文公獵於秦之北園。此其罷獵時謝燕之詩也。秦自襄公始列於諸侯，克預聘享之禮。其子文公始有廟祀。（初爲鄜畤，用三牢。見《史記・秦本紀》。）有祠祀即當有樂歌。文公於平王十八年，“大敗戎師於岐。來歸岐東之田”，（《竹書紀年》文。秦本紀在文公十六年）則周王不能不以王命復之。終文公世，王使入秦者應多。《黍離》之詩，即其一也。此詩辭意簡傲，頌而不諛，宜非王使不能如此。舊説秦人美襄公者，必非。

首章，頌秦君善御，及其車馬騎從之盛。《朱傳》云：“駟驖，四馬皆黑色如驖也孔，甚也。阜，肥大也。六轡者，兩服兩驂各兩轡，而驂馬兩轡納之於軜，故惟六轡在手也。”“媚子”，《毛傳》：“能以道媚於上下者。”朱云：“所親愛之人也。”《卷阿》：“媚於天子。媚於庶人。”均謂能使人愉悦爲媚。故《鄭箋》云：“媚於上下，謂使君臣和合也。”

次章，言獵獲之豐，與秦君獵技之高。周制，國君春蒐、夏苗、秋獮、冬狩，各有其時，獵取有的，以奉宗廟，神乃享之。《毛傳》云，“冬獻狼，夏獻麋，春秋獻鹿、豕、群獸”是也。“奉時辰牡”，謂獻于廟者合於時獻之制。“辰牡”，合於獻時之牡獸。“公曰左之”，言公之善獵，命射者自左射之，同時自所馭之車亦繞向左方，于是射者發矢而獲禽。“舍拔”，即發矢之謂。毛云“拔，矢末也”。矢末扣弦，發射則矢末離弦。故曰舍拔。

卒章，言罷獵時景象。“北園”者，蓋秦北山狩苑之行館，供秦君食息之處。罷獵，則憩於此。“既閑”，謂罷獵，卸車，釋馬，閑而飼之。馬欄曰閑。舊説爲“閑習”者，非。“輶”，輕便也。驅逆之車曰輶車。“鸞”，鈴，聲如鸞也。“鑣”，馬銜。輶車不載武士，但一人御之，一馬挽之，馬銜繫鈴，振鳴以駭獸，或自後驅逐野獸或迎面横阻野獸，故曰“驅逆之車”。是“輶車鸞鑣”之義。“載獫歇驕”，謂輶車歸時載從獵之犬。《毛傳》云：“長喙曰獫。短喙曰歇驕。”今按，“載獫”與“歇驕”對辭，當以獫與驕爲獵犬之名，獵罷則已疲，故載於車以歇其力。《毛傳》此云非詩義。

（三）小　戎

三章。章十句。百二十一字。

小戎俴收，五楘梁輈。游環脅驅，陰引鋈續。文茵暢轂，駕我騏馵。言念君子，温其如玉；在其板屋，亂我心曲。

四牡孔阜，六轡在手。騏騮是中，騧驪是驂。龍盾之合，鋈以觼軜。言念君子，温其在邑。方何爲期？胡然我念之。

俴駟孔群，厹矛鋈錞。蒙伐有苑，虎韔鏤膺。交韔二弓，竹閉緄縢。言念君子，載寢載興。厭厭良人，秩秩德音。

題解：秦寧公伐蕩社，其夫人魯姬留平陽（時秦之都邑），寄此詩，致其思念之情也。《史記·秦本紀》："寧公二年，公徙居平陽（今岐山縣地），遣兵伐蕩社。三年，與亳戰。亳王奔戎，遂滅蕩社。四年，魯公子翬弑其君隱公。十二年，伐蕩氏，取之。寧公生十歲立。立十二年卒。葬西山。生子三人：長男武公，爲太子。武公弟德公，同母。魯姬子生出子。寧公卒，大庶長弗忌、威壘、三父廢太子而立出子爲君。出子六年，三父等復共令人賊殺出子。出子生五歲立，立六年卒。三父等乃復立故太子武公。"關于魯姬之事僅此。此段史料，或係出于《世本》或係得自秦史官之書。原不著魯姬之事，然可據以分析魯姬是何人物。

襄公子文公，始用華夏禮樂。在位五十年。其太子竫公早卒，有子嗣位，是爲寧公，立時年十歲。輔之者，當即大庶長弗忌、威壘、三父等（威壘亦官名），皆文公所任有功之將相，故雖幼君當國，仍能伐滅蕩社。蕩社者，西戎亳王所庇護之近邊公社，與亳戰，勝，乃得併之。時寧公年十二三，不能親戎事。更數年，寧公已娶夫人，生子矣。蕩社之族逃戎中者，屢擾秦地。三父等乃擁寧公親往征之。深入戎中，閲時當久，乃可能滅蕩氏，全取其地。於時寧公大約二十歲左右，又已取魯姬矣。寧公二十二歲卒，魯姬生出子已五歲。則娶魯姬當在寧公十六七歲時。

魯在諸侯中獨能用周禮，號稱詩禮之國。公族婦女多能詩。秦文公大興禮樂，大庶長弗忌等承之。其欲遠婚於魯，蓋亦具溝通文化以利於朝聘會同之意。非魯願遠嫁其女於秦。秦或是求婚魯女於周王，魯以王命故，遣此能詩樂之女也。秦襄公卒於平王初年。文公之卒，當在平王末年，或桓王初年（平王在位亦五十年），正魯德公之世。公子翬弑隱公，在桓王八年，正應是秦出子十餘歲時。《史記》于秦紀，不記他國事，惟其與本國有關者乃書之。於此乃特書魯公子翬弑隱公事，蓋即由與娶魯姬相關。所娶之魯姬，或是隱公之女，或是桓公之女，抑或是公子翬及其他公族之女，爲具有高文化之秦君夫人，則可定。此就現存史文分析當時情勢，可以估定此詩之作者爲魯姬也。

更就詩語推之：詩三章，侈言車馬之制，鉅細畢詳，有似一篇戎車賦。此貴族習於乘車者所作甚明。其文繁重，音節甚美，而字多重複，顯爲貴族女子，青年小慧，優於聲樂者所爲之詩。非文化初興之秦國人士所能作。又三章皆以“言念君子”作結，自屬女子思念其從戎良人之詩。固非秦大夫所作。更不得擬爲徵士之妻所作。“載寢載興”，“温其如玉”，皆青年夫婦熱戀之辭，與十餘歲小夫婦戀情符合。

秦人記其先代史事，及婦人者甚少。穆公以前，惟有此魯姬。足見此女在秦之地位，不僅大國之女而已，實又寧公之所尊畏，力足以制大臣、移舊俗之一權勢婦人也。其所以能此，則由其文化高，在秦若兼君、師之位故也。是故，寧公雖已立太子，而大臣三父等於其死後，竟廢太子而立此五歲之出子。豈非以其母之故耶？苟非魯姬之意爲之，則又胡以不於出子死後，親自篡位，而仍立其自己所廢之故太子武公？又况是殺出子而立之乎。人情若非圖自篡位，必不無因而廢太子以立無知之幼君。如其果認爲幼君當立，則立之已六年矣，非欲自篡其位，何能殺之。既殺之矣，亦尚有德公可立，又何爲立其先所廢之故太子以就殺身之禍？由此推尋，即可知廢太子而立出子，是魯姬之意，非三父等意。既以事出子六年，而復殺之以立武公，乃三父諸臣之本志。事之六年乃得殺之而立武公者，出子十歲前，長于母氏魯姬宫中，不得而殺之。迨其十歲後與大臣親接，乃有隙可乘而殺之。如中毒、拉殺、墜溺之類，足以欺魯姬者，故魯姬不能問也。既立武公，魯姬乃知其謀，故逼使武公責其殺出子而戮之。縱是武公自以殺出子罪誅三父，亦必由有魯姬之故存在。此史事之易明者。然則寧公時代之魯姬，蓋亦猶漢之吕后，唐之武韋，非尋常庸碌一夫人也。分析此詩，亦足以知其人。

首章，盛稱秦君出發時戎車儀制，以明其思念之深。《毛傳》：“小戎，兵車也。俴，淺。收，軫也。五，五束也。楘，歷録也。梁輈，輈上句衡也。一輈五束，束有歷録。”《朱傳》：“收，軫也。謂車前後兩端横木，所以收斂所載者也。凡車之制，廣皆六尺六寸，其平地任載者爲大車，則軫深八尺。兵車，則軫深四尺四寸，故曰小戎俴收也。五，五束也。楘，歷録然文章之貌也。梁輈，從前軫以前稍曲而上，至衡，則向下勾之，衡横于輈下，而輈形穹隆上曲，如屋之梁。又以皮革五處束之，其文章歷録然也。”（古車制，余無所究習，近世亦已無究習之必要，故全録《毛傳》與《朱傳》之所發明，以助理解。）《毛傳》：“游環，靷環也。游在背上，所以御出也。脅驅，慎駕具，所以止入也。陰，揜軓也。引，所以引也。鋈，白金也。續，續靷也。”《朱傳》：“以皮爲環，當兩服馬之背上，游移前却無定處，引兩驂馬之外轡貫其中而執之，所以制驂馬使不得外出。《左傳》曰：‘如驂之有靳。’是也。脅驅，亦以皮爲之，前繫於衡之兩端，後係於軫之兩端，當服馬脅之外，所以驅驂馬使不得内入也。陰，揜軓也。軓在軾前而以板横側揜之，以其陰映此軓，故謂之陰也。引，以皮二條，前繫驂馬之頸，後繫陰版之上也。鋈續，陰板之一有續靷之處，消白金沃灌其環以爲飾也。蓋車衡之長六尺六寸，止容二服，驂馬之頸不當於衡，故別爲二靷以引車，亦謂之靳，《左傳》曰：‘兩靷將絶。’是也。”毛傳：“文茵，虎皮也。暢轂，長轂也。騏，騏文也。左足白曰馵。”朱云：“車中所坐虎皮褥也。暢，長也。轂，車輪之中，外持輻内受軸者也。大車之轂，一尺有半。兵車之轂，長三尺二寸。故兵車曰暢轂。”毛氏生於習見之世，故其文簡。朱氏去古未遠，故能更準確以爲發明。車制是其日常所習用，故其説詩能準。然亦由其爲釋此詩故能加以細察體會耳。他人雖日日乘戎車，仍不能説之詳確如此。

“言念君子”，謂回想良人出發時車制。“温其如玉”，想及良人之儀態。“在其板屋”，謂知秦軍已入戎中。其地多森林，乏陶瓦，羌戎皆劈木爲“瓦板”以覆屋。君子深入其地逐羌戎，處其板屋。非如此間宫室之適，使我心傷亂也。毛云：“西戎板屋。”班固《地理志》云：“天水、隴西，山多林木，民以板爲室屋。及安定、北地、上郡、西河（皆今甘肅與陜北之地），皆迫近戎狄，修習戰備，高尚氣力，以射獵爲先。故秦詩曰：‘在其板屋。’又曰：‘王於興師，修我甲兵，與子偕行。’及《車轔》《駟驖》《小戎》之篇，皆言車馬田狩之事。”班氏説“板屋”，得之矣。（其《車轔》字非《毛詩》字。蓋魯詩作轔。）

次章，《毛傳》：“黄馬黑喙曰騧。”《鄭箋》：“赤身黑鬣曰騮。中，中服也。驂，兩騑也。”《朱傳》：“驪，黑色（馬）也。盾，干也。畫龍爲盾，合而載之，以爲車上之衛。必載二者，備破毀也。觼，環之有舌者。軜，驂内轡也。置觼於軾前以繫軜，故謂之觼軜，亦消沃白金以爲飾也。”是次章爲懸想其在征途中車上情致，以致思戀之情。“温其在邑”，毛云“在敵邑也”。國君雖出征，居處必在人户聚集之處。言邑，以别於在國之時。“方何爲期”，鄭云：“方今以何時爲還期乎。”朱云：“方，將也。將以何時爲歸期乎？何爲使我思念之極也。”朱義爲勝。

此章韻拗。疑是魯姬雜用秦魯方音。《詩本音》云：阜，四十四有。手同。驂，二十二覃。合，二十七合，轉音含。軜，二十七合，轉音南。邑，二十六緝，轉音烏含反。念，五十六掭，轉音奴占反。之，此章以平去入通爲一韻。中字不入韻，《集傳》叶諸仍反。非。……轉音太多，仍有未協之中字。實難據用。

卒章，《毛傳》：“俴駟，四介馬也。孔，甚也。厹，三隅矛也。錞，鐏也。蒙，討羽也。伐，中干也。苑，文貌。”《朱傳》：“俴駟，四馬皆以淺薄之金爲甲，欲其輕而使於馬之旋習也。”又曰：“厹矛，三隅矛也。鋈錞，以白金鋈矛之下端平底者也。”又曰：“虎韔，以虎皮爲弓室也。鏤膺，鏤金以飾馬當胸帶也。交韔，交二弓於韔中，謂顛倒安置之。必二弓，以備壞也。閉，弓檠也，《儀禮》作䩯。緄，繩。縢，約也。以竹爲閉，而以繩約之於弛弓之裏，檠弓體使正也。”是卒章爲懸想其君子從役中，歸息之狀。“載寢載興”，言其起居作息之勞。“厭厭”，安和貌。“秩秩”，有條不紊也。言念我良人，起居安和，部署有序。鄭云：“既閔其君子寢起之勞，又思其性與德。”

中華，從古習於車戰。地平坦，亦利于行車。四方邊裔之區，則多山嶽，林地，其人善於騎射，不行車。秦國在天水盆地，不知用車。秦仲得雍岐之地，始有車騎之制。一切仍當粗糙質樸。此詩所言，則中華貴族所用戎車之制。魯人所素知。秦地當時固亦已有。然亦惟中華嫁來女子能辨之耳。秦人婦女不可能詳述如此。此亦判這魯姬之詩之一據也。

（四）蒹　葭

三章。章八句。九十九字。

蒹葭蒼蒼，白露爲霜。所謂伊人，在水一方。溯洄從之，道阻且長。溯游從之，宛在水中央。

蒹葭萋萋，白露未晞。所謂伊人，在水之湄。溯洄從之，道阻且躋。溯游從之，宛在水中坻。

蒹葭采采，白露未已。所謂伊人，在水之涘。溯洄從之，道阻且右。溯游從之，宛在水中沚。

題解：晉大夫丕鄭使秦，内附於秦穆公，求納公子重耳。此其歸渡河時報穆公詩也。其事，載《左傳》僖公九年十年，及《史記·秦本紀》。兹撮其要如次：

秦穆公九年，晉獻公卒。里克與丕鄭欲納重耳。荀息承獻公志，立奚齊。里克殺之。又立卓子。里克又殺之。荀息死焉。公子夷吾使郤芮賂秦地以求入。既立而倍秦約，使丕鄭聘秦，求緩賂。丕鄭至秦，聞夷吾殺里克，恐。因説穆公曰：“晋人不欲夷吾，實欲重耳。今背秦約而殺里克，皆吕甥、郤芮之計也。願君以利急召吕、郤。吕、郤至，則更入重耳。便。穆公許之。使人與丕鄭歸召吕、郤。”（用《史記》文）其時秦東境至河，與晉以河爲界。秦晉往來自河曲渡（今之楓林渡）。由晉入秦者，自上游順流而斜下，則易達。自秦入晉者，則順水至河曲，利用河水東折之洄勢，撑至北岸，亦易達。故詩言“溯流”，謂自晋向秦也。“溯洄”，謂自秦向晉也。“伊人”，謂秦穆也。“在水一方”，謂秦國也。“蒹葭”起興者，丕鄭以秋日歸晉，渡河時所見景物如此。河曲處，東岸緩淺，西岸激促，蒹葭生于晉岸，故丕鄭以之喻晉，而以雨露喻秦。

首章，“蒹葭”，河岸所見之蘆葦。“蒼蒼”，衰敗之色。“白露爲霜”，喻秦納夷吾于晋如雨露之施，夷吾背約而殺里克，如濕潤之露變爲肅殺之寒霜。“伊人”，一心向往之人。謂穆從丕里之請以納惠公（夷吾）。惠公既入而背秦。秦在河水之一方。晉人盼之而未能援助者，隔水故也。“溯洄”，毛云：“逆流而上。”謂返晋之行，爲道長而多艱阻，斥惠公也。“溯游”，毛云：“順流而涉。”謂自晋從秦，則伊人宛如近在河水之中央，喻相依之情摯也。

次章，“凄凄”，凋零之色。“晞”，乾也。“未晞”，喻秦之施惠于晋，意猶未盡。惠公已背德，又許納重耳。“水之湄”，猶言水之彼岸。朱云：“水草之交曰湄。”“躋”，升也。升行則費力爲多也。“坻”，小渚也。亦在水中央之意。

卒章，“采采”，朱云“言其盛而可采”。今按，詩語謂收割時至，猶“采采芣苢”之言也。喻此行必獲吕郤，覆夷吾，納重耳。“白露未已”，喻秦之惠晋未已。《毛傳》：“涘，厓也。”“右”，毛云：“出其右也。”鄭云：“言其迂迴也。”朱云：“不相直而出其右也”。今按：周世尚左卑右。“道阻且右”，謂此行之難，尤在吕、郤當政，已位卑而地疏。非去吕、郤，則不可倒夷吾。舊儒不得此詩作者是丕鄭，衹從“刺襄公不用周禮”（漢儒），與慕隱士（宋儒以下）求説，故不可能得此一解。“沚”，亦水中洲渚之義。

於時獻詩，以三章爲禮，取其便於入樂。故丕鄭重叠其詞。且以明宛轉依賴之意。與群唱詩歌之重叠不同。

（五）終　南

二章。章六句。四十八字。

終南何有？有條有梅。君子至止，錦衣狐裘。顔如渥丹，其君也哉！

終南何有？有紀有堂。君子至止，黻衣繡裳。佩玉將將，壽考不忘。

題解： 秦穆公好獵，嘗驟至終南民家息。山民驚而歌此詩也。穆公時國邑在雍，即今之寶鷄。故其獵能至終南。史稱其至岐，失善馬，發見被野人剥食。因賜野人酒，撫而赦之。追韓之役，勢危迫時，食馬野人三百人爲之推鋒争死。于是解圍而虜晋君。（見《秦本紀》）可以想見秦穆素時行獵，從而撫循其民之風致。故華夷皆稱其賢。終南山民之有此詩，宜非穆公不屬。舊説以爲“戒襄公”者，必非。《朱傳》但云“秦人美其君之詞，亦《車鄰》《駟驖》之意”，亦未貼切。

首章，山民初見穆公，猶不相識，但以其衣服與從騎，知其爲官長，迎而致問之辭也。其語質樸坦率，决不如紆回彎曲之强解。“終南何有”，猶言：我等終南山下居民能何所有，而勞貴人之親至耶？山民見官人至，即以爲是有所徵取，故其發語如此。又自答云：“有條。”即“蠶月條桑”之條。北地無竹，筐筥汲器皆用桑柳幼條編製之。“有梅”，即“墓門有梅”之梅。野生者，當時被視爲棘類，山民繞宅植之，如今云生籬，利其葉枝之刺（梅李之小枝皆作刺狀）與花之悦目，果之調味（古以梅鹽調味）。言他無長物，應非貴人來臨之地。又見來者並無求取，但有撫問，乃知其可敬，而歌“君子至止”，羡其衣服。又素聞秦君賢而赭顔，因呼曰“其君也哉”，驚喜之至也。

卒章，“有紀有堂”，《毛傳》：“紀，基也。堂，畢道，平如堂也。”《鄭箋》：“畢，終南山之道名。邊如堂之墻然。”《朱傳》：“紀，山之廉角也。堂，山之寬平處也。”皆就山之地形求義，於詩語毫無關切，徒見牽强。馬瑞辰《詩箋通釋》云：“按上章言有條有梅，謂山有茂木。以類求之。紀當讀如杞梓之杞。堂當爲甘棠之棠。紀與堂皆假借字。《左氏春秋》桓二年，‘杞侯宋朝’，《公》《轂》並作紀侯。三年，‘公會杞侯于郕’，《公羊》作紀侯。吴夫概奔楚，爲棠谿氏，定五年《左傳》作堂谿。是皆杞與紀，棠與堂古得通借之證。《白帖》終南山類引詩正作‘有杞有棠’。蓋本三家詩。”此説遠勝漢宋諸儒。雖然杞與棠對此章詩，仍無關切之義。詩語簡樸，豈能有如此重複之閑文占一章三分之一哉。竊謂紀與堂，皆民居之稱。山民既知來者是秦之賢君，欲留之食息，而有此章之詩，則非泛言山與樹類也。“紀”者，蓋謂聚族公有之祠祀之所。當時周之遺民聚族而居於終南者，保持宗法世族關係，有公共之祠、祀其祖先，歲時祠祀，紀理支派世系之譜。故稱其處曰紀。“堂”者，各户自有之堂屋，猶羌、彝民族之“火堂”，既供其家神，又燒火一盆供賓客家人休息寢處。是延賓入室之辭也。君既入室，解其狐裘，露見黻衣繡裳，與聞佩玉將將之聲。知其的是秦君，則頌其“壽考不忘”矣。多齡爲壽，多子爲考。山民之頌語，如此簡樸。“不忘”，但是“不亡”之字。西羌之俗，祝人不死。周人蓋習之。今羌氏藏民多有以“寂墨”（不死）命名者是也。猶祝“萬壽無疆”也。傳詩者不解其義，妄寫作“不忘”耳。舊説詩者好用通假解釋梗塞字義。乃皆無人及此，亦足異矣。山民非能文也。此亦其口説之意，穆公從者録其情趣及語言以付樂官，樂官更爲潤色剪裁以便於合樂。故有“君子至止”、“佩玉將將”諸詩意濃郁之文，非即其本語如此。

（六）黄　鳥

三章，章十二句。一百三十八字。

交交黄鳥，止于棘。誰從穆公？子車奄息。維此奄息，百夫之特。臨其穴，惴惴其慄。彼蒼者天，殲我良人！如可贖兮，人百其身！

交交黄鳥，止于桑。誰從穆公？子車仲行。維此仲行，百夫之防。臨其穴，惴惴其慄。彼蒼者天，殲我良人！如可贖兮，人百其身！

交交黄鳥，止于楚。誰從穆公？子車鍼虎。維此鍼虎，百夫之禦。臨其穴，惴惴其慄。彼蒼者天，殲我良人！如可贖兮，人百其身！

題解：《左傳》文公六年：“秦伯任好卒，以子車氏之三子奄息、仲行、鍼虎爲殉。皆秦之良也。國人哀之，爲賦《黄鳥》。”由有此傳，後世説詩者更無異説。

首章，哀子車奄息。“交交”，《毛傳》：“小貌。黄鳥以時往來，得其所。人以壽命終，亦得其所。”《鄭箋》：“黄鳥止於棘以求安已也。此棘若不安則移。興者喻臣之事君亦然。今穆公使臣從死，刺其不得黄鳥止於棘之本意。”今按：此國臨葬壙者哀憤之詩也。“交交”，鳴聲也。此黄鳥是搏黍，小鳥也。與《葛覃》黄鳥之爲黄鳳者不同。搏黍小，故可止於棘上，黄鳳則不能。此當辨者一也。馬瑞辰曰：“《文選·稽叔夜贈秀才入軍詩》：‘咬咬黄鳥，顧疇弄音。’李善注引詩‘交交黄鳥’。又引古歌‘黄鳥鳴相追，咬咬弄好音’。《玉篇》《廣韻》並曰‘咬，鳥聲’。《毛詩》作交交者，假借字耳。”此當辨者二也。詩頌三良之偉大，而乃以搏黍之小鳥起興者，興句爲從事葬埋之人，皆當時從役之小民，痛無力相救，與下文“臨其穴，惴惴其慄”相應。亦與“如可贖兮，人百其身”相應。非有其他意義。此當辨者三也。秦興于西戎奴隸社會之中，歷襄、文、寧、出、武、德、宣、成，至穆公之世，雖已變同華風，而奴隸制殘餘猶存。凡奴隸社會，奴隸主每拔奴隸之慧黠者司家政，材武者作捍衛。寵用成勢，慮後嗣不能制之，則託言地下需用，命之殉葬。今世發現古代陵墓四周坑道中，多有骸骨刺戾作撐拒至死之狀者，可以想見其迫死活埋之慘狀。故詩曰“臨其穴，惴惴其慄”。蓋亦奴隸未殉葬者從事埋葬時目見其慘狀者之歌。《左傳》説爲“國人哀之”者，猶未允當，此當辨者四也。《秦本紀》言：“武公卒，葬雍平陽，初以人從死。從死者六十六人。”又：“穆公卒，葬雍，從死者百七十七人。”則此次死者固不止三良而已。群歌此詩之奴隸，或亦即同被活埋於壙穴中，故有臨穴惴慄之語。大抵奴隸哀其同類而歌，國君惡其欲贖而並埋之，故有如是之多人從死耶？此亦當辨之史事也。秦自穆公以後未再有殉葬之記載。則此詩之哀鳴，似亦留有甚大之影響。此又當辨之史事，惜在文獻不足，莫由辨之。

次章，哀仲行。云“百夫之防”。《毛傳》：“防，比也。”鄭云：“防，猶當也，言此一人當百夫。”（朱同）今按：防，捍衛也。能捍衛百夫，則善戰守者也。

卒章，哀鍼虎。“百夫之御”，與“百夫之防”同。守爲防，戰爲御。自首章之“止于棘”，次章“于桑”，此章“于楚”，皆惟以協三人名之韻，非有要義。

（七）晨　風

三章。章六句。七十二字。

鴥彼晨風，鬱彼北林。未見君子，憂心欽欽。如何如何？忘我實多。

山有苞櫟，隰有六駮。未見君子，憂心靡樂。如何如何？忘我實多。

山有苞棣，隰有樹檖。未見君子，憂心如醉。如何如何？忘我實多。

題解：此秦康公令狐敗後，勞先蔑、士會來奔之詩也。事具《左傳》文公六年七年，及《史記·秦本紀》。玆約述其文：秦穆公卒，晋襄公亦卒。襄公之弟名雍，秦出也，在秦，爲亞卿。秦康公元年，晋使先蔑、士會如秦迎雍，將立之。康公以兵送雍，至令狐。晋人變計，立靈公，而以兵襲秦師。戰於令狐。秦師敗還。先蔑、士會奔秦。晋自惠公、懷公，屢因秦立而復背秦。文公亦資秦得立。晋襄，文公子也。初即位，即襲敗秦師於崤。玆役，晋自廢其太子而迎立子雍於秦。既入境，復變計，又不禮遣，而以兵突襲擊敗之。先蔑、士會亦出意外，倉卒隨潰師奔秦。秦君知二人非共謀賺秦者，自必燕饗而勞慰之，冀得其力以報晋也。三章，皆以“忘我實多”爲結，激忿之情躍於辭上。詩文不佳者蓋秦君所自作，習文藝猶未深達也。

首章，“鴥”，疾飛貌。“晨風”，鸇也（並《毛傳》）。喻晋執政趙孟爲鸇，疾飛貪戾，轉變迅飈，無定向也。“鬱彼北林”，喻晋國在北。鬱者，隱蔽之義，喻晋陰狠，突襲，如鸇之隱伏也。秦人謂鸇爲晨風，本於羌語。舊説晨風喻隱君子，釋鬱爲茂盛，殊悖于詩義。“未見”二句，言初聞令狐變起，我軍潰敗時，甚憂兩人之不能免。“欽欽”，欽佩之懷想也。“如何如何”二句，謂：晋之背德者屢矣。玆來迎雍，固亦曾慮其背德中變，故以軍衛送之。不意其竟出乘夜突襲。晋無信義，忘我之德，累積四世，何其多矣。《左傳》：“秦康公送公子雍于晋曰：‘文公之入也，無衛，故有吕、郤之難。’乃多與之徒衛。”（晋文公初即位，吕、郤畏逼，將焚公宫以作亂。寺人披以告。晋侯潜會秦伯於王城。吕、郤不獲公，乃如河上，秦伯誘殺之。文公之位乃定。事在《左傳》僖公二十四年）詩云“如何如何”，本旨如此。

次章，“苞櫟”，謂叢櫟，不克成喬本。“六駁”，毛云：“駁如馬，倨牙，食虎豹。”孔穎達《詩正義》引陸璣《毛詩草本虫魚疏》云：“駁馬，梓榆也。其樹皮青白駁犖，遥視似駁馬，故謂之駁馬。”《朱傳》遵之。是。毛鄭説爲動物，非。此詩謂二人在晋不克展其才德，歸秦，則矯然出衆，如隰之有六駁也。“靡樂”，即失子不樂之意。

卒章，《毛傳》：“棣，唐棣也。檖，赤羅也。”《朱傳》：“檖，實似梨而小，酢可食。如醉，則憂之又甚矣。”今按：棣，不可食。檖，似棣，今云刺梨，實可食。喻物隨環境不同而異其質，人之愛憎亦不同。

（八）無　衣

三章。章五句。六十字。

豈曰無衣？與子同袍。王于興師，修我戈矛，與子同仇！

豈曰無衣？與子同澤。王于興師，修我矛戟，與子偕作。

豈曰無衣？與子同裳。王于興師，修我甲兵，與子偕行。

題解：秦康公修怨於晋，屢用其民，士會爲此詩使歌於軍中，勵士氣也。康公於穆公喪次，受先蔑、士會之請，以兵送公子雍歸立。而晋人變計，襲敗其軍於令狐。先蔑、士會奔秦，已見《晨風》篇。事在周襄王之三十二年，即《春秋》文公七年。其明年“夏，秦人伐晋，取武城，以報令狐之役”。逾年，“春，晋人伐秦，取少梁。夏，秦伯伐晋，取北征”。又二年，“秦爲令狐之役故，冬，秦伯伐晋，取羈馬。晋人禦之。秦用士會謀，挑趙穿，戰于河曲，大破晋師”。（並《史記》文。《左傳》在文十二年）士會爲秦用，大爲晋患如此。此詩作秦軍士相助勵語之群歌。文義深入而淺出，鼓動性强，音節和諧，當爲千古軍歌之首選。非惟秦軍士不能作，即秦康君臣亦不能爲。宜其亦爲士會所教也。舊説無及此者，爲《毛序》“刺用兵”所蔽故也。

首章，言：我豈因爲自己無衣，而與諸君同著此軍服乎，由與諸君同具敵愾故也。故當我王興師報仇時，相與各自修理戈矛，勇躍赴事，以報令狐之役也。《毛傳》：“袍，襺也。”其字從衣、從繭，義爲裝繭緒之衣，即所謂纊衣（以纊爲表裏，而絮繭緒），軍士之冬衣也。蓋秦君所須。古伐國，農民供軍賦、車馬、戈矛。國家爲軍容整齊，則頒發軍衣與旗幟。羈馬之役，秦軍冬出，故所須軍服爲袍、袴。後世稱軍服爲戰袍，緣此詩也。

或疑“王于興師”，是謂周王。因以爲此詩是秦人應周王徵調之役。此不通之説也。諸侯不稱王，華夏人所奉教條如此，若夫四夷之國，大者吴、楚、巴、蜀，小者如義渠、丹梨、徐、淮夷君，莫不自稱曰王，人民之稱其君曰王者多矣。即如諸夏王等諸侯，祇宋爲公。列國史籍，孰不稱其君曰公哉。秦本西戎部落，自襄公始賜伯爵，而史籍俱稱其君曰公，其國人固自稱之曰王耳。士會擬軍士相唱和之辭，安得不稱之曰王哉？

次章，“同澤”，《毛傳》：“潤澤也。”《鄭箋》作襗，云“褻衣，近污垢”。《朱傳》云：“裏衣也。以其親膚，近于垢澤，故謂之澤。”今按：澤與襗同音（陸云“除革反”），《説文》：“襗，絝也。”古者，裳而不絝，甚不便于勞動；尤于戰鬥不利，故戰士必宜著絝。應徵供賦之農民本無袴，秦君爲之頒發袍絝。當時無“絝”之稱，通呼曰襗者。《毛傳》作澤字耳。與污垢、潤澤之義無關。夫汗衣，必人所自有者，若亦必由國家一色同制，則應徵者豈赤身而至哉。若非國家頒給，則千百軍士之褻衣安能盡同乎？“同作”，謂同作戰。“矛、戟”，與戈矛並言戰具。毛云：“戈長六尺六寸。矛長二丈。”朱云：“戟，車戟也，長丈六尺。”

卒章，“同裳”者，古人上曰衣，下曰裳。今謂之裙。軍士雖著絝，仍有原衣之裳，亦依習慣扎於袴外，但高扎之，故曰同裳。今世蒙古衣制，窄袖、長袴，古人謂之胡服，清代定爲平民衣式。惟朝鮮衣制猶存古華夏樣式。説“裳”者可以援想之。“甲兵”，謂甲胄與兵器，包括戈、矛、戟、鉞、弓、矢言之。“偕行”，讀如行列之行。

（九）渭　陽

二章。章四句。三十二字。

我送舅氏，曰至渭陽。何以贈之？路車乘黄。

我送舅氏，悠悠我思。何以贈之？瓊瑰玉佩。

題解：秦康公六年，大舉以報令狐之役，因遣公子雍隨軍返晋以勵士氣。此其勞軍至渭陽，贈子雍之詩也。舊説詩者一致依《毛序》定爲秦康公作太子時送重耳返晋之詩，有不可通者數點：一、重耳返晋，在周襄公十七年。又十五年，穆公卒，康公立。此詩何乃不列于《黄鳥》前，反列在《晨風》《無衣》之後？二、舅氏二字，可作第二人稱，亦可作第三人稱。若夫“贈之”之字，則必是對第三人稱。絶不能面對舅氏而曰“贈之”。惟遣使贈遺之詩，得云“贈之”耳。則不能爲太子送舅之詩明矣。三、“路車乘黄”，諸侯之車也。《禮·坊記》：“父母在，饋獻不及車馬。”康公方爲世子，安得即有此詩？四、《儀禮·覲禮》：“同姓大國，則曰伯父。其異姓，則曰伯舅。同姓小邦，則曰叔父。其異姓小邦，則曰叔舅。”舅氏二字，固不必即爲母舅之專稱。子雍亦晋文公之子，晋襄公弟，現當納爲君，援異姓稱舅之例，固當呼爲舅氏也。

首章，追述令狐之役，襄公親送子雍至渭陽，贈以諸侯儀制之車馬。“曰至渭陽”，猶云曾送至此也。是晋使來迎新君，故以路車及四馬皆黄之乘贈。詩追述此，亦重提舊事以激軍民同讎之情也。

卒章，言今復來送舅氏至此矣。令人長思舊事，宿恨不可忘也。今不可能納爲晋君矣，故不更爲路車之贈，但能贈以瓊瑰之佩。又所以激子雍同愾，軍士同讎之情也。《毛傳》云：“瓊瑰，石而次玉。”則非“路車乘黄”之比，僅是對卿大夫之贈。明兩章是兩事而同一人也。詩語明顯。舊説詩者爲《毛序》“康公念母也”一語所蔽，遂莫及此。

（十）權　輿

二章。章五句。四十字。

於我乎！夏屋渠渠，今也每食無餘。於嗟乎！不承權輿！

於我乎！每食四簋。今也每食不飽。於嗟乎！不承權輿！

題解：秦襲宗周故地，物資饒給，而穆公好用客士。蹇叔、百里奚、由餘、孟明、士會、丕豹、公孫枝之徒皆以客卿致秦於强盛。故秦厚禮客士。迨士會逃歸，而康公耻之。秦人亦多言客士之費，康公乃削其供養之禮。游説寄食之士，驟感其薄，而賦此詩也。舊説皆承《毛序》謂刺康公禮賢不終。夫所謂“賢者”，無事於安民强國之計，乃徒斷斷於生活享用之禮，則是所謂“徒哺啜者”者，安見其爲賢者乎？若謂刺秦君不能承穆公之志，則得其意矣。蓋康公亦曾自悔其薄於客士，而復優給，並以此詩付樂官譜歌之，以志其過。故孔子選録爲秦風終篇。此亦猶鄭國以溉渠疲秦之謀露，而秦君逐客，又復因李斯之書而除其令。秦之以强大統一，始終資於客卿。其制開於穆公，其事著於士會。故關於士會之詩，秦風得四篇焉。

首章，《毛傳》："夏，大也。"《朱傳》："渠渠，深廣貌。"言初處之于夏屋，則居處飲食之厚可知。《鄭箋》謂："屋，具也。渠渠，猶勤勤也。言君始于我厚，設禮食大具以食我，其意勤勤然。"雖緣附古禮爲説有據，其實紆回不通。所謂“道在邇而求之遠”，經師之通病，不適用於明快質達之風詩。“不承權輿”，謂不能遵承初制。《毛傳》："權輿，始也。"《爾雅》同。或釋其説曰："造衡始於權。造車始於輿。"馬瑞辰曰："即虇蕍之假借。《爾雅・釋草》：'葭，葦。蒹，蘼。菼，薍。其萌，虇蕍。'……本蒹葭始生之稱。因而凡草之始生通曰權輿。"今按：《爾雅》，漢武帝時人編纂先秦以來説經諸家之訓詁，爲叢書，我國最早出之經學辭典也。采于齊、魯、韓、毛四家詩傳者最多。三家詩于此篇多作“虇蕍”字。衹《毛詩》改作“權輿”，大戴以下漢儒遵用之耳。“虇蕍”，或是羌秦土語，呼蘆葦之始生者。録音字以簡便易識爲勝，故《毛詩》改用權輿，而釋云“始也”。秦詩如“晨風”爲鸇，“六駮”爲榆，“權輿”爲始，皆用地方土語以利通俗。此當知也。

《秦風》小結

《秦風》七百一十八字。《黄鳥》文最多，勞動人民感喟至深切處，則辭亦繁也。《小戎》次之，文人之文故也。《渭陽》文最少，《權輿》次之，皆兩章，初衹自寄慨嘆，未擬合樂故也。十篇均依時世次第，自襄公至康公未亂。不似他諸國風之先統治階級，次卿大夫、士、民，樂官之作殿之，外國人作又殿之。是秦樂官叙樂之特致。

十、《陳風》十篇

解　題

陳國在鄭之南，宋蔡之間，本伏羲氏故地。武王滅紂，定南疆，封舜後嬀滿於此[1]。都于宛丘之側，是曰陳胡公。尚武王長女大姬。雖用周俗爲治，而民間猶存南俗。南俗尚巫，亦猶商俗之尚巫也。故陳之商樂淵源於巫風。鄭玄《詩譜》謂“大姬無子，好巫覡，祈禱鬼神之樂，民俗化而爲之”。當是大姬爲其民俗所移，非民俗導自大姬也。

（一）宛　丘

三章。章四句。四十九字。

子之湯兮，宛丘之上兮。洵有情兮，而無望兮！

坎其擊鼓，宛丘之下。無冬無夏，值其鷺羽。

坎其擊缶，宛丘之道。無冬無夏，值其鷺翿。

題解：陳用周禮以治南國之民，化導未易。推行周禮之樂官每見民間巫風流行而嘆。此即陳之樂官慨嘆國邑巫俗之詩也。

首章，“子之湯兮”，指巫師作法。“子”，謂“子仲之子”，説在下章，當時之名巫也。此詩非對巫之語，但從旁稱述之。疑原是“子仲之湯兮”，省其字，則但云“子”耳。亦可疑是鈔脱仲字。三家詩與毛詩文字每有小異與衍脱。衍者如“大叔于田”，脱者如“雨無正”。尚多有他例。此亦可疑。“湯”者，舊皆從《毛傳》云“蕩也”。謂此人常游蕩於宛丘之上（《朱傳》文用《鄭箋》之説）。與下二句毫不相應。兹釋爲子仲氏之巫法，全文乃安。“湯”謂其作態熱烈如沸湯也。抑陳人宋人俗語謂祈禱爲湯。緣湯用巫法禱雨於桑林，後世巫師因謂祈禱爲湯耶？《風俗通・王霸篇》：“湯者，攘也。”孔穎達《堯典序・疏》引《謚法》曰“除虐去殘曰湯”。則巫法祈禳之稱爲“湯”，理有可能。用之以釋此詩，乃允當耳。子仲作法於“宛丘之上”，爲陳國祈禱也。“洵有情兮”，猶云信其情在於爲民祈禱，心可嘉也。然而無益，譏其無效驗，曰“而無望兮”也。此章，似由陳人因天旱或瘟疫，延子仲氏之巫禳除，作法於宛丘

【1】《左傳》襄公二十五年記子産曰：“昔虞閼父爲周陶正，以服事我先王。我先王賴其利器用也，與其神明之後也，庸以之元大姬配胡公而封諸陳，以備三恪。”三恪，謂薊，黄帝後，祝，堯後，陳，舜後。

之上，累日無效，譏之而作。

次章，譏宛丘下之另一法道場。宛丘爲陳國邑附近勝地。游觀者多。居民緣之成邑聚，俗皆信巫，坎坎擊鼓之聲不絶。巫師作法必擊手鼓也。“無冬無夏”，言四時皆然。舉四時者，或以“春、秋”，或以“冬、夏”，皆錯舉二時而四時自見。“值”，遇見也，“鷺羽”，巫師作法之冠飾。白鷺頭上有長羽十數枚，潔白甚美，落後民族之巫師用以飾其法冠，猶中世紀歐洲婦女以白羽爲帽飾也。無冬無夏遇見巫師在宛下作法。明陳國人民迷信巫法之深。

卒章，言宛丘附近田間農民亦迷信巫法。故其行道兩旁終年恒見有標志巫法祈禳之“鷺翿”。鷺翿者，用白羽裝飾之幢。巫師所植，謂能驅魅者。舊説鷺羽鷺翿皆巫舞指揮之具，則是兩章含義全同，此章爲贅辭矣。且巫師作法歌舞，恒衹一人，最多不過三五人，安用執翿爲之指揮哉。是釋《君子陶陶》之翿，不適用于此詩也。

《毛序》：“宛丘，刺幽公也。淫荒昏亂，游蕩無度焉。”鄭玄《詩譜》遂謂：胡公“五世至幽公，當厲王時政衰，大夫淫荒，所爲無度，國人傷而刺之。陳之變風作矣”。查《史記·陳涉世家》：“慎公當周厲王時。慎公卒，子幽公寧立。幽公十二年，周厲王崩於彘。二十三年幽公卒。子釐公孝立。”未及幽公任何行事。大抵采其世次於《世本》。若各世行事，則當時已無考矣。《毛序》之言“刺幽公”者，亦不過因其惡謚，妄爲之説耳。此詩慨陳之土俗，不曾有時間世次之跡。毛氏何所據而指爲幽公之刺哉?列國風詩，除《豳風》外，無早出在宣王前者。陳不當有厲王世詩。

（二）東門之枌

三章。章四句。四十八字。

東門之枌，宛丘之栩。子仲之子，婆娑其下。

穀旦于差，南方之原。不績其麻，市也婆娑。

穀旦于逝，越以鬷邁。視爾如荍，貽我握椒。

題解：此詩文義險僻，多用陳國土語及巫覡術語，甚難解釋。從來説詩者隨意立説，紛歧甚大。大抵毛、衛以爲刺陳之貴族淫亂。班固《地理志》用魯詩説爲巫風。鄭玄、朱熹皆隨衛宏説爲男女巫聚會。王符《潛夫論》、顔師古《漢書注》，皆以爲刺崇巫之俗。從而解説文義，亦各不同。

玆番詩語，蓋亦樂官之作，慨嘆巫俗頑固之詩也。首章，譏名巫子仲氏之徒作法。二三章亦定子仲氏之影響。慨巫風流行之弊也。判爲樂官作者，樂官之詩恒爲三章，雖衹二事，亦必折而三之。又周之樂官司教育、正風化，皆重周之禮樂而惡商之“三風”（巫風、淫風、亂風）故也。

首章，言：東門之白楡樹下，與宛丘之櫟樹下，均曾見子仲氏之巫人，在彼作法。《毛傳》："枌，白楡也。栩，杼也。"《説文》無杼字，有柔字，云"栩也"。以此知《毛傳》此杼字爲"杼"（柔）字之僞。凡穀斗科植物，其果實之苞穀（古云皂斗，今云穀斗，俗呼"青岡盌"），皆含多量之鞣酸（一曰丹寧酸）。三千年前，我國勞動人民已知用以染皂色，故稱爲"皂斗"。又已知用鞣革，故有柔字。字從矛從木。穀斗皆有刺，故字作柔，而義爲柔軟也。凡櫟、栗、槲、橡、栩、榛諸樹，皆穀斗科植物也。杼字，見《大東》詩，是機織持緯之具，非木名。《毛傳》："子仲，陳大夫氏。婆娑，舞也。"《鄭箋》："之子，男子也。"《朱傳》："子仲之子，子仲氏之女也。"今按：子，宋承商殷之國姓。蓋宋公族之式微者，承商風遺俗，行巫道于民間，遂成名巫。宋陳聯境，陳人亦信奉之。或有瘟疫突厲，延之禱禳。詩人頻見其舞蹈作法於國邑附近各大樹下。上篇"子之湯兮"一章，所見正同。但文不同，所在地點亦微異耳。

次章，志巫人娛神祈禳于邑外之原野，與上篇"坎其擊鼓"章相應。"穀旦"，謂善日（吉日）之朝晨。"于差"，《毛傳》無訓。《釋文》引《韓詩》作"于嗟"，引王肅本，亦作"音嗟"。是"吁嗟"字，毛寫作"于差"耳。馬瑞辰引《周官》女巫，"旱暵則舞雩"。《月令》"大雩帝"，鄭注："雩，吁嗟求雨之祭也。"又引《鄭志》："答林碩難曰'董仲舒曰：雩，求雨之術，呼嗟之歌'。呼嗟猶吁嗟也。"然則是陳國曾因旱祈雨，延子仲師徒以巫法行之。上篇之"洵有情兮，而無望兮"詠宛丘上作法之子仲氏也。此篇之"穀旦于嗟"，詠陳國原野求雨之巫也。

"南方之原"，《毛傳》："原，大夫氏。"《鄭箋》："以南方原氏之女可以爲上處。"（用《簡兮》"在前上處"爲舞之前列之義。）《朱傳》以"南方之原"爲舞地。陳奐《毛詩傳疏》，引《春秋》莊公二十七年"公子友如陳葬原仲"，《公羊傳》"陳大夫也"爲説，爲《鄭箋》作證。遂謂此章爲詠原氏巫女之詩。於下文甚合。然若合下章審之，則所詠亦子仲氏之事。或其弟子行巫禳者，非謂有原氏巫女也。"南方"者，華夏人謂陳爲南國故地。古謂四夷族落曰方。陳國位潁水中游，平原廣野、農村所在，因旱祈雨，不必鑿言原氏之巫。"不績其麻，市也婆娑"，《朱傳》云："既差擇善旦以會於南方之原，于是棄其業以舞于市而往會也。"其説又使"市"與"原"兩義抵牾。今按："市"也，炫售具技，使民衆聚觀如市之謂也。巫人吉旦吁嗟於南方之原，使農民男女棄其業以圍觀之。《潛夫論》引此詩，作"女也婆娑"，直謂巫女不績其麻，而起學巫祝鼓舞事神。應亦非也。麻爲陳國之主要農産，主要商品，家家種之，人人績之，不必婦女乃事績麻。當時巫舞一人，實以男子爲之者多。此詩"不績其麻"，固可以責巫。至于聚觀成市，則非衹責巫之一人，甚明矣。"婆娑"，字從上章，則亦是"子仲之子"矣。

卒章，是詩之作者亦往觀南原此巫送神之事。"于逝"，巫語"送神"之謂也。巫法大雩，聯數日。初則吁嗟而歌以迎神。嗣則婆娑而舞以娱神，因爲祈請之祝歌。期中得雨，則以爲神之應驗。或未雨，則亦云神猶未許，當再擇日祈之。俱必擇吉送神。詩謂“穀旦于逝”是也。“越以鬷邁”，謂觀衆次第散去。陳奂曰：“越，讀同粤，于也。《爾雅》‘粤，于也’，《采蘩》《采蘋》《擊鼓》皆云‘于以’，此云‘越以’，皆合二字爲發語之語之辭。”《毛傳》：“鬷，數。邁，行也。”胡承珙《毛詩後箋》云：“毛意訓鬷爲數，蓋讀如‘數罟’之數。《豳風·九罭·傳》‘緵罟’，《小雅·魚麗·傳》作‘數罟’。知鬷有數義。數者，促數。”蓋詩謂數數散去觀衆爲“鬷邁”。前儒枉作曲解。雖胡氏已得鬷字之義，亦由就《鄭箋》説爲“男女促數會聚而行”，則亦謬矣。

“視爾如荍”者，詩人嘲巫神之語。“爾”，指巫所奉之神，束草爲之，繪絹裹之，羽毛飾之，送神復燒火，即世所謂“芻靈”也。“荍”，毛云“芘芣也”。朱云：“又名荆葵，紫色。”謂今之錦葵也。用男女之詞説此詩者，皆取《鄭箋》“我視女之顔色，美如芘芣”爲義。審詩語，爾、我字義，不當如此。其字從草從收。今齊魯人謂刈禾堆積爲荍，稿堆亦曰荍。蓋本義爲收割之稿草，即芻也。詩謂芻靈之實質衹是芻藁，雖碩大，衹如藁堆耳。“貽我握椒”者，謂巫初迎神來，供以芳香之椒。《離騷》“巫咸將夕降兮，懷椒糈而要之”是也。南國巫法，供神以椒糈，亦猶北方祀神之有薰燎、鬱鬯也。迨既焚芻送神，則巫以供神之物分給從祀之人。此詩作者觀其送神，亦得分贈椒子一撮，云是神所貽。故曰“貽我握椒”。承上“神爾如荍”，爲爾我也。若謂男女之辭，則方稱其美之下，即云“貽我”爲不辭矣。

（三）衡　門

三章。章四句。四十八字。

衡門之下，可以棲遲。泌之洋洋，可以樂飢。

豈其食魚，必河之魴？豈其取妻，必齊之姜？

豈其食魚，必河之鯉？豈其取妻，必宋之子？

題解： 舊皆以此爲高隱者詩。漢人著述碑銘恒用此義。大抵三家詩亦是此説。兹審詩語，作者實懷有甚大欲望，徒以望不得償，强自剋制，以就卑官薄禄，作此詩以自解耳。詩中再言河魚。陳之國境去河甚遠，陳人不能羡慕河魚。即此可知作者爲虢、檜或其他沿河地區亡國之貴族，奔亡在陳，勉就末職微禄以資苟活者，自解慰之詩。《毛序》謂“誘僖公也”。僖公即釐公，據《世家》，在宣王時。史無事跡。衛宏謂其“愿而無立志”。未知所據，亦莫詳所指證。若謂此詩作者是無大志之人，則可以。

首章，“衡門”，《毛傳》：“横木爲門，言淺陋也。”意謂門無户板，但横一木别内外。從來唯困馬、圈牛如此耳，不能禁鷄犬、人物之出入，則失門之用，雖赤貧士，亦不爲此門也。更別求解，則貴族富室多藏厚亡之室，垣墉深固、門户堅實尤虞不足，則横巨木於門内，鐵環關之，加銅鎖焉。此詩所言，蓋即後者富貴豪勢家之“衡門”也。“衡”之本義爲“天秤”，亦即最原始核定輕重之器，其用重在一平衡之横木，故衡又訓横。衡之發展，變固位增減之“法碼”爲移動衡量之權錘，爲用益便，是之謂“權”。《孟子》：“權然後知輕重。”是也。更殷周世，有衡無權，故伊尹相湯號爲“阿衡”。戰國以後，通謂執國政者爲“當權”，亦古阿衡之義。是故此詩之“衡門”，實即後世所謂“權門”也。“棲”，居止也。“遲”，待命也。舊説爲“游息”者，非也。“泌”，水名，陳國都邑中小水，自宛丘下涌出爲泉，供陳人汲飲，爲潁水之一小支流也。“洋洋”，當釋如《孟子》“始則栩栩焉。稍則洋洋焉”之洋洋，是悠然自得貌。《毛傳》“廣大也”，非義。泉水細流，安得有廣大之義乎？“樂飢”，鄭云：“泌水之流洋洋然。飢者見之。可飲以療飢。”陸德明云：“樂，毛音洛，鄭，力召反。”謂鄭玄讀樂飢爲療飢。“㾩”，古療字也。見《説文》。朱云：“泌水雖不可飽，然亦可以玩樂而忘饑也。”皆可取之説。詩言“可以”，正明其志不以爲可，而勉强以爲可也。

次章，言：食魚者，以黄河之魴魚爲美。則詩人爲沿河之貴族，舊常食河魴者可知。今則不可能再食河之魴矣，則自慰解曰，但得食魚可也，何必黄河之魴哉。又言娶妻何必齊之姜女，即齊國公族之女。則其人原亦是公族，可以結婚於齊之姜女者也。今失其地位，則娶不必爲齊之姜。喻得有妻室，成家以居即可。

卒章，重次章之意以足三章，與上兩章同一風格，疑三篇同是一人所作。宋國亦大國。子姓，故以齊之姜與宋之子並稱。黄河下游多魴魚，中游多鯉魚，並爲黄河特産之美味。今世豫晋陝人猶以食“黄河鯉”爲口福。

漢碑“棲遲”，多書作“徲徲”（婁壽碑，孔彪碑）或“徲伲”（“隸釋”繁陽令楊居碑）。泌水，亦或作“泌邱”（蔡邕、郭林碑，同巨勝碑）。要皆以肥遯不仕爲義。大抵是三家詩異字。《詩》至漢世曲解與竄易已多，《毛詩》猶其賢於達旨者，故能獨行千餘年，然而豈即足遵哉。如此秦陳諸篇，可以見其不足矣。

（四）東門之池

三章。章四句。四十八字。

東門之池，可以漚麻。彼美淑姬，可與晤歌。
東門之池，可以漚紵。彼美淑姬，可與晤語。
東門之池，可以漚菅。彼美淑姬，可與晤言。

題解：漢陽諸姬亡國後，有避居於陳國東門池上者，子孫猶保持貴族體度，然亦不能不漸與平民接近。有女子淑美和易，爲陳國勞動人民子弟所傾慕，此其相與群唱之歌，亦猶《王風》之有《采葛》也。《水經注》卷二十三："沙水又東逕長平縣故城北。又東南逕陳城北，故陳國也。……城之東門内有池。池水東西七十步、南北八十許步，水至清潔而不耗竭，不生魚草。水中有故臺處。《詩》所謂'東門之池'也。"《元和郡縣誌》與《太平寰宇記》並載陳州東門池。姬姓在周爲王族，雖陵替至東遷後，亦必聚居於王畿，託周王與霸國保護。陳國于藩服爲最深入於南方者，不當有王族寄居於此，至于凌替爲樵牧所嘲弄，故疑是"漢陽諸姬"國亡後奔陳，樂居於東門池上。初亦受陳君禮待，歷世既久，漸夷近於平民，故有勞動青年慕之而爲此歌也。

首章，《毛傳》"池，城池也"，謬。當依《水經注》。"漚，柔也"，謂漚蔴于水，蜕其角皮，存其柔韌之纖維，如鞣革之稱爲柔也。言"可以"，則未然之詞。東門池爲舊時貴族游觀名勝，固非漚麻之池，而詩言"可以"者，以興下文"彼美淑姬"之"可與晤歌"。"淑姬"，《釋文》作"叔姬"。要是王族之甚疏遠之女子。王族女子，從不容與勞動青年接近。由此叔姬零落已甚，已漸與陳之勞動青年接觸，故青年輩相與狂歌，謂可以與之相晤跳歌也。

次章，"漚紵"，謂漚苧蔴之皮也。枲爲我國最早育成之纖維作物。今人呼爲"大蔴"。漚取纖維作布，爲古代人民衣料。牡蔴爲枲，母蔴爲苧（一云莩蔴，亦或作荸）。苧蔴供取子用。其皮粗硬，纖維短，一般衹供繩索原料，是稱爲紵。《説文》："檾之屬，細者爲絟，粗者爲紵"是也（檾，即苘麻，今云青蔴。爲中華人繼枲育成之麻種。漢以來之布，多用檾蔴編織）。孔穎達《詩正義》，引陸璣《疏》，以紵爲"苧蔴"。誤。苧蔴係熱帶原産，三國時吴越已經引種栽培，中原則猶未有也。中原之種苧蔴，在宋元之際，見《農桑輯要》（元代官撰之農書），周之陳國不能有苧蔴。"晤言"，謂聚會談話，親於聚晤踏歌也。

卒章，"漚菅"，陸德明云："菅，古顔反。茅已漚爲菅。"蓋凡草類蓋葉之可漚取纖維者皆爲菅。又退於漚紵矣。"晤言"，謂聚晤無所不談，又進于晤語也。

（五）東門之楊

二章。章四句。三十二字。

東門之楊，其葉牂牂。昏以爲期，明星煌煌。

東門之楊，其葉肺肺。昏以爲期，明星晢晢。

題解： 此陳國民間流行踏月導唱之歌。當跳月男女尚未盛集時。先至者歌唱以爲導。蓋先代民間歌手所創，後世恒遵用之。其詞泛泛，即景成文，具召歌之意。舊説"刺時"，及責"負約不至者"，俱非。

首章，“牂牂”，毛云“盛貌”。鄭云“三月中也。興者喻時晚也。失仲春之月”。今按：牂牂，猶將將，謂楊葉經風相擊之聲也。《鄭風》“佩玉將將”，《周頌》“磬管將將”，皆以狀聲。楊葉善鳴，自暮春至深秋落葉前，鳴聲不絶。跳歌時之景色也。“昏以爲期”，謂跳月循例，日昏即集。今則已明星煌煌，入夜深矣。

卒章，“肺肺”，與芾芾、旆旆通。《召南》“蔽芾甘棠”，《大雅》“荏菽旆旆”，其字皆從市，音沛，並葉盛之貌。“晢晢”，字從日，折聲。與《小雅》“庭燎晰晰”同，明也，與《鄘風》“揚且之皙也”字有别（皙，從白，析聲）。《詩本音》云：“音制，《君子偕老》同。”疑非。

（六）墓　門

二章。章六句。四十八字。

墓門有棘，斧以斯之。夫也不良，國人知之。知而不已，誰昔然矣？

墓門有梅，有鴞萃止。夫也不良，歌以訊之。訊予不顧，顛倒思予。

題解：豐坊僞撰《魯詩説》云：“泄冶諫陳靈公，孔寧、儀行父譖而囚之。冶作是詩。”舊説此詩者，一致以爲刺陳佗之事。幾無異説。朱熹《集傳》疑之，但云“所謂不良之人，亦不知其何所指”而已。惟豐坊作此判斷，實遠勝于刺陳佗諸説。兹取其意。

首章，“墓門”，《毛傳》：“墓道之門。”魏源引《左傳》，襄公二十五年，鄭師入陳：“陳侯扶其太子偃師奔墓……遇賈獲載其母妻，下之而授公車……與其妻扶其母以奔墓，亦免。”謂：“是陳墓門，古木翳薈可以避兵。故（亦）可以爲行淫期會之地。”雖仍用以説陳佗，而指實墓門爲地名，則可取。蓋少皞氏之故墟，叢棘雜樹亂生之處。陳人指爲先君所葬地也。詩以“有棘”喻佞人在君側，如棘刺繞先君之墓，直當用斧以斬去之耳。“夫也不良”，指靈公君臣淫於夏姬之事。泄冶諫語（載《左傳》宣公九年）。“且聞不令”，不良之義也。其淫於夏氏，國人無不知。故曰“國人知之”也。靈公拒諫曰“吾能改矣”。而淫縱不改。與“知而不已”句合。泄冶，南人之賢者也，質實不文，詩語衹概言“誰昔然矣”。（矣讀如耶。昔，謂古昔誰人如此。是南人語法）與諫詞之質樸亦相似。《左傳》但云“二子請殺之。公弗禁，遂殺泄冶”，未言“囚之”。據《春秋》書“陳殺其大夫泄冶”，則當是囚而後殺。故《穀梁傳》曰：“稱國，以殺其大夫，殺無罪也。”

卒章，言鴞萃止於梅，喻讒譖加於己身也。梅有枝刺，喻諫臣。鴟鴞惡鳥，喻孔儀之譖。“歌以訊之”，謂作此詩以質訊之。蓋欲以陳於靈公之詩。“訊予不顧”，猶言訊而仍不我顧，則予死後，君必有悔而“顛倒思予”之時也。與上章“誰昔然矣”，皆倒置其主語，南人語法也。《朱傳》云：“訊之而不予顧，至于顛倒，然後思予，則豈有所及哉。”

《詩本音》曰：“訊，《釋文》云‘訊又作誶。徐音息悴反’。……《廣韻》引此詩作‘歌以誶止’。《楚辭章句》引此，亦作‘誶予不顧’。”其結論爲“古人以二字通用”。引據甚繁。其説可正訊爲誶者，于義無改。

（七）防有鵲巢

二章。章四句。三十二字。

防有鵲巢，邛有旨苕。誰侜予美？心焉忉忉！

中唐有甓，邛有旨鷊。誰侜予美？心焉惕惕！

題解：此陳國人民哀嘆洩冶中讒之歌也。豐坊以爲“洩冶被讒，内子憂之而作”，亦近於是。他説爲“刺宣公”（續序與《鄭箋》），“此男女之有私而憂或間之之詞”，（《朱傳》）“悦人也”，（魏源）皆非。

首章，言鵲巢必在樹上，而今有人謂河堤上有鵲巢。旨苕必生於原隰，而有人言在高亢之邛丘。謂讒人之言不近情理如此。“防”，朱云“人所築以捍水者”。“苕”，苕饒也，莖如勞豆而細，葉似蒺梨而青，其莖葉緑色可生食如小豆藿。按：即今四川田間生長之苕菜。“旨苕”，謂苕之嫩美者。“邛”，陸云“其恭反”，謂高丘乾燥之處，絶不能有旨苕。“侜”，毛云：“侜張，誑也。”謂造謠進讒。“予美”，指洩冶，國人所頌美。“忉忉”，忧貌。“心焉忉忉”，未知冶已被殺時作也。

卒章，“中唐”，毛云：“中，中庭也。唐，堂涂也。”朱云：“廟中路謂之唐。”舊解唐與甓者紛紛，牽涉古代建築與陶製。兹惟用《毛傳》。“甓，瓴甋也”，陶製之容器，不當在廟祀之道。“鷊”，毛云“綬草”。《説文》作虉。《爾雅》作虉。並云“綬草也”。當是三家詩異字。總之，是可食之野菜，今不能詳矣。“惕惕”，亦憂思恐畏之貌。

《詩本音》云：“甓、鷊、惕，俱二十三錫韻。”

（八）月　出

三章。章四句。四十八字。

月出皎兮，佼人僚兮。舒窈糾兮，勞心悄兮。

月出皓兮，佼人懰兮。舒懮受兮，勞心慅兮。

月出照兮，佼人燎兮。舒夭紹兮，勞心慘兮。

題解：此詩含義深隱，文字晦僻，自毛鄭以下莫能得其旨。明何楷列此詩于定王之世，定爲刺陳靈君臣淫於夏氏。魏源從之，其義乃明。兹依魏氏之説闡明其義。

首章，“月出皎兮”，喻夜淫于夏氏。“佼人”，指陳靈公君臣。“佼”，猶“狡童”之狡，避其字，易人旁，蓋陳大夫所作，爲其爲君，諱犬旁字耳。微子《麥秀歌》（《史記·宋世家》今本作箕子）謂紂爲“狡童”。此詩謂靈公爲佼人也。“僚”，即同僚之僚，謂君臣朋淫爲僚也。“舒”，徵舒也。詩人謂“徵舒之懟而危之也。”（魏源《詩序集義》）何楷曰：“詩之言舒，與下篇夏南，同爲明斥。經有明文，不必更借三家爲證矣。”（同上）“窈”，幽遠也。“糾”，愁緒也（並《朱傳》文）。謂夏徵舒忿怨糾結，必將發難。“勞心悄兮”，詩人自言竊爲之憂，悄然勞念。

次章，“懰”，叶皓韻，朱云：“葉朗老反。”陸氏云：“音柳，好貌。”字書無異説。今按：陸説與詩音義皆不合。當依劉字求義，蓋謂其一心徑赴之决絶，如處劉。蓋依陳人語言所造之新字，但當依文以求義。故毛鄭俱無説也。“懮”，當讀如擾，亦陳人所造字，“懮受”，謂忍受也。“慅”，音騷，《説文》：“動也。”蓋與懰、懮同爲劉、擾、騷之别字。

卒章，“燎兮”，謂燃燎火，夜淫於夏氏之庭中。“夭紹”，猶言“絶續”，謂徵舒意將横决，而復又不敢，惡念起伏、絶續無定，勢至險也。“慘”，《朱傳》云“當作懆”。顧炎武、戴震亦云。馬瑞辰曰：“字之從喿，從參者，聲近而義亦同。釋詩者當曰慘讀若懆，不必易其字也。”“勞心懆”，謂我心懆擾不安，急之也。

《左傳》宣十年：“陳靈公與孔寧、儀行父飲酒於夏氏，公謂行父曰：‘徵舒似女。’對曰‘亦似君’。徵舒病之，公出，自其厩射而殺之。二子奔楚。”又載：明年，“楚子爲陳夏氏亂故，伐陳。……殺夏徵舒”。徵舒，淫婦夏姬子也。其文足爲此詩注脚。

（九）株　林

二章。章四句。三十一字。

胡爲乎？株林從夏南。匪適株林，從夏南。

駕我乘馬，説于株野。乘我乘駒，朝食于株。

題解：陳靈公與孔寧、儀行父之御人所作刺其君臣荒淫之詩也。似當時即已傳歌于民間，文辭質樸而諷刺深刻，宜其爲一代名詩。

首章，三人之御士，恒道之語也。當讀爲胡爲乎，株林從夏南。意謂，駕車胡爲？往株林，就夏南耳。靈公君臣日常之事如此而已。“株林”，王應麟《詩地理考》曰：“《郡國志》陳縣注：‘陳有株邑，蓋朱襄之地。’《太平寰宇記》：‘陳州南頓縣西南三十里有夏亭。城北五里有株林。'《元和郡縣圖誌》：'宋州柘城縣，本陳之株邑。詩株林是也。'"今按詩意：株邑當在陳之郊外，馬程半小時可達。故朝發乘，可以就食於其地。爲夏姬母子之居邑，楚莊王所謂少西氏之邑也。林木茂美，故稱株林。《世本》：陳公子夏之後别爲少西氏。《姓譜》："陳宣公庶子西，字子夏。其孫徵舒以祖父之字爲氏。大抵株林爲公子夏之邑，故姓夏，亦曰少西氏。公子御叔娶鄭女夏姬，生徵舒而寡。夏姬美于色，善修飾，多才藝，故靈公君臣淫焉。"夏南"，毛云："夏徵舒也。"鄭云："從夏氏子南之母。"蓋徵舒字子南。詩不云從夏姓，但稱夏南，不顯斥爲淫於夏姬也。"匪適株林"，二句，復自答云豈爲株林從夏南哉。隱未言者從其母也。詩意之隱而顯也如此。

卒章，三人之御人恒自道其職守如此也。"乘馬"，四馬之車也。何休曰："禮，大夫以上至天子，皆乘四馬。"（《公羊傳》隱公元年注）"説"，讀如"稅于桑田"之稅。舍也，即上宿之義。靈公三人宿于株林，其御歸宿於家。次晨則乘小馬赴株林早餐以俟命。故曰"乘我乘駒，朝食于株"。鄭云"馬六尺以下曰駒"。"乘駒"，謂御夫自備之車，駕四駑馬而已。

夏姬事，載《左傳》宣公十年至成公二年。

（十）澤　陂

三章。章六句。七十二字。

彼澤之陂，有蒲與荷。有美一人，傷如之何？寤寐無爲，涕泗滂沱。

彼澤之陂，有蒲與蕑。有美一人，碩大且卷。寤寐無爲，中心悁悁。

彼澤之陂，有蒲菡萏。有美一人，碩大且儼。寤寐無爲，輾轉伏枕。

題解：陳之人民，憎孔寧、儀行父導楚師，益復追思泄冶之忠，爲此詩以悼之也。夏徵舒既殺陳靈公，自立爲陳侯。孔寧、儀行父奔楚。明年十月，楚師入陳，殺夏徵舒而取夏姬，以陳爲縣。旋因申叔時諫，乃復封陳，迎太子午於晋而立之，是爲成公。（《史記》）"鄉取一人以歸，謂之夏州"，"納公孫寧、儀行父于陳"。（並《左傳》宣公十一年）陳人創鉅痛深，而孔儀仍當國，不敢怨，故但痛哭於泄冶之死以刺之。詩三章與《宛丘》三篇同風格，蓋亦習于詩樂者所作也。

首章，陳國多澤陂，故詩以澤陂喻陳國。蒲與荷，皆水生植物之可愛者，嘆二人之不成蒲與荷，即以反襯泄冶之忠。"有美一人"，乃確指泄冶。刺詩之巧者也。美，亦"誰侜予美"之美。"傷如之何"承上"一人"爲句，具有無限悲痛情感。不言所痛何事，但道其痛之深切，至於"寤寐無爲"，唯有"涕泗滂沱"。即可知其非尋常傷感。由其不敢斥言所痛，即可知其痛在當時仗外力的執政者之不去矣。國破人俘，而讒佞不去，此所爲深痛也。

次章，“卷”當讀如拳，與《巧言》“無拳無勇”之拳同。鄭箋謂“勇力也”，謂洩冶人格偉大而强毅尚氣力也。“悁悁”，毛云“猶悒悒也”。《説文》：“悁，忿也。”當用許義。

卒章，“儼”，有威儀也。“輾轉伏枕”，睡不成眠也。枕字以冘爲聲。今轉入寢韻矣。

《陳風》小結

《陳風》四百五十六字。文率簡短，最多者《澤陂》，傷之深也，亦纔七十二字。最少者《株林》，三十一字。此緣南國近人習於簡短之詩歌。篇次全依世次。孔子游楚，聞洩冶、夏南之事，故録之獨詳，達五篇之多。亦憎其巫風，知跳月之俗，復各取兩篇（《東門之池》，亦被用爲跳月時歌爲必然）。非陳風僅此十篇也。

十一、《檜風》四篇

解　題

檜，本作鄶，妘姓國。傳爲重黎之後，世居河洛之間，虎牢附近。西周末尚爲强國。東周初爲鄭所滅。鄭玄《詩譜》，以檜與鄭合爲一譜。檜詩終，鄭詩乃出，地實一國，風樂前後小異而已。

檜既爲朝歌與王城間之古國，則其風樂亦應與《衛》《王》爲近。而《鄭》又承之。按《魏》《唐》聯次例，《檜風》當序《鄭》前。毛詩以其與《曹風》各只四篇，便於竹簡分什，故割綴之。樂民舊檔或不如此。三家詩亡，無可取證矣。

（一）羔　裘

三章。章四句。四十八字。

羔裘逍遥，狐裘以朝。豈不爾思？勞心忉忉。

羔裘翱翔，狐裘在堂。豈不爾思？我心憂傷！

羔裘如膏，日出有曜。豈不爾思？中心是悼！

題解：周代軍賦之制，寄于農户，始有士人階級形成。士人階級，服役於統治階級，有所忻羡者，更高級之享受也。此即檜國士人羡慕統治階級優游享樂，而苦不能致，爲此自悼思勉之詩。當作於西周末世。孔子即以力爭進入統治階級教士，故特録此詩爲檜國冠首耶？舊説爲“大夫憂國”者，淺矣。

首章，“羔裘”，稚羊皮所鞣製裘，裘之易得而軟美者也。統治階級以爲燕居游息之服。“狐裘”，珍貴，則以爲朝服。“爾”，謂如此生活，我豈不思得之哉。然而不能得之，徒有勞心苦思其取得之道而已。《防有鵲巢》之“心焉忉忉”，《月出》之“勞心悄兮”，皆習此詩者借用之語。可知《檜風》流行亦廣。應不祇此四篇。

次章，“在堂”，毛云“公堂也”。“憂傷”，求不得苦之所傷感也。

卒章，言羔裘之質軟美如膏，色澤與日光反射。不必狐裘可貴，即此已足够享受。謂不必官大衣狐，但能富有得衣此羔亦足。然而亦不可得，自以爲可憐可悼也。

自士人階級成立，即當普遍有此心理。此種心理，足以促成士人階級之發展前進。秦漢以來封建社會之成熟，亦即封建士人貪慾增長所由形成。在孔子當時視之，爲有進步面；自今世觀之，則社會罪惡之淵泉矣。是亦當分别論之者也。

此詩之作，約與魏風《伐檀》同時，皆在西周末世，社會階級發展蠢然欲變之時。魏在孟津之北，檜在孟津之南，皆黄河中游，南北兩岸之地，相去不甚遠，爲當時華夏中心地區。《伐檀》爲勞動人民痛心之辭。此詩，則士級人物追求之慾望也。雖同是表現爲促成社會發展之兩種潛力，究以作者階級地位不同，其思想表現亦即迥異。此亦治周詩者所當知。

（二）素　冠

三章。章三句。四十七字。

庶見素冠兮，棘人欒欒兮，勞心慱慱兮！

庶見素衣兮，我心傷悲兮，聊與子同歸兮！

庶見素韠兮，我心藴結兮，聊與子如一兮！

題解：檜女叔妘，嫁爲鄭武公夫人，助武公欺檜。初不意其遂至亡國也。追見檜君素衣出降，而自痛悔，歌此詩也。

《國語·周語中》，襄王十七年，欲以狄女爲后。富辰諫曰：“昔鄢之亡也，由仲任；密須，由伯姞；鄶，由叔妘。”韋昭注：“鄶，妘姓之國。叔妘，同姓之女，爲鄶夫人。唐尚書云：‘亦鄭武公滅之，不由女亡也。’昭謂：《公羊傳》曰：‘先鄭伯有善乎鄶公者，通於夫人，以取其國。’此之謂也。”今按：周代諸侯不取同姓爲夫人。韋注謂叔妘爲鄶夫人，亦望文臆測耳。鄭桓公聽史伯謀，寄孥與賄于鄶。孥即妻孥，今云家口。桓公死犬戎之難而武公獲免，則爲先寄居於鄶可知。鄶仲妻之以女叔妘，而居之鄭邑，亦理之必然。《公羊傳》之“通於夫人”，謂鄭伯通謀於夫人叔妘，以愚弄鄶君，便其受孥與賄，分之居邑。又造爲侵其孥賄之謡，以爲“奉詞伐罪”所藉口。

等等。婦人愛其夫而謀爲之國邑，以損其母兄之邦，固亦有也。故曰“鄶由叔妘”也。迨既知鄶由之亡國，父兄系累，其痛心懺悔之情，固當有之。此詩辭義沉痛，情感真摯。蓋其詞也。蘇轍謂“檜詩皆爲鄭作”，其已見及此耶？

首章，“素冠”，舊説者皆謂是喪服。因謂此詩爲刺不能行三年之喪。今按：“三年之喪”，儒家理想之喪制耳，雖至漢代以法律規定之，奬懲激勵之，尚不能普遍貫徹，而謂周代已有刺不能三年者乎？此詩三章所言素服，謂國君出降，素服待罪，如《史記》所云：“子嬰係頸以組，白馬、素車奉天子璽符降軹道旁。”用微子降周之服是也（後世記國君出降者，莫不如此）。鄭武公爲平王卿士，媒蘖鄶君之罪，以王命討之。鄶仲素服出降，待罪於周王。王遂以其地賜鄭伯。叔妘不意鄶之遂亡，已不可救。欲自赴死以蓋前愆。“庶見”者，幸獲見之也。“棘人”，指鄶仲父子，叔妘之父兄也。素冠待罪，如坐針刺，故曰棘人。“欒欒”，毛云“瘠貌”。“勞心”，自言憂勞痛苦之心。“慱慱”，毛云“憂勞也”。按詩語，當是搏轉傷痛之意。

次章，“素衣”，面大於冠，尤能奪目。故使之悲傷。悲甚，便欲與之同歸于死。

卒章，“韠”，《説文》“韍也。所以蔽前。”按：即芾也。今藏族人民猶用之。方幅有帶，係於裳外，貴賤皆有之。《禮・玉藻》：“韠，君朱，大夫素，士爵韋。”素韠，則已失君位矣。故叔妘痛之。“蘊結”，隱痛深結，不能解也。“如一”則同罪也。“聊與”者，甘願之辭。

鄭滅鄶事，除《國語》《鄭世家》與《公羊傳》（桓公十一年）外，尚有《韓非子・内儲説》、《竹書紀年》及劉向《説苑》，多以爲是鄭桓公（名友）事。考桓公從史伯計，寄孥與賄于虢鄶，在幽王末年，王室已衰亂時。未幾即遘犬戎之亂，戰歿。而其子武公未及難，家口亦全者，蓋從孥寄居在新鄭故也。既居鄶，則娶鄶女而得鄭邑居之，爲理所易解。今本《竹書紀年》，謂幽王二年“晋文侯同王子多父（即桓公友）伐鄶，克之。乃居鄭父之丘，是爲鄭桓公”。三年，“王嬖褒姒”。此必沈約所爲竄亂。不然亦魏史之誤也。宣王子友（多父）之封於西鄭，久矣。不待克鄶而後居鄭父之丘，乃爲諸侯。且其文在諸條中特冗長，又與魏或晋事無關，應非《紀年》所當有。即以其文言之，亦不過王室用兵征鄶，克之。非即滅之以爲鄭國也。謂爲史伯之謀開端可也。謂爲史的之謀結，則大謬不然矣。《韓非》《説苑》之鄭桓滅鄶説，明是武公之誤。武公平王三年乃爲司徒。然後滅虢鄶。平王六年“遷于溱洧”。（亦《竹書》文）則《國語》之“鄶由叔妘”，是武公事，非桓公事，明矣。

（三）隰有萇楚

三章。章四句。五十一字。

隰有萇楚，猗儺其枝。夭之沃沃，樂子之無知。

隰有萇楚，猗儺其華。夭之沃沃，樂子之無家。

隰有萇楚，猗儺其實。夭之沃沃，樂子之無室。

題解：檜滅于鄭，其貴族地位驟變。而家人婦子猶以向時生活享用責之，故其人自嘆如此。詩意深隱，文士之作也。漢儒説爲疾恣，大謬。《朱傳》謂："政煩賦重，人不堪其苦，嘆其不如草木之無知而無憂也。"得其似矣。詩中固無"政煩賦重"之意。方玉潤《詩經原始》，結合檜亡言之，謂檜破民逃，自公族子姓以及小民之有室家者……相與號泣路歧，故有家不如無家之好，有知不如無知之安。可取在"公族子姓"部分。若小民，在當時言之，絶不因一姓之覆亡而流離逃徙者。或且因滅國撫民而獲稍蘇焉。此則非方氏所知。

首章，"萇楚"，毛云："銚弋也。"朱用《孔疏》之説曰："今羊桃也。子如小麥，亦似桃。"今按：羊桃，小樹。詩人向未加以注意，今乃覺其繁榮自得而羡之。人之心境變化故也。"猗儺"，毛云："柔順也。""夭，少也。沃沃，壯佼也"。"沃沃"，朱云"光澤貌"。詩言由其無知，故能照常猗儺，沃然夭好。"子"，指萇楚。"樂"，猶言羡也。

次章，羡萇楚之無家，明自己家室之累苦也。

卒章，重前章之意。是習於樂詩者之詩法。陳風如此格局者多，檜、陳地近，故也。華人文士，名物習用一字。此詩三言萇楚不變，蓋用南人名稱。陳、鄶皆殷代南國之地也。

(四) 匪　風

三章。章四句。四十八字。

匪風發兮，匪車偈兮。顧瞻周道，中心怛兮。

匪風飄兮，匪車嘌兮。顧瞻周道，中心弔兮。

誰能亨魚？溉之釜鬵。誰將西歸？懷之好音。

題解：此檜大夫刺周王助鄭滅檜之詩也。

首章，幽王二年，王子多父與晋文公以王命伐鄶，削其邑以予鄭伯（《竹書紀年》），爲寄孥賄之所。平王三年，鄭伯爲王卿士，再以王命伐鄶，遂滅其社稷。故詩以兩章言"匪風"、"匪車"。匪風，非當有風也。匪車，非當有之車也。毛云："發發，飄風；非有道之風。偈偈，疾驅；非有道之車。"《漢書·王吉傳》：吉諫昌邑王曰："古者，師行三十里。吉行，五十里。《詩》云：'匪風發兮，匪車揭兮。顧瞻周道，中心制兮。'説曰：'是非古之風也，發發者。是非古之車也，揭揭者。蓋傷之也。’”王治《韓詩》。則此所舉《韓詩》之文義也。大體亦與《毛詩》同。皆未及亡國之義，蓋猶守斷章舊習故也。“顧瞻周道”，結合上文，是大道之義。審詩旨意，則當如毛鄭説爲宗周之王道。“中心怛兮”，陸云“怛，都達反”。《韓詩》作㥷。當讀如掣、㵾音，與發、偈叶，怛則不叶（發讀如撥，偈讀如曷）。毛雖作怛字，仍當讀如㥷。

次章，毛云：“迴風爲飄。嘌嘌，無節度也。”朱云：“嘌，漂摇不安之貌。”“中心弔兮”，謂國亡當吊也。再伐而檜亡，故曰弔也。

卒章，言：將以鄭伯治檜爲賢耶，抑將復存檜社稷耶？夫治國如烹魚，若將遂令鄭伯治檜，則我等亡國大夫已先爲之洗滌釜鬵，將從而觀之矣。“亨”，古烹字。鬵，釜類，烹飪之器。老子云：“治大國如烹小鮮。”《毛傳》云：“亨魚，煩則碎。治民，煩則散。知亨魚，則知治民矣。”同是用古語爲義。“西歸”，謂返於宗周之道。謂文武成康之道，在於衆建諸侯，以衛王室。不容相侵奪。亡國當存，絶祀當續也。詩意含蓄，義正詞婉。“懷之好音”，謂盼其能發好音，主張公道。言西歸之好音，明是東遷後作，故可定爲檜亡國時，其臣子向王城呼籲之詩。

《檜風》小結

《檜風》四篇，一百九十四字。字數相當，風格相同，應是短時間内并發之詩。不出幽平之際，即亡國前後。足以補鄶之史事，覘當時中原核心地區之社會情俗。論其風旨，實有優于鄭衛之處。

十二、《曹風》四篇

解　題

武王諸弟，叔振鐸以雄武稱。故既誅紂，封振鐸于曹。邑於兖州陶丘之北，是爲定陶。北監武庚，東拒徐奄，以捍洛邑與管、蔡、齊、宋相扶助以鎮東方。迨管蔡徐奄以武庚叛，曹與齊宋不應。周公東征，平四國，建魯於曲阜。曹與齊宋俱得分奄之地，並爲大國。

曹既土地平衍、腴沃，居天下中，五方輻凑。定陶成爲商業名都。其農民則安於精耕細作之小農生産。地方富樂，厭軍事，故富而不强。人嗜趨利而不急公。國君依違霸國之間，無所振作。晋公子重耳過曹，共公不禮。其後返國，霸諸侯，擄共公，分其田以予魯宋諸國（《春秋》僖公二十八年）。晋厲公亦執曹伯（成公十五年）。宋人亦曾執曹伯。未竟春秋之世，曹已先亡[1]。

曹之風樂，爲鄘之變體，屬於東音一系，在十三國風序次。宜在陳、齊之間，孔子周游，雖數過曹，不悦其詩，衹録四篇。傳詩者以其簡薄，並檜爲一册。當時魯樂官所掌或尚有其他小國簡篇合册。故季札觀樂"自檜以下無譏"也。

（一）蜉　蝣

三章。章四句。四十八字。

蜉蝣之羽，衣裳楚楚。心之憂矣，于我歸處。

蜉蝣之翼，采采衣服。心之憂矣，于我歸息。

蜉蝣掘閲，麻衣如雪。心之憂矣，于我歸説。

題解：陶之風俗，商賈奢侈，農民儉嗇。士大夫出於農村，與其君亦持儉德。此其譏笑商賈之詩也。

"蜉蝣"，小昆蟲也。幼蟲，棲水中三年，乃化爲成蟲，大小似蚊，體緑或黄黑色，多有斑紋。群飛岸間交尾産卵即死。成蟲活不過數小時。《夏小正》《毛傳》《説文》皆謂其"朝生夕死"。《淮南·詮言訓》謂"蜉蝣不過三日"，猶失其實。當是"三時"之僞。由其生命之短，無損益於人類生産，故澤國之勞動人民雖皆見之，不以爲意。惟文士怪其早死，侈談之。緣是，知此詩爲士大夫階級作也。

首章，"羽"，謂蜉蝣之翅。鮮美有光彩，故以喻商人之"衣裳楚楚"。毛云："楚楚，鮮明貌。""我"，自指也。詩借儉素之農民爲辭。是詩人自指，亦即以指農民。"歸處"，猶言歸宿。《鄭箋》云："君當于何依歸乎？言有危亡之難，將無所就往。"系依二序刺曹昭公立義。《朱傳》："此詩蓋以時人有玩細娱而忘遠慮者，故以蜉蝣爲比而刺之。言蜉蝣之羽翼，猶衣裳之楚楚可愛也。然其朝生暮死，不能久存，故我心憂之，而欲其於我歸處耳。"體會詩意較切，而不知其是刺商賈，故仍不能當。詩之本意，謂：雖衣裳鮮美，究不免於同歸于死。是儉素自守者不屑爲華美侈泰，無所羡慕於彼之義。亦是"不忮不求，何用不臧"之態度立言。故孔子取之，以爲《曹風》首篇也。

次章，"翼"，謂蜉蝣之後翅。蜉蝣後翼小薄，亦鮮美有色澤，故云"采采衣服"。

---

[1]《史記》于曹事極略，僅依《世本》左傳爲"曹叔世家"附"宋世家"後。而于《貨殖傳》曰："夫自鴻溝以東，芒碭以北屬鉅野，此梁宋也。陶、睢陽亦一都會也。昔堯作游成陽（如湻曰，在定陶），舜漁於雷澤（徐廣曰在成陽），湯止於亳（在宋），其俗猶有先王遺風。重厚，多君子，好稼穡。雖無山川之饒，能惡衣食，致其俗藏。"（班固《地理志》同。）司馬遷游歷所見如此，足以知此地區社會之特點。惟所謂"先王遺風"，則蛇脚之累也。

毛云：“采采，衆多也。”謂美衣之多。“息，止也”（《毛傳》）。

卒章，“掘閲”，毛云：“容閲也。”鄭云：“掘閲，掘地解。謂其始生時也。以解閲喻君臣朝夕變易衣服也。”今按：《説文》引詩作堀閲，云：“堀，突也。”然則掘閲者，謂蜉蝣之突然出生，突然死滅，曹之地方語爲“堀閲”，《毛詩》作掘閲字耳。目見爲閲，經過時間亦爲閲。蜉蝣幼蟲生水中三年而後羽化，突自水際起飛，而人始覺之。飛而交尾，雄者即死。雌者産卵於水，盡，亦即死。俱不飲食，故曹人謂之突閲耳。“麻衣如雪”者，有種白色蜉蝣（“白衣客”）最爲人所注意，故詩特舉之。“歸説”，箋云：“説，猶舍息也。”是當讀説爲“税于桑田”之税。陸云：“音税。協韻，如字。”謂雖當釋爲舍息之税，但協閲、雪韻，仍當讀如説之本字。朱云：“叶輸爇反。”是也。今按：説，古同悦字。“歸處”、“歸息”、“歸悦”皆死之義。《漢書・楊王孫傳》：“且夫死者，終身之化，而物之歸者也。歸者得至，化者得變，是物各反其真也。反真冥冥，亡形亡聲，乃合道情。”歸者，人之所當悦也。故與“處”“息”同義。是詩語本義爲悦，不必釋爲税止。

（二）候　人

四章。章四句。六十四字。

彼候人兮，何戈與祋。彼其之子，三百赤芾。

維鵜在梁，不濡其翼。彼其之子，不稱其服。

維鵜在梁，不濡其咮。彼其之子，不遂其媾。

薈兮蔚兮，南山朝隮。婉兮孌兮，季女斯飢。

題解：此曹之士仕爲候人者，刺其君賣官鬻爵於商賈之詩。時間在昭公之世，或其以前。舊以晋文責曹共公謬於賞罰爲説者，非也。

《左傳》僖公二十八年：“晋侯圍曹……三月丙午入曹。數之以其不用僖負羈，而乘軒者三百人也。”《史記・晋世家》取用此文，作數之以其不用僖負羈言，而用美女，“乘車三百人也”，蓋用《魯詩》家説，因“季女、婉、孌字”，增竄“言，用美女”四字。後之説此詩者，遂援《史記》爲定論。今按：審詳《左傳》《國語》《史記》文，僖（釐）氏實爲共公時當權者，非共公疏遠之。晋入曹，執共公，在僖公二十八年，即晋文即位之四年，曹共公之二十一年。爲其出亡過曹，共公不禮遇也。其前五年（僖公二十三年），重耳在楚。楚令尹子玉請殺之。楚成王不許。又：“請止孤偃。王曰：‘不可，《曹詩》曰：彼己之子，不遂其媾，郵（尤同）之也。夫郵而效之，郵又甚焉。效郵非禮也。’”（據《國語》。）是此詩於晋人執曹共公前四年已經流行入楚。則不能是共公時詩也。更與不用僖負羈言無關，可知。亦由當時晋文（重耳）已聞曹有此詩，故責曹君以赤芾乘軒者三百人，與不用僖負羈言爲二事。更不能謂是赤芾三百爲美女。史遷從《魯詩》，誤也。細審詩語，衹是候人忿怨陶之商賈，仗富買爵之詩。説此義者，當先明曹國陶邑商業興盛情况：

曹爲農産豐富之國，布帛穀粟之生産，超出人民生活需用額以上，而“無山川之饒”，鹽鐵竹木之用仰於外地。故商賈競趨之。當時小農經濟，每因時季關係，生産與消費之間有所裕乏，不能自調，勢不能不仰貸於商賈，利息恒至倍蓰。迨當斥其有餘物資時，亦不惜賤價。商賈因緣廢居剥削，坐致不貲。此封建社會孕育資本主義初期之規律也。故范蠡雖已滅吴霸越，而棄官居陶，號“陶朱公”，“十九年之中，三致千金”。“子貢既學於仲尼，退而仕于衛，廢著（即廢居）鬻財於曹魯之間……所至國君無不分庭與之抗禮”，（並《貨殖傳》文）顧當時社會各部門發展未能平衡，商賈積財已多，自亦無所用之（尚無土地兼併之事），故陶朱“三致千金，再分散與貧交疏昆弟”，弦高解牛以犒秦師，子貢富而好行其德也。陶之商賈，既富貲財，無出路，但美其衣服，不足以滿侈欲，則賄買官爵以利招摇，爲可以設想之事。詩言“三百赤芾”固是曹爵之濫，亦正可見買爵者之多，非其貴族職官能如此之衆也。

首章，“候人”，毛云：“道路送賓客者。”《周禮·夏官》：“候人，各掌其方之道治，與其禁令，以設候人。若有方治，則帥而致於朝。及歸，送之於競。”序官爲“上士六人，下士十二人，史六人，徒百有二十人”。蓋即後世亭長驛丞之類。職官之尤卑者也。“彼”，在此爲發語詞，亦候人自呼也。“何”，讀如荷，本古荷負之字。“戈”，戰具。“祋”，木製儀仗之殳也。又爲駕牛羊之牧具。賓客往來時所携之具，候人俱當爲之搬運。雖有胥徒，或不能給，則候人亦携運之。士人不甘勞役，故其自怨如此。“彼其之子”，指買爵者。“三百”，當時習用爲甚多數之辭，非實數至足三百。“赤芾”者，毛云：“芾，韠也。一命，藴芾黝珩。再命，赤芾黝珩。三命，赤芾葱珩。大夫以上，赤芾乘軒。”（韠，已説在《素冠》）皆謂卿大夫之爵命。曹國爵命之濫如此，則爲鬻爵可知。

次章“鵜”，勾嘴水鳥，善没水捕魚。漁人馴養之魚鷹是也。詩言：鵜當没水捕魚，而乃高居於魚梁之上，不使其翼濡濕。喻買爵者之無才德以稱其位，徒尸其職而無所事，衣冠招摇而已。

三章，“咮”，陸云“涉救反”。毛云“喙也”。“不濡其翼”，謂身不入水。“不濡其咮”則雖自梁上探嘴於水以取魚亦不肯矣。“不遂其媾”，毛云：“媾，厚也。”鄭云：“遂，猶久也。不久其厚，言終將薄于君也。”朱云：“遂，稱。媾，寵也。”遂之爲稱，如今人謂遂心曰稱心。

卒章，《毛傳》：“薈蔚，雲興貌。”又：“隮，升雲也。”相臺本作躋，而傳作隮。《朱傳》字亦作隮。《蝃蝀》：“朝隮于西。”應是本字作隮，躋爲訛字。然音義並通。

“南山”，毛云：“曹南山也。”《後漢書·郡國志》：曹南山在曹州濟陰縣東二十里。蓋芒碭之北有小山，曹人謂之南山也。詩言，買爵者如朝日之南山初見時，雲氣蔚然擁蔽之。以喻商賈子弟之美好，能奪少女之寵。則士人之仕者自更無由得好官，雖候人亦兼荷祋之役也。

（三）鳲　鳩

四章。章六句。九十六字。

鳲鳩在桑，其子七兮。淑人君子，其儀一兮。其儀一兮，心如結兮。

鳲鳩在桑，其子在梅。淑人君子，其帶伊絲。其帶伊絲，其弁伊騏。

鳲鳩在桑，其子在棘。淑人君子，其儀不忒。其儀不忒，正是四國。

鳲鳩在桑，其子在榛。淑人君子，正是國人。正是國人，胡不萬年！

題解：晋人執曹伯後，曹大夫作此詩獻於晋文公，請歸曹伯也。哀怨得體，擬雅爲之。國小無雅，樂官以風樂歌之。

首章，“鳲鳩在桑”，設喻之詞也。《召南·鵲巢》與此同謂“鳲鳩，秸鞠也”。《朱傳》謂此鳲鳩即布穀。亦即杜鵑之謂，已詳《召南》。杜鵑科鳥類既不營巢，亦不育子。即無所謂母愛。此詩反復頌言此鳥母子之情，即不當是實見之，但設詞爲喻耳。且鳲鳩與鳩不同，每産不過二卵，而此詩言有七子，益足知其借鳥設喻，實非曾見此鳥者。更非曾知此鳥者。以此可定詩非勞動人民所作，而爲脱離事物實際之士大夫之詩。言七子者，當是指最親之七國。查武王同母弟十人。除伯邑考與管蔡外，有魯、曹、郕、霍、衛、郜六國，合武王爲七。晋爲武王之子封國，於七國亦爲最親，此“其子七兮”之義也。若鳲鳩，則每産不過二卵，安能有七子哉。“淑人君子”，謂晋侯霸主也，乞人之辭，過情以稱之。“其儀一兮”，謂威加海内，當視諸侯如一體，正威儀、定懲獎，不當有所偏惑也。“心如結兮”，謂當執一不移，不因他故而動摇。稱之，即所以責之，所謂言婉而意懟也。

次章，以桑與梅對比。桑，高樹，良材，蠶絲之本，曹人之所珍重。以喻大國尊嚴，天下所屬望。梅爲有刺枝之樹，子實酸澀，在當時未爲人民所重，比於荆棘。《墓門》與此詩同。詩以喻曹君之困在梅棘。故不復言“七子”，而但曰“其子”（時衛君亦被執。故亦不云“一子”，但其子）。“淑人君子，其帶伊絲，其弁伊騏”，皆謂晋君威儀棣棣，與上章“其儀一兮”作渲染，以重其義。《毛傳》：“騏，騏文也。弁，皮弁也。”《箋》云：“其帶伊絲，謂大帶也。大帶用素絲，有雜色飾焉。騏，當作琪，以玉爲之。”朱云：“騏，馬青黑色者，弁之色亦如此也。《書》云：‘四人騏弁。’今作綦。”

三章，“其子在棘”，喻七中有處於荆棘之上者，較在梅更艱難矣。而在桑上之鳲鳩仍在桑上，喻同宗一系之大國地位未變。則當不忒其儀以慰列國之望。“忒，疑也”（《毛傳》）。朱云：“儀不忒，則足以正四國（四方之國）矣。《大學傳》曰：‘其爲父子兄弟足法，而後民法之也。’”《左傳》僖公二十八年，天王策命晋文爲侯伯之詞曰：“王謂叔父，敬服王命，以綏四國，糾逖王慝”。詩云“正是四國”，用王策命辭意以責晋文也。

卒章，“其子在榛”，喻更困敝。梅棘多刺而葉疏，榛則葉實皆刺而鬱密也。“正是國人”，謂曹國之人。結言，釋曹君反位，使國人知罪而戴晋德，則可以正是國之人。正是一國，則天下歸仁，有不歌頌霸君萬年者乎？“萬年”，猶云萬歲。

（四）下　泉

四章。章四句。六十四字。

洌彼下泉，浸彼苞稂。愾我寤嘆，念彼周京。

洌彼下泉，浸彼苞蕭。愾我寤嘆，念彼京周。

洌彼下泉，浸彼苞蓍。愾我寤嘆，念彼京師。

芃芃黍苗，陰雨膏之。四國有王，郇伯勞之。

題解：此詩與《鳲鳩》格局一致。皆四章，上篇四言“淑人君子”，此篇四言懷念周京；上篇言“正是四國”，此篇言“四國有王”；上篇四以鳲鳩育子爲興，此篇四以溉灌苗稼爲興；言外之情亦俱相似；可以定爲曹人受晋文擄其君而削割其地之殘酷處分時，向外呼籲之詩。且或係同時一人之作，《鳲鳩》以獻於晋文，求釋其君。《下泉》則獻於周天子，責晋以曹地分給宋魯諸國，違周初封建諸侯、帶礪山河之誼也。

舊説此詩者，紛紛莫得要領。明末，何楷定爲周敬王時，曹人美晋荀躒納王於王城之作。謂下泉即翟泉，郇伯即荀躒。謂三百篇終於下泉。其説頗爲清儒所重，幾成定論。茲不取之。説在附注[1]。

《左傳》僖公二十八年，晋先軫獻激楚之策曰："我執曹君而分曹衛之田以賜宋人。楚愛曹、衛，必不許也。喜賂、怒頑，能無戰乎。"晋文公悦之。"執曹伯，分曹衛之田以畀宋人。"又三十一年："春，取濟西田。分曹地也。使臧文仲往。宿于重館。重館人告曰：'晋新得諸侯，必報其共（謂報賜于諸侯之恭順者）。不速行，將無及也。'從之。分曹地，自洮以南，東傳于濟，盡曹地。"謂分曹地殆盡，故魯亦得濟西至洮之田。由魯公與齊侯、宋公、蔡侯、鄭伯及衛莒之君從晋文盟於踐土，又會於温，（有陳秦二國）朝王，又會王人盟於翟泉，爲恭，故得分曹地。然則若齊宋及秦之從晋戰勝楚師於城濮，俾晋克定霸局者之當更多分得曹衛之田亦可知矣。依此情勢以審詩語，則其意亦甚明瞭。兩詩實皆委宛有力，曹君之得歸，曹國之克存，二詩蓋有力焉。

首章，言泉水當用以灌溉耕地。今所用以灌粱者，非稻粱而唯苞稂，可乎？《毛

【1】 求何楷《世本》未得，衹録馬瑞辰引文如次："何楷《詩世本古義》據《易林》蠱之歸妹，云：'下泉苞稂，十年無王。荀伯遇時，憂念周京。'此詩當爲曹人美晋荀躒納敬王於成周而作。其説，以自《春秋》昭公二十二年王子朝作亂，至昭公三十二年城成周，爲十年無王。《左傳》天王使告於晋曰：'天降禍於周，俾我兄弟並有亂心，以爲伯父憂。我一二甥不違啓處，於今十年。勤戍五年。勤戍五年。余一人無日忘之。'與《易林》十年無王合。又以昭公二十三年，'天王居於狄泉'，即此詩下泉。郇伯，即荀躒也。荀，即郇國之後，去邑稱荀也。稱荀伯者，《左傳》昭公三十一年，'晋侯使荀躒唁公'，'季孫從知伯如干侯'。知伯即荀躒也。諸荀在晋，别爲知與中行二氏。故又稱伯。荀伯，猶知伯也。美荀躒而詩列《曹風》者，昭公二十五年，晋人爲黄父之會，謀王室'具戍人'。二十七年，會扈，'令戍周'。三十二年，'城成周'，曹人蓋（當作皆）與焉。故曹人歌其事也。"（以上馬氏引何楷文意。下爲馬氏自所補充。）今按：《易林》説詩，多本三家。何楷以《左傳》證之。似亦可備一説，昭公二十二年，"王猛入於王城"。《公羊傳》："王城者何，西周也。"二十六年，冬十月，"天王入於成周"，《公羊傳》："成周者何，東周也。"孔廣林曰："稱成周，不稱京師者，敬王新居東周，非故京師矣。"此詩"念彼周京"，似王新遷成周，追念故京師王室之詞。自是以後，諸侯不復勤王，故列國風詩終於此。亦可爲何氏增一證也。朱彝尊《經義考》引何楷《世本·自序》："詩亡於《下泉》，正當敬王之時。蓋自是而周不復興矣。平王遷王城。敬遷下都。愈趨愈下，聖人所以投筆而自廢也。"其自序又云："凡余説詩，是不一術。先，行之翰墨以研其文。既，證之他經以求其驗。既，又考之山川譜系以摭其實。既，又尋之鳥獸草木以通其意。既又定之點、畫、形、聲，以正其誤。既，又襟引詩賦斷章，以竟其變。諸説兼詳，而詩中之爲世爲人，若禮若樂，俱一一躍出。"何氏用心之苦，工夫之深，可以信其如此。然而畢竟受時代環境與封建思想所局限，徒多穿鑿自喜之説非能得《周詩》真義者也。其於此篇，實不足取。夫所依據，專在以《左氏》證《易林》。《易林》爲漢人占卜用書之繇詞。可資説詩參考，而絶不可專據以説詩。一也。用《左傳》證《易林》"十年無王"之説，亦實與《左傳》實質不合。《左傳》自昭公二十二年以下，詳載王室亂事，於王子猛（悼王）之立與卒，王子朝及敬王丐之立與争戰，至昭公二十六年敬王入成周，子朝敗走，非一日無王。即敬王告晋之詞，亦衹"勤戍五年"，非十年無王也。時敬王之立已十年矣。其不足取二也。郇伯爲文王之昭，明著于《左傳》僖公二十四年。與晋之荀躒並無血系可考。即使其出於一系，亦不能謂詩之"郇伯"便是晋之知伯（荀躒别稱。）知伯之伯，伯仲叔季之字次，郇伯之伯，則公、侯、伯之爵稱也。又晋定王室之亂，用兵多次，有關荀躒者，昭公二十三年"晋籍談荀躒率九州之戎及焦、瑕、温、原之師以納王於王城"。二十六年，"晋知躒、趙鞅帥師納王"，皆非躒一人專其事，詩何以獨稱郇伯，而不及籍談與趙鞅？其不可通。三也。詩言"郇伯勞之"對"四國有王"而言。與躒先後兩次定王事義完全不合。四也。冀豫兖徐地區涌泉甚多，皆有專名，何能遂謂下泉即是狄泉。五也。孔子去魯，外游於衛、鄭、魯、蔡、陳、楚諸國者十四年，乃返魯正樂，故所録詩，每有屬於當時太師所輯得者，如《竹露》《四月》，爲敬王世詩，皆有明文可驗。若《下泉》作於晋文之世，則尚早于《四月》一百三十年左右。即如説爲敬王十年之詩，亦尚早於《四月》五六年，未得爲詩年代之下限。則何楷所未能考者。六也。

傳》:“洌,寒也。下泉,泉下流也。苞,本也。稂,童粱,非溉草,得水而病也。”朱云:“苞,草叢生也。稂,童粱,莠屬也。”今按:水之用於灌溉者,必節節下引,故曰“下泉”。洌者,清洌之謂。“苞”字,在詩皆叢生非材之義。稂,即“五穀不熟,不如稂稗”之稂。今云“稗子”是也。《爾雅》從《毛》釋爲童粱,是秦漢人土語,謂其實穎殼光潔如童禿也。《小雅》“不稂不莠”,稂是華語正字。“愾”,鄭云:“嘆息之意。”與慨之音義並同。愾字含義較爲激烈,故曰“同讎敵愾”。“寤嘆”,猶言興嘆。不言“念我周京”,而曰“彼”者,謂西周舊京,即宗周鎬京,思文武成康之舊政也。時周東遷洛,以王城爲京師。責王不能持文武成康之制,故曰彼周京也。

次章,“苞蕭”謂叢茂之蒿類,生於山野,無用灌溉。喻齊、宋等大國無庸分曹衛地以益之也。京周,猶言宗周,大之,故曰京也。

三章,“包蓍”,蓍草,與蒿同類,魯國所産。蘇頌《圖經本草》曰:“其生如蒿,作叢,高五六尺,一本一二十莖,至多者五十莖。生便條直。秋後有花出於枝端,紅紫色,形如菊花。結實如艾實。”今按:蒿、艾、蓍,皆菊科植物,蘇頌所言如實。凡用《易》筮,必用蓍草。今之習易卜者,猶必向山東曲阜求蓍。音尸,式伊切。故一云筮草。詩言“苞蓍”,謂魯分曹地也。“京師”,亦謂舊京。時晋文召周王於河陽,朝王不於王城,而執衛侯於王所。故詩三言京周,明王制之莊嚴,寓責晋之意。

卒章,亦以灌溉爲喻。惟不曰下泉而謂“陰雨”,喻王政當如雲行雨施普潤禾黍也。“四國”,四方諸侯之國。“有王”,有王命之事,謂文武成康之世,諸侯應召朝會於宗周,王必命郇伯迎而勞問。以致綏撫之誼。今諸侯朝王於河陽,晋文既錫命爲伯矣。而曹衛兄弟之國君幽囚失地,天子不言,詎宗周勞徠諸侯之義乎?“郇伯”,文王之子封於郇,仍留仕於周,司勞徠之事。詩人記舊事,以明宗周規模,以諷今之不然也。

《曹風》小結

《曹風》四篇,一百八十二字。其三篇皆四章,文最多者“鳲鳩”。他三篇各章字量相當。文皆雅淳。無勞動人民之詩。

十三、《豳風》七篇

解　題

周之先世,在夏殷時爲西戎小部落。有公劉者,自稱后稷曾孫,居邰,以善耕稼著聞。其後徙居豳,字亦作邠,在涇水中游隴山下支谷間。善於組織人力,興産業,致富盛，建成原始公社。又後古公亶父避狄難，遷邑於岐山下之周原，建成國家。是爲太王。其子季歷，孫姬昌，並爲殷之西伯。其工農商業生産之盛，凌駕殷上。昌乃自稱受天命，建國號周。是爲文王。其子武王姬發，遂滅殷紂，統一天下。

太王時，已有風樂，屬于西音一派，樂官稱之爲豳風。文王徙邑于豐，自製雅樂，承夏聲，與商風立異。而民間仍自流行豳風。文王命其季子周公旦留守岐周舊廟。旦嗜詩樂。既與樂官選譯南國之歌爲華言，又輯岐豳奴隸舊歌爲豳詩八章，仍以豳風之樂曲歌之。是爲《豳風・七月》。其後輔成王，東征平叛，復得豳風六篇。孔子並習而録存之，即今傳之豳風七篇也。

樂官喜用舊名，以志其朔。故晋國之詩曰唐，宋國之詩曰商，而西周畿内之風詩曰豳，謂其風樂創製於豳地也。凡西周之風詩亦皆曰豳。孔子衹録習此七篇，他皆不傳。非豳風衹此七篇而已。舊亦有稱周之雅詩爲“豳雅”，周之頌詩爲“豳頌”者[1]，然雅頌非豳地所創，故其稱究不通行。

（一）七月

八章。章十一句。三百八十三字。

七月流火，九月授衣。一之日觱發，二之日栗烈。無衣無褐，何以卒歲？三之日于耜，四之日舉趾。同我婦子，饁彼南畝，田畯至喜。

七月流火，九月授衣。春日載陽，有鳴倉庚。女執懿筐，遵彼微行，爰求柔桑。春日遲遲，采蘩祁祁。女心傷悲，殆及公子同歸。

七月流火，八月萑葦。蠶月條桑，取彼斧斨，以伐遠揚，猗彼女桑。七月鳴鵙。八月載績，載玄載黄。我朱孔陽，爲公子裳。

【1】《周禮・春官》：“籥章掌土鼓豳籥。中春，晝擊土鼓，吹豳詩，以逆暑。中秋夜迎寒，亦如之。凡國祈年於田祖，吹豳雅，擊土鼓，以樂田畯。國祭蠟，則吹豳頌，擊土鼓，以息老物。”鄭玄以爲，“豳詩”、“豳雅”、“豳頌”皆在《七月》篇中，即以其首章“三之日于耜”至“饁彼南畝”爲豳雅。以第六章“十月獲稻”至“以介眉壽”與末章“躋彼公堂”以下爲豳頌。其餘各章爲豳詩。馬瑞辰駁之曰：“豳詩，指《七月》之詩。《籥章》特言豳詩以别之，將以明乎豳雅、豳頌之不爲《七月》詩也。祈年吹豳雅，祭蠟吹豳頌，蓋祈年用雅，以豳籥吹之，因曰豳雅。祭蠟用頌，以豳籥吹之，因曰豳頌。”今按：舊之學者，不明《周詩》皆得稱《豳詩》之義，説“籥章”者，佞鄭與駁鄭諸説皆成徒勞。《籥章》之義，只是説明豳風起源時，樂器爲土鼓與葦籥。土鼓即缶，西方之古樂器，陶製，響聲似鼓。籥本南國創製之管樂，豳人習之，而地不産竹，乃以蘆管代之，故云豳籥。太王居豳時，民間流行風詩之樂器如此。其後雖發展爲雅、爲頌，樂器繁多。然社會所重，仍在於此二者。民間一般流行之樂器設備，亦必主此二者，或僅此二者。故祈年雖用雅詩，仍去衆樂，但以土鼓節之，葦籥吹之。祭蠟雖歌頌詩亦仍去衆樂，但以土鼓節之，葦籥吹之。祈年與祭蠟，皆領導“田夫野老”舉行之事。“田夫野老”所習之樂器惟此，則即以此娱之。此“籥章”之法也。二雅、周頌詩中，多有祈年報賽樂章，若《甫田》《大田》《噫嘻》《豐年》之屬，述籥章職守者，稱之爲“豳雅”、“豳頌”。謂其用樂器之簡單如豳風耳。雅、頌樂器繁多，而各控於一譜。琴瑟、笙磬、鐘鼓、吾柷、缶籥皆備，而合奏此同一之樂譜。各樂器單自奏之，亦是此譜。一詩有一譜，故合奏、單奏、無不可者。明此義，則鄭説之誤，不必用煩言辨之矣。

四月秀葽，五月鳴蜩。八月其穫，十月隕蘀。一之日于貉，取彼狐狸，爲公子裘。二之日其同，載纘武功。言私其豵。獻豣于公。

五月斯螽動股，六月莎鷄振羽。七月在野，八月在宇，九月在户，十月蟋蟀入我床下。穹室熏鼠，塞向墐户。嗟我婦子，曰爲改歲，入此室處。

六月食鬱及薁，七月亨葵及菽。八月剥棗，十月穫稻。爲此春酒，以介眉壽。七月食瓜，八月斷壺，九月叔苴。采荼薪樗，食我農夫。

九月築場圃，十月納禾稼。黍稷重穋，禾蔴菽麥。嗟我農夫，我稼既同，上入執宫功。晝爾于茅，宵爾索綯。亟其乘屋。其始插百穀。

二之日鑿冰冲冲，三之日納于凌陰。四之日其蚤，獻羔祭韭。九月肅霜，十月滌場。朋酒斯饗，曰殺羔羊。躋彼公堂，稱彼兕觥。萬壽無疆！

題解：此詩八章，長達三百八十餘字，超過一般風詩字量。核其所述，亦八章各自爲篇，非述一時一事之詩。且每章皆可分爲上下兩部分，並不連貫。謂全詩爲八篇十六章，亦無不可。而必總爲一篇者，蓋周公旦一人一次所纂輯成之樂章。文士當少年時，好積累，尚誕侈，喜改纂舊文爲己作故也。

殷代豳岐奴隸之歌，原當已有數十百闋。皆從事生産勞動之人，信口歌唱。初無記録，但相習群歌以慰疲乏而已。周公旦少年居岐，輯録當時奴隸之歌，有關歲時節序生産勞動之次第，足以刺激勞動者樂觀情緒之辭。改纂爲八章豳風之歌，飾樂人於歲時祭饗之會演奏之以正民間雜亂之舊歌，亦是因其俗以教其民之義。即《周禮》籥章所言之“豳詩”也。奴隸社會，例留用奴隸之慧黠者於家庭，悍質者則命以田野耕種之事，而以田畯督之。故夏殷遺積之歌謡，作于家庭奴隸者獨多。田間奴隸，恒蚩蚩無所造作。因而周公之所蒐輯者，特詳於家庭勞動部分，於農事殆全闕之。舊説此詩者，殆一致以爲此是周公陳王業以教成王。夫周之王業，莫大於重農事，豈此詩三百餘字不言稼穡之體者哉？

審周公輯成此詩之目的，主要在於教民（當時之奴隸）熟習歲時生活之時序。俾其人於歌樂之間，習曆法之用。其時雖曆法已明，尚無文書頒行國中。在《夏小正》《吕氏春秋》《小戴・月令》《淮南・時訓解》諸書編造以前約千年左右，先有此篇之嚆矢。則周公此詩在當時社會中，應當享有其榮譽也。顧周公旦亦祇當時之貴族公子耳，固不能深習勞動人民之生活，亦不精通於曆法，但取舊民歌之具有時序意義者，割截而綴合之，以爲八章十六節之樂章，中間頗有公劉世遺存之歌，則夏曆也。太王、王季時歌，則殷曆也。“文王受命”以後乃有周曆。所輯舊歌中，皆雜有之。使後儒之説此詩者，文量重逾五車，迄無一人能通爲一説。

詩文既繁而費解，故折爲八章，分别詮釋如下：

首章，蓋取舊歌四闋，綴合爲兩段，紀年節前後之事。“七月”、“九月”兩句，當是一舊歌，原當有八月一句，被删。特取“授衣”句以冒下文。“流火”，《毛傳》云：“火，大火也。流，下也。”歷世説者皆沿之闡述。陳奐《毛詩傳疏》後出説之最詳。其言曰：

> 火，東方心星，亦曰大火。《四月篇》：“六月徂暑。”傳云：“六月火星中，盛暑而往矣。”本《月令》及昭公三年《左傳》爲説。考《堯典》，“日永星火，以正仲夏”。《夏小正》：“五月初昏，大火中。”與《詩》《月令》《左傳》皆不合。蓋大火在唐、虞、夏，以五月昏，中。六月，西流。周以六月昏，中。七月西流。其候逐歲漸差。詩雖作于周初，然公劉在夏末，時大火或已西流也。《春秋》哀公十二年“冬十二月螽”。《左傳》：“火伏而後蟄者畢。今火猶西流，司曆過也。”《杜注》云：“火伏在今十月。猶西流，言未盡没，知是九月。曆官失一閏。”案：火伏在九月。春秋之季，火伏在十月。九月猶西流，其候又差矣。此即後世歲差之法。

陳氏謂“七月流火”，是公劉時語，而周公追述之。考訂已精，語尤簡核，優于其諸家。然而是徒勞也。夫心星，二十八宿之一，隨天體轉動。盛夏則初昏時在天之正中。雖云“大火”，光實微弱，且逐日一輪迴轉，地上視之，如日影之移，其動難覺，安得謂之“流火”。又况，文人學士研習天文曆法者，數十年苦鑽，猶或不能通其變，而可謂上古之勞動人民已知此星，謚此名字，詠於詩歌乎？惟近人鄭振鐸先生，直接以流星解説之云：“七月的夜裏，望着流星流過天空，已經入秋了。”是達詁矣。流星爲行近地球之小游星發熱自焚現象。火光飛流，或倏見而滅，或長劃逕天，或近地有聲，或爲隕石墜地，焚燬草木。其逕行天空如流火者，夏秋星夜頻頻見之。任何勞動人民皆能見之，皆可以呼爲流火。夏之六月，爲殷之七月，周之八月，當夏之末，爲流星最多之時。故知此詩本殷代民歌遺句，周公用之也。“九月授衣”，《毛傳》：“九月霜始降，婦功成。可以授冬衣矣。”亦以殷正言之。“霜降”夏正八月節。殷正爲九月，周正則十月也。奴隸社會之制：秋末，奴隸主奬給奴隸有功者冬衣一次。

“一之日”四句，爲奴隸所歌之另一詩，用綴于“綴衣”之下，以申周行奴隸改良主義之義。《毛傳》：“一之日，十之餘也。一之日，周正月也。二之日殷正月也。”《朱傳》：“一之日，謂斗建子，一陽之月。二之日，謂斗建丑，二陽之月也。變月言日，言是月之日也。”陳奐云：“十之餘日者：十，十月也。數起于一，終于十。復以十月而數其餘月。一之日，十有一月之日，二之日，十有二月之日。皆以紀夏正也。”如此以日爲月之曲解，是曲釋周公作詩之意，强不通而通之的典型妙論。幾于使人迷惑，莫能異議。曾無人涉想卒章之“一之日鑿冰冲冲，二之日納于凌陰”，世有十一月鑿冰，十二月乃納於凌陰者乎？一詩而兼用三代之曆，一章四句中，乃有月、日之異其文。則周公爲瘋人乎？

《新詮》以爲：奴隸們于曆法不甚了了，其歌唱勞動過程，但分爲若干階段。曰一之日、二之日，謂工作程序之次第也。其于氣候變化，亦衹如此。“一之日觱發，二之日栗烈”，猶今云“前幾天寒風起，還好一點。再幾天寒潮來，會凍得人發抖”。似這樣的冬寒快到了，“無衣無褐，何能活得過今年呢？”本奴隸們憂寒之歌。原語如此。周公拾取以綴于“授衣”之下也。《毛傳》：“觱發，風寒也……栗烈，寒氣也。”馬瑞辰曰：“《説文》：‘滭，風寒也。’泼字注云：‘一之日滭泼。’滭泼，蓋本字。《毛詩》作觱發，假借字也。《檜風》‘匪風發兮’亦泼之假借。滭通觱，猶《采菽》詩‘觱沸檻泉’，《説文》作滭沸也。泼通作發，猶《碩人》詩‘鱣鮪發發’，《説文》作鮁鮁也。”今按：三家詩作滭泼，毛詩改字作觱發，音同。蓋謂初結冰時，冰坼所發聲。凡水之結冰，初在上層（或外層），嗣漸達于内下層。結産之水分子，膨脹數倍，上層冰已固定，下層之水乃結冰，則膨脹使上層冰坼裂，滭泼作響。華北陝、晋、冀、豫諸地，每當初冬河湖結冰，夜間恒聞此聲。故甚古已造有“滭泼”字，俱從冫，而叠韻，明其爲冰坼之聲也。《毛詩》改字作“觱發”，而訓爲“風寒”，謂寒風之聲爲觱，失詩本義。當依許氏，從三家詩作“滭泼”。“栗烈”，亦當作“凓冽”字。《説文》以凓冽二字相連，次于滭泼之下，明亦是用此詩之字。《詩正義本》亦作凓冽。及凓冽，不作“烈”字。惟陸氏《釋文本》與今本作栗烈。形容寒氣，固以用冽字爲允。凓冽者，謂寒甚使人戰慄之氣色，非狀聲字。故《毛詩》改作栗烈字，無礙于狀色。凡冰初積時，當放散熱氣於空中，故自初結冰至冰坼未止期間，空氣並不甚寒。迨冰結厚尺以上，其下之水繼續結冰，則力不足以破坼上層之冰，亦無暖氣外泄，是乃進入最寒之時。故豳之勞動農民，自古以結冰與冰坼作聲爲天寒之第一階段，曰“一之日滭泼”，以冰坼聲止以後爲第二階段，曰“二之日凓冽”。即在豳岐之地，兩階段時間之劃分，南與北不相同，山與谷地不相同，山陽與山陰不相同，林地與裸地不相同，或差數日，或差一月，是固不可以月份規定之，况當時之奴隸亦不知其屬於何月耶？人類初對歲時變遷之感覺，固衹能分别其階段如此耳。

“三之日”二句，又是别一奴隸古歌，述年度開始後之生活行動。周公割之綴于此章，搆成一四時行動之輪廓。故雖曰“三之日”、“四之日”，非即與上文“一之日”、“二之日”本自連屬也。上文明是無衣無褐奴隸自憐之歌，此下則農事愉快之歌，意，固不相綴也。“三之日于耜”以上，原歌當另有一之日、二之日兩句，大抵是“一之日索綯，二之日祈年”之義。周公割去，以“三之日于耜”承上文“二之日”也。上文是殷世之詩，所言滭泼、凓冽是冬季事。此詩被删之二階段亦冬季事，故可相續。“于耜”，毛云“始修耒耜也”。其時耕具惟耒與耜。耜亦即以板縛於耒以爲之。其縛寬，宜於造溝洫。《夏小正》正月，“農緯厥耜”，謂縛鏄於耜也。《月令》季冬，“修耒耜”。均謂立春前後，農民在室時修理耕具。言耜，可以概耒也。立春爲夏正正月節，然遇閏則常退於季冬（十二月）。亦農事之工序，不可機械定於何月之明證。惟任何地方，當春氣將至前，農民皆屬修理農具階段，則一矣。“四之日舉趾”，謂農事起，耕種奴隸皆當“畢出于邑”，從事田間勞動。是驚蟄、春分之時，夏曆之二月，周正之四月也。以此知原詩爲周文王稱受天命，“改正朔”以後之詩。爲耕種奴隸或田畯所作。其上文原有“一之日索綯，二之日祈歲”等類似之句，乃爲“三之日于耜，四之日舉趾”。爲“冬畢入于邑”（《漢書・食貨志》述古奴隸生活之文）以後，“春畢出于野”以前，習唱之歌，用公刪綴之也。

“同我婦子”以下，又別是一歌。《大雅》之《甫田》《大田》兩篇同有，皆作“曾孫來止，以其婦子，饁彼南畝，田畯至喜”。言奴隸主于其田間奴隸每年臨秋獲時，與其家人婦子，率家庭奴隸，製成美食躬往田間勞問一次。疑周公而截割此二詩之文，綴於此章，完成一個年度時序。其文與“三之日”二句又不相屬，亦如“七月”二句與“一之日”四句之強割相綴也。

次章，歌家庭奴隸采擷出外之事。仍用上章首二句領起，明周之所重用於奴隸者，爲農桑之事，以其爲衣食之本源也。“春日載陽”，謂春暖也。“有鳴倉庚”，黄鸝發情求偶，將産卵之時期也。《吕氏春秋》仲春“蒼庚鳴”。《月令》同，蒼作倉。《夏小正》“二月，有鳴倉庚”與此詩同文，是同用古詩之證，時間亦皆爲二月。庚，古音岡。與筐、行、桑同韻。“女”，女奴也。“懿筐”，毛云“深筐也”。朱云：“懿，深美也。”今按：懿亦作懿，無深之義，有專門一義。初蠶柔桑，不用深筐。懿筐，謂專用爲采桑之筐也。“微行”，毛云“墻下徑也”。朱云“小逕也”。今按：《孟子》云“五畝之宅樹之以桑”，毛鄭依以爲訓，誤矣。孟子所言，個體農户之樹桑，不適用於奴隸社會。奴隸社會之桑，皆奴隸主所造之桑林，其下無徑道，信足所之采之。“微行”，謂無路之桑間。微當訓無。“柔桑”，幼嫩之桑葉，初蠶所宜也。

“春日遲遲”二句，是另一舊詩之詞。與下文“悲”“歸”，不同韻，義更不相屬。但皆爲舊女奴之詩，周旦割綴爲一章也。《毛傳》云：“遲遲，舒緩也。蘩，白蒿也，所以生蠶。祁祁，衆多也。”毛云“白蒿所以生蠶”者，謂古時孵蠶，懷蠶卵紙於衣胸間，以取暖氣。慮其過燥，故置白蒿於紙間，以調劑温度。非謂蠶食白蒿。周初已有此法，故周公因上文以綴此二句。然非適合也。果使其意如《毛傳》言，則用蘩殊有限，一人采之足勝，安得用祁祁衆盛之多女哉。故《新詮》以爲：此下爲另一詩所述之另一事。采蘩便是采“清明菜”，蒸餺飥，非爲養蠶。（參看《召南・采蘩》。）

“女心傷悲”二句，又是用另一舊詩詞語。由上文采桑、采蘩皆女奴事而綴合耳。

所悲之由，説者種種。《毛傳》：“感事苦也。春，女悲，秋，士悲，感其物化也。殆，始。及，與也。豳公子躬率其民同時出，同時歸也。”《鄭箋》：“春，女感陽氣而思男。秋，士感陰氣而思女，是其物化，所以悲也。悲則始有與公子同歸之志，欲嫁焉。”《朱傳》：“蓋是時公子猶娶於國中，而貴家大族連姻公室者，亦無不力於蠶桑之務。故其許嫁之女，預以將及公子同歸，而遠其父母爲悲也。”及其他漢唐宋儒，大抵皆以歸爲“于歸”，用封建社會聯姻之俗，以説殷周時間之古詩。竟不顧奴隸社會階級森嚴之歷史。而謂爲“風俗之厚，而上下之情，交相忠愛如此”，（《朱傳》）皆謬。另一説：謂是女奴悲將徒媵。“公子”爲豳公之女公子。清人姚際恒曰：“此采桑之女，在豳公之宫，將隨女公子嫁，爲媵，故治蠶以備衣裝之用。而於采桑時，忽然悲傷，以其將及公子同歸也。”魏源曰：“經不以疑詞感人。‘殆及公子同歸’，既於女公子爲協。則下章之公子裳裘，皆女公子也。”考證多辭，非不雅博，獨不明奴隸社會奴隸在家與出媵，同受奴隸待遇，有何可悲。《葛覃》媵奴是一片愉快之氣。《江有汜》之女奴，以不得從媵之怨。蓋奴隸從媵，易其主人，可望新其待遇，無不樂者。更何至於悲傷哉？清儒主從媵之説者多，亦未達於時代情理者也。近人鄭振鐸氏云：“她心裏在傷悲，將要同公子到他家裏去了罷?”（《湯禱》），游國恩等《中國文學史》云：“當時的勞動婦女，不僅以自己緊張的勞動爲奴隸主創造了大量的財富，而且連身體也爲奴隸主所佔有，任憑他們的踐踏和糟蹋。”皆謂女奴悲在將被公子姦污。夫奴隸本無人身自由，其遭主人公子隨意糟蹋者固多有之。然而未聞有因此而傷悲者。正如封建宫庭之宫女，能有因被逼幸而悲懼者乎？且，“殆”者，或然之辭也。未必其然之事，亦至於大傷悲，則必大憂之事矣。人之大憂莫過於死。此蓋女奴見其公子病危，憂在殉葬而傷悲耳。“歸”，即“百歲之後，歸于其居”與“聊與子同歸兮”之歸。奴隸社會，女奴不得嫁公子。而詩云同歸，非殉葬而何？（參看《曹風·蜉蝣》卒章詮語。）

上兩章，皆由“七月流火，九月授衣”起句。其下各摘三篇舊歌綴合爲上下兩章之二事。首章，爲男奴之舊歌。次章則女奴之舊歌。共冠之“九月授衣”則男女之所共同。此周公編制兩章之意也。

詩重首三。此詩首三章皆以“七月流火”起句者，古時民歌如此不僅一詩。其下當有如“八月載績”、“八月其穫”、“八月在宇”、“八月剥棗”、“八月斷壺”之句，各爲一首時令之歌。由流火經天，人人能見，故各皆以“七月流火”起句。上兩章同出一舊詩。下文當爲男奴女奴授衣事，故截割爲農桑兩章冠首。此章亦述蠶桑之事，則另綴“八月萑葦”篇句。“萑葦”，今云蘆荻，或蘆葦，皆可以製養蠶之曲箔，故用于“蠶月”句上。與下文不同韻，可知其亦斷句綴合之集句詩矣。此句無動詞者。上古語法未具，勞動人民之歌，但使其意知爲收割萑葦而已。《毛傳》云：“薍爲萑，葭爲葦。豫畜萑葦，以爲曲也。”曲字，古文作，象陳蠶箔，爲半環以繞人。故《朱傳》云："將以爲曲簿。"簿，即蠶箔，古今字。

"蠶月條桑"，《鄭箋》："條桑，枝落采其葉也。"亦是省去動詞之文。蓋用更一舊歌之語以伸其意曰："取彼斧斨，以伐遠揚。"斧與斨，皆伐枝之具。口圓者曰斧。方者曰斨。故毛云："斨，方銎也。""遠揚"，毛云："遠，枝遠也。揚，條揚也。"凡桑枝條之遠出與高揚者，必新枝之柔條。采之，可以編製筐筥諸器。"蠶月"，蠶盛之月，需桑量大，人之手摘不易供給，則斫遠揚條枝置箔上，俾蠶緣食其葉。葉盡，乃用其條于編織。中華養蠶之古法如此。"猗彼女桑"，毛云："荑桑也。"鄭云："少枝，長條不枝落者，束而采之。"朱云："小桑不可條取，故取其葉而存其條，猗猗然爾。"今按：當讀如"綠竹猗猗"，同"猗儺其枝"之猗，于可反。"女桑"，謂載椹之枝，猶云母桑也；則不剪伐，聽其猗儺茂盛。蠶食椹則病，故伐取條桑者避載椹之枝。如此解釋，文義乃能與上二句相屬。毛、鄭、朱三説皆未允當，不知養蠶之道故也。

"七月鳴鵙。八月載績"，又是另取舊歌，自爲一韻。《毛傳》："鵙，伯勞也。載績，絲事畢而麻事起矣"。《鄭箋》："伯勞鳴，將寒之候也。（鵙）五月則鳴。豳地晚寒，鳥物之候，徒其氣焉。"今按：鵙，《夏小正》作"五月鳴鴂"。《月令》與《吕氏春秋》同謂季夏，"鵙始鳴，反舌無聲"。《詩正義》謂："蟬及鵙皆以五月始鳴。"仲夏即五月，與《夏小正》鴂始鳴合。詩云"七月"，則當是周之七月，夏之五月也。此詩之八月，亦即夏正之六月。一章兼用三代曆文即纂前後六七百年詩歌爲一篇之證。詩云"載績"，即是績絲（非謂績麻）。夏季農事正忙，麻猶未熟，所績者絲也。田間奴隸正忙，家庭奴隸不問田事，則績新成之絲。故以綴于"蠶月"之後。舊儒宗毛者，執"絲曰紡，麻曰績"爲言。不知此後世之語言也。周時不如此説。《爾雅・釋詁》："績，繼也。"《説文》："績，緝也。"《玉篇》："緝，續也。"凡纖維，皆有一定長度，績者使其相續接，或紡、或搫，或撚，或纅，皆續也。我國衣料，絲早於麻，凡從糸之字，皆爲絲而設，初無絲曰紡，麻曰績之説。周初之詩，安得有此分别哉？

"載玄載黄"三句，一韻，所言爲染絲之術。又當另是一舊詩之文。用以綴于"載績"完成蠶桑業務全份。全章無麻事含義。麻在當時雖已爲衣，皆素色，不染。故此詩言績染，皆絲事，無麻事也。《毛傳》云："玄，黑而有赤也。朱，深纁也。陽，明也。祭服，玄衣，纁裳。"

第四章，上半章言農事時令，記以"月"。下半言獵事，用"日"記其程序。明是用不同時不同作者之兩篇詩歌綴成。"四月秀葽"四句，爲述時令之詩。中失六、七兩月。或是自爲兩篇所綴合，故成兩韻。

"葽"，《毛傳》："不榮而實曰秀。葽，葽草也。"《説文》："葽，草也。劉向説此味苦，苦葽也。"何楷引邱光庭云："《月令》孟夏'苦菜秀'。今驗四月秀者，野人呼爲苦葽。正與《説文》引劉向説苦葽合。""蜩"，毛云"螗也"。《夏小正》："五月，唐蜩鳴。”《月令》仲夏之月，“蟬始鳴”。螗蜩，即夜蟬，似蟬而小，鳴聲咋咋，早於蟬鳴。此云五月，亦夏正也。“八月其穫”，謂收粟與黍。“十月隕蘀”，謂初冬笋蘀自脱墜，亦皆夏正。足見皆是公劉世之古歌。

獵事七句，當同出于一詩，祇記冬春之獵，用與上半章之夏秋二季詩合成四時。一之日，冬獵也。“于貉”謂取毛皮供製裘之獵事。狐、狸、貉皮皆裘材。貉爲最珍。故統冬獵曰“于貉”。于貉，猶于耜，于者爲也。貉難得。得者獻于奴隸主。狐狸易得，則獻爲公子之裘。中當有節省句。二之日，春獵也。“其同”，鄭云：“君臣及民，因習兵，俱出田也。”朱云：“竭作以狩也。”“載纘武功”，猶言講習武事。人多所得獸分組堆積，大獸則獻之奴隸主，小獸則以饗諸獵者。《毛傳》云：“豕一歲曰豵，三歲曰豜。大獸公之。小獸私之。”是也。

第五章，專輯以蟲鳴辨時季之歌爲之。《毛傳》：“斯螽，蚣蝑也。莎鷄羽成而振訊之。”《鄭箋》：“自七月在野至十月入我床下，皆謂蟋蟀也。言此三物之如此，著將寒有漸，非卒來也。”《朱傳》：“斯螽，莎鷄，蟋蟀，一物隨時變化而異其名。”今按：宋儒侈言格物致知，而朱熹之昧於察物如此！其真能察物通變之儒者，如吴之陸璣，晋之郭璞，唐之蘇頌，明之李時珍，清之郝懿行等，世不多見。詩之草木魚蟲，經諸人校訂者，差可信，不似毛鄭孔朱之空疏矣。然尚無科學方法以歸納之。年代久遠，語言流變，亦即莫能詳究其實義；仍不可因之以得事物之真，徒迴旋於文字之間，於詩義無甚裨補。按今世昆蟲學言之：螽、莎鷄、蟋蟀皆屬直翅目。前兩種屬螽斯科，右前翅有透明之發聲鏡，脚股摩之則振動而作鳴聲。螽形大，善跳，常棲蘆叢間，食其葉及芽，不善鳴。其與螽斯相似而善鳴者，曰叫姑姑，晝夜皆鳴，小兒多喜籠養之。其出，在夏秋間。一種頭小、腹大，長腿善跳，棲於林藪，夜鳴悠揚，嗜食瓜類花。其内翅紅色者，曰紅娘子，又曰紡織娘，小兒最喜養之。另一種體細長，觸角更長于身而常向後者，曰絡緯，亦夜鳴有美聲。如此夜鳴而有美聲之蟲皆莎鷄類。因其善鳴，故古時勞動人民稱曰“莎鷄”。蟋蟀科昆蟲，體皆短小，尾部於産卵管外更具有尾毛二條，直翅短至不能蔽其尾節，與螽斯科昆蟲顯然不同。性畏陽光，好穴居。有一種在晚秋之夜亦善鳴，小兒亦喜養之。稱爲油葫蘆。一般蟋蟀，鳴聲唧唧，簡調刺耳。然雄者好鬥。亦有人畜於土缶，觀其相鬥爲樂。甚至賭博。蟋蟀科蟲類翅上無聲鏡，但用前翅相摩作聲；七月夏秋間，天氣尚暖，則穴于野草間。八月，則漸移近居民屋宇院落間。九月，則入居户内墻壁。其形與土色相混，皆由其鳴聲而易知。十月入冬，則無聲，蟄居於床下温暖處越冬。發土者往往見之。詩言秋月蟋蟀移徙過程，皆用夏曆。當是公劉時已有之詩歌。原歌當云“七月蟋蟀在野”，以下相承至十月爲一句。周公改編時删二字，移于“十月”句（原詩或是“十月”無聲，入我床下）。凡主語縮多數仔句者，例當在首句。若移於尾句，以上縮，或古有此語也。

"穹窒熏鼠"以下，取另一古歌謡，承十月言之。十月在夏曆爲三冬之始，農事畢，謹藏之時也。在周正爲一歲之終。故詩曰："曰爲改歲，入此室處。"明是周曆歲時之歌。與上半夏正物候之歌合爲一章。其爲集舊歌謡爲新詩章又甚明矣。"穹窒"，毛云："穹，窮。窒，塞也。"《説文》用毛説。後世説詩者遂以爲定訓。《新詮》以爲不然。穹者，穹窿，空之也。窒者，鼠穴。凡從穴之字，與從宀（音綿）字皆有通義，緣原始人類亦穴居。造字時，宀與穴義近，但微别耳。人居曰室，鼠居曰窒。上古人語本自如此。人惡鼠穴，見則塞之。緣是，窒有閉塞之義。其本義祇鼠穴之稱耳。詩所用者，窒字本義。而漢以後儒生以引申之義訓之，故展轉難通也。夫鼠之掘穴，有空闊能容數斗物者，出入之口甚多，彼亦知穴中當使空氣流通，故不作單户穴也。因而鼠穴，塞一口，又作一口，塞之無益。古人治鼠，但用熏灌之法。灌水法亦鮮效。因鼠亦能於穴内作排水道，使灌水不能害。惟熏煙法最能驅鼠。其法當於穴口鑿空爲穹窿，使能容多量毒煙。留小口通風，用毒草燃煙，抽入貯之。陸續煽入。使穴内煙稠濃，則鼠皆從他穴逃走。鼠出之口，煙亦當出，雖極隱蔽，亦易發覺。于是塞之，則全部洞口可盡塞。鼠乃不能復入。其不出者，亦皆毒悶死。如此治鼠，每次可保一冬無害。此"穹窒熏鼠"之義也。若鼠穴諸口皆窮塞之，豈熏鼠之義哉？况鼠穴非可以人力堵塞者乎。"塞向墐户"，毛云："向，北出牖也。墐，塗也。庶人蓽户。"當云：奴隸聚居之室，土爲床壁，荆蓽爲户。有牖開于四方。入冬，則塞此牖以避寒風，泥塗其蓽户，以杜寒氣。周滅紂前，仍是奴隸社會，無個體農户，亦無士與庶人之别。"婦子"，當時奴隸主呼其男女奴隸之詞。耕田奴隸，春畢出於邑，冬畢入於邑。周人對奴隸較寬和，故有此温慰之詩歌，曰"入此室處"也。

第六章，全用勞動人民享用其勞動果食之歌謡綴合而成。亦顯然分爲兩個單元，亦兼用殷周相異之曆候。"六月食鬱"，至"十月穫稻"，殷代之舊謡也。"鬱"，即郁李，一曰海李，又有雀李、車下李、薁李等名，文人則呼爲棣。小樹，葉似榆，五月結實似李，大纔如櫻桃，食之甜美。富室貴家園庭中多有種植供觀賞者。夏正五月，殷曆爲六月也。"薁"爲何物，古今説者不一。《齊民要術》引陸璣《詩義疏》云："櫻薁，實大如龍眼，黑色，今車鞅藤實是。"車鞅藤究爲何物，則鮮言之者。李時珍《本草綱目》與清代增訂之《群芳譜》，皆謂蘡薁即野葡萄。凡藤蔓植物，造字者每多從草，亦每從木，蘡薁，與櫻薁爲一物，可定。野葡萄果熟即黑，此明清人推斷依據也。然野葡萄味惡而有毒，不可入口，則非《毛傳》《陸疏》所稱之蘡薁明矣。今按：勞動人民所食之野果，仲夏熟者，蓋即"刺莓"，今俗云"薅秧苞"。中稻苗成，當薅草中耕時熟。亦有兩種：木條大灌木具密刺者所結之粒大，味美，爲"木莓"。即陸璣所謂櫻薁也。刺莖匍匐横行，近地而不貼地，果實較小者爲刺莓。皆複果，如圓珠載於一托盤上，未熟時紺赤，既熟者轉闇黝。是即《毛傳》所謂蘡薁也。余鄉居多年，皆目見而口嘗之。木莓難得，刺莓遍地皆有。鬱與薁同音，同時熟，不見實物者，但憑書本推斷，最易誤爲一物，故郁李亦被人書作薁李。賴詩明言其爲二物，得以分明。余留心觀察植物，已六十餘年，亦迨居鄉兩年乃能辨之，則格物豈易言哉！“葵”，今云菟葵，俗名“冬莧菜”，春種夏成，四時可食。夏曆七月葵盛可烹。“菽”，大豆。七月新豆莢子初孕，亦可烹食。“剥棗”，擊棗落，謂收棗時也。或曰：食棗者，繞核而嚙之，如剥也。關中種稻，十月收穫。詩言十月穫者，當是殷代舊歌。殷十月，夏正九月也。應是綴合夏殷舊歌，故闕九月。既穫稻，則農事息。蟋蟀入室，農民歸處，進入夏正十月物候。周正爲歲暮之月，釀酒以供祭享，故云“春酒”。又是用周正以續夏曆之歌。《毛傳》：“眉壽，豪眉也。”《鄭箋》：“介助也。”《朱傳》：“介眉壽者，頌禱之辭也。”鄭説：介眉爲“養老”。今按：謂酒可以上壽。卑賤者獻酒祝尊貴者，稱爲上壽。在此詩，爲介壽。眉者，謂尊長，如頭面之眉，不勞動而居上位，威儀之主體。故向之獻酒爲“介眉壽”。非謂養老。

“七月食瓜”以下，爲另一歌謡本語。《毛傳》云：“壺，瓠也。叔，拾也。苴，麻子也。樗，惡木也。”古以瓠瓜老熟之殻刳空爲壺，以盛酒漿。如此老熟之瓠，手不能摘，須以刀斷之，故曰“斷壺”。麻之收子者稱爲苴麻。麻子可食，是謂之苴。叔，摘也。“采荼”，謂采野菜之可食者。“薪樗”，謂取不中材用之木爲薪。以薪爲動詞，“薪之槱之”之義。鬱、薁、葵、菽、棗、稻、春酒，皆奴隸主階級得享之物，家庭奴隸偶得分賜。瓜、瓠、苴，新出者皆以供上。農耕奴隸得分享之者，以爲美味。農事既畢，則采荼薪樗，儲備大量野菜與惡柴，以供冬入於邑之農夫冬季食物。“食我農夫”三句，皆十月開始之事。不言十月者，三冬皆然，不祇十月也。此三句，將家庭奴隸與田間奴隸待遇不同之情實暴露。

第七章，全屬田間奴隸執役勤勞之事，亦係取農民舊謡數首綴合而成。“九月築場圃，十月納禾稼”，原當是一首農民月令之歌。與第六章各月之歌，皆農耕奴隸或田畯所作。“場圃”者，黄河流域秋冬無雨。穀物成熟前，農民預選平闊便於管理之地，築土使緊密，輥軸輾使平固。收割時，堆積禾稼於場上，待冬日農閑乃取以鋪平，運輥軸碾之，使子粒與莖藁脱離。是爲打場。乃用羊角木叉掠去其藁，掃積子粒糠粃於一處，用臿抛揚之。實重則直落，糠粃則遠落，以此分離共糠粃，是爲揚場。如此完結收穫後，明春仍爲耕地。栽培短期作物，秋日再行築場。此種作業，行之於今四千年未變。“九月”，殷之九月，即仲秋之月，夏正之八月也。殷正十月，即寒露、霜降之月（夏正之九月）。在豳土，農作物收刈殆盡。稻最晚成，亦已刈成。“納”，納於場也。黍，黍子。稷，高粱。豳土之主要農作物也。“重穋”，《毛傳》云：“後熟曰重，先熟曰穋。”《説文》引詩作“黍稷穜稑”。《周禮·内宰》“而生穜稑之種”。鄭司農注：“先種後熟謂之穜。後種先熟謂之稑。”後鄭引詩“黍稷穜稑”。蓋魯詩字如此。

後世皆以穜稑釋此詩重穋。今按：《周禮》“穜稑之種”，謂宜濕、宜燥之品種，非先熟後熟之謂也。農民莫不願其種之早熟。誠有先種而後熟者，必被淘汰，安是采獻於國君哉。《毛詩》重穋，自是古詩本文。魯韓詩易爲種稑，並用先熟後熟立義。許慎與二鄭因並《周禮》爲一説。於《詩》義實不通。《詩》有“黍稷稻粱”文。上文亦曾有“穫稻”。則此何不曰“黍稷稻粱”與“禾麻菽麥”，平列八種實物。而乃夾用先熟後熟之虚義二字哉！審詩，當以重穋斷句。“重穋”者，黍稷爲豳地主要作物，收量大，故堆置場圃上時，必以穗向外，重叠其藁束，整齊如砌墻垣。今之秋場仍是如此。重，謂重叠之如方垣。穋，謂禾穗向外穋穋順序垂下之貌。至於其他雜糧，禾、麻、黍、麥，當時豳地少種植，收量少，則附置于重穋之間，或逕先收藏入室，不爲重穋，詩亦附記於重穋句下而已。以上統言“納禾稼”之内容。豳地小麥夏熟。此所言麥，謂青稞，在豳秋熟（説詳《思文》“貽我來牟”解）。

“嗟我農夫”以下，係用另一農謡截句，綴續于“納禾稼下”，與上章“農夫”相應。亦同作奴隸主温慰田間奴隸語氣。“上入執宫功”，毛云：“入爲上，出爲下。”箋云：“同，言已聚也。可以上入都邑之宅，治宫中之事矣。于是時，男之野功畢。”今按：毛説大體不差，惟嫌於以封建社會制度説奴隸社會。“都邑”當云“邑中”。宫中，當云“奴隸主家庭”。“男”字當作農夫，指田間奴隸，亦男女並有，非獨男子。《漢書·食貨志》記古代奴隸生活，未知采自何書，大體與此詩相應。如云：“春令民畢出在野。冬則畢入於邑。……入者必持薪樵，輕重相分。斑白不提挈。冬民既入，婦人同巷相從夜績。女工一月得四十五日。必相從者，所以省費燎火，同巧拙而合習俗也。男女有不得其所者因相與歌詠，各言其傷。”亦係用封建社會之思想認識整理奴隸社會遺俗之記載。疑其言出于《魯詩傳》，而魯詩家所采則虢文公所著“神農書”言，蓋猶及見西周奴隸主莊園農耕制度之記述也[1]。“晝爾于茅，宵爾索綯”，言宫功之事。鄭云：“女當晝日往取茅歸，應作絞索以待時用。”“亟其乘屋”，謂治屋頂之事。豳地雖多木材，當時尚不知燒瓦與作瓦屋。民屋皆於屋頂平架横木，鋪薪，蓋土，夯使緊密。入冬冰凍前，則大築夯一次，使土燥緊，則冬雖壓雪，屋頂之土緊密少含水分，則雪不能傷。明春雪融水解，屋亦不漏。否則雪水入土頂而冰，使土粒疏鬆崩

【1】 班固此文中，引《七月》詩“四之日舉趾”三句，及“十月蟋蟀入我床下”，與“嗟我婦子，聿爲改歲，入此室處”句。故疑其是魯詩家説。又其《藝文志》，農家書，首列《神農二十篇》。次《野老十七篇》。自注云：“六國時諸子，疾時怠于農業道耕農事，托之神農。”考先秦農家，許行爲巨擘。《孟子》稱“有爲神農之言者，許行，自楚之滕”。則許行之前尚有《神農》之書，爲許行所宗。孟子亦曾見其書，故，知許行所主張與之相同。班氏謂“六國時諸子”，依此推知耳。今所知：六國時先於許行者更無農家巨子。惟《國語》載諫宣王不籍千畝之虢文公，其詞與後世諸子及漢晁錯、賈誼等所引“神農之言”旨趣相合。故知其書是虢文公所造也。其言農道之部，《亢倉子》亦載之。（是唐代人僞書。然是曾見神農書者。）另一部分論耕藝事，《吕氏春秋》亦多選録，頗與野老書相亂。馬氏玉函山房輯佚書，有神農與野老兩種。可參看。

解，明春水直下注於屋内矣。今之北方民居及西藏房頂仍復如此。“亟”，急也。“乘”，外也（並《毛傳》）。升屋打土，治屋頂也。冰結土内，則硬固不可治，故初冬當急治屋頂。此亦宫功之一也。“其始播百穀”，文與上不相接。當是綴詩時有所删節，存其最末一句。（所删節，當如“三之日于耜”之類。然原句不可得矣。）言“其”者，當爲而猶未之辭。言準備一切，開春即復出於野，“始播百穀”也。“百穀”者，一切食糧作物之總稱。豳地冬季寒日長，春秋温和日短促。農作物皆於夏季育之，無論黍、稷、粟、糜、稻、麻、菽、瓜菜與青稞皆然。惟冬小科夏收。若春小麥，亦是秋日刈穫。是即所謂“百穀”也。

卒章，集歲暮之舊歌，以輕鬆愉快筆調述奴隸燕饗之事。上半從鑿冰起至羔酒止，爲一舊歌之節録。爲首當有“一之日”句被删去。查鑿冰工序，第一步當爲清潔池水。凡治冰，皆于初冬冰凍前預先清除水中積穢。無論鑿於河渠，於池沼，皆先除去其水中亂柴、朽木、薪垢、淤泥等諸穢礙物，使水清潔。此種工序亦曰滌場，豳地當於十月行之。疑上句爲“一之日滌川溶溶”，被删。緣下文有“十月滌場”而删其重也。次一工序爲“斬冰”。《周禮》“凌人掌冰。正歲十二月，令斬冰。三其凌。春始治鑒”，是也。周正十二月，夏正爲十月。此詩云“十月滌場”。“二之日鑿冰冲冲”，謂周正十二月滌水場。冰結厚尺而斬之。斬冰用長柄鐵錐，向下冲之，使冰凍依鑿向粉碎一綫，沿之開裂，則可取也。第三工序爲藏冰。預爲冰窖于陰晦之處。運所鑿冰塊叠貯其中，蓋以葦箔，覆以泥土。使不受日熱影響，則冰不融。偶有融化，則降温至零度以下而復冰，終不融進。藏冰至仲春（夏曆二月，周曆四月），例行“伐冰”之禮。奴隸主用一羔羊，祭冰窖，取冰，治鑒，以薦韭于祖廟。《吕氏春秋》與《月令》仲春、並云：“天子乃獻羔、開冰。先薦寢廟”是也。《周禮·凌人》云“治鑒”者，謂祭禮薦廟之物，皆用冰盤盛之，以御暑防腐。冰置盤中如鏡，可以見物，故曰冰鑒。詩曰“四之日其蚤，獻羔祭韭”，謂“伐冰”也。一作“發冰”，亦即“開冰”。冰在窖，或小融，水復冰，則冰塊相膠，出冰時亦須用鐵錐冲取之。故曰“伐冰”。《孟子》“伐冰之家，不畜牛羊”是也。“冲冲”，猶冲冲也。“凌陰”，冰窖也。“其蚤”，謂早起，仲春，冰出窖易化，故蚤取之也。蚤、早，古通用。“獻羔”，開冰。“祭韭”，薦鮮韭于寢廟。伐冰之禮也。羔既獻，即當以饗凌人。此章當是治冰奴隸之歌。

“九月肅霜”以下，農夫受饗之歌。與凌人半章對比。“肅霜”，謂嚴霜。豳地季秋而霜。“十月滌場”，謂揚場事畢，田功畢成，場圃空浄。則奴隸主饗其耕種奴隸一次。“朋酒”，毛云“兩樽曰朋”，則所享爲田畯，非農夫皆得饗飲也。“曰殺羔羊”，則亦如饗凌人之禮，下酒只一羔羊與兩樽酒之費。農夫所享之微如此。此“滌場”之祭，但田畯與耆年農民受之耳。隨復有大享於公堂之上，則農夫皆有酒食。故曰“躋彼公堂。稱彼兕觥”。于是農夫皆頌云“萬壽無疆”矣。大抵，奴隸主鄉饗其耕種奴隸，年凡二次。其一爲春社祈年後，“饁彼南畝”。饗農夫于田間。另一次，爲秋社報賽後，行滌場之祭。祭後舉行大獵一次，於冬嘗日，許所有奴隸升堂稱觴上壽一次，隨即有酒食饗之。或即已是周正之除夕矣。然此亦惟岐周施行奴隸改良主義者乃有之耳。故周公纂輯此詩，爲之沾沾自喜如此。

從首章至此。可以察見此詩匯夏、殷、周三代物候之民歌所纂成。其目的在於表彰岐周施行奴隸優待之措施，與奴隸勞動之樂觀情緒。爲音節方便關係，剪裁舊歌之處甚多，以求各章字量之一致。語調偏取愉快，以利於激勵奴隸情感。八章略具首尾。而各章又復自爲單元。首章，田間男奴事也。次章，家庭女奴事也。三章，蠶事也。四章，獵事也。五章，物候之屬于蟲類者。六章，物候之屬于草木者。七章，冬季之奴隸生活。卒章，奴隸勞動的慰勞。每章又分上下章，各述一事，取其二三字爲紐帶以相綴屬。如首章以授衣與饁饗爲二事，用一之日，二、三、四之日相綴。次章爲採桑與采蘩二事，以女奴同一相綴。卒章爲治水與滌場兩事，以羔羊一物相綴。例，不必盡舉。此周公編纂之意也。由其不明曆法與農事，故取捨舊文不盡得體。綴屬頗有差謬。然賴是保存上古奴隸生活之歌謡一部分，爲研究社會發展歷史之原始資料，則是可珍之點。是以逐章爲之辨訂，將以掃舊説之謬，存古史之真實焉。

（二）鴟　鴞

四章。章五句。八十七字。

鴟鴞鴟鴞，既取我子，無毁我室。恩斯勤斯，鬻子之閔斯！

迨天之未陰雨，徹彼桑土，綢繆牖户。今女下民，或敢侮予！

予手拮据，予所捋荼，予所蓄租，予口卒瘏。曰予未有室家！

予羽譙譙，予尾翛翛。予室翹翹，風雨所漂摇，予維音嘵嘵！

題解：《尚書·金縢》：“武王既喪，管叔及其群弟乃流言于國曰：‘公將不利於孺子。’周公乃告二公曰：‘我之弗辟，我無以告我先王。’（孔傳：辟，法也。告召公、太公，言我不以法法三叔，則我無以成周道，告我先王。）周公居東二年，則罪人斯得。於後，公乃爲詩以貽王，名之曰《鴟鴞》。”此孔子所訂此詩之本事。後世説者，從而一致認爲周公居東時所作。而解説文義則紛紜不同。玆亦不能有何新意，但推當時周公情勢，以測詩語實質，求勝于諸家舊説耳。

周公旦者，武王諸弟中最多才藝，著德能，負威望，而性格堅强之政治改革家也。武王時，與太公望、召公奭同以三公輔政，最親而尊。武王崩，成王年雖已長，周公仍專國政。成王亦信賴之，非有嫌猜也。周公之政，主爲改變奴隸生産制爲封建農奴制。先行於王畿之六鄉大遂。管叔蔡叔爲其同母兄弟，惡之，遂以管蔡與徐奄等十七族之民奉殷紂子庚叛周，堅守其奴隸生産制。同姓諸侯亦有惑於管蔡流言而應之者。周公乃不能不率師東征。先居洛邑，倚未叛之魯、衛、曹、宋、虢、陳諸國，使召公銜王命賜齊太公爲方伯，得專征五侯九伯之君以助周。閲時二年，東方形勢乃變。既出兵，武庚、管、蔡及十九族皆潰。移軍討奄，三年乃平奄。召公相成王居守，亦與王皆東出以助周公。周公無後顧之憂，故克平亂。然初居東時，除魯伯禽（時國在魯山，去洛近）足恃外，前敵勢張而後方有動摇，周公處境甚艱。對于成王、召公所統之大後方，盼能穩定不摇，以支柱前方，則尤懇切。故爲此詩以勖成王與召公。自道其處境之難，以明國本之當力求穩國，是此詩之志也。非有哀、怨、乞憐或悔過之意如舊説也。

首章，"鴟鴞"，泛指殷君武丁與其他堅持奴隸生産制之頑民。"既取我子"，喻已奪去王室之管蔡等諸侯。"無"，同毋，禁止辭。"我室"，喻王室。言惡鳥已奪去我巢内幼鳥，不能允許其毁壞我的王室先王所定之制度。説明東征目的在此。《毛傳》云："鴟鴞，鸋鴂也。"鸋鴂即善于織巢之小鳥，今云"巧婦"，非能奪子毁室之惡鳥，於詩義不合。《朱傳》云："鴟鴞，鵂鶹，惡鳥，攫鳥子而食者也。"當用朱説。謂即"猫頭鷹"，夜飛攫食鳥鼠之兇鳥也。"恩斯勤斯"，謂善鳥之母哺育其子之恩情勞苦。"鬻子"，謂巢中殘存之子，粥粥然可憫。喻國家未被奪去部分之臣民，益當愛護。鬻與粥，古義通。在鬲爲鬻，出鬲爲粥。粥粥，不能自立之貌。

次章，勖勉成王與宗周諸臣穩定後方。仍是冢宰令教語氣，猶《無逸》之訓誡成王。故《書》曰："王亦未敢誚公。"蓋曾有人以此詩請成王誚讓周公，而王未許也。"徹"，毛云"剥也"。朱云"取也"。周代取民之法曰徹。以此爲剥取義。"桑土"，《毛傳》説爲桑根。謂剥取桑土之鬚根以葺巢，取其細韌。今按：詩意雖以鳥爲營巢自喻，亦謂防鴟鴞之奪子耳。毛既説鴟鴞爲巧婦，又謂如此營巢，是如言鴟鴞趁天之未雨營巢禦侮矣，與詩義悖。詩意，蓋謂受鴟鴞奪子之害者，苟能未雨綢繆，即可無害。雖借鳥寓言，亦明指人事。故詩語亦用"牖户"字。鳥巢縱極巧者，亦不有牖户。則"桑土"者，亦未可遂脱土字之義而專指桑根，只能是言"桑根土"。桑根之土，與桑之鬚細根糾纏，足助泥塗之固結，故可以綢繆牖户之罅隙也。牖户無隙可入，則下民不可能相侮。喻國家先事預防之重要也（家，古音姑）。

三章，言東征辛苦不恤者，爲周之國家尚未穩固，新立制度猶未完成，如鳥尚無巢，人之無家，不能不極力以經營之也。亦借鳥言自喻云：我之兩手爪勞乏於捋荼矣。我之口喙疲病于蓄租矣。胡爲勞困如此？因我尚未有家，故不能不亟爲之也。"拮据"，手困乏。"捋"，猶採拾也。"荼"，即"采荼薪樗"之荼。在此爲枯枝敗葉之義。兩"予"相承爲一句。"蓄租"，謂口含哺養小鳥之物。朱云："蓄，積。租，聚也。"周人取逐民之穀物以養其宗親子弟，曰租。故以鳥銜哺幼之蟲穀，亦曰"蓄租"。"曰"，猶言“因爲”，答語詞也。因爲我巢爲鴟鴞所破，故當忙於修治完好也。

卒章，言當前爲國家危難之際，故我嘵嘵饒舌，發爲警誡。仍是托鳥語自指曰“予”。“予羽譙譙”，《釋文》：“譙，字或作燋，同。”馬瑞辰以爲即顦顇借字。當是。凡雙聲疊韻字，皆録語音爲形容，無實字。可任取協于文義之字用之。“予尾翛翛”，《正義本》作消消。故《正義》曰：“予尾消消而敝”。又曰：“消消，定本（謂顔師古定本）作翛翛。”陸云：“翛，素雕反。”亦正音消。《毛傳》：“翛翛，敝也。”“予室翹翹”，《毛傳》：“翹翹，危也。”今按：俗語，物之高起者爲翹，音似嶢，高起則危。馬瑞辰云：“翹與嶢，聲近而義同。”居室翹然已危，加以風摇雨漂，則危甚矣。我亦惟有嘵嘵然憂懼呼籲而已。

（三）東　山

四章。章十二句。一百九十三字。

我徂東山，慆慆不歸。我來自東，零雨其濛。我東曰歸，我心西悲。制彼裳衣，勿士行枚。蜎蜎者蠋，烝在桑野。敦彼獨宿，亦在車下。

我徂東山，慆慆不歸。我來自東，零雨其濛。果臝之實，亦施于宇。伊威在室，蠨蛸在户。町畽鹿場，熠燿宵行。不可畏也？伊可懷也。

我徂東山，慆慆不歸。我來自東，零雨其濛。鸛鳴于垤，婦嘆于室。洒埽穹窒，我征聿至。有敦瓜苦，烝在栗薪。自我不見，于今三年。

我徂東山，慆慆不歸。我來自東，零雨其濛。倉庚于飛，熠燿其羽。之子于歸，皇駁其馬，親結其縭，九十其儀。其新孔嘉，其舊如之何？

題解：周公率王畿鄉遂之士東征三年，平十七國，徙魯於奄，存曹，樹衛，封宋，營洛而歸。雖得諸侯之助，畢竟以畿内之力爲多。傷亡之餘，痛定思痛，加以歸途阻雨，欲歸未得，哀怨之聲固應多矣。周公乃蒐集士卒三年中嘆念鄉土室家之歌，仍《豳風·七月》之例，纂爲慰勞之詩四章，利用戰士還家之思，以激發其樂觀情緒。四章皆成於歸途零雨之中，即皆以“零雨其濛”四句弁首，順軍士之情辭，爲同情之傷感，因逐步導入還鄉之樂。俾一軍盡歌之，欲其轉傷感爲愉快，士氣反克以振作焉。四章皆用軍士之故謡，故尤能使之興奮也。

詩中景物風趣，與《七月》多有相似，可知其皆邠、岐、豐、鎬勞動人民本語。又與《七月》皆包羅廣闊之長歌，文辭編組複雜，音節和諧流暢，又可知其非勞動人民自作之原歌，而必爲富有文學修養之貴族文士所纂輯者也。曰“徂東山”，曰“來自東”，雖無《毛序》，亦可定其爲東征旋師之軍中歌詞。則判爲周文公旦所纂歷年士卒舊歌，爲必然矣。舊説爲非周公作者，及爲周公得士之情，先其未發而歌之者，與周大夫美周公勞歸士者，成王勞歸士者，皆執片面繹推之説，故其所釋文義往往不能自通。

此詩與《七月》，有根本不同者一點：《七月》八章，三百八十餘字，無一字一句可定爲人民之私産與室家之樂。此詩四章，不足二百字，則無一字一句所反映者不是農民私有財産與室家之樂。以此可知：《七月》，爲奴隸社會奴隸之舊歌纂成；此詩，爲封建社會農奴從軍者之舊歌纂成。據此以劃分周代社會發展之階段，最爲明確。兩詩皆纂成於周公之手，非其一生世中，周之社會已由奴隸社會躍進入封建社會也。試以《周禮》之文衡之，應衹周王畿六鄉、六遂已行封建農奴生産制。周公東征所率，即此六鄉六遂之農民軍隊故也。周公東征在成王元年（公元前 1115 年）。設鄉遂制度建於滅紂之後，即成王十二年（公元前 1122 年），則其間相距僅七年。縱使文王稱受天命時即已行之，亦不過二十八年（相傳文王受命九年而崩）。此種由奴隸解放進爲自由農户之農民，一心擁護推行新政之周公。從之東征，三年勞苦而不怨叛者，其故在此。夫以文王之三子，與殷之頑民十七族，及奄、徐、蒲姑之君，合力以擁戴傳統五百年之殷王武庚，於紂亡七年之歲，以立國于周王政力尚未深達之地，加以主少國疑，謡諑相煽，而能三年平定者，應非周公之力所能致，蓋由所用之兵能以死護衛其新建之制度，而管、蔡、殷、奄諸國之奴隸軍隊則不願出力以反抗其心所嚮往之農奴制度也。此詩與《七月》并存之可貴，正在於此，在於能作殷周社會劃分時代之證人，如此是明妥也。

首章，“我徂東山”者，東征三年，以東山之役最爲艱久。《竹書紀年》：成王元年秋：“武庚以殷叛，周文公出居于東。二年，奄人、徐人及淮夷入於邶以叛。秋，大雷電以風，王逆周公於郊。遂伐殷。三年。王師滅殷。殺武庚禄父。遷殷民於衛。遂伐奄。滅蒲姑。”四年：“王師伐淮夷，遂入奄。五年春正月，王在奄，遷其君於蒲姑。

夏五月，王至自奄。遷殷民於洛邑。遂營成周。”據是，則東征三年中，伐殷衹半年[1]。餘時軍皆在奄。奄國都在曲阜之東山，《孟子》謂“孔子登東山而小魯”者是也。奄人恃險，車戰之周師不能克。圍之逾二年，成王親督諸侯之師合攻，然後克之。故詩不以滅殷平四國爲艱，而但曰“我徂東山”也。“徂”，往也。《大禹謨》“有苗弗率，女徂征”。“慆慆”，毛云：“言久也。”三家詩，或作“悠悠”，故魏文帝詩：“豈如東山詩，悠悠多憂傷。”又《太平御覽》引此詩“滔滔”。在水爲滔，在心爲慆，皆淹滯悠久之義。“我來自東”者，周人謂崤函以東之地爲東，洛邑王畿諸國爲小東，虎牢以外諸國爲大東。王師自奄西歸宗周，阻雨于崤函之間，故曰“來自東”也。來與徂爲對詞。“零雨其濛”者，零雨，《說文》“餘雨也”、《玉篇》“徐雨也”。餘當是徐字僞。崤函山地，受長江流域梅雨影響，夏秋多雨。成王五月至自奄，軍行當後於王，故於夏末秋初過崤函，值此雨。雨量雖不大，徐徐零落，霑潤黃土，使軍馬難進，故軍士愁嘆憂思也。四章皆以此四語領起，則其苦雨日久可知。以下皆輯軍士舊歌之言“我東曰歸”，言當已克東山，俘奄君時，我輩軍士喜在將回鄉遂之家。“曰歸”，喜躍語也。“我心西悲”，念西方故鄉，思之而悲，是喜極之悲。猶杜甫詩“劍外忽傳收薊北，初聞涕泪滿衣裳”之悲也。“制彼裳衣”，制與製古通。言先寄語家中，當爲我另製衣裳。今後不再著此軍士之服也。“勿士行枚”，毛云：“士，事。枚，微也。”鄭云：“勿，猶無也。女製彼裳衣而來，謂兵服也。亦初無行陳銜枚之事，言前定也。”後世多用此說，殊昧詩義。夫軍士銜枚，爲止其語言，囂聲，惟夜襲時用之。今既事定息兵矣，何能更言銜枚。況字不同乎？胡承珙《後箋》曰：“蓋（毛）訓枚爲徽也。……徽、微，古字通。故《傳》作微。”近人曾宇康：引朱駿聲《說文通訓定聲》曰：“‘毛訓之微，讀如徽。’以爲即軍徽，猶近世所謂號褂。”今按：詩語固當是謂今後將不再著軍士之服耳。行，即行陣、行伍之義。枚，爲標識之義，胡承珙、朱駿聲言徽、

【1】 馬瑞辰《毛詩傳箋通釋》：“考訂東山爲奄國地。舉證六條，多取材于《書序》，而未及《竹書紀年》。故頗有謬見。兹取其四條：《逸周書》：‘周公相天子，殷東徐奄從三叔爲亂。’其證二也。《尚書大傳》曰：‘武王殺紂，繼公子禄父及管蔡流言。奄君薄姑謂禄父曰：武王已死，成王幼，周公見疑矣。此百世之時也。請舉事。’然後禄父及三監叛。是三監之叛，奄實倡之。其證三也。《說文》：‘郁，周公所誅。在魯。’定公四年《左傳》：‘因商奄之民，命以伯禽，而封於少皞氏之墟。’《皇覽》：‘奄在魯。’《括地志》：‘衮州曲阜縣奄里，即奄國之地。’又《補後漢書·郡國志》以魯爲古奄國。是魯地即奄地也。《魯頌·閟宫》詩，一則曰‘俾侯于東’，再則曰‘保彼東方’，三則曰‘遂荒大東’。知魯之稱東，則知奄之在東。故趙岐《孟子注》云‘奄，東方無道國。’其證四也。《孟子》言‘孔子登東山而小魯’，而詩亦曰‘我徂東山’。魯既得奄，則東山屬奄。閻氏《四書釋地》云：‘或云費縣西北蒙山，正居魯境之東。一名東山。’是東山即蒙山。其證五也。”今按：曲阜之東境皆山，屬泰山南之蒙山山脉。古蓋有稱其山爲東山者。閻氏以費縣北，蒙陰縣南之蒙山爲魯東山，猶失之遠（約遠二百里）。蒙山最高處稱爲龜蒙，今猶爲山東省之名山勝地。謂爲東山之主峰可也，非奄君所守之東山也。“孔子登東山而小魯，登泰山而小天下”，則東山去曲阜不遠，且不甚高，但能見魯境而已。若以龜蒙爲東山，則不可能望見曲阜，尚得云小魯哉。蒙峰海拔去泰岱不遠，亦不稱小魯、小天下之比。據書本言地理者，往往得其似，而失其實，故補訂之。

微古通，以釋毛詩之枚。是也。自鄉遂軍賦制興，即有鬊髮軍服之制。説在《秦風·無衣》篇。是即所謂“行徽”也。曾説爲“號褂”，不謬。

“蜎蜎者蠋”四句，亦爲軍士想念家鄉景物舊歌之語。“蠋”，毛云“桑蟲也”。朱云“桑蟲似蠶者也”。今按：俗呼野蠶者，是也。四川各地種桑歷久處多有之。形體全部與家蠶相同，但較短小。産卵于桑枝鱗芽間，桑葉發時孵化，即食其葉。隨葉之發展，爲四眠四脱，亦與家蠶同。結繭在叢草、石穴或桑枝間，較家蠶繭微小而硬，淡黄色，亦可繅絲。絲質强韌而多節。化蛾，交配、産卵，皆與家蠶無異。蓋即家蠶之原種。自古原稱爲蜀。《韓非子》曰：“蠶似蜀。”《淮南子》亦曰：“蠶與蜀相似而愛憎異。”古蜀山氏之國，在漢爲蠶陵縣。蜀國之名，即爲其地多原蠶。造字時已加蟲於象形之下。後人再加蟲旁。此詩之“蠋”，已是漢儒俗字矣。“娟娟”，毛云：“蠋貌。”朱云：“動貌。”“烝”，毛云：“寘也。”朱云：“發語聲。”今按：“烝民”之烝，衆盛貌也。“烝在桑野”，謂野蠶衆聚於桑林之野。念其妻養蠶勞苦，因憶舊時桑野景色。“敦彼獨宿”，朱云：“敦，獨處不移之貌。”詩蓋因桑野蜎蜎之衆蠋相聚，而念其妻獨宿之敦厚。“亦在車下”云者，軍賦，田一成出兵車一乘，故應徵軍士，皆宿寢於車下，以守護之。今軍士夢想其妻之至，亦宿於車下也，俱是一軍士之夢境舊歌，周公輯合之爲一章。

次章，“果臝”，毛云：“栝樓也。”朱云：“施，延也。（栝樓）蔓生，延施於宇下也。”“伊威”，毛云：“委黍也。”朱云：“鼠婦也。室不掃則有之。”今云：“地蝨”是也。“蠨蛸”，毛云：“長踦也。”朱云：“小蜘蛛也。户無人出入，則結網當之。”“町畽”，毛云“鹿跡也”。朱云：“舍旁隙地也。無人焉，故鹿以爲場也。”今按：町畽，謂宅外耕地。野鹿習來其間食苗，則家因男子遠役歲久，田圃荒曠之狀。“熠燿”，毛云“燐也。燐，螢火也。”朱云：“熠耀，明不定貌。宵行，蟲名，如蠶，夜行，喉下有光如螢也。”今按：“熠燿宵行”，謂螢與其幼蟲及蛹皆夜間行動，閃灼發光，非有蟲名宵行。螢光，多種蟲類皆有之，惟螢爲常見。其光晝亦有之，抑於陽光，人不可見，唯夜得見之，故云宵行也。“不可畏也”，總上六句言之，皆可畏之事，緣俱是夢境，故曰不可畏也。“伊”，指其妻子。由于懷想室家，而有此夢，故曰“伊可懷”。謂雖常致此噩夢，而懷想不能自已。情感深結如此。

三章，“鸛鳴于垤”，毛云：“垤，螘冢也。將陰雨則穴處先知之矣。鸛好水，長鳴而喜也。”朱云：“鸛，水鳥，似鶴者也。”“婦嘆于室”，鄭云：“行者於陰雨尤苦，婦念之則嘆于室也。”今按：二語，亦軍士述其思鄉之夢境耳。行人道上阻雨，其家中之婦安得知而嘆之。婦嘆，自嘆其獨宿而已。“垤”，亦非謂蟻穴之積土，當與“人莫躓于山而躓于垤”之垤同義。鸛爲巨形之鳥，豈能立于蟻塚而鳴哉？“洒埽”二句，承“婦嘆于室”之夢境，更爲對其婦之夢語。如云：汝可洗埽屋宇，穹窒熏鼠，大事清潔，我已征役完結，計日當至也。

“有敦瓜苦”，四句，是另一軍士思歸歌辭。截綴于此。亦述夢語也。蓋有征人宅旁栗樹與薪叢間隙比種瓠與苦瓜者，常年引蔓緣升，結果纍纍。既赴征役，三年乃歸。而雨阻稽遲，入秋未至。遥想宅近現方瓜苦，烝然垂繫於栗薪之間情狀，而喜曰：“自我不見，於今三年”矣。此本軍士幽怨之謡，一經割綴，如此歌之，則反能激起軍士期望之快感，樂觀情緒油然而生矣。

卒章，侈言榮歸新婚之樂，用以刺激士氣，使愉快達於高度。《鄭箋》：“倉庚仲春而鳴，嫁取之候也。熠燿其羽，羽鮮明也。歸士始行之時，新合婚禮。今還，故極序其情以樂之。”《毛傳》：“黄白曰皇。駵白曰駁。”“之子于歸”，謂嫁娶時。“皇駁其馬”，言車馬盛。“親結其縭”，謂婚禮，嫁女之家，其母親爲之施衿結帨。“九十其儀”，夸言婚禮之鄭重。九其儀，十其儀，言其儀之多也。亦皆假想之辭。“其新孔嘉”，猶言新人大好。“其舊如之何”，謂軍士之未婚者，今日歸去，及春必婚，其樂云云，良可快矣。軍士之已婚者，今歸，則如之何乎？不言其樂而樂可知。此全詩幽默諧笑之結語，在于同歸愉樂之意。今俗語“久别當新婚”，蓋即此詩含義。有説爲榮歸得意，棄舊婦而就新婚者，非詩意。

（四）破　斧

三章。章六句。七十二字。

既破我斧，又缺我斨。周公東征，四國是皇。哀我人斯，亦孔之將。

既破我斧，又缺我錡。周公東征，四國是吪。哀我人斯，亦孔之嘉。

既破我斧，又缺我銶。周公東征，四國是遒。哀我人斯，亦孔之休。

題解：此東征凱旋，勞軍時所用樂歌也。蓋成王命隨軍樂官所作，以頌周公，獎征士。

首章，《毛傳》：“隋銎曰斧。”又《七月傳》：“斨，方銎也。”銎謂斧口。隋，謂圓弧狀。斧、斨皆鉞類，爲斬敵人首與罪囚之具。至于破缺，則所戮者多。頌戰功，罪四國也。“四國”，毛云：“管、蔡、商、奄也。”朱云：“四方之國也。”當從朱説。“皇”，匡也（毛、朱同）。鄭云：“誅其君罪，正其民人而已。”“哀我人斯”，軍士自憐也。承上兩我字言。舊皆訓將爲大。今按：“孔”即大也。“將”，當訓爲助。《小雅》“將伯助予”，及古語“將順其美”之將，皆訓助。謂我人雖勞苦可哀，亦匡正四國之一大助也。

次章，《毛傳》：“鑿屬曰錡”。今按：《采蘋》：“維錡及釜。”《左傳》：“筐筥錡釜之器。”皆謂炊具。軍行必携炊具，閲時既久，斧破錡缺也。“吪”，毛云“化也”。

“嘉”，善也。

卒章，“銶”，毛云“木屬曰銶”。《管子》：“一車必有一斤、一鋸、一釭、一鑽、一鑿、一銶、一軻。”字既從金，必當爲金屬器物，非戰具，即炊具。不能爲木器之屬。馬瑞辰引《釋文》云：“韓詩曰銶，鑿屬。”則是武器之類。今不能詳其狀矣。“遒”，毛云：“固也。”朱云：“斂而固之也。”“休，美也。”（毛、朱同。）

（五）伐 柯

二章。章四句。三十二字。

伐柯如何？匪斧不克。取妻如何？匪媒不得。

伐柯伐柯，其則不遠。我覯之子，籩豆有踐。

題解：此詩寥寥三十二字，言斧、柯，言妻、媒，言籩豆三事而已。不露本事，旨義曠渺，説者不能捉摸，紛爲臆測。衛宏《續序》與《毛傳》牴牾。《鄭箋》又與毛、衛異趣。《朱傳》向多依於鄭氏，此篇則嶄然自出，毫不相謀。其他諸家，或依於毛，或依于衛，或鄭、或朱，或亦别創新説，或竟委云“未詳”，無能使人滿意者。

兹細審詩語，蓋復封蔡叔子胡爲蔡侯時，周公所贈詩也。《尚書・蔡仲之命》云：“惟周公位冢宰，正百工。群叔流言。乃致辟管叔於商，囚蔡叔于郭鄰，以車七乘，降霍叔於庶人，三年不齒。蔡仲克庸祗德，周公以爲卿士。叔卒，乃命諸王邦之蔡。王若曰：‘小子胡，惟爾率德政行，克慎厥猷，肆予命爾侯于東土。往即乃封。敬哉。爾尚蓋前人之愆……以垂憲乃後。率乃祖文王之彝訓，無若爾考之違王命……”云云。《書序》云“王命蔡仲踐諸侯位”，“籩豆有踐”之謂也。“無若爾考之違王命”，“其則不遠”之謂也。三言“伐柯”，與王命之反復叮嚀“無作聰明亂章”之義合。蓋《蔡仲之命》與此詩篇實出周公一人之手。大抵蔡叔與管叔皆堅持奴隸制度，故至于擁武庚以叛周公。而其子胡，則贊成農奴生産制度，擁護文王、周公主張者，在三監未叛前，已爲周公之家臣。（孔安國《尚書・傳》云：“周公圻内諸侯，二卿治事。”）殷亂既平，蔡叔囚死。其世子洎，同叛，誅。而仲胡、襄贊東征有功，故封之於王邦之蔡，以存蔡仲之祀。“王邦之蔡”，即所謂新蔡，非蔡叔舊國也。誥命所謂“舊章”者，謂自奴隸改良主義進入封建農奴制度，創制於文王，實施於武王，完成於周公之規章也。爲時不言奴隸制度與農奴制度之區别，但曰“康濟小民”。蓋，古謂奴隸爲“民”。周以來謂農奴亦爲“民”。命曰：“民心無常，惟惠之懷。”説明周能克殷之效驗在此。則可知奴隸改良主義之更進一步，即封建農奴制矣。用詩與“蔡仲之命”對勘，非僅片言合已。

首章，“伐柯”，毛云：“柯，斧柄也。”按，此言枝柯之堪作斧柄者。言取斧柄於樹枝，乃須持有柄之斧以伐之。喻諸侯之建立，必須先有王家之制度。“取”，古娶字。娶妻必借于媒妁，喻得國必須有人保薦。道不同者，孰肯保薦之哉？斧，猶周之王權。柄，猶周之制度。周公自喻爲媒，而以新蔡喻爲仲胡之得妻也。

卒章，“其則不遠”，謂取斧柄材，所需長短鉅細之度，無庸他求，但相其所執之斧柄爲則。《中庸》引此詩語，釋之云：“執柯以伐柯。”盡其義藴矣。喻誅管蔡而封仲胡，猶伐枝柯以爲斧柄，其法則在於王政之尺度。故續之云“我覯之子，籩豆有踐”。覯，遇見也。“之子”，指蔡仲。言我見汝能堅持王家制度，故推薦於王，使爾得踐籩豆祭享之位也。

（六）九　罭

四章。一章四句。三章三句。五十六字。

九罭之魚，鱒魴。我覯之子，衮衣繡裳。

鴻飛遵渚，公歸無所，于女信處！

鴻飛遵陸，公歸不復，于女信宿！

是以有衮衣兮，無以我公歸兮，無使我心悲兮！

題解：周師入奄，放奄君於薄姑。徙伯禽之國于曲阜，以鎮奄地。移以殷民六族[1]。故曰“因商、奄之民”。商奄之民，皆小奴隸主所領之奴隸也。周公悉解放之，

【1】《左傳》定公四年，子魚（祝佗）曰：“昔武王克商，成王定之；選建明德，以藩屏周。故周公相王室以尹天下，於周爲睦；分魯公（伯禽）以大路、大旂，夏后氏之璜，封父之繁弱（弓名），殷民六族：條氏、徐氏、蕭氏、索氏、長勺氏，尾勺氏使帥其宗氏，輯其分族，將其類醜，以法則周公。用即命於周。是使之職事於魯，以昭周公之明德。分之土田倍敦，祝宗卜史。備物典册，官司彝器；因商奄之民，命以伯禽，而封於少皞之虚。”今按：祝佗所説，似伯禽初封即在曲阜者，蓋左史引用中語。不言徙封，以就省便耳。伯禽初封當在魯山。《竹書紀年》武王十二年“命監殷”。十三年，“遂大封諸侯”。《史記·周本紀》：“武王爲殷初定，未集，乃使其弟管叔鮮、蔡叔度相禄父，治殷。……封諸侯。頒賜宗彝，作分殷之器物。武王追思先聖王，乃褒封神農之後於焦，黄帝之後於祝，帝堯之後於薊，帝舜之後於陳，大禹之後於杞。于是封功臣謀士，而師尚父爲首封，封尚父於營丘，曰齊。封弟周公旦於曲阜，爲魯。封召公奭於燕，封弟叔鮮於管，弟叔度於蔡。餘各以次受封。”《左傳》昭公二十八年云：“昔武王克商，光有天下。其兄弟之國者十有五人，姬姓之國者，四十人。”合三書觀之，魯國之封，在武王十四年，即克殷誅紂之次年。武王在位十七年，崩於克殷之後五年。其時曲阜尚爲奄地，安可得用以封周公？則《史記》云，“封弟周公旦於曲阜者，亦就行文省便耳”。滅奄在成王五年，去武王“大封諸侯”已逾九年。則魯國初封之地在魯山，不在曲阜可知矣。魯山之所以稱魯，以此故也。其地距洛近，周公爲同姓國之最尊、親、賢而功尤大者，所封自當是近畿之地，安得初封便在東夷奄國之曲阜哉？惟其平奄後，須有强藩徙鎮之，乃得徙魯於曲阜耳。史遷云克殷，“封諸侯，頒賜宗彝”，即祝佗“分魯公以大路、大旂”，璜與繁弱之事。其事在武王十二年或十三年大封諸侯時。至於分殷民六族於魯，七族於衛，及懷姓九宗於唐，則必當是誅武庚、絶殷祀之後。其最早不能過成王三年。因康叔封衛在誅武庚及管蔡後也。若唐國之封則尚當在成王八年之後。《竹書》：成王八年“滅唐”。十年乃“命唐叔虞爲侯”。故唐國，豕韋之後。故先滅唐而後有唐叔之封。祝佗以衛唐與魯並言之，則可知其因事類舉，而非同時史事之叙述。因而亦可省魯之初封於徙封。《史記》亦正如此。三年伐奄，殺戮者多，奄地多荒，故徙殷民六族以實之。所謂“因商奄之民”，謂殷之徙民與奄之舊民已歸附者。其人與從武庚叛亂之熊盈等十七族順逆不同。其徙入魯者皆能愛戴周公，故有此詩也。

使如王畿鄉遂農民，各得分有土地，自立家室，而供賦役於魯君之農奴。故其人盡皆愛悦周公，欲其久居魯國。既知其不可能留，故相與歌詠此詩以送周公。其詩與其他豳風格局不同，疑是殷民新徙於魯者所作。隨軍樂官用豳之樂曲譜之也。詩與上篇《伐柯》同有“我覯之子”句，説詩舊多聯並解爲一事。細審，上篇文辭簡甚，意極幽深，是在上位者訓下之詩。此篇文多俚淺，絮絮于依戀之情，是下民戀慕其上之詩。雖同是周公東征時事，决非出於一人之手。“我覯之子”，蓋當時習用於第三人稱之語。其他説爲“周大夫刺朝庭不知周公”（《續序》），“喻王迎周公””（《鄭箋》），“豳人美東人之化于周公”（魏源），並失之。

首章，“九罭”，毛云：“緵罟，小魚之網也。鱒魴，大魚也。”朱云：“九囊之網也。”今按：九罭，謂單人所用之撒網，一網而九罭。罭者，網之界。織網者先爲一網、九界，分界織目，逐層加綫而增目，合爲一圓錐形之大罩。乃反卷其脚，加墜鐵（古以石）。漁人層理九罭於臂肩上，乃用力撒之，遂如大罩入水。罩下魚皆入網。目細，阻不得出。漁人乃徐徐收網出水，取魚。此種網僅可能得兩三寸長之魚類。長尺左右者皆易逸出。詩言“九罭之魚，鱒魴”，謂單人之網得大魚。頌周公獨力平四國也。“之子”，指伯禽徙封至魯。“衮衣繡裳”，諸侯之命服也。詩人知爲周公之子而愛敬之。其語殊俚，其意甚真摯。

次章，“鴻飛遵渚”，喻周公將去矣。“鴻”，今云白雁。一曰天鵝，大型水鳥，以魚爲食，平時游泳水中，今遵洲渚而飛，則將移徙他處之象也。“公”，謂周公，不如上章稱“之子”，明上章所稱者伯禽，此所稱乃周公也。“公歸無所”者，謂周公西歸，途中不札行臺（行營）以勞民，但信車馬所至宿於民家。或因有所待，至於再宿。詩云“于女信處”，“女”猶汝，指所宿之家。再宿爲信。蓋作與居主人對語之詞。意者，周公西歸時，隨所至撫慰沿途人民。人民亦挽留之。安撫告諭，前進濡遲。故詩語如此。

三章，重叠上章之言，以明去思之切。鴻飛既已離渚而陸，則决去矣。故曰“公歸不復”。“信宿”猶信處也。

卒章，訣别傷感之詞。“是以有衮衣”者，以與已古字通，言伯禽已封於此矣。“無以我公歸”者，言封伯禽於此，故以我周公歸。“無”，語辭。“無使我心悲兮”之無字同。猶言成王必用我公爲冢宰，故從魯公伯禽來鎮於此，以替我公西歸。勢不能留，故使我等心悲也。《周詩》中多有用無爲語辭之例，不獨在此。

（七）狼　跋

二章。章四句。三十二字。

狼跋其胡，載疐其尾。公孫碩膚，赤舄几几。

狼疐其尾，載跋其胡。公孫碩膚，德音不瑕！

題解：此詩以狼之窘狀，與公孫之泰然對比，明是周公困於流言時，宗周人事有對立之兩面；平亂後，周人譏笑其失敗者而歌頌其成功者之詩。舊有説爲美周公德容之詩者。夫頌人盛德而比之爲狼，又極言其進退窘困之狀，有是理乎？審詩語，蓋周公平叛既歸後，其從者譏刺向時附和流言諸貴族（《尚書》所言之“群弟”）之詩。

首章，“狼跋其胡”，《毛傳》：“跋，躐。疐，跲也。老狼有胡，進則躐其胡，退則跲其尾，進退有難，然而不失其猛。”若謂平叛爲武猛，則猛獸多矣，何爲喻爲吃人之狼乎？“胡”字本義爲項下懸肉。牛羊有之，犬馬所無。狼雖老，不能有胡。謂胡爲胡借字，指狼項下長髯，則可也。然老狼雖有髯，亦甚短，不至爲狼足所能蹋。詩言跋胡疐尾之狼，謂垂首曳尾之狼也。垂其首，故能跋其胡。曳其尾，故疐其尾也。附和流言之貴族，曾猖狂一時。迨周公東征還，權勢愈重。縱不治此輩，此輩固自内慚，憂危靡徙，有似慚逸之狼。詩之一再言此，譏笑之至矣。“疐”，《説文》引詩作躓。云“躓，跲也”。蓋魯詩舊訓如此。毛云：“公孫，成王也。豳公之孫也。碩，大。膚，美也。”鄭云：“公，周公也。孫，讀當如‘公孫于齊’之孫。”陸云：“孫，毛如字。鄭音遜。”朱從鄭説。今按：“公子”、“公孫”，亦當時泛稱貴族之語耳。周公爲文王之子，亦爲王季之孫。伯禽爲周公之子，亦爲文王之孫。此詩“赤舄几几”云者，蓋兼指周公、魯公言之。故統稱之云“公孫”。“赤舄”者，毛云：“人君之盛屨也。”朱云：“冕服之舄也。”今按：即後世稱之“朱履”，公、卿、大夫與王侯皆得著之。周世，或人君與公卿乃得用也。“几几”，毛云：“絢貌。”朱云：“安重貌。”今按：古人席地坐，耆貴者乃加几，供式憑、書繕與飲食之便。一室之中，出與穩定，無所謂桌椅，衹几爲最高。詩言周公大德從容，不爲群小所撼動。今則群小赧顔局促，而周公則赤舄安詳于朝，魯公亦赤舄安詳于國。几几聯稱，具奕世安固之義。

卒章，“德音不瑕”，謂冢宰令教，天下奉行，稱爲“德音”。莫能指其瑕庇。自其本身言之，爲無瑕。自國人言之，爲“不瑕”。

詩頌周公之從容大度，醜詆群小，至出於譏笑，充滿狷忿之氣。固非周公自作，亦非勞動人民語言。大抵出於親附周公之一部分貴族之作。

《豳風》小結

《豳風》七篇，八百五十五字，超過《周南》十一篇，或《召南》十四篇之字量。《七月》一篇，八章三百八十三字，即相當於《二南》平均八篇之字量。《東山》四章一百九十三字，亦近於《二南》四篇之字量。此兩篇與《周南》之作，大略同時，又大都出於周公所纂輯。故其一章皆可視同《周南》之一篇。衹《二南》爲南樂詩歌，此二詩爲豳樂詩歌不同耳。又因其爲周公輯纂勞動人民之舊歌，故文字特多。若其勞動人民之原詩，文則應甚簡短。

周初詩歌，文率簡短，即如此七篇中，《伐柯》《狼跋》兩篇，俱衹三十二字，與其他周初諸侯詩字量相當。惟纂輯之詩字多耳。纂輯之詩，無論其爲若干章，各章應必同一樂譜。《七月》八章同用一譜，故八章同爲一篇。《東山》四篇同一樂譜，故爲一篇。以此推之，其他周詩各篇，無論分章多少，各章亦必同一樂譜。

《豳風》七篇，除《七月》《東山》爲周公旦改編勞動人民舊歌，《九罭》魯國人民之詩外，全屬周初貴族階級之詩。除《七月》一篇外，皆屬周公東征年代之作。其序次依於造作之先後，不問作者社會階級之序。即如周公自作之詩，《伐柯》，亦列於《破斧》之後。此其與他十二國風詩排次之異也。

附：論十三《國風》次第（代《國風》總結）

商代的風樂，經歷數百年的發展變化，成爲若干支派。一般習慣，恒以樂派最先産生的地方名稱作爲樂派名稱，正如我國元明的南曲，到清代發展成爲昆、弋、徽、嵊、陂、黄各派，北方的梆子，發展成爲秦、晋、蒲、豫、魯、灤和渭南梆子、四川梆子一樣，都是用地方名稱作樂類名稱的。周代樂官，蒐羅當時商風樂歌，分别爲邶、鄘、衛、王、豳等十三支派，各爲簡册，以各産生地區地名名之，應無足怪。今傳《毛詩》，於十三國風標題，只作“邶”、“鄘”至“豳”之字，應當如此理解。其大題作“國風”二字者，國字古義爲小區域之稱。戰國以來，始用爲“國家”、“國境”之義。《六經》文字，有邦，無國。邦國連稱，始於《周禮》，秦漢間人所撰之書也。邦國互訓，始于《説文》，後漢時人所撰之書也。大題“國風”二字，若出于孔子，則所指亦衹是樂類産生地區之義。漢儒乃有説爲列國封域者耳。《新詮》既已考訂“國風”十三小題命名之由，玆更總述十三國風篇第排次諸異附以個人意見如下：

太師樂檔，係分部類爲簡册。十三國風各自爲册，故排次先後可以任意爲之。大抵各國太師，各有其編次樂檔之次第。依當時習慣，屬性疏遠者居前，親近者居後（與今世著書重輕先後相反）。如周太師，則以南夷之樂前列，商風之樂次之，本身重視之雅樂，與頌樂在後；而大雅又在小雅之後。頌樂又在大雅之後。至於三頌先後，則周太師本不收魯頌與商頌。縱使有之，亦衹作爲附録。且其排次先後亦未必即是周、魯、商次第也。

邶、鄘、衛皆衛太師保存之詩樂，故衛居後。豳詩爲孔子鈔自周太師者。東周之太師，亦必以豳、王二風排在“國風”最後。其他鄭、齊、晋、秦、陳、曹諸國太師樂檔編次，固亦當各以本國之風居後。古人著述篇第之法如此。故樂檔第次亦當如此。是故，風詩編次，孔子時代即無一定安排。齊、魯、韓三家是如何安排，已無可考。

毛詩篇第，按宋刻《毛詩定本》所載，爲：

周南　關雎詁訓傳第一；

召南　鵲巢詁訓傳第二；

邶　　柏舟詁訓傳第三；

鄘　　柏舟詁訓傳第四；

衛　　淇奥詁訓傳第五；

王　　黍離詁訓傳第六；

鄭　　緇衣詁訓傳第七；

齊　　鷄鳴詁訓傳第八；

魏　　葛屨詁訓傳第九；

唐　　蟋蟀詁訓傳第十；

秦　　車鄰詁訓傳第十一；

陳　　宛丘詁訓傳第十二；

檜　　羔裘詁訓傳第十三；

曹　　蜉蝣詁訓傳第十四；

豳　　七月詁訓傳第十五。

此種排列次序，具有何種理由，雖經專攻《毛詩》諸家多方推測，亦莫能得其意義。例如：孔穎達《疏》云："自衛以下十餘國，編次先後，舊無明説。去聖人遠，難得而知。欲以先後爲次，則齊哀先於衛頃，鄭武後於檜國；而衛在齊先，檜處鄭後；是不由作詩之先後也（按：原意謂《齊・鷄鳴》詩作在《衛・淇奥》之先）。欲以國地爲序，則鄭小於齊，衛狹於晋，而齊後於鄭，魏先於唐，是不由國之大小也。欲以采得爲次，則《鷄鳴》之什遠在《緇衣》之前，鄭國之風必處檜詩之後；何當後作先采，先采後作乎？是不由采得先後也。"

《左傳》襄公二十九年載："吴公子札來聘，見叔孫穆子。……請觀于周樂。使工爲之歌《周南》《召南》。曰：'美哉。始基之矣。猶未也。然勤而不怨矣？'爲之歌《邶》《鄘》《衛》。曰：'美哉，淵乎。憂而不困者也。吾聞衛康叔、武公之德如是。是其衛風乎？'爲之歌《王》。曰：'美哉。思而不懼，其周之東乎？'爲之歌《鄭》。曰：'美哉。其細已甚，民弗堪也。是其先亡乎？'爲之歌《齊》。曰：'美哉。泱泱乎大風也哉。表東海者，其太公乎？國未可量也。'爲之歌《豳》。曰：'美哉，蕩乎。樂而不淫，其周公之東乎？'爲之歌《秦》。曰：'此之謂夏聲。夫能夏則大。大之至也，其周之舊乎？'爲之歌《魏》。曰：'美哉。渢渢乎。大而婉，險而易，行以德輔，此則明主也。'爲之歌《唐》。曰：'思深哉。其有陶唐氏之遺民乎。不然，何憂之遠也。非令德之後，誰能若是？'爲之歌《陳》。曰：'國無主，其能久乎？'自《鄶》以下無譏焉。”此下尚有“爲之歌《小雅》……《大雅》……《頌》”及“見舞象箾、南籥者，……舞大武者……舞韶濩者……舞大夏者……舞韶箾者”，皆有譏評，乃嘆“觀止”。

此文，國風次序，顯與《毛詩》不同。後之説者，每以爲是“孔子未删詩前，周太師樂歌之次第”。（宋歐陽修、章俊卿等皆如此説）然其文義可疑之點甚多：細分二雅與十三國風，而三頌不分。審其讚頌之語，是贊《周頌》。豈有魯人盡獻諸樂舞而乃不及《魯頌》者乎？一也。季札，吴之公子，于中華之語言及詩樂應當有所扞格，而乃精於聲樂至此，雖師曠之聰亦當遜之，理所難能。二也。通三百餘篇盡歌之，加以歷代樂舞，雖晝夜演奏，彌月不能竟。季札精力能堪之？叔孫穆子近於神話，且又能判斷其國運長短，皆如秦人所目驗，神乎其神，豈有此理？四也。《左傳》多有後人竄亂之跡，此蓋其一焉。然司馬遷《史記·吴世家》已全載其文。故後人莫或敢於疑及之。

竊謂：史遷，治《魯詩》者也。其書關於《詩》藝部分，恒用魯詩家言。其説之謬，决不可信者。如《孔子世家》之“四始”，與《宋微子世家》之箕子《麥秀歌》，並此季札觀樂爲三矣。此蓋由史遷用魯詩家説以拚凑《吴世家》。劉歆又用《史記》之文以竄亂《左傳》。其事之决非史實，善能分析其文者自能識之，此不具論。兹所論者，由是得知其爲《魯詩》國風次第可也。

《魯詩》以豳列于齊、秦之間者，蓋以豳爲魯國之風。宋儒曾有《豳》爲魯風之説（憶在《困學紀聞》，一時無書查對），明豐坊僞造魯申培公詩説，亦以《豳·七月》篇入《雅》，而以餘六篇合《魯頌》爲“魯國之風”，列在《邶風》之前。近人尚每有以豳詩爲魯風者，其淵源蓋在于此。魏晋時《魯詩》已亡，鄭玄以後諸儒未能見之。兹已無法取證，姑爲之假説如此。

漢末，鄭玄作《詩譜》，又於《毛詩》與《魯詩》外，提出第三種國風次序編排。分全部詩篇爲《周南·召南》，《邶、鄘、衛譜》《檜鄭譜》《齊》《魏》《唐》《秦》《陳》《曹》《豳》及《王城》各爲一譜。《小雅》《大雅》各爲一譜，及頌譜。于是之十三國次爲：邶、鄘、衛、檜、鄭，齊、魏、唐、秦、陳、曹、豳、王。與《毛詩》相異處在：升檜在鄭前，而退王於豳下。與《魯詩》亦有不同。魯詩家造爲季札觀樂之事以説詩，固猶謂國風十三爲“樂類”。鄭玄《詩譜》，則竟分國爲譜。謂邶、鄘、衛皆衛國之詩，則合爲一譜；檜滅于鄭，亦合爲一譜；全失詩樂之義矣。其於《王城》退至《豳風》之下，特爲説明云：“平王以亂故，徙居東都王城。于是王室之尊與諸侯無異。其詩不能復雅。故貶之，謂之王國之變風。”唐孔穎達作《詩譜正義》又爲之説曰：“王詩次在鄭上，《譜》退豳下者，欲近雅頌，與王世相次故也。”此等解説，及今看來，全是可笑的。姑藉以説明各家排次之異而已。

鄭玄博通群經，而于《詩》，未治齊魯兩家，故其著作不受魯詩影響。其人初治《韓詩》。後師馬融，治《毛詩》。所撰《詩箋》，雖尊毛詩家説，亦間采用韓説，與《毛詩》立異。其撰《詩譜》亦然。疑其《譜》，與《箋》之國風，不同次第，即緣遵用《韓詩》編次之故。唯《韓詩》《王風》仍在衛下，玄自以意退之，非《韓詩》舊次，故特加説明。其他依《韓詩》舊次，如檜、鄭者，即毋庸解説故也。

孔穎達撰《詩正義》恪遵《毛序》與其傳文。亦遵《鄭箋》。唯於《詩譜》不盡遵。往往删節其文。又割《檜鄭譜》爲《檜》《鄭》之兩篇，分冠於《鄭·緇衣》與《鄭·羔裘》之前，以就《毛詩》編次。(《邶、鄘、衛譜》則冠于《邶·柏舟》之前。他各譜皆與國相傳，移其次第。)

其後孔穎達奉敕撰《十三經注疏》，於《詩》全用《正義》之文。亦於適當部位分冠以十五詩譜。注疏本大行，《鄭箋》亦與《毛傳》專行。而《詩譜》單行本遂廢。

宋歐陽修得《詩譜》殘本於絳州民家。其文與孔氏《正義本》不同，但已殘闕，乃取《正義本》補綴之，稱曰《詩譜補亡》。其《後序》有曰：

> 凡詩，雅、頌兼列商魯。其正變之風，十四國（按，歐謂二南爲一國）。而其次比，莫詳其義。唯封國變風之先後不可以不知。周、召、王、豳，同出于周。邶、鄘並于衛。檜魏無世家。其可攷者：陳、齊、衛、晋、曹、鄭、秦，此封國之先後也。豳、齊、衛、檜、陳、唐、秦、鄭、魏、曹，此變風之先後也。周南、召南、邶、鄘、衛、王、鄭、齊、豳、秦、魏、唐、陳、曹，此孔子未删詩以前，周太師樂歌之次第也。周、召、邶、鄘、衛、檜、鄭、齊、魏、唐、秦、陳、曹、豳、王，此鄭氏《詩譜》次第也，黜檜後陳，此今詩（按，指《毛詩詁訓傳》）次第也。

歐陽氏《詩譜補亡》排列次序，爲周、召、邶、鄘、衛、王、檜、鄭、齊、魏、唐、秦、陳、曹、豳。又與《鄭譜》及《正義》皆不同。清桐城馬瑞辰甚稱之，謂："其先後次第，非無意義。但不得以一例求之。蓋於二南、邶鄘衛王，可以見殷、周之盛衰焉。二南，周王業所起也。邶、鄘、衛，紂舊都也。王，東遷以後地也。首二南，見周之所以盛。次邶、鄘、衛，見殷之所以亡。次王，見周之所以始盛而終衰也。於檜、鄭、齊、魏、唐、秦，可以覘春秋之國勢焉。春秋之初，鄭最稱强。檜則滅於鄭者也。故檜、鄭爲先。鄭衰而齊桓創霸，故齊次之。齊衰而晋文繼霸。魏，則滅於晋者也。故魏、唐次之。晋霸之後，秦穆繼霸，故秦又次之。若夫陳、曹、豳，則又詩之廢興所關焉。陳滅於淫。曹滅于奢。而豳起于勤儉者也。以陳、曹居變風之末，見詩之所以息。以豳風居雅之先，見詩之所以興。至豳之後於陳曹，則又有反本復古之思焉。大抵十五國之風，其先後皆以國論，不得以一詩之先後爲定也。邶、鄘滅于衛，檜滅于鄭，魏滅于唐，皆附于衛鄭唐以見，又以見一國之廢興焉。不得以國之小大爲定也。而采得之先後，載籍無徵，其不足以定次序，更無論矣。"

此等儒家抱其"十五國風"的謬見，和"十三國爲變風"的謬見，與謂"孔子編定寓有褒貶"的謬見，以及其他若干封建儒術的觀點來找尋國風序次的理由，莫能自圓其說，馬氏此篇，要算最圓融的，但在今日看來，却是百孔千瘡，不值一駁的。

此外，更有山陽王晏的《詩譜考正》，湘潭胡元儀的《毛詩譜》，和邵陽魏源的《詩古微》，都有各自定爲合理安排的次序。魏源與王晏同認爲國風次序爲：邶、鄘、衛、檜、鄭、齊、魏、唐、秦、陳、曹、豳、王。胡元儀則謂歐譜次序爲王在鄭前，豳在齊下，檜曹相次。

兹將各家主張異同比例一表如次：

次　第	1	2	3	4	5	6	7	8	9	10	11	12	13
《毛詩詁訓傳》	邶	鄘	衛	王	鄭	齊	魏	唐	秦	陳	檜	曹	豳
《左傳》季札觀樂	邶	鄘	衛	王	鄭	齊	豳	秦	魏	唐	陳	檜	曹
鄭玄《詩譜》	邶	鄘	衛	檜	鄭	齊	魏	唐	秦	陳	曹	豳	王
孔穎達《詩正義》	邶	鄘	衛	王	鄭	齊	魏	唐	秦	陳	檜	曹	豳
歐陽修《詩譜補亡》	邶	鄘	衛	王	檜	鄭	齊	魏	唐	秦	陳	曹	豳
豐坊僞《魯詩説》	魯	邶	鄘	衛	王	齊	魏	唐	曹	檜	鄭	陳	秦
王晏《詩譜考正》	邶	鄘	衛	檜	鄭	齊	魏	唐	秦	陳	曹	豳	王
胡元儀《毛詩譜序》	邶	鄘	衛	王	檜	鄭	齊	魏	唐	秦	陳	曹	豳
魏源《詩序集義》	邶	鄘	衛	檜	鄭	齊	魏	唐	秦	陳	曹	豳	王
《周詩新詮》	邶	鄘	衛	王	檜	鄭	陳	曹	齊	魏	唐	豳	秦

《新詮》認爲：

解答此問題，必先掌握一個概念，那就是：孔子删定詩三百篇，分類與排次都是依魯太師原編的次序。任何一國的樂官，保存詩歌的編排方法，都是依據樂曲的分類，不是依照國别的。若依國境來分，則任何人也不能證實周代曾經有過邶鄘兩個國。更不能把"王"作爲一個國。無論是周太師或魯太師不能這樣題作國名，更是齊、楚等異姓諸侯之國，也衹能説它是周，或東周，斷不會説成是"王國"。這個"王"字，乃是樂官們用來表示"王畿之風詩"的省稱。西周王畿之風詩題作"豳"，東周王畿的風詩題作"王"，不僅是地域的區别，也正是時代的區别。同時也是樂曲種類的區别。鄭玄補作"王城"二字，是可取的。説成"雅降爲風"便錯遠了。王城詩的本曲就是風，不是雅。正如西周王畿的豳風也不是雅一樣。秦國雖填在西周王畿内，風樂與豳風不同，亦就别稱爲《秦》了。無論是周太師或其他列國的樂官，在春秋年代，都是尊王的。無論他們是如何虛假，總不能跟隨霸者口頭上尊王。衹有樂官們對于樂曲的分類，必須按實際需要分編保管，纔便於用。豳就是豳，王就是王，衛就是衛，一切依樂類爲稱，没有甚麽褒貶、抑揚。孔子是絶對尊王的，他作春秋，魯國的正月都要寫作“王正月”，叙會同必先“王人”。獨于《詩》，以王入風，叙在邶鄘衛下，並無尊諱之義。這一點，除了是依照太師舊稱之外任何巧説也是不通的。

惟亦必須考慮到：太師既依樂曲分類標題，編册保管，十三國風各自成册，則各册排次之間是極易因取用歸還之誤而打亂原次的。也由于他的次序變動無損于樂詩的類别，所以漢初四家傳詩，各有不同的次序，這是無礙于詩義的事。因而無人注意到他，也就可以聽其各人自作安排了。

《新詮》初寫時，也嫌得《毛詩》編排欠佳。準備訂正。並曾於開寫時決定改用依樂類編排的方法。衹苦於古樂久亡，自漢儒傳詩，已無能言之者。精於聲樂如鄭樵，亦衹能識南、風、雅、頌之别，不能知十三國風之别，反復研索舊籍，惟《吕氏春秋》論古樂較備。其《音初篇》，載述東音、南音、西音、秦音、北音起源的傳説。謂北音始於有杅氏之二女，與商族起源傳説符合。因以爲商風之始，演自商族，來自北方。邶風，其朔也。故言風詩者，必以邶居首位。鄘，邶之演變也。衛，又其變也。王，因東都王畿徙殷民多而演爲商風之别支也。檜，本殷王役屬之國降于周者，故又自演爲檜風。鄭雖滅檜而有其地，統治階層自宗周來，故鄭風又檜之變也。曹國本鄘風流行之地，叔振鐸封國于此。地當東南北西商賈交會，故在周世亦更自爲風樂，與鄘、衛有别。陳本南國故地，武王封其元女大姬夫婦於此，必當推行豳風之樂，而卒與南國巫風相雜糅，亦自别爲支派，則南音相近之風樂也。齊爲東音之正宗，故後世以“商齊”並稱，商謂商風，邶、鄘、衛、王、檜、鄭、曹皆屬之，是北音之流變。齊，則東音也。

中夏核心之地，原在河曲鹽池附近，唐、虞、夏數百年文化極盛之地，自有音樂，稱爲夏聲。殷商統一後，稱其地爲“西河”。殷整甲居此，乃有西音之風，其説可信。魏風、唐風，當是其支流。豳風，又是受其影響之一支，在風樂爲後起。在周詩則最先出者也。秦風演出最後，《音初篇》特著“秦音”于四方音聲之外者，蓋吕不韋爲秦臣，欲大秦之聲，以承夏聲之正，爲中心領導之樂類，故特著之。豳秦本爲夏聲與西音結合之風，以時間不同而異。周人重《豳》，秦人重《秦》，亦理之當然耳。

《新詮》初稿用此概論，而有不能自信者。單據《吕覽》，乏於他證，則嫌於武斷。故再稿仍依毛詩舊次。但存其意概於此，供他日考訂焉。

卷四 大小《雅》新詮

《小　雅》

解　題

“雅”，爲周人自創樂類之名稱，屬商風西音之别派。其樂以琴爲主，兼用商風之瑟及南樂之笙合之；不排斥他種樂器，而必譜之以琴；承虞夏遺音，以與商之風樂爲别；蓋文王自稱受天命後所創也。

虞夏皆建國于河東鹽池附近，其傳統的樂歌，被稱爲“夏聲”。夏滅於商。商風行而夏聲偃。周起其廢而更輝煌之，稱之爲雅。然在周末，猶有稱“雅”爲“夏”者，足知其傳承發展之跡所自來矣[1]。

《六經》中，自《詩》外不見雅字。《詩》有“以雅以南”。《論語》有“雅頌各得其所”，皆明明以雅爲樂類名稱。知周以前無雅樂之名，雅之名創於周矣。

周樂稱“雅”之原因，先秦未有説者，後漢衛宏《續詩序》始有“雅者正也”之説。蓋取《儀禮》工歌鹿鳴之三，關雎之三，鵲巢之三，爲“正歌”之正字，與《論語》“政者正也”之文合以爲説。夫《儀禮》樂工所謂之“正歌”，凡十八篇，衹六篇是雅（六篇是南，又六篇爲有曲無詞之笙樂），則不當以其正字説雅。至謂“王政所由興廢”，則三百篇何者與王政無關，而不皆以爲雅。王風、豳風皆王畿之詩，豈即無關王政，而以爲風邪？其説之不通如此，而後儒莫不遵之，怪也。

許慎《説文》，隹部云：“雅，楚烏也，一名鸒，一名卑居，秦謂之雅。”近人章炳麟説：“雅即是烏。李斯《諫逐客書》，楊惲《報孫會宗書》，均有‘擊缶而歌烏烏’之句。……烏烏爲秦聲。秦本周地，也可説爲周聲。”（據蔣國善引他的講演）把《説文》的“楚烏”逕説爲烏，猶如把楚王逕稱爲王，巴蕉逕稱爲蕉，是章氏之疏忽。惟從字形以説雅樂名稱，方向則甚正確。雅字原義，固當是鳴聲“牙牙”之鳥。

考造字時之雅鳥，即今世俗所稱之“八哥”。其鳥羽毛純黑，有光澤，惟嘴與足爪丹黄；棲息于巖穴、樹洞間，啄食蟲類，不害稻粱，善能摹仿他鳥及人之語言，惟其自鳴必長呼曰“雅”。此鳥從來爲中華人民所愛悦。周樂取之命名者，或即取其純潔、善美，爲聲悦耳。爲物可愛之義。雅即用爲樂名，歷數百年，至於秦漢，人遂專以雅爲詩樂之稱，而别造鴉字以名此鳥。《説文》有雅字，無鴉字。則其明鴉字尚未創出，

【1】《荀子·榮辱篇》：“越人安越。楚人安楚。君子安雅。”《儒效篇》又云：“居楚而楚。居越而越。居夏而夏。”皆謂非人之天性，知能不同，衹是“習俗之節”，“積靡使然”。所言“越”、“楚”與“雅”，明是“越人”、“楚人”與“華夏人”習用之樂類。雅又稱夏，故異篇信乎而異其字。近人梁啓超謂：“雅即夏音，中國之正聲與南之夷樂俗聲者有别。”（見蔣國善《三百篇演論》引梁氏《釋四詩名義》）

雅字仍兼爲鳥名可知。(許氏所釋之“楚烏”,“鷽”,“卑居”,不知依據何書,以今動物學語言推考,鷽與卑居,皆鵲類,非烏雅一類。)

雅字既已專用爲雅樂之稱,後世遂引申爲典雅、雅素、嫻雅、雅美、高尚諸義,皆因詩樂之美以成義。雅烏之義全失。遂有“雅,正也”,“雅,萬舞也”等解釋。疋本疏之古字,六朝以來人亦以之代《爾雅》與《大小雅》之字。甚至以雅爲一種樂器。皆謬妄者爲之耳。

小雅與大雅,爲使用樂器多少之别。衛宏説爲“政有大小”者,亦謬也。同一征徐淮事,《鼓鐘》《黍苗》諸篇入於小雅,《江漢》《常武》《嵩高》諸篇列于大雅。同爲宣王用兵征伐四夷之事,《采薇》《出車》諸篇,列于小雅。豈伐玁狁爲“政事之小者”,征淮徐乃“政事之大者”;而征徐淮一事又有其政事之大小不同耶?鄭樵《六經奥論》,已用《毛序》之文駁《續序》之説曰:“序者曰:政有大小,故謂之大雅小雅。然則小雅以《蓼蕭》爲‘澤及四海’,以《湛露》爲‘燕諸侯’,以《六月》《采芑》爲‘南征’、‘北伐’,皆爲政之小者?如此,不知《常武》之征伐,何以大於《六月》;《卷耳》之‘求賢’,何以大於《鹿鳴》乎?”可謂一針戳破矣。

《新詮》以爲小大雅因使用樂器種類多少不同而異者,推想創製雅樂之初,原衹以琴代瑟,以雅易風。風之樂器原甚簡單,有瑟即可歌之。漢人所記,趙女以鄭衛淫聲,游媚諸侯,但抱一瑟而已(見《史記・貨殖傳》)。雅樂重琴,輕桐爲體,取携便於瑟。一人所至,隨興而歌,皆可携琴自和。《小雅》詩篇,多平民與士人之作。與風詩相似。想其創作時衹能有琴,非能合衆樂者也。雖如王室燕享,可以多合樂器。但如《鹿鳴》詩語,反復所舉,亦衹琴瑟笙三種。此即創雅樂時周王燕享賓客之詩,其所用樂器之簡單可知矣。具後天子燕享,有設鐘鼓者。如:《彤弓》詩,言“鐘鼓即設,一朝醻之”。《賓之初筵》亦云“鐘鼓既設,舉醻逸逸”。似二物衹爲勸酒之節,非《小雅》詩樂當有之器。縱使有之入樂,亦當是東周初年之制,西周固不如此。(兩詩皆東周初年之作。)若西周初年之《大雅》,則如《靈臺》篇,所舉樂器,有“虡業維樅,賁鼓維鏞,于論鼓鐘”,“鼉鼓逢逢”等句,可以想見其所用樂器種類之多,殆無所不備。此就樂詩本身所可能定之説也。

西周之初,王室與民間皆尚風詩,有《豳風》七篇可證。成王以後,風詩殆絶,民間亦用雅詩。此又周人以小雅代風之驗。小雅之樂,可以行於民間。大雅之樂,則惟王室貴族乃能舉之。由於設備樂器有難易不同,自然成爲劃分階級之兩種樂類。故大雅恒爲王族使用之詩樂,小雅之詩則自王室至勞動人民皆爲之,其階級屬性之廣泛,亦正與風樂同。

一、鹿鳴之什

朱熹《詩集傳》云："雅頌無諸國别，故以十篇爲一卷，而謂之什，猶軍法以十人爲什也。"

（一）鹿　鳴

三章。章八句。百零三字。

呦呦鹿鳴，食野之蘋。我有嘉賓，鼓瑟吹笙。吹笙鼓簧，承筐是將。人之好我，示我周行。

呦呦鹿鳴，食野之蒿。我有嘉賓，德音孔昭。視民不恌，君子是則是傚。我有旨酒，嘉賓式燕以敖。

呦呦鹿鳴，食野之芩。我有嘉賓，鼓瑟鼓琴。鼓瑟鼓琴，和樂且湛。我有旨酒，以燕樂嘉賓之心。

題解：此文王初創雅樂時，用於燕饗賓客之樂詩。時岐周仍是奴隸社會。遠近奴隸主以經濟關係與周往來者，文王皆用此樂歌燕享之，團結友情，導使背殷。其詩温雅、謙恭，深致團結之誼。後世統治階級燕饗賓客，大都沿用此詩。故在三百篇中，樂譜最爲後亡（據《三國志·杜夔傳》）。三章皆以鹿之得食呼伴起興。

首章，"呦呦"，鹿鳴聲。《毛傳》云："鹿得蓱，呦呦然鳴而相呼。"訓蘋爲蓱。《鄭箋》不以爲然，云："蘋，藾蕭。"鹿不食水中之草，毛氏訓蓱固非。"藾蕭"，今云掃帚草也。陳奂《毛詩傳疏》引曾創《詩異同辨》謂："《毛傳》本作'蘋，苹也'，傳寫誤加水旁。"引《説文》"蘋，馬帚也"及《夏小正》"七月蘋秀"傳"蘋也者，馬帚也"爲證。當是。馬帚，即今之掃帚草，北方野生遍地，屬蒿類，嫩時枝葉爲鹿所嗜也。

"吹笙鼓簧"之簧，本義爲管樂器孔上安裝之薄片，隨吹氣振動以發響者。故《毛傳》云："吹笙而鼓簧。"《朱傳》云："笙中之簧也。"後世乃有一種樂器曰簧，不適用于此詩。"承筐是將"，舊説，"承，奉也"（《鄭箋》）。"奉筐而行幣帛，飲則以酬賓送酒，食則以侑賓勸飽也。"（《朱傳》）《新詮》以爲此句與次章"德音孔昭"爲對，應皆爲賓惠主人之語。蓋謂賓客來時饋有筐篚盛物，主人承而將取之。"將"，爲携取之義。故下文曰："人之好我，示我周行。"周行，毛云："周，至。行，道也。"鄭云："周之列位也。"朱云："大道也。"《新詮》以爲：謙謂示我以交際往來之禮道，猶云"禮尚往來"、"施者必報"之義也。

次章，言來賓非僅有筐篚之惠而已。接席傾談，所予嘉善之言亦是昭明。“視民不恌”二句，爲“德音孔昭”句意落實之贊語，然亦空洞無實。便于作通用之諛詞而已。鄭云“視，古示字”。恌，《左傳》昭公十年與《説文》引此詩，皆作佻。一般皆釋爲愉薄（毛云：“恌，愉也。”義同）。《新詮》以爲上章已用示字，此章不當改用借字。且“民”爲奴隸之義，與“君子”（貴族）對詞。當謂：嘉賓德音爲“對待奴隸（視民）不可不厚（不佻），凡奴隸主子（君子）俱當奉此爲法則（是則）相效習（是效）。蓋周行優待奴隸之制，故詩設此語以勖其同類也。“式燕以敖”之敖，亦當讀如傲。謂嘉賓能布此德音，即可以驕傲于儕輩。舊説爲遨游字，於文不切。《邶·柏舟》“以敖以游”，固訓爲遨。《小雅·桑扈》“彼交匪敖”，與《曲禮》“敖不可長”，則皆訓傲。《嘉魚》嘉賓“式燕以樂”，《車舝》“式燕且喜”，皆以感情字爲文。遨游乃身動字，不能因《柏舟》借字，移用于此。

卒章，“芩”，陸璣《詩義疏》云：“芩草，莖如釵股，葉如竹，蔓生澤中下地鹹處。爲草貞實，牛馬亦喜食之。”蓋即今云“黄芩”之苗也。植物學上屬唇形科。此草不蔓生，陸璣見蓋生於濕地之芩、莖弱長而偃者也。葉披針形無柄，故似竹葉。圓莖粗細如釵股。獸類喜食其苗，如陸所云。全詩再三所説樂器，衹瑟、琴、笙三種。瑟爲風詩主用之樂器，笙爲南人主用之樂器，周人皆已用之，而雅樂必以琴爲主導。合三者以燕來賓，則雖不喜雅樂者亦不厭之。此周人待客所注意者也。故曰“和樂且湛”，“以燕樂嘉賓之心”。毛云“湛，樂之久”，“燕，安也”。湛，陸氏《釋文》云“又作耽”。蓋《韓詩》作耽。故《常棣》釋文引《韓詩》云“耽，樂之甚也”。《魯詩》字則作妉。故《爾雅》云“妉，樂也”。（《爾雅》文皆取自秦漢間經師之説）《毛詩》多改古字，而説義未改。此其一例。

三章格調一致，而字數長短不齊，是貴族文人爲詩特點。疑是周公旦少壯時作。周公詩，文格高而語意動人，多具教誨之義。此亦是初創雅樂時作之旁證。

（二）四　牡

五章。章五句。一百字。

四牡騑騑，周道倭遲。豈不懷歸？王事靡盬，我心傷悲。

四牡騑騑，嘽嘽駱馬。豈不懷歸？王事靡盬，不遑啓處。

翩翩者鵻，載飛載下，集于苞栩。王事靡盬，不遑將父。

翩翩者鵻，載飛載止，集于苞杞。王事靡盬，不遑將母。

駕彼四駱，載驟駸駸。豈不懷歸？是用作歌，將母來諗。

題解：岐周已强盛時，殷紂猶遣使多所誅求。使臣處境艱難，獻詩於周王，求得完成使命之詞也。《韓非子·喻老篇》："周有玉版，紂令膠鬲索之。文王不與。費仲來求，因予之。"《竹書紀年》載紂之四十年，"使膠鬲求玉于周"。蓋即此詩之事。周人以膠鬲賢，故譜其詩入小雅耶。

舊説爲"勞使臣之來"；(《毛序》)"陳其功苦以歌樂之"；(《序注》)"臣勞于事而不自言，君探其情而代之言"；(《朱傳》)皆不能説通詩語。夫云"豈不懷歸"欲歸而不能歸之詞也。"用是作歌"，使臣自作之詩也。明是國外來使，有求不得，告哀之詞，豈得謂勞自己使臣哉。細審詩語，可以定爲膠鬲之作。本爲商之風詩，周人譜之入雅耳。

首章，"四牡"，駕四牡馬之車，使臣赴急務之車也。"騑騑"，《毛傳》："行不止之貌。"非與飛古字通，謂急行也，"周道"，在此詩謂入周之路。"倭遲"，《釋文》謂《韓詩》作"倭夷"，又作"威夷"。《文選·潘岳西征賦》注引《薛君韓詩章句》曰"威夷，險也"。顏師古《漢書·地理志注》引此詩又作"鬱夷"。三家詩與毛氏作字各異；爲古代人形容道途險遠之語，則説皆同矣。"豈不懷歸"，自言來非得已，不可以徒歸，故稽延不歸之意。"王事靡盬"，説在《唐風·鴇羽》篇，謂國事不堪。隱言紂之暴亂。"我心傷悲"，自難處境之艱也。

次章，重申上章之意。毛云"嘽嘽，喘息之貌"。"白馬黑鬣曰駱"，"遑，暇。啓，跪。處，居也"。言四牡皆駱，是天子特使尊貴之車。急馳而來，則天子命使之意專嚴，求能必得也。使臣之不敢安處於家者，豈得已哉。毛云，"啓，跪"者，周世無椅凳，坐卧于席。雙脚屈坐爲跪。發一脚坐爲啓，一曰"小跽"，即"半跪"。並脚跪爲跽，又曰"長跪"。故坐與跪，古義相通。"啓居"（見《采薇》與《出車》）與"啓處"，皆安閒、放弛，於家坐息之義。

三章，"鵻"，毛云"夫不也"。字亦作䳕鳺鳺。亦名鵓鳩，一曰鵓姑；鴿類，似斑鳩而項無綉紋。造字時衹用隹字當之。其後與隹相似鳥名俱從隹，乃別爲鵻、雛字以別之。今俗云"水斑鳩"者是也。鵻性不鬥，故使人以自喻。"載飛載下，集于苞栩"，喻其奔馳來求。栩，今云："青杠"，有殼斗果者。"苞栩"，猶言櫟林。喻周之剛勁如栩。"將，養也"。(《毛傳》)謂棄父母而來，之非得已。

四章，又重申前章之意。毛云："杞，枸檵也。"即今之枸杞，莖有刺而果實甜美，喻物有可悦。不獲養母而來求之，由王命也。

卒章，再言四駱之使，急驟之行，明其王之意必得，非使者强求。作此歌以獻者，示雖不得而歸，亦將有再來譴責、必取之使。"將母"，讀毋。"諗"，《説文》云："深諫也。"亦即將毋再有來譴責者之義。果然，費仲再來，文王亦不敢不與。周人之重此詩，以彰膠鬲之賢、紂之暴，費仲之惡，與文王之能忍，蓋亦詩史也。（晋王戎問阮瞻孔老異同。瞻對曰"將無同"。將無，意已肯定而語不肯定之辭也。蓋即用此詩語氣。）

（三）皇皇者華

五章。章四句。六十四字。

皇皇者華，于彼原隰。駪駪征夫，每懷靡及。
我馬維駒，六轡如濡。載馳載驅，周爰咨諏。
我馬維騏，六轡如絲。載馳載驅，周爰咨謀。
我馬維駱，六轡沃若。載馳載驅，周爰咨度。
我馬維駰，六轡既均。載馳載驅，周爰咨詢。

題解：武王將伐紂，分遣使臣馳合四方諸侯（當時是中小奴隸主的稱號）作此詩，分賚致意也。

舊説：皆泛言爲君遣使臣之詩。又皆囿于《左傳》襄公四年及（國語）叔孫豹在晉之説，釋其文字，全失詩之本義[1]。兹概不取，别立新解：

首章，言燦爛諸花，開遍大地。以興滅紂時機之成熟。《毛傳》："皇皇，猶煌煌也。高平曰原。下濕曰隰。"可取。續云"忠臣奉使，能光君命，無遠無近，如華不以高下易其色"，則無取。此是命使臣賚致列國君臣之詩，非贈所遣使者之詩。前提既非，以下無不謬也。《毛傳》"駪駪，衆多之貌。征夫，行人也"可取。續云"每，雖。懷，和也"，用《國語》"懷和爲懷"文義，則無取。（説在附注）《鄭箋》依别本《國語》以"和"作"私"，云："衆行夫既受君命，當連行。每人懷其私相稽留，則于事將無所及。"如此以爲遣使之辭，謬也。《朱傳》混合其説曰："此駪駪然之征夫，則其所懷思，常若有所不及矣。蓋亦因以爲戒。"後之説者，又皆以爲是遣使訪求賢者諮詢治道。謂靡訓無。靡及，爲"不能及"，是"教使臣虚懷聽受之意"，尤屬謬也。文王時尚屬奴隸社會，安得有隱遁之賢者？又安得有統治者向其國中奴隸訪詢治道之事？《新詮》以爲"靡"字本義是風吹麻倒。故《説文》云"披靡也"。《廣韻》云

【1】《左傳》襄公四年，同載此事。《魯語》云："叔孫穆子聘於晋。晋悼公享之。樂及《鹿鳴之三》，而後拜樂三。晋侯使行人問焉。……對曰……今伶簫歌及《鹿鳴之三》，君之所以貺使臣。臣敢不拜貺。夫《鹿鳴》，君之所以嘉先君之好也。敢不拜嘉。《四牡》，君之所以章使臣之勤也。敢不拜章。《皇皇者華》，君教使臣曰：'每懷靡及。諏、謀、度、詢，必咨於周。'敢不拜教。臣聞之曰：懷和爲每懷，（明道本無上懷字。《詩箋》《韋昭注》《詩正義》皆作懷私爲每懷）咨才爲諏（《左傳》作諮事爲諏），諮事爲謀（《左傳》咨難爲謀），咨義爲度（《左傳》咨禮爲度），咨親爲詢，忠信爲周（《左傳》無此句）。君貺使臣以大禮，重之以六德，敢不重拜。"（《左傳》作"臣獲五善，敢不重拜"）《左傳》無"忠信爲周"句而有"訪問于善爲咨"句。所稱"五善"與"六德"，亦不相同（他異文無關大義者不論）。既同出於叔孫豹之一口，記於左丘明之一手，分歧不當如此之甚。疑有一種是魯詩家竄入之文。縱使皆出丘明一手，亦衹是春秋世"賦詩斷章"之陋習，予叔孫豹以狡對之便。不能遂以爲此詩本義如此。凡《左傳》所舉列國君臣賦詩陳意之文，無一非"斷章取義"以就己意之説，固無可用以解説詩本義也。

"偃也"。《尚書·畢命》云"商俗靡靡",孔穎達疏云"靡靡,相隨順之意"。《史記·儒林列傳》"靡然鄉風",皆用"草上之風必偃"之意説"靡"。此詩"每懷靡及",蓋謂,祝願征夫所至,列國從同,以次相及,靡然從風。"每懷",欲得之義也。

次章,"我馬維駒"兩句,周王自言此次遣使,車、馬、御夫皆上選。喻使臣亦皆上選。駒字,《説文》引此詩作驕。云"馬高六尺爲驕"。《陳風·株林》"乘我乘駒",《毛傳》云"大夫乘駒"。《箋》云"馬六尺以下曰駒"。此詩,陸氏《釋文》云:"駒,音俱,本亦作驕。"蓋三家詩本作驕。毛詩作駒,仍當用驕字説義,乃與"六轡如濡",及下三章文相稱。"六轡",説據《秦風·小戎》篇。"如濡",謂轡之柔軟而有光澤,如水濡沃之。"周爰咨諏",毛云"忠信爲周",又是誤用叔孫豹繼章之辭。此詩"周"字,當爲國王自指。爰,於也。發動諮諏於列國爲使臣之任務,亦即對列國君臣致意語也。諮諏何事,則寄使者之口陳之,不著於詩。古今兩國間遣使謀事之函札,例必如此。此詩之用,亦然。

三章,至卒章,重複上章之意至於四次,不厭其煩者,示其遣使之多,分馳四方之國。將大舉事,事不厭煩,則文亦不厭其煩,一也。諸侯之國有遠近、親疏之别,相應當有諏、謀、度、詢之等。聚謀爲諏,(《説文》)則其人可招之來聚而謀者,謂同仇諸侯也。"慮難曰謀",(《説文》)"諮事之難易爲謀",(《毛傳》)則强大諸侯有伐紂之志而未能决者也。"咨禮義所宜爲度",(《毛傳》)"心能制義曰度",(《謚法》)對願從周而不敢背殷之國言也。"詢",素非相謀,從違難期之諸侯,則但詢其意向而已。欲使一詩能全適遠近諸侯之意,固不厭辭費如此。

"騏",已見《小戎》。"駱",已見上篇。"沃若",已見《衛風·氓》。"駰",毛云"陰白,雜毛曰駰。均,調也"。

(四) 常 棣

八章。章四句。百二十九字。

常棣之華,鄂不韡韡。凡今之人,莫如兄弟。
死喪之威,兄弟孔懷。原隰裒矣,兄弟求矣。
脊令在原,兄弟急難。每有良朋,況也永歎。
兄弟鬩于墻,外禦其務。每有良朋,烝也無戎。
喪亂既平,既安且寧。雖有兄弟,不如友生。
儐爾籩豆,飲酒之飫。兄弟既具,和樂且孺。
妻子好合,如鼓瑟琴。兄弟既翕,和樂且湛。
宜爾室家,樂爾妻帑。是究是圖,亶其然乎?

題解： 周公既平管、蔡、殷、奄之亂。歸於宗周，集燕其宗親男女，以敦親親之誼，因爲此詩以勖之。

《左傳》僖公二十四年，富辰諫王曰："昔周公吊二叔之不咸。故封建親戚，以蕃屏周。管、蔡、郕、霍、魯、衛、毛、聃、郜、雍、曹、滕、畢、原、酆、郇文之昭也。邘、晋、應、韓、武之穆也。凡蔣、邢、茅、胙、祭、周公之胤也。召穆公思周德之不類，故糾合宗族於成周，而作詩曰：'常棣之華，鄂不韡韡。凡今之人，莫如兄弟。'其四章曰：'兄弟鬩于墻，外御其侮。'如是則兄弟雖有小忿，不廢懿親。"《外傳·周語》則富辰諫語曰："不可。古人有言曰：'兄弟讒鬩，侮人百里。'周文公之詩曰："兄弟鬩于墻，外禦其侮。'若是，則鬩乃内侮，而雖鬩，不敗親也。"云云。《内傳》説是召穆公虎作，則當作于宣王時。《外傳》説是周文公旦作，則當作於二叔敗死後。韋昭《國語注》曰："文公之詩者，周公旦之所作《常棣》之詩是也，所以閔管蔡而親兄弟。此二句，其四章也。禦，禁也。言雖相與于墻室之内，猶能禦異族侮害己者。其後周衰，厲王無道，骨肉思闕，親禮廢，宴兄弟。故召穆公思周德之不類，而合其宗族于成周，復循《常棣》之歌以親之。鄭、唐二君以爲《常棣》穆公所作，失之。唯賈君得之。穆公，邵康公之後也，至周公，歷九王矣。"詮按：《左傳》《國語》同記一事，而世次差謬如此。韋昭折衷其説，當是。審詩語含義、情調、格局，俱當是周公旦晚年之作。韋氏正詩題爲常棣字，亦可取[1]。

首章，以常棣起興者：常棣，今云"海棠"，其花鮮美，春日開，數十朵爲簇，燦爛似花球，各花柄同出於枝芽之端，疏密相稱，喻爲兄弟甚適當。"韡韡"，毛云"光明也"。其字與"彤管有煒"之煒同音義。韋昭寫作韓，蓋《韓詩》字也（昭時，齊、魯詩已亡）。"鄂不"，《毛傳》："鄂，猶鄂鄂然，言外發也。"《鄭箋》："承華者曰鄂。不，當作柎。柎，鄂足也。"《朱傳》云："鄂，鄂然外見之貌。不，猶豈不也。"今按：鄭氏以鄂爲萼。以不爲柎，指花柄，得其義矣。海棠花柄作總狀散放，如不字，故詩云"鄂不韡韡"也。不字具否音，故鄭説爲柎。《韓詩》字或作柎，故《箋》敢如此説耳。詩謂"凡今之人，莫如兄弟最親近"。省"最親近"字，於義亦明。

次章，言東征三年，殺人衆多，未嘗不孔懷兄弟。"孔懷"，謂欲有所以拯救之也。"原"，高地。"濕"，低地。"裒"，舊説"聚也"、"多也"，並非《易·謙卦》"君子

【1】 此詩"常棣"，與《召南》之"甘棠"，《何彼襛矣》之"唐棣"，《秦·晨風》之"苞棣"，《小雅·采薇》之"維常之華"，説詩者相與糾纏，莫成定説。舊嘗輯録諸經師之説，參以各詩篇之文義，與實物之觀察，及近代科學書籍之記述，如理亂絲，久而略得其要。所謂常棣、甘棠、唐棣、棠華，皆謂今之海棠。海棠固有多種，各地人呼之亦互異；説詩者作字亦不同耳。所謂棣，苞棣，與"夫移"（《韓詩》此篇題爲"夫移"。《藝文類聚》引此詩亦曰"夫移之華"）及《豳·七月》之"薁"，或奥李，郁李，皆謂今之海李，《朱傳》云"子似櫻桃，可食"者也。其間所輯舊説異同，紛錯，煩瑣，兹不具録。

以裒多益寡”之裒，此乃裒字本義。此詩謂裒原益隰，使地平也。《尚書》謂禹平治水土曰：“地平天成。”此詩“原隰裒矣”，即“地平”之義。後世稱剿滅叛亂曰“平定”，亦是此詩“裒矣”之義。“兄弟求矣”，《毛傳》：“言求兄弟也。”鄭、朱説爲“兄弟相求”，失之。三叔之更封其子。霍叔則降爲庶民，期限亦止三年。世言“周公誅管蔡者，非史實。此詩言“兄弟求矣”，乃周公之心，在於求得而教之，志不在誅之也。舊説者不能結合史實，竟至於説爲“積屍裒聚於原隰之間，亦惟兄弟惟相求”。（《朱傳》）大謬。

三章，進一步説明，東征爲了挽救兄弟。“脊令”，小鳥，常見於園庭間，飛行迅急，止則首尾上下起落不停。（俗呼“點水雀”）不喜偶居與群飛。（今作“鶺鴒”，亦出没于溝渠溪流邊，以小蟲爲食，鳴聲尖鋭短促，性猾黠。——整理者注）詩用此鳥起興者，喻管蔡之離親叛國，生性騷擾，如脊令之非善鳥。世人每有誤解此詩，反以脊令喻兄弟友好者，亦大謬也。“急難”，謂兄弟之難，惟兄弟情急思救。“每有”，猶云“雖有”，或“往往有”。謂良朋雖亦同情友人之難，亦唯付之一嘆而已。況與貺通。永與詠通。

四章，再進一步説明兄弟之親與朋友不同。鬩，字從鬥。《毛傳》云：“很也。”《説文》云：“恒訟也。”並謂使氣相恨之争。“墻”，謂室内。豳人築土爲室以禦寒，故室内之争曰“鬩于墻”。“務”，《左傳》《國語》引並作侮。陸德明云：“務，如字。又音侮。”今人皆讀務爲侮。《鄭箋》：“務，侮也。”蓋三家詩字本作侮。毛改作務。《毛詩》擅改古本文字之處甚多，此其一例。“禦，禁也”。（《毛傳》）無理相侵曰侮。《大雅・綿》傳“武臣折衝曰禦侮”，謂戰守以禦敵也。此詩“烝也無戎”，謂朋友雖衆，亦無人肯以兵戎相助。“烝，衆也”（《東山篇・毛傳》）。“戎，兵也”。（《説文》）故字從戈《毛傳》于此句云：“烝，填。戎，相也。”朱云：“烝，發語聲。戎，助也。”並無取。

五章，言四國之亂既平，國已安寧矣。而兄弟宗親間猶多誤會，不相親近，反較朋友感情爲疏。故邀聚宗親舉行飫禮，以廣親親之義。飫禮，下章云“飲酒之飫”是也。

六章，言飫禮中，兄弟會聚，一堂和樂，各有孺慕之情。《毛傳》：“儐，陳。飫，私也。不脱屨升堂謂之飫。”《鄭箋》：“私者，圖非常之事，若議大疑於堂，則有飫禮焉。”《周語》：“王公諸侯之有飫也，將以講事、成章、建大德、昭大物也。故立成禮，烝而已。”今按：武王伐殷，有“飫歌”。（詳《大武六成説》在周頌之部）飫者，聚合多人飲食之，使皆厭飫。人多，故不設席鋪，但立而成禮。食品盛以籩豆之器者，便於立食也。雖立食，亦有樂歌侑酒以成禮。武王享戰士，用大武樂之首章。周公飫族人，用此自撰之小雅樂歌。凡周代宴飲，鋪席，則脱屨然後升堂。飫禮立飲，故不脱屨。“兄弟既具”，朱云：“具，俱也。”謂兄弟皆至。“和”，毛云：“九族會曰和。”朱云：“孺，小兒之慕父母也。”

七章，言此次飫飲，族人皆携妻子同至。歡飲中，妻子皆樂。如琴瑟之相調。兄弟和好，無復芥蒂。故曰“和樂且湛”。湛，《韓詩》作耽，云“樂之甚也”。(《釋文》引)《毛詩》改作湛。(《鹿鳴》同) 今按：字當作耽，音當讀澄。(與酖同音)《衛風・氓》“無與士耽”，亦讀如澄。耽，相親暱也。舊皆説耽“都南反”或“答南反”，(並陸氏音釋) 不協韻，亦與詩義不合。

卒章，周公於諸人醉飽之後，提出教訓：承上言：當爾“妻子好合”，“宜爾室家，樂爾妻孥”時，宜細致研討、上各章之言，加以力行。帑、孥古通。《毛傳》云：“帑，子也。”又“究，深。圖，謀。亶，信也”。《箋》云：“女深謀之。信其如是。”朱云：“兄弟於人，其重如此。試以是究而圖之，豈不信其然乎。”

(五) 伐　木

六章。章六句。百四十四字。

伐木丁丁，鳥鳴嚶嚶。出自幽谷，遷于喬木。嚶其鳴矣，求其友聲。

相彼鳥矣，猶求友聲。矧伊人矣，不求友聲？神之聽之，終和且平。

伐木許許，釃酒有藇。既有肥羜，以速諸父。寧適不來，微我弗顧。

于粲洒埽，陳饋八簋。既有肥牡，以速諸舅。寧適不來，微我有咎。

伐木于阪，釃酒有衍。籩豆有踐，兄弟無遠。民之失德，乾糇以愆。

有酒湑我，無酒酤我。坎坎鼓我，蹲蹲舞我。迨我暇矣，飲此湑矣。

題解：文王、武王拔用奴隸有材武者爲將帥，功賞比於貴族，除其奴籍，予以官守。此等新貴召享其舊時友好，歌此詩也。作者蓋泰顛、閎夭、南宫适或散宜生，以奴隸起至“亂臣十人”之列者，故其氣概局量能至于此。(參看《兔罝》篇説)

《毛序》云：“伐木，燕朋友故舊也。自天子至於庶人，未有不須友以成者。親親以睦。友賢不棄，不遺故舊，則民德歸厚矣。”《鄭箋》云：“言昔日未居相位，在農之時，與友生於山巖伐木，爲勤苦之事，猶以道德相切正也。”魏源《詩序集義》曰：“‘伐木，文王敬故也。’《韓詩序》見《周禮疏》。‘言昔未居位，在農之時，與友生於山巖伐木，爲勤苦之事，猶以道德相切正。’《鄭箋》用《韓詩》説也。《文選注》引《韓詩内傳》曰：‘饑者歌食，勞者歌事。’詩人伐木，自苦其事，故以爲文。……文王舊勞於外，友賢人隱士，及即位而舉閎夭、泰顛于罝網、伐木之中，以道義相師友。武王師而行之，又以文王之臣爲友。故周公作樂歌之。”如此諸説，皆能審尋詩語本趣，得其近似之義。徒以不識文武周公時爲奴隸社會，而以封建君臣之道揣度之。以爲“聖王”之事固當如此。夫堯甸、舜耕，原始社會所當然也。奴隸社會之貴族，豈猶能飢勞於山林哉。即以封建情俗推之，文王爲太王愛孫，西伯世子，自身復爲西伯，豈能於未即位時伐木於山巖間乎。若拔用奴隸以至將相，則奴隸社會末期所有。故知此詩出於閎、散之輩，而非出自文王周公也。

首章，此詩主人本是岐周伐木、獵兔之奴隸。《兔罝》詩云“椓之丁丁”，“施于中林”，是閎夭、泰顛舊時朋友，歌頌其已作“公侯干城”之詩。此篇則顯然是其報答之詩，具有舊時階級的共同語言。回憶得“丁丁”之聲響。“鳥鳴嚶嚶”是山林生活中人習見之景。“出于幽谷，遷于喬木”，是詩主人借嚶聲以自喻。謂客歌《兔罝》之詩，如鳥之嚶鳴。所歌出幽入喬之事，有似索和於“武夫”者，我故作此以答之也。“求其友聲”，謂索和也。

次章，言彼鳥尚以嚶鳴求友，況人也而可不答乎？“神之聽之”，謂凝神以聽嚶鳴之詩歌，始終是和諧、平正之氣。以上皆贊《兔罝》詩語也。亦即以説明今之燕樂賦詩，爲答《兔罝》也。《朱傳》並此詩爲三章，將以上爲第一章。就文義言，則然矣。然樂章應不如此。《小雅》詩樂，六章者多。惟《南》與《風》乃多爲三章。

三章，“伐木許許”之許，當讀如滸，是用力舞斧之聲，毛云“許許，柹貌”。蓋以爲木片脱離之貌。朱云：“許許，衆人共力之聲。《淮南子》曰‘舉大木者呼邪許’。蓋舉重勸力之歌也。”説較毛爲勝，而未切矣。滸滸，猶云呼呼，運斧之聲也，與“丁丁”同是一人伐木之形容語。“釃酒”，漉酒也。古者酒無蒸餾之法，釀成則挹而飲之，嫌其渾濁不清，則用濾具漉去其糟屑。粗濾爲釃酒，再濾爲清酒。《毛傳》以筐曰釃，以藪曰湑。謂筐濾與再濾也。“藇”毛云“美貌”。謂酒之美也。竊疑藇當是精濾之器名，謂茅絨。能濾成清酒，毛云“以藪曰湑”是也。與後文湑字相應，故曰釃酒有藇歟。“羜”，毛云“未成羊也”，謂食用之小羊。“速”，鄭云“召也”。今爲敦請之義。“諸父”，周人對同姓族人之通稱。“寧適不來”兩句，鄭云：“寧召之，適自不來，無使言我不顧念也。”竊疑此説鄙慢，不稱。當以寧爲疑辭，如云“豈其不來適耶，幸無不我顧”，是懇其必來之語。蓋邀人飲酒詩也。

四章，再言具備八簋之饌，洒掃庭除，使之粲然清潔，以迎賓客。“諸舅”，周人對異姓族人之通稱也。“簋”，盛食物之器。方形者曰簠，圓形者曰簋。“粲”鮮明也。“八簋”，器之盛也。（用《朱傳》説）“咎”，過也，（用《毛傳》語）言無使我抱咎不安也。

五章，言謂賓應召皆至。仍用伐木于阪起興，謂皆舊好也。“衍”，毛云“美也”，朱云“多也”。當依朱説。“踐”，鄭云“陳列貌”。朱同。今按：當謂籩豆之設，諸賓皆已就之，無拒召不來者，故曰“無遠”。上稱“諸父”、“諸舅”，此復稱“兄弟”者，奴隸間本無倫輩關係，年長者，咸呼以叔父伯父，叔舅伯舅，年輕者，咸呼以兄弟。後儒以封建社會統治階層禮次相呼語擬之，則不可通爲一事矣。“乾糇”，行者所携之食糧。朱云“食之薄者也”。此二語，蓋主人用當時成語以自夸其富有無吝，勸客飫飲之意。謂小民每因乾糇細故而獲愆尤，兹則可以無忌矣。“民”，殷周人稱謂奴隸之詞。二語，疑是舊時文人誚藐奴隸生活之語，此詩用之。緣是成語，故可不盡其意。但舉舊言，以明今之非吝而已。

卒章，“有酒湑我”二句，蓋南人語法，主詞在動詞後。當譯爲“有酒我湑，無酒我酤”。湑，即濾酒之義。《毛傳》云：“湑，莤之也。”莤，即《左傳》“苞茅不入，無以縮酒”之縮字。《周禮·甸師注》“蕭，字或爲莤。莤字讀爲縮”是也。毛上言“以藪曰湑”此易藪字爲“莤之”，意固同也。“酤”，與沽字通，買酒之義（亦通用于賣酒與釀酒）。《鄭箋》“酤，買也”是也。《箋》又云：“此族人陳王之恩也。王有酒則泲莤之。王無酒，酤買之。要欲厚於族人。”蓋用《韓詩》之説，雖失詩篇本意，體會詩語則是。“坎坎鼓我，蹲蹲舞我”，亦是“我鼓坎坎，我舞蹲蹲”之意。《箋》云“爲我擊鼓坎坎然，爲我興舞蹲蹲然”，亦非。所燕賓客衆多，蓋亦飫禮之飲也。自當有樂工擊鼓興舞，安可使賓客爲之哉？“迨”，《箋》云“及也”。“及我今之閒暇，共飲此湑”，亦是。而云“又述王意也”，則又不然。

（六）天　保

六章。章六句。百四十八字。

天保定爾，亦孔之固。俾爾單厚，何福不除。俾爾多益，以莫不庶。

天保定爾，俾爾戩穀。罄無不宜，受天百禄。降爾遐福，維日不足。

天保定爾，以莫不興。如山如阜，如岡如陵，如川之方至，以莫不增。

吉蠲爲饎，是用孝享。禴祠烝嘗，于公先王。君曰卜爾，萬壽無疆。

神之弔矣，詒爾多福。民之質矣，日用飲食。群黎百姓，遍爲爾德。

如月之恒，如日之升，如南山之壽，不騫不崩。如松柏之茂，無不爾或承。

題解：此巫祝降神，諂頌周王之歌，周人以之合於小雅之樂也。凡舊説“下報上”、“臣祝君”者，皆非。

《左傳》宣公三年，王孫滿答楚子問鼎，曰“成王定鼎于郏鄏，卜世三十，卜年七百，天所命也”。足知周人每當大事集時，即曾卜世。《周書·作雒解》謂“武王告周公以定天保，依天室”。（謂營洛邑）是武王滅紂，武成時，曾依巫卜得《天保》之讖，故謂營洛爲“定天保”也。

巫雖本爲奴隸之藝，亦頗多有知識奴隸，藉以自重。巫咸位至宰輔。故殷巫多有才藝，能爲詩、創樂舞。此詩夸誕、狂諂，非封建文士所忍爲。明明對周王之祝詞，而稱“爾”者，徧于六章各句，則託爲神降之語可知矣。大抵武王誅紂猶在殷邑之時，有殷降人推薦某名巫爲周卜世。巫極力爲此諂諛之詞以詁寵，冀得用爲卜祝之官故也。

首章，“天保定爾”，與《周書》“定天保”語相應。“定”，即“天下惡夫定”，“一戎衣而天下定”之定字所本。爾，指周王。謂天帝保證爾定此天下也。不惟定矣，亦且大爲堅固。“俾爾單厚”之單，舊説有“信也”，（《毛傳》）“盡也”（鄭、朱）。《潛夫論》引此詩作亶。《説文》“亶，多穀也”。皆紆曲不切。今按“巫語無深義，蓋滅紂前，殷、周對立，皆稱“受天命”。此時，巫云“俾爾單獨得天下之厚”而已。三家詩當有作亶厚者，亦是獨擅天厚之意。“何福不除”之除字，亦舊解紛挐。《新詮》以爲除字古書作“餘”。《爾雅》“四月爲餘”，《詩·小明·箋》作“四月爲除”，可證。除，又古文餘字也。此詩字本作餘，是福皆有餘之義。漢儒傳寫作除字耳。故下文申其意云“俾爾多益”。物資豐贍，則民無不庶者。庶，人民衆盛之謂也。奴隸主富有，則奴隸益多，是庶之古義也。

次章，重言“天保定爾”。戬，謂無往不克。穀，謂無物不足。故《毛傳》云：“戬，福。穀，禄。”朱云：“戬，與翦同，盡也。穀，善也。盡善云者，猶其曰‘單厚’‘多益也’。”此説非詩義。“罄”，爲俯懸之樂器，無所受物，是乃盡之義也。遐，遠也。謂天將降爾以遐遠之福，將永無届滿之日。是福及後世之義。

三章，三言“天保定爾”，財物無不阜盛。寶藏興焉，貨財出焉，人民豐樂，凡百事舉。故曰“以莫不興”。其財物增盛，如山之隆，如川之涌也。殷周人爲歌頌必重叠至三。

四章，言：周之先公先王亦已降臨，命之卜周王（爾）。卜得多壽。“無疆”，猶言無止境也。“君”，謂周之先公先王。文王稱受天命時已稱王，並追遵太王、王季。又以上之先祖如公劉等則爲“公”。《毛傳》：“吉，善。蠲，潔也。饎，酒食也。享，獻也。春曰祠。夏曰禴。秋曰嘗。冬曰烝。”巫不言先公何時降神，漫云隨祭而至，正是巫人妄語。

五章，“神之弔矣”的神，是殷巫自稱其所奉之神。亦不諱言其所奉之神原佑殷王。謂其神此來臨吊殷王祖先，亦已承認天命絶殷。因亦不違天命，轉而福佑周王，贈遺以多量幸福。

毛云“弔，至也”，非義。又云“質，成也”。與《大雅》《綿》《抑》質字互參，仍不明白。今按：質字本義爲貨品交易，或轉移之契約。《周禮·地官》：“質人，掌成市之貨賄。人民、牛馬、兵器、珍異，凡賣儥者，質劑焉。”司市云“以質劑結信而止訟”。質人爲司市（下大夫）之屬官（中士），掌珍貴商品與奴隸（“民”爲奴隸之謂）之交易。成則登記之。納其册籍于司市，以杜狡賴。毛云：“質，成也。”即交易成之義。《鄭箋》釋爲“成，平也”。《朱傳》更説“質，實也”。皆失詩義。詩言神已登記殷民轉移爲周民之籍，爲“民之質矣”也。“日用飲食”，謂殷民在殷日用不給。今質於物資豐富之周，則可每日皆得飲食，不患飢渴矣。“群黎”，謂奴隸們，稱爲黎民。“百姓”，指奴隸主，皆貴胄之子孫。“徧爲爾德”，謂“普遍受你德澤”。爲字，當如《大雅》之“福禄來爲”的爲，作受字解。與受同具授與接受之義。《鄭箋》釋云“則而衆之”。馬瑞辰釋爲“訛也”，皆非詩義。

卒章，結束全篇，更爲熱烈夸張之祝頌。與第三章同義。後世諛頌者合以爲“九如”焉。

（七）采　薇

六章。章八句。百九十二字。

采薇采薇，薇亦作止。曰歸曰歸，歲亦莫止。靡室靡家，玁狁之故。不遑啓居，玁狁之故。

采薇采薇，薇亦柔止。曰歸曰歸，心亦憂止。憂心烈烈，載飢載渴。我戍未定，靡使歸聘。

采薇采薇，薇亦剛止。曰歸曰歸，歲亦陽止。王事靡盬，不遑啓處。憂心孔疚，我行不來。

彼爾維何？維常之華。彼路斯何？君子之車。戎車既駕，四牡業業。豈敢定居，一月三捷。

駕彼四牡，四牡騤騤。君子所依，小人所腓。四牡翼翼，象弭魚服。豈不日戒？玁狁孔棘。

昔我往矣，楊柳依依。今我來思，雨雪霏霏。行道遲遲，載渴載飢。我心傷悲，莫知我哀。

題解：此宣王伐玁狁，軍還時，軍士之詩也。舊有説爲文王時著（衛宏《續序》），又説爲王季時著，（何楷《詩世本》）有並《常武》《出車》説爲襄王時著，（《史記·匈奴列傳》）有説爲懿王時著，（方玉潤《原始》）皆謬。王季文王時，岐周猶是奴隸社會，軍士皆奴隸，則其詩安得有“靡室靡家”、“靡使歸聘”之語。惟宣王時命南仲城朔方，伐玁狁，著《出車》之詩。此詩情調，與《出車》正同。其爲同時軍士之作甚明。

玁狁者，西戎（羌族）之一種。其時西戎尚爲原始氏族組織之畜牧民族，無一定之居處及部落名稱，唯用其民族支派中一英雄人名爲稱號。曰昆夷、曰獯育、曰玁狁，猶漢世《西羌傳》中之“先零”、“燒當”，華人不能辨，但知其爲部落稱號而已。牧族遷徙鳥舉、飄忽無常，宣王用農奴軍賦之兵車逐之，往往歷久不獲一戰。故此詩之軍，春出冬還，屢欲歸而復深入，僅於一次遇敵，連獲三捷，逐敵既遠，乃克旋師。此農國與牧國作戰之一般形勢也。

宣王時，農奴階層中已多能詩之士人。故其詩温雅忠厚，情致真實，語皆平淡而感人甚深。

首章，“采薇”起句者，農奴應軍賦，當於車馬戰具之外，更自備糇糧。（近世，藏族軍制亦還如此）行役既久，追敵已深，糇糧缺乏，則采薇爲食也。薇是羊齒科植物，幼芽壯茁，卷如小兒握拳，與其根皆富淀粉質，可芼食。叢生於高原陰濕之部，今人呼爲“蕨萁”，川邊山地極多。古隴山地區亦當多有。“薇亦作止”，止，爲語詞。“亦”當讀如已。“作”，謂芽初茁也。此言春日深入而未遇敵，糧盡欲歸，將帥以薇可代糧，仍命深入也。“曰歸”二句，謂屢言將旋師，終以未戰爲憾，迨軍糧至，仍復索敵前進，直到歲已將暮，仍在索敵。蓋歸後追憶之辭。莫，讀如暮。亦即暮之古字。其下四句，謂遠離室家爲“靡室靡家”。謂不得休息爲“不遑啓居”。皆以玁狁爲害，必須征討故也。宣王時，王畿奴隸皆已解放爲有室有家之農奴。其人故皆能忠於周王，勞而不怨。

次章，“薇亦柔止”，謂薇蕨芽壯，而未剛，質正柔美，初夏時也。猶屢言歸而不歸，則常憂於心矣。“戍”字，在此詩爲出征之義。其字本從人從戈，泛言兵役之事。後乃專用爲戍守之義。“未定”，謂軍未了。“歸聘”，謂出發前已訂婚，以出征在外，不得行聘娶。

三章，三言“采薇”，猶《伐木》之三言“伐木”，《天保》之三言“天保”，重其事，則再三言之。當時詩體如此。“剛止”，則薇蕨芽老，爲枝爲葉，不可食者多，新芽漸少，入秋之時矣。“陽”，毛云：“歷，陽月也。”《箋》：“十月爲陽。時坤用事，嫌于無陽，故以名此月爲陽。”今按：蓋古人於字義慣作反語，謂純陰月爲陽月。此是其一例。“王事靡盬”，“不遑啓處”，皆用《四牡》原句，足知作者已習詩藝，蓋曾入國學之士人也。《毛傳》：“疚，病。來，至也。”《箋》云：“來，猶反也。據家曰來。”《朱傳》：“來，歸也。此見士之竭力致死，無還心也。”今按：上云“憂心孔疚”，則所憂爲此行不能歸，非朱氏之意。

四章，“彼爾維何”，《説文》引此句，作“薾”。《毛傳》：“爾，華盛貌。”則其字本當作“薾”。作“爾”者，傳寫省字。《箋》云：“彼爾者，乃棠棣之華。以興將率車馬服飾之盛。”用“棠棣”字，又是習周公詩之士人之證。詩語所指之將帥，蓋周王之宗人，故稱“君子”。“路，戎車也”。（《朱傳》）“君子，謂將帥”。（《鄭箋》）“業業，壯也”。（《毛傳》）“一月三捷”，言既逐得敵，窮追連勝。此爲軍役中最緊張時間，故軍士不敢定居休息。

五章，述旋師情形。既已逐敵遠徙，則可旋師矣。“駕彼四牡”，謂主帥之車。“騤駿，强也”。(《毛傳》)“君子所依”，謂貴族諸將皆依隨主帥之車。“腓”，毛云“辟也”。朱云“隨動也”。今按：足之筋肉爲腓，此借爲步行之義。戎車配有步卒翼之，詩語“小人”，指農奴階級之人。與貴族階級稱“君子”爲對詞。“翼翼”，毛云“閑也”。朱云“行列整治之狀”。“象弭”，毛云“弓反末也”。朱云“以象骨飾弓弰也”。“魚服”，毛云：“魚皮也。”朱云：“魚，獸名，似猪，東海有之。其皮背上斑文，腹下純青，可爲弓鞬矢服也。”按：即今人所謂“鯊魚皮”也。“豈不日戒”兩句，謂雖歸途，亦日時警戒，以備玁狁之襲擊。因玁狁大惡，來去飄忽無常。“孔棘”，大惡之義。舊説：“棘，急也。豫述其苦以勸之。”(《鄭箋》)於詩語未妥。詩語蓋謂主帥飭隨時戒備，士卒亦已知玁狁之惡而戒備。非豫爲警戒之詞。

卒章，言歸途疲困中所傷感。楊柳得春最早，“依依”，謂柳葉初發，柳絮依人，仲春下旬時也。雨雪霏霏，則仲冬絮雪飛舞之時。感物傷懷，痛定思痛，加以飢渴，故隱發傷悲而人莫知也。

(八) 出　車

六章。章八句。百九十二字。

我出我車，于彼牧矣。自天子所，謂我來矣。召彼僕夫，謂之載矣。王事多難，維其棘矣。

我出我車，于彼郊矣。設此旐矣，建彼旄矣。彼旟旐斯，胡不旆旆？憂心悄悄，僕夫況瘁。

王命南仲，往城于方。出車彭彭，旂旐央央。天子命我，城彼朔方。赫赫南仲，玁狁于襄。

昔我往矣，黍稷方華；今我來思，雨雪載塗。王事多難，不遑啓居。豈不懷歸，畏此簡書。

喓喓草蟲，趯趯阜螽。未見君子，憂心忡忡；既見君子，我心則降。赫赫南仲，薄伐西戎。

春日遲遲，卉木萋萋。倉庚喈喈，采蘩祁祁。執訊獲醜，薄言還歸。赫赫南仲，玁狁于夷。

題解： 宣王征伐玁狁時，南仲另率一軍，先城朔方，再伐西戎。凱旋時，從征軍士作此詩。其事與《采薇》約略同時。《采薇》是春出師，冬還師。此詩是夏季出師，春還師。作詩者亦習於詩藝之士人，直用舊句之處更多于《采薇》。表現周代軍賦制度之處尤爲鮮明。

首章，叙述農奴應徵賦出兵，初步集合於鄉里情形。周制：“四丘爲甸。甸，六十四井也，有戎馬四匹，兵車一乘，牛十二頭，甲士三人，卒七十二人，干戈備具。”（《漢書·刑法志》用《司馬法》文）其中“甲士三人”，即鄉遂之卒業于國學，當服兵役者，亦即爲各兵車之主，故曰“我出我車”也。“邑外謂之郊。郊外謂之牧”，（《爾雅》）鄉遂皆在郊邑之外。故曰“于彼牧矣”。鄉有鄉師，遂有遂師，掌其征發之事。應徵者皆自以其當備之車、甲、干、矛、牛、馬、糇糧會聚于丘甸之牧地，聽王臣宣命。“自天子所”，謂宣命之王臣。“謂我來矣”，言王臣已經點驗。甲士傳達步卒僕夫之語如此。“我”爲“我們”之省詞。以下四句，爲甲士轉述王臣之令教。如云：“速命放牧馬牛之僕夫，趕回牛馬，駕車待發。因爲王事急迫。”軍賦，每兵車一乘，有牛十二頭者，兵車供戰鬥，衹載甲士三人，一左、一右、一御。其軍之輜重，則牛運之。照料牛馬芻秣飲飼之人稱爲僕夫。《毛傳》《朱傳》並以御夫爲僕夫，誤矣。戎車之御爲甲士。牛車之御爲兵士，亦或用僕夫御之耳。“謂之載矣”，猶言：“告訴他套車了。”

次章，叙述一行已到王郊進行軍容整治情形。時則已有大將指揮。先從王所須下旐、旟、旂、旄，命軍士分隊立之。建旗之法，前隊旗繪朱雀，後隊旗繪玄武，左者繪青龍，右者繪白虎。（見《禮運》説）此詩《毛傳》曰“龜蛇曰旐”，謂玄武旗也。“鳥隼曰旟”，謂朱雀旗也。軍行，前後爲重，主將領之；左右爲輕，偏裨領之。旄者，毛云“干旄”。鄭云：“設旐者，屬之於干旄而建之。”朱云：“注旄於旗干之首也。”此干字與竿、杆義通，不作盾義。“旆旆”，毛云：“旒垂貌。”旒，謂旗緣飾垂綏。朱云：“飛揚之貌。”此時，師向何方，軍士仍無所知，各自黯然緊張。故曰“憂心悄悄”，所謂“臨事而懼”也。照料馬牛之僕夫，不知何時出發，欲縱使芻飲，則恐出發令下，重裝不及。欲套車待命，又懼命久不下，牛馬饑乏。紛擾奔馳，心力俱勞，故曰：“僕夫況瘁。”“況，兹也”。（《鄭箋》）“或云當作怳”。（《朱傳》）

三章，述主將名字與其所受任務。主將南仲，奉命往築朔方之城，以制玁狁。大概是前軍逐玁狁，久不遇敵。知其人東逸向朔方，故宣王再命南仲率師，築朔方城戍守之。既扼玁狁東逸之道，兼爲前軍後勁，相機夾擊。故曰“王命南仲，往城于方”。方者，下文“朔方”之省稱。于是全軍出發。“彭彭”，車馬行動之聲。“央央”，旂旐飛揚之貌。《毛傳》：“交龍爲旂。”亦謂旗上繪雙龍相交，左師之旗也。又謂“王，殷王也。南仲，文王之屬”，與“彭彭，四馬貌”，“央央，鮮明也”則皆不當取。南仲是宣王臣，魏源考訂甚詳[1]。

“天子命我，城彼朔方”兩句，軍士轉相告語之辭。“赫赫”兩句，詩人綜叙全役之語也。毛云“襄，除也”。《釋文》云“本作攘”。當是三家詩俱作“攘”。後世云“尊王攘夷”，即用此詩文義以頌霸者之語也。

四章，言自朔方出擊之事。以夏季出發，於冬季還。“昔我往矣”之“往”，往擊玁狁。《采薇》詩之“一月三捷”，蓋即此次會攻中事也。“今我來思”之來，還朔方也。兩句與《采薇》同文而異向。故此下文爲“王事多難，不遑啓居”二句，明是不得歸家，仍還朔方戍守也。又下“豈不懷歸”之歸，正是謂思歸家園。“畏此簡書”者，畏周王還戎之命。其時無紙，王命以竹簡或木札行之，故曰“簡書”。

五章，全用周南詩《草蟲》之文。而結以“赫赫南仲，薄伐西戎”二句，蓋因《草蟲》爲降人之詩，故用其原詞以寓受降之意。補以二句，明是南仲受西戎之降也。“薄伐”，迫而撻伐之也。三捷之中，必多降俘。降俘皆配朔方新城聽用，故詩語如此。

六章，記軍事結束，言春季，審訊西戎之俘虜已畢，招撫其同類已定，朔方之戍

【1】 魏氏《詩古微·小雅·宣王詩發微》云：“文王治外懷遠之政，莫盛於《蓼蕭之三》。若夫《采薇》《出車》《杕杜》，則皆宣王詩也。《出車》之南仲，即《常武》之南仲也。今以《采薇》《出車》三詩錯在‘正雅’而誣爲文王，遂以南仲爲二人。《魯詩》《齊詩》不然也。因《出車》而並誣《常武》之南仲爲文王臣，《毛詩》亦不然也。《小序》謂《采薇》以下爲文武治外。請列九徵八問以質之：《後漢書》馬融疏云：‘玁狁侵周，宣王立中興之功。是以赫赫南仲，載在周詩。’是指《出車》之南仲。徵一也。王符《潛夫論》云：‘蠻夷猾夏，古今所患。宣王中興，南仲征邊。’《風俗通義》曰‘詩美南仲，闞如哮虎’是指《常武》之南仲。徵二也。蔡邕《陳伐鮮卑議》曰：‘周宣王命南仲，吉甫攘玁狁威荆蠻。’徵三也。《鹽鐵論》曰：‘戎狄猾夏，中國不寧。’周宣王、南仲、吉甫，式遏寇虐，詩云：‘出車彭彭，城彼朔方。’徵四也。《漢書·匈奴傳》：‘懿王時王室遂衰，夷狄交侵，暴虐中國。中國被其疾苦而歌之曰：靡室靡家，玁狁之故。豈不日戒，玁狁孔棘（《采薇》）。及其曾孫宣王，命將出師征伐，詩人美其功。曰：薄伐玁狁，至於太原（《六月》篇）。出車彭彭，城彼朔方（本篇）。’此明以《出車》詩美宣王，與《鹽鐵論》同。其《采薇》兼述懿王時者，追原夷禍所始，故云‘疾而歌之’。與《史記·匈奴傳》‘戎狄破逐周襄王，國人疾之，故詩人歌‘薄伐’云云者’，同例，非謂詩作於其時。且亦可見斷非作於文王之世。徵五也。《漢書·古今人表》，文王臣無南仲。而宣王十一臣，召虎、方叔、南仲、中山甫、申伯、尹吉甫、韓侯蹶父、張仲、程伯休父，共居上品。徵六也。《衡方碑》：‘將繼南仲，邵虎之軌。’（邵、召通用）考皇甫不過監軍，惟此（《常武》）詩一見。其他皆頌南仲、方叔、召虎，曾無皇父之功。至幽王時而皇父兼卿士，則詩刺之矣。是以《古今人表》宣王諸臣不列皇父，而列于幽王，下品之次。《箋》《疏》乃以征南大功專歸皇父，未之前聞。徵七也。《大雅》言天子事。今三詩該言文王事，則當列於《大雅》。且不應二雅自相剌謬。而《綿》《皇矣》諸詩述文王伐密、伐崇、拒昆夷，至詳，無一字及玁狁。《尚書大傳》：‘文王受命一年，斷虞芮之訟。二年，伐邘。三年，伐密須。四年，伐大夷。五年，伐黎。六年，伐崇。七年而崩。’《史記·周本紀》亦同。蓋豳近狄，岐近戎，故《孟子》衹言太王事獯鬻，文王事昆夷。《孔疏》亦謂‘書傳從無文王伐玁狁事’。矧紂都河内，於戎狄皆非切膚，安肯舍淫酗而丞安撫。徵八也。《周無專鼎銘》曰：‘惟九月既望，甲戌，王格於周廟，燔于圖室。司徒南仲右無專，入門，立中庭。王呼史友册命無專曰：官司佐王，遺側虎方，錫女玄衣、束帶、戈、雕戟、彤矢、攸勒、鑾旗。無專敢對揚天子丕顯敷休。’云云。是蓋宣王無專於廟，而南仲爲相禮，可證命官於祖廟之説。若文王，方爲方伯，能錫其陪臣以彤矢，鋚勒、鑾旗乎，能稱對揚天子、丕顯敷休乎？若南仲爲殷臣，則紂之錫命當於殷廟，何故于周廟？况《授時曆》周文武二王時，九月既望無甲戌乎。徵九也。”（下略）魏氏以史學家治詩，考訂史文詩義，多有糾正前人妄説之處，自較經生爲勝。所言雖仍多使人難於承認之處，若此考訂南仲非文王臣，以糾毛、鄭之説，則可稱詳博矣。故録其大段作證。

委之偏裨，主將南仲，率我等鄉遂徵用之軍士凱旋。南仲此行，克收平定玁狁之功，故曰“玁狁于夷”。夷，平也。（《毛傳》）《鄭箋》云：“訊，言。醜，衆也。伐西戎，以凍釋時反朔方之壘息戍役。至此時而歸京師。稱美時物，以及其事，喜而詳之也。執其可言問所獲之衆以歸者，當獻之也。”凍釋，謂“雨雪載塗”時。“可言問”者，謂能言述其叛亂侵擾之由者，皆彼中豪傑猾黠之流，故獻於周王之庭。其樸訥謹順者則留用于朔方也。

詩與《采薇》章法、語調相似，且同有“昔往”、“今來”兩句，極似一人之作。然所言自是兩路軍事，皆親參與其役者之歌，不能出于一手。蓋當時軍中常用語言如此，士人皆習用之，故從同也。多有語見於《二南》者，皆是兩作者學詩時所讀習之句。

（九）杕　杜

四章。章七句。百一十二字。

有杕之杜，有睆其實。王事靡盬，繼嗣我日。日月陽止，女心傷止，征夫遑止。

有杕之杜，其葉萋萋。王事靡盬，我心傷悲。卉木萋止，女心悲止，征夫歸止。

陟彼北山，言采其杞。王事靡盬，憂我父母。檀車幝幝，四牡痯痯，征夫不遠。

匪載匪來，憂心孔疚。期逝不至，而多爲恤。卜筮偕止，會言近止，征夫邇止。

題解：此宣王征玁狁時，從征大夫之妻，有屢盼其夫凱旋甯家而迄未得歸者，所作之詩。樂官采以與《采薇》《出車》合爲“采薇之三’，以次於“鹿鳴之三”與“棠棣之三”，供燕賓，燕友與燕勞軍士之樂歌，皆取其情辭真摯，樂而不淫，哀而無怨之美。舊説以爲正小雅頌三套樂歌。此詩深刻描繪婦人思夫情致，似於士氣不利。然，三篇皆非用于軍中之樂，此詩惟用於凱旋飲酒之時，最能提高軍士快慰情感，亦周公《東山》之意也。《毛序》云“勞還役也”，是。《鄭箋》以下謂三詩皆周王作，則非。

首章，周以十月爲歲暮，正杕杜結實之時。詩人以此起興。言：特生之赤棠，（《唐風・毛傳》）結實睆然，似美矣，而酸澀不可食。“繼嗣我日”，猶言日復一日相繼苦我，緣王事靡盬也。日復一日，自春至今，已陽月矣。女子之心傷可知。征夫迄今當已暇矣，其亦可以歸耶。遥度之詞，與《采薇》“曰歸曰歸，歲亦陽止”相應。疑即《采薇》作者之妻，歸聚後唱和之作。

次章，杜葉萋萋，則次年之春時也。卉木皆着葉矣，女子之心欲碎矣，征夫則歸來矣。

三章，回憶征夫未歸時，爲盼其歸，託言采杞，登彼北山。北山，渭水平原之北山。玁狁即在此山之外，故此婦往覘。蓋父母亦念征夫爲病，故云采枸杞之實以治之。

登山所見，山外檀車幝幝然歸，四牡痯痯然，歸者衆矣。竊念征夫當亦在其中，歸時不遠矣。毛云："檀車，役車也。幝幝，敝貌。痯痯，罷貌。"檀木之車最堅，説在《伐檀》篇，故行軍之車皆用檀。罷，古疲字。

卒章，賡言"匪載匪來"，猶云：盼待一車一車過去，皆未見我征人歸來，使我"憂心孔疚"。期已過而不至，使人憂恤更多。毛云："逝，往。恤，憂也。"而多，猶"徒多"也。憂之既甚，故卜筮之。龜卜與蓍筮，並云"征夫已近"。"會，合也"（《朱傳》）。"征夫邇止"，爲極愉快之結語，猶云：征夫果不遠矣！次章已言"征夫歸止"，後兩章爲追思志快之詞，故不更言征夫歸止，而言果已邇矣。蓋其夫由别道歸，欿至後乃得甯家。故其詩叙情之言如此。亦士人女之能詩者所作。

（十）魚　麗

六章。三章四句，三章二句。六十三字。

魚麗于罶，鱨鯊。君子有酒，旨且多。
魚麗于罶，魴鱧。君子有酒，多且旨。
魚麗于罶，鰋鯉。君子有酒，旨且有。
物其多矣，維其嘉矣。
物其旨矣，維其偕矣。
物其有矣，維其時矣。

題解：南國諸侯朝周，受宴享時，歌唱其本民族賓客謝宴之歌三章。周王譯得其意，亦歌三章以答之。樂官並譯前歌，合六章爲小雅詩樂也。

何以知其如此？前三章舉六種魚名，多非中華西部所有，而爲長江流域之特産，足知其詩原作在南國湖澤地區。三章所稱頌者，惟酒旨且多。於佳肴，則惟有魚品。足知其詩原作在落後氏族地區，社會經濟尚以漁爲主要生産之時，絶非農牧已經發達，食品已經甘美之中華人作品。《小雅》諸詩，惟此詩文字最少，亦最單調，與其他雅詩不類，袛合爲南國奴隸主謝宴之詩。若後三章，語言雖簡，風格則高，具有隨緣教育意趣，與周公所作之詩趣味接近。宜其爲周王席上答辭所爲歌也。

首章，《毛傳》："麗，歷也。罶，曲梁也，寡婦之笱也。"《爾雅·釋訓》："凡曲者爲罶。"《釋器》："嫠婦之笱謂之罶。"皆用毛説。曲梁，與寡婦笱，究作何解，舊儒亦莫能得。郭璞《爾雅注》依曲爲箔之義，引此傳語，而説爲"凡以簿取魚者名爲罶也"。《朱傳》因之，曰："以曲簿爲笱，而承梁之空者也。"皆非考見實物之言。今按：凡魚梁，砌石阻水，中空一口，以竹笆爲笱承其出水。平列而句其底部者爲笱。魚隨水來，飄入竹笱。水去魚留，則撥刺墜入笱中，不能洄溯。笱部浸在水中，魚亦自留。設笱者須隨時檢取之。《齊風・敝笱》之笱是也。另一種梁口甚窄，竹笆作甕狀而口有倒鬚。以口承水，魚隨水入其中，則阻於倒鬚，不得復出。是稱爲罶。罶在梁口下水中，故魚亦無苦。可以不用人守視，隨時便以取之，故有“寡婦笱”之稱。謂無須有人伴守也。曲字，古寫作，有竹甕之義。此毛“曲梁”之意也。中華河流平淺，又人能尊重他人設梁勞動，故多用笱。南國山陡疾之區，人又每相侵盜，故梁多用罶。“鱨”，毛云“楊也”。朱云“今黄頰魚是也”。今按：《詩正義》引陸璣疏所述，蓋即今四川人俗呼之“黄喇股”，形似鯰魚而較小，色微黄，鰭有鋸齒之硬角，能傷人。蜀江河中多有之，北方未見。“鯊”，毛云“鮀也”。朱云“又名吹沙”。舊傳其厚唇能吹沙開絡，蓋即今人所云之“鰕虎”，長江下游與沿海地區有之，體長二三寸，有黄白交文，俗呼“花花公子”。背鰭鋒利，俗又呼爲“皮匠刀子”，行沙上，所過成凹槽，故又有“吹沙”之稱。南國漁人以其與鱨相似，故連稱之。“君子”，奴隸社會呼貴族語也。

次章，“魴”，見《汝墳》篇。“鱧”，毛云“鮦也”。朱云“又曰鯇也”。蓋即今俗呼之“七星魚”。體色暗而多黑斑，腹白色，常棲泥漿中，捕食小魚。頂上白斑作列星狀，故曰星魚。肉腴白，味美不及鯰鯉。北方俗呼“黑魚”，川俗呼爲“烏魚”。

三章，毛云“鰋，鮎也”。即川俗所呼之鯰魚。江東呼爲鮧，又有鯷魚諸稱。巨口無鱗，肉味美。惟長江流域多有，中原罕見。“有”，多讀如侑，説詳卒章。

四章，對首章多字爲言。猶言：凡物之多固足美，惟尤貴在多而嘉也。

五章，對次章旨而言。酒味美，猶貴於能和賓友。

卒章，對三章“旨且有”言。“有”字，毛無傳，朱云：“有，猶多也。”今按：凡詩三章同式，必有以漸深入之義，似重複而義非重也。上既已云“且多”，賡以“以旨”，則“且有”不當再釋爲多，而當是侑酒之義。《周禮・天官・膳夫》：“以樂侑食。”侑，佐也，助也。《楚茨》“以妥以侑”，《傳》“侑，勸也”。皆用樂於飲食之際以助愉悦。後世“侑觴”、“侑酒”，援之爲義。毛詩多改古字。古侑字作有，猶伸字作申，任字作壬，後世加人旁耳。或曰：《賓之初筵》“室人入又”、“矧敢多又”。又，複也。雖有詩之成義可用，然與“時”字之義不協。詩言侑酒固可悦樂，亦惟燕禮時得用之。非其時則不可也。後三章寓規諫之意，是國王答詩之體。大國對小國之君，可以如此。

二、南有嘉魚之什

蘇轍《詩集傳》作“南陔之什”，列《南陔》《白華》《華黍》及《南有嘉魚》等十篇。朱熹作《集傳》，復改爲《白華》《華黍》《魚麗》《白庚》《南有嘉魚》《崇丘》《南山有臺》《由儀》《蓼蕭》《湛露》十篇。稱爲“白華之什”。各俱以爲能“復孔子之舊”。《新詮》以爲六篇“笙詩”皆南樂之未譯爲華言者，不當在《小雅》之列：三家詩亦皆無之。故篇第仍依宋刻“毛詩定本”之舊。

（一）南有嘉魚

四章。章四句。七十二字。

南有嘉魚，烝然罩罩。君子有酒，嘉賓式燕以樂。

南有嘉魚，烝然汕汕。君子有酒，嘉賓式燕以衎。

南有樛木，甘瓠纍之。君子有酒，嘉賓式燕綏之。

翩翩者鵻，烝然來思。君子有酒，嘉賓式燕又思。

題解：此南國宴客時，侑酒之詩。周人悦其歌曲，於初製雅樂時，譯爲華言，譜爲小雅用之。與《魚麗》《南山有臺》之製爲雅樂同時，是爲“魚麗之三”，燕享與鄉飲皆用之，著於《儀禮》。

知其爲南國原歌者，燕肴惟言魚酒與《魚麗》同。三言“南有”，爲譯南詩之特例。“南有樛木”，且爲《周南》譯古詩之成語，顯見南國詩人習其古詩而襲用之，岐周樂人譯南詩亦沿用之也。

首章，“嘉魚”，美味魚之通稱，本不專指何種。《魚麗》六種，皆南人所謂嘉魚也。自《水經注》有“丙穴嘉魚”之説，後世傅會，於地理書者甚多。大抵謂魚泉涌出之魚爲“嘉魚”，成爲專稱。所言魚泉，雖紛不一地，大抵皆在四川與漢中地區，亦即周代南國西部之地。朱熹《集傳》云：“嘉魚，鯉質，鱒鯽肌，出于沔南之丙穴。”鑿鑿言之，是沿地理書之誤（《水經注》云丙穴在沔水）。“烝然”，朱云“發語聲也”。詮按：烝，衆也。烝然，當爲衆多之義（《鄭箋》云：烝，塵也。塵然，猶言久如也。”其説更不可解，當汰）。毛云：“罩，篧也。編細竹以罩魚者也。”詮按：篧者，即今所言“魚罩”，編竹爲圓笱，以罩魚，俾魚不得逸，乃從上口攬捉之。人持罩捕魚，有似鶴之啄魚，故古稱篧。字從隺義及聲。隺，古鶴字也。罩罩，是投篧取魚之狀，非篧《名詞》之義，毛訓當作“罩，篧也”。舊刻衍一罩字。朱云：“重言罩罩，非一之詞也。”足證。篧罩取魚，祇適用于稻田，不適用于溪河。周初世，南國已多種稻，巴、蜀、漢中皆有稻田魚池。“烝然罩罩”，謂每罩皆得魚頗多。蓋此南國原詩，實作于巴蜀、漢中地區。此地區與周人奴隸買賣最多。則所謂“丙穴嘉魚”爲華陽特産之説，亦非無故（拙撰《華陽國志校注》於《漢中志》曾詳論之）。《説文》引詩作“烝然鯙鯙”，蓋《魯詩》字。“嘉賓”與嘉魚對言，亦足見嘉魚非魚種之專名。《鄭箋》：“式，用也。用酒與賢者燕飲而樂也。”陸云：“樂，音洛。協句，五教反。”謂協罩句則讀如“要”也。

次章，《毛傳》："汕汕，樔也。"《箋》云："樔者，今之撩罟也。"朱云："以薄汕魚也。"《爾雅·釋器》："罺，謂之汕。"今按：樔、罺、撩罟，與所謂"以薄汕魚"，皆謂今俗所用平田取魚之"蝦笆"。亦川漢所習見。竹編爲一戽箢狀，上縛一竿，撩投水中而急挽之。既近，乃提離水，以撈魚。與罩同類，維罩魚者入行水田中，此則行於田塍，不同。"汕汕"，謂每投一罺，皆烝然多得。《説文》："汕，魚游水貌。"此謂撩罟行水貌也。"衎"，毛云"樂也"。《説文》"行喜貌"。

三章，"甘瓠"，瓠瓜之甘者。"甘瓠纍之"，爲《周南·樛木》"葛藟纍之"之變句。"式燕綏之"，鄭云："綏，安也。與嘉賓燕飲而安之。"詮按：綏字有攀附、聯繫、結合之義，與樛木下屈以便甘瓠攀附之義相應，宜爲聯歡結好之義。

卒章，"翩翩者鵻"，又是《四牡》原句。《四牡》作於文王時，爲周人初創雅樂時所用之樂詩，鵻字爲中華古語，對鳩類之稱呼。南語，則謂鳲鳩爲鳩。（説在《鵲巢》篇）是知南語此詩，所言爲鵓鳩，而音不作鳩。由於譯者知其所指爲鵓鳩，故譯用《四牡》原語。與譯"維鳩居之"之時間不同，音異義别，不相混也。大抵此詩譯在武王成王之世，故能用《小雅》詩語以譯南歌。鵻爲不鬥之鳥，具信使之義。故《四牡》用之，此詩亦譯用之。"烝然來"者，謂來使衆多。當是武王既滅殷紂，撫定南國之時，譯詩者於原詩三章之外，加此一章，以譜于雅，（南樂多是三章）猶《魚麗》之有後三章也。"式燕又思"之思，與"來思"之思，皆語詞。"又"者，《鄭箋》云："又復也。以其壹意，欲復與燕，加厚之。"朱云："既燕而又燕。以見其至誠有加而無已也。"詮按：奴隸社會之燕賓，例有再三飫食以爲侈之習。曾見藏族貴人之宴，有連三日飽食相續不綴者。周禮原無此制，由所燕皆南國之使，故爲特設重燕之禮，而歌曰"又思"耶？抑四章皆南國奴隸主燕賓之詩歌耶？

（二）南山有臺

五章。章六句。百二十字。

南山有臺，北山有萊。樂只君子，邦家之基。樂只君子，萬壽無期。

南山有桑，北山有楊。樂只君子，邦家之光。樂只君子，萬壽無疆。

南山有杞，北山有李。樂只君子，民之父母。樂只君子，德音不已。

南山有栲，北山有杻。樂只君子，遐不眉壽？樂只君子，德音是茂。

南山有枸，北山有楰。樂只君子，遐不黄耇？樂只君子，保艾爾後。

題解：此周樂師配合《魚麗》《嘉魚》而譯南詩所作，俾爲燕饗夷族諸侯使者使用之三篇樂詩。其後遂普遍用於鄉飲及燕禮，即所謂"魚麗之三"也。

通體用南北兩山植物起興，是周王燕樂南國諸侯及使者表示團結友好之意。舉植物至十種之多，是周代樂官矜炫其知識淵博的恒態。十樹皆關中所有，故知其非南人有此詩歌，與《魚麗》《嘉魚》兩詩不同。五章同調，異字而不異義，是重在樂曲之美，不以文義爲重之樂師作品也。

首章，“南山”，周人對南國界山之通稱。即所謂終南山。（取南國盡境之義）在渭水平原南，今所謂秦嶺是也。“北山”，指渭水平原以北，隴山山脉東支，即漢、唐諸陵所在一帶山脉，包括豳、岐諸山，周王業所由興者也。對言之者，以喻周王與南國也。“臺”，毛云：“夫須也。”朱云“即莎草也”。又並云“萊，草也”。孔穎達《詩正義》引陸璣疏云：“舊説：夫須，莎草也，可爲蓑笠。”蓋即朱説所據。夫陸云“舊説”，則非陸所肯定之説矣。下文當有陸之新説，衹緣孔穎達未取，今又無原書可證，遂不傳耳。竊疑詩興燕樂之事，應不乏言無關燕樂階級生活之野草。詳考從來記載植物之書，如《齊民要術》《南方草木狀》《證類木草》《群芳譜》《植物名實圖考長篇》等書，知臺即蕓薹，萊即鷄蘇，皆古代人視爲甘香可口之食物也[1]。

“樂只”之“只”，《説文》云“語已詞也”。《鄭箋》此詩云：“只之言，是也。”意當爲“樂此君子”，與他處只字含義不合。當依許説，如云“樂哉，君子”也。基，本也。（《毛傳》）此詩君子，指當時的奴隸主，奴隸社會認爲“邦家之基”，與《尚書》“民爲邦本”之義恰恰相反，是奴隸主階級之言。“萬壽無期”，與無疆同義。

次章，“桑”，爲蠶事之本。中華蠶事傳自蜀山，故以桑表南山。“楊”，今云白楊是也，北方盛産之樹，器用所資，故以表北山。

三章，“杞”，即枸杞，甘果，各地均有野生，亦屢見於《周詩》。“李”，與桃同爲中華固有之果實。“父母”，奴隸社會對奴隸主之通稱，説在《葛覃》篇。“德音不

【1】 陸璣與吴普同時，皆吴人之善於觀察生物，究其性能之學者。陸璣《毛詩草本鳥獸蟲魚疏》，詳於草木鳥獸蟲魚形態，唐時猶存，孔穎達《詩正義》多援引之。但皆衹取其切合《毛傳》之部，未合者即未取。吴普爲華陀弟子，世傳《本草定本》即普所傳。中有“蕓薹菜”注語一條云：“一名寒菜，一名胡菜，一名薹菜，一名薹芥，一名油菜。九月十月下種生葉，冬春采薹心爲茹。三月則老不可食。開小黄花，四瓣。子灰赤色，炒過榨油，黄色，燃燈甚明。”（據《群芳譜》引文）所言，明是十字花科植物之蕓薹，今人們呼爲“油菜”，幼薹售於市場，亦曰“油菜薹”，種子榨油，稱爲“菜油”者是也。原從羌胡地區引種，故中華用爲冬季作物。在四川地區，今尚普遍種植。有冬春摘薹，仍發蘖叢起開花結實供榨油用者稱龍爪薹，即吴普所言之油菜。早在周世，人尚未知用以榨油，但摘食其薹，故人但呼作“臺”也。羌胡本語，譯音爲臺。借用臺字，後世加草頭作薹。遂謂其他作物可食之幼莖皆以薹，如今云蒜薹、菜薹，皆緣臺菜引伸爲義。萊字，《朱傳》云“叶陵之反”則音藜。從毛曰“草也”。又從孔疏所引云：“葉香可食者也。”《齊民要術》引《陸璣疏》云：“萊，藜也。莖葉皆似緑王芻，今兖州蒸以爲茹，謂之萊蒸。譙沛人謂鷄蘇爲萊。”所言蓋即今人所謂藿香。與紫蘇同類，故又有鷄蘇之稱。今農家宅地猶多種之，用以調味。古人所謂“藜藿之羹”，蓋即用此物芼藜（今云“灰莧菜”）之羹，其古爲萊也。薹，今猶盛種于川邊地區，故此詩以表南山。萊爲中華所固有，故此詩以表北山。今世農民所甘之蔬菜，大都由上古勞動人民遞傳得來。周代祭饗食品，自牛羊黍菽外，見《詩》者，野生植物不少。惟深接勞動農民生活者，參訂古語，可以得其實義。《谷風》“采葑采菲”傳：“葑，須也。”所云亦是十字花科植物。此傳所云“夫須”，亦當是葑之類。後儒因須字誤會爲莎草。陸璣存其説而疑之。是也。夫草類百千萬種，詩人但取兩種以表南北山，豈能毫無意義，而任取兩種野草耶？惟以此兩種野蔬爲當時南北人民飲食所尚，故首舉之耳。

已”，謂教誡之言多，“已，止也”。(《鄭箋》)

四章，“栲”，即臭椿。與香椿同類而材質輕韌，生長速，壽命長，形體亦大，南山中甚多。“杻”，讀音㧋。爲樹生長緩，纖維細密，極堅韌，俗呼“㧋檀子”，中華古用爲車材。並見《唐風·山有樞》篇。栲以興壽。杻以興堅。“遐不眉壽”，毛云：“眉壽，眉秀也。”鄭云：“遐，遠也。遠不眉壽者，言其近眉壽也。”朱云：“遐，何通。”則以“遐不”爲問詞。其他多有助爲之説者，迄無可通之論。詮按：四字，蓋謂無不享上壽之義也。“遐不”，當訓“無不”。遐，遠也，物遠之極則無物，故可訓無。眉在人面之最上，故門上横梁曰楣，(《爾雅》注)屋之簷梁亦曰楣。(《説文》)水之高岸(隒)曰湄(《秦風》傳)，山之高出者曰嵋。(峨嵋山取義)書籍之上方欄外批字為眉批。謂上壽爲眉壽之義亦如此。

卒章，“枸”，讀如具音，今云枳椇，俗呼拐棗樹，古稱木蜜者是也。其葉具甘味，可食。結實細長，拐曲如鷄趾，味甘而澀。種子扁圓而赤，入藥。蜀中此樹多。“楰”，毛云“鼠梓”。《正義》引《陸疏》云：“其樹葉木理如楸，山楸之異者，今人謂之苦楸。”郝懿行《爾雅義疏》云：“今一種楸，大葉，如桐葉而黑，山中人謂之槓楸，即郭璞《爾雅注》所云虎楸。”今按：楰，即虎楸，莖有刺，葉大於楸。幼芽肥茁，可食(今四川漢源縣人仍有采食之，呼爲“龍苞”)。“黄耇”，毛云：“黄，黄髮也。耇，老。艾，養。保，安也。”朱云：“黄，老人髮白復黄也。耇，老人面涷梨色，如浮垢也。”今按：耇，老人背脊勾曲者也。

(三)蓼　蕭

四章。章六句。九十八字。

蓼彼蕭斯，零露湑兮。既見君子，我心寫兮。燕笑語兮，是以有譽處兮。

蓼彼蕭斯，零露瀼瀼。既見君子，爲龍爲光。其德不爽，壽考不忘。

蓼彼蕭斯，零露泥泥。既見君子，孔燕豈弟。宜兄宜弟，令德壽豈。

蓼彼蕭斯，零露濃濃。既見君子，鞗革沖沖。和鸞雝雝，萬福攸同。

題解：周平王東遷，晋文侯率師勤王，爲同姓諸侯之最先至者。平王作此詩樂以饗之也。舊説一致以此下三篇皆爲天子燕饗諸侯之詩。稱爲“蓼蕭之三”。夫既天子燕諸侯，則何以不入《大雅》？若謂《鹿鳴》亦天子燕諸侯之詩，則又何以不次《鹿鳴》之三下，而落在《小雅》第十三篇。更《菁菁者莪》即無復有燕饗之詩？此可疑爲東周燕諸侯之樂詩矣。再審詩語，雖猶强爲天子燕諸侯之格調，而意卑辭遜，决非西周諸王語氣。參驗《湛露》《彤弓》兩篇詩義，與周王地位陵替之史績，當以平王燕晋文侯爲最適宜。詩之作者爲王臣，如皇父之屬，極力要結於諸侯，而又强作王朝尊嚴姿態。東遷之初，大雅之樂未備，故歌小雅，猶文王《鹿鳴》之爲《小雅》也。

首章，“蓼彼蕭斯”，《毛傳》云：“蓼，長大貌。蕭，蒿也。湑，湑然，蕭上露貌。”詮按：“蓼”，苦草。“蕭”，祭祀用以薰香之草。“斯”，語詞。以蓼狀蕭者，喻東遷之難，祭享之艱難也。“零露湑兮”，言露落，湑然如釃也（説在《伐木》）。露本水汽觸冷物而凝。古人以爲是天降以滋潤草木者，故曰零露。零，毛云“落也”。比喻諸侯勤王之師至者已多，使王室復有生氣如蕭之得雨露也。四章起語含義皆同。“君子”，指晋文侯。“我”，平王。“寫兮”，毛云“輸寫其心也”。鄭云：“舒其情意，無留恨也。”“燕笑語兮”，鄭云“天子與之燕而笑語”。朱云：“譽，善聲也。處，安樂也。蘇氏（轍）曰：‘譽，豫通。凡詩之譽，皆言樂也。’亦通。”詮按：詩詞不應如此紆曲。譽處者，即聲譽聚集不去之義。

次章，“龍”，即易卦“飛龍在天”之龍。“光”，即前詩“邦家之光”之光，皆謂人君之德。故續云：“其德不爽。”爽，差也。其德不替，則天賜壽考，國人不忘之也。“瀼瀼”盛貌。已見《鄭風·野有蔓草》。

三章，毛云：“泥泥，霑濡也。”“豈，樂。弟，易也。”“爲兄亦宜，爲弟亦宜。”朱云：“壽豈，壽而且樂也。”詮按：豈弟，讀如愷悌，兄弟和樂之義。周王例稱同姓諸侯爲伯叔父，兹此爲兄弟者，是尤親近之義。封建服制，叔伯父較兄弟爲疏。王室陵夷，勢同列國，故詩語用諸侯相饗之稱謂。

卒章，“鞗革”，陸云“鞗，徒雕反”。則讀條音也。《毛傳》：“鞗，轡也。革，轡首也。忡忡，垂飾貌。”忡，亦作冲。（《正義》與《朱傳》作冲）説者頗多紛歧。馬瑞辰謂：鞗即鋚字，轡首之銅飾。“蓋革爲轡首，以皮爲之。鋚爲轡首之飾，以金爲之”。詮按：“鞗革”，謂馬絡頭之垂飾，以五色之革片垂于轡端也。“忡忡”，謂行時鞗革擾動不停之狀。“雝雝”，謂車行時前後懸鈴振動相和之聲。既夸其車馬之美，復祝以萬福畢具。“攸，所也”。（《鄭箋》）“同，聚也”。（《朱傳》）攸同，猶云畢集也。

（四）湛　露

四章。章四句。六十四字。

湛湛露斯，匪陽不晞。厭厭夜飲，不醉無歸。

湛湛露斯，在彼豐草。厭厭夜飲，在宗載考。

湛湛露斯，在彼杞棘。顯允君子，莫不令德。

其桐其椅，其實離離。豈弟君子，莫不令儀。

題解：秦襄公率師勤王，與晋文侯相繼至洛。周平王既享晋侯，復爲此詩樂以享秦君。秦既異姓，爵位尤卑，故燕禮減於晋侯，詩詞亦較簡慢。

首章，《朱傳》云："湛湛，露盛貌。陽，日。晞，乾也。厭厭，安也，亦久也，足也。夜飲，私燕也。"燕禮：宵，則兩階及庭門皆設大燭焉（係用毛、鄭説而增損其文）。今按：詩語過於簡短者，其文字含義每不單純。此詩三言"湛湛露斯"。斯，語詞，亦喻秦師勤王得力，如雨露之及時。露與《蓼蕭》之露同義。斯又具"在此"之意，與《嘉魚》"烝然來思"之思字同義，俱語詞而用字不同，亦文字上之微義也。（"蓼彼蕭斯"句同。）"匪陽不晞"固謂夜露礙行，故留賓夜飲達旦。亦具有諸侯當依天子爲起息之意。"夜飲"，非正式燕饗，比於《蓼蕭》爲殺禮；緣秦爲異姓之國，又是邊裔子爵故也。然，秦兵强，復當西戎；犬戎之餘波賴之鎮平，故雖殺其饗禮，仍伸親愛之情以撫之曰："不醉無歸。"

次章，"豐草"，固言豐盛之草以協考韻。亦以兼喻故國豐邑，委之於秦之意。謂周以岐豐之地賜秦也。"在宗載考"者，毛云："夜飲必于宗室。"鄭云："載之言，則也。考，成也。夜飲之禮在宗室。同姓諸侯則成之（謂完成其禮）。於庶姓，其讓之則止。"此詩言秦雖庶姓諸侯，寵之，必使成禮，故首章有"不醉無歸"句也。

三章，"杞棘"，喻王室之難，如在杞棘，而秦能勤王。言外之意如此。《朱傳》："顯，明。允，信也。""君子"指秦君，與從飲之族人。凡燕諸侯，雖特爲一人設，亦命同級人物從飲，時申、許、鄫、鄭、魯、衛諸國皆有勤王之師在洛，有軍帥代表其國君，饗諸侯時，俱當從燕。若私燕，則天子之宗人從。故一並泛稱曰君子。"令德"，猶言美譽。

卒章，桐、椅，並已見《定之方中》，製造琴瑟之良材也；周人所重，故以喻秦君與宗人。"離離"，實多貌，喻其繁庶。"豈弟"，同前篇，當作愷悌。"令儀"，舊説多用《鄭箋》"飲酒不至於醉"爲説。與"不醉無歸"文義抵牾。《新詮》以爲上言"令德"與《蓼蕭》同。此篇多"令儀"句者，秦襄從西戎中起，原未習王室禮儀，但能恭謹自持，故平王奬之，曰"令儀"也。離，古音同羅。儀，古音同莪。然讀爲今音亦協。

（五）彤　弓

三章。章六句。七十二字。

彤弓弨兮，受言藏之。我有嘉賓，中心貺之。鐘鼓既設，一朝饗之。

彤弓弨兮，受言載之。我有嘉賓，中心喜之。鐘鼓既設，一朝右之。

彤弓弨兮，受言櫜之。我有嘉賓，中心好之。鐘鼓既設，一朝醻之。

題解：平王東遷，嘉晉文侯翊贊之功，賜之彤弓彤矢，盧弓盧矢，秬鬯，乘馬以榮之，同日燕饗，賦此詩。別有策誥，"文侯之命"，載在《尚書》。《毛序》泛謂"天子錫有功諸侯"，疏矣[1]。

首章，《毛傳》："彤弓，朱弓也，以講德習射。弨，弛貌。言，我也。"鄭云："言者，謂王策命也。"詮按：彤者，古精銅之稱。引申爲黄色光彩之詞。説在《邶·静女》。諸侯有攘夷之功者，天子賜以精銅裝飾之弓矢，故曰彤弓。但以飾威儀，非可實用於射事，所謂"儀仗"之器也。凡弓，張於弦則背反如半月。弦解而馳，則腹反如新月。彤弓不用於射，故不扣弦，弛而腹曲，弨然也。言者，具人身性之語詞。《葛覃》之"言告言歸"，具第一人稱之義。此詩之言，則具第二人稱含義之語詞也。毛鄭以三百篇中言字皆訓爲我，則非矣。"受言藏之"，猶云爾受而藏之也。毛鄭於訓詁雖多可取，亦非盡皆正確。當知。"貺之"，《毛傳》："貺，賜也。"其字一作况。《爾雅·釋詁》："况，賜也。"《棠棣》詩"况以永歡"是也。《鄭箋》："貺者，欲加恩惠也。"蓋謂"衷心欲以賜與此嘉賓"。今則遂所願矣，故設鐘鼓以饗之。

次章，"載之"，毛云："載以歸也。""右之"，毛云："右，勸也。"蓋謂以樂歌侑酒。

卒章，"櫜"，毛云："韜也。"陸云"古刀反"。彤弓不用，故常韜之，謂韜於弓衣之内。"醻"，鄭云："飲酒之禮，主人獻賓。賓酢主人。主人又飲而酌賓，謂之醻。"陸云"市由反"，則當讀如酬。今按：字當讀如擣。與櫜協韻。後世形變，音亦變。蓋酬之古字如此。

（六）菁菁者莪

四章。章四句。六十四字。

菁菁者莪，在彼中阿。既見君子，樂且有儀。

【1】《尚書·文侯之命序》："平王錫晉文侯秬鬯、圭瓚，作文侯之命。"其策命之文有云："閔予小子嗣，造天丕愆。"孔安國傳曰："言我小子而遭天大罪過，父死國敗，祖業頹隕。"又"扞我於艱，若汝，予嘉"，傳云："乃扞我於艱難，謂救周、誅犬戎。汝功我所善。"又"用賚爾秬鬯一卣，彤弓一，彤矢百，盧弓一，盧矢百，馬四匹"。傳曰："彤，赤。盧，黑也。諸侯有大功，賜弓矢，然後專征伐。彤弓，以講德習射，藏示子孫。"蓋用毛詩家説。毛公傳詩時尚未見《古文尚書》故不能定此爲平王之詩。策命文當莊嚴。燕樂詩當諧和，故語不相應，亦不相信。策命加於一人，故詞義專一。燕樂涉及從燕多人，故詞義泛及。策命用僅一次，樂詩則須長久使用之，故泛而不專也。《左傳》：僖公二十八年，城濮戰後，晉文公"獻楚俘於王。駟介百乘，徒兵千。……王享醴，命晉侯宥。王命尹氏及王子虎、内史叔興父，策命晉侯爲侯伯，賜之大輅之服，戎輅之服，彤弓一，彤矢百，玈弓矢千，秬鬯一卣，虎賁三百人"。《國語》甯武子曰："諸侯朝正於王，王宴樂之，于是賦《湛露》。諸侯敵王所愾，而獻其功，于是乎賜之彤弓一，彤矢百，玈弓、矢千，以覺報宴。"後之説詩者遂皆沿之以爲泛泛之説，莫能及晉文侯。又《左傳》襄公八年，范宣子論《彤弓》，但言"先君文公獻功于衡雍，受彤弓於襄王"。又昭二十五年，載王語晉荀躒，言周所頒賜於晉君之物，上自唐叔虞，下迄重耳尤詳，亦不及文侯之賜。後世遂疑《文侯之命》爲僞，莫肯以與此詩相證。亦由文侯得國非正，儒生莫肯著其霸業故也。《竹書紀年》平王元年，"東徙洛邑，錫文侯命。晉侯會衛侯、鄭伯、秦伯，以師從王入於成周"。其書晉世出土，非孔安國所能見，而吻合如此。則《文侯之命》爲信史可知矣。

菁菁者莪，在彼中沚。既見君子，我心則喜。

菁菁者莪，在彼中陵。既見君子，錫我百朋。

泛泛楊舟，載沉載浮。既見君子，我心則休。

題解：此周代執政者勞問學校教師用之樂詩。大約作于周初成王康王之世，後世天子、諸侯、卿相每歲入國學燕勞師生一次，皆用之。學校行釋菜禮亦用之。

首章，《毛傳》："菁菁，盛貌。莪，蘿蒿也。中阿，阿中也。大陵曰阿。君子能長育人材，如阿之長莪菁菁然。"朱熹謂"此亦燕飲賓客之詩"，謂"君子，賓客也"。當遵毛說爲"樂育材也"。"樂且有儀"，鄭云："見則心既喜樂，又以禮儀見接。"亦非。"且"，當讀如其。謂教師端正有威儀，足爲士子師表，故樂之。"儀"，當讀俄音。漢碑《蓼莪》多作《蓼儀》。儀字古音本讀如俄，與阿韻協也。

次章略。

三章，"錫我百朋"，鄭云："古者貨貝。五貝爲朋。賜我百朋，得禄多。言得意也。"朱云："如得重貨之多也。"詮按：商殷用海貝爲貨幣，甲骨文中屢見。周興於岐山，距海遠，故以金刀爲正幣。衹緣與商人市易，亦或用貝幣而已。且國學教師爲樂正，屬清貴之官，不以貨財爲禮，安得有賜我五百海貝之意？又况樂師對執政地位甚卑，安得使用賜我之文？錫之本義，爲金屬名稱。上古勞動人民初知冶金，即有此字。錫爲融點最低之金屬，故采冶者能最先得之。錫在融化中，能繼續産生高温，並含蓄高温，以致使他種尋常高温不能融化之物亦因入錫而易融化。于是銅與錫混合的青銅器産生。以至於鉛、鐵、赤金皆得煉取。因而錫之含義引申爲協助它物冶煉之義。再進而引申，乃爲賜予之義。入秦漢後，乃有賜字産生，以與金屬之錫相區别。此詩之錫，喻樂正能教化士子，使爲國家人材，如錫之善于融冶。"百朋"，即"有朋自遠方來"之朋。在此詩指士子竟業服官，能助執政，如教師錫成也。

卒章，楊木甚輕。近造之舟，即所謂輕舟。詩言輕舟本爲濟涉利器，若無人駕馭，則浮沉於水中，不能前進。今喜得君子司教，如操舟有人，我心則休休然安定也。（鄭云："休者，休休然。"朱云："言安定也。"）

（七）六　月

六章。章八句。百九十二字。

六月棲棲，戎車既飭。四牡騤騤，載是常服。玁狁孔熾，我是用急。王于出征，以匡王國。

比物四驪，閑之維則。維此六月，既成我服。我服既成，于三十里。王于出征，以佐天子。

四牡脩廣，其大有顒。薄伐玁狁，以奏膚公。有嚴有翼，共武之服。共武之服，以定王國。

玁狁匪茹，整居焦穫。侵鎬及方，至于涇陽。織文鳥章，白旆央央。元戎十乘，以先啓行。

戎車既安，如輊如軒。四牡既佶，既佶且閑。薄伐獫狁，至于大原。文武吉甫，萬邦爲憲。

吉甫燕喜，既多受祉。來歸自鎬，我行永久。飲御諸友，炰鱉膾鯉。侯誰在矣，張仲孝友。

題解：周宣王初世，玁狁内侵，逼近京邑。尹吉甫受命捍禦，逐敵至太原而還。師旋飲酒，歸燕於私邑，家臣作此詩頌其功績。在《采薇》詩作之前。

《史記·周本紀》記宣王事，衹采國語二三則爲之，未著其武功。失此詩史，是史遷之疏。《竹書紀年》載：（宣王）“五年，夏六月，尹吉甫帥師伐玁狁，至於太原。秋八月，方叔帥師伐荆蠻。六年，召穆公帥師伐淮夷，王師伐徐戎，皇父休父從王伐徐戎，次於淮。”與《二雅》各篇頗合，仍失《采薇》《出車》兩篇史事。蓋宣王武功檔籍，喪於犬戎之難。史官不能傳，僅賴此等詩史志其梗概。而説詩諸家復多以爲《采薇》諸篇是文王時詩。雖如《毛序》之能結合史事，亦衹以此篇以下爲宣王世之詩，故與《采薇》三篇隔離編次，宜魏之史官亦不能定《采薇》《出車》是宣王事也。

揆《采薇》三篇與《六月》《采芑》諸篇離絶之原因，蓋由彼三篇早經采作勞軍樂歌，與《鹿鳴》《棠棣》之三下至《菁菁者莪》同爲燕饗所必用，故樂檔首列之。《六月》以下，非燕饗用樂，故列在後。舊儒未識，遂謬謂《菁菁者莪》以上爲“正小雅”，《六月》以下爲“變小雅”。夫同一宣王伐玁狁之詩史，何得有所謂正變之别哉。徒緣周人賦詩斷章，不循本事，漢儒又皆未明史事，徒以褒貶之義説經，故相承爲謬耳。

《紀年》又謂：宣王元年“復田賦，作戎車”。田賦即軍賦。戎車即戰車。此詩屢言“戎車”，故可定其爲宣王初年之詩，與《采薇》三篇不同時。《采薇》三篇爲宣王中世，國威既振，深入討伐時事。此詩，則其初年，玁狁深入，方圖捍禦，整軍經武之時也。玁狁屬於羌族之部落，游牧嗜劫，來去飄忽，而不利與戎車部隊正面交鋒。故當吉甫出師之後，玁狁便退縮於隴山地區。直待若干年後，乃復有《采薇》之役。吉甫此役，戰功並不多，然實收驅逐玁狁之效。

首章，吉甫受命，緊急出師，不及改换戎服，便以常服升車，指揮部署。故曰：“載是常服，玁狁孔熾，我是用急。”舊説“常服”，戎事之常服。以韎韋爲弁，又以爲衣，而素裳白舄也（《朱傳》用《鄭箋》《孔疏》之説）。夫常服，以别於朝服與戎服，家居常用之衣服耳，取於便安，何得猶有定制，又何得更有“戎事之常服”哉。

《朱傳》又曰："《司馬法》，冬夏不興師。今乃六月而出師者，以玁狁甚熾，其事危急，故不得已而王命于是出征，以正王國也。"則可取。"王于出征"，《鄭箋》云："于，曰。匡，正也。王曰：今女出征玁狁，以正王國之封畿。"詮按：于字，當云用也。《易·離卦》爻辭"王用出征，以正邦也"，《秦風·無衣》三言"王于興師"皆是此義。

次章，述部署就緒，戍軍初出時情形。"比物"，謂配置各車之裝備，包括軍械、旗幟、衣糧、甲盾、牛馬之屬。戎車爲最重要，故特舉"四驪"爲言。謂帥車，四馬皆純黑而牡者。《朱傳》云："齊其力也。"裝備既定，又當加强演習，訓練陣法。故曰"閑之維則"。"閑，習也"（《朱傳》）。"則，法也"。（《毛傳》）六月受命，即于六月内完成整軍，是謂"既成我服"。于是可出發矣。"古者，吉行日五十里。師行日三十里"。（《朱傳》）故三十里爲一舍。仍再言"王于出征"，重王命也。

三章，言吉甫威儀。《毛傳》："修，長。廣，大也。顒，大貌。……奏，爲。膚，大。公，功也……嚴，威嚴也。翼，敬也。"《朱傳》："共與供同，服，事也。言將帥皆嚴敬以供武事也。"《鄭箋》："定，安也。"按：《説文》："顒，大頭也。"馬貴大頭。詩言吉甫帥軍之四牡皆長大而巨頭。"薄伐"，迫而擊之也。軍官士卒皆能"共武之服"，故能成平定玁狁之功。由軍帥得人故也。

四章，言玁狁猖獗之形勢，與吉甫之戰略。"匪茹"，猶言勁敵。食物爲茹。凡物可食者例皆柔軟，故曰"柔亦不茹"。吉甫師出而敵去，實未接戰。故作此語，以爲敵雖逸去，亦非不强者也。試觀其勢，整居焦穫之地，侵掠及於鎬邑與朔方。雖尚未入鎬京，亦已達於涇水之陽。水北曰陽，亦即渭水之陽（水隨决入而納通稱，故涇陽亦即渭陽）。與鎬衹隔一水矣。"織文鳥章"，毛云："鳥章，錯革，鳥爲章也。"鄭云："織，徽織也。鳥章，鳥隼之文章，將帥以下衣皆著焉。"朱云："織，幟字同。"按此詩借字甚多，當從朱説。"白旆央央"，毛云："白旆，繼旆者也。央央，鮮明貌。"朱同。"元戎十乘"，毛云："元，大也。夏后氏曰鉤車，先正也。殷曰寅車，先疾也。周曰元戎，先良也。"朱云："戎，戎車也，軍之前鋒也。"今按：謂軍之選鋒，衹十乘戎車。"啓行"，謂開道在前。以車戰對步騎，故衹須選鋒十乘在前，已可挫敵。其餘車乘，掩襲潰敵可也。

五章，言是役成果，爲驅敵出境。"戎車既安"，言未遇戰鬥。"如輊如軒"，謂戎車安祥行進。車衹二輪，轅之前後俯仰無定，前仰爲軒，前俯爲輊。御人注意控制之，則平進。意稍疏怠，則軒輊頻變。非戰時，御夫恒怠。故車行軒輊頻作也。輊，竹二反，音至，故毛云"輊，摯也"。《考工記》曰，"平地既節軒摯之任"，謂軒輊之煩也。"佶"，毛云"正也"。鄭云"壯健貌"。"閑"，習也。猶云駕車之馬閑習於戰鬥之馳騁，故能逐玁狁於太原也。"文武吉甫"，頌吉甫具文武才能，足爲萬邦法式。

卒章，記凱樂榮歸情形。旋師還鎬，受天子燕勞（燕喜），多受賞賜（受祉）。復自鎬歸于私邑之家。“我行永久”，對家人語也。“飲御諸友”，猶云“可以招飲諸親友矣”。御，當音迓，迎也。（《鵲巢・箋》）謂邀請諸友飲酒。毛云：“御，進也。”鄭云：“侍也。”皆非詩義。諸友中，張仲最賢，故特稱之。並稱其孝友之德。“侯”，維也。（《毛傳》）《漢書・古今人表》宣王八臣中有張中，即仲。然其人惟見於此詩。要是吉甫之友，未必即宣王致中興之大臣。

詩中地名，不盡可考。如吉甫私邑，當爲尹邑，故稱尹吉甫。其他即無可考。或謂在今河南新安縣，因是東都王畿之地。西周大臣采邑，不應去鎬太遠，故可疑也。“太原”，《朱傳》謂是“太原府陽曲縣”，則今山西太原矣。顧炎武《日知録》駁之，謂當是原州平涼縣。魏立原州，取太原舊稱。“計周人之禦玁狁，必在涇原之間。若晋陽之太原，在大河之東，距周京千五百里，豈有寇從西來，兵乃東出者乎？故曰：‘天子命我，城彼朔方。’而《國語》宣王料民於太原，亦以其近邊而爲禦戎之備，必不料之於晋國也。”胡渭《禹貢錐指》又謂：“太原當在原州界内，但非平凉縣。縣乃古涇陽，在故原州之東。玁狁侵及涇陽，則薄伐之，以至於太原。蓋自平凉逐之出塞，至周原而止，不窮逐也。”陳奂《毛詩傳疏》，又云：“疑太原當在鎮原，平凉即涇陽地。自涇陽北追至鎮原，不更向西北矣。”今按：周王畿在渭水平原。若今甘肅地界以内，皆隴山之外，玁狁民族游牧之地，吉甫此役，但逐入侵之戎于境外，非如《采薇》之深入巢穴，則安得遂至隴山之外乎？黄河流域，地形之稱原者多矣。太原者，大原也。何處不有大原，豈必平凉、涇州，原州乃有之乎？周師車戰，當時亦不可能深入逾隴，但能逞威於渭水平原耳。況如詩所言“玁狁孔熾，我是用急”，則必入侵已迫京郊之地。按《采薇》《出車》兩詩推斷，朔方（亦即此詩之“方”）城位置，衹能在今陝西、甘泉、延安地界，不能更過安定縣境。太原當更在其南。充其極，遠在焦獲之北而已。固非山西之太原，尤不可能在甘肅界内。《國語》宣王料民太原，更是爲太原是王畿内之地，不能越出渭水平原以外也。

《爾雅・釋地》“周有焦獲”，爲“十藪”之一。郭璞注云：“今扶風池陽縣瓠中是也。”《水經注》：“鄭渠，渠首上承涇水於中山西邸瓠口，所謂瓠中也。《爾雅》以爲周焦獲矣。”晋池陽縣，今爲陝西省三原縣。朱熹《詩集傳》云：“焦，未詳所在。獲，郭璞以爲瓠中，則今在耀州三原縣也。”（所據爲《詩正義》）。唐宋耀州，今爲陝西耀縣，去涇陽縣約二百里。其北銅官縣（今爲銅川市）與白水縣同在一冲積平原中，疑即周之焦獲。周以農業立國，其王畿地合當至此。過此即隴山地區矣。白水縣北有白原鎮、雷原鎮，皆屬渭水平原北界，周之太原，其即在此歟？

（八）采芑

四章。章十二句。百九十二字。

薄言采芑，于彼新田，于此菑畝。方叔涖止，其車三千，師干之試。方叔率止，乘其四騏，四騏翼翼。路車有奭，簟茀魚服，鉤膺鞗革。

薄言采芑，于彼新田，于此中鄉。方叔涖止，其車三千，旂旐央央。方叔率止，約軝錯衡，八鸞瑲瑲。服其命服，朱芾斯皇，有瑲葱珩。

鴥彼飛隼，其飛戾天，亦集爰止。方叔涖止，其車三千，師干之試。方叔率止，鉦人伐鼓，陳師鞠旅。顯允方叔，伐鼓淵淵，振旅闐闐。

蠢爾蠻荆，大邦爲讎。方叔元老，克壯其猶。方叔率止，執訊獲醜。戎車嘽嘽，嘽嘽焞焞，如霆如雷。顯允方叔，征伐玁狁，蠻荆來威。

題解：周宣王命方叔帥師南征荆蠻，無功。師旋後，方叔家臣作此詩頌其勞。援《六月》之例爲之也。按《竹書紀年》，在宣王五年八月，吉甫禦玁狁後。《國語》：“宣王既喪南國之師，乃料民于太原。”則此役實非勝利。詩亦但誇軍容之盛，未及戰功。再言采芑，則糧運不濟可知。且荆楚大國，强武，亦非周師所能征服也。與《六月》之役，皆無功可以告廟，故衹家臣頌之而已。

首章，“薄言采芑”，用《芣苢》“薄言采之”舊文也。芑，孔穎達《正義》引陸璣疏，云是“苦菜”。朱熹引用之，云：“即今苦蕒菜，宜馬食。軍行采之，人馬皆可食也。”詮按：詩兩言采於新田，則非野菜之苦蕒。《大雅·生民》：“誕降嘉種，維秬維秠，維穈維芑。”則芑爲食糧作物，非野菜也。按陸璣疏語推斷，“莖青白色，摘其葉有白汁出。肥可生食。亦可蒸爲茹”，則是今萵苣同類之苣菜，是周代已有之農作物也。方叔南征乏食，采食農民之美蔬。軍士樂其甘美，故曰“薄言”。薄言，歡然相呼以爲之也。“新田”，《毛傳》：“田一歲曰菑，二歲曰新田，三歲曰畬。”（《禮·坊記》）鄭注，則謂“二歲曰畬，三歲曰新田”。《詩正義》同。《説文》“菑，反耕田也”，謂初墾之田，耕反其草以滅之。又“畬，二歲治田也”。治田，謂無復野草之田，以别於新田也。新田野草尚多，不宜種禾，但宜種葉盛之芑。故詩曰“于彼新田，于此菑畝”。菑畝，新田猶未反耕滅草之隴畦也。“師干之試”，謂方叔初爲將。毛云：“涖，臨。師，衆。干，扞。試，用也。”鄭云：“其士卒皆有佐師扞敵之用爾。”《朱傳》云：“試，肄習也。言衆且練也。”詮按：如毛説，此句當上屬。如鄭、朱説，則當下屬，與“方叔率止”爲句。然全篇皆三讀爲句。則此句當上屬矣。“翼翼”，猶亦亦也。鄭云“壯健貌”。朱云“順序貌”。凡疊字形容語，皆依上文以解其意，不膠滯于訓詁也。“路車”，謂軍帥以外之戎車。“奭”，毛云“赤也”。簟茀，朱作“簟笰”，云："以方文竹簟爲車蔽也。"魚服，矢服也。古音讀如偪。此與奭、革協韻。"鉤膺"，毛云"樊纓也。"朱云："馬婁頷有鉤，而在膺有樊有纓也。樊，馬大帶。纓，鞅也。"鞗革，已見《蓼蕭》。

次章。"中鄉"，毛云："鄉，所也。"鄭云"美地名"。朱云："民居，其田尤治。"皆謂農民聚居之地。詩謂深入農村采之。益可知芑非野菜。"旂"、"旐"、"央央"，並已前見。"約軧錯衡"，毛云："軧，長轂之軧也，朱而約之。錯衡，文衡也。"朱云："約，束。軧，轂也。以皮纏束兵車之轂而朱之也。錯，文也。"又云："鈴在鑣曰鸞，馬口兩旁各一，四馬故八也。瑲瑲，聲也。命服，天子所命之服也。朱芾，黄朱之芾也。皇，猶煌煌也。瑲，玉聲。葱，蒼色如葱者也。珩，佩首横玉也。禮，三命赤芾葱珩。"凡釋車服之制，毛、鄭爲近，而語焉不詳。朱較爲遠於古，然其時仍守古制者多，故其解説毛傳之義皆可靠。其文簡約明暢，故《新詮》多采存之。

三章，"鴥彼"，已見《秦風・晨風》。"隼"，猛禽類。是《秦風》襲用"小雅"文句。"戾，至也"。(《毛傳》)"爰，於也"。(《鄭箋》)"亦集爰止"，謂隼飛雖高入於天，亦爰集於此士卒薈萃之處。喻方叔登壇誓衆。《朱傳》："鉦，鐃也，鐲也。伐，擊也。'鉦以静之，鼓以動之'。(《毛傳》文）鉦、鼓各有人，而言鉦人伐鼓，互文也（此《鄭箋》説)。鞫，告也。二千五百人爲師。五百人爲旅。此言將戰，陳其師旅而誓告之也。陳師告旅，亦互文耳。"《毛傳》："淵淵"，鼓聲也。入曰振旅，復長幼也。《鄭箋》："伐鼓淵淵，謂戰時進士衆也。至戰止將歸，又振旅伐鼓闐闐然。振，猶止也。旅，衆也。《春秋傳》曰'出曰治兵，入曰振旅'，其禮一也。"詮按：古者行軍，鳴鼓而進，鳴金則止。誓師，必先鳴金以止騷亂。誓畢，則伐鼓以催行動。止戰雖用金，既止而整隊回壘，則又必以鼓。詩但言"陳師鞫旅"，"伐鼓"，"振旅"，實無戰鬥之明文。

卒章，毛云："蠢，動也。蠻荆，荆州之蠻也。"詮按：楚之舊號爲荆。《春秋》初亦稱之曰荆。後乃曰楚。毛意不謂是楚，故泛稱爲荆州之蠻。《竹書紀年》，謂宣王四十一年，"王師敗於申"。《後漢書・西羌傳》："宣王四十一年，王師征申戎，破之。"或以爲即此方叔南征事，故毛泛言荆州蠻也。然《紀年》固云"宣王七年錫申伯命"與《詩・嵩高》合，安至於閲三十四年而又伐之？且幽王娶申后，爲宣王所聘。宣王死在四十六年，則又安得娶其女而伐其國。《紀年》多有沈約竄入之文。疑此亦約用《後漢書》文所增竄也。《紀年》云"敗於申"者，蓋亦影射南國喪師之文。然又謂"四十年料民於太原"，則又與"既喪南國之師"乃料於太原之説不合。夫"江漢諸姬，楚實盡之"，則宣王曾經南征荆楚，有可能矣。征楚無功，喪師以還，猶昭王之南征不復，亦當時之勢所必然。"大邦"，謂周也。《詩》亦曾云"周雖舊邦"，又云"邦畿千里"。《鄭箋》謂"大邦，列國之大也"，非義。"元老"，毛云："元，大也。

五官之長出於諸侯曰天子之老。壯，大。猶，道也。”《箋》云：“猶，謀也。謀，兵謀也。”“執訊獲醜”已見《出車》。未遇敵作戰而有此語者，蓋亦曾擄其邊邑之民以爲俘耳。“嘽嘽”，車聲。《出車》作“憚憚”。“焞焞”，熾盛貌。皆言軍容之盛。末言“征伐玁狁，荆蠻來威”者，意謂方叔曾以征伐玁狁著威名，故荆蠻畏威而來服。疑《采薇》詩“一月三捷”之主將，即此方叔。然則南征荆蠻固當在伐玁狁後。不能是同在宣王五年。《紀年》之文亦徒推詩意爲之，非有史筆依據。

（九）車　攻

八章。章四句。百二十八字。

我車既攻，我馬既同。四牡龐龐，駕言徂東。

田車既好，四牡孔阜。東有甫草，駕言行狩。

之子于苗，選徒囂囂。建旐設旄，搏獸于敖。

駕彼四牡，四牡奕奕。赤芾金舄，會同有繹。

決拾既佽，弓矢既調。射夫既同，助我舉柴。

四黄既駕，兩驂不猗。不失其馳，舍矢如破。

蕭蕭馬鳴，悠悠旆旌。徒御不驚，大庖不盈。

之子于征，有聞無聲。允矣君子，展也大成。

題解：舊説咸謂：“至于宣王，内修政事，外攘夷狄，復文武之竟土，修車馬，備器械，復會諸侯於東都，因田獵而選車徒焉。”（朱熹《集傳》文）詮按：宣王謀征徐淮，借言東獵圃田，合諸侯於洛，籌其事。圃田，大澤，不可獵，乃會獵於敖山。史官紀其事以詩譜以雅樂也。其事，當與《瞻彼洛矣》《裳裳者華》《桑扈》《鴛鴦》《鼓鐘》及《大雅》之《烝民》《江漢》《常武》相奕。舊本分割而離立之。未知是樂官取便於用樂之種類而分，抑是漢儒傳詩所亂。

《竹書紀年》宣王“伐徐戎”在六年。“會諸侯于東都，逐狩于甫”，在九年。時次顛倒，與詩史不合。又《墨子·明鬼》，謂“周宣王殺其臣杜伯而不辜。……其三年，周宣王合諸侯而田於圃……杜柏乘白馬素車……射之車上。……伏弢而死，著在春秋”。《紀年》記宣王殺杜伯在四十三年，又三年而王陟，則又與《墨子》不合。大抵，宣王東獵會諸侯事，至確。先秦人皆能言之。其史記，則亡於犬戎之難。惟恃此詩與故老傳説存之，故時間性不能統一。如此大舉，必有所爲。分析雅詩諸篇，自可得之，固不待於史籍之證也。

首章，《毛傳》：“攻，堅。同，齊也。宗廟齊毫，尚純也。戎事齊力，尚强也。田獵齊足，尚疾也。”“龐龐，充實也。東，洛邑也。”

次章，《朱傳》：“田車，田獵之車。好，善也。阜，盛大也。甫草，甫田也，後爲鄭地今開封府中牟縣西圃田澤是也。宣王之時，未有鄭國，圃田屬東都畿内，故往田也。”

三章，《毛傳》：“之子，有司也。夏獵曰苗，囂囂，聲也。”《朱傳》：“敖，近滎陽地名。”陳奐《傳疏》云：“考圃田，在今開封府中牟縣西北，與敖山相去僅百餘里。”詮按：圃田澤，今已涸爲耕地。本兖州涸海之遺跡，周時已將涸，滿生蒲葦，故曰“甫草”。爲獵弋者所萃。宣王欲往獵，以其沮洳，尚不任車，故改與諸侯會獵於敖山。甫，大也。甫草，謂大草澤。圃，囿也。《穆天子傳》：“庚午，天子飲於洧上，乃遣蔡父如圃鄭，用致諸侯。丁丑，天子里圃田之路，東至於旁，西至於口丘。”（鄭，奠字僞。里，理字省）。是穆王時已於中開闢道路。稱圃田。此詩“甫草”，猶是古稱。敖山，即漢之敖倉所在。《水經注》濟水“逕敖山北。其山上有城，即仲丁所遷。秦置倉其中”。濟水，今爲黄河所奪。敖山本不甚高，今爲河堤所没矣。

四章，言諸侯來朝于王所。“奕奕”，連續不絶貌。“赤芾金舄”，毛云：“諸侯赤芾金舄。舄，達屨也。時見曰會。殷見曰同。”“繹，陳也。”朱云：“繹，陳列聯屬之貌也。”

五章，《毛傳》：“決，鉤弦也。拾，遂也。佽，利也。”鄭云：“佽，謂手指相次比也。調，謂弓强弱與矢相得。”朱云：“决，以象骨爲之，著於右手大指，所以鉤弦開體。拾，以皮爲之，著於左臂，以遂弦，故亦名遂。”（按：遂，謂弦側依而過）。又“射夫，蓋諸侯來會者。”“柴，《説文》作𦊐，謂積禽也。使諸侯之人助而舉之。言獲多也。”陸云：“柴，子智反。”朱云：“調，讀如同，與同叶。”

六章，“兩驂不猗”，毛云：“言御者之良。”偏倚不正曰猗。“舍矢如破”，鄭云：“射者之工，矢發則中，如椎破物也。”朱云：“巧而力也。”（破，古音蓋讀如皮，與猗叶。）

七章，《朱傳》：“蕭蕭，悠悠，皆閑暇之貌。徒，步卒也。御，車御也。驚，如《漢書》‘夜軍中驚’之驚。不驚，言比卒事，不喧嘩也。大庖，君庖也。不盈，言取之有度，不極欲也。蓋古者田獵獲禽，面傷不獻，踐毛不獻，不成禽不獻。擇取三等：自左膘而射之達於右腢爲上殺，以爲乾豆，奉宗廟。達右耳本者次之，以爲賓客。射左髀達於右䯚爲下殺，以充君庖。每禽取三十焉。每等得十，其餘以與士大夫習射於澤宫，中者取之。是以獲雖多而君庖不盈也。”（采用《毛傳》而糾正之，意明而文亦省。故可取。）此章言其終事嚴而頒禽均也。

卒章，“有聞無聲”，毛云：“有善聞而無喧嘩之聲。”陸云：“聞，音問。”鄭云：“允，信。展，誠也。大成，謂致太平也。”朱云：“總序其事之始終而深美之也。”詮按：此章，與首章“駕言徂東”相應，爲獵事之首尾。隱言爲謀征徐淮事。“之子”，指來會諸侯，“于征”，謂此次行役。亦謂謀征徐淮。“有問”，謂名爲會獵敖山，成會同之令聞。“無聲”，謂密謀不宣之事。“君子”，與會者之統稱，包括周王與王臣。“大成”，大成就在謀定而事成也。舊説失於此義。

（十）吉　日

四章。章六句。九十六字。

吉日維戊，既伯既禱。田車既好，四牡孔阜。升彼大阜，從其羣醜。

吉日庚午，既差我馬。獸之所同，麀鹿麌麌。漆沮之從，天子之所。

瞻彼中原，其祁孔有。儦儦俟俟，或羣或友。悉率左右，以燕天子。

既張我弓，既挾我矢。發彼小豝，殪此大兕。以御賓客，且以酌醴。

題解：此宣王料民太原時舉行大獵之詩也。與《車攻》皆從禽之樂官所作，故譜於《小雅》。

料民，即清查户口，編制軍賦。必即因而舉行大獵以講武。《國語》載仲山甫諫詞曰：“蒐于農隙……獮于既烝……狩於畢時，是皆習民數者也。又何料焉。”謂徵民賦田獵講武即可知人民防禦之力量，何必清查編制。宣王不聽“卒料之”。則此次大獵，爲頗鄭重之大舉，與敖山之役相當，故樂官並紀以詩樂也。

必其爲太原料民之時者。周之太原，爲逼近玁狁之邊邑，見於《出車》之詩。玁狁猖獗時，據居焦穫甚久。人民逃徙，地方殘破。宣王既逐玁狁入隴，振恤遺黎，招徠安輯。説在《鴻雁》之詩。安集之後，民户復增，爲編軍賦以備玁狁，故必料民。他處舊民，軍賦夙定，則不料矣。《出車》之太原，爲今陝西白水縣北，洛川、宜君諸縣。洛川河谷平原地區，故有大原之名。其地山多禽獸，有銅錫之利，野復肥沃，宜其爲玁狁之所垂涎，亦周王之所必争也。

首章，言大獵之規劃部署。《毛傳》云：“維戊，順類乘牡也。伯，馬祖也。重物慎微，將用馬力，必先爲之禱其祖。”《鄭箋》云：“戊，剛日也。故乘牡爲順類也。”《朱傳》云：“言田獵將用馬力，故以吉日祭馬祖而禱之。既祭而車牢馬健，于是可以歷險而從禽也。以下章推之，是日也，其戊辰與。”詮按：“從”者，追獵之義。“群醜”，指衆禽獸。醜，類也。“大阜”，謂禽獸衆多之山林。阜之本義爲土山。土山則林密成藪，故阜之引申義爲山林，爲盛有，爲肥碩。此章上阜爲馬壯碩，下阜爲林藪之義。

次章，毛云：“外事以剛日。差，擇也。”“鹿牝曰麀。麌麌，衆多也。”鄭云：“同，猶聚。”朱云：“庚午，亦剛日也。差，擇，齊其足也……視獸之所聚，麀鹿最多之處而從之。於漆沮之旁爲盛，宜爲天子田獵之所也。”（毛云“從漆沮驅禽而至天子之所”，不如《朱傳》）此章但言相度從禽所宜之地，宜在漆沮河谷。毛鄭説爲已經出獵，則奪下兩章文義矣。然其詁訓可取（漆沮，説在附注[1]）。

三章，則《傳》《箋》皆不可取。舊説諸家悉爲所誤，兹訂正之。毛云：“祁，大也。”謂原中多有大獸。鄭云：“祁當作麎。麎，麋牝也。中原之野甚有之。”夫獵鹿貴得麀，爲其革也。豈在雌哉？况野獸供獵者多矣，亦不專在鹿。又况天子大獵，一方軍賦畢會於此大平原中矣，野獸皆當駭然遠避，豈能尚有載行載趨，或群或友之鹿群相率而來以迎天子之燕樂哉？細審此章所言，衹是人民軍賦士衆聚集太原城外，静候天子出獵之情况。“其祁”，應即《豳風》“采蘩祁祁”，《大雅》“祁祁如雲”之祁義，謂人衆盛也。“儦儦”，即《齊風》“行人儦儦”字，彼篇《毛傳》云“儦儦，衆貌”。《毛傳》於同文詁訓，例衹一見。則此詩之儦儦，不當再有傳，而舊刻有《毛傳》“趨則儦儦，行則俟俟”。句，與《韓詩》雷同。爲形容禽獸之語（韓詩説在附注[2]）。且《鄭風》“清人在消，駟介麃麃”傳：“麃麃，武貌。”彼言駟馬披甲爲麃麃。此加人旁，以形容齊之獲車武士則曰“儦儦”。《衛風·碩人》形容駟馬之銜鐵曰“朱幩鑣鑣”，則加金旁，同是麃之叠字形容語，而作字不同者，毛公説詩之微意，欲人見其字而辨其指也。三家詩皆説此章爲言獸之語，毛公獨以爲言人之語，故作儦字。此《毛詩》勝于三家詩處。蓋此詩首章言卜禱，次章言規劃，三章言士衆，卒章言射獵。具有層次。毛詩能得之，而謝曼卿、衛宏之徒，猶狃於三家之成説，因毛本無傳，遂竄

【1】《大雅·綿》《周頌·潛》與此詩皆以“漆沮”聯稱。《毛傳》於此云：“漆沮之水。”綿傳云：“沮水漆也。”潛傳云：“漆沮，岐周之二水也。”《綿》之漆沮，當在豳地。《潛》之漆沮，當在岐地。此詩之漆沮，亦當是豳地。豳之漆沮，其水入洛，潛之漆沮，水入涇渭。此以今之地文，核古之詩語，所當肯定者也。隴山地區，林中多漆樹，遠古之勞動人民已經割取以製器物，書寫木札、竹簡。由其用途，重其爲物，故凡有漆林之山水皆以漆水名之。應尚不衹豳岐兩地有此水名也。沮者，沮洳之地。本古湖海之遺跡。水未全涸則曰沮。水已乾涸爲農地則曰原。關中之焦穫，古爲九澤之一。至周而有大原地名出於其旁。蓋皆洛水本支各流所經沮地之乾涸與未涸有不同耳。洛水在今白水縣境以北，古多沮澤，漆水緣之入洛，此豳地漆沮也。涇渭之間岐山地區，古亦有沮，既涸而爲沮水，與漆水近。同爲周人農墾之地，今云漆水與沮水是也。此兩地之漆沮，並因《周詩》以傳。後世言地理者，往往又各以所在山水傅會以奪其稱。學人不能統觀全局，分析詩義，各執所見以毁所不見，遂成聚訟。酈道元《水經注》徵引古地理書甚博。其漆水篇，不能訂其是非，但云：“川土奇異，今説互出，考之經史，各有所據。識見淺浮，無以辨之矣。”其後各代地理名著，更莫能定於一説。詮此篇時，曾泛涉之，紛紛雜沓，令人頭痛。兹概摒去，但以古今地文變遷之必然，總結其實義如此。

【2】張衡《西京賦》：“泉鳥翩翩，群獸駓騃。”《文選》李善注此語云：“薛君韓詩章句曰：趨曰駓，行曰騃。音鄙。騃音俟。”蓋據馬融《廣成賦》“群鳴膠膠，鄙呆譟讙”，字爲音訓。章懷太子（李賢）《後漢書·馬融傳·廣成賦注》云：“鄙音普美反。騃音俟。韓詩曰‘駓駓俟俟，或群或友’。此二人時，韓詩尤存。而寫本作駓，作駓，與作騃，作俟已異。寫本字易僞變故也。然駓、駓同音。騃、俟亦同音，並同爲獸鳥行動之狀則一。《毛詩》改字作儦儦，俟俟，則音義俱變矣。騃在兩賦當讀如駭。在毛詩，則當讀士。陸德明音義“儦，表嬌反。俟音士”，是也。《説文》：“儦，行貌。”“騃，馬行仡仡也。”則騃又當讀如仡。重叠形容字，重在音。義緣音求。而諸家説之音義各異者，蓋緣三字詩與毛公所傳詩蓋各不同。三家詩用鄙騃之音，以狀禽獸。毛詩則用儦俟之字以狀軍民也。《説文》俟字云：“大也。從人，矣聲。《詩》曰‘伾伾俟俟’。”所引字又不同，蓋《魯詩》也。許慎時《魯詩》尚存。故所引不同於韓、毛兩家。

入此語。猶之以《續序》竄合於《毛序》也。《説文》俟字引詩，作“伾伾俟俟”。段玉裁注曰：“《小雅·吉日》文。今毛詩作儦儦俟俟。傳曰，‘趨則儦儦，行則俟俟’……疑今毛傳非舊，或用韓改毛也。”可謂先覺矣。舊刻《毛傳》説“或群或友”云：“獸三爲群，二爲友”，亦非。《新詮》以爲詩承“其祁孔有”，言四鄉來赴之民軍，或儦儦然雄武，或俟俟然濡遲，或成群大至，或二人相偕携如友，皆有戎士率之，雲屯於天子大路左右，以燕樂天子。《朱傳》云：“燕，樂也……率其同事之人，各共其事以樂天子也。”得其旨矣。

卒章，朱云：“言射而獲禽，以爲俎實，進於賓客而酌醴也。”“豝”，已見《召南》。“兕”，古稱野生水牛之字。“御”，即《六月》“飲御諸父”之御。鄭云：“御賓客者，以給賓客之御也。賓客，謂諸侯也。”朱承其意云：“御，進也。”失之。

“南有嘉魚之什”，十篇、四十六章，二百七十二句。

三、鴻雁之什

朱熹《詩集傳》分割《彤弓》《菁菁者莪》《六月》《采芑》《車攻》《吉日》與《鴻雁》《庭燎》《沔水》《鶴鳴》十篇爲“彤弓之什”。而以《祈父》以下十篇爲“祈父之什”，玆依毛詩定本。

（一）鴻　雁

三章。章六句。七十二字。

鴻雁于飛，肅肅其羽。之子于征，劬勞于野。爰及矜人，哀此鰥寡。

鴻雁于飛，集于中澤。之子于垣，百堵皆作。雖則劬勞，其究安宅。

鴻雁于飛，哀鳴嗸嗸。維此哲人，謂我劬勞。維彼愚人，謂我宣驕。

題解：宣王已逐玁狁，收復太原，城戍朔方，安撫焦穫遺民，招集流亡，重建居宅，墾耕地，編户籍，檢軍賦，與朔方之戎相應以備玁狁。此其使臣自述其劬勞之詩。作于宣王初年，與《采薇》《出車》《六月》《吉日》諸篇爲同時相關聯之一事。焦穫古爲大澤，周世已成邑居，猶有部分未涸之沮洳地。其水泄於洛川，即邠州地區之沮水，今陝西宜君、黄陵、洛川三縣間之黄土平原，大抵即周焦穫之地。此詩三言“鴻雁于飛”起興者，應是當時猶有部分藪澤爲鴻雁所萃，使者頻見其飛翔故也。

首章，言使者初至，原野荒蕪，屋宇殘破，人民歸者，率多鰥寡可憐。“之子”，毛云“侯伯卿士也”。朱云“流民自相謂也”。並非。蓋使者自指。“于征”，謂奉命來此。無屋可居，故曰“劬勞于野”。矜人，猶云可憐人也。

次章，言官民協力重建家宅，重營邑聚。“于垣”，謂從事于版築，邠地多寒，居宅皆土垣平頂。毛云：“一丈爲版，五版爲堵。”百堵皆作，言居宅一時悉備。使者與人民雖並劬勞，究得居宅之安。與上章“劬勞于野”相應。

卒章，言安集人民，非惟有居處而已，又須有衣食之資。“哀鳴嗸嗸”，籲告飢寒也。此詩蓋奉命撫民者申請加恤放賑時作。當時似有議其多事者，使人以培護民本自解，故曰：“哲人必當獎詡我之劬勞。愚人或將斥我爲宣驕也。”毛云：“宣，示也。”鄭云：“謂我役作衆民爲驕奢。”今按：當是朝中有人謂其恃功而驕，乞恤無已。故憤而爲此詩也。

（二）庭　燎

三章。章五句。五十七字。

夜如何其？夜未央。庭燎之光。君子至止，鸞聲將將。

夜如何其？夜未艾。庭燎晣晣。君子至止，鸞聲噦噦。

夜如何其？夜鄉晨。庭燎有輝。君子至止，言觀其旂。

題解：此周王内臣侍侯朝臣之詩。《毛序》以爲“美宣王”者，蓋宣王赴洛會諸侯時，慮諸侯不至，命内臣侍之。頻問夜色。樂官爲此詩，以頌其勤政也。

首章，《毛傳》：“央，旦也。庭燎，大燭。君子，謂諸侯也。將將，鸞鑣聲也。”今按：“夜如何其”，王傳問語也。問守庭燎之内臣。以下，内臣答語。直記問答以爲詩，二南已有其例。“庭燎”者，上古無燈燭，燃柴薪以照明。積柴於地面燔之曰燎，持薪於手以行者爲燭（今川邊人謂之松光，滇黔人曰松明）。燭亦可插土壁間燃之，以照室内。天子宫廷與宗廟祭壇畢砌柴燎之臺，燃柴其上以照遠，則稱爲“大燭”。燭者獨也。獨柱上燔之，異於地上燔柴之燎也。東周以後乃有蠟燭（以蠟凝固油脂之燭），造爲蠟字。其後又乃單呼蠟燭爲燭。從而呼臺上燃油燭亦爲大燭。《毛傳》混言之，當辨。《月令》，季冬“乃命四監收秩薪柴，以共郊廟及百祀之薪燎”。知其時尚無蠟燭也。《孔疏》引《釋文》：“鄭云，在地曰燎，執之曰燭，樹之門外曰大燭，於内曰庭燎。”亦皆非言蠟燭。

次章，“夜未艾”，艾者，蒼白色，故引申爲人老。爲天明時。毛云“久也”。朱云“盡也”。皆未當。“晣”，從折聲，陸云“之世反”。毛云“晣晣，明也。”與《陳風》“明星哲哲”字同，與晰、晢字別。

卒章，“鄉晨”，天微明近於晨矣。燎火亦將熄，然尚有輝光。此其前報聞來朝者車馬之聲。至此時，則已可見其車乘之旗也。

（三）沔　水

三章。二章章八句。一章六句。八十八字。

沔彼流水，朝宗于海。鴥彼飛隼，載飛載止。嗟我兄弟，邦人諸友。莫肯念亂，誰無父母？

沔彼流水，其流湯湯。鴥彼飛隼，載飛載揚。念彼不蹟，載起載行。心之憂矣，不可弭忘。

鴥彼飛隼，率彼中陵。民之訛言，寧莫之懲！我友敬矣，讒言其興。

題解：此宣王欲殺杜伯，其友左儒呼籲同僚營救之詩也。宣王殺其臣杜伯而不辜，見《墨子·明鬼》，謂"著在'周之春秋'"。韋昭《國語注》亦引《周春秋》文。《説苑·立節》謂"左儒争之於王，九復之而王弗許也"。載左儒語，有"友道、君逆，則率友以違君"。與此詩文義相契。又云，"王殺杜柏，左儒死之"。蓋即此詩之本事也[1]。舊儒但説爲"憂亂之詩"（朱），或"規宣王"（序），皆未達。

首章，"沔"，毛云"水流滿也"。起興兩句，謂江海能納細流，人君當納忠言，人臣當極諫匡君。"鴥彼飛隼"，以鷹隼出擊，將殺生命爲喻。"載飛載止"，謂盤桓猶未果殺者，有人諫阻故也。"嗟"字以下，責同僚友好，不考慮亂于禮法，未協刑律之事。縱長亂命，則誰能自保其父母親好之善終乎。語皆淺顯，是悍者之詞。

次章，毛云："載飛載揚，言無所定止也。""不蹟，不循道也。弭，止也。"朱云："湯湯，波流盛貌。""載起載行，言憂念之深，不遑寧處也。"此章，自言其見威刑失道，徘徊不安，躑躅不寧。

卒章，毛云："懲，止也"。"疾王不能察讒也。"又云"疑當作三章，章八句。卒章脱前兩句耳。"詮按：卒章促同僚起爲杜柏闢謡湔謗，非促進諫，故不用流水朝宗句也。隼已入於中陵，則殺决矣。人不可救，爲滌其誣誹可也。謂杜柏之罪狀徒"民之訛言"耳。訛，僞也，亂也。興讒之言，寧無以懲之哉。我友杜柏，忠誠，恪敬之人也，而猶罹謗以死。今後讒言之多，詎不能使人人自危乎？

【1】《墨子·明鬼》："周宣王殺其臣杜伯而不辜，杜伯曰'若以死者爲無知，則止矣。若死而有知，不出三年，必使吾君知之'。其三年，周宣王合諸侯而田於圃田，車數百乘，從數千人，滿野。日中，杜伯乘白馬素車，朱衣冠，執朱弓，挾朱矢，追周宣王，射之車上，中心，折脊，殪車中，伏弢而死。當是之時，周人從者莫不見，遠者莫不聞，著在周之《春秋》。"《國語》惠王十五年内史過曰："周之興也，鸑鷟鳴於岐山。其衰也，杜伯射王於鄗。"則傳杜伯射王同，而地在鄗京，非圃田。若謂鄗是敖字僞，亦與史事不合。《竹書紀年》宣王殺杜伯在四十三年，卒在四十六年。而其東會諸侯於甫在九年。即按《周詩》推之。宣王會諸侯獵山之後尚伐徐淮，定南疆，非死于獵敖之時。故言鬼報者僞也。然其殺杜伯，左儒九諫之事則《史記·封禪書》《漢書·郊祀志》（韋昭）《國語注》《五臣文選注》與《太平御覽》均載之。秦漢關中猶有杜主祠祀，則《説苑》所記有由質也。

（四）鶴　鳴

二章。章九句。七十四字。

鶴鳴于九皋，聲聞于野。魚潛在淵，或在于渚。樂彼之園，爰有樹檀，其下維蘀。它山之石，可以爲錯。

鶴鳴于九皋，聲聞于天。魚在于渚，或潛在淵。樂彼之園，爰有樹檀，其下維穀。它山之石，可以攻玉。

題解：此士人相好，而分仕於王室與食采之君者，相見時唱答之詩。詩兩章者，爲一唱一答，前有此例。舊説諷宣王求賢者，非。

首章，任邑君者頌仕王室者。“皋”，毛云“澤也”。鄭云：“澤中水逸出所爲坎。自外數至九，喻深遠也。”詩意爲賢者仕於王室深閟之地，而聲名遠達野外。“渚”，水中顯著之地。“淵”，深邃難到之所。喻同學爲仕而所在不同。“樂彼之園”，猶云樂哉彼之園乎。彼園指其所仕之處。檀，優良美好之木，喻其友人爲良才也。“蘀”，即笋籜，已詳《蘀兮》篇。在此謂其同僚皆廢棄之材也。初仕不習於政，每有顛躓之苦痛。對友人有牢騷怨望之語，故以它山之石爲錯慰勉之。

卒章，仕王室者答仕邑君者，因其原詞。“聲聞于天”，謂在王室亦聞足下之賢名。樂哉足下所在之園，獨檀之下，皆枸樹耳。穀，今云枸樹，疏窳之材也。琢玉用鋼堅石粉，傅鑽鋸上，高速運轉以解磨之，是謂之錯。上章“爲錯”，亦謂攻玉。

兩章似同文義，出于二人之口，則兩彼字所指不同，含義亦即相異。樂人並録爲樂詩，後世遂難體會。雖毛、鄭，解亦互異，《朱傳》則云：“此詩之作，不可知其所由。”緣不知樂詩固有此體。

（五）祈　父

三章。章四句。四十七字。

祈父！予王之爪牙。胡轉予于恤？靡所止居。

祈父！予王之爪士。胡轉予于恤？靡所厎止。

祈父！亶不聰。胡轉予于恤？有母之尸饔。

題解：此周王虎賁旅賁之士，被調往玁狁破擾地區從事撫恤者，怨其司馬之詩也。舊説爲刺司馬失職。

首章，《毛傳》：“祈父，司馬也。職掌封圻之兵甲。”鄭云：“書曰‘若疇圻父’，謂司馬。司馬掌禄士，故司士屬焉。”朱云：“《康誥》曰：‘祈父薄違。’是也”。馬瑞辰曰：“祈者，圻之假借。《左傳》引詩，正作圻父。”“胡轉予恤”，毛云“恤，憂也”。鄭云：“此勇力之士責司馬之辭也。我乃王之爪牙。爪牙之士，當爲王閑守之衛。女何移我於憂，使我無所止居乎，謂見使從軍與羌戎戰於千畝而敗之時也。六軍之士出自六鄉，法不取於王之爪牙之士。”詮按：《周禮》司馬所屬有虎賁氏、旅賁氏，皆王武衛之士，亦適四方爲使。“軍旅，則介而趨。”是不從事戰鬥者。鄭訓恤爲憂。又訓憂爲戰鬥。並謂戰鬥爲千畝之役，皆非詩義。三章同文曰“轉予于恤”，則又不能是泛言憂勞之役，而當是一種任務之稱。《周禮・大宗伯》“以恤禮哀寇亂”。可見此詩之恤，即“哀寇亂”之恤禮。是名詞，不是動詞，乃合文法。其事當與《鴻雁》之“劬勞于野”相同，爲周王慰問振恤難民於敗瓦頽垣之間，故曰“靡所止居”。特以《鴻雁》之使者能盡職。此輩儀仗士卒，不安其事，故責司馬不同耳。《周禮・叙官》：“虎賁氏，下大夫二人，中士十有二人，府二人，史八人，胥八十人，虎士八百人。旅賁氏，中士二人，下士十有六人。”士爲職官之近于統治階級者。蓋當亂後，需得大量王臣往事安撫振恤，而徵調及於王之爪牙之士。徒以此輩儀仗之官，大都自疏遠貴族子弟中招來，習于安舒，不願劬勞于野，而有此怨詩。非司馬失職也。然其詩直以常用語言組成，别具風格，故樂官有取焉。

次章，“靡所厎止”，謂灾區遼闊，久不能竟。《爾雅・釋詁》：“厎，止也。”與“伊于胡厎”同義。

卒章，毛云：“亶，誠也。尸，陳也。熟食曰饔。”鄭云：“已從軍而母爲父陳饌飲食之具。自傷不得供養也。”詮按：尸之本義爲祭祖時扮演先亡之人。亦具尸骸之義。陳，則引伸之義也。夫從役在外，父母俱存，能相養活，豈得以不自奉養爲請歸之理由哉。詩云“母之尸饔”。直是言其母喪祭事耳。

（六）白　駒

四章。章六句。九十七字。

皎皎白駒，食我場苗。縶之維之，以永今朝。所謂伊人，于焉逍遥。

皎皎白駒，食我場藿。縶之維之，以永今夕。所謂伊人，于焉嘉客。

皎皎白駒，賁然來思。爾公爾侯，逸豫無期。慎爾優游，勉爾遁思。

皎皎白駒，在彼空谷。生芻一束，其人如玉。毋金玉爾音，而有遐心。

題解：西周食采之君，有率其戚友僚屬游燕山野者，放縱其馬，食人田禾。農村有士人在鄉者，與鄉人執縶其害禾之馬，將責賠償。貴人索馬至，識其爲舊時同學之賢者，遜謝。索馬以去。因即約束僕夫，放馬於空谷中。田主嘉其能納善救弊，作此詩以志之。舊説刺宣王“不能用賢”。（《毛傳》）“賢人不得志而去者，其友留之”。（蘇轍）“强留欲去之賢者”。（朱熹）“餞賢者之去而贈以言也”。（孫嘉淦）“致仕之臣，招其寮友去位之詩”。（魏源）“王者欲留賢士不得，因放歸山林而賜之以詩”。（方玉潤）種種，皆衹能切合一二語，若通于全篇之四篇，則重重抵牾。前提既誤，則字義解釋無不剌謬。兹故全面摒去之，特爲新詮。

首章，“皎皎白駒”，則非僅一白駒也。西周貴族公侯，食邑之君，皆嗜養馬。馬多，又復以毛色一致者成乘相尚（三百篇中頻見其義，例不勝舉）。此貴族出游，全用白馬，以爲夸炫。故農民所見全是“白駒”。（就下文“爾公爾侯”語推之，亦可能是宋君入朝者游燕。所爲殷人尚白也）駒與驕同義。説在《株林》。“場苗”，田場作物之苗。貴族縱恣，猶是奴隸主踐踏田場舊習，無視農奴田主辛勤勞動之成果。僕夫倚勢，不加制約，故其馬相率入場食苗，而無人制止。曩在西康，見土司、喇嘛之縱馬肆食，情致如此。其人比於西周之貴族公侯，正相當也。“縶”，絆其足也。“維”，繫其繮也。“以永今朝”，謂使其今日不得再食田苗也。“伊人”，指縱游之貴族公侯。猶《蒹葭》之“所謂伊人”指秦君。舊皆説爲指隱士，非也。“于焉逍遥”，謂：農民忿怒，已經縶維其食場之馬而不知，尚且逍遥縱樂，無來索馬者竟日。蓋貴族與其從人，皆無有慮及農民敢拘繫其馬者，狃於積習故也。

次章，入場食苗之馬未放，馬主不覺，故仍復有别群白馬，入田場食其荳苗。藿，荳苗也。農民再復維而縶絆之。時已天暮，馬主不至，則將通夕縶維之。料其主必來索馬，可以説理索賠償也。及暮，馬主人果已來索。至則相識之舊友，目見諸馬踐踏情形，致歉認賠。農民大悦，遂成農家嘉客。周之貴族子弟，亦與平民之秀者同入國學肄業（説在卷一）。卒業後入仕，地位不復相及。農民之仕，卑官，休沐回家，見其田禾被躪，敢於縶擊其馬。能以理自仗故也。貴人既知理絀，不能不服。故仍歡好成賓主也。

三章，“皎皎白駒”，謂馬主恃勢，率其從騎怒馳索馬而來，故曰“賁然來”。賁，奔字古通。亦即“虎賁”之賁字。舊説爲“飾也”。（《毛傳》）“黄白色也”。（《鄭箋》）“光彩之貌也”。（《朱傳》）並非。惟馬瑞辰説爲“馬來疾行之貌”得之。“爾公爾侯”，田主人謂貴族：“爾等公侯食邑之君，何爲逸樂自放，無止期乎?”逸，放也。豫，樂也。無期，無止時也。並謂“優游之樂，亦當謹慎，勿容貽害他人。何可再有白駒食場之事”。既待爲嘉客而後深責之，足知此農村士人之賢而才，勇而能仁，誠摯而有辭，故能説服其人俾悛於後也。“勉爾遁思”句，舊皆説遁爲歸隱，甚至説“遁思”爲歸隱之想（鄭玄、朱熹皆然）。豈有公侯貴族亦思歸隱耶？又豈，首句有賁然而來之思，末句又勉爲“决於遁思而終不我顧哉”。（《朱傳》文）兩思皆語詞耳。“遁”，陸德明《釋文》云：“遁又作遯。”二字音義通。其最原始義著於《易》之遯卦，“君子以遠小人，不惡而嚴”，是遯之本義。“九三，係遯，有疾厲，畜臣妾吉。”“九四，好遯。君子吉，小人否。”“九五嘉遯。貞吉。”“上九，肥遯。無不利。”王弼注係遯曰：“在内近二，以陽附陰，宜遯而繫，故曰繫遯。遯之爲義，宜遠小人。以陽附陰，繫于所在（指小人之言），不能遠害，亦已憊矣。宜其屈辱而危厲也。繫于所在，畜臣妾可也。施于大事，兇之道也。”謂聽奴隸之言，可得其忠心，而不可以施於大事。其注好遯云：“處於外而有應於内。君子好遯，故能捨之。小人繫戀，是以否也。”謂奴隸戀其所戀以爲是，君子捨之，故爲好遯也。注嘉遯云：“遯而得正，反制于内。小人應命，率正其志。不惡而嚴，得正之吉。遯之嘉也”。謂能自作主張，不從奴隸之言，爲嘉遯也。肥遯者，完全自主，不爲他人所搖之義。是詩人所以勉此逸豫之貴族者，謂其勿放縱奴僕肆擾殃民耳。漢以來儒者釋“肥遯”爲心廣體胖，避世不仕之義，與易卦本義不合。而説詩者更從俗解肥遯之義以體會此詩，盡從“隱士”方面索解，遂至“失之千里”矣。

卒章，農民之士人，送客後，于山間望其“嘉客”之行動，則見“皎皎白駒”皆已牧於無人居、無田苗之“空谷”矣。其人方以生芻一束自飼其馬。嘉其能改過遷善而贊之爲“如玉”之君子。舊以玉爲最珍之物，故以比君子。謂玉備五德[1]，《秦風》“言念君子，温其如玉”，用此詩語意也。即重其人，因復呼而語之曰：我既以言諍爾矣。爾亦當多有以諍我。幸勿吝爾言如金玉，而有遠我之心也。

（七）黄　鳥

三章。章七句。八十四字。

黄鳥黄鳥，無集于穀，無啄我粟。此邦之人，不我肯穀。言旋言歸，復我邦族。
黄鳥黄鳥，無集于桑，無啄我粱。此邦之人，不可與明。言旋言歸，復我諸兄。
黄鳥黄鳥，無集于栩，無啄我黍。此邦之人，不可與處。言旋言歸，復我諸父。

題解：共和以後，王畿食采之君，皆已廢奴隸生産制，改行農奴生産制，各自有其人民與賦税，比於諸侯。亦各自招降納叛，徠民增户，以自益其賦役。其時各邑屬民，承奴隸社會氏族制度殘餘未絶之際，尚多無自己之宗族姓氏，但依邑君姓氏爲“邦族”。此乃輕附異邦之農民，復不滿於新邦主人之待遇，更受舊主招撫，而思復還

【1】《禮記·聘義》：“子貢問于孔子曰：敢問君子貴玉而賤碈者何也？……孔子曰……昔者，君子比德于玉焉。濕潤而澤，仁也。縝密以栗，知也。廉而不劌，義也。垂之如隊，禮也。叩之，其聲清越以長，其終詘然，樂也。瑕不掩瑜，瑜不揜瑕，忠也。孚尹旁達，信也。氣如白虹，天也。精神見于山川，地也。圭璋特達，德也。天下莫不貴者，道也。”孔穎達《秦風·小戎》疏引，但取仁、智、義、禮、信五德。《家語》有《問玉篇》大體亦同。

故邦之詩。與《魏風·碩鼠》之作相似，且約略同時。《碩鼠》爲列國之風。此詩則因王畿滅風行雅，而入小雅。猶《谷風》一事，《邶風》與《小雅》同詠之。作於周人則爲雅，作爲衛人則爲風也。《碩鼠》作者，已受唐君招撫，作於臨去之時，故敢出之以詬罵。此詩作於欲去之始，尚無決去之途，故其措辭又有不同。

首章，“黄鳥”，在《樛木》篇中毛云“博黍也”。《秦風》與此無傳。意謂皆博黍。新詮以爲《樛木》篇中之黄鳥是錦鷄，風詩之黄鳥是博黍。摶黍，鳴禽之小者也，今云黄雀者是也。上穀，字從木。下穀從禾。穀，今云枸樹。結果赤蕊細籽，蠅類與小鳥喜食之。下穀，即“糧穀”之穀。旋，回也。復，反也。此農民曩棄其邦族以就新主。今欲復返其故邑，復舊之邦族。用黄鳥起興，喻其邑君剥削重，催科頻，使我生活困難也。人非穀食不生。“不我肯穀”，是使我生活困難之義。舊訓穀爲淑善，非此詩本義。

次章，“不可與明”，謂曾申述生活困難而此邦之人莫肯證之，致邑君不予蠲恤。《毛傳》説此詩爲刺“宣王之末，天下室家離散，妃匹相去有不以禮者”。謂此語爲“不可與明夫婦之道”。《鄭箋》又謂“明當爲盟。盟，信也”。並緣誤以此詩爲夫婦離異之事，遂爲曲解。“諸兄”，謂原同耕作之鄰里。

卒章，“不可與處”，謂生活困難，翼人能相證以邀蠲恤。人又莫肯相證，竟不得恤，則此邦之人尚可與共處乎？“諸父”，謂舊時邑君之族人。在作奴隸時呼貴族爲父母。作農奴時，仍依舊習呼邑君爲父母（漢以來農民呼郡縣官爲父母），故稱其同邑之貴族爲“諸父”。

三章同以黄鳥起興，而所集所食不同者，非徒協韻，亦言害於衣食者屢，非一次也。穀，纖維作物，古人種之以取麻。桑，飼蠶之樹，恃以得絲。栩，薪材之良者也。是皆周人貢納之物也。粟、粱、黍，三種糧食作物，周代田賦所出。舉此以明貢賦之重。故知其非夫婦離異之詩。

鄭振鐸先生以此爲贅婿詩。似矣。未盡合也。贅婿甚賤，去留之自由，安得爲此詩之言哉。

（八）我行其野

三章。章六句。七十二字。

我行其野，蔽芾其樗。昏姻之故，言就爾居。爾不我畜，復我邦家。

我行其野，言采其蓫。昏姻之故，言就爾宿。爾不我畜，言歸思復。

我行其野，言采其葍。不思舊姻，求爾新特。成不以富，亦祇以異。

題解： 西周離亂時（度是玁狁之難、或犬戎之難時），有富家女子，流離道路，飢困依人，結成婚姻。亂定邦寧，漸相厭棄。女子藉口失愛自求離異歸宗之詩。

首章，“我行其野”，追言避亂流離失所之時，行於此邦之野。“蔽芾”，已見《召南·甘棠》。“其樗”，喻男子，質雖樗材，然方壯盛繁榮，可資蔭憩。“昏姻之故，言就爾居”，謂當時父母爲避難無依，許訂婚姻，來住汝家。《鄭箋》云：“婦之父，婿之父，相謂昏姻。言，我也。我乃以此二父之命故，我就女居。”畜，養也。“復我邦家”，與上篇“復我邦族”同義。屬民關係則曰“邦族”。自由之身則曰“邦家”。蓋此作詩之女子亦貴族之疏遠，近於平民者也。

次章，“言采其蓫”，謂當流離失所時，采野蔬以充飢。毛云：“蓫，惡菜也。”鄭云：“牛蘈也。”朱云：“今人謂之羊蹄菜。”《齊民要術》引陸璣《詩義疏》云：“今之羊蹄，似蘆菔，赤莖，煮爲茹，滑而不美。多噉令人下痢。揚州謂之羊蹄。幽州謂之蓫。”《朱傳》因之。《爾雅》：“朱藻，蓫。”“藬，牛蘈。”孫炎《爾雅注》云：“車前，一名牛蘈。”詮按：車前不可食用。有似車前而葉大無苦味者，密生於山野濕地。可食。曾於四川漢源縣見之。土民大量割售于市，稱爲“山扁”，蓋即此詩之蓫。孫炎誤以爲車前也。羊蹄是根用菜，蘆卜一類。疑陸璣之説未當。《鄭箋》與《爾雅》岐互者，説詩諸家皆未徵驗實物，但據前人之書。而前人之書，但揣詩意爲救荒野菜，各以其意傅會之，故三家詩又各不同。《爾雅》取魯詩。鄭氏用韓詩説耳。“言歸思復”，思字，語詞，倒用在復前。如云“言歸復思”（爲協韻例），不當作思慮義解。

卒章，“葍”，説者紛龐，無當。亦如説蓫。皆從《毛傳》“惡菜”尋義。《爾雅》云：“葍，蔓。”又云：“葍，藑茅。”郭璞注葍云：“大葉白華，根如指，正白，可啖。”又云：“葍華有赤者，爲藑。藑、葍一種耳，亦如蔆、苕、華黃白異名。”今按：《説文》葍與蔓，音又互訓。其物即今之野蘿蔔。曩于四川丹巴縣，見土人荒年掘食之，稱曰“茆”。藑，白茅也，其地下莖（俗呼爲根）白脆而甘，可食，昔人常妄因茆、茅字通，説爲藑。又因《説文》轉“通爲蕣字”，説爲木槿。皆緣可食之植物而妄推之，故紛然糾纏，不可剔別。不值深辨也。“新特”，毛云：“外昏也。”鄭云：“婿之父曰姻。我采葍之時，以禮來嫁汝。汝不思爾老父之命，而棄我，而求汝新外昏特來之女。責之也。不以禮嫁，必無肯媵之。”説特爲無媵獨來之女。竟用儒家設想之諸侯婚禮以説此平民之詩。謬極。《朱傳》云：“特，匹也。”蓋用《柏舟》“實爲我特”毛傳義，于義爲合。詩言“求”，則尚未成匹，衹有動向之辭，亦非遂已外婚。蓋貴家女子，困難之際，被迫嫁人，久而不安其生活，勃然求離，藉口誣婿之辭；與《氓》詩之“士貳其行”，《谷風》之“晏爾新昏”同調。惟婿實未外昏，故與《谷風》不同，但云“求異新匹”，婦既依人於流離之中，又與《氓》之“以我賄遷”者不同，故其下文復云“成不以富，亦衹以異”。謂：過去成婚，非由我之富有，而汝亦貧小子也。今則生活不安，貧富不同，亦衹有離異而已。此兩句，各家解説不同，皆有未安。兹並摒棄，但循詩語求意如此。

《論語》："子張問崇德辨惑。子曰：主忠信、徙義、崇德也。愛之欲其生。惡之欲其死。既欲其生，又欲其死，是惑也。誠不以富，亦衹以異。"（《顔淵篇》）謂崇德、辨惑，皆不以求富爲標的，衹在忠信仁義，執一不亂而已。雖引此詩，斷章取義，故可改成爲誠。後人遂因此以説此詩，則亦惑矣。

鄭振鐸氏以爲此兩篇皆贅婿之詩。其言曰："這首詩比《黄鳥》更慘，更迫切。《黄鳥》的作者是自動的。因受了虐待，做盡苦工，而食還不能飽，所以浩然有歸志。《我行其野》的作者，却是一個被遺棄的贅婿。他被婦家驅逐出來，茫茫無所歸，在呼籲着，在田野裏漫步着，到底向什麽地方去呢？還是回到自己家鄉吧。"[1] 如此體會詩語，全能吻合，惟有難遵用者兩點：

——就贅字義訓言：《説文》："贅，以物質錢。從敖貝。敖者，猶放貝當復取之。"段玉裁注曰："若今人之抵押也。……《大雅傳》曰：'贅，屬也。'（按謂《桑柔》'具贅卒荒'傳）。謂贅爲綴之假借也。《孟子》'屬其耆老'，《大傳》作'贅其耆老'。《公羊傳》云，'君若贅旒'。《史》《漢》云'贅婿'。此爲聯屬之稱，皆綴字之假借。"今按：《史記·始皇本紀》與《滑稽列傳·淳于髠》始見贅婿字。在漢代，仍是借用寄物之義以稱男子從婚於女家者。六經文字無贅婿，贅字亦不作婚姻義。則周詩中不當有詠贅婿之事。故女曰歸，男曰取。其義直用至秦漢。漢以前，贅字衹作商品抵押解，則民俗無贅婿可知，世有謂太公望爲齊之贅夫者，亦戰國時人之妄言。太公壯時，是奴隸社會，則安得有贅婿之事。

——周代社會，爲男性中心之氏族制。小宗大宗組織嚴密。財産承繼，必以男子。小宗俱絶，則以大宗子繼嗣。如此社會制度，即不能有贅婿之事。惟如齊、楚、秦、燕等國之少數民族地區，猶有母性中心之原始遺習者，有招婿承嗣之事。故戰國末期乃有贅婿出現。秦統一後，仍惡其制，始皇曾悉發天下贅婿從征嶺外，以爲懲戒。秦後漢代，贅婿之制又復無聞。迨歷魏晋南北朝，中華宗法爲異族政權所摧破，"贅婿"之事，乃漸有華族采行之者，雖在今日，贅婿之風，仍以少數民族地區爲盛。此就社會發展歷史言，西周華族社會中之無贅婿，可以斷言。西周雖近羌戎，其人既自能詩，則爲華人之事，固不可能爲贅婿詩矣。

【1】 鄭氏《湯禱篇》小册子文，原載于1964年《文藝復興》第一卷第三期。

（九）斯　干

九章。四章章七句。五章章五句。二百一十四字。

秩秩斯干，幽幽南山。如竹苞矣，如松茂矣。兄及弟矣，式相好矣，無相猶矣。

似續妣祖，築室百堵。西南其户，爰居爰處，爰笑爰語。

約之閣閣，椓之橐橐。風雨攸除，鳥鼠攸去，君子攸芋。

如跂斯翼，如矢斯棘，如鳥斯革，如翬斯飛，君子攸躋。

殖殖其庭，有覺其楹。噲噲其正，噦噦其冥，君子攸寧。

下莞上簟，乃安斯寢。乃寢乃興，乃占我夢。吉夢維何？維熊維羆，維虺維蛇。

大人占之：維熊維羆，男子之祥；維虺維蛇，女子之祥。

乃生男子，載寢之床，載衣之裳，載弄之璋。其泣喤喤，朱芾斯皇，室家君王。

乃生女子，載寢之地，載衣之裼，載弄之瓦。無非無儀，唯酒食是議，無父母詒罹。

題解：武王滅紂後，營新宫于鎬之東側，延殷巫血祭。巫之祝詞如此。與《天保》語調、文格全同，如出一手。惟《天保》係説爲神降之語，此則巫人祝願之語，故稱“爾”稱“君子”不同。參合詳審，自能得之。漢儒亂次于宣王詩後，非太師樂檔舊次也。

《毛詩》本序云：“宣王考室也。”無續序。而有序注云：“考，成也。德行國富……宣王於是築宫廟，群寢。既成而釁之。歌斯干之詩以落之。此之謂成室。宗廟成則又祭祀先祖。”《竹書紀年》有宣王八年“初考室”文，似此説有據。然詩語首祝兄弟和輯。則非宣王考室可知（宣王無兄弟）。朱熹《集傳》云：“舊説：‘厲王既流于彘，宫室圮壞，故宣王即位，更作宫室。既成而落之。’今亦未有以見其必爲是時之詩也。或曰：《儀禮》‘下管新宫’，《春秋傳》宗元公賦新宫，恐即此詩。然亦未有明證。”大抵宋儒已多懷疑此非宣王考室之詩。故朱氏作一不負責任之序語，“此築室既成而燕飲以落之，因歌其事”。

夫詩既云“西南其户”，則非泛稱通用之祝詞。又祝生男子“朱芾斯皇，室家君王”。則又必爲王室之宫也。地近南山，則去豐鎬當近。文類《天保》，故可判爲武王之世。何楷《詩世本》，以爲成王營洛時作。清儒姚際恒駁之云：“南山字無着落。”（並見《詩經原始》）鄒肇敏謂是武王詩，得之矣。而方玉潤疑爲“不應厠于宣王詩内”。不知漢儒以私意亂其篇次故也。

首章，“秩秩斯干”，《毛傳》云：“秩秩，流行也。干，澗也。”漢魏迄北宋諸儒，及元、明、清儒之尊毛者，皆恪遵是説。朱熹云：“秩秩，有序也。斯，此也。干，水涯也。”獨得其解。蓋謂渭水南岸豐鎬之間，舊宫新室，鱗次櫛比，秩秩然也。“南山”，即秦嶺諸山之總稱，周詩屢見。“幽幽”，言其材木茂蔚，幽然鬱閉。不似朝歌之仰條枚於汝墳之地（參看《汝墳》篇）。此殷巫所羡，故以入詩也。“竹苞”、“松茂”，並喻王室之發展。兄弟相好，三句，説明此詩所祝之室主已無父祖同在，但多兄弟。則非文王與宣王世時可知。可認爲是武王世詩。“無相猶矣”之猶字，毛云：“道也。”鄭云：“當作瘉。瘉，病也。言時人骨肉用是相愛好，無相詬病也。”蓋取《韓詩》異字以正《毛傳》。朱云：“猶，謀也。”又引：“張子曰：‘猶，似也。’”又云：“或曰，猶，當作尤。”馬瑞辰《傳箋通釋》曰：“猶、猷，古通用。《方言》：‘猷，詐也。’《廣雅》：‘猶，欺也。’詩蓋謂兄弟相愛以誠，無相欺詐。即《左傳》‘爾無我虞，我無爾詐也’。”今按：三家詩各爲異説，故後人承説亦異。巫語無深義，不適用如此諸詁訓。當以“作尤”一説爲可取。何楷以此三句定爲營洛之詩，似較武工增作鎬宫爲合。然，不惟其地去南山太遠而已，且東都衹爲朝會諸侯之便而作，非成王或周公身居其處、長養子孫之所。則詩中安得有兄弟相及，生男育女之祝哉。惟武王時，諸弟幼小者尚多，故營此新宫以居之。亦惟武王時尚殷巫。周公則尚祝，不尚巫也。

次章，《毛傳》：“似，嗣也。”《朱傳》：“妣先於祖者，協下韻耳。或曰，謂姜嫄后稷也。”今按：謂承王母太姒之志，續歷世祖公劉“乃觀于京”。（《篤公劉》）太王“築室于兹”（綿）與父文王“作豐伊匹”之功，興此頗築也。“西南其户”者，毛云：“西鄉户，南鄉户也。”天子之宫，户南向。此宫在鎬京之東，故更開“側户”西向，以便朝會。《左傳》襄公二十五年：“姜入于室，與崔子自側户出。”是宫室有側户之制也。“爰”，于也。謂王之兄弟居此新室，有笑語偕和之樂。

三章，言新宫之工堅固。“約之”，謂壓壁及地板時，惟恐不密，用生革勒之，使互依緊密，其聲“閣閣”然。“椓之”，謂加楔緊之木，椓杙之聲橐橐然。如此堅實，則風雨不能侵，鳥鼠不得入，居之者安適也。“芋”，毛云“大也”。鄭云：“當作幠。幠，覆也。”朱云：“尊大也。君子之所居，以爲尊且大也。”皆於巫語不類。詮按：古之根菜，芋爲最大，亦最腴美，子芋環生，葉覆寬展。巫以之喻人居處多福耳。宇、芋、寓同聲，皆有居處之義。攸，所也。

四章字義，從來解説者紛岐，率多紆曲。爲述建築之宏麗則一。“如跂斯翼”，毛云：“如人之跂竦翼爾。”陸云：“跂音企。”《玉篇》引詩作“如企斯翼”。《孔疏》説爲“竦此臂翼”。朱熹則云：“翼，敬也。言其大勢嚴正。”今按：此句，總言全部建築，中棟高起如跂足而立，左右兩棟分出如翼耳。“如矢斯棘’，毛云：“棘，稜廉也。”謂屋角方稜（廉隅）直如矢。鄭云“戟也”，朱云“急也”，皆非義。《釋文》云：“韓詩作朸。朸，隅也……如鳥斯革。”毛云：“革，翼也。”《釋文》云：“韓詩作勒。”王應麟《詩考》，則謂“《韓詩》作翱”。《説文》“翱，翍也”，則《韓詩》亦是翅翼之義。《鄭箋》云："如鳥夏暑希革，張其翼時。"曲解穿鑿，復與上句重叠，俱未宜取。《朱傳》云："革，變。其棟宇峻起。如鳥之警而革也。"今按：上已總言全勢，言廉隅，此蓋言屋脊之飾，如鳥之新集于屋，謂之革也。"如翬斯飛"者，鄭云："伊洛而南，素質五色皆備成章曰翬。"又云："翬者，鳥之奇異者也。"今按：《爾雅·釋鳥》："伊洛而南，雉五彩皆備成章曰翬。"《鄭箋》用之。《説文》亦云："伊洛而南，雉五彩皆備曰翬。"蓋三家詩有是説，《爾雅》《説文》《鄭箋》並引之。皆謂美羽之鳥爲翬。名詞。是翬之本義。《爾雅》之"鷹隼醜，其飛也翬"，狀詞，與《説文》之"大飛也"，動詞，乃翬飛引伸之義。此詩，翬是名詞。言簷宇擴張多文彩，如翬鳥之飛也。"君子攸躋"，毛云："躋，升也。"言此宏麗之宫，王族所得而升。稱王族爲"君子"者，蓋奴隸社會習用其對奴隸主家族之稱，未能驟改。此亦是知其詩作於周初武王之世。《鄭箋》謂"此章主於宗廟，君子所升祭之時"，亦非。晏居之室，高堂崇階，豈遂不得言升哉。

五章，再言新居内部壯麗，居之舒適。《毛傳》："殖殖，言平正也。有覺，言高大也。"鄭云："覺，直也。"朱云："庭，宫寢之前庭也。覺，高大而直也。楹，柱也。""噲噲其正"兩句。毛云："正，長也。冥，幼也。"鄭云："噲噲，猶快快也。正，晝也。噦噦，猶煟煟也。冥，夜也。言居之則晝夜快快然，夜則煟煟然，皆寬明之貌。此章主於寢。君子所安，燕息之時。"《朱傳》遵其説義，不遵宗廟與燕寢之别。謂"言其室之美如此，而君子之所休息以安身也"。朱氏實較毛、鄭爲勝。

六章以下，俱是假想祝願之詞，爲巫人本色祝語。"下莞上簟"，謂下鋪小蒲，上鋪竹席。《箋》云："莞，小蒲之席。"朱云："莞，蒲席也。"皆誤衍席字。《説文》："莞，草也，可爲席。"《爾雅》："莞，苻離。"皆謂草，非謂席。席用竹，取其堅。薦以蒲，取其軟，猶今人之床席薦稻稿耳。若已編成席，則安得更用加簟哉。簟，竹席也：如此鋪設，寢之則安矣。安寢則有夢。故寢而既興則占夢。夢之吉者，見熊羆，或虺蛇，皆生育男女之應。此新宫，蓋即爲王子聚居之處。血祭時祝多子孫。巫因以爲此幻語。緣當時已有夢見熊羆類者生男，夢見蛇類者生女之説，故巫言如此。

七章，"大人占之"，鄭云："謂以聖人占夢之法占之。"朱云："大人，太卜之屬，占夢之官也。"當從朱説。《周禮·春官》："占夢，掌其歲時，觀天地之會，辨陰陽之氣，以日月星辰占六夢之吉凶。"是也。此巫師蓋亦占夢自炫者。所稱之"大人"，蓋指其鬼師，托爲鬼師所占，授使之言。熊小羆大。今云"馬熊"，即古之羆。虺，毒蛇，今云飯匙倩是也。《鄭箋》云："熊羆在山，陽之祥也，故爲生男。虺蛇穴處，陰之祥也，故爲生女。"祥，猶云徵兆也。

八章，宗法社會。重男輕女，故巫此詩對比言之。生男則寢之床。衣之以裳。系璋，俾其玩弄。上古屋皆鋪席，就地而寢。此詩始見床字，蓋貴族家乃有之。原始之床無脚，僅以木條擱席地爲之。曾于少數民族地區見之。有脚之床曰榻，入漢乃有。璋者，琢玉爲之，方平如半圭。毛云："裳，下之飾也。"巫又假想男嬰之啼聲，喤喤然剛大也。"朱芾"，天子與諸侯之衣飾。"斯皇"，鄭云："猶煌煌也。""室家君王"，鄭云："一家之内，皆宣王所生之子，或且爲諸侯，或且爲天子。"宣字當删。

卒章，生女則寢之于地，謂不入于床，衹在床外，衣以裼服。裼服，夜寢之衣，沾汗垢也。舊釋裼爲褓，亦垢片包裹之義。以紡塼爲其玩弄之具。紡塼，古陶器，貫於鉤上以助旋轉，紡麻成綫者。與瓦同質，故《毛傳》訓瓦爲紡塼。"無非無儀"，毛云："婦人質，無威儀。"鄭云："婦人無所專於家事，有非，非婦人也。有善，亦非婦人也。婦人之事，惟議酒食爾。無遺父母之憂。"朱云："儀，善。罹，憂也。"馬瑞辰曰："《説文》'非，違也。……無非，即無違'。此《士昏禮記》所云：父送女，命之曰'夙夜無違命'，母曰'夙夜無違宫事'也。……儀，度也。詩言無儀者，處常之道。《列女傳》孟母引詩此句而釋之曰：'言婦人無擅制之義，而有三從之道也。'"巫語邪妄之言，而博徵其説者，借明封建宗法社會制度之誕謬，始于周初。然此詩猶以生女爲"吉夢"。其後積習愈深，賤視婦女更甚，遂至有"生女不生男"之嘆恨焉（《倉公傳》）。

（十）無　羊

四章。章八句。百六十四字

誰謂爾無羊？三百維群。誰謂爾無牛？九十其犉。爾羊來思，其角濈濈。爾牛來思，其耳濕濕。

或降于阿，或飲于池，或寢或訛。爾牧來思，何蓑何笠，或負其糇。三十維物，爾牲則具。

爾牧來思，以薪以蒸，以雌以雄。爾羊來思，矜矜兢兢，不騫不崩。麾之以肱，畢來既升。

牧人乃夢：衆維魚矣，旐維旟矣。大人占之：衆維魚矣，實維豐年。旐維旟矣，室家溱溱。

題解：此殷巫爲武王祝牧畜，降神之詞也。與《天保》如出一口，且有"不騫不崩"同句。足知其人之伎倆。牧人獻夢，又與《斯干》獻夢同調，故知三篇爲一人之作。《天保》爲武王卜世，此則爲武王卜牧。皆託神言，故云"爾"。《斯干》則是祝詞，故稱"君子"。

岐周以農業興，牧畜不及商殷之盛。加以文王、武王連年用兵，耗畜甚多。故滅紂之後，牧馬於華山之陽，放牛於桃林之野，講究牧務，以培民力。因卜世而卜牧，理可能也。殷巫，大都知識奴隸之能詩與樂歌者，弄其文學與技藝以欺當代執政，以自取貴重，其伎倆大抵如此。此巫三篇，雖諛諂極思，於貴族享受之述頌，格格若難形容。而於勞動人民作苦生活，如“約之閣閣，椓之橐橐”。“以薪以蒸，以雌以雄”等句則栩栩有致。至於此篇，描述牛羊在牧地生活情形，尤爲生動，非文學之士所能設想。故此巫師，必從奴隸階級中來，曾經從事多種勞動生活，故其感情暴露如此。

首章，託爲神言：“爾現固乏于牛羊。誰謂爾遂果無牛羊乎。神已見爾羊之多，三百爲群；爾牛之多，九十其犉。俱相率以來矣。”謂牛羊必將興盛。《毛傳》：“黄牛黑唇曰犉。”（《爾雅》“牛七尺爲犉”。應是魯詩家説。）陸云：“犉，而純反。”《朱傳》：“羊以三百爲群，其群不可數也。牛之犉者九十，非犉者尚多也。”“其角濈濈”，毛云：“聚其角而息，濈濈然。”朱云：“王氏曰：濈濈，和也。羊以善觸爲患，故言其和。謂聚而不相觸也。”《釋文》云：“濈，本又作䩉。”蓋三家詩異字。《説文》：“戢，藏兵也。”“濈，和也。”䩉，戢之變體，戈與角皆鬥具，戢而不用，是爲和也。王氏之説得之。“其耳濕濕”，毛云：“呞而動其耳，濕濕然。”《朱傳》：“濕濕，潤澤也。牛病則耳燥，安則潤澤也。”[1] 呞，陸云“丑之反”，則讀如蚩，謂反芻。

次章，寫牛羊在野情況：或自山阿而下，或就池水而飲，或卧於地反芻，或嚙草而動。毛云：“訛，動也。”朱云：“言牛羊無驚畏。”荷蓑戴笠之牧人，亦入詩中。“或負其餱”，言牛羊多，牧人亦多；荷蓑者，所以備雨；荷笠者，所以備晴（笠可備雨，亦以遮日射。故毛云：“笠所以解暑”）；又有自乾糧以從事者。則其行之遠，爲時之久可知。奴隸社會之牧民，即食息于牧場，與農家牧者生活不同。由巫此詩，亦可知其人是殷巫。殷之大奴隸主之牧民生活乃如此。巫所習見，故所言與周人之“牛羊來括”有不同也。末言“三十維物，爾牲則具”者，謂牛羊毛革，各色具備，且每色有三十頭之多。則爾祭、享、服事之用，無不足也。周人祭牲尚純色，故須牲畜毛色種類多，數量大。“三十”，殷周人習慣使用爲多數之辭。更多則曰三百。極多則曰“三千”。皆非確實是其數如此。故巫人用之甚便也。

三章，“爾牧來斯”三句，《鄭箋》云：“此言牧人有餘力，則取薪蒸，博禽獸以來歸也。粗曰薪，細曰蒸。”今按：奴隸社會之牧民，隨大群牲畜游牧山野，照料牲畜時間重在早晚，及夜間。晝日閑時頗多，然亦不容休卧也，必另有分派之任務。采薪蒸，獵禽獸，所獲皆歸主人，於冬日驅牲畜回宅時交納之。班固《漢書·食貨志》采録某種描述上古奴隸社會之奴隸生活，所謂“春令民畢出在野。冬則畢入於邑。……

【1】 牛，耳常扇動，不動則病；鼻恒潤濕，燥則病也（這是我放牛三年深得之）。“其耳濕濕”，蓋謂：牛群之多，衆牛扇動其耳，濕濕然（可見其形，可聞其聲）。朱云“牛病則耳燥，安則潤澤”誤鼻爲耳。如此釋詩意也不妥。毛云“呞而動其耳”，也不全對。

入者必持薪樵，輕重相分，斑白者不提挈”，是也。無所謂“有餘力”也。“爾羊來思”五句，謂冬自牧場驅羊入邑舍飼之時。羊群既大，擁擠行進，故用矜矜兢兢形容其所畏怯而趨進之狀。“不騫不崩”，《天保》用爲喻南山之不虧不隤。再用於此，則喻羊皆健康、馴擾，循序群進，無分崩、潰散者也。故牧人但以肱麾之，無不次第入於羊牢也。《毛傳》云：“肱，臂也。升，升入牢也。”《朱傳》：“既，盡也。”

卒章，託爲牧人之夢以作結，與《斯干》同伎。意謂夢見魚多則兆豐年，夢見旐旟則子系衆多。毛云：“溱溱，衆也。”

四、節南山之什

朱熹《詩集傳》以《節南山》至《雨無正》四篇，合《祈父》至《無羊》六篇爲“祈父之什”。《小旻》以下爲“小旻之什”。

孔穎達《注疏》，引陸德明《音義》曰：“從此至《何草不黄》，凡四十四篇，前儒申毛皆以爲幽王之變小雅。漢興之初師移其篇次。毛爲詁訓，因考其第焉。”詮按：《毛詩》篇第謬亂，不祇此下四十四篇，若二南，若大雅、周頌，顯然非太師樂檔之舊者多矣。即此上三十篇小雅，《斯干》《無羊》與《天保》相離，六篇笙吹之南樂亦被竄入，顯然爲毛詩竄亂之證。何祇此下四十四篇哉。陸氏之有此言也，蓋曾及見三家詩篇第顯與毛詩不同。故特提“申毛”諸儒之見解。謂非毛者固不如此説也。夫風雅正變之説，祇衛宏“續序”之妄言。陸氏固已知之。而隋唐惟《毛詩》單行，陸亦不能獨異，故其説如此耳。賴此説存，亦足證毛詩改易篇第之謬。朱熹未克見三家詩篇第，又謬持“笙詩”入雅之見，更複以私意改爲八什，則又以謬糾謬之妄行也。

《新詮》以爲：《毛詩》篇次誠須糾正。初固無妨循依舊次，各尋其世次之真與樂檔之宜，既得而後以專文訂正之。譬如校書，不得確據，則不擅改其字。故於三百篇詮説，什九否定《毛序》。而于篇第，則依宋刻之舊。

（一）節南山

十章。六章八句。四章四句。二百五十八字。

節彼南山，維石巖巖。赫赫師尹，民具爾瞻。憂心如惔，不敢戲談。國既卒斬，何用不監。

節彼南山，有實其猗。赫赫斯尹，不平謂何？天方薦瘥，喪亂弘多。民言無嘉，憯莫懲嗟。

尹氏大師，維周之氐。秉國之均，四方是維。天子是毗，俾民不迷。不弔昊天，不宜空我師。

弗躬弗親，庶民弗信。弗問弗仕，勿罔君子。式夷式已，無小人殆。瑣瑣姻亞，則無膴仕。

昊天不傭，降此鞠訩。昊天不惠，降此大戾。君子如屆，俾民心闋。君子如夷，惡怒是違。

不弔昊天，亂靡有定。式月斯生，俾民不寧。憂心如酲，誰秉國成。不自爲政，卒勞百姓。

駕彼四牡，四牡項領。我瞻四方，蹙蹙靡所騁。

方茂爾惡，相爾矛矣。既夷既懌，如相醻矣。

昊天不平，我王不寧。不懲其心，覆怨其正。

家父作誦，以究王訩。式訛爾心，以畜萬邦。

題解：平王都洛，太師尹氏皇父執政，大夫家父作此詩規之。《毛序》以爲"大夫刺幽王"者，謬也。詩語明言"國既卒斬，何用不監"，則非西周世詩矣。《春秋》桓公十五年："天王使家父來求車。"時爲周桓王二十三年，上距幽王之死已七十五年，縱使其人長壽，亦不可能于幽王世作成此詩。況此詩爲辭冗煩而字多重沓，旨趣散漫，語氣驕肆，蓋貴族青年初學爲詩者盛氣之作，當與"求車"之家父爲一人，絕非幽王時之大夫也。

尹氏大師者，蓋即《十月之交》詩中之"皇父卿士"。《竹書紀年》宣王二年"錫大師皇父、司馬休父命"。幽王元年"錫太師尹氏皇父命"。宣王在位四十六年，太師皇父受錫四十四年而幽王即位，則可知尹氏皇父非宣王所錫命之太師皇父，殆太師皇父之子，再受幽王錫命，嗣爲太師。周行世卿之制，故再錫命爲太師也。又，幽王五年，"皇父作都于向"。六年，"王命伯士帥伐六濟之戎，王師敗逋"。八年，"王錫司徒鄭伯多父命"。九年，"申侯聘西戎及鄫"。十一年，"申人、鄫人、及犬戎入宗周，弒王及鄭桓公"。（多父）"申侯、魯侯、許男、鄭子立宜臼於申。虢公翰立王子餘臣於携"。平王元年，"辛未，王東徙洛邑"。"晋侯、會衛侯、鄭伯、秦伯以師從王入於成周。"（洛邑王城）三年，"王錫司徒鄭伯命"（即鄭武公，説具《緇交》篇）。參合本什諸篇，與《小雅》《漸漸之石》以下三篇詩語，及《國語》《史記》，知皇父尹氏，實爲幽王初年執政。因見王室不振，建議於兩都之外更營向邑爲新都，依近東方諸侯。並自往董理其事。六濟之戎，近向邑之戎也，擾向工事。幽王征之而敗。虢石父譖皇父。向功既潰，皇父奔申。時幽王已廢申后，立褒姒。太子宜臼奔申。申侯與幽王、褒姒、虢石父等對立故也。皇父奔申，而後幽王任鄭伯多父爲司徒，當國政。申侯既聯鄫人及犬戎殺幽王，覆宗周。立宜臼爲平王，東都於洛。虢公翰亦立幽王子餘臣爲周王，都於携。宗周王畿，則爲犬戎所據。平王從龍之臣皆出於申。惟皇父爲舊卿士。

在申，故仍錫爲太師，以資號名。於時宗周貴族、王孫、食采之家，避犬戎蹂躪，流離東徙，或從携王，然大多來洛。洛邑朝庭新創，百務叢脞，仰食者多，資用貧乏；而皇父年已就衰，精力不能兼達。一切措施，每失人望。加以申國功臣與宗周貴族之間，洛京畿甸與朝庭之間，列國諸侯與王臣之間，勞動人民與新來貴族之間，矛盾重重，糾結不解，怨嗟之聲，充斥城野。憂時之士，各以己見譴責執政，莫能原諒。卒以皇父繼續經營向邑，大爲朝野詬病，三年而敗。鄭伯掘突受命爲卿士。申國舊臣皆去，宗周舊族執政，乃克寧定。此東遷前後十餘年間之歷史背景也。此下十一篇，皆此背景下産生之詩歌。舊儒不曉此歷史背景，妄自推測，以爲皆幽王世之變風，失之遠矣。

西周廢風用雅。《小雅》各篇，實皆祗相當于王畿之風詩。東都洛邑，則多殷之舊民，流行風樂，王城空寂，莫能重雅。惟平王都洛以後，自宗周東來之貴族，仍自携同樂官，用其雅聲。故平王之世，東周有雅。然而當時民間仍自用其風樂；孔子録詩，所謂“王風”者是也。用《王風》十篇與此《小雅》十篇互參，東遷初歲之社會情勢自明。

此篇之家父，蓋《十月》“家伯冢宰”之同族。家伯爲舊從皇父奔申，及斯而貴者。家父則自宗周新來之貴族子弟，不滿於皇父措施者，恃其族猶貴盛，加以青年氣壯，譴責皇父如此。究其設辭態度，尚與《正月》《十月》《巧言》《巷伯》諸詩不同；雖面誹，仍具忠厚諍諫之意。此平王之樂官所以列爲十篇之首耶?

首章，《毛傳》：“節，高峻貌。巖巖，積石貌。”“赫赫，顯盛貌。師，大師，周之三公也。尹，尹氏，爲太師。具，俱。瞻，視。惔，燔也。”《朱傳》：“尹氏，蓋吉甫之後。《春秋》書‘尹氏卒’，公羊子以爲譏世卿者，即此也。”今按：《春秋》書“尹氏卒”在隱公三年夏四月，即平王之五十一年。王崩之月。《左傳》作尹氏，謂即隱公母“聲子”。《公羊》《穀梁》皆謂是“天子之大夫”。又並云：“外大夫不卒，此何以卒。天王崩，諸侯之主也。”（《穀梁》云“爲魯主”）則是尹氏卒爲平王執政，後平王卒。其後王子朝之亂，昭公二十三年，《春秋》書“天王居於狄泉，尹氏立王子朝”。二十六年，書“天王入於成周，尹氏、召伯、毛伯，以王子朝奔楚”。是尹氏自宣王至敬王之世皆爲周之世卿。平王雖暫罷皇父，用鄭伯，而尹氏之族仍爲東周執政。皇父至平王末，應已八、九十歲，立桓王後乃死。故《春秋》書之也。“不敢戲談”者，《鄭箋》云：“不敢相戲以言語。”朱云：“使人憂心如火燔灼，又畏其威而不敢言也。”今按：“戲談”，謂輕易談論。亦用厲王監謗，“道路以目”之義。下云“國既卒斬”，謂宗周之社會已經斬絶。“何用不監”，“監”，讀如鑒，謂何得不用爲鑒戒。

次章，仍復以“南山”起興者，明其重念宗周之意。南山，即終南山，宗周在其下也。上云“巖巖”，喻尹氏之嚴峻，如在宗周執政時，故人雖惔憂，不敢輕議。此云

"有實"者，言南山蔚長草木故能成其美，新朝亦宜厚布恩澤，盡滿人意，始能成其大。毛云："實，滿。猗，長也。"今按：實，即《唐風》"椒聊之實"的實字。猗，即《衛風》"緑竹猗猗"之猗，皆平王世前詩，家父用之以示王室當厚舊勛之義，是當時貴族恒用以勖王臣之語。下云"不平謂何"，言王室厚於申國從龍之士而薄待東來貴胄之族，此亦當時流離貴族所一致嘆怨者也。"天方薦瘥"以下，更强調東徙貴胄之當恤。毛云："薦，重。瘥，病。弘，大也。""憯，曾也。"鄭云："懲，止也。天下之民皆以灾害相弔唁，無一嘉慶之言，曾無以恩德止之者，嗟乎，奈何。"朱云："懲，創也。""神怒而重之以喪亂。人怨而謗讟其上。然尹氏曾不懲創咨嗟，求所以自改也。"今按：舊偏于貶斥皇父之見解如此，非詩之本旨也。詩亦是以善意戒皇父耳。此當謂"喪亂之民遠來相依，一般觖望，皆無嘉美之言對汝，汝曾無所戒嘆耶"。懲，云戒也。

三章，毛云："氐，本。均，平。毗，厚也。""弔，至。空，窮也。"鄭云："毗，輔也。""至，猶善也。"朱云："維，持。毗，輔。弔，愍。師，衆也。"今按：大讀如太。氐，讀如砥。維，讀如惟。均，讀如鈞。下維，如字。毗，襄助也。頌言太師爲國砥柱，秉重權，維繫四方，上佐天王，下領導群倫，俾不迷失。國既不見愍於昊天，以致有犬戎之難，則惟當厚撫民衆，不能使其空乏困頓。

四章，責皇父，事不躬親，假手於申國之人，故宗周之庶民不能信任。信讀如伸，亦具抱屈之義。"弗問"，謂不慰問君子。弗仕，謂不給君子以任務，則爲罔君子。朱云："仕，事。罔，欺也。"君子，對庶民言，謂貴族階級之人也。"式夷式已"兩句，毛云："式，用。夷，平也。用平則已，無以小人之言至於危殆也。"朱云："當平其心，視所任之人，有不當者則已之。無以小人之故，而至於危殆其國也。"總之，是任人當申之功臣與宗周貴族平均待遇之意。"瑣瑣姻亞"兩句，毛云："瑣瑣，小貌。兩婿相謂曰亞。膴，厚也。"鄭云："婿之父曰姻。"今按：姻婭，泛稱婚姻聯繫各親族。無，讀如毋，勿使之義，謂當任人惟賢，勿以肥腴之禄畀瑣瑣之姻婭也。

五章，舊注多不可用。新詮以爲："昊天不傭"，謂天帝不信任宗周幽王，故降此覆國之兇。鞠，盡致之義。訩，當讀如"日月告兇"之兇。"昊天不惠"，謂天帝又不嘉惠于新朝庭，而有臣民不和輯之大乖戾。指申國新貴與宗周貴族間之嚴重矛盾。"君子如届"，言如使貴族階級皆至高位，則能使人心安謐而訩言可息。毛云："届，極。闋，息。"鄭云："届，至也。"今按：詩人目的在禄位，而稱貴族階級爲君子，則所言届自當是各得其適當之地位。闋字從門癸。癸，聚也，聚于門内，則和輯如家人之義也。毛訓爲息，謂惡怒之語息也。"君子如夷"，謂東來貴族皆得其平，則惡怒自不與執政相值。其言全是站于貴族階級立場，爲舊貴族争禄位。故其聲聲言平，皆貴族階級之所謂平，非任人惟賢之平，與申人之所謂平，更非勞動人民之謂平也。

六章，再言“不弔昊天”，皆昊天不弔倒用。言天不憖，故亂未能止，連月發生訩戾動亂。使人民亦不安寧。指舊貴族的訛亂興謗。毛云：“病酒曰酲。成，平也。”謂使人憂心如酲者，秉國家權衡者也。是其誰耶？責皇父事不躬親，聽任申國新貴爲之。“卒”，終也。終當使百姓受其勞敝。“百姓”，謂疏遠之王族及公侯之疏族，與“民”之一級有别。言百姓（東來之人）原非任勞役者，此時則不能不勞，故怨怨之聲衆也。

七章，家父自言爲行人之官，“駕彼四牡”，當出使於列國也。“四牡項領”，謂使無所往，久不行也。《新序·雜事五》云：“處勢不便，豈可以量功較能哉。”下引此詩，而釋之曰：“失久駕而長不得行，項領不亦宜乎。《易》曰：臀無膚，其行趑趄。此之謂也。”毛云：“項，大也。”蓋謂馬駕而不行，久則領腫大也。故續云：“我瞻四方，蹙蹙靡所騁。”言諸侯携離日甚，無方國可以快意馳騁。與西周時已大不同。

八章，勉尹氏旋車易轍，平正對事。言爾如肆意舊習，人情離叛，則相視爾之矛鋒。謂欲鬥也。若還改變態度，平心懌貌，則可復相親親好，如酒友之相醻矣。此醻，讀如酬。與矛協韻。

九章，言我王號爲天子，如其昊天不平，我王亦不能寧。與太師不平，“俾民不寧”正同。今豈可不自懲其心，而反怨人之諍詬乎。“正”，謂諫諍，能正己之過。

卒章，示挺身諫諍，係爲王室。“誦”者，套用宣王時“吉甫作誦”句。自謙爲詩不可能合樂，但供誦諷。“究”，推求之義。“王訩”，謂王室之患。“式訛爾心”，鄭云：“訛，化也。”謂爾能動心改計，則可以安王室而畜萬邦，意謂萬邦之於王室如子弟之于家長。畜猶俯不足以畜妻子之畜也。

陳奂《詩傳疏》曰：“《十月之交》箋：（按，陳依《孔疏》稱序注爲箋）‘節，刺師尹不平。’昭二年《左傳》‘季武子賦節之卒章’。盧辯注（《大戴禮·衛將軍文子篇》）云：‘小雅節之四章。’節下皆無南山字。”是此詩題原衹作“節”，一字。毛詩增南山字爲三也。明豐坊僞撰魯申培公詩説，于此篇衹用“節”一字，云“桓王時任用非人，諸侯咸叛，兵敗民殘，家父憂之，作此以諫王焉”。其説無取，若詩題衹用一“節”字，則甚有見地。陳奂之説，豐坊實啓之。故人物無論小，見解各有短長。讀書辨惑，宜於博涉也。兹仍題“節南山”三字者，不變宋刻之舊故也。

（二）正　月

十三章。八章章八句，五章章六句。三百八十六字。

正月繁霜，我心憂傷。民之訛言，亦孔之將。念我獨兮，憂心京京。哀我小心，癙憂以痒。

父母生我，胡俾我瘉。不自我先，不自我後。好言自口，莠言自口。憂心愈愈，是以有侮。

憂心惸惸，念我無禄。民之無辜，並其臣僕。哀我人斯，于何從禄。瞻烏爰止，于誰之屋。

瞻彼中林，侯薪侯蒸。民今方殆，視天夢夢。既克有定，靡人弗勝。有皇上帝，伊誰云憎。

謂山蓋卑，爲岡爲陵。民之訛言，寧莫之懲。召彼故老，訊之占夢。其曰予聖，誰知烏之雌雄。

謂天蓋高，不敢不局。謂地蓋厚，不敢不蹐。維號斯言，有倫有脊。哀今之人，胡爲虺蜴？

瞻彼阪田，有菀其特。天之抓我，如不我克。彼求我則，如不我得。執我仇仇，亦不我力。

心之憂矣，如或結之。今兹之正，胡然厲矣。燎之方揚，寧或滅之。赫赫宗周，褒姒威之。

終其永懷，又窘陰雨。其車既載，乃棄爾輔。載輸爾載，將伯助予。

無棄爾輔，員于爾輻。屢顧爾僕，不輸爾載。終踰絶險，曾是不意。

魚在于沼，亦匪克樂。潛雖伏矣，亦孔之炤。憂心慘慘，念國之爲虐。

彼有旨酒，又有嘉殽。洽比其鄰，昏姻孔云。念我獨兮，憂心殷殷。

佌佌彼有屋。蔌蔌方有穀。民今之無禄，天夭是椓。哿矣富人，哀此惸獨。

題解：此東周初年，宗周貴族流離東徙而失於禄養者，詬怨執政之詩。家父所謂“民言無嘉”者是也。詩中屢自稱爲“民”者，實爲貴族失勢後憤激之語，意謂已同奴隸或農奴階級之“民”也。此輩貴族，在宗周時，或有采邑，或有官禄，寄生舒適已慣。一旦王室顛覆，寄生無所，流離東徙，依附平王。平王亦一時無力資借。除尹氏、家伯，從申國來者仍舊執政，有權有禄外，多數皆同喪家之犬。迫於采食野菜，或充軍戍，或墾山野，或就食於列國（參看《王風》各篇）。此詩屢言“無禄”，爲具所最痛心處。呼天搶地，自訴失禄之苦。宛轉哀號，以求得禄。求而不得，自不免怨詬執政。告哀與危言聳聽兼施，絮絮將四百字，欲以説動周王。足爲當時貴族無耻之自己暴露的史料。平王新集于洛，欲資舊貴族支持，以畜威勢，雖不能多所救助，仍表示其同情之意。故與前後諸篇悉付樂官，譜成樂歌，以爲東都之小雅。此篇文藝優于家父之作，而怨誹過之。故太師叙在家父詩後。實則作於其前也。

首章，“正月繁霜”，舊説遵《序注》，一律説爲“夏之四月”。“建巳之月”，以繁霜爲灾異，故憂傷。此説即當糾正。秦用周正，以仲冬建子月爲歲首。説見《漢書·律曆志》。《春秋》書“王正月”。所指爲孟春建寅月。説者謂周用三代之曆。充其説，亦不過以建子之仲冬，建丑之季冬，建寅之孟春皆有稱爲“正月”之可能。斷無以孟夏建巳月稱爲正月之理。正者政也，豈有冰解甲坼之候，不言政務，更待南風麥黄，農忙正甚之候，始頒政令者乎？且豐、鎬、洛邑同緯度，數千年來，雨量有變化，而氣温大體仍一致，建寅之月，例爲霜月。則詩人所謂爲憂者，感於繁霜，非謂灾變也。犬戎入宗周，正是幽王十一年之春正月，霜繁之月。詩人嘆其時，傷其事也。"民之訛言"以下，謂作者住在鎬外食采之邑，不知鎬京情形。但聞民間紛紛傳説：申鄫之軍聯合犬戎打破鎬京，殺了皇帝，擄去褒姒，另立廢太子宜臼爲周王，定都洛邑。犬戎四面劫掠，貴族之家首遭其殃。不敢明斥申侯，故曰"訛言"。訛言，訛動不寧之傳説也。《毛傳》云："將，大也。"謂：訛言太大，不敢不行。因而我亦獨向東都奔來。詩言"我獨"，實非獨身上路。貴族雖出亡，亦必有妻孥僕婢，並脅逼其農奴負荷同行。故下文有"並其臣僕"之語。此言獨者，難無其他貴族相結援護也。"京"，讀如將，與癢協韻。《左傳》莊公二十二年，"八世之後莫之與京"，與"五世其昌"句韻。蓋京之古音如此。京，大也。上言民之訛言事大。此謂我所獨憂之事體大也。謙言其心爲"小心"，所憂爲"井憂"。癙，鼠病也。范處義曰："凡物之多畏者，惟鼠爲甚。故謂癙憂。"朱熹曰："癙憂，幽憂也。"蓋謂鼠病而憂于穴中，人畏憂狀也。

次章，言生不辰，不先不後，適逢犬戎之難。"胡俾我瘉"。毛云："瘉，病也。"《弓角》詩，"不令兄弟，交相爲瘉"傳同。今按：瘉，愈，瘐三字古同音義。《漢書・宣帝紀》"瘐死獄中"，顏師古注："蘇林曰：'瘐，病也。因徒病，律名爲瘐。'如淳曰：'律，囚以飢寒而死曰瘐。'瘐音庾，字或作瘉，其音亦同。"是瘉之本義爲飢寒困殆將死。《説文》云"病瘳"者，漢人用其反義也。《毛傳》但云"病也"，未足以盡詩義。詩蓋謂父母生我于國難期間，使我飢寒困殆。"好言自口"兩句，謂任人説好説壞。飢困之人，無争辨之力，是以受説壞者欺侮也。"愈愈"，三家詩有作瘐瘐者。故《爾雅・釋訓》云："瘐瘐，病也。"《毛詩》改作愈愈，猶八章前作"滅之"。後作"威之"；首章上云"亦孔之將"，下云"憂心京京"，同章詩惡同形義，故變其文也。推詩之意，蓋人有謂其從携邑王子餘臣處來，屬褒姒之黨，故不録用，而陷於飢困。其人以被斥作褒姒之黨爲"侮"也。

三章，毛云："惸惸，憂意也。"字又作煢。下文"哀此惸獨"，《孟子》引之作"哀此煢獨"。《後漢書・東平王傳》："俾屏予一人，夙夜惸惸"是也。惸惸或煢煢，皆獨憂之義。念我獨無禄養之資，故曰"憂心惸惸"也。又言，我實無罪而失禄，陷于飢困，相從之臣僕，亦無辜而得飢困之禍。臣僕，謂其人之家臣，奴隸，與農奴之從來者。供趨使者爲臣，供力役者爲僕。又言：我等一行，能從何處尋取禄食乎。意蓋謂：貴族一行不能自甘餓死，必有人君予之禄食。此處不得，將又顧而之他耳。故續云"瞻烏爰止，于誰之屋"。時携邑之王，亦正招羅周之貴族以壯聲勢，故詩人爲此招摇要挾之語。

四章，更進一步責周王任用其人。毛云：“中林，林中也。薪蒸，言似而非。”《鄭箋》：“侯，維也。林中，大木之處，而惟有薪蒸爾。喻朝庭宜有賢者，而但聚小人。”“夢”，當讀如懵，今俗語謂夢爲“混”，（優伶語，多用中州古音，呼夢爲混）與蒸、勝、憎爲韻正合。義亦同爲“不明”。揚雄《太玄》，“物失明，莫不懵懵”，用此詩語義也。三家詩當有作懵懵者。詩中“民”字，皆指貴族階級之臣僕。“民今方殆”，謂今貴族同來之臣僕無不飢困欲死者。仰望於天之振施，天則懵懵然無所覺。喻王不能恤此輩。續言“既克有定”，謂已定都於洛也。“靡人弗勝”，“勝”，讀勝任之勝，音升。謂非有賢能之佐，亦不能勝永定之功。“有皇上帝”，謂皇然偉大之天帝，曾憎惡誰耶？喻周王當如天帝一視同仁，無所愛憎，唯才是用，乃可能永定國本也。意指平王偏任自申從龍之新貴，偏憎宗周來奔之貴族。

五章，仍是威脅周王之語。言山固然高，而人有謂以爲猶卑者。夫山，有爲高崗者，有爲丘陵者，固亦有高卑不同。喻人民有謂洛邑之王爲故太子，爲高者；有謂携邑之王承宗周正統爲高者。此等“民之訛言”，豈不足以資警惕歟。詩謂警惕爲懲也。又言自己亦曾召詢故老，與占卜之官，二王孰當爲正？此輩俱稱各所在之王爲“予聖”。夫同爲先王之子，分黨自擅，孰能正其爲正爲僞哉！唯得人多者必勝耳。譬如烏鳥在此，誰能知具爲雌爲雄耶？具，俱也。毛云：“君臣俱自謂聖也。”占夢亦太卜之官。言占夢，以概占卜。

六章，自言爲尊崇王室之貴族，而被譖不獲禄位。謂天王之位如天之高高在上，我對之未嘗敢不跼曲。王德比於地之能阜養萬物，我對之未嘗敢不謹慎恪敬。我之敢陳此詩者，有倫有理，可以考驗。非一般“訛言”可比也。《毛傳》：“局，曲也。蹐，累足也。倫，道。脊，理也。”《説文》：“局，促也。”“蹐，小步也。”皆表示人敬畏、謹慎之態度。“倫”，謂倫常秩序無虧。“脊”，謂綱領條理不亂，如人之有脊，骨絡胥自以分佈者。“哀今之人”，斥譖者，謂其無聊，可哀。胡爲毒害如虺蜴耶？“虺”，毒蛇。“蜴”，蜥蜴，今俗呼“四脚蛇”，並以蟲類爲食之小爬蟲，從古相傳其能毒害人者。

七章，更露骨表示携王亦曾招之。“阪田”，謂山阪之耕地。《鄭箋》云“崎嶇磽埆之處”是也。喻携邑。“有菀其特”，謂有菀然特出之樹。喻携王。鄭説爲隱士自喻，則非也。下文之“我”，乃詩之作者自稱。《毛傳》：“扤，動也。”陸云“五忽反”。則皆説爲扤捏不安之扤（阢隉，字義同）。《新詮》按：此章前四句特、扤、克爲韻，後四句則得、力爲韻。扤、克，與則、得對句。“天之扤我”，之扤，疑是扼字之僞。音戹，抑搤也。言天扼抑我，若惟恐不能克勝，扼使不得動彈之意。如此，則音義並洽於上下文。若竟釋爲扤捏字，則音義皆扞格難通矣。“彼求我則”，猶云“彼則求我”，周詩顛倒用字以調韻律之例甚多。此其一也。“彼”隱指携邑。“如不我得”，猶言惟恐不能得我，與上“如不我克”對句。“執我仇仇”，猶云推我於仇敵一方。執之爲字，非僅捕持之義，亦有抵塞之義與等同之義。《左傳》城濮之戰，子玉請戰，曰：“非敢必有功也，願以間執讒慝之口。”抵塞之義也。《曲禮》：“見父之執，不問不敢對。”等同之義也。此詩之意，指携爲“仇仇”，猶上稱爲“彼”，對立相讎之義也。仇，匹也。又通作讎。讎，兩鳥對詈之義。後世皆寫仇仇爲仇讎，以指敵對之人。“執我讎仇”，釋爲排抵我於對方，或比斥我於敵對一方，皆合詩旨。若《鄭箋》之説爲“王既得我，執留我”。《朱傳》云：“執我堅固如仇讎然，然亦終莫能用。”皆與上文“念我無禄”，“于何從禄”，下文“民今之無禄”等句顯然剌謬。“亦不我力”之力，舊説皆爲“不我用”。力字無用之義。《新詮》以爲：力爲扐之省借字。本音勒。《易繫辭》“歸奇于扐”，謂蓍卜者勒蓍于左手中三指之間而投之也[1]。故扐爲暫用復棄之義。詩意謂彼方實欲得我，亦必不如蓍卜之暫扐而又投之。周時巫卜用龜，史卜用蓍。扐爲蓍卜術語字，故詩人用之。凡從力之字，如扐、勒、泐、肋、劣等皆音勒，蓋力之古音本讀如勒，故毛詩省借爲力字。

八章，再作一番警告，若將結束。首言憂心如結，不可解矣。今兹之正月，繁霜何其嚴厲，豈非天之警告乎？舊釋“正”爲政事厲惡，與全篇詩義不調適。今釋爲首句相應之正月，則通體貫穿矣。“燎”，燔柴也。揚，火盛也。詩言燔燎熾盛之時，寧能有人撲滅之哉。然而宗周赫赫威勢；竟因褒姒之寵，一旦覆滅。謂方盛之勢，亦不足恃，人心不附，敗政權易，前車可鑒也。

九章，以下另起譬喻，多方以求周王之必用。“終其永懷”，舊説紛紛，無一可取。《新詮》以爲：蓋作者之意，上八章極論訛言當懲，宗室當重，賢才當任。意若已盡，而猶有未能盡者，率性再賡五章，以竟其意。“終”，竟也。“永”，詠古字。詠懷，歌詠之懷也。“又窘陰雨”，猶言：又譬如行路而窘于陰雨。又者，承上譬喻，若云“又如”也。言當陰雨路濘時，其車既已在途。原有車輔以助車輻之功。乃嫌其累贅而棄之，則車易陷于泥淖。迨既陷于泥淖，無法前進，爾乃命所載人與什物悉卸於地，而呼求行路之人助爾挽車出泥。《朱傳》云：“載，車所載也。輸，墮地。將，請也。伯，

【1】《易繫辭》：“大衍之數五十。其用，四十有九。分而爲二，以象兩。掛一，以象三。揲之以四，以象四時。歸奇於扐，以象閏。五歲再閏，故再扐而後掛。”朱熹注：“掛，懸其一於左手小指之間也。揲，間而數之也。奇（紀宜反）所揲四數之餘也。扐，勒於左手中三指之兩間也。五歲之間，再積日而再成月，故五歲之中，凡有再閏，然後别起積分；如一掛之後，左右各一揲而一扐，故五者之中，凡有再扐，然後别起一掛也。”此言蓍卜之法，取蓍草四十九莖分爲兩部。起卦先取其一掛於小指間。乃分兩部相間數之。各四。四不能盡之餘蓍，爲奇。則取而扐之於中三指間，每度衹能二數，再扐爲四，至五則再起一掛。掛扐既定而後投之，以觀其爻象。蓍卜之法如此。凡古言筮者，皆謂用蓍。言卜者，皆謂灼龜。言占者，皆謂占夢及它諸自然事象。殷人尚巫，故多用龜卜。周人尚祝，故多用蓍筮。並非人民不能卜筮，則尚占夢。周之貴族無不重蓍筮，習其用語，知其含義。知扐爲暫持即複抛棄之義，故詩用此字。

或者之字也。”（《鄭箋》云“乃請長者見助”。）

十章，緊承上文，設爲旁人所教之辭，云：“無棄爾輔。”取來幫助於車輻。勤勤顧視爾之僕夫，謂駕車之僕夫，自有經驗。如此，則無須輸墮爾車上所載，自然能逾越絶對險惡之途矣。爾乘車者，當有此經驗，而曾不憶及之，竟慌亂自誤若此耶。“員于爾輻”，毛云：“員，益也。”今按：員，謂還原於其舊之位置，猶軍人退伍爲“復員”，古稱列於職位曰“備員”也。車行泥淖，則以木杖縛于輻，夾車稱之爲輔。所以防脱輻車陷。已棄其輔，再取而縛之，使備員相助也。《左傳》“輔車相依”，以此爲義。詩語用以譬周王之專任皇父，不用輔佐。

十一章，又舉沼魚爲喻，言魚之在沼，並非足樂。喻己之來洛，如魚之入沼，非能逸者也。苟能生活而已。“潛雖伏矣”，謂魚潛水底，如己之廢棄不見用，然而生維艱，亦甚顯著，應昭然在王之耳目矣。《中庸》引此詩，炤字作昭。音義同。又言，貴族世臣，例當有世禄在位，而乃困頓如此，非國家之虐我耶。故念之心傷，慘慘然憂痛也。

十二章，又舉當時新出之執政者生活享受，“既有旨酒，又有嘉殽”，呼朋與儔，連姻帶婭，大伙獲得享樂。自念我亦貴族世臣，而獨困頓至此，豈謂之乎耶？“憂心殷殷”，謂不平之痛也。

卒章，賡上章言，彼佌佌蔌蔌諸小人，指申國之新貴，在此王都有屋、有禄。《毛傳》：“佌佌，小也。蔌蔌，陋也。”《鄭箋》：“穀，禄也。”《朱傳》：“指王所用之小人也。”又言，我等功臣世胄，今則無禄位之俸，淪爲齊民。此豈天之夭椓我等耶？我等無力反抗，唯有哀告諸富貴人，可以哀憐此輩惸獨之人矣。夭，折辱也。椓，刑辱也。毛云：“君夭之，在位椓之。”又云：“哿，可。獨，單也。”

詩之作者，失名。按其文學藝能與語言氣概推之。大言不慚，無甚顧忌，當是貴族世臣中之尤負人望者，蓋周公召公之嫡裔歟。召穆公虎，在宣王時位最崇高。又好詩藝。下距東周之初不到七十年。疑此詩作者即其子或嫡孫，向以在食采之召邑，未值犬戎蹂躪，率家東徙，至洛而失禄位。故敢爲此長詩以要平王。平王與執政諸臣亦不敢咎責之。且不能不恢復其世禄。東周之世，召公雖仍世臣，遠不如西周時之煊赫者，後至故也。其後召氏附王子朝之亂，同之奔楚。子朝死，曾有《四月》之詩乞歸，疑亦是此人之後所作也。

（三）十月之交

八章。章八句。二百六十三字。

十月之交，朔月辛卯。日有食之，亦孔之醜。彼月而微，此日而微。今此下民，亦孔之哀。

日月告兇，不用其行。四國無政，不用其良。彼月而食，則維其常。此日而食，于何不臧。

爗爗震電，不寧不令。百川沸騰，山冢崒崩。高岸爲谷，深谷爲陵。哀今之人，胡憯莫懲。

皇父卿士，番維司徒。家伯維宰，仲允膳夫。棸子内史，蹶維趣馬。楀維師氏，艷妻煽方處。

抑此皇父，豈曰不時。胡爲我作，不即我謀。徹我墻屋，田卒污莱。曰“予不戕，禮則然矣”。（詮案：當下移，爲第六章）

皇父孔聖，作都于向。擇三有事，亶侯多藏。不憖遺一老，俾守我王。擇有車馬，以居徂向。（詮案：當上移，爲第五章。）

黽勉從事，不敢告勞。無罪無辜，讒口囂囂。下民之孽，匪降自天。噂沓背憎，職競由人。

悠悠我里，亦孔之痗。四方有羡，我獨居憂。民莫不逸，我獨不敢休。天命不徹，我不敢效我友自逸。

題解：此平王初年，尹氏皇父執政，重營向都時，向邑大夫與宗周東來諸貴族聯合，抗議營向，陳於平王之詩也。爲東周初年，宗周東來諸貴族與申國從龍諸新貴奪權鬥争之一鱗爪，且爲其最關鍵之部分，故詳考訂之。

按《竹書紀年》幽王元年，“錫太師尹氏皇父命”。謂錫命皇父爲太師，執周政也。是年，晉文侯仇始奪位，已詳《唐風》。幽王二年，“涇渭洛竭。岐山崩”（此洛，指關中洛水，即沮水下游）。此詩第三章所言灾異是也。三年，“王嬖褒姒”。五年，“世子宜臼出奔申。皇父作都於向”。六年，“冬十月辛卯朔，日有食之”。八年，“王錫司徒鄭伯多父命”。蓋皇父出營向都，因罷其執政之權。虢公石父爲卿士，更任鄭桓公友，即多父爲司徒。順褒姒，與虢公同排皇父也。是年，“王立褒姒之子伯服爲太子”。明宗周與申侯舅甥決裂也。九年，“申侯聘西戎及鄫”（西戎，謂犬戎。鄫，即繒國）。《國語・鄭》桓公爲司徒，問于史伯。史伯對曰：“夫虢石父，讒諂巧從之人也，而立以爲卿士，與剸同也。棄聘后而立内妾，好窮固也。……（皆斥幽王語）申、繒、西戎方彊，王室方騷，將以從欲，不亦難乎。王欲殺太子以成伯服，必求之申。申人弗畀，必伐之。若伐申，而繒與西戎會以伐周，周不守矣。”《鄭語》爲後人追述之言。史伯判斷形勢，未必如此之周密與準確。記此者必然爲之修補，以合于當時之形勢。故足爲信史。汲冢之《竹書紀年》，正與之合。幽王九年，“申侯聘西戎及繒”。謀抗周也。十年春，“王及諸侯盟於太室”。謀伐申也。其秋九月，“王師伐申”。十一年：“申人、鄫人、及犬戎入宗周。弑王及鄭桓公。犬戎殺王子伯服，執褒姒以歸。申侯、魯侯、許男、鄭子（鄭武公，時在檜國）立宜臼於申。虢公翰立王子餘臣於携。”《左傳》昭二十六年，“幽王用愆厥位，携王姦命。諸侯替之而建王嗣”。謂立宜臼而替携王。平王元年，“王東從洛邑。錫文侯命。晋侯會衛侯鄭伯、秦伯、以師從王入於成周”。是平王初只僭立於申。得晋文侯、秦襄公、鄭武公，與魯、衛、繒、許之助申，而後得正王位於洛邑之王城（當魯孝公、衛武公在位時）。又平王四年“鄭人滅虢”。至二十一年，“晋文侯殺王子餘臣於携”。王畿始獲統一。可知幽王五年命“皇父作都於向”者，蓋緣與申侯既已决裂，犬戎及繒與申方睦，又皆逼近宗周。而洛邑王城又逼近申許，緩急皆未足恃，故更營都於向邑；亦狡兔三窟之伎，非徒排皇父居外以便專任虢石父也。向，邑名，見《左傳》隱十一年。杜預注云：“河内軹縣西，有地名向上。”孔穎達《詩正義》云：“向在東都畿内。”朱熹《詩集傳》云：“今孟州河陽縣是也。”查晋軹縣故城，在今河南省濟源縣東南十三里軹城鎮。“向上”又在其西，則與今孟縣接近。宋、孟州河陽縣故城，在今河南孟縣西三十五里。兩説雖不能恰在一地，大體位置可合。皆可説明周之向邑，在孟津之北，爲當時黄河北岸重地。其地近晋與衛，後無敵國。前臨大河，與鄭相望，與洛犄角，足以制申。此幽王之志，皇父之所贊爲固周之策者也，故自往營之。未料居外，遂爲虢石父所排。向功中敗，迫而奔申。平王既立，欲正嗣王位號，不能不用宗周舊勛以爲號召。自然仍用皇父爲太師當政。但其得存、得立，全資申國陪臣，亦不能不位置多人，以賞功勛。此詩第四章所斥新貴七臣，大都是也。然七臣多出於微族，不習周政，政務仍操於皇父一人。故宗周奔來貴族，榮枯驟易，嫉妬横生，既失望於皇父，又不能不並皇父與諸新貴同排斥之。上詩兩篇之文，已足知其黨結勢成，鬥争發動之情致矣。皇父明知申國功臣不可去，而宗周舊族不能抑。携王在西，申國在南，西戎未輯，而楚不附洛，成周局勢，實甚阽危。既得晋文侯衛武公之支持，更宜進營向邑爲都，以依晋衛。故其謀國首計，即爲賡續前功，進營向都。其時，王室新造，舊族麕集，資用雖乏，而人力有餘，借營建以徵賦於諸侯，以安插其冗職，亦是局勢所宜然。故平王初亦贊之。此詩作者，蓋即平王所命之宗周舊族故臣，爲向邑大夫，於營建中，復與宗周排申諸貴族結黨，因向功之失民望而陳詩於平王，以并排皇父者也。平王既因不勝宗周舊族之包圍叫呶而疏皇父，更用鄭伯，遂因此詩之陳，罷向邑之役。亦更因宗周貴族以結晋、秦、鄭、衛諸國，竟斥罷申國新貴。皇父之位亦與同墮焉。此詩之全部背景如此。

舊説者，未能明此背景，故所釋詩義，咸莫能通。《毛序》以爲“大夫刺幽王也”。《鄭箋》以爲是“刺厲王”。後世儒家，紛自二説尋求史證，訖無知其平王初年之事者。由汲冢書出在漢魏之後，而經師又不治史，徒囿于漢儒成説故耳。

《新詮》參合前後諸詩，與史傳舊文，斟酌歷史發展之情勢，地理條件之可能，擺脱舊説窠臼，揭示東周初年舊族與新貴鬥争之實質。明此爲當時階級鬥争之體現，亦即東周所以不能復興之原因也。

首章，用日月蝕爲灾變，以聳動國人，威脅平王。《漢書・劉向傳》引此詩作“朔日辛卯”。梁虞劆、唐傅仁均與僧一行等，推算曆法，並謂周幽王六年乙丑歲，建酉之月，辛卯朔，辰時日蝕。建酉之日，夏曆八月，周之十月也。與《竹書紀年》，幽王六年“十月辛卯朔日有蝕之”合。《毛序》謂此爲“大夫刺幽王”之詩，則非也。幽王世權臣，亦非此詩所斥諸人。蓋作詩者借幽王時灾異事以威脅平王也。宋魏了翁《正朔考》曰：“夫十月之交，則十一月矣。是周之朔月也。故曰朔月辛卯。正朔日蝕，古人所忌，故曰‘亦孔之醜’。”朱熹亦謂：“十月，以夏正言之，建亥之月也。交，日月交會，謂朔晦之間也。”故宋以來刻本皆作“朔月”，惟毛氏汲古閣本仍作“朔日”。自當以朔日爲正。誠使原自作“朔月辛卯”，亦當以“朔”爲逗，“月辛卯”爲句。謂十月之辛卯日也。交，謂九十月交，乃合於史實。

“彼月而微”兩句，舊皆訓微爲“不明”，指被蝕。殊失文義。當是斥當時執政者未嘗重視此事之語。猶云彼月之月蝕，以爲小故，不足道也。今則日蝕於元日，亦曰小故不足道。謬於天之示警，宜有今之大灾難矣。“今此”，對昔而言。可知今此下民之大哀痛（指犬戎之難），爲對六年前天變不警而言也。

次章，賡上章，痛斥不警天變者。謂日月之蝕，是上天警告人們以灾禍將至。其所以搆成日月蝕之原因，則爲由於日月運行失道。《鄭箋》云：“行，道度也。”當時人談天變者之設想如此。“四國”，鄭云：“四方之國。無政治者，由天子不用善人也。”朱熹則云：“月不避日，失其道也。然其所以然者，則以四國無政，不用善人故也。”詮按：當時以“四國”與“九州”爲包舉天下之詞。詩意實指周王失政由昧於用人。“彼月而食”以下，忿激之言。猶云：“前此月蝕，則以爲常有之事。今於日蝕，亦以爲不相干之事。”日月蝕，古用食字。“維”，詩中盡與“爲”及“以爲”義通。“于何不臧”猶今言“有何不好”。

三章，更言幽王時有劇烈之天變，而王不之懲，致人民罹犬戎之禍。《國語》，幽王三年“西州三川皆震……三川竭，岐山崩”。《竹書紀年》云：幽王二年，“涇渭洛竭，岐山崩”。是幽王初年確曾遭巨大地震，山川變貌。詩人所言有據。惟其有據，乃足以警當時之人。《周詩》之所以可貴，正在於是史實之第一手資料，非其文義皆足取也。“不寧不令”，謂當時震電無停息，盡兇惡。“哀今之人”，胡爲曾不懲戒。顯斥平王不以幽王前事爲戒。通三章爲一義，天灾人事相結，“不用其行”，“不用其良”兩語而已。

四章，更闡“不用其良”之義，則明斥新貴諸臣矣。指責諸臣罪狀，但有“艷妻煽方處”一語。艷，魯詩作閻。《漢書・谷永傳》，“閻妻驕扇”。顏師古謂“本魯詩”是也。閻，蓋焰之借，與艷義同。謂諸人雖無能，不有所作爲，而妻皆艷冶相煽結。

謂其亦將迫使其夫亂政，如褒姒之禍也。扇亦煽之舊字，謂煽動不寧。褒姒已敗，故用此語以脅平王。

《漢書·古今人表》下下“愚人”欄，幽王世列褒姒、虢石父、皇父卿士、司徒皮、太宰冢伯、膳夫中術、內史掫子、趣馬蹶、師氏萬與申侯。皇父至萬、七人，顯依據此詩，而作字不同。應是所據爲魯韓詩，故字與毛詩不同也。三家詩作字不同原因，可能有個別爲傳寫字僞。主要則當是由於申國舊臣皆南人，無一定姓氏，譯人隨音作字而異。如司徒番而作司徒皮者，番與皮古原同音，如波、坡、破、婆、播、鄱、皤，並同音韻是也。聚子作掫子，亦緣掫、趣、聚、促，皆同音故也。萬，或是萬之僞，與楀皆同禹音。《漢書·游俠傳》有“萬章”。《急就篇》有萬段卿，皆當是師氏楀（萬同）之後裔，南人之華化者也。“家伯”名見《春秋》，“太宰冢伯”字當僞，緣太宰一稱冢宰而僞也。七人中，惟皇父、蹶與家伯（冢伯）似華人。皇父地位素高，家伯位亞司徒。蹶，可能是韓侯蹶父（宣王時）之族，與家伯皆爲宣臼東宮官，相從奔申者。故在此時亦貴。趣馬與膳夫之官，並見于《周禮》，皆衹士級。蓋由是宜臼親信，故官雖微，權勢亦大，爲舊貴族所怨。詩“仲允”，《人表》作中術者，《人表》凡仲字皆作中。允音盾。故《漢官》太子中盾，後世作太子中允。術，古亦與述、遂字通用。故《春秋》“秦伯使術來聘”，《公羊》字作遂。遂、盾、允、術音同部，故傳者異其字。是亦南人之證也。此輩南人，以申國從龍功得要職，實不習周朝制度，故不可能有所作爲。但享厚禄，艷妻相處，招摇逾制而已。亦非故舊族攻擊對象。攻擊對象，衹在皇父一人。皇父，舊族元勛，嫻于政務，勢最牢固。攻擊皇父，則申國新貴自無不敗，故也。

五章、六章，專攻皇父營向一事。於文，六章當在五章之前。“皇父孔聖”兩句，意謂：皇父作都於向，自比爲周公之營洛邑。周公，大聖人，故亦諂稱皇父爲大聖人（孔聖），實深譏嘲之。亦由營向爲都是平王所許，故不敢非議其事體，但衹斥言皇父經營措施之乖謬。所指爲：將王庭重臣司徒、司馬、司空皆調往向邑，竟不留一重臣在洛守衛平王。并且將能具車馬之洛邑富氏皆徙居向邑，使洛京形勢空虛。《毛傳》云：“擇三有事，有司國之三卿，信維貪淫多藏之人也。”即釋“擇三有事”爲“皇父受封於向，是畿内諸侯，按周禮，只當置二卿，他却僭置三卿，並皆選用富而驕淫之人。”自《鄭箋》以下，與《朱傳》，無論佞毛、非毛者，皆同此説。將“作都”之都，説爲《周禮》畿内諸侯，方百里爲“大都”，方五十里爲“小都”之都。如此説，則“不憖遺一老，俾守我王”之詩語成爲天上飛來，不相粘接矣。《左傳》莊公二十八年，“凡邑有宗廟先君之主曰都”。故豐鎬與洛邑皆爲王都。此營向邑爲王都，故曰“作都于向”也。“三有事”，即後世所謂三有司，司徒、司馬、司空三卿，併當國政冲繁之事，在此詩實指司徒番等。謂此三卿皆富有者，皇父擇之同居於向以自佐，竟不留一重臣守衛在洛之天子。《左傳》昭公十三年，“天子之臣曰老”。(《禮記・王制》同。)憖，願也。(《釋文》引《小爾雅》。)既營向邑爲新都，即是將自洛遷王居向之計，故皇父不但自往經營，並將當時在職重臣皆調助營向。又擇人民有車馬者往居向邑。衹留天子在洛，待向都宗廟、宫室落成，而後遷往。自宗周來諸舊族，自不得居向，故乘時包圍平王，用此諸語挑其猜懼也。詩中兩“擇”字，皆謂挑選其富有者。因平王此時正患貧乏，故此章詩語，最能擊中平王内心，使皇父諸人被黜。

六章，即舊刻之第五章，“抑此皇父，豈曰不時”者，再爲欲控先縱之辭。緣營向是王命所許，故先縱之曰：“豈謂皇父興此大役爲非時局所宜乎?”只謂其經營之態度與方法之當議耳。盡徙富家于向，至於不願“遺一老以守我王”，其一也。我爲王命之向邑大夫，如此大事，未先與我商討，即自興作。所有占耗民居、民田之事，皆逕令我爲之。“徹我墻屋”，《箋》云：“不先就我謀，使我得遷徙，乃反徹毁我墻屋，令我不得趨農田卒爲污萊乎。此皇父所築邑人之怨辭。”今按：謂爲邑人之語，則與上下各章俱無能合。此諸“我”字，皆向邑大夫自稱。徹與撤通。撤我向邑之民者，固得云撤我墻屋也。土木大興，庀材委積，佔地寬，田不得耕種，卒成污萊，謂荒蕪也。此是大夫站在向邑人民立場言之，非人民自言。“曰予不戕，禮則然矣”，則又斥皇父對待吏民呼籲之語。民籲稱墻屋田園被毁爲被戕害，而皇父則答曰：“非我戕害，人民事上之禮，固當忍受如此損害。”謂皇父態度惡劣。其二也。

七章，承接上文“胡爲我作”爲言，故知上兩章當是漢儒誤倒。“黽勉從事，不敢告勞”，言皇父權重而顢頇，雖人民受害如此，我亦不能爲之籲訴，衹能昧心執行皇父命令。于是衆民歸怨于我，而讒人亦因民怨囂然譖我。我實無罪無辜之人。夫下民遭此惡孽，非天之所降也。回應日蝕山崩諸灾變，是天所以警執政，非天所以警人民。而人民乃身遭其難，其爲“噂沓背憎”之怨謗，主由於人事不臧，非降自天者也。《毛傳》：“噂，猶噂噂。沓，猶沓沓。職，主也。”今按：噂噂，騷呶貌。沓沓，泄怠貌。背憎，竊怨而不敢自陳也。皆謂人民對於執政營向之態度。噂，《説文》又作僔，與噂同，引此詩而作字不同，毛、魯詩文異故也。沓，《釋文》云“本又作嗒”，亦三家傳詩異字。凡重叠形容字，皆録音字，無定形定釋，但當循文義推求之。《説文》釋僔，聚也。後儒遂據以説此詩，實於義不協。“職”，即“職是故也”之職。謂主由於人。“競”，肯定辭。凡相競者，必皆已肯定其爲當然。

卒章，表示作者本人對於皇父諸人營向病民事，雖反對，但並不因之而怠荒職守。因爲職守是周王給的，他不反對周王。全篇詩裏始終强調這一點。此乃皇父諸人垮臺，向功亦廢，而此詩能收入小雅的原因。

“悠悠我里”，《毛傳》：“悠悠，憂也。里，居也。痗，病也。”朱彬、馬瑞辰謂當同於“悠悠我思”。今按：承上章言，“我里”正指向邑，即“里仁爲美”之里。

“痗”，陸德明云“莫背反。又音悔”。蓋猶今云“倒楣”，非疾病之義。“四方有羡”，謂其他地方人民皆有羡餘之耕地、食糧與其他資用。而我里獨在憂患急迫之中。四方人民莫不有逸豫休游之時，而我里苦於力役，獨不得休。我字皆承“我里”爲言，不專指其本身。“天命不徹”，舊皆説爲“天命不均”。(《朱傳》語，用毛鄭之意）今按：與“徹我墻屋”字同，蓋謂王命如天命。營向作都之命一日不撤銷，則我仍盡我勤勞之職責，不因反對皇父諸人而怠工。“我不敢效我友自逸”，爲最後表態之一長句。明當時宗周舊族莫不反對皇父諸人經營向都之事，大都用怠工態度表達反抗。我則將王命與皇父諸人行措乖謬分别劃清，故不敢效我同黨之自逸也。此人之能取得兩派鬥争之勝利面，端在此章此語。

(四）雨無正

七章。二章章十句，二章章八句。三章章六句。凡二百二十三字。

[雨無其正，傷我稼穡。] 浩浩昊天，不駿其德。降喪饑饉，斬伐四國。旻天疾威，弗慮弗圖。舍彼有罪，既伏其辜。若此無罪，淪胥以鋪。

周宗既滅，靡所止戾（□□□□，□□□□）。正大夫離居，莫知我勩。三事大夫，莫肯夙夜。邦君諸侯，莫肯朝夕。庶曰式臧，覆出爲惡。

如何昊天，辟言不信。如彼行邁，則靡所臻。凡百君子，各敬爾身。胡不相畏，不畏于天。

戎成不退，饑成不遂。曾我暬御，憯憯日瘁。凡百君子，莫肯用訊。聽言則答，譖言則退。

哀哉不能言，匪舌是出，維躬是瘁。哿矣能言，巧言如流，俾躬處休。

維曰于仕，孔棘且殆。云不可使，得罪于天子。亦云可使，怨及朋友。

謂爾遷于王都，曰予未有室家。鼠思泣血，無言不疾。昔爾出居，誰從作爾室。

題解：平王初歲任太師皇父，命與執政大臣往營向都。王城庶政以諸小臣承之。小臣與宗周舊族相結，陳此詩於王，與上三篇相呼應，以傾皇父也。

首章，舊傳《韓詩》有“雨無其極，傷我稼穡”兩句[1]。《毛詩》失之。漢儒重家法，章句既定，莫敢增損。自《鄭箋》成爲定本，唐宋以來儒者亦皆仍之。今審全文，失此二句，則詩題，“雨無正”，字義無所出，一也。“昊天不駿其德”兩句無所承，二也。全章兩韻，當各以六句爲上下章，無此則不厮稱，三也。凡本什群傾皇父諸詩，皆援天災發論，作譖於平王，此篇不能獨無，四也。詩題既云“雨無正”，疑《韓詩》之“雨無其極”，《毛詩》實作“其正”。正、政兩字古通，謂雨不時爲無政。極字之古寫衹作亟。豈《韓詩》僞正作亟，隸變爲極耶?[2]

《爾雅·釋天》：“夏爲昊天。秋爲旻天”。此詩“昊天”，謂幽王時之天。風雨不時，降喪饑饉，爲“不駿其德”也。毛云：‘駿，長也。”《朱傳》云：“駿，大。德，惠也。”雨不時，故饑饉。犬戎亂，故人民死喪，四國覆宗。“四國”，通常用於四方諸侯，在此句則僅指宗周食采諸侯之邑。“斬”，即“國既卒斬”之斬。“伐”，即“伐木丁丁”之伐，皆謂社稷宗廟塌毀。“昊天疾威”，《正義本》與《集傳本》皆作旻天。《釋文本》與《相臺本》作昊天。陸云：“昊或作旻，非。”以上文是昊天字也。今按：當作旻天，謂平王時之天也。亦謂自夏不雨至秋仍旱。饑饉滋甚，天之威怒仍嚴厲，

【1】 朱熹《集傳》云：“歐陽公曰：‘古之人於詩，多不命題。而篇名往往無義例。其或有命名者，則必述詩之義，如《巷伯》《常武》之類是也。今雨無正之名，據《序》所言，與詩絶異。當闕所疑。’元城劉氏曰：‘嘗讀《韓詩》，有《雨無極》篇，序云：雨無極，正大夫刺幽王也。至其詩之文，則比《毛詩》篇首多‘雨無其極，傷我稼穡’八字”。愚按：劉説似有理。然第一、二章本皆十句，今遽增之，則長短不齊，非《詩》之例。又此詩實正大夫離居之後，暬御之臣所作，其曰‘正大夫刺幽王’者亦非是。且其爲幽王詩，亦未有所考也。”詮按：朱氏所云“歐陽公”，謂歐陽修《詩正義》。所云劉元城，謂劉安世《元城語録》。所云“愚按”，爲朱自判斷語。所駁“正大夫刺幽王”兩條，甚有見地。至謂“第一、二章皆十句”，則拘于定本章句成見，爲疏矣。審次章文，云“靡所止戾”，則作此詩者方流離失所，未知所届也。遽接于“正大夫離居”，則是已作“暬御”時矣。中間如何至洛，取得此職，自必尚有二句。與首章之當有應題二句正同。是首、次兩章，本皆十二句，經秦火後，漢儒所傳失之耳。雖然，劉氏之説，固自有當可疑之點。如朱所云：無可證其爲幽王詩，一也。正大夫非作此詩者，二也。此外，則《韓詩》至隋已亡，孔穎達作《十三經注疏》時未見，宋人安得見之，三也。鄭玄初治韓詩，後乃箋毛，曾無疑及詩題而有拾韓補毛語意。又如馬融之傳，王肅貶鄭諸説，皆未及此，四也。如宋世尚有韓詩舊本遺存，爲劉安世所曾讀，則同時諸儒，亦當有見而證訂之者，乃自劉氏一言外，更無他人證之。自朱熹、王柏、范處義、王應麟等皆不敢信，五也。竊謂，劉氏亦衹見及此詩當有脱文，遂援詩語僞撰以實之，託于已逸之韓詩，亦如明豐坊之僞託爲魯詩耳。《韓詩》之有此文，固難信，若此詩之有脱文，則决無疑。

【2】 王應麟《困學紀聞》，録朱氏語，並續之曰：“《解頤新語》亦云：‘《韓詩》世罕有其書。或出於好事者之傅會。’”翁無圻《注》云：“范處義《解頤新語》已逸。此二語見《逸齊詩補傳》十八。其言曰：‘説者多取《韓詩》爲證。謂名《雨無》，正大夫刺幽王也。篇首多雨無其極，二句。竊意《韓詩》世罕有其書，或出好事者之傅會。‘正大夫’乃詩中之語，故欲以正大夫合之。據今序之文，以求詩人之言，亦可見非所以爲政之意。且與前篇‘弗躬弗親’、‘不自爲政’之語相應，不必立異也。《通志堂刊本》謂名‘雨無極’，脱去極字，當補。”詮按：劉安世《韓詩》之説既不足信，則其所擬之文亦不足信矣。若必爲此章《毛詩》補文，自不能失“雨無正”三字。竊謂《周詩》原語，首爲“雨無其正”。與《續序》“雨，自上下者也，衆多如雨而非所以爲政也”相應。爲借雨灾致饑饉刺周王失政之意。政、正兩字古通。次句“傷我稼穡”與“降灾饑饉”句協，亦協德國韻，不可易。疑自毛、衛、馬、鄭時詩語本有此二句，故皆無疑于詩題。劉氏所云，亦或有據。其易正爲極者，古亟、極二字通。蓋有傳寫本誤正爲亟，遂更作極耶。（近得天空山漢墓黄羊作白金鏡，銘文隸書“樂無亟”三字，足證。）

爲“旻天疾威”也。“弗慮弗圖”，是責執政不畏天怒，不恤民饑而仍相率往營向邑。“舍彼”以下四句，謂“自宗周來之貴族，誠有附褒姒與虢石父亂政者，此輩今則皆已死於犬戎，死于飢困，爲“既伏其辜”矣。若我輩，皆無罪之舊族執事，今皆抑爲下僚，而復勞苦飢餓，至于病困何耶？末句，《韓詩》作“勛胥以痡”，見《後漢書·蔡邕傳注》引。一作“薰胥”，見《漢書·叙傳》晋灼注。《毛詩》作“淪胥”，義皆爲莫落于卑賤階級之意。胥，即《周禮·叙官》士級以下。“府、史、胥、徒”之胥。爲知識奴隸用于職官之稱。《吕覽》“傅説，殷之胥靡”。《儒林傳》“胥靡申公”，皆得奴隸階級執役者。“淪”，沉没於水之謂。薰與勛，皆薪物焚而煙化之謂。並可以喻人之階級地位轉變。今通用淪之一義。詩《江漢》“淮夷來鋪”，《傳》云：“鋪，病也。”此詩鋪字無傳，當用《江漢傳》義，與《韓詩》痡字義合。《江漢》詩或原在此詩前，故此詩無傳也。下篇《小旻》云：“如彼泉流，無淪胥以敗。”《抑》詩又云：“無淪胥以亡。”此云“淪胥以鋪”，與“以敗”、“以亡”句法一致，祇病、敗、亡，三字表示程度不同。此《毛詩》字有勝于三家詩處。詩之作者，自以爲貴族舊臣，當得執政禄位。乃僅僅爲申國從龍諸臣之事務官，嘆爲“淪胥”。禄薄任重，至于疲困，故曰“以痡”。已改作鋪字也。

次章，“周宗既滅”，《左傳》昭公十六年引此作“宗周”。孔穎達《詩正義》云：“宗周，周宗，文雖異而義同。”今按：推當時詩人語言，應作“宗周”。幽王之亡，是宗周滅，非周宗皆滅。由此一句，即可定爲東遷後詩。《毛序》云“大夫刺幽王”，非也。《序注》云：“亦當爲刺厲王。”《箋》云：“王流於彘，無所安定。”亦非。厲王雖被放，宗周自在，周宗亦未滅。惟平王時，宗周確已滅矣。“靡所止戾”之戾，即“鳶飛戾天”之戾，當讀如莅。毛云：“戾，定也。”近之，而未允當也。詩之作者自云“暬御”之臣，則已有定居矣。此言“靡所止戾”，蓋言流離奔走中情致。此下亦當有二句，言其被生活壓迫，甘居下位，食薄禄，爲正大夫僚屬。共成六句爲上半章。傳詩者失之，遂無由補。“正大夫”者，《周禮·天官》：宰夫，“掌天子之征令，辯其八職。一曰正，掌官法以治要”。謂六卿諸司之主職也。其下七職，爲：師、司、旅、府、史、胥、徒。是“八職”，實爲職官之八個梯級。正爲最高一級，猶今云“正印官”。三有事與百司，正印官品級不同，要皆以大夫領之。六卿爲上大夫。諸司用中大夫或下大夫。皆有一人爲“正大夫”。上篇詩所舉，七臣皆是也。七臣皆往營向，故曰“正大夫離居”。既皆在向，則王城所當理之事務，皆由其僚屬當之。故曰“莫知我勩”也。毛云：“勩，勞也。”《左傳》昭公十六年引此句作“莫知我肄”。應是三家詩異字，含義則同。“三事大夫”，即上篇“擇三有事”之三卿。司徒，掌民事；司馬，掌軍事；司空，掌財事：皆上大夫（卿），故云。“夙夜”，“朝夕”，皆早晨與入暮之義。奴隸社會時，執政奴隸對奴隸主，皆于早暮二時進見。朝受一日之事，暮述一日之事，並受夜事。周承其俗，大臣皆早覲以受一日之事，暮覲以陳當日之事。國君不設朝治事也。至於子事父母，婦事舅姑皆然。子事二親稱晨昏進見爲“定省”之禮。（“昏定、晨省”出《禮經》。）婦事舅姑，稱爲“夙夜”。《行露》詩“豈不夙夜”，謂嫁之，則夙夜於其二親也。大臣事君之禮，亦稱“夙夜”，此詩所云是也。《尚書·舜典》伯夷作秩宗（禮官）“夙夜惟寅”，謂職在糾夙夜覲見大臣之不敬者也。周行封建諸侯之制。諸侯朝天子，在京師亦行早暮覲見之禮，稱爲“朝夕”。王制：“天子無事與諸侯相見曰朝。”（夕）是也。春秋戰國之世之臣早暮覲君之禮，亦稱“朝夕”。“夙夜”之義遂失。《左傳》昭公十二年，“右尹子革夕”。《國語》晋平公將殺監襄，“叔向聞之，夕”。皆謂因夕禮以諫其君。此詩作於春秋世前，故猶分别言之。意謂三事大夫輕王，“離居”于向，不修“夙夜”之禮。故邦君諸侯亦從而輕王，莫肯入朝修“朝夕”之禮也。《鄭箋》釋此二句云：“三公及諸侯……皆無君臣之禮，不肯晨夜朝暮省王。”猶存其意而不能分别之。後世更莫能申此義者。自政事繁，職官多，國君但早朝諸臣僚以聽政，夙夜與夕禮久廢故也。“庶曰式臧”二句，謂皇父執政，當此天變示警，王權見輕之阽危局勢中，庶幾能自改悔而遵善道。今乃不然，反出王城以爲惡業于向邑。《毛傳》：“覆，反也。”

三章，更進一步斥責皇父諸人，以諷平王。“如何昊天”四句，諷王不行法。《毛傳》：“辟，法。”信，當讀如伸。借呼天以諷王，謂如何天不行法誅除此輩耶。實斥天王胡爲不能申法行刑，罷黜此輩。若其聽任此輩行爲發展邁進，則將靡所不至，成爲不可收拾之局矣。《朱傳》：“臻，至也。……則如彼行往而無所底至也。”“凡百君子”四句，作勸告同僚語：謹身畏天，則當敬於王而共斥彼不畏天不敬于王者也。

四章，表示自已堅決擁護周王，而衹指斥權佞之態度，並責在朝諸人之委靡畏葸。實意斥王。“戎成不退”二句，舊説詩者人各其詞。毛云：“戎，兵。遂，安也。”謂刺幽王。鄭云：“兵成而不退，謂王見流于彘，無御止之者。饑成而不安，謂王在彘乏於飲食之蓄，無輸粟歸餼者。”指厲王。朱云：“言兵寇以成而王之爲惡不退。饑饉已成而王之遷善不遂。”馬瑞辰云：“戎成不退，外患熾而敵勢强也。饑成不遂，内灾起而兵力弱也。”方玉潤曰：“寇至無人退，民饑無人遂。遂，遂生也。”陳奂云：“成當讀如誠。”釋爲“用兵不息”，與“天降饑饉、民無所安定”。則皆不定所指何王，所言亦不與任何一王史事相切。《新詮》以爲：舊説皆非也。“戎”，即“維口啓羞興戎”之戎。與末句“譖言則退”相應。意謂：我等暬御之臣，開罪於執政，修怨已成。但亦不甘退却，必仍與之鬥争。“饑”，即上文“降喪饑饉”之饑。“遂”，當如朱説：“進也。《易》曰：‘不能退，不能遂’是也。”詩意謂：飢困已成，亦不要求升官增禄。我輩小臣處境如此，故憯憯然日益陷於憔悴也。《毛傳》：“暬御，侍御也。瘁，病也。”《朱傳》：“憯憯，憂貌。”音與慘同。“瘁”與悴字義通。“凡百君子”，以下，斥在朝諸臣。“莫肯用訊”之訊字，爲誶字之僞。謂莫肯對皇父諸臣進行詰責也。陳奂云：“訊當作誶。《箋》：‘訊，告也。’《墓門》‘歌以誶止’，《傳》：‘誶，告也。’今本作訊，誤與此同。”誶字協韻。陸云：“訊，音信。”則不協。蓋古寫卒字作卆，故傳鈔易僞也。“聽言則答”，與《桑柔》“聽言則對”同。意謂全軀保位，苟且容身之人，能聽我言者，亦待其問而後對答。一經聞有讒譖之語，即求退以自解。此非忠於王室之人，我所不爲也。

五章，承上章，更嘆述其不能言所受之困陷。“哀哉不能言”，自嘆其短於言辭，不能面陳其弊。惟作詩以見志，故云“匪舌是出”。謂意出於我而非用口舌表達也。然而言出而身受其敝矣。大約此人舊曾作詩訕謗，已受申斥，故其言如此。與上章“憯憯日瘁”相應。“哿矣能言”以下句，謂：相反，彼善于飾言之人，則“巧言如流”，爲當道所信任，俾其所處皆休美肥腴之位矣。上下“躬”字相應。

六章，再言具處卑官言事之難。“維曰于仕”，毛云：“于，往也。”鄭云：“棘，急也。”朱云：“殆，危也。”蘇氏曰：“人皆曰往仕耳。曾不知仕之急且危也。當是之時，直道者，王之所謂不可使。而枉道者，王之所謂可使也。直道者得罪於君，而枉道者見怨於友，此仕之所以難也。”（全用蘇轍《詩傳》文義）。言評論執政之難，欲求澄清仕途之危。若皇父之人，是不可使者，然爲天子所使之人。若亦順天子之意，云其可使，則輿論沸言，將怨我爲阿諛枉道也。其爲與平王争論皇父諸人之可任或不可任，步步爲營，着着進逼，以求成功而免於挫敗之伎倆如此。

卒章，則遂如敢面詰皇父之辭矣。“爾”，指皇父、家伯諸人。“謂”，欲天子詰之也。“遷于王都”言皇父諸人，在昔流離亡命，無家可歸。今已爲新朝執政，居王都矣，而猶嫌未有居宅之好，導天子以營向邑新都。志在必行，至于如鼠之求穴，泣血力争。“無言不疾”，以脅天子。致民勞於下，怨蒸於天，群情騷動，諸侯輕王，搆成國家大病。最後乃詰之曰：“當爾出亡失勢時，有誰爲爾營造室邑乎？”意謂皇父諸人之營向都，係爲諸人自營私邑，但藉口於爲王營新都耳。欲王如此詰之者，蓋以爲皇父諸人出亡時，平王已容受之。今復任以國政。豈當更營私邑以負王耶？舊説不能結合營向事，故空虚無可落實，訕訕然各自爲義。故《新詮》不惜辭費，訂其爲東遷初年史實。

（五）小　旻

六章。三章章八句，三章章七句。百九十三字。

旻天疾威，敷于下土。謀猶回遹，何日斯沮。謀臧不從，不臧覆用。我視謀猶，亦孔之邛。

潝潝訿訿，亦孔之哀。謀之其臧，則具是違。謀之不臧，則具是依。我視謀猶，伊于胡厎。

我龜既厭，不我告猶。謀夫孔多，是用不集。發言盈庭，誰敢執其咎。如匪行邁謀，是用不得于道。

哀哉爲猶，匪先民是程，匪大猶是經。維邇言是聽，維邇言是爭。如彼築室于道謀，是用不潰于成。

國雖靡止，或聖或否。民雖靡膴，或哲或謀，或肅或艾。如彼泉流，無淪胥以敗。

不敢暴虎，不敢馮河。人知其一，莫知其他。戰戰兢兢，如臨深淵，如履薄冰。

題解：此平王初年，卜師與舊貴族相結，詬斥皇父執政之詩。皇父既敗，遂獲與上諸篇同入於《小雅》之樂也。

首章，“旻天疾威”，用《雨無正》原句，明是響應其詩而作。“敷于下土”，亦“降喪饑饉”之意。敷，布也。“謀猶回遹”，毛云：“回，邪。遹，避也。”《文選注》引詩作“謀猶回泬”。《釋文》云：“韓詩作歔。僻也。”馬瑞辰曰：“古遹讀如穴，故通作歔與泬。猶《毛詩》‘歔彼晨風’，《韓詩》作鴥也。古回僻字正作辟。《說文》‘歔，迴避也’。”今按：回，奸回。遹，詭譎。謂執政於營向事，謀猷不以正道。下云“謀臧不從，不臧覆用”，是也。如此顛倒行事，何日乃止耶。“沮，止也”，（鄭朱同）詩中屢用“猶”字，皆指占卜者之繇辭[1]，即卦兆之占辭。《左傳》閔公二年“成風聞成季之繇”，是也。毛詩改作猶，同聲字可相假借也。猶又通作猷。營向爲當時大事，蓋因輿情反對者多，執政曾屢召卜師、巫祝進行卜筮。繇辭或吉或否。作詩之卜者，屬定派，爲皇父諸人所擯。别用他人占辭以陳於王，遂克進營。故此卜師乘輿情沸騰時爲此詩以助勢。本章兩“謀猶”字，皆斥謀國者所任卜人非當。謀，謂執政之主張。猶，謂所選之繇辭。合言之則爲猷謀，歸其責于執政一人也。“亦孔之邛”，舊皆依《毛傳》“邛，病也”爲訓。《新詮》以爲字從卩，工音，當讀如窮（期兇反），且亦窮之古字。卩，古節字。竹中空，至節而窮，故邛、窮爲古今字也。詩人謂：以我看謀國者選用之繇辭，云營向吉者，今已見爲大兇，是繇辭之説窮窘時也。

次章，“潝潝訿訿”，《説文》引作“翕翕訾訾”。《朱傳》云：“潝潝，相和也。訿訿。相詆也。”較毛鄭舊説爲勝。詩人譏笑執政不能審辯繇辭邪正，爲可哀也。不能分别繇之正確與否，故違謀猶之善者而依於不善者。如此行事，其所召之禍亂，將何所厎止乎。厎，謂止境。

【1】《左傳》原文：“成季之將生也，桓公使卜。楚丘之父卜之。曰：‘男也。其名曰友，在公之右，間于兩社，爲公室輔。季氏亡，則魯不昌。’又筮之，遇大有之乾，曰：‘同復於父，敬如君所。’及生，有文在其手曰友，遂以命之。……成風聞成季之繇，乃事之，而屬僖公焉。故成季立之。”其名曰友以下四句，及同復于父兩句，即所謂繇辭。繇字或從卜，作繇。

三章，言：執政命我卜之。繇不合意，則命他卜。他人所卜多吉，再命我卜之。仍不合意，則命再三改卜。至於我龜亦感厭煩，不復示兆。（不我告繇），仍召他卜占之。卜者既多，人各一詞，至于無法歸納爲一是（是用不集）。卜繇既多分歧，執政各有所執以爲言。盈庭皆若能預見，有誰敢承任其失敗之咎責耶？“如匪行邁謀”，之“匪”字，馬瑞辰、陳奂皆訓爲“彼也”[1]。詮按：“匪行”與“邁謀”對辭。詩意蓋斥他諸卜者爲諛順，是非道之行（匪行）。斥執政深依之以謀國，爲非道之謀（邁謀）。故曰“是用不得于道”也。如字下有“彼”義存，字則可省。

四章，重複上章之意。斥他之占卜者不合先民法程。釋上章之“匪行”。“大猶”，謂先王之猷，斥執政邁謀之失，不合先王之大經大法，惟聽習近隨之順言，且固執而力争之。譬如築室而謀于行路之人，安能有所成就耶。“不潰于成”，《毛傳》“潰，遂也”。《召旻》“草不潰茂”，《傳》同。

五章，“國雖靡止”句，足證此詩造作時間，在東遷之初，宗周犬戎已退，携邑餘臣僭立，平王徙洛未久，向都正大興營造，即將遷徙之時。國都究當定於何所，人情惶惑，莫知所向，正此時也。毛説爲刺幽王，鄭説刺厲王，朱説爲不知何王者，皆失之。“民雖靡膴”，謂“人民雖不肥腴”。亦是東遷初物資匱乏情致。“或聖或否”，言依附王國之貴族賢否不齊。“或哲或謀，或肅或艾”句，言人民之愛國情致不一。其字義皆出于《尚書·洪範》。洪範，本爲殷代占卜者所造之知識辭典。卜筮家于其“七稽疑”“八庶徵”兩章尤爲熟習，故能隨手引用於詩。《洪範》，五休徵：曰肅，曰乂，曰哲，曰謀，曰聖。五咎徵：曰狂，曰僭，曰豫，曰急，曰蒙。艾與乂古通用。此詩三句，聖、哲、謀、肅、艾，全用其字。“或否”二字，隱包狂、僭、豫、急、蒙五義，休與咎，相對之詞，故“或否”二字盡包之也。此詩作於卜官，其最明確之證也。意蓋斥皇父諸執政爲蒙，頌宗周所來貴族之反皇父者爲聖，而以否定營向之卜者爲休。謂順隨阿意之卜者爲狂、僭、豫、急、蒙人也。肅，敬也，乂，治也，哲，明也，謀，智也，聖，通理也。（狂，妄也，僭，差也，豫，怠也，急，迫也，蒙，昧也。）《洪範》舊注與此詩傳注略同。末二句，謂泉水得旁流灌注，則雖日趨下行，亦復更爲洪

【1】 馬瑞辰《毛詩傳箋通釋》曰：“匪，彼，古通用。《廣雅》‘匪，彼也’。如匪行邁謀，王尚書云：‘與如彼築室于道謀，如彼行邁，句法同。’是也。《箋》訓匪爲非，失之。”陳奂《毛詩傳疏》曰：“匪，毛無傳。《左傳注》云‘匪，彼也’。行邁謀，謀于路人也。不得于道，衆無適從。崑山顧炎武《杜解補正》、元和惠棟《毛詩古義》，皆以杜解爲長。《玉篇》《廣雅》並云：‘匪，彼也。’王念孫《廣雅疏證》云：‘小旻三章，曰：如匪行邁謀，是用不得于道。四章曰：如彼築室于道謀，是用不潰于成。語意正相同。雨無正曰：如彼行邁，其意略同。則匪即彼也。’”今按：誠如王念孫説，則三章與四章詩語爲重復矣。此亦東周詩較西周詩文繁辭費之驗。詩語固多有省主詞者，此當是“如彼匪行邁謀”之省，不必匪即爲彼。《玉篇》與《廣雅》皆六朝人書，拾杜預《左傳注》之言爲訓，未足以補《毛傳》所闕。“邁謀”與《雨無》“如彼行邁”字義亦相應，又是此詩作者，響應《雨無》詩發憤之驗。

流；失旁流之助，則日復淪胥而歸於敗滅；警告平王勿專任五咎之臣，宜厚撫舊貴族中五休之士以自助也。

卒章，《毛傳》："馮，陵也。徒涉曰馮河。徒博曰暴虎。一，非也。他，不敬小人之危殆也。"如臨深淵，"恐墜也"。如履薄冰，"恐陷也。"從來説者皆如《鄭箋》："人皆知暴虎馮河立至之害，而無知當畏慎小人能危亡也。"用以警王，固自可通。《新詮》以爲：蓋此卜師受舊貴族勾結時發憤而作此詩，但不敢如《十月》《雨無》之敢直陳於平王，祇以授於來相勾結之宗周舊族，以示自己贊同反對皇父爲政，而不敢首先發難之意。喻倒皇父運動如暴虎、馮河，知其當爲而不知其害患亦多。自己"戰戰兢兢"畏慎，不敢直陳其辭於平王。因平王自申國立，方信任自申從龍諸臣故也。此可由下篇相次爲《小宛》之詩推知矣。

（六）小　宛

六章。章六句。百四十五字。

宛彼鳴鳩，翰飛戾天。我心憂傷，念昔先人。明發不寐，有懷二人。

人之齊聖，飲酒温克。彼昏不知，壹醉日富。各敬爾儀，天命不又。

中原有菽，庶民采之。螟蛉有子，蜾蠃負之。教誨爾子，式穀似之。

題彼脊令，載飛載鳴。我日斯邁，而月斯征。夙興夜寐，無忝爾所生。

交交桑扈，率場啄粟。哀我填寡，宜岸宜獄。握粟出卜，自何能穀。

温温恭人，如集于木。惴惴小心，如臨于谷。戰戰兢兢，如履薄冰。

題解：此平王初年，排申運動中，王臣持温和態度者，作以和《小旻》之詩。其人或是樂官，有學問、有德行者。其詩在《周詩》中最爲温和敦厚，當時遠近傳誦，故周太師亦采録之。

舊説刺幽（毛）、刺厲王（鄭）、刺宣王（孔），與大夫兄弟相戒以免禍（朱），以及其他清儒諸説，皆于詩意不協；紛從字句，强爲異解，以自文飾，支離，紆曲，迄莫能通。在三百篇中，最無定論。兹立新解如下：

首章，"宛彼鳴鳩"二句，宛，語辭，猶《秦風》之"宛在"，《魏風》之"宛然"，俱含委婉輕舉義。《周詩》鳩字甚多，所指之鳥各不同，如"雎鳩"水禽也。"惟鳩居之"，惡禽也。"鳲鳩"多子鳥也。此詩"鳴鳩"，蓋即今人所呼之鴿，古云"鵓鴿"者是也。動物學上與斑鳩（鵓鳩）同科。古人不能分，混稱之。今人稱鵓鳩爲鳩，鵓鴿爲鴿。體形全相似。惟鳩灰色，晝鳴，飛不能高，超林木顛際而已。鴿多作白色，夜鳴，飛行迅疾，能高入雲際。此詩云"翰飛戾天"，故可知其非鵓鳩。此類鳥皆不食蟲豸，不傷禾苗，古今中外同稱爲善良之鳥，用爲和平象徵。此詩作者用以喻《小旻》之詩，故曰“鳴鳩”。謂其詩爲世稱誦，當達“天聽”也。知其是樂官作者；詩中多用蟲鳥生態作喻，又用意諄摯，故可推斷其人之學識品德，宜爲教官樂正之任。樂官與卜官同階，比事，宜其常以詩相倡和也。“我心憂傷”二句，同情於“謀猶回遹”，“匪行邁謀”之斥責也。“先人”指《小旻》“匪先民是程”之先民。“明發不寐”，謂憂心劇重通宵失眠，直至天明已届，猶不能寐。不寐之中，所懷想者，你我二人之安危也。“二人”舊説或以爲文王、武王，或以爲父母二親，或以爲兄弟相謂。若自詩人本語求之，則第四章正有“我、而”兩字。全篇字字出於友好相戒之辭，則“二人”之義可知矣。意謂徹夜不寐之所憂者，執政方爲王所信賴，决卜營向，亦出之以王命。萬一天威震怒，因詩及禍，則豈臨深履薄之義哉。樂官顧德之意，固當如此。

次章，言慮事持行不當恣意。“齊聖”之齊，當讀如“齋莊”之齋，敬也。齊聖，與《小旻》五休之“或聖”、“或肅”相應。因原詩字義以諫之。謂：譬如飲酒，齋聖之人爲之，則不容至酗醉，温恭自持，適于量所能勝而已。彼意昏，荒唐者，則不知此，壹意肆飲，至于醉倒。且逐日增加，極其飲量。自以爲能勝，而不勝之敗必至也。末二句，謂我輩皆貴族世裔，當各敬慎威儀，爲世典型，以應天命之休。凡一切恣情縱慾之事，皆足以傷天和而損德業。若還一遭天恕，更加貶斥，則痛苦亦將同于流亡失禄之輩。“天命不又”，猶云“天恩不再”。封建貴族，自謂其社會地位出於天命。此詩以天王之喜怒黜陟代表天命。意畏參加倒申運動，或遭王譴。故其言如此。

三章，再復以豆藿與青蟲爲喻。言原野中有荳苗（中原有菽），人人都可以採摘芼食，故原菽莫能結子。喻禄位當由天子命之。若人皆恣意争取，則國政亦難有成也。螟蛉蛾之小青蟲，土蜂掠取來飼養其幼蛆。如此豈得爲善道。喻彼輩之得在位，原自有其來歷，如青蟲之自有父母，豈宜掠他人子以養己子哉。“敬誨爾子”二句，謂當以恕道待人，各自教誨子孫，勿輕爲不善之事，世行善道可也。“似”字，陳奂《毛詩傳疏》引《詩異議》云：“傳于似字皆訓爲嗣，則此或不得同之于鄭。”又：“《稽古篇》

引《詩詁》以似爲似續之似。”意謂用善道相承嗣也。較鄭朱説爲勝[1]。

四章，“題彼脊令”之題，劉熙《釋名》云：“諦也。”蓋諦之通假字。在此詩爲審視之義。“脊令”，見《棠棣》詩。其性躁擾不寧。周文公用以喻管蔡之變。此詩借之以喻皇父、家伯皆宗周舊族；推親親之義，未宜排之。諷其反審諦彼詩之義，表面謂“諦視彼脊令”也。“載飛載鳴”亦是斥其躁擾之意。“我、而”兩句，謂我與你皆有職守、禄位，非後來失禄諸舊族可比，但宜“夙興夜寐”，無負於生平可以。“而”字，古與爾、汝字通用。詩人不斥言汝，用而字，若可合日邁月征於一我，是詩人行文之巧。其實義，乃指作《小旻》之卜官。否則與上、下文“爾”字不相應。詩言：我爲樂官，日日皆有常奏，故曰“我日斯邁”。爾爲卜官，不必日日皆勞，然月必有一至多次，故曰“爾月斯征”。邁，進也。征，行也。征亦與徵通。其字具命其占卜之義，故宜用于卜官。此亦明是兩人事，非一人事。舊説而爲轉折詞者，非也。

五章，“交交桑扈”兩句，諷其友之輕率。“桑扈”，鳴禽雀類，羽美有光澤。每入人家厨厠間竊食殘脂物，故又名爲“竊脂”。亦常覓食草籽。“率場啄粟”，率，循也。場，謂粟麥收割後堆叠打粒揚風之場所（説在《七月》詩）。詩意謂：卜師小官，不宜反對執政措施。今乃抗言嚮向之非，如桑扈當覓蟲豸，尋草籽，今乃循打場以奪農夫之粟，爲大膽也。“哀我填寡”之填字，《釋文》引《韓詩》作疹。《朱傳》：“填與瘨同，病也。”填、瘨、疹，古皆同音，亦同爲病苦之義。亦讀如殄。陸云，“徒典反”是也。《毛傳》“填，盡也”，係用殄字義。《鄭箋》解爲“可哀我窮盡貧財之人”，

【1】《毛傳》云：“螟蛉，桑蟲也。蜾蠃，蒲盧也。負，持也。”《鄭箋》：“蒲盧取桑蟲之子，負持而去，煦嫗養之，以成其子。”《孔疏》《朱傳》並用《陸璣疏》，説蜾蠃爲細腰土蜂，“取桑蟲負之，於木空中，七日而化爲其子”。相傳至今，謂撫育他人子爲己子者曰“螟蛉子”。説經諸家，有引《莊子》《淮南》《法言》諸書以證其實然者。今案：蜾蠃即土蜂，隨地有之，夏日入人屋際，或崖壁間，營土管狀巢，三四相結，産卵其内。乃獵取草木間小蟲塞管中，以泥封之。卵孵化之蜂蛆，借蟲爲食。食盡則羽翼亦成，破土管飛去。其蜂黑色，腰極細，故亦稱爲細腰蜂。上古人士，知識積累于實物觀察。初無青蟲化爲土蜂之説。此詩原意，亦不如此。即審《毛傳》亦無此意。揚雄《法言·學行篇》有：“螟蠕之子殪而逢蜾蠃，祝之曰：‘類我類我。’久則肖之矣。”如此謬説，後人竟深信之。鄭玄《詩箋》即深受其影響。至於《孔疏》《朱傳》，遂説“式谷似之爲？不似者可教而似”。使詩義面目全非矣。《莊子·天運篇》記孔子與老聃言論，有“細要者化”一語。注解者皆以此詩證之。亦謬矣。《天運篇》孔子有“丘治詩、書、禮、樂、易、春秋，六經”語，老聃有“六經先王之陳跡”語。夫孔老時祇稱“六藝”，無所謂經也。荀子始有“經言”之字，亦不及《易》。劉向《七略》與《漢書·藝文志》始有“六藝”、“六經”之名。則孔老時安得有“六經”之語耶？則《天運》篇爲後漢人所妄竄可知矣。蓋亦揚雄之徒所爲也。豈足用以返説此詩義哉。自蜾蠃化螟蛉子之説行，儒士一味盲從，陸璣不免。惟陶宏景《注本草》獨能實察其物，以斥説詩者之謬。清人郝懿行《爾雅義疏》引之云：“今一種蜂，黑色，腰甚細、啣泥，於人壁及器物邊作房，如並竹管。是（蠮螉）也。其生子女如粟米大，置管中。乃捕取草上青蟲蜘蛛十餘枚滿中，仍塞口。以擬其子大爲糧也。其一種入蘆管中者，亦取草上青蟲。《詩》云‘螟蛉有子，蜾蠃負之’，《注》言細腰物無雌者，皆取青蟲教祝，便成己子。斯爲謬矣。”又云：“牟應震爲余言：‘嘗破蜂房視之，一如陶説。’”云云。三千年陳在人人目間之事物記載，被經詩大儒爲之曲解，惟陶隱居能察之其妄，又牟應震能踵跡驗證之。持其説之郝懿行，號能博物，亦僅引用其説而未能試一觀察之。文學家、史學家，畢竟不是生物學家、昆蟲學家。不能對此類生物現象細察。不應斥之過甚。指出其謬即可。

非義。詩意蓋謂：可哀我輩貧病孤獨之人，一經失足得罪，即必然罹罪入獄。“宜”，宜其必然之義。《毛傳》“岸，訟也”。蓋謂對獄吏。《釋文》引《韓詩》作犴。云：“鄉亭之獄曰犴。朝庭曰獄。”“握粟出卜”，舊説粟與卜事之酬資，非也。周世，卜人皆士流，在官食禄，無設肆賣卜者。人民則皆有傳統之簡單占卜方法：握粟一撮，向户外抛撒，視其分佈形致以判吉、兇，忌、宜。猶今民間之“打卦”，凉山彝民之“草卜”，人人能之，非求賣卜者也。詩意爲：如此占卜，能有何益，徒自損一握粟耳。“穀”，善也。喻卜師之詩無益有損。

卒章，自言守身之道，以勖其友。言：“温和恪敬之人，隨時戒慎，如升於樹木者之惟恐其墜。小心謹慎，如行近崖谷者之惟恐顛躓。”最後用來詩原句以自警曰：誠如高明所鑒，人當“戰戰兢兢，如履薄冰”。實責其友言雖慎而行已危也。

（七）小　弁

八章。章八句。二百五十八字。

弁彼鸒斯，歸飛提提。民莫不穀，我獨于罹。何辜于天，我罪伊何。心之憂矣，云如之何。

踧踧周道，鞫爲茂草。我心憂傷，惄焉如擣。假寐永嘆，維憂用老。心之憂矣，疢如疾首。

維桑與梓，必恭敬止。靡瞻匪父，靡依匪母。不屬于毛，不罹于裏。天之生我，我辰安在。

菀彼柳斯，鳴蜩嘒嘒。有漼者淵，萑葦淠淠。譬彼舟流，不知所届。心之憂矣，不遑假寐。

鹿斯之奔，維足伎伎。雉之朝雊，尚求其雌。譬彼壞木，疾用無枝。心之憂矣，寧莫之知。

相彼投兔，尚或先之。行有死人，尚或墐之。君子秉心，維其忍之。心之憂矣，涕既隕之。

君子信讒，如或醻之。君子不惠，不舒究之。伐木掎矣，析薪扡矣。舍彼有罪，予之佗矣。

莫高匪山，莫浚匪泉。君子無易由言，耳屬于垣。無逝我梁，無發我笱。我躬不閲，遑恤我後。

題解：此皇父罷免後，寄平王愬其怨嘆之詩也。舊説此詩者，孟子爲最早，以爲孝子之詩。《魯詩》《韓詩》諸家皆謂是宣王時尹吉甫之子伯奇被放而作[1]。《毛詩》序云“刺幽王”。續序云“太子傅作”。鄭玄云：“君子斥幽王。”朱熹以下，謂是“太子宜臼被廢而作”。《新詮》以爲結語用《邶·谷風》棄婦歌辭，明是大臣失位訴怨，非孝子怨親之詩。“周道踧爲茂草”，明是宗周覆滅以後之作，則非平王爲太子或其被廢時。更非宣王時。審詩語意，當是平王時中讒被廢之王臣所作。擬之卿士皇父，尤爲相宜。皇父當讒謗中，曾作《召旻》之詩，入於大雅。既罷免後而有此詩，則入小雅，亦大、小雅由作者階級地位不同之驗也。審詩語皇父似曾再度奔申。然平王亦曾召還之。

首章，《毛傳》：“弁，樂也。鸒，卑居；卑居，雅鳥也。提提，群貌。”《朱傳》云：“群飛安閑之貌。”今按：卑居酷似喜鵲，但較小而肥短，棲於矮林灌叢間，故曰“鵯鶋”。“歸飛”，謂歸林之飛，提提然可樂也。此章，皇父自嘆其於幽王時受命營向，受讒不得歸而奔於申，故以羡鸒鳥之歸飛起興也（斯，語詞）。續之云：“民莫不穀，我獨于罹。”謂罹于罪罟也。下言“我無負於天子。無罪而被罷廢於工役之中。衷心憂傷之痛，當何如耶”？

次章，言：我去而宗周亦壞矣！《毛傳》：“踧踧，平易也。周道，周室之通道。鞫，窮也。”喻宗周之覆滅。又言：我於宗周之壞，憂傷如搗。“精神憒眊，至於假寐之中而不忘詠嘆。憂之之深，是以未老而老也。”（《朱傳》）疢，讀如疹。陸云“勑覲反”。疾首，猶今云頭痛。反復言其憂傷之痛，即後世云“重憂”之義也。

三章，言在新王世之處境。恭敬桑梓，明對宗周舊族未敢歧視。因我亦宗周舊族也。擁立平王於申，爲其是故太子，獲存於申，申人立之，則申人之功侔於父母桑梓之德也，豈必宗周舊族乃可信任哉。“靡瞻匪父”二句，猶言能相瞻顧者，誰非伯父叔父。能相依恃者，誰非伯母叔母。喻其於宗周舊族與申國從龍之間，初非有所軒輊。而今則舊族厠我於新貴一體譖害之。“不屬于毛”二句，謂衣之裘，有毛、裏二面。今我本舊族而被排於舊族，非新貴而被斥爲新貴，則不得爲毛，亦不得爲裹矣。人謂我再作卿士爲我生逢其時，獨得天眷。今我所謂時運者究安在哉？《毛傳》：“辰，時

【1】《孟子·告子下》：“公孫丑問曰：‘高子曰：《小弁》，小人之詩也。’孟子曰：‘何以言之。’曰：‘怨。’曰：‘固哉！高叟之爲詩也。有人於此，越人關弓而射之，則己談笑而道之。無他，疏之也。其兄關弓而射之，則己垂涕泣而道之。無他，戚之也。《小弁》之怨，親親也。親親，仁也。固矣夫，高叟之爲詩也。’曰：‘《凱風》何以不怨。’曰：‘《凱風》，親之過小者也。《小弁》，親之過大者也。親之過大而不怨，是愈疏也。親之過小而怨，是不可磯也。愈疏，不孝也。不可磯，亦不孝也。孔子曰：舜其至孝矣，五十而慕。’”（《毛傳》全録此文。疑係衛宏所續。）後說詩者既尊孔孟，遂皆從“孝子”字推求作者。劉向《説苑》《漢書》注引。）《漢書·馮奉傳·贊》，及《中山王傳》，王充《論衡》，趙岐《孟子注》《琴操》及《文選·舞賦注》，皆以爲尹吉甫子伯奇之作。毛詩家，則謂是幽王太子宜臼。自鄭玄、朱熹下逮陳奐皆然。惟魏源等極少數人猶謂是伯奇。究各所傳伯奇事，亦紛歧莫一。從來經生與史官，皆無言及皇父兩度營向事及平王初年東周新舊黨争事，固不可能有涉想此詩爲皇父作者。此誠“固哉高叟”之倫也。

也。”古分天星爲十二辰，有吉與兇。謂人值幸運爲逢辰。今俗所謂“時運”是也。

四章，言：中讒譖時之心情。以菀然之柳，爲群蜩所集。嘒嘒鳴聲，喻讒口之多。“鳴蜩”説在《七月》篇。又以深淵旁新起之萑葦，淠淠然衆，喻奪位者之衆。“譬彼舟流”二句，亦如“泛彼柏舟，亦泛其流”意境。詩作於東周初，故能多用《七月》《柏舟》與《谷風》詩義。諸詩皆西周世已流行也。

五章，言：罷斥後，孑身孤零之苦痛。鹿群奔走時，領隊之鹿，伎伎然舒馳不亟者，有其群也。反以興己之獨身去也。野鷄朝鳴，呼其雌也。反以喻己去位而奔，妻子不得從也。疑其人是自營向工程中罷斥，遂復奔申，故不得偕妻子。我今之身，直如壞死之木，疾發于内，枝秃於外。心之傷痛，而人莫之理睬。《朱傳》：“寧，猶何也。”是責平王之相負。

六章，言：當獵人布罝罟于道以陷兔。兔不知而奔投其處之時，尚且有人憐之先其未陷而呵止之。行道遇見死人，尚且有憫而收埋之者。今我方受命營向，讒言興于京邑，王不相告而逕聽受，而遽罷逐我於受任之處，秉心何其忍矣。維，猶何也。此章以下“君子”，皆指平王。皇父自平王作太子時已秉國政。又復同奔申國，同再起爲君相。階級地位相當，故用“君子”字爲王之代稱。亦緣未便明斥言王，故也。自首章至此，五言“心之憂矣”，爲自述其身世遭逢之五個階級，所受挫折之苦痛。輕言之曰“憂”。實俱爲傷痛之義。

七章，更斥平王之輕于信讒。《鄭箋》：“醻，旅醻也。‘如醻之’者，謂受而行之。”《朱傳》云：“如受醻爵，得即飲之。曾不加惠愛，舒緩而究察之。”謂又輕於處理也。今則如伐木者，木已斷，掎之倒矣。又如析薪，破其肌理，撕之裂矣。毛云：“伐木者掎其巔。析薪者隨其理。”鄭、朱説爲“不欲妄挫折之”。並失詩意。詩之意，爲已至不可挽救之際。掎，《説文》：“偏引也。”謂伐木者于木將斷時，引之向一側倒折也。“扡”，順理而裂也。陸云：“勑氏反。又直氏反。”朱云“葉湯何反”。大抵唐以前人讀如駝音，唐以後人讀如馳音。“舍彼有罪”，謂凡宗周來舊族，多有黨褒姒者，黨携王者，皆平王之罪人。王則舍之，以示申國從龍之功，而加罪焉。“予之佗矣”，毛云：“佗，加也。”鄭、朱同。皆謂舍彼有罪而加罪於予。今按：此語佗，即他之古字，詩蓋謂：王之措施如此之悖，已至不可挽救，則予惟亦舍此有罪之輩他去而已。是去而仍斥排已者爲罪人之激辭。

卒章，“莫高匪山”二句，舊皆説爲山雖高，人能登其顛。泉雖深，人能游其底。以接於慎言之義。今按：詩八章皆每兩句爲聯，各自爲義。意相屬而文義不必通貫。此二句蓋自嘆其經歷，兩至高位，亦兩墜淵泉。因以諷王勿恃高位而輕率恣意，縱容小人之意。“君子無易由言”兩句，誡其謹言慎微也。“由言”當謂由衷之言，今云率意之言是也。舊説：“由，用也。王無輕用讒人之言。”《鄭箋》，及“不可易於其言”

(《朱傳》)，皆於文理未協。卒章爲決去之辭，安得尚齦齦於防讒之諫耶？蓋皇父既奔申而密通於平王之詩。寄其怨難，仍未絶素日情誼，若閔其孤立而密戒之者。末用《谷風》舊文爲結，亦示願無壞其舊規之意。

（八）巧　言

六章。章八句。百九十三字。

悠悠昊天，曰父母且。無罪無辜，亂如此幠。昊天已威，予慎無罪。昊天大幠，予慎無辜。

亂之初生，僭始既涵。亂之又生，君子信讒。君子如怒，亂庶遄沮。君子如祉，亂庶遄已。

君子屢盟，亂是用長。君子信盜，亂是用暴。盜言孔甘，亂是用餤。匪其止共，維王之邛。

奕奕寢廟，君子作之。秩秩大猷，聖人莫之。他人有心，予忖度之。躍躍毚兔，遇犬獲之。

荏染柔木，君子樹之。往來行言，心焉數之。蛇蛇碩言，出自口矣。巧言如簧，顔之厚矣。

彼何人斯，居河之麋。無拳無勇，職爲亂階。既微且尰，爾勇伊何。爲猶將多，爾居徒幾何。

題解：平王初，貴族大夫有私怨於司徒番者，於排申運動中作此詩以洩怨也。通篇詬斥，不離讒、亂二字。其所謂讒，不僅譖害他人之義，實包括一切害於治道之言。其所謂亂，亦不僅兵戎寇亂之義，實包括敗政害民之行。詩未明指何事，徒肆醜詬。詩品詩藝皆無可取，而流行民間廣遠，故太師亦録存之。孔子謂學詩有七善，“可以怨”屬之。故亦録此與下三篇。

知詩爲詬司徒番者，明斥誉向，而不訕及平王與皇父。鄭莊公於平王三年代番爲司徒。《十月之交》“番爲司徒”，而此詩譏無拳勇，而“居河之麋”，故可知其爲詬番也。

首章，借昊天喻周王爲民父母。“且”，語詞。“亂如此幠”，毛云：“幠，大也。”《爾雅·釋詁》同。宋《集傳本》及明《監本》字作憮。《爾雅·釋言》：“憮，敉也。”蓋三家詩異字，亂入毛詩寫本，當以《相臺本》爲正。詩蓋謂：天當愛育人民，今世人無罪戾而天所降禍亂若此。指宗周王畿已敗，成周地區亦民不聊生。“昊天已威”二句，謂宗周覆滅爲天之威怒，予雖罹其禍而實無罪也。“慎”，毛云“誠也”。朱云“審也”。此輩貴族，素不知其罪，故自謂我實無罪。“昊天大幠”二句，言天威怒奄至成周，我仍蒙其害，而實無戾行也。戾法爲罪，戾行爲辜。

次章，“亂之初生”謂幽王初以讒言廢申后逐宜臼，召犬戎之亂。“僭始用涵”，毛云：“僭，數。涵，容也。”鄭云：“僭，不信也。”朱以僭始爲讀云：“僭始，不信之端。”詮按：“僭”，蓋譖之假借。“始既涵”，言彼讒譖所招之禍，自己定居成周，已開始緘默，不更言之。宜臼已爲天子故也。“亂之又生”，謂因營向招致饑饉，民怨沸騰之事。則由於王之執政信聽讒佞者語，爲此害民之事。“君子如怒”四句，謂當建議時，王若赫然震怒，不准所請，則“亂庶遄沮”。“遄，疾。沮，止也。”（《毛傳》）誠使“亂庶遄已”，則亦“君之福祉”。倒其句以厮比上文。毛云：“祉，福也。”亦如云：“君如有福，亂亦疾止。”

三章，“君子屢盟”，當有事實可指。平王自申遷洛時，實倚申國君臣之支持。更得晉、鄭、秦、衛諸國擁戴而後定。自出發至于營向，必曾與皇父與番等大臣用盟約相固結。迨經宗周舊族反對，每有風浪，皇父與番等亦必請王更爲盟信一次乃敢出都營向。王重於盟約，初實不敢罷黜諸臣。故詩如此言之。謂：由于屢與之盟，故彼輩敢于恣行，爲亂之階也。“君子信盜”二句，蓋斥言司徒番等爲“盜臣”。省言曰盜。爲王信任之，故敢于“用暴”。蓋司徒番曾有刑罰施於違抗王命之貴族，故詩如此云。“盜言孔甘”二句，諷王惑於盜臣之甘言，自食此禍因之亂果。餤，啖，古今字。“匪其止共”，當讀如“只恭”。馬瑞辰引《荀子·不苟篇》楊倞注曰“止，禮也”。共、恭字古通。《鄭箋》説：“既不共其職事，又爲王作病。”不如馬説。邛字亦不訓病，説在《小旻》。

四章，“奕奕寢廟”二句，爲刺營向詩之確證。蓋惟營向邑爲王都，乃作宗廟。若洛之宗廟，爲成王世已作成，不得入此詩也。此詩以營向之出於王命，不敢斥言其非，故推其功於王，曰“君子作之”。“秩秩大猷”，謂營向之偉大規劃，亦王所定。《毛傳》：“奕奕，大貌。秩秩，進知也。莫，謀也。”《朱傳》：“秩秩，序也。莫，定也。”毛蓋訓莫爲謨。不如朱説。“奕奕”，亦當訓爲聯綴，謂先王之廟多所。“他人有心”四句，謂事出於王命，諸人乃攘爲己功，斤斤然如營私邑，其居心蓋在奪國。其意若云：“彼之用心，我能測之。如狡兔之躍躍然行，遇犬而被獲。”

五章，以“荏染柔木”喻諸臣爲口柔面柔之臣；爲王所任用，喻爲種植此木。以“往來行言”喻反申運動中貴族諸詩篇。及民間之“謡言”。“心焉數之”，謂動於心者，已非少數。古人于數目字，可記者則一、二、三之。不可記其確數者，則用“數”之一字，以明其爲多數。此詩不能記“行言”之實數，故曰心識其多而已。“蛇蛇”，毒意也。“碩言”，大言也。“出自口”，猶言出自其口也。舊解皆失詩義，當悉棄之。“巧言如簧”，亦“盜言孔甘”之義。簧，管樂吹孔之小管中有薄膜，善爲聲。詩斥諸臣能以巧言蒙敝平王，爲厚顔無耻。實則妬王之聽任其言。是則自不能而徒妒他人能者之卑劣口吻。正是當時破落貴族恒態。

卒章，乃明詬司徒番爲南國鄙俚之人。是舊貴族詈人恒態。不屑於斥其姓名，故曰“彼何人斯”。“居河之麋”，湄、麋字古通。謂向邑在河水北岸也。皇父與三有事皆往營向，故曰“居河之湄”。拳，謂擊刺之技。勇，謂戰鬥之氣。番爲司徒，非由文學，但以南人勇敢，佐申有功，爲平王從龍，作司徒耳。故詩特用此語詈之，曰祇能以巧言爲亂階耳。此與“婦有長舌，爲厲之階”句法相摹擬。“既微”，鄙其非出於貴族。“且尰”，鄙其無威儀。《毛傳》：“骭瘍爲微。腫足爲尰。”《説文》引此詩作瘇。瘇云：“脛氣足腫。”夫人之足腫，無傷于德能，而詩詬之者，蓋謂因此而損威儀。毛説微尰皆足病，非詩義也。若果骭傷爲微，則其人必臨陣負傷，是即勇戰者也，何得有“爾勇伊何”之問哉。惟人微賤而居高位，又無威儀者，乃不得以勇氣稱矣。“爲猶將多”二句。鄭云：“猶，謀。將，大也。女作讒佞之謀太多。”今按：猶蓋尤之借字。言：“番甚爲平王所倚重，專權勢，營向以自便，作惡業已多。雖然居向自便，在此衆怒之下，爾又能久居之乎。”“徒幾何”猶言能幾何時也。鄭云：“女所與居之衆幾何人傃能然乎。”朱云：“其所與居之徒衆幾何人哉。言亦不能甚多也。”皆失詩意。

（九）何人斯

八章。章六句。百九十三字。

彼何人斯，其心孔艱。胡逝我梁，不入我門。伊誰云從，維暴之云。

二人從行，誰爲此禍？胡逝我梁，不入唁我。始者不如今，云不我可。

彼何人斯，胡逝我陳。我聞其聲，不見其身。不愧于人，不畏于天。

彼何人斯，其爲飄風。胡不自北，胡不自南。胡逝我梁，祇攪我心。

爾之安行，亦不遑舍。爾之亟行，遑脂爾車。壹者之來，云何其盱。

爾還爾入，我心易也。還而不入，否難知也。壹者之來，俾我祇也。

伯氏吹壎，仲氏吹篪。及爾如貫，諒不我知。出此三物，以詛爾斯。

爲鬼爲蜮，則不可得。有靦面目，視人罔極。作此好歌，以極反側。

題解：幽王之敗殁也。虢公翰立王子餘臣于携，是爲“携王”。申、鄫、衛、許諸侯亦立故太子宜臼于申，尋得晋、秦、鄭之助，定都於洛是爲平王。平王初年，沿河之王畿公侯有食邑者，如韓、耿、郇、魏、芮、虞、虢、温、原諸邑之君，多先已附於携。東虢之君曰暴公，温邑之君曰蘇公，同事携王。相善。已而暴公附虢公翰，奪蘇公卿位。蘇公奔投平王，爲此詩以詛暴公也。

所以知其然者，《毛序》云：“《何人斯》，蘇公刺暴公也。”《續序》：“暴公爲卿士而譖蘇公焉。故蘇公作是詩以絶之。”《序注》云：“暴也，蘇也，皆畿内國名。”《路史》引《世本》云："暴辛公作塤，蘇成公作篪。"又引宋衷《世本注》云："蘇、暴二公，平王時諸侯。"蘇公者，蘇忿生之後，食邑于温。《左傳》成公十一年："晋郤至與周争鄇田。王命劉康公、單襄公訟諸晋……曰：昔周克商，使諸侯撫封。蘇忿生以温，爲司寇。與檀伯達封於河。蘇氏即狄，又不能於狄，而奔衛。襄王勞文公，而賜之温。狐氏、陽氏先處之，而後及子。若治其故，則王官之邑也。"又隱公十一年傳：桓王"取鄔、劉、蔿、邘、之田於鄭，而與鄭人蘇忿生之田：温、原、絺、樊、隰郕、攢茅、向、盟、州、陘、隤、懷"。又僖公十年："蘇子叛王，即狄。又不能於狄。狄人伐之，王不救，故滅。蘇子奔衛。"（參邶詩《旄丘》）是温邑原爲殷王屬下一小奴隸主之莊園，武王滅紂，撫用蘇忿生爲司寇，因其邑爲采邑，劃屬東都王畿。故曰"王官之邑"。蘇氏爲周世卿。平王初，因怨暴公而轉附于洛。于時蘇子已成大國，侵佔畿内食邑甚多。一般習稱所據爲"蘇忿生之田"。即如隱公十二年《左傳》所記桓王用其屬邑以易鄭田者，即達十四邑之多。其中温爲其國邑，他如原、樊、郕、茅，皆文武子孫封邑，亦皆爲其所並，其國土之大可知。既擁携王，則携國勢重。迨失勢而來附于洛，則平王勢重。然自携來投，則兇焰不能不有所收斂，故桓王能用其屬邑以易鄭田也。温之地，在孟津北。當時爲孔道。屬地既廣，桓王割其田之一部近鄭者易鄭田，非全割十四邑易之。故温邑仍爲蘇子之國邑。至僖公十年（襄王元年）始滅于狄。狄去，周王復得之。至僖公二十四年，温邑爲王叔子帶所據。二十五年，晋文公勤王，誅叔帶於温。周王"與之陽、樊、温、原之田"。温入于晋，晋大夫孤突、陽處父，與郤至之族迭居之。至成公十一年，又復有屬邑鄇田還屬於周。此殷周間温邑之沿革大致狀況也。温君稱爲"蘇子"，其田稱"蘇忿生之田"，則蘇者，温君之姓氏。所謂"蘇成公"，即温君也。温與東虢地接，故古代曾有閒田之争。《淮南子·精神訓》高誘注："争閒田者，虞、芮，及暴桓公、蘇信公"是也。東虢君之稱暴公，亦猶温君之稱蘇公。食采之君，本非裂土諸侯者比，故恒稱姓，不以居邑。東虢君初不仕于王朝，與檜相同。故鄭桓公寄帑賄於此二國。東遷後，鄭武公爲卿士，先滅檜，次復滅東虢。東虢與虢公翰同族，故得附翰以擠蘇公。亦由蘇公被排附洛，故國得存至襄王二年（魯僖公十年）。而始終附携之暴公，則平王四年即爲鄭所滅（《竹書紀年》）。温叛，東虢亡，携王之地日削，迨晋滅韓耿，而攜王亦滅（平王二十一年事）。《毛序》，自《節南山》以下四十餘篇皆云"刺幽王"（此什占九篇）。惟此篇云"蘇公刺暴公"。蓋確有依據之言。後之説者，未明如此歷史背景，故不能達《毛序》之義。

首章，"彼何人斯"，當時通用詬人之語。"其心孔艱"，斥其人居心險惡，尷尬周張，艱苦杌陧也。"胡逝我梁"二句《鄭箋》云："逝，之也。梁，魚梁，在蘇國之門外。"其他諸説者皆從之。《新詮》以爲必不然。温邑在河水之北，河水不可能有魚梁。

近河之支流亦不可以作魚梁。國君門外亦不可能作魚梁。鄭徒望文生意，强爲過而不入作解耳。竊謂《谷風》棄婦詩，久流行。《小弁》引用以失位之義。此云“逝我梁”者，亦用《谷風》成語，表達其彼人奪位之痛耳。東虢君與虢石父、虢公翰，本不相附，而以地近故，夙附於蘇公，出入其門。迨携王立，虢公翰爲卿士，東虢君轉附於翰，遂奪蘇公之位，不更與蘇往來，故蘇憾甚，而詛之也。“伊誰云從”二句，嘲其依附虢公翰也。“維暴之云”之暴，指虢公翰。虢公與暴公可以通稱故也。陳奂《毛詩傳疏》引或説云：“《周禮》暴字皆作虣，薄報反。暴公之暴，疑亦作虢。《説文》無虣字。虎部‘虢，虎所攫畫明文也’。古音古博反，與虣同部。虢，即虣之異體。”今按：虢本姬姓國，文王之後，而詩稱暴公者，蓋古文字多有因形僞，聲僞而遂變異之字。書籍復因篆變、隸變，而有傳寫訛變之字。此詩“暴”字，固亦有虣虢訛變之可能。

次章，“二人從行”，舊説此爲蘇公門客轉附於暴，謂“二人，暴公與其徒也”。（《朱傳》用鄭説）《新詮》以爲當指此暴公爲虢公翰，故下云“誰爲此禍”。謂被二人相從，而我遂有失位之禍。明爲虢公翰當權，豈即無暴公賣我。究誰作此禍殃耶？若非出於暴辛公之意，則代我在位，豈不當入門吊我失位，有所慰藉耶？唁，亦吊問之義。本初與我往來頻繁之友人。今代我在位，遂不往來，豈遂不以我爲可耶。“始者不如今”，猶言從前不是如此之不以我爲可。“可”，謂稱其位也。

三章，“胡逝我陳”，《毛傳》：“陳，堂塗也。”《爾雅・釋詁》：“塵久也。”孫炎注：“陳居之久，久則生塵也。”故陳亦爲舊居之義。此言“我陳”，亦是舊位之義。堂涂之説，實未爲允。“我聞其聲”二句，朱云：“言其踪跡之詭秘也。”今按：謂我雖不見其奪位之實跡，而已如聞得其蠅營之聲音矣。朱説近之，而非甚當。末二句，承上文“我”字言之。謂我雖失位，“不愧於人，不畏於天”。反襯謀此位者之當愧畏耳。朱云：“不愧於人，則以人爲可欺也。天不可欺，女獨不愧於天乎，奈何其譖我也。”失之。

四章，《毛傳》：“飄風，暴起之風。攪，亂也。”今按：詩用飄風喻人排擠之力，無孔不入。“胡不自北”，謂自晋來也。“胡不自南”，謂自洛來也。自携至温皆沿黄河一帶，介於晋與洛邑之間。詩言非自外來之故，衹在國内遭人暗算。“衹攪我心”，謂衹我一人失位，明非由國内有何黨争之故。詛咒係爲神明陳詞，不得人之實跡罪證，則爲此反復推究之語以證其事也。衹，猶僅也。

五章，嘲笑其人熱中貪位。言：汝雖可以緩步營求而得之，亦不暇暫舍稍息。當汝亟欲求得時，則不暇脂塗車轂已駕馳矣。素知其性如此，亦是其陰謀奪位可證之一端。“壹者之來”二句，鄭云：“壹者之來見我，于女亦何病乎。”朱云：“何不一來見我，如何而使我望汝之切乎。”（謂上文爲“托以亟行而不入見我”）皆説爲盼其一次入見之意。固與詛辭文義剌謬，亦於怨刺之義不合。《新詮》以爲壹，是也。壹者，謂其壹心所盼在奪禄位。“盱，望也。《字林》云張目也”（《朱傳》）。譏其盼望之切，非謂詩人自己盼之。

六章，《毛傳》：“易，説。祇，病也。”《鄭箋》：“還，行反也。否，不通也。祇，安也。女行反入見我，我則解説也。”同上失詩之意。《新詮》以爲還，周旋之謂。言汝雖欲奪位，亦當與我周旋。我非戀此位者，亦自知不容於權臣，思得友人來代。使汝不失交情而得其位，固是我之心願。其或不得其位，我之否運固亦難免。而汝壹意營謀賣友何哉。“俾我祇也”，之祇，當是疷之假借。《説文》：“疷，病不支也。從疒，氐聲。”與祇同聲。不當訓安。病至不支，怨之深，忿之極也。故詛之。

七章，“伯氏吹壎”二句，謂虢公翰與虢石父爲伯仲，皆擁幽王一系（虢公翰或謂是虢石父之子，王子餘臣，或謂是褒姒之子。然史無明文可證。按此詩，石父與翰是兄弟。皆西虢之君爲王臣者），壎篪相賡和。壎，塤同，土陶之樂器。篪，管樂，《朱傳》云：“長尺四寸。圍三寸。七孔。一孔上出，徑三分，凡八孔。横吹之。”周人重琴、瑟，賤壎、篪。詩語蓋譏二虢所立非正。“及爾如貫”者，《箋》云：“及，與也。”朱云：“如貫，如繩之貫物也。”蓋詩謂二虢倡和於前，爾東虢之暴公又復傅益之，相綴如貫物也。如此三惡相承結以亂周宗，便信爲我不知耶?《説文》：“諒，信也。”此言二惡信以爲能欺我也。“出此三物”二句，《毛傳》：“三物，豕、犬、鷄也。”《朱傳》：“刺其血以詛盟也。”今按：盟詛有别。二人以上相約不負而歃，爲盟。一人有怨，刺血祝神，使其沮敗，爲詛。皆奴隸社會遺存巫祝之風習。詩明言“詛爾”，則是詩即詛辭也。

卒章，言爾害人如鬼蜮，神能制爾，使不得害之矣。“蜮”，舊世相傳：江淮水間有狐，能含沙以射人水中之影，則其人病。與人死爲鬼害人，皆無影可見。故謂害人之心爲鬼蜮。“靦”，音覥，慚也。毛云“靦，姡也。”亦姡然不知耻之義。“視”，示也。詩言暴公用鬼蜮之行相排陷，究以身得赴洛，免於其害，彼徒留得懷慚之面目以示人于罔極。極，終也。“以極反側”之反側，即《關雎》“輾轉反側”字。謂心不能安，寢不成寐。自此詛後，爾留慚面於人世，我亦終止反側而得安寢矣。鄭云：“作八章歌，求女之情。女之情反側，極于是也。”朱云：“作此好歌，以究極爾反側之心也。”並緣《毛傳》“反側，不正直也”一語而誤。

（十）巷　伯

七章。四章章四句，一章五句，一章八句，一章六句。百四十字。

萋兮斐兮，成是貝錦。彼譖人者，亦已大甚。

哆兮侈兮，成是南箕。彼譖人者，誰適與謀。

緝緝翩翩，謀欲譖人。慎爾言也，謂爾不信。

捷捷幡幡，謀欲譖言。豈不爾受，既其女遷。

驕人好好，勞人草草。蒼天蒼天，視彼驕人，矜此勞人。

彼譖人者，誰適與謀。取彼譖人，投畀豺虎。豺虎不食，投畀有北。有北不受，投畀有昊。

楊園之道，猗于畝丘。寺人孟子，作爲此詩。凡百君子，敬而聽之。

題解：此士人屈受宫刑者，冤已白而身不可復，痛忿詬詈其作譖者之詩。

首章，《毛傳》："萋斐，文章相錯也。貝錦，錦文也。"《鄭箋》："錦文者，文如餘泉，餘蚳之貝文也。"今按：《爾雅·釋魚》："餘貾，黄白文。餘泉，白，黄文。"郭璞注云："餘貾，以黄爲質，白爲點。餘泉，以白爲質，黄爲點。"蓋海貝殻之美如錦者甚多。言貝錦，明非絲織之錦。喻讒人因疑似之言以陷人于罪。《箋》云："大甚者，謂使已得重罪也。"

次章，哆，毛云"大貌"。陸云"昌者反"。《説文》"張口也"。今俗謂人張大口云哆嘴是也。箕星恒與南斗相伴，夏季恒夜初在正南方，故曰"南箕"。凡四星，其二爲踵，相距較近。另二爲舌，相距較遠。作梯形。舊傳其星主人間口舌（見《史記·天官書》）。故詩以南箕喻讒譖之禍。哆與侈，皆言讒譖之口。"誰適與謀"，鄭云："適，往也。"朱云："適，主也。"今按：適，語詞耳。詩作於讒者既敗之後，欲更追究其同謀者，故有此章之辭。疑亦係遭皇父與司徒番等所誤罰，皇父與番既敗，事亦得白，乃爲此詩。故敢于恣情詬詈。

三章，毛云："緝緝，口舌聲。翩翩，往來貌。"言相與謀者，孜孜于謀所以譖人。"慎爾言也，謂爾不信"二句，揭其相謀時互誡之語；猶言發言當慎，勿使人疑而不信。舊皆自詩人發語求解，故與上下章句皆扺牾不通也。

四章，《朱傳》云："捷捷，儇利貌。幡幡，反覆貌。"較《毛傳》之重複上章語意爲勝。詩語層層深入，誚嘲盡致。上章嘲其謀譖之狀，此章極其致譖之情。謂其致譖之技巧如此，王豈能不爾受哉。然而讒譖之言終得揭破，而譖人敗矣。《朱傳》引王氏曰："上好譖，則固將受女。然好譖不已，則遇譖之禍，亦既遷而及女矣。"蓋詩謂譖者之敗爲"既其汝遷"也。

五章，"驕人"，謂行譖者得王之信重而驕。"好好"，謂其雖失位，猶豫樂無禍，罷其權而未蒙罪罰之謂也。"勞人"，謂我被譖禍者，事雖白而刑已行，無所補救，爲"草草"，猶今云"草草了事"也。呼天而詛曰："視彼驕人，矜此勞人。"欲更申冤抑之罰。

六章，極口呼籲，欲人皆起而罰被譖人，及同謀者。謂如此惡人，欲其自死乎，雖投畀虎狼，虎狼亦惡而不食也。欲其逃亡乎，雖驅之于北狄，北狄亦將惡而不受也。

是惟有投畀於昊天，俾受天誅。意謂天王（周王）應誅之也。

卒章，楊園，洛邑之風景勝地。其與洛城相通之道，必經畝丘。《爾雅·釋地》云："如畝，畝丘。"蓋三家詩有如此解釋者。"猗"，毛云"加也"。意謂赴楊園者必須先上畝丘。喻行譖者必經王之聽受，罰乃得行。今欲誅除譖人，固亦非先得王之同意不可。承上章"投畀有昊"之意爲言也。此下，自言作此詩的警告同儔之意。"凡百君子"，泛指在位與不在位之貴族人員。"敬而聽之"，敬當讀如儆惕之儆。謂譖人不死，士大夫即會陸續有人中讒罹禍。當儆惕前事共起擊之。"孟子"，作者之名，"寺人"，閹者之官。《周禮·天官》序官云："内宰，下大夫二人，上士四人，中士八人，府四人，史八人，胥八人，徒八十人。"其屬官有："内小臣，奄，上士四人。史二人。徒八人。""寺人，王之正内五人。内侍倍寺人之數。"則寺人與内竪，皆閹人之無爵級者。孟子當是士人以罪，閹割而罰充寺人。冤既得白，則當復爲士級。但以已閹，不復爲外臣，而改用爲"内小臣"。冤憤之下，自謙曰"寺人"也。内小臣即"巷伯"。故樂官題其詩篇則曰"巷伯"，不曰"寺人"。《周禮》無巷伯之官。《左傳》襄公九年，"令司官、巷伯儆宫"。杜注："巷伯，即寺人。"誤解此詩題矣。司宫，相當於《周禮》之内宰。巷伯，相當于内小臣。皆士人之閹者爲之。周世與晋世，西周與東周，稱謂或不同，其職守、爵秩當同耳。不得因詩語之謙稱，遂真以爲寺人。

五、谷風之什

（一）谷　風

三章。章六句。七十二字

習習谷風，維風及雨。將恐將懼，維予與女。將安將樂，女轉棄予。

習習谷風，維風及頹。將恐將懼，寘予于懷。將安將樂，棄予如遺。

習習谷風，維山崔嵬。無草不死，無木不萎。忘我大德，思我小怨。

題解：此亦申國從龍諸臣中之一人，于罷黜後，抒怨情於平王之詩也。借棄婦《谷風》詩意爲辭。非與《邶·谷風》同時爲棄婦事作。毛云"刺幽王"者，固非。他諸家説爲"朋友相怨"（《朱傳》）、"相棄"（魏源）者，亦不合。朋友之詩，安得云"寘予于懷"乎？惟君臣之際，可以棄婦語作喻耳。《小弁》亦引《邶·谷風》原語表達怨懟，正如此詩意態。惟《小弁》文格與此詩不類，應非出於一手。

首章，用《邶·谷風》"習習谷風，以陰以雨"句意，易言"維風及雨"，明是詠涇渭棄婦故事，以自況。"將恐將懼"言危難之時，指宜臼被廢奔申，幽王索之，不與，而被討伐之時。“維予與汝”，謂其時宗周舊族之相依維者，惟我與汝二人。蓋冢宰家伯之詩也。家伯同宜臼奔申。皇父乃後來者。司徒番等，則申國臣僚也。“將安將樂”，喻王位已正，洛都已定，諸侯來王，大事已順之時。“女轉棄予”，汝反貶黜我，如《谷風》之棄婦也。

次章，“維風及頽”之頽，舊皆從《毛傳》説爲焚輪大風。于義不順。仍當比照上章，作雨字解。謂雨大，如天之頽墜。《史記·河渠書》“水頽絶商顔”。是頽字可用爲水潰之澎流。大雨必天黑，如雲墜，是此頽之義也。下四句亦套用上章句法。故知此頽當爲雨義。頽則天變，而“棄之如遺”矣。

卒章，“維山崔嵬”，就被棄之後言之。雨過見山崔嵬然聳立。喻周王已不可攀躋，然而危矣。“無草不死，無木不萎”，言盛位之不可久恃，何苦遂棄我哉。或我亦有不慊于干者，然小怨耳。何乃竟念小怨而倍大德哉。皇父與家伯似由有此兩詩，皆復召還。故二詩獲傳。

（二）蓼　莪

六章。四章章四句。二章章八句。百三十字。

蓼蓼者莪，匪莪伊蒿。哀哀父母，生我劬勞。

蓼蓼者莪，匪莪伊蔚。哀哀父母，生我勞瘁。

缾之罄矣，維罍之恥。鮮民之生，不如死之久矣。無父何怙，無母何恃。出則銜恤，入則靡至。

父兮生我，母兮鞠我。拊我畜我，長我育我。顧我復我，出入腹我。欲報之德，昊天罔極。

南山烈烈，飄風發發。民莫不穀，我獨何害。

南山律律，飄風弗弗。民莫不穀，我獨不卒。

題解：此詩舊説爲“孝子痛不得終養”之詩。語意明白，無可立異。至于何以不得終養，爲説不一，要不出行役歲久，未得寧家之故。蓋農民應徵遠戍，歸而父母俱卒，葬在南山。此其哭於墓上之詩，時間當在西周宣王時。其時乃長久戎役。《毛序》云“刺幽王”，殊無徵驗。

首章，《毛傳》：“蓼蓼，長大貌。”陸云：“蓼，音六。”“莪”，漢碑引詩多作儀。儀亦音莪，蓋魯詩字。當以毛詩爲正。《毛傳》未説莪義，先於《菁菁者莪》傳云：“莪，蘿蒿也。”《陸璣疏》云：“生澤田漸洳之處，葉似邪蒿而細。科生。三月中，莖可生食，又可蒸餡，味美，頗似蔞蒿。”陳藏器《本草拾遺》云：“廪蒿，生高岡，宿根，先於百草。一名莪蒿。即茵陳蒿之類。常抱宿根而生，有子依母之象，故詩人據以取興。”李時珍《本草綱目》云：“莪，抱根叢生，俗謂之抱娘蒿。”今按：蒿類屬於菊科，其幼苗大都可食。且多甘美。俗呼“清明菜”，即古人所謂莪也。過清明，則漸剛粗，味苦，與一般苦蒿無異，不可食。詩謂父母育子，爲能得甘旨養之，如種莪然。迨我已長大如蓼，而父母不得食之。今則我變而成蒿矣！因念父母生育之勞苦而痛傷未得終養，是詩語本義也。《鄭箋》《朱傳》與歷代詩儒，未能察莪蒿之爲物，但以意揣説之，以爲是孝子憂思瞀亂，“心不精識”。至或以莪爲“良材”。失之遠矣。故《蓼莪》雖廣泛用爲儒生之孝典，實未明“蓼莪”爲何義。識其義者，惟能觀察實物之“本草家”而已。

次章，“蔚”，毛云“牡草也。”菣，陸云“去刃反”，則當讀腎音。郭璞《爾雅注》：“荆楚間謂蒿爲菣。”《孔疏》釋蔚爲“牡蒿”。是“牡菣”即“牡蒿”也。牡蒿亦蒿類，葉較他蒿爲闊，端近于齊，故又曰“齊頭蒿”。生較晚，秋日開花，結子細微，人以爲無子，故稱曰牡蒿，嫩苗亦可食，但食之者少。詩言“伊蔚”，謂較莪爲更無益于人也。

三章，《毛傳》：“缾小而罍大。罄，盡也。”《箋》云：“言爲罍耻者，刺王不使富分貧，衆恤寡。”朱云：“猶父母不得其所，乃子之責。”今按：瓶之酒取自罍，罍非無酒而瓶則竭，則罍之耻也。喻民之困窮爲君之耻。《後漢書·陳忠傳》，“言已不得終竟子道者，亦上之耻”是也。朱説失之。“鮮民”，舊説紛龐。毛説鮮爲寡。鄭云：“言供養日寡。”《孔疏》云：“言生得養，其日尚寡，况我尚不得終養。”《朱傳》未釋。馬瑞辰引阮沅説：“鮮聲近斯，遂相通假。鮮民當讀如斯民。”並解斯爲離析之斯。紆曲迴旋。無可合于詩義。《新詮》以爲此鮮，爲地名。即《大雅·皇矣》“度其鮮原”之鮮。地在岐山之南，渭水之側。亦即文王伐密佔有之地。去豐鎬未遠。甚早成爲王畿鄉遂之區，徭役特别繁重。壯丁經常充當軍賦，戍役在外，與家睽離。至於父母之喪亦不得歸葬。故曰“鮮民之生，不如死之久矣”。而承之以“無父何怙”等句，以説明生不如死之義。怙恃，皆依賴之義。恤，憂痛也。無父無母，無可依恃之人，外出則銜痛在心，入家則不覺所至。謂生不如死之心情存在已久。

四章，極言父母生育之劬勞。《毛傳》：“鞠，養，腹，厚也。”《鄭箋》：“畜起也。育，覆育也。顧，旋視也。復，反覆也。腹，懷抱也。”朱云：“鞠、畜，皆養也。拊，拊循也。”今按：詩語念其所由生育以至長大，長時期内父母之恩。則拊當謂收生；畜，謂乳哺；長，謂衣食；育，謂教導；顧，謂照護；復，謂叮嚀周至；腹，謂懷想不離其心也。欲報此德而人已殁，故呼昊天，嘆罔極。“罔極”，無可爲盡也。

五章，“南山烈烈”，《毛傳》：“烈烈然，至難也。”今按；謂孝子登南山有父母墓。念及未能終養事，衷心如焚，怒火烈烈然。非謂“難至”也。“飄風”，與《何人斯》“其爲飄風”同義。蓋周人比喻排壓外力之語。“發發”，音同《七月》“一之日觱發”之發（《説文》引詩作滭潑字）。風聲，亦風力之義也。喻政治環境如此，情雖痛憤，亦無可如之何也。自嘆人皆獲得善處，我何獨罹此害而已。“我獨何害”，猶云“我何獨害”。害正字，協潑、谷韻，當讀曷音。古害字本讀如“何”，故可借作曷字。《周南》“害澣害否”是也。

卒章，“南山律律”，謂山之高峻嵂崒，爲律律然。喻王權之重，威勢之强。“飄風弗弗”，謂風壓之緊，喻痛苦莫可申。“我獨不卒”，不能終養也。

（三）大　東

七章。章八句。二百二十七字。

有饛簋飧，有捄棘匕。周道如砥，其直如矢。君子所履，小人所視。睠言顧之，潸焉出涕。

小東大東。杼柚其空。糾糾葛屨，可以履霜。佻佻公子，行彼周行。既往既來，使我心疚。

有冽氿泉，無浸穫薪。契契寤嘆，哀我憚人。薪是穫薪，尚可載也。哀我憚人，亦可息也。

東人之子，職勞不來。西人之子，粲粲衣服。舟人之子，熊羆是裘。私人之子，百僚是試。

或以其酒，不以其漿。鞙鞙佩璲，不以其長。維天有漢，監亦有光。跂彼織女，終日七襄。

雖則七襄，不成報章。睆彼牽牛，不以服箱。東有啓明，西有長庚。有捄天畢，載施之行。

維南有箕，不可以簸揚。維北有斗，不可以挹酒漿。維南有箕，載翕其舌。維北有斗，西柄之揭。

題解：周東遷後，庶事拮据，猶能以宗周餘威，厚徵斂於東方諸侯。郱邑之君，同轉漕事。感徵發之煩，漕役之苦，民怨之深，傷周道陵替，王政失人，而爲此詩。《毛序》於上下各篇皆云“刺幽王”。此篇獨云“刺亂”，與《何人斯》同著特筆，似有所確指。《續序》云：“東國困于役而傷于財，譚大夫作是詩以告病焉。”亦似知作者爲譚大夫。第四章《毛傳》：“東人，譚人也。”則所云“譚大夫”，爲譚國之大夫也。《春秋》莊公十年：“齊師滅譚。譚子奔莒。”是譚爲齊東之小國。則于周之供應，不能甚重，不可能突出於大東小東諸國上而有此告病之詩。魏源《詩古微》以爲衛風“譚公維私”之譚公，是王朝卿士。謂《國語》襄王十八年，“狄人來誅，殺譚伯”，即是“譚子入爲王朝大夫之證”。其説亦非。夫周雖用諸侯爲卿士，所用皆食采王畿之公侯，絶無用畿外諸侯爲之者。况東方極遠之子男乎？蓋王官中自有譚姓者曰譚伯，爲狄所殺。其人蓋即爲郍邑之大夫，作此詩者也。詩中“舟人”，蓋即謂舟邑之人。字亦作郍。《國語》史伯語鄭桓公，“濟洛河潁間”之十邑，即有舟邑。本王畿之邑，後遂入於鄭者。專司王都舟運之事，故曰“舟人”，曰“舟邑”也。核詩語，確然爲司漕執事所作。《鄭語》又謂祝融之後，“秃姓，舟人，則周滅之矣”。是舟人一族，本擅漕事，爲周所並。仍任其酋爲大夫，其人本姓譚歟。

首章，言宗周盛時，諸侯朝貢，漕至獻納，執役之人皆蒙優遇。“有饛簋飧”，毛云：“饛，滿簋貌。飧，熟食。”言周王賜食，熟食盈簋。“有捄棘匕”，毛云：“捄，長貌。匕，所以載鼎實。棘，赤心也。”言更有鼎烹肉相饗，有長而堅之赤心匕以取食之，鼎實，鼎所烹之實物，謂肉也。“周道如砥”，言當時入宗周之道路平坦。“其直如矢”，道路之端正。皆以喻宗周政業之美。“君子所履”，喻執政之賢。“小人所視”，謂從役之人皆能見之。末二句，《毛傳》：“睠，反顧也。潸，涕下貌。”謂回憶其時，以揆今日，不禁傷感流涕。

次章，言當前王室徵斂之煩。“小東”，謂洛邑王畿食采有國之諸侯，如畢、原、樊、温、凡、蔣、郇、魏、虞、虢、温、檜之邑。“大東”，謂王畿以外，裂土封國，如齊、魯、衛、曹、宋、陳、蔡、許、鄒、莒、晋、燕地區。皆在宗周之東，而遠近不同，内外不同，當時民間習慣以大小字區别之也。“杼柚”，一作杼軸（揚雄《法言》“田畝荒，杼軸空。”係用魯詩字）。織，其也。“杼軸空”，謂布帛徵用盡。“葛屨”二句，用《魏風》詩原語。是斷章取義，以喻東人絲麻俱盡，葛屨禦冬。此亦爲此詩作於東周之證。《魏・葛屨》乃西周詩也。魏爲河東區國，與郍相距近，河水互通，故其詩爲舟人所誦習也。“佻佻”，《朱傳》云：“輕薄不耐勞苦之貌。”謂自西周東來之貴族子弟，習于養尊處優，不知勞動生産之事，而偏據王室之要津。喻之爲“行彼周行”。周行，猶周道也。末二句，言我以司漕運輓送之故，“既往既來”，見其如此，心爲之憂且病也。

詩言布帛徵盡而不及穀粟者，西周農業發達，渭水平原穀物豐贍，故諸侯之貢，重在絲麻織物。東周雖土地狹促，人口驟增，需糧食多。然其時商賈販運糧食之業已盛，布帛體輕價重，在當時已同于貨幣使用。故周王所徵，仍是布帛，不易舊制。仰穀物于商賈，可省倉廒衡量之費故也。洛去河近，故其徵制如此。沿河商業情形，已論于《伐檀》篇。惟其徵政如此，故平王初年，洛邑饑饉。見《雨無正》詩。至於貴族婦女，衣其文錦以拾野菜于山野間。見《王風・采葛》。互參諸詩，其義自得。

三章，嘆徵政之弊，與漕役之勞。“有冽氿泉”二句，毛云：“冽，寒意也。側出曰氿泉。穫，艾也。”艾當讀如刈，《臣工》“奄觀銍艾”之艾是也。詩言：自各國徵來之絲麻，布帛，堆積于庫，對糧食比價降低，滯積未用；正如穫薪而浸在氿泉，日就腐爛，不獲竟其效用之可惜也。“契契”，毛云“憂苦也”。憂苦何爲用契契二字，各家無説。《新詮》以爲：凡轉運之官，每運到一批物資，交庫驗收登記後，給符契一道。此詩謂契複一契，運交入庫，如穫薪浸泉，故不寐而嘆。嘆在運役之徒勞。故曰“哀我憚人”也。毛云：“憚，勞也。”謂漕運之人也。又續之云：薪，畢竟是自山野刈獲之柴薪，雖浸濕敗，尚可載之以歸，究猶可用。若此布帛、珍貴之物，堆積爲無用，則如我等漕運之役，豈不可以休止乎？

四章，刺東西人民待遇之不平。宗周在西，成周在東。故成周（小東）之人謂宗周流亡而來之貴族爲“西人”。“東人之子”謂成周舊族之人。“職勞”，謂專主勞役。“不來”之來，讀如賚，謂賞犒之酬。（陸德明云：“來，音賚。”《朱傳》云：“來，慰撫也。”）“西人之子”，謂西來人衆。“粲粲衣服”，積布帛多，亨用不盡故也。“舟人之子”謂司漕之職工。舟邑故址在廒山下，爲黄河水運之重要節點，故周設邑於此。其邑民專司漕運之役。作此詩者，蓋即其邑之大夫。閔其屬民勞于轉運，徒爲他人作嫁，自不得衣布帛，徒以熊羆爲裘。熊與羆同類，其毛密而直，耐雨水。上古無蓑笠時，獵户與漁民皆以熊羆之皮爲裘帽。漕民常舟居，生活水際，故“熊羆是裘”，冬夏不易。“私人之子”，毛云：“私人，私家人也。是試用于百官也。”鄭説爲“群小”。朱説爲“皂隸”。今按：於文，背公爲私。私人，謂不公正使用，即不合選格之人，指貴族諸“佻佻公子”也。“百僚是試”，與“行彼周行”同義。

五章，譏詆西來貴族當道。蓋西來貴族，排擠申國從龍諸臣成功以後，人員冗濫，政務渾濁時所作之詩。詩言：釀酒必先爲漿而後漉之。今有釀酒而不爲漿者。喻爲布帛必先藝績。而有人但取布帛絲麻，不知藝績。“鞙鞙佩璲”，毛云：“鞙鞙，玉貌。璲，瑞也。”謂西人雖鞙鞙然作佩瑞玉之官，用非其所長也。此天王用人之失。“維天有漢”，言天有銀河，看來有光而模糊不明晰。以喻天王之監識人物。“跂彼織女”二句，織女，三星，作等邊三角形，在銀河北。與銀河南之牽牛星斜對。七月初昏時正東向。十月初旦時正北向。在銀河間，色最明朗。古星家言以爲天帝之女孫，巧于織事之神也。“跂”，舉踵行也。周天分十二躔度。二十八宿每天旋轉一周天。夏夜視織女星，僅至七躔度而没。十二躔度，猶云十二格，古謂之襄。“終日七襄”，言織女之不息止。

六章，借天星，刺人事之不相應。承上言：織女雖勤，不稱其報章。報，當釋如投桃報瑶之報，即報償之義，正如今云“勞動報酬”也。章，即“衣以章身”之章。“不成”，不克成爲其服章，即不稱之謂也。“睆”，毛云：“明星貌”。牽牛，亦云“河鼓”，（《爾雅》）在牛宿西北，隔銀河與織女相對。詩謂星名爲牽牛，而實不挽車。“服，駕也”。（《朱傳》）“箱，大車之箱也”（《鄭箋》）。啓明與長庚，皆金星之别稱。爲太陽系行星之一，距地球最近，故光度最明。其繞日周期與地球略同，故先日出而見於東，後日落而明於西。古人不知其爲一星，謂東者爲啓明，西者爲長庚也。“天畢”，謂二十八宿之畢星。凡五星，其四星聚張如網，一星在下爲柄，故用網鳥兔之畢爲名。“載施之行”，謂此諸星皆無實用，載施於天之行列而已。

卒章，南箕，説在《巷伯》篇。簸揚，農民揚場（説在《白駒》與《桑扈》篇。）用箕。而天星之箕，“不可以簸揚”。北斗七星，在天正中，七星列成挹酒之斗形，每日旋轉周天一次，四季夜晚皆可見。詩言北斗亦徒有其名，“不可挹酒漿”。非惟無益於人也，又有其可憎者：南箕“載翕其舌”，斤讒譖之言，與《巷伯》同。北斗“西柄之揭”，徒欲挹取于東。翕，引也。謂伸其長舌。揭，示也，示惟南取也。皆刺執政失道。

詩末三章，皆以天星爲喻，明作者爲當時習於星象之人。亦司漕職官之一證。所言星象，不似治曆家言。蓋漕運與風雨災變相關密切，古惟用天文星衆占之。逸詩：“日入于箕，風揚沙矣。月離于畢，俾滂沱矣。”（見《家語》）故司者習於此種星象。此詩諸語，雖不爲占卜，然其鑿鑿言天星之職，亦足明其是風角占驗家語言也。

（四）四　月

八章。章四句。百二十八字。

四月維夏，六月徂暑。先祖匪人，胡寧忍予。

秋日淒淒，百卉具腓。亂離瘼矣，爰其適歸。

冬日烈烈，飄風發發。民莫不穀，我獨何害。

山有嘉卉，侯栗侯梅。廢爲殘賊，莫知其尤。

相彼泉水，載清載濁。我日構禍，曷云能穀。

滔滔江漢，南國之紀。盡瘁以仕，寧莫我有。

匪鶉匪鳶，翰飛戾天。匪鱣匪鮪，潛逃于淵。

山有蕨薇，隰有杞桋。君子作歌，維以告哀。

題解：王子朝之黨，隨子朝奔楚，值楚方有吴入郢之難，無力助其復位。子朝既死，其黨流離觖望。此其致王朝執政，告哀乞還之詩也。

首章，“四月維夏”兩句，即可知其人作詩之地在楚。古人以斷霜爲夏，斷涼爲暑。楚地大部即今湖北，清明後十餘日斷霜，故曰“四月維夏”。周人以十一月爲正月，清明爲四月節故也。若中原，則無論西安或洛陽，則須立夏以後十餘日乃斷霜。斷涼，依今世氣候學語言，爲氣温平均十五度以上。長江流域，在夏至節後，周正屬六月，故云“六月徂暑”。徂，到達也。此詩作者素居中原，不習於此種月氣候，故首言其苦。“先祖匪人”二句，鄭云：“我先祖非人乎，人則當知患難，何爲曾使我當此難世乎。”朱云：“我先祖豈非人乎，何忍使我遭此禍也。”或謂：匪人，謂神聖，如后稷、文、武之類。《新詮》以爲從子朝奔楚者，按《春秋》昭公二十六年經傳所記，爲：召氏之族，毛伯得，尹氏固，南宫适等，皆周之貴族世臣。（召康公，周同姓。毛伯，成王時輔政。尹氏，宣、幽、平王時首輔。南宫适，文武世功臣。）非周王族系，故其告哀詩，稱“先祖匪人”，以自貶。人與仁古義通。“胡寧忍予”，似怨先祖，實以同爲貴族世裔，責當時執政不召爲忍。

次章，暑退爲秋，楚地在周正十月，時則植物皆已剛健而凋落，如人獸之骭腓，勁細乏肉。“亂離瘼矣”，謂《春秋》定公四年，吴師入郢，楚國大亂，王子朝亦被殺。（《左傳》在五年春）從亡之人，益無所歸附。“爰其適歸”，《家語·辯政篇》《華陽國志卷九》引此詩皆作“奚其適歸”。當從奚字。《朱傳》云：“奚，何。適，之也。”

三章，與《蓼莪》第五章同文，衹易南山爲冬日字。是直用《蓼莪》語表達憂痛之情，亦借言出亡在外爲失父母也。三百篇中，多有借用舊詩成語者，《出車》用《草蟲》整章，此詩用《蓼莪》整章，孰爲先成，孰爲借用，甚易辯别。《蓼莪》出以真摯情感，此詩則情與辭痛癢不切，故知此詩之爲晚出。

四章，言故國食采之地，山有栗林梅林。自其出亡，廢壞殘毁於殘賤之人。而不敢斥其人，但以殘賊加於栗梅，如言栗梅無罪，衹緣其主人得罪而遭廢毁。如言其樹不知有罪，當得歸其自己主人也。

五章，言泉水有時而清，有時而濁。喻自己有時清醒，有時糊塗。既同爲貴族，盼能赦罪責功。我自己構成禍難，自無能受善待之望。惟乞能見原情宥罪而已。

六章，明明點出楚國。楚在江漢之間，爲南方最大國。故以江漢爲“南國之紀”，喻楚國之大與富强。謂若我能盡瘁以事其君，寧能竟不用我。“有”，朱云：“識有也。”陳奂云：“相親有也。”在詩語，實爲佔有之義。謂用之也。

七章，“匪鶉匪鳶”之鶉，字當作鷻或鷲。音團。《説文》云：“鷻，雕也。”此詩《毛傳》：“鶉，雕也。雕鳶，貪殘之鳥也。”陸德明云：“徒丸反”。是鶉爲鷻之省寫僞字。鶉字，音淳，即竹鷄，非鷙鳥，亦不能高飛，與此詩義不應。蓋古有省敦爲亨者。宋刻遂並省此字敦言，因以成僞。詩言：本人昔因王子朝之亂而僭越在位，（王子朝稱王者四年之久。）如非雕非鳶而飛在天際。今隨王子朝之敗而沉淪異國，如非鱣非鮪而潛在淵底。周之貴族，不自知其負民之罪，狃于世禄尊優之制，直認叛亂成敗如弈博之戲，不自以爲敦惡，靦然以無耻之言乞哀於曩時之敵人，軟硬兼施，是非含糊之伎倆，此詩爲盡致矣。其時王城之執政者爲劉子、單子，素諗其人積惡，亦未納之。故敬王以後王臣更無召氏、毛氏。

卒章，言：“山有蕨薇”，似無用物，貧民猶可資爲食糧。隰有枸杞與赤楝，遍地野生，人所賤視，而有時克充資生之用。喻執政貴能善於用材也。《朱傳》："杞，枸檵也。楰，赤楝也，樹葉細而歧鋭，皮理錯戾，好叢生山中，中爲車輞。"末二句，自言"告哀"，猶自稱"君子"，是貴族既已破落爛敗猶不肯放棄架子之恒態。與王子朝奔楚後致諸侯檄文，架子相似。（檄載《左傳》昭公二十六年。）

或問：《孟子》謂"《詩》亡而後《春秋》作"。《春秋》始於平王四十九年，故《毛序》世限，至幽王止。今《新詮》謂小雅多平王世詩，已失毛旨。又推下限至敬王之世，不太遠乎？誠使此詩作於敬王十五年以後，則孔子已四十七歲以上，爲自齊返魯，教弟子詩樂時矣，安得收入此詩於楚地哉？答曰："詩亡然後春秋作。"孟軻之妄言耳。春秋世列國君臣皆于會盟燕享間賦詩相競，孔子亦以詩樂教弟子，安得云詩亡耶？詩樂既流行於春秋之世，則春秋世自應有陸續新生之詩。《株林》明明爲陳靈公詩，在周定王七年。東遷已九世矣。何楷謂詩終于《下泉》。在敬王十一年，孔子已四十三歲。説詩者莫能非之。《新詮》雖斥其説，而信孔子收録列國之詩，達於所見之世，非自開例也。孔子罷相，出游十二國，遠入葉、楚。其在楚，爲楚昭王二十七年。則此詩之出已十年左右矣，何能不知有此詩？若謂楚國無雅樂，則周太師固掌雅樂者也。孔子入周，"問禮于老子，問樂于萇弘"。從而得此樂詩，亦猶在鄭而得《行露》之《南》，録習之以廣詩史，理固然耳。此詩作者，當獻詩於周敬王之執政劉、單二子。二子方任萇弘。弘舊爲樂官，存録此詩以警世之好亂者。因以告來訪之孔子。孔子從而録傳之，以爲當世之《小雅》。雖無史文作證，其理固有宜然。夫地質化石，告我人以人類未生以前數百萬年之歷史，豈待有史筆記載爲證哉。若必拘墟於陳言，則孟子不得而譏高叟。若可不囿於陳言，惟事理與詩語相結合以求史實，則孟子豈足尚乎。

（五）北　山

六章。三章章六句，三章章四句。百三十三字。

陟彼北山，言采其杞。偕偕士子，朝夕從事。王事靡盬，憂我父母。

溥天之下，莫非王土。率土之濱，莫非王臣。大夫不均，我從事獨賢。

四牡彭彭，王事傍傍。嘉我未老，鮮我方將。旅力方剛，經營四方。

或燕燕居息，或盡瘁事國。或息偃在牀，或不已于行。

或不知叫號，或慘慘劬勞。或棲遲偃仰，或王事鞅掌。

或湛樂飲酒，或慘慘畏咎。或出入風議，或靡事不爲。

題解： 此士子始仕，怨執政役使不均之詩。時間，當在東遷之初，尹氏皇父執政時。與《節南山》之"不平謂何""民言無嘉"，"不宜空我師"，"無小人殆"，"蹙蹙靡所騁”等詞句相爲表裏。當先有此詩流播，家父因得持之以刺尹氏不平。家父，大夫。此則士人之詩，故太師序次相離。《毛詩》又亂太師音次，分割於二什，致説者不敢聯想相綴也。

首章，北山，洛邑之北邙是也。後世爲洛人叢葬處。東遷初，則尚爲一片童山，野生枸杞遍滿。時洛邑人口驟增，糧蔬兩乏，執政令學校士子，采杞葉以供王蔬。故詩謂“偕偕士子，朝夕從事”。偕偕，衆士相偕之貌。毛訓爲“强壯”，未當。枸杞，隨處有之，葉甘而細小，莖有刺，故採擷不費力而費時，需士子朝夕從事。山地寬闊，禁民間採。舊採未遍，新葉復生，故足資供應之時間悠長也。“王事靡盬”，用《詩》成語，表國事艱難之意。此所指爲饑饉而無救荒之政。因供王膳而自念其父母乏食，故曰“憂我父母”。舊説爲“父母思己而憂”者，非也。

次章：方在學校時，則有採杞之勞。迨已卒業試仕，由於大夫不均，我獨偏勞於役使。“溥天之下”，《左傳》昭公七年，《國策·東周》《孟子·萬章》《荀子·君子》《韓非·説林》《新書·匈奴》《白虎通·封公侯·表服》《史記·司馬相如列傳》《漢書》之《司馬相如傳》及《韓詩外傳》，引，並作“普天之下”。蓋齊、魯、韓三家皆作普。毛詩改字，義則同也。“率土之濱”，他書引亦多作賓字。賓，依臣人字爲義。然不如毛作濱，謂四海以内之地，皆王臣妾。蓋西周時已有成語如此，詩人引之，以喻當一視同仁也。“我從事獨賢”者，謂大夫分配工作，一切委重于我，此事曰惟爾勝任，彼事曰惟爾能之，他諸勞務，亦皆曰他人不克任之，惟爾獨賢耳。《毛傳》：“賢，勞也。”

三章：大夫出使。將帥行軍，諸凡勞役之事，皆我當之。“四牡”，大夫之車。大夫行役，必以試仕之士子相從，備驅遣。“彭彭”，馬蹄聲。“王事”，王命之事，主要指軍戎之事。“傍傍”，《説文》引作騯騯，云“馬盛也”。今按：《鄭·清人》“駟介旁旁”，即此詩傍傍同義語，軍馬蹄聲，有異於大夫出使車馬之聲也。“嘉我未老”，謂方以壯盛見嘉。“鮮我方將”，謂更以我所承擔者爲輕少。毛云：“將，壯也。”鄭云：“鮮，善也。”朱云：“鮮，少也。”當用少義。將，則負荷之義也。“旅力”，猶膂力。士子初仕，正當剛壯，故人人樂使用之。“經營四方”，言無所不爲，無所不至。

四章，以下皆具體説明大夫不均，勞逸懸絶的情況。“燕燕”，安息貌。“居息”，謂居於私宅、無所事事，與盡瘁勞病於王國之事者對比。“息偃在牀”，則更進於“居息”矣，與不已於行役之勞對比。

五章，毛云：“叫，呼。號，召也。”勞病者叫號亦不聞，謂執政大夫也。與慘慘劬勞者對比。“棲遲”，《衡門傳》云：“游息也。”在此當謂：或止或行，或俯或仰，皆從容自在，若無事然。與王事鞅掌者對比。鞅掌，謂如御夫執轡，兢兢惟恐有失，五官並用，心力俱竭。指當軸大夫亦勞逸不均，猶《雨無正》：“曾我暬御，慘慘日瘁”之意。

卒章，“湛樂飲酒”，湛，《方言》“安也”。《説文》作媅，云“樂也”。安樂飲酒，譏王與冢宰。與“慘慘畏咎”之低級官吏對比。“出入風議”，謂言事諸臣，出入王宫，論此議彼，不作一事。與試仕士子之“靡所不爲”對比。“風議”，陸云：“風，音諷。”鄭云：“風，猶放也。”謂放言議論，空談而已。

（六）無將大車

三章。章四句。四十八字。

無將大車，祇自塵兮。無思百憂，祇自疷兮。

無將大車，維塵冥冥。無思百憂，不出于熲。

無將大車，維塵雝兮。無思百憂，祇自重兮。

題解： 此亦初仕之青年士子。受派作大夫屬吏者，感受委屈，無聊自遣之詩。在《雅》詩中，惟此與《魚藻》《青蠅》《苕之華》四篇文字最少。格調亦相同，頗與風詩類似。周人以雅易風，初制之雅，宜多風詩格句，故可疑爲是西周初年之詩。然，西周制雅之初，國學創立優待士子。士子入仕，應無怨詩。《毛詩》序此於《北山》下，皆初仕士人牢騷之言。又似兩失意士人倡和之作。不過《北山》爲試仕已久，精明喜事之士人，當屬上士一級。此詩爲新入仕之士人，屬中、下士級。且此士屬謹愿畏事者，爲不同耳。

首章，《毛傳》：“大車，小人之所將也。”《箋》云：“將，猶扶進也。”與《毛序》“大夫悔將小人”含義不合。《序》語之將，爲携取共事之義。《序》《傳》抵牾，必有爲後人所竄改者。當以《傳》《箋》爲正。周之士子，卒業於國學後，經司馬甄别其賢者、才者，告於王而官之。大都分配給大夫爲僚屬。大夫皆貴族世臣，素驕騫自貴，輕視士子，役使同於臣僕。士子多來自民間，深感氣味難受，但亦無可自免，不能不忍受之。故詩言“無將大車”。大車，大夫之車，言從大夫車後作吏，徒落得滿身塵土，無他可資慰藉也。“百憂”，謂含垢忍辱之憂已多次，不可回思。回思，亦徒自痛苦而已。“疷”，毛云“病也”。陸云：“都禮反。”不協塵韻。《朱傳》云：“劉氏曰：當作疷。與痻同。眉貧反。”謂劉敞《七經小傳》有此説。《大雅·桑柔》“多我覯痻”，無傳。《箋》云：“痻，病也。”與此《毛傳》同。陸云：“痻，武巾反。”與此詩韻協。顧亭林、江慎修皆主劉説，謂“唐避民字諱，正義本改作痻”。理或然也。《朱傳》字作疷，亦云：“疷，病也。”《説文》：“疷，病不翅也。從疒，氏聲。”是朱所據。則又不用劉敞説。馬瑞辰謂“疷當讀如疹”。引張平子《思玄賦》“百憂以自疹”爲證。蓋三家詩有作疹、作疷、作痻者不同，《毛詩》本作痻，傳寫訛作疷也。

次章，“冥冥”，鄭云：“蔽人目明，令無所見也。”朱云：“昏晦也。”亦皆車後塵土飛揚之義。“熲”，毛云：“光也。”（《爾雅》同）。《説文》：“熲，火光也。從火，頃聲。”《朱傳》：“熲與耿同，小明也。在憂中，耿耿然不能出也。”用《柏舟》“耿耿不寐”義。反不如直訓爲光明捷切。

卒章，“雝”，與雍字，古今通用。壅蔽字，古只作雍。“維塵雝兮”，亦冥冥蔽日之義。謂車中之大夫、壅蔽賢路，俾期不得見天日也。既已如此，則憂思前事無益，徒使重累其憂傷而已。是聽天安命者勸慰他人聽天安命之語。由此可以判斷：此詩是平王時作；作者或既《北山》作者之友人，見《北山》詩而作此慰戒之。庸碌之人，嗜古文藝，習于周初風雅，故自作詩亦類之耳。

（七）小　明

五章。三章章十二句。二章章六句。百九十二字。

明明上天，照臨下土。我征徂西，至于艽野。二月初吉，載離寒暑。心之憂矣，其毒大苦。念彼共人，涕零如雨。豈不懷歸，畏此罪罟。

昔我往矣，日月方除。曷云其還，歲聿云莫。念我獨兮，我事孔庶。心之憂矣，憚我不暇。念彼共人，睠睠懷顧。豈不懷歸，畏此譴怒。

昔我往矣，日月方奥。曷云其還，政事愈蹙。歲聿云莫，采蕭穫菽。心之憂矣，自詒伊戚。念彼共人，興言出宿。豈不懷歸，畏此反覆。

嗟爾君子，無恒安處。靖共爾位，正直是與。神之聽之，式穀以女。

嗟爾君子，無恒安息。靖共爾位，好是正直。神之聽之，介爾景福。

題解：此宣王征玁狁時，一支領軍大夫，留鎮朔方，寄當時王臣，乞早予瓜代之詩也。

定爲宣王伐玁狁時者，爲詩中“艽野”二字。艽，藥草名，今云“秦艽”。音讀如交。古音讀如糾。陸德明《釋文》：“艽，音求。”是也。今青康草原，俄洛、阿壩，海拔三千公尺以上之草原，盛産之。三千公尺以下之地罕見。其葉微似龍舌蘭，惟較小而平薄。青緑色，有白色條紋。根細長如指大。有纖維數組，盤旋相絞。故《唐本草注》云：“今出涇州、鄜州、岐州者良。字本作糺，或作糾，作膠。正作艽也。”本隴山以西草原所産，羌党項人採運於涇、岐、鄜州售之。其後隴西草原懇拓，産地退至洮岷以西，故元明清世，此藥集中于秦州兑换，乃有“秦艽”之稱。周世，隴山以西之羌族，稱爲玁狁。亦即舊稱之薰育。歷爲周人邊患。惟宣王時曾出大軍深入討伐之，見《采薇》《出車》《采芑》之詩。此詩辭義，多與之合。亦惟深入玁狁，乃得云“至于艽野”。故當如此判斷也。

詩題“小明”者，《大雅》有《大明》八章，爲頌文王、武王詩。首云“明明在下，赫赫在上”。此詩入《小雅》首云“明明上天，照臨下土”。故樂官題爲“小明”。

首章，“我征徂西”，與《出車》“薄伐西戎”義同。“至于艽野”，與《采薇》“一月三捷”含義相應。野字，在此詩，當讀如墅，協土、暑、苦、雨、罟韻。蓋古音如此。故墅字從野聲也。“二月初吉”，謂此支軍隊，出發于二月。古師行必卜，卜吉乃行，故云初吉。“載離寒暑”，離、罹古通用，謂冬寒已出，至暑未得歸休也。《采薇》之軍，歸時“雨雪霏霏”。《出車》之軍，歸時“雨雪載塗”。此軍既同深入，亦當是冬季乃自艽野旋師。故曰“其毒大苦”。此毒字，與害同義。《書・盤庚》“惟汝自生毒”。《孔傳》云：“自生毒害。”詩蓋謂艽野荒凉，玁狁飄忽，長期遠征之痛苦，爲“其毒大苦”也。

“共人”，即恭人之古寫。作詩之大夫，自謂其妻具“温温恭人”之德。後世錫婦女美號曰“恭人”，昉于此也[1]。舊説共人指下文“靖共爾位”之王臣，是詩人之友，則必不然。詩念共人而思歸，至於“涕零如雨”之傷痛。豈思同僚友人之情耶？思歸而不可得歸，故曰“豈不懷歸”。畏在軍法嚴厲，謂之“罪罟”。與《出車》“豈不懷歸，畏此簡書”同義（參看《大雅・瞻卬》詮釋）。

次章，“昔我往矣”，爲《采薇》《出車》同有之句。蓋當時出征人員，久役征途中，無不隨時追念出征情形，聯及歸期之推測，故有此共同的語言。此與《草蟲》《出車》之“喓喓草蟲”，《谷風》《小弁》之“無逝我梁”，《葛屨》《大東》之“糾糾葛屨”，《蓼莪》《小弁》之“民莫不穀”，之前後從同，爲借陳語以表達情意者不同。“日月方除”，毛云：“除，除陳生新也。”鄭云：“四月爲除。”係據《爾雅・釋天》，蓋魯、韓詩如此説。今本《爾雅》作“四月爲余”，“十二月爲涂”，係用夏正。周正建子，則二月爲夏正之十二月。上章言“二月初吉”，此又云“方除，是謂周正二月出師，即夏正之除月。涂，除，音義通。玁狁内犯在冬季，此支軍隊當是周之常備軍，故亦隆冬出禦。《采薇》《出車》，皆因追擊而徵調之鄉遂民軍，故出擊較遲，實際皆玁狁統一役之事。鄭説爲“四月”未安。《毛傳》“除陳生新”，亦夏正除月之義。今人尚以歲終之日爲除日，夜爲除夕。蓋周人雖制定子月（仲冬）爲歲首，民間仍自用夏

【1】 共、恭古字通。《左傳》僖公二十七年：“杞桓公來朝，用夷禮。故曰子。公卑杞，杞不共也。”注：“本作恭。”古稱恭敬淑善之人為恭人，原無分乎男女。男子稱其妻爲恭人，猶女子稱男子爲良人，非國家制度規定，但社會習俗用之耳。或謂宋、元、明、清乃稱命婦爲恭人。周、秦、漢、唐皆無稱命婦恭人之證。曾不思宋元以來之稱命婦恭人、叔人，宜人，亦衹因經典中有此諸字義耳。周詩“温温恭人”與此詩之共人，“淑人君子”與“碩人頎頎”之碩人，“宜民宜人”之人，與“宜其室家”之人，前者皆指男子，後者皆指婦人；其實亦僅就各該篇詩義推求，當如此耳。“公孫碩膚”，“碩大且拳”之男子，詎遂不得爲碩人乎？後世制誥命者，使用恭、淑、宜字，實亦惟取于詩義，但偏用其字於女性，不與古同。至于今近世，設有頌稱男子爲恭人、淑人者，必怫然作色相詬。以此反推三千年前，豈遂不可以“恭人”一詞稱婦女耶。

正。猶今世之太陽曆與太陰曆並行。所謂“周用三代之曆”是也（參看《七月》篇)。《采薇》《出車》皆以“今我來思”，爲“昔我往矣”對句，是既歸而詠之語。此用“曷云其還”，是未得歸者之語。猶云：何時得歸乎，歲已暮矣，而猶未得歸。“念我獨兮”，謂獨留戍所也。戎軍非衹一人，而云獨者，軍士雖多，領軍之大夫則衹一人。由此可知其爲大夫之詩，與《采薇》《出車》之爲軍士所作者不同。大夫對同階級之執政呼籲乞代，故曰獨也。“庶”，衆也。言我獨承戎事，事大繁重也。“憚我不暇”，《釋文》云：“憚，丁佐反。字亦作癉。”毛、鄭、朱，並釋憚爲勞。今按：承上文心憂之義，當釋爲殫。謂竭我之力，不能了“孔庶”之事，因而亦無暇時假歸。暇字，一般讀“轄”，不協韻。朱云：“葉胡顧反。”謂當讀甫音。暇字古音本讀“服”。《伐木》“迨我暇矣，飲此湑矣”與湑、酤、鼓、舞爲韻。張衡《東京賦》“因素宫室，據其府庫。作洛之制，我則未暇”。是用此詩爲典，協庫字韻之證。“睠睠”，朱云“勤厚之意”。陸云：“睠，音眷。”眷懷，戀戀難忘也。眷顧，依依難捨也。“譴怒”，謂天王之法嚴也。

三章，“日月方奥”，毛云：“奥，暖也。”意謂燠字之省。與首次章語義不合。今按：此隩字之省也。《堯典》和叔宅朔方：“其民隩。”《孔傳》云：“隩，室也。民改歲，入此室處，以辟風寒。”奥爲暖義，即謂隩處之暖。“日月方奥”者，謂方當隩居之時，與“二月初吉”，“日月方除”之義同，非謂氣候之燠也。陸氏《音義》云：“于六反。”字從釆，在冂閉中（冂古坰字)。俗寫釆首在冂外，奥，遂僞爲奥。相臺本爲僞字，《集傳》本爲俗字。正作奥，從釆、從⼌，從人。“政事愈蹙”，亦“我事孔庶”之義。“愈蹙”，愈無暇也。“采蕭穫菽”，皆備牛馬飼料。周用車戰，故戎軍畜牛馬多，歲暮近時，大夫當督率軍士大量采集儲藏。蒿類爲蕭，豆類爲菽。采集時到，爲“政事愈蹙”之一方面。“自貽伊戚”之戚，古音亦讀如蹙。蹙字即以戚爲音。劉熙《釋名》：“戚，蹙也。斧以斬斷，見者蹙懼也。”足見漢世猶讀戚如蹙音。宋以後乃讀倉歷切。《朱傳》云“叶子六反”之叶字，衍文也。“興言出宿”，朱云：“憂至于不能安寢而出宿于外也。”“恭人”之義，原可施于父母，及其他女性。此詩當定爲妻室者，由此句得之。“畏此反覆”，謂此間敵情反覆不測，故不敢擅離。

四章，“嗟爾君子”，指王官之貴族大夫。“無恒安處”，謂亦當有受命遠戍之時，不可能常得安處於王都。然則戎人思家之情，亦當體諒，否則他時易地而處，不亦難乎。“靖共爾位”之共，是供職字音義。毛云：“靖，謀也。正直爲正。能正人之曲曰直。”詩謂慎於供職，力持平正。宜體人情，調整人事之不平。庶神明不負，克享善禄。朱云：“以，猶與也。……神之聽之，而以穀禄與汝矣。”

卒章，重復上章之意。毛云：“介，景，皆大也。”它詩亦多有兩章語意重叠者，大都有逐章深進之義。惟此詩卒章完全重復，蓋虞人忽視卒章，故叠言之，以促人注意，求歸之情切至故也。

或疑宣王名靖。此詩云“靖共”，未避，應非宣王世詩。考西周並無避諱之習。文王名昌，武王名發，雅、頌中不乏昌、發二字。昭王名假，而詩寫嘉樂字爲“假樂”。厲王名胡，《祈父》詩即三用胡字。是宣王時未有避諱之證。

（八）鼓　鐘

四章。章五句。八十字。

鼓鐘將將，淮水湯湯，憂心且傷。淑人君子，懷允不忘。

鼓鐘喈喈，淮水湝湝，憂心且悲。淑人君子，其德不回。

鼓鐘伐鼛，淮有三洲，憂心且妯。淑人君子，其德不猶。

鼓鐘欽欽，鼓瑟鼓琴，笙磬同音。以雅以南，以籥不僭。

題解：宣王與召虎分軍平定淮徐。淮徐既服，命召虎疆理南土。南疆已定，召虎大享來歸奴隸主於淮上，遍奏諸樂。此樂官紀盛之詩。與《大雅·常武》相應。以樂官作，故入《小雅》。

舊説以爲昭王（鄭玄《中候握河紀》用韓詩。何楷同），穆王（孫嘉淦），幽王（《毛序》《鄭箋》《孔疏》，陳奂等）世詩。由不知宣王征徐淮史事故也。宋儒王安石、蘇轍、歐陽修、朱熹諸人皆曾反復推究，均莫能得知何王能作樂淮上。祇依《毛序》説爲幽王。至清末方玉潤《詩經原始》，乃有“或即在於（宣王）其時而誤簡於此歟”一語，則又不知大雅、小雅樂類區分方法故也。《常武》有“率彼淮浦”，“鋪敦淮濆”，“截彼淮浦，于師之所”。足知召虎作樂淮上爲必然矣。

首章，“鼓鐘將將”，陸云：“將，七羊反。”當音鏘。《説文》：“鏘，鐘聲也。”蓋《魯詩》作鏘鏘。陳奂《傳疏》云：“鼓鐘，擊鐘。謂金奏也。奏《王夏》《肆夏》也。凡饗食、賓射，尚金奏，故詩四章皆言鼓鐘。”湯湯，《齊載驅傳》云，“大貌”。謂淮水中下游間之淮浦，水量已大。足知淮浦，是今正陽關附近地名，召虎大享南國諸侯（奴隸主）在此也。“憂心且傷”句，舊皆依《毛傳》“鼓其淫樂以示諸侯，賢者爲之憂傷”立説。夫詩既云“以雅、以南、以籥不僭”矣，豈“雅”亦爲淫樂，“不僭”亦可憂傷哉？孔穎達《疏》爲之彌縫云：“其樂不與其德比，故賢者爲之憂結于心，且復悲傷。傷其失所也。”夫“聞樂不樂，臨喪不哀”皆賢者之耻。既云賢者，使其參預此會，則何可憂傷；設未參與此會，則將不知其盛集何爲，又安從而憂傷乎。《新詮》以爲鼓鐘者，軍中集衆之聲。凡軍行鼓進而金退。鼓聲沉濁而能遠，故進軍用之。金聲高亢，宜聚衆，故退軍亦用之。退軍，亦聚衆之意也。召虎之軍，“鋪敦淮濆，仍執醜虜”。（《常武》）淮徐奴隸主敗降之餘，來就此會，觳悚若將就死。召虎乃以廣樂大饗之，俾釋畏爲歡。乃教之云："王軍討叛，殺戮宏多，誠可傷憫。今所憂者，再有叛逆，即當再有殺戮，豈不傷哉。汝等誠賢淑之君子，則當謹守降時保證，不忘信誓，勿再有叛逆之禍，更無殺戮之憂傷，庶可相安長樂也。"是"苟得其情，則哀矜而勿喜"（《論語》）之義。故曰"淑人君子，懷允不忘"。允，信也。《箋》云："至信不可忘。"是也。

次章，"其德不回"，《毛傳》："回，邪也。"詮按：《常武》，"徐方不回"，《箋》云："回，違也。"謂不反復也。

三章，"伐鼛"，《毛傳》："鼛，大鼓也。"《綿》傳亦云："鼛，大鼓也。長丈二尺。"《考工記》，韗人"爲皋鼓，長尋有四尺。……鼓小而長，則其聲舒而遠聞"。八尺爲尋。尋四尺，正是丈二尺。皋鼓即鼛也。讀如咎陶之咎。故陸云"古毛反"。《淮南·主術訓》"鼛鼓而食"。高誘注："鼛鼓，王者之食樂也。"《周禮·地官》鼓人"以鼖鼓鼓軍事。以鼛鼓鼓役事。"是鼛亦不必爲王者之食樂，役事亦用之。此詩之鼛，當用後一義。《朱傳》云："叶居尤反。"則其字當讀如罪咎之咎，音究。協洲、妯、猶韻。疑"鼓人"之鼛鼓，實讀爲究。"韗人"之皋鼓，不用鼛字。《淮南》與高誘，混皋爲鼛。此詩字本讀爲究，非叶韻，乃正音居尤反也。淮水流平原中，故周時淮浦，有三洲。平流而有三洲，則其水之寬淺可知，亦"湯湯，大貌"之義也。"妯"，毛云："動也。"鄭云："悼也。""猶"，毛云："若也。"鄭云："當作瘉。瘉，病也。"今按：猶，獸名，進退多疑，故曰"猶豫"。詩謂受饗諸侯，當安反側，無貳心也。

卒章，《毛傳》："欽欽，言使人樂進也。笙、磬，東方之樂也。同音，四懸皆同也。"《箋》云："同音者，謂堂上堂下，八音克諧。"詮按：毛於次章云："喈喈猶將將，湝湝猶湯湯。"此章欽欽獨異者，前三章皆鼓鐘以聚衆。加以伐鼛而已。此章則衆樂合奏，故鐘聲欽欽和合於衆樂，琴、瑟、磬、笙同音，大合樂也。笙本南方之樂。軍中磬懸亦不能四懸。《毛傳》全非。緣誤爲"刺幽王"故也。大合樂後，又分別演奏雅樂若干篇，此篇即當時樂官所造之"雅"，或尚有《鹿鳴》與《魚麗》諸篇。《甘棠》即當時樂官所合樂之"南"，或尚有《鵲巢》《草蟲》諸篇。以示周室與南國親近和好之意。亦使華人與南人皆能悦樂也。"以籥"，當連上句，猶言"以頌"，各體俱備之意也。籥，爲舞人所用之樂器兼舞器。籥舞，即文舞之别稱。籥舞創自南人。其後華人亦有籥舞（《左傳》所云"象箾南籥"，是魯太師爲吴札表演的）。故此會並演之。軍中之舞宜武舞，用干戚。而乃只用籥舞者，蓋淮海初定，不以干戈示人，具偃武修文之義。"不僭"，謂不曾僭用天子樂舞之意。故知鼛非天子食樂之皋鼓，而當爲號召役事之鼓。亦此篇不入《大雅》而入《小雅》之義也。《毛傳》云："東夷之樂曰昧，南夷之樂曰南，西夷之樂曰朱離，北夷之樂曰禁，以爲籥舞。若是，爲和而不僭矣。"謂籥舞兼四夷之樂，亦非。淮上無西戎、北狄，何必有西北之夷樂舞哉。《朱傳》

云：“僭，亂也。”亦非。用軍中樂人演奏以饗夷酋，安得不曾預習而亂其行列。又豈得夸其不亂而入於樂詩乎？編鐘編磬皆頌樂之主導，而詩云“不僭”者，以舞南籥，不用干戚故也。

（九）楚 茨

六章。章十二句。二百八十八字。

楚楚者茨，言抽其棘。自昔何爲，我蓺黍稷。我黍與與，我稷翼翼。我倉既盈，我庾維億。以爲酒食，以享以祀。以妥以侑，以介景福。

濟濟蹌蹌，絜爾牛羊，以往烝嘗。或剥或亨，或肆或將。祝祭于祊，祀事孔明。先祖是皇，神保是饗。孝孫有慶，報以介福，萬壽無疆。

執爨踖踖，爲俎孔碩，或燔或炙。君婦莫莫，爲豆孔庶，爲賓爲客。獻醻交錯，禮儀卒度，笑語卒獲。神保是格，報以介福，萬壽攸酢。

我孔熯矣，式禮莫愆。工祝致告，徂賚孝孫。苾芬孝祀，神嗜飲食。卜爾百福，如幾如式。既齊既稷，既匡既敕。永錫爾極，時萬時億。

禮儀既備，鐘鼓既戒。孝孫徂位，工祝致告。神具醉止，皇尸載起。鼓鐘送尸，神保聿歸。諸宰君婦，廢徹不遲。諸父兄弟，備言燕私。

樂具入奏，以綏後禄。爾殽既將，莫怨具慶。既醉既飽，小大稽首。神嗜飲食，使君壽考。孔惠孔時，維其盡之。子子孫孫，勿替引之。

題解：此西周大夫所作讚頌藉田之詩。自此以下四篇，皆詠農田祭享之事。以此篇領首，重藉田也。或即諫宣王不藉千畝之虢文公所作。

《禮記·祭義》：“昔者，天子爲藉千畝，冕而朱紘，躬秉耒。諸侯爲藉百畝，冕而青紘，躬秉耒。以祀天地、山川、社稷、先古。以爲醴酪齊盛，於是乎取之，敬之至也。”《月令》孟春“乃擇元辰，天子親載耒耜，措之於參保介之御間，帥三公、九卿、諸侯、大夫躬耕帝藉。天子三推。三公五推。卿、諸侯九推。反，執爵於大寢。三公、九卿、諸侯、大夫皆御，命曰勞酒”。《周禮·天官》“甸師，掌率其屬而耕耨王藉。以時入之，以共齍盛”。此周初重農之政也。宣王不藉千畝，虢文公諫之。其諫語載在《國語》，言“上帝之粢盛於是乎出”。“事之供給於是乎在”，“敦龐純固於是乎成”。皆與此詩文意相印。又云：“若是，乃能媚於神而和於民矣。則享祀時至而布施優裕也。今天子欲修先王之緒而棄其大功（指耤藉），匱神乏祀，而困民之財，將何以求福、用民。”此詩，即反複闡説“求福、用民”之效者也。

首章，綜括全篇旨趣。《毛傳》云：“楚楚，茨棘貌。抽，除也。”詩託爲甸師之言，曰：“千畝之田，茨棘叢生，翹然楚楚。我乃抽除其茨棘，而蓺黍稷焉。”“自昔何爲”，《箋》：“自古之人，何乃勤苦爲此事乎。”謂上文是昔人開墾。非也。“昔”者，蓋即古之耤字。殷墟甲骨文中之“昔臣”，即猶《周禮》之甸師與其屬耳。耒旁，後人所加。以後再加草頭，爲憑藉供祭之義。緣殷世奴隸社會，田土皆奴隸耕種。也由信巫，重祀，奴隸主多特劃一部分土田作爲祭田，以其田畜生産專供祭祀之用。入周，有了鄉遂自由民户與公田，賦入即供國用；但仍依舊習，劃一部分田土爲祭田，稱爲耤田。天子親耕，以爲人民倡率。行之漸久人君厭棄不行，便成爲廣闊的荒地。衹有相當於“耤臣”之甸師與其屬員耕種，不能免於荒之地仍多。詩人深慨其制不行，故託爲甸師之言而自詰曰。所謂天子親耕（自耤），作了何事（何爲），唯當仍由我等來拔茨抽棘，乃種黍稷耳。此詩每章十二句，恒三句爲一整語。此句，應連上二句讀斷。舊説係每兩句斷，遂以此屬下句，故不得其解也。“我蓺黍稷”三句，亦託甸人之言：我既耕種，能勤而得其道，則爲黍與與然，爲稷翼翼然皆獲豐稔矣。“我倉既盈”三句，豐收千畝，倉庾皆滿，則飲食之資，釀酒所費，無不贍足矣。末三句，言酒食既豐，則祀神，享賓無不厚善，人神喜樂，降福宜多矣。享，朱熹作饗，謂祭禮後之燕享。“以妥”，毛云：“妥，安坐也。”朱云：“禮曰：‘詔妥尸。’蓋祭祀筮族人之子爲尸。既奠，迎之使處神坐，而拜以安之也。”侑，勸也。謂勸尸飲食。介，導致也。景福，美福也。

次章，凡祭田，皆兼養牲畜。祭享時用肉類多。《毛傳》：“濟濟蹌蹌，言有容也。亨，飪之也。肆，陳。將，齊也。或陳於牙。或齊其肉。”《箋》：“有容，言威儀敬慎也。冬祭曰烝。秋祭曰嘗。祭祀之禮，各有其事：有解剥其皮者，有煮熟之者，有肆其骨體於俎者，或奉持而進之者。”亨，古烹字。“祝祭于祊”，應連上文四或爲句。舊説，與“祀事孔明”爲句者，非。毛云：“祊，門内也。”今按：祊，謂繹祭也。《禮記·祭器》“設祭於堂，爲祊乎外”，《注》云：“祊，明日繹祭也。謂之祊者，於廟門之旁。”《疏》云：“祊有二義。正祭時，祭神於廟。……明日繹祭時，設饌於廟西室。”此章所言，正謂繹祭。正祭重在妥神。繹祭主於燕饗上章言正祭，故曰“以妥以侑”。此章言燕享，故重言剥、烹、肆、將。“烝嘗”，祭祖之通稱。有分時冬秋之説。在此詩，衹是祭祖之義。毛説祊字，鄭説烝嘗，皆未足遵。此下乃當另起“祀事孔明”句，總結上文，啓導下文，曰：先祖于是皇然大樂矣，神保于是歡然享受矣，孝孫亦因而得神錫福之慶矣。仍是三句爲斷。《毛傳》：“慶，賜。疆，境界也。”云有慶賜，即謂“報以介福”二句。蹌、羊、嘗韻。烹、將、祊韻。明、皇、饗韻。慶、福、疆韻。明，古同茫音。朱云：“叶謨郎反。”祊，古同旁音。朱云：“叶補光反。”慶，讀同羘音，朱云：“叶袪羊反。”是也。

三章，言冬祭饗之樂。毛云：“爨，饔爨、廩爨也。踖踖，言爨竈有容也。燔，取膟膋。炙，炙肉也。”皆言烹飪之事。“爲俎孔碩”，言俎上牲大肉多，燔、炙皆宜。次三句，言君婦操作態度，莫莫然清静而敬誠。所爲盛肉之豆甚多（孔庶），以供賓客。“君婦”，《箋》云：“謂后也。凡適妻稱君婦。事舅姑之稱也。”朱云“主婦”也。今按：此詩以祭饗之豐樂，説藉田之重要，全篇皆虛設之辭。非描寫實事者比。故于女主人，泛稱“君婦”也。“獻酬交錯”三句，言賓主之樂。“神保是格”三句，與“孝孫有慶”三句同義。毛云：“格，來。酢，報也。”朱云：“主人酌賓曰獻。賓飲主人曰酢。主人又自飲而復飲賓曰酬。”皆據《儀禮》，《毛詩》作醻，《朱傳》作酬。

四章，以下，設爲巫祝之辭，兩句爲義。要亦反復説明祭享之樂與祭享之報。與“求福、用民”意義相應。“我孔熯矣”，毛云：“熯，敬也。”朱云：“竭也。”今按：熯，謂盡禮也。故承之云：“式禮莫愆。”謂于禮無失也。“工祝”，猶云祝工，巫之屬也。周不尚巫而尚祝。祝工實亦巫之變體，但不用殷人之巫法耳。巫字從工。工祝，猶巫祝也。鄭云：“徂，往也。孝孫甚敬矣，于禮法無過者。祝以此故，致神意，告主人使受嘏。既而以嘏之物往予主人。”所予（賚）者，即下文，言：“爾之祭饗，苾芬芳香，神歡嗜之，予爾百福。如期可至，如法如式，無不美好。多至億萬。”卜，予也。幾，期也。式，法也。齊，减取也。稷，病也。匡，正也。敕，戒也。極，至也（參取毛、鄭、朱説）。巫祝戲劇之辭，會其意，不足深究其義可也。

五章，描繪巫祝戲劇性演出告終，送神時歡樂情况。《箋》云：“鐘鼓既戒，戒諸在廟中者以祭禮畢。孝孫往位，堂下西面位也。祝于是致孝孫之意，告尸以利成。”徂位，往就位也。利成，猶云歡成也。具，皆也。先祖之神非一人，故曰“皆醉”。皇，大也。“皇尸載起”，工祝告尸以神既皆醉，扮演尸者亦即離座。于是堂下鐘鼓作樂，以送尸。送尸，猶送神也。《箋》云：“神醉而尸謖。送尸而神歸。”“尸出而可徹。諸宰撤去諸饌。君婦，籩豆而已。不遲，以疾爲敬也。”“祭祀畢，歸賓客豆俎。同姓，則留與之燕。所以尊賓客，親骨肉也。”今按：社會發展至統治階級已經鞏固，人民力量尚未形成，生産已相當豐富，剥削已大體集中之時代，貴族階級享受猶受到科學技術落後的限制，連日大會賓客，飲酒食肉，奏樂演戲，爲彼輩享受之最高級形式。此詩作者，即陶醉於此種生活享受之人。其宣傳耕耤勸農之詩，完全用祭享娱樂作誘導。後人之鄭重其事而欣賞此詩者，情感亦相同也。此詩以墾草種田開場，用六分之五篇章描寫祭享之樂。雖全屬向壁虛擬，亦緣其生活於如此場面之時間甚多，故能描繪如此細緻而生動。此種祭祖之禮，名爲祈福，實同演劇。用族中生人爲尸，以代表列代祖宗之神，坐於上位。與人一般飲酒食饌，但不得發言，故謂之尸。一切行動，由巫祝指揮操作。亦由巫祝代表神之語言，以爲尸之語言。巫祝成爲此一戲劇之導演兼主演者。開場先大合樂，迎神、迎尸。又爲尸表達祖宗降臨，飲食，降福諸儀式。主祭者稱爲“孝孫”，配合表演。跪拜進退，亦由巫祝指揮。觀者爲全族男女，與所邀請之賓客。又有執事臣僕，屠割烹飪，與奔走驅使之衆。亦皆得大享酒食。第一日準備。

第二日正祭。第三日繹祭。繹祭已畢，又合樂送尸，送神。尸還爲人。神則始終未見，惟巫祝是云。巫祝送尸之後，賓客皆去。巫則猶留與同姓燕饗，得酬乃去。臨去更有勉慰之辭，即此詩之卒章也。

卒章，巫言，樂章已奏，可以延續此後福禄。爾殽饌已由祖宗將持以去。賓客親族皆歡樂莫怨，同慶爾之獲福。各皆醉飽，稽首辭去。爾之飲食豐美，神皆歡嗜，降錫爾以壽考之禄。爾之嘉惠人神，大得其時，一切盡善盡美。宜世世引而行之，勿替。

論者每謂周世無宗教，巫法已廢，儒教亦未形成，耶、佛諸教亦未興起和輸入。周王所奉者祖宗與天地，教民稼穡而已。兹分析《周詩》，《天保》《斯干》《無羊》《楚茨》，足知西周仍是巫法社會，不衹陳、宋尚巫而已。周之工祝，實亦巫也。

（十）信南山

六章。章六句。百四十五字。

信彼南山，維禹甸之。畇畇原隰，曾孫田之。我疆我理，南東其畝。

上天同雲，雨雪雰雰。益之以霢霂，既優既渥，既霑既足，生我百穀。

疆埸翼翼，黍稷彧彧。曾孫之穡，以爲酒食，畀我尸賓，壽考萬年。

中田有廬，疆埸有瓜。是剥是菹，獻之皇祖。曾孫壽考，受天之祜。

祭以清酒，從以騂牡。享于祖考，執其鸞刀。以啓其毛，取其血膋。

是烝是享，苾苾芬芬。祀事孔明，先祖是皇。報以介福，萬壽無疆。

題解：此食采之君，自陳率民力農，祭祀祈福之詩。詞義與上篇《楚茨》多同，疑出虢文公一手。上篇以勸有藉田之國君。此篇以勸無藉田之邑君。

首章，“信彼南山”二句，猶言信乎南山之爲禹甸也。禹甸，謂禹時墾田，甸服之境界。《尚書・禹貢》謂邦圻自帝都起，五百里内爲甸服，依遠近納賦，“百里賦納總。二百里納銍。三百里納秸，服。四百里粟。五百里米。”謂甸服内最遠之地，亦産黍粟也。《禹貢》非夏代之書，固無可疑。然孔子收入《尚書》，今文、古文皆有，則疑爲戰國之書者亦謬矣。徵於此詩，可知其於西周年代已有。大約在穆王時從游之史官作之，故詳於西北而略於東南。此詩，蓋宣王時虢文公所作，故曰“信其爲禹甸”也。周畿及禹甸，皆南盡於終南山脉，是以詩言如此。畇畇，韓詩作畇畇。《玉篇》：“畇，均也。”畇，當亦均匀之義。原隰之田，區劃井然，故曰畇畇。下云“我疆我理”，謂邑君曾加以丈量規劃，授民耕種，井然匀稱也。“曾孫”，周詩中屢見，皆對王族子孫之稱。蓋周同姓貴族祀后稷時之自稱，世俗因習以爲王族子孫之榮稱。《毛傳》謂曾孫指成王，非也。“田之”，食邑佔有此田之義。“南東其畝”者，南山在南，渭河在北，河原向北傾斜，溝洫必自南東斜向西北開引，始能免於水土流失之患。故其畝向相同也。《齊風》“衡從其畝”。《左傳》成公二年，“使齊之封内盡東其畝”。皆言並溝爲畝向之法。自《鄭箋》以下，説此詩者，皆謂是古井田之法。今按：井田之説始於孟子。泥其説者，多方不能通。竊觀五十年代前康藏民族之“莊房制度”，深合於古代井田之説。决不能如儒家所説井田制之機械。周貴族之有土地者，固必然爲之經界，劃割匀整而後授民，是“我疆我理”之義，不能如《鄭箋》之説“六十四井爲甸。甸方八里，居一成之中。成方十里”云云也。

次章，“上天同雲”，之同雲，毛、鄭無説。朱云：“雲一色也，將雪之候如此。”今按：雲一色時極多，何得即爲將雪之候？彤、同、銅字古通用。説在《静女篇》。同雲即彤雲。《黄甫吟》，“一夜北風起，萬里彤雲厚，長空雪亂飛，疑是玉龍鬥”是也。秦漢間人書銅字作同，正因用此詩同字。黄河流域土氣亢燥，冬多雪，則土墒潤，爲播種黍粟之基本要求，故曰“雪兆豐年”。更益之以霢霂，則百穀生長無不美好矣。“霢霂”，舊唯《毛傳》云：“小雨爲霢霂。”今按：黄河流域氣候，冬季無雨，唯有大雪。仲春以後乃有小雨。夏秋間則有大雨二三次，農作物此時結實，需水分多，雨雖驟暴，亦種田之利。此後旱燥，農作物秋熟之候也。農業與此種氣候相配，恒致豐稔。此詩爲重農者之言，决非以霢霂爲細雨。當以霢爲細雨，霂爲大雨。字之從脈（同脈）、從沐，皆兼音義。脈謂如血脈之細，沐謂如盆水之沐。雪水之外，更益之以霢以霂，乃爲“既優既渥”，既霑既足”。優與霑，亦謂小雨之潤。渥與足，亦謂大雨之灌。

三章，“疆”，界内也。“埸”，畔間也，音亦。“翼翼”，與《楚茨》“我稷翼翼”同義，謂禾黍列列高聳於畝畔間如翼也。“彧彧”，禾實豐盛之貌。如此之稼穡收穫，貴族主人食用不盡，則以爲酒食，因祭祀而享神尸與賓，獲“壽考萬年”之嘏。皆同《楚茨》詩意。

四章，言疆埸間農民分散居住，築廬於其分田之中，而於疆埸隙地種瓜。此種分田隙地之種植，本應在正供以外，歸農民自享，而邑君亦借言祭祖而徵取之。“是剥是菹”，剥瓜爲菹，獻其大祖。即所謂“瓜祭”也。《禮記·玉藻》《論語·鄉黨》皆曾論及“瓜祭”。不在禴、祀、蒸、嘗之列。其制亦不詳。此詩粗言其概。疑《豳風》之“七月食瓜”，亦謂“瓜祭”，即所謂嘗新之祭，非時之小祭也。若然，則“瓜祭”殷代已有矣。

五章，所言爲定時之大祭，故用清酒與騂牡之牲，祭于祖廟。與《楚茨》次章相同。《朱傳》云：“執者，主人親執也。鸞刀，刀有鈴也。”（謂鳴聲如鸞）。“啓其毛”，欲取膋血。當先刮去割處皮間之毛也。《鄭箋》云：“膋，脂膏也。血以告殺。膋以升臭，合之黍稷，實之於蕭，合馨香也。”古祭不用香燭，爇蕭燔燎以致神。嫌其不香，則以牲脂合黍稷以灌於蕭而後燃之。

卒章，總結祀事，幾於全用上篇成語。“是烝是享”，與上篇“以往烝嘗”同義。

由此文以烝對享。益足知上篇烝爲祭之義，嘗爲享之義。“苾苾芬芬”，上篇云“苾芬孝祀”。“祀事孔明”，“先祖是皇”，更與上篇從同。故知與上篇同出一手。且亦多以此三句爲義，與上篇同。

六、甫田之什

自《青繩》外，皆可定爲宣幽年代之詩。大抵，出於貴族者文較簡，通於民俗者詞較繁。惟衛武公詩例外。

（一）甫　田

四章。章十句。百六十四字。

倬彼甫田，歲取十千。我取其陳，食我農人，自古有年。今適南畝，或耘或耔。黍稷薿薿，攸介攸止，烝我髦士。

以我齊明，與我犧羊，以社以方。我田既臧，農夫之慶。琴瑟擊鼓，以御田祖，以祈甘雨，以介我稷黍，以穀我士女。

曾孫來止，以其婦子。饁彼南畝，田畯至喜。攘其左右，嘗其旨否。禾易長畝，終善且有。曾孫不怒，農夫克敏。

曾孫之稼，如茨如梁。曾孫之庾，如坻如京。乃求千斯倉，乃求萬斯箱。黍稷稻粱，農夫之慶。報以介福，萬壽無疆。

題解：此周初所製春社祈年通用樂章也。當時樂官所作，詞皆虛擬，以鼓舞農夫。舊之説者，皆作爲實事以求事義。故多曲解，而仍不能通。應悉摒棄，另立新詮。

首章，“倬彼甫田”，言有土之君，其土田倬然廣大。不明確其實際大小者，因是通用之詩，非專言某國某家之土田。“歲取十千”，亦但泛言所取之多。非確數，故無鍾石等單位字義。曰“十千”而不曰萬者，殷人以五百至千爲最多數。西周以三千爲最多數。此言十千，極多之義也。“千”，以協田、年韻。“我取其陳”之我，是假爲主祭邑君之稱，亦非實指何人。《鄭箋》竟指實爲“成王”，謬甚。“陳”，謂倉裏陳粟，以别于新取於“農人”者。與下文“自古有年”相應，謂累年皆得豐收，故倉中猶多陳穀。今當入新穀，故先取出其陳者，爲農人食也。取之於“農人”而又食其“農人”者，明是奴隸耕種制度之辭。西周初年，自六鄉六遂外，畿甸邑君，仍行奴隸生産制，故作詩者所虛擬之勸農詩語，仍是《七月》時代之思想境界。“今適南畝”以下，亦皆假想爲耕種奴隸衆多、勤勞之辭。承上“我”字言：我今曾適南畝，見農人勤勞，或耘除野草，或耔壅禾本（培土育禾爲耔）于薿薿黍稷之間。其青年農人

（髦士）見我之來，或相依導從（介），或留止操作，烝然衆多。倒髦士于烝下以就韻也。

次章，"齊明"即粢盛。《毛傳》："器實曰齊。在器曰盛。"《朱傳》："齊，音咨。與粢同。《曲禮》曰：'稷曰明粢。'此言齊明，便文以協韻耳。""犧羊"，羊之卜宜爲犧牲者。鄭説爲"純色之羊"，無當於社祭之義。"以社以方"，毛云："社，后土也，方，迎四方氣於郊也。"鄭、朱説爲"秋社祭四方"。今按：方，謂延巫作法祈年禳灾也。巫、醫、卜、祝之技，古稱爲方。由下文有巫祝語，可知此方字非祭四方之謂。"我田既臧"以下，即述巫祝之事，爲農夫之慶。"慶"，樂事也。"御"，音迓，迎也。"田祖"，毛云："先嗇也。"鄭云："《周禮》曰：'凡國，祈年于田祖。吹豳雅，擊土鼓以樂田畯。'"（在《春官·籥章》）彼注謂豳雅爲《七月》之一章。其實即謂此《甫田》，爲小雅之詩。樂官稱周爲豳。豳雅即周雅也。"甘雨"，及時之雨。"介"，鄭云"助也"。朱云"大也"。穀，並云"養也"。今按：田祖者，稷神也。周人祀之於社，故曰"社稷"。《禮記·祭法》云："王爲群姓立社曰大社。王自爲立社曰王社。諸侯爲百姓立社曰國社。諸侯自爲立社曰侯社，大夫以下成群立社曰置社。"又曰："厲山氏之有天下也，其子曰農，能殖百穀。夏之衰也，周棄繼之，故祀以爲稷。共工氏之霸九州也，其子曰后土，能平九州，故祀以爲社。"農事必依於土壤，故社稷合祀之。又《郊特牲》云："家主中溜而國主社，示本也。惟爲社事，單（殫）出里。唯爲社田，國人畢作。唯社，丘乘供粢盛，所以報本反始也。"《左傳》昭公二十九年，蔡墨曰："共工氏有子曰句龍，爲后土。后土曰社。稷，田正也，有烈山氏之子曰柱，爲稷，自夏以上祀之。周棄亦爲稷，自商以來祀之。"烈山氏即厲山氏，故所謂"神農氏"是也。柱即神農，即所謂稷神是也。殷人祀棄爲稷神。入周以棄爲始祖，郊祀之以祀天。别稱稷神爲田祖。不明云棄，實亦指棄。故又稱棄爲"后稷"。

三章，社祭時戲劇之描述也。周人貴族於廟祭有巫祝娱尸賓之戲。已説于《楚茨》。農民則於春秋社祭時演之。其劇扮一貴族主人，與其妻其子，挈饁食往田間慰勞農夫。緣豳詩舊有"同我婦子，饁彼南畝"之文而設也。扮田畯者爲巫，有似舞臺小醜，作態以博諧笑。對于饁餉，作垂涎狀，逕先探食，云"嘗其旨否"。又指長畝之禾以告主人，指空言有。主人詰窘之曰"無見"，則對云"終善且有"。豐收曰有。故豐年曰大有年也。扮曾孫者以身言，當怒其諧謔，而竟不怒，緣扮田畯者敏捷可喜故，夸述演技之詞也。此章文義梯突，惟可以戲劇扮演説之。後世"優孟衣冠"，實即巫劇之發展。近世巫人，尚莫不兼習演戲之技。殷周巫覡本兼樂歌、舞蹈、禳卜、醫藥、文藝與鬼神謊言結合諸技，凡所作爲，無一非屬戲劇。故知此章爲巫人演戲之叙述也。

卒章，爲巫師最後祝頌之辭。"曾孫"稱貴族主人也。"稼"，收割之禾。"茨"，茅茨，謂如茅屋之脊，密比相次。"梁"，車梁，謂如車頂之穹隆高起。"庾"，室外積貯。“坻”，水中高地。“京”，高丘。朱云“叶居良反”。皆言唯叠未脱粒時。“乃求”，謂打場求粒。則黍稷稻粱千倉、萬箱之多也。末句重言“農夫之慶”，明詩樂爲祈報之會而作。

（二）大　田

四章。二章章八句。二章章九句。百四十字。

大田多稼，既種既戒，既備乃事。以我覃耜，俶載南畝。播厥百穀，既庭且碩，曾孫是若。

既方既皂，既堅既好，不稂不莠。去其螟螣，及其蟊賊，無害我田稚。田祖有神，秉畀炎火。

有渰萋萋，興雨祁祁。雨我公田，遂及我私。彼有不穫稚，此有不斂穧。彼有遺秉，此有滯穗，伊寡婦之利。

曾孫來止，以其婦子，饁彼南畝，田畯至喜。來方禋祀，以其騂黑，與其黍稷，以享以祀，以介景福。

題解：此周初秋祭社祭神報賽通用之樂章也。與《甫田》同時創製，如出一手。春社祈年，農功方始，預祝全年豐稔，故爲虚擬之嘏詞，不妨誇大，姑以樂其農民。秋社報神，所擬之詞，爲追述全年耕事過程，則不能不近于實際；若仍誇誕，反足使農民疑而不悦。故詩語較爲謹嚴。其爲虚擬通用頌神悦民之詩樂則同矣。

曆法以立春後五戊爲春社，立秋後五戊爲秋社。五戊，爲五十日。（如二立適在戊日，則社日衹隔四十九日；若適在戊後一日，則五戊爲五十日。以此類推）。故春社恒在春分、清明之間，正黄河流域春耕開始之時。秋社恒在寒露前後，爲秋成之時。《白虎通·社稷篇》云：“歲再祭之何，春祈、秋報之義也。”《甫田》云“以祈甘雨”，此詩云“有不穫稚”，正是二社所用之詩。舊有説爲蜡祭者，亦非。蜡祭在歲末，爲農民全年大娱樂之集會。遍祭農田各物，與社祀田祖有别。

首章，“大田”與“甫田”同義。“既種”，言選留種籽。“既戒”，言作好春耕準備。皆春社前事，“既備乃事”，則春社事成，用赴南畝矣。“覃，利也”（《毛傳》），與剡義通。《淮南·氾論訓》：“古者剡耜而耕。”郭璞《爾雅注》引此詩作“剡耜”。蓋三家詩作剡。毛改其字，而義未改也。“俶載南畝”，按《爾雅·釋詁》，俶爲“始也”解，亦用三家詩義。《鄭箋》乃云：“俶讀爲熾，載讀爲菑栗之菑。”非詩語使用農民語言之義。當依《朱傳》“俶，始。載，事……始事於南畝，既耕而播之”作解。惟朱以“播厥百穀”屬上句，則莫如依《鄭箋》本，斷屬下句。謂所播之百穀，既庭且碩。“庭”，毛云：“直也。”“曾孫是若”，鄭、朱並云：“若，順也。”鄭説爲成王

“順民事不奪其時”。朱説爲“其生者皆直而大，以順曾孫之所欲”。今按：《説文》：“若，擇菜也。”本使之相齊，無所參差之義。故又爲長短相當之義。“年相若，貌相似”字義如此。此詩直言禾稼之庭碩如田主人之高耳。農夫語言如此。

次章，言既庭且碩之苗稼，含苞結實矣。“方，房也，謂孚甲始生而未合時也。”（《鄭箋》）“實未堅者曰皂。”（《朱傳》）。結實成熟，則既飽滿堅實，而美好矣。“不稂”，謂不有“童稂”之病。童稂，一作童粱，黑穗菌胞子侵入禾穗，耗其養分，使苞葉内子粒變成黑粉之病，今俗呼“寄生胞”者是也。“不莠”，謂無莠而不實之苗。凡不良種子，每有部分退化成野生狀態，變成高出而過時不熟之劣苗，皆稱爲莠。謂非苗不美，而結實劣敗者，故字從秀。《毛傳》：“食心曰螟。食葉曰螣。食根曰蟊。食節曰賊。”今按：食節者，正是螟蟲。（螟蛾之幼蟲）疑“蟊賊”爲一詞，泛指一切害根之蟲，如土蠶、螻蛄、田鼠之類。“無害我田穉”，謂莫能爲害。緣田祖有神，執而畀之炎火以消滅之也。

三章，言雲雨滋潤，禾苗成熟。與《甫田》“以祈甘雨”相應。《毛傳》：“渰，雲興貌。萋萋，雲行貌。祁祁，徐也。”詩言“公田”，私田，舊説皆用井田制作解，而把井田制説得非常機械。《新詮》按，以西藏地區原行之“莊房制度”以推古所謂“井田制”，所謂“私田”，並不能恰是“方里而井。井九百畝”，八家皆私百畝，其中爲公田那樣的方格形田土制度。而衹是每家劃給一部分土地耕種的田莊（分地）。所謂“公田”，亦不是九個方格中心的百畝之田，而是貴族地主劃留的一些田土，是徵用農奴户勞力耕種、收穫、上繳歸倉，不給報酬的田。這種公、私田的劃分，是奴隸社會就已有了的。最初之奴隸主，佔有田土，完全用奴隸耕種，皆是他的公田。後來有了“莊房娃子”，分給出去一部分奴隸自耕的田地。周代推行奴隸改良主義，逐步變爲農奴耕種制度，農奴受分的私田多了，貴族地主的公田也就少了，但絶不能恰少到所有田土的九分之一。衹不過有個公田、私田之分。如此詩所云而已。或遂以爲《甫田》所述爲奴隸社會勞農之詩，《大田》爲農奴制下勞農之詩，兩詩時代不同，故内容不同。此説由未明殷周社會發展變化過程所致。西周初期，衹王畿的六鄉行農奴生産制，其他王畿地面與諸侯國邑仍多行用奴隸生産制。亦均皆有公田與私田，即殷商奴隸社會，亦曾有劃給奴隸之私田。此兩詩既皆虚擬之詞，固不免於有混淆生産關係之語。在當時，衹求便於鄉遂内外農民祀社皆能適用而已。

“彼有不穫穉”以下，言農田受彼天之賜而穫豐收，則可不盡其利，以惠矜寡之貧乏者。亦是誇張豐稔之意。“穉”，與上章“無害我田穉”字同，皆禾未及熟者之稱。古時農業技術未精，禾苗發育不齊。先熟、後熟者雜在田中。農人但就多數成熟時收割。留其後熟者勿割，是謂“不穫穉”。穧者，農人收穫時，先割成把，攢集成堆，以待搬運入“打場”，與散把皆散在田中。“不斂穧”，謂搬運人偶未發見而遺留在田之穧。“遺秉”，即散失在田，未攢入穧之禾把。“滯穗”，謂禾穗之折落田間，未能入把者。此等遺逸之物，皆爲貧乏拾殘禾者所取去。故曰：“伊寡婦之利。”“寡”，貧也。寡婦，謂窮乏無力自活之人，不必爲無夫之婦。

卒章，“曾孫來止”四句，亦是説巫祝演戲，與《甫田》同。大約社祭皆有如此一場戲劇。按《七月》古詩所記，奴隸主率其婦子、饁饗農夫，本當在開春“于耜”、“舉趾”之時。此詩所言，乃在秋成收穫“遺秉”、“滯穗”之後，是田野已空時矣，安尚有曾孫饁饗之事乎？以此可知其爲循例扮演之戲劇也。“來方禋祀”之方，與《甫田》“以社以方”同是巫祝之義。演劇既過，巫祝登場，進行祭祀。“禋祀”，燃香熏煙之祭也。故禋、煙字亦通。清潔之祀，則熏香也。“騂黑”，謂牲之色。毛云：“騂，牛也。黑，羊豕也。”既非一牲，又有黍稷，一面作法祀神，一面作食享衆。預享者多，故非衹一牛一羊之牲也。

（三）瞻彼洛矣

三章。章六句。七十二字。

瞻彼洛矣，維水泱泱。君子至止，福禄如茨。韎韐有奭，以作六師。
瞻彼洛矣，維水泱泱。君子至止，鞞琫有珌。君子萬年，保其家室。
瞻彼洛矣，維水泱泱。君子至止，福禄既同。君子萬年，保其家邦。

題解：此宣王東狩圃田，會諸侯，獵于敖後，更率之入洛，再獵于邙之詩。王臣如仲山甫、尹吉甫輩所作，以頌來朝諸侯者也。當與《車攻》相次。由《毛詩》竄列之于“刺幽王”諸篇中，後儒佞毛，遂莫能識也。

朱熹《集傳》謂：“此天子會諸侯於東都以講武事，而諸侯美天子詩。言天子至此洛水之上，御戎服而起六師也。”已近於《車攻》矣，仍不敢遂謂宣王世詩。何楷《世本》謂：“紀東遷爲鄭武公詠。”《詩經原始引》打破幽王之説，而又誤繫於平王。夫幽王固未曾至洛邑，平王已都洛矣，諸侯既已數至，鄭伯與王亦瞻洛三年而後武公爲司徒。而詩重叠“瞻彼洛矣”，三章，皆如初至洛者之詞。則安得是平王、鄭武之詩。惟説宣王謀伐徐淮，會諸侯于洛，王官作樂之辭，能通全詩耳。自昭王、穆王後，諸王久不莅洛。唯宣王一至，證在《車攻》。合伐徐淮諸詩觀之，意義自明。

首章，“瞻彼洛矣”，言王初至洛邑，始見洛水。“維水泱泱”，謂洛之爲水，泱泱然大。喻周王東境之廣，諸侯之多，民衆之盛也。三章皆冠此語，而不一韻，是特重其詞，以頌諸侯來會者之意。季札觀樂，至歌齊，曰“美哉，泱泱乎大風也哉”，即用此詩語。“君子”，指來會諸侯。與《庭燎》之“君子至止”，同爲王臣對朝會公侯之稱。“福禄如茨”，謂來朝諸侯將大增福禄。“如茨”，用“如茨如梁”成語。説在《甫田》。“韎韐有奭”，謂諸侯來者，知有軍事，皆戎服。以茅搜所染之韋爲弁與帶，具赤色也，朱謂以作六師，謂諸侯之士與天子六師會獵。六師因諸侯皆來會獵而後出獵，如諸侯使之興作。《毛傳》《鄭箋》有脱衍。後儒不得其義，兹亦援之爲説，而簡化之如此[1]。

次章，“鞞琫有珌”，言其佩刀之飾。《毛傳》：“鞞，容刀鞞也。琫上飾，珌下飾。”朱云：“鞞，今刀鞘也。”此亦謂諸侯之戎服。“君子萬年”，王臣頌諸侯傳世久遠。於文當以“萬年保其家室”爲句。於樂章則可于“萬年”斷句。

卒章，“福禄既同”，猶言皆同也。鄭説爲“其爵命賞賜。盡與其先君受命者同”，朱説爲“同，聚也”。皆無足取。

（四）裳裳者華

四章。章六句。百零一字。

裳裳者華，其葉湑兮。我覯之子，我心寫兮。我心寫兮，是以有譽處兮。

裳裳者華，芸其黄矣。我覯之子，維其有章矣。維其有章矣，是以有慶矣。

裳裳者華，或黄或白。我覯之子，乘其四駱，乘其四駱，六轡沃若。

左之左之，君子宜之。右之右之，君子有之。維其有之，是以似之。

題解：此亦宣王會諸侯於洛時，王臣所作燕勞諸侯之詩。與《瞻彼洛矣》辭義相應。皆稱諸侯爲“君子”。《瞻洛》，頌從獵諸侯。此篇，則燕饗時歌頌之詩。諸侯從獵，則戎服。赴燕，則朝服，故曰：芸黄，有章。《瞻洛》，樂官所供，例爲三章。此篇，卿士之詞，長短無制，擬周公旦詩故也。前三章起句，皆用“裳裳者華”，頌朝服之美。

首章，《毛傳》：“裳裳，猶堂堂也。湑，盛貌。”《朱傳》引“董氏云：‘古本作常。常棣也。’”謂董道以爲用燕兄弟之義也。“之子”，指諸侯。“我”，設爲天子之言。作面見時親昵語，曰：見而心寫也。朱云：“心傾寫而悦樂之矣。”重言“我心寫兮”。重天子喜慰之意。“有譽處兮”，言天子喜，則諸侯長久載譽不失。《蓼蕭》詩

【1】《毛傳》：“韎韐者，茅蒐染草也。一曰韎韐，所以代鞸也。”《箋云》：“韎韐，茅蒐染也。茅蒐，韎韐聲也。韎韐，祭服之鞸，合韋爲之。其服爵弁服，衣纁裳也。”陸云：“奭。許力反，赤貌。紨，音緇。”據《説文》，《毛傳》首韎字下當衍韐字。衹當云“韎者，茅蒐染草也”（《説文》）。而“染草”，字亦當作“染韋”。《説文》與《毛傳》並僞。又《説文》“一入曰韎”，謂入染一次；僅淺色之韋。今本《毛傳》又脱入字。一入曰韎當斷句。韐所以代鞸爲句。鞸即芾，朝聘禮服之飾，即“朱芾斯皇”之謂。韐則戎服用之，與芾同位置。故云“代鞸”。《周禮》司服：“凡兵事，韋弁服。”故韎韐爲戎服。《鄭箋》謂茅蒐之聲促讀爲韎。聲上韐字亦衍（用馬瑞辰説。）茅蒐，蓋茜草之别名。

"既見君子，我心寫兮"。截用此語，易我爲君子。

次章，《毛傳》："芸，黄盛也。"《箋》云："華芸然而黄。"《朱傳》："章，文章也。有文章，斯有福慶也。"不如鄭云"章，禮文也"爲當。

三章，衣服以頌威儀，故兼及其車馬。"白馬黑鬣曰駱"，見《四牡傳》。"六轡沃若"，亦《皇皇者華》原句。蓋用武王將伐紂，遣使於諸侯之國故事，以諷諸侯從王征伐徐淮。

卒章，爲三章之延續。"左之"，"右之"四句，皆譽諸侯車馭之良。亦喻其善于用人，善於治國。承上"六轡沃若"而言。陳奂引《周書·天順篇》云："吉禮左還，順天以立本。武禮右還，順地以利兵。"以爲《毛傳》"左陽道，朝祀之事。右陰道，喪戎之事"作注。説明封建制度，車馭迴旋亦有禮度規定。或是。《朱傳》："言其才全德備，以左之，則無所不宜；以右之，則無所不有。維其有之於内，是以形之於外者，無不似其所有也。"《毛傳》："似，嗣也。"謂能嗣其先世之德。兩存之可也。

（五）桑　扈

四章。章四句。六十四字。

交交桑扈，有鶯其羽。君子樂胥，受天之祜。
交交桑扈，有鶯其領。君子樂胥，萬邦之屏。
之屏之翰，百辟爲憲。不戢不難，受福不那。
兕觵其觩，旨酒思柔。彼交匪敖，萬福來求。

題解：此亦宣王東獵。會諸侯於洛，王臣所作燕享之樂詩。與《瞻洛》《裳裳者華》三篇相次，含義相同。可稱爲"瞻洛之三"。此篇詩格猶高，語氣貴倨，疑是南仲或召虎所作。

首章，"交交桑扈"與《小宛》同文。是《小宛》借用此詩語。動物學上，桑扈屬鳴禽類，雀科。嘴色黄，嘴根青黑。腹背皆灰色帶褐，翼紫黑，有白條紋。羽色具金屬光。"交交"，《小宛》云"小貌"。《秦·黄鳥傳》同。《新詮》以爲皆鳴聲也。雀類小鳥，人不易見，由鳴聲而覺之。"有鶯其羽"，謂其羽之光彩似鶯。毛云："鶯然有文章。"是也。稱諸侯爲"君子"，三篇皆同。"樂胥"，毛云："胥，皆也。"鄭云："胥，有才知名。"朱云："胥，語詞。"馬瑞辰曰："猶言樂嘉，樂豈。嘉亦樂也。"陳奂引《新書》云："胥，相也。"謂是"樂民之樂者，民亦樂其樂"之義。

詮按："樂胥"，與卒章"旨酒思柔"相應。胥字本義爲柔閃，故引申爲和柔之義。言飲酒微醉而不亂，正足爲樂。"受天之祜"，祜，福也。喻受天王饗爲"受天之祜"也。

次章，“鶯其領”，謂頸羽之美。“萬邦之屏”，毛云：“屏，蔽也。”詩頌諸侯兵强，能屏藩王室，捍禦外患，亦即所以屏蔽萬邦，不愧于此燕饗也。迴環不離誘勸諸侯助王出軍之義。

三章，承“之屏”而衍其詞，猶《裳裳者華》卒章之承前章，當時蓋有此種衍分樂章而文義相屬之詩體。《毛傳》：“翰，幹。憲，法也。”《箋》云：“外能蔽捍四表之患難，内能立功立事，爲之楨幹，則百辟卿士莫不倈職而法象之。”“不戢不難”，毛云“戢，聚也。不戢，戢也。不難，難也。那，多也。不多，多也。”鄭云：“不自斂以先王之法，不自難以亡國之戒，則其受福禄亦不多也。”朱云：“蓋曰：豈不斂乎，豈不慎乎，其福豈不多乎。古語聲急而然也。”詮按：戢，即《時邁》“載戢干戈”之戢。詩蓋言干戈不足戢，征伐不爲難，則受福無灾。時方與諸侯謀征徐淮，故以此勉之也。毛、鄭、朱説並無足取。大雅詩云“不”者，皆丕字音義，毛盡説爲反語。此亦如之，已根本不合。故鄭朱緣之。説愈支離而不能通。“那”字，亦不當訓多。《説文》魌字引此詩，作“受福不儺”。魌，若儺，皆驅鬼禳灾之義，以難爲聲。“那”字，奴何切，本音儺。故《毛詩》改儺爲那“不那”，謂無鬼神之灾，無事醮禳也。

卒章，“兕觥”鄭云：“罰爵也。”“無失禮者，其罰爵徒觩然陳設而已。”毛于《卷耳》傳云：“兕觥，角爵也。”《朱傳》云：“爵也。”皆不謂罰爵。“觩”，《釋文》云：“或作斛”。又《絲衣》“兕觥其觩”，《泮水》“角弓其觩”，《釋文》亦皆作斛字。《良耜》“有捄其角”，《説文》斛字引作“有斛其角”。陳奂直謂此“觩爲斛之誤”。詮按：古文斛與觩同音義，皆謂角對舉也。在此詩，謂賓主對舉兕觥。諸侯間亦相互勸酒，對舉其爵如雙角。孫嘉淦《詩折衷》云：“饗之爲禮也，亦成而不坐，設几而不倚，爵盈而不飲，恭儉之至也。”謂引詩觩字爲爵盈不飲。應不然。惟饗禮立成不坐，則可信。古人席地而坐，不便於多人之饗。故大饗皆立飲，亦謂之飫。立飲則宜兕觥，今所謂“牛角壺”也。故勸酬則角爵觩然。無罰爵之義。朱言：“觩，角上曲貌。”近之也。其對句爲“旨酒思柔”，不多飲也。其與思，皆語詞。“彼交匪敖”，朱云：“敖，傲通。交際之間無所傲慢，則我無事於求福而福反來求我也。”（當删則後我字）《左傳》成公二十二年，引此詩作“彼交匪傲”。襄公二十七年，公孫段賦《桑扈》。趙孟曰：“匪交匪傲，福將焉往。”《漢書・五行志》引詩作“匪儌匪傲”。應劭注曰：“言：在位者不儌訐，不倨傲也。”師古曰：“儌，謂儌幸也。”蓋《魯詩》之文作“匪儌匪傲。”《毛詩》改其字。衡于勵勉諸侯之義，《魯詩》爲勝。

（六）鴛　鴦

四章。章四句。六十四字。

鴛鴦于飛，畢之羅之。君子萬年，福禄宜之。

鴛鴦在梁，戢其左翼。君子萬年，宜其遐福。
乘馬在厩，摧之秣之。君子萬年，福禄艾之。
乘馬在厩，秣之摧之。君子萬年，福禄綏之。

題解： 此宣王在洛會諸侯議征徐淮，謀定，某能詩諸侯答謝王臣饗燕樂歌之詩也。舊説全無可采[1]。惟逕以意闡説之（當時諸侯中有衛武公能詩。此或即其盛年時作）。

首章，“鴛鴦”，小有文綵之鳥。《裳裳者華》，譽諸侯有文章、威儀，故諸侯以《鴛鴦》答之。或疑鴛鴦爲喻夫婦之鳥。諸侯不合以之自喻。今按：周詩以雎鳩喻夫婦，以琴瑟喻夫婦，皆有明文。不見以鴛鴦喻。鴛鴦喻夫婦，漢以來之意識，不足加於此詩。縱如《毛詩》説鴛鴦爲匹鳥，是喻夫婦。古亦有喻君臣朋友爲夫婦者，如《小雅·谷風》。與唐人獻詩有“畫眉深淺入時無”之問，是也。“畢之羅之”者，猶言畢羅致之，謂諸侯咸會於是也。舊釋畢爲長柄小網，羅爲地上大網。雖有其義，不合此詩。鴛鴦水鳥，非長柄小網可羅；亦不適用地面之羅，及水中之網，但可以弓彈弋獵耳。故知此詩係謂畢羅致之也。“君子”，周貴族執政者互稱之詞。“萬年”報《瞻洛》詩原語。“福禄宜之”，亦謂“保其室家”，用“宜其室家”之義。

次章，“在梁”，謂水禽在梁，猶諸侯在國也。“戢其左翼”者，謂返國即當暫息文治之政，專力於戎事之謂，答《裳華》“左之’、“右之”句。左，謂文治之事；右，謂兵戎之事。戢其左，則右翼張也。特言戢，亦答《桑扈》“不戢不難”。“遐福”，祝遠征勝利。

三章，諸侯自言從征已有準備。“乘馬”，謂軍賦之馬。（説在《出車》篇。）即人民供軍賦之戎馬也。詩意爲：人民樂于從征，已從牧場牽回戎馬在厩，加意芻秣，隨時皆可出軍。《毛傳》：“摧，莝也。秣，粟也。”《説文繫傳》引此詩作“芻之秣之”。莝即芻也。三家詩有作芻作秣者，義同。“福禄艾之”，毛云：“艾，養也。”朱云“蘇氏曰，艾，老也。言以福禄終其身也。”當從蘇（轍）説。其時從王諸臣。如南仲、召虎、皇父（幽平時皇父之父）、仲山甫、尹吉父等皆已老耄，用艾字適當。

卒章，重複上章文義，以重樂於從役之義。亦是仿《瞻洛》章法。當時和詩體裁或如此。

【1】 舊説：《毛序》云“刺幽王也”。《續序》：“思古明王，交於萬物有道，自奉養有節也。”《箋》云：“君子，謂（古）明王也。”孫嘉淦《詩義折衷》云：“大昏也。天子、諸侯大昏禮成而群臣賀之也。”魏源《集義》云：“與桑扈相次，皆康昭穆盛世之樂章。”方玉潤曰：“幽王初昏也。《白華》爲申后被逐之詩。安知此詩不爲申后初昏而作。聖人兩存之，正以見幽王二三其德，雖有初而靡終也。”並謂何楷解此詩同。又謂明鄒肇敏亦是此説“但彼謂詠成王”。詮按：因鴛鴦字遂定爲婚詩，已無取矣。不審“畢之羅之”，與“戢其左翼”等字面。豈可作賀婚詞耶？舊説之紛然悖謬，大抵如此。

（七）頍　弁

三章。章十二句。百四十四字。

有頍者弁，實維伊何。爾酒既旨，爾殽既嘉。豈伊異人，兄弟匪他。蔦與女蘿，施于松柏。未見君子，憂心弈弈。既見君子，庶幾説懌。

有頍者弁，實維何期。爾酒既旨，爾殽既時。豈伊異人，兄弟具來。蔦與女蘿，施于松上。未見君子，憂心怲怲。既見君子。庶幾有臧。

有頍者弁，實維在首。爾酒既旨，爾殽既阜。豈伊異人，兄弟甥舅。如彼雨雪，先集維霰。死喪無日，無幾相見。樂酒今夕，君子維宴。

題解：此西周末期，貴族們相激以互招宴飲狂樂待死之詩。與《賓之初筵》及唐風之《蟋蟀》《山有樞》等詩産生時間相近，表達了幽王世王畿與近畿地區貴族生活腐化的程度。西周，在宣王初年，農奴生産制普及全畿。由於生産關係改變，刺激生産力之發展，一時農牧工商産業皆有甚大的躍進。一方面，是國力强大，號稱中興。另一方面，是新舊貴族地主剥削量亦激增，享受侈靡，生活腐化日深。至幽王世，似已達於不可救藥之境界，故鄭伯友雖爲司徒，亦知王室將敗，而與史伯謀求轉移比較安全之地。按《鄭語》所載，鄭伯所説："王室多故"，實無明確之史事可證。而慮敗岌岌然若不可終日者，蓋由親見統治階級之貴族腐化墮落，料不能免於淘汰消亡故也。此等詩篇，實維暴露當時貴族腐化之實況，説明宗周必然覆滅之原因。而封建士大夫説詩者，猶以爲刺幽王"親親誼薄，不能宴樂同姓"。妄將西周之滅既咎於幽王、褒姒二人。觀點一謬，全盤盡非。

首章，《毛傳》云："頍。弁貌。弁，皮弁也。"《説文》："頍，舉頭也。"陸德明《釋文》："頍，缺婢反，舉頭貌。"凡從頁之字，皆表頭面形貌。訓貌者，是。周制：貴族子弟成人，行冠禮後，即常著弁。弁皆以皮爲之，故曰皮弁。有爵禄者，皮弁作雀狀，故稱爵弁，爲禮服。詩云"有頍者弁，"謂貴族有爵位者著爵弁，頍然昂首也。"實維伊何"，猶今言："要它來作甚麼？"謂所貴乎有此爵弁者，在於能飲酒享樂也。爾酒既甘矣，爾殽既美矣。我等非他人，乃兄弟同族之誼也，豈可比於階級不同者哉。"異人"，恰是今語階段不同之人。"爾"，謂主人。"伊"，謂同來之另一貴族，隨興同來，作不速之客。作詩者介紹之言如此。"蔦"，今云"雲蘿松"，旋花科植物，藤蔓纖長，葉細似松而柔短，開小紅花。富室多有種於庭院障日者，濃緑可愛。"女蘿"者，蘚類植物，以胞子附生於松柏科植物之皮鱗間。恒作數丈長絲掛於枝上，亦濃緑悦目。老林中遍樹有之，亦曰松蘿。二者皆附着他樹而生，不能自立。詩以喻貴族之貧者不能自具酒食款客，則當望門作食客耳。奴隸社會時期，奴隸主或因天灾、人禍而貧，就食於人，人無敢拒者，稍失禮貌，則潑飯碎器而去。且控於其族人，求助其"打冤家。"（近世凉山黑彝浪人尚如此）周貴族承奴隸社會舊制而生，故破落貴族之無耻亦如此。"未見君子"以下，言：我等今日出覓酒食，未得主人你時，憂心如弈之難下棊。今則既見君子矣。庶幾懌悦而具酒食耶？"説"，古悦字。

次章，文義從同。猶近世丐者唱"蓮花落"。乞錢乞食，未得主人施捨，則重唱之。至於次闋，語微異而已。"何期"，《箋》云："猶伊何也。"今按：期，當讀如其。與《庭燎》"夜如何其"同義。"既時"謂我等已來作客，是陳殽得時。"怲怲"，毛云："憂盛滿也。"陸云："兵命反。"朱云："叶兵旺反"。今按：此詩多用當時語言之音，"古音"也。首章嘉字，叶何韻。當讀居何反，與今四川嘉定人土音符合（撮口，舌音）。他，讀湯何反，音如拖。柏，讀逋莫反，如撥。此章怲，與上、臧爲韻。當讀如方音。怲怲，猶怦怦，亦懔懔之義也[1]。

卒章，"兄弟甥舅"謂同來之貴族，非同姓之兄弟，即異姓之甥舅。統治階級之間，稱謂如此。由此語，足知《續序》"不能宴樂同姓"之説爲不賅也。"如彼雨雪，先集維霰"。與蔦蘿松柏句同位，亦族類同而形色小異之謂。霰，今云"米雪"。古云"稷雪"，或"黍雪"之謂也。《説文》："霰，稷雪也。"段注："謂雪之如稷者。"凡雪之結，必先有微塵作核，空中水份附之以結冰。徐結成，則爲六出之花，羽狀墜落。若初遇寒重，則水份驟然結作粒狀墜地，是謂之霰。《毛傳》："霰，暴雪也。"暴當爲黍字之僞。言粒雪似黍，猶《説文》曰稷雪也。凡結雪，皆由空中寒潮驟至，感水份核子而結，故往往先下粒雪，繼乃羽雪。詩云"先集爲霰"，經驗者言也。非"暴雪"之義。客倉卒至，主人先未具食。既已具食，則以雪霰爲喻。以下，爲飲食之間所言：我輩死喪日近，能有幾時相見。且樂飲今夕之酒，明則又顧而之他耳。"君子"言我輩貴族階級之人。"維宴"，惟當宴樂飲酒耳。舊儒説詩者，多頌作者爲曠達。封建士大夫緣之以飾無耻者多矣。此必當從詩語本義進行揭發。

（八）車　舝

五章。章六句。百二十五字。

間關車之舝兮，思孌季女逝兮。匪饑匪渴，德音來括。雖無好友，式燕且喜。

依彼平林，有集維鷮。辰彼碩女，令德來教。式燕且譽，好爾無射。

雖無旨酒，式飲庶幾。雖無嘉殽，式食庶幾。雖無德與女，式歌且舞。

【1】 馬瑞辰《傳箋通釋》卷二十二云："古音，丙讀如方。因與方通用。《士冠禮》'加柶面枋'。注：'今文枋爲柄。'《士昏禮》：'皆南枋。'注：'今文枋作柄。'《少牢饋禮》'南柄'注：'今文柄爲枋。'《春秋》隱八年'歸祊'，九年'會防'。《公羊》並作邴。皆丙、方通用之證。此詩怲，古音讀同旁旁，故與上、臧爲韻。"

陟彼高岡，析其柞薪。析其柞薪，其葉湑兮。鮮我覯爾，我心寫兮。

高山仰止，景行行止。四牡騑騑，六轡如琴。覯爾新昏，以慰我心。

題解： 潦倒之貴族，有女美好，爲勢家所求，作此詩遣嫁也。未詳其世。大約亦在西周宣幽之時。詩語甚明，而舊説紛紛，莫或及比，蓋亦緣《毛序》"大夫刺幽王"一語束縛。衛、鄭、孔、陳等佞毛者因壅蔽不能見。即如朱熹、王柏、豐坊、魏源之力求新意者，亦衹説爲賀婚。既失嫁女之義，則其訓詁注解亦多不足取矣。

首章，"間關車之舝兮"，謂迎女之車來也。舝，轄同。陸云："胡瞎反。車軸頭鐵也。"《左傳》昭公二十五年，"昭子賦車舝"。《北堂書鈔》車部引《韓詩》俱作轄字。車之軸，兩頭貫輪，突出小部，爲方孔，用釘貫之（古以堅木，後世用鐵釘），以免脱輻，是謂之轄。《説文》舛部："舝，車軸耑鍵也。兩穿相背，從舛，雟聲。"段注："以鐵堅貫軸頭而制谷，如鍵閉然。"此爲車行摩擦最劇之部，車行有聲即出於此。"間關"即車聲也。"間關車之舝"，猶"關關雎鳩"之先著其聲。聞聲而知車來也。特言車之舝者，謂有所鈐制，不得不就。"思"，語詞。"孌"，美貌。季女，稚女之謂。逝，往也。"匪饑匪渴"，謂非因貧窘而急於嫁女。由彼家來求故也。"括"毛云"會也"。今按：括有取之義。《易·坤卦》："六四，括囊，無咎無譽。"詩蓋取之。遣嫁之詩，對親迎者歌之，故謂夫家之求爲"德音"。詩人之家非富勢，嫁女而賀者不至，但治家宴以遣女，故曰："雖無好友，式燕且喜。"鄭云："式，用也。"朱云："雖無他人，亦當宴飲以相喜樂也。"

次章，《毛傳》"依，茂木貌。平林，林木之在平地者也。鷮，雉也。"馬瑞辰曰："依、殷，古同聲。殷，盛也。依即殷之假借，故《傳》以依爲茂木貌。"詩言夫家勢盛，如殷盛之平林。而女嫁之，如長尾雉之往集於平林也。"鷮"，孔氏《正義》引《陸璣疏》曰："微小於翟，走而且鳴曰鷮。其尾長，肉甚美。故林慮山下人語曰：'四足之美有麃。兩足之美有鷮。'麃者，似鹿而小，是也。"薛綜注《文選·西京賦》"游鷮高翬"云："雉之健者爲鷮。尾長六尺。"林麓山即林慮山，今戲裝之雉尾有長六尺者，云出關東。然則古中原亦有此鳥，故詩人以喻其年稚而孌美之女。"辰彼碩女"，辰，謂得其時。碩女，淑女之借字。《衛詩·碩人》亦喻新嫁之女。"令德來教"，謂教女以令德。古者嫁女，臨行，父母必有教言。如曰"往之汝家，必敬心戒，無違夫子"之類。往就女而教之，故曰"來教"。"式燕且譽"，與《韓奕》"韓姞燕譽"字同。彼詩《箋》云："韓姞則安之，盡其婦道，有顯譽。"《箋》於此詩，則曰："則用是燕飲酒，且稱王之聲譽。"則爲曲就《序》文爲説，宜其不安。譽，樂也。《韓奕》爲宣王世詩既確，則此詩明是用《韓奕》典語。兩詩皆嫁女之詩，固宜襲用其文，不得更有他解。"好爾無射"，當讀好爲"愛好"之好去聲。"無射"讀亦音，無厭也。謂愛悦不厭，祝語也。

三章，《朱傳》云："言我雖無旨酒嘉殽，美德以與汝，汝亦當飲、食、歌舞以相樂也。"遣女之辭。

四章，送女升車之辭也。用升高岡，析柞薪爲興。言汝此行如陟高岡，上升之謂也。往析柞薪，結婚之謂也。馬瑞辰曰："《吕記》引陳氏曰：析薪者，以喻昏姻……《漢廣》有刈薪之言，《南山》有析薪之句。《豳風》之伐柯，與娶妻同喻。詩中以析薪喻昏姻者不一而足。"今按：以析薪喻婚姻，蓋上古先民之語言已知此。故《周詩》多用之。俱不加解説，出于自然。玆體會其義，則古以石斧析木材爲薪，木破，兩合之則密相契合。以喻夫妻之和合也。然在周世所言析薪，又非破材爲柴之謂，而是用斤斧斬伐木枝爲薪之語。如《伐柯》云"匪斧不克"，喻娶妻之"匪媒不得"。此詩言析柞薪，而云"其葉湑兮"，皆明是析樹枝爲薪。雖亦是喻嫁娶，而與木材可契合之古義不同。質言之："喻嫁娶爲取薪。故古之娶字，亦只作取。枝之在樹，如女生於母家，娶者取之，如薪樵者之取枝。析者，離也。若使女離其母家也。此詩之升岡柞薪，正合嫁女之義。言柞者，薪材以柞櫟爲良，喻淑女也。""其葉湑兮"者，喻季女，方壯盛也。末兩句，言：今後我將鮮得見汝。然而汝得其所，我心亦舒寫也。

卒章，女車將發時贈别之詞。"高山仰止，景行行止"，喻婿家門户崇高，素所仰望。"景"，慕也。景仰而嚮往之爲"景行"。汝由行矣。"四牡騑騑，六轡如琴"，皆用前人詩語，明其爲大夫華美之車，則婿家之爲富勢貴族可知矣。反視女家，則無"旨酒"、"嘉殽"，與"好友"之賀，足知其地位之懸殊。故送女就婚，而心慰。婿以車來親迎，則婚禮已就，故曰"覯爾新婚"。

（九）青　蠅

三章。章四句。四十五字。

營營青蠅，止于樊。豈弟君子，無信讒言。

營營青蠅，止于棘。讒人罔極，交亂四國。

營營青蠅，止于榛。讒人罔極，構我二人。

題解：此西周初世，貴族執政者間，有中讒而交疏者，求解於對方之詩。在《小雅》七十四篇中，文最簡短，近于南詩。故知其爲周初之雅也。詩意與周公旦作《君奭》相似。《君奭》四言"二人"，首曰"我二人"，恰是此詩末句。然詩語不類周旦諸作，未可遂揣爲一事。但詩語借《尚書》之言以自况，亦可知其事之相類矣。

《小雅》中《巧言》《巷伯》皆刺讒之詩，《毛詩》與此同序云"刺幽王"而不相類次，則固已知其非一時之事矣。魏源《詩古微》乃强謂爲"刺信讒廢申后太子之事”。引《易林》“青蠅集藩，君聽讒言，害賢傷忠，患生婦人”爲證。且謂“交亂四國”爲戎、繒、申、吕四國，鑿鑿然若可徵信。細審實乃不通。夫“構我二人”爲申后之語耶，則此四國時未作亂。如作於四國已亂之後，則又豈能稱幽王爲“豈弟君子，無信讒言”乎。無論申后、宜臼不當如此，即其他任何旁人之詩亦不當矛盾如此。

《易林》又云：“馬蹄躓車，婦惡破家。青蠅汙白，恭子離居。”意蓋指驪姬、申生之事。或三家詩有如此兩説。然此詩無婦人之義。稱“我二人”，則亦與恭世子語位不合。前人雖有此説，無足取也。夫周世貴族之間，因讒言搆成隙者多矣。豈能因刺讒而遂能得其真實之本事。若必欲得其近於實事者，其惟衛共世子餘致衛武公和之詩乎？其事已論述于《邶・柏舟》。疑衛厘侯卒，世子餘嗣位時，弟和以兵奪位。餘避入墓道時，詠此以求解於和。其有可證者六點：甲、餘謚恭世子，與《易林》“共子”文合。是三家詩舊説有如此者。（婦惡，疑謂武公母縱爲之。）乙、厘侯卒在宣五十六年，即衛武公元年。餘在位僅數月。然在武公先。故詩之篇第，此在《賓筵》之前。丙、《小雅》詩雖皆周畿之事。然康叔封於衛較晚，在周已習詩。則衛有《小雅》爲可能。衛之小雅，在樂官亦當入於周之小雅，與《賓筵》同也。丁、厘侯距康叔九世，去周初未甚遠，故雅詩猶具風、南格局，與他諸刺讒詩不類。戊、《周詩》三百篇，未收昭、穆至夷厲世詩。自宣王世始多。共伯餘詩在宣王世，固宜收到。己、《困學紀聞》引袁孝政《釋劉子》，謂“魏武公信讒，此詩刺之”[1]。“魏武公”當爲“衛武公”之僞。是漢以後儒猶有傳爲世子餘之詩者。此説雖未可肯定，猶勝于舊他諸説，故志於此，供他日更深考訂之。

首章，“青蠅”，今云蒼蠅。“營營”，毛云：“往來貌。”朱云：“往來飛聲，亂人聽也。”“止于樊”，毛云：“樊，藩也。”《説文》引此詩，字作棥。《史記・滑稽列傳》引此詩，作蕃。《漢書・武五王傳》引此詩作藩。蓋三家詩作字不同。其爲藩籬之義則一，音亦俱同也。“青蠅”，喻讒人。“樊”室外之物，謂讒人爲異階級之渺小人物也。“豈弟”，用于兄弟之頌詞。詩云“豈弟君子”，明爲貴族兄弟間之詩。

次章，“止于棘”，則較籬更遠，關係尤疏之謂也。“交亂四國”，謂四方之國皆因之而不睦。

卒章，“止于榛”，則又更遠在山林，而非宅近。喻其人地位疏遠之至也。“構”，

【1】《困學紀聞》卷三：“袁孝政《釋劉子》曰：‘魏武公信讒，詩刺之曰：營營青蠅，止於藩。豈弟君子無信讒言。’”魏源《小雅答問》云：“王氏《詩考》引袁孝政《注劉子》曰‘魏武公信讒，詩刺之……’似三家詩在魏風。予謂《青蠅》在衛武《賓筵》之前，當爲衛武公刺幽王聽讒之詩，而袁孝政誤引爲魏武公耳。”《詩考》與《困學紀聞》皆王應麟一人之書。翁元圻注云：“《劉子》十卷，《唐志》作梁劉勰撰。陳振孫、晁公武據《唐播州參軍袁孝政序》，作北齊劉晝撰。……北齊劉晝字孔昭，渤海阜城人。名見《北史・儒林傳》。然未嘗播遷江表，與孝政之序不符。”要之《劉子》是六朝時書。袁則唐中葉人也。

挑撥也。"我二人"親昵之稱。

（十）賓之初筵

五章。章十四句。二百八十字。

賓之初筵，左右秩秩，籩豆有楚，殽核維旅。酒既和旨，飲酒孔偕。鐘鼓既設，舉酬逸逸。大侯既抗，弓矢斯張。射夫既同，獻爾發功。發彼有的，以祈爾爵。

籥舞笙鼓，樂既和奏。烝衎烈祖，以洽百禮。百禮既至，有壬有林。錫爾純嘏，子孫其湛。其湛曰樂，各奏爾能。賓載手仇，室人入又。酌彼康爵，以奏爾時。

賓之初筵，温温其恭。其未醉止，威儀反反。曰既醉止，威儀幡幡。舍其坐遷，屢舞僊僊。其未醉止，威儀抑抑。曰既醉止，威儀怭怭。是曰既醉，不知其秩。

賓既醉止，載號載呶。亂我籩豆，屢舞僛僛。是曰既醉，不知其郵。側弁之俄，屢舞傞傞。既醉而出，並受其福。醉而不出，是謂伐德。飲酒孔嘉，維其令儀。

凡此飲酒，或醉或否。既立之監，或佐之史。彼醉不臧，不醉反耻。式勿從謂，無俾大怠。匪言勿言，匪由勿語，由醉之言，俾出童羖。三爵不識，矧敢多又。

題解：西周末年，貴族酗酒失德，衛武公入朝，見而嘆之，因興射禮燕，爲此詩以戒監史也。

殊邦以"荒腆于酒"亡國。周公既滅殷社，封弟康叔於衛，作《康誥》《酒誥》《梓材》而遣之。康叔"剛制于酒"，以教殷之餘民。後嗣承其風尚。武公名和，康叔後第十世衛君也。雖以篡弒得國，而有威儀、敦品節，有賢稱於當時。從宣王十六年弒兄奪位，至宣王末，在位已三十年，年近七十矣。在諸侯中名位最尊，故敢斥言時弊如此。平王時，年九十餘，應徵爲王卿士，作抑（懿戒），亦申酒誡，詩在《大雅》，抑詩十二章，四百餘字。此詩五章，近三百字，煩言絮絮，曲盡其意，爲衛武詩之特點。每章多至十句以上，又是宣王末與幽王世作詩者一般風尚。《頍弁》每章十二句。適與同時，合而參之，西周覆亡之故可以得矣。

首章，鋪叙大射前燕飲與燕後射禮。《毛傳》："秩，秩然肅敬也。""楚，列貌。殽，豆實也。核加籩也。旅，陳也。""逸逸，往來次序也。""大侯，君侯也。抗，舉也。有燕射之禮。""的，質也。祈，求也。"《鄭箋》："左右，謂折旋揖讓也。秩秩，知也。先王將祭，必射以擇士。大射之禮。賓初入門，登堂即席，其趨翔威儀甚審知。言不失禮也。""鐘鼓於是言即設者，將射，故懸也。""舉者，舉鵠而棲之於侯也。"《周禮》梓人："張皮侯而棲鵠。"天子諸侯之射，皆張三侯。故君侯謂之大侯。大侯張而弓矢亦張，節也。《朱傳》："大射，樂人宿懸。厥明，將射，乃遷樂於下，以避射位是也。舉酬，舉所奠之酬爵也。""天子熊侯，白質。諸侯麋侯，赤質。大夫布侯，畫以虎豹。士布侯，畫以鹿豕。天子侯身一丈。其中三分居一，白質，畫熊。其外則丹地，畫以雲氣。”“凡射，張侯而不繫左下綱，中掩束之。至將射，司馬命張侯，弟子脱束，遂繫下綱也。”又云：“射夫既同，比其耦也。射禮，選群臣爲三耦。三耦之外，其餘各自取匹，謂之衆耦。”鄭云：“獻，猶奏也。”既比衆耦，乃誘射。射者乃登射，各奏其發矢中的之功。發，發矢也。射者與其耦拾發。發矢之時，各心競云：“我以此求爵汝。”爵，射爵也。射之禮，勝者飲不勝，所以養病也。故《論語》曰：“下而飲，其争也君子。”

古射禮，《儀禮》言之甚詳。《小戴禮》復有《射義》諸篇佐之。其煩瑣。兹録毛、鄭、朱三家之説，足得此詩實義。即不更爲詮釋。次章同。

次章，賡述射後舉行之祭饗大禮。“籥舞笙鼓”，毛云：“秉籥而舞，與笙鼓相應。”鄭云：“祭祀先奏樂，滌蕩其聲也。烝，進；衎，樂；烈，美；洽，合也。奏樂和，必進樂其先祖。于是合見天下諸侯所獻之禮。”朱云：“百禮，言其備也。”“有壬有林”，《毛傳》：“壬，大；林，君也。”《鄭箋》：“壬，任也，謂卿大夫也。諸侯所獻之禮既陳於庭，有卿大夫，又有國君。言天下徧至，得萬國之歡心。”朱云：“林，盛也。言禮之盛大也。”馬瑞辰曰：“壬林，承上百禮言。有壬，狀其禮之大也。有林，狀其禮之多也。”今按：《爾雅》亦依《毛傳》，訓林爲君。字義頗難通。竊依詩語尋義，“有壬”，當謂有主其事者，壬猶擔任者，指主人。“有林”，謂有襄其事者。指諸侯襄禮者之多如林。承“百禮”言之。“錫爾純嘏”，《箋》云：“純。大也。嘏，謂尸與主人以福也。湛，樂也。王受神之福於尸，則王之子孫皆喜樂也。”“子孫各奏爾能者，既湛之後，各酌獻尸，尸酢而卒爵也。”

“賓載手仇”，毛云：“手，取也。室人，主人也。主人請射于賓。賓許諾，自取其匹而射。主人亦入於次，又射以耦賓也。”鄭云：“仇，讀曰𣂪。室人，有室中之事者，謂佐食也。又，復也。賓手挹酒，室人復酌爲加爵。𣂪，相臺本字。他本作𣂪。《説文》：“𣂪，挹也。”字從雙目，與從雙百者舊混。《朱傳》作𣂪，云音拘。亦依《箋》説，與《毛傳》異義。今按：𣂪字義晦而音澀。不如用毛義：仇，匹也。又，又射也。“酌彼康爵，以奏爾時”二句，毛云“酒，所以安體也。（釋康爵）。時，中者也。”鄭云：“康，虚也。時，謂心所尊者也。加爵之間，賓與兄弟交錯相酬。卒爵者祝之以其所尊，亦交錯而已，又，無次也。”《朱傳》云：“時，時祭也。蘇氏曰：時，物也。此言因祭而飲者，始時禮樂之盛如此也。”今按：“康爵”，與“時”，毛義爲長。《大戴禮·虞戴德篇》：“時以教技。時有慶以地。不時有讓以地。”皆謂射中鵠者爲時。射禮久廢。其文義無足深考，但知此詩首次章皆贊射禮之盛，賓主之儀初未有亂足矣。

三章，言射饗之禮，初時禮度秩然。迨肆飲後，喪失威儀，秩序大亂，是酒飲無度之失。“温温其恭”，謂初飲時，人皆温柔恭敬。“威儀反反”，毛云：“反反，言重愼也。幡幡，失威儀也。遷，徙，屢，數，僊僊然。”朱云：“反反，顧禮也。幡幡，輕率也。僊僊，軒舉之狀。”今按：“舍其坐遷”，謂不安於其座，屢徙屢坐於他處，屢次起舞，蹁遷如仙也。再言未醉與既醉之變態，以明酒之作惡。毛云：“抑抑，愼密也。怭怭，媟嫚也。秩，常也。”

四章，痛陳諸賓醉後醜態。毛云：“號、呶，號呼，讙呶也。僛僛，舞不能自正也。傞傞，不止也。”鄭云：“郵，過。側，傾也。俄，傾貌。”“既醉而出”，謂賓能自知其醉，即辭而自去，則可藏拙無尤。主人亦得安，故謂“並受其福”。既醉而不出，留於庭内，醜態百出，累及主人。大爲衆所詬議，是之謂“喪德”。《酒誥》：“我民用大亂喪德，亦罔非酒惟行。”伐德，猶喪德也。末二句爲之箴言云：飲酒本以成禮，甚嘉事也。然所貴在能持威儀。失儀則爲伐德矣。

卒章，爲責監史之辭，以諷王與諸貴族酗酒者。《毛傳》云：“立酒之監，佐酒之史。”朱云：“監史，司正之屬。燕禮、鄉射，恐有懈倦失禮者，立司正以監之，察儀法也。”（司正，宴會監禮之人。見《儀禮·鄉飲酒禮》）詩言宴會既立監酒之司，又設佐史以助之。則當防止賓客之濫醉，而節制其飲酒矣。今監史失職，惟恐賓不濫醉。“彼醉不臧”，之不，當讀如丕。言彼謂醉者與大善，不醉，反以勸酒不力而自耻。《箋》云：“凡此時天下之人也，飲酒于有醉者，有不醉者，則立監使視之，又助以史，使督酒，欲令皆醉也。彼醉，則已不善，人所非惡。反復取未醉者耻罰之。言此者，疾之也。”意雖如此，不讀上“不”爲丕，則義仍難通。雅頌詩中，不字當讀丕者甚多，不僅此處。“式勿從謂”。謂無隨從諸賓酗於酒者之言，如曰加爵，添酒云云。見其醉而體軟形怠者，尤當節制之，使無大怠。凡不當説之言，如“君子惟宴”，“不醉無歸”等勸酒之詞，雖古人陳言，亦不可道。不當做的事，如“不醉反耻”之類，亦不可隨聲附和。凡醉者之言，皆妄言也。彼醉漢妄言有要人出無角之羊羖。豈亦可得耶？“童羖”，毛云：“羖羊不童也。”鄭云：“羖羊之性，牝牡有角。”朱云：“童羖，無角之羖羊，必無之物也。”“三爵不識”，鄭云：“三爵者，獻也，酬也，酢也。”詩言：此爲燕禮中賓主相勸之三次酬飲，禮也。一般人酒量不能過此。此而不勝，况益之以多次加飲乎。“又”，即上文“室人入又”之義。與“侑酒”之侑義通。謂勸飲額外之酒也。

七、魚藻之什

朱熹《集傳》以《魚藻》至《菀柳》四篇屬“桑扈之什”，《都人士》以下十篇爲“都人士之什”。此依漢唐定本。

（一）魚　藻

三章。章四句。四十八字。

魚在在藻，有頒其首。王在在鎬，豈樂飲酒。

魚在在藻，有莘其尾。王在在鎬，飲酒樂豈。

魚在在藻，依于其蒲。王在在鎬，有那其居。

題解：武王遷都於鎬，鎬民悦樂之詩，最早製成之雅樂詩也。詩語簡樸，類於周南。以魚喻民，亦是周初詩屢見之語。《毛序》云“刺幽王”，列在小雅末什。《續序》與《箋》《疏》雖曲爲之説，亦謂“君子思古之武王”。足見不能否定此爲歌頌武王之詩。

首章。《毛傳》：“頒，大首貌。魚以依蒲藻爲得其性。”今按：《無羊》“衆維魚矣”，《魚麗》“物其多矣”。皆以魚多喻奴隸與財富之多，亦皆周初之詩。此詩則人民自以魚之在藻爲喻。蓋奴隸社會人視奴隸如魚，奴隸之自視亦如此。陸氏《音義》：“頒符云反”。

次章。毛云：“莘，長貌。”陸云：“所巾反。”“樂豈”，猶“豈樂”。《箋》云：“豈，亦樂也。”

卒章，鄭云：“那，安貌。”陸云：“乃多反。”應與《桑扈》“受福不那”同音，與《隰有萇楚》“猗儺其枝”之儺，同音義。

詩三章，但言魚得其所之樂，與王之安居飲酒者，下民之謡，以安居飲酒爲人生至樂，不能知王之尚有他諸樂事故也。此尤顯示渾渾噩噩之奴隸，雖能爲歌頌，而意境局限如此。

（二）采　菽

五章。章八句。百六十一字。

采菽采菽，筐之筥之。君子來朝，何錫予之。雖無予之，路車乘馬。又何予之，玄衮及黼。

觱沸檻泉，言采其芹。君子來朝，言觀其旂。其旂淠淠，鸞聲嘒嘒。載驂載駟，君子所届。

赤芾在股，邪幅在下。彼交匪紓，天子所予。樂只君子，天子命之。樂只君子，福禄申之。

維柞之枝，其葉蓬蓬。樂只君子，殿天子之邦。樂只君子，萬福攸同。平平左右，亦是率從。

汎汎楊舟，紼纚維之。樂只君子，天子葵之。樂只君子，福禄膍之。優哉游哉，亦是戾矣。

題解：此武王伐紂前，王臣贈朝周諸侯固結情感之詩也。

首章，《毛傳》："菽，所以芼大牢而待君子也。羊則苦，豕則薇。""君子，謂諸侯也。""玄衮，卷龍也。白與黑謂之黼。"今按：詩稱周王禮待諸侯之勤，與賜予之厚。言：方諸侯未至，即飭人衆大量采菽以芼太牢。用量大，故曰"筐之筥之"。又思所以賜予諸侯之物。雖自謙爲無可予贈，起碼亦各有大路之車與一乘之馬矣。又或更有加贈玄衮及黼之衣服也。當時西周經濟，在全華爲最發達，最富有。糧食、牲畜之外，絲麻績織之物，車工繪素之藝，皆高於他國，故凡來朝諸侯，除得燕饗酒食之外，又有車、馬、衣物之贈。然，食物品種仍屬有限，芼肉之蔬，仍皆采自山野。菽即荳苗，《周詩》屢言之。皆謂野生者，人人得而采之。似尚未有人工栽培之者。滅紂以後，解放大量奴隸爲自有耕土之農奴，始有蔬菜種植。于是菽乃進爲蔬實並用之作物。武王初年，仍是奴隸生産制，故雖燕諸侯，亦資芼蔬於野菜也。衮與黼，皆絲織物所製之衣。於時尚無刺綉，但以五綵繪爲卷龍、雲氣，稱之曰衮，以爲人君禮服，秦漢以下，始施刺綉，仍稱爲衮。而繪畫之衣猶有存用者，故漢儒猶能言上古畫衣之制。黼，裳也。亦繪白與黑色之文章。《鄭箋》云："黼，黼黻。謂絺衣也。"

次章，《毛傳》："觱沸，泉出貌。檻泉，正出也。淠淠，動也。嘒嘒，中節也。"今按：周世之芹，即今人稱呼之"水芹菜"。芹之原生種也，纖維粗硬，具微香，無毒，生於水邊，古人以爲芳蔬。今則已培育成脆軟芳香之芹，野芹僅供救荒。"檻泉"，亦見於《瞻印》之詩，蓋周畿有涌泉爲澤，盛産水芹處。周王檻圍之，禁民人采，專以供天子食用者也。爲燕諸侯，乃從采之。詩言此者，明當時爲難得之蔬（異蔬）。《周禮・天官》："醢人，掌四豆之實……加豆之實，芹菹兔醢。"爲祭享用芹之證。詩言：方采芹時，已見諸侯來朝，遠望其車建之旂，聞其車鈴之聲。漸近而見驂、駟之馬，則已至王所也。鄭云："届，極也。"朱云："至也。"並達于王所之義。

三章，毛云："諸侯赤芾、邪幅。幅，偪也，所以自偪束也。""紓，緩也。申，重也。"鄭云："芾，太古蔽膝之象也。冕服謂之芾。其他服謂之韠，以韋爲之。其制：上廣一尺，下廣二尺，長三尺；其頸五寸；肩革帶，博二寸。脛本曰股。邪幅，如今行縢也。"今按："行縢"，今俗呼"裹纏"是也。"芾"，藏族跳神猶存其制，用綾錦爲之。勞動婦女，則以毛布爲之。中華古代則用革或韋布。音弗，與韍若黻同音義。詩言天子賜予來朝諸侯之服制如此。

四章，毛云："蓬蓬，盛貌。……殿，鎮也……平平，辯治也。"朱云："左右，諸侯之臣也。率，循也。"《箋》云："柞之幹，猶先祖也。枝，猶子孫也。"今按：周人以柞喻周王之政權，《綿》《旱麓》《皇矣》皆言“柞棫”是也。周地諸木，柞爲最堅，故周人舊有以柞喻王族之習。即《車舝》之“析其柞薪”，亦是喻取王族之女。此詩言周王族之强盛，如柞枝之蓬然多葉。葉喻諸侯。故曰“樂只君子，殿天子之邦”。殿，奠之借字。謂諸侯深結於周，奠定周邦，則萬福皆與周同享。並勉以辯治其臣屬，亦如此率從。“平平”，猶後世之“平章”，故毛訓爲辯治，亦猶今云領導也。

卒章，《毛傳》：“紼，繂也。纚，緌也。明王能維持諸侯也。……葵，揆也。膍，厚也。”陸云：“頻尸反。”今按：此章，明周與諸侯深相結納之關係：如維繫泛蕩之舟，如葵之傾轉向日，如膍之相比積叠也。毛訓失之。《左傳》成公十七年：“仲尼曰：鮑莊子之知不如葵。葵猶能衛其足。”《説文》：“葵，衛也。傾葉嚮日，不令照其根。”是古有葵葉嚮日，故能自衛之説。“天子葵之”，謂能使諸侯如葵也。《説文》：“膍，牛百葉也。”百葉，今俗云“千層肚”是也。反芻動物皆有此胃，古人識之極早，故詩用之。末句，言如此，則可以優游享樂，人生幸福，可云至極矣。“戾”，毛云“至也”。鄭云“止也”。俱“觀止”之義。

魏源《詩古微》謂此亦“宣王朝會東都”所作。審此詩之意雖力圖諸侯與王室團結，而毫無軍事跡象。應與《瞻洛》諸篇有別。毛詩不與宣王諸篇相次，乃次於《魚藻》篇下，雖妄云“刺幽王”，亦可知舊次未在宣王詩下矣。

（三）角　弓

八章。章四句。百三十二字。

騂騂角弓，翩其反矣。兄弟昏姻，無胥遠矣。
爾之遠矣，民胥然矣。爾之教矣，民胥傚矣。
此令兄弟，綽綽有裕。不令兄弟，交相爲瘉。
民之無良，相怨一方。受爵不讓，至于己斯亡。
老馬反爲駒，不顧其後。如食宜饇，如酌孔取。
毋教猱升木，如塗塗附。君子有徽猷，小人與屬。
雨雪瀌瀌，見晛曰消。莫肯下遺，式居婁驕。
雨雪浮浮，見晛曰流，如蠻如髦，我是用憂。

題解：此西周有兩邑君，各率其民以相争訟，王臣往調解，致讉於邑君之詩。各章文詞簡短，是周初詩格式。聯續至八章之多，是叮嚀周至以圖説服之驗。厲王囚彘以後，王畿邑君皆仿鄉遂之制，解放奴隸爲農奴，刺激農業生産，墾拓日增。向之荒地，俱克耕種，因而多有争田之訟。此詩本事，疑即發生於共和年代。故勸告語雖嚴厲，而不張言王權。又，高誘所云“争閒田者”之暴桓公與蘇信公（參看《何人斯》

篇)，疑即此事。然皆不能定。亦無舊説及此。

首章，“騂騂”毛云：“調利也。”《説文》：“觲，用角低仰便也。”從羊牛角，讀若《詩》“觲觲角弓”。蓋三家詩字有作觲者。毛之“調利”，謂角製之弓。《説文》之觲，則謂牛羊之角，相抵欲鬥。毛義爲勝。“角弓”者，《考工記》言：弓人以榦、角、筋、膠、絲、漆等六材爲弓。“榦也者，以爲遠也。角也者，以爲疾也。”言用柘、桑之木爲質，彈性强，則發矢能遠。合以角質，則尤堅强，以大力張之，則矢更能疾。是角弓，即强弓，今云“硬弓”是也。强弓射效固大，然苟力不能制，則易反彈而傷人。喻强梁狠鬥之事，如弄角弓。力不勝，則翩然而反，將自傷也。又言凡同爲食采之王臣，同姓則爲兄弟，異性則爲婚姻，宜相親近，不可相疏遠。《鄭箋》：“胥，相也。”

次章，承“無相遠矣”言：爾等相疏遠。則屬民相然效，無異於爾教之争鬥。傚，《左傳》昭公六年引此詩，字作效。

三章，舉當時有令名之邑君作比。大約謂如周公召公之共和行政，則“綽綽有裕”。反襯交相爲病之邑君，則爲“不令兄弟”也。毛云：“綽綽，寬也。裕，饒。瘉，病也。”

四章，言人民本或不良，而相怨其敵對之一方。“受爵不讓”，舊皆以爵爲爵禄。亡爲亡失，則不可以承“民”字爲義。《新詮》以爲謂人民於鄉飲酒時，主人獻爵，賓當辭讓而後受。爵，酒尊也。言人民於鄉飲時，見有受爵不讓者，亦非笑之。迨爵及己，則又逕飲不讓，忘其向之非笑他人。“亡”，爲忘之省借。指斥人民，實即以諷邑君。

五章，更明責邑君。言老馬能識途，經驗富也。駒則勇而無知者。諸君老馬，乃反爲駒乎，乃不顧其後果耶?“如食宜饇”之饇，毛云“飽也”。陸云“于據反”，則音區。今按：審詩意，當爲不加節制。“宜”，當訓求。“饇”，當訓嘔，吐也。《左傳》哀公二年，“吾伏弢嘔血，鼓音不衰”之嘔是也。從口從食之字，義多可通。食過多則致饇吐。古文原從食，後世乃省從口耳。“如酌孔取”，亦謂如酌挹取酒，當適可而止。不當遂大取之。當時邑君侈縱飲食，故詩以飲食爲喻以誡之。

六章，責邑君教民非道。自貴族統治階級視之。人民便是不良者和好亂者。邑君導其民争訟，有如“教猱升木”。毛云：“猱，猿屬。”朱云：“獼猴也。性善升木，不待教而能也。”又如泥塗之壁上，再加以塗泥，使泥過量沉重，必致崩壞也。作“君子”者，當有美道以領導其人民。毛云：“徽，美也。”鄭云：“猷，道也。君子有美道以獲聲譽，則小人亦樂與之而自連屬焉。”所云“君子”，謂統治階級之貴族。“小人”，謂被統治階級之人民，皆是周代習用之詞。“與屬”，猶從屬，今言受其役屬是也。

七章，譬言化道人民之道。雨雪由陰寒凝結，其勢雖暴，瀌瀌然彌漫大地。然而見日陽之氣，亦自消失矣。毛云：“晛，日氣也。”朱云：“曰，音越。《韓詩》，劉向作聿。”詩謂：民相争訟，雖烈，若邑君相與制之，則如雪之融消也。今乃“莫肯下遺”，而“式居婁驕”矣。“下遺”，謂洩不良之氣。下即“低聲下氣”之下。遺，即“一飯三遺矢”。（《廉頗傳》）之遺。居，停滯也。婁，古屢字，亦古樓，重累之義。《漢書》屢字多作婁。詩言：雪消矣，其水亦當有下遺之道，否則停積日增而放肆爲虐。喻人君化民忿争之氣，當求其忍讓而下洩於内。否則氣積累高而驕縱難制矣。（此二句，舊解紛歧，審無當于詩義者，故悉摒棄之。）

卒章，再申上章之説。毛云：“浮浮，猶瀌瀌也。流，流而去也。蠻，南蠻也。髦，夷髦也。”今按：周初謂楚國土人爲蠻。《詩》云“蠢爾蠻荆”是也。謂蜀鄉土民爲髦，字亦作髳，《牧誓》“庸、蜀、羌、髳”是也。此兩族落後土民，勇於私鬥，内難頻興。故詩語用以斥人民之好内鬥者。“我是用憂”，調處之王臣，言：我以爾等之民喪失禮義，蜕變如蠻髳爲憂也。

（四）菀　柳

三章。章六句。七十二字。

有菀者柳，不尚息焉。上帝甚蹈，無自暱焉。俾予靖之，後予極焉。

有菀者柳，不尚愒焉。上帝甚蹈，無自瘵焉。俾予靖之，後予邁焉。

有鳥高飛，亦傅于天。彼人之心，于何其臻。曷予靖之，居以兇矜。

題解：厲王貪暴，國人叛王。王徵畿内諸侯之軍靖亂。諸侯相戒勿應之詩也。疑是周定公其人所作。“周定公”名見《竹書紀年》，與召穆公共立宣王者，即“共和行政”之周召二公。召穆公虎之事跡，《國語》與《周詩》多有。周定公則無所聞，而能與召虎共和行政十四年之久，又共立宣王而後歸政，始終名在召公之上者，蓋有定亂靖國之潛德，爲當時革命奴隸所尊信故。其事已詳著于《詩學概念》之部。

舊説此詩者，未能明悉此種歷史背景，紛自臆爲推測，莫能切合。然因詩語甚明，故頗多得其近是之説者。如：《毛序》云“刺幽王”。《續序》云：“言王者之不可朝事也。”《集傳》云：“使我朝而事之，以靖王室，後必將極其所欲以求於我。”《折衷》曰：“幽王徵諸侯伐申，而諸侯不至也。”《原始》曰：“諸侯憂王暴戾……所刺又似厲王，非幽王也。”舊儒皆設想爲幽王，方玉潤已經設想至厲王，而不能識厲王敗流之史事，一簣未及耳。《新詮》首爲之發明焉。

首章，“有菀者柳”，喻厲王政權，已非“芃芃棫樸”之周德，而僅屬枝葉疏柔之菀柳，不足依之以休息也。菀，即《正月》“有菀其特”，《小弁》“菀彼柳斯”之菀。

陸氏《音義》並云“音鬱”。《朱傳》同。馬瑞辰曰：“《釋文》菀音鬱。徐于阮反。按：讀鬱者爲茂木。讀于阮反則訓如萎怨之怨。詩蓋以枯柳之不可止息，興王朝之不可依倚也。”詮按：《正月》《小弁》之菀，義皆爲茂，非枯。蓋此字唐宋時讀鬱，乃是茂木之義。宛爲本音，何時避私諱者改鬱音。遂師受成典實耳。宛具柔義。柳枝柔細、無濃蔭，非苑枯之義也。“不尚”猶今言“不值得”也。“上帝甚蹈”，《韓詩》字作慆。《戰國策》孫子賦，引《詩》曰：“上天甚神，無自瘵也。”[1]《毛傳》：“蹈，動。暱，近也。”馬瑞辰曰：“《一切經音義》引韓詩作‘上帝甚陶’。陶，變也。變與動同義。”詮按：蹈字，古文作蹈。故與陶字通用。慆與神皆字僞也。詩意謂上天甚躁擾耳。以喻厲王之愎而拒諫，擾民弗恤，悖亂致變，爲不可親暱之人也。未便明斥厲王之惡，託云上帝。上帝，謂天帝，與上天、昊天，皆周人喻天王所慣用之詞。

“俾予靖之”，毛云：“靖，治也。”朱云：“靖，安也。”詮按：“靖”，謂靖亂。使我助王出兵彈壓之義。“後予極焉”之極，毛云：“至也。”鄭云“誅也”。朱云：“求之盡也。”詮按：物之兩端爲極，物極則空無所有，故極者盡也。詩言王之貪暴如彼，激成民變。我等若爲靖亂，則王益驕縱。所取於我者，非至罄盡不止。自言其慮若此，以勸食邑公侯勿從王也。

次章，愒，毛云：“息也。”《民勞》“汔可小愒”同。陸云：“欺例反。”則亦是息音，但字易耳。“瘵”，毛云“病也”。鄭云“接也”。陸云“音債”。鄭音“際”。《説文》云：“勞病也。”詮按：瘵者，房勞之病，亦云消渴病是也。病源爲所偶縱林，精髓竭涸。詩謂助王靖亂，等於自瘵也。從廣、祭聲。祭、古音同察，後轉同蔡。又復用同際音。在此詩，當讀際音。“後予邁焉”之邁，當讀如癘，協息，瘵韻。癘音同厲，惡瘡疾。今云“麻瘡癩”是也。古諺云“癘人憐王”。此詩實用其義。謂因憐王靖亂如自求癘也。故曰：“古無虛諺。”邁與癘毛詩假借字。鄭云“行也”，朱云“過也”，皆與詩義不合。

卒章，言：鳥飛之高，尚有止境，王之貪慾何能有止境。我何能爲之靖亂，而自投于兇矜之地乎？“彼人”，指厲王，不明斥之，亦不更尊視之之語也。“于何其臻”，猶云“何能知其所届”。兇者，吉之反。矜者，危困之義。《鴻雁》“爰及矜人”，《烝民》“不侮矜寡”，皆謂可憐之人也。

【1】《國策·楚四》孫子爲書謝春申君曰：“癘人憐王，此不恭之語也（《韓詩外傳》作“鄙語曰癘人憐王”）。雖然，古無虛諺（一本無此四字），不可不審察也。此謂劫弑死亡之主言也。……夫劫弑死亡之主，心之憂勞，形之困苦，必甚於癘矣。由此觀之，癘雖憐王可也。因爲賦曰：‘珍寶隨珠，不知佩兮。禕衣與絲，不知異兮。閭姝子奢（古美女）莫知媒焉。嫫母求之，又甚喜之兮。以瞽爲明。爲聾爲聰。以是爲非。以吉爲兇。嗚呼上天，曷惟其同。’”詩曰：“上天甚神，無自瘵也。”《韓詩外傳》所載略同。引詩作：“上帝甚慆，無自瘵焉。”《荀子·賦篇》亦載此賦，不著書語，亦未引詩。漢三家詩皆傳於荀子之徒。疑文有作“後予癘焉”者。

（五）都人士

五章。章六句。百二十字。

彼都人士，狐裘黄黄。其容不改，出言有章。行歸于周，萬民所望。

彼都人士，臺笠緇撮。彼君子女，綢直如髮。我不見兮，我心不説。

彼都人士，充耳琇實。彼君子女，謂之尹吉。我不見兮，我心苑結。

彼都人士，垂帶而厲。彼君子女，卷髮如蠆。我不見兮，言從之邁。

匪伊垂之，帶則有餘。匪伊卷之，髮則有旟。我不見兮，云何盱矣。

題解：此周貴族士人贈其貴族友人夫婦致思慕之詩也。魏源云："自此以下八詩，雖作於王朝大夫，而純乎風體，置之王風。不復可辨。視西周幽厲之世，升降又不可同日而語矣。舊以爲刺幽王者誤。"

首章，"彼都人士"之都，即"洵美且都"之都，美於德行與威儀之謂。《鄭箋》説爲"都邑之人有士行者"，非。"狐裘黄黄"，明爲貴族之富者。"其容不改"，容態有常也。"出言有章"，語言有法也。"行歸于周"，行忠信也。頌其品德備美，爲"萬民所仰慕"。《毛傳》："周，忠信也。"（《皇皇者華》傳同）。《左傳》："襄公十四年，君子謂子囊忠。……忠，民之望也。《詩》曰：'行歸于周，萬民所望。'忠也。"是《毛傳》所據。按周本義爲田圃，因太王居周原，遂成國號。又因周王政道得民，世稱"周道"，爲道德標準之義。忠信固包括在内。此詩之"行歸于周"，亦謂周道中行耳。

次章，"臺笠緇撮"，《毛傳》："臺，所以禦暑。笠，所以禦雨也。緇撮，緇布冠也。"《箋》云："臺，夫須也。都人士以臺皮爲笠，緇布爲冠：古明王之時，儉且節也。"《朱傳》："緇，布冠，其制小，僅可撮其髻也。"詮按：毛于《南山有臺》釋臺爲夫須。於此詩則訓臺爲臺榭。仍以臺笠與緇撮對言，則謂高笠如臺也。鄭、朱仍用夫須説之，非是。夫須皮不可爲笠。此詩亦無頌儉之義。"彼君子女"，謂貴族之女，頌其人之妻之稱。周詩雅頌中，屢以"君子"爲貴族階級之代稱。"綢直如髮"，毛云："密直如髮也。"陳奂云："傳讀綢爲周。《説文》：'周，密也。'"馬瑞辰云："《説文》'鬗，髮多也'。詩作綢，爲假借字。"又云："如髮，猶云乃髮。乃，猶其也。"詮按：詩語，謂其人緻密而直道，如其髮之密而直耳。與下兩章頌其髮之美同位，亦兼補上章專頌其夫德威之偏，故用如字，則德、儀並頌矣。馬、陳雖得《毛傳》之旨，究不失爲曲解。詩語省主人字義者亦多，不能以如爲若、乃、其、而等代表主人之字。"不説"，即"不悦"，鄭云："心思之而憂也。"

三章，"充耳琇實"，《毛傳》："琇，美石也。"《箋》："言以美石爲瑱。瑱塞耳。"詮按：《淇奧》詩"充耳琇瑩"，傳以琇瑩爲"美石"。故舊説有以琇實合釋爲美石者。

孔穎達《正義》云："俗本'琇實，美石'者，誤也。"王肅以實爲"塞實其耳"之義，亦非。充耳已具塞之義。此詩云"琇實"，謂琇石如果實耳。琇瑩，言琇之光色。琇實，言琇之形狀。意相襲而義有别。"尹吉"，毛云："尹，正也。"鄭云："吉，讀爲姞。尹氏，姞氏，周室昏姻之舊姓也。"朱云："尹吉，未詳。"仍用鄭説。後儒俱同。詮按；詩言"彼君子女"，指"都人士"之妻，無二人義。"謂之尹吉"，是被稱爲尹氏吉人之義。吉，善也。《卷阿》"藹藹王多吉人"，與"吉士"叠言，明是男女淑善者之通稱。《左傳》宣公三年，"鄭文公有賤妾曰燕姞……生穆公，名之曰蘭……公逐群公子。公子蘭奔晋，從晋文公伐鄭。石癸曰'吾聞姬、姞耦，其子孫必蕃。姞，吉人也。天或啓之……'"云云。南燕之國姞姓。殆緣與王族締姻而封。當時已傳"姬姞耦，子孫蕃"之謡（後世因有"天相吉人"之説）。此詩有主人姬姓之貴族，其偶爲尹氏之女，子孫蕃衍，人以尹氏吉人稱之，故詩曰："謂之尹吉。"明非本名尹吉，猶燕姞之稱"吉人"。亦非謂尹姞二姓也。"苑結"，鄭云："苑，猶屈出，積也。"陸云"于粉反。徐音鬱。是苑結猶鬱積也。"

四章，"垂帶而厲"，毛云："厲，帶之垂者。"鄭云："而，亦如也。而厲，如鞶厲也。鞶必垂厲以爲飾。"詮按：古人衣必束帶。帶上恒有垂繫之物。如今藏族衣帶之繫帶"火鏈包"、"煙包'、"吊刀"之屬。中華古人所謂鞶厲，所謂佩觿，亦皆如此。鞶厲者，小革囊，盛帨巾，刀錐、日用之物。亦單云厲。《左傳》桓公二年，臧哀伯諫納郜大鼎文，"鞶厲游纓"是也。雖禮服，亦有之。毛云："帶之垂者。"謂帶末餘垂之部。當用以飾"垂帶"二字。"而厲"，謂更有繫于帶之物，如"鞶厲游纓"之屬也。"卷髮如蠆"者，謂其妻髮盛，髻之後翹舉甚高，有如蝎尾之上曲。今世所見古代婦女造像，後腦翹髻。鄭云："蠆，螫蟲也，尾末揵然，似婦人髮末曲上卷然。"是也。"言從之邁"，謂昔時相從聚首，今已睽隔，令人回憶難忘也。邁爲遠行之義。

卒章，延續前章爲文，謂非他故意垂帶，衹緣其帶有餘也。喻其人則富有餘，德譽有餘。又謂非她故卷其髮，衹緣髮多有餘，如旗之必飛揚。皆喻其自然致譽，非有矯飾。故我甚慕之，不見心不能忘也。"盱"，鄭云"病也"，朱云"望也"。《説文》："盱，張目也。"今按：盱，猶豫張望，心無所着之顧視貌。《何人斯》，"云何其盱"，同。

（六）采　緑

四章。章四句。六十四字。

終朝采緑，不盈一匊。予髮曲局，薄言歸沐。

終朝采藍，不盈一襜。五日爲期，六日不詹。

之子于狩，言韔其弓。之子于釣，言綸之繩。

其鈞維何，維魴及鱮。維魴及鱮，薄言觀者。

題解：此大學樂正易人，卸任樂官致新任，遜言才力不足之詩。《毛序》云：“刺怨曠也。”後儒以《禮·內則》有“妾雖年老，未滿五十，必與五日一御”之規定，與毛“婦人五日一御”之説符合，莫不遵之。（兩千餘年，衹孫嘉淦一人説爲士“懷才不用”。）予檢舊説，爲之笑不可抑。夫説禮至于規定房事期限，已可笑矣。居然據以闡説此詩女主人，怨詬逾限一日之違法，訴于詩歌，王者采詩，登于《小雅》。並與孔子所輯之經典，詎不令人捧腹噴飯乎？《新詮》亦未能得其史事，但緣緑、藍皆染草，以染爲喻之一綫過，細審詩語以闡説之。

首章：“終朝采緑”，謂盡一朝之力，所采藎草，曾未能得盈把之多。毛云：“自旦及食時爲終朝。兩手曰匊。”鄭云：“緑，王芻也。”《本草》：“王芻，又曰藎草。”查，藎草爲木本科植物，有黄色液汁，供染料。染黄者套藍即成緑，故又名緑草。毛詩作緑也。古語恒以染喻學。《墨子·所染》云：“染于蒼則蒼，染于黄則黄。所入者變，其色亦變。”是也[1]。詩蓋自謙云：終朝采染草，所得甚微。“不盈一匊”則能染者少也。“予髮曲局”。毛云：“局，卷也。”朱云：“猶言首如飛蓬也。”謂所染雖微，而勞苦已甚，至于久不及沐而毛髮垢結。今始得就梳沐矣。歸而休沐，即離職之謂。

次章，“藍”，即蓼藍。采其葉沃之，則腐而爲靛青。亦爲中華古勞動人民發明之重要染料。《毛傳》：“衣蔽前謂之襜。”朱云：“即蔽膝也。”古謂公侯禮服蔽膝爲芾。勞動人民之蔽膝與襜，韋布爲之。每折角提挈以貯所采擷物。“五日爲期，六日不詹”，但言材力不給。當五日程功者，逾期猶不能贍足耳。詹，與贍、贍、淡、儋字古通用，皆“滿足”之義。《鄭箋》頗嫌《毛序》“五日一御”之説不雅，乃説爲“五日、六日者，五月之日，六月之日也。期至五月而歸。今六月猶不至”。亦“五十步笑百步”之説耳。先用此説于豳風。已駁。在此更不能立脚。

三章，“之子”，謂新任樂正。“狩”，以喻武事，“綸”，以喻文教。周之學校，通習禮樂、射御之藝，文武兼資，皆樂官教授。詩此章，猶言：予于前任，衹算做準備

【1】《吕氏春秋·仲春紀·當染篇》，全舉《墨子·所染篇》文，於“非獨國有染也，士亦有染”句後，更續其事例曰：“孔子學于老聃、孟蘇夔、靖叔。魯惠公使宰讓請郊廟之禮於天子。桓王使史角往。惠公（留）止之。其後在魯，墨子學焉。此二士者（指孔墨），無爵位以顯人，無賞禄以利人，舉天下之顯榮者必稱此二士也。皆死久矣，從屬彌衆，弟子彌豐，充滿天下，王公大人從而顯之。有愛子弟者從而學焉，無时乏絶。子貢、子夏、曾子學於孔子，田子方學於子貢，段干木學於子夏，吴起學於曾子，禽滑釐學於墨子，許犯學於禽滑釐，田系學於許犯。孔墨之後學顯榮於天下者衆矣，不可勝數，皆所染者得當也。”所言皆學術傳授事，足知周代人士對染與教學聯繫之情致。《荀子·勸學篇》曰：“學不可以已。青取之於藍而勝于藍。”亦皆以染喻學。然以染喻學者，當以此詩爲最早見。蓋有染色即有此喻。審此詩格局，似出于周之初世。最晚亦不能過宣王世。其時學校有人，亦有《菁菁者莪》諸詩可證。樂正，以平民出身者爲多，故品學與詩藝皆有可稱者焉。

工作。如狩獵，衹曾將弓矢裝入袋裹。如釣魚，衹曾整理了釣絲。韔與綸皆動詞。繩，謂釣絲。

卒章，承上章“于釣”爲頌祝之辭。言：新任之釣，必得魴、鱮大魚。魴鱮，已見《齊・敝笱》。夫既言釣，則各種魚皆可得，何得但言魴鱮？足知其爲借喻，非必實曾釣魚，衹得魴鱮。《鄭箋》遂云“此美其君子有技藝也。釣必得魴鱮”。亦太鑿矣。“薄言觀者”，鄭云：“觀，多也。”《釋文》引《韓詩》作覩。足見觀爲坐觀厥成之意。非多。頌言新任善于育材，成就必大。“薄言”，歡然樂道其事之意。説在《芣苢篇》。觀謂觀成。者，爲語詞（元曲及今蘇語猶習用之），即卸任，故爲此言。詩語冲和、謙遜，不失教官之體。亦具有勉勵後任之義。佳制也。非貴族士大夫所不能爲。

（七）黍　苗

五章。章四句。八十字。

芃芃黍苗，陰雨膏之。悠悠南行，召伯勞之。

我任我輦，我車我牛。我行既集，蓋云歸哉。

我徒我御，我師我旅。我行既集，蓋云歸處。

肅肅謝功，召伯營之。烈烈征師，召伯成之。

原隰既平，泉流既清。召伯有成，王心則寧。

題解：宣王與召虎謀征徐淮，先營謝邑於淮水上游，以徙申伯，爲經營淮水前衛。召虎自率畿甸軍賦之民往營之。謝功既成，役民將歸，歡歌此詩也。徙申之謝邑，按《水經注》卷二十九，在比水側，今爲泌陽縣地。比水亦曰謝水，爲淮水上源之一。後字僞爲泚水也。

首章，言黍苗得陰雨膏潤而芃芃然茂。征夫得召伯勞來而南行無苦。謝，申國東界，在宛之南，去宗周遠，故曰悠悠南行也。《毛傳》：“芃芃，長大貌。”《鄭箋》：“宣王之時，使召伯營謝邑，以定申伯之國。將徒南行。衆多悠悠然。召伯則能勞來勸説以先之。”説悠悠爲衆意茫然，亦通。

次章，言我等應徵從役之人：任者、輦者、車者、牛者，皆歡悦于事功已集，行將歸里，各自準備之時。朱云：“任，負任者也。”謂徒手負擔之人。“輦，人挽車也。”今云擔架也。“牛，所以駕大車也”，自民間徵役之車，故用牛駕也。鄭云：“集，猶成也。”集事，完成其事之謂也。“蓋”，讀如曷音。“蓋云歸哉”，猶言何得不言歸于自己之家乎，愉快之語也。

三章，言我等應徵，組織成軍旅而來。今亦仍軍旅以歸。“我徒”，徒步之人。“我御”，御車之人。“我師我旅”，軍行組織，五百人爲旅，五旅爲師。“歸處”，謂役事息，可歸家安處也。

四章，“謝功”，謂謝邑工役之事。未完爲事。既完爲功。鄭云：“肅肅，嚴正之貌。營，治也。烈烈，威武貌。征，行也。美召伯治謝邑則使之嚴正；將師旅行，則有威武也。”是歸途中之詠。

卒章，謝邑，營於比水（泚水）之側。《水經注》謂其城“周回側水”。可以想見營謝必先治水。水治，則原隰平，水流清。城池可固，民樂居之。召伯克告成功，周王心事克遂，則安寧也。毛云：“土治曰平。水治曰清。”

此詩不言申伯，而舊説諸家能聯繫於申伯者，緣《大雅·崧高》詩，叙召伯營謝，以定申伯事。時猶未徙申伯於謝，故詩不及之。迨申伯已徙居謝，宣王乃與召虎分道出師。召虎即自南陽出謝邑以備淮夷。故知營謝徙申，皆宣王親征淮徐之準備工作。宜與《車攻》《瞻洛》《鼓鐘》《常武》《甘棠》諸合看。

（八）隰　桑

四章。章四句。六十四字。

隰桑有阿，其葉有難。既見君子，其樂如何。

隰桑有阿，其葉有沃。既見君子，云何不樂。

隰桑有阿，其葉有幽。既見君子，德音孔膠。

心乎愛矣，遐不謂矣。中心藏之，何日忘之。

題解：此太學教師答《菁菁者莪》之詩也。篇次不相屬者，或由執政勞問師儒之詩，爲通用樂歌已久，師儒輩乃有此作。故世次應相離。抑或由執政與樂正階級地位不同，樂官分列之。亦可能是毛公誤解爲“刺幽王”而誤列於此。《節南山》以下，《小雅》篇次紊亂，昔人早已言之矣。（《正義》已著其説）知其爲答《菁菁者莪》者，不惟四章結構正同，語意亦句句相應。

首章，“隰桑有阿，其葉有難”，《毛傳》：“阿然，美貌。難然，盛貌。有以利人也。”《箋》云：“興者喻時賢人君子不用而野處，有覆養之德。”詮按：毛、鄭及其他舊説皆非也。《菁莪》首章云：“菁菁者莪，在彼中阿。”以莪在山阿，喻士子在學校。此答詩，語意相對，以“隰桑”對莪蒿，葉儺對菁菁。“阿”，亦指學校。“有”，爲指事之語詞，具“存在”之義。“有阿”，猶云在阿。“有難”，猶云“猗儺”（《隰有萇楚》），難，爲儺之假借。《菁菁者莪》云“既見君子，樂且有儀”。執政稱樂正爲君子，尊之也。此答詩，稱執政爲君子，周代通稱貴族爲君子也。

次章，變其詞以答《菁菁者莪》之次章。用《菁菁者莪》之格局。前三章意皆從同，唯易二三字。“沃”，毛云“柔也”。與《檜詩傳》“猗儺，柔順也”義同。

三章，“幽”，毛云“黑色也”。馬瑞辰曰：“幽、葽，一聲之轉。《豳詩》‘四月秀葽’，《夏小正》作‘秀幽’。《漢郊祀志・房中歌》曰‘豐草葽’。孟康注‘葽，盛貌’。此詩‘有幽’，與上章‘有儺’、‘有沃’同義，正當讀葽，訓爲盛貌。《何草不黄》詩，‘率彼幽草’，義與此同。《傳》訓幽爲黑色者，蓋讀幽爲黝。”今按：馬説是也。毛云“黑色”。陸云“于糾反”。朱云“叶于交反”。于交反正當讀葽，與膠韻協。“德音孔膠”，謂執政視學歌《菁菁者莪》爲“德音”。膠，毛云“固也”。謂使我等爲學之心大固也。

卒章，亦如《菁菁者莪》之詩，於卒章爲結束語。《菁菁者莪》卒章，頌教師能稱其職，爲之放心。此詩，則答以感德音助勉，衷心不忘之意。“心乎愛矣”，謂心悦其言。“遐不謂矣”，《禮記・表記》引此詩，作“瑕不謂矣”。鄭注云：“瑕之言，故也。”是詩此句，猶今云“誰不如此説好”耳。馬瑞辰云：“凡詩言遐不者，猶言胡不。”“中心藏之”，《孝經》引此詩作“忠心藏之”。《釋文》則作臧。臧，本古之藏字。引申爲淑善之義。鄭用臧字引申之義釋此藏字，謂“我心善此君子”，亦非。其釋“謂”爲勤者，用“孔子曰愛之能勿勞乎，忠焉能勿誨乎”，以兼契《孝經》之忠字。並失原意。忠與中字古亦通用。故《左傳》“忠爲令德”，《華陽國志》引作“中爲令德”。孔子勞誨二語，固當用忠字義。若此詩，自是“中心”，即内心之義。則不適爲忠字。夫詩語本甚質樸明顯，而後人説詩，多爲紆曲以傅他書之字義，反轉成爲晦澀，失其本真。

（九）白　華

八章。章四句。百二十八字。

白華菅兮，白茅束兮。之子之遠，俾我獨兮。
英英白雲，露彼菅茅。天步艱難，之子不猶。
滮池北流，浸彼稻田。嘯歌傷懷，念彼碩人。
樵彼桑薪，卬烘于煁。維彼碩人，實勞我心。
鼓鐘于宫，聲聞于外。念子懆懆，視我邁邁。
有鶖在梁，有鶴在林。維彼碩人，實勞我心。
鴛鴦在梁，戢其左翼。之子無良，二三其德。
有扁斯石，履之卑兮。之子之遠，俾我疧兮。

題解：幽王寵褒姒，廢申后及太子宜臼。王臣家伯從宜臼奔申。太師皇父亦被虢石父所排，作此詩以贈家伯，寄其憂怨之意。《竹書紀年》，幽王五年，“世子宜臼出奔申”，同時“皇父作都于向”。申后，宣王元舅申伯之女。元舅申伯，本周王之世臣，與皇父同爲宣王十臣之一（《漢書·古今人表》），始封于謝，召虎爲之經營國邑。（黍苗），爲南國之鎮。（崧高），皇父，於幽王元年受錫命（《竹書紀年》），專國政早。迨幽王三年得褒姒，任虢石父爲卿，用事（《史記·周本紀》），廢申后與太子宜臼，皇父始見疏。宜臼奔申而皇父出營向邑，顯係褒姒與虢石父所排。營向亦受制不克成，迫於奔申（説在《小雅》末三篇》），則其同情宜臼母子可知矣。家伯亦周之世臣，而在申國，與申國諸臣同爲平王初年執政者。蓋先同宜臼奔申（參看《十月之交》詩），則其與皇父相善同爲宜臼之黨，又可知矣。此詩八章，皆一喻一嘆，意怨而辭隱晦，不敢明斥一事。顯爲執政者危疑之際，大有牢騷而又不敢發泄之辭。詩以“之子”與“碩人”並爲所懷念人之代稱。似一人，又似二人。蓋以家伯從宜臼同奔，稱家伯爲“之子”，稱宜臼爲“碩人”故也。如此推斷，驗于詩語，全可契合。

首章，《毛傳》：“白華，野菅也。又漚爲菅。”古以白華之草（今云茅草）漚以爲菅，薦牀褥。取其柔韌（《箋》云“柔忍”）。又以白茅爲束濾酒（縮酒，參看《伐木》篇），二物同類有用。詩以喻同作王臣，各資事用。“之子之遠”，謂其友出奔。同類皆去，我爲獨留。則有勢孤身危之難也。

次章，“英英白雲”，《釋文》引《韓詩》作泱泱。潘岳《射雉賦》“天泱泱以垂雲”，是“英英”亦垂雲貌也。“露彼菅茅”者，承上章喻我與友之菅茅，同在白雲覆蓋之下，喻同爲王之大臣也。馬瑞辰曰：“露猶覆也。”（馬氏《通釋》歷引《國語》《淮南子》《春秋繁露》《漢書·晁錯傳》與《嚴助傳》皆連言“覆露”喻君德）傷其友之出亡，仍不敢明斥君非，而諉之于“天步艱難”。實即王室危殆之義。“之子不猶”，毛云：“猶，可也。”鄭云：“猶，圖也。”今按：猶當讀如尤，而《斯干》“無相猶矣”之義。謂其友無罪而去，去而亦無怨誹也。

三章，“滮池”。鎬京西部水泉名。《水經注》卷十九：“渭水又東北與鄗水合。水上承池於昆明池北……又北流，西北注，與滮池合。水出鄗池西，而北流入於鄗。《毛詩》云：‘滮，流浪（貌）也。’（今本毛傳作“流貌”）而世傳以爲水名矣。”《括地志》云：“滮池，周十五步。”蓋南山下之泉水，流合鄗水，與鄗池之水同灌稻田（周邑“月十獲稻”），詩藉以喻二人之輔相鎬京（鎬與鄗字通）。因友人之遠去而“嘯歌傷懷”，同情深也。念友人而曰“念彼碩人”者，謂宜臼與其友同出亡在申。或曰念申后，猶莊姜之稱“碩人”，亦通。申后廢則被幽，不可得同奔還申。故因念宜臼而及之。

四章，毛云：“卬，我；烘，燎也。煁，烓竈也。桑薪，宜以養人者也。”朱云：“煁，無釜之竈，可燎而不可烹飪者也。”今按：詩謂褒姒得寵而申后幽廢也。桑薪，薪之美者也，言未得桑薪之前，烹飪用松柏之柴，既得桑薪，而松柏之材投于煁竈。喻申后昔爲王國司烹飪之主婦，今則以褒姒爲之。卬，托爲申后之語也。王之愛惡如此，故念彼碩人而心憂勞焉。

五章，言宫内讒譖之説行，申后與太子並廢，如宫中鼓鐘之已聲聞于外。顯露之意。“念子懆懆”，毛無傳。《説文》：“懆，愁不安也。”陸云：“七感反。愁不申也。”七感反，則當讀如慘。當與《陳・月出》“勞心慘兮”，《正月》“憂心慘慘”，《北山》“慘慘劬勞”，“我心慘慘”同義。與上文“實勞我心”相應。“視我邁邁”，言非惟子心慘慘然。我亦同受牽連而行邁于向也。謂外遣在遠爲邁邁。毛云：“邁，不悦也。”朱云：“邁，不顧也。”並失其義。

六章，毛云：“鶖，秃鶖也。”相傳：鶖爲水鳥，似鶴，黑色，無頂毛，以魚及蛇類爲食。“有鶖在梁”，以自喻也。有鶴在林，喻其友遠飛云也。鶖鶴同類，與菅茅同類一義也。同類分散，爲彼碩人之事也。

七章，“鴛鴦在梁，戢其左翼”，沿用《鴛鴦》詩成句。彼作於宣王時，此作於幽王時，彼用以喻修武備。此則喻廢正后，寵嬖。右者尚左，故以左翼喻正后。鄭云：“戢，斂也，斂在翼者，謂右掩左也。鳥之雌雄不可别也。以翼右掩左，雄。左掩右雌。”此章“之子”，當指幽王。“二三其德”，與《氓》詩同斥丈夫之不能專一。

卒章，《毛傳》：“扁扁，乘石貌。王乘車履石。”按：謂如今之“上馬石”也。朱云：“扁，卑貌。有扁然而卑之石，則履之者亦卑矣。如妾之賤則寵之者亦賤矣。”説較毛鄭爲勝。若遵毛訓，當云升車之履石，扁平不高。我履之而卑。喻其友去而失助。故云“之子之遠，使我疷也。疷，毛云“病也”。陸云“都禮反”。

（十）綿　蠻

三章。章八句。九十六字。

綿蠻黄鳥，止于丘阿。道之云遠，我勞如何。飲之食之，教之誨之。命彼後車，謂之載之。

綿蠻黄鳥，止于丘隅。豈敢憚行，畏不能趨。飲之食之，教之誨之。命彼後車，謂之載之。

綿蠻黄鳥，止于丘側。豈敢憚行，畏不能極。飲之食之，教之誨之。命彼後車，謂之載之。

題解：此大學樂正送卒業士子就仕之詩也。漢唐舊説，皆依不棄微賤立論。朱熹知其不然，而説爲：“此微賤勞苦而思有所託者，爲鳥言以自比也。”仍未允洽於詩義。孫嘉淦以爲“諸侯貢士”，乃稍近矣。仍不如樂正贈行之詩爲切。詩語自是送士子就仕之詞。緣與《菁菁者莪》《隰桑》《采緑》諸篇相隔離，故昔人莫能覺耳。

首章，“綿蠻”，毛云：“小鳥貌。”朱云：“鳥聲。”《文選》引《韓詩章句》曰：

"綿蠻，文貌。"當從"文貌"之義。謂黄鳥爲文秀可喜之鳥，喻士子也。"丘阿"，毛云："曲阿也。鳥止於阿，人止於仁。"鄭云："止，謂飛行所止託也。"《菁菁者莪》與《隰桑》皆以山喻學校。樂官屢歌，遂成典實，故引詩作者借用之。"道之云遠"之道，謂古聖先王之道。亦即所謂"大學之道"。遠，是深遠難竟之意。亦是自謙爲未能明究道要，雖任教師，勞而無功之意。故續云："我勞如何。"如何，猶言："奈何"或"如之何"也。《大學》云："大學之道，在明明德，在親民，在止於至善。"其釋止於至善，則此詩曰："綿蠻黄鳥，止于丘隅"。子曰："於止知其所止。……爲人君，止於仁。爲人臣，止於敬。爲人子，止於孝。爲人父，止於慈。與國人交，至於信。"雖亦"斷章"爲説，亦可知此詩之必出于學校教師矣。"飲之"以下十六字，三章從同，明爲作詩者贈言最主要之點，謂國家集士子於太學，供給其飲食，延師教誨之。又行將由司馬論材授官（説在《王制》）。"從大夫之後"，不復徒行（即階級地位轉變之意。説在《論語》）。應不忘於君之德澤，慎于服職也。"教之"，謂教以禮、樂、射、御、書、數之藝。"誨之"，謂誨以仁、敬、孝、慈、忠、信之德。"命彼後車"者，周制，大夫不徒行。而士之初仕者亦不得有車。恒命從大夫治事，用大夫之後車載之以行。故初仕士有《無將大車》之詩。"謂之載之"者，命後得載之義。"謂之"，已定而尚未得之辭也。

次章，"丘隅"，亦謂丘阿之隅。"豈敢憚行"二句，謂予雖教士以服官之道，不能相從而仕於官，年事老大，不能奔走矣。諸士子年富力强，前程遠大，予不能相及。謙勉之辭也。

卒章，比上章衹易兩字，重言以備三章之數。樂官風詩格局如此，小雅亦如此者，周以小雅易風之驗也。"丘側"，承"丘隅"言，明其漸離于阿。謂士卒業也。"畏不能極"之極，當讀如及。鄭、朱並云："極，至也。"朱引《國語》云："齊朝駕，則夕極于魯國。"是極亦有及之義。

（十一）瓠　葉

四章。章四句。六十四字。

幡幡瓠葉，采之亨之。君子有酒，酌言嘗之。
有兔斯首，炮之燔之。君子有酒，酌言獻之。
有兔斯首，燔之炙之。君子有酒，酌言酢之。
有兔斯首，燔之炮之。君子有酒，酌言酬之。

題解： 此農民享客，主婦歌詠其獻酬禮度之詩。按詩意推之，此農婦蓋疏遠失禄之貴族或士人之女，故亦能詩；雖乏文采，亦無樵野之氣，清雅勝於《節南山》諸篇。

稱其夫爲“君子”，蓋西周末葉，貴族因血系疏遠而淪爲農民者已多。此詩主人之家，雖寒素，猶守封建禮度，享客必先祭祖，亦必行賓主獻、酢、酬三段之禮。可知其平時生活仍持貴族格調，不曾因貧而廢。太師與孔子之肯録而存之者在此。其人之可憐可笑亦即在此。然，此詩所反映爲西周社會發展之關係殊大：足以説明封建制度發展演變之實跡。又爲農民階級亦有小雅之鐵證。

首章，“瓠葉”，瓠瓜之葉，幼嫩者可烹治爲葅。農民恒繞它籬間、木下種之。既葅其葉，亦食其瓜。“幡幡”，毛云：“瓠葉貌。庶人之菜也。”“亨”，古烹字。“嘗”者，秋祭之名。舊説爲酒成嘗試之酌。按封建禮家之説，凡嘗新，亦必先祭祖。釀酒以穀，穀待秋而成。瓠亦秋熟。則秋釀之嘗，亦即秋祭之嘗也。統治階級恒因祭祖而爲大饗。此詩農民亦因嘗祭而享賓客。首章言祭，不及享客。

次章，以下三章皆詠享客。説明祭是名，享是實。亦可反映封建統治階級之祭享，排場雖盛大，實質亦祇如此。此詩嘗祭祇供瓠葅，不用兔，兔不在六牲之列故也。享賓側重在兔，肉食也。嘉殽亦唯有兔，足知其貧。“斯首”，《鄭箋》説爲鮮首。云：“斯，白也。今俗語斯白之字作鮮，齊魯之間聲近斯。有兔白首者，兔之小者也。”朱云：“斯首，一兔也。猶數魚以尾也。”詮按：斯首，亦非謂其殽唯有一兔。如詩，有炮之者，有燔之者，有炙之者，至少當有三兔。故三言斯首。斯雖語辭，亦具“此”字之義。《毛傳》：“毛曰炮，加火曰燔。炕火曰炙。”《鄭箋》：“凡治兔之宜：鮮者炮之，柔者炙之，乾者燔之。”炮，謂泥塗而燒也。燔，謂入釜以煮也。炙，謂膾而煎之也。兔在農田間，易獵得，故農民雖貧不能畜鷄豚，亦能具數頭兔殽。“酌言獻之”，鄭用《儀禮》説云：“飲酒之禮，既奏酒于賓，乃薦羞。”謂主人先斟酒奉賓，復獻兔殽。

三章，“酌言酢之”，毛云：“酢，報也。”鄭云：“報者，賓既卒爵，洗而酌主人也。”

卒章，“酌言醻之”，毛云：“醻，道飲也。”鄭云：“主人既卒酢爵，又酌自飲。卒爵，復酌進賓。猶今俗人勸酒。”詮按“道飲”謂如今云主賓同乾杯也（朱作“導飲”。似誤）。

（十二）漸漸之石

三章。章六句。七十二字。

漸漸之石，維其高矣。山川悠遠，維其勞矣。武人東征，不皇朝矣。

漸漸之石，維其卒矣。山川悠遠，曷其没矣。武人東征，不皇出矣。

有豕白蹢，烝涉波矣。月離于畢，俾滂沱矣。武人東征，不皇他矣。

題解：幽王六年，“命伯士率師伐六濟之戎。王師敗逋”。（《竹書紀年》）此其敗兵歌詠之詩也。詩語三言“東征”，與所涉山川之險阻。雖不明指何地，亦可推測其非近地與平地。《毛序》云：“下國刺幽王也。”《續序》與《鄭箋》《孔疏》皆謂是征荆舒。查幽王未曾用兵荆舒（荆楚與舒六諸國）。荆舒皆南國，不當云“東征”。魏源謂是平王世詩，“當作於《揚水》戍申之時”。不知戍申許，爲安置過多流離入洛之軍士，非征荆楚地。自洛至申許亦非悠遠，地又非險阻，與詩語不稱也。豐坊《僞詩説》謂是“桓王伐鄭，將師不堪勞苦”，尤爲不稱。惟幽王伐六濟之戎一役，與詩語相契。

考“六濟之戎”，謂濟水六源地區之戎也。舊説濟水上源爲沇水。出王屋山，凡六枝，匯流于原、陽、樊、温、軹地區，潛流地中，越河，重出，再爲濟水，入海（《水經注》詳其原委），故知六濟之戎所居地在王屋山區。此與太行山中之“赤狄潞子”等部，皆西戎之竄居此一山嶽地區，阻險以擾華地之少數民族。此戎所劫擾地方，即爲陽、樊、温、原諸地。皆東周王畿外之邑也。幽王命太師皇父東營向邑爲第三王都，欲依晋衛之助以固河外之王畿。必同時征討六濟戎，然後向功無擾，而入晋之道乃通。此幽王出兵原因也。向與六濟戎皆在宗周正東，故曰：“東征”。地遠而山道險阻，行軍不利，故有此詩。《後漢書·西羌傳》，謂“幽王命伯士伐六濟之戎。軍敗，伯士死焉”。則此次軍事之慘敗可知。審詩語，亦似潰軍所作。《後漢書·西羌傳》之首段，東漢潰軍所撰。當時《竹書》未出，而有此文，則非取材於《竹書》，而是取材於此詩之舊説可知。疑三家詩曾有如此説者，故《毛序》以爲“下國刺幽王”也（下國一般以稱戎狄之國）。

再考《竹書紀年》：幽王元年，錫命尹氏皇父爲太師。三年寵褒姒。五年命皇父營向。六年伐六濟之戎。可以設想皇父在幽王初年，實專國政。極力經營東方，身往營向，曾得幽王同意。爲憎六濟之戎侵擾向功，故請幽王討之。王師既敗於六濟山中，主將陷歿。虢石父因得從而譖之。王不更遣征師，戎益肆擾，向功沮潰。皇父被迫奔申，依宜臼。故宜臼既立於洛邑，仍用皇父爲太師，主持國政。皇父圖竟營向之功，再度躬往督之。遂復爲宗周東來諸貴族所排。用《竹書》此文，與《鄭語》《史記》、及《十月之交》諸詩，及此下三篇小雅相參，可以得其史事發展過程。正如宣王東征淮徐之事，舊史雖不言及，單持《周詩》部分篇章，亦可得其梗概也。

首章，“漸漸之石”，《釋文》云：“漸漸，亦作嶃嶃”（豐坊僞詩説逕作“嶃嶃之石”與《何草不黄》同入王風）。《説文》無“嶃”字，有磛字，云：“礹石也。”《繫傳》引詩，作“磛磛之石”。是三家詩有作嶃、作磛不同。《毛詩》改字作漸，《傳》云：“山石高峻。”未變其義也。周用車戰，不利于山區行軍。戎人便於山區襲擊。故周師敗覆。潰軍生還者猶念其山路之險，詠詩如此。“不皇朝矣”，《鄭箋》《孔疏》皆説爲“荆舒不朝於王”之故而東征。王肅駁鄭，釋爲“不暇脩禮而相朝”。則皇字不作王解，而作遑。朱熹《集傳》定爲遑字，云："遑，暇也。言無朝旦之暇也。"當從朱説。

次章，"維其卒矣"，毛云："卒，竟也。"鄭云："卒者，崔嵬也。謂山顛之末也。"朱同。詩首章言自宗周遠征，初至山下之勞。此章言仰攻登山之苦。與憂在覆軍。"曷其没也"，鄭云："曷，何也。廣闊之處，何時其可盡服。"朱云："没，盡也。言所登何時而可盡也。"詮按：此潰軍嘆主將伯士陣歿，而不知其死狀之辭也。"不皇出矣"，更是嘆東征全軍覆没之語。

卒章，言幸免于死之潰卒，逃逸中之艱苦。"有豕白蹢"，毛云："豕，猪也。蹢，蹄也。將久雨，則豕進涉水波。"詮按：毛所云猪，謂野猪。野猪兇猛，古人多用以喻戰士。故吴之兵强，申包胥喻爲"封豕"（《左傳・定公四年》）。西羌兵强，劉陶稱爲"豕突"。（《後漢書・劉陶傳》）王莽募兵，號爲"豬突豨勇"。（《漢書・食貨志》）古人未嘗賤視豕，而以視同熊虎貔貅可知。此詩蓋潰軍自喻爲白蹄之豕，涉波奔竄，謂逃死急也。烝涉波，謂大群豕亂流奔竄。豕色本黑，云"白蹢"者，喻潰兵涉波而脱其屨屣。今云"赤脚"也。朱云："張子曰：豕之負涂曳泥，其常性也，今其足皆白，衆與涉波而去，水患之多可知矣。"是得白蹢之義也。若真言豕涉，則衆多之豕，豈能皆白蹄耶？"月離于畢"二句，據《春秋緯》，其上尚有"月離于箕，風揚沙矣"句。蓋古占侯家，積觀察天象所造之農諺如此。謂月行與箕星相值，必有狂風；月行與畢星相值，必有大雨。勞動農民習於此諺。一旦從軍遠征，遭逢暴雨，遂亦用之入詩。言六濟之役，主將陷没，殘軍奔潰，赤脚涉水，復遭暴雨山洪。然而爲逃死，亦"不遑他顧"也。重言"滂沱"者，太行、王屋山區，暴雨則溪流泛漲，逃者固苦，追者亦不敢涉。作詩者亦幸其如此而得全命故也。三言"武人東征"，皆自嘲之辭。

（十三）苕之華

三章。章四句。四十六字。

苕之華，芸其黄矣。心之憂矣，維其傷矣。

苕之華，其葉青青。知我如此，不如無生。

牂羊墳首，三星在罶。人可以食，鮮可以飽。

題解： 皇父譽向，爲虢石父所譖，失其權勢，濟戎侵擾不能制，從人因敝不能救，迫於奔申。此其奔申前，相從譽向諸吏士悲歎之詩也。與《漸漸之石》章法、格調俱同，有似同時、同地、同輩感憤之作，而非出於一人之手。上篇悼伯士，兼自傷，是軍士之作。此篇悼皇父失勢，阽危，亦兼自傷，則當是皇父從吏之語。

首章，"苕之華"，與《陳風》"邛有旨苕"字同，應是一物。《毛傳》云："苕，陵苕也。將落則黄。"《箋》云："陵苕之華，赤紫而繁。"蓋即紫雲英類之豆科植物，迄今蜀人仍呼"苕菜"，古爲野生植物，故曰陵苕（生丘陵間）。今爲緑肥植物者是。《朱傳》釋爲"凌霄花"者，誤。"芸其黄矣"，襲用《裳裳者華》原句，足見作者亦曾習詩，屬於士人一級。《裳裳者華》爲王臣頌諸侯之盛服。此詩則喻皇父之失勢，如苕華黄變，爲將凋之象，故其心爲之憂傷。

次章，"其葉青青"，則花落徒有其葉矣。喻皇父敗徵已著。因自嘆悔於從之來此。設早知我如此，則寧死亦不肯來矣。

卒章，"牂羊，"毛云："牝羊也。墳，大也。""牂羊墳首，言無是道也。"朱云："羊瘠則首大也。"《説文》則謂牂羊爲牡羊。今按："牂羊"當謂瘠羊，無分於牝牡。瘠羊而大首者，喻皇父與相從營向諸人之瘠困，徒有大首如舊。羊之肥瘦，表現在胸腹腿肉之豐嗇，頭形不因而變。然而羊既困斃，頭亦非能自活者，有譏皇父不能蔭庇之意。"三星在罶"，毛云"罶，曲梁也，寡婦之笱也。"已説在《魚麗》篇。罶字，陸云"音柳"，協首韻。然古留、卯同音。在此詩當讀卯，協飽韻。"三星"，《綢繆·箋》云："心星也。"此云"如心星之光耀，見于魚笱之中，其去須臾也"，"人可以食，鮮可以飽"，謂向功垂敗之時，工作人員尚有可食，已難獲飽。亦是責皇父不能自振之意。皇父于是不能不出於申矣。

（十四）何草不黄

四章。章四句。六十四字。

何草不黄，何日不行。何人不將，經營四方。

何草不玄，何人不矜。哀我征夫，獨爲匪民。

匪兕匪虎，率彼曠野。哀我征夫，朝夕不暇。

有芃者狐，率彼幽草。有棧之車，行彼周道。

題解：此工匠人民愁怨徵役不息之詩也。舊説爲兵役者，非是，詩語無兵役含義。且亦非農民力役之徵。農民不能廢農事，故除戰役所徵軍賦外，力役之徵，每人歲不過三日。惟市居工商之民，調充土木、運輸、采購之役者，國家得隨時徵調使用，以竟事爲期。官爲給食。亦有工資，但率甚微，且或被弊侵，不能實得。尤以土木之工最苦，或數月、數歲不得復員。此詩蓋即被徵遠出營造之工匠所詠也。在西周，如成王營洛邑，宣王營謝（已有《黍苗》之詩），幽王、平王先後營向邑，皆大役，徵用工匠多，爲時亦長。營洛、營謝於承乎富盛之世，工匠苦樂尚得調劑，幽王營向於衰敝之世，功之無成，至於潰散。疑此詩即其工匠所作。故太師樂檔原自與《漸石》《苕華》相連次也。

首章，以“何草不黄”起興，喻其勞苦終歲，草皆轉黄而人亦病也。“何日不行”，言無日不在役中。“何人不將”，言工商之人，誰亦不免於徵用。“將”，携取從行之義也。“經營四方”，向四方遠近營造，如謝在南方，洛與向在東方，朔在北方，皆宣幽世事。《靈臺》詩：“經始靈臺，經之營之，庶民攻之，不日成之。”是“經營”之本義，謂土木之役也。其後含義演變，凡國家規劃之事皆曰經營。《北山》詩之“經營四方”是也。此詩仍爲土木興造之義，與《北山》詩文同而意而微有別。

次章，“何草不玄”，毛云：“玄，赤黑色。”朱云：“既黄而玄也。”（毛謂始春時。非）詮按：玄者，乾枯之色。草黄爲衰，玄爲老。此詩言自少壯歲，長期從事於徵調之役。今則哀衰老之將至也。“何人不矜”，言國人從事於徵役者連年不歸，雖有室家，等於鰥居。毛云：“無妻曰矜。從役者皆過時不得歸，故謂之矜。”陸云：“矜音鰥。”矜之本義爲矛柄，引申之義甚多，音亦隨之多變。在此詩自當讀如鰥寡之鰥，乃協韻。其下“哀我征夫，獨爲匪民”，謂凡民皆得室家之樂，可憐我應徵之人，獨非民乎，而無室家之聚耶？

三章，兕、虎，皆兇猛巨獸，以喻軍士。工役之民則匪軍士也。乃亦遠役于阽危之地，如兕、虎之率循於曠野，而又朝夕不得閒暇焉。向邑近戎，屢被擾害。工匠晝當從役，夜當守衛，同於軍士之苦，故曰；“朝夕不暇”也。

卒章，“有芃者孤”，《毛傳》：“芃，小獸貌。”朱云：“長尾貌。”查《黍苗》傳云：“芃芃，長大貌”。《説文》：“芃，草盛貌。”疑此傳當云“毛盛貌”，或“毛獸貌”。乃與詩應，“幽草”，謂幽僻深密之草叢。詩蓋嘆周王待人失平。同爲人民，同入大學學藝，士則乘有棧之車，趙徉於周道之上。工匠則“率彼曠野”而“朝夕不暇”。士如芃然之孤，率彼幽草。工匠則匪兕匪虎，而率彼曠野。四章之詩，末二章文義相銜如一章，爲通例。此詩則是相對成文，以明一義也。“棧車”，毛云：“役車也。”亦未允當。《周禮・春官・巾車》：“服車五乘：孤乘夏篆，卿乘夏縵，大夫乘墨車，士乘棧車，庶人乘役車。”鄭注：“棧車，不革挽而漆之。役車，方箱，可戴器。”足見士乘棧車，工匠庶人因公事出者衹能乘役車。棧者，《説文》云：“竹木之車。”《考工記・輿人》：“棧車欲其弇。飾車欲其侈。”即謂孤卿大夫之車爲飾車。“夏篆”，“夏縵”皆謂車箱之裝飾。棧車則但以竹木編成車箱，有蓋爲弇。無蓋即露車。《杕杜》“檀車幝幝”，《毛傳》云“役車”，是。此則混而未別矣。

《小雅》總結

“雅”爲姬周叛殷獨立時創製之樂類。用琴調歌，以自別於用瑟之“風”樂。其樂器初衹一琴，旋亦配合以笙、瑟、鐘、鼓。漸編合諸種樂器，則別稱之爲“大雅”。于是樂官存檔，題用樂器少之詩歌爲“小雅”，以區別之。

《小雅》七十四篇，包括文王、武王世西周各階層人物所作之雅樂。成王世已有《大雅》，亦仍有《小雅》樂詩。直至東周皆然。其中絶大部分爲統治階級所作。或爲燕饗唱酬之詩，或爲集團相詬之謡，或爲綏撫誘教之詞，或爲巫祝降神之語，或爲流亡乞哀之言，或爲譸張玩世之諧，或爲冤痛呼暴之怨。表達當時封建貴族生活方面之真實情態，相當完備。亦有反應學校教育與士人生活者多篇。足以説明士人階級産生、發展，與其逐漸進入統治階級之情況。惟屬於勞動人民之作者極少。其可指數者《采薇》《出車》《采芑》《蓼莪》《漸漸之石》爲軍士之詩。其階級屬性爲農奴。《黄鳥》一篇，與風詩《碩鼠》相似，代表農奴已有争取爲自由農民之傾向。《瓠葉》，足以代表農民之經濟生活。《黍苗》與《何草不黄》兩篇，爲平民工匠之詩。足以説明當時城市平民之階級屬性仍是農奴一類，惟屬于脱離農業生産之農奴，爲東周“四民”分化的嚆矢。

周以農立國，而雅詩罕及農事。《甫田》《大田》兩篇，爲春天祈秋報之樂章，虚誇欺妄。以求農夫野老一時之樂，脱離實際，無益於勸農。惟《楚茨》《信南山》，有勉勵農功之意；正如“告朔餼羊”仍於實際無裨；周之農政廢弛，已可知矣。

周朝廷制雅樂以代商風，似曾禁樂官采收風樂詩歌。故成康以後，宗周畿内無風詩。且小雅詩中，往往有風格與風詩相同者。此强迫其屬民棄風用雅之驗也。

然雅歌非久習於商風之勞動人民所愛悦。除部分習近士大夫階級，不得已而用雅者外，民間實仍流行風詩，但樂官不采耳。此種估計，有四點可驗：

（一）豳風今存七篇，其六篇皆作于成王之世，後于文王製雅數十年。足知周初畿内原是風、雅並行。周王雖欲廢風用雅，因六篇皆周公所作，樂官不能不録。其他諸風詩乃不敢録也。

（二）《谷風》本事，出于涇渭之間，是宗周王畿地，而列入《邶風》區内。此必宗周民間先有詩史傳之，故邶人得因之轉用於邶風之樂。否則叙事不能如彼詳致。《小雅・谷風》是周執政被廢者藉以自喻，亦當是借用王畿風詩本事。蓋本有“豳・谷風”之詩，樂官未采也。

（三）東遷後，宗周舊地悉入於秦。貴族皆或死亡、或東徙。勞動人民則盡爲秦民。于是秦風之詩勃興。秦音與豳，同爲商代西音之轉變（《吕覽・音初篇》説）其爲詩樂，固屬一類。則秦風亦豳風之承續演變的樂類，其間變化當甚微。非有宗周勞動人民爲之承傳，則安能使素無風樂之秦，遂有勃興之風詩哉。

（四）成周王畿，多朝歌遷徙之民，素習風樂，西周之世，雅樂不能流行。惟東遷初，雅詩盛極一時。細審，則皆宗周遷流貴族之詩也。迨平王之末，宗周東來之貴族死亡略盡，雅詩亦遂絶焉。而“王風”之盛行如故。且宗周東來之貴族亦有習於王風之詩者，《葛藟》之詩是也。《王風》十篇中，《揚水》《兔爰》兩篇，則皆舊貴族挾持東來之勞動人民所作。設其人先不習風而習雅，則安能入境未久，即能爲此風詩樂歌哉？

雅樂不爲勞動人民所尚，徒因西周王朝提倡，流行於宗周貴族之間，實爲廣大勞動人民所排逐。故自周衰以後，歷世儒生，雖極力推崇雅樂，而雅樂亦不能不亡。中華至秦漢之世，惟地方風樂流行，雅樂衹存《鹿鳴》一篇。至漢末，杜夔死而《鹿鳴》亦亡矣（《三國志·杜夔傳》）。

《小雅》七十四篇，皆孔子自周、魯太師樂檔中鈔録來教其弟子之樂章，非周、魯大師保存小雅詩篇之全部。孔子當時選録之，乃作爲適合弟子學習之教材；尤注意於文、武、周公年代與厲、宣、幽、平之際的政局變化之歷史資料。對康、昭、穆、共、懿、孝、夷七王之世，竟未選録一篇。非七王之世無雅，衹孔子未録。抑或由厲王之亂樂檔亡佚故也。

關于平王之雅詩，亦惟東遷初年爲多。入春秋世（平王四十九年爲春秋魯隱公元年），則突然無見。《孟子》謂“王跡息而詩亡，詩亡然後春秋作”，蓋即謂雅詩之亡也。然亦非春秋世遂無雅詩。《小雅·四月》即敬王世之雅詩。孔子于其所聞世二百年中，于風、南、頌詩多所采録，惟雅詩僅録此篇。從可知孔子亦非真嗜雅者也。

儒家自孟、荀以下，乃斥風而偏重于雅。荀子倡之尤力。漢儒傳《詩》，原始四家，皆出於荀子之門，故其説詩，皆崇雅、薄風而曲解二南。其後歷代説詩諸家，胥集力于二雅之考訂，諂譽不遺餘力，侈夸已死數千年之禮儀服制，與文、武、后妃之“德化”。其文汗牛充棟，無或能有當時作詩之真旨實義。

《新詮》以爲雅、頌其有裨于研究我國古代社會歷史實際之探索者亦多。故于歷史發掘方面爲詳，古禮、制度方面爲略。對於歷史方面所反復闡説者，約惟五端：

（一）西周初年創建封建制度，改變生産關係之實際情形；

（二）西、東周，王畿地區社會階級之發展變化；

（三）宣王逐玁狁，平徐淮兩大史事的全面探索；

（四）幽王、平王兩度經營向都之動機與其演變過程；

（五）周代貴族逐步腐化之實際生活資料的分析。

凡此，皆秦漢以來治經史諸儒所未能言，而現代研究社會歷史者所宜注意。“詩學”之精髓，應在於此。

《大　雅》

解　題

大雅與小雅同屬雅琴導奏之樂類。其區別在於：

一爲使用樂器之多少。小雅衹一琴即可和歌演奏，配合樂器唯瑟與笙磬。貴族祭享宴樂，參用鐘鼓，亦衹以節樂。大雅，則遍合諸種樂器，備八音之聲。鐘用編鐘。磐用編磬。鼓有大小多種。柷、敔、塤、篪、管、弦新器皆合用之，猶今世之大合樂也（在《穆天子傳》稱爲“廣樂”）。

二爲使用者階級與使用場合的限制。大合衆樂，非周王及諸侯不能備。故大雅之樂，非統治階級不能具，且亦衹能用於祭祀燕饗。欣賞者限於統治者與其賓客。若小雅，則不分階級，不定用途，凡能具一琴以上之樂器者皆可用之。

三爲所用詩篇之文格與樂曲音節的不同。大雅詩用字繁多。六章以下者僅六篇，占百分之九十弱。百字以下者亦僅六篇；小雅則六章以下者六十篇，占百分之八十一而强。百字以下者有三十三篇，占百分之四十六而弱。由字量之大，足知大雅音節之繁重，遠大於小雅。又其語言充滿虛僞、夸張、矜驕、矯揉之氣味，不似小雅之大體質實。

封建士大夫於《詩》中特重雅、頌，尤奉大雅爲“禮教”之典則。所爲傳、注，多所曲解附會，殆全失史實之真。《新詮》除沿用部分詁訓外，什九摒除舊説。舊云大雅三十一篇，然分析《桑柔》，發現實係前儒將宣王世芮良夫詩與平王芮伯詩兩篇不同時代的詩誤合爲一。故實應爲三十二篇。

一、文王之什

（一）文　王

七章。章八句。

鄭箋本舊文。下同。

文王在上，於昭于天。周雖舊邦，其命維新。有周不顯，帝命不時。文王陟降，在帝左右。

亹亹文王，令聞不已。陳錫哉周，侯文王孫子。文王孫子，本支百世。凡周之士，不顯亦世。

世之不顯，厥猶翼翼。思皇多士，生此王國。王國克生，維周之楨。濟濟多士，文王以寧。

穆穆文王，於緝熙敬止。假哉天命，有商孫子。商之孫子，其麗不億。上帝既命，侯于周服。

侯服于周，天命靡常。殷士膚敏，祼將于京。厥作祼將，常服黼冔。王之藎臣，無念爾祖。

無念爾祖，聿修厥德。永言配命，自求多福。殷之未喪師，克配上帝。宜鑒于殷，駿命不易。

命之不易，無遏爾躬。宣昭義問，有虞殷自天。上天之載，無聲無臭。儀刑文王，萬邦作孚。

題解：豐邑文王廟成。周公作此祭享樂章也。由詩兩言"文王孫子"，知是成王時。由其文格清越，態度貴踞，叮嚀周至，饒有教育王臣意義，知是冢宰周文公作。時間當在成王初年。與"周公誥諸侯于皇門"（《竹書紀年》）約略同時[1]。必判爲豐邑文王廟者，宗周大廟建成於武王時，以太王爲大祖，王季爲昭、文王爲穆。惟豐邑有文王專廟。

首章：言文王之靈在天上，仍甚昭明。有周雖是殷之諸侯舊邦，由於文王已受天之新命，便大顯於天下。上帝此命大大及時，謂及文王生存之時授命有周代殷而有天下，以明授有德也。末二句，言文王無論地位上升（如被任爲西伯），或地位下降（如被囚于羑里），皆如在天帝左右，謂德可配天，亦獲天帝之祐佑也。《竹書紀年》稱帝王之死爲"陟"，故亦有訓陟爲升於天，訓降爲生於地者。《毛傳》云："言文王升接天，下接人。"亦通。

次章：言文王黽勉修德，美譽陸續傳聞，福德延及子孫。"陳錫哉周"，陳，猶敷也。（《朱傳》語）錫，猶賜也。哉，《傳》訓爲"載"。鄭訓爲始。朱云"語辭"。蓋謂文王之德大，使帝之錫福延及其子孫。"侯"字，舊皆訓維。按此詩語，三侯字皆當訓咸，即普遍皆然之義。故下文謂：凡屬文王子孫，無論本系支系，皆百世在位。《朱傳》云"本宗百世爲天子，支庶百世爲諸侯"是也。末二句言：非唯文王子孫如此，即翼佐周王之人員，亦皆世代丕顯。謂異姓諸侯與王臣也。

三章：稱頌翼佐文王諸臣工，以明文王善于用人。"世之丕顯"承上章末句指佐周之士，如太公望、召公奭、散宜生、南宮适等。皆有嘉猷以輔翼周。如此皇然多士，

【1】《竹書》成王元年，"周公誥諸侯於皇門"。《周書》有《皇門解》。孔晁注："路寢左門曰皇門。"《皇門解》所載誥辭，與此詩文義大旨相同。且亦有"國亦不寧"、"監于茲"、"朕藎臣"等詞彙。其所誥者諸侯。此詩，則勖勉從祭諸人也。

生於周王之國。意謂亦皆天帝所遣也。“思，語辭。皇，美也”，（用《朱傳》）天克生此多士爲周國楨幹，濟濟然和輯以助周王以寧其家國，以寧天下。“楨”，《毛傳》云：“幹也。”猶今言“骨幹”也。“濟濟”，《傳》：“多威儀也。”朱云“多貌”。詮按：猶今言“和衷共濟”，與“一心一德”也。文王亦稱“寧王”，謂其能使國家與天下安寧。舊説爲“文王亦賴以爲安”，（《朱傳》）非是。

四章：言商族之服事於周，雖非文王之事，亦由文王穆穆之德，不已其敬慎，能固持天帝之命，故能使商湯子孫臣服於周，指武庚、微子等與其族類。“穆穆”，毛云“美也”。朱云：“深遠之意。”“緝熙”，毛云：“光明也。”朱云：“緝、續、熙、明，亦不已之意。”“假哉”，毛云“固也”，朱云“大也”。詮按：此詩“假”字，當爲轉移之義。陸德明音“古雅反”，謂與假借之字同音。《説文》假字在又部，云“借也”。其説六書假借云：“本無其字，依聲記事。”謂字義隨聲而轉移，如“令、長”二字，失號令與長大之本義而轉爲縣令、邑長之新義也。此詩“假哉天命”，亦謂天命自殷轉移於周。續以“有商孫子”爲句，謂自商族轉移也。與下文“上帝既命”相應。“孫子”，猶子孫，族姓之義也。“其麗丕億”，《毛傳》：“麗，數也。”言商族衆多，不可計量，既知天命轉移，遂皆臣服於周。億爲周代人想象之最大數字。“不億”，猶今言巨億也。“侯”，讀如咸，在此詩文義甚明。舊訓維，未切。

五章：告慰殷人之臣服於周者。謂：天命無常，惟授有德者。爾殷之多士，具美質而復敏給。（《毛傳》：“膚，美。敏，疾也。”）既已臣服於周，周王與之同祭於周京之宗廟，不因其爲殷族而加以歧視。“祼將”，謂祭祀灌酒于鬯之禮。《毛傳》云：“祼，灌鬯之。周人尚臭。將，行。京，大也。”朱云：“將，行也，酌而送之也。”謂貯鬱金香于鬯中，灌之以酒，使酒挹有香氣乃注於地。故“將”爲流行之義。又謂周王不惟與殷人同祭灌鬯而已，又且不改易殷族之冠服，許其服黼冔以同祭。《毛傳》：“黼，白與黑也。冔，殷冠也。夏后氏曰收，周曰冕”。朱云：“黼，裳也。”謂殷制，裳，白地繪黑紋采。詮按：殷人尚白。上衣曰衮，亦當是白地繪龍紋。時尚不知刺綉，衣之衣飾但綵繪之。末二句通周人殷人而戒之曰：凡王忠藎之臣，應隨時憶念爾之祖德。德美者知所以勉。德惡者知所以戒。“無”，語辭，毛云：“無念，念也。”朱云：“猶言豈得無念也。”皆用無字本義爲説。非是。“藎”，字本義爲染黄色之草，人恒見即取之，故字從盡。周人尚黄，故喻忠敬之臣爲藎臣。《毛傳》：“藎，進也。”《孔疏》云：“忠愛之篤進，進無已也。”義轉迂晦，難違。

六章：重申上章之義，更專以戒王族成員。言：常念爾祖之事，述修其德，以求永能配合天命，則亦永無禍敗，是爲“自求多福”也。《毛傳》訓聿爲述。朱云：“聿，發語辭。”此宜遵毛。“殷之未喪師”，謂牧野戰前也。《毛傳》云：“帝乙已上也。”帝乙爲紂之父。意謂紂以前之殷王乃克配上帝。“未失天命”。非詩語本義。文王與紂同時，末年乃自稱受天命。又十餘年乃克誅紂。周公對當時人，不能否定此事實。固應言紂未敗亡時，天命仍未全奪，故亦克配上帝。《鄭箋》訓師爲衆，義較靈活。實質仍當謂牧野之敗爲衆叛親離之終點。故承之云“宜鑒于殷，大命不易”。《毛傳》：“駿，大也。”《鄭箋》云：“天之大命。”陸德明《釋文》：“不易，言甚難（得）也。”鄭以易爲改易，則不亦當讀如丕。然當用陸説。

卒章：言能鑒於殷之失德，天命即不至轉移。然，不可滿足於自身能保持天命，宜更發皇先德，昭令聞於天下。末四句總結全文，仍回顧首章文王在天之義。言天之爲天，無聲無臭，一切難得而知。惟文王之克受天命，在於有德，則可知矣。苟能儀型文王之德，即必符合天命之道，天下自信服矣。毛云：“載，事。刑，法。孚，信也。”鄭云：“天之道難知也。耳不聞聲音，鼻不聞香臭，儀法文王之事，則天下咸信而順之。”

詮按：漢儒咸謂：“《鹿鳴》爲小雅始，《文王》爲大雅始。”推究周初創製雅樂時，實以此兩篇開始，皆周公旦作也。《鹿鳴》作於文王之世。此篇作于成王初，前後相距約二十年，爲雅樂創製二十年乃分出大雅一類之證，亦爲雅樂二類皆自周旦創製之證。

舊儒恒以夏、商、周三代并稱。然夏代僅屬奴隸社會的開始。周代則由奴隸社會向封建社會過渡矣。開始過渡一切制度，實皆創始於周旦。故周公實爲中華歷史創時代之一偉人物。世稱“周公制禮作樂”，就此三百篇詩史考訂，大體可信。孔子雖自稱屢夢周公，實僅知周禮創自周公而已，未知周公之所以偉大也。周公之偉大，在于創造農奴生産制以代替奴隸生産制。創造崇拜祖先之宗法制度以代替崇拜自然之巫法。其於文藝、品德兩方面，亦俱有高深傑出之造詣，在當時社會，具有甚大之教育效果。對政治、經濟、文化、軍事各方面具有促進社會發展前進之作用。就社會發展之歷史階段言之，當衡定爲一時代之偉人也。

（二）大　明

八章。四章六句。四章八句。

明明在下，赫赫在上。天難忱斯，不易維王。天位殷適，使不挾四方。

摯仲氏任，自彼殷商，來嫁于周，曰嬪于京。乃及王季，維德之行【1】。

大任有身，生此文王。維此文王，小心翼翼。昭事上帝，聿懷多福。厥德不回，以受方國。

【1】 朱氏集傳本，截下“大任有身，生此文王”二句於此章。

天監在下，有命既集。文王初載，天作之合。在洽之陽，在渭之涘[1]。

文王嘉止，大邦有子。大邦有子，俔天之妹。文定厥祥，親迎于渭。造舟爲梁，不顯其光。

有命自天，命此文王。于周于京，纘女維莘。長子維行，篤生武王。保右命爾，燮伐大商。

殷商之旅，其會如林。矢于牧野，維予侯興。上帝臨女，無貳爾心。

牧野洋洋，檀車煌煌，駟騵彭彭。維師尚父，時維鷹揚。涼彼武王，肆伐大商，會朝清明。

題解：此周公旦繼《文王篇》讚頌其母太姒之詩。因太姒以大任與武王，益闡天命文王造周之義。用於祀文王廟時以贊陪祀諸主也。雖提到王季、文王、武王，但三王各有專祀之廟，非僅陪祀於此。故所敘述，特多爲太姒太任與武王之文，而以太姒爲核心。

首章：强調天命自殷轉移入周。“明明在下”，頌地德，言人事。“赫赫在上”，頌天德，言天命，后妃于《易》爲坤，爲地德。故此詩用“在下”起句。“天難忱斯”，亦上篇“天命靡常”之義。斯爲語辭。“忱”，《韓詩》作訦。《説文》引詩作諶。《尚書·咸有一德》首云“天難諶，命靡常”。周公用之爲詩。忱、訦、諶同音義，作固持或膠執解。“丕易維王”亦前篇“帝命不易”之義。“天位殷適”，舊説爲“殷之嫡嗣”（毛、鄭、朱並同）。詮按：適即自此適彼之義，謂天命自殷轉移入周爲殷適也。“使不挾四方”，猶言使其不得統治天下。挾爲持有之義，與轄義通。與下章太任自殷適周句相應。

次章，承上言太任自殷適周爲“殷適”開始之驗。《毛傳》：“摯，國。任，姓。仲，中女也。嬪，婦。京，大也。王季，太王之子，文王之父也。”《鄭箋》：“及，與也。摯國中女曰太任，從殷商之畿内，嫁爲婦於周之京，配王季，而與之共行仁義之德。”

三章：言太任生育文王，乃始承受天命。《毛傳》云：“大任，仲任也。身，重也。”謂嫁前當稱仲任，子孫則稱以大任。陸云：“大音泰。後大姒、大姜皆同。”有身，謂懷孕。孕則身内有身，故毛曰“重也”。大任生文王姬昌。小心以事天以祈福。天帝從而予以多福。文王敬事天帝不衰，遂克轉移天命，俾四方之諸侯來附。謂天帝以四方之國授之。《毛傳》云：“回，違也。”《箋》云：“翼翼，恭慎貌。昭，明。聿，述。懷，思也。方國，四方來附者。”

[1] 集傳本截下“文王嘉止，大邦有子”二句於此章。

四章：言天既代殷畀周，又爲文王生太姒爲配偶以佐之。毛云："集，就。載，識。合，配也。"《朱傳》訓載爲年，云："言天之監照，實在於下。其命既集於周矣。故於文王之初年而默定其配。"洽水之陽，謂有莘氏之國邑。其地戰國初屬魏，曰合陽。漢置郃陽縣。即今陝西省合陽縣地。洽水入洛，洛水入渭。詩云"在渭之涘"，謂莘之南境達於渭水之涯，大姒之嫁，文王親迎於此。

五章：述文王婚禮之鄭重。首二句，《朱傳》改屬上章，於文義爲順。《鄭箋》本云："文王聞大姒之賢，則美之曰：大邦有子，可以爲妃。乃求昏。"係依《毛傳》"嘉，美也"立義。朱云："嘉，婚禮也。大邦，莘國也。子，大姒也……當文王將昏之期而大邦有子也。"説義不如毛、鄭。然子字與涘韻協，與妹、渭不協。又重言"大邦有子"。與周旦詩分章套句例合。兹兩存之。"俔天之妹"，《釋文》引《韓詩》俔作磬，云："磬，譬也。"《毛傳》亦云："俔，譬也。"詮按：俔者，傳説如見之義。引申爲譬。亦爲間（諜探）之義，故《爾雅·釋言》曰："間，俔也。"注云"《左傳》謂之諜"是也。大姒，周公生母，未便侈稱其美，亦未便徑以之爲天帝之妹。故用俔字，謂傳説其美有似天女。因而卜婚，則吉。從而致聘，莘國卜之亦吉。是謂"文定厥祥"。古婚禮重親迎。近世川邊土司家婚禮尚如此。兩族相近，則新郎率其僕從迎至女家之門。相距太遠，則期迎於女家轄地界上。詩言"親近于渭"，謂莘之南界渭涘也。時周在岐邑，莘在河西，按詩語推測文王親迎之路，當自渭水浮船而下。隨從衆多，用船多艘。既至渭涘，岸淺灘闊，不能逕登，則推挽輕舟入淺，越灘達岸，相續成浮梁以達莘之賓館。俾親迎入舟，不至涉水濡足。在三千年前，如此布置，實爲宏偉之創舉，故詩特稱述，謂爲"丕顯其光"也。

六章：言克受天命之文王，緣娶莘女大姒，篤生武王，翦滅殷紂，完成天命轉移之事。毛云："纘，繼也。莘，大姒國也。長子，長女也，能行大任之德焉。"鄭釋"維行"爲"維德之行"；朱釋爲"來嫁于我"。當用朱説。末三句，毛云："篤，厚。右，助。燮，和也。"朱云："言天既命文王于周之京矣。……又篤厚之，使生武王，保之，助之，命之，而使之順天命以伐商也。"按下文，當謂大姒保、助、命之協而伐商。下兩章，發揮其義。

七章：述牧野之役，大姒所起的作用。武王立十二年然後滅紂。先一年曾出師，已至孟津而還。蓋内怯也。牧野戰前有《泰誓》三篇，多露内怯之情。至《牧誓》而乃果決。《武成》云"受率其旅若林，會于牧野"，則雖克而猶露其怯也。據此詩，十二年中，其母太姒實起敦促作用。"矢于牧野"，毛云："矢，陳也。"《爾雅·釋言》："矢，誓也。"蓋三家詩舊訓爲誓，謂牧誓之決也。末三句，皆述太姒勗勉武王之語。蓋周公所同聞，故賡牧野之誓連言之，以明武王勇之自由勇決。"維予侯興"，非《牧誓》語。舊皆依六月《毛傳》訓侯爲維。然在此句已有"維予"字矣，安得叠用而異其字？蓋武王初未王，仍自居于殷之侯國。其母繼文王之忠，假天命以勉武王，爲此語也。故更勵之曰“上帝臨汝。無貳爾心”。詩言武王臨牧野戰前念其母敦促之言因而勇決也。若如舊説，皆以爲武王勉士之語，則全章爲頌武王，與大姒無關，應非周旦詩意。

卒章：述牧野之戰，突出太公者，蓋謂大姒助武王信任主張伐殷最力之太公。爲聘其女邑姜爲武王元妃，内外以敦促之。卒亦賴太公之力取勝牧野，克滅紂代殷，完成天命。此周旦作詩本旨也。詩不言邑姜者，周公之詩，不頌生人，時邑姜尚在也。《毛傳》：“洋洋，廣也。煌煌，明也，騮白腹曰騵。”朱云：“檀，堅木，宜爲車者也。彭彭，强盛貌。師尚父，太公望爲太師而號尚父也。鷹揚，如鷹之飛揚而將擊，言其猛也。凉，《漢書》作亮，佐助也。肆，縱兵也。會朝，會戰之旦也。”末句“會朝清明”言如此重大戰役，昧爽陳師，會朝而決。以證太姒“上帝臨汝”之教。用以結束全篇。終首章之意，頌大姒之功。不識周旦詩意者，乃謂詩頌先世母德，而以七章卒章爲贅入武王太公事焉。

《小雅·小明》與此詩皆以“明明”二字領起。分標以大小字。足知詩題非作詩者所自有，祇樂官歸檔時所標以便取用也。

（三）綿

九章。章六句

綿綿瓜瓞。民之初生，自土沮漆。古公亶父，陶復陶穴，未有家室。

古公亶父，來朝走馬。率西水滸，至于岐下。爰及姜女，聿來胥宇。

周原膴膴，堇荼如飴。爰始爰謀，爰契我龜。曰止曰時，築室于兹。

乃慰乃止，乃左乃右。乃疆乃理，乃宣乃畝。自西徂東，周爰執事。

乃召司空，乃召司徒，俾立室家。其繩則直，縮版以載，作廟翼翼。

捄之陾陾，度之薨薨。築之登登，削屢馮馮。百堵皆興，鼛鼓弗勝。

乃立皋門，皋門有伉。乃立應門，應門將將。乃立冢土，戎醜攸行。

肆不殄厥愠，亦不隕厥問。柞棫拔矣，行道兑矣。混夷駾矣，維其喙矣。

虞芮質厥成，文王蹶厥生。予曰有疏附，予曰有先後，予曰有奔奏，予曰有禦侮。

題解：岐邑營造太廟成，周公與史官造此詩史爲祭享樂章也。其後與上兩篇亦用爲兩君相見燕饗之樂，以夸周之祖德。樂官稱爲“文王之三”。此三詩，自文王至太王，由親及疏，由近及遠，先後有序。每篇遞增一章，頗似有意爲之。詩格及語詞均同，可定爲周旦一手所作。

按《竹書紀年》殷帝武乙元年，“邠遷于岐周”。三年，“命周公亶父。賜以岐邑”。二十一年“周公亶父薨”。季歷嗣爲周公。至文丁四年“命（季歷）爲牧師”，謂作西方諸侯首領也。十一年，“王殺季歷”。文丁十三年“陟”。嗣帝乙“九年陟”。嗣帝辛，即紂，在位五十二年。周文王嗣西伯，薨於紂之四十一年。武王十一年伐殷，明年誅紂，十七年“陟。年九十四”。考九爲五字之訛。當生於紂即位之四年。周公之生，更在其後。上距太王遷岐百年左右矣。乃此詩寫太王遷岐營邑事，迴翔細緻，有如身親目擊者，决非脱離勞動之貴族文士意匠所能及。蓋原自有民間流傳之詩歌刻繪當時真實情致如此，周旦從而纂述之；亦如輯纂古豳歌謡之爲《七月》篇；故特能如實表達當時勞動人民生活情事。在《大雅》三十二篇中，合當推爲價值最高之詩史。

《毛傳》《史記》與朱熹《集傳》皆引《孟子》“太王居邠”一段爲此詩本事。孟子所據，亦袛能是此詩参以其他古代民歌傳説耳。太王時民歌，爲奴隸社會之民歌。周公編纂爲此詩與孟子所傳之史事固必各有所加工。惟周公出身於奴隸社會時代，雖云不親勞動，亦尚能了知奴隸勞動之情况。其于此詩，對舊歌之改變應不甚大。至於孟子與毛公，則已昧於奴隸社會各階層之生活情形，徒依封建王侯之生活與禮制以求詩義，故多“隔靴搔癢”之失，往往謬誤甚大。再至司馬遷與毛萇以下之史家及經師，則皆囿於孟、荀以下之師説，益傅會於封建大一統王朝之格局，更如“隔山打鳥”，不可能命中矣。玆爲新詮，微正舊説之尤謬處：

首章：領句“綿綿瓜瓞”，總頌先周世代長遠，子姓衆盛。按《史記》《世本》所載自棄以下世代與其名人之史事，應皆出於周人之口頭傳説與詩史性質之歌謡。此詩首章所據，蓋亶父遷岐以前，豳原生活之史實也。“民之初生”二句，謂邠族由原始之氏族組織進於公社組織，係從邰遷居到沮水至漆水地區開始，於此時始有奴隸。原古謂奴隸爲“民”。至周初，乃以百姓並稱爲“民”。此周初之詩，用原古舊歌而改“周族”之字爲民字也。沮水東流入洛（今陜西宜君縣之洛河），漆水西流入涇，皆出自豳（邠同）之一黄土平原。其他與羌族鄰接。自公劉修后稷（棄）之業，興礦石之利，用穀物及金屬品與羌族市易，致富强，始有奴隸；漸由原始生産制進入奴隸生産制；遂由氏族公社，發展成立國家組織之雛形。《竹書紀年》謂殷帝祖甲十二年“征西戎”。十三年“西戎來賓。命邠侯組紺”。組紺，《世本》曰“太公組紺諸盩”，《周本紀》作“公叔祖類”，《三代世表》作“叔類”，即亶父之父。邠之稱國，蓋自組紺始。亶父之稱“古公”，猶叔類以上之稱“先公”，周初謂位不及王之國君爲公。古猶故也。非亶公自有此稱，蓋王季、文王世如此稱之也。迨武王、成王世，已稱亶父爲“太王”。故知此章所據舊歌編造於王季文王之世。所傳史事不多，僅突出邠人原始陶穴一點。黄土分佈地區，宜鑿崖爲洞穴，既不崩裂，亦不浸漏，冬暖夏凉，貯藏穀物久不霉蛀。中華先民，遠自石器時代，已知此土層造穴居處，成爲孕育華夏文化之主導條件。豳原即屬如此黄土分佈地區，故雖位於“戎狄之間”，社會發展前進較速。此詩所稱“陶穴”，即黄土鑿之窑洞群也。復、複字古通。《毛傳》云：“陶其土而復之。”“陶其壤而穴之。”《朱傳》云：“陶，窰竈也。複，重窑也。”皆未見陶居者之謬解。推人類對如此搆造之發明，蓋在發明陶器同時。先民由于取土作陶器，于上壁間掘入成穴，久而知其並不崩敗，因以爲居處，故亦呼爲陶（陶器字，本衹作匋。加阜字作陶，原爲穴居之義。後遂通用陶字而匋字廢）。今人則呼爲“窑洞”矣。“陶穴”，謂單穴，大抵領導所居。“陶復”，則駢鑿而有道相通連，爲群衆所居。進入奴隸社會。則奴隸主居陶穴，奴隸分工，聚居陶復間。再進入封建社會，則民户各自爲一陶穴，如今華北若干地區農民之住宅地。“未有家室”者，家、室字皆從宀爲義，地面建屋之謂也。邠人原衹居陶洞，無地面建宅。迨遷岐之周原，地非黄土崖壁不能作窑，始建地面住宅。同時婚姻制度已立，乃漸以室家字義引申爲夫婦字義。此詩舊歌所用者爲室家字本義，非如舊説之“未有寢廟，亦未有室家”（《毛傳》）也。

次章：“來朝走馬”，古歌中述亶父決遷之語也。邠國既已富盛，多糧食，引起牧部垂涎，由偷盗漸至劫掠。來去飄忽，防不勝防。故亶父決意避之。避狄遠徙，當先慎商于族人。會商既定，乃能有此語也。決定遷徙路綫，係自邠向西，循漆水入涇水河谷，故曰“率西水滸”。率，循也。滸，水涯也。更自涇水中游支谷逾梁山，入於岐山下之周原，遂定居焉。其地已屬渭水平原，距牧部遠，阻以重山，牧騎所不易到。隴阪外盡牧羌，市易仍便。内方腴沃，與華夏諸部銜接亦有利於國家與民族文化之發展。又尚爲華夏未墾佔之地，故徙之也。“爰及姜女”二句，謂亶父妃太姜與太王同來相度地形，助其遷居。胥，相也。宇，居宅也（並用《毛傳》詁訓）。

三章：述決定營造周邑過程。“周”字，本象原田劃割之形。古歌已稱爲“周原”，則是其地先已有人耕墾而復棄去，阡陌猶有存者可知。毛云：“周原，漆沮之間也。”後儒遂緣之以説上章之沮漆。大謬。今岐山縣亦有漆水、沮水，乃邠族徙居後，因其亦有漆樹與沮洳，移用邠地舊地以名之。非徙居前水已自名如此，更非“自土沮漆”之水也。“膴膴”，毛云“美也”，朱云“肥美貌”。堇與荼，皆野生植物之葉可茹者。《爾雅》：“齧，苦堇。”郭璞注：“今堇葵也。”《夏小正》二月“榮堇”。郝懿行《爾雅義疏》云：“生下隰者，葉面光細于柳葉。高尺許，莖紫色。味苦。瀹之則甘。”筆者在川邊河谷屢見之。開墾既久，則被芟絶。毛云：“堇，菜也。”朱云：“堇，烏頭也。”皆非詩義。荼，野茶也。與堇同類之灌叢植物，其葉味苦瀹之可食與同。後世茶字即荼字之省。周原土厚，野生之堇荼葉肥，瀹食甚美，故曰“如飴”。堇荼如此，則宜于穀物可知。先民憑其經驗判斷如此，爲初步決定宅地之條件。由此發現而停留考察（爰始）而與族人討論，（爰謀）而進行占卜，灼龜以覘其裂紋，定吉凶（爰契我龜），龜卜之繇“曰止”，無庸他求也。“曰時”，開墾正及時也。於是決定“築室于兹”。

四章：述邠人相繼徙來，安插布置。“乃慰”，迎而勞之也。“乃止”，人皆願留此也。"乃左乃右"，安插於附近適當之地也。"乃疆乃理"，量度各支人口，劃分墾區，爲之經界也。"乃宣"，集中其人宣布令教也。"乃畝"，宣政之後，各支分別就墾區從事墾耕也。"自西徂東"，謂安插其家自原之西端開始，次第及於東端。必如此者，西端距涇谷遠，牧族劫掠難至。東端與來路近，防備之力爲多，當先固基礎也。"周爰執事"之周，爲"周密"，"周到"之義，謂亶父與骨幹人物爲其群衆擘劃、安排、照顧、體貼之勤恪。舊説爲"從西方而往東方之人，皆於周執事。競出力也"，(《鄭箋》)大謬。邠之稱周，在既遷乃强之後，亶父初至仍自稱邠。故周之風詩仍曰"豳風"，而部分雅、頌亦稱"豳雅"、"豳頌"也。

五章：述經營國邑先建宗廟之事。司空、司徒之稱，雖曾見於《舜典》，亦後人追述假借之稱耳。唐虞世文字尚不足用，豈能遂有如此官名。夏殷遺文絶未見此稱號。《尚書・牧誓》始見之。至成王時，周公作《立政》所舉舊官，先重"常伯、常任、準人、綴衣、虎賁"及"趣馬、小尹"。"太史、尹伯、庶常吉士"以下乃叙"司徒、司馬、司空、亞旅"，皆軍職也（《牧誓》同）。且謂"文王惟克厥宅心，乃克立兹常事司牧人"。則諸官皆文王創立。太王之世，尚屬奴隸社會，安得遂有如此名稱之職官。亦且未必徙邑之初不先營居宅而先造宗廟。故可判斷此章非據先民傳誦之詩歌，而爲周禮已推行後周公增竄之一章。"其繩則直"，謂定基引繩也。"縮版以載"，謂築土爲壁也。岐邑冬寒夏酷熱，不得陶穴資用，故作室必用土墻，非無木材也。"縮版"，謂以繩約束其築版。"載"，謂既成一版，撤版加於其上縮約更增築之。《毛傳》云："君子將營室，宗廟爲先，廄庫爲次，居室爲後。"是儒家矯揉説禮之言，非可以語於奴隸社會之遷徙。"翼翼"字屢見於詩，皆連椽接棟五廟七廟聚列之意。

六章：描繪版築情形，全是勞動人民語言。《毛傳》："捄，虆也。陾陾，衆也。度，居也。言百姓之勤勞。"《鄭箋》："捄，捊也。度，猶投也。築墻者捊聚壤土，盛之以虆而投之版中。"《朱傳》："捄，盛土於器也。度，投土於版也。"陸氏《釋文》："捄、音俱。陾，耳昇反，築墻聲也。"詮按：《説文》："捄，盛土於梩也。從手，求聲。一曰桴也。《詩》曰'捄之陑陑'。"又捊字云"引取土也。從手，孚聲。《詩》曰'原隰捊矣'（《毛詩》作裒）。抱，捊或從包。"段注云："古音孚聲、包聲同在三部。後人用抱爲懷裒字。蓋古今字之不同如此。"今凡從孚之字，仍多讀"襖"音。如脬、桴、浮、孵、殍、莩，俗寫亦可作胞、枹、泡、麅等是也。鄭訓捄爲捊，當讀爲"庖"，謂以雙手捊土入畚中，以投於版也。豳族雖已有金屬之鉏，不足供多人掘土使用，故奴隸皆以雙手捊土入畚。"陾陾"，細土累積貌。字書但依《毛傳》訓衆。依此詩之韻"音仍"。蓋築墻之土宜輭細，從阜者，積土高之意，是會意字，故不以輭輭爲聲也。《毛傳》訓衆者，蓋畚中土衆之意。云："捄虆"者謂捊土入虆。邠岐乏於竹類，箕畚以藤編之，故曰虆。或以木條編之，則曰梩。故《説文》釋捄爲盛土於梩。

許慎於詩多用魯詩字義。疑魯詩作“捄之陾陾”，訓捄於梩，毛詩傳脱入於字，單言虆。誤也。“度之”，陸音“待洛反”。朱同。則當讀如“審度”之音“奪”，亦非。當讀如字“渡”，謂用畚投土版中爲度，如自彼引度過此也。“薨薨”，與“蟲飛薨薨”同義，喻其衆多。“登登”，乃版築之聲。“削屢馮馮”，毛云：“削墻鍛屢之聲馮馮然。”朱云：“削屢，墻成而削治重複也。”詮案：屢、婁，古今字。凡瘻、僂、嶁、瘻諸字皆因其義造，爲隆起，累贅，重出，疣結，諸解。毛云“鍛屢”，是勞動金工語言，謂鍛者砧、錘披頭外突之廢部。築墻者新舊相乘之兩版間，有土被壓外突與鍛屢相似。古只本呼爲屢，後世呼爲鍛屢也。築墻成，例用土刀削去之，使墻面平。其聲“平平”然。馮與憑，亦古今字。“百堵皆興”，與《鴻雁》“百堵皆作”同義。宫室與民居同時興建也。“鼛”，毛云：“大鼓也，長一丈二尺。或鼛或鼓。言勸事樂功也。”詮按：《周禮・地官》鼓人六鼓，“以鼛鼓鼓役事”。鼛鼓當爲一物，衹大鼓，聲能及遠耳。非長形之舞鼓也（《鼓鐘》詩之“伐鼛”，音鳩，乃舞鼓，今云“象脚鼓”非鼓役事者）。奴隸勞動，出於强制。奴隸主爲加强督促，使人鳴大鼓以催逼之。謬言爲“鼓勵”之。執鼓者不勝其勞。必至奴隸皆已疲困而後止。此“鼛鼓弗勝”之義也。

七章：作邑既成，巧作大墻繞護於宗廟宫室外，以別于民居。是爲標誌統治階級住之建築，已經建成國家之驗徵也。復用乃字，亦仍用舊歌之辭。毛云：“王之郭門曰皋門。伉，高貌。王之正門曰應門。將將，嚴正也。”朱云：“太王之時，未有制度。特作二門，其名如此。及周有天下，遂尊以爲天子之門，而諸侯不得立焉。”詮按：朱説是也。蓋當時作宫于周原高處，佔地不大，衹開正門於皋，故曰皋門。另開側門正當太王之宫，以便人民陳事出入，是曰應門。當時簡樸如此。“將將”，人民出入頻數貌。冢，大也。作方土壘以象地，當時稱爲“冢土”，復乃正名曰社。太王立社以祀后土，供祈年報賽之用。諸侯之國亦皆有社。故稱天子之社曰大社。“戎醜攸行”，毛云：“戎，大。醜，衆也。”用“起大事”説之。後儒遵用。詮按：此啓下章之語。非承冢土句言也。戎，謂西戎。醜，謂其類。攸行，成群至也。周之俗，大事告于廟，不告於社。毛説未允。

八章：言太王與戎狄之關係。前在邠時，與羌戎市易之關係，徙岐後仍保持。若乎侵掠邠土之狄曰混夷者，則更無可掠，限以梁山，不得而至岐邑也。毛云：“肆，故今也。慍，恚。隕，墜也。”朱云：“肆，故今也。猶言遂也。承上啓下之辭。殄，絶。慍，怒。隕，墜也。問，聞通，謂聲譽也。”詮按：詩謂牧羌性好虜掠，而必須市易農産品，兑出畜産品，今與之市易而制其劫掠，則既不殄絶其恚慍，亦不中斷於聘問往還。舊儒不識民族集團間經濟相倚之關係，但從政治軍事方面求解，故不能達此義也。“柞棫拔矣”以下，言豳之故地，人衆遷徙，還爲荒原，柞棫挺拔，更無農産品可掠。唯商旅道路仍通。“兑”，毛云：“成蹊也”。朱云：“通也，始通道于柞棫之間也。”

柞，櫟類。棫，鄭云“白桵”。朱云：“俱小木，叢生有刺。”“混夷”，即《孟子》所謂“昆夷”，《史記》謂之“薰育”，《毛傳》所謂“狄人”，實爲羌民族之一支，在豳之北，故曰狄。薰育，當是該首領之名。（亦即爲該支名稱）。混夷，則豳人所加之惡稱（或因其居地之名爲稱）。“駾”，毛云：“突也。”鄭云：“見文王之使者將士衆，過己國，則惶怖驚走，奔突入此柞棫之中而逃。甚困劇也。是之謂‘一年伐混夷’。”説太王事而胡扯至文王，以謬傳伏生《書大傳》文王“一年伐混夷”之説，經師之妄乃至于此。可爲之一嘆也。《説文》：“駾，馬行疾來貌也。”引此詩。是魯詩訓釋如此。毛氏省爲一突字。謂其馬隊奔突而來。如昔行劫也。賡云“維其喙矣”，嘲其此來毫無所得，惟存空喙以去。頌遷岐得計也。毛云：“喙，困也。”朱云：“喙，息也。……木拔道通，混夷畏之，而奔突竄伏，維其喙息而已。”於文義，于事理，皆甚不通。豳族避其寇擾，至於棄其世業而遠避之。何爲遷後便突然强大，因柞棫間相通之道遂至惶駭奔竄以匿避哉？鳥獸之嘴曰喙。嘲罟之語也。

卒章：言文王受命，由太王開基。是周旦纂舊歌成詩史後自綴之辭。《毛傳》：“質，成也。成平也。蹶，動也。虞芮之君相與争田，久而不平。乃相謂曰：‘西伯，仁人也。盍往質焉。’乃相與朝周。入其境，則耕者讓畔，行者讓路。入其邑，男女異路，斑白不提挈。入其朝，士讓爲大夫，大夫讓爲卿。二國之君感而相謂曰：‘我等小人，不可以履君子之庭。’乃相讓，以其所争田爲閒田而退。天下聞而歸者四十餘國。”孔穎達《疏》云：“當有成文，不知出何書也。”詮按：《家語》《史記》《説苑》，皆記此事，大體與《毛傳》同。《書大傳》謂：“文王受命一年，斷虞芮之訟。”相傳《書大傳》爲伏生作。然亦訛托耳。或更出於《毛傳》以“虞芮質成”句加于“文王蹶厥生”之前，則毛意非即以質成非文王事，而是王季事也。《詩》與《大傳》皆未詳言其事。惟《毛傳》絮絮描繪如此。所言“入境”、“入邑”、“入朝”所見，皆與奴隸社會情實不合。文王時無私田，則何云“讓畔”？時無官制，則何來有卿大夫？男女之防，周公所制禮也，文王時何已成俗？虞芮之國在河東。不達千里來質於西伯之岐邑，何能履庭而退？且詩不云“質厥成”乎？《大傳》亦云斷訟，非其自退也。參合推詳，徒是漢儒説詩之訛言耳。按詩語推之，王季爲西伯實曾受殷王命斷虞芮之訟。周公引以爲天命轉移之驗徵也。“文王蹶厥生”，謂囚于羑里幾殆而未死也。謂此皆太王遺澤所致耳。末四句，謂文王得士之盛，亦由有太王開闢之國基。“予曰有”云者，謂周王因而得有。亦非特言文王也。“疏附”，謂遠族來附者，若太公、微子、鬻熊，與庸、蜀、羌、髳諸人也。“先後”，謂前後衛導之士，泰顛、閎夭之類是也。“奔奏”，《書大傳》作“奔走”，毛云“喻德宣譽”之人。謂如南宫适、散宜生等是也。“禦侮”，謂雄强敢戰之士，若尹氏八士，新荒、百合（並見《逸周書》）之屬也。皆非出於岐周王族之人，而效事於周族者。

（四）棫　樸

五章。章四句。

芃芃棫樸，薪之槱之。濟濟辟王，左右趣之。

濟濟辟王，左右奉璋。奉璋峨峨，髦士攸宜。

淠波涇舟，烝徒楫之。周王于邁，六師及之。

倬彼雲漢，爲章于天。周王壽考，遐不作人。

追琢其章，金玉其相。勉勉我王，綱紀四方。

題解：此樂官作以歌頌周王得士之詩。周公初創大雅，作《文王》諸篇以頌祖德。樂官因成王臨視學官，闡述“濟濟多士文王以寧”之義，以教士子，以廣大雅之樂。後遂用爲釋材之樂章，祼祭亦或用之。不稱文王而漫言周王者，便爲時王通用之樂故也。

首章：以棫樸喻多士之材，薪槱喻周王之用。“濟濟”，《文王》篇原語，喻才士之多。“辟王”之辟，與輔弼字同義。同詩於正臣與諸侯，亦稱“群辟”，亦與“百弼”同，同音字可通假也。《鄭箋》于此亦作“君王”解。應非。“左右趣之”，《毛傳》：“趣，趨也。”謂：爲周王奔走趨事也。陸云：“芃。薄紅反。槱，音酉。”薪，謂析木爲柴。槱，謂積柴而燔以祭也。上古以祭祀爲國家大事，故詩之設喻如此。

次章：襲周公套句詩法，重言多士助祭稱職。毛云：“半圭曰璋。”鄭云：“璋，璋瓚也。祭祀之禮，王祼以珪瓚，諸臣助之。亞祼以璋瓚。”周人重玉，貴族相見必執圭、璧。祭祀獻酒，必以圭璋爲柄之勺灌酒，通過香鬯，是謂祼祭。用圭柄者爲珪瓚，用璋柄者曰璋瓚。詩言“左右奉璋”，謂趨事于亞祼也。“峨峨”，毛云“盛壯也”。髦士，猶進士也。毛之突出者爲髦。故士子之選官者稱爲髦士。舊釋爲“俊士”者，未允（參看《王制》）。

三章：言戎事亦賴多士之力。“國之大事，惟祀與戎”（《左傳》文），故詩用此兩章申言“左右趣之”之義。《毛傳》：“淠，舟行貌。楫，櫂也。”詩言：涇水之舟，淠然前進者，賴衆多之人爲之鼓棹也（棹、櫂同音，推楫行船也）。周王遠征，則六鄉之士相與從之也（《鄭箋》“邁，行。及，與也”）。“六師”，毛云：“天子六軍。”周制，寓兵於農。天子六師，六卿主之。軍興，則卿賦一師。其制創於周公。詩云“六師”，則是此制已行之後，應是成王時作也。《毛序》謂詩頌“文王能官人”者，亦非。

四章：泛頌周王培育士子。《毛傳》：“倬，大也。雲漢，天河也。”詮按：天體恒星密集之部爲“天體赤道”，地上人稱爲“天河”，古曰“雲漢”。詩言雲漢之彰明於天，因衆星各有光輝。章、彰，古今字。鄭、朱説爲“文章”。非也。周王興學毓成多士，皆能爲國之光，猶天帝毓成衆星，蔚爲銀漢。宜其壽考齊天也。“遐不作人”，《朱傳》：“遐，與何同。作人，謂變化鼓舞之也。”謂周王因多士而寧，以致壽考，則何爲不作育人才乎。訓遐爲遠。鄭云“周王，文王也”，均失詩指。

卒章：言周之多士，如金玉之質，經周王雕琢成材，亦爲周王治理天下之用。毛云：“追，雕也。金曰雕。玉曰琢。相，質也。”鄭云：“《周禮》追師‘掌追衡笄’，則追亦治玉也。”詮按：毛説非也。周初，尚不可能有雕刻金屬之技。但能雕刻竹木耳。追師所追之笄，亦明非金玉之器。《荀子・富國篇》《説苑・修文篇》、趙岐《孟子注》引此詩並作“雕琢其章”。雕、雕亦古今字。鄭玄追師《注》，顧野王《玉篇》引此詩並作“追琢其璋”，蓋魯詩、韓詩作字不同。毛詩改追與章字也。追與琢，皆謂治玉。中華治玉爲北方追族所教，説在《韓奕》。故治玉之工曰追師。追雕古同音，故追琢即雕琢，東周以後始別稱追師爲“玉人”，追琢爲雕琢。毛、鄭徑用先秦文義説周初語言，故謬也。“勉勉”，猶黽勉也。《韓詩外傳》引此詩句作“亹亹文王”，是鄭玄説此爲文王詩的思想根源。《白虎通義》引作“亹亹我王”。足見三家詩雖着字不同，亦惟韓詩妄説爲文王耳。亹，亦訓勉。“綱紀四方”，鄭云：“以罔罟喻爲政。張之爲綱，理之爲紀。”符合古文假借之義。當云“張則持綱，理則持紀”。綱，綱領索，紀，綱目也。

（五）旱　麓

六章。章四句

瞻彼旱麓，榛楛濟濟。豈弟君子，干禄豈弟。
瑟彼玉瓚，黄流在中。豈弟君子，福禄攸降。
鳶飛戾天，魚躍于淵。豈弟君子，遐不作人。
清酒既載，騂牡既備。以享以祀，以介景福。
瑟彼柞棫，民所燎矣。豈弟君子，神所勞矣。
莫莫葛藟，施于條枚。豈弟君子，求福不回。

題解： 南國人士入仕於周者，參與祼祭，王命樂師作此歌勉其推行王化於本土也。與《棫樸》如出一手，亦皆稱祼祭之事，應是用於一祭兩次樂章。

首章：“旱麓”，旱山之麓，在漢中西南池水上游，當“米倉道”側，從來巴蜀與漢中地區交通要道也。南國奉此山爲神山。《水經注》卷二十七：“漢水，右合池水。水出旱山。山下有祠，列石十二。不辨其由。蓋社主之流。百姓四時祈禱焉。”詮按：原始社會，未有青銅器前，有擡大石於冢墓處以祀爲神者。四川成都之武擔山“石鏡”，新都之“八陣圖”，與米倉道之“石牛”及旱山十二巨石，皆是也。南國西部，即今四川與漢中地區，地近岐周，奴隸市易最盛。從而南人在周立功者甚多，慕周之文化亦早。在文、武、成王之世，奴隸主入朝于周及遣子弟入周學者實多有之。故能由極爲落後之原始社會，隨周室發展，飛躍而進入奴隸與封建社會，蔚開秦漢郡縣文化發展之局。此種歷史發展過程，雖無明確之史載可據，由《周詩》之有此篇，及《魚麗》等篇和《周南》數篇所顯示者已甚明白矣。南國之多榛楛，亦猶岐周之多棫樸，皆主要之薪材也。榛亦櫟類，楛堅而直，上古以爲矢材。故詩以喻南國之多士。與《棫樸》同用“濟濟”之形容字。“豈弟”，《國語》單穆公引此詩作愷悌。愷，和樂也。悌，友好也。《毛傳》合訓爲“樂易”（《齊載驅》與此同），謂和樂平易也。爲南方民族一般具備之美德。“君子”，謂南國奴隸主，用《關雎》“君子好逑”之義。鄭云：“謂爲‘求官’之代辭。”亦謬。干者，本義爲盾，引申爲捍衛之義。干禄，謂保持禄位。貴族不失其禄位，則亦能保持其樂易之度，是此詩之本義也。

次章：言南人入仕於周者，亦得參與祼禮。與“殷士”、周人同待遇。“瑟”，鄭云“潔鮮貌”，朱云“縝密貌”。皆衹“玉瓚”之形容語。“黄流在中”，謂鬯中先貯鬱金，酒灌入成黄流也。鄭説爲圭瓚，“以圭爲柄，黄金爲勺，青金爲外，朱中央矣”。以爲天子之灌器，“王季爲西伯以功德受此賜”。謬甚。“福禄攸降”，謂參加祼禮者，神皆降予之以福禄。降，讀如《草蟲》“我心則降”之“杭”，與中韻。亦用南人語音也。

三章：言鳥類皆能飛，惟鳶之飛獨高。魚皆能潛於水而亦有雄健能躍起於深淵者。喻南人雖限以南山，幽居在下，亦有傑出之士能自奮發而入仕於周如鳶之飛、魚之躍也。所貴於豈弟之君子能推行周王之教以培育之。“遐不作人”，用《棫樸》頌周王成語，以鼓勵之。後儒不知，乃誤謂與上篇同爲頌周王。

四章：言祭祀祖廟，南國貴族，亦宜仿行。“載”，猶在也，鄭云“在尊中也”。“騂牡”，祀祖之牲。“既備”，已選定卜定。謂周之所用，南國亦並有之。用以享尸祀神，可以致大福。鄭云：“介，助。景，大也。”

五章：謂瑟然之美薪，能燔以祀神者，人民也。喻人力之偉大。豈弟之君子能育材以助祭，則亦神之所喜勞倈者。謂獲福祐也。

卒章：再用南國《葛覃》《樛木》辭義，指示南人當親附於周。意蓋以二詩作自南國，南人易于體會，是作者誨諺南人苦心。“求福不回”，是前進勿退之意。舊訓回爲違、爲邪者，並非。

（六）思　齊

四章。章六句。故言五章。二章，章六句，三章，章四句。《朱傳》從故。

思齊大任，文王之母。思媚周姜，京室之婦。大姒嗣徽音，則百斯男。

惠于宗公，神罔時怨，神罔時恫。刑于寡妻，至于兄弟，以御于家邦。

雝雝在宫，肅肅在廟。不顯亦臨，無射亦保[1]。肆戎疾不殄，烈假不瑕。

不聞亦式，不諫亦入[2]。肆成人有德，小子有造。古之人無斁，譽髦斯士。

題解：此史官作以歌頌周王三世祖妣之詩，用爲王室婚禮樂章，疑亦出於周公之意。所據亦爲舊有之宫廷詩歌，句多費解。殷周婦女行事不着於閫外，故雖史官爲之叙事亦不能多，且皆空洞之諛頌。經師説此詩者，自毛、衛、馬、鄭，下至唐宋以來諸儒，多所紛岐。封建諛頌，無當史實。兹但略通其意而已。

首章：綜叙三后世次。兩思字，皆發語詞。齊，陸音“側皆反”，當讀如齊莊之齊。《毛傳》：“齊，莊。媚，愛也。周姜，大姜也。京室，王室也。”大姜，太王妃，《緜》云“姜女”是也。居周原，始以周爲國號，故曰“周姜”。又曰“京室之婦”，周初謂周邑爲京，宫中人稱王室爲京室也。大任爲王季妃，孝敬以事其姑，時稱敬順事上爲媚。既生文王，爲之娶太姒，承續其媚姑之言行，故曰“嗣徽音”。徽，美也。則獲多子之福。“則百斯男”者，當時計數及十而返，僅以百爲極多數之義，非謂實有百子。《左傳》僖公二十四年，富辰所舉文王之子得國者十六耳。加以武王與伯邑考及早死之子，不能出二十左右。至于太姒一人所生，據《史記·管蔡世家》所著則衹十人而已。《毛傳》云：“大姒十子，衆妾則宜百子矣。”鑿言“百子”，大謬。

次章：以下，通頌三后之德。“宗公”，指宗廟先公，通三世祖公言之。《毛傳》：“宗公，宗神也。”《鄭箋》：“惠，順也。”詮按：惠字，本作叀（專心），一心無貳之義。此詩謂專誠事神也。省作惠後，輾轉引申，成爲仁惠於下之辭，失此本義。鄭訓順，亦非也。“神罔”二句，謂神於三后皆無所不滿，亦無所傷痛。毛云：“恫，痛也。”“刑”字，本作荆，陶範也。引申義爲範。毛云“法也”。是再引申之義。後世更以爲威刑，而别爲“型”字以表陶範。“寡妻”，謂衆妾也。毛訓爲“適妻”，亦非。奴隸主皆多妻。大姜、大任、大姒皆嫡妻矣。更型于誰之“嫡妻”？寡字本義爲分賦（《説文》），引申之義爲少，爲孤獨無伴，再引申爲鰥寡。衛莊姜詩稱“寡人”，由莊公已死，非以嫡妃也。奴隸主之多妻，惟嫡妻爲正偶，餘妻皆獨居待幸，故曰“寡妻”也。詩謂三后内善於事神，内爲衆妾之模範，外爲族人之典型，從而影響全國之人，皆能敬祀其祖先耳。“御”，毛云“近也”，依《鵲巢》字義。鄭云“治也”，用駕馭之字。當以鄭義爲長。

三章：言三后在宫雍和，在廟莊敬。當時對女德要求如此而止也。“丕顯亦臨”，

---

[1] 下二句，《朱傳》割入第四章。

[2] 《朱傳》此二句屬第四章，此下爲第五章。

謂后妃不治外事，聲聞本不能顯著於外。然而三后亦皆大顯其名於世。臨，猶言加臨其身也。毛云“以顯臨之”，是此義。朱云：“雖居幽隱，亦常若有臨之者。”失之。“無射”，與卒章“無斁”音義同。同篇字，亦猶《綿》詩之迺與乃，所用舊歌原字不同故也。《鄭箋》釋無斁爲“口無擇言，身無擇行”，説無射爲“於六藝無射才者”，以牽合爲文王之頌，大謬。射字古音同“弋”，與睪音近。斁與擇字皆從睪聲。故弋射，斁、擇字可通假。《車舝》《抑》《清廟》之射字皆讀如斁，爲厭足，爲選擇之義。此詩言：三后雖言行無所擇避，而亦能保其身之安而不傾也。

末二句，《朱傳》以爲當另分章。就文理言，固應如此。肆，發語辭。“戎疾不殄”二句，毛云：“戎，大也。故今大疾害人者，不絶之而自絶也。烈，業。假，大也。”鄭云：“厲，假，皆病也。瑕，已也。”朱云：“烈，光。假，大。瑕，過也。”皆謂是文王之事，各爲之曲解。《新詮》以爲詩謂戎事與疾病時期，皆家邦困難之時，不因之而頹廢喪志爲“不殄”也。烈，謂昌盛時期，假與嘉古音義通，謂快慰之事。俱不因之而驕恣縱情爲“不瑕”也。即“居泰不驕，臨危不變”之意。

四章：“不聞亦式，不諫亦入”，正合賡上二句成文。故言“章四句”者正應如《朱傳》本。惟樂章利在字數一致，則四章皆六句爲便。故兩存之。不，當讀如丕。“丕聞”，謂大有聲聞之人，能式敬之。“丕諫”即《民勞》詩“大諫”之義。對大諫諍，亦能受納之。皆宫庭舊歌之辭，當時或有實事可指。究亦不知所指何后之事，故徒爲泛頌后妃之虚辭。决非謂文王事也。

“肆成人有德，小子有造”，與“戎疾不殄，烈假不瑕”爲比對句。謂三后皆能熏陶後進，使族之成人有德稱，小子有進步（有造就）。續言“古之人”二句，蓋用某后勉其子媳之言。謂古人誨人不倦，無所擇於人，故能成德達才，作育譽髦之士也。

（七）皇　矣

八章。章十二句。

皇矣上帝，臨下有赫。監觀四方，求民之莫。維此二國，其政不獲。維彼四國，爰究爰度。上帝耆之，憎其式廓。乃眷西顧，此維與宅。

作之屏之，其菑其翳。脩之平之，其灌其栵。啓之辟之，其檉其椐。攘之剔之，其檿其柘。帝遷明德，串夷載路。天立厥配，受命既固。

帝省其山，柞棫斯拔，松柏斯兑。帝作邦作對，自大伯王季。維此王季，因心則友。則友其兄，則篤其慶。載錫之光，受禄無喪，奄有四方。

維此王季，帝度其心。貊其德音，其德克明。克明克類，克長克君。王此大邦，克順克比。比于文王，其德靡悔。既受帝祉，施于孫子。

帝謂文王，無然畔援，無然歆羡，誕先登于岸。密人不恭，敢距大邦，侵阮徂共。

王赫斯怒，爰整其旅，以按徂旅，以篤于周祜，以對于天下。

依其在京，侵自阮疆。陟我高岡。無矢我陵，我陵我阿。無飲我泉，我泉我池。度其鮮原，居岐之陽，在渭之將。萬邦之方，下民之王。

帝謂文王，予懷明德，不大聲以色，不長夏以革。不識不知，順帝之則。帝謂文王，詢爾仇方，同爾兄弟，以爾鉤援。與爾臨衝，以伐崇墉。

臨衝閑閑，崇墉言言。執訊連連，攸馘安安。是類是禡，是致是附，四方以無侮。臨衝茀茀，崇墉仡仡。是伐是肆，是絶是忽，四方以無拂。

題解：此史佚作周王世德之詩史也。自太王、王季，至文王伐崇。戛然中斷，疑是因老病中輟。迨其既死，成王乃取以與《思齊》合於大雅之樂。亦或是太師簡册有脱，抑孔子鈔録時削其下數章而代之以《靈臺》《下武》。又或漢儒傳詩時脱之。要必當有一或數章終文王事，始成文理。然，不可考矣。其説天命，與周公異。周公詩皆謂文王受命。此詩則謂受命自太王始。顯然爲周既統一天下以後追尊太王、王季時所造之詩。天命原是周人欺世之説。周公衹以傳于其父文王，史佚因追尊而傳于太王也。

首章：《毛傳》云："皇，大。莫，定也。""二國，殷夏也"。"四國，四方也"。"耆，惡也。廓，大也"。後儒皆循其字義求解，紛然歧互，莫能竟通。《朱傳》引通之云："言天之臨下甚明，但求民之安定而已。彼夏商之政既不得矣，故求於四方之國。苟上帝之所欲致者，則增大其疆域之規模。于是乃眷然顧視西土，以此岐周之地，與大王爲居宅也。"詮按：莫者，瘼之借字。"求民之瘼"，謂天帝欲知人民疾苦。是《泰誓》"天視自我民視，天聽自我民聽"之義。古瘼、莫兩字通用。《文選注》引《韓詩》"亂離莫矣"，（在潘安仁關中詩注）今在《小雅・四月》字作瘼。《説苑・政理篇》引此詩，字亦作莫。則毛訓此莫爲定，非矣。説二國爲夏殷亦非與《泰誓》相結合即不可通。"上帝耆之"，耆，鄭云"老也"。老之，謂上帝見夏禹之澤衰老，則"佑命成湯，降黜夏命"（《泰誓》語）。今商政又已衰老，當有壯盛者代之。故憎惡衰殷地盤之寥廓，乃眷顧于西土之周族，以岐地與太王。太王應天命居之，遂奠代殷之基。"此維與宅"，亦《綿》詩"築室于兹"之義。朱訓耆爲憎，再云"憎當作增"，妄之甚矣。

次章：前八句，述太王開闢周原之事。亦是用古詩歌文，表達開荒之術。舊儒多妄説之。如《毛傳》謂"木立死曰菑，自斃為翳"。後盡遵之。《朱傳》疑其字義，亦衹引"或曰'小木蒙密蔽翳'"以説翳之一條。詮按：菑舊，謂舊菑田。作謂耕作。原是菑田，則耕作之（稱周原，即可知其舊曾爲田）。原是叢翳，則摒除之。原是灌木，則脩剪之。原是列樹，則削平之（栵，音例，樹之成列者也）。檉，今云觀音柳，椐，今云山毛櫸。俱薪材。則亦除去之爲耕地。啓，猶開也。辟，開闢。檿，野桑。

柘，桑屬而木質更堅。俱葉飼蠶，材中弓，則但脩整其枝條，俾更中于使用。攘，取而不殺也，剔，去其惡戾之部也。與開闢含義不同。後四句言：地既墾辟，帝命遷轉於明德之周王，夷戎來市易者絡繹載道。天爲立妃曰姜女，本羌戎族人，爲能招致羌民市易之一大動力。是爲天命已固之驗徵。“串夷載路”，舊説亦紛龐互抵。毛云：“串，習。夷，常。路，大也。”鄭云：“串夷即混夷，西戎國名也。”“路，應也。天意去殷之惡就周之德，文王則侵伐混夷以應之。”朱云：“載路，謂滿路而去。所謂‘混夷駾矣’者也。”詮按：“串夷”，謂與周市易之夷。串字，像兩物等稱連綴之形。與古貿（丣）字同一會意。《説文》無串字，祇中字。段注本訓中爲糿（内）。謂：“作内，則此字平聲去聲之義無不賅。”平聲，中央之義。去聲，投入得當之義。唐宋元明，謂商人輸穀于邊易政府之茶曰“中茶”，易戎人之馬曰“中馬”，皆以中爲兑換之義，蓋古義也。串之爲字，像雙中，爲雙方兑物之義，亦古義也。羌與姜，古義亦通。《綿》詩之“姜女”，蓋羌族之女。太王世與羌族相市易，故娶羌族之女。由於娶羌族之女，故所在與羌族市易關係不斷。詩以“天立厥配”與“串夷載路”連言，明姜女與串夷之關係如此。舊儒不達此義，固不能不徒作唯心之妄解耳（《綿》詩之“戎醜攸行”同）。

三章：言天帝省察太王之政效，則已柞棫盡拔，松柏蔭路矣。具見其能得民心，地辟事理，不負天命。則更助之興邦，助立賢妃。“作邦作對”之對字，謂太姜之德與之匹敵。拔、兑字俱襲《綿》篇，足見所言爲太王事。“自太伯王季”，謂太姜生太伯、王季、周乃大興。“自”字，疑當爲“生”字訛。否則當訓“生”。《大明》言大任“生此文王”，大姒“生武王”。大伯、仲雍、王季皆大姜所生。“自”字與“生”字形近。“生”亦有“自”之義。詩以王季大伯並言，而下文專頌王季者，明上下章各半章非同頌一人也。舉大伯不及仲雍者，仲雍從太伯讓國，太伯更爲南國之君（《史記》與《吴越春秋》同），殆與王季成就同也。

後七句專頌王季。爲辨其非奪嫡篡國，特稱其友於兄弟，是史官之苦心。其實亦是太伯仲雍失其父愛而避位以存身。後人徒因此詩以説爲讓耳。“因心則友”，毛云：“因，親也。善兄弟曰友。”朱云：“因心，非勉强也。”“則篤其廢”，謂惟其友於其兄，故兩兄讓避遠去而得永襲君位之慶。“載錫之光”，載始也。謂天乃錫之以光大。指作西伯。鄭云：“始使之顯著。”朱云：“與其兄以讓德之光。”失之。“受禄無喪”，謂遂世爲西伯，不失其位。以至于“奄有四方”。《竹書紀年》載季歷代程，克畢。伐義渠，獲其君。又伐西落鬼戎，燕京之戎，餘無之戎，始呼之戎，翳徒之戎，並克之。“四方”者，蓋謂征服其邑四方之部落。舊説爲“至於覆有天下”，（《鄭箋》）“至於文武而奄有四方”，（《朱傳》）並非。此章單頌王季，不及文王之事。

四章：《左傳》昭公二十八年，晋成鱄對魏獻子，全引此章，首句作“唯此文王”，貊作莫，邦作國，並釋其文曰：“心能制義曰度。德正應和曰莫。照臨四方曰明。勤施無私曰類。教誨不倦曰長。賞慶刑威曰君。慈和偏服曰順。擇善而徙曰比。經緯天地曰文。九德不愆，作事無悔，故襲天禄。子孫賴之。”後儒皆用此以爲説。未知周人説詩斷章，唯心妄解之習，全非作者本意也。若竟以王季爲文王，尤爲顯明之謬。夫言“維此”，必上文已有其名矣。上章“維此王季”，緣句上先有“王季”。此“維此”上“文王”二子安在？而下文承以“比于文王”，豈謂文王可以比于文王乎？如成鱄説，則文王可以“擇文王之善而從之”乎？明是《左傳》誤矣，尚可以從謬乎。成鱄所説九德，全是抽象空言，用以諛頌任何國君亦無不可。何必即爲指文王哉？《朱傳》云：“悔，遺憾也。”詩蓋言天帝揆度王季之心，美其語言使其德益明，其象益和，勝任爲君爲長于此“奄有四方”之邦，克順天心，克比天德。上比于天德，亦與文王相同，德無遺憾。故能受天之福祉，延及于其子孫。“孫子”，猶子孫，倒言以就韻也。

五章：前四句，謂：天帝啓示文王，“羽毛未豐滿時，對紂當不即不離，對諸侯當不竟不求。聽其胡作非爲，暴露罪惡，頤使天下歸心于周，則事濟矣”。“無然”，猶云不可。“畔”，離泮。“援”，攀附。兩義相對，而合用之，即“不即不離”之意。“歆”，欲之動也（《朱傳》）。歆羡即貪羡（《毛傳》）。貪慾動，則必有所忮求，樹敵之道，故曰“無然”。能不如此，則如與諸國竟渡，“誕先登于岸”，謂目的達也。本是文王志性如此而言天帝所教，以飾周王皆受天命。下八句與第六章皆述文王伐密事。冠此四句，以明文王非貪其土地。

關于文王伐密事，《左傳》《國語》《逸周書》《竹書紀年》《吕氏春秋》《書大傳》《史記》《帝王世紀》皆有記載。亦皆寥寥數語。合而參之，亦不能詳。大抵，密須氏與阮國鄰，皆在周東界。密須姞姓（《世本》），以女子故，侵阮國（《國語》富辰諫王，有“密須氏由伯姞”語）。文王爲西伯，問孰可用兵于太公。太公曰：“密須氏疑我，可先伐之。”管叔沮之。太公曰：“臣聞先王之伐也，伐逆不伐順，伐險不伐易。”文王遂因侵阮徂共而伐密須，密須之人自縛其君以降。（《史記集解》引《帝王世紀》）《竹書紀年》載殷紂三十二年“密人侵阮。西伯率師伐密”。三十三年“密人降于周師，（周）遂遷於程。迺錫命西伯得專征伐”。時則文王即位之四十年也。《書大傳》謂：“文王受命，一年斷虞芮之質。二年伐刊。三年伐密須。四年伐犬夷。五年伐耆（黎）。六年伐崇。七年崩。”《史記》時次又微異。要皆謂伐密早先，伐崇最後。所據主要爲此詩。顧詩語古奥難明，秦漢説詩者解釋互異，後人體會故不同也。如《毛傳》云：“國有密須氏，侵阮，遂往侵共。”《鄭箋》則云：“阮也，徂也、共也，三國犯周而文王伐之。密須之人乃敢距其義兵”。蓋用《韓詩》説也。杜預《左傳注》謂：“密須國在安定陰密縣東故密城。”（在昭公十五年）《朱傳》云：“密，姞姓之國，在今寧州。阮、國名，在今涇州。徂，往也。共，阮國之地名，今涇州之共池是也。”今按：

此詩語，三地皆當在涇渭之間，屬陝西省，不當在安定及寧州、涇州。

詩言“密人不恭”者，謂密阮開釁，文王以西伯身份制止之。密君不聽而侵阮。拒大邦之命爲“不恭”也。共爲已附周之邊邑。密人不惟侵阮，又越阮而犯共邑。故文王赫焉斯怒，整飾軍旅以伐之。“按”，毛云“止也”。朱云“遏也”。詮按：當爲“按罪”之義。按罪，謂質證其罪而譴罰之，即所謂“部罪之師”。問罪于“徂共”之密軍也。末二句，朱云：“以原周家之福，而答天下之心。”“對”，《爾雅·釋詁》云：“揚也。”趙岐《孟子注》引此詩作“以揚苦于天下”。《毛傳》：“遂也。”《鄭箋》：“答也。”按詩意，謂：文王拓境自此始，爲厚周家之福祐。亦由天下人皆惡密君之横暴，故加撻伐以慰天下之心。“對”，謂正視天下之望，蓋援引誓師之辭。

六章：前七句，亦誓師之辭。“依其在京”謂密須之君依持其在京邑之衆，自阮疆侵及我疆。《毛傳》：“京，大阜也。”上古無城郭，國君例居大阜之上，故其都邑恒稱爲“丘”，爲“阜”，爲“京”，爲“皋”。氏族社會，聚居于此者，皆其最忠於酋長且最勇敢之人。故詩語如此。《鄭箋》謂：“京，周地名。”《朱傳》：“京，周京也。”大謬。“陟我高岡”，謂其升共邑之高岡以窺我之陵泉，欲内犯也。“無”，禁止詞，猶云無許。“矢”，陳也。（《毛傳》）“不許其陳師於我之陵阜。我之陵阜是我虞牧榮衛之地。”“阿”，陵阜曲斜部之内，生産草木處也。不許其飲我之泉水。我泉爲我潤蓄稻魚之水源。謂此出師出於自衛也。後五句，爲軍事結束過程。“度”，越也。鮮原，密都邑附近之要地。既越鮮原而密須之人自縛其君以降。文王因即自岐徙居于程以臨治之。程邑在涇水下游，故知鮮原與密京在涇水以東，去程邑不遠也。《朱傳》釋度爲相地，云：“于是相其高原而徙都焉，即所謂程邑也。其地爲漢扶風（郡）安陵。”謂程邑即營于鮮原上。亦非。《竹書》謂文丁五年“周作程邑”，在王季世。是程邑原在周界，《蓼莪》詩稱“鮮民”，則鮮原與程邑爲二地。然皆在鎬之東北，隔渭水而近京水。謂安陵縣界亦合。安陵在滻水口對岸，北山之末。北山爲岐山東支，故又謂居程爲“居岐之陽，在渭之將”也。《毛傳》：“將，側也。”末二句謂文王居程而諸侯相與朝之。國土廓大，人民衆多，號爲“萬民之王”。毛云：“方，則也。”鄭云：“方，猶鄉也。”謂萬邦向往之。

七章：叙文王伐崇事。不叙其他軍事，故文不與上章承，更以“帝謂文王”領起。前六句，頌言天帝滿意於文王之明德。其細目爲：不夸大聲聞，不鋪張威儀。雖已天下歸心，仍不革殷命而長諸夏。一切遵導天帝之法則，順其自然，逐步發展。“懷”，毛云“歸也”。朱云“眷念也”。當從朱訓。毛謂“不大聲以色”爲：“不大聲見於色。”朱云：“不暴露其形跡。”則俱非。詩謂不以形色夸炫其聲威耳。後六句，再起爲帝命文王伐崇。崇侯虎攙構西伯，紂囚文王於羑里七年，故崇爲周之“仇方”。鄭云：“詢，謀也……謀征討之。”（《毛傳》云：“仇，匹也。”則似謂謀於友國以伐崇。則與下句重叠。）“同爾兄弟”，謂聯合友好之國。崇，大國而親附紂，故伐崇當厚爲準備。並指示崇國之城甚堅，雖失人心，亦易固守以待紂援，故當準備攻城之具。《毛傳》：“鉤，鉤梯也，所以鉤引上城者。臨，臨車也。衝，衝車也。墉，城也。”朱云：“臨車，在上臨下者也。衝車，從旁衝突者也。”謂高於其墉之樓車可以矢石戈矛施於城上。及載重横衝之車，用以洞其墉垣。古初爲城，但衹土壁，不高厚，故王以此三物破崇國，爲時所稱。

卒章：續叙破城情致。“閑閑”，毛云：“動摇也。”朱云：“徐緩也。”應是從容施展，技藝嫻熟之義。“言言”，毛云“高大也”。朱同。應是崩潰之意。言如字，言語出口，即意存而形滅，故以喻崇墉之潰也。“執訊”已見《出車》。“連連”，毛云“徐也”。朱云“屬續狀”。“攸馘”，毛云：“攸，所也。馘，獲也。不服者，殺而獻其左耳曰馘。”“安安”，朱云：“不輕暴也。”詮按：此皆以後世儒家“王道”之法説古詩，不切於本義。奴隸社會，每戰勝，得其貴族，則繫訊之。“連連”，言所獲之多。至於奴隸，被獲不降者甚少。其有不服，則虐殺之，割其首以威衆曰馘。故字從首。後世以斬級多少報軍功，乃衹割交左耳，亦稱爲馘。非本義也。“安安”，言囚雖臨死，莫敢掙扎頑抗也。“是類”，謂滅國時類祭上帝與諸天神。《舜典》“類于上帝”，《孔傳》謂舜攝位“遂以攝位告天及五帝”。朱謂“將出師祭上帝”爲類，非也。《淮南·本經訓》：“戮其君，易其黨，封其墓，類其社。”高誘注“祭社曰類”，引此詩，是也。“是禡”，謂克國，師祭以饗將士。《王制》“禡于所征之地”是也。《毛傳》：“于内曰類。于野曰禡。”内字當作社。謂于崇國之社，告易主也。“是致”，謂招致其人民。“是附”，謂人民來歸附。馬瑞辰引襄公二十五年《左傳》鄭入陳：“祝祓社。司徒致民，司馬致節，司空致地。”以釋此詩是致。又謂“附當讀如拊循之拊”，較《毛傳》“致其社稷群神，附其先祖，爲之立後”之説遠勝。“四方以無侮”，鄭云：“文王伐崇而無復敢侮慢周者。”

末五句，重言滅崇之威，而異其文，與前章之分爲上下段對稱。《毛傳》：“茀茀，强盛貌。仡仡，猶言言也。”《方言》：“仡，不安也。”《郭注》：“船動摇之貌。”《朱傳》“仡仡，堅壯貌”，大謬。“是伐”，謂斬崇之社。“是肆”，謂抄崇之宫。“是絶”謂絶崇之廟祀。“是忽”，謂滅其國。《毛傳》：“肆，疾也。忽，滅也。”《朱傳》：“肆，縱兵也。”上言類、禡、致、附，是入城受降時事。此言伐、肆、絶、忽，是降定後處理崇侯之事。具有層次。舊説多混言無别。上言四方之人鑒於崇人之拊循有道，而不敢侮周。此復言四方之君鑒於處理崇國之嚴酷而不敢拂周之意。“拂”，鄭云：“猶佹也，言無復佹文王者。”佹，讀如詭。陸德明《釋文》：“拂，符弗反，違也。佹，九婁反，戾也。”

周自王季時，已滅畢程氏（《竹書》，在殷帝武乙二十四年），以爲程邑。文王因之滅密，而徙居程。畢程，亦作畢郢。《孟子》“文王生於岐周，卒于畢郢”是也。程近畢原，故稱畢程。猶周原在岐下之稱“岐周”也。文王死，葬于畢原，武王、繄公亦葬于畢。爲其在渭北、岐山之陽，去周原與程邑並近也。伐密後，又曾伐取耆、邘等國，皆渭北之地。遂渡渭伐崇。既滅崇，乃營豐邑徙居之。是崇國境在今陜西渭水之南原，相傳故崇城在鄠縣東五里。當是。

（八）靈　臺

五章。章四句。（《朱傳》作“四章，二章章六句，二章章四句。”）

經始靈臺，經之營之。庶民攻之，不日成之。

經始勿亟，庶民子來[1]。王在靈囿，麀鹿攸伏。

麀鹿濯濯，白鳥翯翯。王在靈沼，于牣魚躍[2]。

虡業維樅，賁鼓維鏞。于論鼓鐘，于樂辟廱。

于論鼓鐘，于樂辟廱。鼉鼓逢逢，矇瞍奏公。

題解：文王既滅崇，營豐邑而自徙居之。年已耆耄，厭武事。因崇之舊苑，築靈臺以娱晚年。與周公旦等集樂師於録沼之辟雍，究治頌樂以宏祭祀之禮。史官作詩頌之。疑此爲《皇矣》之一章，至成王世，周公改爲專篇，用爲學校燕享之樂也。審文義，原衹兩章（亦如《皇矣》之分上下章），改制時，分爲四章。（如《朱傳》之説）合樂時，乃作五章。

首章：《毛傳》：“神之精明者稱靈。四方而高曰臺。經，度之也。攻作也。不日有成也。”鄭云：“觀臺而曰靈者，文王化行似神之精明，故以名焉。”朱云：“謂之靈者，言其倏然而成如神靈之所爲。”詮按：如此舊説皆謬矣。豐水舊名靈水，崇人舊壅其水爲沼於園囿，稱爲靈沼靈囿，周人因其洲島作宫室曰辟雍，合稱靈臺。因水爲名耳。古於人工河皆稱靈水，故秦開五嶺，溝通湘、桂之渠曰“靈渠”[3]。漢因南山之水作渠灌盩厔曰：“靈軹渠。”[4] 凡古言臺者，必有宫室營於其上，或僅爲宫室區之總稱，竟無土臺。北京故宫之瀛臺，西郊之釣魚臺皆是也。惟侯臺乃築高土耳。詩云靈臺，而所稱樂事皆不在臺上，已足知臺之爲義矣。而後儒鑿鑿言其方高，“所以觀祲

【1】《集傳》此上爲第一章。

【2】《集傳》第二章。

【3】《寰宇記》“秦命御史監史禄，自零陵鑿渠至桂林”：謂分灕水爲二渠，北入湘水，南入桂水，使舟行徑通嶺南北，以漕轉華夷之貨。今其分水壩在廣西興安縣，有碑刻“古靈渠”字。

【4】漢武帝引南山之水作渠灌盩厔田，曰“靈軹渠”，見《漢書・地理志》。軹，歧也。分津引灌，故曰靈軹渠。凡人工河成，例祭地水之神，謝其沛助，故皆稱曰靈水。

象，察氣之妖祥”。（《毛序本注》）謬甚[1]。“經之”，籌畫也。“營之”，建造也。“庶民”，在當時衹謂奴隸。“攻之”，從事工役也。舊説爲百姓，亦謬。“不日成之”，謂不待預期之日即以完成。舊説爲“不終日而成”，（《朱傳》）亦謬。疑以上爲原詩句。改制時嫌在虐逼奴隸，乃增入下二句，謂非經始之急，衹由於庶民來就工者踴躍，有如子赴父事，故能速成也。“勿亟”猶言非急。“子來”，鄭朱皆説爲如“子成父事”。

次章：原亦似衹在囿在沼四句。《孟子》言“文王之囿，方七十里”。謂其面積甚小也。如詩所言，囿中衹有麀鹿，無他種。則衹如今世動物園之鹿囿而已，不能方一里半里。豐水附近皆肥農田，於勢亦不可建成苑囿。是《孟子》之“七十里”，亦妄揣言之耳。“麀鹿”，毛云“牝也”，於下“濯濯”，云“娱游也”。疑牝字上脱一游字。游牝之鹿曰麀鹿，則合牝牡娱游之義。若單云牝，則鹿囿中豈能單有牝鹿哉?[2]。“攸伏”之伏，當訓擾。舊説爲伏處，亦非。誠是伏處，則安得見其濯濯哉？“白鳥”，謂水禽之起落於靈沼者，如鴻、鷺、鵜鶘、鶴、鸛等皆多白羽而光澤。“翯翯”，毛云“肥澤貌”。朱云：“濯濯，肥澤貌。翯翯，潔白貌。”義較爲得。“於牣魚躍”，毛云：“牣，滿也。”朱云：“魚滿而躍。言多而得其所也。”

四章：《毛傳》：“植者曰虡，横者曰栒。業，大版也。樅，崇牙也。賁，大鼓也。鏞，大鐘也。論，思也。水旋丘如璧曰辟廱，以節觀者。”《朱傳》：“虡，植木以懸鐘磬。其横者曰栒。業，栒上大版，刻之捷業如鋸齒者也。樅，業上懸鐘磬處，以彩色爲崇牙，其狀樅樅然者也。”詮按：毛、朱各以當時所見樂器布置情形推測詩語，未必即與初周之制符合。惟此章之爲辟廱演樂，則然也。按文義，虡業當爲懸編鐘之物。樅當爲置大鼓之架，大鐘又置於大鼓之旁。維者，依近以便樂響相關維之義。詩未言磬，朱氏意增，非義。編磬爲殷頌樂器。周之頌樂用編鐘，故知此虡業所懸無編磬（參看《鼓鐘》與《那》篇）。“于論鼓鐘”之鼓，動詞。之鐘，編鐘也。編鐘，周世始有。此句，蓋即謂文王、周公與諸樂師工師研究編鐘鑄造使用之法曰“于論”。編磬，殷世早已有。殷地得盤石易，故創製早也。周地無磐石，而周人冶金之業發達且早，故首先造爲編鐘，以代殷之編磬，領導頌樂。故一稱爲“金奏”。鐘之大小音階之

【1】 程大昌《雍録》考訂關中古跡頗詳。于靈臺，引唐人《括地志》曰：“辟雍、靈沼，今悉無復處，惟靈臺孤立。高二丈，周回一百二十步。”又引宋敏求《長安志》曰：“其（靈）宫，今在鄠縣，靈臺，靈沼、靈囿皆屬其地也。……獨靈臺遺址，至正觀尚在。”亦謂《括地志》所指之靈臺。夫《水經注》於關中地理書籍搜羅最早，最完備，考訂亦最詳明。曾言豐水，“逕靈臺西”，而不能實指其地，亦無所考訂，則其時已無靈臺遺址，但據古志言之耳。則唐人安能實現其臺哉？此必隋唐人妄指一黄土丘陵之被割削者爲附會也。築土成臺，閱千數百年至唐世，宫室久燬，川原屢變，豈能獨存土臺可量高廣哉？

【2】《曲禮》：“夫惟禽獸無禮，故父子聚麀。”亦謂父子共牝爲麀。《左傳》襄公四年載《虞箴》謂后羿“冒於原獸，忘其國恤而思其麀牡”。謂鹿相麀時，則群牡争一牝而相鬥，至疲困，乃由勝者得遂其麀。羿思其獲取之利而忘恤其國也。故麀字當爲游牝之義。

適當是工師之責，敲擊之技，則樂工操之。樂曲編製，出於樂官，聲應作舞，屬於舞師，合之乃成完美之頌樂。其創製過程，絶非容易。文王末年，乃其初創階段。武王之世，成王之初，亦尚未臻成熟。或已用編鐘於大雅。直到周公平四國後，再事製作，乃有周頌之詩。編鐘未成之前，已有大鐘、與大鼓畢單音時發，只以節樂。既有編鐘，大鐘大鼓仍不廢。故此詩既言虡業又舉大鐘。非謂大鐘懸於虡業也。最初編鐘十二枚，大小相次以度，爲十二音階。虡之大版下有十二紐以懸之，是爲十二業。後世引申爲學業，進業，事業字，皆緣其次第有度也，逕説業爲大版者亦非也。大版亦不必有楗業之齒，與崇牙之飾。初製時所重在度，不爲飾。後世乃爲之繪刻耳。“辟雍”，本讀如璧壅。謂壅水爲圓沼，中作圓臺，使水池作璧形，如《毛傳》説。園島上作宫室、臺榭，稱爲辟雍。周公父子與樂官習樂於此。研究編鐘律度之法，初所製樂，即以辟雍爲名。《莊子・天下篇》：“文王有辟雍之樂。武王、周公作武。”是也。此“于論鼓鐘，于樂辟雍”之實義，舊儒不達，所有緣毛、朱而作之曲解，皆與周樂發展程式不合，不值援據也。

卒章：重複“于論”、“于樂”兩語，以重文王創製此樂之事。“鼉鼓”，舊説爲鱷魚之皮冒鼓，頗可疑。鱷魚爲現存爬蟲之兇巨者，蓋遠古龍類之遺種。中華上古可能有之，近世則惟長江流域有其孑遺（古名曰鼉，今所謂“揚子鱷”是也）。鱷皮厚、薄、堅、韌不勾，不可以爲鼓。詩中逢逢發聲之鼓，謂節樂之大鼓也。應是繪鼉爲飾，詩避重，故不再賁鼓而曰鼉鼓耳。“矇瞍”，瞽人也。毛云：“有眸子而無見曰蒙。無眸子曰瞍。”朱云：“古者，樂官皆以瞽者爲之，以其善聽而審於音也。”“公”，毛于此云“事也”。于《六月》“以奏膚公”云“功也”。皆職守之義，猶今云“辨公”也。

（九）下　武

六章。章四句。

下武維周，世有哲王。三后在天，王配于京。

王配于京，世德作求。永言配命，成王之孚。

成王之孚，下土之式。永言孝思，孝思維則。

媚兹一人，應侯順德。永言孝思，昭哉嗣服。

昭兹來許，繩其祖武。于萬斯年，受天之祜。

受天之祜，四方來賀。于萬斯年，不遐有佐。

題解：武王封愛子於應，周公作此詩，陳世德以勗其孝思，祝邀天祜以慰武王。《左傳》僖公二十四年，富辰曰：“邘晋應韓，武之穆也。”《水經注》卷三十一：“滍水東逕應城南。故應鄉也，應侯之國。《詩》所謂‘應侯順德’者也。”武王崩，成王尚幼。則應侯尤小，受封在其稚齡，不可以言事業，故但以世德勉之。知爲周公旦作者，重叠用句，六篇相套，是《文王》篇詩格。字少意深，叮嚀不厭，如訓稚子。文格高而詞簡易，俱非周旦莫辦。舊儒無辨此者，紛紛説異，迄無可取。新詮如下：

首章："下武"，猶言接武而下，即"世德相承，哲王世繼"之義。武，謂步武。哲，賢也。"三后"，指太王、王季、文王。謂已死爲在天也（《文王》篇云"在帝左右"）。今王在鎬，其德與三后同可配天。（《下泉》"念彼周京"，即指鎬京，用此詩字義。）

次章：言"在京之今王克配天者，天命周代殷，亦三后世德之所求也"。求，如字。毛云："終也。"馬瑞辰云："匹也，配也。"舊説衹此兩義，並迂迴難通。"永言"，謂歌頌（《虞書》，"詩言志，歌永言"）。人子以繼事述志爲孝（出《論語》）。武王勝殷遏劉，宗成天命，已見詠於《大武》與《大明》之詩，是也。"成王之孚"，孚，信也。與符義通。漢人侈言"符命"以夸天命，即緣此詩義。詩謂完成周王之符命。《朱傳》："或疑此詩有成王字，當爲康王以後之詩。"清儒遂有説成王爲生前之號者。大謬。

三章：言武王能成天命，爲大孝。普天之下咸式敬之，以孝思爲則。《毛傳》："則其先人也。"《鄭箋》："則三后之所行。子孫以順祖考爲孝。"

四章："媚"字與《思齊》同，爲敬順之義。"兹一人"，指武王。"應侯順德"，謂順武王之孝德。《毛傳》："應，當。侯，維也。"《鄭箋》："媚，愛。兹，此也。可愛乎，武王能當此順德。"與《朱傳》皆説爲頌武王語。大謬。"昭哉嗣服"之服，謂"侯服"、"藩服"。應侯不能嗣王位以繼武王之事，而受封爲一國之君，故曰嗣服。昭，謂受封之誥命昭明也。

五章："昭兹來許"之許，朱云"所也"。謂所封處也。故何處人，陶潛文作"不知何許人也"。此章，蓋逕用封誥之語。"繩"，猶遵循也。率循先祖之步武，謂守世德以孝。則能萬斯年承受天祜。祜，福祐也。

卒章：應侯受封在武王暮年。周室方隆，武王病殆而封其愛子，故天下諸侯與王臣皆來賀之。周公亦特有此賀詩。"不遐有佐"，猶云"遐不有佐"。謂諸侯皆尊重應侯如此，則何有不助其興國至萬年者乎？所以慰武王者備至。仍亦寓勗勉應侯之意。《毛傳》竟説爲"遠夷來佐也"，又是大謬。而《鄭箋》《孔疏》並强通之，俱不知應侯爲武王子之失。《朱傳》亦謂應如"丕應徯志"之應。言天下之人皆愛戴武王爲天子，而所以應之維以順德。亦陋矣哉！

（十）文王有聲

八章。章五句。

文王有聲，遹駿有聲。遹求厥寧，遹觀厥成。文王烝哉！

文王受命，有此武功。既伐于崇，作邑于豐。文王烝哉！

築城伊淢，作豐伊匹。匪棘其欲，遹追來孝。王后烝哉！

王公伊濯，維豐之垣。四方攸同，王后維翰。王后烝哉！

豐水東注，維禹之績。四方攸同，皇王維辟。皇王烝哉！

鎬京辟廱，自西自東，自南自北，無思不服。皇王烝哉！

考卜維王，宅是鎬京，維龜正之，武王成之。武王烝哉！

豐水有芑，武王豈不仕，詒厥孫謀，以燕翼子。武王烝哉！

題解：此成王周公上文王武王謚號時，巫祝奠神之樂章也。前兩章奠文王。次兩章奠太姒。各兩獻。合爲一廟，四獻。每獻用樂一章。于時邑姜尚在，故武王廟之四章無王后，而分滅殷前後事各爲兩章。亦四獻。分用“皇王”與“武王”字，足知謚法是滅紂後所創。

首章：祀文王初獻詞也。首舉新上之謚，頌其聲聞之大。“遹”，發語辭（用《朱傳》）。“駿，大也。”（《毛傳》）詩言文王志在寧民，故受命而不革殷命，晚年卒致國家於安寧（毛訓遹爲述志之述。辭費而牽强，無取）。“烝”，即《豐年》“烝畀祖妣”之烝。毛於彼云“進也”。于此云“君也”。仍當訓進。此巫祝奠神語言，猶今云安神“進位”也。

次章：再獻詞也。頌伐崇作豐之事，文王事業止於此。言“武功”，則包滅密與耆諸役。至滅崇而周乃寧也。求寧而寧，故又稱文王爲“寧王”。

三章：初獻太姒之詞。“築城伊淢”，謂文王作程邑，太姒實助成之。“淢”，毛云“成溝也”。《韓詩》作洫。並謂城外之濠，東周以後稱爲池者是也。疑古本作“築程”字，傳詩者緣音而訛。程本周之舊邑，文王始作城，故詩云“築”。豐則新作邑，故詩云“作豐”。“伊”，指大姒。“匹”，亦同力相當之義。“匪棘其欲”，小戴《禮器》引作“匪革其猶”。陸氏《釋文》則棘作丞，慾作欲。皆不急於求成之意，與“經始勿亟”同義。“遹追來孝”者，亦太任“思媚周姜”與太姒“嗣徽音”之變詞。相追隨以孝道也。

四章：再獻太姒詞。亦《思齊》“惠于宗公”，“肅肅在廟”之變辭。“王公”，謂先王先公。“濯”，毛云“大也”。朱云“著明也”。並謂先公因伊祭享中禮光大也。古以祀事、戎事爲國之大事，后妃不預戎事，但籌備祀事並參與之，故《思齊》通篇亦祇言祀事。“四方攸同”，謂諸侯同重祀事爲太姒之化。是姒能助文王行化，有翼佐之功也。“翰”，干羽。與《崧高》《江漢》之“維翰”同。

五章：武王廟初獻之詞。提出武王有興修水利之績，可補《河渠書》所未及。渭南地帶獨長安之部獨腴沃者，崇侯先已引南山諸泉爲豐水，文王因之。武王乃再引豐水入于鄗水。後世乃更有盩厔靈軹，與豐、鄗、灞、滻、驪山、藍田，以及渭北鄭渠、白渠諸水利，使關中成爲富庶王畿幾千年之久。其發軔唯賴此詩傳之。豐水在鄗西，本自入渭，武王引之入鎬，故爲“東注”。人工開河，以利排灌，詩比其績于禹也。此“四方攸同”，則謂諸侯之國，見水功之效，皆從效之。衛之肥泉，蜀之二江，洛京之“下泉”，鎬京之“滮池”，河内之漳衛，魯之汶泗，齊之荼濰，皆周代所開。是武王之化也。“皇王”，謂武王未滅紂前已爲王之尤大者。“辟”字在他篇《傳》《箋》皆訓爲君。此篇《釋文》云：“音壁。下同（謂辟廱字）。又婢亦反，法也。”當從此説。謂天下以武王爲法也。

六章：“鎬京辟廱”，謂武王更於鄗水作辟廱，如豐之辟廱，亦聚樂官教習樂舞。後遂發展爲學校。後世學校稱辟廱，教師用樂官，實即導源於此。與豐邑辟廱之僅研討樂曲者不同。詩言由此大興文教，四方之人無不悦服。稱“皇王”，皆都鎬前事。然則武王即位十年而後伐殷者，蓋準備深厚，經濟、文教方面皆已成功，而後用其武力也。周公詩鮮稱武王事。此詩獨稱武王，詳備得當。疑非周公作，或是召公與史官爲之。

七章：始頌宅鎬。《竹書紀年》記文王死之前四年“使世子發營鎬”。《周書·文傳解》謂“文王受命九年，惟暮春，在鄗”。是鎬爲文王都豐時所營之新邑。武王初亦都於豐。《尚書·武成》“厥四月，哉生明，王來自商，至于豐，乃偃武修文”，則時尚未徙都鎬，但以其近邑，兩居之，宗廟、朝市猶未徙也。其徙，在大封功臣之後。詩自此章乃稱謚，蓋其末年之事也。首二句言文王考營鎬於耆卜。卜謂周當徙宅於鎬。又復龜卜以正之。然終未徙。至武王乃决徙之。宅，居也。正，决也。成，完成其事也。

卒章：“豐水有芑”，即《生民》與《采芑》所言之芑，爲食葉之糧食作物。舊説爲草者，非。謂徙都後豐邑農田擴增。“武王豈不仕”，《毛傳》：“仕，事也。”鄭云：“武王豈不以其業爲事乎，以之爲事。”朱申之云：“武王豈無所事乎。詒厥孫謀，以燕翼子，則武王之事也。”詮按：武王滅紂後，多病，更無所事，未久而崩。（或言歸國之明年，或言滅紂後六年。）詩謂其非不興作也，爲子孫作長久穩固之謀，有規模貽之，如豐水東注之有芑也。意蓋隱言周之禮樂制度，雖周公所制，始武王已内定之。

後注：文王之什，十篇，六十六章，四百一十四句。

共凡千六百八十字。文最長者《皇矣》三百八十九字。文最少《靈臺》與《棫樸》皆八十字。

二、生民之什

（一）生　民

八章。四章十句。四章八句。

厥初生民，時維姜嫄。生民如何？克禋克祀，以弗無子。履帝武敏歆，攸介攸止。載震載夙，載生載育，時維后稷。

誕彌厥月，先生如達。不坼不副，無菑無害，以赫厥靈。上帝不寧，不康禋祀，居然生子。

誕寘之隘巷，牛羊腓字之。誕寘之平林，會伐平林。誕寘之寒冰，鳥覆翼之。鳥乃去矣，后稷呱矣。

實覃實訏，厥聲載路。誕實匍匐，克岐克嶷。以就口食，蓺之荏菽。荏菽旆旆，禾役穟穟。麻麥幪幪，瓜瓞唪唪（《朱傳》本以首二句屬上章，誕字以下八句爲此章）。

誕后稷之穡，有相之道。茀厥豐草，種之黄茂。實方實苞，實種實褎，實發實秀，實堅實好，實穎實栗，即有邰家室。

誕降嘉種，維秬維秠，維穈維芑。恒之秬秠，是獲是畝。恒之穈芑，是任是負，以歸肇祀。

誕我祀如何？或舂或揄，或簸或蹂。釋之叟叟，烝之浮浮。載謀載惟，取蕭祭脂。取羝以軷。載燔載烈，以興嗣歲。

卬盛于豆，于豆于登。其香始升，上帝居歆。胡臭亶時，后稷肇祀。庶無罪悔，以迄于今。

題解：此周代郊祀后稷之樂章。依其先人傳説，神化后稷，奉爲始祖，以明其受命有自。氏族社會，妄託遠古聞人爲先祖之習如此。詩語荒誕難信者多，非史詩之佳者。其編造當在成王之世，自文武上至太王諸廟既成之後。發語詞多用誕字，文亦甚長，疑與《皇矣》同爲史佚所作。時史官勘舊籍可資，古事惟采詩歌傳説編纂。世愈遠者愈不能免於荒誕。然究屬遠古人民之語言，表達遠古人類之實跡，不無可取之處。讀之宜詳加分析，區别看待之。

“后稷”之稱，最早見於《舜典》。亦是依夏殷時人所造詩歌編成者。《魯語》展禽曰：“烈山氏之王天下也，其子曰柱，能植百穀百蔬。夏之興也，周棄繼之。故祀以爲稷。”（《禮記·祭法》同）謂夏以前中華人祀神農氏名柱者爲稷神。稱稷神爲后稷者，“有天下”爲后也（“其子”，傑出者之義。即所謂神農也）。自夏以來，改祀棄爲稷。稱“后稷”，是沿舊稱。棄未曾“有天下”，故説《尚書》者，於此后字頗不能解。由《舜典》已稱棄爲“后稷”，與此詩同。故可知其文是夏殷時人所造，與此詩所據之舊歌約略同時産生。非原始社會所已有。原始社會，女子無夫而孕毫無足怪。由此詩之述三棄私生子，亦可知其創作在奴隸社會時期，民族俱已珍重夫婦制度之後，奴隸主争援上古名人傅會爲本族祖先以相炫惑之世。大約是公劉之時造此舊歌以緣附於棄。故相傳“公劉能修后稷之政”也。《舜典》之棄，當爲有虞之一氏族成員，乃可能作此一氏族公社骨幹，九官之一，不可能封國于邰，别爲有邰氏。是《世本》所傳周族出帝嚳高辛氏者，亦謬。《大戴禮》與《周本紀》皆緣以爲謬。從而用之以説此詩者，自無不謬矣。然，自公劉以來，周族已自謂爲后稷之裔，造爲神話之詩歌。周族既有天下，更制爲此詩以闡其事。則説詩義者仍當循之。兹僅掊擊舊説之妄解，力求回復先世作詩者造作之意識形態，以證上古史實而已。

首章：“厥初生民”二句，總言周族之先出於姜原。“民”字，與氏字在甲骨、金文、小篆與隸書皆同結構。衹顯上雙文單文不同。蓋有氏族組織後即已有氏字。進入奴隸社會之初，乃有民字，以表奴隸。奴隸必屬系於氏族之成員，故微異其形以别之。《商書》諸篇民字，皆爲奴隸之代稱。《周書》民字，則成爲周族百姓之統稱。周族寬待奴隸，解放立功奴隸爲百姓，故民字含義亦不能不隨之轉變，而别爲奚、胥、隸、皂等字以代表各種奴隸名稱也。“姜嫄”，《大戴·帝系姓》作“姜原氏”。《史記·周本紀》作“姜原”。應是三家詩字本作原。毛詩改字作嫄，以突出其爲女子之名。以附會于《世本》之謬説。揆原作詩歌時，衹可能已有原字，不可能有嫄字。“原”者，高平地之稱。見於周詩之“周原”、“鮮原”、“太原”、“北原”，皆周初關中已有之地名也。“姜”者，羌字之别體。華族與羌族交通之初，衹有羌字。迨與通婚以後，遂有姜字。從而遂有姜姓。姜原，謂姜姓氏族所居之原耳。非棄之生母名姜原也。此兩句，作此詩者領起前三章之語。“生民如何”句以下，乃用舊詩歌演出后稷出生之神話。初無后稷生母之名，當時但稱后稷爲姜原氏之子而已。“克禋克祀”，謂姜原氏已經有子，克繼禋祀，不願再生子。“以弗無子”之無字，當讀如撫[1]。因不撫子，故不更接男性。雖生子，亦再三棄之。舊説爲“禋祀上帝於郊禖以祓除其無子之疾”（舉《鄭箋》文）者，謬甚。既禋祀以求子矣，胡爲又再三棄之哉？郊禖，《月令》作高神禖，先秦

【1】 無字，古原作𣞤，從林。《説文》：“豐也。從林無（段注‘或説無是規模之模字’）。無，從亡。亡，數之積也。林者，木之多也。𣞤與庶同意。《商書》曰‘庶中繁無’。段注《洪範》文。今《尚書》作番廡。《晋語》‘黍不爲黍，不能蕃廡’亦同。”蕃廡，皆蕃育之義。是無之本義本爲衆多。爲繁盛，引申爲蕃育。後乃用其反義，以爲有無字。隸變改林從火，示焚滅之義。許書不取，衹用大小篆之義。草木蕃盛爲蕪，哺育嬰兒爲撫，皆依無字本義所制。故曰無與撫古義通。此詩正謂因不願多養子，故屢棄之。

書無禖神之字。衹儒家有此妄説。鄭玄《月令注》，謂“娀簡吞卵生契，后王以爲媒官嘉祥而立祠。以高辛氏爲禖神”。夫契與棄爲同時人，則棄之母時安得有禖神之祠哉？一片謬説，自相抵牾如此。

“履帝武敏歆”，《史記》云：“姜原出野，見巨人跡，心忻然悦。欲踐之。踐之，而身動如孕者。”《毛傳》：“履，踐也。”鄭云：“敏，拇也。……有大神之跡，姜原履之，足不能滿，履其拇指之處，心體歆歆然，其左右所止往，有如人道之感已者也。于是遂有身。”蓋漢儒加工之説，又非《毛傳》之義。毛云：“敏，疾也。”訓歆爲饗。詮按：敏歆，謂敏感歆快。鄭訓敏爲拇趾，屬上爲讀，尤非。以下敘生育過程，是民間語言。“攸介”，謂受孕。猶今天云介入也。“攸止”，謂月信停止。“載震”，謂成胎三月則動于腹中。“載夙”，謂胎成將脱母體如朝日之將出也。“載生”，分娩也。“載育”，乳字之也。“時維后稷”，猶云“是爲后稷”。初未命名，其後爲堯舜農師，被稱爲后稷也。時與是，古音同，義可通假。

次章：仍敘分娩之易，不嫌爲重復者。蓋采另一舊歌以申天常予子之意。誕，語辭。“彌厥月”，謂滿足帝子需在母腹之月數。神話必云非同尋常孕期。舊説爲“終人道十月”者，亦非。“先生”，正謂未足月而生。“如達”，言雖不足月而飽滿如成人。達，成就之義，舊説首生而易者，非也。“不坼不副”二句，謂上古傳説神人之生不從母道，坼胸副脅而出。副，割破也。字亦作疈。古凡從畐之字，皆讀如“逼”，富、福、匐、幅、腷、偪、逼，皆然，今副與富讀F音，在周詩中多不用叶，唯復用古音則協。菑、灾，古今字。言雖神人入胎，而不坼副以爲母氏灾害。所以顯赫善神之靈也。“上帝不寧”以下三句，謂天帝對於此女，求無子，而使之有子，恐其不養的禋祀而不安。毛云：“不寧，寧也。不康，康也。”鄭云：“寧康，皆安也。”反毛之説，得之。“居然生子”，不當生子而生子之義。謂天帝之所以爲不安。亦謂天帝非有意予以此子，故后稷有后之名實無封國。後世謂棄封于邰者，亦非此詩之義。下云“即有邰家室”，亦非謂封于邰。

三章：言其母果三棄其子，是承上章爲文。寘，置，音義同。巷爲牛羊出入之道。置之隘巷，則當被牛羊踐踏以死矣，而牛羊反避之、乳之。“腓”，毛訓辟。辟，古避字。《小雅》《傳》，及《釋文》，並云避也。“字”，毛云：“愛也。”《説文》：“乳也。”不死，則再棄之於平林。會有人伐木，抱持歸之。三度棄之于寒冰上，當凍死矣，而有鳥群以翼覆藉之。迨往視其死，則鳥去而嬰兒呱焉啼矣。乃收養之，因名曰棄。古歌謡及詩人之意如此。其拙可笑。夫殺嬰甚易耳。此產婦不能自戮其私生之子，不惜冒風雪寒凍以赴平林與寒冰以求其死，借曰以驗其神否，詎不畏本身之“産後寒”耶？而後儒乃鄭重宣揚其事，不更可笑乎？

四章：“實覃”，言呱聲在路上音大聲長。“實訏”，言其聲之大。（毛訓“覃，長。

訏，大。"）"載路"，謂抱歸之路。應爲結束三棄之語，當屬上章。《集傳》改正，甚是。鄭云："覃，始能坐也。"是其割入四章之曲解。

"誕實匍匐"以下，敘述成長以後之事。"匍匐"，爬行也（朱云"手足並行"）。匐，陸云："蒲北反。又音服。"近得漢武帝時黄羊鏡銘，知服之古音亦讀逼[1]。"克岐克嶷"，謂其坐立凝重如山嶽然。毛云："岐，知意也。嶷，識也。"朱云："岐嶷，峻茂之狀。"《史記》"棄爲兒時，屹如巨人之志"蓋魯詩家説如此。"以就口食"，鄭云"至于能就衆人口自食"，連上文爲句。詮按：當與下文"種之荏菽"爲句。謂其當脱乳粒食時，已知稼穡之重要，而好爲樹藝之事。爲兒戲亦種荏菽。荏、菽，即亞蔴與碗豆。在當時皆由野生初進爲農作物，種之易也。漸則各種作物皆種之，積經驗提高技術，遂爲農師。以下乃用叠字表達其成就。荏菽，莖葉旆旆然。種禾，創行播之法，禾本行列，當時謂之"禾役"，則整齊劃　，穟穟然。麻與麥，時皆撒插，密生高大，幪幪然。瓜有大小多種，當時統稱瓜瓞，結實奄地，唪唪然。毛云："役列也。穟穟，苗美好也。幪幪然，茂盛也。唪唪然，多實也。"《説文》：玤字，唪字並引詩"瓜瓞菶菶"。當是三家詩作字不同。瓜重在實，毛義爲勝。

五章：頌其栽培穀類之技巧。"有相之道"，《毛傳》："相，助也。"鄭云："有見助之道。謂若神助之力也。"朱云："言盡人力之助也。"《史記》謂棄："游戲好種麻菽。麻菽美。及爲成人，遂好農耕，相地之宜，宜穀者稼穡焉。"蓋魯詩家説此詩荏菽至黄茂九句如此。詮按：相者，商殷世爲"天子輔佐"之簡稱。《商書》："伊尹相湯。"又，伊尹作《太甲》，有"惟尹躬先見於西邑夏，自周有終，相亦惟終。其後嗣王罔克有終，相亦罔終"。是伊尹自謂爲相。《説命》謂高宗求得傅説"爰立作相"。後世"丞相"、"宰相"名義導源於此。此詩舊歌，當作於商殷之世，頌后稷稼穡，有相之道。即謂雖治農事，合于治民之道，爲有相之道也。周代輔弼無相之名稱，説詩者遂失其義。

言耕種有治民之道者，如下文"茀厥豐草，種之黄茂"，謂如爲政之去其莠民，作育良民也。"茀"字，《毛傳》云："治也。"《方言》云："拔也。"《釋文》云："《韓詩》作拂。"要皆謂除去雜草。"黄茂"，毛云："黄，嘉穀也。茂，美也。"謂"種之黄"斷讀，合茂以爲句。朱云："黄茂，嘉穀也。"謂兩字合爲一名。嘉穀謂禾之良種。禾字，造字時專指粟穀一種作物，其苗爲禾，其實爲穀，其仁曰米。後來變種日多，

【1】 1972年，四川南充縣中和公社天宫山新發現漢墓，得白銅鑄鏡。背鎸龍甚精。有隸書二十八字環之，云"黄羊作竟四夷服，多賀國家人民息。胡虜殄滅天下複，傳告後世樂無亟（極）"。書法鑄工並佳。又得五銖錢十斤，及朱提製之環蜀多枚。余考係漢武帝時作鏡。（尚有秦鏡一枚，亦有微存篆體之隸書字環。）始知《集韻》服"與膈同"又"膈弼力切或作服，竺音愊"之古音有據。復字，古作𢓸，或𠬝，與福、匐、副同音，在周詩皆當爲筆力切，音偪。故在漢世，蜀人仍以服、復與息極爲韻。

乃有黍、粱、稷、穈諸字稱，而統云穀。百穀之中，惟粟穀一種穗色最黄，又恰是先民最早育成之禾之正統穀種。諸别種既已各有專稱，而正統之禾種無别名。迨百禾，百穀已成包舉糧食穀物之通稱後，勞動人民不能不更爲正統之禾穀造特用之别稱。緣其穗色最黄，又黄與禾音近，習俗自然呼禾爲黄。華人語言發展之規律如此也。《周詩》單用黄字以稱黄色之良馬者，迭見於《魯頌·駉》《小雅·車攻》《鄭風·叔于田》《秦風·渭陽》諸篇。在古語言時代，人們對其心愛之物，衹用其特色之一字以爲稱，爲例甚多。周人之稱黄馬爲黄，正緣周以前人已單呼黄穀爲黄。亦呼黄色之玉爲璜，黄色之管爲簧。後世單稱赤金爲黄，銀爲白，亦此例也。黄帝軒轅氏，亦被人單稱爲黄（如言黄老）。考軒轅氏之稱“黄帝”，亦正由其族人善於種禾粟致富强之故，漢儒説爲五行“土德之運”者，非也。“五行”之説，初見于《洪範》。“五德之運”更晚出於東周之末，黄帝時安得用之爲稱號哉？黄爲上古勞動人民用於嘉穀之習稱，應無疑矣。（其時中華無水稻。凡古言穀，皆指粟穀）。此下五句，十實字，則謂細察其發展成熟之自然而順應之，以助天地之化育，亦治人之善道也。

“即有邰家室”，毛云：“堯見天因邰而生后稷，故國后稷于邰。命使事天，以顯神順天命耳。”鄭云：“以此成功，堯改封于邰，就其成國之室家。無變更也。”朱云：“邰，后稷之母家也。豈其或滅或遷，而遂以其地封后稷歟。”《史記》則謂堯“舉棄爲農師”，舜“封棄於合，號曰后稷，别姓姬氏”。詮按：堯舜時，衹合建成氏族公社，安能有封出之國？即者，就也。詩蓋謂棄於此章之成就，是在其有邰之室家創造之。其母爲邰氏之女，故棄以有邰爲家室。非謂堯或舜封以爲國也。《漢書·地理志》：扶風郡斄縣云“周后稷所封”。顔師古注“讀與邰同”。考邰地者均從此説，以爲即武功縣之斄鄉。詮按：太古地名考定不易。漢魏人概以今古地名音近者擬之，其不足恃。武功已近於岐，去堯舜居地則遠。其後裔何爲東遷於邠，再西遷於岐，而後興乎？有邰氏居之姜原，蓋接近黄河之地，故棄爲堯之后稷也。此章詩之主旨，謂其雖有邰從事生産，而能“有相之道”，故爲堯舜農師，而廣烝民粒食也。《書·益稷篇》“烝民乃粒”，應亦與此章詩同用一篇舊歌之詞編成。原歌似甚長，各所取棄者不同也。

六章：言棄育成優良品種以致高産。“降”，毛云：“天降嘉種。”朱云：“降是種於民也。《書》曰‘稷降播種’是也。”朱義爲勝。謂棄既作后稷，以其所育成之良種推行於民間也。秬、秠，皆當時育成良種之名稱。經、史惟此一見，亦惟《毛傳》一解。毛云：“秬，黑黍也。秠，一稃二米也。穈，赤苗也。芑，白苗也。”詮按：農作物發展過程，凡良種皆由人工栽培所促成之種逐步誘導變化而成。粟穀原種爲“狗尾草”，今世我國各地原野猶多有之。其子粒細微，僅如白塵。經先民長期之栽培選種，連續爲之，乃成今日能有畝産數百斤之良種。三千年前，此一良種已形成矣。列山氏之柱，軒轅氏之黄帝，與唐虞時之棄，俱當是促成此良種躍進入於新一階段之良農。

巨與丕，皆大之義。先民語言，以之呼新成之良種。作詩者就其音加禾旁以明其爲禾種之名稱。其所指示之物，應與今之粟穀形質相近，不得即爲"黑黍"、"赤黍"。黍爲粟穀變種之尤遠者，其最初育成之地當在晋冀之北部，故《孟子》曰："夫貉，百物不生，惟黍生之。"明其爲原産地，故栽培特普遍也。粟穀最先育成之地在黄河中下游之黄土地區，黍類育成較晚。故黍字從禾，象其穗枝披離之形。且此詩亦尚無黍字。然則秬者，禾之尤巨之新種，其形應與今世之粟穀形態接近。此種既已育成、推廣，則舊之禾種既不能免于淘汰。故詩所謂"秬"，蓋即粟穀正統發育之良種。後世更發展爲高大之變種，則有如今世之結球高粱矣。丕雖亦是大之義，乃謂分散擴大，與凝聚之大不同。故秠字，可能即禾之小穗分散而不結球之變種。由此導出之新種，當時人呼爲丕。此詩秠字，謂爲黍類最初之名稱，可也。約言之，即秬爲今世粟穀之古稱，秠爲今世黍子之古稱。二千年來，農人繼續選種、育種，所造成之發展變化，使粟與黍之新種已層積至百千種之多。新舊名稱，古今相掩，地區互易。舉凡字書所載從禾從黍之字，各地人員解釋不同，更不可逾古人而訂正之。若此秬秠穈芑數字，則因同時所稱作物品種之字不多，尚可得循農作物發展演進之規律，推其如此。穈字亦從禾。足知在上古亦是禾之變種，今甘肅尚以之爲主要作物。其形與黍相似，而穎殼光澤堅韌。耐旱、耐寒之性高於其他禾類作物，特能在長期低温中成長子實，米之品味亦佳。由此詩，知其種遠在殷周之際已基本育成，與秬、秠鼎立爲三。始育成之者爲隴西之羌族，故其風土之性特宜於隴西。由於其畝産量低於其他禾穀，今已漸有淘汰之勢。然其耐寒耐旱性質之培成，在禾穀類中，先民已創造有偉大成績。應可更培育成較高産量之名貴作物也。芑字，在《周詩》中屢見之，所言皆菜蔬，非禾類。此詩既稱爲"嘉種"，則亦后稷所育成之優種蔬菜，周世已經普遍栽培之物。蔬類種變尤易。古今名物尤難考訂。已於《采芑》篇論述。"恒"，毛訓徧。朱云："謂徧種之也。"徧種之，則是棄已爲堯舜后稷之官，故能普遍推行其育成之"嘉種"也。秬秠言"是獲是畝"，謂刈其莖而堆叠之，以待打場。場地築於田畝間，故古之勞動人民亦謂積禾於場圃爲"畝"。穈芑言"是任是負"，謂皆非當先積於場圃之物，則逕收歸儲藏之。朱云："任，肩任也。負，揹負也。"肩任，謂擔之。揹負，則必盛以筐。穈之收穫甚晚，故不先積之於場圃中。"以歸肇祀。"謂俱以之歸用於祭祀。"肇，始也"，(《毛傳》)始祀，謂農民冬季始從事於祭祀。朱云："稷始受國與祭主，故曰肇祀。"非也。

七章：言后稷所制祭祀之情况與其目的。用"誕我祀何如"句領起。"我"，謂周族之人也。所言，非《周禮》所志之任何一種祭祀，祇周族原始祭祀之形式。鑿鑿然以後世祀典所記之禮制擬之者皆非也。其原始之祀，精製禾黍爲食品以供神，祭畢即自分食之而已。"或舂"，謂納穀粒於臼中，舂去其稃穎。"或揄"，《韓詩》作"或抌"。《説文》："抌，深擊也。"於此詩，當謂更精舂之。《毛詩》改字作揄，《傳》云：

"揄，抒臼也。"《説文》：揄字遵用之。"或簸"，謂舂後用箕簸揚其糠粃細屑。"或蹂"，《説文》引此詩作"或舀"。蓋《魯詩》字。舀，謂用勺篩之也。篩去其巨片之糠粒也。簸揚之法，今世北方揚場選種猶用之。輕者隨流氣飛去，重者直墜而堆積。汰去臼舂之米粃，古法蓋亦如此。米未脱稃者，亦重而隨米墜故再篩去之。篩之，則其尤重而粗糙者旋聚，便於挹取以除去之。顧所謂篩，非如今世之"竹篩"與"羅篩"（殷周間尚無此物）。祇用勺盛而迴旋摇激蕩之，使米粒自相蹂撼，則輕重各自揉聚。其法，今世淘金者猶使用之。故《魯詩》之字作舀。舀，用勺取物也。取舂成之米而摇選其精好者，亦當舀之。舀與蹂之義相成。舊説蹂爲"踩禾取穀"（《朱傳》語），失其工序，顯然非義。四字成一工序，而各冠以"或"字者。奴隸社會，群奴操作，舂、抌、簸、蹂皆不祇一人二人。故同時四者並進。後儒不能體會此詩，爲之謬解甚繁，皆用秦漢以來社會情俗揣測之失。"釋之叟叟"，《毛傳》："釋，淅米也。叟叟，聲也。"《釋文》云："又作溲溲。"謂米既精選，則澆水淘净之，其聲溲溲然。淘米後，入釜鬵蒸熟之，其氣浮浮然。《説文》引作"烝之烰烰"。烝與蒸音義通。烰與浮古音同。熟食享神，爲上古之俗。後世籩豆盛黍稷，牢用全牲。既獻然後烹之以饗。此詩所言爲公劉時代之祀禮，亦即反映當時尚無磨制之具，餅餌之術，盛會亦祇蒸米而食也。祭祀不僅獻神以穀物之食，又必有牲畜之肴。"載謀"，謂選牲必卜之。《洪範》云："謀及卜筮。"毛云："穀熟而謀。陳祭而卜。"朱云："謀，卜日擇士也。""載惟"，鄭云："惟，思也。"蓋謂推尋繇辭文義以判斷其所指之牲而用之。選牲既定，則殺而取其脂，澆於蕭艾之香草而焚之，致其香於神。"取羝以軷"，毛云："羝，牡羊也。軷，道祭也。"朱云："祭行道之神也。"他諸説，皆用《國禮·大馭》"犯軷"説此詩之軷。查，鄭玄《周禮注》説犯軷云："封土爲山象，以菩芻棘柏爲神主。既祭之，以車轢之而去。喻無險難也。"其箋此詩，則云："馨香既聞，取羝羊之體以祭神，又燔烈，其肉爲尸羞焉"。無車轢之義。但仍謂是祭於"行神之位"，以就"犯軷"之説。並謂是郊祭，王路出發之禮。夫公劉以前，周族尚無國家形式之組織，則安得有大路、有郊祀、有大馭犯軷之禮？毛云"道祭"者，蓋謂其時無祖廟，無天地諸壇，祇祭于田野道路之間。所以祓灾害而祈來年豐收也。其牲但用一牡羊。既取脂灌蕭以祭，乃燔其肉以爲餐。軷乃祓之借字。蓋公劉時代人稱述后稷時之祭祀如此。其後周既統一天下，擴制祭祀之禮甚宏隆，廢舊制不用，乃于郊天前爲犯軷之禮，以明其廢舊制，仍存其朔，而轢燬之。非后稷已有郊天之制而詩人述之如此也。末句"以興嗣歲"，明爲祈來年豐稔之祭。亦謂當時只此祀禮之一種耳。

卒章：古今之周王之祀典已大不同，亦濫觴於后稷之祀。作詩人語也。《毛傳》："卬，我也。木曰豆，瓦曰登，豆薦，葅醢也。登，大羹也。"諸物皆后稷肇祀時所無。志其古今之變。然古今皆重馨香，所謂"周人尚臭"也。"胡臭亶時"，鄭云："胡之言，何也。亶，誠也。……何芳臭之誠得其時乎。美之也。”句上屬。《朱傳》以此句下屬，云：“此何但芳臭之薦信得其時哉，蓋自后稷之肇祀，則庶無罪悔而至于今矣。”朱説爲長。

（二）行　葦

八章。章四句。故言七章。二章章六句。五章章四句（朱傳本作四章章八句）。

敦彼行葦，牛羊勿踐履。方苞方體，維葉泥泥。

戚戚兄弟，莫遠具爾。或肆之筵，或授之几。

肆筵設席，授几有緝御。或獻或酢，洗爵奠斝。

醓醢以薦，或燔或炙。嘉殽脾臄。或歌或咢。

敦弓既堅，四鍭既鈞。舍矢既均，序賓以賢。

敦弓既句，既挾四鍭。四鍭如樹，序賓以不侮。

曾孫維主，酒醴維醹。酌以大斗，以祈黄耇。

黄耇台背，以引以翼。壽考維祺，以介景福。

題解：此詩述公劉大會族人而燕享之事。蓋周作公劉廟成時，命史官依據先民傳説所纂造，以爲侑神樂章。其後改用《公劉》六章，而以此三十二句作爲養老之樂也。判爲公劉事者，何楷《詩世本》，引《劉向・列女傳》《王符・潛夫論》《范史・桓榮傳》、及《吴越春秋・太伯傳》，又魏源《詩古微》、加引《范史・章帝紀》《斑固・北征賦》《蜀志・彭羕傳》，皆證明漢儒之説如此。（陳奂《毛詩傳疏》亦引四種證其説。魏源更謂當在《公劉》篇下。）《毛序》云：“《行葦》忠厚也。”無主語。疑是謝曼卿，衛宏不定爲公劉事，削去“公劉”字而以“周家忠厚、仁及草木，故能内睦九族，外尊事黄老，養老乞言以成其福禄焉”之《續序》易之，以迎合東漢養老之禮制。固以爲周之養老始於文王，公劉時不養老故妄删公劉字也。詮按：《孟子》所謂“西伯善養老”（《離婁》上篇語。《史記》亦著之），非如漢儒所傳之養老禮也。敬養賢士之謂也。賢士亦不必即爲老人。即如所謂伯夷，與其弟叔齊皆以讓國，如泰伯之出亡，豈得爲老人哉。凡民族既已發展壯大，勢難免於分散各地。其大酋必於每歲或數年召集民族大會，燕飲以决大事。（《匈奴傳》《鮮卑傳》及他史舊裔傳多有如此記載）詳審此詩所述。蓋即如此燕會也。公劉於如此燕集，尊禮耆老，以撫本族之具德望者。故《公劉》篇有“俾筵俾几”之文。對于外族之來歸者，則供其館饍，故又有“于豳斯館”之文，是公劉已創之法，後世稱之爲“養老”，非漢儒所傳迎養三老五更之禮也。所謂老，衹是具有聲譽地位者之稱，如近世各少數民族之所謂“老民”，衹爲“鄉民代表”之義，實以壯年中年人爲多。古稱天子之臣曰老（見昭公十三年《左傳》），大國之卿一曰老（《論語》“孟公綽爲趙魏老則優”），大夫之家臣亦稱老（《儀禮・聘禮・疏》），本民之賢者亦稱老（昭公三年《左傳》“三老凍餒”），皆非以高齡爲老也。《續序》説此爲“養老乞言”之詩，謬甚。

首章：言公劉燕族人於郊野行葦之間。戒其人護惜行葦。葦成行列，明係人工所植，非野生者。“敦”，毛云“聚貌”。於下文“敦弓”則又訓爲“畫弓”。詮按：兩敦字，皆呼起注意之詞也。“勿”，禁止詞。豳近羌戎，其人耕牧並重。牧民必有率其牛羊同至者，故誡禁之。“方苞”，謂嫩芽初茁。“方體”，謂形體初成，嫩葉泥泥然可愛，當護惜之。泥泥，猶妮妮也。

次章：“戚戚”，謂痛癢相關。“兄弟”，泛指族人，不可以封建社會之父子、兄弟擬之。“莫遠具爾”，言遠近畢會。鄭云：“莫，無也。具，俱也。”朱云：“爾，與邇同。”族人皆至，老少壯齡不一。少壯者任其自相組合爲筵，不加限制，故曰“肆之”。筵，坐飲之竹席也。古無桌椅，飲食、操作，皆據地爲之。竹席麤闊，供飲食。蒲席柔狹，供坐卧。首領治事，則設一几以資依憑。書寫、飲食亦便之。其造價高，一般不得擅用。詩謂公劉時，生産發達，造几多，赴會之年高老皆授之几。《朱傳》以上兩章並爲一章。

三章：謂“肆筵”者，雖無几，亦加蒲席於筵上。“授几”者，則有緝御之人。毛云：“緝御，踧踖之容。”鄭云：“緝，猶續也。御，待也。”朱云：“有相續代而侍者。言不乏之使也。”詮按：三説皆未允。“緝御”，與“設席”爲對詞。蓋謂授几者有人導引之，使其次第相續排坐於一處以便照護，如停車馬者之以次相依近。御爲迎導之義。當讀如近。

“或獻或酢”以下，與下章皆言燕飲情形。《朱傳》並兩爲一章，於文理爲當。《鄭箋》云：“進酒於客曰獻。客答之曰酢。”所據爲《儀禮・鄉飲酒》與《燕禮》之文，舊儒無不遵之。詮案：公劉時尚無私有財産。族人大會，所消費者爲公共積累之物資。無所謂主與賓也。獻與酢，爲族人互相酬應以勸飲之義而已，用《鄉飲酒》主賓獻答之説加之則非矣。“洗爵奠斝”，毛云：“斝，爵也。夏曰醆，殷曰斝，周曰爵。”鄭云：“主人又洗爵酬客，客受而奠之。不舉也。用殷爵者，尊兄弟也。”（朱同）。詮按：《鄉飲酒》周制也。原其始，周當由氏族大會所演變。自孔子緣飾之以爲“禮經”，遂有絜絜之繁文縟節，迂闊而不可行。其所用“獻”、“酢”、“奠爵”，“奠觶”，“洗”字，或是公劉世會燕已有之語言。孔子因此詩而制其文，非可反以孔子所制之文義解説此詩也。爵，單口飲器，後世演變爲杯。斝，雙口飲器，後世演變爲臺。夏代飲用盞（醆），平淺之盂也，於時尚無深腹之飲器故也。殷世已有斝與爵之深腹飲器，豳地猶是單口，曰爵。殷人已有雙口，曰斝。公劉時之大會燕，既有族人，亦有賓館之工匠，則爲殷人，故爵與斝皆用之。各從所習尚也。此詩之“洗爵”，應爲酒頻頻滿溢于爵，如洗于之義。“奠斝”，應爲酒溢出於斝口之外，如奠于神，之義。謂物資豐盛，不嫌其濫費也（皆謂相與獻酬之時）。

四章：續言殽饌之豐。《毛傳》：“以肉曰醓醢。”《説文》：“醢，肉醬也。”《周禮》：“醢人，掌四豆之實。”有“醓醢”。《説文》血部引作“肬醢”，云：“血醢也。”肉部肬字云：“肉汁滓也。”鄭玄《周禮注》：“作醢及臡者，必先膊乾其肉，乃複莝之。雜以粱麴及鹽，漬以美酒，涂置甀中。百日則成矣。”然則醓醢爲一物，即肉醬之古稱。故《毛傳》謂“以肉曰醓醢”。許氏云“血醢”，及從而謂此詩之醓、醢爲二物者皆非矣。《周禮》醢人所舉“四豆之實”，醢有醓、蠃、蚳、魚、兔、雁七種（醓醢，魚醢皆重見），則肬醢之爲牛羊牲畜之内醢甚明也。醢爲飲汁之食品，蓋漿之類，漢人稱爲醬也。詩言各筵几間飲酒之際，先供醢汁，次供烤肉，最後供嘉殽。醢，釀造物，宿就，故先之。燔炙者皆鮮肉，美于醢矣，後之。嘉殽爲脾與唇肉之膾，則尤美矣，供於最後。原始社會之盛餐如此。“臄”，毛云：“函也。”朱云：“口上肉。”並謂唇肉。脾與唇肉爲上古人所喜食，宜膾。後世謂喜食爲膾炙，由此來也。“或歌或咢”，謂與燕者醉飽後情態。毛云：“歌者，比于琴瑟也。徒擊鼓曰咢。”又是以周代鄉飲之禮説此詩。以爲必有音樂伴奏。無論公劉時未必已有樂工。縱已有琴瑟，在會演奏，其族人亦不可歌以應之。詩語亦未見有奏樂之意。惟原始人類，當歡快極樂時，多發爲歌唱以寫情。此會中必有之也。“咢”爲愕之古字。《漢書・韋賢傳》：“瞮瞮諂夫，咢咢黄髮。”《顔注》：“咢咢，直言也。”是又與謇諤同義。此則“或咢”之義。謂或不歌而錯咢顔視，但諤諤然自言而已。

五章：與六章皆述校射之事。故《朱傳》合爲一章。豳近戎狄，族非强武即不能自立。族人會燕，即爲團結禦侮，故演習射藝自屬必要行動。“鍭”，金鏃之矢也。原始人類用石鏃之矢。公劉時已有冶鑄之工（説在《公劉》篇），故有金鏃之矢。于時尚以堅木條爲弓（近世涼山彝族尚如此），故謂勁强之弓爲堅。弓既堅，射出金鏃之矢乃能準。金鏃首重、執矢引滿，當使其彀之前後重量均衡。詩謂之“鈞”。毛云“參亭”。朱釋之云：“謂三分之：一在前，二在後。三訂之而平者，前有鐵，重也。”（鐵字當作鏃。公劉時衹銅鏃）“舍矢”，謂發矢。朱云：“均，皆中也。賢射多中也。《投壺》曰‘某賢于某若干純’。”當讀如行音。

六章：“既句”，謂輓弓之彎曲度，當圓弧九分之一。《毛傳》云：“合九而成規。”是也。時用直木，故挽能致此爲勁。後世乃以弓馳之曲度言之。則膠角竹爲之，反之能圓爲滿。故毛氏所言，是馳弓之句，則失詩義矣。周之射禮，人各四矢。“搢三挾一”，謂每發衹能挾一矢。“既挾四鍭”，則四發訖也。“四鍭如樹”者，當時習射無布侯，對土垣爲之。四鍭直入垣不墜如樹之植也（若是布侯，則矢貫之亦墜，不貫亦墜或垂，不得云樹）。“序賓以不侮”者，謂中多者固爲上座之賓。惟内部較射，不當相争侮。雖多中而侮人者亦抑下之。故曰“射以觀德”也。

七章：與八章皆述公劉祭祀之事。“曾孫”，氏族後代對其祖之通稱。見於《周詩》者甚多。毛云“成王也”。大非。“主”，謂主祭。此言公劉對后稷之祭也。祀神用酒曰醴。“醹”，毛云“厚也”。《説文》云“厚酒也”。詮按：醹之爲言濡也。上古無清酒，釀者蒸米加麴糵（酵母）寧于甕中，使其陸續發酵，變粉質爲酒。連糟貯之，初成計少，濡濡然似粥，似沮濡之土，故曰醹。今云連糟酒是也。“酌”者，用勺挹取之。圓者爲勺，方者爲斗。勺便於挹取其汁。用斗，則連糟舀之。言“酌以大斗”，謂多取，且明其亦連糟以薦於神也。多獻酒醴以祈福。“以祈黄耇”，猶云：以黄耇祈。謂主祭者皆高齡人，即上文授几者。公劉自亦在内也。

卒章：人老則鬚髪白，更老則由白轉黄。耇，謂人老則背句曲也。“台背”，毛云：“大老也。”（大讀太）。鄭云：“臺之言鮐也。太老則背有鮐文。”詮按：鮐魚背高曲，老人駝背似之。非謂肉膚鮐文。“引”，導引。“翼”，扶持。鄭云：“在前曰引。在旁曰翼。”祺，吉也（《毛傳》）。介，助也（《鄭箋》）。景福，大福也。詩言扶掖耆耇以祀，能尊老人，則先祖必賜大福。

（三）既 醉

八章。章四句。

既醉以酒，既飽以德。君子萬年，介爾景福。

既醉以酒，爾殽既將。君子萬年，介爾昭明。

昭明有融，高朗令終。令終有俶，公尸嘉告。

其告維何，籩豆静嘉。朋友攸攝，攝以威儀。

威儀孔時，君子有孝子。孝子不匱，永錫爾類。

其類維何，室家之壼。君子萬年，永錫祚胤。

其胤維何，天被爾禄。君子萬年，景命有僕。

其僕維何，釐爾女士。釐爾女士，從以孫子。

題解：此周公旦爲成王冠禮所擬尸嘏之辭，遂爲後世冠禮通用之樂章。《竹書紀年》，成王元年“夏二月，葬武王于畢。秋，王加元服”。加元服，謂行冠禮也。《家語·冠頌》《大戴禮·公符》並紀其事。蓋周公所制爲勗勉嗣君之禮，初行之於成王。其後則諸侯、大夫、士人皆有冠禮。（《儀禮》有《士冠禮》一篇）冠禮之制，行於廟，有祝、有尸、有賓。祝有祝辭，尸有嘏辭。成王冠禮，則成王爲主，諸侯爲賓，祝雍爲祝。其祝辭已傳。雖《家語》與《大戴》文不全同，大旨相若。尸嘏之辭，蓋即此詩。判其爲周公作者，辭意諄切，而態度踞肆。連章套句，叮嚀周至，言語簡練，皆周公詩之特色也。“辭達而勿多”正符囑祝雍語。漢世傳詩，齊、魯、韓、毛四家，皆莫知此爲成王冠禮之嘏，詩之文本事遂晦，而妄解者多。兹合詩禮兩家之説，更爲新詮。

首章：尸嘏之辭，例託爲神言。首兩句，言神謂既已享王之酒食，亦滿意於王之明德。《毛傳》：“既者，盡其禮，終其事。”《朱傳》：“德，恩惠也。”詮按：《尚書·酒誥》：“惟德馨香，祀登聞於天。”《左傳》：“鬼神非親，惟德是馨。”皆此詩“飽德”之義。何至如世俗謝酒，以飲食爲恩惠之意哉。“君子”，指助祭之諸賓，自亦包括祭主。“萬年”，殷周祝語常用之辭，助爾大福之時間長久之意。

次章：殽云將者，周祀禮，作尸者皆實飲酒，實食獻殽，而謂神則享之。曰將，謂神已携去。“昭明”，光大也。大戴記成王冠祝之辭，有“始加昭明之元服”名。小戴記《冠義》曰：“重禮，所以爲國本也。……故孝弟忠順之行立而後可以爲人。可以爲人，而後可以治人也。”可以治人，即昭明之義也。

三章：毛云：“融，長。朗，明也。始于饗燕，終于享祀。”以享祀爲令終之義。鄭云：“天既助汝以光明之道。又使長有高明之譽，而以善名終。是其長也。”朱云：“融，明之盛也。《春秋傳》曰‘明而未融’。朗，虚明也。令終、善終也。《洪範》所謂‘考終命’，《古器物銘》所謂‘令終令命’是也。”封建詞彙之無達詁如此。聽之可也。“令終有俶”，毛云：“俶，始也。”謂令終者必善其始。《冠義》所謂“成人者，將責以成人之禮焉”，是也。“公尸”，毛云：“公尸，天子以卿。”詮按：祀祖廟之尸，必以其子孫充之。成王冠禮之尸，或即是周公自爲，或是他卿，要必是太王子孫之得稱公者，故曰“公尸”。或是其時行禮於后稷，或公劉之廟，則尸爲先公之尸也。“嘉告”，謂嘏辭。

四章：“其告維何”一句，領起下文。皆嘏辭内容。謂：若籩豆所陳，則肅敬（静）美好（嘉）矣。主賓親睦如朋友，相攝佐以威儀。威儀，包括衣冠、禮度、容止言之，是周禮所尤重。儀字古音俄，漢碑多可證，毛云“叶牛何反”。叶字當衍。

五章：“威儀孔時”，謂：加元服得時。元服者冠也（顔師古《〈漢昭帝紀〉注》辨之甚詳）。加元服，正威儀之始。此得其時也。王有成人之志，備孝、弟、忠、順之德，而後可以治人。諸侯之參與此禮者，亦當以此教孝於其國有孝子，是孝子不匱矣。《毛傳》：“匱，竭。類，善也。”詮按：不匱，謂延續後代，推及他人，故孝子不至於匱乏。類，同類之義，貴族與貴族爲一類。《左傳》：“君子曰，潁考叔純孝也。愛其母，施及莊公。《詩》曰：‘孝子不匱，永錫爾類’，其是之謂乎？”（在隱公元年）

六章：更明釋“爾類”之義。“室家之壼”，謂子孫與妻族成員。“壼”，毛云“廣也”，鄭云“梱也”。《爾雅·釋宫》“宫中衖，謂之壼”。朱云：“宫中之巷也，言深遠而嚴肅也。”詮按：壼字，金文與閫、梱通。造字之義謂同體聚居之人也。與族姓之義相當，猶今言血系也。世俗稱女德爲“壼範”者，又是因此詩曲解爲女德之義而造。此詩本意，固衹謂夫族與妻族之胤嗣爲壼。以釋“爾類”含義而已。“永錫祚胤”，朱云：“祚，福禄也。胤，子孫也。錫之以善，莫大于此。”

七章：再申“永錫爾類”之意。“天被爾禄”，謂貴族子弟皆“天然食禄，是天錫之”。被，謂普被，無遺。“景命有僕”之僕，毛云：“附也。”鄭云：“天之大命又附著於汝。謂使爲政教。”詮按：僕之本義爲執役人。此詩之僕，按下章文義，明指爲貴族子孫之妻室。毛云附者，是附屬於周族之義。鄭箋體會全謬（朱同）。原始社會初期，女子地位高於男子。其後期，男女齊等。進入奴隸社會後，男子漸重，女子漸輕。周之禮俗，則女子有“三從”之義，奉箕帚事男子而已。相傳其禮制自周公，由此詩之稱妻妾爲僕，應可信。《世説新語》載王導妻妒，憎周禮，曰：“使周婆制之，當不如此。”雖諧噱之書，亦足見古代婦女思想反抗之者不少。儒家經師之曲解此僕字，正所以掩蓋周禮重男輕女之惡業。此當明也。

卒章：“釐爾女士”，毛云：“釐，予也。”鄭云：“予汝以女而有士行者，謂生淑媛使爲之妃。”“從以生子”，鄭云：“從，隨也。……又使生賢智之子孫以隨之。謂傳世也。”（《朱傳》並同）。周制，男子成年而冠。冠禮成，即可進行婚禮。故此嘏辭如此作結。成王在位三十餘年，周詩與史志莫曾傳其王后之名氏。若太王妃大姜，王季妃大任，文王妃大姒，則有《思齊》《皇矣》等專篇稱頌之。武王妃邑姜，名猶可考，而詩無稱道。《皇矣》但頌其父太公以代之。此所體現，爲奴隸社會時代之周人猶有稱婦女之詩歌，自周公旦“制禮作樂”以後，后妃之頌暫絶，至於名氏不聞，而代稱曰僕矣。

（四）鳧　鷖

五章。章六句。

鳧鷖在涇，公尸來燕來寧。爾酒既清，爾殽既馨。公尸燕飲，福禄來成。

鳧鷖在沙，公尸來燕來宜。爾酒既多，爾殽既嘉。公尸燕飲，福禄來爲。

鳧鷖在渚，公尸來燕來處。爾酒既湑，爾殽伊脯。公尸燕飲，福禄來下。

鳧鷖在潀，公尸來燕來宗。既燕于宗，福禄攸降。公尸燕飲，福禄來崇。

鳧鷖在亹，公尸來止熏熏。旨酒欣欣，燔炙芬芬。公尸燕飲，無有後艱。

題解：此文王居程時祀祖繹祭尸嘏之詞。樂官所作。本爲南樂，後乃譜爲大雅樂章，有事于程邑時用之。

知其在程者，周自太王居岐，文王居程，又徙豐，武王遷鎬，成王營洛，皆營建祖廟。唯程邑能望見涇水。此詩用於廟祭，而所見爲涇水沙渚之鳧鷖，則其作於程邑明矣。祭祖之尸稱“公尸”，則是尚未上太王、王季之王號時所作更可知，舊儒莫或識此，乃以爲成王時詩（序注及《鄭箋》），或太平時王繹祭通用之樂。謬也。知其本爲南樂者，文王居程時尚無大雅，且或尚無雅樂，惟南樂與風樂流行。此詩五章複叠一式，是南詩格局，豳風如《東山》《破斧》《伐柯》《狼跋》亦然。雅詩自“魚麗之三”外，皆不如此。而此《魚麗》三篇又皆爲譜用南樂之詩。以此知此詩初制亦係用南樂也。

判爲樂官作者，於時樂官究治文學與聲律，不預政務。故其爲詩好矜炫博識，堆砌詞彙，音韻諧協，而詩格不高，與周、召二公及史官之作顯然有别。

首章：鳧與鷖，皆水鳥名。鳧，今俗云“水鴨”，似鴨而小，首羽青碧色，善飛。鷖，毛云“鳧屬”。朱云“鷗也”。詮按：鷗鳥恒群居海邊，周地無之。鷖鳥善没水取魚，體青黑色，貌醜惡。古呼“水鴞”。今人養以捕魚，呼“水老鴰”者是也（即魚鷹。杜甫詩“家家養烏鬼”，即指此鳥）。程邑近涇水，廟中可以望見之。舊説爲“興也”者，非。“公尸”，先公之尸，謂太王也。“來燕”，來享受主祭者之酒殽。“來寧”，鄭云：“自以爲宜亦不以已實臣之故而自謙。”謂作尸者以人臣爲詭作其君之先祖，心當不安。然既已爲其先祖之靈所附，則亦安之矣。“爾”，謂祭主文王。酒清，謂濾過之酒無渣滓。殽馨，燔炙之肉，香遠聞也。“來成”，謂使你福禄成就。

次章：毛云：“沙，水旁也。宜，宜其事也。”爲，鄭云：“助也。”此章，以沙、宜，多、嘉爲韻。以今世音讀之不協。緣古音沙讀如梭（朱云“叶桑何反”），宜，讀如俄（朱云“叶朱何反”），嘉讀椒（朱云“叶居何反”），爲讀如訛，（朱云“叶吾禾反”），韻自協。云宜讀俄者，宜字，古文作宻，以多爲音，兼以貯物之多會意。故《君子偕老》“象服是宜”與佗、河字爲韻。正如此詩之與多字爲韻，明其爲古音也。嘉字，今四川嘉定人正讀椒俄反。存此古音。爲音訛者，僞言與訛言義通，皆非實之義。《兔爰》“我生之初尚無爲”，與羅、罹、吪爲韻。故知其古音同訛也。

三章：毛云：“渚，沚也。處，止也。”鄭云：“湑，酒之泲者也。”下，朱云“叶後五反”。詮按：下字，古音亦自讀如户。故《采蘋》詩“宗室牖下”與女字韻。《綿》詩“至于岐下”與滸、女、宇韻。《陳風》“宛丘之下”與栩字韻。“婆娑其下”與相字韻。《唐風》“首陽之下”與苦、與爲韻。《豳風》“九月蟋蟀入我床下”與股、羽、宇、户字韻，皆其明證，非叶音也。

四章：毛云：“潨，水會也。宗，尊也。”“崇，重也。”鄭云：“潨，水外之高者也。”朱云：“來宗之宗，尊也。于宗之宗，廟也。”陸云：“潨，在公反。宗，在容反。”

卒章：毛云：“亹，山絶水也。”鄭云：“亹之言門也。”朱云：“水流峽中，兩岸如門也。”熏熏，毛云：“和悦也。”鄭云：“坐不安之意。”詮按：熏熏，猶醺醺，謂半醉也。用於卒意，謂其已飲足也。其下“旨酒欣欣”是贊酒之美，能使人欣欣然樂。

“燔炙芬芬”，是贊其殽之美，芬香襲人。末二句，謂公尸既燕飲之，則當保佑祭主無後來之艱難。艱當讀艮音。凡從艮之字，根、跟、垠、痕、恨、很、銀，皆艮音也。艱字不能例外。《何人斯》“其心孔艱”，與門、云爲韻。《釋名》恒以同音之字爲訓。云“艱、根也。”俱是古艱音同于根之證。

（五）假　樂

四章。章六句。

假樂君子，顯顯令德。宜民宜人，受祿于天。保右命之，自天申之。

干祿百福，子孫千億。穆穆皇皇，宜君宜王。不愆不忘，率由舊章。

威儀抑抑，德音秩秩。無怨無惡，率由群匹。受福無疆，四方之綱。

之綱之紀，燕及朋友。百辟卿士，媚于天子，不解于位，民之攸塈。

題解：此亦尸嘏之詞。作於文王徙程，自稱受命之後，或即文王稱受天命，告廟祭享之嘏。作者當是周公旦，且或即是其爲尸所自作。舊説爲：“嘉成王也。”（《毛序》）；“即公尸之所以答鳧鷖者”（《朱傳》）；與“祭武王”（《何楷》）；“美宣王”（魏源），等等。皆非。宋儒嚴粲，分此詩爲六章，章四句。清季明德分爲三章、章八句。就文章言，皆有似處。樂章則未必然。凡嘏，皆一氣完成，初不分章。惟譜入樂乃分章耳。玆仍依“故言”章句。

首章：《中庸》全引此章六句以贊舜，謂：“大德必得其位，必得其祿，必得其名，必得其壽。”引《詩》後又云“故大德者必受命”。蓋舊曾有説此爲文王“受命”之詩，子思又用以贊舜也。其字作“嘉樂”，《左傳》宣公二十五年字同。毛詩改假字，仍訓“嘉也”，應是其師傳避私諱改。“顯顯”，《中庸》又作“憲憲”。顯，謂光明。憲，謂法則。義近音近，固可通假。然當讀如“顯現”即《清廟》“肅雍顯相”之義。“宜民宜人”，毛云：“宜安民、宜官人也。”詮按：民，謂周族之人。人，謂周族以外，天下之人。“受祿于天”，謂受天命爲王。祿字本義爲天帝所予之福量。從專用爲享受人民供給之義。封建制行，乃漸變爲俸祿之義。此詩“受祿”，仍是受命爲王之義。“右”與佑、祐義通。陸云：“右，音又，助也。”“申”，毛云“重也”。《朱傳》：“天之於王，猶反覆眷顧之不厭，既保之、右之、命之，而又申重之也。”

次章：“干祿”，保持祿位也。説在《旱麓》。周人以多子孫爲福，恒用夸語祝願。此云“子孫千億”，猶《思平》之“則百斯男”也。穆、皇、君、王二句，承子孫句言之，“天子穆穆”，宜王也。“諸侯皇皇”，宜君也。“愆，過。循，率也”，循用舊典之文章（並鄭箋）。朱云：“適爲天子，庶爲諸侯，無不穆穆皇皇，以遵先王之法者。”

三章：言爲君子之道。修其威儀而秉心抑抑然謙謹，不肆；明其詔令，而秩秩然，不亂。政教適合民衆需要，使無怨惡。集思廣益，依靠群賢，不專斷任情。如此，則能得天福祐，受人愛戴，爲“四方之綱”。言四方歸附如網之在綱。《棫樸》之“綱紀四方”，用此詩語也。

卒章：闡“綱紀四方”之義。“朋友”，毛云：“群臣也。”朱云：“亦謂諸臣也。”詮按：此與《既醉》“朋友攸攝”之語同義，謂從祭之諸侯與諸臣工爲朋友也。“百辟”，謂諸侯（當時之奴隸主）。“卿士”，謂王臣。“天子”，謂周王。媚，順事也，如網目之紀理於一綱之義也。又皆不懈怠於政務以理其民，則民皆翕然歸依如塈之塗附不離也。毛云：“塈，息也。”鄭、朱並釋之爲“休息”。非義。説在《邶·谷風》。“解”，陸音“佳賣反”。本義爲解剖牛體。引申爲懈怠之義。後分爲姐、謝二音。

（六）公　劉

六章。章十句。

篤公劉！匪居匪康。迺埸迺疆，迺積迺倉。迺裹餱糧，于橐于囊，思輯用光。弓矢斯張，干戈戚揚，爰方啓行。

篤公劉！于胥斯原，既庶既繁。既順迺宣，而無永嘆。陟則在巘，復降在原。何以舟之？維玉及瑶，鞞琫容刀。

篤公劉！逝彼百泉，瞻彼溥原。迺陟南岡，乃覯于京。京師之野，于時處處，于時廬旅，于時言言，于時語語。

篤公劉！于京斯依。蹌蹌濟濟，俾筵俾几。既登乃依。乃造其曹，執豕于牢。酌之用匏，食之飲之，君之宗之。

篤公劉！既溥既長。既景迺岡，相其陰陽，觀其流泉。其軍三單，度其隰原。徹田爲糧，度其夕陽，豳居允荒。

篤公劉！于豳斯館。涉渭爲亂，取厲取鍛。止基迺理，爰衆爰有。夾其皇澗，遡其過澗。止旅迺密，芮鞫之即。

題解：此周營公劉廟時，命史官取先民所傳公劉事跡舊歌纂述以爲頌神之樂章。與《生民》篇之編纂同時，或同出於一人之手。太師原次當在《生民》篇下，《行葦》之前。《毛序》以爲是“召康公戒成王”，遂妄移於此也。審《綿》《皇矣》《生民》及此詩，鋪叙史事，不尚虚語，文雖繁重，皆有實指，非掌握故事豐富之史官不能爲。周公旦，召公奭，皆不能作此類詩。惟史官詩乃能如此耳。全詩六十句，無一戒飭語，安得爲戒成王哉？《續序》云：“成王將莅政，戒以民事。美公劉之原于民，而獻是詩也。”誠使召公達於政體，豈能不述文武之事以戒成王，反遠引公劉時之民事哉？乃漢魏唐宋諸儒皆恪遵其説而莫敢疑。至元世，金履祥乃定《七月》與《公劉》爲“豳之遺詩”，明末，何楷《世本》列此詩於夏少康之世。清，姚際恒乃反毛、鄭、朱傳而闡金、何之説。其他説詩者仍莫肯援用。

《史記·周本紀》：“公劉雖在戎狄之間，復修后稷之業，務耕種，行地宜。自漆沮渡渭取材用。行者有資，居者有畜積。民賴其慶。百姓懷之，多徙而保歸焉。周道之興自此始。故詩人歌樂懷其德。”所據蓋魯詩家言與《孟子》“公劉好貨”之説。體會殊失當。然亦謂豳之詩人已有其歌矣，正如《七月》之由舊歌改編爲詩也。夏少康時，中華核心地區尚未能形成鞏固之國家，則公劉在豳，衹可能開始組成氏族公社。必須有此概念，乃可以解説此詩。

首章：謂公劉初居戎狄之間，勤勞不息（匪居匪康）。開始組成氏族公社（參自《行葦》篇）整理耕田之事（廼埸廼疆）。積有糧儲（乃積乃倉），使“居者有積倉，行者有裹糧”（孟子文）。于是商旅遠出，周知其旁更利於農事發展之地。因思安輯其人於新地而光大之（思輯用光），于是率其族人，張其弓矢，揚其干戚，而遷焉（爰方啓行）。舊説，除一二故訓外，概不適用。如：《毛傳》“公劉居於邰而遭夏人亂，迫逐公劉。公劉乃辟中國之難，遂平西戎，而遷其民邑於豳焉”。“民邑”兩字謂人民與國邑，即是以太王時之國家組織擬公劉時社會。爲昧於歷史發展之根本錯誤。與邰爲后稷封國之説相濡爲謬。又謂自邰遷豳爲避夏難自内地之本國遷入戎狄。其釋“思輯用光”，則云“言民相與和睦以顯於時”。豈謂其人不能光顯於華夏，乃思遷居戎狄間以爲光顯乎？詮按：《生民》之“姜原”，本有周族原出於羌族之舍義。《史記》言“不窋失官而自竄於戎狄之間”，則公劉先世已居於戎中，非有邰之家室也。公劉誠欲光顯其族於世，則當是求顯華夏，故自戎地向内遷徙，以耕於豳原，即今陝西宜君縣西銅官縣地，在當時爲華夏與戎狄間之甌脱者宜墾而未墾之黄土河原也（參看《豳風》新詮）。何可謂自邰遷近戎地乎？

此章三十九字中，多有足證爲原始社會語言之字。“篤公劉”，六章同爲冠領語。篤字是稱頌公劉之發語詞，專敬之義也（毛訓“原也”，非義）。原始社會無固定之君長，傑出人物，皆爲群衆所尊敬。更有尤傑出者，則群衆專敬于尤傑出之一人。公劉爲周族傑出之祖先，能團結全族，組成公社。故族人當時歌詠，已有“篤公劉”之群衆語言，史官從而重用之。又埸字，在此詩當爲耕墾之義。從易從土，會意字。謂輪栽之地。即“上地不易，中地歲易，下地再易”之易。豳土早寒，土壤分解緩，積累養分不多，故墾地須間年種之。故其人謂耕墾爲易。即在華夏，當未知施肥以前，耕種亦用此法。故《孟子》曰：“易其田疇。”《注》“易，治也”。治田即種田。《甫田》“禾易長畝”，義同。此詩舊歌，當是“廼易廼疆”字。傳詩者增土旁。要是代表原始耕種方法之字義。橐字，從木、從石，與囊並稱，自是盛糧之具，在古籍中多見之。中世以來，其物廢滅，人乃不能詳其形制，而有多種謬解。如毛云：“小曰橐，大曰橐。”朱云：“無底曰橐，有底曰囊。”夫橐之從石，謂木器容一石也，豈得小於囊哉？盛穀之器又豈可無底哉？蓋橐者，石器時代已製有之木箱。初刳木如獨木舟狀以盛物，進入金屬工具時代，乃有鑲合木板之橐。公劉時，正是初用此物搬運，故詩稱之。牲畜負運，橐優于囊。其後車運興，橐則演變爲車箱。箱之用稱通行後，橐之用稱並廢。秦漢之際，風箱之具猶有稱爲橐者。《老子》：“天地之間，其猶橐籥乎。”《淮南子》“鼓橐吹埵，以消銅鐵”是也。此後文士，遂不知橐爲何物。顧其在古籍中，則唯有妄測以爲説矣。又廼，爲乃之古字。原從鹵，從乙，會意。鳥歸林巢加乙（引之古文），以示時間與行動之轉折。爲人事初繁時之用語字。筆劃故繁。造文字已多，人皆要求簡化時，始有了與乃字出而代之。周詩惟《綿》篇與此篇多用廼字，足知其所用舊歌傳寫之文字，乃皆作廼。詩又復兼用乃字，足知其自用之乃字已簡化，惟遵用舊歌字仍作廼，是接近於公劉時代之古歌也。又，周代盛行車運。此詩搬運之語已多，而不及車。《綿》詩亦然。即可知周族當時尚未有車。若殷墟甲骨文中，則已有類似圖書之多種車字，明其時作車尚不甚久。（世傳黄帝作舟車，不可信。）迨文王時，有《四牡》之詩，猶可謂殷之使臣有之。若武王時，則有“戎車三百乘”與《皇皇者華》之詩。是用車已普遍矣。凡此表達於詩之字，皆爲考證作詩時代之確據，爲研究中華勞動人民歷史者所當知，故論著其綫索於此。

次章：叙述遷到豳地情形。“于胥斯原”，《毛傳》訓胥爲相。舊皆説爲相度豳原之地。詮按：《漢書·揚雄傳》“木雍槍累，以爲儲胥”，《注》“有儲蓄以待所須也”。是胥亦有須待之義。全族同徙，不能一時同到，故首領到達適當地點，即停住以待後至者。是之謂須。是此胥字，爲須之借，自亦俱有相度之義。《綿》之“聿來胥宇”是相地之義，亦有相待之義（參看“廼慰廼止”句）。此詩文義，尤重在於“須後至者”之義。“既庶”，謂其衆皆已到達。“既繁”，謂人多而事繁，紛然嘩亂一時。“既順”，謂漸就安定静肅。“廼宣”，謂既順然後宣佈就此營邑。“無詠嘆”，謂人皆同意，無怨嘆不悦者。永、詠古今字。後五句，總述公劉之行動與儀表。有時升於山頂以相地形，有時下至原隰撫慰民衆。狀其勤勞。“何以舟之”之舟，毛云“帶也”。馬瑞辰云：“舟者，周之假借。《説文》‘周，帀徧也’。字通作周。帶周於身，周得訓帶。”瑶，石之美者。言公劉以玉及瑶爲帶飾。帶上佩刀，有鞘而露其柄，以便把持。顯其能製斷。《朱傳》：“鞞，刀鞘也。琫，刀上飾也。容刀，容飾之刀也。或曰：容刀，謂鞞琫之中容此刀耳。”詮按：《瞻彼洛矣》詩，“鞞琫有珌”，《毛傳》：“鞞，容刀鞞也。琫，上飾，珌，下飾也。”此云“鞞琫容刀”，則鞞謂刀鞘，琫謂外露之刀柄。柄下之刀納在鞘内爲容刀也。周之諸侯皆佩刀，鞞與琫皆有珌飾。公劉世則但有革製之鞘，刀柄外露，無珌之飾。明其爲原始之制。合觀兩詩，其義自明。前人但恍迷離之説，徒能使人益滋惑亂而已，摒之可也。

三章：述公劉相度營邑地址情形。“逝”，過而不留也。凡有泉之處，皆當知之。公劉所考察之泉源衆多，謂爲“百泉”。“瞻”，則詳審也。溥，毛云：“大也。”豳原廣大，爲準備營邑與墾種之地，則詳察之。營邑當選較高之處，故陟南岡以察之。于是得高丘而有泉水之處營邑。“覯”，與遘通，《説文》：“遇見也。”“京”，丘之絶高者也（《爾雅・釋丘》）。“師”，衆也（《爾雅・釋詁》）。“京師”，謂人衆聚集於此高丘、後遂轉爲天子所居城邑之稱。“京師之野”，亦豳原之一部分，營邑之前，但曠野耳。於此時，則有“處處”者，謂露坐。有“廬旅”者，謂相依營造臨時簡陋之住室。有“言言”者，謂有所倡議。有“語語”者，謂相商討。《毛傳》：“廬，寄也。直言曰言。論難曰語。”此爲下半章五句，描述選地既定後群衆行動情致。

四章：述營邑既成，合族大饗之情事。“于京斯依”，謂營邑已成。《朱傳》：“依，安也。”原始社會，住宅簡陋，除地、植木、押蓋草茅而已，一日可成，故詩不著其造工。與《綿》詩不同者，公劉時尚無版築之法故也。（涼山彝族營宅，猶保持一日完成之習慣，否則以爲不祥而棄之。）“蹌蹌”，言群衆奔忙之狀。“濟濟”，言才士趨事者多。“俾筵”，言爲公劉鋪席。“俾几”，爲公劉設几案。“既登”，謂擁公劉登筵几上。“乃依”，謂群衆乃依集於其旁。原始社會推舉首領之儀式如此。大燕饗尊奉首領之儀式亦如此。“乃造其曹”，以下五句述公劉發號施令情致。舊説皆以造爲赴之義，曹爲牧群所在（鄭云“乃適其牧群”）。詮按：《書・盤庚》：“王命衆悉至于王庭。”又云：“誕告用亶其有衆，咸造勿褻，在王庭。”是命群衆至前，宣布令教之義。“曹”者，謂分曹治事。公劉既受群衆推戴，即命群衆至前，部署分曹各執事。又命人從牢中執豕屠之以饗衆。用瓠瓜所製之瓢以酌酒。當時燕饗，衹是如此簡樸。舊儒未識古今之變，妄以封建禮制推測此詩，如《毛傳》云：“新國則殺禮也。酌之用匏，儉以質也。”鄭云：“酌酒以匏爲爵，言忠敬也。”朱云：“此章言宫室既成而落之。”並非。“食之飲之”，謂公劉饗群衆。“君之宗之”，謂群衆尊公劉。原始社會，燕饗物資，皆是氏族集團之公共積累，但由首領發令用之。積久，群衆遂不自覺其爲自己之勞動果實，而覺爲首領之恩賜。此詩舊歌，正是如此時代群衆對於首領之思想意識的反映。舊説“君之宗之”者，《毛傳》：“爲之君，爲之大宗也。”《朱傳》：“宗，尊也，主也。嫡子孫主祭祀而族人尊之以爲主也。”詮按：宗字從宀、從示，本身即爲家神之義。後世宗廟、宗族、宗法之義緣此而定。此詩不言祭祀，而有宗字，則當時尚無宗廟，而已有家庭之祀可知。其祀，大約如滿洲皇族之“祭堂子”，但深夜秘密爲之，不明白宣揚其祀禮耳。“君之”，謂治事之主。“宗之”，謂祭祀之主。詩之舊歌，蓋亦作於公劉死後數世，全族奉爲族祭之大祖時。

五章：述公劉領導生産之事，從整理土田開始。“既溥既長”，謂相度豳原地形廣長，足以容受其衆墾牧發展。乃審察日影於南北兩山間。南向之側爲陽，宜墾種糧食。

北向之側爲陰，宜蓄竹木，資器用，便狩獵。觀察草原之有流水者，宜牧牛羊，養魚鱉。當時生産之事此三者並重。故承之曰“其軍三單”，單字從雙口，嚚聲也。亦有饍餉之義。故“單食”字從單。《崧高》詩“徒御嘽嘽”，《常武》詩“王旅嘽嘽”皆徒衆觀盛之義。更增一口，是周中葉之俗字，本字衹作單也。“軍”字，車戰行後所造之字，公劉時不當有。按詩語，應謂公劉分其衆爲三群。原歌應是“其師三單”，傳詩者用秦漢字訓易師爲軍也。《毛傳》：“三單，相襲也。”猶其分三組進行之意。《鄭箋》遂云：“丁夫適滿三軍之數。單者，無羨卒也。”竟以《周禮》説公劉史事，謬甚。“度其隰原”，謂相度原隰耕土。“徹田爲糧”，謂命所有田皆種食糧，俾其人民足食，而以餘糧市易羌戎之畜産品。周族善稼絀於牧畜，豳地亦宜稼而未宜牧故也。《毛傳》：“徹，治也。”未失詩義。《鄭箋》亦用周之徹法釋之，謂“徹之使出税以爲國用。什一而税，謂之徹。”《朱傳》更用井田之法説之，謂“周之徹法自始”，皆非。“度其夕陽”之度，是度越之義。謂種糧之田，逐步向西發展，遂越曩時夕陽所之山丘（謂洛水與涇之分水部分）而入於涇水流域。“豳居允荒”之荒，毛云：“大也。”朱云：“豳人之居益寬大也。”詮按：豳原以今銅官縣境爲中心，向東入白水縣界，古爲沮洳之地，不適於種穀類。向西窮沮水源入於淳化縣境，俱是黄土原地。故公劉之民種穀逐度向西發展，直入涇水河谷，更便于與羌戎市易。

卒章：述公劉發展礦冶業事，甚可珍貴。兹詳釋之：

“于豳斯館”，《毛傳》：“館，舍也。”《朱傳》：“客舍也。”礦冶事來，非豳人所優爲。公劉始招致内地工匠爲之。内地礦冶工業，始於太行山脉之南段地區。夏世已有專業工匠，能辨識礦石，知其冶煉之法。能合銅錫爲青銅，促使中華社會文化躍進一步。公劉所居豳原之南山，有銅礦（銅官縣命名由此）。華夏工匠逃避奴隸之役者，無遠不至[1]。其至豳者識之，説公劉以開采銅礦之利。公劉能知其利，故爲客館，以居此輩，使之更招華夏工匠，進行開采、冶鑄，以原資用，並以餘品與羌氏、蠻、濮部落市易，遂開富强之基。《孟子》謂“公劉好貨”蓋有以也。必先營客館以禮工匠者，華夏與豳人生活方式不同。待以客禮，依其故地習俗供以物資，使其人能安於土而忠於其事。既安於土，則娶妻生子，逐漸變爲豳族内部人民，可得長久利用。亦使本族人得從而習其技藝。且其人之生活習慣亦必影響於當地人民，導誘其向華夏方面改變前進。此即周族所以能勃興於羌戎之間的一大原因。（上文“思輯用光”，適用如此解釋。）館字鮮見于他《經》。唯見於此詩最古。字從食從官，蓋豳人所造之字。本衹作官。官字從宀（音綿）從𠂤。《説文》：“宀，交覆深屋也。”“𠂤，小阜也。”𠂤即堆之古字。夫深屋下有如小阜之堆，非礦石冶煉之所乎？引申爲煅煉士子之學官（今云學校），工匠所聚處曰“工官”。（錦官、車官、監官同爲今世工廠之義。）再乃引申爲官府、職官諸義。故官者，本爲礦冶工廠之義。加食旁者，周人于官字文義紛歧後加，明其人食於公給。後遂别爲客館專用之義也。

“涉渭爲亂”，毛云：“正絶流曰亂。”鄭云：“仍使人渡渭水，爲舟絶流，而南取鍛厲斧斤之石。”朱云：“亂，舟之截流横渡者也。”皆不識歷史發展之謬説。公劉之初，尚屬石器時代，石斧所鑿之獨木舟，工值殆與今世鋼鐵輪船相當，公劉傾全力爲之，尚當須以年月，而謂已能造横絶渭水之輕舟乎？上古人類無舟梁時，大都善于泅泳。途遇小水，則揭裳以涉之。遇大河、湖，則泅水而渡。泅者，順流曰沿，逆流曰溯，横流曰亂。謂横流則人身使水不得皆順行，激起浪花如亂也。公劉聞礦工言渭之南山有石可煉，礦業必需之。故使人遠出數百里，泅渡渭水以取之。豳地無大水，其

【1】中華工匠逃避階級壓迫，遠出數千里之外以售其技巧者，自古有之。見於正史者，如《大宛傳》“宛城中新得秦人，知穿井”。《西域傳》“大宛國王治貴山城，去長安萬二千五百五十里”。足見避秦之工匠，外流之遠。秦之虐，但徭役而已。若夫奴隸社會，勞動人民所受痛苦，較秦更當百倍。挾技之人，得逃逸者，必不願仍留於另一奴隸社會之中，而必盡其可能的逃入於原始社會地區，得更有産業可興而無階級壓迫之處則止。礦冶工人所愿留止之地，必是礦山地區。其事，舊史家所不能傳，然亦有可因史文以肯定之者。如《貨殖列傳》言巴寡婦清“其先得丹穴，而擅其利數世”。所謂丹穴即朱砂礦（汞礦）。此物，今時内地不産，惟黔水流域盛産之。四川黔縣即漢世之丹興縣，舊穴猶存，丹則早已采盡。巴寡婦清所擅者應即在此。其人在始皇時已是老嫗，則數世前已當春秋之時矣，其礦之發現與煉丹之發明，又當遠在其前。華夏之丹字，最早見者爲堯子名“丹朱”，可知在原始公社時期華夏已知煉礦爲丹矣。黔江之丹穴，必爲華夏工匠所開。則當爲中華工巧奴隸逃亡至者所開矣。又，雲南東川與昭通，爲漢世堂琅與朱提縣。秦漢之際，堂琅銅與朱提銀並以精好高價著名。其地近世尚在“群蠻”中，與内地遠絶。在秦世，尚屬原始社會，衹巴、蜀、漢中已進入奴隸社會。又衹中華地區已有礦冶之業。然秦滅巴蜀，初置郡縣，即已於此兩地置縣，歷久不曾廢者，由有甚多之内地工匠之子孫支持秦漢政權故也。其先世發現並開闢其礦冶者亦必是從華夏内地逃役之工匠也。更遠推求之，則永昌珠寶之采掘，身毒（印度）商道之打通，皆周秦間事。亦當以工匠爲先導耳。一九七二年南充出土之天宫山漢墓銅鏡，其一爲秦世文字，銅絶精。其二爲“黄羊作鏡”，雕龍巧好，漢隸甚工，爲銀、鎳、銅之合金製，漢武帝世作也。又有朱提銀製之手鐲與環。皆可説明秦漢間工匠與文士早于郡縣未開置前即已深入此朱提、堂琅二地，從事礦冶之事。從而知其工業之創造發展遠在殷周之世，並爲奴隸逃亡者所創。

人泅水之技不會高，亂渭成功爲甚難事。由其有發展礦業之决心，不惜一切以赴之，終克成功。故豳人特爲詩歌以頌之。

“取厲，取鍛”，究爲何物，舊儒未能詳之。《朱傳》云：“厲，砥。鍛，鐵。”亦緣《鄭箋》“鍛厲斧斤之石”爲説。夫厲石（今字作礪）隨地有之，豳地不乏，何必遠亂渭流以取之哉？查《説文》：“厲，旱石也。從厂，蠆省聲。”蠆，今云蝎子，毒烈之蟲也。故厲又訓爲酷烈。旱石者，蓋即今所謂“生石灰”，用石灰石之圓礫、或殘塊燒成。外形如石，吸收水分，則解化而成消石灰。吸水分少，則仍作石狀。多沃以水，則激烈分解，發放大熱與毒氣，暴酷傷人。室中置之，則常乾燥。故曰厲，又云旱石。用以塈壁，則潔白緻密，歷久不壞。粉末治蟲蟻。亦供醫用。用途甚廣。上古華人發明其燒煉之法亦甚早[1]。豳地屬侏羅紀地層，無石灰石。渭南之秦嶺山脉中，多古生代地層，石灰岩多，華夏礦工早知之。其有受招入豳地者，言其如此。故爲公劉所知，不惜冒萬難以遠取之。舊儒説鍛者：《毛傳》：“鍛，石也。”《鄭箋》説爲鍛厲之石，作一物看。段玉裁《説文注》駁之曰：“鍛與厲，絶然二事。鍛石、厲石，必是二物。《尚書·費誓》‘段乃戈矛，厲乃鋒刃’。段之，欲其質之堅也。厲之，欲其刃之厲也。《詩》‘取厲取鍛’，亦明明分别言之。”（石部碫字注）《説文》：“鍛，小冶也。”又：“碫，碫石也。”是鍛爲冶煉之義。碫爲供冶煉用之礦石之義。陸德明《詩釋文》作“取厲取碫”。蓋三家詩字本作碫。《毛詩》改鍛字。然《傳》云“鍛，石也”。仍是指礦石，非用鍛冶字義。且或是唐石經乃改鍛字，漢魏所傳《毛詩》定猶作碫，《釋文》本字猶未改也。無論其字作碫、作鍛，按之時語，俱衹能是礦石，非礪石，而爲石灰石以外之一種金屬礦石，則可以定。顧當判斷爲何種礦石乎？朱説爲鐵者必非。豳地可能有鐵，取煉當晚於梁州。《禹貢》載梁州有鐵貢，雍州無之。足知豳之煉鐵，在梁州後。公劉時，亦尚不可能有鐵。且就地質言，謂之南山亦乏於鐵礦。豳地屬侏羅紀地層，應多有之，亦不至亂渭而遠求於南山也。爲銅礦乎？亦必不然。豳地從古迄今皆以銅官著稱，何得更取礦石於渭南。人類最早取用之金屬爲錫。錫之融點，於五金爲最低，易煉得。錫又能在融化後繼續昇温，到達於接近氣化點之程度，從而可利用以融煉銅鐵等他種融點較高之金屬。故冶金工藝，必先自冶錫開始。錫質雖軟，以與

【1】 中華初製石灰，原衹稱爲厲。神農氏又稱歷山氏（一作烈山氏），疑其人已知製石灰。《周禮》屢稱“蜃炭”，謂以蚌類介殼所燒之灰，疑發明燒灰者原成功於介殼。後乃轉用石灰石燒成。語言複雜之後，乃不稱厲而稱蜃。其用途，則主要爲殺蟲御濕。《秋官·赤犮氏》：“掌除墻屋，以蜃炭攻之，以灰洒毒之。凡隙屋，除其貍蟲。”所言蜃炭，即生石灰，敏于吸收水濕，使墻屋乾燥，故曰攻之。所言灰洒，亦謂蜃灰，即石灰粉，承上文省蜃字。蜃灰毒烈，能殺蟲、驅獸，故曰毒之。舊説爲“草木灰”者，非是。又《地官》：“掌蜃，掌斂互物，蜃物以供闉、壙之蜃。”則直謂石灰爲蜃矣。闉，即赤犮氏所治之墻屋、隙屋。壙，則葬禮所以燥墓防腐者。《遂師》所爲大喪之“蜃車”同。所云“互物”，即謂介殼。“蜃物”，當即謂其他可燒石灰之物，應指石灰石。此應已是東周之文記，已失厲字之稱。公劉世則衹稱厲。

銅融爲合金，則成堅利之青銅，作器爲良。公劉欲興礦業，不能不遠致此種礦石。故可斷言，此詩詠之取碫，係取錫礦石也。“止基廼理”，毛無傳。《鄭箋》云：“止基，作宫室之功止，而後疆理其田野。校其夫家人數，日益多矣……”與“爰有”至“過澗”綴合爲句。《朱傳》云：“止，居。基，定也。理，疆理也……取厲取鍛而成宫室。既止基於此矣，乃疆理其田野。”用鄭之義而以句上屬。詮按：上各章皆分上下段各五句爲義。鄭之説義已根本不合。《朱傳》强爲之解，於上下文仍不可通。夫上文已云“俾筵俾几”，及“徹田爲糧”、“豳居允荒”矣。此章乃反宫室初成開始疆理田野乎？“止基”者周族對金屬農具之統稱。《孟子》：“雖有鎡基，不如待時。”《漢書·樊、酈、滕、灌、傅、靳、周傳》引作“兹基”。《小戴禮·月令》作“鎡錤”。夏殷之世，華夏器物名皆一音一字，唯邊疆民族地區名爲二字（二音之譯字）。蓋周族自公劉時已有金屬農具，稱爲“止基”。周室統一天下，金屬農具隨之推行，從而華夏亦隨之成爲農民語言。文人爲之譯字各不同耳。“理”，治也。詩言自公劉取厲與碫於渭水之南山，而後豳有青銅質之耕具。農事得以躍進一步，而富强之局亦定也。《玉篇》釋鎡基爲鉏，按詩“乃理”之義，蓋不謂鉏。公劉以前所用祇木農具，耒與耜爲主。耒變爲犁，耜變爲臿。又其後乃有鋤，初亦衹呼爲“錢”，不曰鉏也。此詩之“止基”，應包括犁端之鏵與金屬之鍬與錢。故曰“乃理”。理，有次第製成之義。夫先秦年代，華夏單音器名“錢鎛”，“犁、鉏”之名固仍習用，則《孟子》與《月令》何不逕云犁鉏，而必稱以兹基哉。

“爰衆爰有”及以下，鄭云：“……人數日益多矣。器物有足矣。皆布居澗水之旁。”朱云：“日益繁庶富足。其居有夾澗者，有溯澗者。其止居之衆日以益密，乃復即芮鞫而居之，而豳地日以廣也。”詮按：澗者，山側疾流間息之水，非耕地之川流，即非農民所居，况更溯澗而居之乎。惟礦工與山澗爲緣。礦在地下，因澗水深鑿而露，故原始之礦冶必緣山澗爲之。爐鞲即設于澗旁，冶就礦，人亦近水故也。礦盛，工人大集，地不能容，乃有溯澗而上以求冶之新地者。詩云“爰衆”，礦工日衆也。“爰有”，冶金日多也。農民謂豐收爲“有”。礦工亦以多獲爲“有”。“皇澗”，義爲大澗，是礦工所命之名。冶爐之廠夾大澗而立。逐漸向上發展，至於溯（逆同）澗頂更緣礦脈以展拓至另一澗，稱爲“過澗”。亦礦工所命之名也。“止旅”之旅，古文作[illegible]，又作[illegible]。並結隊而行之義。礦工自遠成隊而來，止於澗旁，使兩澗爐鞲日密。礦盛，器利，遠地馳譽，争來采購，則商旅亦陸續而至。亦是“止旅廼密”之義。于是礦業更由豳原之二澗發展遠入芮鞫二水地區。二水皆涇水之支流。芮，亦作汭。鞫，亦作泦。《周禮·職方》雍州，“其川涇汭”。《鄭注》“汭在豳地”。引《詩》“汭泦之即”蓋《韓詩》字也。《漢書·地理志》“右扶風·汧縣”云：“芮水，出西北，東入涇。《詩》‘芮阸’，雍州川也。”顔師古注：“阸，讀與鞫同。”查漢汧縣，爲今陝西之隴縣。在寶鷄西北汧水（今地圖作汗水）上游。其西隴山之北有水經靈臺縣入涇，即古芮水（汭同）。此水流過長武縣境，納一支流，亦自隴山之北流來，蓋即此詩之鞫水（泦、氿並同）。《毛傳》謂“芮，水厓也。鞫，究也”。《鄭箋》云：“水之内曰隩。水之外曰鞫。”皆失詩義。《朱傳》緣《孔疏》得“芮水名”矣，猶説鞫爲“水外”。謂即居於汭水之外，究指何地，成何語言。汭水距豳百餘里，何爲豳人遂從二澗忽然即變此地乎？上章已言“度其夕陽，豳居允荒”矣，此又重複爲“芮鞫之即”，若不分別農墾與礦冶説之，則不成其爲文藝矣。

（七）泂　酌

三章。章五句。

泂酌彼行潦，挹彼注兹，可以餴饎。豈弟君子，民之父母。
泂酌彼行潦，挹彼注兹，可以濯罍。豈弟君子，民之攸歸。
泂酌彼行潦，挹彼注兹，可以濯溉。豈弟君子，民之攸塈。

題解：此文王徙豐之初，南國諸侯來朝，周公擬南樂所作用以燕享之樂章也。其時尚無大雅。至成王世乃改爲大雅之樂，燕享諸侯通用之。知其然者：詩旨簡明，重叠三章，全是南詩風格。文雅潔而意懇摯，具深刻之誘導意義，故判爲周公擬南樂之作。周公初習南樂，後治風、雅。其雅詩多踞肆，而此獨謙遜，故判爲其未大貴顯時之作。《竹書紀年》載紂辛之三十五年“西伯自程遷于豐”，三十六年“春正月，諸侯朝於周”。當時所謂周之諸侯，衹可能是南國西部與隴西羌氐部落首領之與周人市易者，故必用南樂以燕享之。因于樂章寓勉爲經濟互惠之義。供譯人宣教也。《毛序》以爲“召康公戒成王”者亦非。

首章：“泂”，此詩特用之發語詞，毛云：“遠也。”蓋與《牧誓》之“逖矣”同義。陸云“音迥”。疑西土謂遠爲逖，南國謂遠爲泂，各依其本語發聲。“行潦”，已見《召南·采蘋》合兩字爲辭，亦南語也。彼與兹對言，無所實指，但虚喻爲物資互惠之意。《毛傳》：“餴，餾也。饎，酒食也。”《説文》：“餴，滫飯也。”字又作饙，作餴。“餾，飯氣流也。”滫飯已見《采蘋》“湘之”詮釋。此詩言挹行潦之水，資用甚小。然而可以滫蒸飯。謂微物用得其時，亦殊可貴。“豈弟君子”，指與燕諸侯。其時周與其他部落，衹有貿易關係，無政權隸屬關係，故以物資相濟説之。市易足以利民，故曰“民之父母”，言利民則民愛悦如父母也（饎，謂蒸饌，不當作“酒食”解）。

次章：“濯罍”，謂洗滌酒器。毛云：“濯，滌也。”

卒章：“濯溉”。毛云：“溉，清也。”朱云：“溉亦滌也。”詮按：溉，陸德明云“古愛反”。則當讀如灌溉音，與塈不協韻。溉字古音本讀如既。上兩章饎、罍皆名詞。

不合此章迭叠用動詞。疑溉者，齏之借字。齏，《説文》作韲，云："從韭，次𠂔皆聲。"《段注》"祖鷄切"。引《周禮·臨人注》"凡醢醬所和，細切爲齏"。又引王念孫曰"韲者，細碎之名。莊子言韲粉是也"。謂"菜之切者曰齏"。古無薑、桂、葱、蒜，調味以韭爲主。斷韭、䪥等辛菜入醢醬以調味，謂之齏，亦作劑（古祇作齊）。既已細碎，當更用水清洗之，然後入醢。此詩《毛傳》"溉，清也"，疑本作"清齏也"。後儒曲解溉爲灌洗，遂奪齏字。"民之攸塈"與《假樂》文同，義同。

（八）卷　阿

十章。六章章五句。四章章六句。

有卷者阿，飄風自南。豈弟君子，來游來歌，以矢其音。

伴奐爾游矣，優游爾休矣。豈弟君子，俾爾彌爾性，似先公酋矣。

爾土宇昄章，亦孔之厚矣。豈弟君子，俾爾彌爾性，百神爾主矣。

爾受命長矣，茀禄爾康矣。豈弟君子，俾爾彌爾性，純嘏爾常矣。

有馮有翼，有孝有德，以引以翼。豈弟君子，四方爲則。

顒顒卬卬，如珪如璋，令聞令望。豈弟君子，四方爲綱。

鳳皇于飛，翽翽其羽，亦集爰止。藹藹王多吉士，維君子使，媚于天子。

鳳皇于飛，翽翽其羽，亦傅于天。藹藹王多吉人，維君子命，媚于庶人。

鳳皇鳴矣，于彼高岡。梧桐生矣，于彼朝陽。菶菶萋萋，雝雝喈喈。

君子之車，既庶且多。君子之馬，既閑且馳。矢詩不多，維以遂歌。

題解：成王會諸侯於岐，同游卷阿，召康公賦此詩，勗諸侯以撫臣民，崇周室。時間在成王即位之三十三年。《竹書紀年》：成王十八年，"鳳皇見"。三十三年"王游於卷阿，召康公從。歸于宗周"。卷阿究爲何地，典籍無可考。後人由此詩三言鳳皇，推測爲在岐山者。《周語》内史過曰："周之興也，鸑鷟鳴於岐山。"韋昭注引此詩，謂鸑鷟爲鳳之别名。合於《竹書》，可定。成王時，周室極盛。諸侯歲有朝覲。天子巡方，所在供應無怠。每有號召，遠近無敢不集。岐山爲周始興之地，建廟最早，成王因有鳳鳴之瑞，會諸侯于此，理有可能。會諸侯必同祀廟，有燕饗。召康公奭在當時大臣中齒、德名位最尊，康强，好詩，因燕饗而賦此詩，亦理所必有。《毛序》言召公詩者多不中，惟此詩可定。然非以"戒成王也"。成王時已五十餘歲，親政已數十年，統治權已甚鞏固，自尸嘏外，孰敢爾汝之哉。舊儒盲從《毛序》故不能得詩旨也。

首章："卷阿"，山阿曲卷者，因以爲地名，蓋即所謂鳳鳴之處。《毛傳》："卷，曲也。飄風，回風也。"阿卷曲，則風入而回出。"自南"者，阿在岐山之陽，故風自南來也。南風至，孟夏之時也。此時來游。毛云"興也"，則非。"豈弟君子"，周詩屢見，皆指諸侯。舊説“指王”者，亦非。“矢其音”，鄭云：“矢，陳也。”謂諸侯游樂中皆有歌詩，或歌舊辭，或獻新詩，皆直陳其意，如矢之發放向的。後世所謂放歌、放言，皆用此詩文義。自言作此詩亦如諸侯之歌也。

次章：以下之爾，皆謂從游之王臣與諸侯。“伴奂”，毛云：“廣大有文章也。”鄭云：“自縱馳之意。”朱云：“伴奂，優游、閒暇之意。”詮按：伴奂，猶言泮涣，謂聽諸侯隨意漫游，不必從王。即“自便”之義。游者自變，休者相聚，王雖在亦無拘束，故曰“優游”。禮尚嚴敬以事天子。此游則寬緩如此，以爲天子之惠。“俾爾彌爾性”，謂使人皆盡其性情之便。“似先公酋矣”，郭璞《爾雅注》引作“嗣先公爾酋矣”。當是用魯、韓詩文，毛詩脱爾字，改似字。毛云：“似，嗣也。酋，終也。”後儒悉遵之，皆因“戒成王”之説所誤也。夫果爲戒成王，何得不引文武之事而更遠引先公？以似爲嗣者，皆謬説耳。“似”者，如字。“先公”謂公劉、古公、王季等文王以前諸祖先，位在諸侯也。“酋”字本義，《説文》云：“繹酒也。從酉，水半見於上。”《段注》“糟滓下湛”是也。古釀酒，連糟貯之。愈久則糟滓下沉，酒清而騰居於上，爲酉中精粹，與精顯分優劣。引申爲酋長，爲猷謀遒逸諸字義。此詩言諸侯比於周先公爲優也。

三章：“昄章”，毛云：“昄，大也。”朱云：“大明也。或曰昄當作版。版章，猶版圖也。”詮按：字從日反，蓋取日出前與日落後回光幻爲重昇現象之義。會意字。此現象，勞動人民所習見，謂之爲昄也。對土地言，當是盡朝陽至夕陽所照之義。此詩有“朝陽”字，《公劉》有“夕陽”字，皆表示東西方所見紅日起落之地面。蓋當時人習用爲指示地位之詞語。合之爲昄，則具界至之義。“昄章”，則謂王章所劃之昄土。後世乃借版圖字以易之。疑武王初封諸侯所劃地域即稱爲“昄章”。故此詩云“爾土宇昄章已大厚矣”。諸侯來會者多，其封域大小厚薄不一，要必適其願望之量。在當時咸認爲周天子之恩賜多少皆當各認爲太厚。上章“俾爾彌爾性”，對燕游言，俾爾得盡其興。此章“俾爾彌爾性”對封域言，則謂周王俾爾意願滿足，作君其地，爲該地方百神之主。主謂主祭。

四章：言諸侯受王命主一國之事。爲時已長，康享福禄。此亦俾爾滿足意愿而常享之。皆周王之恩賜。毛云：“茀，小也。”鄭云：“茀，福。”朱云：“茀，嘏，皆福也。常，常享之也。”《爾雅·釋詁》祓，“福也”。郭注引《詩》“祓禄（爾）康矣”，當是三家詩異字。《方言》：“燕之外郊，朝鮮冽水之間，凡言置立者謂之樹植，過渡謂之涉濟，福禄謂之祓戩。”蓋此詩原作“祓禄”字，係召公語。其子孫保存于燕冽之間。毛詩改作茀字。皆福之借字，而音不同也。福字古本音逼，祓字古本音拔，音近義近。茀字古音閉，與弼通（《孟子注》）。亦音近。今則皆讀爲福矣。前漢世猶讀祓爲拔。故揚雄《方言》以爲異。毛詩蓋亦以爲異而改茀字也。“純嘏”者，謂尸嘏之詞本假語，真實不虚則爲純嘏。即嘏祝言皆實現之義。故嘏字有二音，嘏詞爲假，純嘏爲古。

五章：言諸侯有土地之憑藉，有臣工之翼助，有宗廟以盡孝思，有民衆以敷德化，有王章以爲引導，群辟以爲翼贊。則必能修德立事，爲四方之楷法。四方謂四鄰之國，非謂天下。

六章：《毛傳》："颙颙，温貌。卬卬，盛貌。"朱云："尊嚴也。"皆狀其威儀之美。珪，圭同。圭璋，皆玉製，狀其品質之美。"令聞令望"，言其聲譽之美。如此則四鄰皆化之而受其紀理如綱之在網矣。

七章：既已勗勉諸侯，再誘以尊王室。就游燕地曾有鳳鳴故事，稱頌周之瑞應。言鳳皇飛至，群鳥從之。如百辟卿士之從天子來游於此也。鳳凰，古傳爲"羽蟲之長"。所至，則群鳥飛從之（詳《説文》鳥部）。今世所傳其造象，動物之所無也。《國語》所言"鸑鷟鳴於岐山"，漢儒賈逵、虞翻、唐固皆云"鳳之名也。"若其果爲鸑鷟，則其物可知。蓋即喜馬拉雅地區之鷲鳥也。猛禽之最大者，張翼闊丈八，能攫小兒、羔羊、狐、兔等小動物入高山崖穴啄食之。西藏行天葬者，即招此鳥群以食其尸。非瑞鳥。佛教所傳大鵬，亦指此物（莊子之鯤鵬，亦緣此鳥之傳説者誇大）。岐山距西藏高原頗近，此鳥或偶有飛來者。鳥群見異鳥則群起噪逐之，故周人有此傳説。其鳥偶至即去，更不復見。傳者遂以爲瑞應耳。"翽翽其羽"，毛説翽翽爲"衆多"，鄭説爲"羽聲"。馬瑞辰曰："傳以翽翽爲衆多，則'其羽'即指衆鳥言。"得詩意。依鄭爲説者皆非也。"亦集爰止"，胡承珙《後箋》云："鳳皇于飛，則有此衆多之羽亦集於所止耳。"詩以鳳皇喻王。從游之多士喻群鳥。"藹藹"，毛云："猶濟濟也。"朱云："衆多也。""吉士"，指王臣。"君子"，指諸侯。言王之賢士衆多，咸願爲諸侯臂助，以供有裨於周王之事。"媚"，順事無違也。

八章：言群羽隨鳳，飛傅於天，如諸侯來朝於王，則更可以得人民之尊敬。"王多吉人"，謂普天下之賢者，莫非王臣。分屬於封城之臣民，則維爾之命是聽。聽命矣，則當體周王之意愛護之，使樂其生。

九章：鳳凰鳴於高崗，喻周王之德音。梧桐於生朝陽，喻諸侯之國在東方。相傳"鳳凰非梧桐不棲"，故詩用以表天子諸侯之關係。"菶菶萋萋"，毛云："梧桐盛也。""雝雝喈喈"，毛云："鳳凰鳴也。"

卒章：稱道來朝諸侯車從之盛，爲富庶之驗，提示以由周王覆育所致，諷以尊奉王室。從人多，以見其國之人民衆。從車多，以見其國之物資豐。馬之閑習善走，以見其御者爲多賢才。不言其意而意自見。"矢詩"，回應首章"以矢其音"。"不多"，言諸侯之獻詩者甚多。"維以遂歌"，謂自己遂亦勉爲此歌以應制。《朱傳》云："猶《書》所謂'賡載歌'也。"（載《益稷》篇）

此詩冗長而諄摯，不拘韻律，文不整齊，爲後世"古詩"創局。語和易而意嚴肅，老氣橫秋，的確是召公奭晚年作品。

（九）民　勞

五章。章十句。

民亦勞止，汔可小康。惠此中國，以綏四方。無縱詭隨，以謹無良。式遏寇虐，憯不畏明。柔遠能邇，以定我王。

民亦勞止，汔可小休。惠此中國，以爲民逑。無縱詭隨，以謹惛怓。式遏寇虐，無俾民憂。無棄爾勞，以爲王休。

民亦勞止，汔可小息。惠此京師，以綏四國。無縱詭隨，以謹罔極。式遏寇虐，無俾作慝。敬慎威儀，以近有德。

民亦勞止，汔可小愒。惠此中國，俾民憂泄。無縱詭隨，以謹醜厲。式遏寇虐，無俾正敗。戎雖小子，而式弘大。

民亦勞止，汔可小安。惠此中國，國無有殘。無縱詭隨，以謹繾綣。式遏寇虐，無俾正反。王欲玉女，是用大諫。

題解：此召公虎，繼芮良夫誡百官文所作詩。陽誡百官實以諫厲王。宣王譜爲大雅樂章也。芮良夫文，載在《汲冢周書》，與此詩文義表裏相應。參合《周語》厲王嗜利、監謗，召虎兩諫之文，及《墨子·所染》《吕覽·當染》及《竹書紀年》與《史記》所著虢公長父與榮夷公事，足知《毛序》謂是“召穆公刺厲王”，判斷正確。詩中連言“式遏寇虐”者，《竹書》：厲王八年，“初監謗。芮良夫誡百官于朝。十一年，西戎入于犬丘。十二年，王亡奔彘”。此詩蓋作於西戎入侵王畿，人民無力抵抗，畔而逐王之勢已成，即將爆發之時。

首章：“民亦勞止”，謂人民已困敝。與《國語》“民不堪命”，《周書》“專利作威，民將弗堪”，意義相應。“汔可小康”，言可使得休息矣。“止”皆語詞。止有極矣之義。“汔可”，爲代籲之意。“中國”，猶云國中，謂王畿地區。“四方”，謂諸侯之國。“無從詭隨”，毛云：“詭隨，詭人之善，隨人之惡者。”蓋指虢公長父與榮夷公之認誤厲王。《左傳》昭二十年引作“毋從詭隨”。蓋欲王臣之勿亦從虢榮之佞於厲王。亦是芮良夫誡百官之意。“以謹無良”，鄭云：“謹猶慎也。”朱云：“僅束斂之意。”詮按：僅猶儆也。謂無良之人，當糾繩之，若相與詭隨，則其志益肆。苟人皆斥責以儆之則亦可使之自斂抑。故以謹僅作動詞用，亦即是儆之義。

“式遏寇虐”，式，用也。遏，制止之謂，寇，賊之自外來者也。謂西戎之入寇也。西戎與周世以貿易相依處。其入寇，必能出於兩種原因：一爲市易中受華人欺負；一爲中華内亂，有人往勾結之。據《竹書》：“厲王十一年，西戎入於犬丘。”犬丘，即秦漢之櫟陽，今爲陝西高陵縣地，與豐鎬衹隔一水。則寇虐已及周王輦轂之下矣。必由於王之貪利，所用人市欺戎人所致。亦由國人怨王而不力禦之。或且與戎相結而畔。要皆由虢公長父、榮夷公導王貪利所致。戎寇深入達於近郊而王不能禦，則人民知周王非克承天命者也，故敢於群逐王而殺其子，另擁周召二公主持周政也。“憯不畏明”，謂西戎與人民皆已不畏天之明命，敢於畔王也。憯，音慘，痛也（《説文》）。《節南山》“憯莫懲嗟”，《十月之交》“胡憯莫懲”，與此詩，毛、鄭、朱皆訓憯爲曾。實皆具慘痛之義。而在此詩尤爲明顯。舊説此兩句爲“慎小以懲大”（《毛傳》），與“用此止爲寇虐曾不畏敬明白之刑罪者”，（《鄭箋》）與“寇虐無畏之人止”（《朱傳》）者，皆與寇及憯字之義不合。由不知厲王時寇入之深所爲之曲解也。“兵作於内爲亂。於外爲寇。”（《左傳》文公七年）厲王既因貪以召外寇，亦因貪以致内亂。禍迫眉睫，猶不悔畏，故有被逐之禍。“寇猶及人，亂自及也”，（同上引）正是爲此詩立注。召虎已知其然，故爲此“大諫”之詩。“柔遠”，謂撫西戎也。“能邇”，謂撫人民也。舊時淺人皆以此句爲爲懷柔遠人即能懷輯者。（孔安國《顧命傳》云：“言當和遠，又能和近。”）馬瑞辰引王引之《經義述聞》曰：“古者謂相善爲相能。《康誥》曰‘亦惟君惟長，不能厥家人’。僖公九年《左傳》曰‘入而能民，土于何有’……並與柔遠能邇之能同義。”詩蓋用《顧命》原語以勗王臣以此共諫厲王也。王位危殆，惟如此乃能安定，故曰“以定我王。”

次章：“小休”，謂短暫寧居。不可得小康，則更求其次之義。“民逑”，《毛傳》：“逑，合也。”《關雎傳》則云：“逑，匹也。”詮按：《假樂》“率由群匹”，指臣工言。臣工對天子言爲群匹。對人民言，則爲民匹。爲協韻，作民逑也。“惽怓”，毛云：“大亂也。”鄭云：“猶歡譁也。”詮按：怓與呶同義。在心爲怓，發于外爲呶。皆非善言善念。惽怓，指嗜利監謗之念。云“無棄爾勞”者，謂舊曾參加禦戎之臣民。由人民思畔，不能禦戎。康民則民和而戎可攘，王亦可獲休光。謂民悦而頌美之也。

三章：“小息”，謂暫得喘息，又小休之次也。“京師”，謂王都邑内之衆，又國中心腹處也。“罔極”，作惡無止境也。“作慝”，毛云：“慝，惡也。”謂對人民作惡。“有德”，指能御戎恤民之人，若芮良夫等，爲依近之。國，朱云：“叶于逼反。”竊謂當讀如軌。

四章：“小愒”，則僅得暫時心慰而已。“憂泄”，言泄其憂危之情。仍“宣之使言”之意。“醜厲”，謂醜惡厲民之行。“正敗”，鄭云：“無使先王之正道敗壞。”“戎雖小子”，謂西戎也。舊儒以《書大誥》成王自稱“小子”，遂訓戎爲汝（鄭、朱同），指厲王，又或以《芮良夫解》屢稱王臣爲“小子”，謂指臣工。詮：此詩“小子”對“弘大”爲辭，冠以戎字，則明是斥西戎本亦臣服於周爲“小子”也。“而式弘大”，謂其本衹小部族，由於虐民召亂而遂弘大也。此次戎寇，侵入犬丘，似遂留占不去，後遂稱爲“大戎”。共和以後，亦臣屬於周。至幽王世，又與申繒相結，遂傾宗周。

愒，陸云"起例反"，則因竭。竊謂當音害，古曷害同音義。厲，癘通，古音與癩同。大當讀如岱，均協敗字韻。

卒章："國無有殘"，謂國人免於殘賊之害。"賊人者謂之賊，賊義者謂之殘。"（《孟子》）"繾綣"，毛云："反覆也。"蓋繾者，緩束之也。綣者，緊束之也。《左傳》昭公二十五年"繾綣從公"，《注》不離散也。《朱傳》據以説此詩曰："小人之固結其君者也。"指虢、榮輩。"正反"，與"正敗"同義。借戒王臣以諫王，故曰"王欲玉女"。謂王甚重汝，則汝之言行能影響王。故以此詩諫汝。不敢明斥王也。

《荀子·成相篇》："孰公長父之難，厲王流於彘。"孰爲郭字訛。郭、虢字通。虢公長父見《國語》。蓋民變先誅長父與榮夷公，厲王得脱而奔彘。人民仍圍召公之宅索殺太子。不及召公，而反擁立之，由兩諫與此詩先已傳播也。榮夷公《墨子》《吕覽》並作"榮夷終"。

（十）板

八章。章八句。

上帝板板，下民卒癉。出話不然，爲猶不遠。靡聖管管，不實于亶。猶之未遠，是用大諫。

天之方難，無然憲憲。天之方蹶，無然泄泄。辭之輯矣，民之洽矣。辭之懌矣，民之莫矣。

我雖異事，及爾同寮。我即爾謀，聽我囂囂。我言維服，勿以爲笑。先民有言，詢于芻蕘。

天之方虐，無然謔謔。老夫灌灌，小子蹻蹻。匪我言耄，爾用憂謔。多將熇熇，不可救藥。

天之方懠，無爲夸毗。威儀卒迷，善人載尸。民之方殿屎，則莫我敢葵。喪亂蔑資，曾莫惠我師。

天之牖民，如壎如篪，如璋如圭，如取如携。携無曰益，牖民孔易。民之多辟，無自立辟。

价人維藩，大師維垣，大邦維屏，大宗維翰。懷德維寧，宗子維城。無俾城壞，無獨斯畏。

敬天之怒，無敢戲豫。敬天之渝，無敢馳驅。昊天曰明，及爾出王。昊天曰旦，及爾游衍。

題解：此厲王被逐後，大行人凡伯，繼召公《民勞》作以儆戒宗周臣工之詩。宣王時與《民勞》同譜爲大雅樂章也。詩稱厲王爲"出王"，又言"喪亂"，知是民變發生以後之作。又稱同寮爲“小子”，與芮良夫同，知其是同時人。又自稱“老夫”及“耄”，知其爲周室貴胄之老壽具德望者。與王臣“異事同寮”，知其在行人之職。亦用“是用大諫”語，如是響應《民勞》之作。全篇衹勗王臣以敬天惠民，不實指戎寇與民憂之事，與召虎《民勞》異趣，而與芮良夫之文旨爲近，知其爲徒治文學。談禮義之貴族，非能親實政之官吏也。《毛序》定爲“凡伯刺厲王”。凡伯字應可靠。凡伯，周公之胤也（《左傳》僖公二十四年）。周公長子封於魯，自留宗周輔政，嗣之者爲周平公。餘六子分封凡、蔣、邢、茅、胙、祭六國。凡伯、祭公仍入仕於周。屢見於史籍。厲王既敗，周召二公共和行政。凡伯雖職在行人，緣齒德與周公地位而尊，故其詩語踞肆冗長，頗似召公晚年之作，而文義俱淺薄也。舊説者不知其爲共和世詩，故皆不中。

首章：“上帝板板”，《韓詩外傳》《荀子・楊倞注》《後漢書・章懷太子注》《文選・李善注》引字並作版。《説文》：“版，判木也。”上古法令皆書於片木行用之。此詩蓋謂天帝之命爲版。《毛詩》改板字也（《管子・版法篇》闡尊天之義，可以參證）。詩言上帝既明明以天命援周而下民卒至於殄瘁者，乃由於周室未能遵行天之法憲，故降鞠兇以示警。首二句，先提疑問，以示義。“出話不然”，謂帝已昭示有周“受命既固，施于孫子”（《皇矣》）矣，何爲厲王又失其位？若謂“天命靡常”，“宜鑒于殷”，爲革命矣，則又何以未有新國代替周王朝庭？此豈上帝出話不然乎？復自答云：爲其失德猶未遠耳。“靡聖管管，不實于亶”爲句，意謂“無有管理萬類之神聖，不堅決實行其管理之道者”。神權迷信者之言如此。凡周詩中叠字，皆重言以加重其義之意。如“亹亹文王”，只如“亹矣文王”。“厥猶翼翼”，衹如“其猷惟翼”。此云“板板”、“管管”，亦然。《荀子》云“聖人者，天下之道管也”，即用此詩字義。“實”，猶今言“落實”。亶，誠信也。猶今言“信守不渝”也。“猶”與遒義通。上言“爲猶未遠”，謂天之視人。下言“猶之未遠”，謂人之視天。已遒而未遠，則猶可用畏天怒而返於天道。故用此詩大諫也。

次章：言，體天施政。值天降禍難，則可知舊時政令之非，勿以爲法而遵行之。值天方顛蹶樂時，尤宜自振奮，以循天道，不可泄泄沓沓，因循自敗。“憲”，法也。“無然”，勿然也。

“辭之輯矣”，謂執政之令教協於民情，即“令順民心”之意，則民和洽，與官府如一體矣。若還政令喪失民心徒以悦一人之意，滿一人之欲，一人懌矣，民則病困思亂也。“莫”讀如瘼，與“求民之莫”，“亂離莫矣”之莫同義。舊説“莫，定也”，（毛、朱同）謂“政教和悦，順于民，則民心合定”。重叠爲義，非是。此下各章猶云“天之方虐”、“喪亂蔑資”，則此章安得言“民之定矣”乎？

三章：“異事”，謂職事不同。“同寮”，《朱傳》作同僚，云“同爲王臣也”。王臣在内者爲執政，在外者爲行人。相對爲言，乃爲同僚異事。《春秋》隱公七年，“天王使凡伯來聘”。周之職官多世職，當是此凡伯之子或孫仍爲行人之官（兩凡伯相距一百二十餘年）。此凡伯述職返鎬而有此詩，故曰“來即爾謀”。爾指執政在内諸王臣。“囂囂”，猶絮絮煩聒之聲，自謙語也。毛于《小雅》“選徒囂囂”，“讒口囂囂”並云“聲也”。于此詩云：“猶謷謷也。”《鴻雁傳》：“未得其所安集，則謷謷然。”蓋緣後有“喪亂蔑資”句，遂以灾民擬作者。甚非。“我言維服”，鄭云：“服，事也。我所言乃今之急事，女無笑之。”（朱同）。詮按：服，使用之義。《易》云“服牛乘馬”，《葛覃》“服之無斁”，皆是此義。此詩“維服”，是維供采擇之義。請勿以迂闊而見笑，當秉“詢于芻蕘”之古訓，勿忽視之。“先民”，謂周族古世之人，芻，刈牧草者，蕘，采薪者。《孟子》謂文王之囿，“芻蕘者往焉，雉兔者往焉”。《墨子》謂文王拔閎夭於罝罟之中。故有兔罝之詩。疑“詢于芻蕘”，亦是文王時詩歌所有之語而凡伯引之。

四章：言時局艱危，勿以責善之言爲戲。“無然謔謔”，謂無得以爲戲謔而嘲笑相報。“老夫”，自指。“灌灌”，謂如灌邑之水，易盡而竭者也。“小子”，當時用爲王臣之稱，他篇及《周書》芮良夫文可互證。當時蓋以子爲男子之美稱，小言其方壯盛也。“蹻蹻”，《周頌・酌》毛云：“武也。”《魯頌・泮水》毛云“言彊盛也”。于此詩云“驕貌”，則未切，應皆爲精壯之義。陸音“其略反”，則當讀如嚼音，協耄爲韻。“言耄”，謂衰年絮絮昏聵之言。“爾用憂謔”，謂爾當憂及失天福祐時被他人嘲謔笑弄之痛將甚於我也。“多將”，猶言積惡。“熇熇”，毛云：“熾盛也。”當謂著明也。“救藥”，謂病殆，則不可以醫藥挽救。蓋其人衰齡而好爲迂闊之教，人頗憎之，故先自置人如此。

五章：追嘆厲王致敗之由。“懠”，毛云：“怒也。”陸音“才細反”，《廣韻》《集韻》並音齊。協毗、迷韻。“夸毗”，毛云：“以體柔人也。”《爾雅・釋訓》：“夸毗，體柔也。”《朱傳》：“夸，大。毗，附也。小人之於人，不以大言夸之，則以諛言毗之也。”詮按：夸毗，啓“威儀卒迷”爲句。則當是夸飾威儀之義。毗與紕字音義通，謂衣飾也，具威儀之義。“迷”，混亂迷失也。詩言：尊位，天之所假也。不修天爵而徒飾威儀，則威儀終當喪失，厲王是也。“善人載尸”，謂厲王監謗，巫指爲謗者則殺之。善人之諫議王者皆死。“殿屎”，毛云：“呻吟也。”陸德明《釋文》云：“殿，《説文》作念。屎，《説文》作吚。”查今本《説文》：“念吚，呻也。從口，念聲。《詩》曰‘民之方念吚’。”蓋三家詩異字。屎字以尸爲聲，與尸、資、師韻協。吚字不協。疑《毛詩》爲正字。蓋勞動人民語言，謂大解爲“拉屎”，古云殿屎。《莊子》云：“道在屎溺。”古人不諱屎字，後世文人惡言之，乃別作矢字（如《廉頗傳》，“一飯三遺矢”）。吚字亦當作吚。《釋文》引《説文》作吚，衹段注本政作吚，非許原字也。凡遺屎者，必避人。詩蓋引厲王語，謂“民該避刑而遠引自蔽，則誰呲議我乎”。以殿屎爲隱敬之義。三家詩嫌屎字不雅，改作念吚，以就“呻吟”之説也。呻吟義實未妥。“善人載尸”，人則“道路以目”，(《國語》原文）何得謂呻吟乎。“則莫我敢葵”之葵字，尤不協韻，義亦不解。毛公無傳。鄭説之云：“葵。揆也。民方愁苦而呻吟，則忽然有揆度知其然者。”殊不成辭。《朱傳》又釋之云：“民方愁苦呻吟而莫敢揆度其所以然者。”仍不能通詩意。新詮以爲葵者，呰之字訛。兩字形近又同在十五部，易混。呰與呰、訾、疵字同音，可通假。疑舊原作訾，故《毛傳》無文。傳寫至鄭玄遂訛爲葵也。“喪亂蔑資”，謂西戎侵擾人民無以資生。而執政諸侄，曾莫有圖爲賑恤之惠者。“師”，衆也。指出民變原因。

此詩各章皆三十二字，惟此章多三字。若節删爲“民方殿屎，莫我敢訾。喪亂蔑資，莫惠我師”，一切無礙。疑是傳詩者因殿屎等是勞動人民語言，文士難解，故旁註二三字以通其義，傳寫遂同正文也。《説文》口部已引作“民文方念吚”，則三家詩同有方字，當是荀子與浮丘伯輩所傳已是如此。

六章：“牖民”，《韓詩》作“誘民”，毛云：“牖，道也。”道、導古通用。朱云：“牖，開明也。猶言天啓其心也。”毛又云：“如塤如篪，言相和也。如璋如圭，言相合也。如取如携，言必從也。”當遵。“携無曰益”，謂爲政之道，使民從己而已。賦役徵取有定制，不可於制外再增取之。則是應天以適人，人民從之如流水。故曰“牖民孔易”。“民之多辟”，毛云：“辟，法也。”《鄭箋》《朱傳》則皆説爲邪辟。爲之説者，每引《左傳》宣公九年、昭公二十八年引此二句爲證。詮按：春秋世斷章賦詩，恒去詩章本義甚遠。不當據之以説本詩。此詩本義，蓋謂人民智慧出於生活經驗，其所創造之方法甚多。雖天帝亦恒取法之。故曰“天視自我民視。天聽自我民聽”。(《泰誓》文）王者體天立法，則令順民心而民和洽。未可脱離民意，妄自立法。斥厲王之政，亦所以誡當時執政也。

七章：“價人維藩”，毛云：“價，善也。藩，屏也。”鄭云：“價，甲也，被甲之人。”朱云：“價，大也。”當用鄭義。謂介胄之士捍衛國土如藩籬。《荀子·君道》引此詩正作介。《漢書·諸侯王表》、郭璞《爾雅注》引亦同。足見魯、韓詩均作介。毛詩改字。“大師維垣”，鄭云：“大師，三公也。”朱云：“師，衆。垣，墻也。”當用朱義。亦即“曾莫惠我師”之師。周制：鄉遂夫家徵兵作戰，是爲介人。其餘留耕之衆曰師。“大邦”，鄭云：“成國諸侯也。”朱云：“强國也。”謂諸侯之大國爲牧伯者。《載馳》“控于大邦”是也。“大宗”，鄭云：“王之同姓世嫡子也。”朱云：“强族也。”當作鄭説。周禮重嫡長子，世禄位者只一人，是爲大宗。餘子爲小宗。大宗爲支持王室之骨幹，故曰“維幹（翰）”。小宗則如着翰之羽也。“懷德維寧”，謂天子主于懷德則天下寧。“宗子”，包括大宗、小宗言，即先王一系之子孫，捍衛王室最力，如城之保衛宗廟、社稷與宫室人氏也。末二句，言勿靄傷宗子，如自壞其城，亦不容他人傷害宗子，而自陷于孤獨爲可畏。是貴族階級維護其階級利益之言。厲王時民變，推翻厲王統治，則摧毀周王貴族莊園必多。周召二公，克受人民擁立，而有此絮絮之詩章也。蓋亦自知在當時爲不合時宜之論，故先於三章屑屑自辨焉。

卒章：總結全篇爲敬畏天威。此周王貴族察及末運已届時之一般思想表現。不曰畏天之怒而曰敬之者，謂天威不可遠怨也。“無敢戲豫”，謂不可兒戲視之。“渝”，變改前意之謂。“無敢馳驅”，謂天之意變愛爲惡，則不可以逃避。惟當更敬順之。“昊天”以下各以兩句對舉。“曰明”，謂天帝已察及。則厲王被逐，不能復歸。出王，被逐之王也。“曰旦”，猶云“光華復旦”，謂天之威怒已過，如夜盡復明。“游衍”，毛云：“游，行。衍溢也。”陸云：“衍，延善反。”朱云：“叶怡戰反。寬從之意。”詮按：當讀如燕。蓋凡伯入朝適值王臣燕游，故以此儆之，避燕字，借作衍耳。衍，本義水行。水行就下，流漣忘往之意也。

後注：《生民之什》十篇，六十五章，四百三十三句。

凡一千七百七十字。爲補一字（在《卷阿》），衍三字（在《板》）。舊説《民勞》與《板》皆厲王詩。餘皆爲“正大雅”。新詮否定大雅正變之説。謂有文王世詩六篇，成王世詩兩篇。厲王世詩兩篇，俱當在下什。每什原不必爲十篇，《鄭箋本》機械以十篇割之也。

三、蕩之什

舊云“十一篇”。實十二篇。

（一）蕩

八章。章八句。

蕩蕩上帝，下民之辟。疾威上帝，其命多辟。天生烝民，其命匪諶。靡不有初，鮮克有終。

文王曰咨，咨女殷商。曾是强禦，曾是掊克。曾是在位，曾是在服。天降滔德，女興是力。

文王曰咨，咨女殷商。而秉義類，强禦多懟。流言以對，寇攘式内。侯作侯祝，靡届靡究。

文王曰咨，咨女殷商。女炰烋于中國，斂怨以爲德。不明爾德，時無背無側，爾德不明，以無陪無卿。

文王曰咨，咨女殷商。天不湎爾以酒，不義從式。既愆爾止，靡明靡晦。式號式呼，俾晝作夜。

文王曰咨，咨女殷商。如蜩如螗，如沸如羹。小大近喪，人尚乎由行。內奰于中國，覃及鬼方。

文王曰咨，咨女殷商。匪上帝不時，殷不用舊。雖無老成人，尚有典刑。曾是莫聽，大命以傾。

文王曰咨，咨女殷商。人亦有言：顛沛之揭，枝葉未有害，本實先撥。殷鑒不遠，在夏后之世。

題解：此召穆公虎答凡伯《板》詩之作也。與《板》同時譜爲大雅樂章。故不與《民勞》相次而隔在《板》篇之下。凡伯申天誡以儆執政。召虎爲當時執政者，未便自辯解，則更肯定天誡之義以應之。衹託文王論殷商之語以自明，亦非能蹈殷商之覆轍者，亦如謂致天怒者厲王與榮夷公之徒，非今之執政，似若響應凡伯而實自解嘲也。於時厲王在彘，雖失權，周、召二公猶奉爲周王，待其死而後立宣王。故雖歸惡於在彘君臣，不願斥之。而託爲文王論紂之語。所指實皆厲王在位時之虐政與惡行。

首章："蕩蕩"，《毛傳》無文。衛宏《續序》云："厲王無道，天下蕩蕩，無綱紀文章。"鄭玄以下諸儒皆因之以爲説。詮按：《書·洪範》："無偏無黨，王道蕩蕩。"《孟子》稱堯："惟天爲大，惟堯則之。蕩蕩乎民無能名焉。"此詩"蕩蕩上帝"爲主宰下民之君，以答《板》詩，何得有"蕩無紀綱"之義？凡依序立説者蓋無不謬矣。《板》詩曰："上帝板板，下民卒癉。"此詩曰"蕩蕩上帝，下民之辟"，皆以上帝與下民對言。所言"下民"，實指全人類，包括統治者與被統治者言之。與稱王臣爲"小子"，皆共和時西周貴族之語言，與後世語言含義不同。"下民之辟"，猶言"人法天"。舊釋此辟爲君，未允。"疾威上帝"，毛云："疾，病人矣。威，罪人矣。"病與罪，皆動詞，謂憎惡人則予以處懲，爲不可犯者。"其命"，謂天帝之命于人者。"多群"，亦《板》詩"民之多辟"同義。舊説爲邪辟者，非。由于天之命於人者方法多端，故人所賦於天之命運，不能固定。"諶"，《韓詩》作訦。毛訓誠。朱訓信。皆謂"匪諶"爲非固定不變者。人初知畏天，則命運大好。其後倍天肆志，則命運亦隨之而變。故曰："靡不有初，鮮克有終。"

次章：以下皆託爲文王論紂之語。《毛傳》："咨，嗟也。强禦，强梁禦善也。掊克，自伐而好勝人也。服，服政事也。"漢以來儒士皆訓掊克爲聚斂。孔穎達《正義》宗毛説，而改字作倍，云："倍者，不自度量，謂已兼倍于人，而自矜伐。"《朱傳》云："强禦，暴虐之臣也。掊克，聚斂之臣也。"詮按：詩謂文王嘆紂君臣之頑固拒諫，虐害其人民也。三家詩説掊克不同，皆無聚斂意，後儒因厲王貪利，乃一致説爲聚斂。

若以答《板》詩爲義，則毛訓爲長。班固序《酷吏傳》云“曾是强圉，掊克爲雄”。酷吏兇悍無畏，不皆貪黷。見魯詩家亦以掊克爲殘暴也。其强禦作强圉，更足見此讀雙語形客字是勞動人民語言録音，與《板》詩文“夸毗”，“殿屎”同。當從解説之最古者。“在位”，謂國君之位。“在服”，猶言在職，謂臣工。“滔德”，毛云：“滔，慢也。”《朱傳》作“慆德”。《釋文》此傳作“滔，漫也”。當以滔、漫爲正字。作慆與慢者爲譌。鄭説爲“厲王施倨慢之化”，朱説爲：“天降慆慢之德而害民。”並非。《堯典》“湯湯洪水方割，蕩蕩懷山襄陵，浩浩滔天，下民其咨。”詩語蓋取此義。德者，行也。善行爲德，惡行亦爲德。故有“兇德”、“慚德”、“惡德”之稱。“滔德”，謂淹没人民如洪水。“汝興是力”，謂紂實促使之然也。

三章：“而秉義類”，而讀如爾。《鄭箋》：“義者事之宜也。類善也。”詩言殷之秉政者，掌握事宜之權衡。包括用人在内，故口義類。而乃强梁拒善，使人多怨懟。“流言”，誹謗之言相傳播。人不敢諫，則相與流言以對爾，謂“國人謗王”也。由於人民怨毒已深，故戎狄攘奪之患因而侵入於畿内。“寇攘”與《民勞》之“寇虐”同義。式，惟也。毛云：“作、祝，詛也。屆，極。究，窮也。”陸云：“作，側慮反。”朱云：“作讀如詛。”詩蓋謂用衛巫用詛咒禳祝之法求弭亂，故亂無止境亦無窮究之時也。

四章：“炰烋”，《文選・魏都賦注》引此詩字作咆哮。蓋三家詩作字不同。《毛傳》：“炰烋，猶彭亨也。”鄭云：“自矜氣健之貌。”今世通謂不循禮度之叫囂爲咆哮。然此炰烋字俱從火，不從口。蓋謂暴行，如“羹膾鯉”以爲美食之義。故下文云“斂怨以爲德也”（兇德）。“不明爾德”，謂爾不自知其行爲斂怨，是以無佐助。《毛傳》：“背無臣。側無人。無陪貳也。”朱云：“言前後、左右，公卿之臣，皆不稱其官，如無人也。”

五章：“湎”，《説文》：“沈于酒也。”《書微子》“我用沈酗於酒”，《宋世家》“紂沈湎於酒”。是湎即酗酒之謂。詩言：天不以酒沈湎爾，爾自爲不義而沈湎之。爾既愆於酒矣，又復無分晝夜肆飲，狂縱號呼。蓋對《板》詩“及爾游衍”之答辭。猶言尚非如紂之惡也。

六章：《毛傳》：“蜩，蟬也。螗，蝘也。”《朱傳》：“蜩、螗皆蟬也。”詮按：《豳詩》：“五月鳴蜩。”今暮春噪叫之小蟬，俗云夜蟬是也。螗則暮夏咋鳴之大蟬也。詩以喻國人之叫呶不安。“沸”，謂沸水。羹謂羹湯。皆含高熱，不可觸，喻虐政之酷烈難受。“小”，謂平民。“大”，謂貴族。“喪”，死亡也。《朱傳》：“小者，大者幾于喪亡矣，尚且由此而行。不知變也。”詩稱王與執政曰“下民”，對上帝言之也。曰烝民，則是泛言人類。曰爾汝，則如面質執政。曰“人”，則泛言之。各因行文之便。本是託言，不實指，故無定稱也。末兩句，謂若此之人，内賈怨于中國，外搆怨于遠夷，則安得而不敗哉？“奰”，毛云：“怒也。不醉而怒曰奰。”《説文》作奰，云“壯大也。

從三目三大。二目爲䀠。三目爲𥄕，益大也，一曰迫也。讀若《易》‘虙羲氏’。《詩》曰‘不醉而怒謂之𥄕。’”無毛傳字。疑與毛皆引自《齊詩傳》。陸云：“𥄕皮器反。”則當讀閉。故虙、伏同音，故伏羲氏，《易繫》作虙羲氏。漢卓茂、伏湛，《樊敏碑》作“卓密”。今讀𥄕爲伏，非古音。當依陸氏。“覃”，延也。“鬼方”，南夷部落，指殷高宗伐鬼方事，説在《商頌》。毛云：“鬼方，遠方也。”謂其禍延之遠。

七章：“匪上帝不時”，毛無傳。鄭、朱皆用時間之義説之。馬瑞辰曰“時當讀如‘爾殽既時’之時”，獨得詩義。《頍弁傳》：“時，善也。”故毛于此不更言。詩言文王之論曰：非天帝不善待汝。汝殷王不用舊時之善政也。先王之舊政，應有老成人可資詢問。雖無老成人，尚有舊典成法可用。蓋自謂爲周公、召公之胤嗣，能率循舊典者。此而不聽，故大命傾覆。似若言紂之不聽比干膠鬲，實自明其屢諫而未用也。

卒章：《毛傳》：“顛，仆。沛，拔也。揭，見根貌。”《鄭箋》：“撥，猶絶也。言大木揭然將蹶，枝葉未有折傷，其根本實先絶，乃相隨俱顛拔。”詮按：詩云“人亦有言”，蓋采用勞動人民之語言也。山中大樹，自然生長，能至數百年久。迨枝葉蔽畝，根達數十丈遠以後，鬚根皆在遠處。近處之主根支根，粗大與莖杆相當。即漸難得葉所營造之養分供給，生長層喪失健康，土中病菌乘之侵入，自表皮向内部逐漸腐朽，但其木質部之導管初無損傷，輸供鬚根所吸收之水分於莖葉如故。迨支根、主根之腐朽已深，失去支持地上部分重力之時，生活中之大樹亦即隨風雨震撼而顛仆。此種現象，惟經常入山樵采者乃能識之。奴隸主與統治階級人物雖能偶見大樹自倒，不能發覺其斷根之已先朽也。周族先民有總結此種現象爲教導人群生活相互關係之訓言者，召虎取以入詩。亦非召虎直接知之。後世儒，但依文字求義。鄭玄之説得其似矣。蓋亦由其生長民間，知有大樹自倒之事。他儒莫能勝之。然亦非能切合實際之説也。“顛沛”，即顛仆。沛是下墜之義。揭字，當從木，作楬，音曷，與害、撥爲韻（害亦讀如“害澣害否”之音）。樹之剥皮者爲楬。古狩獵與樵采者行森林中，恒剥若干樹皮以爲行道標識，稱之爲楬，亦具揭示之義。後遂以剥皮之行動爲揭，從手。已剥皮之樹幹爲楬，從木。本皆讀如曷音。故傳詩者字訛。今世則已讀揭云潔，而楬字廢矣。

《湯誓》曰：“夏王率遏衆力，率割夏邑。有衆率怠弗協，曰‘時日曷喪，予及汝偕亡’。夏德若兹，今朕必往。”湯滅夏，傳至殷紂，武王伐之作《泰誓》，亦曰：“今朕必往。我武維揚，取彼兇殘，殺伐用張，于湯有光。”此詩云“殷鑒不遠，在夏后之世”，深慨厲王之蹈桀紂覆轍也。

（二）抑

十二章。三章章八句。九章章十二句。

抑抑威儀，維德之隅。人亦有言：靡哲不愚。庶人之愚，亦職維疾。哲人之愚，亦維斯戾。

無競維人，四方其訓之。有覺德行，四國順之。訏謨定命，遠猶辰告。敬慎威儀，維民之則。

其在于今，興迷亂于政。顛覆厥德，荒湛于酒。女雖湛樂從，弗念厥紹。罔敷求先王，克共明刑。

肆皇天弗尚，如彼泉流，無淪胥以亡。夙興夜寐，洒埽廷内，維民之章。修爾車馬，弓矢戎兵。用戒戎作，用逷蠻方。

質爾人民，謹爾侯度，用戒不虞。慎爾出話，敬爾威儀，無不柔嘉。白圭之玷，尚可磨也；斯言之玷，不可爲也。

無易由言，無曰苟矣。莫捫朕舌，言不可逝矣。無言不讎，無德不報。惠于朋友，庶民小子。子孫繩繩，萬民靡不承。

視爾友君子，輯柔爾顔，不遐有愆。相在爾室，尚不愧于屋漏。無曰不顯，莫予云覯。神之格思，不可度思，矧可射思。

辟爾爲德，俾臧俾嘉。淑慎爾止，不愆于儀。不僭不賊，鮮不爲則。投我以桃，報之以李。彼童而角，實虹小子。

荏染柔木，言緡之絲。温温恭人，維德之基。其維哲人，告之話言，順德之行。其維愚人，覆謂我僭。民各有心。

於乎小子，未知臧否。匪手攜之，言示之事。匪面命之，言提其耳。借曰未知，亦既抱子。民之靡盈，誰夙知而莫成。

昊天孔昭，我生靡樂。視爾夢夢，我心慘慘。誨爾諄諄，聽我藐藐。匪用爲教，覆用爲虐。借曰未知，亦聿既耄。

於乎小子，告爾舊止。聽用我謀，庶無大悔。天方艱難，曰喪厥國。取譬不遠，昊天不忒。回遹其德，俾民大棘。

題解：此衛武公晚年集先民成言以誡飾王臣之詩也，作於東周初年。《毛序》謂爲“衛武公刺厲王，亦以自警”，必不然。《楚語》左史倚相責申公子亹之言曰：“昔衛武公年數九十有五矣，猶箴儆于國曰：‘自卿以下，至于師長士，苟在朝者，無謂我老耄而舍我。必恭恪於朝，朝夕以交戒我……于是乎作《懿戒》以自儆也。’”韋昭注：“三君云：‘懿戒，書也。昭謂懿，《詩·大雅·抑》之篇也。’懿，讀之曰抑。”《朱傳》全引之，云："即此篇也。"又引董逌《廣川詩故》曰："侯包言：武公行年九十有五，猶使人日誦是詩而不離于其側。"詮按：諸説皆非也。《史記·衛世家》載衛武公和弑兄奪國事，已詳述在《柏舟》篇。其人逆取順守，善飾威儀，奬德行，已詳述在《淇奥》篇。年享耆壽，好詩，晚年好教誨人，詳述在《賓之初筵》篇。倚相所言之"懿戒"，三君云是專書，非此詩也。及鄭玄皆不謂此即《懿戒》。詩中既云"抱子"，又云"既耄"，且云"告爾舊止，聽用我謀"，則明是泛誡多人之詞，非晚年自儆語。至於侯包，即《漢書·揚雄傳》之侯巴，著有《韓詩翼要》，孔穎達《詩正義》引之。韋昭亦正據之以定《抑》爲《懿戒》耳。查《史記·十二諸侯年表》，衛武公元年爲宣王之十六年，至平王十三年卒。則厲王時，尚爲衛之庶子，年尚幼小，安得有如此長篇以刺厲王?《毛序》之謬亦甚明。《衛世家》武公之四十二年："犬戎殺周幽王。武公將兵往，佐周平戎，甚有功。平王命武公爲公。五十五年卒。"如其武公即祇九十五歲，則當生于厲王之二十七年。十一歲時，厲王被流。至四十歲，乃得奪位，爲諸侯。至犬戎殺幽王時，已八十一歲。明年爲平王元年。《竹書紀年》記是年："晋侯會衛侯、鄭伯、秦伯，以師從王入於成周。"時武公已八十二歲，衹可能乘車與會，不可能參加戰鬥，故晋之武受上賞，秦襄公次之。鄭武公亦得爲卿士，衛武之賞較薄，以耆老名德進爲上公，則必有，知史遷之文不謬也。三公"坐而論道"，不預實政，但加銜耳，非入仕於周也。惟其嗜詩而好教誨人，朝幽王，則有《賓之初筵》，朝王而有此《抑》詩，亦理所必有。惟全篇旨在訓人，非自警耳。

詩語冗長而零亂，包舉德行箴誡之詞達二十餘種之多，大都輯録先民成言爲之，始開後世集句詩之先例。惟其集用成言綴合，故文義多不融貫，章句音韻亦不整飭，且無中心意識可指。各句任人解釋，若皆可通，而於全篇義旨，則莫能貫串。故説此詩者最爲紛歧龐雜，每或以爲衛武晚年昏聵瞀亂之詩，但取其斷句數語爲格言耳。兹亦但知其爲集用成言爲詩耳。若其各詩所自出，則無可考。唯其各章旨趣，則可繹尋。

首章：戒人謙抑。周人重威儀，衛武尤以善威儀着稱。威儀，包括衣服車馬之都麗，姿容儀貌之威嚴，言語舉措之端重，進退步武之肅穆，其作用在於使人畏敬。人敬重矣，則易失於囂張肆慢，故當濟之以謙抑謹慎。詩首言"抑抑威儀"，用意如此。《假樂》，"威儀抑抑"此用其句也。"維德之隅"，毛云："隅廉也。"朱益之云："廉角也。"屋之兩壁交會處，山側之突出部分，皆曰隅。爲最引人注目處。故以喻人之威儀。"人亦有言"，周人引用成言者恒用之語，上篇已見。"靡哲不愚"，亦《老子》"君子盛德，客貌若愚"之義。古已有此語也。"庶人"，衆人也。"職惟其疾"，猶云職是愚病，意謂其病在無知、是真愚。"哲人"，所謂"賢人"也。"亦維斯戾"，謂賢人知賣弄聰明爲足致嫉妒，爲戾，故謙抑如無所知。故容貌若愚也。

次章：賡上而言"無競維人"，人與仁義通。《周頌》："執競武王，無競維烈。"

此用其義，故曰“四方其訓之”亦“奄有四方，斤斤其明”之義。原始之集句，用其意，不全用其文。“有覺德行”二句，鄭云：“有大德行，則天下順從其政。”“訏謨定命”二句，毛云：“訏，大。謨，謀。猶，道。辰，時也。”朱云：“必大其謀，定其命，遠圖時告，敬其威儀，然後可以爲天下法也。”仍謂一切德行，俱當以威儀攝之，而後能爲民之則。

三章：誡酗酒。言今，則平王東遷之初，共夙猶未戢也。“興迷亂于政”，鄭云：“興，猶尊尚也。”詮按：當與“女興是力”之興同，促成政務之迷亂，與“顛覆厥德”皆謂縱淫於酒也。與“荒湛于酒”爲句，不可分割。“湛樂從”謂非主動，但因循從人爲之。雖如此，亦是“伐德”。（《抑》詩語）詎弗念，人人相紹以存此想之禍患乎。舊言有敷求先王之道，克共明刑，詩加罔字，責以何爲不廣求先王之善道，以克共明刑乎？《酒誥》“群飲，汝勿佚，盡執拘以歸於周。予其殺。”是此章先工與明刑之義。共，供音義同。

四章：肆，語辭，鄭云：“故今也。故今皇天不高尚之。”朱云：“弗尚，厭棄之也。”“言天所不尚，則無乃淪陷，相與而亡，如泉流之易乎。”詮按：《小旻》：“如彼泉流，無淪胥以敗。”亦東遷初年作，若非相唱和而如出一口者，蓋爲同引陳言之證。“夙興夜寐”，亦見東遷初作之《小宛》。“洒帚廷（通‘庭’）内”在古爲奴隸之事，貴族所不爲，而詩語及之，明所用爲古奴隸主教育奴隸之詩歌成言，衛武亦引用之也。“維民之章”，當是三句連文。所言民，指奴隸。章，謂表率。東周世，民字含義已變，衛武未知古今字義演變，遂誤用以入誡貴族王臣之詩而未覺。“修爾車馬”，以下四句，又當是古詩中訓厲兵士之語（如《費誓》之類），或是殷高宗，征鬼方，周穆王征徐戎，及方叔征荆楚所作之詩。“逷”，鄭云：“當作剔，治也。”蓋《韓詩》字作鬄。毛改作逷而訓爲遠。非義。一章所言三事，不相屬系，同爲誡勸之語。在集成言爲文則可諒。若自爲之文，則不成其爲文章矣。

五章：首三句，鄭箋之説云：“侯，君也。此（厲王）時萬民失職，亦不肯趨公事，故又戒卿鄉邑之大夫及邦國之君，平女萬民之事，慎女爲君之法度，用備不億度而至之事。”後儒盡遵之，無能異者。夫此詩既非刺厲王矣，誡假公位，亦祇是諸侯加銜，可以誡王臣，豈可以並誡各國諸侯乎？其爲不通甚明矣。新詮以爲此三句，蓋引昔人教射之成言，以喻行政之勿失度耳。《賓之初筵》“發彼有的”，《毛傳》：“的，質也。”《孔疏》云：“十尺爲侯。四尺爲鵠。二尺爲正。四寸曰質。”是質與侯，皆射的之度。侯，射布也（《説文》）。射布之的，以質爲最小，射之能中，則藝成矣。故此詩《毛傳》云：“質，成也。不虞，非度也。”皆依射義爲訓。鄭説失之遠矣。“慎爾出話”，與《板》詩“出話不然”，同以話爲發號施令之義。慎於發令而敬慎威儀，則人民無不柔嘉得用也。“柔”，即“柔亦不茹”之柔。“嘉”，即“爾殽既嘉”之嘉，皆謂美食。階級社會，視人民如食品，故以柔嘉爲喻。然變由前人已有此成語，故可援爲典實入詩，否則亦不倫不類之語。末四句，又是因“出話”字引用之成言。謂白圭有污點，尚可磨去。説話有污點，則不可磨去。爲字承磨而言，變其文以協韻。爲字右音訛（説在《王風·兔爰》篇）。《論語》“南容三復白圭”，舊儒以爲即是此詩此句，亦必不然。夫言“三復”者，難之也。若僅此兩句，則百復之無難，豈得遂爲擇婿之標準哉。蓋古有《白圭》之篇，論述人事至備，南容能精習之。衛武所用，衹是其二句耳。

六章：“無易由言”，與上“慎爾出話”似重複，而實質迥異。“出話”爲行政命令之義。“由言”爲平輩然諾之義。前者係用貴族成語，此者則係援用勞動人民所制之格言。猶云勿得輕易發爲負責之言。如云“自爾口出之言”，或“由衷之言”，俗謂“親口許人”之言也。“無曰苟矣”，猶云：“勿謂苟且言之，非實意矣。誰能搜索我之唇舌以證之哉。”朕者我也。上古原爲人民自稱之語。秦始皇乃規定“天子自稱朕”，（《史記》）“言不可逝”，乃造作捫舌教言者結束語，謂言不能如流水之逝而不返，而必反驗之於其身者也。“無言不讎”三句，又是引用另一成言。因言字而綴續之。讎字本義爲兩鳥對鳴，引申爲人之對話，再引申爲脱售之義。在此詩，爲反應之義，爲“無德不報”此對語。以下言德惠加人，必能得報，故人當尚德，惠於朋友，惠於庶民，惠於小子。則必子孫繩繩相承而受萬民愛戴矣。“繩繩”，見《螽斯》篇。承，鄭云：“言承順也。”末二句，係用另一成文綴合。大抵每章所用，皆有三篇陳文。全文四百六十九字中，凡四言“小子”所指爲臣工、爲自身、爲子弟、爲孩稚，互不同，亦是雜取先民成言之證。此“小子”字係泛指人之子弟。

七章：首三句，勸人和柔顔色以對人。“友君子”，猶“君子友”，指貴族階級之執政權者。“輯，和也”。（《毛傳》）“不遐有愆”，與“不遐有害”同義。謂和柔顔色對人，即無害之虞。中四句，教人慎獨，無爲慚于暗室。“屋漏”，毛云：“室西北隅也。”詮按：室西南隅曰奥，傳有神居之。云“西北隅”則無意。古人話言，亦不至於迂晦至此。屋漏，便是屋壁漏光處。謂室内雖暗，行則光明，不愧於一綫之光耳。下文“無曰不顯，莫予云覯”，釋其義甚明。自壁隙漏入之陽光，惟室内人覺之，室外不能從以窺見室内。故曰“莫予云覯”也。末三句，另掇敬畏神明之成言以卒之。謂神之鑒臨，不可測度，况可以干其怒乎？“格，至也。矧，况也。”並舊訓，“射”，弋義通。古音並讀如亦。舊説爲“厭斁”，在此，非義。思，語詞。

八章：前六句皆援舊文誡群僚以身作則，導民於法。毛云：“女爲善，則民爲善矣。止，至也。‘爲人君，止於仁。爲人臣，止於敬。爲人子，止於孝。爲人父，止於慈。與國人交，止於信。’（皆《大學》文）僭，差也。”鄭云：“辟，法也。止，容止也。……又當善慎女之容止，不可過差於威儀。女所不行不信，不殘賊者少矣。鮮不爲人所則。”鄭説爲長。投桃、報李二句。與《衛・木瓜》篇全同，皆援用先民成語也。末二句，毛云：“童，羊之無角者也。而角，自用也。虹，潰也。”詮按：中華自古已育成無角之牛羊種，稱之曰童。後世乃造犝、羶字。《易・大畜》：“童牛之牿，元吉。”謂牿牢無角之牛，無害也。衛武《賓之初筵》已云：“由醉之言，俾出童羖。”此云“彼童而角，實虹小子”，義相發明。童爲無角牛羊之專稱。虹者，無實之幻象，用爲動詞，即欺弄之義。與今云“欺哄小兒”同。亦用當時勞動人民歌謠之詞也。

九章：“荏染柔木”，亦見于《巧言》。彼詩《毛傳》云：“柔木，椅桐梓漆也。”皆琴瑟之材，故曰“言緡之絲”。緡，毛云“被也”。謂可被之以絲弦，爲樂器。爲下文“温温恭人”二句比興語。應原出於一詩篇。温温，毛云：“寬柔也。”“斯維哲人”，愚人兩聯，與首章文義相應。疑原是一篇舊文，割裂用于此詩。“順德之行”，與“民各有心”二句。又是輯他詩成語綴成之。謂從之賢愚不同，哲人可敬，愚人不足責也。

十章：前八句，皆用昔人訓飭家人子弟之詩語。故雖於誡朝臣之語氣不類，爲其所用爲成言，則無礙。如《出車》之第五章，文不可解。然知其爲割取《草蟲》原語則可解。《小弁》結尾四句，不可解，語尤不類，不皆知其爲用《邶・谷風》成言，則不嫌其不類而能解其意也。舊説此詩爲刺厲王者，衛武豈能對厲王爲耳提面命之言乎？有説爲自警者，又豈能自謂面命、耳提，豈又在“抱子”之時耶？明明衹是集用成語之詩也。末二句，《毛傳》：“莫，晚也。”此蓋因上文“未知”而聯想及“夙知”，故另掇他篇二語以益之。朱云：“人若不自盈滿，能受教戒，則豈有既早知而反晚成者乎。”詮按：莫，如字，“莫成”，謂無所成就。原詩蓋謂：人能不自盈滿，則不至停滯於未知階段，而多所夙知。夙知，謂早從經驗中學得知識。言有誰人能多所夙知力行而竟無所成就者乎？泛教衆人之先民格言也。

十一章：“昊天孔昭”，謂天道甚明。衛武好言人事，不喜言天命。惟此詩作於平王初，東都君臣侈言天命之時，故亦取成言之説天道者以應時尚。“我生靡樂”，極似宗周舊族流離者語言。以之與“昊天孔昭”爲對，文義不屬，顯爲集句湊合。樂，舊音洛，當讀去聲，與教、耄韻。“視爾夢夢”，陸云：“夢，莫空反。沈，目登反。”當從沈音。《説文》夢，“從懵有聲”。懵，昏通。“我心慘慘”，朱云：“當作懆，七到反。”古慘、懆二字同音義。《正月》詩“憂心慘慘”，亦當讀懆，與昭、虐爲韻。“誨爾諄諄”兩句，又是引另一文語，可能即與“於乎小子”段同出一篇。“匪用爲教”兩句，頗似自九章“覆謂我僭”，原詩中割移于此。“借曰未知”兩句，則與“亦既抱子”兩句如對句。而所指之壯、老不同。則當又是另一篇之文，適相襲耳。

卒章：“於乎小子”，重用前人之言，以自明其爲集句詩也。“告爾舊止”，更明白謂各章皆昔人舊有之格言。用此總結以上十一章。以下乃爲其自撰之辭，述作詩之旨。

要求朝士重視其言，以求無大後悔。謂天步方艱，已喪宗周矣。殷鑒不遠，在夏桀。幽王取鑒，不遠，在殷紂。昊天之道，不差忒。“回，邪也。”“遹，僻也。”（並舊訓），人爲邪僻，天則應之，而使下民大痛苦也。其時都貴族叫囂于洛邑正盛，故衛武如此誡之。

人類文藝發展至詩文成言已多時，文士以博覽自炫者恒好創爲新奇之局以爲巧。周自姬旦嗜好文學，作詩已多。發展至宣王世，詩歌殆已數百篇。于是遂有直用舊詩原文爲詩者，《出車》之直用《草蟲》全章是也。下及幽平之世，舊詩積以千計，于是一文見于若干篇中者亦多。足見其時風尚在用成言矣。此篇與《小弁》皆東遷初年之作，又皆是衰齡貴族善於爲詩者所作，則其引用成言跡尤爲顯着。《小弁》尚以表達意旨爲重，偶用成語，出於自然。此詩則騖爲堆砌以炫博學，至於章句之間，難於會通。實爲後世集句詩之嚆矢。謂爲衛武晚暮“戲謔”之作可也（《淇奥》詩“善戲謔兮”贊衛武也）。其流肆濫至於士大夫聚會，直以詩語代言。舉詩詠而不知者，如齊慶封則不爲士夫所齒。優於使用詩語者，若魯之叔孫豹，晋之叔向、趙孟，齊之晏嬰，鄭之子産，即爲舉世所尊。至戎子駒支，亦能賦詩以取重於大國之公卿。此無怪於孔子教人首重于詩學也。

（三）桑　柔

故云“十六章。八章章八句。八章章六句。”兹分爲兩篇。此篇八章，二百五十六字。

菀彼桑柔，其下侯旬。捋采其劉，瘼此下民。不殄心憂，倉兄填兮。倬彼昊天，寧不我矜。

四牡騤騤，旟旐有翩。亂生不夷，靡國不泯。民靡有黎，具禍以燼。於乎有哀，國步斯頻。

國步蔑資，天不我將。靡所止疑，云徂何往。君子實維，秉心無競。誰生厲階，至今爲梗。

憂心慇慇，念我土宇。我生不辰，逢天僤怒。自西徂東，靡所定處。多我覯痻，孔棘我圉。

爲謀爲毖，亂況斯削。告爾憂恤，誨爾序爵。誰能執熱，逝不以濯。其何能淑，載胥及溺。

如彼遡風，亦孔之僾。民有肅心，荓云不逮。好是稼穡，力民代食。稼穡維寶，代食維好。

天降喪亂，滅我立王。降此蟊賊，稼穡卒痒。哀恫中國，具贅卒荒。靡有旅力，以念穹蒼。

維此惠君，民人所瞻。秉心宣猶，考慎其相。維彼不順，自獨俾臧。自有肺腸，俾民卒狂。

題解：以上八章，爲宗周舊臣芮伯，失其采邑，流離東徙，歸於平王得其任用後所作之詩。其人，蓋即芮良夫之嫡子，嗣其爵位者，在平王東都洛邑時，宗周舊族，自皇父外，此人最尊。其言亦較忠厚、雅愨，與皇父相適。故平王譜爲大雅樂章以寵之，並將其父芮良夫之詩一並入樂，即舊傳之下八章也。我此創説前人未有及者。良夫詩原當在前，孔子録詩於周太師時，誤遺其題。古詩題皆在各篇之末，連文繕於竹簡。前篇失題，則傳者誤合爲一篇，迨後儒移詩題於篇首，疑題語出在第九章非例，而以爲錯簡顛越。遂又妄自自"菀彼桑柔"起移後八章於前而成今傳本之章次。蓋自漢儒傳章句者已誤如此。鄭玄《詩箋本》仍之，遂成定局。兩千年來説詩諸家，偎從石經與鄭本章句。莫曾注意其文理之不合，但盲從之。

兹爲新詮，敢於毅然分爲兩篇者，其理據如下：

一、三百篇中，《南》與《風詩》一般衹三章。《小雅》一般六章。《大雅》一般八章。增損其數者絶少。如《邶・谷風》《衛・氓》皆婦人怨結絮絮之辭，至有六章。《小雅・正月》《大雅・抑》多至十二、十三章，文最長矣；然其章法、句法、氣韻、辭旨，皆一氣貫穿，明明出於一口。此十六章，前八章言亂離失國事，無諫諍諷刺語意。後八章全是諫諍諷議之語，毫無亂離痛嘆。前者章各八句，後者章各六句，各自成格，完全不似一人一時作品。前八章，與《節南山》諸篇語調情致均同。用平王世詩説之，全通無礙。舊説以爲"刺厲王"，則全扞格難通。後八章，與芮良夫誡朝臣文，及《民勞》《板》《蕩》諸篇，情調均同；説爲刺厲王則皆吻合，説爲東周初詩即不合。

二、就文字分析，其尤爲著明之句，如"念我土宇"，"云徂何往"，"滅我立王"，皆厲王在位時臣工所不當有。而"貪人敗類"，"爲民不利"、"民之未戾"、"覆背善詈"等句（皆在後八章），則惟合於厲王時事，移於平王亦不合。其它分釋于各章，不可勝舉。

三、《左傳》文元年，秦穆公自責，引此"大風有隧"一章全文，云是"周芮良夫之詩"，不稱"桑柔"。芮良夫固是宣王時之芮伯，《毛序》云"芮伯刺厲王"，應即據此。然厲王未敗前，豈得有"亂生不夷，靡國不泯"之言。惟犬戎之亂，宗周王畿食采諸國全泯滅耳。東遷，去厲王貪敗七十餘年，則芮良夫不能遭逢犬戎之難，而有此言，只能是嗣芮伯流依平王而有"桑柔"八章之詩矣。"大風有隧"，乃芮良夫詩之第四章。非嗣芮伯作明矣。

四、孔穎達《詩正義》云："《書序》'巢伯來朝，芮伯作《旅巢命》。'武王時也。

《顧命》周召六卿，芮伯在焉，成王時也。《春秋》桓公九年‘王使虢仲、芮伯伐曲沃’，桓王時也。此又厲王之時，世在王朝，常爲卿士。”則芮良夫固是宣王時之芮伯。作《桑柔》者，應是幽王世之嗣芮伯，平王時尚壯；伐曲沃之芮伯，又是其嗣爵者也。平王因賞芮伯而以所獻芮良夫詩與《桑柔》同付樂官合樂爲必然也。

五、《漢書·地理志》在馮翊、臨晋縣“有芮鄉，故芮伯國”。其地在今陜西大荔縣黄河之西；在周，爲畿内地，但距鎬京較遠。故當犬戎之難，幽王已敗死於驪山戲水時，芮伯仍得從容東奔，以就平王於洛邑。從人猶多，資産損失不大，至洛後，猶未至於十分窮困。故其詩，在東流諸舊族中，獨能從容舒緩，無叫呶詬怨語。平王與太師皇父亦特喜愛之，不惟復其爵位，寵其詩章，又且徙其封國於河東。今山西之芮城縣是也。伐曲沃之命芮伯，即欲責其食邑之衆，以助王師耳。此詩“告爾憂恤，誨爾序爵”，即是平王徙封之誥語，爲可知矣。

六、十六章中，“菀彼桑柔”、“瞻彼中林”同爲周詩篇首慣用之語法。舊傳三百五篇中，如此起句者二十一篇（《邶·柏舟》《鄘·柏舟》《衛·淇奥》《魏·陟岵》《秦·晨風》《曹·下泉》《小雅·蓼蕭》《沔水》《節南山》《小菀》《小弁》《北山》《信南山》《甫田》《瞻彼洛矣》《旱麓》《行葦》《行潦》《雲漢》《商頌·殷武》與此《桑柔》）。《陟岵》《下泉》《蓼蕭》《行潦》皆連章用爲首句。並宣王以前之詩也。此章以下，不再用如此句法者，殆全是平王東遷後之詩；且皆通體連貫，無可擬爲篇首。惟此十六章，前八章章八句者，“菀彼桑柔”領起。後八章章六句者，“瞻彼中林”領起。内容又截然不同，無可連屬。則其爲兩篇誤合，亦甚明矣。

舊説既皆以《桑柔》爲刺厲王，則其解説亦無可取。除間采《毛傳》詁訓外，自爲新詮如下：

首章：以桑柔密蔭，喻宗周貴族受其庇蔭之得所。斥幽王折損之甚，至於伐絶，爲舊民造成痛苦。《桑柔》猶“柔桑”，已詳《豳·七月》。侯，維也。旬，毛云：“言陰均也。”陰讀如蔭。均、旬兩字古通。《易·豐卦》“雖旬无咎”，王弼注：“旬，均也。”毛用其義（詮按：旬，數之滿也。蓋詩謂宗周之蔭庇已盡，勝于均之爲義。蔭滿而絶者，由于將采者虔劉之。不敢斥申侯，但責幽王不恤人民）。“瘼”，病苦也，作動詞用，謂使人民痛苦。“殄”，絶滅也。自言舊曾憂之不已。“倉兄”，讀如愴怳。悲傷也。“填”，毛云：“久也。”陸云：“音塵。”朱云：“舊説古塵字。”詮按：今云填塞，古云塵塞。音塵，亦是填塞，蒙蔽之義。訓久者，非“倬”，明大貌。號呼昊天不矜憫宗周，禍及于我。

次章：自述其出奔，猶能駕四牡之車，建旟旐之旌。尚得從容就道，無甚痛苦。而所以不能不逃者，由於亂生於犬戎，畿内之國無不覆滅，於勢不能不走耳。“騤騤”，奔馳貌。旐旗繪飛鳥爲旟，繪龜蛇爲旐。“有翩”，翻飛疾也。“不夷”，舊説爲“不平”。詮按：“不”讀“丕”。丕，大也。謂犬戎爲大敵也。“民靡有黎”，猶云“民無孑遺”，俱歸于燼滅。哀嘆於乎（嗚呼）有此國哀，于是“國步斯頻”，不能不東徙於洛矣。“步，行也。頻，急也。”（《毛傳》）

三章：“國步蔑資”，謂國既遷，則我亦失資憑。是天不養我，使我無可投止。“將，養也。”（鄭）“疑，定也。”（毛）《士昏禮》“婦疑立於席西”，《鄭箋》“正立自定之貌”。陸云：“魚陵反。”當讀如凝。“云徂何往”，自問：“行將何往乎？”蓋芮地近携，芮伯初亦欲附於携王，嗣聞東方諸侯皆尊洛邑，乃自芮東徙於洛。故特爲此章以明其初意徘徊之情。“君子實維”，維，惟字通，心向之義。“君子”，謂故君之子，指平王爲故太子。餘臣雖王子，非太子，而先立於携，故先欲從之，嗣知故太子已立於洛，故即來歸。時兩王争競，而芮伯先後其間，自謂秉心無有所競求，但捨庶從嫡而已。並云：犬戎之難，誰致之乎？至今猶横梗於心，未能明也。意謂犬戎召自申侯，而申侯之召犬戎，爲褒姒讒害申后母子。“婦有長舌，爲厲之階”，（在《瞻卬》）是周人舊有格言，故芮伯用“厲階”字以示當責褒姒。然亦不願爲申侯開脱。表示自己言行持正，爲其棄携就洛作辯護。

四章：述其自芮來洛途中心情。言：内心殷殷所憂者，戀念我食邑之土宇難捨棄也。從携則可仍守其土宇。從洛，則不能不捨離之。由其有此一語，故平王更封以河東之地（即芮城）。然而不能不捨離之，皆由我生不辰，逢天僤怒故也。“辰，時也。”（鄭）“僤，厚也。”（毛）“自西徂東”，赴洛邑也。途中多日皆無所定處。遭逢之困苦甚多，僕圉之痛苦尤大。“痻”，鄭云：“病也。”陸云：“武巾反，一音昏。”“圉”，鄭云：“當作禦。”謂“禦寇”。朱云“邊也”，謂：“急矣，我之在邊也。”並非。《周禮·夏官》，圉人，掌養馬之事。是此“我圉”指其御者與僕夫。芮伯非曾禦寇，亦非在邊也。

五章：爲既達洛邑受平王録用之叙述。“爲謀爲毖”，讚頌平王與皇父諸人善於謀國，懲前毖後。亂離情勢已漸削滅，“告爾憂恤，誨爾序爵”二語，爾皆自指。謂平王告之以憂恤之意，有誥命爲之從新序爵，徙封。用誥文原語“爾”也。不云誥而云誨，謙訛之辭。“誰能執熱”二句，是用先民成語，表示其受恤之欣慰。猶云有誰能執熱逕行而不就濯以自滅其苦乎。毛云：“濯，所以救熱也。”末二句，當倒，淑字韻，文義爲順。“胥，相。及，與也”，（《鄭箋》）言相與從於陷溺，何能得善果乎。謂棄携就洛之得計。蓋亦援用先民成言。《孟子·離婁篇》：“苟不志于仁，終身憂辱，以陷于死亡。《詩》云‘其何能淑，載胥及溺’。”溺字亦韻，故可倒之。漢儒尊《孟子》遂緣其倒而亦倒此篇也。溺，水名，本作弱。後人加水。溺淹之字本作休《説文》：“没也。從水人。讀與溺同。”《段注》：“奴歷切。”又云“《玉篇》引孔子曰“君子休於口，小人休於水”。（《禮記》文，今作溺）是溺字會意作休。漢儒改用溺字而讀匿音。弱水善休人，故漢人加水旁。仍弱音。休字廢後，溺字代其義而用其音。不復用弱爲聲矣。朱云："叶奴學反。"亦失古音，故也。

六章：陳恤農裕食之計。東遷初，成周人口驟增。其糧荒情形，已詳《王風》諸篇。此詩如言："食生於農。不恤農則不可以救饑。雖欲東來之人自食其力，不可能也。""遡風"，謂逆風而行。"僾"，毛訓爲唈。《荀子·禮論》"悍詭唈僾"，楊倞注云"唈僾，氣不舒，憤鬱之貌"。詩謂令教不順同心，則窒礙難行，如使人逆風而行，必大憤鬱也。"肅心"，猶云戒備之心。"荓"，今爲"掃帚草"，（已詳《鹿鳴》篇）一本百莖，叢然升起。"荓云"，群起同聲，呼力不能逮，則政令無法推行也。又言"善道，在於勸農力穡"。"力民代食"，謂使用農民努力於生産，而徵其餘糧以代在位者之禄食。四字，皆昔時已有之陳言，故下文又云"稼穡維寶，代食維好"。舊説爲刺厲王者，蘇轍語最爲圓足。《朱傳》引之曰："君子視厲王之亂，悶然如遡風之人，唈而不能息。雖有欲進之心，皆使之曰：'世亂矣。非吾所能及也。'于是退而稼穡，盡其筋力，與民同事，以代禄食而已。當是時也，仕進之憂，甚於稼穡之勞。故曰：'稼穡維寶，代食爲好。'言雖勞而無患也。"體會文義，遠勝前人。然而，非詩義也。周之貴族思想意識，猶奴隸主之意識也。落莫如孔子，尚羞言老農老圃之事，而謂西周貴族有"退而稼穡"之志者哉？説爲勸平王，則無礙滯也。

七章：承"力民代食"之意，反對當時有人（應是申國舊臣），主張東來貴族之家耕田自給之議。由《王風·丘中有麻》及《兔爰》《采葛》諸篇，足知當時實曾有此主張，並已實施。留子三世力行而有所成功。餘人則皆詛咒建議者，以至於結黨排擠而擯逐之。《小雅·十月之交》與《巧言》等篇，皆其旁證也。芮伯亦是反對此議者，只措辭較和婉耳。"天降喪亂"，從犬戎覆滅宗周説起。"立王"，指幽王"爲我輩所奉立"也。又復降此蟲害，以滅我從王舊族所種之稼穡。"痒"，鄭云："病也。"陸云："音羊。"詮謂當讀如戕害之戕。凡貴族皆不願從事耕種，迫於功令，則魯莽滅裂以爲之，無成，則諉之於天灾。故詩以稼穡失敗諉於蟊蜷之害。"具贅"，謂流民之墾，無益於救饑，衹同疣贅之累，其他卒歸於荒蕪。是芮伯勸王"力民代食"之主旨。"靡有旅力"，謂："此輩素來安於逸樂之人，無膂力從事於農墾。徒望天降豐，而天方降亂於我，安可以得食糧哉！"言下之意，惟農民具有膂力，乃可力耕。力民而代食之，乃上策也。當時貴族觀點如此。"贅"，瘀同。"旅"，膂同。"穹"，謂天之形。"蒼"，謂天之色。

卒章：爲頌稱平王采納其言，罷貴族墾田自給之命。當是政寄食諸貴族於諸侯之國。如《王風·葛藟》與《揚之水》所詠並多徵東方諸侯之糧食（大東）也。稱平王爲"惠君"，稱建墾議者爲"不順"。"秉心宣猶"，謂秉恤民之心，宣其相，應是指罷逐申國從龍之司徒番等，爲即建議貴族率墾者也。責彼不順者自以爲善，使民窮困殆欲發狂。斥其爲“自有肺腸”，猶今云“别具心肝”也。

詮按：余初稿時於大雅與三頌不甚留意，再研究時始覺此篇表達東遷初舊貴族與申國從龍兩派奪權鬥争之關鍵，尤在此詩。攻擊瞀向，乃其表面形式耳。夫東都定居之初，糧食不足以供應驟增之人口，自然成為當時政局中最爲嚴重之問題。然此伊洛盆地，全是黄土覆被之淺丘地區，氣温及雨量均較關中爲高。果使流集之人口，努力開墾新田，以期自給，理所必能。即如申國，宣王時所新建，亦曾爲征淮大軍一時屯集之地。由於召虎經營適當，屯墾資軍，既賴之以平定徐淮，申國亦因之强大。故以蕞爾新國，遂能抗禦幽王討伐之師，并聯繒戎、犬戎覆滅周社，而以廢太子宜臼另建新周，仍能得晋、秦、鄭、衛、魯、許等東方諸侯之擁戴。其得力處，應衹在於食足兵足，能守能戰也。東都之初，大臣除皇父家父爲先已逃申之舊臣外，當權如司徒番等，皆申國舊臣，無干畿食采而致高位者。然必亦有其智慧才幹足以勝任者，彼輩目見申國現成之實效，用以解决驟增人衆之給養問題。建議於皇父與平王、平王不能不用。夫平王爲申人所立，初以宗周爲敵國。宗周舊族之流離來依者，在司徒番等視之，乃敵國投附之丐民耳；能爲之容受，爲之籌劃生活之道，是亦可已。無如彼東流來依之貴族，久已習于寄生逸豫，不能勞動；今既不得禄食，又復淪爲農夫食力之人，自不能不深感傷痛。然而亡國失爵，飢寒依人，亦不敢公然抗違。惡絶農事而勉强爲之，自無不敗之理。估計平王元二年中，皆曾實行流民墾耕之政者。彼輩生活，雖賴王朝補助，仍當困苦。怨謗相詬，而與申國舊臣爲仇。多方尋間隙以煽詬、動摇平王，有如《節南山》諸篇所表現。瞀向衹其藉口之要點，實質乃在反對墾政。衹以除向功外别無理由可以反對而已。平王與携王對立，必須招徠宗周舊族以孤携王之勢，不能不逐漸爲諸貴族一致言議所動摇。申侯既没，成周亦漸穩定，遂有退黜申國人員，參用部分宗周舊族之意。然于墾事尚未敢遽變也。墾局之變，實自芮伯入朝始。此詩八章，實爲罷墾局之具體叙述。自舊族歸洛説起，一直叙述至墾局已罷，新訂“代食”辦法具體頒發，舊貴族咸已歡慶稱頌之時。應是平王三年鄭伯代爲司徒之際。番等既去，而皇父亦被排矣。于是洛邑重入貴族舊臣統治中，呶聲寧息而真正之民怨乃鬱結欲沸，（表現全在《王風》）。而周室遂亦不振矣。以此論斷，驗於周詩各篇，無不吻合。執是以釋《桑柔》八章，可以奏刀砉然，目無全牛矣。

（四）甡 鹿

八章。章六句。百九十四字。

瞻彼中林，甡甡其鹿。朋友已譖，不胥以穀。人亦有言，進退維谷。

維此聖人，瞻言百里。維彼愚人，覆狂以喜。匪言不能，胡斯畏忌。

維此良人，弗求弗迪。維彼忍心，是顧是復。民之貪亂，寧爲荼毒。

大風有隧，有空大谷。維此良人，作爲式穀。維彼不順，征以中垢。

大風有隧，貪人敗類。聽言則對，誦言如醉。匪用其良，覆俾我悖。

嗟爾朋友，予豈不知而作。如彼飛蟲，時變弋獲。既之陰女，反予來赫。

民之罔極，職涼善背。爲民不利，如云不克。民之回遹，職競用力。

民之未戾，職盜爲寇。涼曰不可，覆背善詈。雖曰匪予，既作爾歌。

題解：厲王任榮夷公與虢公長父，專利而監謗。芮伯良夫誡百官于朝，謂："惟爾執政小子，同先王之臣，昏行罔顧，尊王不若，專利作威，佐亂進貨。民將弗堪。"（全文在《汲冢周書》。）榮虢譖之於王，王弗究。良夫更爲此詩以斥詬之也。犬戎之難，嗣芮伯奔就平王於洛，即作《桑柔》之詩者，並曾以此詩獻於平王，自明其世與虢公不能，故不從虢公翰擁立之携王，而奔投於洛。故平王特寵任之，復其爵秩，徙封於新畿内，並納其"力民代食"之議，罷貴族屯墾。而以此詩與《桑柔》同付樂官，譜爲大雅。舊傳寫簡失題。後儒遂誤並之。兹更分割，補題"甡鹿"字。補題不取首句"中林"字者，爲《兔罝》與《正月》皆已用其字，故用下句之"甡鹿"字也。

首章：以"瞻彼中林，甡甡其鹿"起興。甡甡，毛云："衆多也。"朱云："衆多並行之貌。"喻王庭同儕亦當親善相處。"朋友"二字，亦見于《周書·芮良夫解》（原文云"惟爾執政朋友小子"），足知此詩所指爲王臣之執政者。"已譖"，謂其人已譖愬於王。"不胥以穀"，謂我本相勉以善道而誡於朝，其人乃不以善道相報，而進讒於王（胥，相也。穀，善也。並《毛傳》舊訓），斯使我進退維谷矣。"進退維谷"本先民成語，故曰"人亦有言"。毛云："谷，窮也。"詩謂進忠告，不受，反獲讒譖。退而不言，則國勢危殆，于心不安。進退俱如將墜於谷中。正如先民所云。

次章：謂王爲"聖人"，未受其讒，是能高瞻遠矚，照見百里之遠未曾加罪於我也。惟亦心曾召責以多言，故復云"維彼愚人"（指譖者）乃以讒譖爲得計，反爲之狂喜。"匪言"，謂誹謗之言。"不能"，謂不能爲害，猶云誹言不售。則何足畏忌而遂不爲忠侃之言乎。按：周重世卿，厲王不敢輕易加刑辱於世臣，故芮良夫能頑强無忌。

三章：言專利病民之事，賢者不爲。"弗求"，謂自己不爲。"弗迪"，毛云："迪，進也。"謂進獻其於王。迪之字從由爲義，是由斯道行之義，故訓導。用於對王，則獻策之謂也。善良人所不爲者，彼忍心之惡人則愛之不舍。顧，復，見《蓼莪》篇。世傳：伯樂遇善馬，"環而視之，去而顧之"，恰是此詩"顧復"之義。"民之貪亂"，謂執政貪利，則民貪亂。民亂，固將自陷荼毒之苦矣。然而當其不堪虐政而貪亂時，則寧甘於荼毒而不畏矣。荼蓼，味苦有毒，百蟲不肯近。而有種蟲亦甘而蛀之。復與毒，今音與迪不協。《朱傳》謂"迪葉徒沃反"。詮按：復字古音與愎同。漢武世黄羊鏡銘

"胡虜殄滅天下復"，與息、極韻。毒字古文作䓯，從草，畐聲。曹植《思歸賦》"何曾云之沈結兮，悼太陰之潛匿。雨淋涔而累注兮，心憤悁以凄毒"。亦毒古音畐之證。是迪與復、毒古音協韻。

四章："大風有隧"，亦先民之陳謡。古言謂"大塊噓氣成風"（見《莊子》），相傳，地有風口，即此所謂隧也。後世轉爲"空隙來風"。故曰"有空大谷"。喻事物之來，必有所自。專制之政，彌滿王畿，如風之在谷，無隙不入。賢良之人弗求弗迪，作爲皆循善道（式，循用。穀，善也）。惟彼不順於天道民心者，忍心爲之，以自投于污垢。"維彼不順"，亦見《桑柔》。應是後儒誤會兩篇爲一人所作之原因。不思宣王以下作詩引用成言者甚多，况子用其父詩之語。同斥兇人，豈得遂爲俱是一人。正如上文："人亦有言"及"維彼愚人"，亦見於他詩（例如上篇之《抑》詩），豈得遂以爲一人之作乎？"征，行也"（《朱傳》）中，讀去聲，動詞，謂投入也。"垢，污穢也。"（毛訓中垢爲暗冥，非義）

五章："貪人敗類"，與"永錫爾類"之類同義，謂"族類"也。言貪人必敗，敗必牽累多人，相從爲惡者固不能免。招禍大者，覆宗滅社，則凡其同類，亦不能免。厲王之禍，果如所言，虢公長父，與榮夷公之家族皆覆没，厲王太子亦不能免。同時覆滅之邑君尤多。故嗣芮伯陳獻此詩以矜其父之言爲中也。然在當時，則"貪人"未能慮此，不受忠告之諫。"聽言"，謂順耳應心之言，則笑顔相答。"誦言"，謂"誦詩陳諫"之言，則懵懵不理，如醉如痴矣。皆暗指厲王之聽信虢、榮，而拒善人之諫。不用其良，反以我爲悖謬。言雖不加罪於我，亦已受貪人之譖燬矣。表面仍是指責貪佞之臣。

六章："嗟爾朋友"，謂執政者。誡百官文所云"惟爾執政朋友小子"是也。予前比之作誡於朝者豈由不知其緣此將得譖侮，爲不智乎（知與智，古通）。實以禍機所伏預爲忠告，以圖挽救。言而不中，國之幸也。然又何得謂其必不能中哉。飛鳥，甚難弋獲者也。然而弋者有時亦能得之。苟予言而中，則是忠告正所以庇蔭汝也。汝乃不以此蔭汝之言爲德，反以悖逆之罪相譖而以嚇我耶？古謂生物皆曰蟲。故謂"麟爲毛蟲之長，鳳爲羽蟲之長，龍爲鱗蟲之長，龜爲介蟲之長"，詩語"飛蟲"，謂飛鳥也。"陰女"，讀如蔭汝。陸云："陰，音蔭。"是也。"赫"，毛云："炙也。"鄭云："口距人，謂之赫。"陸云："鄭許嫁反。"則正是今"嚇唬"，"恐唬"，"恫嚇"之義。當作嚇。《莊子》："今子欲以子之梁國而嚇我耶。"注云："嚇怒其聲。恐其奪己也。"讀如賀。

七章："民之罔極"，猶誡百官文"下民胥怨，財單竭，手足靡指，弗堪戴上，不其亂而"之意。"職"，肯定語辭。猶"職是故也"。"凉"，毛云："薄也。"謂非牢固不變者。"善"，易爲之義。謂人民"惠我則后，虐我則仇"，不可能無條件恭順于一人，而易爲背叛者也。亦猶誡百官文“民歸于德。德則民戴。否則民讎”之義。舊説此章者，乃以爲詬責人民之語。大謬。“爲民不利”，謂執政者貪虐，猶誡百官文“后除民害，不惟民害。害民乃非，后惟共讎”之意。“如云不克”，謂作不利於民之事甚力，惟恐不能作通。“民之回遹”，言：今斥人民怨謗爲奸回詭譎。而行監謗之政。夫民之回遹，豈其性哉？亦徒因爾執政。“專利作威”，嚴法酷刑以臨之，内痛而不敢言，乃迫而出於回遹耳。“職竞用力”，猶云：“職由執政相竞用力於爲民不利之事如孔不克，則民自不堪，而被斥爲回遹也。”

卒章：“民之未戾”，謂人民尚未敢爲叛亂之時。“戾”，乖違也。其所以猶未背叛者，職由有外戎寇盜，謂西戎入犯，人民猶望執政能拒禦之，不忍叛王也。“凉曰不可”，謂有思叛者，亦姑相誡以“不可”。凉曰：本不能忍而强忍之之言也，仍“薄也”之義。雖相告以不可叛王，然亦暗中多爲咒詈之言矣。詩蓋作于西戎已深入犬丘，民變已甚成熟而尚未發作之時。芮良夫已深得其情，故誡百官文曰：“民至億兆，后一而已。寡不敵衆，后其危哉。”又曰：“賢智箝口，小人鼓舌，逃害、要利，並得厥求，唯曰哀哉。”又曰：“爾乃聵禍玩烖，遂弗悛，餘未知王之所定。”此詩之意，仍是如此。結語二句，言汝雖誹毁我，我則已作此歌，賡前之説，不因未譖誹而遂退縮也。“既”，有果决之意。

（五）雲　漢

八章。章十句。

倬彼雲漢，昭回于天。王曰於乎，何辜今之人。天降喪亂，饑饉薦臻。靡神不舉，靡愛斯牲。圭璧既卒，寧莫我聽。

旱既太甚，蘊隆蟲蟲。不殄禋祀，自郊徂宫。上下奠瘞，靡神不宗。后稷不克，上帝不臨。耗斁下土，寧丁我躬。

旱既太甚，則不可推。兢兢業業，如霆如雷。周餘黎民，靡有孑遺。昊天上帝，則不我遺。胡不相畏，先祖于摧。

旱既太甚，則不可沮。赫赫炎炎，云我無所。大命近止，靡瞻靡顧。群公先正，則不我助。父母先祖，胡寧忍予。

旱既太甚，滌滌山川。旱魃爲虐，如惔如焚。我心憚暑，憂心如熏。群公先正，則不我聞。昊天上帝，寧俾我遁。

旱既太甚，黽勉畏去。胡寧瘨我以旱，憯不知其故。祈年孔夙，方社不莫。昊天上帝，則不我虞。敬恭明神，宜無悔怒。

旱既太甚，散無友紀。鞫哉庶正，疚哉冢宰。趣馬師氏，膳夫左右。靡人不周，無不能止。瞻仰昊天，云如何里。

瞻仰昊天，有嘒其星。大夫君子，昭假無赢。大命近止，無棄爾成。何求爲我，以戾庶正。瞻卬昊天，曷惠其寧。

題解：此共和末年連歲大旱時大宗伯仍叔號召内外官吏堅持祈禱之詩。全篇充滿迷信天命與神權之語不值詮釋，惟其表達旱灾嚴重之歷史事實有足重者。

按《竹書紀年》所記商湯十八年“始屋夏社”，十九至二十四年，七年連年大旱，“王禱於桑林乃雨”。此後則周厲王二十一年（共和九年）至二十六年，又連書“大旱”，至厲王死，宣王立，乃雨。皆具有天子興代是否合於天命之含義。應是東周史家謬用天道説史之記録，衹可以代表上古文人迷信神權之心理，妄爲附會之言。然湯有七年之旱，先秦諸家皆言之，則非史家臆造之説也。共和末歲之大旱六年，亦當有據之記録。此詩《毛序》云“仍叔美宣王也”。《竹書》亦云：“宣王二十五年，大旱，王禱於郊廟，遂雨。”若謂此詩美宣王之能禱雨耶，則非連年大旱，與此詩文情不類。若謂爲美宣王能應天命甫立而大旱獲雨，舊傳或有此説，毛公采之也。“仍叔”名見《春秋》桓公五年。即周桓王十三年，“天王使仍叔之子來聘”。《穀梁傳》仍字作任。疑即太任母族之世職在周者。凶禮之事掌於禮官，詳於《周禮》故疑仍叔是當時之大宗伯，乃與此詩語格相稱。自宣王元年至桓王十三年已一百十餘年，應已閲三世。則桓王時之仍叔，應是此詩作者。仍叔之孫且亦已老耄矣，仍作禮官，應出使聘魯，由老病不能上道，故王命其子代行。明其子即將襲職爲宗伯，故魯史書“王使仍叔之子來聘”也。

首章：“倬彼雲漢”，倬，明貌（《甫田》傳）。雲漢，天河也（《鄭箋》）。乃恒星最密之部，蔚成河水狀之光帶亘天，人稱“天河”，又云“天漢”。自地視之，每日迴旋一次。故曰“昭回於天”。謂昭然回行於天上。古人謂天河爲雨水之源。故詩首稱之，怪其昭回如故而歲獨大旱也。“王曰”之王，指在彘之厲王。當西戎侵入犬丘時，王畿民變爆發，殺虢公長父，榮夷終等，王奔居彘。國人既殺王子，擁立周定公召穆公共和行政。周召撫定人民，囚王於彘，而仍以王命行使政令。仍叔爲大宗伯掌“以荒禮哀凶禮”，故其號召全國祈雨，仍托爲王言以行之。“何辜今之人”，猶云今之人何罪。罪字古作辠，與辜同義異音。“喪亂”，例指兵戎之禍。此言旱灾，已在西戎入侵之七八年以後，猶必稱之者，明是仍假厲王之言。謂喪亂之後，繼以饑饉。《毛傳》：“薦，重。臻，至也。”“靡神不舉”，言無一神前未舉行祈禱。祈神必有犧牲之獻與圭璧之瘞。今則於犧牲未嘗愛惜，圭璧皆已獻埋且盡矣。百神豈能仍未感格而聽我之祈求乎？爲是禮官，故先託王言以明自己已經致力於祈禱。

次章：“藴隆蟲蟲”，《毛傳》：“藴藴而暑，隆隆而雷，蟲蟲而熱。”鄭云：“隆隆而雷，非雨雷也。”朱云：“藴，蓄。隆，盛也。蟲蟲，熱氣也。”《爾雅釋訓》：“爞燭，熏也。”《釋文》引《韓詩》作烔烔。劉向引此詩作疼疼。藴字，《韓詩》作煴。詮按：此當時形容旱象之俗語，勞動人民所造，原衹有音無字，文士以字録音，故傳者毛與齊、魯、韓四家作字各異。不可遂緣字形以求其義。但知其爲旱貌可也。“殄”，斷絶也。“禋祀”，包括一切事神事鬼之禮言之。從郊天至到宫内之祭，上自天，下至地，皆奠祭而瘞埋圭璧寶玉以媚之。其他百神，莫不尊禮而敬祀之。毛云：“宗，尊也。國有兇荒，則索鬼神而祭之。”后稷，周王之先祖，保衛農功之神也。其享我祭，必起而争雨，豈其力猶未足而不克耶？上帝，主宰天命，福祐我周者也，知此旱象必能憫救。豈其未臨我禱壇而不知耶？豈天命當我之身，下土必至耗敗耶？鄭云：“斁，敗也。”毛云：“丁，當也”。

三章：《毛傳》：“推，去也。兢兢，恐也。業業，危也。”詩言大旱爲虐，無法排去。人人恐懼，如畏雷霆。有周自西戎之擾，喪失人民已多，重以旱灾，將使餘民俱盡，更無孑遺乎。“孑遺”，謂孑然一身之遺民。毛訓“孑然遺失”，朱云：“孑，無右臂貌。”謂“靡有孑遺”爲“無復有半身之遺者”。此蓋亦先民固有語言而仍叔用之。善乎孟子之言曰：“説詩者，不以文害辭。不以辭害志。以意逆志。是爲得之。《雲漢》之詩曰：‘周餘黎民，靡有孑遺。’信斯言也，是周無遺民也？”謂詩語誇大，不足信也。昊天上帝，豈欲使我亦不遺存乎？仍是託爲厲王之言。此何得不畏，我亦不遺，則先祖之祀亦即被摧滅矣。

四章：《毛傳》：“沮，止也。赫赫，旱氣也。炎炎，熱氣也。”云我“無所”，朱云：“無所容也。”“大命近止”，疑天命有周，其將至我而止乎，故遂不瞻顧我耶？“群公先正”，朱云：“《月令》所謂雩祀百辟卿士之有益於民者，以祈穀實者也。”今乃亦不助我。父母先祖之靈，竟亦不助我，何乃忍耶？仍讬厲王之言，極無聊哀呼之致。真是厲王固不作如是語。厲王悍然爲惡，自喪其國，飽載其剥削積累以苟活於河東之彘，十餘年。失國不恤，何有於社稷，更何有於旱灾民瘼乎？禮官假託王言不類。非佳詩也。

五章：“滌滌山川”，毛云：“滌滌，旱氣也。山無木，川無水。魃，旱神也。惔，燎之也。憚，勞。熏，灼也。”陸云：“惔，音譚。徐音炎。”《韓詩》作炎。見《後漢書·章帝紀·注》。《説文》：“惔，憂也。從心。炎聲。《詩》曰‘憂心如炎’。”蓋三家詩俱作炎，毛詩改惔，仍炎之音。《節南山》“憂心如惔”，即許氏所引。亦毛改字，正與此同。炎，火光上也。與焚字叠用，以狀旱象，較惔爲洽。下文已有“我心憚暑，憂心如熏”，則此炎字加心旁者，非也。“聞”，與首章聽字同義。“寧彼我遁”，謂忍使我長久遁居于汾上而不得歸乎。彘邑在河東汾水上，故厲王亦稱“汾王”。

六章：“黽勉”，一作勔勉，皆努力掙扎之義。“畏去”，謂由宗周之長期大旱，故不敢離去彘邑。“胡寧”，同義字，重叠用之以重此疑問。“瘨，病也。”“憯，曾也”。

（並《鄭箋》）。作厲王檢查自辯之語以問天。甚早已祈年矣。祭社與四方之神爲報賽，亦不曾晚。“悔”，恨也（毛）。我之恭敬神明如此，宜神明無愠怒矣，何乃亦不我虞乎？《鄭箋》訓虞爲度。釋爲忖度義。陸云：“度，特洛反。”則與韻不協。詮按：其字當讀如娛，“則不我娛”，猶云“而乃不悦樂我”也。

七章：“散無友紀”，《韓詩》作其紀。故《鄭箋》逕云，“散無其紀”。猶《關雎·箋》之逕作仇字也。朱云：“友紀，猶言綱紀也。或曰，友，疑作有。”詮按：宣、幽、平世，公孤呼百官作“朋友”。（甡鹿、賓筵、抑等篇同見）友紀，猶言“官紀、官規”耳。《毛傳》云：“歲兇，年穀不登，則趣馬不秣，師氏馳其兵，馳道不除，祭事不縣，膳夫徹膳，左右布而不修，大夫不食粱，士飲酒不樂。”皆周所規定。此詩謂之友紀也。“鞫哉”，稱其勤也。舊說爲窮，非。“庶正”，謂理民之官。“疚哉”，謂冢宰省疚。指當時之周召二公。“趣馬、師氏、膳夫”，並見《十月之交》，皆天子日常侍應左右之官。又以“左右”二字賅其他内臣。“靡人不周”，毛云：“周，救也。”謂無人不從事於祈禱救灾之事也。“無不能止”，毛云：“言無止不能也。”朱云：“無有自言不能而止不爲也。”詮按：止，語辭。“無不能”謂無不盡其心力，以治其事爲能。與“柔遠能邇”之能同義（説在《民勞》篇）。“云如何里”，鄭云：“里，憂也。”謂是悝之假借。朱云：“與《漢書》‘無俚’之俚同，聊賴之意也。”詮按：當讀爲理。猶云“此理之不可解者”耳。理，道也，故天道，亦稱“天理”。（《樂記》）

卒章：勖勉臣民祈禱勿懈。“嘒，衆星貌”（《毛傳》），朱云：“明也。”詩謂星光雖微，亦足以助之天之昭明。喻全國上下祈禱不懈，是以助王之虔敬。“昭假無贏”，毛云：“假，至也。”鄭云：“假，升也。”陸云：“假，音格。”言大夫君子所求爲以精誠感格鬼神者已無力矣。雖天命若已將盡，亦無棄爾祈禱請之前功。仍盡最後之力以祈求之，則終必能感格天神，抵於成功。“何求爲我”，仍是託爲厲王之言曰：“固非求爲我之一身而已，乃所以定衆正也。”（《朱傳》語）毛云：“戾，定也。”言庶正諸官，因久祈無效而怠。今茲大夫君子與全國人士皆堅持行之。則庶官已怠之志即可轉爲勤恪。戾，猶捩也。扭轉之意。結句，盼天能惠降靈雨以寧天下。周詩屢用寧字，多爲安定天下之義，故文王曰“寧王”。此寧同。舊説爲“令我心安”（《鄭箋》）者，非。

（六）崧　高

八章。章八句。

崧高維嶽，駿極于天。維嶽降神，生甫及申。維申及甫，維周之翰。四國于蕃，四方于宣。

亹亹申伯，王纘之事。于邑于謝，南國是式。王命召伯，定申伯之宅。登是南邦，世執其功。

王命申伯，式是南邦。因是謝人，以作爾庸。王命召伯，徹申伯土田。王命傅御，遷其私人。

申伯之功，召伯是營。有俶其城，寢廟既成。既成藐藐，王錫申伯。四牡蹻蹻，鈎膺濯濯。

王遣申伯，路車乘馬。我圖爾居，莫如南土。錫爾介圭，以作爾寶。往近王舅，南土是保。

申伯信邁，王餞于郿。申伯還南，謝于誠歸。王命召伯，徹申伯土疆，以峙其粻，式遄其行。

申伯番番，既入于謝，徒御嘽嘽。周邦咸喜，戎有良翰。不顯申伯，王之元舅，文武是憲。

申伯之德，柔惠且直。揉此萬邦，聞于四國。吉甫作誦，其詩孔碩。其風肆好，以贈申伯。

題解：申爲南陽舊國，與周王世婚。召虎與宣王謀征徐淮，虎自任西路，自南陽，出謝邑，循淮水而東，平定淮夷，與東路之王師夾攻徐國。謀定後，召虎先營謝邑於泌水上游以儲糧秣。宣王封元舅申侯爲方伯出鎮於謝，以固後勤。申伯畏難不肯赴。王屢促之。迨已就封於謝，復命尹吉甫作此詩，勖勉以振奮敬事也。

宣王平徐淮事，屢著于《召南·甘棠》，《小雅》之《車攻》《瞻洛》《皇華》《桑扈》《鴛鴦》《鼓鐘》《黍苗》，與《大雅》之《江漢》《常武》《烝民》及此篇。首尾完具。而《史記》不載。蓋當時《毛詩》未行。三家詩亦不能詳明其事，史遷故不覺也。《竹書紀年》頗載之，人事與《詩》多合，而時間頗謬。如謂：“六年，召穆公帥師伐淮夷。王帥師伐徐戎。皇父、休父從王伐徐戎，次於淮。王歸自伐徐。錫召穆公命。”與《常武》《江漢》詩合。謂自出師至召虎疆理南國回京師受厘爲一年事，則頗可疑。如此大役，所征服敵方之强，地面之廣，就當時交通與國情言之，决非一年所能結者。且宣王方當弱冠，即位於連年大旱與玁狁深入之後，亦不可能於五六年間，遂使周室强盛至此。宣王在位四十六年，其極盛至於能蕩平徐淮廣大地域時，只可能在二十年經營準備之後，不可能在五六年間也。又云“七年，王錫申伯命。王命樊侯仲山甫城齊”，似與此詩及《烝民》文合，實則大謬。兩詩，皆征徐淮前準備措施（《黍苗》《車攻》等篇同），豈能反在結束徐淮一役之後？蓋春秋戰國間説詩者，但知有平徐淮事在《常武》《江漢》篇中，不詳究其史實，遂不能與《黍苗》《車攻》《鼓鐘》《甘棠》等篇及此《崧高》《烝民》相聯繫。魏王之史官無從考訂其時間與次第，遂援當時説詩者語妄擬定之（又謂宣王八年，“初考室”，九年“會諸侯于東都，遂狩于甫”。二十九年“初不借千畝”，四十年“料民于太原”，皆有可疑。參看《斯干》

《車攻》《楚茨》與《吉日》諸篇）。兹就此詩相關事項詳作考訂，分章詮釋之。

首章："崧高"，崇隆高峻之義。"維嶽"，指嵩山。駿，陸云"音峻"，謂是峻之借字。"極于天"，謂其高險入天地。《毛傳》此段全謬。其言曰："崧，高貌。山大而高曰崧。嶽，四嶽也。東嶽，岱。南嶽，衡。西嶽，華。北嶽，恒。堯之時，姜氏爲四伯，掌四嶽之祀。述諸侯之職。於周則有甫、有申、有齊、有許也。駿，大。極，至也。嶽降神靈和氣，以生申甫之大功。"後儒皆從其説，故當糾正。

夫原始社會之人，有名，無姓。婚姻制立以後，血系相結爲一體，稱之曰氏。氏猶族也。女性中心之氏族時代，一女所生爲一姓。在氏族中則爲一小支。再進入男性中心時代，氏族之義不變，姓之爲字轉爲子孫之義。奴隸社會，奴隸主階級有氏，奴隸依於主子。氏族中之雄强者，每脱族自别爲一新支。亦無所謂姓也。奴隸社會末期，氏族之血統關係已亂，此族或被彼族征服而降爲奴虜。此人或背離本支而附入於他支。氏族含義，已不能代表純一之血系。于是乃有名上冠姓之法，以代替氏族組織之舊形式。其制最早亦當出自周族統一天下，封建諸侯之後。世傳禹姓姒，湯姓子者，皆妄言耳。周文武世詩，尚祇自稱爲周族。《大明》謂摯仲氏任，"來嫁于周"。皆舉氏族。雅頌詩無姬姓可驗，東周詩文乃有之，足見諸侯之有姓，是西周中葉以後之事。諸侯各自定其字。宋得子姓，遂謂湯亦子姓。杞得姒姓，遂謂禹亦姒姓。周族初不爲姓，武王元女曰大姬，嫁於陳，從而周族之諸侯皆稱姬姓。世傳黄帝之子有姓，與文王名姬昌，武王名姬發者，皆庸俗昧於古史之言也。申、甫，南陽地區上古之兩大氏族也。本"三苗"之裔，居其故地。從來爲南國文化最高地區。唐虞夏世，與中夏經濟相倚，文化相競。其後中夏日强，此區相形落後。周族撫循南國最早。此區之申、甫二族于周尤爲親近。後皆入仕於周。穆王時，甫侯以明刑著功，《尚書·甫刑》傳其事。吕、甫古字通。故《古文尚書》作"吕刑"。齊國始封之太公，本出吕氏，即此間之甫族。宣王大臣仲山甫，尹吉甫，亦此族人。南俗有稱氏於名號之末者，如閩越、甌越之類是也。厲王、宣王、幽王皆取后於申族，詩稱申伯爲宣王"元舅"。是宣王、平王皆申女所生也。甫國不見於《春秋》，蓋西周末葉已爲申國所並。其衆皆在宛之南，謝邑之西，《鄭語》所謂"謝西九州"是也。世傳甫、申、齊、許四國皆姜姓者，三苗本羌族之最早東徙于南陽地區者，唐虞時已演爲申、甫、許之三氏族。而齊太公亦甫族人，故在西周也，四國相結，自認爲羌族之裔，與姜原同族，故同以姜爲姓。其族以嵩山爲望山，自謂岳神之靈所鍾，聯稱"四嶽"。非姜氏爲唐虞之四嶽，"掌四嶽之祀也"。嶽字，古文作𡶳。隸變作嶽，今作嶽。"象高形"。（《説文》）所指爲今河南之嵩山，字形象太室、少室之並峙。爲專用於此山名稱之字。《周禮·職方氏》："河南曰豫州。其山鎮曰華山。……正西曰雍州，其山鎮曰嶽山。"夫華山爲雍州之山。河南無華山也。雍州亦無所謂嶽山。是記職方者誤易其字亦甚明矣（其他如"正南曰荆州，其山鎮曰衡山。……正北曰并州，其山鎮曰恒山……河東曰兖州，其山鎮曰岱山”。均與世稱五嶽部位符合)。蓋嵩高古名“嶽山”。亦爲中華與南國標界之山，故《召南·草蟲》《殷其雷》皆稱此山爲“南山”。《尚書·舜典》所謂“南嶽”者，指此山也。虞舜時國在河東，政治、經濟影響所至，東不過泰岱，西不過華山，北不過恒山，南不過此山。此山以南，即三苗之國。故以此山爲南嶽。無所謂中嶽。周平徐淮，乃禮霍山爲南嶽。秦漢拓地中逾五嶺，又仍以衡山爲南嶽（參看《周頌·般》篇）。宣王時之四嶽，無衡山也。而謂堯時四嶽有衡山耶？堯舜時有無“四嶽”之官，尚屬疑問。即使有之，亦不過其氏族公社横聯四鄰氏族首領之尤强大俱有號召力者，比於四方群山之有四嶽，非官名，更無所謂“述諸侯之職”者。《孔安國傳》謂《堯典》四嶽“邵上義和之四子”。與《毛傳》云“姜氏爲四伯”同屬唯心妄揣所附會。又復以周之甫、申、齊、許説之，尤謬。

尹吉甫此詩特稱嶽山降神而演爲申甫兩族者，蓋利用舊傳神話，加强兩族同源之誼以利於誦諫之感格。再言申甫“維周之翰”，則又强調同僚關係，明其關切之深。翰，鳥羽之干也。蕃，音藩，扞蔽也。宣，宣暢也。于，往也（並《鄭箋》説）。四方諸侯之國有事，則往扞禦王室。四方人民有所扞隔，則往宣暢王命。明“此行任務，爲我輩應盡之事”。

次章：“亹亹”，見《文王》篇，勉也。借頌文王語以稱其勤勉者，申伯以王之元舅，久居京師，不願就封於邊鄙多事之地，多方規避，故吉甫僞稱其勤勉以助之。實責其當如文王之作西伯。“王纘之事”，猶云“纘王之事”。南國語言有動詞倒在賓詞下者。鄭説爲“王又欲命使繼其諸侯之事”。非也。詩謂仕在王朝，爲王事。出鎮于謝，亦王之事，當繼承之。非謂使之國仍爲諸侯。“于邑于謝”，鄭釋上于爲“往”，下于爲“于”。云“往作邑于謝”。詮按：上于發語辭，讀如籲。《麟趾》《騶虞》“于嗟”字，亦如此，南人習用之發語辭也。單言于，即無感嘆意。如“黄鳥于飛”，“之子于歸”，“于以采蘩”，“于以用之”，之類是也。“南國是式”，謂爲南國之法式。“召伯”，謂召穆公虎，在宣王世位最崇，功最高，權最重，德望勛業亦如成王世之周公。故詩特言“王命召伯定申伯之宅”，謂營造謝邑（《采苗》篇）。言其鄭重如此。實則明王命系召虎所決定。召虎欲借申甫之民支持其後方勤務，故不能借用申侯兼王元舅之地位。故躬自爲之經營謝邑，布置爲南方重鎮，布以申侯作方伯以鎮之。毛云：“登，成也。”鄭説爲“成法度於南邦”。詮按：登，升也。謂自申國之君升作南邦方伯，傳之後世也。

三章：重申往作方伯之義“因是謝人，以作爾庸”，謂：方伯必因舊有國人爲基礎。申人，固爾之基礎矣，今又益以謝人。即所謂“謝西九州”之人也。《鄭語》鄭伯問史伯曰“謝西之九州如何”。《韋注》：“謝，宣王之舅申伯之國。在南陽。謝西有九州。二千五百家曰州。”詮按：自召虎經營謝邑爲南方重鎮，當時自宗周徵往之工匠，征淮之軍士人徒，於役後多有樂其風土，墾種定居而不歸者，召虎結束軍事時，因命申伯勞徠安撫之。合申甫舊民，按周鄉遂之制編成比、閭、族、黨、州之制（説在《周禮·大司徒之職》），故謝西有九州。九州二萬二千五百家。皆在謝西者，淮夷新服，墾民不敢墾謝東淮水流域之地，惟樂居於南陽地區。南陽，申甫舊民既已與周族相習，地近東都，水土厚便，而氣候和暖，山有銅鐵之礦與竹木之材，地綰南北交通，商旅薈萃，有申伯鎮謝爲捍衛，不虞淮夷叛擾。在宣幽之際，爲著名樂土，故鄭伯圖避世亂，欲往寄孥。不稱南陽或申甫，而稱“謝西”者，當時謝西九州之名更高于申甫故也。在申伯初至時，則但稱爲“謝人”而已。庸，用地。謝人本多屬于王畿舊民，今則劃歸申伯使用，故曰“以作爾庸”。毛訓庸爲城，鄭訓庸爲功，皆未允。王命召伯徹申伯土田，謂如大司徒，“以土均之法，辨五物九等”，以編制州黨，而制其賦役。鄭重言係召伯爲之，如王自行也。“王命傅御遷其私人”者，謂遷徙申伯在京師之人口於謝。包括其家口，奴隸、與食邑之屬民。時召虎在外，故王命在京之近臣爲之辦理遷移，亦如王親治之也。“傅御”，毛云：“御，治事之官也。”鄭云：“貳王治事，謂冢宰也。”朱云：“申伯家臣之長也。”各人體會不同，要必是王之近臣之義。

四章：重言召伯爲申伯安排部署之完備。凡當屬於申伯應作之事功，召伯皆預爲之。築其城池，營建寢廟，無不完備。“俶”，毛云“作也”，當云善也。“成”，完備之義也。寢廟雖成，王猶嫌其儀物未備，更錫車馬以實之。“藐藐”，草疏淺也。借爲嫌在空虚之義。“四牡蹻蹻”，則必有車乘。“鈎膺，樊纓也。濯濯，光明也”，（《毛傳》）當讀如耀，謂車飾之美。俱是專備祭事用者。

五章：言王資遣申伯禮遇之隆重，與情意之惇厚。“路車”，大車也。“乘馬”，四馬。皆備上路用者。並告之云：“我圖爾所宜居之地，莫如南土作方伯最好。賜爾以大圭，以作方伯之信寶。”周無印信，統治者朝會或臨民，則執圭以爲信。《周禮·春官·典瑞》：“王晋大圭，執鎮圭。……公執桓圭。侯執信圭。伯執躬圭。”鄭箋此詩云：“圭長尺二寸爲介。非諸侯之圭，故以爲寶。”然《韓奕》云：“以其介圭入覲於王。”蓋錫命方伯皆錫介圭，以爲信寶也。“往近王舅”，近字爲迟字之僞。《朱傳》云：“近，鄭音記。按《説文》從辵從己。今從斤，誤。”段玉裁《説文注》緝得其説。轉録如下：

近，居吏切，一部。《大雅》：“往近王舅。”假借爲語詞也。《王風》“彼其之子”《箋》云：“其，或作記，或作己。讀聲相似。”《鄭風箋》云：“忌，讀如彼己之子之己”。《崧高·傳》曰：“近，己也”。（今本仍作近。）《箋》申之曰：“己，辭也。讀如彼己之子之己”是則，己、忌、記、其、近五字通用，一部也。《大雅》作近者，誤。近，十三部也。

詩言“往近王舅”，猶云“往矣，王舅”，或“王舅往哉”。申伯即是王之元舅。則“往近王舅”字義不能成立。舊儒説詩者，唯校得此一僞字。毛鄭原本皆未誤。只由六朝傳詩者寫僞。孔穎遂不能正之。而乃强解毛説云“以命往之國，不得與之相近，故轉爲已，唐石經遂遵用近字”。沿誤至段乃明。

六章：王雖以隆禮遣之，而申伯猶不願行，託故避居于郿。王則就郿祖餞以偪之，申伯乃不能不行。“邁”，行也。“信邁”，申伯屢言“即行”，而久不成行。今乃信然行矣。鄭云：“時王蓋省岐周，故于郿云。”詮按：郿，今陝西郿縣。東去鎬，西北至岐周皆約二百里。無論宣王在岐、在鎬，皆不得餞之於郿。而詩言餞於郿者，結合上文“信邁”，下文“誠歸”分析，其爲申伯嬌惰，不願就封而託病挨延，避居郿之别墅。宣王就郿餞之，以偪其行，乃不得已而行可知。蓋申伯不願就封，召虎以鎮撫南國非王之元舅不足以資威攝。原訂遠征徐淮計劃如此。徐淮已平而申伯尤不肯往。召虎屢請宣王促之，迄兹乃信行也。申伯就國爲“還南”。南陽本南國地也。歸謝爲“誠歸”，屢言歸謝而爽言也。意甚斥責，而以頌言出之，若謂謝之人曰“申伯果歸來矣”。是深刻諷刺。上已云“王命召伯徹申伯土田”，此又言“土疆”者，《鄭箋》云：“治申伯土界之所至。”詮按“謂召虎疆理南國（江漢）皆爲申伯管理之諸侯地區。非重復三章文句。“以峙其粻”，以，讀如已。言召伯已經儲積糧食于謝，如山嶽之峙，蓋召虎報王催促其行之語。故曰“式遄其行”。鄭云：“粻，糧。式，用。遄，速也。”速，催促也。申伯慮大軍之後必有凶年，故遲遲畏往。其人之庸懦鄙僿可知。而《漢書·古今人表》竟以與方叔、召虎同列爲宣王十賢臣，亦緣昧于此詩文義故也。

七章：頌言申伯入謝時盛况以勗勉之。“番番”，毛云：“武勇貌。諸侯有大功則賜虎賁。”則謂是虎賁之貌也。不如鄭云：“申伯之貌，有威武番番然。”陸云：“番音波。”朱云“叶分遭反”。詮按：此詩各章皆分四句爲上下章，各自爲韻。此四句，謝喜韻。番番，首句不當叶。陸氏音是。“嘽嘽”，毛云：“徒行者，御車者，嘽嘽喜樂也。”詮按：嘽嘽，車聲也。詩言從車之多，載物資富，車重而衆，故一國之人聞聲而喜。“周邦”，謂全謝邑之人。毛云：“周，徧也。戎，猶汝也。”言邦人相謂爲汝。詮按：當言邦人語從來者，猶今言“你們有好領導”也。續言申伯名既大顯，又是王之元舅。文武吏民，唯當奉其法式。再假託爲人民言以勖勉之。翰憲韻在首尾句。

卒章：虚詞頌稱其德以勖勉之。結以作詩之旨，不更謙遜，以明受旨于王及召公之意。誦，諫也。與“誦言如醉”之誦同義。“碩”，重也。石、碩二字，古通用，有針砭之義。“其風”，猶云其諷。“肆好”，謂無惡意。皆作者内心之意而貌爲夸頌之言。此申伯，蓋即召犬戎覆宗周之申伯。强直而狠暴，無文字。故吉甫如此諷以恭於職守。當亦是召虎之意。

（七）烝　民

八章。章八句。

天生烝民，有物有則。民之秉彝，好是懿德。天監有周，昭假于下。保兹天子，生仲山甫。

仲山甫之德，柔嘉維則。令儀令色，小心翼翼。古訓是式，威儀是力。天子是若，明命使賦。

王命仲山甫，式是百辟。纘戎祖考，王躬是保。出納王命，王之喉舌。賦政于外，四方爰發。

肅肅王命，仲山甫將之。邦國若否，仲山甫明之。既明且哲，以保其身。夙夜匪解，以事一人。

人亦有言：柔則茹之，剛則吐之。維仲山甫，柔亦不茹，剛亦不吐。不侮矜寡，不畏强禦。

人亦有言：德輶如毛，民鮮克舉之。我儀圖之，維仲山甫舉之，愛莫助之。衮職有闕，維仲山甫補之。

仲山甫出祖，四牡業業，征夫捷捷，每懷靡及。四牡彭彭，八鸞鏘鏘。王命仲山甫，城彼東方。

四牡騤騤，八鸞喈喈。仲山甫徂齊，式遄其歸。吉甫作誦，穆如清風。仲山甫永懷，以慰其心。

題解：宣王將親征徐戎，先遣仲山甫赴齊魯徵發東方諸侯之師，並相地築城儲糧，經營後勤諸務。其事艱巨繁重，仲山甫或不願承，尹吉甫因王旨，作詩以送之也。宣王與召虎謀征徐淮，因東獵圃田，會諸侯於洛以議之。已詳見《車攻》《瞻洛》及《鴛鴦》諸篇。徐在魯齊之南，征徐當自魯境進軍，而齊爲東方之伯。故命仲山甫徂齊以督促諸侯之師，並徵集糧秣，築城儲備，亦如召虎之經營謝邑也。然謝邑經營，準備甚早，且以王畿之衆爲之，故成功易。而申伯猶挨延不赴。東方事耑賴諸侯之力，又發動遲，一切待臨行草創，故其事尤難。王命君吉甫送此詩者，非惟以促其行，亦誇張其德能與地位以歆動東方諸侯，俾其事推行能順利也。舊説此詩者，完全昧於如此背景，各依字面敷衍爲説，各自立異，亦皆未能説通全局。每有難句，妄爲曲解者尤多。兹既得本事，則難句亦自迎刃而解矣。

首章：《毛傳》："烝。衆。物，事。則，法。彝，常。懿，美也。"言天生衆人，有一事即有一法則。人民之常性，所好者美德也。天鑒于周族能昭德格天，故降生德尤懿美之仲山甫以保佐天子。

次章：仲山甫之德何如乎？自守則以柔嘉爲則。謂無急言躁行。惟有令儀令色，小心謹慎以對人，恪遵古訓，力持威儀。故天子任以東方之事，如天子親行，布明命於諸侯。毛訓若爲順。後儒遵之。審詩上文所頌仲山甫之德，亦謂天子之德，如此相似，故天子特信任之，恒使布明命於天下。即如天子親行之義。“賦，布也。”（《毛傳》）

三章：重言仲山甫之職爲出納王命，爲王喉舌之官。“百辟”，指王臣與諸侯。出納王命，“天子是若”，故爲百辟所矜式。“纘戎祖考”，謂纘承其先祖甫侯之業以保王躬。甫侯，穆王時司寇，制甫刑者。仲山甫與尹吉甫皆以甫爲氏。戎，汝也。仲山甫任“納言”之職，恒布政於外，向四方出發。則此行爲當然職責。

四章：再申其職任之重要，與其德才之堪當勝任。嚴肅之王命，是仲山甫所掌而推行。“邦國若否”，讀如痞，謂有疑阻王命者，則仲山甫能闡明王旨以通利之。既明於理，而賢於處理其事，則人無怨侮者，故雖執法嚴而身不危。人知其忠勤於天子之事，故也。“一人”，謂天子。忠勤於天子，則天下莫敢讎之也。

五章：更宣仲山甫之剛正，以肅諸侯接受王命之心。謂昔人有言，“食者，柔則咽之。剛則吐之。”喻遇柔善與兇頑者。惟仲山甫，不侮鰥寡可憐之人，不畏强禦横暴之人。一切惟衡於理法。柔亦不吞，剛亦不吐。“矜”，陸云：“古頑反。”則讀如鰥。鰥、矜，古今同音義。《王制》：“老而無妻者謂之矜。老而無夫者謂之寡。”《堯典》“有鰥在下曰虞舜”，《孔傳》：“無妻曰鰥。”鰥字本讀如矜，大魚名。《敝笱》詩，鰥與雲韻。陸音古頑反，亦非。

六章：又舉昔人名言：“德之爲物輕而易舉。然而人罕能舉之。”謂行德在人，人若行之，則舉之矣。然而人不能舉者，無其志也。“我儀圖之”，謂我亦未能舉之者，但有其欲舉之志而已。“儀”，毛云：“宜也。”鄭云：“匹也。”朱云：“度也。”當從毛訓。惟仲山甫則已舉之矣。我雖愛之而莫能助之。明仲山甫賢於諸王臣。“衮職”，謂天子諸侯之事。毛云：“有衮冕者，君上之服也。”鄭云：“衮職者，不敢斥王之言也。王之職有闕，輒能補之者，仲山甫也。”朱云：“未有不能自舉其德而能補君之闕者。”舊儒皆用其説，謂“補闕”爲諫諍天子。詮按：衮，繪龍之衣也。周世，三公與諸侯亦皆服衮，言“衮職”，則天子與諸侯並言。在此詩，尤當説爲諸侯之職，乃與送之徂齊，城彼東方之任務斯稱。亦與吉甫“愛莫助之”之句相應。東方之行，惟山甫任之，吉甫不能助也。若言補天子之闕，則同爲王臣，雖不能舉，豈能愛而不能助之哉？

七章：“出祖”，謂出發時公卿飲餞之。祖，祭名。鄭云：“將行，犯軷之祭也。”（參看《生民》“取羝以軷”説。）朱云：“行祭也。”祭畢即行，故云出祖。“四牡”，使者之車也。“征夫”，從行人徒也。“每懷靡及”，用《皇皇者華》原句，祝願其成功如武王之使也。續言“四牡”、“八鸞”之車既行，觀者相告曰：“王命仲山甫城彼東方也。”

卒章：重言“四牡”、“八鸞”之車“徂齊”。謂作城東方，必選赴方伯之國。然後傳命於東方諸侯。“式遄其歸”，祝願其成功早歸之意。毛云：“遄，急也。言周之望仲山甫也。”詩于勖勉之中多有安慰委屈之意。與《崧高》同，云“作誦”，不可徒以頌美之詩視之。“穆如清風”，亦謂無責難之意，與《崧高》之“其風肆好”同旨而措辭深淺不同。所謂因人而施也。

仲山甫，《國語》作“樊仲山甫”。又稱樊穆仲。《毛傳》稱爲“樊侯”。大抵其人食邑于樊。非以樊爲姓也。關中有“樊川”在杜，見《史記・樊噲列傳》。孟津之北亦有樊邑，周襄王賜晋文公陽樊邑之田是也。二地皆屬周之王畿，可能即爲仲山甫之食邑。《括地志》載：“漢樊縣城，在兖州瑕丘縣西南三十五里。”瑕丘，宋改滋陽縣，在曲阜西（今已並入曲阜）。即《春秋》之負瑕，是魯地。亦見《水經注》。其地，爲宣王親征徐戎所必經。疑即仲山甫所築以儲備征徐資糧之城。築于樊穆仲，且穆仲居之頗久，故人稱樊城也。《韓詩》謂“仲山甫封于齊”。(《漢書・杜欽傳》注引）是緣此詩之誤解。

（八）韓　奕

六章。章十二句。

奕奕梁山，維禹甸之。有倬其道，韓侯受命。王親命之：纘戎祖考，無廢朕命。夙夜匪解，虔共爾位，朕命不易。榦不庭方，以佐戎辟。

四牡奕奕，孔修且張。韓侯入覲，以其介圭，入覲于王。王錫韓侯，淑旂綏章，簟茀錯衡，玄衮赤舄，鉤膺鏤鍚，鞹鞃淺幭，鞗革金厄。

韓侯出祖，出宿于屠。顯父餞之，清酒百壺。其殽維何，炰鱉鮮魚。其蔌維何，維筍及蒲。其贈維何，乘馬路車。籩豆有且，侯氏燕胥。

韓侯取妻，汾王之甥，蹶父之子。韓侯迎止，于蹶之里。百兩彭彭，八鸞鏘鏘，不顯其光。諸娣從之，祁祁如雲。韓侯顧之，爛其盈門。

蹶父孔武，靡國不到。爲韓姞相攸，莫如韓樂。孔樂韓土，川澤訏訏，魴鱮甫甫，麀鹿噳噳。有熊有羆，有猫有虎。慶既令居，韓姞燕譽。

溥彼韓城，燕師所完。以先祖受命，因時百蠻。王錫韓侯，其追其貊。奄受北國，因以其伯。實墉實壑，實畝實籍，獻其貔皮，赤豹黄羆。

題解：宣王時，大行人蹶父，以女許字韓侯。韓侯因親迎朝王。王命禮官顯父餞送之。顯父作此詩也。《毛序》謂“尹吉甫美宣王也”。通篇衹頌美韓侯，微及蹶父與韓姞，自“王命”、“王錫”字句外，全與周王無涉。衛宏續序爲之説曰“能錫命諸侯”。夫西周之王，可以烹諸侯，可以意立諸侯太子，可以徵用諸侯軍賦。豈宣王當極盛之世，賜此戔戔之物與其來朝之姑表之婿，亦足稱美乎？况詩又明言“顯父餞之”，且如上兩篇之爲尹吉甫餞行送詩哉。至於與尹吉甫詩同有“纘戎祖考”，“夙夜匪解”等句，自是當時詩人好襲用前人陳句之風所致。正如吉甫詩之有“每懷靡及”，豈得遂以爲與《皇皇者華》爲一人之作乎？此詩瑣瑣於賜物與酒殽之鋪叙，及門第威儀之渲染。知其人雖治文學，非有經濟才能。衹合是禮官或樂官之能於詩者。

西周有二韓國。一在王畿韓城（今陝西韓城縣），武王之子韓侯所封國。東遷初爲晋文侯所滅。一在《水經注》卷十二聖水所經之“韓城”是也。其地近燕，《困學紀聞》引王肅云“涿郡方城縣有韓侯城”。蓋召公子或孫有功者所封國。《竹書紀年》成王十二年“王師燕師城韓。王錫韓侯命”者是也。審此詩語，所贈爲近燕之韓侯。舊以龍門韓城説之者皆非。

首章：舉韓國地望爲“梁山”。舊説者龍門之“吕梁山”。詮按：九州皆有梁山。太王去邠，踰梁山，雍州之梁山也。吕梁爲冀州之梁山。此詩所言，幽州之梁山也，又名高梁山，屬太行山脉北段連峰之雄奇者。名見于《水經注》卷十三：“㶟水又東南逕良鄉縣之北界，歷梁山南，高梁水出焉。”即今良鄉故縣西之百花山也。又見於卷十四鮑邱水篇。“高梁”地名又見於《左傳》僖公九年與二十四年，地在晋國之東太行山脉間，爲春秋時晋東要道。故“諸侯之師伐晋，及高梁而還”。蓋太行山脉古稱“高梁山”，而其北段之燕山山脉古稱“梁山”。其所流出之水，多有高梁水之名。故酈道元所引古地理書，稱謂錯綜。此詩之梁山，實指良鄉之百花山也。然則幽州之韓城，當在今北京市區之西南界也。“奕奕”，云連峰相續之義。大禹疏導九河，其下廣原乃成耕土，故曰“維禹甸之”。“有倬其道”，猶云先韓侯佐周，有天漢倬然昭明之道，故受王命爲開國于此。“王親命之”者，召公奭年九十餘，猶康强在朝，爲成王所倚重。當推恩封其子孫。爲嫌在召公殉私所求，故特用王親命之也。以下，援用誥命語義。“纘戎祖考”，用《烝民》詩語。謂纘召公之緒業也。詩中援用舊詩成言甚多，蓋宣幽之間詩人風尚如此。“朕命不易”，亦是套用《文王》“駿命不易”句。“榦不庭方”之榦，與捍同義。楨榦字，亦作干，以干爲義。干，盾，捍禦之具也。“不庭方”，朱云：“不來庭之國。”卒章所稱之北國追貊是也。“戎辟”，義爲“汝君”，指燕侯。周初，封重臣太公于齊以鎮東夷。周公於魯以鎮南服（初國在魯山，後徙曲阜。宣王時以申伯代之），召公於燕以御北狄。北狄最頑悍，故更封韓侯以佐之。初封之韓侯，蓋先爲燕侯之臣或子，故詩曰：“以佐汝君。”仿吉甫詩，先頌其人祖德。

次章：乃叙韓侯入覲，受釐。“四牡奕奕”，言其從車之多，行列甚長，馬皆高大。毛云：“脩，長。張，大。覲，見也。”諸侯朝見天子曰“入覲”，“以其介圭入覲于王”者，其見祖曾受命爲追貊之伯（詳卒章），故有介圭（參看《崧高》），子孫雖非方伯例得嗣用之。婚禮親迎例當裝點門面，故以介圭覲王與親迎。“王錫韓侯”以下，詳列禮單，十二品，皆衹一車之裝飾品，甚微，姑以榮飾其親迎之車而已。雖車與馬亦未賜也。而封建禮官，必誇稱之爲文飾。以此知顯父必是禮官。《毛傳》：“淑，善也。交龍爲旗。綏，大綏也。錯衡，文衡也。鏤錫，有金鏤其錫也。鞹，革也。鞃，式中也。淺，虎皮、淺毛也。幭，覆式也。厄，烏蠋也。”鄭云：“善旗，旗之善色者也。綏，所引以登車，有采章也。簟茀，漆簟以爲車蔽，今之藩也。鈎膺，樊纓也。眉上曰錫，刻金飾之，今當盧也。鞗革，謂轡也，以金爲小環，往往纏搤之。”《朱傳》有可資補充者：如：“綏章。染鳥羽或旄牛尾爲之，注于旗竿之首，爲表章者也。”馬眉上飾曰錫（音羊）：“鞹，去毛之革也。鞃，式中，謂兩較之間，橫木可憑者，以鞹持之，使牢固也”。“幭，覆式也，字一作幦，又作幎，以有毛之皮覆式上也。”

三章：述韓侯入覲後迎娶赴屠阜邑時，王命顯父餞送，贈遺諸物。“出祖”，亦用《烝民》詩語。親迎後即當歸國。故離京師時有出祖之禮。“出宿於屠”者，屠即蹶父食邑所在，就爲親迎也。“屠”，毛云“地名也”不言何地。朱云：“或曰，即杜也。”胡承珙《後箋》以爲即雩縣之杜陵。此一説也。《説文》“屠阜，左馮翊郃陽亭”。（依段注本）《困學紀聞》引“浠水李氏，以爲同州屠阜谷。”顧祖禹《方輿紀要》以爲荼谷渡，云：“在陝西同州府郃陽縣，河西故城南。”此又一説也。後者似與韓國在河西龍門之説爲近。而實不然。同州，與杜皆二百里，去鎬已遠，非一日所能至。則安能自鎬出祖遂宿於屠乎？無論屠是何地，皆必爲蹶父之食邑，緣迎娶赴之，乃與詩合。非謂歸其韓國也。“顯父餞之”，《毛傳》“顯父，有顯德者也”。鄭云：“顯父，周之公卿也。”然《漢書・古今人表》收列宣王十一臣，有申伯、蹶父，而無顯父。足見班氏以前，無説顯父爲人名者。即如毛意，亦衹以顯父爲宣王之代稱。初疑是以王子餞之，故稱王曰顯父。然詩語殊不類王子口吻，衹合是禮官之辭，則當如鄭説爲人名。陳奐《傳疏》引《逸周書・成開解》“顯父登德”證人名。然《周書》明言爲成王九年周公之語。縱人名，亦非此詩之顯父也。韓姞爲厲王之甥，於宣王爲姑表妹，故於韓侯迎娶，遣禮官送之。自出祖時同行至屠。名爲餞之，實衹飯以酒殽諸物，皆生置之，非經烹飪可食者。致之於屠而後用之，以示榮寵於屠邑之人也。下言酒、殽、蔌、贈，舊説遂以爲出祖時之餞贈，亦非也。“清酒百壺”，又是致送禮單之語。如是顯父餞韓侯，縱使徧及從人，亦何致即耗百壺之多。惟致于屠邑，與蹶父親友同飲，當多饋也。“其殽”衹鱉與魚，即非當時食用之殽，且與百壺不稱。“其蔌”，毛云：“菜殽也。”亦維筍蒲二物者，周地水產少，貴族所珍，當時天子壟其利。致此四物以示出於王之特賜也。“其贈”，謂酒殽以外之物，則有一乘之馬與大路之車，爲親迎用，以榮韓姞也。又有籩豆。籩，竹製，以盛黍稷。豆，木製，以盛脯醢。“有且”，謂有薦藉之几狀物也。《鄭箋》：“且，多貌”。非義。《説文》且字：“從几，足有二橫。一，其下地也。”《段注》：“横音光，即桄子。今俗語光去聲是也。”按許意：古几之形，斷爲足而已。周人加二横木綴于足，使之牢固，置于席地上，以薦籩豆等貯物而重之器，使之穩而高舉，以便於食。是謂之且。周王贈韓侯車馬外，又贈籩豆各器，皆配有薦藉之且，優之也《伐柯》“籩豆有踐”義同。踐猶薦也（舊釋爲“行列貌”）。“侯氏燕胥”，傳王語：猶云“韓侯與其所親燕饗之”。鄭云：“胥，皆也。”

四章：始述韓侯迎娶盛况，亦是顯父餞送在屠參與婚禮之證。若祇祖餞于京郊，則不當見及此禮也。“取”，古娶字。“汾王”，指厲王。鄭云：“厲王流於彘。彘在汾水之上。故詩人因以號之。”姊妹之子爲甥。古謂女兒皆曰子。止，語辭。迎于蹶父之里，即上言之屠邑也（毛云：“里，邑也”）。韓侯自具行館於屠，親迎日，乃率百輛之車，建八鸞之旗，以迎于蹶父之家。“丕顯其光”，借用《大明》原語。“百兩”亦用《鵲巢》語。“八鸞”句，《烝民》原語。皆非適如其實。“諸娣從之”，諸韓姞之姊妹諸女眷送韓姞升車，皆及門而止，車行乃退。女多而服飾盛麗，祁祁然衆燦爛盈門。舊説：“諸侯一娶九女。”（《毛傳》）衆妾爲娣，（《鄭箋》）與詩語不合。設“諸娣”爲從嫁者，則當時上車，何得韓侯顧之皆在門内乎？舊又説：“韓侯顧之”爲親迎“曲顧”之禮。毛云：“曲顧，道義也。”孔穎達《正義》解之曰：“既受女，揖以出門。及升車授綏之時，當曲顧以道引其妻之禮義。”夫親迎於門外，自當顧見門内諸娣姒。安得有所謂曲顧之禮哉？漢儒强納婚禮於道義，竟因此詩之“顧”，發爲“禮經”所無之妄説，無足取也。

五章：爲合並後賀婚之語，亦是假爲周王之言，以慰韓姞。“蹶父孔武”，就蹶字爲説稱其人雄武。《唐・蟋蟀》“良士蹶蹶”。《傳》云：“蹶蹶，動而敏于事。”是蹶字本義，捷健也。後乃用其反義爲蹶躓。本義轉廢。宣王命於諸侯故“靡國不到”，爲其女相婿，未有如韓侯之國者。毛云：“相，視。攸，所也。”詮按：《洪範》五福“四曰攸好德”，謂配偶賢也。爲女相攸，即相婿之義也。選婿于諸侯，則重在其國，不重在其人之年貌。考周代貴族婚姻，男女年齡恒多懸殊。此必韓侯年貌不相稱，而韓姞好獵漁游逸，故以其地之樂動之。言梁山之下皆平原廣澤，多大魚。“訏”，陸云：“况甫反。”號呼遠達之義，引申爲廣大遼闊也。“甫”，大也。又言梁山之中，則禽獸衆多，爲游獵之善地。鹿最多，“噳噳”鳴聲遠聞矣。熊，今云黑熊。羆，今云“馬熊”。猫，今云狺猁，與猫同類而形體大。虎，與猫皆食鳥獸，昔人蜡祭所迎享，故詩特舉之。“慶既令居”，猶云：喜其有此令善之居地。舊説爲“喜而令韓姞往居之”者，非是。“燕譽”，朱云：“燕，安。譽，樂也。”《射義》“以燕以射，則燕則譽”，與《車牽》“式燕且譽”，譽皆訓樂。蘇轍曰：“譽，豫通。凡《詩》之譽，皆言樂也。”《孟子》引夏諺曰：“吾王不游，吾何以休。吾王不豫，吾何以助。”此詩“燕譽”，蓋游豫之變文，謂游獵之樂也。

卒章：結論韓國與周王之關係。重勉韓侯共職。溥，發語辭，有全部之義。言韓城全部爲燕國人民所築成。明其爲召公之國所分封。以侯之先祖以功受命而封於此。因是百蠻以立國。當時王賜韓侯以追貊之地爲北方之伯。“追貊”，毛云：“戎狄國也。”舊儒莫能實指爲何地何族。詮按：追，爲琢玉技術之古稱。《周禮·天官》有追師，即治玉之工師。我國治玉技術，羌人最爲先進。歷黄帝下至殷周，中華玉器皆是羌戎商品。殷末周初，華人始自琢玉，技術亦即羌族所教。于是羌族已由隴西高原，越河地區進入幽州地界，南緣太行山脉進入華夏。而代北地區亦有石英石出産，故代北有部分羌族（當時稱之爲狄）已成爲傳授琢玉之工匠，爲華人所師。其人被稱爲“追人”，而《周禮》亦稱玉工爲“追師”也。《棫樸》詩“追琢其璋”，《毛傳》：“追，雕也。”玉即白石英石與水晶之屬，不可以雕刻，但可琢磨。琢玉與解玉者用尋常鐵盤，傅以硼砂，用機括轉之，造成高速以觸玉石，玉即可隨人意被琢成形。其機括用繩制輪，以足踏之，借輪帶輪，以造成高速轉盤或鎬以琢玉。足不停，輪不息而玉可解。其勢若追。是琢玉工古稱爲追之義也。雕字，古亦讀佳音，故追與雕古同音義。後乃用爲雕刻字。而追爲玉工之義亦悔。陸云：“追，如字。又都回反。”都回反，則讀堆。古追字本音如此。故蜀之離堆，亦作“雷䭆”。今山西北部桑乾河流域，丘阜古名之稱堆者甚多。例如《水經注》卷十二，“欒堆泉”，其水出“欒堆”之東。卷十四，有“黄瓜堆”在桑乾水北。“白狼堆”在漯水之北。酈氏引徐廣曰：“猗盧廢嫡子曰利，遜于黄瓜堆。”足知漢魏時，北人尚稱民族所聚之地爲堆。猶華人古稱帝王所居曰丘也。疑即此追族之語言，自謂居邑爲堆，華夏人因稱其族爲堆，字則作追也。“貊”，陸云：“武伯反。”則與貉同音，讀如何。《傳疏》逕作貉字，本是一種耐寒而毛絨甚美之小獸名。《國策》“北有胡貉代馬之用”，謂冀北多此獸也。華夏人愛其毛皮，因稱擁有此利之民族爲貊也。此詩之“其追”，謂代北西部之羌戎别種。“其貊”，謂代北東部之東胡别種。皆北國之大部落也。成王時已附於周，故劃隸於此始封之韓侯，假以方伯之名賜以大圭之寳以鎮之。“實墉”，謂爲之築城，即上言“燕師所完”者。“實畝”，謂治其田畝。”“實籍”，謂治其版籍。實皆具始之義。末二句，謂制其歲貢，皆狩獵品，梁山所産。“貔”，毛云：“猛獸也。”今不詳爲何物。上古獵人以其皮爲衣帽以炫能。其後遂用爲軍士服飾，故曰貔貅之士。疑亦羆之類也。“赤豹”即金錢豹，皮亦褐色。“黄羆”，今云棕熊是也。

（九）江　漢

六章。章八句。

江漢浮浮，武夫滔滔。匪安匪游，淮夷來求。既出我車，既設我旟。匪安匪舒，淮夷來鋪。

江漢湯湯，武夫洸洸。經營四方，告成于王。四方既平，王國庶定。時靡有争，王心載寧。

江漢之滸，王命召虎：式辟四方，徹我疆土。匪疚匪棘，王國來極。于疆于理，至于南海。

王命召虎，來旬來宣。文武受命，召公維翰。無曰予小子，召公是似。肇敏戎公，用錫爾祉。

釐爾圭瓚，秬鬯一卣，告于文人。錫山土田，于周受命，自召祖命。虎拜稽首，天子萬年。

虎拜稽首，對揚王休。作召公考，天子萬壽。明明天子，令聞不已。矢其文德，洽此四國。

題解：召虎平定淮徐，疆理南國，返京述職，宣王命其告於家廟（召公奭之廟），虎作此詩，上其辭於宣王。王命合於大雅之樂以寵之也。《毛序》謂"尹吉甫美宣王"，失詩旨義。《朱傳》知非尹吉甫作，但云"詩人美之"。審詩語，屢用"召虎"之名，當是虎自作以獻於王也。

首章：《毛傳》："浮浮，衆强貌。滔滔，廣大貌。"《鄭箋》："江漢之水，合而東流，浮浮然。宣王於是水上命將率，遣士衆，使循流而下，滔滔然。"詮按：宣王非於水上命將，詳《常武》篇。鄭説非毛義，尤昧于詩義。毛云"衆强貌"，應是加於武夫之詞。"廣大貌"，應是加於江漢之詞。當是舊作"江漢滔滔。武夫浮浮"，《鄭箋》妄移易之。唐宋儒寫刻莫能易耳。馬瑞辰《通釋》引王引之《經義述聞》，正如此説。又引《白虎通義·山澤篇》"江漢陶陶"，謂："陶與滔古字通。"足證此臆説亦正確。《小雅·四月》"滔滔江漢"，正是襲用此詩成語而倒之耳。"匪安匪游"者，召虎之師乘舟浮淮而下。無跋涉之勞爲安，有坐游之樂爲游。然而非爲安游而舟行也，來討淮夷，宜如此耳。"淮夷來求"者，淮夷散處於淮水沿岸，無城邑聚落，故宜順淮水以求之。《朱傳》云："惟淮夷是伐耳。"來，語詞。來求，猶是求也。"既出我車"以下，言：既得淮夷主力所聚，則捨舟登戎車，建旐旟以征討之。亦非爲乘車之安舒，爲車戰足以制陸上之淮夷也。"鋪"字，毛云"病也"。朱云："陳也。陳師以伐之也。"馬云："止也。謂止其地。"皆未協于詩義。審詩，是求，是鋪，爲戰争首尾鋪叙語。鋪當爲斬殺平定之義。故字從金從甫。甫與圃，古今字。故《詩·車攻》作甫草。凡作圃者必先除野草而平整其土地。是之謂鋪。會意字，圃亦聲。故鋪有殺伐與平定之義。引申之義乃爲鋪設，敷布，鋪首，鋪止，痡病之義。漢以後引申義行而本義轉廢，人遂曲解此詩也。

次章：言江漢已定，南國已平，軍事結束。"湯湯"，水盛貌。"洸洸，武貌"。

（《毛傳》）“四方”，謂淮浦之四方，包括淮北之淮夷，其東之徐戎，其西南江漢諸小國。“經營”，謂或招降撫用之，或聲罪撻伐之，如營建之用材，各以其宜。“告成”，告其成功於周王。“王國庶定”者，淮徐屢爲華夏之害。管蔡之變，徐淮夷助武庚。武庚敗滅，又助奄擾周。周公東征，三年而後滅奄。周師甫歸，徐淮侵魯至費。穆王時，徐偃王拓地萬里，侵及王畿。厲王三年，淮夷侵洛，王命虢公長父伐之，不能克。皆經史已著明者。宣王任用召虎，既逐玁狁，威荆蠻，而後集東方諸侯之師與周畿邱甸之士合力分道以討伐之。既平淮夷，服徐國，撫定漢水以東、大江以北諸小邦，封建爲諸侯之國，疆理其土田，而徙申伯於謝，建大藩以鎮之。皆召虎之謀，又躬行以實現之者。由是江淮之域，進爲華夏，國家更無徐淮之禍。在當時，召伯已度其不至再有禍亂，告於成王，姑云王國庶幾永安定矣。鄭云：“庶，幸也。”非義。“時靡有争”，時、是二字當時通用。争則“争地”、“争城”之争，謂是後將無復有戰争。可以告慰於王。王心則寧也。鄭云：“載，則也。”

三章：述徐戎既服將歸宗周時，宣王命召虎辦理南國善後諸務，封建諸侯，疆理土田，制其貢賦之事。“江漢之滸”，言徐淮二族故域所屆，南至江，東盡海，西至漢水，地面遼闊。王則命召虎皆疆理之。“式辟”，爲之立法立君也。“四方”，仍上章之義。時召虎之師駐淮浦（説見下篇），即謂淮浦之四方。“徹我疆土”，謂此地域全屬周王之疆土，當建諸侯之國，行什一之税，立朝貢之制也。“匪疚”，謂人民當樂便之。“匪棘”，謂推行無滯礙（舊説爲急者，非）。“王國來極”之極，鄭云：“中也。”朱云：“中之表也。居中而爲四方所取正也。”詮按：召虎暫駐淮浦，功竟好歸。淮徐江漢，遠在鎬之東南，安得云王國之中哉。極字，當釋如《爾雅·釋地》“四極”之極。言王國之境，從而遠於江海之濆，以爲東南之極也。故下文即承以“于疆于理，至于南海”之句。“南海”，亦《釋地》“九夷、八狄、七戎、六蠻，謂之四海”之海。大江以南爲山越與蠻濮，及巴、楚之夷，稱爲南海，非謂江南之海洋也。

四章：述完成使命，返京師受釐錫命事。“來旬”，《毛傳》：“旬，徧也。”鄭云：“旬，當作營。”説爲“經營四方”。詮按：旬者，十日之終。人事爲之小結。故古有“旬休”、“旬見”之制。此詩言王命召虎歸來述職，用“旬見”之義也。“來宣”，謂述職後宣佈其成功於天下。“來”，是召還語。鄭云爲“勤也”。朱説爲：“王命召虎來此江漢之滸，徧治其事，以布王命。”並非。以下全是摘述王命語意。言文王武王相繼受天之命，時則召公奭爲之楨幹。今爾勛業德望，有似召公。汝嗣承召公之勛業，故賜爾以福祉。“無曰予小子”，召虎改王言爲自謙之辭。“無”，語辭，亦示不敢當其語。肇，嗣也。敏，敏于事也。戎，汝。公，功也。《後漢書·宋宏傳》引此詩，正作“戎功”。《六月》“以奏膚公”，《傳》：“公，功也。”此《傳》云：“公，事也。”均是勛業之義。

五章：賡承福祉，列舉王之所賜。《毛傳》“釐，賜也。秬，黑黍也。鬯，香草也。築煮，合而鬱之曰鬯。卣，器也。九命，錫圭、瓚秬鬯。”蓋以備勛臣告家廟灌鬯之用（參看《文王》篇）。“告于文人”，《毛傳》：“文人，文德之人也。”《箋》云：“告其先祖諸有德美見記者。”馬瑞辰曰：“哀公二年《左傳》：衛太子禱曰：‘文祖襄公。’《積古齋鐘鼎款識》有旅鼎。其銘曰：‘旗用作文父曰乙寶。’尊彝古器銘又多稱文考者。文人，猶云文祖、文父、文考耳。《文侯之命》‘追孝于前文人’，承上‘汝克紹乃顯祖’言。”謂：“此詩‘文人’，《傳》《箋》俱指召穆公之先人。甚確。朱子《集傳》謂指文王，似誤。”除賜祭告于召公外，又加賜以“山土田”。毛云：“諸侯有大功德，賜之名山、土田、附庸。”賜山，給材用，供狩獵。土田則有民户，供賦役。（賜附庸，見《魯頌·閟宫》。）“于周受命”二句，鄭云：“周，岐周也。自，用也。宣王欲尊顯召虎，故如岐周使受山川土田之賜命。用其祖召康公受封之禮。”朱云：“從其祖康公受命于文王之所以寵異之。”詮按：召康公食邑在岐周，宣王加賜山川土田，亦當在岐周。於周受命，當連上讀。謂受命賜山土田於周。“自召祖命”句，謂宣王卜賜土時，得召康公示兆如此耳。應“告于文人”句。“稽首”，下拜，首至地，最敬之古禮也。《周禮·春官》：“九拜。一曰稽首。”《尚書》禹拜稽首”《釋文》：“稽音啓。”“天子萬年”，虎之頌語。

卒章：再言“虎拜稽首”，爲祭告家廟後，獻詩之時。王有賜命，虎有獻詩，以揚王之休美，故曰對揚王休。“作召公考”者，《毛傳》“考成也。”《朱傳》：“穆公既受賜，遂答稱天子之美命。作康公之廟器。而勒王策命之詞，以考其成。且祝天子以萬壽也。《古器物銘》云：‘邢拜稽首，敢對揚天子休命，用作朕皇考龔伯尊敦。邢其眉壽，萬年無疆。’語正相類。”（邢，音弁，人名）詮按：考者，器成而檢驗之義。“考工記”文考，含義如此。召康公昔曾作廟器，有銘刻以頌周王之德。召虎亦作廟器，以銘刻頌宣王，故曰“作召公考”，以祝天子萬壽。“明明天子”以下四句，即召虎銘刻于廟器之文句。故以詩獻其辭，爲對揚王休也。“明明天子”，用《大明》意。“令聞”，猶美譽。“不已”，不斷産生。“矢其文德”，毛云：“矢，施也。”朱云：“矢，陳也。”意謂武王克商而偃武修文。故召虎陳宣王之文德以勸之。“不欲其極意於武功也”，誠如是意，亦當如《毛傳》作“施文德”爲義，謂賜告祭與賜誥命爲文德，而祝願其以文德洽施於天下諸侯，乃合於虎之措辭（毛于《卷阿》釋“矢詩”爲“公卿獻詩以陳其志。”於此，則訓矢爲施）。

（十）常 武

六章。章八句。

赫赫明明，王命卿士，南仲大祖，大師皇父。整我六師，以修我戎。既敬既戒，惠此南國。

王謂尹氏，命程伯休父：左右陳行，戒我師旅。率彼淮浦，省此徐土。不留不處，三事就緒。

赫赫業業，有嚴天子。王舒保作，匪紹匪游。徐方繹騷。震驚徐方，如雷如霆。徐方震驚。

王奮厥武，如震如怒。進厥虎臣，闞如虓虎。鋪敦淮濆，仍執醜虜。截彼淮浦，王師之所。

王旅嘽嘽，如飛如翰，如江如漢，如山之苞，如川之流。綿綿翼翼，不測不克，濯征徐國。

王猶允塞，徐方既來。徐方既同，天子之功。四方既平，徐方來庭。徐方不回，王曰還歸。

題解：宣王平徐淮，分軍三路：王自和太師皇父，領六師及齊、魯、衛諸國之衆由魯境逕取徐城，爲東路。分軍命程伯休父會宋、陳、蔡、許之衆，向淮浦，爲中路。召虎自洛率師會申吕之衆，循淮而下爲西路。西與中路之師，會於淮浦。以夾攻徐城，徐君降。宣王旋師，留召虎辦理南國善後事宜。虎遂南至江，西抵漢水，分建諸侯，乃歸宗周，已具《江漢》篇。此篇，則召虎與從王史官如尹吉甫等所製，以頌宣王征徐之事者。《毛序》云："召穆公美宣王。"謂其主之也。題曰"常武"者，天子之旌旗曰常。《周禮·春官·司常》云"日月爲常。交龍爲旗"，"王建大常，諸侯建旗"，是也。武王克商，作樂名《大武》。召虎蓋亦欲以此詩爲周之頌樂，比於《武》《酌》諸篇。由宣王遜謝，但以之與《江漢》及吉甫兩篇譜爲大雅，合成平定徐淮之詩史而已。衛宏《續序》解題云"有常德以立武事，因以爲戒焉"。全失詩旨，亦昧命題之義。

首章："赫赫明明"，總頌王師征徐之威勢。赫，用"王赫斯怒"之義。明，用"明明在下"之義。毛公於《大明·傳》云："文王之德明明於下，故赫赫然著見於天。"既誤解矣。于此詩亦用其義，訓赫爲盛，明爲察。無取。"南仲大祖"二句，毛云："王命南仲於大祖，皇父爲大師。"鄭云："南仲，文王時武臣也。宣王之命卿士爲大將也，乃用其以南仲爲大祖者，今大師皇父是也。"後儒多遵鄭説。詮按：南仲名載《出車》篇，宣王時詩也。則宣王征徐所用之大將皇父，何得遂爲南仲之遠孫哉？鄭玄誤遵《續序》以《出車》爲文王世詩，故有此謬。後儒又復從謬矣。夫若南仲果爲文王世人，自文王至宣王征徐，已八九世，約二百五十年矣，如此簡要之詩語，何得因述命將而有閒文牽涉其八九世之遠祖哉？況皇父尹氏，明着于《節南山》。南仲自應爲南氏，豈得爲尹氏之大祖哉？魏源《詩古微》辨南仲爲宣王大臣，列證九條，可成定讞。然又說“南仲從王親征淮北之徐戎”，則又誤從《毛傳》之失也。《毛傳》釋大祖爲宗廟不易之祖，字面天成，于文義則省，于字即不可通。“卿士”爲南仲官銜，則然也。“大師”亦是皇父官銜。大師屬三公，位在卿上。豈王獨命南仲於大祖，皇父不於大祖乎？抑南仲主其軍，太師皇父更受其命以整六師乎？此文理之不可通者，不衹省于字爲不通也。竊以爲：祖者，祖祭也。宣王親征，必留重臣於京師，召公既行，則方叔南仲應其選也。軍行必有祖祭，因即犒勞軍士。王親行，則留守大臣祖餞之。其視隆重，故曰大祖。卿士不能自擅，故以王命行之。此“王命卿士南仲大祖”之義也。南仲爲留守卿士，皇父則受命爲六師主帥者，本亦六卿之一，此役進大師銜，以重戎政，循太公爲太師以伐殷之故事也。“王命”二字，雙綰至此。以下四句乃專屬皇父之事。《竹書紀年》載：幽王元年，“錫大師皇父命”，謂作冢宰也。五年“皇父作都于向”，爲褒姒之黨所排也。十二年，“申侯、魯侯、許男、鄭子，立宜臼于申”。平王元年“東從洛邑”。時則皇父仍爲太師，總持庶政，着于《節南山》諸篇。平王年，“王錫司徒鄭伯命。”則皇父敗免矣。以此推之，宣王征徐時，尹氏皇父尚屬壯年，堪任繁鉅，故宣王畀以軍政焉。“六師”者，周制：六鄉軍賦，六卿主之，而總屬於大司馬。故天子出則六軍（二千五百人爲軍，鄉各一軍）。此役皇父以大司馬，加太師銜也。整頓六師，修戎政，爲司馬之事。“既敬”，謂宣王告廟，南仲大祖，皇父禡祭，諸禮已成。“既戒”，謂皇父申軍令，已訖。則師行矣。遠征南國而曰“惠此南國者，伐罪弔民，安良除暴，於南人爲大惠也”。

次章：“王命尹氏”，即尹氏皇父。《節南山》“尹氏太師”是也。程伯休父雖亦六卿，戎政統于主師，故王命皇父轉命之。此亦五字爲句。故知“南仲大祖”句非有于字。《楚語》及《史記·太史公自序》皆謂程伯休父在周爲司馬之官。皇父進爲太師，休父亦轉爲司馬也。“左右陳行”者，《周禮》大司馬之職：凡大閲，“坐群吏，聽誓于陳前。斬牲，以左右徇陳曰：不用命者斬之”。陳，古陣字。“陳行”，軍旅之行列也。上云“既戒”，即此“戒教師旅”之義。分軍別出，又當作戒也。“率彼淮浦”，率，循也（《鄭箋》義）。宣王六軍攻徐城不下，徐恃有淮援也。故再命程伯休父率師，乘潁水浮舟而下，與召虎淮上之師會于淮浦，截斷淮夷之援，且與王師夾攻徐城。“淮浦”，蓋指淮潁水運交會之地方，應在今安徽省正陽關附近。率循淮浦，猶云宜出淮浦也。“有此徐土”，舊說爲省方觀政之省，於此詩義不合。省，視也。詩言抵淮浦後，即向徐戎之土前進，謂夾攻。故接云“不留不處”也。“三事就緒”，毛云：“誅其君，弔其民，爲之立三有事之臣。”夫此章方叙至出師之命，至卒章乃言徐方來同，則安得此時便云誅、弔、立官？《十月》：“擇三有事。”《毛傳》：“有司，國之三卿。”毛于《雨無正》之“三事大夫”，説爲“三公”。豈此謂亦爲徐國立三公之官哉？其謬明矣。後儒多緣之，同謬，直至此章不悟。《鄭箋》説爲“三農之事”，亦不合。按：《尚書·立政》：“立政，任人、準夫、牧，作三事。”《孔傳》：“常任，準人，及牧，治爲天地人之三事。”（《蔡注》：“言文武立政三宅之官也。任人，常任也。準夫，準人也。牧，常伯也。以職言，故曰事。”）《白虎通·封公侯》云：“司馬主兵。司徒主人。司空主地。”又引《别名記》曰：“司徒典民。司空主地。司馬順天。”並釋之云：“天者施生，所以主兵何？兵者，爲謀除害也，所以全其生，衛其養也，故兵稱天。”大抵三代文言“三事”者，皆天事、地事、人事之謂，用于官，則爲“三卿”，用于德，則爲“三教”（亦見《白虎通·三教篇》），用于政，則爲“三事”。在此詩語，顯然爲軍事部署皆已就緒之意，爲首、次兩章結束語。蓋以擇日祖祭爲天事，分路進軍爲地事，命將申戒爲人事，于時俱已妥當也。

三章：爲王師出發後，敵我情致。《毛傳》：“赫赫然盛也。業業然動也。嚴然而威。舒，徐也。保，安也。”鄭、朱並云：“作，行也。”言王師浩大而威嚴，安舒徐行而進，有似遨游。“匪紹匪游”，當與“徐方繹騷”爲句。言徐方之偵察者驚疑相謂曰：“觀其軍容，似前來征伐者。然其行進，則似巡游省方，不似來伐。”就在魯境内所見言之。迨見其逕向徐境，則判其非巡游，是來征伐。故驛傳騷然而動。周代已有驛遞之法。故《論語》曰“速于置郵傳命”。繹騷，陸續騷動，亦驛傳騷動之意。迨王師進入徐境，則徐方震驚，如雷霆乍發矣。再言“徐方震驚”者，頌王師出其不意。

四章：“王奮厥武，如震如怒”，則既入徐境戰鬥開始矣。“進厥虎臣”，鄭云：“進，前也。”朱云：“鼓而進之也。”虎臣，謂諸雄勇之將士。“闞”，《説文》“望也”。詩謂周之將士，望之如虓虎然。“虓”，毛云：“虎之自怒虓然。”陸云“火交反”，與咆哮之哮同音義，虎怒吼也。“鋪敦淮濆”，之鋪，與《江漢》首章鋪字同。斬馘之義也。“敦”，迫促也。“淮濆”，淮水之涯，謂徐城所在。“仍執醜虜”，頻仍執之。謂連戰頻獲敵俘。“截彼淮浦”，謂程伯休父與召虎之師亦斬獲至淮浦，據有其地。“截”，與《商頌》“海外有截”同義。亦爲截斷淮浦，使淮水敵援斷絶之義。舊説諸詁訓，殆無一可取，體會先謬故也。

五章：再言王師之衆盛。“嘽嘽”，車聲震也。“如飛翰”，車行疾捷如飛鳥也。“如江漢”，車徒衆盛如大水在地也。“如山之苞”，不可動也。毛訓苞爲本，意謂山之植于地如苞之繫於根幹。“如川之流”，動則不可禦也。“綿綿”，不可絶也。“翼翼”，不可襲也。“不測”，不可知也。“不克”，不可勝也。“濯征”，徹底征服，滌蕩瑕穢，不同於一般之征伐也。詩蓋以王師方攻徐城，不拔而别以軍據淮浦制勝爲“不測不克"，以掩王攻堅不下之憾。實謂全局制勝在於先據淮浦，隱爲召虎頌西路之功。

卒章：述言徐君降而軍事結束。"王猶允塞"，頌王廟謀周密。猶音猷。《毛傳》："猶，謀也。"鄭云："允，信也。"朱云："塞，實也。"謂廟謀皆如實觀成。"徐方既來"，降使來也。徐爲曾經統一江淮流域之大國（徐偃王時），後雖敗破群舒（《魯頌》詳）與淮夷仍依附之。徐君降，則所役屬民族部落皆降，各以使至王所，故曰"徐方既同"。實則招徠撫綏，皆召虎爲之。虎不自以爲功，歸功於王，故曰"天子之功"。徐與所屬部皆降，淮浦之四方既平。其君長皆來朝于王所。是謂"來庭"。毛云："來王庭也。"説者遂謂入朝于京師。亦非詩義。下言"徐方不回"，謂徐君表示其衷心降服，不復反叛，宣王乃還師。則並非徐君入朝於宗周也。

徐國舊城，傳在盱眙縣，在淮水故道之南。由於洪澤下陷淹没，今已不可考實。審于詩語，當是其地。

（十一）瞻　卬

七章。三章章十句。四章章八句。

瞻卬昊天，則我不惠[1]。孔填不寧，降此大厲。邦靡有定，士民其瘵。蟊賊蟊疾，靡有夷届。罪罟不收，靡有夷瘳。

人有土田，女反有之。人有民人，女覆奪之。此宜無罪，女反收之。彼宜有罪，女覆説之。哲夫成城，哲婦傾城[2]。

懿厥哲婦，爲梟爲鴟。婦有長舌，維厲之階。亂匪降自天，生自婦人。匪教匪誨，時維婦寺。

鞫人忮忒，譖始竟背。豈曰不極，伊胡爲慝？如賈三倍，君子是識。婦無公事，休其蠶織。

天何以刺，何神不富。舍爾介狄，維予胥忌。不弔不祥，威儀不類。人之云亡，邦國殄瘁。

天之降罔，維其優矣。人之云亡，心之憂矣。天之降罔，維其幾矣。人之云亡，心之悲矣。

觱沸檻泉，維其深矣。心之憂矣，寧自今矣。不自我先，不自我後。藐藐昊天，無不克鞏。無忝皇祖，式救爾後。

題解：《毛序》云："《瞻卬》凡伯刺幽王大壞也。"定爲凡伯作，未知所據。於

【1】《集傳》本作"則不我惠"。

【2】《朱傳》及陳奂《傳疏本》將先二句劃並爲下章八句。

《板》詩，謂“凡伯刺厲王”。《序注》謂作板詩者“入爲王卿士”。于此篇，則曰：“凡伯，天子大夫也。《春秋》魯隱公七年冬，‘天王使凡伯來聘’。”蓋謂是兩凡伯。世仕於周，父子俱能詩，各有所刺也。此詩痛詬褒姒與其黨羽，而規避幽王，非刺幽王之詩。蓋東遷之初，舊貴族求新禄於平王者所作。辭若忿怨，而意則甚諂。語多隱秘。舊説者不得其意之背景，解釋多不中。兹隨文考訂之。

首章：詞句摹擬《桑柔》，如出一轍。然《桑柔》氣度雍容，此詩淺懆激切，不同。應是作在《桑柔》之後，羡其獻詩獲寵而賡爲之，故極力摹其語義。“瞻卬”，陸云：“卬音仰。”“瞻卬昊天，則不我惠”，猶《桑柔》之“倬彼昊天，寧不我矜”也。“孔填不寧”之填，即“倉况填兮”之填。“降此大厲”之厲，即“誰爲厲階”之厲。“邦靡有定”，即“靡國不泯”，“靡所定處”之意。“士民其瘵”，亦“瘼此下民”之義也。“蟊賊蟊疾”，上蟊爲名詞，下蟊爲動詞，言傷害之急。與“降此蟊賊，稼穡卒癢”又同義趣。“靡有夷届”，亦“具禍以燼”之義。夷，謂滅輕。届，謂終止。無滅無止，則非至於燼滅不可也。“罪罟”，已見《小明》詩。《毛傳》於彼但云：“罟，網也。”於此云：“罪罟，設罪以爲罟。”鄭釋之云：“施刑罪以羅罔天下。”朱賡之云：“刑罪爲之罔罟。”三人成虎，後世莫敢疑之。詮按，詩以罪罟與“蟊、賊”對，則亦當是二物之聯稱。《説文》：“罪，捕魚竹網，非聲。秦以爲辠字。”段注云：“秦始皇以辠字似皇，乃改爲罪。”是秦以前罪字皆衹作漁具解，犯罪之字衹作辠。漢以來儒者不知，遂謬解此罪字爲罟形容語也。詩言：昊天降蟊賊以病民，無止；設罪、罟以罔民，不收，則民人之病無愈時也。

次章：賡言民之病苦。四汝，皆指昊天。兩“人有”，緣指畿内諸侯有土田、人民也。犬戎之難，宗周貴族食采者皆喪失其土地、人民。詩不敢斥幽王：而云昊天爲之罪罟所致。因幽王乃平王生父，故諱之而歸罪於天。“此宜無罪”，指在洛諸舊貴族，“收”，謂收没其土地人民。“彼宜有罪”，謂携王餘臣爲褒姒之子，擁立餘臣之虢公翰爲虢公石父之族，皆覆滅宗周罪人之黨，而竟仍建社稷宗廟于携邑。犬戎殺幽王而擄褒姒以去，亦不踐携。詩謂天實假手於犬戎。以褒姒不死，携王嗣立，爲天悦之也。“説”，古悦字。

“哲夫成城”，謂賢士爲國之干城。“哲婦傾城”，猶言“女子無才便是德”，婦而多才，必敗其國。周代重男輕女，已造其極。蓋先已有人作此成言，而凡伯引之，以爲詬詈褒姒之語。《朱傳》以此二句割歸下章，於文理爲宜。陳奂《傳疏本》同。上章八句，下章十二句。

三章：當自“哲夫”句起。爲詬詈褒姒專章。“懿厥哲婦”，懿爲忿嘆之發語詞。哲婦之哲，亦用反義。忿怒之極，則易用讚頌語爲詬。如今俗云：“好小子”，性氣之自然也。詩謂：“彼昔人所謂‘哲婦’者，實爲不祥之物，如梟與鴟也。”梟與鴟，皆猛禽，可憎之惡鳥。“長舌”，巧於言語之謂。詩言婦人而巧於語言，則易爲蠱惑譖讒，故“維厲之階”。謂禍亂緣之而生爲厲階也。“亂匪自天”，（原降字當衍）言犬戎之亂，非自天降，實由褒姒讒構召之。以釋厲階生自婦人之意。“匪教匪誨，時維婦寺”，亦前人成言而詩引用之。“婦寺”，原指宫女與閹人，皆王所親近者，其言語易撼動王。蓋舊曾有人諫王云：“此輩皆未受教育者。”勸王遠之。詩借用以詬褒姒與虢石父諸人也。由其含義未當，又突加有寺字，故知其爲引用陳言。

四章：文義最難解。舊説紛龐，究皆不能自圓。按章末二句，應仍是詬及褒姒。首言“鞫人”，應是一大冤獄之事。《史記·周本紀》云：“幽王得褒姒，愛之。欲廢申后，並去太子宜臼，以褒姒爲后，伯服爲太子。”“幽王以虢石父爲卿，用事。國人皆怨。石父爲人佞巧，善諛。好利。”凡廢立，必先宣佈其罪行。幽王廢立之由，自必出於褒姒讒構。當其提出申后與太子罪由時，固必須命用事大臣審讞，落實其罪行。此詩所言鞫人，蓋即鞫訊申后母子之大臣，亦即虢石父也。“忮忒”，毛云：“忮，害。忒，變也。”鄭云：“忮害轉化，其言無常。”宫庭之讒譖，虢初不知，未敢遂罪后與太子。或以譖報，迨受褒姒之賄，乃復循幽王意屈冤定讞。故曰“忮忒”。《史記》則説爲“巧佞”是也。《説文》伎字，引此詩，作“鞫人伎忒”。蓋三家詩異字。作伎，則謂鞫獄人之伎倆善變，是正字。毛詩改作忮字也。“譖始”，謂始讞定爲讒譖。“竟背”，謂終竟與前讞背謬，落實其罪，而申后與太子皆廢矣。鄭朱並云：“譖，不信也。”亦謂“不信終於背違之”爲忮忒。“豈曰不極”，舊以與“伊胡爲慝”爲句。鄭云：“豈謂其是不得中乎？反云維我言何用爲惡。不信也。”詮按：“豈曰不極。”句當上屬。猶云“如此伎倆，豈不醜惡以極乎”。“伊胡爲慝”，句當下屬。謂“伊何以敢于爲此醜惡之事乎？”又復自答曰“賄厚如賈人之見市利三倍也。”即《史記》“好利”評語昕據。《易·説卦》：“巽，爲木，爲風……爲近利市三倍。”《管子·小問篇》：“三倍不遠千里。”蓋古先有此言，以喻得貨賄之多。“君子是識”，與“豈曰不極”同是各上二句之追加慨嘆語。如言“其受賄也，宗周貴族皆知之，但不敢言耳”。“婦無公事”二句，亦當是當時已有之成言。謂婦人不當干預國家大事。但當修其養蠶、紡織之事而已。當時作詩，好用成語。惟具以成語作結，故意結而文不相屬。

五章：文亦難解。審其主旨，重在“人之云亡”一句。索解，當先分析此句所指之人。《後漢書·郭太傳》載郭林宗聞陳蕃、竇武遇害，“哭之于野，慟。既而嘆曰：‘人之云亡。邦國殄瘁。’”用此詩語。則是亡者，死也。《鄭箋》釋此句曰：“賢人皆言奔亡，則天下邦國將盡困病。則亡者出奔也。”幽王誅殺何人，史無所聞。惟太子宜臼奔申，家父從之。其後太師皇父亦奔申，已有考見。審此章，蓋謂皇父之出奔也。皇父比較持正，初讞申后母子時，鞫人尚不敢冤之。故宜臼雖廢，尚得受其護而奔申（參看《白華》篇）。虢石父遂與褒姒並譖皇父。出之晉向，終亦迫之奔申。此時，則仍爲平王太師在洛。宗周舊貴族之來洛者，皆緣之以接近平王。故此詩亦用專章侫頌之。若宜臼，則此時已立爲君，即不適用此章語矣。“天何以刺”，謂篇首曷爲刺昊天乎？復自答云：“我輩貴族，于上下神祇，敬禮至矣，瘞埋厚矣。可神不已富有哉。”亦《雲漢》“靡愛斯性，圭璧既卒。上下奠瘞，靡神不宗”之意。謂神以瘞埋圭玉爲富。舊訓富爲福者，非也。“舍爾介狄”，謂六濟之戎爲“介狄”，擾向功而不卒討，爲舍。介，大也。六濟之戎與赤狄、白狄同類。故曰“介狄”。“維予胥忌”，代皇言也。“不弔”，即“昊天不弔”原意。“不祥”，《大明·傳》云：“祥，善也。”此謂天下不予以休祥也（休祥，見《泰誓》謂善徵）。“威儀不類”者，謂皇父以太師出營向邑，而困敝至于威儀不能具，事物功不能維。工役怨嘆，人從崩潰，不能不出亡於申也（祥具《小雅》末三篇）。最後嘆曰：“此人出亡而邦國亦殄，人民憔悴矣！”

六章：“天之降罔”，即首章“罪罟不收”之義。罔，網之古字。“優”，毛云：“渥也。”鄭云：“寬也。”朱云：“多也。”陳奐云：“《説文》‘瀀，澤多也。’引詩‘既瀀既渥’。今《信南山》詩亦假借作優。”蓋三詩作瀀。毛許作優。皆嘆其多。上“人之云亡”二句，指宜臼、皇父之奔申。謂我心已憂之矣。下“人之云亡”，則自指出奔就洛，故云“幾矣”，“悲矣”。毛云：“幾，危也。”鄭云：“近也。”要是切身之意。

卒章：“觱沸檻泉”，用《采菽》篇原句，明其懷念宗周。泉自地下涌沸者，由其源深邃。以喻周族根源深厚。因言我以周公之裔，憂及宗周，非自今日始矣。而禍難之來，不可逃避。不先不後，恰中我躬。最後言相信天命未移，宗周仍克鞏固。宗祀無忝，皇祖必能拯其後裔。鞏與後不韻，《朱傳》：“鞏，叶音古。”詮按：後字，《説文》從彳、幺、文，爲會意字。本無定音，隨地而異讀。周人蓋讀如户音。揚雄《趙充國畫頌》：“在漢中興，充國作武。赳赳桓桓，亦紹厥後。”是蜀人在漢世亦讀後爲户音，與固協韻。鞏字，蓋固字之訛。鞏與固爲一義。《易·革卦》：“鞏用黄牛之革。”謂以黄牛之革固定之，使不得變革。鞏固一義最明。舊傳寫者緣義而訛也。

（十二）召　旻

七章。四章章五句。三章章七句。

旻天疾威，天篤降喪。瘨我饑饉，民卒流亡。我居圉卒荒。

天降罪罟，蟊賊内訌，昏椓靡共，潰潰回遹，實靖夷我邦。

皋皋訿訿，曾不知其玷。兢兢業業，孔填不寧，我位孔貶。

如彼歲旱，草不潰茂，如彼棲苴。我相此邦，無不潰止。

維昔之富，不如時；維今之疚，不如兹。彼疏斯粺，胡不自替？職兄斯引。

池之竭矣，不云自頻。泉之竭矣，不云自中。溥斯害矣，職兄斯弘，不烖我躬。

昔先王受命，有如召公。日辟國百里，今也日蹙國百里。於乎哀哉！維今之人，不尚有舊。

題解：此太師皇父答凡伯《瞻印》之詩也。時間當在平王三年，申國舊臣被詬，即將敗退之時。詩中喪亂、流亡、罪罟、蟊賊諸文皆與《瞻印》相應，亦皆七章，是當時唱和詩格局。《毛序》遂與《瞻印》同説爲“凡伯刺幽王大壞”。後儒遵之以爲説者，皆謬矣。《瞻印》專斥褒姒。此篇不及褒姒，但斥小人讒害。《瞻印》全篇四字句（衹“亂匪降自天”一句五字，其實亦當衍降字，乃與篇首責天語調相稱）。此篇四十一句中，有五字者四句，三字者二句，七字者一句，爲三百篇中使用長短句最多者。《瞻印》辭旨淺慄，此篇意趣從容，顯然爲年輕躁進者與老成藴藉者兩人之作；衹同爲宗周舊族，經歷困躓流離後再同聚于洛邑而復意氣相投者唱答之詩，爲合也。尹氏皇父，宣王初已知名。（《竹書》云：“宣王二年錫太師皇父司馬休父命。”）征淮徐之役爲王師總戎。幽王即位，任爲冢宰。歷五年，乃被褒姒之黨所排，出而營向。向功被扼潰敗，奔申。平王立，復以太師綜庶政。自宣王二年至平王立，爲五十八年，應已八十九歲矣。久經患難，無適于名位去留，詩情鬱憤而能以克制出之。宜其詩語如此也。舊説者全失此旨，故無可取。

首章：“旻天疾威”，用《小旻》及《雨無正》原句。二詩皆詆詬皇父之作。皇父則故意用之。意若曰：“我亦正謂如此。如此大變，非天怒何能致哉。”然各所指爲招致天怒之原因，則不同矣。前兩詩所斥責者平王執政之皇父。此詩所指則幽王執政之虢石父與褒姒之黨。“瘨我饑饉”，即《雲漢》“瘨我以旱”之瘨，爲陷我於痛苦之義。幽王之敗，不由饑饉，諸史與《詩》但述其時之天變者多。未有言饑饉者。此詩言“天篤降喪”，明是幽王時而續以“瘨我饑饉”，則衹能是言營向之役，由於受朝廷扼害而陷於饑饉。“民卒流亡”，謂營向之工匠與軍民皆因饑饉無援而歸于潰散。“我居圉卒荒”，言我亦不能不出奔於申，而所有食采之邑，僕圉之人皆喪失也。“我”，字皆皇父自指。“卒”字，皆本無其志而卒不能不出於此之義。

次章：“罪罟”、“蟊賊”，皆當時答詩必徵引其原句之體。“内訌”，毛云：“訌，潰也。”鄭云：“争訟相陷人之言也。”《説文》：詩蓋言蟊賊在内，陷害在外者。後世乃以内訌爲“内部相訌”，非詩義。“昏椓”，答《瞻印》“婦寺”而變其字也。昏者，夜也，通用爲婚配字，引申爲“妾婦”之義，指褒姒。“椓”者，鄭云：“椓毀陰者也。”即所謂“寺人”，指褒姒之黨，虢石父輩也。按：《國語》及《竹書》，稱“虢公長父”，（宣王時）與“虢公翰”，（平王時）於虢石父獨不稱公。疑石父只是虢之人，或疏遠之公族。驗此兩詩，又是閹人，故能親近褒姒。皇父自云不與婦寺共朝廷而奔申，曰“昏椓靡共”也。鄭説靡共爲“王遠賢者而近任刑奄之人，無肯共其職事者”。

朱云："共與恭同。一説與供通，謂供其職也。"皆非。"潰潰回遹"二句，毛云："潰潰，亂也。靖，謀。夷，平也。"鄭云："潰潰然維邪是行，皆謀夷滅王之國。"朱云："靖，治也。言此蟊賊、昏椓者，皆潰亂邪辟之人，而王乃使之治平我邦。所以致亂也。"詮按：潰，潰與訌，古義通。"回遹"，邪僻也（已見《甡鹿》篇）。靖，净也。夷，芟夷。謂覆滅也。言此輩"内訌"之蟊賊，實使我邦覆滅。"我邦"，自可指爲宗周畿。然詩意似指皇父之采邑。因平王既已立國，在當時仍謂周邦，故當與上章言"我居國卒荒"同義。

三章：《毛傳》："皋皋，頑不知道也。訿訿，窳不供事也。"於《小旻》則云："潝潝然患其上。訿訿然思不稱乎上。"《朱傳》於《小旻》云："潝潝，相和也。訿訿，相詆也。"于此詩云："皋皋，頑慢之意。訿訿，務爲謗毁也。"叠字，語之無定解如此。誠如《孟子》所云"以意逆志"，則此詩皋皋、訿訿，應即是"内訌"之義。皋皋，謂困厄人。訿訿，謂詆燬人，則於字義亦通矣。玷，垢污也。在此爲污恥之義。此就姦人言之。"兢兢"慎也。"業業"，勤也。此就自身言之。"孔填不寧"即《桑柔》"倉兄填兮"字，謂大苦悶填塞于胸，不能寧静。因雖敬慎勤勉于供職而權位一再削貶也。"訿訿"，"兢兢"，皆用謗詩原字。

四章：自白其出亡時考慮，以答"人之云亡"也。自謂困于向功，如歲旱時之草，不可能潰茂。毛云："潰，遂也。"蓋謂遂其自然之茂。"棲苴"謂寄居於樹上之棲，即老林中所常見之松蘿（俗稱"樹掛"，係緑色藻類植物，絲長數丈懸垂老樹上似蔦蘿），樹韋（與房上瓦韋同類），苔蘚等附生於樹皮塵垢間之植物。毛説爲"水中浮草"，非也。棲苴不能自立，隨老樹枯倒而死。我相度此邦，無有不潰敗者，故奔於申，從故太子圖自立也。

五章：自此較今昔情事，以辟夸議。言昔在幽王時之幸福，不如今時。今時人對我多所訿毁。我自省疚，則不如所言者之甚。富字，《鄭箋》云"福也"。《洪範》五福，以富爲首，而無貴，蓋奴隸社會，奴隸主皆貴族，奴隸衆多爲富。入周，已推行農奴生産制，則大權重者爲富。富與福古同音義。毛説"往者富仁義，今者富讒佞"，則訓富爲多，緣説詩爲刺幽王而作之曲解也。朱説爲富于財，亦非。"彼疏"，謂"維昔"食蔬。"斯粺"，謂今時食粺。"疏"，古蔬字。"粺"，鄭云："米之率：糲十，粺九，鑿八，侍御七。"謂不舂爲糲。舂存什之九爲粺。亦非甚精，但已勝於蔬食與粗糲，較昔爲優矣。蓋亦借昔人成語，以喻"昔之富不如今日時"。"胡不自替"，猶云："既已較昔爲優矣，胡得不自引疚減削之乎？爲此所以愴怳深自引疚也。"毛訓替爲廢。兄作況，訓兹。引訓長。皆失詩旨。替，減削之義。兄即《桑柔》倉兄字。當如《朱傳》"音怳"。"引"，謂引疚。於時責皇父之詩有謂"彼有旨酒，又有嘉殽"，呼云"哿矣富人"者（《正月》）。有謂"擇有車馬，以居徂向"者（《十月之交》）。有問

“昔爾出居，誰從作爾室”者（《雨無正》）。皇父不辨，但爲此章作引疚之言，實以發其忠勤見毁之鬱憤。故用“彼蔬斯粺，胡不自替”爲辭。舊儒不得皇父之事，不得皇父之情，而妄云是凡伯刺幽王，故不能得詩旨。

六章：更深引疚責于爲政未善。是善于弭謗解嘲者。老成之言，自與年輕淺躁者詩語不同。詩言：池水無源之水也。外無水入則涸竭。今云非自池濱無益進之水可乎？泉水，地下涌出者也，地中無水則涸竭，可云泉竭之原因不在中而在外來取盡之乎？言事象之成，必有其真正原因。今人民普遍受害矣，豈得謂非執政之過乎？職是之故，我之愴怳愈弘大也。宜我躬之亦受大烖矣。“頻”，毛云：“厓也。”鄭云：“頻，當作濱。厓猶外也。”“不”，讀如丕。烖，災之古字。一説讀不如字，言“能不災及我躬乎”，亦合。

卒章：“昔先王”，指宣王。“受命”，亦謂受天命爲天下王。舊説爲文王武王者，非也。文王武王辟地拓國，非爲召公一從之力。惟宣王時召穆公拓地最廣，皇父亦與有力。著在《常武》。故皇父特稱之。自明其建成勛業之早。召公平淮徐，爲時一年，拓地方千餘里，謂之“舊辟國百里”，非誇。辟，闢，古今字。今則一役而喪失宗周京畿方千里，僅保東都一隅。亦可謂“日蹙國百里”矣。若云“刺幽王”，則犬戎未入以前，安得有日蹙百里之事哉？“於乎哀哉”，深慟之也。皇父蓋深慟其自少壯忠勤謀國，佐召穆公日辟百里。以功望爲幽王冢宰，乃爲婦寺所排，出亡未久而宗周覆滅。深感于《瞻卬》“人之云亡，邦國殄瘁”之言。故以此詩答之。不自辯誣，而閱者之意即能自解。詩藝之尤善者也。最後衹嘆稱“今人不尚有舊”。責乎王深矣。宜平王之閱而自慚，留養皇父，不削太師，而以此篇與《瞻卬》同付樂官譜成大雅矣。

後注：蕩之什十一篇，九十二章七，百六十九句。

《大雅》總結

《大雅》，舊云三十一篇。新詮分析所謂“桑柔”一篇十六章，實爲厲王時芮伯與平王時芮伯兩篇詩之誤並。自“瞻彼中林”句以下八章，爲芮良夫繼誡百官文後所作之詩，原在《桑柔》八章之前。由于舊簡失題，傳寫者遂誤並之。漢儒迻寫詩題于篇首時，又誤割“菀彼桑柔”以下八章移在其前。遂使三千年説詩諸家莫能覺也。新詮既爲之分析説明，仍保存舊刻篇次，以便閱者檢覆。但爲之補題曰“甡鹿”。補題不用首句“中林”者，《兔罝》亦有其字，《正月》亦有其句。疑太師樂檔原不用之。援《漢廣》《騶虞》《桑中》《權輿》《巧言》等篇不取首句，與《渭陽》用第二句之例，題爲“甡鹿”。《困學紀聞》載“朱子發曰：《詩》全篇削去者二千六百九十四篇。”蓋緣《史記·孔子世家》謂古詩“三千篇”。删去二千六百九十四，則存者三百零六篇。

而今世傳本祇三百零五篇。是亦《桑柔》爲兩篇誤並爲一之旁證也。

《大雅》，爲雅樂發展之高級形式。其享受者全是周王朝執政之貴族，詩之作者亦然。其動用樂器之多，已近於頌，但歌而不舞耳。其創始，在成王世，周公東征平四國之後。其用，始于宗廟祭享以娛神。後乃由祭禮燕饗推廣於一切燕饗，以侑酒，而祭祀則用頌樂以代之。平王以後，一切燕饗亦皆用頌樂，大雅之詩遂絶。其詩三十二篇中，用于祭廟頌神者，自《文王》以下有十篇，屬於祭享嘏詞者有《既醉》第三篇，屬于燕饗專用者有《旱麓》《行葦》《泂酌》三篇。屬於一般人事之讚頌、諍諫與酬答者有《下武》以下十六篇。自《卷阿》以上，皆成王世周召公執政時之詩。自《民勞》以下，皆厲、宣、幽、平四世人事酬答之詩。

頌神詩中，雖多采用詩史形式，而誇張過情，徒爲後世封建諂諛文學開派，不能成爲信史。然上古史記缺乏，民間歌謡亦不可能流傳至今。賴此諸詩流傳一二，反映出古史隱蔽之處，亦多有可珍惜者。如：后稷之育成高産籽種，公劉之發展礦冶事業；以至周族歷史發展過程，及其各歷史階段中對羌族與南人之經濟、文化諸聯繫；宣王征服徐淮廣大地役與其善後措施；西周末葉貴族腐化墮落，及東周初年新舊貴族間矛盾鬥争之實况，以及局部保存勞動人民語言等方面。所表著于《大雅》諸篇者，皆較《小雅》與《風》《南》諸詩更爲明確。

《毛詩》與《公劉》以下各篇皆明著其作者。計召康公三篇（《公劉》《泂酌》《卷阿》）、召穆公三篇（《民勞》《蕩》《常武》）、凡伯三篇（《板》《瞻卬》《召旻》），衛武公（《抑》）、仍叔（《雲漢》）、芮伯（《桑柔》）各一篇，尹吉甫四篇（《崧高》《烝民》《韓奕》《江漢》）。《假樂》以上十五篇，不言作者，蓋皆定爲周文公旦所作也。二千餘年説詩者皆遵其説，莫敢立異。新詮除分析“甡鹿”八章爲芮良夫詩外，肯定爲周公旦作者祇九篇。爲其相成王時屬樂官作者一篇，屬史官作者五篇，屬巫祝爲之者一篇。可能爲召康公作者二篇。此二十篇，周初世作之詩，猶微具《風詩》之格局與趣味。然較之《小雅》各篇，已去《風》《南》益遠。足知《大雅》之樂，晚出于《小雅》數十年。即所有周公之作，亦皆出於其晚年之手。故與其少壯時作品格調不同也。

康、昭、穆、共、懿、孝、夷七王之世無《雅》。是由孔子未録，抑是厲王時民變，樂檔被燬。非七王時無雅詩。僅如汲冢所出《穆天子傳》殘卷，已有西王母之《白雲謡》與天子所和“于歸東土”之歌。又有天子自作“我徂黄”之詩三章八十一字，此皆必當入於《大雅》或《周頌》者，而三百篇無之。足知非七王世無《雅》矣。

卷五 三《頌》新詮

《周　頌》

解　題

《周頌》三十一篇，絶大部分皆成王世作之詩。殷周以前，舞樂早有，但稱爲“樂”，無稱爲“頌”者。《吕覽·古樂篇》所云黄帝《咸池》，顓頊《承雲》，帝嚳《六英》，堯之《大章》，舜之《九招》（韶），禹之《大夏》，湯之《大護》與周之《大武》《三象》，皆衹稱爲樂。《漢·禮樂志》亦然。舞樂稱“頌”，始于周詩。《周頌》之製成，始于《清廟》，是周公旦晚年所製。同時，舊製之《武樂》與《三象》亦乃收入《周頌》。故舞樂之稱爲頌，始于成王時也。

周稱舞樂爲《頌》者，謂其樂不僅如《雅》《南》之徒以詩歌與音樂相結合，又復有合于樂節之舞蹈以表達詩語之儀容，是三者結合而成的樂藝之最高形式也。

最初之頌樂，衹用于祭祀。隨後用之于燕饗。其歌舞形式，可分爲三類：

一曰“禮容”。屬于威儀之一種。參與祭祀、燕饗之貴族，皆須應樂歌之音節，爲盤辟進退之儀容。所謂“禮儀三百，威儀三千”，大抵包括此種禮容在内。貴族子弟恒通習之。蓋周公所創禮樂制度規定如此。初製時，貴族階級樂於有以自别於平民，習爲之。後乃厭其煩苛，多棄而不學。儒家所嘆爲“禮壞樂崩”者，蓋即指此。至秦，似曾重振其制，定有人臣朝見天子跪拜、舞蹈、進退之儀法。《史記·叔孫通列傳》稱“高祖盡去秦苛儀”者是也。然失此，則統治者不足爲威攝。故高祖於天下既定後，復使叔孫通更爲朝儀，是爲《漢儀》，或《漢官儀》。漢以後，其制相仍，一般稱爲“拜舞者”，周制“禮容”之遺制也。（清代稱統治階層相見之禮爲“儀注”。凡入仕者皆先向禮部學習之，包括祭祀、燕享、朝覲、參謁之儀，惟已不必配合音樂。要是“禮容”遺制。）

二曰“佾舞”。俗稱“文舞”。由士子組成舞隊，俱執翟羽（一種長尾雉之尾羽），應樂節從容歌舞，以表達詩之意態。本爲太學士子學習禮樂之一種形式。後乃淪爲不仕士子編入樂官之一種專業舞，成爲高級貴族享樂對象。後世之伶官與戲劇，即由此舞演變而成。

三曰“萬舞”，俗稱“武舞”。組健壯之士，執干戚戈鋋諸武器，作馭車馬，相戰鬥諸狀，以表演軍事性之詩歌。周公平定南國，所爲“三象”，是也。又稱“象舞”。此種舞員，專業化後，每雜以超距、屈伸、盤旋、拳勇之技，以提高貴族欣賞之興趣。但舞而不歌，别有樂工爲之代歌，與佾舞不同。後世演變爲技擊，爲雜技者是也。

周之貴族統治地位已鞏固後，禮容之舞漸就廢弛。故周公執政時期之頌詩與宣王以後之頌詩，字量與辭義，顯然不同。其所反應爲宣王以後更無新出祭廟用詩。是爲統治階層已經不願多學禮容之表現。即如《左傳》《國語》所記，春秋世士大夫相見賦詩，用及頌詩者絶少。亦爲其時統治階級偏好《風》《雅》之驗。風詩、雅詩，是脱離禮容之樂故也。至於佾舞、萬舞，則一直向前發展，至於成爲學校教育之主科。《簡兮》詩所頌之舞師，即爲專業化武舞技術已甚突出之表現。亦即統治階級已不從事樂舞，而但爲樂舞欣賞者之體現也。

樂舞之表演者與欣賞者，既已分成兩個階級，貴族欣賞要求之欲望逐步提高，舞員之技術亦適應之而進步。于是樂章與樂曲亦隨之演變發展。頌詩之字量亦逐步增長。宣王以後，由每篇百餘字，累增至數百字。大抵祭祀與燕饗，皆須有一定時間。頌樂演奏，當與之相終始。詩語愈簡短者，各字之音調即必愈延長，樂曲愈舒緩、從容、雍雅，與當時貴族舉動相稱，則舞員不至疲勞。周初所製頌樂，大都如此。詩之字量繁重者，則音節必然迫促，而表態繁重，歌者舞者無不劇勞。在欣賞者，則爲悦耳、豁目、快心、適意。此頌詩字量所反映爲舞樂變化之驗。春秋中世，《魯頌·閟宮》文長至四百八十九字。急管繁弦，賞者不勝其樂，奏者不堪其苦。頌樂發展至此，已達絶峰懸岸之端，不能不歸於破滅矣。

秦世，雅頌詩樂俱廢。各地平民所創之地方小曲代之而興，漢儒所稱之“俗樂”是也。儒家者流，對於恢復雅頌，雖頑强各極其力，仍未能推轉時代車輪。徒保存此三頌四十篇之文字，既已不能正其樂節，又亦不能理解其真實含義。曲解相欺，脱離歷史真實愈遠。玆爲新詮，除部分訓詁取於漢儒外，殆皆衹用探索歷史真實之目的與方法以爲之説。所取於舊儒之説者益甚少矣。

《周頌》字甚少，三十一篇共纔一千三百七十八字，僅相當于《大雅》三十一篇字量的五分之一。若以竹簡每簡四十字衡之。《大雅》當有百六十五簡以上。分爲三什，以便檢取，可也。若此《周頌》，則字不能滿四十簡，舊亦分爲三什者，何哉？竊疑太師舊檔，原記有各篇之旋律（今之五綫譜，古爲工尺譜，西藏與印度則以曲綫表之）。文字少者與文字多者各章所佔簡幅大體相當。正如《大雅·蕩之什》，字量與前兩什之和相若，所佔簡數仍衹與前之一什相近，故仍衹爲一什耶？

一、清廟之什

（一）清　廟

一章。八句。

於穆清廟，肅雝顯相。濟濟多士，秉文之德。對越在天，駿奔走在廟。不顯不承，無射于人斯！

題解： 此周公居攝初，率王臣告祭於文王廟，演習禮容之樂章也。

舊説此詩者，大都依《洛誥·大傳》，説爲周公朝諸侯于洛邑，率以祀廟之詩。或依《禮記·明堂位》及《汲冢周書·明堂解》，説爲居攝六年朝諸侯祀廟于宗周之詩。或言祀文武廟，或言祀文王廟，或不言何地。要皆謂合東方諸侯。《大傳》且謂："天下諸侯悉來，進受命周公而退見文武之尸者千七百七十三諸侯，皆莫不磬折，玉音、金聲、柔色。然後周公升歌而弦文、武。諸侯在廟中者，攸然淵其志，和其情，愀然若復見文、武之身。"（依陳奂《傳疏》引）詮按：周詩恒稱諸侯爲"君子"，爲"群辟"，爲"百辟"。此詩但云"多士"，則是稱畿内王臣，非謂東方諸侯。《大傳》傳爲伏生所作，識者以爲僞書。夫《洛誥》固云"烝祭歲，文王騂牛一，武王騂牛一"，明洛邑有文武廟矣。即《大傳》亦是文、武並稱，則豈適用於此單稱文王之詩哉。由詩之單稱文王，即可知非用于洛廟之頌矣。

首二句。《毛傳》："於，歎辭也。穆，美。肅，敬。雝，和。相，助也。"《鄭箋》："顯，光也，見也。於乎，美哉！周公之祭清廟也，其禮儀敬且和。又諸侯有光明著見之德者來助祭。"（《朱傳》略同）詮按：宗廟常閉，唯祭享日啓之，故稱"閟宫"，此云"清廟"。於穆者，《大雅》稱"穆穆文王"亦周公造語。此云"於穆清廟"，謂文王廟也。"肅雝顯相"，謂飾文王尸者儀態肅穆、雍和，足以光顯文王之德之靈，如文王生時形相。非謂助祭。"助祭"者，諸侯朝王，從王祭祀，俱當有所獻納，稱爲助祭祀之費。亦不衹東方諸侯如此。即畿内王臣之從祭者，亦當有之。所納皆衹戔戔之費，不值稱道于詩。雖如《雝》篇之特予稱道，亦衹"于薦廣牡，相予肆祀"一句而已。他詩皆不見稱，豈此詩，能特稱道之哉？究其文義，亦不見有助祭諸侯。

中四句，"濟濟多士"，爲《文王》篇原語。在彼篇，謂多士助文王，使其身寧，國寧。在此詩，則云多士"秉文之德。"謂秉承文王之遺德。蓋指時王朝廷之家士，肅穆以對文王在天之靈，敏捷而雄健地從事於祀廟之禮。"對越"，猶"對揚王休"之"對揚"。《爾雅·釋言》："越，揚也。"蓋三家詩有釋此對越爲對揚者。越，本具揚之義。於文爲仗鉞而趨。故可訓揚。引申爲度越。《晋語》叔向賀韓宣子貧。謂“欒武子一卒之田，其宫不備其宗器。宣其德行，順其憲則，使越于諸侯。諸侯親之。”《韋昭注》：“越，發聞也。”謂晋候使之臨諸侯而顯揚之也。正是用此詩文義。《鄭箋》云“對，配。越，于也。”系用《釋詁》：“爰，粤，于也。”假越爲粤作訓。非詩義。

末二句，謂文王丕顯於前，多士丕顯於後，庶幾永無厭斁于世人。“不”讀如丕，大也。“射”，讀如斁，厭也。毛云：“不見厭於人矣。”鄭云：“此文王之德，人無厭之。”皆脱離“多士”爲説，大失詩義。

《竹書紀年》：成王元年正月，“庚午。周公誥諸侯于皇門”。《汲冢周書·皇門解》云：“維正月庚午，周公格左閎門，會群口。（孔晁注：“格，至也。路寢左門曰皇門，閎音皇也。”）曰：嗚呼！下邑小國。克有耆老，據屏位，建沈入非，不用明刑。維其開告於予嘉德之説。命我辟王，小至於大。”云云。此言周公居攝之初，所宣命於國中者，僅惟下邑小國之君，非有東方諸侯。周制以食邑代禄俸。所謂“下邑”，謂王臣食采之邑。“小國”，即王臣食邑之國，地方不過方數十里，亦稱爲畿内諸侯。“群下”所闕，蓋辟字也。《竹書》則逕稱爲“諸侯”矣。周公爲冢宰，攝王政，對東方諸侯，當假王命行之，惟對王臣與畿内邑君可以逕自號令。是此詩衹稱“多士”之原因。皇門之誥，與此詩之祭，固當爲同時之二事。要皆周公初攝政所教導王臣之措施。言語出于一人，故其文與此詩每有同點。如皇門誥屢用“人斯”字：“人斯是助，王恭明祀。”“人斯既助，厥勤勞王家。”“于是人斯乃非。”“是人斯乃讒賊媢嫉。”又有“王用奄有四鄰，遠士丕承，子孫用末被先土之靈光”句。既以“嗚呼”起句，又云“嗚呼敬哉，監于兹”，亦與詩用“於”字發語，及“丕承”字同、含義亦多相呼應，故以皇門文釋此詩義。較漢以來儒生之臆説當爲確切也。

謂此詩用于演習禮儀者，周公既定禮樂之制，必先與王及王臣同演習之。此詩樂舞儀制，在《周頌》三十一篇中保存最久。即可知周公以此詩訓練王臣，用力之多，與其排練之熟。《漢書·禮樂志》云：

> 叔孫通因秦樂人，製宗廟樂。太祝迎神，于廟門，奏《嘉至》。猶今（指後漢初時）降神之樂也。皇帝入廟門，奏《永至》。以爲行步之節，猶古《采薺》《肆夏》也（二樂，見《玉藻》）。乾豆上，奏《登歌》，獨上歌，不以管弦亂人聲，欲在位者徧聽之，猶古《清廟》之歌也。登歌再終，下奏《休成》之樂，美禮已成也。

由此，可知秦之樂人能知《清廟》樂曲與禮容，叔孫通因之以製宗廟之樂。《嘉至》爲廟樂之前奏。《休成》爲廟樂之樂。《永至》《登歌》則廟祭之樂也。所謂“行步之節”，即禮容之舞。《漢書·儒林·高堂生傳》謂“魯徐生善爲頌”。《集注》引蘇林説：“《漢舊儀》有二郎爲此頌貌威儀事。”“盤闢爲禮容”者是也。《登歌》“不以管弦亂人聲”而云“猶古《清廟》之歌”者，《清廟》之歌，是天子與從祭諸臣皆歌唱之，人皆習其樂曲、歌詞，曉其意義，同歌舞以應樂節。秦儀，歌曲樂章固不同，歌舞之法，則當如周代《清廟》之制。漢初既已去秦苛儀，七年後再恢復之，倉卒不能使從祭者徧歌《登歌》，乃只由天子一人歌以誦之。使從臣徧領其文義，則與於祭者不感其難，而《清廟》之意義仍在也。

周公旦爲文王之愛子，在武王世，權勢已重。武王歿時，成王已長，周公猶以冢宰攝政。然其志不在於篡位，惟欲借其政權，創製一代制度而已。於時天下安定，權力集中，故可以肆志爲之。時則國家大政，首在祭禮，政綱領於禮樂。故因廟祀文王，創爲此頌，使成王與王臣通習之，以爲新制推行倡首。成王與大臣莫敢不遵而習之。史遷謂“清廟爲頌始”（《孔子世家》），謂其實爲創製頌樂之始也。

（二）維天之命

一章，八句。

維天之命，於穆不已！於乎不顯，文王之德之純。

假以溢我？我其收之。駿惠我文王，曾孫篤之。

題解：此周公東征，告廟，勗勉貴族王臣之樂章也。

《毛序》云：“《維天之命》，太平告文王也。”無《續序》，有舊注云：“告太平者，居攝五年之末也。文王受命不卒而崩。今天下太平，故承其意而告之。明六年制禮作樂。”詮按：詩語無告太平含義。相反而是勉承重擔之言。末言“曾孫篤之”，則祇是勉其宗親語。周公痛三監叛自宗親，故東征前後詩恒以兄弟團結勉諸貴族。毛序之説蓋非也。其他泛説爲贊文王之德者，亦皆無取。

首兩句，言文王受天命代殷，已歷三世，將綿延不已。凡周公詩，皆侈言文王受命，甚稱武王者，自明其爲承文王志業以輔幼王。凡具此詩特色者，皆東征前後詩也。“於穆”，同《清廟》文。《説文》“穆，禾也。從禾，㣎聲”。又“㣎，細文也。從鄉、㡭省聲”。㡭，隙之古字。㣎字會意，謂壁隙之文，爲細文，是㣎字本義。引申之義爲美，爲肅敬，爲昭穆。隸書寫經者，皆借用穆字，㣎字遂廢。然詩本字，固當是㣎。字又通于繆。《左傳》隱公三年“宋穆公”，《公羊》《穀梁》俱作“繆公”。壁文糾亂，延續遠達，如禾穗之交亂。故㣎、穆、繆三字古義通也。此詩云“於穆不已”是綿延不斷之義。

次二句，嗟嘆文王之德。“不顯”亦《清廟》文。“純”，毛訓大。鄭云：“純亦不已也。”朱云：“純，不雜也。”詮按：純字本義與糾近從糸，從屯，會意。屯者，旋曲之毛，紡則相互固結爲綫，用以織。惟同樣之毛，乃可紡識。故引申爲淳，爲不雜，爲精潔，爲純粹。又引申爲牢固，爲叔父，爲綿延。《召南》“白茅純束”，《毛傳》：

“猶包之也。”于是，再引申爲“大也”（《卷阿》“純嘏”《鄭箋》同）。此詩，蓋兼取淳美、牢固、綿延、廣大之義。本義固仍衹是結實而綿延之義也。

再次二句，毛云：“假，嘉。溢，慎。”鄭云：“溢，盈溢之言也。”《左傳》襄公二十九年，引詩作“何以恤我，我其收之”。《朱傳》：“何之爲假聲之轉也。恤之爲溢字之訛也。”詮案：三家詩與毛詩字異者多。皆由秦火後，口傳詩語，隨音造意而異。後儒或强通之，或各執之。惟得詩之本事，知其實旨者，自能正之耳。毛詩實得其正字。假即假借之義。《小戴·文王世子》：“我百，爾九十，吾與爾三焉。”即依此詩假字所造之響言。當時人對天授福祉有如是之概念：福量大小，與人之德量大小相稱。福量太厚及身不能享盡者，則溢流於子孫。子孫更能繼修其德者，則福量更能溢出，延及其後代，詩語“假以溢我”之義如此。言文王之餘福，溢以假我，我則受之不疑。自言作冢宰，攝工政，爲文工之遺澤也。

末二句，“曾孫”，周族對其先祖自稱之慣用語。駿，大也，發揚光大之謂也。言我受文王之溢福，亦將宏揚文王之純德。願我周族子弟同與力行之。文王志在滅殷，此時武庚與三監同叛，周公將東征平叛，故曰“駿惠我文王”。惠字本義爲專一不貳。“駿惠”與上篇“對越”含義相似。

（三）維　清

一章，五句。

維清緝熙，文王之典。肇禋，迄用有成。維周之禎。

題解：此周公東征，既平四國，歸而告廟所製樂章也。文省至十八字，音節之舒緩可知。安詳從容，爲大功已成之表現。

前篇《毛序》“告太平”，若移用於此篇則適合矣。而此篇序云“奏象舞也”則又不合。原注云：“象武，象用兵時刺伐之舞。武王制焉。”按《吕覽·古樂篇》：“成王立，殷民反，王命周公踐伐之。商人服象，爲虐于東夷。周公遂以師逐之，至于江南。乃爲《三象》以喜其德。”則象舞有三，非一章也。象爲南方民族用於戰陣之獸，史册多見。周公破象陣而作象舞，此詩乃毫無戰鬥之意，更無象之跡象。足見《毛序》之誤。後儒佞毛序者乃竟據爲典實，與儒《大傳》《禮記》諸象樂文記糾纏而成聚訟。謬妄相襲，發展爲尤謬尤妄，去詩義益遠，大與史實相違。兹更爲新詮。

“維清”，謂文王之廟，肅穆清明，即“於穆清廟”之清。“緝熙”，謂純德光明。“緝，續也。熙，明也。”（《朱傳》）“文王之典”，謂文王之典訓，爲周受天命當代殷，故命武王發與周公旦曰“時至勿疑”也。“肇禋”，謂文王肇始禋祀上帝，以祈固持天命，克覆殷社。“迄用有成”，謂文王雖未完成其事，武王則資以滅紂。武王又不克竟其業，仍存殷社於其故國。兹乃克剪除之，爲完成文王志業。即終於完成之義。“維周之禎”，禎本作禥。《釋文本》《正義本》及《爾雅注》引詩皆作祺。《正義》引“定本”（顏師古定本）。《朱傳本》《釋文》引《徐邈本》及《相臺本》作禎。《説文》：“禎，祥也。”“祺，吉也，從示，其聲。禥，籀文從基。”《段注》：“基，聲也。古其基通用。如尚書‘丕丕基’，伏生作‘平平其’是也。”許引詩亦作“維周之禥”。蓋三家詩字本作祺。毛詩改禎字，協成字韻，然祺亦協照字韻。祺，古禥字。祺者，謂福祉之基。詩言：“文王定比福基，故我能‘迄用有成’，今則有周之禥永定矣。”禎祥字義不協。

孫嘉淦《詩義折衷》曰：“清廟之三，皆祀文王。《清廟》，初獻之樂也。《維天之命》，受嘏也。《維清》，送神也。”魏源《集義》曰：“周公營洛邑，祀文王樂章之三也。……前二詩皆言文王之德，此詩始言文王之典。”此類創説，初觀之亦足動人。細審之，則皆不中。周初作頌，務在舒緩，十八字足以完成一禮，安得爲三篇三終之制？況三篇既爲一禮之三終，則文當調整爲一氣，豈能若此三篇，既有重複之文，而義又不相屬次者乎？既成洛邑之祀，爲續序加于《清廟》一篇之語，並無所依據。魏氏因而遂發展爲三篇，所據仍是《小載禮》以下漢儒唯心之説。安足取乎？

（四）烈　文

一章，十三句：

烈文辟公，錫兹祉福。惠我無疆，子孫保之。無封靡于爾邦，維王其崇之。念兹戎功，繼序其皇之。無競維人，四方其訓之。不顯維德，百辟其刑之。於乎！前王不忘。

題解：成王二十五年，大會諸侯於東都。其十月，歸自東都，大有事於太廟。諸侯從至宗周，獻幣助祭。此其祭後大饗之樂章。召公奭之所作也。

成王初即位，周公旦爲冢宰，總攝庶政。四年王“初朝于廟”。五年，王從周公在奄。遂滅奄。七年“周公復政于王”。周公營洛邑成，奉王，朝諸侯于東都。八年“王初莅祚親政”。十年，“周公出居于豐”。十八年，“王如洛邑定鼎”。十九年，“王巡狩侯甸，方岳，召康公從”。二十一年“周文公薨于豐”。二十五年，大會諸侯於東都，四夷來賓。冬十月，歸自東都，大有事於太廟。並見《汲冢》《竹書》。是成王在位三十七年中，曾四至成周，三次大會諸侯於洛。七年洛邑初成，會諸侯，率同祀文武廟，有《雝》之樂章，周公作也。十八年如洛定鼎，當亦朝會諸侯。率同祀廟與否，無詩證。（或肄是用《武》之樂章。營洛發自武王也。若仍同祀文武廟，則當仍用《雝》詩。）惟二十五年爲一大舉。歸宗周，大合禱於太廟，又是賡、續之大舉，諸侯當相從來廟助祭。時則周公已死，召康公輔政，則其燕饗之樂章，宜爲召康公作也。召公之詩，表現特點，爲叮嚀繁重，不稱天命，不諛頌文王，與周公詩顯然不同。此詩具此特點，而特著諸侯助祭之義，故知爲此時、此人之作也。

“烈文”，爲當時通贊諸侯之詩詞。烈，謂武烈。文，謂文德。“辟公”，毛云：“諸侯也。”（《相臺本》脱辟公傳。《正義本》有。《朱傳》亦云。）周稱君民爲辟。故諸侯稱“百辟”，或“群辟”。此詩與《雝》《載見》，均稱“辟公”。《載見》是武王世詩。已云“烈文辟公”，此時援用其成語。“錫兹祉福”，毛云：“文正錫之。”鄭云：“天錫之。”朱云：“言諸侯助祭。使我獲福，則是諸侯錫此祉福。”詮按：朱説似矣，猶示允也。錫，古爲賜予之義。此成王主祭，諸侯助祭，爲賓，故得云錫。祉、祇、禔三字古通，本皆敬祀之義。古謂祀而能敬者必獲福佑，故引申爲獲福之意，又轉爲表示幸福之字。福字，古讀如幅，故《説文》云：“福，備也。”本義原是祀之禮物備，心之誠敬備。從而轉爲神之錫福備。故《段注》云：“備者，百順之名。”此詩謂：“諸侯所助祭者，非惟圭璧幣帛等財物而已，又具肅穆祇敬之禮容。”禮容之含義尤重，故下云“惠我無疆”。夫周已富有天下矣，諸侯幣帛圭璧之助雖重，豈即值以“惠我無疆”之語酬之？唯相從而篤敬於周禮規定之禮容，以爲感格先王先后之助，乃可當此語耳。“子孫保之”，謂爾我子孫皆當保持如此“惠我無疆”之祉福。舊説爲“子孫得傳世，安而居之”（《鄭箋》語），與“使我子孫保之”（《朱傳》），皆非詩義。

“無封靡于爾邦”四句，毛云：“封，大也。靡，累也。崇，立也。戎，大。皇，美也。”鄭云：“崇，厚也。皇，君也。無大累于女（汝）國，謂侯治國無罪惡也。王其厚之，增其爵士也。念此大功……王則出而封之。”朱云：“封，專利以自封殖也。靡，汰侈也。崇，尊尚也。”“言汝能無封靡於爾邦，則王當尊汝。又念汝有此助祭錫福之大功，則使汝之子孫繼序而益大之也。”詮按：封者，積土崇高爲標識。靡者淩替坍塌之含義。“無”，否定之語辭也。詩言：“爾邦具無封靡之象耶。”謂威勢淩替爲封靡也。“維王其崇之”，言有則王能復使崇高之。“惠我無疆”，故爲汝之大功，當懷念此大功，務使繼嗣之君更輝煌而張大之。言周禮之推廣發皇是爾等責任。

“無競維人”二句，謂惟仁者，人不敢與之爭競，則四方從而遵循其法訓也。人與仁字古通用。《孟子》“井有仁焉”，謂有人也。《中庸》：“仁者人也，親親爲大。”《説文》：“仁，親也。從人二。”謂人與人相處之道，亦即所謂“禮”。祭享之禮，當屬之。詩言：諸侯善於禮事，則無能與之競，四方當亦以爲訓也。《執競》“無競惟烈”，是頌武王語，宣王時作。是用此詩文語。“丕顯”，是《清廟》《維天》頌文王語，此詩用之。言“先王之所以能丕顯者，以其有德。故諸侯從而奉爲儀型”。

“於乎前王不忘”，重申祫祭前王之義。“不忘”，猶言勿忘。《大學》（舊傳曾子所作）引釋此句云：“君子賢其賢而親其親，小人樂其樂而利其利，此以没世不忘也。”賢其賢而親其親，仁也。樂其樂而利其利，德也。此前王之所以不能忘，即祫祭先王公爲“大有事”之義也。

（五）天 作

一章，七句。

天作高山，大王荒之。彼作矣，文王康之。彼徂矣！岐有夷之行，子孫保之。

題解：此成王望祭岐山之樂章。文格，似周文公作。若因游卷阿祀岐山，則當是召康公作也。（參看《卷阿》篇。）

首句“天作高山”謂岐山高大，爲天所生成，以待太王開闢者。《毛傳》：“作，生。荒，大也。”《公劉》：“豳居允荒。”《傳》同。應皆訓爲開闢。荒之本義爲“草掩地”（《説文》）。《周南》“葛藟荒之”與“纍之”、“縈之”同義。毛云：“奄也。”是用本義。開墾必先削除掩地之草，故荒之引申爲墾闢之義。開墾者耕地日拓展廣大，故荒之再引申，爲廣大之義。詩謂太王自豳遷岐，開闢岐山下之廣原，日益盛大而興周族。鄭云“天生此高山，使興雲雨以利萬物。大王自幽遷焉，則能尊大之，廣其德澤”。如此以説大之義，則謬矣。

“彼作矣”承上“天作”言。彼，謂岐山地區。義轉爲“周邦興矣”。又賴文王以康之。康字，從庚米。會意。庚，秋成時也。本義爲飽滿之米粒，引申爲充實、美滿、壯大、快樂、安寧諸義[1]。其在此詩，謂光大之也。

“彼徂矣岐”，《魯詩》作“彼岨者岐”。范曄《後漢書·西南夷傳》朱輔獻白狼夷

【1】 康字，《説文》不在廣部，附見於禾部穅字云，《段注》云：“今人謂脱於米者爲穅。古人不爾。穅之言，空也。空其中以含米也。凡康寧、康樂，皆本義空中之引申。今字分别，乃以本義從禾，引申義不從禾。”詮案：此段氏之謬説也。篆體從庚米，會意。庚字從干、從，象雙手捧干。是捍衛之義。干，支字用之者，取秋成穀熟時，有人守護之義。加米，則穀實飽滿之義。《周詩》“康年”，謂豐年也。“康爵”謂安樂之爵也。“我王不敢康”，謂自滿也。《易》云“康侯”，安國之侯也。《洪範》康寧，健美之福也。賈誼《懷沙賦》“斡棄周鼎兮而寶康瓠”，謂瓠之用在空，以爲瓢。瓠而堅實不能空，則無用。非謂康瓠爲空瓠也。《爾雅》“康瓠謂之甈”。《説文》訓甈爲“破罌”，亦謂瓠之堅實者當棄擲而破，故以破罌爲義。康不當有空義，有則其反義耳。

詩，疏引此詩。今本已援《毛詩》改用絈字矣[1]。然審詩語及朱輔疏語，並以作岨爲是。謂周道懷柔遠人，岐山雖險岨而遠夷仍逾之來附也。岐山在太王初遷時有蔽衛周原，捍禦狄人之用。然因周族物資豐贍，羌戎仍遠逾此山之險以來市易。《皇矣》所云“串夷載路”是也。漸因經濟交易而進於政治聯繫。周族由之發展强大，以成文王三分有二之局。武王伐紂，多得於夷戎之力。故牧野誓師，羌髳與焉。“有夷之行”，爲義如此。舊讀“彼徂矣”句，以與“彼作矣”配，而以岐字下屬（《鄭箋》）。頌詩不必有如此句法。當從《朱傳》，以“彼徂矣岐”爲句。

“子孫保之”，召公《烈文》詩句同。此則謂周族子孫當保持柔遠能邇，大王文王之道也。

（六）昊天有成命

一章，七句。

昊天有成命，二后受之。成王不敢康，夙夜基命宥密。於緝熙，單厥心，肆其靖之。

題解：此周公東征禡祭，所造以勵軍士之樂章也。

首句。謂周之代殷而有天下，是天帝已定之“成命”，非可以人力改變之者。言文王受命，武王成之。武庚與三監四國之叛亂，爲逆天之成命。故代天施行討伐。“二后”，謂文王、武王。“成王”，是我王字僞。我字，古文作𢦐。《説文》云：“從戈、

【1】《後漢書·西南夷傳》云：“永平中，益州刺史梁國朱輔，好立功名……輔上書曰：臣聞《詩》云：‘彼徂者岐，有夷之行。’《傳》曰：‘岐道雖僻而人不遠。’詩人誦詠以爲符驗。今白狼王唐菆等慕化歸義。作詩三章，路經邛來大山，零高坂。峭危峻險，百倍岐道。”云云。章懷注，引：“《韓詩·薛君章句》曰：‘徂，往也。夷，易也。行，道也。彼百姓歸文王者，皆曰：岐有易道，可往歸矣。’易道，謂仁義之道而易行。彼岐險阻，而人不難。”則又非朱輔所引之《詩傳》。四家詩該有傳，疑輔所引是《魯詩傳》。永平時，魯詩猶未亡。朱輔生於前漢世，應曾習之。唐世已無《魯詩》存，故章懷太子所徵引只能有《韓詩》。即按章懷所引之意，亦仍是以徂爲險阻。蓋今本《漢書》亦傳寫者用《毛詩》徂字易之。《朱傳》云：“沈括曰：‘《後漢書·西南夷傳》作彼岨者岐。’今按彼書，岨但作徂。而（注字原脱）引《韓詩·薛君章句》亦但訓爲往。獨矣字正作者，如沈氏説。然其注末復云：‘岐雖阻僻。’則似又有岨意。《韓子》亦云‘彼岐有岨’。疑或别有所據。故今從之。而定讀岐字絶句。”謂從沈括與韓愈，作岨字，不易矣字，而以岐字連“彼岨矣”讀，不用舊以“岐有夷之行”爲句也。然今所見《朱傳本》則仍作“彼徂”字。蓋《毛詩》獨行既久，人人習於其字，寫刻者往往不自覺而已易之。故知朱輔疏所引詩本作岨字。係用《魯詩》。唐人引《韓詩·薛君傳》作注，故不相應。寫刻者援之考作徂字也。

手。手古文垂也。”謂勿爲古文手字，向下垂。手下垂，勿用之義也[1]。金文作。小篆作。皆古文之小變。隸書則作我，作，作與作。不一。要皆戈手之變文。成字，則從戊，丁聲。古文作。然小篆形近，極易混僞。此詩之我王，恰是指成王誦。先儒師傳：《周頌》皆周公召公作，而昧於各篇之本事，與作詩之時間，但知所指爲成王，遂相與寫作“成王”字。漢儒傳詩，守家法，重經文。雖明知爲僞者，不敢議之。鄭玄作《詩譜》開始考訂各篇産生之時間。雖知周公歿於成王之世，其詩不當稱王爲成王，則强爲之解曰“成此王功”。陸德明《釋文》曰“成王之王，如字。又于况反”，謂讀王霸之王，“旺”音。《朱傳》則謂“此康王以後之詩”。魏源《詩古微》逕謂成王“爲生前稱號”。皆不治小學，不究文字流變之失也。“我王不敢康”者，謂周公所輔之王，不敢滿足于現狀而遂逸豫自安。故仍夙夜孜孜以求鞏固天命之道。“基命”，猶固命也。《尚書·洛誥》：“王如弗敢及天基命、定命，予乃胤保大相東土。其基作民明辟。”謂成王幼，不能承擔營洛之務，周公乃繼太保召公之後，往東土代營洛都，以爲固持天命，鞏固明辟（王權）之基礎。《蔡注》：“凡有造，基之而後成。成之而後定。基命，所以成始也。”凡作基，無有不鞏固者。故“基命”有固命之義。《洛誥》與此詩皆出自周公旦，宜可用以互釋。而《毛傳》用《周語》叔向告單老語，說之[2]，曰：“基，始。命，信。宥，寬。密，寧也。”説此爲郊祀天地之詩。應無取。“宥”，又也。加强之義也。“宥密”，謂其鞏固天命之道尤縝密。明非可以動摇也。振奮軍心之言如此。

“於緝熙”，亦猶“於穆不已”，謂奕世光明。“單”，讀如殫。“單厥心”，謂其竭心力於鞏固天命之道。“肆其靖之”，猶云堅决平靖之。肆，恣也，决心之義，亦大張撻伐之義。

【1】《説文》段玉裁注最佳。然其於此字，則惟據經籍轉引作敷衍，泛而不切。於“從戈手”下注云：“合二成字，不能定其會意，以手字不定爲何字也。”今按：古文用手之字恒向上、、是也。手下垂，示不用，即勿之義也。字從戈，而垂手，會意，謂非敵對者，故爲“施身自謂”之義。上古漁獵時代，人群每月争奪從禽相鬥之事。時無衣甲旌旗之識别，同㦛者相呼以“我”，因造此字。故上古詩文之我字，恒兼我與我們之義。又廣泛用爲敵我親仇之義。人們最初自稱之語不一，如《爾雅·釋詁》所引“卬、吾、台、予、朕、身、甫、余、言”，皆是自稱本身之語。其後由我字形義明，使用便，乃通用而成統一之語矣。

【2】 叔向謂單靖公之老曰：“昊天有成命，頌之盛德也。其詩曰：‘昊天……靖之。’是道成王之德也。夫道成命者而稱‘昊天’，翼其上也。‘二后受之’，讓于德也。‘成王不敢康’，敬百姓也。‘夙夜’，恭也。‘基’，始也。‘命’，信也。‘宥’，寬也。‘密’，寧也。‘緝’，明也。‘熙’，廣也。‘亶’，厚也。‘靖’，和也。其始也，翼上、德讓、而敬百姓。其中也，恭儉，信、寬，帥歸于寧。其終也，廣厚其心，以固和之。始恭德讓，中於信寬，終於固和，故曰成。”由於有此完整之成説，後儒遂莫敢不遵之。夫《詩》言周受命者，曰“維天之命”，曰“帝命不時”，曰“天命靡常”，曰“駿命不易”，曰“有命自天”。有不勝舉之多，皆只用一命字。此詩獨云“有成命”，特加成字，則其爲周受命説發生動摇時，强爲鎮静之語言。其爲周公恐懼流言時，勉强夸飾文王受命爲定説以爲穩定人心之用，蓋可知矣。不循此背景以求詩義，而猶用周人賦詩斷章以適己意陋習之説，庸足取乎？且家臣送客，行路匆匆之談，安得如此詳密成章。非單老加工之文，即當是後儒竄亂之説耳。姑録附於此，俾覽者便與新詮之説較核焉。

（七）我　將

一章，十句。

我將我享，維羊維牛。維天其右之。儀式刑文王之典，日靖四方。伊嘏文王，既右饗之。我其夙夜畏天之威，于時保之。

題解：此周公東征，郊天告廟，徧祭群神，大饗將士之樂章也。（舊讀夙夜斷句，爲十句。則句無動詞，不成爲句。兹作九句讀。）

“我將”，毛云：“將，大。享，獻也。”謂大獻祭。鄭云：“將，猶奉也。我奉養，我享祭。”皆説爲“宗祀文王於明堂以配上帝”（《毛傳》）之詩。緣《孝經》有“周公郊祀后稷以配天、宗祭文王於明堂以配上帝”語以爲説。後儒莫不遵之。詮按：郊祀，城外爲壇以祀天之禮也。宗祀，城内祀祖於宗廟之禮也。明堂，即“前朝後廟”之朝，天子朝會諸侯之所也，非祀祖之地[1]。則周公安得不祀文王於廟，而乃祀之於明堂乎？上帝，即天帝也，周公又安得分而二之，分别配以后稷與文王而祀於城内外乎？則《孝經》者，亦儒生之妄言耳，不足信據，而况緣傳以説此詩乎？馬瑞辰引莊述祖説云：“將爲鬺之省借，訓烹。”實得詩義。周制，凡祭，牲衹一牢。故《洛誥》云：“文王騂牛一。武王騂牛一。”郊天，祀祖，衹用一牛，稱爲“大牢”。較卑之祀，如皇祖伯，及日、月、風、雨、百神、司令之屬，則用一羊。稱爲“少牢”。（皇祖伯祀見《儀禮》百神之祀，《禮記》頻見。）無一祀兼用二牲者。詩云“維羊維牛”，即可知非一祀所用。蓋通郊、廟、山川、百神之祀並行之，故用牛羊多，克以偏享軍士也。

詩首三句，蓋謂：“我所烹以燕享之牛羊，皆祭祀天、地、祖先、百神之牲牢。預此祭禮饗此牲牢之人，皆能分享天神人鬼所錫之祉福。先祖與百神皆天帝之佐史也。故皆從天以錫福佑。”右、佑、祐，古通用。

次四句，謂：“此種祀禮之儀式，取法於文王之成典。文王因行此禮，故能日靖四方。”謂並密、滅崇、戡黎諸戰役的成功。式字，似衍文。《大雅》有“儀刑文王”，亦周詩語。式與儀、刑，皆取法之義。重言以重其意可以。三之則累贅矣，而連用之者，“儀式”自爲一詞，刑乃取法之義也。“伊嘏文王”，謂文王尸之嘏。“既右享之”，

【1】 明堂，爲封建士大夫所侈談之一種理想建築。最早見於《逸周書·明堂解》，所言爲周公攝政，“六年而天下大治。乃會方國諸侯於宗周，大朝諸侯于明堂”之事。《禮記·明堂位》首章略同。其説與《王會解》相似，而文不如王會之古樸，蓋先秦好事者摹仿《王會》所造，徒爲空想之假設而已。《大戴禮·明堂篇》《白虎通·辟雍篇》更復造爲建築形式之尺寸，紛紛争訟大起，成爲千餘年來諸侈言封建典禮者口實。皆盲妄之説耳。

爲嘏云："已享爾之牲祭，而福佑爾矣。"爲此語者，欲以興奮從祀之人，即所以鼓勵軍心士氣。依文王典法爲之，故取嘏於文王。

末二句，言文王祀天地、祖先、百神，而獲天假之威，用以日靖四方。今則受享賜福於我等，知天威亦已假之於我等矣。我等其可不晝夜敬畏於天威而寶愛之乎！"于時"，猶于是。"保之"，猶寶之也。

（八）時　邁

一章，十五句。

時邁其邦。昊天其子之。實右序有周，薄言震之，莫不震疊。懷柔百神，及河喬嶽。允王維后。明昭有周，式序在位。載戢干戈，載櫜弓矢。我求懿德，肆于時夏。允王保之。

題解：此周公東征既平武庚之亂，告天勞士之樂章也。《周書·作雒解》："周公立，相天子。三叔及殷東徐、奄及熊盈以畔。周公、召公内弭父兄，外撫諸夷。元年、夏六月，葬武王于畢。二年又作師旅，臨衛，政（征同）殷。殷大震，潰降，辟（避同）三叔。王子禄父（武庚）北奔。管叔經而卒。乃囚蔡叔於郭凌。凡所征熊盈族十有七國，俘維九邑。俘殷獻民，遷於九里。俾康叔宇於殷。俾中旄父宇於東。"與《尚書》《史記》《竹書》俱合。蓋周公之師既抵殷南郭之衛邑，三監與武庚之衆皆大驚潰。或赴降於周師，或避三叔而逃。時徐奄與熊盈諸族聚於朝歌北之邶邑。武庚等奔就之。周師不血刃而入朝歌。再進而攻邶，邶人亦潰。徐奄與熊盈之族亦各委武庚而去。于是誅武庚、縊管叔、囚蔡叔。分軍滅熊盈十七族，徙其降民。進而伐奄，三年乃克之。遂不征徐。徙魯公伯禽于曲阜，以六師之車馬戈甲留魯，以鎮徐戎。封康叔於衛，以治殷之餘民，封中旄父於殷東之管，以代管叔（依孔晁注），以蔡叔之子仲代蔡叔。霍叔譴而不廢。且大封諸侯，建畢、原、酆、郇、凡、蔣、邢、茅諸國[1]。時爲成王五年，"王在奄"，（《竹書》）東山戰征完結之時。奄地無宗廟，故周公與王爲壇祭天，以告成功。其後歸宗周，告廟，亦用此樂章也。

舊説皆遵《毛序》，謂是武王"巡守告祭柴望"。（《毛序》與《傳》俱原無武王義。《鄭箋》以下乃説爲武王事。）《白虎通·巡狩篇》云："何以知太平乃巡狩？以武王不巡狩，至成王乃巡狩。"《尚書·金滕》："克商二年，王有疾弗豫。"《逸周書·作雒解》云："武王既歸（克殷歸），成歲，十二月崩。"（《竹書》謂：武王十七

【1】《荀子·儒效篇》稱周公："殺管叔，虚殷國，而天下不稱戾焉。兼制天下，立七十一國，姬姓獨居五十三人，而天下不稱偏焉。"是周公此次新封之國，較武王世所封之國更多。

年陟。則多活三年）不可能有時間巡守方嶽從事柴望。審此詩語，皆周東征告成功之語也。

“時邁其邦”，猶云：“今者我師入其國矣。”時，是字古通用，亦今者之義。邁，遠行也（《説文》）。與征，義通。故《小宛》云：“我日斯邁，而月斯征。”其邦謂叛者之國邑。“昊天其子之”，其字，讀如“其然，豈其然乎”之其，亦“豈然”之義也。疑詞爲其，定詞爲豈。詩言：“彼謂天命未改，武庚仍爲殷天子者，今則與紂同滅矣。天帝豈以之爲子耶？天帝之所興者，實惟有周之王也。”人類右手靈於左手，上古古人皆尚右。“右序”，猶云首列，最重者之謂。故右與佑、祐字亦通。上古於氏族之據有地盤者加有字，如有熊、有虞、有莘、有夏、有窮、有商，皆是。此緣以稱周王之族也。惟其昊天右助有周，故周師所至，莫不震疊自潰。“薄言”，輕快而主動之發語辭也。説在《芣苢》。“震之”，但使聞之之義，言初未進行撻伐。“震疊”，謂彼已疊迭震恐。指入朝歌，入邶，入諸叛國之事。上五句爲一段。

“懷柔百神”，謂滅其國而祀其山川、先祖之神，告以易主。“懷柔”，明爲招懷柔遠之義。“及河”，河水爲殷地之主瀆，故特及之。“喬嶽”，有兩解：嶽，嵩山古代之專稱，已詳《崧高》篇，喬，高也（《毛傳》）。作動詞用，則封土而崇高之，即封禪之義也。一説喬爲山名，與嶠字通（《説文》徐鉉本）。蓋即方士所稱之員嶠，本古泰山之名。或是恒山古稱。殷畿南至汝墳，故嶽山爲其鎮山。泰山近奄，恒山爲熊盈諸族之鎮山，亦當入祀。泰山即岱宗，唐虞時已入祀。恒山周代始列五嶽，疑喬是指恒山。若喬爲動詞説，則當以“懷柔百神及河”爲句。爲山名説，則“及河，喬、岳”爲懷柔屬之句。兹依後説斷句。“允”，信也（《朱傳》）。在此詩爲肯定之義。謂使此諸神皆知自今以後唯周王爲天下主也。“明昭有周，式序在位”，言諸神之明德昭耀於周室，各居其秩位之舊。當承“允王維后”句連讀，爲第二段。舊割屬下段者，非也。

“載戢干戈”五句，《左傳》宣公二十年載楚莊王全引，謂爲“武王克商作頌”之語。鄭玄以下經師皆據以爲此篇爲武王作頌之證。夫楚莊以南人説周頌，對此先後不足十年間事，固易混也。然就左氏所記之文，其于此詩及《武》亦是分别言之。能無因文省而誤並於武王一人耶？且《毛序》舊注及傳皆無及“武王”字意。自《鄭箋》乃謂武王，則西漢世固無此説也。《左傳》經人竄亂之文亦多，豈即可信楚莊果有此言，又果即如此爲辭乎？夫武王克商，“血流漂杵”而後得入，若其作爲此頌，又豈得“薄言震之”之辭哉？僅由“薄言震之”一語，即可知爲周公東征之事矣。

“載”，遂願之發語辭。“載馳載驅”，“載寢載興”，“載見辟王”諸句皆然。毛訓“始也”。鄭訓“則也”。並未允當。戢，斂也。櫜，韜也。並收藏不用之義。詩言：武王克殷，曾有“偃武修文，歸馬於華山之陽，放牛於桃林之野，示天下弗服”（《武成》）之願。乃未十年而殷復叛。今乃克償此願矣。三年戰役，使用之車馬戈甲必多。

概貽存於魯，以備徐戎，可謂載戢載櫜也。再次大封諸侯，遍滿於華夏，故曰："求懿德，肆布樹於是夏也。""允王保之"，猶云肯定王能保持之也。

（九）執　競

一章，十四句。

執競武王，無競維烈。不顯成康，上帝是皇。自彼成康，奄有四方。斤斤其明，鐘鼓喤喤，磬筦將將，降福穰穰。降福簡簡，威儀反反。既醉既飽，福禄來反。

題解：此宣王改造祖廟落成頌神之樂章。召穆公虎所作也。舊説多謂此是祭武王詩（毛、鄭、孔外，有范景仁與方玉潤）；或謂是合祭武王、成王、康王（歐陽修、朱熹、姚際恒、魏源）；或謂是祭成王（米鬱儀、季明德、何楷）；或謂祭康王（豐坊、孫嘉淦）。要皆謂"成康以後無頌"，或推至康王爲止。無説爲宣王詩者。新詮作此論斷之理據有三：

夫"二雅"有文、武、成王世詩，亦有宣幽歷平世詩。所闕康王以下七世，或是緣厲王時民變被毁，非無詩也。《穆天子傳》屢言"廣樂"，則其時亦當有頌。東遷後或不能具頌樂。幽王之頌或孔子不取。宣王時國力富盛而召穆公好詩，既有大雅多篇，則亦當有頌樂。此其一。

周公詩，頌祖必主文王，而稱天命。故知周初之廟，必以文王爲大祖。召公奭雖不反周公所爲，而實不以周公之誇頌文王而略於武王爲然。故其詩不頌文王，不稱天命，重在培訓生者。至其曾孫召虎，佐宣王中興，于厲王之亂文物被毁後，賡爲制作。時則上去文王已十世。則亂後新立宗廟，宜以武王爲大祖矣。就史實言，武王實爲開國統一之君；文王、王季、太王皆出于其所追贈。周公貪稱其父以自重，故爲召公所不悦。召虎承其祖志，以武王爲大祖，是理所必然。祖武王，則成王領昭，康王領穆，三廟皆不毁。故此詩但稱武王與成康。其非周初之詩甚明。此其二。

鄭玄謂成康以後無雅。周召以外無頌，後儒多遵信之。前于"二雅"中已駁斥之。若如此頌，全用四字爲句，文長至十四句之多，而無章段可分。皆爲宣幽平詩格句，與周初詩格顯異。與周初頌詩更無同點。又周初詩不頌生人，故《思齊》不及邑姜，《皇矣》不及武王。此詩頌及成康，則非周初詩可定。康昭以下，至厲宣乃多有詩者當亦由召穆公嗜詩倡導而詩復盛。則此爲宣王世召虎所作之頌可定。此其三也。

章首"執競武王"二句，《鄭箋》："競，彊也。能持彊道者惟有武王耳。"《朱傳》："言武王持其自强不息之心，故其功烈之盛，天下莫得而競。"詮按：周初雅頌，恒依天命爲義。惟召公祖孫避之。此詩頌武王，不用《泰誓》天命之義，而頌以執競。甚值注意者也。競，二竟並，會意，爲雙皆欲竞遂其志，即今競賽、競争之義。武王任太公，與殷争天下。振軍經武，聯合各地區奴隸主力量，竟十二年之力，再合諸侯，而後克勝殷紂如林之師。召公奭實參預其事，知之最深。傳世至於召虎，猶能知之。召虎亦善於學武王者，故能完成北拒玁狁，南平淮徐之功。從而獨能用“執競”字以頌武王之烈，可謂深知武王之長者也。武王惟能執競，故天下莫能與之競，是爲“無競維烈”。烈，業也（《毛傳》）。“丕顯成康”二句，亦召虎切召公奭事業言之。《竹書》謂成王二十一年，周文公薨。成王在位三十七年，召公獨輔政。康王在位二十六年，召康公先兩年薨。成康二世，周室最盛。故詩用“丕顯”頌之。皇者，光大也。天子丕顯則上帝亦爲之光大。謂郊祀之禮隆也。下乃頌成康之業，實亦隱頌召虎之祖德。成王始真實統一中華，屢出巡方。康王承之，南巡遠至“九江廬山”。（在十一年。見《竹書》）下至穆王，游跡尤廣，而天下已有叛亂者。故周之最盛，在成康昭穆之世。而其極峰，在召公輔政之世。此應爲召虎作此新廟與此頌詩之主意所在。頌武王，重在執競。頌成康，重在拓地。亦隱矜宣王之能拓地也。“斤斤”，毛云：“明察也。”詮按：明察用斧斤字者，亦謂其武功昭明也。

“鐘鼓喤喤”，皆道祭享之事。《毛傳》：“喤喤，和也。將將，集也。穰穰，衆也。簡簡，大也。反反，難也。反，復也。”鄭云：“反反，順習之貌。”朱云：“反反，謹重也。反，覆也。言受福之多而愈益謹重。是以既醉既飽而福禄之來，反覆而不厭也。”詮按：將將，猶鏘鏘，與喤喤皆樂奏之聲。醉飽，言神尸之享。來反，謂尸嘏言，錫福祉爲反也。頌詩皆預製以習練之而後用，故于現實情事之序述，皆泛擬，不能如實。

（十）思　文

一章，八句。

思文后稷，克配彼天。立我烝民，莫匪爾極。貽我來牟，帝命率育。無此疆爾界，陳常于時夏。

題解：此宣王郊祀后稷之樂章，亦召穆公作也。《孝經》有“周公郊祀后稷以配天”之説。舊儒遂皆以此爲周公之詩。周初本有后稷專祀之廟，故有《生民》之詩。因其爲主農之神，故其廟在郊。其後或因以爲社稷之壇，或因以爲郊天之所。（今北京保存元明清代之天壇與先農壇，在城南，相對峙。社稷壇又在大城内。各代禮制不同。）此頌，爲專祀后稷，無郊天之意，不能用《孝經》以説此詩。蓋宣王世，重建后稷專廟所造之頌神樂章也。舊説謬陋尤多，略加辨訂如下：

“思文”，《鄭箋》解爲“周公思先祖有文德者”。《朱傳》云：“思，語辭。文，言猶文德也。”詮按：周代以禮樂、令教爲文德。后稷于此無可稱。此詩“思文”，猶云

“聞之舊典，后稷德可配天”也。宣王世去稷棄更遠，先民詩歌亦已失傳，惟《生民》篇（文）存。謂其爲上帝所降之子，享祀則“上帝居歆”，爲配天也。

“立我烝民”，鄭云：“立，當作粒。”系依《尚書·益稷篇》“烝民乃粒”爲説。陳奂《傳疏》據《左傳》成公十六年申叔時及《周語》芮良夫兩引此詩，謂：“杜預，韋昭注，並謂后稷能有立民之道，無不得其中正。與《傳》訓同。”而以《尚書》乃粒爲立之借字。詮按：《尚書》“烝民乃粒”，出於古歌謡；與“暨稷播奏庶艱食鮮食”相應，明爲“粒食”之義。此詩倒爲“粒我烝民”，正是周代引陳言者不遵陳文之常例。其義應可相補。《左傳》所記引詩，全是斷章，自爲臆解之説，不是用以説詩。

“莫匪爾極”，朱云：“極，至也。”“言后稷之德，真可配天。使我烝民得以粒食者，莫非其德之至也。”否定《毛傳》“極，中也”之説。蓋亦知毛緣左氏之文，改立字，而曲訓極爲中之非。然朱説亦有未允。夫極字本義爲屋頂之梁，引申爲極端，即今語頂點之義。蓋言烝民之獲粒食，豐足之至，無非后稷遺惠。無非爲爾足于食。爾，指烝民，非指后稷。惟《國語》言芮良夫諫厲王已引此詩，則非宣王時作。縱使所引爲厲王時召虎之頌，字亦當作立。此則與新詮推斷相左。夫《國語》稱爲“外傳”，明其文未足全信也。各書寫傳，至宋乃刊成定本，又安能免于傳寫者之竄改哉。一切依詩語含義推理可也。

“貽我來牟”二句，謂天帝貽人以麥種，命后稷率導栽培之。《毛傳》：“牟，麥。”《説文》：“來，周所受瑞麥來麰也。二麥一夆，象其芒朿之形。天所來也，故爲行來之來。《詩》曰‘詒我來麰’。”又麰字云：“來麰，麥也。”《段注》云：“《毛詩傳》曰：‘牟，麥也。’當本作：‘來牟，麥也。’爲許麰下所本。後人删來字耳。古無謂來小麥，牟大麥者，至《廣雅》，乃云：‘麰，小麥。麰，大麥。’非許説也。《劉向傳》作‘釐麰’。《文選·典引·注》引《韓詩》作‘貽我嘉麰’。薛君曰：‘麰，大麥也。’與趙岐《孟子注》同。然《韓傳》未嘗云來小麥。”

詮按：今藏民所種以作糌粑之麥（青稞），呼作“來”。（藏文作𠀤，國際音標作li）歐洲人種之黑麥，亦呼曰“來”（Rye）。性皆耐寒而麫粉粗糙，品味劣于小麥粉。吾考，此乃古羌人育成於青藏高原上之麥種，爲世界人類最先育成之麥種也（另有羌族文化史考證）。依隨羌民族之擴散延展，早於中原農耕文化發展以前，已經種植於青藏高原邊緣之河谷地區。後引入歐洲者爲黑麥，引入中原者爲“來”。象形其穗，仍其本音也。其後華夏人更於低暖之地育成新麥種，稱之爲“牟”。音轉爲麥（牟→來今音别，古音同。皆可從牛鳴聲審之），故麥字從來。牟者，麥字尚未造出時録音之字。華夏人既已育成更適於風土與口味之新麥種，立即迅速傳播種植於華地，如牛鳴之遠應，故用牟字。牟字引申爲大，爲愛，爲倍取，爲相似，皆自麥新種受人贊愛爲義，不以牛鳴爲義。麥字之造成較晚，大約在殷中葉以後；始見于《豳風·七月》之“禾麻菽麥”，周公旦之文也。亦見於《逸周書·嘗麥解》。“嘗麥”，志成王爲此典禮，甚鄭重。疑其爲引種新麥成功時之典禮。殷墟甲骨中已有麥字。可知麥是殷人育成之新種，周初始引植于周地，周人猶有呼之爲“牟”者。《毛傳》：“牟，麥也。”蓋有以别於“來”。括有舊説。東周以後，從麥之字乃多。更無從“來”之字。“來”字已專用爲行來之義。凡自麥類産生之新字，皆從麥。而地方勞動人民猶各自有諧聲之别字，則爲麰、爲䴵，與牟，亦衹是麥之爲物也。中華育成之新麥種，尚有所謂“堅麥”者，字作“麧”。《説文》：“麧，堅麥也。”即有殼之“大麥”。漢以後，人乃皆謂小麥爲麥，大麥爲麳，而羌氏原種之“來”，則呼爲稞，一作麳，今俗呼爲青稞者是也。舊儒不明作物發展前進之規律，但依殘闕已甚之舊文字形，反復考訂，盈車充棟而不能得其實義，徒使閲者頭昏意厭。玆故略論麥類栽培發展變化之概略，以説“來牟”字（參看《臣工》篇論宣工世倡種小麥）。

“無此疆界”，謂后稷得天賜之麥種，率育於天下，不限于一國。“陳常于時夏”，鄭云：“陳其久常之功於是夏而歌之。”謂《周禮》“九夏”之樂有此詩也【1】。朱云：“陳其君臣父子之常道於中國也。”馬瑞辰曰：“謂陳農政於中夏也。《時邁》詩‘肆于時夏’，承上我求懿德言之，謂佈德於是中夏也。此詩‘陳常于時夏’，承上‘貽我來牟，帝命率育，無此疆爾界’言之。謂遍佈其農政，所以佈利於此中夏也。”詮按：馬氏獨得詩之文理，未釋“常”爲農政之義。玆爲補充之。《吕氏春秋·孟春紀》：“乃命太史，守典奉法，司天日、月、星、辰之行，宿離不忒（《月令》作不貸），毋失經紀，以初爲常。”高誘注：“星辰宿度，司知其度。以起牽牛之初爲常。”畢沅校注：“謂冬至，十一月中，起牽牛一度。”是古謂曆法爲“常”。又謂之“常憲”。《書·胤征》“先王克謹天戒，人臣克有常憲”是也。謂曆法關係農事綦嚴，故曆法爲“常憲”。《周禮·司常》：“日月爲常。”天子旌旗繪日月，爲常。明天子爲正朔製曆者也。（舜登庸之首“璇璣玉衡以齊七政”。先明曆法也。）是所謂常，即天行之道。后稷優於農藝，則必嫻於曆法，農不失時，則不敗。故農事之教亦曰“常”也。

【1】《左傳》襄公四年，與《魯語》，皆記魯叔孫豹聘於晋，對享以三夏樂，不拜之事，《内傳》稱“三夏”。《外傳》作“金奏肆夏、樊、遏、渠”。韋昭援《周禮·鍾師》“九夏”之文爲注曰：“肆夏一名樊。韶夏一名遏。納夏一名渠。此三夏曲也……鄭司農云：九夏皆篇名，頌之類也。載在樂章。樂崩，亦從而亡。是以頌不能具也。”《鄭箋》亦用“九夏”説此詩之夏字，由先鄭有此説也。《朱傳》於《時邁》篇引：“吕叔玉云：‘肆夏，時邁也。樊遏，執競也。渠，思文也。’”詮按：禹所作樂曰“大夏”，與《韶》《濩》同，皆古代徒舞不歌之頌樂。鍾師所奏之“九夏”，當亦是周人所保存夏代之古樂九章，亦非有詞者。若周頌之三十一篇，則皆有詞，是周代舞樂詩之特點。無詞即不得爲頌。先鄭、後鄭所説，皆謬説耳。朱熹更引吕叔玉説以爲即此周頌三篇，取“肆于時夏”之二字合。然則《思文》又何不稱爲“陳夏”或“常夏”，而謂之渠乎？《執競》無夏字，何得又列於“三夏”乎？且《外傳》明言肆夏有樊、遏、渠三章。猶伶州鳩説原始之《大武樂》有《羽》《厲》《宣》《贏》。（參看大武樂考。）古樂無詞者，皆一字爲名也。而吕競以肆夏與樊遏及渠爲“三夏”，則謬之尤甚者。而《朱傳》亦用之，非大惑乎。其誤始於二鄭。故附駁之。

二、臣工之什

（一）臣　工

一章，十五句。

嗟嗟臣工，敬爾在公。王釐爾成，來咨來茹。嗟嗟保介，維莫之春，亦又何求。如何新畬？於皇來牟！將受厥明，明昭上帝，迄用康年。命我衆人，庤乃錢鎛，奄觀銍艾。

題解：此宣王初行耕耤典禮，舉行勞酒所造之樂章。可能即是諫不籍千畝之虢文公作。

天子親耕籍田之制，爲夏商朝代所固有。故田“禹稷躬耕而有天下”。殷墟甲骨文中，每見有耤臣字。《國語》載虢文公諫宣王語，舉其典禮甚備。周初諸王，似皆歲歲爲之。故周公於成王有《無逸》之誡，數言“知稼穡之艱難”。所云“文王卑服即康功田功”，即謂文王短衣親耕。則武王必當亦爲之。成王不爲，則周公誡之也。王室政權鞏固以後，“后王生則逸，不知稼穡之難，不聞小人之勞，惟耽樂之從”（並引《無逸》文）爲必然之勢。成康以下，舊典日曠，籍田雖千畝，祭祀之粢盛所出，亦衹委於耤臣而已。宣王號稱中興，多復舊政。因虢文公諫而恢復耕耤典禮，理有可能。恢復久廢之典，必當大事宣揚。告祭於后稷之廟，田祖之社，廣樂歌舞以饗從事於此禮事者，此詩與《思文》相次。文辭與虢文公所論翕合。故可定爲宣王用於耕耤之樂章也。

“嗟嗟”，《毛傳》：“勑之也。”朱云：“重嘆以深敕之也。”“臣工”，謂參加典禮之王臣（毛云：“工，官也。”）其目詳在《周語》及《月令》。此是作爲周王勸語演奏之。“敬爾在公”，猶云各敬其事。“王釐爾成”，朱云：“釐，賜也。成，成法也。茹，度也。此誡農官之詩。先言王有成法以賜汝，汝當來咨度也。”詮按：詩謂王賜衆官以先代成法。“來咨”，謂學習也。“來茹”，謂從事也。古謂咽吞爲茹，行事亦爲茹。故《烝民》頌仲山甫德“柔亦不茹”。

“嗟嗟保介”，《呂氏春秋》述耕耤云：“天子親載耒耜，措之，參于保介之御間。”（《月令》文同，倒參于二字。）明保介非一人。《鄭箋》説保介爲“車右”，《朱傳》因高誘注説爲“農副”，皆不合“之間”之義。按：《無逸》“能保惠于庶民”，“懷保小民”，“胥保惠”，皆就勸農之事言之。則保者當説爲司徒官屬。介者，謂介胄之士。周制，寓兵於農。天子六師，即組自六鄉之農民。今亦當有從王以耕於耤者。司徒官屬與六師之從來者，皆當於此一日完成千畝耕種之事。故耒耜措於具車之御間。數量當甚大，非祇一人所用而已。若王與諸臣工，則“王耕一墢。班三之”，具備其形式而已。“庶人終于千畝”之庶人，則指司徒屬之胥、役、耤臣與從王之介士也。

“維莫之春”，鄭説爲晚春。朱説爲“三月”。皆與《吕覽》及《月令》所言孟春耕耤之時間不合，似爲舊儒不敢判此爲耕耤頌之原因。按《國語》所述，“農祥晨正”，謂立春之日。僅爲除壇祈穀誡農之日也。黄河流域地區，立春後一月，土始解凍、可耕。故知耕耤卜日在立春，實行之期，則由卜日定之。《月令》所謂“擇元辰”，即擇日也。莫字雖與暮通。却不可盡釋爲暮。《葛覃》之“維葉莫莫”，謂茂盛可愛也。此詩《朱傳》“莫音慕”，不用《釋文》“音暮”陳文，甚耐尋味。蓋此“莫之春”云者，謂可愛慕之春月，非必具爲孟春與季春也。“亦又何求”二句，如云：已祈穀矣，又更何求。惟有從事力耕而已。“如何新畬”，猶云何如赴耕於新畬之土乎！《毛傳》:“田，二歲曰新，三歲曰畬。”（《采芑·傳》同，多“一歲曰菑”句）《朱傳》:“畬，二歲田也。”詮按:《采芑》以“于彼新田，于此菑畝”連言，則新田當爲新墾之田，即一歲田。畬爲再歲田。菑則開始焚除草木，施種之荒土，不得爲田也。周之耤田千畝，則荒爲芻牧之地者必多。耤臣不能徧耕則輪休而種之，故詩謂耕耤爲往耕“新畬”也。

“於皇”，尊敬，重視之嘆美辭。“來牟”，與《思文》同作特稱之穀物。明兩詩作于同時，且爲當時特别提倡種麥之證。“將受厥明”，《朱傳》：“明，上帝之明賜也。言麥將熟也。”詮按：莫春，非麥將熟之時。耕耤之始，不得涉想爲麥熟。“明明上帝”，是周人頌天之語，“將受厥明”，與“貽我來牟，帝命率育”同義。謂來牟之種受之於天。將，取也。厥，指上帝。明，天帝之旨，猶云“天之明命”，故下文賡釋之曰“明昭上帝”，謂明命昭垂於上帝。“迄用康年”，謂必能獲豐稔之收。康，充足，美滿也（説在《天作》）。年字本從禾千，會意爲“收成”，引申爲歲、稔諸義。詩言：既然天帝命以種植，結果必獲豐收。迄，必然之義。用，使之之義。康年，美滿收穫之義，後人稱爲“大有年”是也。“夏曰歲，商曰祀，周曰年。唐虞曰載”，（《爾雅·釋天》）皆取收穫奉祀爲義也。

“命我衆人”以下三句。即虢文公所謂“稷則徧誡百姓，紀農協功”，《月令》所謂“王命布農事”是也。其事應在舉行勞酒之後。“我”，周王自指。“家人”，庶氏之謂。“庤乃錢鎛”，毛云：“庤，具。錢，銚，鎛，鎒。”鄭云：“具汝田器。”朱云：“錢，銚，鎛，鉏。皆田器也。”詮按：錢、銚有别。小圓鋤曰銚，銚本義爲有柄之小煮器，似鋤，緣以爲名，用於挹土拾糞者也。方口之鋤曰錢。象古之泉布，所謂“刀幣”者是也。用於掘土、除草者也。刀幣，長方形。秦漢作圓幣，圓形，亦稱爲錢。後竟用爲圓錢之專稱而本義廢。此詩之錢，固當是方鋤。錢之柄與身横，如今之鋤。

鎛之柄與身直，如今人鍬，如古之耜。皆周代新有之鐵農具，詩特稱之，表明周之農具已由耒耜躍進一步。此不可忽也。耨，爲薅草之具，即今所謂鋤，古所謂錢。銚在周代尚無有。其字始見於《莊子》與《吕覽》，則戰國世乃有者也。鉏字，古衹作且，音鉏鋙之且。東周以來，始用爲錢器之動詞，作芟除之義而讀如“除”音，亦鋤字。故此詩之鎛，不得訓爲耨與鉏。舊説全誤矣。“庤”，訓具，亦非。當讀如“事”，與持義通。此字他無所見，唯見此詩，毛訓“具”。《説文》：“儲置屋下也。”與此詩文義不合。夫田器（農具），當常備。不用則置屋下矣，豈待儲而後用？至于此詩，則正當“銍艾”之時，何得告以儲備之乎？蓋許慎因毛訓具，字從廣，所爲之曲解也。疑廣爲[illegible]之隸僞。詩本字實作“持”。承以“奄觀銍艾”者，既命衆人就耕，亦令衆官督耕之語也。虢文公之言曰：“稷則徧誡百姓，紀農協功，曰：‘陰陽分佈，震雷出滯。土不備墾，辟在司寇。’乃命其旅曰徇。農師一之，農正再之，后稷三之，司空四之，司徒五之，太保六之，太師七之，太史八之，宗伯九之。王則大徇。耨、穫亦如之。”“奄觀”，謂徇視考察之也。耕土播種時如此，中耕與收穫時亦當如此。此是耕土之時日，故云“銍艾”。毛云：“銍，穫也。”朱云：“銍，穫禾短鐮也。”亦非。古謂收穫爲桎，音室。石器時代，禾黍成熟，但拔其莖束之，運至田圃叠積，待乾燥後輥落其粒。故桎亦收穫之義。後有“石鐮”，亦呼爲“桎”，用引申之義。進入金屬農具時代，則字作銍。用于刈禾，亦用于刈草。此詩爲暮春之事，安得云收穫。銍只用于刈除野草耳。艾讀如“刈”。銍與艾，在此該作動詞。名詞則讀如“至艾”，動詞則讀如“經”與刈。故陸氏音云：“銍，珍栗反。艾，音刈。”

附論　周宣王世倡種小麥

中華先農自行培育成功之良種穀物爲禾黍。麥種，自外來者也。周初所製《生民》詩，頌后稷事業，不言麥類。《思文》與此篇爲宣王世作，亦頌后稷，言農事，則不言禾穀黍穈，但稱“來牟”。此所反映，爲周代統治階級所欲發展之穀物品種，隨時代而有所不同。

《生民》，周初集前代歌謡所纂成之詩史也。原造歌謡，應不出於公劉至文王之世。其所體現爲：當時提倡推廣之穀種爲禾穀類之禾、黍、稷、穈與芑菜。當時非不知有麥類也，徒以狃於先祖育成之品種惟足貴，特倡種之，不顧其餘也。實則《噫嘻》詩已稱“百種”，《豐年》詩亦言“黍、稌”，足知滅紂以前，周之人民已經廣泛引進四方種類種植，不惟有麥，且有稻也。進入中世，宣王前後，則《思文》與此詩專言來牟，不及他穀。然而《王風・黍離》則謂宗周農田，全是黍稷。此可知來牟雖爲宗周貴族所極力提倡，而農民則深不願栽培麥類而偏喜栽培禾黍。故貴族一經潰敗，農民即不復種麥。貴族行役過此，因不得麥食而深致慨嘆也。同時，殷之舊郊，則猶普遍種麥，兼植禾黍。其證，在《史記·宋世家》。其文云：

……箕子朝周，過殷虚，感宫室毀壞生禾黍。箕子傷之。欲哭，則不可。欲泣，爲其近婦人。乃作《麥秀》之詩以歌詠之。其詩曰："麥秀漸漸兮，禾黍油油。彼狡僮兮，不與我好兮。"所謂狡僮者紂也。殷民聞之，皆爲流涕。

《宋世家》不當有長段夾叙箕子事。其文酷似《説苑》，疑是劉向父子所竄入。然其所據亦當是先秦人之傳説。非臆造也。

蓋箕子以"麥秀"喻殷人。"漸漸"，衰削浸減之義。"禾黍"，喻周人。"油油"，《索隱》云"苗光悦貌"。謂殷虚殷人减少，周人浸多，故田間種麥者稀，種黍粟者繁榮也。"狡僮"，謂農民也。史遷説爲指紂者，不當。箕子，奴隸耳，陳《洪範》，傾筐倒篋以事周王，而得封國于朝鮮，則安得有責紂之言哉。徒以周之農民不悦箕子，箕子有故宫禾黍之感，慨嘆於民族興亡之間耳。其詩語所反映之實事，則殷人嗜種麥，而周人嗜種黍稷也。

殷人（商族）本係遠方徙居華夏之民族，二十餘遷而後定居于殷，初猶保持行國舊習故也。行國必重牧畜，入華乃漸習於農藝。至武乙遷居河北之沬鄉，始定都於朝歌。則農業已有一定發展可知矣。中華之西面、北面與西南面，上古原是羌民族分佈地區。華夏文化高漲後，其人或從華人之俗，而混于華。或持其舊俗而被稱羌、氐、狄。下至春秋之世，猶有所謂赤狄、白狄、長狄與所謂"戎"者之國，至戰國世乃歸泯滅。殷虚甲骨中，屢見有多種之羌字。可見其時商族與羌族已甚習近，有盛大之經濟與文化交流。羌族人民喜於種麥（説在《思文》篇），影響商族爲必然。故可設想華夏種麥自商族始。麥種移植於中原，理宜發生種變。比較稞麥（來），耐熱之大麥小麥，必于殷世已經育成。時則夏族舊踞之河東河南地區與河西至岐周諸族落，則寶愛其先祖自所育成之品種，黍稷且亦已有一定之進步，畝產量與風土之適應性能俱較麥類爲高，故奴隸主頗排斥殷民族育成之麥種。直至周初統一，且已有土地經營之農户（農奴）應已廣泛引進五方物種。故其時之詩，已有麥、稌、百穀之語。而貴族不恒稱之，宣傳農道之詩，仍以后稷所育之種爲尚。

在奴隸社會，從事耕種之奴隸，不能自擇所種，種子唯聽奴隸主頒給之，故能限制種子之流通。殷民族既已習於種麥，育成風味美於黍粟之小麥，爲殷貴族所嗜食，故恒令其奴隸盡種麥。麥種由是進化。然而初不引進於夏族周族地區者，夏族周族之奴隸主不喜之也。迨周已有農奴而後麥種輸入焉。周族既貴盛後，侈情享樂，於飲食之事，鑽深廣，自亦必能發覺小麥製品之優點，麥制食品大增（反映在一時從麥之字大增）。于是賦于農民者首重在小麥。宗周農民則不習於其事，輒謂非祖所育，推行似有困難。故至宣王世，稱頌后稷不復頌其禾黍秬秠之功，而專爲帝賜來牟之説。欲以統一貴族階級與農奴階級之思想矛盾，此周詩之可驗者也。

共和以後，王畿普遍進於農奴生産制。即東方諸侯之國，亦鮮能有保持奴隸生産制者。國君衹有徵取食糧之權，農民則已有選擇所種之自由。宣王世屢興軍役，頗害農事。農奴各户，自必唯圖高産可以自飽之作物，不嫌其爲粗糲，不願種植産量偏低而徒適於貴族口胃之物以備上供。是爲農奴不願種麥之主要原因。統治階級所願徵取者爲小麥，自必多方倡導以誘致之。此種矛盾，自周宣世發端，存在於我國統治階級與農民之間約兩千年，至唐“一條鞭法”行，以貨幣代糧賦而後泯滅。知其如此者，不惟周詩之義可驗，亦有後世歷史旁證。兹舉其尤顯著者二事：

其一，《漢書·食貨志》載：“董仲舒説上曰：《春秋》，他穀不書。至于麥禾不成，則書之。以此見聖人於五穀，最重麥與禾也。（當時所謂麥已專指小麥。所言禾，已移爲水稻之指稱。——著者）今關中俗不好種麥……願陛下幸詔大司農，使關中民益種宿麥。令無後時。”（漢關中即周王畿。“宿麥”謂冬小麥。小麥品味之尤美者也。——著者）

其二，魏晋迄隋，江左王朝，屢頒詔書敕民間種麥。東晋之世，北方貴族世家之流徙江左仍執政者最多，此種詔令尤爲密切。其文，載在《晋書》與宋、齊、梁書諸《帝紀》與《通志》者甚繁，不勝舉。蓋統治階級嗜麥，屢以政治權力强迫供賦之民種之。農民反抗數百年，亦迫而習於種麥數百年，遂亦漸能爲之矣。初時農民之痛苦可知。然，我國種麥之能推進至五嶺以南，亦賴有此諸顢頇之暴政以促成之。此研治勞動人民歷史者所宜知也。

此雖溢出詮詩範圍以外之説，究於正確解釋詩之義旨有益。故因詮釋“來牟”，並及之。

（二）噫　嘻

一章，八句。

噫嘻成王，既昭假爾。率時農夫，播厥百穀。駿發爾私，終三十里。亦服爾耕，十千維耦。

題解：此周初孟春祈穀之嘏詞，祈穀即當卜耕耤之日期，因而耕耤勞酒亦用之。宣王世耕耤改用《臣工》爲樂章。故太師樂檔以此篇次之于《臣工》也。

舊説此詩者，皆礙于“成王”二字，紛作推測。或説爲“春祈穀于上帝”，（《毛序》）或謂“亦戒農官之詞”（《朱傳》），或云“卜郊也”（《折衷》）。其他臆測者尚多。魏源定“成王”爲生前稱號，説此爲“孟春祈穀耕耤時歌也”。細審詩語，固應是奴隸社會末期，耤田猶用奴隸耕種時，孟春祈穀之嘏詞。可能是武王時用殷巫祈穀，有其降神之辭。周公攝政後廢巫法，改卜選賢德者爲尸，以代巫，改祈穀降神之言爲此嘏詞。故其辭似巫，而文簡潔，甚似周公時之頌詩。

“噫嘻”，誕呼之聲。《周頌》辭皆莊嚴，惟此詩詼詭不莊，蓋用巫誕原語情致于祈穀，以謬農夫，非宗廟之頌故也。“成王”，是我王字僞，與《昊天有成命》同。“既昭假爾”，猶云“兹明告爾”也。“既”，語辭。“假”，嘏之本字。爾，指周王[1]。

“率時農夫”二句，鄭云：“率是主田之吏農夫，使民耕田而種百穀也。”時固當訓是。農夫釋爲主田之吏，則非。詩謂王當督率耤田之耤臣，播種。農夫，謂耤臣之長也。

“駿發爾私”二句，毛云：“私民田也。言上欲富其民而讓於下，欲民之大發其私田耳。終三十里，言各極其望也。”鄭爲之説云：“使民疾耕發其私田。竟三十里者，一部一吏主之。于是民大事耕其私田，萬耦同時舉也。”後儒盡依此爲説。詮按：儒生迷信《孟子》井田之説，以方里合九百畝，八家各得百畝，同耕公田百畝，爲什一之税。以説此“私”字，昧于詩義亦甚矣。誠使如此，則誰家私田能延展至三十里乎？若謂天子屬民私田之總和，則“邦畿千里”，又豈能衹三十里哉？此詩之“爾”，指周王。“私”，謂王之耤田。周行農奴生産制，王畿最先。六鄉六遂之田，分給農奴各户。鄉、遂外土地，爲封賜王臣及宗室之采邑。皆公之於人，不自有之。惟有留爲奴隸自耕之土地，乃爲王之私土，所謂“耤田”屬之。天子私田初不限於千畝。凡王畿内，頒賜以外之地，皆是王用奴隸耕種，以備賞賜。其後賞去者多，至宣王時，乃衹保存千畝。即僅保持耤田而已。千畝，僅略多于一方里。如匀割爲百畝而聯列之，不過微多于三里。此詩言王私有之田“竟三十里”者，是周初之耤田，三十倍于“千畝”之驗也。然亦嘏辭之誕言耳。“駿”，《毛傳》訓大。鄭訓疾。“發”，鄭云：“伐也。”朱云：“耕也”。馬瑞辰引《吕氏春秋·音律篇》：“令農發土，毋或失時。”説駿發爲疾耕之義。詮按：《周語》“土乃脈發”，《韋注》：“脈，理也。《農書》曰：‘春土長冒橛，陳根可拔，耕者急發。’”蓋謂黄河流域，冬季土凍而漲。春暖解凍，則土疏鬆。去冬禾茬之舊根可用手拔，此時即宜耕土播種。就土壤言爲“脈發”；就農夫言爲“急發”，就農事言爲“發土”。發者開也。農事開始也。

“亦服爾耕”二句，亦當讀如奕。承“終三十里”言，謂耕耤之奴隸甚多，奕奕

【1】 奴隸社會祭禱，用巫行法，巫能降神，僞爲神言爲主祭者降福，稱之爲“嘏”。造字者以古爲義，假爲音，古猶亡故也。謂神借巫口爲言也。殷人重巫。巫有才能者多，説在《斯干》篇。周武王時，猶重殷巫。周公攝政，廢巫法，而不能廢巫嘏之“禮”，則卜選有賢德者爲“神尸”。莊肅端坐如偶像，仍受酒食燕享。享後亦爲嘏詞降福。迎尸、送尸，皆如迎神送神儀式。但不用巫而用人，樂亦不用巫法而用堂下樂舞。其實亦仿於巫法。存此制者，蓋欲借賢者之口以諫諴正，而勖勉之。旦亦曾自爲神尸者也。周公之禮，不許爾汝尊者，惟嘏詞則可。亦見先世帝王，面侮者罪。唯巫降神侮之則無罪。故亦欲借此廣諫諴之路。此周立尸嘏之意也。同時亦用假字代嘏。字從亻，謂生人也。後世乃用假爲真假字，嘏爲尸嘏字。音義並同。此詩用假字，當是最早頌詩之驗。

耦耕，數至十千耦，故排隊達三十里之遠也。服，從事于耕之義。凡叚辭，皆虚擬無實。三十、十千字皆無核實必要。《鄭箋》云：“《周禮》曰：‘凡治野田，夫間有遂，遂上有徑。十夫有溝，溝上有畛。百夫有洫，洫上有涂。千夫有澮，澮上有道。萬夫有川，川上有路。’計此萬夫之地，……言三十里者，舉其成數。”詮按：鄭氏以善算得入馬融之門。若此詩之巧合，亦可謂能矣。然亦衹如廖平説“彼美人兮，西方之人兮”，爲美利堅人，徒足爲笑柄耳。《周禮》爲秦漢間人采先世諸子百家之文纂成。《遂人》之文，出于儒家之妄談井田者，非可實施之空想耳。現代機耕農田尚不能至如此之平整，上古何地能供此機械如棋盤之規劃哉？井田實無其事，而可如此計算以三十里與千耦之數哉？

（三）振　鷺

一章，八句。

振鷺于飛，于彼西雝。我客戾止，亦有斯容。在彼無惡，在此無斁。庶幾夙夜，以永終譽。

題解：微子朝周，因訪周于辟雝。此周公饗之所作樂章也。時間當在周公執政、出居于豐時（據《竹書》，在成王十年）。成王親政，諸侯必來朝賀。微子新受封國，猶不能不至。封國于周公攝政時，宜其並朝周公於豐。周頌以二王后之禮饗之，因爲此詩以爲教誡也。

“鷺”，白羽水鳥，恒三五群飛于沼澤間捕食小魚。“振鷺”，見《魯頌・有駜》，成王初年，殷人之詩，自言其人皆白衣冠成列而進也。兹周公亦用其字，以明重視殷人。毛云：“振振，群飛貌。”“西雝”，謂豐水之辟雝。武王都鎬後，復營鎬之辟雝，故豐爲西雝。周公言：向在西雝，常見鷺飛成列來去。有者來客，白衣冠車馬，振振然至，儀容似之。戾，讀如莅。

“在彼無惡”，鄭云：“在彼，謂居其國無怨惡之者。在此，謂其來朝，人皆敬愛之，無厭之者。”詮按：《尚書・微子之命》云：“俾我有周無斁。”《孔傳》：“使我有周好汝無厭。”是《鄭箋》所據。“庶幾”二句，《朱傳》：“如是，則庶幾其能夙夜以永終此譽矣。”馬瑞辰引《後漢書・崔駰傳》用此文，終字作衆。疑三家詩與毛詩異字。衆字義較爲長。

（四）豐　年

一章，七句。

豐年！多黍多稌，亦有高廩，萬億及秭。爲酒爲醴，烝畀祖妣，以洽百禮，降福孔皆。

題解：此周初蜡祭所用之樂章也。與《噫嘻》辭皆詼誕，如出一手，應是同年一人所作。其間夾有《振鷺》者，蓋微子亦于是年春夏間朝周公。樂官依次編入舊檔。非由欽詩之孔子，與傳詩之毛公顛亂。然則此三篇之製作時間俱當是成王十年，周公歸政後作。其時居豐，與農民尤接近故也。

蜡祭之禮，《小戴·郊特牲》有詳述："伊耆氏始爲蜡。歲十二月，合聚萬物而索饗之也。"所舉當祭饗者，有"先嗇""百種"，"農，及郵表畷，禽獸"，"坊與水"，"四方"。又有"迎猫"、"迎虎"諸戲。主祭者"葛帶，榛杖"、"皮弁素服"，"大羅氏，天子之掌鳥獸者也，草笠而至"。百官與於祭者，皆"黄衣黄冠"，"尊野服也"。實爲古代農社歲末一次盛大之文娱活動。即《吕氏春秋》與《明令》所謂"大儺"。《周禮》："方相氏，掌蒙熊皮，黄金四目，玄衣、朱裳，執戈揚盾，率百隸而時難，以索室驅疫。"（難，同儺，音羅。《月令》字亦作難）亦當爲蜡祭日表演之事。後世社戲之嚆矢也。所有儀禮歌舞，不采莊嚴形式，一切務於詼詭，極諧樂之趣。《家語》載："子貢觀于蜡。子問之曰：'樂乎？'子貢問：'舉國之人若狂。賜不知禮（一本作'其樂'）也。'子曰：'賜，非爾所知也。弛而不張，文武弗爲。張而不弛，文武弗能。一張一弛，文武之道也。'"此説能得蜡之實旨。

周公蓋亦曾觀于農民社祭與蜡祭者，知農民勞苦終歲，宜有以樂之。故爲此蜡祭之樂章耶。

"豐年"，亦如"噫嘻"，誕然歡呼語也。當首於全篇。"多"，謂收穫量之多。"稌"，毛云："稻也。"言黍稌而不及麥，可知爲周初之詩。《豳·七月》"十月獲稻"。知周公世，豐鎬已盛種稻。麥在當時不爲周族所重，説見《臣工》篇。"亦有高廩"之亦，當讀如奕，與《噫嘻》同。言黍、稻豐收，裝成高廩，奕奕不絶，數逾萬，逾億，將及秭數。毛云："數萬至萬曰億。數億至億曰秭。"陸云："數，色主反。"謂讀術。動詞。毛謂：萬萬爲億，億之億爲秭也。殷周天算家或已假定有如此數字。一般使用數字"三千"爲最大數。"萬"則爲不可知之多。農民用數，百千而止。此詩遂用至億、秭字，其非農民大衆之語言可知。即一般文士，亦不可能涉想及此字。是亦判爲周公作詩之一種依據。

末四句，言如此盛多之穀物，豈可不用於祖宗之祭事，滿足周王所規定之禮數，使天神人鬼大降福祐於人乎。毛云："皆，遍也。"鄭云："烝，進。畀，予也。"

（五）有　瞽

一章。十三句。

有瞽有瞽，在周之庭。設業設虡，崇牙樹羽。應田縣鼓，鞉磬柷圉。既備乃奏，簫管備舉。喤喤厥聲，肅雝和鳴，先祖是聽。我客戾止，永觀厥成！

題解：微子與殷之樂官迎降武王。武王率之歸宗周，告祭祖廟。此其告廟後演奏殷樂之詩。

《史記》言微子："度紂終不可諫，欲死之及去，未能自決，乃問於太師、少師。……太師若曰：'……今誠得治國，國治身死，不恨爲死。終不得治，不如去。'遂亡。"其説出于《尚書·微子篇》，原作"父師少師"。《孔傳》云："父師，太師，三公。箕子也。少師，孤，卿，比干。"此謬解也。奴隸社會，階級森嚴，奴隸主雖餓死，亦不作人奴隸。箕子，殷之知識奴隸耳。雖亦可如伊尹、傅説爲殷宰輔，亦不得爲三公。"三公"之制，始于周官，《尚書》記載甚明。殷無其官也。殷周稱樂官師（例如殷之師涓，周之師曠）有大師、少師諸級，《史記》所云"問於太師少師"是也。《史記》又云：比干死，"太師、少師乃勸微子去。遂行。周武王克殷，微子乃持祭器造于軍門，肉袒而縛，左牽羊，右把茅，膝行而前，以告"，不詳所據何書，要必亦有所據。夫微子既自縛矣，則安得更抱祭器，又左右手牽羊把茅？當謂其左右更有人持羊、茅與祭器耳。且夫祭器，在宗廟，非可竊是物也。祭器除籩豆諸器外，樂器最爲重要。當是樂官從微子出降，故持有祭器也。《韓詩外傳》謂："有瞽在周之庭，言紂之餘民也。"魏源申論之曰："明爲太師疵，少師彊，抱樂器奔周之儔。'我客戾止，永觀厥成'，非'殷士膚敏，裸將于京'之謂乎？"細審詩語，爲周廟獻殷之記述無疑。

《毛傳》："瞽，樂官也。"《箋》："瞽，蒙也。以爲樂官者，目無所見，於音聲審也。《周禮》上瞽四十人，中瞽百人，下瞽百六十人。有視瞭者相之。"夫樂官皆瞽人，則廟庭奏樂，自皆瞽者爲之。周庭有瞽，爲當然之事，應無入詩必要。因此詩乃重言以首稱之。又特著"周庭"字者，蓋重其爲殷之樂官來獻樂也。

"設業"以下，皆言樂官演奏之事。《靈臺》言正樂事，不過六句。習見當然之事則不叙述也。此詩則詳述樂器之種類與其安置情形者，亦由其非周樂官演奏之常也（正如《鼓鐘》系召虎作於淮上參用殷樂與南樂，則不能不詳述其事物）。業，虡，並見《靈臺》篇，"樹羽"，毛云："置羽也。"朱云："置五彩之羽于崇牙之上也。"詮按："當是崇牙上以鷺羽爲飾。"殷人尚白，巫師"植其鷺羽"。（説在《陳風》）樂師亦置之。周樂師不有，故特言之。後人忌白色，則易以五彩之羽，朱熹所見爲彩羽，故不能聯想及“鷺羽”。

樂器之名，毛云：“應，小鞞也。田，大鼓也。縣鼓，周鼓也。鞉，鞉鼓也。柷，木控也。圉，楬也。”鄭云：“田，當作朄。朄，小鼓，在大鼓旁，應鞞之屬也。”陸云：“田，如字，鄭音酳。”蓋猶未以鄭説爲定論。自唐以後，群儒依鄭説。《韓詩》作“應朄懸鼓”，（《宋書·樂志》引，雖不明言韓詩，當時祇韓、毛詩存，非毛則韓也。）《周禮》太師“令奏，鼓朄”。《鄭家注》：“朄，小鼓也。小鼓爲大鼓先引，故曰朄。”謂朄讀如引。鄭先習韓詩，又尊先鄭，故其説如此。《説文》申部云：“朄，擊小鼓引樂聲也。”字從柬聲。義則與朄（從柬）同。爲導引樂曲之義。柬音近田，故毛詩借田字耶。周以柷起樂，以圉（敔）止樂。則用朄引樂者，亦殷制也。《朱傳》演毛説云：“夏后氏足鼓。殷楹鼓。周懸鼓。”詮按：詩舉諸樂器，皆單字名。不當獨以“縣鼓”爲一物。鼓亦非以懸擊之物。二傳之説，未足導。審此詩所舉：應、田、鞉、鼓，皆革音。柷、圉，皆木音。磬，石音。簫、管，竹音。周之頌樂，當備八音。而不及匏、土、絲與金音者，亦當是殷樂之徵。然，絲音清，易爲鼓聲所掩。頌詩每不舉之，若周頌樂，號稱“金奏”，安得不有鐘聲？周之編鐘、編磬，皆懸而擊之。《周禮·小胥》：“天子宮縣，諸侯軒縣，大夫判縣，士特縣。”皆謂懸樂之堵數（天子四堵，諸侯三堵，士祇一堵）。此詩上言“設業設虡，崇牙樹羽”，正是謂懸鐘懸磬之具。既已言磬而不及鐘，則此縣字（古懸字）固當是編鐘宮懸之義。殷之頌樂，以編磬導奏。故《商頌》曰：“依我磬聲。”然其人既演奏於周庭，則亦必先以編磬合於周之編鐘，以示改由編鐘導奏之意。故周之樂官，依舊稱編鐘爲“縣”也。其下鼓字，亦謂周人用以節樂之大鼓。與應、田、鞉，諸小鼓有别。殷樂原亦當有之。殷人用革音特多，亦可於《商頌》見之。

“既備乃奏”，謂諸種樂器安置妥當後乃奏。當在“簫管”句下，爲協韻倒之。“備舉”之舉，亦謂奏也。獻樂于祖廟，故曰：“先祖是聽。”“喤喤”，大聲也。殷之樂聲尚宏大。“肅雝”，雅聲也。周之音樂重肅雍。“和鳴”之和，當讀唱和之和。謂周之樂師以周之雅聲和其曲同奏。慮先祖惡聆殷樂，故仍兼奏雅樂。既同用編鐘導奏，則可和鳴也。

“我客”，指微子與武庚。説在《有客》篇。“戾止”句，與《振鷺》同，皆周公作也。《振鷺》爲饗客之樂，故句在前。此爲獻樂于祖廟，故先瞽，後客。“永觀厥成”，祝願與之長享此樂。樂一闋爲一成。“厥成”，謂如此金奏領曲之殷樂，喻武庚降周而仍保其宗祀之意，願永久能保持之。

（六）潛

一章，六句。

猗與漆沮，潛有多魚。有鱣有鮪，鰷鱨鰋鯉。以享以祀，以介景福。

題解：此文王在岐周時，取豳地漆沮之魚薦於祖廟之詩。其時未有雅樂，實用殷樂奏之。至成王世，乃改爲周之頌樂，用爲春冬薦魚之樂章也。

《月令》季冬之月，“命漁師始魚。天子親往。乃嘗魚。先薦寢廟”。又，季春“薦鮪于寢廟”。古禮，王者祭祖以牲牢，庶民以魚。周自太王時，已有祖廟，以公劉爲太祖。仍依在豳時魚祭之制。其後居豐、鎬，王天下，仍保持春冬薦魚之舊俗。必取魚於漆沮者，自公劉至太王皆居豳，明不忘本也。詩語乏於情感而博於名物，是樂官作也。

“猗與”，羨嘆之發語詞。“漆沮”，豳地水名，説在《綿篇》。“潛”，藏也。《毛傳》：“潛，椮也。”《朱傳》云：“蓋積柴養魚，使得藏隱避寒，因以簿圍取之也。”自唐以來，説詩者，糾纏於椮、槮、潛、涔字義，數萬言，大抵皆如《朱傳》，積柴養魚之法。新詮以爲是徒妄説耳。夫豳土早寒，春冬冰厚數尺，安能積柴水中以養魚取魚。此入冬春取魚，唯有鑿冰爲穴，篝火以誘魚至穴下一法。積柴水中，是南方非冰凍區之法，不可以説此詩也。惟其漆沮冬春結冰，魚在冰下生活，故曰下潛也。鱣鮪，見《碩人》。鱨、鰋鯉，見《魚麗》。“鰷”，鄭云：“白鰷也。”白鰷，硬鱗魚，長體，尖頭，細鱗、色白，江河多有之。“介，助。景，大也。”（《鄭箋》）

（七）雝

一章，十六句。

有來雝雝，至止肅肅。相維辟公，天子穆穆。於薦廣牡，相予肆祀。假哉皇考，綏予孝子。宣哲維人，文武維后。燕及皇天，克昌厥後。綏我眉壽，介以繁祉。既右烈考，亦右文母。

題解：武王定天下，告祭祖廟，諸侯來朝、助祭，此其燕饗諸侯之樂章也。武王及其以前之樂章，例以一字命題。三百篇中，《潛》《武》《酌》《桓》《賚》《般》，皆然。古樂中如《韶》《夏》《濩》《那》，亦然。成王以後，則皆二字以上矣。此篇文較《武》《酌》諸篇文倍多者，蓋召康公作。

舊説此詩者，《毛序》云：“禘大祖也。”原注云：“禘，大祭也。大于四時而小于祫。大祖，謂文王。”《鄭箋》《孔疏》並遵之。《朱傳》云：“此武王祭文王之詩。”又云：“《周禮》大師及徹，師學士而歌徹。”説者以爲即此詩。《論語》亦曰“以雍徹”。然則，此蓋“徹祭”所歌，而亦名爲“徹”也。自未能定。何楷、孫嘉淦與方玉潤，俱説爲祭饗徹饌之歌。則競以“三家者雍徹”之僭侈，説周初之頌。必不然也。陳奂《傳疏》則定爲“時禘后稷之樂歌”。魏源《詩古微》移其篇次於《思文》下《烈文》前，云是“成王至洛，烝祭文武”。《鄭箋》本分全篇爲四段解釋，首段六句，末段二句，二三段皆四句。《朱傳》則段各四句，全與鄭分相錯。

首二句，言諸侯之來，雝然其和。既至，肅然其敬。“相”，毛訓助。朱云：“助祭也。”“辟公”，朱云：“諸侯也。”併當遵。“穆穆”，和悦而敬默之狀，謂對諸侯來朝獻幣之態度如此。“於”，語辭。“薦”，助祭之獻也。“廣牡”，盛多之牲牢也。諸侯衆多，各助一騂牛，故曰“廣牡”。是毛訓廣爲大之義。若竟謂廣牡爲“大性”，則是合薦一牛，不成其爲助祭也。“予”，王自稱。“肆祀”，大合衆祖而祭，即所謂祫。武王克殷誅紂，統一天下，大封諸侯。郊天、柴望於外，告成功於廟。爲一盛大禮節，諸侯必來朝。先有圭璧、幣帛之獻，則穆穆然受禮。無詩。祭則賓主之禮，故饗以樂章，稱其“相予”。

“假哉皇考”之假，毛訓嘉，朱訓大。“皇考”，鄭朱並云指文王。魏源謂兼指文王、武王。詮按：下文有“文武維后”，與“烈考”、“文母”。《執競》“無競維烈”。《大雅》又有“丕承哉武王烈”語。則説“烈考”爲成王稱武王語，亦合。然不稱文王而稱文母，則難通矣。若皇考爲指文王，則烈考之稱又難合矣。禘祫所祭不祗一祖二祖。故此兩説皆難通也。查《典禮》曰：“父曰皇考。母曰皇妣。”《王制》曰：“曾祖之廟曰皇考廟。”蔡邕《獨斷》言：“天子三昭三穆，與大祖之廟而七。七廟一壇一墠。”“曰考廟，曰王考廟，曰皇考廟，曰顯考廟，曰祖考廟，皆月祭之。”《爾雅·釋親》謂“父之考爲王父”。“王父又稱大父。”《史記·封禪書》：“皇者王也，大也。”綜合言之，則皇考之稱，加于亡父、亡祖、亡曾祖，皆無不可。皇者，大也。考者，多子孫者也。造字之本義，非已規定爲祖先倫輩之稱。儒生立之禮制，乃定爲各級祖考之義。此詩之皇考，謂爲指文王可也。謂指太王、王季、文王三世亦可也。“假”者，謂天帝假之以威命。周公之詩，與《泰誓》皆謂文王受天命。召公不言文王受命。《皇矣》詩則謂太王已受命。武王統一後，追尊三代爲王，則亦承認太王受命之説。此非周公詩，則“假哉皇考”句，謂太王以來世承天命也。然説爲文王，于義爲洽。

“綏予孝子”之綏，古文作，《説文》：“行遲曳夊夊也。象人兩脛有所躧。”其後演變爲綏。義轉爲“車中把”者，車行簸蕩，故有繩著車，俾乘者把之。其擺動狀，亦似人之兩脛躧行。故字變而音義仍同于夊。昇車者失綏，則體隨車顛簸不安。既把持綏，則無棖觸。故引申爲安之義。《朱傳》訓綏爲安，是也。綏著于御車者座上。乘者升車，御授以綏而後行。故綏又引申爲授持之義。《齊風》"雄狐綏綏"，《玉篇》引作"雄狐夂夂"，是遲曳之義。此詩，與《載見》之"綏以多福"，皆授持之義。"綏予"，謂皇考未能完成之事，以遞授於下一代。"孝子"，善述其事，繼其志之子也。此二句，爲武王自述。

"宣哲"，謂宣通，明哲。"維人"，謂惟仁者能之。仁，人字古通。"文武"，謂有文德、有武功。"維后"，謂群后能之。二句，是贊美諸侯。"燕"，毛云："安也。"諸侯能尊周，重祀，愛民，則皇天悦之，因其能知天命，禮天神，體天心也。如此，則能使後代昌盛。文王名昌，而此詩不諱昌字者，其時尚無避諱之禮也。舊亦説此六句皆頌文王，或總頌文王武王者，皆非矣。

"綏我眉壽"，謂諸侯此來助祭，爲"安及皇天"之事。天帝不惟能使其後嗣昌盛，亦且授予我等以高壽。凡《周頌》之"我"，皆具"我等"之義，不專謂自己一身。在此詩，謂主祭者與助祭者全體。"介以繁祉"，謂引致甚多之福祉。"繁祉"所包括者，不惟生人與其後代，又且福祐於先代考妣在天之靈魂。右、祐字通。"烈考"，歷世祖考之統稱。猶後世云"烈祖烈宗"。"文母"，毛云："太姒也。"夫《思齊》猶頌歷世先妣。此禘祫之詩，安得獨稱太姒一人。蓋"烈考"謂有烈績之先靈。"文母"，謂有文德之先妣。武王世尚無謚法，"文王"之稱且無之，更安得有文母爲太姒之稱哉。

（八）載　見

一章，十四句。

載見辟王，曰求厥章。龍旂陽陽，和鈴央央。鞗革有鶬，休有烈光。率見昭考，以孝以享。以介眉壽，永言保之，思皇多祜，烈文辟公。綏以多福，俾緝熙于純嘏。

題解：此成王除喪，朝諸侯，率以祭於禰廟，祭畢大饗之樂章也。《毛序》云："諸侯始見乎武王廟也。"

《傳》云："載，始也。龍旂陽陽，言有文章也。和在軾前。鈴在旂上。鞗革有鶬，言有法度也。""昭考，武王也。享，獻也。"《箋》云："諸侯始見君王，謂見成王也。曰求其章者，求車服禮儀之文章制度也。交龍爲旗。鞗革，轡首也。鶬，金飾貌。休者，休然壯盛。"《朱傳》有不同者："載，則也。發語辭也。""陽，明也。""央央、有鶬，皆聲和也。"《説文》，"鶬"作瑲，段注今作鶬，亦作鎗。詮按：首六句美諸侯來朝。朝新君，故云"始見辟王。"辟，君也。時則周公攝政，頻頒新制。諸侯覲見周公，皆以新制法度爲問，故曰"曰求厥章"。

稱武王爲"昭考"者，當時廟制，太王爲大祖，王季昭，文王穆，武王昭位之次也。故《訪落》亦稱武王爲“昭考”。《尚書·酒誥》稱文王“穆考”。“以孝”，謂祭獻之禮。“以享”，謂享尸之事。“以介”，謂用以導致眉壽之福，言尸嘏之辭。“永言保之”，謂當永保尸嘏之辭，更思所以恢皇而張大之，以求多福。“祜”，神賜福也。中五句，美諸侯助祭致祜。

末三句，綜勉諸侯，則嘏外之王公也。“辟公”，謂諸侯。“烈文”，謂具文德與武烈者。下言，神雖授以多福，亦賴爾繼續光明（緝熙）而鞏固之。純爲牢固之義。《箋》訓爲大。謂“天子受福曰大嘏”，非詩義。

（九）有　客

一章，十二句。

有客有客，亦白其馬。有萋有且，敦琢其旅。有客宿宿，有客信信。言授之縶，以縶其馬。薄言追之，左右綏之。既有淫威，降福孔夷。

題解：武王克殷，以武庚微子歸。告於祖廟後，遣武庚返國爲諸侯，奉殷祀，而留微子。此餞送武庚之樂章，周公旦作也。與《有瞽》製作同時，遠在《振鷺》之前，而編次甚後者，《毛詩》篇次本多錯亂。然亦或由於太師樂檔，本以原是周公之頌樂者前列。由雅樂及殷樂改頌樂者次之。又以周王之頌列前，大臣所作次之。《振鷺》本爲周頌，故在前。《有瞽》爲薦廟之殷樂，故在後。《潛》與此詩亦皆殷樂改周頌，原應相次。此詩以屬餞贈之用，故更後。惟《載見》與《武》篇，是毛詩顛亂也。

“有客”重言，則非指一客也。亦當讀如奕，與《振鷺》及《噫嘻》《豐年》同“有萋有且”，毛鄭舊説爲容貌威儀，傳詩者莫能得其義理所據。明儒鄒肇敏與何楷説爲旅幣之品物，雖爲其他經師所擯，實則深得詩義。何楷説“萋當作緀”。據《説文》糸部引《詩》“緀兮斐兮，成是貝錦”。《毛詩》字亦作萋。緀借作萋，仍當是“帛文貌”。有緀，則當有帛矣。“有且”，據《韓奕》云“籩豆有且”。知爲旅幣之屬。然，新詮以爲此詩之且，乃貝字之僞。古文貝字作⾙，且字作且。形近，易僞。商殷以貝爲貨幣。周地無貝，初尚實物交易。後用刀幣。殷人朝周所獻固當是貝幣。若作且字，則無論訓且爲多，不合。即説爲承薦幣帛之器，亦不合。“敦琢”，當讀如“追琢”，皆謂治玉之工。説在《韓奕》與《棫樸》。言敦琢，則當有圭璧諸玉器矣。“其旅”正謂“旅幣”。以上四句叙其來朝助祭。

中四句，言遣武庚而留微子。《毛傳》：“一宿曰宿。再宿曰信。”詮按：宿宿者，留也。信信者，遣也。《毛傳》依《左傳》説義，未安。後儒用而竟説宿宿爲住二日，信信爲住四日，則更鑿謬以成妄矣。武王入朝歌，撫殷獻民，已許仍以武庚奉殷祀。故雖率之來，告廟後仍遣之。“人言爲信”，伸亦爲信。申其前言，武庚信行，故曰

"信信"。此四句言留微子，故以"宿宿"句在前。上宿，久也。下宿，處也。來朝，薦廟，禮至繁重，安得二日四日即去哉。後世乃因此詩語，推測爲一宿再宿，入於《左傳》，延入《毛詩》，乃遂成爲定説，失其本義也。"言授之縶"，周公自言留微子也。古人每以贈物示意（如授玦，示意决絶。授策，示意催行）。周公既贈微子以縶（絆馬索），又於此歌辭中説明"以縶其馬"，喻留也。

末四句，爲餞送武庚之辭。"追"，餞于郊外也。餞於道上有似追之。《邶·泉水》："出宿于干，飲餞于言。"餞于既行一宿之後，是追而餞之之例。鄭云："追，送也。于微子去，王始言餞送之。"得追之義，失詩之旨。朱云："追之，已去而復還之，受之無已也。"旨義俱失。"左右綏之"，謂周室所以綏撫武庚者甚厚。左右手並用，盡全力也，與《關雎》"左右"字義同。"淫"字本義爲浸盈泛溢，在周代無穢惡之義。此詩"淫威"謂周先王之威靈溢流於助祭之諸侯。武庚亦分享之。既有此"淫威"，則天亦將降福及之也。毛云："淫，大。威，則。夷，易也。"鄭説之云："既有大則，謂用既正朔，行其禮樂。"馬瑞辰引《風俗通·十反篇》謂"淫威猶大德耳"皆非詩義。

（十）武

一章，七句。

於皇武王！無競維烈。允文文王，克開厥後，嗣武受之，勝殷遏劉，耆定爾功。

題解：《毛詩序》云："《武》，奏大武也。"《原注》："《大武》周公作樂所爲舞也。"《朱傳》云："周公象武王之功，爲《大武》之樂。"他書言大武樂作於武王與作于周公者不一。詮按：大武樂之製作凡三次，皆頌武王克殷事，而内容不同。此詩爲第三次，六成大武樂之卒章。《毛詩》篇次紊亂，誤移于此也。

《周語》景王將鑄無射，問律於伶州鳩。（《韋注》伶，司樂官，州鳩，名也。）……對曰："昔武王克商，歲在鶉火。月在天駟，日在析木之津。辰在斗柄，星在天黿。……王欲合是五位三所而用之。……王以二月癸亥夜陳。未畢而雨。以夷則之上宫畢。當辰，辰在戌上，故長夷則之上宫（長謂先用之也）。名之曰《羽》。所以藩屏民則也。王以黄鐘之下宫布戌于牧之野。故謂之《厲》。所以厲六師。以太蔟之下宫布令于商，昭顯文德，底紂之多罪。故謂之《宣》。所以宣三王之德也。反及嬴内（地名），以無射之上宫布憲，施捨於百姓，故謂之《嬴亂》。所以優柔客民也。"所言天文、律曆、音聲、人事諸關係，有似迷信者之袄言。然先民文化之發育過程，則誠有如此之階段，武王與太公吕尚，蓋曾利用之。至於所言史事，則與《尚書》《子》《史》皆合。非同臆造。然則，武王克商之役，本有樂師從行。已於行軍過程中，演成此《羽》《厲》《宣》《嬴》四章之樂。《嬴》稱亂者，古於樂章以最末一章爲亂。具結束之義（亂者，本義爲治，爲整理。其後兼用反義。秦漢以後，反義專行，本義轉成反義也）。古樂無歌辭，例只一字爲名。既定殷地，封叔鮮於管，以監臨武庚，其地即在殷之東郊。於時周公旦、召公奭率師，分循南國。管叔因《羽》《厲》《宣》《嬴》四章合爲《大武》之樂，以紀念之。此次之《大武》，爲純舞，無歌詞也。《竹書紀年》武王十二年"夏四月，王歸于豐，饗于太廟。命（三叔）監殷。遂狩於管，作大武樂"是也。《逸周書·大匡解》言："十有三祀，王在管。"《文政解》復言之。武王處理殷地善後事宜，實與管叔議之。故在管製成此武舞之樂。《尚書·武成》云："王來自商，至于豐。……越三日庚戌，柴望。大告武成。"蓋謂《武》之樂篇成而演奏之也。"柴望"，巡祀方岳之禮也。四岳皆在周東方，則望祭宜至管行之。與《竹書》合。故知最初之大舞樂，管叔所製，仿于韶、濩，無詩辭，但有象舞也。

《吕氏春秋·古樂篇》言武王克殷："歸，乃薦俘馘於京太室。乃命周公而作《大武》。"蓋周召既定南國，回京師，獻俘馘於大廟時，無辭之《大武樂》已成。王屬周公爲之樂章立詞。周公於《羽》《厲》《宣》《嬴》之外，更增《酌》篇之辭以補之。《漢書·禮樂志》謂："武王作《武》。周公作勺。""勺"，即《毛詩》之"酌"。（蓋《魯詩》作"勺"。）《毛序》云："《酌》，吉成大武也。"謂周公加詞，綜合音樂、詩歌、舞蹈爲周頌之"大武"也。時間，在武王十三年（參看《酌》篇）。

《古樂篇》又謂："成王立，殷民反，周公踐伐之。商人服象，爲虐于東夷。周公遂以師逐之，至于江南。乃爲三象以嘉其德。"吕書後出，所言皆有所據，而時間不能準確。詮考，是周召公循南國時事。所謂"三象"，即《周頌》之《桓》《賚》《般》三篇也。武王時，"三象"與"大武"並稱。至成王即位，周公攝政，管蔡以殷叛。周公東征，平叛。歸，乃廢管叔所製之《武樂》，更以平南國事，合舊之《酌》，改製大武六成之樂章。此次所製之《大武》按《家語》與《樂記》所述，爲如下之舞樂六篇：

一、"始而北出"。謂出師臨殷。當采原製《羽》《厲》兩章爲之，而爲之辭。其辭今《周頌》失之。蓋即《周語》敬王十年衛彪傒所引之"周詩"，篇名曰《支》者，是也（另詳《大武六成考》）。

二、"再成而滅商"。即《周頌·酌篇》之文也。

三、"三成而南"。即《周頌·賚》。

四、"四成而南國是疆"。即《周頌·般》。

五、"五成而分"。即《周頌·桓》。本"三象"之卒章，述南國軍事結束之意。《樂記》云："分夾而進，事早濟也。"謂周召二公分途還告事濟於周王也（參看各本篇）。

六、“六成而復綴，以崇天子”。即《周頌·武》（即本篇）總結克殷、統一天下之武功。歸美于文王開其謀，武王定其功。云“復綴”者，演奏象舞之場，中央樹旗，爲表，綴以采羽帛巾之飾，稱爲表綴。省稱曰綴也。舞士皆先坐息於綴下。聞柷鞕聲，依次以出，應樂而舞。一成既闋，則就各所在，坐地休息。次成樂發，乃再起舞。竟六成，乃復歸于綴。故曰復綴。綴之所在，設有王座。《大武》演至六成，爲向王座拜禮之舞。座上有演王者，如祭祀之尸，默坐受之。故曰“以崇天子”也（今藏族演劇形式猶是如此）。

今本《周頌》只存五篇，非太師樂檔之舊。衛彪傒謂“周詩有之”，則孔子所鈔詩必有《支》篇。戰國時傳詩者如荀卿、浮丘伯之徒乃削之耳。其削去一篇之原因，蓋與武王作《武》、周公作《勺》及“三象”之傳説有關。其時“大武六成”已久無演奏者，人不知其形制。但只武王作《武》，周公作《勺》與“三象”之説，傳詩者知《武》與《酌》知《桓》《賚》《般》爲“三象”，故特存之。

然則此詩七句二十八字，本成王世作爲大武樂之卒章者，《毛詩》以爲武王所作之《武》，故移于《有客》之下，《閔予小子》之前。又以《酌》與“三象”爲周公在成王世作，非廟堂用詩，而降列於《周頌》之末也。毛詩顛亂篇次者多矣。此其尤謬者，故考正之。

以下詮釋詩語：

“於皇”，猶云“大哉”也。“武王”稱謚，是成王世詩之驗。古世，固亦有生時自稱“武王”者。如殷之武丁，説在《商頌·玄鳥篇》。魏源遂謂文武成王皆生前稱號。然若此詩，既曰“武王”。又曰“嗣武受之。已單用一謚以表其人。豈可云生前自稱一“武”字者哉？“無競”，説在《執競》。“維烈”，顯赫之義。

“允文”，猶云信哉夫文德之深厚也。殷周人稱頌征伐武功，恒用“烈”字。征伐以外，禮、樂、諸政之德，通用一“文”字。《尚書·大禹謨》“帝乃誕敷文德，舞干羽于兩階”是也。《泰誓》稱文王爲“文考”，未必即爲稱謚。《大誥》猶稱文王來“寧王”，爲“寧考”。《康誥》乃稱“文王”，而爲康叔稱之爲“文考”。《洛誥》則稱文王爲“文祖”，而稱武王爲“烈考”。是成王即位之初，尚無謚法。平殷奄四國後，周公多所創制，乃有《謚法》。于是“文王”、“武王”乃成爲定稱。亦此詩作於成王五年以後之驗也。《大武》頌武王、武功而亦兼頌文王者，亦周公所作之驗。周公之詩，無在不極力稱頌其父文王。即如《泰誓》，蓋亦周公之文也。他人詩文，無此特點。用“克開厥後”一語，便輕輕將武成之勛移歸文王。《泰誓》曰：“我文考肅將天威，大勛未集。……予小子夙夜祇懼，受命文考……底天之罰。”是此詩“克開厥後嗣武受之”之義。

“勝殷”謂牧野之戰。“遏劉”，謂止殺。《樂記》云：“馬，散之華山之陽而弗復乘。牛，散之桃林之野而弗復服。車、甲，釁而藏之府庫，而弗復用。例載干戈，包之以虎皮。將帥之士，使爲諸侯。”皆緣此“遏劉”字所造。“耆定爾功”，毛云：“耆，致也。”鄭云：“老也。”爲鄭説者，引《周書・度邑解》“發之未生，至於今六十年”。鑿説“六十曰耆”。馬瑞辰爲毛説曰：“耆者，厎之假借。”謂：“《爾雅・釋言》：‘厎，致也。’《郭注》‘見詩傳’者，指此詩毛傳也。‘耆定爾功’，猶《書》‘乃言厎可績’，《史記・夏本紀》作‘汝言致可績’。《禹貢》‘覃懷厎績’，《夏本紀》作‘覃懷致功’。是其證也。”當依馬説。“厎定爾功”，猶今云“徹底完成其功”。陸德明云：“耆音指”，亦是毛傳致字之音義。耆從旨聲。厎從氏聲。並與致、指、氏、嗜、古音同，故可通假也。在此詩，應讀如底（厎）。即嗜字之音。

附：《大武》六成考

《家語》記孔子與賓牟賈論述《大武》演奏情致，與《樂記》相同。這是兩千年以前儒家已經一致的傳説。然未必正確。

考賓牟賈這個人，别無所見。孔子與他説“大武”，亦不見于《論語》。但《左傳》《論語》及其他子書多有説到《大武》的，大概此樂舞在春秋年代還有人表演，孔子確曾看見過。所以他能説：“韶，盡美矣，又盡善也。”“武，盡美矣，未盡善也。”

現在，先假設孔子與賓牟賈論《大武》爲實有其事，對“六成”作一考辯《家語》説：“且夫武，始成而北出。再成而滅商。三成而南反。四成而南國是疆。五成而分陝，周公左，邵公右。六成而復綴，以崇天子焉。衆夾振焉而四伐，所以盛威于中國。分陝而進，所以事蚤濟。久立于綴，所以待諸侯之至也。”（《樂記》文同，“三成而南”下無反字。“五成而分”下無陝字。“以崇天子”下作“夾振之而駟伐，盛威於中國也。分夾而進，事蚤濟也。”異同，在於有陝和無陝字。）《禮記》是經過歷代石經勘正過的，應該比一般寫本的家語可靠些。“五成而分”句，與“夾振而駟伐”和“分夾而進”兩句相應，是表達《大武》演奏的武王之師，滅商以後，由周、召二公分别率領兩隊人馬回軍向南，撫定南國諸侯，又分兩路班師回到鎬京的。舞時，是兩對相并夾道比對着歌舞的。插不入“分陝”的話。《家語》這兩個分陝的陝字，有可能是後人因有周召二公分陝而伯的話以後，纔竄寫進去的（寫本時代，後人竄寫增删的例子太多，不甚舉）。

雖然，猶可退而論之：陝字原衹作夾，從雙入，道路險隘處之義。夾字從雙人，挾持之義。二字易混。就“分夾而進”言，亦可體會爲周、召二軍平定南疆之後，分爲東、西兩道班師振旅。周公自東方徐、豫二州，經函谷道回鎬京。召公自西方荆、梁二州，經褒斜谷道回鎬京。函谷、褒斜，即所謂夾也。已平南疆，故曰“事早濟”也。東爲左，西爲右，故曰“周公左，召公右”也。五成所演之歌舞，爲二公率軍過夾，艱苦而振奮之狀，雖演時兩隊夾道並舞，仍可謂之分夾（陝係俗人增畫之字）。縱如此説，亦衹能謂陝爲周公振旅之路，不能謂爲二公分陝而治。夫《大武》，樂舞也，可以表演軍旅分道行進，焉可以表演劃地分治之事？設其所舞爲二公分陝而治之事，則何容有"周公左，召公右"之贅辭。又何得有"分陝而進"之進字。由《家語》與《樂記》皆有此進字，便已可知其非表演分陝爲伯了。

《小戴禮·樂記》及《孔子家語》皆記有孔子與賓牟賈論《大武樂》之言。其文（用《樂記》文，附《家語》異字）曰：

子曰：居，吾語女（家語作爾）。夫樂，象成者也。總干而山立，武王之事也。發揚蹈厲，太公之志也。武、亂皆坐，周、召（家語邵，下同）之治也。且夫《武》，始而北出。再成而滅商。三成而南（家語南下有反字）。四成而南國是疆。五成而分（家語分下有陝字）周公左、召公右。六成爲復綴，以崇天子（家語作"以崇其天子焉"）。夾振之而駟伐，盛威於中國也（家語作"衆夾振焉而四伐，所以盛威于中國"）。分夾而進，事蚤濟也（家語"分陝而進，所以事蚤濟"）。久立於綴，以待諸侯之至也。且女獨未聞牧野之語乎。武王克殷，反商。未及下車而封黄帝之後於薊，封帝堯之後於祝，封帝舜之後於陳。下車而封夏后氏之後於杞，投殷之後於宋。封王子比干之墓。釋箕子之囚，使之行商容而復其位。庶民弛政，庶士倍禄。濟河而西，馬散之華山之陽而弗復乘，牛散之桃林之野而弗復服。車甲釁而藏之府庫而弗復用（家語"車甲韜而復用"）。倒載干戈，包之以虎皮。將帥之士使爲諸侯。名之曰建櫜。然後天下知武王之不復用兵也。散軍而郊射，左射狸首，右射騶虞，而貫革之射息也。裨冕搢笏，而虎賁之士説劍也（家語説作税）。祀乎明堂，而民知孝。朝覲，然後諸侯知所以臣。耕藉，然後諸侯知所以敬。五者，天下之大教也。食三老五更於大學，天子袒而割牲，執醬而饋，執爵而酳，冕而總干，所以教諸侯之弟也。若此，則周道四達，禮樂交通。則夫《武》之遲久，不亦宜乎？

賓牟賈，《家語》作"周賓牟賈"。蓋周之樂官。所問爲《大武樂》製成，何如此之遲久。孔子答語，謂武王克殷後措施繁多，俱當表現于《大武樂》内。故一再修改，遲久乃成。明白指出六成之大體内容爲：出軍伐紂滅商。分遣周、召二公率軍循撫南國。與克殷諸善後措施。直至分封諸侯，"周道四達"而止。《大武樂》已經亡失近三千年，無人知其内容。若使此説可信，則可總結出以下三點：

（一）其樂舞，自武王伐紂滅殷之日已經開製。屢次增訂内容，有所修改。經過甚長時間，纔算完成。

（二）最後製成之大武製，有六成。即分成六次演奏。孔子説過："武，盡美矣，未盡善也。"（《論語·八佾》篇）是曾親自看到演奏此樂舞者。

（三）用此傳説以核驗於《周頌》，則有《武》《酌》《桓》《賚》《般》五篇，皆是一字標題，各篇字量俱在三十字左右，顯然爲周初同時製成之頌詩。《酌》詩是滅商時語氣，當爲"再成而滅商"樂章。《賚》詩，"我徂維求定"，是傳檄南國語氣，當爲"三成而南"之樂章。《般》詩"墮山喬獄"，"時周之命"，與"南國是疆"義合，當爲"四成"樂章。《桓》詩，"綏萬邦，屢豐年"，"克定厥家"，與"事蚤濟也"義合。般字訓同遨游，又與分夾而進義合，應是"五成"樂章。《武》詩，"勝殷遏劉，耆定爾功"爲武王事業總結語，當是《大武》之卒章矣。

《左傳》宣公十二年，載楚莊王與潘黨論京觀，亦可證《大武樂》有六成。其卒章爲《武》。兹録其文於下：

夫文，止戈爲武。武王克商，作頌曰："載戢干戈，載櫜弓矢。我求懿德，肆于是夏。允王保之。"（此文在《時邁》。又作《武》）其卒章曰，"耆定爾功"。（文在《武》篇）其三曰，"鋪時繹思，我徂維求定"。（文在《賚》篇）其六曰，"綏萬邦，屢豐年"。（文在《桓》篇）

所舉《時邁》五句，明言不在《武》樂之内。其舉《武》之"卒章"、"三章"，皆與上所推斷符合。惟"其六"當是"四章"字訛。夫《大武》只有六成，則不能於六章外更有聲"卒章"。惟云"其六"以證《大武》只有六成，則尤確矣。孔穎達《左傳疏》云："卒章者，首章之末句。"則謂《武》篇爲六成之首章，而以《桓》爲卒章。意謂詩題慣例取自首章。然而謂"首章末句"爲"卒章"，成何義理？蓋左氏記言，恒有字訛，故内外傳同記一事而文義或異。所云"其六"，直是其四之訛字耳。後文所論"戢兵""安民"諸端，亦與孔子論《大武》内容，包括滅殷諸善後措施，大體吻合。然則謂孔子論《大武》文確實可信，固亦可也。

然而，《樂記》爲小戴所輯。雖《大戴禮》亦不載此，更無先秦之書可作旁證。《論語》集孔子言論至備，但言"武未盡善"。不似此篇之一味宣揚。驗于《周頌》，則《武》篇與《酌》《桓》《賚》《般》離立甚遠。又祇此五篇可以相擬。如謂"六成"，則尚缺一篇。且此五篇之序次亦與"六成"次第不合。則孔子寫録《周頌》時，固未曾涉想到《大武樂》有六成也。至於《家語》，乃漢儒僞造之書。其造行或尚在《小戴禮》後，應較《樂記》更爲不可靠矣。惟《左傳》所記楚莊之言，可證周代流行之《武》樂，確有六章以上（或是加"亂"爲七章）。若《武》詩果爲其七章（卒章），則所缺更多。要必有《周頌》之末四篇在内，則可定矣。

若其《樂記》大武六成之言可信，則《周頌》之《武》《酌》《桓》《賚》《般》爲其中之五個樂章，爲必然矣。問題僅在于所缺之一章，能否緝得而已。

《毛詩序》謂"《武》，奏大武也"，"《酌》，告成大武也。《桓》，講武類禡也。《賚》，大封於廟也。《般》，巡狩而祀四嶽河海也"。不以後三篇爲《大武》樂章。由其時《左傳》未出，故不知有楚莊語也。唐孔穎達《詩譜正義》以爲六成之詩，是

《時邁》與《武》《酌》《桓》《賚》《般》等六篇（《左傳疏》同）。宋朱熹《詩集傳》，信《武》爲《大武》之首章，謂《酌》即“《内則》十三舞勺”之勺。亦信《桓》“爲大武之六章”。謂“篇内已有武王之謚，則其（楚莊）謂武王時作”，亦誤也。《序》以爲“講武類禡”之詩，豈其後取其義而用之於其事也歟。於《賚》篇，亦兼用《左傳》與《毛序》，不作定論于《般》篇，曰“般義未詳”。竟不探索《大武》之其他諸篇。明豐坊僞撰之《魯詩説》，則以《大雅·下武》爲《大武》，云：“康王大禘，報祀成王，奏大武六成，既畢，受釐陳戒之詩。”而於《周頌·武》，云“大武一成之歌”。以《賚》爲二成，《時邁》爲三成，《般》爲四成，《勺》爲五成，《桓》爲六成。何楷《詩世本》，則以《武》爲首成，《酌》爲再成，《賚》爲三成，《般》爲四成，《時邁》爲五成，《桓》爲六成。清孫嘉淦《詩義折衷》用其説，但删《時邁》，云：“五成之歌，今無之矣。”魏源《詩古微》亦同，謂：“獨五成於《頌》無之。”並謂“《時邁》爲成王東巡，升中於岱之詩”，不得爲《大武》六成之一。頗欲以《國語》衛彪傒所説之《支》，及《墨子》《董仲舒傳》與《白虎通義》所言武王之樂曰《象》者，填補第五成，而不敢必。清末，王國維有《大武樂·章考》，謂首成爲《武》。次成爲《酌》。三成爲《桓》，四成爲《賚》，五成爲《昊天有成命》、六成爲《桓》（未見原文。僅用譚丕謨《中國文學史綱》引用之意）。夫周初舞樂，皆只一字命題。《大武》六成之五篇皆一字命題，豈能獨其中一篇爲例外哉？凡言《時邁》及《昊天有成命》爲其六成之一篇者，已不足取矣。况審其文“薄言震之”，豈適用于牧野之戰？則《時邁》非武王詩矣。“二后受之”，明指文王、武王，則《昊天有成命》不當是武王詩矣。兩篇皆周公東征之詩，余考訂可爲不刊之説，安得混于《大武》六成哉？《大武》是大雅，非頌樂。豐坊之説，更不值論。孔穎達《疏》，取其説頌之涉于武王者，皆以爲《大武》之詩。于是《昊天》一，《時邁》二，《執競》三，《有瞽》四，《載見》五，《武》六，《酌》七，《桓》八，《賚》九。竟謂《大武樂》有九篇之多，可謂極謬。尤不值一駁也。

墨子曰：“武王因先王之樂，又自作樂，命曰象。”謂舞法象戰鬥之形，與治事操作之形，即《國語》伶州鳩所言之《羽》《厲》《宣》《嬴》四章，象牧野之戰與佈令于商之狀，故曰“象舞”，或曰“萬舞”，俗稱“武舞”者是。非謂其樂章之名爲“象”也。董仲舒謂“武王受命……作象樂”同。《吕氏春秋》謂：“周公踐伐殷民……至于江南，乃爲三象以嘉其德。”謂周公所作象舞之樂三章，即《周頌》之《桓》《賚》《般》三篇。其後天下既定，改制《大武樂》爲六成，納此三篇入之。故《白虎通》曰：“武王之樂曰象者，象太平而作樂也。”謂周公致太平而後合《武》與《三象》爲六成之《大武樂》也。《武》者，此時所作《大武》之卒章，如楚莊所云也。《酌》者，原《大武樂》無歌詞，武王始命周公爲之詞。周公當時（武王時）所作以總貫《羽》《厲》《宣》《贏》四章之歌詞也。後纂六成之《大武》，則以爲第二成之樂章。並補出師及誓師之一章以爲首成。則衛彪傒所云之《支》是也。魏源迷於墨子“武王作樂曰象”之言，不敢定《支》詩入《大武》。兹以爲可以定之。

《周語》載衛彪傒見單穆公曰：“萇弘其不歿乎。”昔武王克商而作此詩也，以爲飫歌，名之曰《支》。以遺後之人，使永鑒焉。夫禮之立成者爲飫……云云。既曰“周詩”，則周太師之固有，衛之彪傒曾見之（春秋時人謂《豳風》《二雅》及《周頌》爲“周詩”）。武王所作，固當爲《周頌》之一篇也。“飫歌”者，行軍中將士立而成饗禮之歌。所歌必勵士之辭。其爲“始而北出”牧野戰前之用明矣。“天之所支”四句，與《泰誓》《牧誓》義旨符合，則其爲六成之“始而北出”樂章可定。“以遺後之人，使永鑒焉”，則其載入《周頌》甚明。只孔子録詩於周太師時失之耳。“其名曰《支》”，一字，與《酌》《賚》《般》《桓》《武》等五篇同。《支》詩之主要部分爲此四句十六字。自亦必尚有未及道出之字。或即有“遺後之人”等句。以上舉《大武樂》五篇文字核之（二十五至三十五字），所軼者不過五至十字。然而無可緝補矣。

《禮記·祭統》：“夫祭有三重焉。獻之屬莫重于祼。聲莫重於升歌。舞莫重于武宿夜。此周道也。”《孔疏》引皇氏云：“武王伐紂，至於商郊，停武宿夜，士卒皆歡樂歌舞以待旦。因名焉。”又引熊氏云：“此即大武之樂也。”然則所謂“武宿夜”者，謂《大武樂》所象之牧野戰前宿夜情形，即伶州鳩所言：“癸亥夜、陳未畢而雨……以夷則之上宫畢。……名之曰《羽》。”及：“以黄鐘之下宫佈戲於牧之野……故謂之《厲》。所以勵師。”此兩篇是無辭之樂舞。爲最初《大武樂》之組成一部分。迨命周公爲之作辭，則以《支》詩應之。至《宣》《贏》兩章，爲“佈令于商”與“施捨于百姓”之象舞，則以《酌》詩當之。合《武》詩成三章。是武王世已成之周頌，告《大武》於廟之樂章。其後平四國，致太平，乃合三《武》篇與《三象》爲《大武》六成之樂也。

然則《大武》之演奏形式可得而言乎？曰：武樂之滅已二千餘年，昔之言樂者莫能詳之。今安從得而詳之哉？然賴有《樂記》之文，驗於今世奴隸社會之民族樂舞形式，則亦可以推知其大概。

嘗觀新中國成立前藏族之舞劇數種。當時藏族社會亦正由奴隸社會向封建社會轉化，與殷周之際相似。喇嘛大寺僧侣，每年跳神與演劇，皆化裝於廣場爲之。場中設有核心之標識，即猶《樂記》所云之“綴”也。樹長木，綴以飾物，故曰“綴”。跳神之舞，化裝爲仙佛、人鬼，應樂跳舞，無歌辭。猶如《羽》《厲》《宣》《贏》及其以前之舞樂也。只間有飾爲人者上場作滑稽戲笑。亦但有諧笑之言語，不歌舞，只爲插曲、取笑。其發展爲表演故事之“藏戲”，則音樂、舞蹈與詩歌相結合，尤爲藏民所歡迎。鉅大之寺院，每年秋收後一度爲之，連續三五日。因即向人民徵取糧與茶包焉。

《大武》云《象舞》，蓋近之也。

《祭統》云："及入舞，君執干戚，就舞位。君爲東上，冕而總干。率其群臣，以樂皇尸。"蓋謂《大武》之舞員，有扮演國君與群臣者，演於祭廟，以樂皇尸。非謂國君亦冕而總干，親就舞位，作舞員也。《樂記》曰："總干而山立，武王之事也。"又："久立於綴，以待諸侯之至。"謂演武王者，之立於"綴"下也。有演太公吕望者，其始成再成中，爲主要舞員。當演其布置軍車與衝鋒陷陣，血流漂杵，及入宫斬紂及其嬖姬諸狀。故曰："發揚蹈厲，太公之志。"曰："夾振之而駟伐，盛威於中國。"有演周公、召公者。始成、再成時，"武亂皆坐"。謂演武舞時爲"武"。其每成舞畢，間息之時，衹奏樂曲曰"亂"。曲終奏雅以結之。各篇皆然，故《論語》言"《關雎》之亂"也。迨"三成"、"四成"與"五成"之"分夾而進"，則二公爲主角。所演皆《三象》之事，因收撫南國而疆理之，亦武王滅紂，統一天下之事，故合併於《大武》演之也。分夾之夾字，讀如陜音，本義爲險隘之道路。"周公左"，謂出南國之左（東部），即江淮間地一路。"召公右"，謂出南國之右（西部），即江漢間地一路。左路則循崤函隘道返於宗周。右路則循褒斜隘道返於宗周。其在舞樂場中，演此三成，俱當分爲左右兩隊，各表演爲傳檄、賚幣、收撫諸侯、祭祀山川、平叛戰鬥，與率諸侯分道入朝諸情狀。故曰："分夾而進，事蚤濟。"謂南國綏撫成功，分道凱旋也。"六成復綴"者，謂周、召二公初坐於綴下。即演武王者所立之處。三成乃出舞。五成既竟。再演六成，則復還于綴下表演率諸侯以朝於天子之狀，故曰"以崇天子"。演天子者，總干而立於綴下已五成之久矣。至六成乃大活躍。當於復綴朝拜之後，表演大封諸侯，祀明堂，耕耤田，養老割牲諸狀。時全體舞員，如扮天子、太公、周公、召公及他諸王臣、軍士與列國諸侯及其從人者，皆在場上，乃仍分爲左右兩隊，舉行射禮。"左射狸首"，射侯上畫狸首，王臣所射也。"右射騶虞"，射侯上繪騶虞，諸侯所射也。射狸首，意爲射不來朝者。射騶虞，意爲射天子之從官加害於諸侯者。明天下内外皆當守法度也。射狸首者皆中，以威諸侯。演射騶虞者多故爲不中，以資戲笑。亦如戲劇之有生有丑焉。是方六成行將完結之熱烈場面。射禮畢而燕享，則軍士演"牧馬於華山之陽，放牛於桃林之野"，扮演牛馬上場，有如蜡祭之"迎猫迎虎"，漸入於詼諧嘻戲，演釁藏車甲，蒙包干戚，將士脱劍而冕以笏，大作諧噱之舞，以入於"亂"樂聲中。時則演天子、王臣、諸侯者皆早已退場矣（藏族演劇或跳神，或跳絃子，皆有大段莊嚴樂舞，間插小段諧劇。最後必爲大段諧劇散場。大喇嘛及土司貴族皆不看，惟平民百姓愛好之。以此推測《大武》六成之末，可能亦當如此）。

三、閔予小子之什

（一）閔予小子

一章，十一句。

閔予小子，遭家不造，嬛嬛在疚。於乎皇考，永世克孝。念兹皇祖，陟降庭止。維予小子，夙夜敬止。於乎皇王，繼序思不忘。

題解：此成王輓喪，送武王主於禰廟，所作祔祭樂章也。同時，諸侯朝王助祭，祭畢，大饗，有《載見》篇。祔祭在大饗前，而篇次在其後者，《毛詩》篇次固多顛亂。非樂檔舊次也。

首三句，述遭喪哀感。“閔”，自憐之辭。“予小子”，成王自稱。“不造”毛訓：“造，爲。”鄭云：“造，成也。”詮按：“遭家不造”，明謂家遭凶喪。“不爲”，“不成”，義皆不協。“造”者，祭廟之稱。《王制》：“天子將出，類乎上帝，宜乎社，造乎禰。”《注》云：“類、宜、造，皆祭名。”“類于上帝，宜于冢土”，亦見《尚書·泰誓》。則“造乎禰”亦必有所據。“家不造”，謂先武王不能造廟行祭。嗣王居喪，不治事，因亦不能造廟祀祖。天子居喪或謂三年，或謂一年。而七廟當“月祭”。則雖一年，亦已不能造廟十二次以上，知周公所製之禮如此，則亦可知此詩“不造”之義也。

“嬛嬛在疚”，《朱傳》云：“嬛，與煢同。無所依怙之意。疚，哀病也。”馬瑞辰發展其説云：“《釋文》嬛，崔本作煢。疚，本又作宊。”按《説文》宊字注，引詩“煢煢在宊。”《漢書·匡衡傳》引詩亦作“卂卂”，與《春秋傳》“卂卂余在宊”同。《説文》嬛字注又引“嬛嬛在疚”，則作“卂卂”者三家詩，作“嬛嬛”者毛詩也。據《説文》：“卂，回疾也。”從凡，營有聲。段玉裁曰：“卂，引申爲卂獨，取裴回無所依之意……”《詩·正月篇》“哀此惸獨”，《釋文》：“惸，本作卂。”《説文》：“赹，獨行也。”亦云“讀若卂”。至疚訓病，字以作疚爲正。作宊者假借字也。

“於乎皇考”四句，《朱傳》云：“皇考，武王也。嘆武王之終身能孝也。皇祖，文王也。承文上言武王之孝，思念文王，常若見其陟降于庭。”“維予小子”二句，《鄭箋》云：“我小子早夜慎行祖考之道。言不敢懈倦也。”

末二句，“皇王”，兼指文王武王言之。鄭云：“我繼其緒，思其所行，不忘也。”祔祭武王，而亦兼稱文王者，蓋周公所作之樂章，必多方稱道文王。亦由其時已奉文王爲大祖，武王爲昭。只此二廟爲一壇。（《洛誥》同。）

（二）訪　落

一章，十二句。

訪予落止，率時昭考。於乎悠哉，朕未有艾。將予就之，繼猶判渙。維予小子，未堪家多難。紹庭上下，陟降厥家。休矣皇考，以保明其身。

題解：成王十四年，營造洛都，文武廟落成，致新主。諸侯來助祭。此其大饗之樂章也。洛廟，文王爲大祖，武王爲昭廟。穆廟猶虛。一壇祇文武廟。故《洛誥》曰："禋于文王武王。""文王騂牛一。武王騂牛一。"然武王實惟營洛之倡始者。故諸侯來助祭，則率之以朝于武廟而後大饗。詩亦周公所作，而不兼頌文王者，諸侯皆武王所封，成王亦欲自崇其生父，必欲率諸侯朝武廟，周公不能强以兼朝文王也。

"訪予落止"，落，謂落成典禮。止，語辭。"訪"，毛訓爲"謀"，朱訓爲"問"，皆謂成王自謙爲訪問治道於群辟。詮按：蓋成王謙稱諸侯來朝爲來訪。訪我於新邑落成之時也。"率時昭考"，與"率見昭考"同義，謂朝於武王之廟。"時"，亦祭祀之義也。《周禮・地官・牧人》："凡時祀之牲，必用牷物。"舊説"時祀"爲禴、祀、烝、嘗之祭（見《春官・大宗伯》），即《周語》"日祭、月祀、時享、歲貢、終王"之時享。然《大宗伯》又云："時見曰會。"《注》："時見者，言無常期。"蓋猶今云"臨時"。則不拘於定時之朝見爲時見，不拘於定時之獻祭爲時祀。落成之祀，即非如禴祀烝嘗之有定時者也。"率時昭考"，謂率之以時祀於武王之廟也。

"於乎悠哉"二句，謂成王嘆天道之悠遠，非予所及知。"朕"爲予之變文。"艾"，灸劑也。"未有艾"，猶云未能親灸。"將予就之"二句，言文王武王皆承受天命，克行天道。予則未達天道，賴皇考餘蔭，以周公提將，使予就之。兹雖嗣承大位，仍於天道判然未獲。《毛傳》："判，分。渙，散也。"意謂：猶未能合天道，故賴深明天道之人（周公）相助之。

"未堪家多難"，謂三監與殷、奄叛亂。"紹庭上下"，即上篇"念兹皇祖，陟降庭止"之義。言：武王克孝，常念文王，若陟降在庭。予則紹承其孝念，亦若皇考陟降於家。故能用先王威靈，蕩平東方。益封建宗親，屏藩王室。蔡叔雖死，蔡仲繼之。霍叔之國不易，更封康叔，與畢、原、郇、凡、蔣、邢、茅諸國。"厥家"，謂王室也。

末二句，《朱傳》云："庶幾賴皇考之休，有以保明吾身而已矣。"

（三）敬　之

一章，十二句。

敬之敬之！天維顯思。命不易哉。無曰高高在上，陟降厥士。日監在茲。維予小子，不聰敬止。日就月將，學有緝熙于光明。佛時仔肩，示我顯德行。

題解：成王如豐，朝周公，祀文武廟。此周公所作嘏辭。因即以爲常年祀豐廟之樂章。前六句，假文王語。後六句假武王語。舊説爲“群臣進戒嗣王，成王又謙以答之”云云者，並非。

首六句，意旨嚴肅，非臣下進戒之言。惟周公假文王尸嘏宜之。曰“敬”，曰“命不易”，曰“監在兹”，皆周公詩屢用語。後六句，顯爲第二人語。然非對上文作答。同時祀文武二廟，當先大廟，後昭廟。廟各一尸。嘏語相並，以爲樂章。於文理事理俱洽。

文王之嘏，教王以敬天命。言天意顯明，大命不易承而易失也。勿謂爾已高高在上位，而黜陟任情。“厥士”謂臣民。“日監在兹”，謂當日常注意于此。監，鑒也。明察而戒慎之義。舊説爲“天監于上”，“殷鑒不遠”與“先祖監臨”者，皆是依群臣進戒爲説。非也。

武王之嘏，勉成王云：“維予之小子，爾尚幼，未能聰達于敬之義。日月勤以行，終能緝熙敬天之義而光大之。助我承擔此任，成顯德之行，以示于我。”“維予小子”，在上篇固爲成王自稱，在此篇則武王尸嘏。“予”，爲尸自稱。“小子”指成王。猶《抑》之“於乎小子”，亦是用古舊嘏詞原句也（成王之自稱“予小子”，亦由其用舊嘏語。小，謙詞）。“就”，赴之也。“將”毛訓行。朱云：“進也。”“佛”字，毛云：“大也。”鄭云：“輔也。”朱云：“佛、弼通。”陸云：“佛，符弗反。鄭音弼。”《朱傳》：“符弗反。又音弼。”詮按：福字，在《周詩》皆讀壁。今，與符字同讀服。弼字，今亦讀壁，古則讀符。故《鄭箋》訓佛爲弼也。《説文》：“弼，輔也。從，卜。‘弼’，古文弼如此。‘弼’亦古文弼。‘弼’，弼或如此。”《段注》：“弗者，矯也。故從弗，弗亦聲。”又《説文》：“奰，大也。從大，弗聲。讀若‘予違汝弼’。”又：“佛，仿佛也。從人，弗聲。”此爲東漢以前佛、弗、弼、同意之證。此詩之佛，《韓詩》作弗，魯齊二家當有作奰者，皆弼之假借。“時”，是字通。“仔肩”，毛云：“克也。”鄭云：“任也。”“弼是仔肩”，猶言：“予承先君所荷負，未能竟其事。汝則竟之，是能助我矣。”謂平殷奄。周公晚年自矜之意氣，託於尸嘏之言以發洩之也。

(四) 小 毖

一章，八句。

予其懲而毖後患，莫予荓蜂，自求辛螫。肇允彼桃蟲，拚飛維鳥。未堪家多難，予又集于蓼！

題解：成王八年莅祚親政時作之詩。後遂爲新王即位燕饗之樂章也。舊説爲“嗣王求助”（《毛序》），與“成王自戒”者（折衷），皆未準。

“予其懲”下當有脱字。《正義本》以“予其懲而”爲句，以而字指管蔡。《唐石經》又于毖下旁添“彼”字，作“毖彼後患”。蓋唐人早已疑及此篇首七字矣。《毛傳》：“毖，慎也。”《鄭箋》：“懲，艾也。始者，管叔及其群弟流言於國。成王信之而疑周公。至後三監叛而作亂。周公以王命舉兵誅之。歷年乃已。故今周公歸政，成王受之，而求賢臣以自輔助也，曰我其創艾於往時矣，畏慎後復有禍難。”云云，是鄭玄作《箋》時尚未脱“于前”二字，故云“于往時”。至隋唐乃脱之。“懲艾”，謂病者經艾灸而久畏之。故《楚辭》曰：“懲于羹者而吹齏。”謂熱羹傷口，遇冷食亦吹而後嘗。即懲前毖後之義也。懲爲及物動辭，而此句無物可及，不能成句。故知原脱“于前”字也。

“荓蜂”，毛云：“摩曳也。”《爾雅·釋訓》作“甹夆”。《孫炎注》：“謂相掣曳入于惡也。”《鄭箋》釋摩曳云：“謂譎詐誑欺，不可信也。”《朱傳》則云：“荓，使也。蜂，小物而有毒。”是漢魏與唐宋人説此者兩歧。詮按：下云“自求辛螫”，則《朱傳》宜取。顧荓無“使”之義。荓，即馬帚草（説在《鹿鳴》一本，可引伸爲密集之義）。“荓蜂”，蓋謂如人誤犯蜂巢，群蜂轟集而螫之狀。喻管蔡流言之駭人。謂管蔡自敗爲“自求辛螫”也。周公平叛而歸政於成王。故王爲此語以慰之。《鄭箋》説此二句爲戒群臣“爲譎詐誑欺”。未當。夫信其人而後用之，安得於即政之始遂爲此猜畏之言哉？

《毛傳》：“桃蟲，鷦也。鳥之始小終大者。”《鄭箋》：“肇，始。允，信也。始者信以彼管蔡之屬，雖有流言之罪，如鷦鳥之小，不當誅之。後反叛而作亂。猶鷦之翻飛爲大鳥也。”詮按：鳥生旬餘即成定形。無始小終大之事。桃蟲，即蛀桃之蟲也。爲一種卷葉蛾之幼蟲。體長不過七分。黄色。化蛾亦小而色黄。此勞動人民所易識。詩言之，以喻物亦能羽化而飛。“拚飛”，謂奮力以飛。蓋古有格言“桃蟲奮飛可以成鳥”者，謂立志奮發可以轉變形質。成王藉以喻武庚亡國之餘裔，幾復紂故國。故曰“始信彼桃蟲拚飛成鳥。”非謂鷦鷯能成大鳥也。鷦便是鳥。詩亦未言大鳥，而是謂蟲化爲鳥。

“未堪家多難”，《訪落》句同。均指管蔡之亂，三年而後定之。“予又集于蓼”，言今雖已平叛，周公歸政，予又身當辛苦之茹矣。蓼，植物之苦辛難咽者也。

（五）載 芟

一章，三十一句。

載芟載柞，其耕澤澤。千耦其耘，徂隰徂畛。侯主侯伯，侯亞侯旅，侯彊侯以。有噴其饁，思媚其婦，有依其士。有略其耜，俶載南畝，播厥百穀，實函斯活。驛驛其達，有厭其傑。厭厭其苗，綿綿其麃。載穫濟濟，有實其積，萬億及秭。爲酒爲醴，烝畀祖妣，以洽百禮。有飶其香，邦家之光。有椒其馨，胡考之寧。匪且有且，匪今斯今，振古如兹。

題解：此宣王復行耕耤之年秋穫後，燕勞耕耤農人之樂章也。總全年農事與祭享言之。虚誇不實，好借舊文，爲文藝已漸脱離實際之驗。周初頌詩文率簡短。至宣王世乃漸變爲繁縟。此詩與《臣工》皆惟耕耤事足以當之。亦皆宣王世作也。《臣工》爲春耕耤勞酒用之，猶祗六十字。此詩遂已發展至百二十四字。一年間變化如此之大。知勞動農民不喜悠曼之聲故也。

前段十四句，不適用于小私有之個體農户，亦不適用於奴隸耕種之場合。惟國徵用農奴耕耤，乃適用之。“載芟載柞”，《毛傳》云：“除草曰芟，除木曰柞。”《朱傳》爲之説曰：“秋官，柞氏攻草木，是也。”詮按：周至宣王時，農奴生産制已普行全部王畿，遠及華夏諸侯之國。農奴所有之私田，不至有野草雜樹。惟天子之私田，佔地既廣，荒廢者多。僅僅耤田千畝，亦因耕耤禮廢，耤臣不能遍耕，仍多荒蕪。宣王徵鄉遂農奴助行耕墾，故能一日完成千畝之耕。《臣工》與此詩皆重言銍艾，芟柞者，明其復行耕耤之禮也。“千耦其耘”，襲用《噫嘻》“十千爲耦”句。亦耕耤之詩也。耘，是除野草之義。“徂隰徂畛”，鄭云：“隰，謂新發田也。畛，謂舊田有徑路者。”言此千耦之衆，分赴耤田，有農官爲之分工；或赴當芟當柞之處，從事復墾；或赴耤臣舊耕之畛，從事播種。此下列舉從事耕耤之人。“侯”，維也。“侯主”謂主其役者。“司徒省民，太師監之”，皆代天子親董其事者也。“侯伯”，公卿、諸侯之屬也。“侯亞”，農師、農正之屬也。“侯旅”，府史、保介之屬也。“侯彊”，毛云：“彊力也。”鄭朱並云：“所謂以‘彊予任甿’者。”則徵用農奴從事者也。“侯以”，毛云：“以，用也。”鄭云：“以，謂閒民。今時傭賃也。”朱引《左傳》云：“‘能左右之曰以’……若今時傭力之人，隨主人所左右者也。”詮按：耤田必有耤臣，大抵皆罪徒與奴隸，無身體自由者，即此詩“以”。其時無如後世雇賃農耕之制也。“有噴其饁”三句，寫徵用農勞動之家，致饁情致。凡農奴應徵，皆當自備糇糧，雖從軍竟歲，皆然。耕耤徵鄉遂民力，竟一二日而止。故其家人致饁于耤田也。毛云：“嗿，衆貌。士，子弟也。”朱云：“嗿，衆飲食聲也。”“媚”與“依”，皆親愛之義。以上皆追述春時復墾千畝耤田情况。以明克致秋成之功。俾從事于此勞役者喜慰。

“有略其耜”八句，述播種及禾苗生長情形。“略”，毛云：“利也。”馬瑞辰解之曰：“略者，各畧之假借。《爾雅·釋詁》：‘畧，利也。’《説文》：‘㓰，刀劍刃也。籀文作’。張楫《古今字詁》：‘略，古作畧。’是其證也。”蓋三家詩作㓰、作畧。毛詩作略，並鋒利之義。明其時耜已由木製進爲鐵製品矣。“俶載”，鄭云：“當作熾菑。”無取。上既已言芟言柞矣。耤田在原隰，荒是熟荒，不能適用熾菑之義。朱云：“俶，始。載事也。”言初日復墾之熟荒。更擇日再以利耜前往播。地面大，所播不衹一種。言“百穀”，則凡可種之作物皆種之。若是個體農户，則土地有限，安能百穀並種哉？“實函斯活”，鄭云：“函，含也。活，生也。……其種皆成好含生氣。”朱云：“既播之，其實含氣而生也。”詮按：“實函”，謂播種後覆蓋以土。“斯活”，謂覆土，其胚能得土壤所含濕氣乃能成活。無覆土者，子實一面接土，能得濕氣，餘五面皆受日熱，則枯死。此詩語能代農民語言者，儒生以唯心氣化之説説之，亦無足取。“驛驛”，連續不絶貌。“達”，毛云：“射也。”鄭云：“出地也。”“有厭其傑”，毛云：“言傑苗厭然特美也。”鄭云：“傑，先長者。”“厭厭其苗”，鄭云：“衆齊等也。”“綿綿其麃”，毛云：“麃，耘也。”朱云：“綿綿，詳密也。”詮按：上“厭”，與下“厭厭”，義當有别。馬瑞辰説上厭爲“懕之省”，説下“厭厭”爲“稖稖之假借”[1]。當遵。蓋三家詩本作懕與稖稖。毛詩字異也（此詩亦虢文公作。其人爲周貴族之能以農道自負者。漢人所稱引之“神農書”，疑即此人所作）。所爲詩多采勞動農民語言。每無其字，但録其音。緣音以造新字者往往有之，疑懕與稖皆是。因舊字以通其音者亦有之，上云“實函斯活”，“驛驛其達”是也。下文“綿綿其麃”亦然。《左傳》昭公元年，晋趙文子曰：“武將信以爲本，循而行之。譬如農夫，是穮是蓘，雖有饑饉，必有豐年。”《説文》：“穮，耕禾間也。”（段注本依陸德明《周頌釋文》引“《説文》穮，穮除田也”改。義則與耘同）蓋詩原作穮，毛改麃字。（蓘，以土壅苗根，培之義也。）

“載穫濟濟”以下，述收穫與祭饗之事。毛云：“濟濟，難也。”鄭云：“難者，穗衆，難進也。”朱云：“濟濟，人衆貌。”凡耕耤，典禮行於開土之初。播種與收穫皆徵民力與耤臣共爲之。應徵人多，故曰“濟濟”。“有實其積”，謂穫禾堆積於場圃。“萬

【1】《毛詩傳箋通釋》云：“按《説文》《廣雅》並云‘厭好也’。厭，當即懕之省。故厭然爲特美貌，以别於下之‘厭厭’也。厭，從厂，《説文》：‘猒，飽也。從甘，從肰。’甘，美也。故厭亦有美義。‘厭厭其苗’，《箋》‘厭厭其苗，衆齊等也。’瑞辰按，《廣雅》：‘苗衆也。’苗與傑對言。傑爲特出，則苗爲衆矣。厭與稖雙聲。”《集韻》：“稖稖，苗齊等也。”厭厭即稖稖之假借。作者蓋《韓詩》。《箋》及《集韻》“苗齊”等，當亦本《韓詩》。此詩厭厭，《韓詩》作稖稖，猶《湛露》詩“厭厭夜飲”，《韓詩》作“愔愔”也。

億及秭”四句，直用《豐年》之文。“飶”，毛云：“芬香也。”鄭云：“芳香之酒醴，饗燕賓客，則多得其歡心，于國家有榮譽。”

詮按：飶香，以黍稷爲醴之香也。用以燕賓客。謂饗來朝諸侯，故曰“邦家之光”。椒馨，以椒浸酒之馨也。謂灌鬯之酒，所以祀祖先也。故曰“胡考之寧”。毛云：“胡，壽也。考，成也。”鄭云：“寧，安也。”朱云：“以供養耆老，則胡考之所以安也。”皆用養老之義爲説。詮按：耤田名爲“以供粢盛，以饗賓客”。則此“胡考之寧”，當指祀祖之言。胡考，猶云“皇考”也。《詩》《書》言考，皆謂先祖。文考、穆考、烈考、昭考、皇考、祖考皆然。《廣雅》曰：“胡，大也。”皇，亦大也。故胡考與皇考同義，皆泛指祖考言之。祭祀所以寧神。此“胡考之寧”正解。舊從《毛傳》者皆非也。

“匪且有且”，毛訓且爲“此也”。鄭爲之説云：“饗燕祭祀，心非云且而有且。謂將有嘉慶禎祥先來見也。”朱云：“言非獨此處有此稼穡之事。”陳奐《傳疏》云：“言不期有此而適有此。”馬瑞辰謂：“讀從此音，與兹爲韻。”詮按：且者祖之本字。故且與祖、俎字同音。其後音變，且之本義爲主字，而以且爲語辭。此詩之且，與今字對言，上承耕耤以供粢盛之義，蓋是“舊制有之之義”。竊謂且當訓故。言耕耤之禮，舊未曾行。然有舊制。字書雖無此義，詩語則必如此解。先儒不知此爲耕耤事，則不可能涉想及此，字書纂輯前人成説爲義訓，前人未説及則不著録。兹固無妨“自我作故”，即用此詩爲據可也。“匪今斯今”，言亦非今日始爲之。我等爲之則始于今日。舊制久廢，今復爲之之義也。結云“振古如之”，毛云：“振，自也。”鄭云：“振亦古也。”朱云：“振，極也。”詮按：振字從辰、手。辰，農祥也。從手，謂從事於農事。故引申爲自始之義。毛訓當遵。“振古如兹”，謂自古已有耕耤之制。其實亦不然。耤田之制始於階級社會，統一局面形成以後。奴隸社會，奴隸主之田皆奴隸耕之。殷世始劃一部分土地，徵臣屬之小奴隸主派人助耕，作爲一種屬部對中央政權之義務。周初之耤田亦如此。統一天下後，已有農奴生産制，諸侯封國過遠，乃僅徵農奴助耕。其有若干奴隸常任耕耘管理之役則同。

（六）良　耜

一章，二十三句。

畟畟良耜，俶載南畝。播厥百穀，實函斯活。或來瞻女，載筐及筥。其饟伊黍，其笠伊糾。其鎛斯趙，以薅荼蓼。荼蓼朽止，黍稷茂止。穫之挃挃。積之栗栗。其崇如墉，其比如櫛，以開百室。百室盈止，婦子寧止。殺時犉牡，有捄其角。以似以續，續古之人。

題解：此宣王復行秋社勞農，所製樂章也。《載芟》所勞，爲鄉遂應徵耕籍之農民與農官、籍臣。此所勞，則郊甸之個體農户，屬于食采諸邑君之農民。

首四句，頌農民播種之勞。用《載芟》原語，僅易三字。播種之事，全畿皆同。耤田遼闊，曰“播厥百穀”。《毛傳》：“畟畟，猶測測也。”胡承珙《後箋》曰：“《爾雅》‘深，測也’。《説文》‘測，深所至也’。畟畟、測測，皆狀農人深耕之貌。”詮按：此與“有略其耜”爲同義而略變其文之語句。則畟畟，猶略略也。亦如云磬磬，犀利之謂也。詩語明是耜之形容字，説爲用耜深耕者，非也。

“或來瞻女”三句，謂農官以筐筥載黍飯來饟農民於田間，《月令》所謂“勞農勸民”是也。下逮漢代，賢良牧守尚循此制，載酒勞農于田間。大抵隨興所至，慰勞一二處三五處而歸。非能遍及全邑農田。但使農民知統治者重農事而已。《鄭箋》《朱傳》均説爲“婦子來饁”。大非。宣王世，全畿皆已普行農奴生產制，農户皆小私有者，則婦子之饁，安得用筐筥以盛黍餉。惟農官慰勞農民於田間，須載大量酒食，乃用筐及筥耳。且詩但云“來瞻”，非謂來饁。瞻者，視察之意。農官載酒食巡行田間，見勤勞而耕耘得道者乃餉勞之。故曰：“或來瞻汝。”或來，亦或有不來。瞻汝，則或不餉汝。若婦子來饁，則豈能曰“或來瞻”哉？

“其笠伊糾”五句，述農民耘田之藝。“其笠”，謂農民所戴之笠。毛云：“笠所以禦暑、雨也。”“伊糾”，鄭云：“戴糾然之登。”朱云：“糾然，笠之輕舉也。”愈後出者愈脱離實際，亦去詩美愈遠。笠字從竹，故曰箬笠。編竹絲爲之，雙層巨孔，中押箬葉。微凸其中以著頭，不能自穩。更須繫二帶夾頤，結于頦下。糾，謂結帶也。“其鎛斯趙”，毛云：“趙，刺也。”詮按：趙字本義爲移進，故從走。詩謂農民持鎛耘田，移進不息。非謂刺也。薅草者，横斜向土，欲斷草根。刺者，直向地，欲以掘物。下云“以薅荼蓼”，即不當是刺之義。舊説遵《毛傳》者，皆誤。“薅”，陸云：“呼毛反，拔田草也。”今農民猶呼中耕除草爲“薅草”。野草種類繁多，不衹荼蓼。荼蓼形尤大，害尤甚，故以之代表野草。荼蓼經鎛削斷，朽爛於田間，轉化爲有機肥料。故曰荼蓼朽而黍稷茂也。

“獲之”以下五句，言豐收情況。“挃挃”毛云：“穫聲也。”與“奄觀銍艾”之銍，陸音並爲“珍栗反”。銍，鐮也。挃從手，則當謂用鐮之狀，非謂其聲。《毛傳》又云：“栗栗，衆多也。”朱云：“積之密也。”詮按：栗栗，危懼貌。禾堆叠于場圃，如垣墉，甚高。似危，故曰栗栗也。賡云“其崇如墉”，是也。農民共墟落爲一場圃。各家穫禾爲一垣，以次相比，故如櫛齒之密。“以開百室”，鄭云：“百室，一族也。”“其已治之，則百家開户納之。千耦其耘，輩作尚衆也。一族同時納穀，親親也。百室者，出必共洫閒而耕，入必共族中而居，又有祭脯合醵之歡。”《朱傳》更引《周禮》爲之説曰：“五家爲比，五比爲閭，四閭爲族。”説成恰是百家之數。詮按：井田，儒家之虚想，非實有也。頌詩，文士之虚詞，非實述也。“百室”，虚擬之多數，非實計也。“則百斯男”，非大姒實有百子。則此“百室”云者，豈遂可如鄭、朱之穿鑿哉？“開”者，舒放之義。故花蕾之放曰開，笑顏之啓亦曰開。“以開百室”，謂豐收，農户皆喜慰騰歡爲開也。下文“百室盈止”，乃道打場納穀之事。此句上屬於積場工序。而鄭、朱並以“同時入穀”説之。尤誤。開字無打場入穀之義。

“百室盈止”以下六句，言豐收入場，經冬季打場脱穀，各户納穀，倉箱皆滿。自此農事畢，婦子寧，乃從事於報賽祭享之事，以慰一年勞苦。“殺時犉牡”二句，謂報賽于社所用之牛。“時”，是也。犉牡，毛云：“黄牛黑唇曰犉。”《大田》詩：“以其騂黑，與其黍稷，以享以祀。”爲奴隸主舉行秋報於社之詩。是秋報社用牛牲也。宣王時，耕者爲個體農户，一家之力不能殺牛，亦尚無醵資報賽之組織。秋報社惟王與邑君能舉之。故曰：“殺此犉牡之捄其角者，以似以續。”捄字，兩見于《大東》。“有捄棘匕”，毛云：“捄，長貌。”“有捄天畢”，毛云：“捄，畢貌。”一見於《綿》“捄之陾陾”，毛云：“捄，虆也。”於此句，則云：“社稷之牛角尺。”謂祭社、稷之牛角長一尺，則亦《大東》訓長而成對之義（棘匕，雙刺之匕，以取肉塊者。畢，雙歧之罔具）。《王制》“祭天地之牛，角繭栗，宗廟之牛角握，賓客之牛角尺。”角繭栗，謂角初出，稚牛也。角握，謂角長可握，始可耕者也。角尺，則已成長之牛。毛謂祀神則用。社祭所重在於饗農，故視同饗賓客也。《毛傳》：“以似以續，嗣前歲，續往事也。”《鄭箋》：“嗣前歲者，復求有豐年也。續往事者，復以養人也。”詮按：《斯干》“似續妣祖”，《毛傳》：“似嗣也。”此似與續聯稱，應亦同義。謂紹續前人之事也。天地、祖廟、社稷之祭事，前人已創制之，後人當嗣續之。重言“續古之人”以爲結語者，謂《大田》祀饗之禮久廢。今仿其制續而爲之，亦欲各邑君亦行此禮也。

春祈、秋報，爲奴隸社會已有之制。故《小雅》有《甫田》之詩，即亦有《大田》之詩。宣王既行秋社勞農之制而有此詩也，則亦當有春社祈穀之詩。而三百篇未見有如此樂章。初疑孔子録詩時失之。嗣疑宣王初年實未重視農事。緣畿内大面積土地中奴隸解放而爲農奴，生産力高漲，農事不待勸勞也。迨窮兵黷武連年而農民亦疲，乃因虢文公諫而有重農之措施。于是盛爲《載芟》《良耜》諸樂章以勸其事。然而卒因賦重民困，非樂章所能激興。而一傅衆咻，貴族多莫能贊許。故暫成高潮，瞬復消寂。翌年以後，更不復爲。故樂官衹存此一篇，與春行耕耤之《載芟》合志一年之事而已。非孔子未録取宣王春社樂章也。

（七）絲　衣

一章，九句。

絲衣其紑，載弁俅俅。自堂徂基，自羊徂牛，鼐鼎及鼒。兕觥其觩，旨酒思柔。

不吴不敖，胡考之休。

題解：此歌頌文王世養老典禮之詩。宣王復行養老典禮時，譜爲頌樂也。原詩當爲《豳風》，或譜爲《小雅》。宣王改《頌》。文既屢經修改，音韻響亮，語言通俗而優美，在周詩中文字藝術爲最高。故養老之禮廢，而詩仍流傳于後世。

新詮作此推斷者：詩只三十六字，每四字爲句，是風、雅規格。絶對不是周初之頌。亦不能是宣王世作。宣王世詩已尚長篇，不應造如此短簡之頌。然而叙在《載芟》《良耜》之下。且“兕觥其觩”二句，見于《桑扈》“胡考”之文，見于《載芟》，皆宣王世之詩。宣王世詩已多有借用昔人詩語之例，則此詩爲宣王以前之舊詩，爲當然矣。

《孟子·離婁篇》云：“伯夷辟紂，居北海之濱。聞文王作，興曰：‘盍歸來乎！吾聞西伯善養老者。’太公辟紂，居東海之濱。聞文王作，興曰：‘盍歸來乎！吾聞西伯養老者。’”《盡心篇》又復如此言之。《史記·伯夷叔齊列傳》亦云：“聞西伯善養老，盍往歸焉。”則文王曾行“養老”之禮，流稱於當世，遠達於孤竹，爲實然也。文王時，西周優待奴隸，以發展農牧工商事業，物資豐贍，民食有餘。因以有餘之物資，施行養老之禮，以鼓勵勞動人民而誘致遠方才智之士，理有可能。則《孟子》所傳，非無因也。顧當時所云“養老”非皆耆壽人之老人，大抵爲本國奴隸之忠勤著績者，與自外來歸之賢而有才智者。每年一度或多次爲之。由奴隸主階級爲之布署饗禮，待如賓客，以示優異，以爲激勸。凡此卑賤與疏遠之人，克躋此賓位者，必其立德累行若干年次，名已普著於時，而後得之。於時大抵已在衰暮，故不曰養賢而曰養老。苟業績可稱已成定論者，則雖猶少壯，亦必徵而一度賓客之。或遂因而用之。故夷齊以少壯至，太公以耆年舉（太公卒於康王六年。仕周六十年乃死。世謂其八十遇文王者，妄也。其女爲武王妻，則仕周時年齡衹五十左右耳）。老者，才德成熟之謂，不必謂壽齡之高也。

後世儒生侈言古先王養老之禮，而不能舉其實事。大抵皆緣傳聞曾有，而以意附會之。《小戴禮》有《文王世子》一篇，鋪叙其事。《史記·禮書》亦論及之。東漢明帝章帝曾按世儒所論實行，究以於世無益，旋即罷廢。非唯其制非文王之制，其時亦非文王之時，則其效固應非文王之效爲必然矣。文王行之而能致興周之功。武王嗣行之而收統一之效。既定天下，則不復爲之。周公制禮，無養士之禮矣。然其詩猶流傳，其事猶仿佛在後人想象中。宣王世，國方富盛。爲一時重農政，遂因舊文以制此樂章，用於春秋社祀及雩、蜡之祭，以尊禮耆壽之勞農。此理所可能者也。

舊説此詩者：《毛序》曰：“繹賓尸也。”《續序》引“高子曰：‘靈星之尸也。’”然詩語無繹祭之義，更莫明爲何種祭之繹祭。孔穎達《正義》考訂繹祭，强通毛、衛之説最詳矣，卒亦不能自通。《朱傳》謂“此亦祭而飲酒之詩”，不言何種祭，何神之尸首，詩語固無有也。何楷《世本》據《祭統》“幽宗祭星”之語，謂此祭“即《月令》孟冬祈年於天宗”。郝京又附會“絲衣”爲“祈蠶之祭”。（並據魏源引）皆依《續序》爲説。亦不能舉詩中何字以證“靈星”之義。魏源《詩古微》謂是“成王繹農祥靈星之尸”。爲説尤辯，而與詩語卒難結合。惟孫嘉淦《折衷》援《周禮·黨正》“國索鬼神而祭祀，則以屬民而飲酒於序，以正齒位”語，以合《文王世子》“反，養老於東序”之文，判此爲“養老”之詩，爲近於理。然亦非可以擬文王時之養老也。

至于詩語詁訓，則諸家大都依於毛、鄭。兹亦依故訓，釋其爲文王養老之詩如下：

首二句：《毛傳》：“絲衣，祭服也。紑，潔鮮貌。俅俅，恭順貌。”《鄭箋》：“載，猶戴也。弁，爵弁也。爵弁而祭於王，士服也。”詮按：周代之士，對庶民言，屬於官吏一級。按《周禮》，黨正爲下大夫。其下族師、閭胥、比長，皆士級。此周統一後之規制。若文王時，則唯有奴隸主與奴隸之兩階級而已。奴隸階級號爲庶民，衣惟麻褐，無冠。惟奴隸主，即貴族階級，乃著絲衣，戴皮弁。不必祭祀時衣絲織品。文王養老典禮，使貴族之執事者，絲衣皮弁爲之執役，以明其人一時之尊寵。

次三句，言此輩平時雖執階級尊嚴的監人，在此典禮之日，則執役敬慎勤恪。鄭云：“昇門堂，視壺濯及籩豆之屬。降往於基，告濯具。又視牲，從羊之牛，反告充。已，乃舉鼎幂。告潔。禮之次也。”係用《儀禮》布署祭禮層次爲説。毛云：“基，門塾之基。”“大鼎謂之鼐，小鼎謂之鼒。”鄭云：“鼎圜，弇上謂之鼒。”詮按：周人之祭祇一牢，即以之享祭者。此詩牛羊並用，則何祭耶？部署祭禮，禮官之恒職，不值特述。而此詩用過半文字特描述之。且不惟牛羊用已，又列鼎三種之多，不及籩豆粢盛。則非爲祭事矣。非祭事，即亦不得繹祭之事。祇能是燕享之事耳。不言祭，即非祭祀之燕饗。不言事，即非朝聘之燕享。然則《周禮·黨正》所謂“索鬼神而祭祀”之蜡祭、雩祭之類，於時優禮老農之説，近之矣。然而詩語又不似蜡、雩之事，故可推想爲“養老”之事矣。

《桑扈》之卒章曰：“兕觥其觩，旨酒思柔。彼交匪敖，萬福來求。”幾於全用此詩之末四句。彼爲王臣燕諸侯之詩，假用此詩語意，以明其敬。略變其文。“兕觥”，角製杯也。“其觩”，對舉勸酬也。“旨酒”，美酒也。“思”，語辭。“柔”，柔嘉也，謂美殽。接合上文羊、牛，鼐、鼒衡之：所饗者多人，旨酒嘉殽，且主人之敬。而所以頌客者，則曰“不吴不敖”。吴，譁也（《毛傳》）。敖，傲也（《朱傳》音傲）。則知如此大饗禮，非爲習于“文德”之貴族，即所謂“君子”者設。而係爲粗獷不檢之勞動人民，乃至以“不吴不敖”稱美之也。《毛傳》於《載芟》云：“胡，壽也。考，成也。”於此詩，僅重言“考，成也”。《鄭箋》補之云：“得壽考之休徵。”《朱傳》釋“胡考之休”，云：“故能得壽考之福。”詮按：胡考，猶皇考也。已前釋。此亦宣王復行文王養老之禮，稱爲“胡考之休美事”也。若釋“胡考”爲老壽，則更于養老之義爲洽。或文王世詩本是以“胡考”爲“大老”之義，謂徵養之老人。《孟子》云：“二老者，天下之大老也。”謂伯夷太公爲“大老”，或即緣古詩有此胡考之字而言之。宣王時引詩，文義已變。緣文王時，老與考爲一義，宣王時，老考義乃分表生者與死者之所致耶。

此詩有三十六字非文王時舊文。不惟此句可疑。即如上文“鼐鼎及鼒”句下，無收束語，亦似被删一句。原詩或是兩章以上。一或二章述貴族安排之勤誠，後稱道受饗者之歡樂與感激。改入頌樂時乃有並之。抑或是文王後，養老之禮久廢。但詩語有傳者。宣王取以製頌時，僅得其殘句如此。然皆不值考訂之文，不論可也。

（八）酌

一章，八句。

於鑠王師，遵養時晦。時純熙矣，是用大介。我龍受之，蹻蹻王之造。載用有嗣，實維爾公，允師。

題解：此即世傳武王作《武》，周公作《勺》之《勺》。其後成王時，周公改製六成大武樂之再成樂章也。

大武樂初本無詞，爲説已在《武》篇。周公旦始爲之詞，以頌克殷之功。題之曰“酌”，明待武王斟酌之意。字一作勺（《漢書·禮樂志》），亦作汋（《左傳》宣十二年），又或作礿（《春秋繁露》），皆同音義。篆隸演變時傳者各以意爲字也。《大武》之樂，凡三製。武王初製在管，合《羽》《厲》《宣》《嬴》四章舞樂爲之，無詞。武王既歸宗周，命周公旦爲之詞，即此篇也。《吕氏春秋》謂武王：“於牧野歸，薦俘馘於京太室。乃命周公作《大武》。”《白虎通義》：“周樂曰《大武象》。周公之樂曰《勺》，合曰《大武》是也。”本爲《大武》之象樂填詞，並無詞之四章樂舞爲一章而歌舞之。於舊之象舞與樂曲皆有所删省。樂官則新舊並傳之，遂成“大武象”與“酌”兩樂，其實皆頌克殷一事。故後儒每混稱之。

《毛序》云：“酌，告成大武也。”固謂武王告成有詞之大武於祖廟之樂章如此。則既已非在管初製之“大武象”，（武舞不歌者爲象舞）亦非成王時改製之“大武六成”也。

“於鑠王師”，於，語辭。鑠字本義爲金、銅、錫、鎔化灼爛之狀，引申爲銷融，爲光燦，爲熾盛，爲美。《毛傳》：“鑠，美。”謂燦爛之美也。“王師”，周王之師。“遵養時晦”，謂文王遺命，紂猶强大，未可伐。武王遵之，養晦待時，閲十二年，至紂惡已稔而後伐之。《毛傳》：“遵，率。養，取。晦，昧也。”謂率是師以攻是昧而取其國。占去下文含義。無取。“時純熙矣”，謂伐紂之時已至。純，大也（《鄭箋》）。熙，明也。“是用大介”，謂大出師以伐之。《朱傳》：“介，甲也。所謂一戎衣也。”《尚書・武成》：“一戎衣，天下大定。”又曰“將有大正於商”。大介，猶大正（征）也。

“我龍受之”，毛云：“龍，和也。”鄭云：“龍，寵也。來助我者寵而受用之。”馬瑞辰云：“我龍受之，正與《賚》詩‘我應受之’句法相同。《逸周書・祭公解》‘用應受天命’。襄十三年《左傳》，‘應受多福’。應受，猶此詩龍受也。”謂《毛傳》訓龍爲和：“當讀同倡和之和。和即應也。”又謂：“《商頌・長發篇》‘受天之龍’，《傳》：‘龍，和也。’亦以和爲應。謂受天之瑞應也。”所爲溝通龍與和音義之處，紆曲而牽强。然在歷世伸毛伸鄭諸争議中，論據爲最勝矣。顧此句承上啓下，所當注重求解者不在龍字，而當在“我”所指者爲誰，與所受者究爲何事？按上文兩種言時，謂遵文王所命之時。時至而征，則此所受者伐紂之時也。“我”，謂有周也。有周應天受命而大征彼殷紂也。龍字爲受之疏狀辭説爲應受可也。“蹻蹻”，毛云：“武貌。”造，毛云：“爲也。”詮按：造之本義爲先至，在此詩，當指王之前鋒戰士。《牧誓》所稱之“戎車三百輛，虎賁三百人”是也。訓造作爲，于義難通。

“載用有嗣”，謂方出軍臨殷時，周與紂孰勝，初未可知。敗則有周不獲嗣承天命。勝則滅紂，完成先君之志業。賴蹻蹻諸戰士，獲以克商，則乃克以嗣承天之明命。是皆爾戰士之功。“公”，功也。《牧誓》反復勵士曰“夫子勖哉”！“勖哉夫子”！兹則已克殷矣，固當於此詩中明著戰士之功。“允師”，鄭云：“信得用師之道。”朱云：“惟武王之事是師爾。”詮按：頌文以“於鑠王師”起句，此回顧之，以“允師”爲句作結，當爲“允矣我師”之意。謂信能如牧誓所願呈於鑠之功也。

（九）桓

一章，九句。

綏萬邦，婁豐年。天命匪解。桓桓武王，保有厥士。于以四方，克定厥家。於昭于天，皇以間之。

題解：此即周公所爲“三象”之卒章。迨成王時改製《大武樂》，則以此爲其五成之樂章也。無論爲《三象》，爲《大武》，篇次俱當在《賚》《桓》之下。而《毛詩》序列在前者，或是《毛詩》篇次錯亂。亦或由於《三象》以此篇作結，樂官以結篇在前。猶大武六成本以《武》篇在末，而反序列于前也。“三象”所演，爲周公於克商後撫循南國之事。已在《武》篇説明。

“綏萬邦”，《鄭箋》：“綏，安也。”詩言南循之師，安撫之新邦甚多，天下大定也。“婁豐年”，《左傳》宣公十二年楚莊王引，作“屢豐年”。屢，本樓之古字，重叠之義，與屢義通。《左傳》僖公十九年，甯莊子曰：“昔周饑，克殷而年豐。”是武王之十二年爲周之豐年矣。《竹書紀年》云：武王十三年“秋，大有年”。則武王十二、十三年連爲豐年矣。以常理推之，武王伐紂，自周人所謂“王師”外，又復廣徵其與國與屬國之軍，遠及庸、蜀、羌、髳、微、盧、彭、濮之人。十月出師，四月乃歸，適在冬令，田野無禾穀可資，軍食當全賴于周人之轉餉。此非當年有大豐收，不能給也。武王十二年之爲豐年可定。即其前歲之十一年，亦可能是豐稔，乃有大量物資給此龐大軍用。甯莊子所云“饑”者，當謂師出而民食有所不足，幸十三年年豐而無害。此詩云屢豐年，固實然之語矣。

“天命匪解”，鄭云：“天命爲善不解者以爲天子。”朱云：“天命之于周，久而不厭。”朱説爲長。“桓桓武王，保有厥士”，毛云：“士，事也。”鄭云：“桓桓有威武之武王，則能安有天下之事。此言其當天意也。”朱云：“此桓桓之武王，保有其士而用之于四方，以定其家。”皆隱以“武王”爲稱謚。持文、武、成王皆生前稱號者也，魏源乃於此詩亦云：“詩舉武王之謚，明作於成王時。”詮按：《三象》之樂作於武王時，其合併爲“大武六成之樂”乃在成王時。此武王是指武王姬發，然非稱謚也。商代無謚法，而《商頌》稱湯爲“武湯”，（《玄鳥》）又曰“武王”。（《長發》）武乙亦自稱“武王”。（《玄鳥》）是未有謚法之前，稱頌有武業者，無論在生時、死後，皆可稱爲武王。武爲頌美之詞，不必即爲謚也。“保有厥士”，當用《朱傳》之義。謂南循之師，憑藉誅紂聲威，所至克捷，無所傷折。“于以四方，克定厥家”，於文法當爲一句。猶言克定四方以寧其家。“以”，用也。“于以四方”，猶云用於四方也。天下皆定，有周之家乃定，故曰王者以天下爲家也。

結束二句，毛云：“間，代也。”鄭云：“于，曰也。皇，君也。於明乎，曰天也。紂爲天下之君，但由爲惡，天以武王代之。”朱云：“間字之義未詳。《傳》曰‘間，代也’，言君天下以代商也。”詮按：詩言“天命匪懈”，故於克商之後又能克定四方。“克定厥家”即是克定天命矣，何庸更云天命代商？竊謂間者“居間”之義。詩蓋謂：“天命之所以能昭明若是者，實賴我先王之靈在天，居間於天人之際，克使天命實現，助周室完成此偉烈之業。”“皇”爲“皇王”之縮省。周公詩一切歸美於文王，於此亦必然也。

《左傳》記楚莊王論京觀引《武》樂詩之卒章、三章與六章，謂：“其文曰：‘綏萬邦，屢豐年。’”夫《武》樂章至六成止，則安得既有“卒章”又有“六章”？非楚人傳詩之篇第不同，即左氏記述之文有誤矣。考此篇文義，應是六成之第五章（另詳“大武六成考”——在附録）。

（十）賚

一章，六句。

文王既勤止，我應受之。敷時繹思，我徂維求定。時周之命，於，繹思。

題解：此《大武》“三成而南”之樂章。本與《般》及《桓》爲“三象”。周公再製《大武樂》時並入之。緣三象志分軍巡南國事，應爲武王克殷一役之事故也。

全篇，爲周召二公分軍循撫南國時傳檄於南人之語氣。言：文王既已勤于拊循南國矣。然猶未能滅紂，不能使南國之素已服屬於殷紂者斷絶於紂而完全臣服於周室。今則，我有周既已完成代殷膺受天命之事，則亦當接受爾南國君民之臣服。兹乃敷布明令，繹續南國與華夏之隸屬關係。我軍此來，不爲征討，但求保持舊時華夷關係，安定此方而已。“敷”，布也。“時”，是。“繹”，尋繹，循舊事而繼續之也。“思”，語辭。敷布繹續華夷舊有之關係，是循撫南國主旨。“時周之命”，謂：周雖仍存殷祀，武庚則已降爲周之藩國，則爾等南國君民亦當直接承奉周王之命。不得再奉殷爲天下共主，而考奉國之正朔。上時字讀如是。此“時”，如字。“於，繹思”，歎而重言繹思，作具有威力之啓示。如云：“注意，轉移對殷王舊有之關係于周王，斯可也。”

詩語無賚字，而題爲“賚”者，周召二公撫循南國，民族君長，例皆貪中華賞賚。華夏亦惟工藝物資足以動其欣羨。故其招撫程序必先有傳檄之使宣諭其君長，便以賞賜物品誘之。軍威在後。服則因而撫之，不服則從而征服之。物資誘導，實爲主要作用。賞賜物品曰賚。故詩不言賚，但陳檄告之語而賚義自明矣。《尚書·武成》：“大賚于四海，而萬姓悦服。”即謂以賞賜招撫四海之民族首領也（四海，即四夷。説在《爾雅》）。《論語·堯四篇》“周有大賚，善人是富”，舊皆説爲大封諸侯。夫周代實行賜土新建之諸侯，寥寥可數。《春秋經傳》所載之諸侯，號爲百二十國，因其舊酋而封者實占大多數。凡江淮二水流域之國，皆因南國舊有之君長而謂之諸侯之國耳。此輩君長對殷周之關係，經濟倚賴較之政治認識重大百倍。則周之克殷而命周召南出也。其賚賞之物資與傳檄之使先之者爲必然矣。封爵，非其君長之所重，有不有固非所關心也。説“周有大賚”爲封諸侯者，未達。説爲二公南循略地，則正如此詩。故曰：“此大武三成而南之樂章也。”

（十一）般

一章，七句。

於皇時周！陟其高山，嶞山喬嶽，允猶翕河。敷天之下，裒時之對，時周之命。

題解：此周公“三象”之一篇。後並于改製之《大武樂》，爲“四成而南國是疆”之樂章也。

“於皇”，猶云：大哉！嘆美周王拓地之廣也。“時周”，謂統一天下時之周。時，是同。是，此也。時亦是時之義。上章及此下“時周之命”，義同。收其地，則祀告其山川之神。“陟其高山”，察視其山靈當祀者所在。南國新撫地面廣大，有國不一，故必陟其高山以衡量製定之。“墮”，墮同。“墮山”，謂每撫有一國，即就其所宿祀之山，除土爲墠而祭告之。除土爲墠，於山之巔，示卑之地也。故曰“墮山”。此種儀式，在秦漢則爲“封禪”之禪。“喬嶽”，即“封禪”之封。封者，於山巔更積土爲壇以祭，示助其崇高之義。“嶽”者，崧高二峰（太室、少室）之專名。説在《時邁》。其山原爲殷畿與南國之界山，亦爲夏、殷與南國之舊界。在汝濆之西南，周公南巡，首收汝濆之地，見於《周南》之詩。從而收得此山爲周之新地，乃封土祭祀以崇高之。其山本爲虞夏之南嶽。自是，奄有江漢淮海之地以爲華夏，别立南嶽，而以此爲中嶽。故五嶽之稱自周始也[1]。如此“墮山喬嶽”之文，不惟當時收地之實事，亦且具表示卑四海而崇中華，天下定於一尊之意。《毛傳》云：“高山，四嶽也。墮山，山之墮墮小者也。”與詩語全不相應。夫山之小者多矣，既不皆祭祀之，則著於此頌何謂乎？况周秦漢已祀五嶽，且能獨以《虞書》之四岳爲“高山”哉？凡此皆足知其識見之陋，爲不足采之説。《鄭箋》更妄謂：“於小山及高嶽皆信案山川之圖而次序祭之。”《朱傳》云：“高山，泛言山耳。墮，則其狹而長者。喬，高也。嶽，則其高而大者。”則謂如此之山皆遍陟之，尤謬。自此以外，舊儒無能更求其解者，從而後世字書亦莫能

【1】《尚書·舜典》言舜：“正月上日受終於文祖……歲二月東巡守，至於岱宗。柴。望秩於山川。肆覲東后……五月南巡守，至於南嶽，如岱禮。八月西巡守，至於西嶽，如初。十月一月朔巡守，至於北嶽，如西禮。”後世言天子巡狩者，本於此。孔安國傳，謂“岱宗，泰山”，“南嶽，衡山”，“西嶽，華山”，“北嶽，恒山”。（宋·蔡沈注詞）詮按：今傳《虞書》五篇，皆殷周人依先民詩歌傳述以爲之耳。於文多所加工，未足全信也。堯舜時不過建成氏族公社，因解池之鹽利與四方部落交易，形成經濟勢力超越于公社以外之政治集團，猶未能建成國家也。則安得有天子巡狩之禮。惟其時有虞之文化與經濟領域，實已遠達於泰山與華、恒地區，舜曾躬履其地，則有可能。若夫其南，則伊洛以外皆三苗地區，初不隸屬于虞夏，亦明著于《尚書》。則舜之足跡南至嵩山止耳。世傳其與二妃南巡逾湘而奔於蒼梧之野者，妄矣。則舜安得祀衡山爲南嶽哉？於時所謂“南嶽”，謂嵩山耳。嵩山以外皆三苗，殷周所謂“南國”也。《周詩》亦稱之爲“南山”。華夏有稱之爲嶽山者。《大雅·崧高篇》字本作嶽，象太室少室對峙之形。在南國境上，故曰“南嶽”。華山在嶽之西，故稱“西嶽”。恒山在嶽之北，故曰“北嶽”。岱宗與嶽山齊名，故《舜典》猶未稱之爲東嶽。入周後，則長江以北，皆爲封建諸侯之地區。始以霍山爲南嶽，而稱嵩山爲中嶽。《爾雅·釋山》：“泰山爲東嶽。華山爲西嶽。霍山爲南嶽。恒山爲北獄。嵩高爲中嶽。”是也。秦始皇統一華夏拓地至于嶺南。南巡逾洞庭，登衡山，始奪霍山之祀而移於衡山。霍山介於荆、豫、徐、揚四州界上，地僻，無車船之便，始皇不曾至，故失南嶽之稱也。然其地，周公所曾至也。霍山之下，有英、六、舒、蓼、江、黄諸國，所謂“群舒”，春秋世仍爲强族。其南巢伯，曾隨周公入朝武王於宗周，見於《尚書》與《竹書紀年》。則周公逐商人之役象者於江南，而爲“三象”之樂，可信矣。據此詩，所服之國，皆曾“陟其高山”，故知周公曾登此山（今爲霍山縣之天柱峰）。從而可知周代以霍山爲南嶽，是周公所定。亦可知五嶽之稱始於周代，非殷及其以前所已有之矣。

説此隨字，且於封禪之本義亦失之，皆自限於據書以説書之失也。“允猶翕河”，毛云：“翕，合也。”鄭云：“猶，圖也。”説爲“信案山川之圖”，固是謬解。其説翕河云：“河自大陸之北，敷爲九。祭者合爲一。”詮按：祭河乃取殷國者所當爲之祀，非撫循南國者所當有。衹此，即可知鄭氏爲謬解。朱云：“允猶，未詳。或曰：允，信也。猶與由同。翕河，河善泛溢，今得其性，故翕而不爲暴也。”詮按：猶、由、猷、游，古皆同音通假。此句猶當讀如游。謂凡南國之大水可行船者，如淮、潁、江漢之類，皆視同河水以祭祀之。翕之爲義，此同也。故從合羽，會意，泛釋爲合者，亦非。

“敷天之下，裒時之對”二句，毛云：“裒，聚也。”鄭云：“裒，衆。對，配也。遍天之下，衆山川之神，皆如是配而祭之。”朱云：“對，答也。”“凡以敷天之下，莫不有望於我。故聚而朝之方嶽之下，以答其意耳。”馬瑞辰云：“對，當讀如‘對揚王休’之對。對，猶答也。謂諸侯皆聚於是，以答揚天子之休命也。”引“李黼平曰：‘《常棣》，原隰裒矣，《殷武》裒荆之旅，傳訓聚者，皆指人説。此亦當指人説。言天下之人，於巡守所至皆聚是方，而對答王命。’”詮按：舊儒皆按《毛序》“般，巡守而祀四嶽河海也”求義，故不能得其義。鄭説固謬，朱、馬與李氏説爲人事，則近之矣。猶以專從巡狩着想，故不能準。兹結合於“四成而南國是疆”言文，則敷猶溥也。溥天下之土地爲周王之土地，故祭告其山川。溥天下之人民爲周王之人民，故二公南巡所至，民皆裒聚以受令教，而以悦服對答新天子之休命。故下更以“時周之命”説明“裒時之對”，謂所對者周天子之新命也。三言時字，皆謂天命轉移入周，接替之進。

詩題爲《般》者，般之本義爲游樂。故《毛序・舊注》云：“般，樂也。”然命題本意爲旋師。《漢書・趙充國傳》“明立般師罷兵”。蓋後世所謂班師，原亦作“般師”，謂從容旋師如般游，不同於倉卒撤退也。南國既已疆理，則其師當旋歸京師復命。故題曰《般》。

與《賚》同用“時周之命”一語，尤足知爲周是南國循地一事之首尾兩章。更用《桓》，以“克定”字總結之。則其爲周公原作“三象舞”之樂章，可定。《詩正義》云：“此篇之末，俗本（亦）有‘於繹思’三字，誤也。《釋云》云：‘於繹思，毛詩無此句。齊魯韓有之。’今毛詩有者，衍文也。崔（靈思）集句本有，是采三家之本，因有。故解之。”審此詩，當有“時周之命”句，不當有“於繹思”句。是《毛詩》勝於三家詩處。

《周頌》小結

綜凡《周頌》三什，三十一篇，三十一章，舊云三百三十八句。共千三百七十八字。其中每有脱篇、脱句、脱字之處。如“大武六成”，今存者衹五篇，是脱《支》、

“始而北出”之篇也。《緜衣》篇有脱句。《小毖》篇有脱字。並詳各篇新詮。文最少者《維清》，僅十八字。最長者《載芟》百二十四字。

《魯 頌》

解題

武王克殷，撫定南國，統一天下，周公、太公、召公之力爲多。故封周公於魯，以撫南國。封太公於齊，以鎮東夷。封召公於燕，以禦北狄。封紂子武庚於殷故地，以奉湯祀。而以三弟爲管、蔡、虢三國，以監臨之。武王崩，成王立，周召二公留輔政，各以其長子之國。三監疑周公，挾武庚以叛。奄、徐諸夷國助武庚。周公東征，誅武庚及管、蔡，滅奄。改封弟康叔于殷故地，曰衛。封微子於宋，以奉殷祀。徙魯於奄故地，都曲阜，以備徐戎。留東征之車馬輜重於魯，以故奄之降民，並徙殷民六族以實之。故周之初世，諸侯之國，魯爲最强。魯廟以周公爲太祖。成王以周公有大勛勞於天下，命魯世祀周公以天子禮樂。是故諸侯之國，魯祀廟得用頌樂。

然，魯承周公之教，世守周禮，唯用宗周雅頌舊樂，不自創制。其民間，奄之舊民，習於南樂，殷之徙民習於商風，華人之留居者，齊人爲多，仍習齊風，自宗周來者，仍用豳風。故魯國無自立之風詩[1]，而仍有自製之頌樂者，春秋世魯君臣僭爲之也。

伯禽傳五世，二百一十九年。至武公敖，當周宣王平徐淮時，從王師平定徐地有功，故謚曰武。又三世，百零二年，至隱公息姑，入於“春秋”之世。魯國浸弱而齊益强大。桓公允，弑兄承位。有子四人，嫡長子莊公名同，嗣。叔、仲、季三子爲三族，相代輔政，是爲“三桓”。季氏世有賢稱，專政最久。莊公死，季友立閔公，被弑。再立僖公申。因齊桓之力，克定魯亂。又相僖公，助成齊桓霸業。其事跡著於《春秋》。于時魯之武功頗多。其孫季孫行父再執魯政。附于晉。曾聯晉、衛報怨於齊，敗齊于鞌。取齊汶陽之國。一時東方諸侯，魯之地位較齊尤高。時則周室削弱已甚。行父爲誇揚季友舊勛，作僖公新廟，請命於周王，爲僖公作頌。周王許之。于是魯有《泮水》《閟宮》之頌樂。又復以伯禽時徙民所作之詩改爲頌樂，以誇先世之盛。于是魯有頌樂四篇。時則已近春秋之末，《雅》《頌》垂亡之際矣。

【1】 魯宋有頌無風，舊儒頗以爲惑。鄭玄《詩譜》爲之説曰：“周之不陳其詩者，爲優耳。其有大罪，侯伯監之，行人書之，亦示覺先。”意謂周優待魯，不陳其民間諷刺之詩以彰其惡。朱熹《集傳》駁之曰：“或謂夫子有所諱而削之。則左氏所記當時列國大夫賦詩，及吴季子觀周樂，皆無曰魯風者，其説不得通矣。”《詮》按：《何彼襛矣》，魯人刺王姬之詩。原用南樂，則入《召南》。《敝笱》《載驅》魯人刺文姜也。原用齊風，則入於《齊》。《九罭》，魯人欲留周公也。用豳舊樂，則入於豳。非魯無風。無自立之魯風而已。

（一）駉

四章，章八句。

駉駉牡馬，在坰之野。薄言駉者，有驈有皇，有驪有黄，以車彭彭。思無疆，思馬斯臧。

駉駉牡馬，在坰之野。薄言駉者，有騅有駓，有騂有騏，以車伾伾。思無期，思馬斯才。

駉駉牡馬，在坰之野。薄言駉者，有驒有駱，有騮有雒，以車繹繹。思無斁，思馬斯作。

駉駉牡馬，在坰之野。薄言駉者，有駰有騢，有驔有魚，以車祛祛。思無邪，思馬斯徂。

題解：周公東征，既定殷地，移討從叛之奄徐。三年僅克滅奄，遂不討徐。徙魯於奄地，留東征車馬千乘於魯以鎮徐戎。此魯樂官所作以誇魯强盛之詩也。詩格似《南》與《風》。或原是《小雅》。迨後魯已僭侈，乃改爲《頌》。

《毛序》云："頌僖公也。"《續序》承之云："僖公能遵伯禽之法儉以足用，寬以愛民，務農重穀，牧于坰野。魯人尊之。于是季孫行父請命于周，而史克作是頌。"後儒皆循之爲説，莫敢立異。《詮》按：審此詩之作在伯禽時。非頌僖公。有理據如次：

一、從古産馬之地，在西北兩邊。齊、魯、吴、楚，東南半壁，皆非産馬之地。《明堂位》言：成王"封周公于曲阜，地方七百里，革車千乘"。（周公字應是"魯公"之僞。下文正是"命魯公世世祀周公以天子之禮樂"。）革車千乘，則有戎馬四千匹矣。魯惟此時多馬，足當此詩所頌。詩四章重叠，皆衹云"牡馬"，則其爲周公留此之戎馬甚明矣。若頌僖公世之馬牧，則豈能全是牡馬而無好馬與幼駒在坰牧乎？

二、自伯禽至僖公，已十世，十八君，三百八十四年（皆自元年起算）。時則魯之户口已甚稠密，故至宣公而能履畝以税，至成公而能按丘賦甲。户口稠密，則墾地略盡，安可得廣闊之坰野以養牧衆多之馬群哉？惟伯禽初建國時，大軍之後，地曠人稀，徙民不能盡墾，乃能有廣闊之坰野以牧馬牛耳。

三、詩四章所舉馬之名色，有專稱者至十六種之多。已見于《國風》《二雅》者，有黄（鄭《大叔于田》、秦《渭陽》、小雅《車攻》），騏（秦《小戎》、小雅《皇華》《采芑》）、駱（小雅《四牡》《皇華》《裳華》）、驪（齊《載驅》、秦《小戎》、小雅《六月》）、騮（《小戎》）、駰（《皇華》）。大抵皆王畿地區習用爲名馬專稱之字。惟産馬與養馬甚多之人群能製定行用之。若非産馬地區之人不能有，有亦難於流行，況此詩所舉更有倍多之專稱乎？是其本爲西北邊與吴中習稱之名類信用於魯地，其爲周公所留之戎馬，而非魯國能自有之牧馬亦甚明矣。

四、春秋戰國之世，良馬有專稱者，例爲二字是也（其制始于穆王之“八駿”）。惟周初世乃有一字用爲馬之别稱。亦此詩作於伯禽世，非作於僖公以後之驗。

五、《尚書·費誓》志伯禽對徐戎備戰之文。其言曰：“無敢傷牿。牿之傷，汝則有常刑。”又云：“竊牛馬，誘臣妾，汝則有常刑。”“牿”，牛馬牢也（《説文》）。“臣妾”，男女奴隸也。殷民六族徙魯者，皆屬奴隸主與其奴隸。伯禽時，尚不可能施行農奴生産制於魯。故用奴隸耕於近郊而牧牛馬于坰野。郊有廬舍，野惟有牿牢。故備徐戎之令教，特重傷牿與竊牛馬誘臣妾之刑。結合此詩，以核史事，情勢吻合。若僖公世，則原隰皆已爲賦役之民所耕，開墾深入山區，松惟徂崍，柏惟新甫有之。豈尚能有牛馬之牿與臣妾之牧於坰野者哉?

以此，知此詩爲頌伯禽之多馬。“二序”皆謬。判爲原非頌樂者。周公世之頌皆只一章，惟南、風與雅有駢叠三章以上者。此詩四章重文，僅各異六字，唯南與風詩有此格句，小雅亦惟周初世詩有之。大雅即不曾有，無論周頌。知其爲樂官作者，新開之國，留如此多馬，尋常人不能辨其名色。時唯樂官博識乃能辨之。此詩特點亦惟在於能辨馬之名色。故知爲樂官作也。

首章：《毛傳》云：“駉駉，良馬腹幹肥張也。坰，遠野也。邑外曰郊。郊外曰野。野外曰林。林外曰坰。……牧之林野，則駉駉然。驪馬白跨曰驈，黄白曰皇，純黑曰驪。黄騂曰黄。諸侯六閑，馬四種：有良馬，有戎馬，有田馬，有駑馬。彭彭，有力有容也。”《詮》按：良馬，謂駕車之馬，盡牡馬。戎馬，謂挽戰車之馬，亦惟牡馬中選。不足時乃用牝。田馬，謂田獵用馬。駑馬，則母馬，幼馬也。此詩所頌皆牡，明其爲上選之馬也。“彭彭”，音同《鄭·清人》之“駟介旁旁”。“以車彭彭”亦謂以此馬駕戎車，彭彭然也。“思無疆”，謂成王周公所考慮於安定一方者深遠無極。“思馬斯臧”，謂留此諸馬於此遼闊而富於野草之坰野，俾馬得善地，順其自然之性，優於武王之“歸馬于華山之陽”也。思字，鄭朱皆説爲思慮。陳奂《傳疏》云“思，調也”，非此篇思字之義。

次章：毛云：“蒼白雜毛曰騅，黄白雜毛曰駓，赤黄曰騂，蒼祺曰騏。伾伾，有力也。”“才，多材也。”朱云：“青黑曰騏。”《詮》按：毛意上騏，騏文也。見《小戎·傳》。“蒼祺”，謂蒼黑之騏文。“思無期”，謂考慮之長遠。徙善牧之殷民六族於魯，使之教練其馬，馬乃多能善馳。

三章：毛云：“青驪驎曰驒，白馬黑鬣曰駱，赤身黑鬣曰駵，黑身白鬣曰雒。繹繹，善走也。”“作，始也。”朱云：“青驪驎曰驒，色有深淺，斑駁如魚鱗。今之連錢驄也。繹繹，不絶貌。斁，厭也。作奮起也。”《詮》按：“思無斁”，謂思之勤，欲使魯公常爲之備。隨時可以出征。作，興也。

卒章：毛云："陰白雜毛曰駰，彤白雜毛曰騢，豪骭曰驔，二目白曰魚。袪袪，强健也。"朱云："陰白雜毛曰駰。陰，淺黑色，今泥驄也。豪骭，豪在骭而白也。徂，行也。"《詮》按："思無邪"，謂武王周公留此武備以鎮東南，使戎夷與東方之人不敢爲邪惡。邪惡作，則魯能以周公東征之軍力，立即往鎮服之。"思馬斯徂"，謂此馬立可往征，不待王師之至。《鄭箋》説爲僖公"思遵伯禽之法，專心無復邪意，牧馬使可走行"，殆不成其爲詩語矣。《論語》："子曰：詩三百，一言以蔽之。曰'思無邪'。"孔子之意，亦正謂詩之爲教，在於使人不敢爲邪惡而已。宋以來儒者每説"思無邪"爲心無邪淫之念，則下文"思馬斯徂"句飛落天外耶？

（二）有　駜

三章，章九句。

有駜有駜，駜彼乘黄。夙夜在公，在公明明。振振鷺，鷺于下。鼓咽咽，醉言舞。于胥樂兮！

有駜有駜，駜彼乘牡。夙夜在公，在公飲酒。振振鷺，鷺于飛。鼓咽咽，醉言歸。于胥樂兮！

有駜有駜，駜彼乘駽。夙夜在公，在公載燕。自今以始，歲其有。君子有穀，詒孫子。于胥樂兮！

題解：殷氏六族，自殷徙入魯時，其首領受魯公伯禽燕饗。此其人所作頌德詩歌也。原是商之風詩，後乃與《駜》同譜爲《魯頌》之樂。

其時殷與東南諸國，皆屬奴隸社會。所謂六族首領，實即殷降民中六大氏族之奴隸主。有如近世凉山黑彝六大"家支"之首領，其下尚有若干小支首領。所謂"宗氏"，蓋如六大家支首領所屬之黑彝。所謂"分族"，蓋如各小支首領所屬之黑彝。使其一並率將以徙居魯國，奉行周公之法制。按《左傳·定公四年》衛祝佗所言，武庚敗滅時，有大奴隸主十三族降周。其六族分給魯國，七族留屬於衛。其熊盈等從叛之十七族，除被誅戮與逃逸者外，稱爲殷之頑民，則徙之於洛邑，受周王直接管理。唐叔虞則分得"懷姓九宗，職官五正"，大抵皆殷執政之迎降者。其他分器、土田，魯國倍厚。則分魯六族之人，必其衆多而尤恭順者可知。

此六族之奴隸主，實即殷人所謂"諸侯"。奴隸社會之諸侯，重在屬民，不重屬地。其所屬各支派民户，大都無固定耕牧之地限，遷移擴散，每與他支混處一地而不相役屬。擴散性既强，故其遷徙甚易。"法則周公"者，蓋謂如鄉遂農奴之定居，故其流移無定之習俗，仍能常供職事於諸侯之國也。其被遷徙也，必有周之軍士押行。既至，魯公亦必饗勞其首領，因而施行教誡，部署安插。估計此六族人數，有數十萬。

其大小首領，有三百左右。其人多有知識奴隸能詩歌樂舞者與之同來。魯公召燕時，固亦自有樂舞。其人亦必獻其樂舞以相酬答。此時，蓋即其知識奴隸所作謝燕之歌。如此則其文義可得而尋，不當如《毛序》之謂“頌僖公君臣之有道也”。

首章：《毛傳》：“駜，馬肥强貌。”頌言魯公有馬之多且壯美。“駜彼乘黄”，誇魯公所乘之車，四馬一色皆黄。良馬多乃易選得也。“夙夜在公”，用南樂舊歌成言，謂魯公召飲之連日夜不罷也。奴隸社會，食品陋劣，而以連日夜飲食爲侈。故祭饗必有繹祭，以成兩日歡樂。近世藏族奴隸主燕客，一般連三日乃罷。周初之燕饗情致，亦當似之。故其人之詩，用“夙夜在公”語也。“在公明明”，謂燕饗中魯君所作之訓誡、指示，有如天帝之明教。其時人咸謂天道昭明。《小明》曰“明明上天”，《大明》曰“明明在下”，皆是此義。故殷降人之習詩者用此語也。“振振鷺”與“振鷺于飛”同義。殷人衣尚白。此言被召諸奴隸主群集於魯公丹陛之下，列聽教命也。“鼓咽咽”，毛云：“咽咽，鼓節也。”此言魯公有雅樂助饗也。雅樂之鼓，所以節樂。其聲低沉而重，淵淵深長，若續若斷。殷人謂之“咽咽”也。諸賓於鼓節聲中縱飲。殷人嗜酒，飲易醉，醉則起舞以爲樂。故曰“于胥樂兮”。于胥，相與樂也。（鄭云“胥，皆也。”朱云：“胥，相也。”）

次章：“乘牡”，謂魯國卿大夫之車，所謂“四牡”之車，其馬不必一色也。“鷺于飛”，言舞之狂，極歡時也。“醉言歸”，燕之將終，歡之極，舞益狂肆也。

卒章：《毛傳》：“青驪曰駽”，朱云：“今鐵驄也。”《詮》按：“乘駽”，謂迎送此輩賓客之車，即參預燕諸武士所駕者。其字當讀如騵。《檀弓》：“周人尚赤，戎事乘騵。”《韻會》：“騵，禺袁切，音元。”“駽，呼元切。”駽，騵雙聲，蓋古通用。赤栗色馬，馬之最易得者，非“青驪”與“鐵驄”也。諸徙民首領之應召燕者，皆用軍士以乘騵迎送之。承上“醉言歸”爲義，歸於罷舞後。故不復用“振鷺”語。而曰“自今以始，歲其有”者，諸奴隸主謝燕，對魯公表示，保證督其奴隸努力於耕稼、牲畜之事，必能致豐收也。“君子”，當時奴隸對貴族之稱語，亦被統治階級對統治階級之稱語，《周詩》屢見皆然。“有穀”，舊皆依《鄭箋》訓穀爲善。夫穀之訓善，本是豐收義之引申。其本義固謂穀物。此詩是用穀之本義，承“歲其有”言。謂豐年大有穀畜，君子及身不能盡用，且將貽於子孫用之。祝願之語也。

（三）泮　水

八章，章八句。

思樂泮水，薄采其芹。魯侯戾止，言觀其旂。其旂茷茷，鸞聲噦噦。無小無大，從公于邁。

思樂泮水，薄采其藻。魯侯戾止，其馬蹻蹻。其馬蹻蹻，其音昭昭。載色載笑，匪怒伊教。

思樂泮水，薄采其茆。魯侯戾止，在泮飲酒。既飲旨酒，永錫難老。順彼長道，屈此群醜。

穆穆魯侯，敬明其德。敬慎威儀，維民之則。允文允武，昭假烈祖。靡有不孝，自求伊祜。

明明魯侯，克明其德。既作泮宫，淮夷攸服。矯矯虎臣，在泮獻馘。淑問如皋陶，在泮獻囚。

濟濟多士，克廣德心。桓桓于征，狄彼東南。烝烝皇皇，不吴不揚。不告于訩，在泮獻功。

角弓其觩，束矢其搜。戎車孔博，徒御無斁。既克淮夷，孔淑不逆。式固爾猶，淮夷卒獲。

翩彼飛鴞，集于泮林。食我桑黮，懷我好音。憬彼淮夷，來獻其琛。元龜象齒，大賂南金。

題解：此魯世卿季友作以頌僖公武功之詩（可能是奚斯代作）。至其孫季孫行父，請命于周，以爲僖公新廟祭享之樂章也。僖公本莊公之庶子，次不當立。莊公夫人哀姜，齊桓公之侄女，無子。莊公有同母弟慶父，圖嗣立，通於哀姜以求助。魯人多惡之。莊公有外嬖孟壬，生子名般，秘許爲世子，而畏哀姜不敢立之。臨終，託般于季友，季友許以死奉之。莊公死，子般立。纔二月，慶父使人殺之。而立莊公之庶子啓，是爲閔公，纔八歲。慶父專政二年，再殺之。季友奉莊公庶子申奔邾。齊桓以季友爲賢，惡慶父與哀姜，使魯人逐之。迎季友與申於邾。申立，是爲僖公。僖公出于微賤，賴季友而立，政事全任季友。季友以全魯從齊桓，襄成其霸業。亦仗齊之助，多有武功。僖公之元年九月，敗邾師於偃。十月，又敗莒師於酈。凡齊桓之會、盟、征伐，魯則無役不從。僖公之三年，從齊桓以諸侯之師侵蔡，伐楚。楚服，盟於召陵。當還師，陳之執政者轅濤涂畏大軍過境之擾。説齊桓："觀兵於東方，循海歸，以服東夷。"齊桓許之。鄭申侯譖陳之謀不忠。齊桓執轅濤涂。命江人黄人從魯師伐陳，討不忠。陳人不服。師不能克。再命魯率齊、宋、衛、鄭、許、曹八國聯軍討陳。陳人服。齊桓亦歸轅濤涂於陳，復爲執政。此詩屢稱之"淮夷"，謂陳國也。其後僖公六年，從齊桓及諸侯之師伐鄭救許。九年，從盟諸於葵丘。霸業成。十五年，從齊侯與諸侯盟於牡丘。齊桓再命魯爲諸侯聯軍統師，救徐。無功。十六年，又從齊桓及諸侯會於淮，謀東略，城鄫未終。魯師滅項而還。時則季友已卒。齊究魯公擅滅項國之罪，被留。久乃獲歸而齊桓亦卒矣。宋襄公繼齊國霸而敗。晋文公繼霸。魯僖公依違其間，不復振作。在位三十三年薨。從齊桓者十七年。所有翼霸之功，實皆出於季友。然僖公自亦具有賢稱。在魯有“聖賢”之譽。（文公二年《左傳》議躋僖公。宗伯夏父弗忌曰：“躋聖賢，明也。”）故季友之孫行父再執魯政時，請頌僖公。其實意乃借之以張季友之勛業也。

詩稱陳爲“淮夷”者，陳國在淮水上游（故邑今爲河南淮陽縣），本南國舊域。其土民原屬淮夷同族（凡淮水上游諸南國，皆淮夷）。故衛莊姜送戴嬀大歸之詩曰“遠送于南”。而陳靈公君臣“南衣南冠以如夏氏”，（《國語》文）即此時當政之轅濤涂，亦不似華人姓名。但陳爲舜後，武王長女大姬夫婿之國，魯人不可以夷狄視之。若謂其國人爲淮夷，則可也，當時華夏人好以褒貶之詞爲主觀稱謂。如楚之名國，周所給也。而詩曰“蠢爾蠻荆”，曰“荆舒是懲”。魯史於春秋初世，亦不稱之爲楚而稱曰荆。此詩不斥陳國之君，但謂討陳國之人與轅濤涂，故斥之爲淮夷也。

舊儒不能想象陳國可稱爲淮夷，遂猜測爲魯國實有征服淮夷之事。而苦於無史文可驗，則皆避“淮夷”不考，但溷淪説之。《毛序》曰：“《泮水》，頌僖公能修泮宫也。”《續序》與《序注》俱避不爲辭。《鄭箋》於第五章曰：“修泮宫而德化行，于是伐淮夷，所以能服也。”於七章曰：“僖公以此兵衆伐淮夷而勝之。”又曰：“用堅固女軍謀之故，故淮夷盡可獲服也。”朱熹《集傳》謂：“此飲於泮宫而頌禱之辭也。”范處義《詩補義》謂：“當時必有征服淮夷之事。”至何楷《世本》與孫嘉淦《折衷》，則緣據《費誓》，以爲是“頌伯禽”。姚際恒、魏源、方玉潤則並斥泮宫非獻馘、訊囚之所，爲譏。惟孔穎達《詩正義》能援據《春秋》，爲魯僖曾征淮夷作證。其言曰：“《春秋》（僖）十三年會咸，十四年城緣陵，皆爲淮夷病杞。十六年會淮，爲淮夷病鄫，魯實從役。斯亦僖公伐淮夷之一證也。”然此三役，皆無魯征淮夷之驗。會咸，旋即“爲戎難故，諸侯戍周”。城緣陵，“遷杞”而已會淮，“謀鄫，且東略也。城鄫。役人病，有夜登丘而呼曰，齊有亂。不果城而還”（並《左傳》文）。則魯雖從役，城鄫尚且不終，况能征淮夷乎？孔氏未引十七年“夏滅項”之事。項則誠淮夷之國也。其事足以當此詩乎？《左傳》云：“淮之會，公有諸侯之事，未歸而取項。齊人以爲討而止公。秋，聲姜以公故會齊侯於卞。九月，公至自齊。”則此僖公生平之一醜德，魯史之可羞者也。豈足以説此詩哉？且詩言“淮夷孔淑不逆”則非滅國之事也。（公谷並謂滅項爲齊桓公事。）然則此詩之淮夷，謂陳轅濤涂事爲必然矣。

至於姚、魏，以泮宫爲聚士講學之處，非獻馘訊囚之所，而以爲是刺詩者，亦陋見也。士字，在唐虞公社時代爲執行刑罰者之稱。夏殷，轉爲武士之義。其時聚士施教，不一其地。曰庠曰序，皆上古養老乞言之所。使武士亦列聽之。後遂用爲教學之地也。奴隸社會，知識奴隸大都成爲樂官（掌握文字、詩歌、音律、技藝之人），因而學校亦以樂官爲教師。周初皆然。所教雖已偏重文藝，武藝亦不偏廢。周之學校，詩、禮、樂、舞、射、御、書、數並重。射、御、舞、樂，即戰鬥之義也。春秋末葉，乃有空談理論之私塾，孔子爲其倡首者，然猶以六藝教人，禮、樂、射、御、書（史）、數（術）是也。泮宮、辟雍，本文王晚年聚樂官研習樂舞之地。其後因之以爲學校。諸侯之國仿而爲之。魯之泮宮，自魯有學校時即當已有，非僖公始建成之。魯僖于泮宮釋菜，習禮，因而獻馘訊囚，正是文武並重、教士於習之義。秦廢學校，以吏爲師。漢武用公孫弘議，興復學校，始專治文藝，脱離武事。舊儒執科舉時代泮宮祀孔之見以推周代泮宮之制，乃有此謬議耳。

明乎此，而後此詩之義旨真實可得而知矣。

首章："思"，發語辭。"思樂"，言魯用人其事。其事，謂魯侯來此泮宮行釋菜之禮，並養老與訊囚也。魯泮宮，引弦水爲辟雍，建宮其上，故人稱曰泮水。從魯侯來觀禮者，止於水畔，故曰"思樂泮水"。"薄"，輕快之發語辭，"薄采其芹"，猶"薄言采之"。欣喜之行動也。諸先生就水畔采芹與藻，備魯侯來祀司教之神。即《月令》"上丁，命樂正習舞釋菜"之禮。"戾"，莅同。毛云："戾，來。止，至也。"魯侯之來，車上建旗，茷茷然飛揚。旗上有鈴，作聲噦噦然。國人追逐從之，老少雜沓，相從觀其作爲。

次章："藻"，以供祭祀，南國舊俗也（説在《采蘋》)。"蹻蹻"毛云："言强盛也。"前四句，重復上章言之。後四句，言魯侯釋菜後教訓士子情致。"昭昭"，鄭云："僖公之德音。"謂教言也。"載色載笑"，言其顏色容態和悦。"匪怒伊教"，言其諄諄教人爲善，責善而非有怒意。

三章："茆"，毛云："鳧葵也。"朱云："葉大如手，赤圓而滑，江南人謂之蓴菜者也。"《詮》按：此字讀如柳。朱云"叶謨九反"是也。陸云："茆，莫飽反。又力久反。"則漢魏六朝時人讀此字有卯與丣之二音。應是毛詩作茆，三家詩有作茆者。《説文》："茆，鳧葵也。從 ，丣聲。詩曰'言采其茆'。"即引此詩，蓋魯詩異文。《歐注》："力久切，三部。俗作茆，音卯，非也。"又云："《周禮·醢人》'茆菹'，鄭大夫讀爲茅。或曰茆水草。杜子春讀爲茆。"謂讀茆爲正字。《三國志·虞翻傳·裴注》引《翻別傳》駁鄭玄注《尚書》云："古大篆卯字，當讀爲柳。古柳卯同字。而以爲昧。"蓋卯（卬）字本爲貿易之義，後乃分變爲卯與留之音義。故從卯之字，皆可寫作從丣。不必從音變義岐而有所膠執。此詩自是毛之改字，當依《説文》作茆，協酒、醜爲韻。含義同是鳧葵，養老之禮所用以芼羹之水蔬也。"在泮飲酒"，因釋菜而行養老之禮也。"永錫難老"，鄭云："已飲美酒而賜其難使老。難使老者，最壽考也。長賜之者，如《王制》所云'八十，月告存，九十，日有秩'者歟。"馬瑞辰引惠周惕曰："此詩始終言魯侯在泮宮事。是克淮夷之後，釋菜而儐賓也。釋奠、釋菜，祭之略者也。釋奠、釋菜不舞。詩言不及樂，故知爲釋菜也。《禮》釋菜，退賓於東序，一獻，無介語。詩言'永錫難老'，故知爲儐賓也。芹藻之類，釋菜之用也。"又引《王制》：

“出征，執有罪，反釋奠于學，以訊馘告。”可以肯定此詩前三章頌僖公在泮釋菜儐賓事。儐賓，古養老禮之變。其形式之簡約誠如惠周惕言。“老”字，古音與母、嘔音近，古姥、姆、嫗三字同音通用。此詩老字與酒醜韻，是古音讀如嫗也。朱云：“叶魯吼反。”“順彼長道”謂循守釋菜養老之禮爲從古已有之道。“屈此群醜”，謂因在泮釋菜養老即以獻馘訊囚。“屈”，毛訓收，鄭訓治，朱訓服，皆訊問之義。醜，毛訓衆，鄭訓惡。蓋猶“執訊獲醜”之醜也。

四章：頌僖公品德，持之以敬，穆穆然雍和，敬慎于威儀，爲國人之所法則。釋菜養老，文德之表現也。征服淮夷，武德之表現也。故曰“允文允武”。“昭假烈祖”，《朱傳》云：“昭，明也。假與格同。烈祖，周公、魯公也。”謂其文治武功，可以感格於魯廟所祀諸祖考。“靡有不孝”，謂無一不遵循先祖之法，與“孝子不匱”含義略同。“自求伊祜”，亦“自求多福”之義，祜猶福也。

五章：頌僖公在泮宫訊囚事，爲全篇主旨所在。首句“明明”，用《有駜》“在公明明”文義。次句“克明”，用《皇矣》“其德克明”文義。諛頌文學之好借用典語，宣、幽、平世已然。“既作泮宫”之作，舊皆説爲修造。毛云：“頌其能修泮宫。”鄭云：“修泮宫而德化行，于是淮夷所以能服也。”夫魯用周禮，則開國初即當有學校。有學校即當有泮宫，豈待春秋中世始有之哉？誠如魯僖公始修泮宫，有學校，教化遠被、遂服淮夷，則“修文德以來之”矣，胡待有斬馘獻囚之事哉？詩語以此句與“淮夷攸服”連言者，蓋謂魯僖公命將出師在泮宫，故獻馘獻囚仍在泮宫。“作”字，當訓如《駉》詩“思馬斯作”之作，命將出師之義也。“淮夷攸服”，謂再度討陳而陳服也。“矯矯”，武强貌。“虎臣”，指公孫兹，即叔孫戴伯，僖公四年十二月率魯、齊、宋、衛、鄭、許、曹七國聯軍再度討罪于陳者。戴伯於僖公五年夏，始娶于牟。蓋魯之少壯軍人，故能成服陳之功。“在泮獻馘”，則陳國戰敗始服也。“在泮獻囚”，謂陳轅濤涂也。齊桓因鄭申侯之譖，執轅濤涂，而命魯率江黄之師討陳。不克，再合七國之師命魯率以討陳。魯僖公以其任畀公孫兹。陳之不服者，爲轅濤涂忠於謀國而非不忠于霸主，以譖被執在齊。故人心不服也。兹雖戰敗求成，必以放還濤涂爲條件。公孫兹許之，陳國乃服。放還之程序，例當由統帥告成於齊桓公，因請釋轅濤涂。齊桓公必以之交付公孫兹之軍中，俾自魯遣之。公孫兹因獻馘泮宫，而獻轅濤涂。轅濤涂，陳之執政也。在齊則爲俘囚。兹見魯君，亦當以囚自處。魯人亦當以囚遇之。然陳與魯爲姻親敵體之國。轅濤涂歸仍執政，魯君接之雖當以獻囚禮作問訊，不能不假以温顔與友國執政之禮。僅用獻囚之形式，勉以歸後仍同心翼霸之語而已。故曰：“淑問如皋陶。”淑問，謂訊語和善。皋陶，古文懋於德而明于刑者。謂僖公訊囚無威厲也。

六章：頌軍士獻功秩序良好。“濟濟多士”用《周頌》文。“克廣德心”，言魯侯仁厚，不尚殺戮。軍士能體其德心而廣之，故克敵而獻馘不多。“桓桓”，威武貌。“于征”，猶言出征時。“狄彼東南”之狄，鄭云：“當作剔。剔，治也。”《釋文》謂《韓詩》作鬄。《朱傳》云：“狄，猶遏也。”馬瑞辰曰：“狄、易，古同音，剔借作狄，猶《春秋》‘易牙’《史記》作‘狄牙’。契母簡狄，《漢書・人表》作‘簡逷’也。”時魯已戰勝邾、莒，再服陳國。復從齊桓伐蔡、服楚，救徐、謀鄫，屢出兵車，皆在華夏東南一隅。全是季友之勛，此諸軍士之力。借此統頌之，不專爲討陳言，故曰“剔彼東南”也。作詩本旨在彰季友之勛，固不妨借題發揮。因獻馘而及其前後軍事，以明其人之得力。獻馘當在僖公五年春末。詩作於其後十年左右（即季友卒之前後），故有此語。若作於陳服之後，則陳蔡在魯之西，不當云東南也。“烝烝”，衆也。“皇皇”，盛也。狀魯軍士獻功者之衆盛。“不吴”，謂無歡嘩。“不揚”，謂不操擾，無飛揚跋扈之態。“不告于訩”，鄭云：“訩，訟也。……無以争訟之事告於治訟之官者，皆自獻其功。”朱云：“師克而和，不争功也。”《詮》按：訩，争議賞罰輕重之言也。賞罰平允，故無以争議告者。

七章：《鄭箋》：“角弓觩然，言持弦急也。束矢搜然，言勁疾也。博當作傅。甚傅致者，言安利也。徒行者，御車者皆敬其事，又無厭倦也。僖公以此兵衆伐淮夷而勝之。其士卒甚順軍法而善。無有爲逆者，謂堙井刊木之類。”《詮》按：此六句述軍士生活細節，所用多屬當時魯人語言。鄭氏生地於魯爲近，生時於春秋未遠。所釋觩、搜、博、斁字義，當較他舊爲得。按所解釋，則伐陳之役，實未有大戰鬥，但七國聯軍，勢在必克。陳人畏威，求成，因而服之也。斬馘不多，實緣此故。“孔淑不逆”，當指陳人言之。陳本從齊桓侵蔡伐楚之國，求成時當曾表示此後仍當服從齊魯，尊王攘夷，效其忠順。故曰“孔淑不逆”。亦猶《常武》詩云“徐方不回，王曰還歸”。謂可以班師也。鄭説爲指魯師無堙井伐木之事。未允。“式固爾猶”二句，謂魯初討陳無功。仍再大舉討之，卒得陳人降服。頌僖公謀猷堅決，故能完成其功。“式”，用也。猶，同猷，謀也。

卒章，前四句喻齊、宋六國之軍吏，有同來參加此獻功之禮者。魯以同於魯師大饗之。“飛鴞”，鷯鳩也，《詩正義》引陸璣曰：“鴟鴞似黄雀而小，取茅秀爲窠，以麻紩之，如刺襪然。或謂之襪爵。”（爵、雀，古義通）此鳥喜食桑椹，故又稱爲“桑飛”。《方言》：“桑飛，自關而東謂之工爵。或謂之過鸁。或謂之女鴎。自關而東又謂之鷯鳩。自關而西謂之桑飛。或謂之襪爵。”郭璞注：“即鷦鷯也。”按鷯鳩類鳥皆微小而巧於營巢於叢箐灌莽間，種類甚多，有織巢巧致甚於人工者。今城鄉竹林茨叢間常可見之。古有稱爲鴟鴞者。《莊子》稱曰“鷦鷯”，今人稱曰“巧婦”，皆鷯鳩類也。《毛傳》于《豳・鴟鴞》釋曰：“鷯鳩也。”于此“飛鴞”釋曰：“惡聲之鳥也。”恰得其反。《豳風》之鴞，爲梟之借字，其物今云猫頭鷹，晝不見物，休於樹叢密葉間，夜出捕食鳥鼠，甚勁鋭。鳴聲呵呵，爲人所惡，所謂惡聲鳥也。此詩之“飛鴞”云食桑椹，則爲鶻鳩（桑飛）而非梟鳥甚明矣。此詩用飛鴞食椹爲喻，亦緣當時實見其揚飛集於泮宫桑林言之。公孫兹於十二月率師討陳，桑椹熟時獻馘獻囚。飛鴞貪食桑椹，不畏人衆，集飛於桑林間，體小而捷，人亦不能害之。時令景物均無抵牾。“懷我好音”者謂感懷魯君訊囚班賞之言。末四句，謂陳國使人來接收轅濤涂者，感魯之能主持和議，歸其輔臣，對魯之所獻納。“憬，覺悟也”，（《朱傳》）陳初不服，師再出而服，故曰“憬彼淮夷”。“琛”，珍字通。“元龜”，大龜也。毛云：“元龜尺二寸。”“象齒”，謂象牙。“大賂”，毛云：“賂，遺也。”鄭云：“大，猶廣也。廣賂者，賂君及卿大夫也。”《詮》按：陳人爲魯能助成和議，來魯迎取轅濤涂，故對魯君有所獻納。所饋物品皆非甚珍。安得廣賂魯之君臣？《後漢書・劉陶傳》：“就使砂礫化爲南金。”章懷注：“《詩》曰：大路南金。”蓋三家詩本作“大路”，舊制天子之車曰大路也。《毛詩》疑淮夷不當有此車，故改賂字。陳爲大姬之國，當有天子嫁女之路車。陳侯以之饋魯，猶齊人以王姬之車遣嫁哀姜于魯也。《漢書・輿服志》云：“夷王以下，周室衰微，諸侯大路。”然則，陳侯以大路之車饋魯，尤屬可能。“南金”者，古金字泛指銅錫鐵。故《禹貢》有“厥貢惟金三品”之文。周代但稱銅爲金。錫與鐵皆自有專名。赤金與銅，一般人不能别，亦不知其異用。惟以輕重質異工師能分别之。稱赤金爲“兼金”或“南金”。兼金見《孟子》，謂其較常金信重也。“南金”見此詩，謂華夏不産，惟南國産之也。南國亦非有金礦，惟長江上源地區，當時羌氏所居之地金礦甚豐。金屑金粒夾存于石英岩中。岩石崩潰風化，赤金則隨水流匯於南國江水沙垙中，南人能淘沙得之。所得金屑，在春秋戰國之世，工匠已能製造攝氏千度之高温以融煉之，成爲商品，爲世所重，故曰南金，以别於華夏舊言之金（銅）也。羌氏地區雖多金礦，其人無術淘取之。故惟南國産赤金。赤金流入華夏已多之後，金字乃轉爲赤金之專稱。亦乃有銅字代表舊稱之金字（初亦尚只有彤，或同字。至漢初，始漸習用銅字）。此詩用“南金”字，表明春秋中華人已知分别銅與赤金。然赤金猶未大見重也。元龜、象齒、南金，皆南國産物。陳用以饋魯，亦足知當時陳爲南國商貨之一大集市。陳國之重南俗與華人稱陳爲南，此亦是其一大原因。古史偏闕工礦資料，今衹能從如此之隻字片語推斷之。此與《公劉》之取厲鍛，並值注意，故申論之。

（四）閟　宫

八章（朱傳本作“九章”）。二章章十七句。一章十二句。一章三十八句。二章八句。二章十句。

閟宫有侐，實實枚枚。赫赫姜嫄，其德不回，上帝是依。無災無害，彌月不遲。是生后稷，降之百福。黍稷重穋，稙穉菽麥。奄有下國，俾民稼穡。有稷有黍，有稻有秬。奄有下土，纘禹之緒。

后稷之孫，實維大王。居岐之陽，實始翦商。至于文武，纘大王之緒，致天之届，于牧之野。無貳無虞，上帝臨女。敦商之旅，克咸厥功。

王曰："叔父，建爾元子，俾侯于魯。大啓爾宇，爲周室輔。"乃命魯公，俾侯于東，錫之山川，土田附庸。周公之孫，莊公之子，龍旂承祀，六轡耳耳。春秋匪解，享祀不忒。皇皇后帝，皇祖后稷，享以騂犧，是饗是宜，降福既多。周公皇祖，亦其福女。秋而載嘗，夏而楅衡。白牡騂剛，犧尊將將。毛炰胾羹，籩豆大房。萬舞洋洋，孝孫有慶。俾爾熾而昌，俾爾壽而臧。保彼東方，魯邦是常。不虧不崩，不震不騰。三壽作朋，如岡如陵。

公車千乘，朱英緑縢，二矛重弓。公徒三萬，貝冑朱綅，烝徒增增。戎狄是膺，荆舒是懲，則莫我敢承。俾爾昌而熾，俾爾壽而富。黄髮台背，壽胥與試。俾爾昌而大，俾爾耆而艾。萬有千歲，眉壽無有害。

泰山巖巖，魯邦所詹。奄有龜蒙，遂荒大東。至于海邦，淮夷來同。莫不率從，魯侯之功。

保有鳧繹，遂荒徐宅。至于海邦，淮夷蠻貊。及彼南夷，莫不率從。莫敢不諾，魯侯是若。

天錫公純嘏，眉壽保魯。居常與許，復周公之宇。魯侯燕喜，令妻壽母。宜大夫庶士，邦國是有。既多受祉，黄髮兒齒。

徂來之松，新甫之柏，是斷是度，是尋是尺。松桷有舄，路寢孔碩。新廟奕奕，奚斯所作。孔曼且碩，萬民是若。

題解：此季孫行父請命於周以頌僖公之詩，史克作也。季孫行父即季文子。其祖父季友相魯僖公，事已前具。僖公十六年，季友卒，東門襄仲當國，臧孫文仲佐之。行父以大夫師事臧孫。文公十年，文仲卒。行父代之爲卿，與襄仲同輔政。宣公八年，襄仲卒。行父專魯政，歷成公世，至襄公五年乃卒。其爲政，取法於季友與臧孫。内則團結公族以尊魯君。外則親附强晋以尊周室。於家，則躬持節約以身教人。于祖宗神祇，則侈爲耗費以祈福祐。追隨霸國，軍役頻興，則再三加重國人負擔，以謬爲富强。在春秋末葉，甚爲封建士大夫所稱道。列國亦頗重其人。史克者，魯之太史，一曰里革，爲行父所倚任，亦能以善道輔行父。其事跡著在《左傳》文公十八年，及《國語・魯上》。其人敢於諫諍而詞尚繁冗，貪舉書史陳言以争勝。行父死謚曰文，應是自能詩者。然就此詩文之冗長而遠引史事之格調推之，應可設想爲史克代作。中間又似有行父删省之處。

衛宏《續序》於《駉》篇云："季孫行父請命於周，而史克作頌。"蓋舊傳《魯頌》者語，宏妄以繫於《魯頌》之首篇。若繫於此篇，則適合矣（此篇與《有駜》

《泮宫》皆無續序）。

《春秋》文公二年：“八月丁卯，大事于大廟，躋僖公。”《左傳》云：“逆祀也。于是夏父弗忌爲宗伯，尊僖公。且明見曰：‘吾見新鬼大，故鬼小。先大、後小，順也。躋聖賢，明也。明順，禮也。’”《公羊傳》云：“大事者何，大祫也。大祫者何，合祭也。其合祭奈何：毁廟之主，陳於大祖。未毁廟之主，皆升，合食於大祖，五年而再殷祭。躋者何，升也。何言乎升僖公，譏。何譏爾，逆祀也。其逆祀奈何，先禰而後祖也。”（《穀梁傳》略同。謂“逆祀，則是無昭穆也”。）按周制：諸侯四廟。逾四世則爲親盡。昭穆諸主皆升。新君以親主入禰廟。舊禰之主移穆廟，舊穆次移爲昭次。舊昭次移於領穆。穆移領昭。舊領昭之主爲親盡，移於世室。惟大祖不易。《春秋》云“躋僖公”者，謂爲僖公别立廟，爲大祖，而仍舊之昭穆。文公、僖公之子也。不致主於禰廟，而立以爲新廟之大祖。轉以其先世之主爲昭穆，故曰“逆祀”也。其時桓公、莊公皆非親盡，則當於新廟中昭廟穆廟中陳主。孫凌祖上，子凌父上，故爲逆也。其時，是臧文仲執政。此詩云：“新廟奕奕，奚斯所作。”是也。魯廟本以周公爲大祖。此時更爲僖公不毁之廟，故“新廟”，一曰“新宫”。《春秋》成公三年二月“甲子，新宫災”是也。一稱“僖宫”，《春秋》哀公三年“桓宫、僖宫災”是也。春秋世，諸侯僭侈，各私尊其所親，侈於大廟之外，更立先世著名稱者立不毁之廟。晋悼公入，“朝于武宫”（《左傳》成公十八年），晋滅陸渾“獻俘於文宫”（《左傳》成公十七年）。是晋於大廟以外，又有武公、文公專廟矣。魯之新廟，自“躋僖公”始。其後成公六年“立武宫”，定公元年“立煬宫”。並見《春秋》。“桓宫”，大抵立于哀公之世。即此已可知晋有不毁之廟三，魯有不毁之廟五矣。

此詩作于何時？按詩語“奚斯所作”，則行父請命於周之時間在成公三年“新宫災”之前。或疑季孫行父於成公二年有鞌之大捷。明年而“新宫災”。廟被毁必重建。疑是重建僖廟時請命於周，則當是成公四五六年時也。然《春秋》成公六年書“立武宫”。《左傳》云：“季文子以鞌之功立武宫。”《公羊》云：“武公之宫也。”則又似“新廟災”後，非請頌僖公之時。當以僖廟災前之時間爲允。

此篇文長至四百八十九字，在頌詩中爲最惡劣。舊説詩者，於其文理不盡了了，紛歧蕪雜，有待訂正者甚多。兹爲考正歷史事實，詮解未完辭費。極力精簡，依舊分爲八章言之。

首章：舊爲十七句六十八字。述周室祖德，上至后稷，以明魯與周王同一氏族體系。溯及姜嫄，明所據爲《生民》詩也。

《毛傳》：“閟，閉也。先妣姜嫄之廟在周，常閉而無事。孟仲子曰‘是禖宫也’。侐，清静也。實實，廣大也。枚枚，礱密也。”《鄭箋》：“閟，神也。姜嫄神所依，故廟曰神宫。”《詮》按：姜嫄，周人傳説以爲后稷生母。周制先祖有功德者可以立廟，先妣但附祀於先祖，無爲之立專廟者。《毛傳》引孟仲子説，以爲是禖宫。禖宫，即《月令》之“郊禖”，先秦時人傳説，男女禱婚祈孕之神祠也。無論此種神祠，原始社會决不能有。縱使已有，亦不當以爲姜嫄之神，姜嫄傳説，固非祈婚與祈孕之女子也。再遷就言之，便使爲姜嫄之神祠亦當在郊外有壇墠而已，何得稱爲“閟宫”，更何得於頌僖廟之詩用其祠爲領首語哉?“閟”者，寂静也。此魯人對大廟之别稱。祖廟非祭祀時不開。平時門閉，内常寂静故曰“閟宫”，毛鄭皆曲解耳。“有侐”，舊訓侐爲“清净”。亦非。字從人從血，蓋“血統”之會意字。魯與姜嫄之關係，惟血系克成連瑣。故承之曰“實實枚枚”，謂子孫世代蕃衍，猶“綿綿瓜瓞”之謂也。或疑“血統”，“血系”，是近代科學詞彙，古不能有。則亦見未廣耳。《後漢書·張綱傳》其論廣陵張嬰等利害有曰“身絶血嗣，非孝也。”人類自有夫婦，即知子姓爲血統關係。侐之爲字，正緣此造，群書中衹此一見，而《毛傳》曲解之。本義遂晦。細審此詩，具義自明。

“赫赫姜嫄”以下，皆襲用《生民》《思文》等舊篇文義以承“有侐”爲之。言爲天帝生子，是爲后稷。“無災無害”，逕用《生民》原句。“彌月不遲”，亦“誕彌厥月，先生如達”之意。最後八句，頌后稷以農道興。皆《生民》原旨，微變其文。“黍稷重穋”，用《豳風》原句，《説文》穋字引詩作“黍稷種稑”，種稑《周禮·内宰》字作“穜稑”，謂黍之早熟種與晚熟種也。此重爲種及穜之借字，穋爲稑之借字。農作物名尚無定字時，傳者各以其便用之字寫之。“稙穉菽麥”，亦《豳風》“禾麻菽麥”之變文。“稙”者，蓋春秋世已經育成小麥之名稱。知其然者：今藏語謂大麥爲“來”，(སྣ་) 小麥爲“卓”。(བྲོ།) 其小麥有兩種，藏地所舊有者曰“播卓”，(ཀུན་ཕྱུགས་ཐོན།) 近世漢地引種尤爲優良之種曰“甲卓”，(ཀུ་ཐོན།) 實則所謂“播卓”，亦唐世引進之小麥種也。金城公主下嫁吐蕃，求小麥蠶桑之種於唐（見《唐書》)。唐世吐蕃自稱曰“播”，(ཀུན་ཕྱུགས་) 《唐韻》“稙，竹力切”，知唐世讀稙音近于卓，吐蕃用漢譯音，故其字作羌播也。《毛傳》：“先種曰稙，後種曰穉。”與其《豳風傳》“後熟曰重，先熟曰穋”，同爲想當然耳之推測，非詩語本義也。“穉”者，疑是菽之變種名稱。菽在古代，本爲食苗之野菜。經人工栽培後，必然發展爲苗用與莢用之兩種。莢用之種子，被稱爲豆，係借用籩豆字，可知其成功甚晚。苗用者以肉柔無粗纖維者爲良。穉之本義正如此，故引申爲幼穉之義也（《説文》作稺。蓋魯詩字)。黍稷有重穋之變種，菽麥亦有稙、穉之變種，故詩比而言之，不全用豳之舊文。與農作物發展前進之事實符合。“奄有下國”二句。鄭云：“以五穀終覆蓋天下，使民知稼穡之道。”《詮》按：“下國”謂天下諸國。此與《思文》“陳常于時夏”同義。

重言“有稷有黍”，“奄有下土”，是不善爲詩而好堆砌，疊語者之類句。新增以配稷黍者，僅“有稻有秬”二種。秬，用《生民》字。稻，則用《豳詩》字。稻爲南國原産，殷周際誠已引種入豳地。后稷時則猶未也。《生民》《思文》傳后稷所種皆不及稻。此詩乃以“有稻”爲后稷之事，亦以作者所見之物妄以爲古時即有之謬。故曰此周詩中最惡劣之一篇也。“纘禹之緒”，爲辭尤不允當。后稷（棄）與禹爲同時人，事業各别，不得云后稷纘禹之緒。纘者，承而續成之義也。緒者，絲之末稍，已斷而未有續之者也。《閔予小子》“繼序思不忘”，《箋》云：“嘆文王武王也，我繼其緒。”此詩下章：“至于文武，纘大王之緒。”《尚書》五子之歌曰：“荒墜厥緒。”皆以後人繼承先世之業爲纘其緒。后稷豈禹之子孫哉？《毛傳》云：“緒，業也。”《鄭箋》云：“緒，事也。堯時，洪水爲災，民不粒食，天神多予后稷以五穀。禹平水土，乃教民播種之。于是天下大有，故云繼禹之事也。”此荒謬之曲解也。即如此説，謂爲贊禹之事可也，不得云纘也。新詮以爲禹字當爲帝字之僞。帝謂上帝。《生民》云：“履帝武，敏歆。居然生子。”謂后稷爲天帝之子也。《思文》言“貽我來牟，帝命率育”，謂天帝生育萬物以養人。后稷承之以致衆庶鮮食，爲纘承帝緒也。古文帝與禹形近，故傳僞也。

次章：舊云“十二句”四十九字。續述周之祖德，至武王滅紂。朱熹（集傳本）截下五句於次章，述至魯開國止。亦爲十七句。方玉潤《詩經原始》同。兹依漢唐定本，十二句。

“大王”，古公亶父也。古謂後裔曰孫。“實始翦商”之翦，是裁割之義。初衹割商之一邑以爲國，其後逐步蠶食其邑，以自擴展。以至於盡其屬國，而克滅商。太王居岐爲“始翦”也。至於文王，三分天下有其二，翦過半也。至於武王，翦商至盡。皆爲“纘太王之緒”也。“致天之届”二句，届猶盡也。《鄭箋》釋届爲“殛”，云“天所以罰殛紂于商郊牧野”。《朱傳》云：“届，極也。猶言窮極也。”翦商之極，爲牧野一役。“無貳無虞”二句，用《大明》“上帝臨女，無貳爾心”文義。“敦商之旅”，鄭云：“敦，治。”朱云：“敦，治之也。”《詮》按：敦，雕也。治玉之工，用尖錐鑿鑽之爲敦，用盤車割磨之爲琢（參看《有客》篇）。故敦具攻破之義。詩言擊敗紂師於牧野完成轉移天命之功也。“咸”，猶成也。《易·咸卦》《彖》曰：“咸，感也。柔上而剛下，二氣感應以相與。止而悦。”故咸有成之義。

三章：舊云“三十八句”。一百五十四字，多於雅詩一半字量。《朱傳》以首五句割歸上章。又以“秋而載嘗”以下十六句别爲第四章，並謂“第四章有脱句”。《原始本》亦如此分章，謂第四章衹十六句，無脱句。《詮》按：詩語本一氣呵成，未自分章。劃分樂章，乃樂官之事。此篇如此繁重，當時樂官如何劃分，已無從稽考。若言文章段落，則原劃此三十八句固當是三段誤合。且前段述魯開國，誠有脱文。所脱，應是“王曰叔父”以上有稱頌周公一段，述周公輔成王平四國事。“王曰叔父”，是成王呼周公言之語。合十餘句自爲一章。就文勢推究，合當如此。疑是季孫行父嫌史克文繁，删去之。《朱傳》遂以其殘存之五句牽合上章成十七句字量。則逕以“王曰叔父”接於武王之事。豈王指武王而稱周公爲叔父哉？是《朱傳》之説未足取，《原始》亦從謬矣。審如是，則此舊分之一章，當分爲三段釋之。

“王曰叔父”之王，成王也。原脱周公輔成王平殷奄四國之亂，完成統一之業，有大勛勞於天下之文句。“王曰”以下，當有引語號。合“乃命魯公”至“土田附庸”句，爲述魯開國之一章。即第三章。大約亦十七句。則原脱去有八句，述周公事也。

“周公之孫”以下，乃暢述僖公之事。僖公，莊公之子，周公之第七世遠孫也。“交龍爲旂”，諸侯之旂也。“六轡”，四馬之車，兩腹各二轡，兩驂各一轡也。“耳耳”，毛云：“耳耳然，至盛也。”朱云：“耳耳，柔從也。”《詮》按：耳耳，弭弭之假借也。古耳與弭同音。故弭以耳爲聲。而此詩耳與子爲韻。弭者，弓弛，兩端下俯貌。故引申爲放弛，止息，俯順之義。此言公車舒緩，六轡鬆弛之狀。“春秋匪懈”二句，言僖公承祀、敬慎于享祀之禮。“不忒”，無差錯也。“皇皇后帝”五句，述僖公郊滅之禮。“后帝”，天帝也。“周公郊祀后稷以配天”，魯國遵之，故以后稷與天帝並稱。《朱傳》云：“成王以周公有大功於王室。故命魯公以夏正孟春，郊祀上帝，配以后稷。牲用騂牡。”（係據《禮記・明堂位》）“是饗”，言獻酒食於神尸。“是宜”，言神靈來享。宜與儀，義通。“鳳凰來儀”，言鳳皇降臨也。神降，則有嘏詞，爲祭者降福。“降福孔多”，多古音同爹，章移切。協稷、犧、宜韻。“周公皇祖”二句，言祀祖廟。祀事之大，莫如祖廟與郊天。此章既頌郊天，兼及祀廟。於禮廟事又特于下章詳述之。故此但言“周公皇祖亦其福女”，足成一章十七句。是爲第四章。

“秋而載嘗”以下，頌祀廟之事，十六句，爲第五章。與下章（原第四章）皆有“俾爾”二句爲標識。下章爲十七句，則此章亦當是十七句。乃只能有十六句，故《朱傳》以爲有脱句也。如有脱句，應是章首（“秋而載嘗”句上）脱一句，如“皇祖明明”，或“丕顯皇祖”之類承上啓下之句。舊本亦是自“周公皇祖”句貫至“孝孫有慶”句爲段，明此段述祀大廟之事也。此段《毛傳》云：“諸侯夏禘則不礿，秋祫則不嘗。唯天子兼之。楅衡，設牛角以楅之也。白牡，周公牲也。騂剛，魯公牲也。犧尊，有沙飾也。毛炰，豚也。胾，肉也。羹，大羹鉶羹也。大房，半體之俎也。洋洋，衆多也。”《鄭箋》：“載，始也。秋將嘗祭，於夏則養牲。楅衡其牛角，爲其觸抵人也。秋嘗而言始者，秋物新成尚之也。大房，玉飾俎也。其制：足間有横，下有柎，似乎堂後有房然。萬舞，千舞也。”《朱傳》：“楅衡，施于牛角，所以止觸也。《周禮・封人》云‘凡祭，飾其牛牲，設其楅衡’是也。……犧尊，畫牛於尊腹也。或曰：尊作牛形鑿其背以受酒也。毛炰，《周禮・封人》‘祭祀有毛炰之豚’注云：‘爛去其毛而炰之也。’胾，切肉也。大羹，太古之羹，湆煮肉汁，不和，盛之以登，貴其質也。鉶羹，肉汁之有菜和者也。盛之鉶器，故曰鉶羹。”參此三説，略知春秋世諸侯祀廟儀式可以，不值深考矣（“白牡”當謂潔淑之牡。牛無白者。魯廟亦不能有二大祖。毛説有誤）。“孝孫有慶”之慶，古音祛羊反，與嘗、衡、剛、將、羹、房韻。《周頌》慶字、亦皆是此音。“俾爾熾而昌”四句，謂神受享後，俾爾國勢强盛。又使爾多壽而名聲美。東方之國皆緣魯而得安固，從而遵循魯之禮法。常，猶法也，説在《思文》。“不虧不崩”四句，另爲一韻，與下章協。文義，則謂魯國形勢之鞏固。實與下章文理契合。然舊本與《集傳》皆歸附於廟祀一章，以爲祭享獲福之驗。不虧、崩、震、騰，謂國無災異。用《十月之交》之“日月告兇”與“百川沸騰，山冢崒崩”諸義，故結語曰“如岡之陵”之穩固，亦用《天保》成語也。“三壽作朋”句，從來解説紛紛。《毛傳》：“壽，考也。”《鄭箋》云：“三壽，三卿也。”《朱傳》云：“三壽，未詳。……或曰：願公壽與岡陵等而爲三也。”他諸家，自孔穎達至陳奂、馬瑞辰，皆謂三壽即三老。或謂三壽爲天道、地道、人道皆備於魯。皆於上下文義無能適合。新詮以爲：若以此四句屬於一章，則天地人三壽之説可取，無日月蝕異（不虧），是天示之壽徵。無山崩、地震、川騰，是地示之壽徵。下文黄髮、台背、兒齒，是人之壽徵。天地人三徵聚合，斯强固如岡陵也。此雖亦謬説，猶當勝于鄭、孔、朱氏之不切矣。然，尚不如説三壽作朋爲齊、魯、宋三國之結成一體，故國勢之强固，如岡如陵。三國皆周初封建之大國，並强盛直至此時，稱爲三壽國亦可也。更妙其時三國之君皆較一般國君爲長壽。齊桓定霸葵丘會時已在位三十五年，應已六十歲矣。宋桓公已在位三十一年，亦當已六十歲。魯僖公時僅在位九年，又二十四年乃卒。詩稱其“黄髮兒齒”，則雖纔即位九年，亦當四十以上。以此釋“三壽作朋”，爲貼切矣。

四章：實當爲第六章。十七句七十四字，各本均同。頌僖公之軍容。“國之大事，惟祀與戎”，爲春秋時人之概念。故頌祀事訖，續頌其戎事也。

《毛傳》：“大國之賦千乘。朱英，矛飾也。縢，繩也。重弓，重于鬯中也。……貝胄，貝飾也。朱綅，以朱綅綴之。增增，衆也。”《鄭箋》：“二矛、重弓，備折壞也。兵車之法，左人持弓，右人持矛，中人御。……萬二千五百人爲軍。大國三軍，合三萬七千五百人。言三萬者，舉成數也。烝，進也。徒進行增增然。”《朱傳》：“車千乘，法當用十萬人，而爲步卒者七萬二千人。然，大國之賦適滿千乘。苟盡用之，是舉國而行也。故其用之，大國三軍而已。三軍，爲車三百七十五乘，三萬七千五百人。其爲步卒，不過二萬七千人。舉其中而以成數言，故曰三萬也。”《詮》按：周制寓兵於農，按邱甸民户征賦。貧户不齊，精窳不一，各國隨其具體情況爲之安排使用，決不能如司馬法之機械。常用之兵，待遇有所不同，編制亦不能各從邱甸所出。鄭朱之機械核算，非可取也。“千乘”，“三萬”皆就經常可以使用之概數言之耳，非可確實核計也。“戎狄是膺”二句，頌僖之武功。按：春秋世所謂戎狄，皆羌族之雜居於冀外界内者，狄人最强。在齊桓初年，滅衛、滅邢、滅温，侵及晉、鄭，王畿與齊、魯。

戎又在狄之北，屢從狄入侵。齊桓初亦僅能存邢衛於新遷之地。糾合諸侯以抗禦戎狄。狄既哀弱，乃遠伐山戎。伐山戎歸，曾獻戎捷於魯，則魯蓋亦遣軍從。御狄諸役更無論矣。毛云："膺，當也。"謂阻擊也。懲荆，謂服楚也。懲舒，謂服江黄、救徐、伐厲，取項諸役也。江、黄、道柏、弦、巢、舒、蓼，諸凡淮夷以南之國，號爲"群舒"。僖公十二年《左傳》，齊桓晚年經營東南與楚王争徐、舒之地。僖公十五年，"楚人伐徐"。二月"公會齊侯、宋公、陳侯、衛侯、鄭伯、許男、曹伯盟於牡丘。遂次於匡。公孫敖率師及諸侯之大夫救徐"。是爲齊桓再一次以諸侯聯軍屬魯統率之。詩云"荆舒是懲"之含義如此。《史記·建元以來侯者年表》引此詩作"荆荼是懲"。應是《魯詩》著字不同。荼蓋舒之借字，亦或是蓼之别稱。徵字與懲古音本同含義則異。徵者，責取其貢賦，懲者創艾以畏之。齊魯未嘗與楚及舒人戰，但迫使入貢於周。則作"荆舒是征"爲尤合於史實也。魯國有此武功，則天下之國莫敢承受魯之威力矣。《毛傳》訓承爲止，《鄭箋》釋承爲御，實皆承當之義。續言如此武力，使魯國聲威昌熾，亦使魯君壽。"富"，謂財物多，各國賂遺厚如陳之獻象齒南金是也。"壽"，謂常在軍中，練於武事，則體强而神旺，故能壽也。"黄髮"，白髮帶黄。"台背"，謂背曲隆如鮐，皆壽徵也。"壽胥與試"，鄭云："胥，相也。壽而相與試，謂講氣力不衰倦。"《朱傳》："壽胥與試之義未詳。王氏曰：'壽考者，相與爲公用也。'蘇氏曰：'願其壽而相與試其才力以爲用也。'"《詮》按：壽，承黄髮台背言，指僖公。胥，皆也。與，予也。試，檢閲也。詩言此壽人之君雖黄髮台背，對此軍隊之出師與旋師，亦無不進行檢閲，謂其勤於戎事也。試字本義爲檢驗事物之合於法式否。試驗，考試，試仕皆其引申之義。詩所用其本義也。如此軍隊，能使魯國昌大。大謂境土日擴，如取濟西之田，收常許之邑，聲威掩於東南之事。如此勤於戎事，亦能使魯君耆年仍康强。艾之爲藥，陳老者功效尤大。故詩曰"耆而艾"。末二句，祝願語。願其萬有年歲不死，"眉壽"上壽也。鄭云："秀眉。亦壽徵。"非義。"無害"，無災病也。

五章，實當爲第七章。八句，三十二字。頌僖公初年戰勝邾莒，征服陳人之武功。

"泰山"，即岱宗。從來華夏所崇祀之東嶽也。"巖巖"，《節南山·傳》："積石貌。"此山巖石堅剛，難風化，乏於土壤，惟石巖巖然。"魯邦所詹"，毛云："詹，至也。"義無可取。《韓詩外傳》與《説苑·雜言篇》引字並作瞻。義爲"瞻仰"，協"高山仰止"之字。然瞻不協韻。竊爲當讀如宗，此山自古稱爲"岱宗"（見《虞書》）。謂山之最崇高者，群山之所朝宗。適在魯境，詩藉以喻魯爲諸侯之長，如此山也。非惟韻協，義亦較瞻爲勝。疑秦世傳詩者緣音近而僞。"龜蒙"，二山句。元於欽《齊乘》云："龜山近魯，在今費縣西北七十里。蒙山在龜山東。二山連屬，長八十里。"《詮》按：《春秋》僖公元年，"九月，公敗邾師於偃"。十月"公子友帥師敗莒師於酈，獲莒挐"。邾國在龜山下。莒國在蒙海之間。故詩誇言"奄有龜蒙"也。

"荒"，猶奄也。"大東"，謂魯境以外之東方。如《大東》詩以王畿以内之東國爲"小東"，王畿之東諸國爲"大東"。如今云"大前方"、"大後方"，亦皆以本境内外爲小大也。"至于海邦"，謂莒國近海。又《春秋》僖公五年"杞伯姬來朝其子"。謂杞伯姬率其幼子來朝也（伯姬莊公二十五年嫁杞。二十七年歸寧，杞伯隨亦來朝。迄是嫁十三年矣。故自領其幼子來朝于魯也）。齊桓公遷杞于極東，故城在今山東安邱縣，亦是沿海之國。"淮夷來同"句指陳人服於魯，其事已詳《泮水》篇。"莫不率從"，則泛謂東南諸侯之國莫不服於齊桓公，率從以尊周室。爲魯侯之功也。

六章：實當爲八章。八句三十二字。頌僖公中年（實頌季友晚年）佐齊經營徐淮舒、鄫，與滅項之事。

"鳧繹"，二山名。《齊乘》："鳧山，在鄒縣西南五十里。繹山，在鄒縣東南二十里。"繹，今作嶧山，在京蘇鐵路側，與鳧山皆魯國南境之山，故言"保有"，謂舊爲徐夷常犯之地，今則保安無虞。"徐宅"謂徐之國都。此時不惟徐夷不敢犯魯，魯之軍力亦掩蓋其地如大東之莒杞。謂徐國服於齊魯也。僖公十五年，"楚人伐徐。三月，公會齊侯，宋公、陳侯、衛侯、鄭伯、許男、曹伯盟于牡丘"，謀救徐也。"遂次于匡。公孫敖帥師及諸侯之師救徐"。十六年，再會于淮。"謀鄫，且東略也"，（《左傳》）鄫與莒、杞皆魯當時沿海婚姻之國。僖公十四年，鄫子來朝於魯。故齊桓公屬魯以率諸侯之師城鄫。是此詩"至于海邦"含義。與上章同文異，由時間不同也。"淮夷蠻貊及彼南夷"，混指淮水南北諸國與群舒。"莫敢不諾"二句，言此諸國莫敢不應順魯侯之命令。諾，應也。若，順也。辭雖夸張，要亦依於實事。

七章：實當爲第九章。十句，四十三字。綜頌僖公一生。謂由其敬恪於祀事，故獲天神錫福，身得上壽，國獲强固。"居常與許"，毛云："常，許，魯南鄙西鄙。"鄭云："許，許田也，魯朝宿之邑也。常或作嘗，在薛之旁。《春秋》魯莊公三十一年'築臺于薛'是歟？周公有嘗邑許。田未聞也。六國時，齊有孟嘗君，食邑于薛。"朱云："皆魯之故地，見侵于諸侯而未復者，故魯人以是願僖公也。"則謂祝願僖公能收復其地。《詮》按：《春秋》隱公五年，"公觀魚于棠"。《左傳》云："非禮也。且言其遠也。"《杜注》："高平、方與縣北，有武唐亭，即魯侯觀魚臺。"晋高平，爲今山東魚臺縣，春秋時爲魯、宋間地。常、棠、唐音近，古今人書字不同耳。《詩》云："居常"，謂僖公親齊與宋公從齊桓公盟伐，故出居於隱公觀魯之棠邑，以會宋公。春秋時大國多有飛地遥轄以備游觀、射獵與朝會道宿者，此常與許皆是也。蓋常邑，猶周詩"常棣"即"棠棣"也。馬瑞辰引《齊語》管子曰："以魯爲主，僅其侵地堂潛。……《管子》作常潛。則常邑曾見侵於齊。莊公時復歸於魯。去僖公時未遠，故詩人尚舉以爲頌美之詞。"雖亦可能是此詩之常，究于"居常"之義難協。齊桓霸業，會盟征伐地皆在魯之西南境外，不在齊之東方，則魯僖公自朝齊外，無出居於齊魯界上之必要。

此詩作於季孫行父之世，侈言魯之盛强，毫無追隨齊桓公語義。則必不有朝齊文義入詩甚明。然則亦必無僖公居於魯齊界上之含義亦可知。其非指齊反侵地之常或堂亦明矣。“許田”，地在周郊，爲魯朝宿之邑。近許，多蓄林獸，供射獵，故稱許田。其邑則曰許也。《春秋》桓公元年，“鄭伯以璧假許田”，《左傳》：“鄭人請復祀周公。卒易祊田。公許之。爲周公祊故也。”鄭人假許之田，非並假其邑也。其邑，魯侯朝周所必居，不可以假人。詩言“居常”謂翼霸事業恒當出居於棠。復言居許者，謂朝周天子必居於許（《公羊傳》云：“諸侯時朝於天子。天子之郊，許諸皆有朝宿之邑焉。”）“復周公之宇”，謂周公循撫南國，逐商人之服象爲虐於東方者於江南。淮海之間，盡爲周王之地。其後徐淮屢叛。召穆公再收服之。又其後亦叛離不朝會於中國，魯僖公又復從齊桓公撫有其地，爲復周公之宇。周公之宇，即周王之土宇。非謂魯國境域曾被侵割而僖公復之也。“令妻壽母”四句，鄭云：“僖公燕飲于内寢，則善其妻，壽其母。謂爲之祝慶也。與群臣燕，則欲與之相宜，亦祝慶也。‘是有’，謂常有也。”朱云：“‘令妻’，令善之妻，聲姜也。‘壽母’，壽考之母，成風也。”《詮》按：成風，莊公之妾，魯附庸須句氏之女也（三章云：“錫之山川，土田附庸。”附庸正指須句言之）。卒於文公四年。其卒，周襄王“使榮叔來歸含，且賵”。及葬，又“使昭伯來會葬”。並著于《春秋》。亦緣周王重僖公，故禮其生母如此。季孫行父請頌僖公於周，故於此章稱其朝周（居許），翼霸（居常）及周王歸含致賵之壽母，明周王素已尊賢僖公。是請命辭所當有也。因“壽母”而及“令妻”，則以聲姜爲文公母。此詩作在文公時之驗也。又必牽及大夫者，以輔弼之宜，誇成季（季友）之勛。因大夫以及庶士，誇武功故重戰士也。宜，兩善相與之義。鄭云“祝慶語”者，非。“有”，當讀如右，謂助治邦國。“黄髮兒齒”，鄭云：“壽徵。”朱云：“兒齒，齒落更生細者。亦壽徵也。”《詮》按：人老齒落不能更生。惟小兒能一度换齒，故小兒齒恒有所缺落。此詩謂僖公缺齒爲“兒齒”耳。妄謂其齒缺如小兒能再生，爲多受嘏福所當致。

卒章，實當爲十章。十句，四十四字。頌僖公廟貌。

“徂來”，山名。一作崌崍山，在泰安縣東南四十里。海拔不高，宜松。“新甫”，一稱小泰山，在泰安縣西北四十里。山高、土厚，宜柏。春秋世魯地墾盡，山林多殘，惟此二山遠于郭邑，尚保存大木也。“是斷”，伐其樹也。“是度”，量其長也。“是尋，是尺”量定而截割之也。長八尺爲尋。“松桷”，松材爲榱。“有舃”，毛云：“舃，大貌。”《詮》按：舃，榱題飾如舃，埶使微昂也。“路寢”，毛云：“正寢也。”謂大廟“孔碩”，甚碩大也。魯舊有大廟以周公爲大祖。文公二年爲僖公更立大廟，稱爲新廟也。“奕奕”，言非單祇一廟，亦有昭穆四廟及世室，制同周公之廟。“奚斯”，季友時魯公子之有賢稱者，即公子魚。閔公二年《左傳》及《魯世家》並曾著其事跡之一部分。時已聲聞甚著。自閔二年至文二年閲三十四年，應尚在世。又三十餘年季孫行父乃專魯政。舊有謂此詩篇爲奚斯作者，必不可能。惟建造僖廟由奚斯董其事，則合矣。“孔曼且碩”，謂新廟之奕奕而起爲曼，崇宏爲碩也。“萬民是若”謂人民皆以爲僖廟當如此建立。“若”，順也。夏父弗忌所謂“明順”，是也。

《魯頌》小結

四篇凡九百六十八字，相當于《周頌》三十一篇字量之百分之七十而强。其中《閟宫》一篇四百八十九字，超過《周頌》各篇平均字量（四十四點四字）之十一倍。

《商　頌》

解題

商族自傳其先出於有娀氏，玄鳥所生，始祖號爲玄王。儒家之書以爲即帝嚳之子司徒契；春秋世前無此説也。其先王史事，至相土乃漸明。相土居商丘（《左傳》《世本》），今河南商丘縣是也。商族之稱始於此。又傳相土之曾孫冥爲夏帝治水，死於河（《魯語》，《竹書》）。其子亥，遷居殷。今河南偃師縣地也。一謂之西亳（帝王世紀），亦曰“亳殷”（《尚書》，《盤庚》），《竹書紀年》夏帝芒三十三年，“商侯遷于殷”是也。此後皆稱殷侯。至帝孔甲九年，“殷侯復歸于商丘”（徐位山《統箋》訂爲是成湯祖父主壬，主癸時）。自是復稱“商侯”。《史記》謂玄王至於成湯“八遷，始居亳”。大抵自相土至成湯，雖屢遷，要不出於河南汝潁二水之間。其時濟水與河水間尚爲海跡沮洳之地，名爲兖州，實少人居。商族轉徙於其西南側較高之地，經營農牧，成爲南國與華夏之中間地帶。湯既滅夏，爲中華諸氏族共主，商族乃漸自汝潁向三河地區移進（河東、河南、河内，《史記》稱爲三河）。故仲丁居隞（《尚書》作囂），今滎陽縣西之敖山，後世建成敖倉者是也。河亶甲居相。今河南湯陰縣，唐宋之相州是也。祖乙徙居耿，一作邢。今河北邢臺縣是也。或謂是今山西吉縣。要皆在河水之北，太行山脉南東之平原地，漢代所謂河内地也。下逮盤庚，乃复徙還河南之亳殷（《尚書》），其後遂定號曰殷。故世恒以殷商或商殷聯稱之。盤庚後又四世至武乙，再遷居河北洹水之南，新營國邑曰朝歌，今河南安陽縣西五里之小屯，《史記·項羽本紀》“與章邯期于洹水南殷虚上”之殷虚是也。自是定居，至于紂亡。

武王滅紂，仍封紂子武庚於殷，以承湯祀。武庚叛，敗死，周公以殷地封康叔爲衛。别封紂庶弟微子於宋，以承殷祀。分徙殷遺民於魯、唐及洛邑。然殷遺民往往潛歸於宋。故宋雖南國故地而流行殷之風樂及南樂，無自立之風雅。微子有賢稱，爲周所重，許其祭祖祀天得用殷之樂舞。故諸侯之國惟魯與宋有頌。

《國語》載閔馬父之言曰："昔正考父校商之名頌十二篇於周太師，以（那）爲首。"云名"頌"者，明商頌不止十二篇。云"校"者，宋人保存其十二篇，久未行用，失其音節，訛其詞義，持向周太師校訂之。周用六代之樂與四夷之樂，故周太師保存有商頌樂章也。言以《那》爲首者，周太師所保存之商頌原自以《那》爲首。正考父所有十二篇失其篇次，校而後知以《那》爲首也。

《史記·宋世家》太史公曰："襄公之時，修行仁義，欲爲盟主。其大夫正考父美之，故追道契、湯、高宗殷所以興，作商頌。"蓋據魯詩家説也。《集解》引《韓詩章句》亦云"美襄公"。魏源《詩古微》遂謂："三家詩皆以正考父作於襄公之世。'湯孫'皆美襄公。"《詮》按：正考父佐戴、武、宣公。其子孔父嘉，宋殤公時爲大司馬（見《左傳》）。則不可能爲宋襄公大夫，甚明。《那篇續序》云："微子至於戴公，其間禮樂廢壞，有正考甫者，得《商頌》十二篇于周之太師，以《那》爲首。"原注云："正考公，孔子之先也。其祖弗父何，以有宋而授厲公。"[1]《宋世家》："戴公二十九年，周幽王爲犬戎所殺。"是宋戴公即位在周宣王時。在位三十四年，卒於平王五年。又閲四十四年歷武公、宣公，至穆公七年，始入於春秋之世。更閲七十二年，宋桓公卒，襄公乃立。上至戴武宣世，已百餘年，則正考父安得事宋襄公乎？是三家詩説皆謬，毛詩家言有據也。

《商頌》現存者祗三篇。其三篇各祗一章，文不甚多，近於《魯頌》之《駉》與《有駜》。應皆正考父所校之商頌。其二篇，文長而分章，與《魯頌》之《泮水》《閟宮》相似，蓋宋襄公時所作。舊儒或以爲皆"商之名頌"，或以爲"皆宋襄所作"者，俱非矣。

（一）那

一章，二十二句。

猗與那與，置我鞉鼓。奏鼓簡簡，衎我烈祖。湯孫奏假，綏我思成。鞉鼓淵淵，嘒嘒管聲。既和且平，依我磬聲。於赫湯孫，穆穆厥聲。庸鼓有斁，萬舞有奕。我有嘉客，亦不夷懌。自古在昔，先民有作。温恭朝夕，執事有恪。顧予烝嘗，湯孫之將。

題解：此商代祭祖廟通用樂章，宋受封，亦用于祀廟。周太師保存其樂。宋人久

【1】《詩正義》："《世本》云：'宋閔公生弗父何。弗父何生宋父。宋父生考甫（考父）。考父生孔父嘉，爲宋司馬。華督殺之而絶其世。其子木金父降爲士。木金父生祁父。祁父生防叔。爲華氏逼，奔魯，爲防大夫，故曰防叔。防叔生伯夏。伯夏生叔梁紇。叔梁紇生仲尼。'故曰'孔子之先也'。弗父何本宋閔公世子。父死當立，而煬公篡之。厲公殺煬公，將立弗父何。何讓厲公，故曰'以有宋授厲公'。"

用而有訛僞，正考父更就周太師校正之文也。何時創作，未詳。既屢稱湯孫，則當在太甲（殷太宗）以下諸王時。何楷《詩世本》謂此與《烈祖》《玄鳥》皆殷高宗（武丁）世作。就其字量已多而皆四字爲句，與其語言格調衡之，應是殷中世作品。惟其不頌何人，但稱主祀者爲“湯孫”，故可通用於殷商之列祖。即宋人用之，亦無所礙也。

首六句，《毛傳》：“猗，歎辭。那，多也……夏後氏足鼓。殷人置鼓。周人縣鼓……衎，樂也。烈祖，湯，有功烈之祖也。”《鄭箋》：“置，讀曰植。植鞉鼓者，爲楹，貫而樹之……鞉雖不植，貫而摇之，亦植之類。”《朱傳》：“置，陳也。”《詮》按：鼓不可以懸擊。周人懸編鐘。鼓置於架上。無所謂懸鼓。《毛傳》語不足據。鞉鼓，種類多，皆有柄，小者人一手摇之作聲。大者，一手持柄，一手以曲拐擊之作聲。近世藏族喇嘛猶用之。“置我鞉鼓”之置，謂樂官當祀廟前，安置樂器於各所當在之位置。殷樂衍自巫師，巫師重柄，故殷樂以鞉爲尊。他諸樂器，動止皆仰承於鞉。言置鞉鼓，則安置他諸樂器可知矣。“奏鼓簡簡”，謂鞉鼓聲發，則衆樂俱起。“簡簡”，鼓聲單重，不成旋律也。“烈祖”，猶云列祖，非指湯一人。《泮水》詩，“昭假烈祖”，《鄭箋》謂僖公能“美祖之德。謂遵伯禽之法”。《朱傳》云：“烈祖，周公魯公也。”蓋烈者光顯之謂也。子孫于其先祖，無不以光顯稱之。舊説爲指一人者，皆非。此詩無特指湯事之文。《泮水》詩亦無特頌伯禽或周公與伯禽之意。“湯孫”，亦殷世諸王之通稱。商廟以成湯爲大祖，故其嗣王於祀事皆稱湯孫。“奏假”，毛云：“假，大也。”鄭訓假爲升，謂“奏升堂之樂”。朱云：“假與格同。言奏樂以格于祖考也。”馬瑞辰謂：“假與格，一聲之轉。”引據甚博。足闡《朱傳》之説[1]。“綏我思成”，鄭、朱並引《禮記·祭義》：“齋之日，思其居處，思其笑語，思其意志，思其所樂，思其所嗜。齋三日，乃見其所爲齋者。祭之日，入室，僾然必有見于其位。周旋出聲，肅然必有聞乎其容聲。出户而聽，愾然必有聞乎其歡息之聲。”謂“此之謂思成”。馬瑞辰曰：“《尚書》‘備者成也’。《祭義》‘福者備也’。成爲備，即爲福。‘綏我思成’，爲報福之詞。與‘祝告利成’同義。綏與遺叠韻。綏之言遺。遺即詒也。思爲句中語

【1】 原文云：“假者，佫之假借。格者，佫之假借。《爾雅·釋詁》：‘格，至也。’《釋言》：‘格，來也。’《方言》：‘假佫，至也。邠、唐、冀、兖之間曰假。或曰佫。’《郭注》：‘假音駕，古格字。’據《説文》：‘徦，至也。從彳，叚聲。’知《方言》假，當作徦。《廣雅·釋詁》：‘假，至也。’假亦徦之省借。假又爲嘏之假借。音古，故與祖爲韻。格字轉上聲，亦音古。故通用。至與致，義相成。凡神人來至曰假。祭者上致乎神亦曰假。《尚書》‘祖號來格’，《商頌》‘來假來享’，此神人之來至也。《易·萃·象》：‘王假有廟，致孝享也。’《尚書》‘舜格於文祖’，《史記·五帝紀》作‘舜乃至於文祖’，《祭統》‘王假于大廟’，《商頌》‘以假以享’，‘鬷格無言’，及此詩‘湯孫奏假’，皆祭者致神之謂也……《小爾雅》《説文》並曰：‘奏，進也。’上致乎神曰奏假。亦曰登假。揚雄《劇秦美新》曰‘登假皇穹’是也。《詩》‘湯孫奏假’，謂湯之子孫進假其祖。則不得如《毛傳》之以湯孫爲湯矣。假與格皆當訓至。《爾雅·釋言》：‘格，來也。’《方言》‘格來也’，義亦相通。《傳》訓假爲大，《正義》以爲大樂。失之。《箋》訓假爲升，與《方言》訓格爲登，義合。然以爲‘奏升堂之樂’，則非。”

助。'綏我思成'，猶云貽我福。與《烈祖》詩'賚我思成'句法正同。亦謂賚我福也。"言雖紆回，駁鄭朱説甚準。"綏"本有授予之義（自升車授綏引伸）。"思成"，商巫語言福祉也。漢儒所造之"祭義"，未可用以説此商頌者，商代但借祀祖以團結其族人，非即有周人"孝思"之説。即如周公制禮，尚衹重在誠敬，爲之尸以像之而已。孔子言禮尤繁重，亦衹有"祭如在"數語。至漢儒乃發展爲"祭義"之説耳。若遂用以回釋（商頌）之"思成"，豈不同於説今之美國人爲《周詩》"彼美人兮，西方之人兮"之類乎？

中十句，稱樂舞之美。"淵淵"，鼓聲沉重而深遠也。"嘒嘒"，管樂清越而悠揚也。"和且平"諸樂並調無噪音也。"依我磬聲"，殷樂以編磬之音階造爲旋律樂譜，諸樂響之高低抑揚、節奏皆依之成聲相應也。笙、簫、笛、竽、篪、塤、瑟、琴，皆可合編磬成曲，惟鼓與人鐘僅能應節拍爲抑揚以應之。故詩以鞉鼓與管聲該之。在頌樂，例不舉琴瑟，其音恒被掩也。"於赫湯孫"，謂主祭之時王。"於"，嘆美辭，"赫"，光明熾盛之義。"穆穆厥聲"，舊説"穆穆，美也"，（《鄭箋》）謂主祭者以此聲爲美。於文義不協。疑殷之廟祀，衆樂既舉，主祭者與從祭者入廟至神前，爲九獻之禮。止樂而誦祝辭。祝訖，乃更爲樂舞。故詩先述衆樂，嗣爲此言，後乃言庸鼓、萬舞。《毛傳》："大鐘曰庸。斁斁然，盛也。""萬舞"，干戚之舞。"有奕"，謂奕奕然迭起。毛云："奕奕然閑也。"意謂閑習熟練。"嘉客"，謂助祭之諸侯（中小奴隸主）。"亦丕夷懌"，謂亦大悦懌。"不"，古丕字，大也。"夷"，毛訓爲悦。鄭云："亦不悦懌乎？言悦懌也。"讀不如今字。又以此二字下屬。皆失詩義。

末六句，總結全篇祭享之事，如周秦之所謂"亂"。謂如此禮制，自古已然。先民作之，不可不承敬其事。告從祭諸奴隸主，視此烝嘗之禮，而遵行之。《國語》載閔馬父之言曰："先聖之傳恭，猶不敢專，稱曰自古。古曰在昔。昔曰先民。"《毛傳》據引之。《詮》按：閔馬父亦斷章爲義，以嘲子服景伯之驕滿[1]。詩語但重言自古已然耳。"作"，創其制也。毛云："有作，有所作也。""温恭"，温温然恭敬。"朝夕"，謂祭之整日皆然。"執事"，盛簋，薦饌諸祭事。恪，勤慎、莊敬之義。陸音："苦各反。""顧予烝嘗"二句，鄭云："嘉我殷家有時祭之事而來者，乃太甲之扶助也。"是拘執"湯孫"爲太甲之曲解。《朱傳》云："顧，奉也。言湯其尚顧我烝嘗哉。此湯孫之所奉者。致其丁寧之意，庶幾其顧之也。"是拘執"烈祖"爲成湯之曲解。詩語衹在教導從祀之人，顧視此烝嘗之禮。將者取携之義，引申爲遵行其法度。

【1】《魯語下》："齊閭丘來盟。子服景伯戒宰人曰：'陷而入于恭。'閔馬父笑。景伯問之。對曰：'笑吾子之大也。'昔正考父校商之名頌十二篇於周太師。以《那》爲首。其輯之亂曰：'自古在昔……有恪。'先聖王之傳恭，猶不敢專稱曰自古。古曰在昔。昔曰先民。今吾子之戒吏人曰，陷而入於恭，其滿之甚也。……"。

（二）烈 祖

一章，二十二句。

嗟嗟烈祖，有秩斯祜。申錫無疆，及爾斯所。既載清酤，賚我思成。亦有和羹，既戒既平。鬷假無言，時靡有争。綏我眉壽，黄耇無疆。約軧錯衡，八鸞鶬鶬。以假以享，我受命溥將。自天降康，豐年穰穰。來假來饗，降福無疆。顧予烝嘗，湯孫之將。

題解：此亦殷王祀祖通用樂章也。與《那》同時一手所作。似用于一祭。《那》詩但言樂舞，此詩兼及享食。《詩經原始》疑爲"始作樂時則奏《那》。既祭而後歌《烈祖》"。頗有似處。《詩義折衷》演何楷説以爲"《那》裸獻之樂，此則受釐之詞"。不如方説允當。其他説爲祀中宗，祀成湯者，皆非。

"嗟嗟"，在《周頌・臣工》毛云："敕之也。"朱云："重嘆以深敕之也。"在此詩，則嘆美之辭也。"烈祖"，説其上篇。次三句，朱云："有秩秩無窮之福，可以申錫于無疆。是以及於爾今王之所。""既載清酤"，鄭云："既載清酒於尊，酌以裸獻，而神靈來至我致齊之所。"賚，毛云："賜也。"思成，説在上篇。六句綜言致祭能受多福。

"亦有和羹"二句，鄭云："和羹者，五味調，腥熟得節，食之於人性安和，喻諸侯有和順之德也。"朱云："戒，夙戒也。平，猶和也。《儀禮》於祭祀燕享之始，每言'羹定'。蓋以羹熟爲節，然後行禮。定，即戒平之謂也。""鬷假"，朱云："鬷，《中庸》作奏。正與上篇（奏假）義同。蓋古聲奏族相近，族聲轉平而爲鬷平。無言無争，肅敬而齊一也。"《詮》按：毛鄭説此詩多不中。朱説勝之。（朱氏《中庸注》："奏，進也。……言進而感格于神明之際，極其誠敬，無有言説而人自化之也。"）然亦非能中也。昭公二十年，晏子與景公論和同。引此詩，作"鬷嘏無言"。（《釋文》本、朱注本，並同）鬷字從鬲，有獻羹之義。嘏爲神降之語。上古祭祀祈禱，皆有僞爲神語之人。周人曰尸，殷人用巫。巫作法行禮後，僞爲神狀，飲食獻羹訖，即僞爲神言。如此神言，周人謂之嘏，宋人謂之鬷嘏也。（《方言》："假、洛、懷、摧、詹、戾、艐，至也……艐，宋語也。皆古雅之别語也。"郭璞注："雅，謂風雅"。艐即《毛詩》鬷字。至，謂神至也。郭云"古届字"。故宋語嘏爲鬷嘏。）嘏與假爲一音，故毛詩作假（《左傳》注疏本亦引作假）。《中庸》作"奏假"，亦是殷巫降神之義，不當如朱注所釋。"鬷假無言"，猶云降神之言也。無舞古字通。巫降神必舞，故曰舞言。無亦語辭，説在《文王》篇。殷人有此語辭。"時靡有争"之争，當讀如諍。巫者降神之語，摹擬其神生時姿態。僞作先祖教誡子孫之辭。責其不然，待其稱悔而後爲之錫福。名巫能中人之隱，使人信服。從而亦信以爲錫福可得。此祀祖，畷嘏原始形式也。周代易巫爲尸。尸嘏乃不敢有所指責，但爲勖勉之語，浸至于衹爲佞諛之辭。此殷之舊頌，尚能傳殷俗真實。言神之嘏辭，無有戒諍之意，明其列祖無失德也。争、諍二字古通。《孝經・諫諍篇》"天子有争臣七人"。至"士有争友"，"父有争子"，皆以諍爲争。殷巫，皆出於奴隸。平時不敢有諍諫，惟降神則可肆言。故亦得爲争臣之一。"靡有諍"，則惟降福而已。故賡云"綏我眉壽，黄耇無疆"，皆錫福之辭也。

"約軧錯衡"二句，已見《采芑》。彼言方叔之車，遜於天子而尊於士庶之乘車。在此詩，謂助祭諸侯之車也。殷世尚非真正統一之國家，僅屬於大中小奴隸主之政治集團。殷王爲中央大奴隸主。其祭祖廟，中小奴隸主咸來賡祭，同燕饗。故大祭祀用牲每至數百頭之多，有殷虛甲骨文字可徵。周世諸侯助祭之制，蓋仿於此。惟周制，王率諸侯同祭。祭畢燕饗。據此詩以推殷世，則當是殷工先祭。神降畷嘏後，所謂助祭諸侯，乃賡行祭享之禮。亦復有巫嘏之辭。如此禮畢，然後燕饗。蓋其時嘏辭有諍戒。殷王不願他人聞之也。"八鸞鶬鶬"，《采芑》作"瑲瑲"，襲用此詩之文而易其字。以玉聲易鳥聲，其爲旗鈴之聲一也。"以假以享"之假，爲讀如格，謂感格於神，神來享其獻食也。神享之後亦有嘏辭，"我受命溥將"以下五句是也。"我"，謂我殷也。"受命"，受天命也。"浦將"，統率溥天之下也（舊說此詩者皆未達此，可以不論）。又言由我殷族之管領天下，而天降康樂，天下皆連獲豐年。今爾諸侯來格於我神，受主人饗禮。我神亦降予爾以無疆之福。此詩，以獻神爲享，會飲爲饗。是古義，明有分別。後世乃混用之。

末二句，與《那》從同。明其爲一祭所用之兩篇。應是殷王先祭，則奏《那》。諸侯賡祭，則奏此篇。周人乃合主祭助祭者于一祭，選子孫之賢者爲尸。其"繹祭"之制，蓋亦殷世主、賓分祭相續之變制也。

（三）玄　鳥

一章，二十二句。

天命玄鳥，降而生商，宅殷土芒芒。古帝命武湯，正域彼四方。方命厥后。奄有九有。商之先后，受命不殆，在武丁孫子。武丁孫子，武王靡不勝。龍旂十乘，大糦是承。邦畿千里，維民所止。肇域彼四海。四海來假，來假祁祁。景員維河，殷受命咸宜，百禄是何。

題解：此殷帝武乙，自亳徙居河北朝歌，建成祖廟後所作祀祖樂章也。

商自帝微（成湯六世祖。一作"上甲微"）起，世以天干字命名。歷久未免重複，史臣加上字以別之。曰天，曰太，曰雍，曰陽，曰盤，曰武，皆就其人性能與事跡之特點爲字以稱別之。其事跡平庸無可稱道者則漫稱曰祖，曰小。凡稱“武”者，率爲有武功或賦性强武之君。周代謚法實仿于此。武乙性倔强好鬥。《史記》稱其：“爲偶人，謂之天神。與之博，令人爲行。天神不勝，乃戮辱之。爲革囊，盛血，仰而射之，命曰射天。”《詩》云“武王靡不勝”者，蓋其人好勝，雖天神亦必欲勝之，故曰武乙也。商殷列帝之有聲稱者，成湯號爲“武王”，（《長發》）稱“天乙”（《世本》）外，太甲，謂之太宗；太戊，謂之中宗；武丁，謂之高宗。此詩但稱頌“武湯”與“武丁”，不及太宗、中宗，又不稱高宗而稱其名。自稱“武丁孫子”，又曰“武王”。故可知其爲武乙之作也。

《毛序》云：“《玄鳥》祀高宗也。”豈有祀高宗之詩誇頌“武丁孫子”者乎？高宗之孫爲廪辛與庚丁。庚丁生武乙，是武丁曾孫，援殷列帝皆稱“湯孫”之例，故武乙自稱爲“武丁孫子”也。

首二句，稱商族本源出於玄鳥。玄鳥者，燕也，羽色黑，故曰玄鳥。《毛傳》：“玄鳥，鳦也。春分玄鳥見。湯之先祖有娀氏女簡狄，配高辛氏帝。帝率之祈於郊禖，而生契，故本其爲天所命，以玄鳥至而生焉。”《吕氏春秋》：“有娀氏有二女，爲之九成之臺，飲食必以鼓。帝令燕往親之。二女愛而争摶之，覆以玉筐。少選，發而視之。燕遺二卵，北飛。遂不反。”高誘注“吞之生契”。《殷本紀》云：“殷契，母曰簡狄，有娀氏之女，爲帝嚳次妃，三人行浴，見玄鳥墜其卵，簡狄取吞之，因孕，生契。”《詮》按：原始社會，女子皆無夫而孕。後世子孫以封建禮俗諱之，乃造爲天降子之説。並附會爲上世帝王之妃，以自炫惑。紛傳異説，無非可笑。所當注意者，爲傳説産生之時間，及其發展變化。推求其編造故事之用心所在以爲測量歷史階段之標識可也。《吕覽》與《史記》及其他後世發展之説，皆遵源於此詩。此詩及《商頌》各篇，但言玄鳥生商，並無祖契文義。《吕覽》所記，亦未言所生爲契。祇儒家所傳之《世本》《帝系姓》《史記》《三家詩傳》及《鄭箋》説商族爲出于帝嚳與契。其不可信據，有明顯之五點：

一、《商頌》無契爲始祖文義，則商族非自有此説。

二、《商頌》但言“玄王”。《荀子・成相篇》始云：“契玄王，生昭明。”應是據《世本》。謂契即玄王也。《漢書・禮樂志》又云“卨生玄王”。卨古契字。足見《古世本》亦經後人多所改竄。儒家造爲帝王皆出于黄帝子孫之説，初亦不自統一，迭經修改而成紛歧也。

三、《尚書》無契有封國之説。《舜典》九官，皆無封國。以今世史學常識衡之，當時只才組成氏族公社，不得成爲國家，則安得有封國之説哉？

四、《史記・五帝本紀》：“禹踐天子位，堯子丹朱、舜子商均，皆有疆土以奉先祀。”謂商爲舜子均之封邑也。《竹書紀年》謂帝舜“二十九年，命子義均封於商”。

是虞夏之世，商丘自有邑君爲舜子所封，則安得更封契於商丘？雖史遷善爲纂組亦不能彌縫此矛盾矣（《殷本紀》謂契封于商）。

五、唐、虞、夏世，元首皆稱帝。殷周之際始有王稱。“玄王”、“武王”皆此詩初見，决不可能成爲虞夏時代之爵位。則司徒契安得稱玄王乎？由此可見“玄鳥生商”之説，商族初盛時所已有，“玄王”之號，則武乙作頌時所立。契爲玄王，又出於周人之《世本》。亦唯儒家遵信之。其他百家諸子，包括《吕覽》不用其説。而儒家内部於此説之傳衍亦多紛歧、矛盾，可斥駁之點殊多，豈值信據哉？

又商族自云出於玄鳥者，謂其族遷流無定居，如鳥中之有燕也。世儒妄解，以爲玄爲黑色，北方之色也。爲商族系自北方遷來之證。引《吕覽》燕“遺卵，北飛不反”，《鄭箋》“承黑帝而立子，故謂契爲玄王”作證。查燕之爲鳥，冬季棲於嶺南之熱帶森林，春初北遷於中華之温帶地方，營巢育雛。夏初率之北徙至塞北關東之寒帶森林。入秋仍復南來華夏，不更入人家營巢育雛，但棲林間，啄食飛蟲，故華人不覺之。入冬仍復南旋。此不得爲北方之鳥也。説“天命玄鳥”爲“承黑帝而立子”者，亦謬矣。商族自相土始居商丘，下至仲丁之世約五百年間，皆盤桓於汝潁地區，未能渡河而北。至河亶甲居相，始渡河向北移進。盤庚復徙而南。再至武乙始渡河定居。由此測之，商族實自南來，非北方民族也。

“宅殷土芒芒”，謂商族八遷皆不出於殷亳汝潁在大平原間，原是袞州南界大草原。芒芒，猶莽莽，平衍遼闊，草木繁茂宜農宜牧之大原野也。不稱商而曰殷，明此詩作於盤庚以後。《鄭箋本》于此斷句，明湯之先世如此宅居。《朱傳》下貫至“正域彼四方”，分殷，未是。

“古帝命武湯”，商人謂遠昔爲古，故《那》詩曰“自古在昔”，《書·盤庚》曰“古我先王”。《鄭箋》謂“古帝，天也”，亦非。“帝命武湯”，謂成湯受天命代夏而有天下也。《殷本紀》：“湯曰：‘吾甚武。’號曰武王。”蓋據魯詩家爲《長發》“武王載旆”説之文也。魯詩家又混此篇“武王靡不勝”與此武湯，及“武王載旆”爲一人。司馬遷故有湯號武王之説。實則武湯之武，亦是史官所加，並非湯自立武號。惟武乙則曾自號武王耳。“正域彼四方”，毛云：“正，辰。域，有也。”朱云：“正，治。域，封境也。”《詮》按：“四方”，謂商族地盤以外諸族落也。“正域”，謂釐正各族落之經界。故下文云“方命厥后”，謂四方各選强大之部酋俾率領各小酋長以親附於商。即殷周所謂“方伯”。其小酋長，則殷周所謂“諸侯”是也。奴隸社會，大中小奴隸主相次服從，漸以形成統一局勢，其組織實始于湯。夏代所未能也。而《尚書·堯典》云：“咨四嶽。”《舜典》曰“觀四嶽群牧”，曰“詢于四嶽”，“咨十二牧”，皆屬原始社會不能有之政治組織。可知“二典”所據之古歌謡，亦皆殷代所編造者也。四方皆服，故曰“奄有九有”。下有字當讀爲囿。相傳“人皇氏分天下爲九囿”，（《藝文類聚》

《初學記》並引《始學篇》。）爲後世造《禹貢》九州者所由仿。古以三爲多數，九爲最多數，時所造之説如此。太古不可能恰分天下爲九區，但有“九囿”之説，而此詩用之。“九囿”猶云天下各地也。

“商之先后”，統殷廟所祀列祖言之，自成湯始。成湯受命代夏奄有全華。承之者，盛衰不一，然雖極弱亦不危殆。故曰“受命不殆”。按《殷本紀》所載，商族興衰反復若干次。大抵成湯以下，太宗，中宗，高宗時爲興世。其外爲衰世。衰之至危殆時即遷徙復得振作。自高宗武丁至武乙之間，三世五帝，共百餘年，已屬極衰，武乙乃徙居河北，得以復振。詩云“在武丁孫子”，猶云至武丁之曾孫，武乙時有强鄰危逼，亦不殆也。《鄭箋》釋不殆爲“不懈殆”，意以殆爲怠之借字。《朱傳》謂“言商之先后受天命不危殆。故今武丁孫子猶賴其福”，較鄭説爲勝。

重“武丁孫子”句以下，遄頌武乙之强盛。“武王”，武乙自稱也。“靡不勝”，言無所不勝，雖天神亦能勝之也。舊儒有因《長發》稱湯爲“武王”，泥執此武王亦係頌湯者。如王肅曲解“武丁孫子”云：“在此高宗武丁，善爲人之孫子。”（《詩正義》引。以此爲武丁祀成湯之頌）王引之《經義述聞》又謂：“經文兩言‘武丁’疑皆武王之僞。而‘武王靡不勝’，則武丁之僞。”竟欲改商頌一章之三字以適高宗祀成湯之説。則視《毛序》説此爲“祀高宗”這詩爲尤謬矣（馬瑞辰引《大戴禮·用兵篇》“嗣武于孫子”謂于爲王字脱畫。亦謬）。舊儒依（史記）斥武乙爲乖戾荒唐之后，必欲排之于《商頌》之外，不惜作諸曲解如上之例頗多。然就商族發展之歷史分析，武乙實賢于盤庚。盤庚説服諸奴隸，僅克遷回河南。仍無振作，更閱二帝十餘年，至武丁而後復興。武乙遠徙河北，營邑定居，及身强盛。更約百年不遷，乃亡於紂。則武乙誠有過人之長。剛强好勝，至於鬥天，則所以勝人者多矣。此詩正其自矜之作也。

“龍旂十乘”二句，言武乙之祭祀。《鄭箋》以“交龍爲旂”是諸侯車旗，因説爲“乃有諸侯建龍旗者十乘，奉承黍稷而進之者。亦言得諸侯歡心。十乘者，二王后，八州之大國”。（《朱傳》略同，謂：“武王湯號，而其後世亦以自稱也。”）《詮》按：《周禮·司常》所言，周制也。《易·乾卦》以龍爲君象。宜殷帝之旗繪交龍也。周滅殷，以殷嗣爲諸侯，欲更有以勝殷，乃製“日月爲常”之旗爲天子車旌。非殷帝亦用“日月爲常”也。譬如周之王，亦服衮冕，衮衣繪龍，是承用殷之舊制，豈曾亦衹繪日月哉？《周詩》與《周書》屢用“明明”“昭明”字以頌君德。《商頌》與《商書》則無取於日月，昭明之義。從而可知商殷無建常之制，天子旗亦衹繪龍矣。魏源《詩古微》竟因此龍旂字，定《商頌》五篇皆宋襄世作，皆非達於史學者也。“糦”者，穀物所製之食品。與黍稷等生穀不同。諸侯來獻黍稷者，則安得用“大糦”字。諸侯之國有道遠者，又安可以熟製食品來進獻哉？《方言》：“糦，熟也。自河以北，趙魏之間，大熟曰爛，氣熟曰糦。”謂蒸餅也。《天保》篇，“吉蠲爲饎”，《毛傳》：“酒食也。”謂祭享之食物。饎，糦字通。此云“大糦”明是殷人稱天子祭享之糦。蓋詩言武乙出祭，建十乘龍旂，以大祭享。是承先后之祭事，謂已於朝歌建成宗廟社稷也。

“邦畿千里”，謂殷王直接管理之地域，南絕汝潁，西盡三河，北抵幽燕，長廣千里。“維民所止”之民，在殷世皆指奴隸。奴隸分屬殷族諸中小奴隸主，或耕或牧，或工或商，隨其時宜，任各徙居，不限於一定地域。雖農耕亦然。此種制度，最利於强族向弱族地區擴散，以自發展。近世凉山彝族猶是如此。殷族每遷新地即能恢復强大之原因亦正在此。故其效果爲“肇域彼四海”。肇，開也（《朱傳》）。“四海”，《爾雅》：“九夷、八狄、七戎、六蠻，謂之四海。”《舜典》“四海遏密八音”，《孔傳》：“四夷絶音三年，則華夏可知。”是古言四海，謂華夏以外四夷之地。非謂海洋。此詩，謂殷族竄居地廣遠，所在弱小民族與之接觸，皆從而尊事殷帝。相率來朝，故曰“四海來假”，假，當讀爲格。朱云：“假與格同。”至也。《大禹謨》“有苗格”，《孔傳》“不討自來”。“來假祁祁”，謂四夷來朝貢市易者衆多，祁祁然盛也。凡古言四夷朝貢，皆市易之謂。封建儒士以爲畏威懷德所致者妄耳。四夷生産落後，愛慕大國工農産品，遠來市易。由經濟聯繫漸以形成政治聯繫，夏殷西周之世皆實如此。詩云“來格”，不云來朝，正是質實無誇之語。“景員維河”，謂四夷内屬者雖多，而殷不利其土地，王畿以河爲限，河以外皆爲“諸侯之國”。景，古影字。《周禮·大司徒》“以土圭之法測土深，正日景”，謂測量土地也。古蓋謂測定土地定其界至爲景。員，《説文》云：“物數也。”景員，猶云幅員，謂地面東西南北測定廣袤之數，今云“面積”是也。一作“廣輪之數”，一作“廣員”。（《山海經》）三危之山“廣員百里”，白沙山“廣員三百里”，跂踵之山“廣員二百里”。皆謂廣輪之概數。幅員，景員之義正同，以河爲限，故不言里數。亦由上文已云“邦畿千里”也。舊説“景員”者，盡非。

“殷受命咸宜”二句，承上“先后受命”言之。謂自先后受命，徙居所在無不咸宜。“百禄”，謂中小奴隸主，與四海來假之君，猶周人所謂“百辟”或言“諸侯”也。禄字，古云天禄，即奴隸主合當剥削奴隸而食之義。後世乃轉爲天子給予之俸禄，亦是間接剥削人民資糧之義。何，當讀如荷。陸云：“音河。又河可反。”謂可兩讀。朱云：“音荷，叶如字。”謂用荷之義，讀何之音。荷者，承擔之義。言：所有“諸侯”皆由殷王權力以維持其剥削奴隸之享受也。

（四）長　發

七章。一章八句。四章七句。一章九句。一章六句。

濬哲維商，長發其祥。洪水芒芒，禹敷下土方，外大國是疆。幅隕既長，有娀方將，帝立子生商。

玄王桓撥，受小國是達，受大國是達。率履不越，遂視既發。相土烈烈，海外有截。

帝命不違，至于湯齊。湯降不遲，聖敬日躋。昭假遲遲，上帝是祗，帝命式于九圍。

受小球大球，爲下國綴旒，何天之休。不競不絿，不剛不柔，敷政優優，百禄是遒。

受小共大共，爲下國駿厖，何天之龍。敷奏其勇，不震不動，不戁不竦，百禄是總。

武王載旆，有虔秉鉞。如火烈烈，則莫我敢曷。苞有三櫱，莫遂莫達，九有有截。韋顧既伐，昆吾夏桀。

昔在中葉，有震且業。允也天子，降予卿士。實維阿衡，實左右商王。（此下脱有數章）

題解：此宋襄公時所造祀廟之樂章，非正考父所校於周太師之商頌也。西周與其以前之頌樂，例衹一章（周公旦所爲三象及大武六成，亦作爲三篇演奏之）。惟春秋世之僭樂，乃多至數章。《魯頌》如此。《商頌》亦正如此。

作此詩者，似爲宋之史官，亦如周史之作《皇矣》，欲爲商族諸名王造爲詩史，以爲祀祖之廣樂，以適宋襄公之侈志。僅述至湯而宋襄公死。宋襄公在時，每成一章即命樂官譜爲頌樂。宋襄公既死，史官樂官俱不復爲，故全篇衹得七章。或即宋襄公自作，亦有可能。審其爲文，多取材於舊成之商頌。如“帝立子生商”即取自《玄鳥》。正考父所校商之名頌有十二篇，孔子所録，僅其三篇，則尚有九篇未録，宋襄公得資用之。簒取舊頌而多所增飾，誇頌武功而忒飾之以文雅，似宋襄公之爲人也。

首章：稱商族之興在唐虞世。“濬哲”，用《尚書》頌舜文。孔傳：“濬，深。哲，智也。舜有深智……”此借爲商族諸王頌語。“長發其祥”，鄭云：“長，久也。”祥，朱云：“受命之祥。”世有哲王，故能之發也。“洪水”，謂兗州古爲大海所漫。“芒芒”，猶茫茫，水廣大貌。下五句，言有娀氏生育商族，在禹治水之際。謂虞舜時也。《鄭箋本》以“禹敷下土”斷句，方字下屬，云“禹敷下土，正四方，定諸夏，廣大其境界之時，（商族）始有王天之下萌兆”。《朱傳本》以方字下云：“絶句。《楚辭·天問》‘禹降省下土方’，蓋用此語。”《詮》按：《書序》：“帝釐下土方”爲此詩此語所仿，亦即《玄鳥》“正域彼四方”之語變耳。《禹貢》首云“禹敷土”，此詩即其句加下字，又依《書序》加方字以協韻。《鄭箋》非也。“外大國是疆”，《毛傳》云“諸夏爲外”。華言之詩，不以諸夏爲内，反以爲外，有是理乎？《朱傳》云：“外大國，遠諸侯也。”夫承“禹敷土”爲文，不言夏域有内外，而直以遠諸侯爲“外大國”，亦文理之難通者也。新詮以爲：外字，衍文耳。“大國是疆”，謂夏之疆域定於禹也。夏以前，中華皆小邦分立。惟禹之夏族所得地面最大。故國號曰夏。夏，大也。故夏禹一曰“大禹”，（《尚書》）商族自成湯以上皆臣屬於夏族，故稱夏爲“大國”。禹平水土，正疆理以爲夏域，故曰“大國是疆”。若謂外字非衍文，則亦當是維字之僞。緣音近，與起筆相同而僞。“幅隕”與“景員”同義，説在上篇（上篇《毛傳》“員，均”。此篇《傳》云“幅，廣也。隕，均也”。明隕爲員之借字）。“既長”，謂其道里之數不可知，但知其縱横並長廣。“有娀方將”，毛云：“將，大也。”言當禹平水土疆理夏域之時，有娀之國始因禹而强大。明其爲禹之諸侯也。“帝生子生商”，謂有娀氏之女生玄王，别爲商族之祖先也。由此詩語，足見雖至春秋時代，商族但自承爲有娀氏之支族，不承爲帝嚳之裔。有娀氏女與禹同時，不可能生與禹同時爲司徒之契，亦不可能爲帝嚳之妃。凡儒家所傳商族出於契之説，皆妄言耳。《毛傳》：“有娀，契母也。契生商也。”《鄭箋》：“帝，黑帝也。禹敷下土之時，有娀氏之國亦始廣大。有女簡狄，吞鳦卵而生契。堯封之於商。”《朱傳》：“蓋契於是時始爲舜司徒，掌布五教於四方，而商之受命實基于此。”及其他史家之説，皆與此詩所言時間性不相容。此以詩糾史之所以足貴也。

次章：謂商族初祖曰“玄王”，前五句，皆述玄王事績。自《毛傳》以下皆謂玄王爲契。所據惟《荀子》“契玄王，生昭明”一語。説玄王者唯此詩。五句中全無與司徒契相應之語。則此詩玄王非謂司徒契亦甚明矣。“桓撥”，毛云：“桓，大。撥，治也。”《詮》按：桓字，在古籍中全是强武之義。撥字，則是捩轉之義。《毛傳》曲訓爲大、治，圖牽强以合於司徒司教之意，後儒盡遵之。夫《尚書》固云“汝作司徒，敬敷五教，在寬”，豈有“桓、撥”之義哉？“玄王”不見於《商頌》亦不見於《世本》與《史記》而見于此詩，應是宋人因《玄鳥》生商之文私擬爲始祖之稱號，非殷人已有之也。其名决非是契。《世本》謂：“昭明居砥石，遷于商丘。”亦不謂契封於商或居商丘。《左傳》襄公九年：“陶唐氏之火正閼伯居商丘，相土因之。”此詩叙玄王后即述相土武功。相土爲夏帝相時人，《世本》謂是昭明之子（史記同）。帝相爲禹之曾孫。其即位，上距禹之稱帝僅三十餘年，則相土應是有娀氏女之孫。然則此玄王，蓋爲相土生父之稱號。於《世本》爲昭明。宋人稱之爲玄王也（虞、夏、商皆稱帝，殷周間乃有王稱）。“受小國”，謂商族初本弱小，臣屬于夏。爲受封于夏。“是達”，謂其事業上達於天帝，不負“帝立子”之意。“受大國”，謂居商丘後，國族已强大，仍臣服于夏，亦不違於天道。“率履不越”，請遵循天帝之道，不敢逾越。舊説達爲“達其教令”，（《鄭箋》）“履，禮也”，（《毛傳》）皆非詩義。“遂視既發”之視，當讀爲示，謂遂能顯示其族之已發達。舊説視爲“省視”，爲“視察”者非也。皆空洞之頌語，無史實足資印證。足明其非近系子孫之辭矣。“相土”之事跡著于《竹書紀年》者：夏帝相之十五年“商侯相土作乘馬”。《世本》云：“相土作駕馬。”蓋始創以四馬駕車作戰之法。後世《司馬法》因爲丘甸軍賦之制者是也。此種車戰方法之創造，大大提高平原地區戰爭勝敵之效果。參合《夏本紀》與《竹書》所傳大康亡國至少康中興之史事分析之，足知夏族之所以能滅有窮氏之寒浞而致復興者，商族協助之力爲多。相傳相土爲夏帝司馬之官創乘馬法。是想象之説耳。相土蓋爲商族創車戰法而助夏族，故能滅有窮氏也。按《尚書》《史記》及先秦文籍，皆謂夏帝太康時，因邑爲有窮后羿所奪。其弟仲康，依同姓諸侯斟灌、斟尋氏。仲康卒，子相"即位，居商"，(《竹書》) 則是又轉依商族矣。帝相雖失國，猶能"征淮夷"，"征風夷及黄夷"，"于夷來賓"(並《竹書》)。則其爲商族首領相土之武功，甚明。后羿之國復爲寒浞所篡。帝相復避依于斟灌。其地在今山東壽光縣。寒浞使其二子，澆（《論語》"奡蕩舟"之奡）居於過，豷居於戈以逼之（過戈皆今山東半島上地)。商侯相土迎帝相居於帝丘（《竹書》作"遂遷於商丘"，徐位山《統箋》考爲"帝丘"之僞)，今濮陽縣。寒浞滅戈，而使子澆滅斟灌氏，殺帝相。相后緡，逃歸母家有仍氏，生少康。帝相舊臣伯靡出奔有鬲氏，收斟灌斟尋之遺民以討寒浞，滅之，而迎立少康（《左傳》襄公四年)。少康之三年，使商侯冥治河（《竹書》)。足知自相土至其曾孫冥，皆臣事夏后氏，未嘗有貳矣。夫斟灌斟尋之民不能自存其國，靡敗之餘，乃能與有鬲氏之族奮起而滅强盛之寒浞父子，復興夏社。此其得力於商族之助已甚明矣。商族之强，自相土始。詩言"相土烈烈，海外有截"者，蓋寒浞之子澆居過，滅斟尋氏時，相土實助斟尋氏。《竹書》帝相二十七年："澆伐斟鄩，大戰於濰。覆其舟，滅之。"明年"澆弑帝"，(帝相在帝丘) 夏亡。伯靡復能糾合斟灌斟尋以復興者，實賴相土助夏，常在山東助斟尋之族以抗澆豷。其間似濰水之戰鬥者甚多。有時逐敵入海，追至遼東而戮之。故曰"海外有截"。截，斬馘也。山東半島與遼東半島之間，有廟島列島作渡海橋道，遂在獨木舟時代，已能往來無礙。故山東半島之戰争歷史上恒與遼東相關連。商丘唯由此道渡海爲近，他道皆不易出兵於海外也。

三章：頌成湯之德，在於祗敬天命。《禮記・孔子閒居》述孔子與子夏論三王之德，引用此章七句全文。謂："天無私覆。地無私載。日月無和照。奉斯三者以勞天下，此之謂三無私。其在《詩》曰：'帝命不違……云云'，是湯之德也。"後世説詩者皆緣傳以爲義。其實《孔子閒居》亦漢儒所造之説也。此章文義，謂商族歷代不違天命，至湯而德與天同，故史官稱之曰"天乙"也。湯之降生，上去相土已十一世（據《史記》)。似嫌爲遲。詩云"不遲"者，謂夏德未衰，必至桀惡已稔而後降湯，爲及時也。《朱傳》云："湯之生也，應期而降，適當其時。其聖敬又日躋升，以至昭假於天，久而不息，惟上帝是敬。故帝命之，使爲法於九州也。"躋，升。祗，敬。式，法也。九圍，猶云九有、九州也。

四章：頌湯之爲政，得旁國歡心，大小皆來歸附。《毛傳》："球，玉。綴，表。

旒，章也。絿，急也。優優，和也。遒，聚也。"《詮》按：絿字一作璆。徐鉉本（説文）云："璆，玉磬也。"《段注文》云："磬以球爲之，故名球。非球之本訓爲玉磬。"古製器之石材皆謂之玉。實則唯製圭璧者用真玉，製磬則用粘板巖之尤堅者，謂之次玉。舊説球爲美玉者，非也。《尚書・益稷篇》："夔曰：戛擊鳴球。"謂擊磬也。《禹貢》九州之貢，惟徐、荆、梁三州貢磬。豫州貢"磬錯"，是無磬石而精於治磬，故貢治磬之具。雍州貢"球、琳、琅玕"則有磬石而無製磬之工可知。湯居亳，屬豫州。役屬荆徐之南夷，爲特産磬與磬石之地。故商樂造成編磬最早。《烈祖》云："依我磬聲。"明商頌樂以磬領聲，猶金奏之以編鐘領導也。此詩"受小球大球"，謂下國之貢，以球爲主。猶周制諸侯朝貢之必以圭璧也。"綴旒"，謂商湯與下國之關係，猶旗之與旒相綴爲一體。旒，旗之緣飾。"何"，讀如荷。關係如旒之在旗，則得與商族一同承受天之休慶。"不競"謂綴爲一體，則無争競。"不絿"之絿，與糾同義，謂不以私利相糾縛。"不剛不柔"，謂處理適中。"百禄"，指諸下國酋長。"是遒"，謂諸酋長俱固附于湯。《説文》手部"揫，束也"。引詩，作"百禄是揫"，蓋《魯詩》字。又："揂，聚也。"《毛傳》即訓遒爲聚。《鄭箋》從之。蓋《韓詩》字作揂。《毛詩》作遒也。

五章：頌湯之軍隊，不衹本族成員，凡其屬國之民亦踴躍從之。毛云："共，法。駿，大。厖，厚。龍，和也。"又："戁，恐。竦，懼也。"鄭謂："龍當作寵。"寵，榮名之謂。《詮》按：共，當讀爲供。謂小國、大國皆供軍賦於湯。其應徵來赴之軍士皆如龍馬之英俊、恭順。駿，良馬也。厖，《朱傳》引董逌曰："齊詩作駿駹。謂馬也。"音蒙，《荀子》引此詩作"駿蒙"。《爾雅》："面顙皆白惟駹。"可知三家詩確有作駹者。"荷天之厖"，謂受湯之獎譽。商族固以湯代表天帝也。"不震不動"謂不可撼摇。"不戁不悚"謂無所畏怖。竦與悚同。"是總"，亦是合爲一體之義。多數綫條結爲一物曰總。

六章：頌湯之武力莫能禦者，故能統一天下。"武王"，《毛傳》云："湯也。""載旆"，謂建旌旗出征。"有虔秉鉞"，毛鄭訓虔爲固。説爲"固持其鉞"。朱訓虔爲敬。説爲"恭行天討。"《詮》按：《説文》："虔，虎行貌。從虍，文聲。讀若矜。"此詩"有虔"，謂有威也，當讀如勤。爲矜之本音。矜義與穫通，矛柄也，亦具威嚴之義。引申爲矜驕，始讀如親。再引申爲矜憐，始讀如鰥。音隨義變，後人習用引申之義，失其本音義，從而並失虔之本義與音也。虔字又與虔字有别。虔字從文，爲虎行貌。虔字從攵，爲虎攫殺之義。下篇"方斲是虔"，《左傳》"虔劉我邊陲"（成公十三年）是也。後世説字者混爲一字，皆讀錢音。此當辨也。湯之出征，如火烈烈，故莫能遏其鋒鋭。《荀子・議兵篇》與《漢書・刑法志》引此詩並作"則莫我敢遏"。《毛詩》改字作曷。《傳》云："害也。"《箋》云："誰敢禦害我。"失遏之義而依音訓害，是（毛詩）之病。（古曷、害同音，通假。説在《葛覃》篇。）“苞有三蘖”，毛云：“苞，本。蘖，餘也。”朱云：“蘖，旁生萌蘖也。言一本生三蘖也。本則夏桀。蘖則韋也，顧也，昆吾也，皆桀之黨也。”又：“初伐韋。次伐顧。次伐昆吾。乃伐夏桀。當時用師之序如此。”《鄭箋》云：“韋，豕韋，彭姓也。顧昆吾皆已姓也。三國黨于桀。”“莫遂”，謂三蘖國與夏桀皆惡商族强大，欲殺滅之，而不克遂。《竹書》桀之二十二年：“商侯履（湯名）來朝。命囚履于夏臺。”《史記·夏本紀》：“召湯而囚之夏臺，已而釋之。”《竹書》云：“二十三年，釋商侯履。二十八年昆吾伐商。”不能殺湯，不能克商，故曰莫遂。“莫達”，謂夏后氏號令所達之地原本廣闊。原曾令其屬國以兵伐商，莫不敗還。漸無肯奉其伐商之命者，爲不達也。《竹書》：“釋商侯履，諸侯遂賓于商。”諸侯皆服于商，故夏帝之命“莫達”也。《史記》謂“湯修德，諸侯皆歸湯”，想當然之説耳。詩言“九有有截”，而復伐韋顧。謂已征服天下大部分，僅餘一苞三蘖之國，而乃伐之也。《孟子》：“湯始征自葛始。”初居亳，與“葛爲鄰”故也。《竹書》謂湯居亳之六年：“征有洛，克之，遂征荆，荆降。”又五年（桀之二十六年）：“商滅温。”則湯在伐韋顧前所征服之地面已寬。故曰“九有有截”。非徒以文德服人也。《左傳》昭公四年：“湯有景亳之命。”《竹書》夏桀二十八年：“商會諸侯於景亳，遂征韋。商師取韋，遂征顧。”二十九年，“商師取顧”。三十年“商師征昆吾”，三十一年：“商師自陑征夏邑，克昆吾。大雷雨，戰於鳴條，夏師敗績。桀出奔三朡。商師征三朡。戰於郕。獲桀於焦門，放之於南巢。”所言征伐次第與時間，亦此詩吻合，亦與《尚書》《史記》相印。蓋必先征服諸小國，得其助兵，如五章所云，而後能有此章之武功。湯事荒遠，《尚書》不能詳。此宋襄公時史官之詩，自述其先祖功烈，故能較孔子所輯之書爲準確也。

七章：非卒章也。起句“昔在中葉”，明明爲頌述太宗、中宗、高宗諸帝的開始。太宗（太甲）仍用伊尹爲相。中宗（太戊）任伊陟、巫咸，高宗（武丁）任用傅説，皆商族之知識奴隸，與伊尹佐湯相似。故詩特頌伊尹一章，以領起“中葉”諸帝之史事。故知“七章”非卒章也。“中葉”云者，對初葉、末葉言之。舊儒説此爲卒章者，《鄭箋》云：“中世，謂相土也。震猶威也。相土始有征伐之威，以爲子孫討惡之業。湯遵而興之。”

卒章：《毛傳》訓葉爲“世”，業爲“危”。鄭從《傳》説中葉爲“中世”矣，乃訓震爲威。獨棄（傳）“葉危也”之義可乎？《朱傳》云：“震，懼。業，危也。承上文而言‘昔在’，則前乎此矣。豈謂湯之前世中衰時歟。”馬瑞辰竟謂：“承上言之，則中業宜指湯時。……自元王立國言，則湯爲中業也。”俱不識此爲承上啓下之一章而妄爲之曲解。史家之詩，蓋以湯統一以前爲初業，太甲至武丁之世爲中業，武乙定居于河北後爲後業。中葉諸帝，屢衰屢起，故曰“有震且業”。“允也天子”以下，言信乎商族之王爲天帝之子孫也。故當震懼危業之時，天恒降予以良輔（卿士）。“實維阿衡”，謂奴隸之賢輔，如伊尹、伊陟、巫賢、傅説等也。“左右”，謂輔佐。“商王”爲春秋世加于商族諸王之通稱。非指一帝，更不得爲湯之專稱，猶所云“卿士”之不得專指伊尹也。武乙以前無稱商族之君爲王者。惟《玄鳥》以下三篇，有武王、玄王、商王諸稱號。湯時未嘗有“商王”之稱也。《尚書·説命》曰：“昔我先正保衡，作我先王……爾尚明保予，罔俾阿衡專美有商。”《孔傳》：“保衡，伊尹也。”《蔡沈注》：“作，興起也。”謂伊尹相湯而湯興起也。據此殷高宗語，足知武丁之世，猶稱伊尹爲“保衡”。《周書·君奭》：“我聞在昔，成湯既受命，時則有若伊尹，格於皇天。在太甲時，則有若保衡。在太戊時，則有伊陟、臣扈，格於上帝；巫咸，入王家。在祖乙時則有巫賢。在武丁時，則有若甘盤。”事成湯與太甲者同一伊尹，而分言作“保衡”者，蓋太甲始稱伊尹爲保衡。自太甲至武丁皆用此稱。《説命》又稱之爲“阿衡”者，“阿”在各民族語言中，皆是泛稱。如吴語之“阿毛”、“阿狗”，藏語之“阿爸”、“阿媽”，所重在阿下字。阿祇如語辭也。殷代，凡商族以外之輔臣，皆屬奴隸。《君奭》所舉六臣皆然（惟臣扈，可能是本族大臣）。“衡”者，奴隸社會，物資出入皆以衡量其重（無升斗），當家奴隸掌其權衡。故例呼“當家娃子”（凉山語）爲“阿衡”。湯固呼伊尹爲阿衡。太甲乃尊呼尹曰“保衡”，後世“太保”、“少保”仿于此。大戊之於伊陟、巫咸、祖乙之於巫賢，武丁之於傅説，皆當呼爲“阿衡”。然則《説命》之“阿衡”，蓋言前世之賢輔佐，實包括伊尹、伊陟、巫咸，巫賢言之。此詩亦以“卿士”與“阿衡”分别言之。卿士爲職名，阿衡爲當家奴臣之代稱。與“商王”爲先世諸帝之代稱同矣。《毛傳》：“阿衡，伊尹也。”定指爲伊尹一人爲非也。《朱傳》更謂：“阿衡，伊尹官號”則尤謬矣。

詩述商族本源，遠自有娀。名王遠若玄王、相土，均成湯以上四百年人，並有頌語。成湯一人佔有四章。“中葉”方揭，戛然而止。其非全篇爲甚明矣。

（五）殷　武

六章。三章，章六句。二章，章七句。一章五句。

撻彼殷武，奮伐荆楚。罙入其阻，裒荆之旅。有截其所，湯孫之緒。

維女荆楚，居國南鄉。昔有成湯，自彼氐羌，莫敢不來享，莫敢不來王，曰商是常。

天命多辟，設都于禹之績。歲事來辟，勿予禍適，稼穡匪解，（此下有脱句）

天命降監，下民有嚴。不僭不濫，不敢怠遑。命于下國，封建厥福。

商邑翼翼，四方之極。赫赫厥聲，濯濯厥靈。壽考且寧，以保我後生。

陟彼景山，松柏丸丸。是斷是遷，方斵是虔。松桷有梴，旅楹有閑，寢成孔安。

題解：宋襄公圖霸而辱於楚。志欲報楚，因爲高宗立廟，祔主日，爲此樂章以勵國人之敵愾也。

《易·既濟》："高宗伐鬼方，三年克之。"此殷伐之爻辭。故稱高宗而不殷。殷高宗武丁，居亳殷，緊鄰南國落後民族地區。其時南人尚鬼而文身，漁獵，出没于林薄湖沼間，無定居。故商族稱之曰鬼方。其東部淮水流域，早已臣服於商，結爲一體。中部漢水流域，以荆族爲大，居三苗故地，於時已進入奴隸社會，能糾諸部族與殷相抗。高宗用兵三年，乃征服之。荆族既服，商族始無後顧之憂，得專力經營華夏。至武乙而定都河北，"肇域彼四海"矣。舊説鬼方爲西羌者，誤也。

楚之先世，三苗之遺類也，居于荆山，故號荆族。實爲鬼方諸部最先進之一族。雖被征服於殷高宗，後仍叛殷而附於周。周文王時，鬻熊入仕於周。成王既定天下，舉文武勤勞諸臣之後嗣，封熊繹于丹陽，國號楚。然其人仍自稱荆。故《采芑》之詩曰"蠢爾蠻荆。"《春秋》莊公十四年、十六年、二十三年皆書曰荆。僖公元年，始書曰楚。時楚已稱王八十四年矣。始稱王者熊通之言曰："昔吾先鬻熊，文王之師也，早終。成王舉我先公，乃以子男田，令居楚。蠻夷皆率服而王不加位，我自尊耳。"通自立爲武王，仍國號荆。至成王熊頵，乃改稱楚。成王元年，即魯莊公二十三年，《春秋》書"荆人來聘"。其十三年，爲魯僖公元年，《春秋》書"楚人伐鄭"。皆從其國書所自稱也。然則殷伐無楚之名，而此詩云"奮伐荆楚"，則非殷代之頌，而爲宋襄時作明矣。

宋桓公與魯僖公翼贊齊桓霸業，已説在《魯頌》。宋桓公在位三十一年卒，子兹父立，是爲襄公。其八年，齊桓公卒，國内亂，公子昭奔宋，宋襄公率曹、衛、邾人之師伐齊，敗齊師於甗，逐亂黨，立昭，是爲齊孝公。于時宋强，宋襄公欲繼齊桓成霸業，頗以軍威凌小國。執滕子。用鄫子於次睢之社。陳穆公不忘齊桓之德，與蔡、楚、鄭人會盟于齊，以修桓公之好。齊宋方睦。宋襄公與齊楚盟於鹿上的求霸。爲楚所欺。既合諸侯於盂（宋襄公十二年），楚執宋襄公於會上以自霸。閱半載，乃因諸侯之請釋之。明年，宋與楚戰於泓。宋兵敗，襄公傷股，又半年而卒。於時大國諸侯各爲其先世名德之君立專祀之廟。宋襄公亦因殷高宗能伐鬼方，而立不毁之廟，作此詩，宣揚商族征服荆楚之舊威以勵其國人也。

首章："撻彼殷武"，《毛傳》："撻，疾意也。殷武，殷王武丁也。荆楚，荆州之楚國也。"《朱傳》："撻，疾貌。"《詮》按：《説文》手部："[illegible]，古文撻。《周書》曰：'[illegible]以記之。'"《段注》云："壁中古文作[illegible]也。"查其文在《虞書·益稷篇》。今作"侯以明之，撻以記之"。《孔傳》云："當行射侯之禮，以明善惡之教。笞撻不是者，使記識其通。"《蔡沈注》："射所以觀德……撻，樸也。即樸作教刑。"《説文》亦云：

"鄉飲酒，罰不敬，撻其背。"竊謂撻者，拍也。手輕拍而怒視，使知其爲不敬而已。非即施鞭樸也。《尚書》記帝舜之教，用射侯以觀德，而明察孰賢、孰不肖，用書識之。欲其遷善。則亦非動輒施鞭樸也。其字本作⿸虍達。以虍爲義。後世乃省作撻也。⿸虍達之爲言，威怒貌也。以貌表達其情感，使人知畏。後世則輕拍其背而示之威怒。反抗則鬥矣。又後則施以鞭樸曰撻。字形亦變。就此詩言，亦應是古原作⿸虍達，秦漢傳詩者改寫作撻耳。"⿸虍達彼殷武"，謂殷武⿸虍達然威怒。不當寫作撻，使與今義混淆。⿸虍達然而怒者，怒其不率教也。故奮然征伐之稱荊族曰"荊楚"，足知其爲周代所作，非殷舊頌。"罙"古深字。深入其阻，謂逾重險以深入，故三年乃克之也。"裒荊之旅"，毛云："裒聚也。"鄭云："克其軍率而俘虜其士衆。"《詮》按："裒，猶遞剪而削平之也。"《易·謙卦》："君子以裒多益少。"謂削其所多以益其所少，使平衡也。"裒荊"與"剪商"義同，謂非一舉而滅之。荊人分散飄忽，難于聚殲，惟當次第削平，故曰裒。訓聚，乃非也。"有截其所"，謂荊族其時無城邑。但隨地阻擊。殷師亦隨所在斬馘之。（《鄭箋》於商頌諸"有截"皆訓爲"截然整齊。"大謬）。"湯孫之緒"，謂高宗武丁能承湯"九有有截"之緒。

次章：設爲殷高宗譴責荊族之辭，以自抒其意。言"汝荊族居南國，未沾王化。乃不知我先祖成湯之世，遠如氐羌民族，亦莫敢不來貢獻，莫敢不來朝覲"。《鄭箋》云："享，獻也。世見曰王。"《左傳》隱公九年："宋公不王，鄭伯爲王左卿士，以王命討之。"不王，謂不朝於周王也。不王之反爲"來王"。殷虛甲骨文中，羌氏字甚多。當時中華之玉器皆仰給於羌族。故羌氏來華市易者甚多。其族人亦雜居於中華之西、北、南三面，與商族發生政治聯繫。故詩特舉之。"曰商是常"，鄭釋常爲"常君"，朱釋爲"常禮"，並非。《左傳》文公八年，史克對魯宣公引《誓命》曰："主藏之名，賴姦之用，爲大兇德，有常無赦。"則常者，法也。《易·坤卦》："先迷失道，後順得常。"又："後得主而有常。"《繫辭》"動静有常"，皆以常爲法則之義。《詩·思文》"陳常于時夏"，《閟宫》"魯邦是常"並同。此詩言四夷皆奉湯之令教，奉爲法則也。

三章：言殷受天命，諸侯皆當敬事之。毛云："辟，君也。"朱云："多辟，諸侯也。"蓋"多辟"與"百辟"同義。詩言：天命各國諸侯，凡設國都於禹績以内者，每歲俱當來朝于殷帝。"禹之績"，鄭釋爲"禹所治之功"，朱釋爲"禹所治之地"。要皆謂禹跡所至之處。"來辟"，鄭云："猶來王也。""勿予禍適"，毛云："適，過也。"陸音"直革反"，則當讀謫。朱云："適，謫通。""皆以歲事來至於商以祈王之不譴。"《詮》按：適，當讀如敵。協韻，義亦可通。《禮·燕義》："君獨升，立席上，西面特立。莫敢適之義也。"即以適爲敵之義。"勿予禍適"，謂諸侯勿敢爲我商族禍難。非諸侯自謂曰予也。"稼穡匪解"，下當脱一句。如《烝民》曰"稼穡匪懈，以事一人"，

《韓奕》曰“夙夜匪懈，虔共爾位”之例。失之既久，無可緝補。審如下章，亦爲六句，則當是“以事于一”四字。

四章：賡上章言：天亦命下民監察其君。民之從違，天必依之。“下民有嚴”，毛訓嚴爲敬。朱訓嚴爲威。鄭釋“有嚴”爲“有嚴明之君”。《詮》按：“有嚴”，謂下民受命爲監，“天視自我民視。天聽自我民聽”，則下民亦有嚴也。《説命》曰：“維民從人。”曰：“克紹乃辟于先王，永綏民。”即此詩降臨有嚴之義也。故殷帝“命于下國”曰：“勿僭勿濫，勿怠遑。”而諸侯亦能“不僭不濫，不敢怠遑”，毛云：“賞不僭，刑不濫也”。鄭云：“能明德慎罰，不敢怠惰自暇于政事。”是也。“封建厥福”，毛訓封爲大。朱云：“大建其福。”謂天爲諸奴隸主大建其福。民順政令則福多也。

五章：頌高宗德業之遺存於宋者。“商邑”，謂亳殷，即宋之都邑。“翼翼”，里衎紛披貌。“極”，本義爲屋宇正中最高之横梁。“四方之極”，猶云“紀綱四方”也。“赫赫”，頌武丁之聲光。“濯濯”，頌武丁之精神。“壽考”，謂武丁享國五十九年。“且寧”，謂服荆族而國安也。“以保我後生”，謂武丁生則能致此功，死則能蔭及後世子孫之國。宋則是也。

卒章：述建造寢廟之工，祝其安固不敗。冀其威靈能助宋懲荆楚也。“景山”，自古爲人工所造土山之通稱，猶人工河之通稱爲“靈渠”，今則云“運河”也。亳地平曠，歷世因丘爲山以培風景，備觀象，故曰景山，凡古老城邑大都有之。自湯居亳至宋襄公，約千二百年，亳之景山已大，爲松柏所蔚植矣。“丸丸”毛云：“易直也。”朱云：“直也。”“是斷”，伐木，量其用而截斷之也。“是遷”，運于工地也。“方斲”，工人依建造之方技斲之成材料也。“是虔”，施斧斤之猛也。“松桷”，以松爲椽與榱也。椽頭簷間木曰榱。《魯頌》“松桷有舄”，謂雕飾。此云“有梴”，謂簏下桷端有横木封之爲梴也。魯莊公“丹桓宫楹，刻桓宫桷”後遂以爲廟制。故云“有舄”。宋無此制，但以木片横綴之。曰梴。今云“飛簷”是也。“旅楹”，猶今云“欄干”，短柱成列，綴以爲欄，攔阻不當入者，故曰“有閑”。閑，限阻也。“寢”，毛云“路寢也”。寢廟既成，國當大安。謂祀廟能得殷武之福祐也。

《商頌》小結

《商頌》五篇，有脱章脱句。今存者凡七百二十二字。

周、魯、商三頌共四十篇，今存三千六十八字。

三《頌》總結

頌樂，爲合詩歌、舞蹈於音樂節拍之一種巨型文娱形式。非國君之具有雄厚威勢與財富者不能舉。故頌詩全屬爲統治階級服務之諛詞，文格甚卑。雖亦演述史事，率浮誇歪曲，不切實際。較之大小雅詩，更少研究價值。至於舊儒説詩，音、訓之謬陋，表現於《三頌》者尤多。新詮隨處爲之糾正。遍在各篇，不勝列舉。中間頗多發現文字古音古義之處，亦可謂檢此敝帚之徵益。要之，舊説之謬，以《三頌》爲最。新詮不能不釐正之。從而詮説文字亦不能不多於南、風、二雅云。

後　記

此書整理工作遷延了多年，其間，得到許多人的參與協助：我的表兄蔣輔銘參與早期的整理工作，我的學生杜敏、李海毅、孫遜、黎立先後參與了校訂和核對文獻等工作，最後在我的助手何潔的協助下完成了整理出版工作。因此，此書的整理工作實際上是我和他們共同完成的。

感謝四川省社科院、四川省巴蜀文化研究中心和四川省巴蜀全書編委會，先後予以立項資助，使此書的整理出版得以順利完成。在此要特別感謝四川省社科院侯水平院長、省巴蜀文化研究中心秘書長譚繼和教授與四川省巴蜀全書主編舒大剛教授對此書整理出版的一直關心與大力支持，没有他們的鼎力相助，此書問世可能還要推遲若干年；還要感謝巴蜀書社領導對此書的重視，精心組織力量使先父這部遺稿能盡早與讀者見面。本書責編劉冰和巴蜀全書編委會李冬梅老師對此書的編輯、裝幀等花費了很多精力，力求完善。許多學術界的專家和朋友一直熱心支持和幫助此書的整理出版，在此謹向他們致以衷心地感謝！

任新建

圖書在版編目（CIP）數據

周詩新詮 / 任乃強著.—成都：巴蜀書社，2015.12

ISBN 978-7-5531-0521-5

Ⅰ.①周… Ⅱ.①任… Ⅲ.①《詩經》– 詩歌研究

Ⅳ.①I207.222

中國版本圖書館 CIP 數據核字（2015）第 068865 號

周詩新詮　　任乃強 著

責任編輯　劉 冰
出　　版　巴蜀書社
　　　　　成都市槐树街 2 号　郵編 610031
　　　　　總編室電話：(028)86259397
網　　址　www.bsbook.com
發　　行　巴蜀書社
　　　　　發行科電話：(028)86259422　86259423
經　　銷　新華書店
印　　刷　成都东江印务有限公司
版　　次　2015 年 12 月第 1 版
印　　次　2015 年 12 月第 1 次印刷
成品尺寸　185mm×260mm
印　　張　40.75
字　　數　1000 千
書　　號　ISBN 978-7-5531-0521-5
定　　價　200.00 圓

ISBN 978-7-5531-0521-5

9 787553 105215